W9-BDQ-340

LA TRILOGIE BERLINOISE

Né en 1956 à Édimbourg, Philip Kerr a fait ses études de droit à l'université de Birmingham. Il a travaillé dans la publicité et comme journaliste free-lance avant de se lancer dans l'écriture de fictions. Auteur d'une dizaine de romans traduits en vingt-cinq langues et de nombreux scénarios, il vit actuellement à Londres.

PHILIP KERR

La Trilogie berlinoise

L'Été de cristal

La Pâle Figure

Un requiem allemand

Traduit de l'anglais par Gilles Berton

Nouvelle édition révisée

ÉDITIONS DU MASQUE

Titre original :

BERLIN NOIR
publié par Penguin Books Ltd.

© Philip Kerr, 1989, 1990, 1991.
© Éditions du Masque, département des éditions Jean-Claude Lattès, 2008,
pour la traduction française
ISBN : 978-2-253-12843-4 – 1re publication LGF

L'Été de cristal

Titre original :

MARCH VIOLETS

À ma mère

BERLIN, 1936

Premier homme : Tu as remarqué comme les Violettes de Mars ont réussi à écarter complètement les vétérans du Parti comme toi et moi ?

Second homme : Tu as raison. Peut-être que si Hitler avait lui aussi attendu un peu avant de prendre en marche le train nazi, il serait devenu Führer plus vite.

Schwarze Korps, novembre 1935.

1

*Et des choses plus étranges encore peuplent
les songes noirs du Grand Hypnotiseur…*

Ce matin, à l'angle de Friedrichstrasse et de Jägerstrasse, je vis deux hommes, deux SA qui démontaient une
des vitrines rouges où est affiché chaque nouveau numéro
du *Stürmer*. *Der Stürmer* est le journal dirigé par Julius
Streicher, le propagandiste antisémite le plus virulent du
Reich. Ces vitrines où s'étalent les dessins à moitié pornographiques de jeunes aryennes soumises à l'étreinte de
satyres au nez crochu sont destinées à attirer et à titiller
les esprits faibles. Les gens convenables n'ont rien à
faire de ça. Les deux SA déposèrent le panneau dans leur
camion déjà à demi rempli de vitrines identiques. Ils opé-
raient sans ménagement, car deux ou trois vitres étaient
brisées.

Une heure plus tard, je revis les deux mêmes SA en
train d'emporter une autre vitrine installée à un arrêt de
tramway devant l'hôtel de ville. Cette fois, je m'approchai
pour leur demander ce qu'ils faisaient.

– C'est pour les Olympiades, m'informa l'un d'eux.
On nous a ordonné de les faire disparaître pour ne pas choquer les étrangers qui viendront assister aux Jeux.

À ma connaissance, c'était la première fois que les autorités faisaient montre de tels égards.

Je rentrai chez moi dans ma vieille Hanomag noire et mis mon dernier costume présentable en flanelle gris clair qui m'avait coûté 120 marks trois ans auparavant. Il est d'une qualité qui devient de plus en plus rare dans ce pays. Tout comme le beurre, le café et le savon, le tissu qu'on utilise à présent n'est qu'un ersatz, pas très solide, quasiment inefficace contre le froid en hiver et très inconfortable en été.

Je me contemplai dans le miroir de la chambre et parachevai ma tenue avec mon plus beau chapeau. Une coiffure de feutre gris foncé à large bord, entouré d'un ruban de soie noire. Un modèle fort répandu. Mais, comme les hommes de la Gestapo, je le porte d'une manière particulière, le bord rabattu sur le devant. Cela a pour effet de dissimuler mes yeux, de sorte qu'il est plus difficile de me reconnaître. Un style lancé par la police criminelle de Berlin, la Kripo[1], au sein de laquelle je l'avais adopté.

Je glissai un paquet de Muratti dans la poche de mon veston et, serrant sous mon bras avec précaution une porcelaine Rosenthal emballée d'un papier cadeau, je sortis dans la rue.

Le mariage avait lieu à la Luther Kirche, sur Dennewitzplatz, juste au sud de la station ferroviaire de Potsdamer Strasse, à deux pas de la maison des parents de la mariée. Le père, Herr Lehmann, conducteur de locomotive, emmenait quatre fois par semaine l'express « D-Zug » de la gare Lehrter jusqu'à Hambourg. La jeune mariée, Dagmarr, était jusqu'alors ma secrétaire, et je n'osais imaginer ce que j'allais faire sans elle. À double titre : non seulement elle était une secrétaire efficace, mais j'avais également songé plus d'une fois à l'épouser. C'était une jolie fille, elle mettait un peu d'ordre dans ma vie, et je sup-

---

1. *Kriminalpolizei.* (*Toutes les notes sont du traducteur.*)

pose que je l'aimais à ma manière. Mais à 38 ans, j'étais probablement trop âgé pour elle, et elle devait me trouver un brin rasoir. Je ne suis pas du genre à faire la nouba, et Dagmarr mérite de s'amuser.

Elle épousait un aviateur. Lui avait tout pour la séduire : il était jeune, beau, et, dans son uniforme du corps d'aviation national-socialiste, il était l'image même de l'aryen viril et conquérant. Pourtant, je fus déçu lorsque je le vis à la cérémonie. Comme la plupart des membres du Parti, Johannes Buerckel se prenait incroyablement au sérieux.

Ce fut Dagmarr qui fit les présentations. Johannes, comme je m'y attendais, claqua bruyamment des talons en inclinant brusquement la tête avant de me serrer la main.

– Félicitations, lui dis-je. Vous êtes un sacré veinard. J'avais demandé à Dagmarr de m'épouser, mais malheureusement, je ne dois pas être aussi séduisant que vous en uniforme.

J'en profitai pour le détailler : épinglées à sa poche de poitrine gauche, je remarquai la médaille sportive des SA, ainsi que les ailes de pilote ; ces deux décorations étaient surmontées de l'inévitable insigne du Parti. Il portait également le brassard à croix gammée au bras gauche.

– Dagmarr m'a dit que vous étiez pilote à la Lufthansa avant d'être rattaché au ministère de l'Aviation, mais je ne savais pas que… Dagmarr, vous m'aviez dit qu'il était quoi, exactement ?

– Pilote acrobatique.

– Oui, c'est bien ce qu'il me semblait. Un pilote acrobatique. Eh bien, j'ignorais que les pilotes acrobatiques portaient l'uniforme.

Il ne fallait pas être détective pour comprendre que cette appellation de « pilote acrobatique » était un des euphémismes alors en vogue dans le Reich, recouvrant en réalité un programme secret d'entraînement de pilotes de chasse.

— Il est splendide, n'est-ce pas ? fit Dagmarr.

— Et toi, tu es magnifique, roucoula le marié.

— Pardonnez-moi de vous poser la question, Johannes, mais cela signifie-t-il que l'armée de l'air allemande va être reconstituée ? demandai-je.

— Une unité acrobatique, nous ne sommes qu'une unité acrobatique, se borna-t-il à répondre en guise d'explication. Et vous, Herr Gunther, vous êtes détective privé, à ce qu'il paraît. Ce doit être un travail passionnant, non ?

— Enquêteur privé, rectifiai-je. Cela dépend des moments.

— Sur quel genre d'affaires enquêtez-vous ?

— Presque tout, sauf les divorces. Les gens ont de curieux comportements lorsqu'ils pratiquent l'adultère ou lorsqu'ils en sont les victimes. Un jour, une femme m'a engagé pour que je dise à son mari qu'elle avait l'intention de le quitter. Elle avait peur qu'il la tue. J'ai donc transmis la commission au mari, et figurez-vous que ce fils de pute a essayé de me descendre ! J'ai passé trois semaines à l'hôpital St Gertrauden avec une minerve. Depuis, je fuis tout ce qui ressemble à un différend conjugal. En ce moment, je m'occupe d'enquêtes d'assurances, de la protection des cadeaux de mariage et de la recherche de personnes disparues – celles dont la police connaît la disparition comme celles dont elle l'ignore. Et je dois dire que cet aspect de mon travail a pris un essor considérable depuis que les nationaux-socialistes sont au pouvoir. (Je lui décochai mon sourire le plus affable et haussai les sourcils de manière suggestive.) Mais tout le monde s'épanouit sous le national-socialisme, n'est-ce pas ? Une véritable éclosion de Violettes de Mars.

— Ne fais pas attention à ce que dit Bernhard, intervint Dagmarr. Il a parfois un humour déroutant.

J'aurais volontiers poursuivi, mais l'orchestre se mit à jouer et Dagmarr entraîna habilement Buerckel vers la piste de danse. Le couple fut accueilli par des applaudissements chaleureux.

Ne raffolant pas du *sekt*[1] servi au buffet, je me dirigeai vers le bar en quête d'une vraie boisson. Je commandai un bock et un petit verre de Klares, l'alcool à base de pomme de terre pour lequel j'ai un coupable penchant. J'avalai le tout et recommandai la même chose.

— Ça donne soif, ces mariages, dit mon voisin, un homme de petite taille en qui je reconnus le père de Dagmarr. (Il s'adossa au comptoir et contempla fièrement sa fille.) Une bien belle mariée, n'est-ce pas, Herr Gunther ?

— Je ne sais pas ce que je vais devenir sans elle, dis-je. Peut-être parviendriez-vous à la persuader de rester avec moi. Je suis sûr qu'ils auraient bien besoin de son salaire. Les jeunes couples ont toujours besoin d'argent.

Herr Lehmann secoua la tête.

— Malheureusement, je crains que Johannes et son gouvernement national-socialiste n'estiment qu'une femme ne peut faire qu'un seul travail : celui qui demande neuf mois d'attente. (Après avoir allumé sa pipe, il tira dessus avec philosophie.) Mais ils vont avoir droit à un prêt de mariage du Reich, ce qui permettra à Dagmarr de ne plus travailler, n'est-ce pas ?

— Oui, vous avez sans doute raison, rétorquai-je.

Je bus d'un trait mon verre d'alcool. Comme il marquait un certain étonnement à me découvrir alcoolique, je m'empressai d'ajouter :

— Ne craignez rien, Herr Lehmann. Je ne bois ce truc que pour me laver la bouche, mais je suis trop paresseux pour le recracher.

Il pouffa de rire, me flanqua une claque dans le dos et commanda une nouvelle tournée de Klares, cette fois dans de grands verres. Nous les avalâmes, puis je lui deman-

---

1. Sorte de vin blanc mousseux.

dai où les jeunes mariés comptaient passer leur lune de miel.

— Sur le Rhin, dit-il, à Wiesbaden. Ma femme et moi étions allés à Königstein, une région magnifique. Mais mon gendre n'a pas beaucoup de temps. Il doit repartir aussitôt pour une croisière de la Force par la joie[1], gracieusement offerte par le Front du travail du Reich.

— Vraiment ? Et où doit-il partir ?

— En Méditerranée.

— Vous y croyez ?

Le vieil homme fronça les sourcils.

— Non, fit-il d'un air sombre. Je n'en ai pas parlé à Dagmarr, mais je sais qu'il va en Espagne…

— Pour se battre ?

— Oui, pour se battre. Mussolini a aidé Franco, et Hitler ne veut pas rater une occasion de s'amuser. Il ne sera satisfait que lorsqu'il nous aura entraînés dans une nouvelle guerre.

Nous continuâmes à boire, et un peu plus tard, je me retrouvai en train de danser avec une jolie fille qui travaillait au rayon lingerie des grands magasins Grunfeld. Elle s'appelait Carola. Je la persuadai de me laisser la raccompagner. Avant de partir, nous allâmes saluer Dagmarr et Buerckel. Curieusement, Buerckel choisit ce moment-là pour faire allusion à mon passé militaire.

— Dagmarr me dit que vous vous êtes battu sur le front turc. (Je me demandai s'il n'était pas un peu inquiet à l'idée de se retrouver sur celui d'Espagne.) Et que vous y aviez été décoré de la Croix de fer.

---

1. Le programme de loisirs ouvriers *Kraft durch Freude* (La Force par la joie) avait été lancé en novembre 1933 par le Front du Travail (DAF), qui remplaça les anciens syndicats détruits en mai 1933 dans la foulée de la victoire électorale nazie. Cependant, les croisières proprement dites ne commenceront en réalité qu'en juillet 1937.

Je haussai les épaules.

– Seulement de seconde classe.

C'était donc ça, pensai-je. Notre aviateur avait soif de gloire militaire.

– Mais c'était tout de même une Croix de fer, dit-il. La Croix de fer du Führer était aussi de seconde classe.

– Eh bien, je ne sais pas ce qu'il en pense, mais vers la fin de la guerre, si un soldat se comportait de manière satisfaisante au front – relativement satisfaisante – il lui était facile de décrocher une Croix de fer de seconde classe. Vous comprenez, presque tous les titulaires de Croix de première classe étaient au cimetière. On m'a donné une seconde classe pour avoir sauvé ma peau. (Je m'échauffais peu à peu.) Qui sait, si tout marche bien vous décrocherez peut-être la vôtre. Ce serait du meilleur effet sur votre bel uniforme.

Le visage de Buerckel se contracta. Il pencha la tête vers moi et renifla mon haleine.

– Vous êtes ivre, déclara-t-il.

– *Si*, rétorquai-je en m'éloignant d'une démarche hésitante. *Adios, hombre.*

2

Il était tard, 1 heure passée, lorsque je regagnai mon appartement de Trautenaustrasse, à Wilmersdorf, un quartier peut-être modeste, mais bien plus agréable que celui de Wedding où j'avais grandi. Ma rue part de Güntzelstrasse vers le nord-est, puis longe Nikolsburger Platz et sa belle fontaine. Je vivais dans un appartement plutôt confortable tout près de Prager Platz.

Honteux tout à la fois d'avoir provoqué Buerckel devant Dagmarr, et d'avoir abusé de Carola, la jolie vendeuse de bas, près de l'étang aux poissons du Tiergarten, je restai assis un moment dans ma voiture à fumer une cigarette. Je devais reconnaître que j'étais plus affecté que je ne l'aurais cru par le mariage de Dagmarr. Mais il ne servait à rien de me lamenter. Il était probable que je n'oublierais pas Dagmarr, mais je trouverais des tas de moyens de penser à autre chose.

C'est en sortant de ma voiture que je remarquai la Mercedes décapotable bleu nuit garée à une vingtaine de mètres, ainsi que les deux types qui s'y appuyaient avec l'air d'attendre quelqu'un. Je me tendis lorsqu'un des hommes jeta sa cigarette et s'avança vers moi d'un pas rapide. Alors qu'il approchait, je remarquai qu'il était trop bien mis pour être de la Gestapo, et que son comparse qui portait un uniforme et une casquette de chauffeur aurait, avec sa carrure de costaud de music-hall, été plus à l'aise avec un justaucorps en peau de léopard. En tout cas, sa présence peu discrète paraissait donner de l'assurance au jeune homme chic qu'il accompagnait.

— Herr Gunther ? Êtes-vous Herr Bernhard Gunther ? demanda-t-il en se plantant devant moi.

Je lui décochai mon regard le plus féroce, celui qui ferait cligner des yeux un ours : je n'aime pas les gens qui m'interpellent en pleine rue à 1 heure du matin.

— Je suis son frère. Il n'est pas en ville en ce moment.

Le type sourit de toutes ses dents. Pas le genre à avaler ça.

— Herr Gunther, n'est-ce pas ? Mon patron voudrait vous parler. (Il désigna la Mercedes.) Il attend dans sa voiture. La concierge m'a dit que vous deviez rentrer chez vous dans la soirée. Elle m'a dit ça il y a trois heures, vous voyez que nous sommes patients. Mais il s'agit d'une affaire urgente.

Je jetai un coup d'œil à ma montre.

— Écoutez, l'ami. Il est 1 h 40 du matin. Je ne sais pas ce que vous vendez, mais ça ne m'intéresse pas. Je suis saoul, très fatigué, et tout ce que je veux, c'est me mettre au lit. Mon bureau est sur Alexanderplatz, nous verrons ça demain.

Le jeune homme chic, au demeurant fort sympathique avec sa fossette sur la joue, me barra le chemin.

– Ça ne peut pas attendre, insista-t-il avant de m'adresser un sourire engageant. Allez lui parler. Juste une minute, je vous en prie.

– Parler à qui ? grommelai-je en jetant un coup d'œil à la voiture.

– Voici sa carte. (Je pris le rectangle de bristol et l'examinai d'un air incrédule comme si c'était un billet de loterie gagnant. Il se pencha et lut à haute voix le texte qu'il voyait à l'envers.) « Dr Fritz Schemm, avocat *allemand*. Cabinet Schemm & Schellenberg, Unter den Linden[1], numéro 67. » Une bonne adresse.

– Certainement, approuvai-je. C'est pourquoi je ne comprends pas pourquoi un homme comme lui traîne dans les rues à cette heure-ci. Je ne crois pas au Père Noël.

Je le suivis pourtant jusqu'à la voiture. Le chauffeur ouvrit la portière. Posant une chaussure sur le marchepied, je jetai un coup d'œil à l'intérieur. Un homme dégageant une forte odeur d'eau de Cologne se pencha vers moi. Son visage était noyé dans l'ombre. Il éructa d'une voix glaciale et hostile :

– Vous êtes Gunther, le détective ?

– Oui, répondis-je, et vous êtes sans doute – je fis mine de lire sa carte – le Dr Fritz Schemm, avocat *allemand*.

Je prononçai ce dernier mot avec une ironie appuyée. Je déteste cette précision apposée sur les cartes de visite ou les enseignes commerciales, pour tout ce qu'elle implique de respectabilité fondée sur la race. Et je déteste d'autant

_____

1. Les Champs-Élysées berlinois.

plus la voir figurer sur une carte de visite pour une profession que les Juifs n'ont plus le droit d'exercer. En ce
qui me concerne, je ne voyais aucune raison de me définir comme « enquêteur allemand » plutôt qu'« enquêteur
luthérien », « enquêteur asocial » ou « enquêteur veuf »,
même si je suis, ou ai été – on ne me voit plus beaucoup à
l'église ces derniers temps – l'un ou l'autre à une époque.
D'ailleurs, beaucoup de mes clients sont juifs, et comme
ils paient rubis sur l'ongle, ils constituent une excellente
clientèle. Ils viennent tous pour la même raison : personne
disparue. Le résultat de mes enquêtes est également toujours le même : un corps balancé dans le Landwehrkanal
par la Gestapo ou les SA ; un suicidé dans une barque flottant sur le Wannsee ; ou alors un nom sur une liste de gens
expédiés en KZ, c'est-à-dire en camp de concentration.
C'est pourquoi, d'emblée, je n'aimai pas cet homme, cet
avocat *allemand*.

– Écoutez, Herr Doktor, lui dis-je. J'étais justement en
train de dire à ce garçon que je suis très fatigué et que j'ai
bu au point d'oublier que j'ai un banquier qui se préoccupe de mon bien-être.

Lorsque Schemm plongea la main dans sa poche, je
n'eus aucune réaction. Cela prouvait à quel point j'étais
bourré. Il n'en sortit qu'un portefeuille.

– Je me suis renseigné sur vous. Il semble qu'on puisse
vous faire confiance. Je voudrais vous embaucher ce soir
pour environ deux heures. Je vous donnerai 200 Reichsmarks pour ce travail, plus que vous ne gagnez en une
semaine. (Il posa le portefeuille sur ses genoux et en tira
deux billets bleus qu'il posa sur son pantalon. Pas si facile
à faire quand on n'a qu'un seul bras.) Ensuite, Ulrich vous
ramènera chez vous.

Je pris les billets.

– Au diable, lançai-je, moi qui voulais juste aller me
coucher et dormir. Ça peut attendre. (Je m'assis sur la banquette à côté de l'avocat.) En route, Ulrich.

La portière claqua. Ulrich s'installa à la place du chauffeur, à côté du jeune homme chic. Il démarra et nous nous dirigeâmes vers l'ouest.

– Où allons-nous ? demandai-je.

– Chaque chose en son temps, Herr Gunther, dit-il. Voulez-vous un verre ? Ou une cigarette ? (Il ouvrit un petit bar qu'on aurait dit récupéré sur le *Titanic* et en sortit un coffret à cigarettes.) Ce sont des américaines.

J'acceptai la cigarette mais refusai le verre : lorsque vous rencontrez des gens qui lâchent 200 Reichsmarks aussi facilement que le Dr Schemm venait de le faire, il vaut mieux garder toute sa tête.

– Voudriez-vous avoir l'amabilité de me donner du feu, je vous prie ? fit Schemm en glissant une cigarette entre ses lèvres. Gratter une allumette est une des rares choses qui m'embarrassent. J'ai perdu un bras sous les ordres de Ludendorff, pendant l'assaut contre Liège. Avez-vous fait la guerre ?

Il avait une voix dédaigneuse, suave et lente, avec une pointe imperceptible de cruauté. Le genre de voix, pensai-je, capable de vous amener gentiment à vous accuser vous-même. Le genre de voix qui aurait été un atout s'il avait voulu travailler pour la Gestapo. J'allumai nos cigarettes et me carrai contre le confortable dossier de la Mercedes.

– Oui, je me suis battu en Turquie.

Seigneur, pourquoi tout le monde se mettait-il à s'intéresser à mes faits de guerre ? Je ferais peut-être bien de demander une médaille d'ancien combattant. Je regardai par la fenêtre et constatai que nous nous dirigions vers Grunewald, une zone boisée s'étendant à l'ouest de la ville jusqu'aux rives de la Havel.

– Officier ?

– Sergent.

Je l'entendis presque sourire.

– J'étais chef de bataillon, déclara-t-il d'un ton qui me mettait définitivement à ma place. Et vous êtes devenu policier après la guerre ?

– Non, pas tout de suite. J'ai été employé de bureau, mais au bout d'un moment, je n'ai plus supporté la routine. Je suis entré dans la police en 22.

– Quand en êtes-vous parti ?

– Écoutez, Herr Doktor, je n'ai pas prêté serment en entrant dans cette voiture, que je sache.

– Je suis désolé, fit-il. Je voulais simplement savoir si vous en étiez parti de votre propre volonté ou si…

– Ou si on m'avait viré ? Vous avez un sacré toupet pour me poser une question pareille, Schemm.

– Vraiment ? rétorqua-t-il d'un air innocent.

– Je vais quand même vous répondre. C'est moi qui suis parti. Mais si j'étais resté, ils auraient fini par se débarrasser de moi comme ils l'ont fait de tous les autres. Je ne suis pas national-socialiste, mais je ne suis pas non plus un de ces foutus Kozis : je déteste les bolcheviks. Mais ce n'est pas assez pour la Kripo, ou la Sipo[1], ou je ne sais quel nouveau nom ils lui ont trouvé. Si vous n'êtes pas d'accord à cent pour cent avec eux, ils considèrent que vous êtes contre eux.

– Et c'est comme ça qu'un inspecteur de police a quitté la Kripo… (il s'interrompit un instant avant d'ajouter en feignant la surprise :)… pour devenir le détective de l'hôtel Adlon ?

– C'est malin de me faire parler alors que vous savez déjà tout, dis-je en haussant les épaules.

– Mon client aime savoir avec qui il travaille, rétorqua-t-il.

– Je n'ai pas encore accepté l'affaire, précisai-je. Et je me demande si je ne vais pas la refuser, juste pour le plaisir de voir la tête que vous feriez.

---

1. *Sicherheitspolizei.*

– Comme vous voulez. Mais ce serait stupide de votre part. Vous savez, vous n'êtes pas le seul… *enquêteur privé* de Berlin.

Il énonça ma profession avec un dégoût non dissimulé.

– Alors pourquoi m'avoir choisi ?

– Parce que vous avez déjà travaillé pour mon client. Indirectement. Il y a environ deux ans, vous avez mené une enquête pour la compagnie d'assurances Germania, dont mon client est l'un des principaux actionnaires. Vous avez récupéré les titres volés alors que la Kripo pataugeait dans le brouillard.

– Je m'en souviens, en effet. (J'avais de bonnes raisons de m'en souvenir. Ç'avait été l'une de mes premières enquêtes après avoir quitté l'hôtel Adlon pour m'installer à mon compte.) J'ai eu de la chance, ajoutai-je.

– Il ne faut jamais sous-estimer la chance, dit Schemm d'un ton pompeux.

C'est bien vrai, pensai-je : voyez le Führer.

Nous étions arrivés à Dahlem, à la lisière de la forêt de Grunewald, où vivaient les Ribbentrop et quelques-unes des familles les plus puissantes du pays. La voiture s'arrêta devant une monumentale grille en fer forgé encadrée de hauts murs. Le jeune homme chic batailla un moment avant de pouvoir l'ouvrir. Ulrich entra la voiture.

– Continue, lui ordonna Schemm. Ne t'arrête pas. Nous sommes déjà très en retard.

Pendant au moins cinq minutes, nous longeâmes une allée bordée d'arbres avant de déboucher sur une esplanade couverte de gravier, fermée sur trois côtés par le long bâtiment principal et les deux ailes qui composaient la maison. Ulrich arrêta la Mercedes près d'une petite fontaine, sauta de son siège et ouvrit les portières. Nous sortîmes de la voiture. Une galerie couverte, au toit soutenu par des colonnes de bois, faisait le tour de l'esplanade, parcourue par un gardien flanqué de deux dobermans à l'air féroce. À la lueur de l'unique lanterne allumée près

de l'entrée, je pus voir que la maison était crépie de blanc,
avec une haute toiture mansardée. L'ensemble était aussi
imposant que les vastes hôtels de luxe que je n'avais
jamais pu m'offrir. Quelque part dans les sous-bois qui
s'étendaient alentour, un paon lança un cri d'effroi.

Près de la porte, je pus enfin découvrir mon interlocuteur. Il avait sans doute été bel homme, mais ayant probablement dépassé la cinquantaine, il ne lui restait plus
qu'une certaine distinction. Il était plus grand que je ne
l'avais cru dans la voiture, et habillé de façon recherchée
mais sans aucun souci de mode. Il portait un col dur tranchant comme un couteau, un costume rayé gris clair, un
gilet crème et des guêtres. Son unique main était gantée
de chevreau. Son crâne carré aux courts cheveux grisonnants était surmonté d'un large chapeau gris dont le bord
entourait la coiffe au pli impeccable comme une douve
cernant un donjon médiéval. Il ressemblait à un chevalier
dans son armure.

Il me guida jusqu'à une grande porte d'acajou. Le van-
tail pivota sur ses gonds et découvrit un maître d'hôtel au
teint basané qui s'effaça tandis que nous pénétrions dans un
vaste hall. C'était le genre d'entrée qui, la porte franchie,
faisait de vous un privilégié. Un escalier à double volée
aux rampes d'un blanc immaculé conduisait aux étages,
et du plafond pendait un lustre plus grand qu'une cloche
de cathédrale et plus clinquant qu'une boucle d'oreille de
stripteaseuse. Je pris mentalement note d'augmenter mes
tarifs.

Le maître d'hôtel, qui était un Arabe, s'inclina gravement en me demandant mon chapeau.

— Je préfère le garder, si cela ne vous ennuie pas,
dis-je en en tripotant le bord. Ça m'évitera d'embarquer
l'argenterie.

— Comme vous voudrez, monsieur.

Schemm tendit son chapeau au maître d'hôtel dans un
geste d'aristocrate. Peut-être l'était-il, mais je soupçonne

plutôt tous les avocats de parvenir à leur richesse et à leur position par l'avarice et autres moyens infâmes : je n'en ai jamais rencontré un en qui j'aie confiance. Il ôta son gant avec une habile contorsion des phalanges et le laissa tomber dans son chapeau. Ensuite, il rectifia sa cravate et demanda qu'on nous annonce.

Nous attendîmes dans la bibliothèque. Elle n'était peut-être pas aussi vaste que celle de Bismarck ou de Hindenburg, mais on aurait pu garer une demi-douzaine de voitures entre le bureau de style Reichstag et la porte. La décoration était du Lohengrin première époque, avec de grosses poutres, une cheminée en pierre où crépitait une bûche et des armes exposées sur les murs. Et beaucoup de livres, de ceux qu'on achète au mètre : des poètes, des philosophes et des juristes allemands que je connaissais parce qu'ils avaient donné leur nom à des rues ou à des cafés.

J'entrepris de faire le tour de la pièce.

— Si je ne suis pas de retour dans cinq minutes, envoyez une équipe de secours, dis-je.

Schemm soupira et s'assit dans l'un des deux sofas de cuir placés à angle droit face à la cheminée. Il prit un magazine dans le porte-revues et fit mine de s'absorber dans sa lecture.

— Ces petites maisons de campagne ne vous rendent pas un peu claustrophobe ? fis-je.

Schemm lâcha le soupir irrité de la vieille bigote qui décèle une odeur de gin dans l'haleine du pasteur.

— Asseyez-vous donc, Herr Gunther, dit-il.

J'ignorai son invitation. Tripotant les billets dans ma poche pour me tenir éveillé, je m'approchai du bureau et en examinai la surface de cuir vert. Un exemplaire du *Berliner Tageblatt* y était posé à côté d'une paire de lunettes aux verres en demi-lune ; je remarquai également un stylo, un lourd cendrier de cuivre contenant le mégot mâchouillé d'un cigare et, à côté, la boîte de havanes Black Wisdom d'où il avait été tiré ; enfin, une pile de courrier et quelques clichés dans des cadres en argent. Je jetai un coup d'œil à Schemm, qui s'efforçait de garder les yeux ouverts, et pris une des photos encadrées. Elle représentait une belle femme au teint mat et à la silhouette enveloppée, celles que je préfère, mais sa toge de diplômée me fit deviner que je n'aurais aucune chance avec elle.

– Elle est belle, n'est-ce pas ?

Schemm bondit. La voix venait de la bibliothèque chantante avec un léger accent berlinois. Je me retournai et découvris un homme de petite taille dont le visage rubicond et bouffi était si défait que je faillis ne pas le reconnaître. Tandis que Schemm faisait des courbettes, je marmonnai quelques compliments sur la jeune femme de la photo.

– Herr Six, fit Schemm avec l'obséquiosité d'une concubine de sultan, puis-je vous présenter Herr Bernhard Gunther ? (Il pivota vers moi tandis que sa voix s'adaptait au découvert de mon compte en banque.) Voici Herr Doktor Hermann Six.

C'est drôle, dès qu'on s'élève un peu dans la hiérarchie sociale, on rencontre un nombre incroyable de ces foutus docteurs. Je lui tendis la main. Mon nouveau client me la serra un très long moment, les yeux rivés sur les miens. Beaucoup de clients aiment ainsi jauger le caractère de celui à qui ils ont l'intention de soumettre leurs petits problèmes. Il faut les comprendre : personne ne ferait confiance à un individu paraissant sournois ou malhonnête. C'est pourquoi je considère comme une chance d'avoir l'apparence d'un homme droit et fiable. Mais j'en reviens aux yeux de mon client : ils étaient grands, bleus et proéminents, avec un étrange éclat liquide, comme s'ils venaient de traverser un nuage de gaz moutarde. Je compris brusquement que cet homme venait de pleurer.

Six finit par me lâcher la main et récupéra la photo que j'avais examinée. Il la contempla quelques secondes avant d'émettre un profond soupir.

— C'était ma fille, dit-il la gorge nouée.

Je hochai la tête patiemment. Il reposa le cadre à plat sur le bureau, la photo en dessous, et tripota la tonsure grise qui le faisait ressembler à un moine.

— Elle est morte, ajouta-t-il.

— Je suis navré, dis-je d'un air grave.

— Vous auriez tort, fit-il. Parce que si elle n'était pas morte, vous ne seriez pas ici ce soir avec la possibilité de gagner beaucoup d'argent. (Je ne perdais pas une seule de ses paroles : j'aime entendre ce genre de langage.) Mais elle a été assassinée, voyez-vous.

Il marqua une pause pour souligner cet effet théâtral. Beaucoup de mes clients agissent ainsi, mais lui se montrait particulièrement bon.

— Assassinée, répétai-je l'air sidéré.

— Oui, assassinée.

Il tripota une de ses oreilles éléphantines avant d'enfouir les mains dans les poches d'un costume bleu marine informe. Je remarquai que les poignets de sa chemise étaient sales et effilochés. C'était la première fois que je rencontrais un des barons de la sidérurgie, le nom de Six ne m'était pas inconnu : c'était un des plus gros industriels de la Ruhr, mais ce détail me parut étrange. Il se balança d'avant en arrière. Je baissai les yeux vers ses chaussures. On peut apprendre beaucoup de choses sur un client en examinant ses chaussures. C'est le seul truc que j'ai piqué à Sherlock Holmes. Celles de Six étaient bonnes pour le Secours d'Hiver[1], l'association d'entraide populaire nazie chargée de collecter les vieux vêtements. Mais il faut avouer que, de toute façon, les chaussures allemandes ne sont en général pas de très bonne qualité, et que l'ersatz de cuir ressemble plus à du carton bouilli qu'à

---

1. Organisation d'entraide à laquelle devaient collaborer à tour de rôle les différentes associations professionnelles du Troisième Reich.

autre chose. Cependant, je ne pensais pas que Herr Six fût accablé de chagrin au point de dormir tout habillé. Non ; je le pris pour un de ces millionnaires excentriques dont les journaux retracent l'ascension : c'est en ne dépensant jamais un sou inutile qu'ils sont devenus si riches.

— Elle a été tuée par balles, de sang-froid, dit-il avec amertume.

J'eus l'impression qu'on allait en avoir pour une bonne partie de la nuit. Je sortis mes cigarettes.

— La fumée ne vous dérange pas ? demandai-je.

Mon intervention parut le ramener sur terre.

— Je vous prie de m'excuser, Herr Gunther, soupira-t-il. Je me conduis comme un goujat. Voulez-vous un verre ou autre chose ? (Le « autre chose » était tentant. Je songeai à un profond lit à baldaquin, mais je demandai du café.) Fritz ?

Schemm s'ébroua sur le grand sofa.

— Je vous remercie. Un verre d'eau sera parfait, dit-il humblement.

Six tira le cordon de la sonnette de service, puis choisit un gros cigare presque noir dans la boîte posée sur le bureau. Il m'invita à m'asseoir. Je me laissai tomber face à Schemm, sur l'autre sofa. Six alluma son cigare et s'assit à côté de l'avocat manchot. La porte s'ouvrit et un homme d'environ 35 ans pénétra dans la bibliothèque. Les lunettes non cerclées qu'il portait au bout d'un nez épaté juraient avec sa carrure d'athlète. Il les ôta d'un geste sec, me dévisagea d'un air méfiant et se tourna vers son patron.

— Voulez-vous que j'assiste à cette réunion, Herr Six ? demanda-t-il.

Il avait un vague accent de Francfort.

— Non, c'est inutile, Hjalmar, répliqua Six. Soyez gentil, allez vous coucher. Et dites à Farraj de nous apporter un moka, un verre d'eau et mon cordial.

— Entendu, Herr Six.

Il m'observa une nouvelle fois. J'eus l'impression que ma présence le gênait et me promis de lui parler à la première occasion.

– Une dernière chose, fit Six en pivotant sur le sofa pour lui faire face. Il nous faudra étudier demain matin les modalités des funérailles. Rappelez-le-moi. Je veux que vous vous occupiez de tout pendant mon absence.

– Très bien, Herr Six.

Sur ce, il nous souhaita le bonsoir et sortit.

– À nous, Herr Gunther, reprit Six lorsque la porte se fut refermée.

Avec le Black Wisdom au coin des lèvres, il ressemblait à un bateleur de foire, tandis que sa voix était celle d'un enfant mâchouillant une sucrerie.

– Je dois tout d'abord m'excuser de vous avoir fait venir ici à une heure indue. Mais comprenez que je suis un homme fort occupé et surtout, très discret.

– N'exagérons rien, Herr Six, fis-je. J'ai déjà entendu prononcer votre nom.

– Très probablement. Un homme dans ma position se doit de patronner un certain nombre de causes charitables et d'œuvres de bienfaisance – vous voyez ce que je veux dire. C'est l'un des aspects contraignants de l'aisance.

Comme la fosse du même nom, me dis-je. Devinant ce qui allait suivre, je réprimai un bâillement mais trouvai la force de l'approuver.

– J'en suis tout à fait persuadé.

Je prononçai ma réplique avec une telle conviction qu'il hésita un instant avant de poursuivre. Il me débita comme prévu les phrases bien tournées que j'avais déjà entendues des dizaines de fois, émaillées de « discrétion absolue », de « je ne désire pas mêler les autorités à mes affaires privées » et autres « tout ceci doit rester absolument confidentiel ». C'est un des côtés agaçants de mon boulot. Les gens se sentent obligés de vous prodiguer des conseils, comme s'ils ne vous faisaient pas vraiment confiance, ou comme s'ils attendaient que vous vous surpassiez pour être digne de la mission qu'ils vous confient.

— Si je pouvais gagner plus d'argent en n'étant pas tenu au secret, il y a longtemps que j'aurais essayé, dis-je. Mais, dans mon domaine, ne pas tenir sa langue peut coûter cher. Tout le monde serait aussitôt au courant, et les compagnies d'assurances ou cabinets juridiques qui comptent parmi mes clients réguliers iraient s'adresser ailleurs. En outre, je sais que vous vous êtes renseigné sur moi, alors pourquoi ne pas en venir directement aux faits ?

Ce qui est pratique avec les gens riches, c'est qu'ils aiment être mis à l'aise. Ils prennent ça pour de l'honnêteté. Six fit un signe de tête approbateur.

À ce moment, le maître d'hôtel fit une apparition feutrée, glissant dans la pièce comme une roue en caoutchouc sur un parquet ciré. Exhalant une odeur de transpiration mêlée à une autre odeur épicée, il servit le café, le verre d'eau et le cognac de son patron avec le visage dépourvu d'expression d'un homme qui a décidé de ne plus entendre. Tout en buvant mon café, je me dis que, si j'avais affirmé que ma grand-mère nonagénaire s'était enfuie avec le Führer, il aurait continué à nous servir sans un frémissement de sourcils. Il quitta la pièce si discrètement que je ne m'en aperçus pas tout de suite.

— La photo que vous regardiez a été prise il y a quelques années, pendant la cérémonie de remise des diplômes. Ma fille a ensuite enseigné au lycée Arndt de Berlin-Dahlem.

Je sortis un stylo et me préparai à prendre des notes au dos du carton d'invitation au mariage de Dagmarr, mais il m'interrompit.

— Non, ne prenez pas de notes, je vous prie. Contentez-vous d'écouter. Herr Schemm vous remettra un dossier de renseignements complet à l'issue de notre conversation.

» Je dois dire qu'elle était un bon professeur, même si, pour être tout à fait franc avec vous, j'aurais préféré qu'elle fasse autre chose de sa vie. Grete – oui, j'ai oublié de vous dire qu'elle s'appelait Grete. Grete, donc, avait une voix extraordinaire, et j'aurais aimé qu'elle pratique le chant de manière professionnelle. Mais en 1930, elle a épousé un jeune avocat du barreau de Berlin. Il s'appelait Paul Pfarr.

– Il *s'appelait*? fis-je.

Mon interruption suscita un nouveau soupir.

– Oui, dit-il. J'aurais dû vous le préciser. Lui aussi est mort.

– Ce qui fait deux assassinats?

– Oui, deux assassinats, répéta-t-il avec un drôle d'air, en ouvrant son portefeuille dont il sortit un cliché. Cette photo a été prise le jour de leur mariage.

Le cliché ne m'apprit pas grand-chose. Comme la plupart des mariages dans ce milieu, celui-ci avait été célébré dans les salons de l'hôtel Adlon. Je reconnus la pagode de la fontaine des Murmures et les éléphants sculptés du jardin Goethe de l'Adlon. J'étouffai un bâillement. La photo n'était pas très bonne et j'avais eu ma dose de mariage depuis la veille. Je rendis le cliché.

– Un couple charmant, commentai-je en allumant une Muratti.

Le cigare éteint de Six reposait dans le cendrier de cuivre.

– Grete a enseigné jusqu'en 1934, date à laquelle, comme beaucoup d'autres femmes, elle a perdu son travail, victime de la discrimination sexuelle du gouvernement en matière d'emploi. Au même moment, Paul obtenait un poste au ministère de l'Intérieur. Ma première femme, Lisa, est morte peu après. Grete en fut terriblement affectée. Elle s'est mise à boire et à sortir tous les soirs. Depuis quelques semaines, elle semblait être redevenue elle-même. (Six considéra son verre de cognac d'un air morne, puis le vida d'un trait.) Et pourtant, il y a trois nuits de cela, Paul et Grete sont morts brûlés dans l'incendie de leur maison à Lichterfelde. Mais avant que la maison ne s'embrase, ils avaient été tués de plusieurs coups de feu, et le coffre avait été forcé.

— Avez-vous une idée de ce que contenait ce coffre ?

— J'ai dit aux policiers de la Kripo que je n'en savais rien.

— Ce qui n'est pas tout à fait la vérité, n'est-ce pas ?

— C'est la vérité en ce qui concerne la majorité des documents qu'il contenait. Mais il s'y trouvait un objet en particulier dont je connaissais la présence, et que je n'ai pas signalé à la police.

— Puis-je savoir pour quelle raison, Herr Six ?

— Je préférais que la police ne le sache pas.

— Pourquoi me le dire à moi ?

— Parce que si vous retrouvez l'objet en question, vous retrouverez le meurtrier bien avant la police.

— Et que devrai-je faire à ce moment-là ?

J'espérais qu'il n'allait pas évoquer une gentille petite exécution privée, parce que je ne voulais pas avoir à me battre avec ma conscience, surtout avec une telle somme en jeu.

— Avant de livrer l'assassin aux autorités, vous devrez récupérer cet objet et me le rendre, puisque j'en suis le propriétaire. Il est de la plus haute importance qu'il ne tombe pas entre les mains de la police.

— De quoi parlons-nous exactement ?

Six croisa les mains d'un air songeur, les décroisa avant de s'envelopper de ses bras comme d'une étole et me regarda bizarrement.

— Confidentiellement, bien entendu, grognai-je.

— Il s'agit de bijoux, dit-il. Voyez-vous, Herr Gunther, ma fille est morte intestat, et donc tous ses biens reviennent à son mari. Or Paul a fait un testament dans lequel il lègue tout au Reich. (Il secoua la tête.) Pouvez-vous comprendre une telle bêtise, Herr Gunther ? Il a tout légué à l'État. Absolument tout. J'ai moi-même du mal à y croire.

– Il devait être grand patriote.

Six ne perçut pas l'ironie de ma remarque. Il se contenta de ricaner.

– Mon cher Herr Gunther, c'était un national-socialiste. Ces gens-là croient qu'ils sont les premiers et les seuls à aimer leur patrie. (Il sourit d'un air abattu.) Moi aussi j'aime mon pays. Et personne ne lui donne plus que moi. Mais je ne vois pas pourquoi je ferais un tel cadeau au Reich. Me comprenez-vous ?

– Je pense, oui.

– En outre, ces bijoux appartenaient à la mère de Grete, de sorte que, en plus de leur valeur marchande considérable, ils ont également une très grande valeur sentimentale.

– Combien valent-ils ?

Schemm jugea qu'il était temps d'apporter certaines précisions.

– Je pense pouvoir apporter certaines informations sur ce point, Herr Six, dit-il en fouillant dans une serviette posée à ses pieds pour en sortir un dossier couleur chamois qu'il posa sur le tapis entre les deux sofas. J'ai ici les dernières estimations de l'assurance, ainsi que quelques photos. (Il saisit une des feuilles du dossier et lut le chiffre figurant dans la colonne « Total » avec aussi peu d'émotion que s'il s'était agi de sa dépense mensuelle en blanchisserie.) Sept cent cinquante mille Reichsmarks.

Comme je laissais échapper un sifflement involontaire, Schemm eut une moue désapprobatrice et me tendit les clichés. J'avais déjà vu des pierres plus grosses, mais seulement sur des photos de pyramides. Six reprit la parole pour raconter leur histoire.

– En 1925, le marché mondial du diamant était submergé de pierres vendues par les exilés russes ou les bolcheviks, qui venaient de découvrir un trésor dissimulé derrière un mur du palais du prince Youssoupov, mari de la nièce du tsar. Cette année-là, j'ai acheté en Suisse

plusieurs de ces pièces : une broche, un bracelet et, surtout, un magnifique collier de vingt diamants. Il est signé
Cartier et pèse plus d'une centaine de carats. Il va sans
dire, Herr Gunther, qu'il ne sera pas facile de revendre
une telle pièce.

— Oui, je m'en doute. (Au risque de paraître cynique,
la valeur sentimentale des bijoux me paraissait à présent
insignifiante par rapport à leur valeur marchande.) Parlez-
moi un peu de ce coffre.

— Je l'ai acheté, répondit Six, tout comme la maison. Paul n'avait pas beaucoup d'argent. Quand la mère
de Grete est morte, j'ai donné ses bijoux à ma fille, et
en même temps, j'ai fait installer ce coffre pour qu'elle
puisse les garder chez elle plutôt que de les confier à une
banque.

— Elle les a donc portés récemment ?

— Oui. Quelques jours avant d'être tuée, elle les a mis
pour nous accompagner à un bal, ma femme et moi.

— Quel genre de coffre était-ce ?

— Un Stockinger mural, avec une serrure à combinaison.

— Qui connaissait cette combinaison ?

— Seulement ma fille. Et Paul, bien sûr. Ils n'avaient
aucun secret entre eux, et je crois qu'il gardait dans ce
coffre certains documents professionnels.

— Personne d'autre ?

— Non. Pas même moi.

— Savez-vous comment on a ouvert le coffre ? A-t-on
utilisé des explosifs ?

— Je ne pense pas.

— Un perceur, alors.

— Je vous demande pardon ?

— Un perceur de coffres, un professionnel. Quoiqu'il
aurait fallu être très fort pour venir à bout de ce genre de
matériel.

Six se pencha.

– Ou alors, dit-il, le cambrioleur a obligé Paul ou Grete à l'ouvrir, puis leur a ordonné de se remettre au lit avant de les assassiner. Ensuite, il a mis le feu à la maison pour effacer ses traces et embrouiller la police.

– Oui, c'est possible, admis-je.

J'ai sur le visage, au beau milieu des pousses de barbe, une petite zone circulaire parfaitement imberbe, conséquence d'une piqûre de moustique, du temps où je me battais en Turquie. Depuis lors, je n'ai jamais eu à raser cette portion de peau. Mais lorsque quelque chose me tracasse, je me gratte à cet endroit. Et rien ne me cause plus de tracas qu'un client jouant au détective. C'est pourquoi la remarque de Six me fit gratter cette zone imberbe. Je ne balayai pas son hypothèse d'un revers de main, mais je tenais à montrer qui était le spécialiste.

– Possible, mais peu probable. Il n'y a pas de meilleur moyen d'ameuter tous les policiers de la ville que de rééditer le coup du Reichstag. Jouer les Van der Lubbe[1] ne me paraît pas dans les manières d'un professionnel. Ni les meurtres, d'ailleurs.

C'était pure conjecture de ma part, mais mon intuition me disait qu'il ne s'agissait pas d'un travail de pro. D'autant que l'expérience m'avait appris qu'un cambriolage opéré par un professionnel est rarement entaché d'un meurtre. Mais j'avais envie, pour une fois, d'entendre le son de ma propre voix.

– Qui savait que votre fille gardait des bijoux dans son coffre ? demandai-je.

– Moi seul, répondit Six. Grete n'en a jamais parlé à personne. Je ne sais pas si Paul a été plus bavard.

– Leur connaissiez-vous des ennemis ?

– Pour Paul, je l'ignore, dit-il, mais je suis sûr que Grete n'en avait aucun.

---

1. L'incendiaire du Reichstag.

Je n'étais pas étonné outre mesure que Six veuille donner de sa Grete l'image d'une bonne petite qui se brossait
les dents et récitait ses prières avant de se coucher, mais
j'étais intrigué par le peu de certitudes qu'il avait sur son
gendre. C'était la deuxième fois en quelques minutes qu'il
disait ignorer ce que Paul avait fait ou non.

– Et vous ? fis-je. Un homme riche et influent comme
vous l'êtes doit susciter bon nombre d'inimitiés. (Il hocha
la tête.) Voyez-vous quelqu'un susceptible de vous en
vouloir au point de se venger de vous à travers votre
fille ?

Il ralluma son Black Wisdom, tira quelques bouffées
puis, l'écartant de sa bouche, le tint entre le pouce et l'index.

– Les ennemis sont le corollaire inévitable de la richesse,
Herr Gunther, déclara-t-il. Mais ce sont des concurrents,
pas des gangsters. Je ne pense pas qu'aucun d'entre eux
soit capable d'un acte si odieux.

Il se leva, s'approcha de la cheminée et, à l'aide d'un
long pique-feu en cuivre, repoussa la bûche qui menaçait
de basculer par-dessus la grille. Profitant de sa distraction,
je l'attaquai au dépourvu.

– Vous entendiez-vous bien avec votre gendre ?

Il se retourna et me fit face, le pique-feu à la main, le
visage légèrement congestionné. Cette réponse involontaire me suffisait, mais il voulut biaiser.

– Quelle idée de me poser une question pareille ? demanda-t-il.

– Vraiment, Herr Gunther ! fit Schemm en affichant un
air choqué devant mon indélicatesse.

– Nous n'avions pas toujours les mêmes opinions,
reprit Six, mais qui peut se vanter d'être d'accord à cent
pour cent avec son gendre ? (Il reposa le pique-feu. Je gardai le silence.) Bien, reprit-il, pour en revenir à la conduite
de votre enquête, je vous demande simplement de retrouver les bijoux. Je préférerais que vous ne vous mêliez pas

des affaires de ma famille. Je vous paierai, quel que soit votre prix.

— Soixante-dix marks par jour, plus les frais, bluffai-je en espérant que Schemm ne s'était pas renseigné.

— En outre, si vous retrouvez ces bijoux, la compagnie d'assurances Germania vous offrira une prime de cinq pour cent sur leur valeur. Cela vous convient-il, Herr Gunther ?

D'après le rapide calcul mental auquel je me livrai, cette prime s'élèverait donc à la somme rondelette de 37 500 marks. Avec ça, tous mes problèmes seraient réglés pour un bon moment. Je me surpris en train d'acquiescer de la tête. Bien sûr, les règles du jeu ne me paraissaient pas très claires, mais pour près de 40 000 marks, je n'allais pas faire la fine bouche.

— Je dois vous avertir que la patience n'est pas mon fort, ajouta Six. Je veux des résultats rapides. Je vous ai préparé un chèque pour couvrir vos premiers frais.

Il fit un signe de tête à l'adresse de l'avocat qui me tendit le chèque. D'une valeur de 1 000 marks, il était encaissable à la Privat Kommerz Bank. Schemm replongea dans sa serviette et en sortit une lettre à en-tête de la compagnie d'assurances Germania.

— Ce papier, expliqua-t-il, certifie que vous avez été engagé par notre compagnie pour enquêter sur l'origine de l'incendie avant l'exécution du testament. La maison était assurée chez nous. Si vous avez le moindre problème, vous devrez vous adresser à moi. Vous ne devez sous aucun prétexte importuner Herr Six, ni même mentionner son nom. Voici un dossier contenant toutes les informations nécessaires.

— Vous avez pensé à tout, lui dis-je d'un ton mordant.

Six se leva, aussitôt imité par Schemm, et enfin, péniblement, par moi-même.

— Quand comptez-vous commencer vos recherches ? demanda-t-il.

– Dès que je serai réveillé.

– Excellent, fit-il en me tapant sur l'épaule. Ulrich va vous raccompagner chez vous.

Ensuite, il alla jusqu'à son bureau, s'assit dans son fauteuil et commença à trier des papiers sans plus me prêter la moindre attention.

Dans l'entrée, tandis que j'attendais l'arrivée du maître d'hôtel et d'Ulrich, j'entendis une voiture s'arrêter devant la maison. Le moteur, trop bruyant pour être celui d'une limousine, devait être celui d'une voiture de sport. Une portière claqua, on entendit des pas crisser sur le gravier et une clé fut introduite dans la serrure. La porte laissa apparaître une femme : je reconnus aussitôt la star de l'UFA Film Studio, Ilse Rudel. Elle portait un manteau de zibeline foncé et une robe de soirée de satin bleu. Elle me dévisagea, intriguée, tandis que je la dévorais des yeux. Il y avait de quoi. Elle avait ce genre de corps qui hante mes rêves. Un corps qui paraissait capable de tout faire, hormis les choses ordinaires comme de travailler et se mettre en travers du chemin d'un homme.

– Bonjour, dis-je.

L'irruption du majordome, aussi silencieux qu'un rat d'hôtel, la contraignit à m'oublier pendant qu'il lui prenait son manteau.

– Farraj, où est mon mari ?

– Herr Six est dans la bibliothèque, madame.

Ma mâchoire s'affaissa et mes yeux faillirent sortir de leurs orbites. Que cette déesse soit la femme du gnome assis là-haut était une vibrante plaidoirie en faveur de l'argent. Je la regardai s'éloigner en direction de la bibliothèque. Frau Six – je n'en revenais toujours pas – était grande, blonde et aussi éclatante de santé que le compte en banque suisse de son mari. Sa bouche avait un je-ne-sais-quoi de boudeur, et ma connaissance de la physionomie m'apprit qu'elle n'avait qu'un seul but dans la vie : les espèces sonnantes et trébuchantes. Des boucles brillantes pendaient de ses oreilles parfaites, et lorsqu'elle passa près de moi, l'air s'embauma de l'odeur de l'eau de Cologne 4711. Je pensais la voir sortir en m'ignorant, mais elle me coula un regard et dit : « Bonne nuit, qui que vous soyez. » Puis la porte de la bibliothèque l'avala avant que j'aie pu le faire moi-même. Je ravalai ma langue et regardai ma montre. Il était 3 h 30. Ulrich réapparut.

— Pas étonnant qu'il veille si tard, dis-je en le suivant dehors.

3

Le lendemain matin, il faisait gris et humide. Je bus une tasse de café pour me débarrasser d'une gueule de bois carabinée et feuilletai le *Berliner Borsenzeitung* qui me parut encore plus difficile à comprendre que d'habitude, avec de longues phrases aussi confuses que celles des discours de Hess.

Moins d'une heure après, rasé et habillé, mon paquet de linge sale à la main, j'arrivai à Alexanderplatz, le point de trafic le plus important de la partie orientale de Berlin. Quand on y arrive par Neue Königstrasse, la place apparaît flanquée de deux grands immeubles de bureaux : Berolina Haus, à droite, et, à gauche, Alexander Haus, où j'avais mon propre bureau au quatrième étage. Avant de monter, je laissai ma lessive à la blanchisserie Adler, située au rez-de-chaussée.

Lorsque vous attendiez l'ascenseur, il était difficile de ne pas remarquer le panneau d'affichage fixé juste à côté. Y figuraient un appel au profit du Fonds pour la mère et l'enfant, une affiche du Parti vous exhortant à aller voir un film antisémite, et enfin un portrait édifiant du Führer. Ce panneau d'affichage était placé sous la responsabilité du concierge de l'immeuble, Herr Gruber, une sorte de croque-mort à l'air sournois. Non seulement il est responsable de l'évacuation en cas de raid aérien, tâche pour laquelle il a été investi de pouvoir de police par l'Orpo, la police officielle, mais il est aussi un informateur de la Gestapo. J'ai vite compris qu'il serait très mauvais pour mes affaires de me mettre mal avec Gruber, de sorte que, comme la plupart des autres locataires d'Alexander Haus, je lui donnais 3 marks par semaine, grâce auxquels je contribuais automatiquement aux multiples quêtes et collectes que le DAF[1], le Front du travail allemand, lançait avec une imagination et une régularité désarmantes.

Je maudis en marmonnant la lenteur de l'ascenseur lorsque je vis s'ouvrir la porte de la loge de Gruber. Il passa son visage de rat par l'entrebâillement et jeta un coup d'œil inquisiteur dans le couloir.

— Ah, Herr Gunther, c'est vous, dit-il en s'approchant avec une démarche de crabe souffrant de cors aux pieds.

— Bonjour, Herr Gruber, fis-je en évitant de le regarder.

Il avait quelque chose dans le visage qui rappelait irrésistiblement le personnage de Nosferatu tel que Max Schrenck l'incarnait à l'écran, ressemblance accentuée par les mouvements d'écureuil de ses mains squelettiques.

— Une jeune femme vous a demandé, dit-il. Je l'ai fait monter. J'espère que j'ai bien fait, Herr Gruber.

— Oui, vous…

— Et j'espère qu'elle est toujours là, reprit-il. Elle est arrivée il y a plus d'une demi-heure. Comme je sais que Fräulein Lehmann ne travaille plus pour vous, je lui ai dit qu'on ne pouvait pas prévoir à quelle heure vous seriez là, avec vos horaires irréguliers.

À mon grand soulagement, l'ascenseur arriva enfin. J'ouvris la porte de la cabine et y pénétrai.

— Merci, Herr Gruber, dis-je en refermant la porte.

---

1. *Deutsche Arbeitsfront.*

– Heil Hitler, dit-il.

L'ascenseur commença à monter.

– Heil Hitler ! criai-je.

Oublier de saluer Hitler avec quelqu'un comme Gruber peut vous attirer de gros ennuis que je préférais éviter. Mais je me promis une nouvelle fois de rentrer un jour dans le lard de ce type, juste pour le plaisir.

Je partageais le quatrième étage avec un dentiste « allemand », un agent d'assurance « allemand » et une officine d'embauche « allemande ». Cette dernière avait dû m'envoyer la secrétaire temporaire que je pensais trouver en la personne de la jeune femme qui m'attendait. En sortant de l'ascenseur, je priai pour qu'elle ne soit pas laide comme un pou. Je n'osais espérer une pin-up, mais je n'aurais pas aimé tomber sur un cageot. J'entrai dans la salle d'attente.

– Herr Gunther ? dit-elle en se levant.

Je l'examinai des pieds à la tête d'un regard aussi rapide que discret. Elle n'était pas aussi jeune que Gruber l'avait laissé entendre (elle devait avoir dans les 45 ans), mais elle n'était pas si mal. Un peu enveloppée peut-être, avec un derrière rebondi, mais ça n'était pas pour me déplaire. Ses cheveux roux, grisonnant aux tempes et sur le sommet du crâne, étaient ramenés en chignon sur la nuque. Elle était vêtue d'un ensemble gris, d'un chemisier blanc à col montant et d'un chapeau noir à bord relevé.

– Bonjour, dis-je d'une voix aussi aimable que possible malgré les miaulements du matou qui me taraudaient le crâne suite à ma gueule de bois. Je suppose que vous êtes ma nouvelle secrétaire ?

Je m'estimais heureux d'avoir obtenu une employée féminine, d'autant que celle-ci était plutôt présentable.

– Frau Protze, dit-elle en me serrant la main. Je suis veuve.

– Navré, dis-je en ouvrant la porte menant à mon bureau. Vous êtes bavaroise, à ce qu'il me semble ?

J'avais aussitôt reconnu l'accent.

— Oui. De Regensburg.

— Une jolie petite ville.

— Si on y découvre un trésor, certainement. C'est ce qui vous est arrivé ?

Astucieuse, avec ça, pensai-je. C'était un bon point pour elle : il lui faudrait une bonne dose d'humour pour travailler avec moi.

Je lui fis un long topo sur mon travail. Elle déclara que tout cela paraissait terriblement intéressant. Je la fis entrer dans la minuscule pièce adjacente voisine de mon bureau où elle passerait désormais ses journées, assise sur son gros derrière.

— Le mieux, c'est de laisser la porte de la salle d'attente ouverte, lui conseillai-je.

Je lui montrai ensuite le petit cabinet de toilette ouvrant dans le couloir, m'excusant pour les petits bouts informes de savon et les serviettes sales.

— Je paie 75 marks par mois, et voilà comment ils font le ménage. Il va falloir que je dise deux mots à ce fils de pute de propriétaire.

Tout en prononçant ces mots je savais que je n'en ferais rien. Nous revînmes dans mon bureau et je constatai en ouvrant mon agenda que mon seul client de la journée était une certaine Frau Heine, à 11 heures.

— J'ai un rendez-vous dans vingt minutes, dis-je. Cette femme veut savoir si j'ai retrouvé son fils disparu. C'est un sous-marin juif.

— Un quoi ?

— Un Juif qui se cache.

— Qu'a-t-il fait pour devoir se cacher ?

— À part d'être juif, vous voulez dire ?

Sa question montrait qu'elle avait mené jusqu'ici une existence très protégée, même pour une native de Regensburg. J'avais presque honte à l'idée de démoraliser cette innocente en lui collant le nez entre les fesses puantes de son cher pays. Mais, après tout, c'était une grande personne, et je n'avais pas le temps de m'attarder sur ses états d'âme.

— Il est venu à l'aide d'un vieil homme qui se faisait tabasser par des voyous, expliquai-je. Et il a tué l'un d'entre eux.

— Mais s'il est venu au secours de ce vieil homme, il ne…

— Sauf que ce vieil homme était juif, et que les deux voyous étaient des SA. Cela change tout, n'est-ce pas? Sa mère m'a demandé de chercher à savoir s'il était encore vivant et libre. Voyez-vous, quand quelqu'un est arrêté, décapité ou envoyé en KZ, les autorités ne prennent pas toujours la peine d'en informer la famille. Il y a des tas de disparus juifs, ces temps-ci. Une bonne part de mon boulot consiste à tenter de les retrouver.

Frau Protze parut contrariée.

— Vous aidez les Juifs? demanda-t-elle.

— Ne vous inquiétez pas. Tout ceci est parfaitement légal. Et leur argent est aussi valable qu'un autre.

— Oui, certainement.

— Écoutez-moi, Frau Protze, dis-je. Les Juifs, les Tziganes, les Peaux-Rouges, pour moi c'est pareil. Je n'ai aucune raison particulière de les aimer, mais je n'ai aucune raison non plus de les détester. Quand un Juif entre dans ce bureau, je le traite exactement comme n'importe quel autre client. Je le reçois comme si c'était le cousin du Kaiser en personne. Mais cela ne veut pas dire que je me bats pour eux. Les affaires sont les affaires.

— Exactement, dit Frau Protze en rougissant légèrement. N'allez pas croire que j'aie quoi que ce soit contre les Juifs.

— Bien sûr que non, fis-je.

Mais tout le monde disait la même chose. Même Hitler.

– Bonté divine, lâchai-je lorsque la mère du sous-marin juif eut quitté mon bureau. Moi qui adore lorsqu'un client repart satisfait.

Cette idée me déprima à un tel point que je décidai de sortir faire un tour.

J'achetai un paquet de Muratti chez Loeser & Wolff, puis j'allai encaisser le chèque de Six. Je versai la moitié de la somme sur mon compte bancaire, puis je décidai de m'offrir un magnifique peignoir en soie pour remercier le destin de m'avoir envoyé un client si généreux.

Puis je marchai en direction du sud-ouest, dépassai la gare d'où un train partait vers le pont Jannowitz et arrivai au coin de Königstrasse où j'avais laissé ma voiture.

Lichterfelde, dans la partie sud-ouest de Berlin, était le quartier résidentiel favori des fonctionnaires à la retraite et des membres des forces armées. Les loyers pratiqués étaient beaucoup trop élevés pour un jeune couple, à moins d'avoir pour père et beau-père le multimillionnaire Hermann Six.

Ferdinandstrasse part vers le sud à partir de la voie de chemin de fer. Un jeune policier, aspirant de l'Orpo, était en faction devant le numéro 16. Une bonne partie du toit et toutes les fenêtres étaient détruites. Les poutres et les murs en brique noircis par les flammes parlaient d'eux-mêmes. Je garai la Hanomag et m'approchai de la grille du jardin. Je montrai ma carte au jeune flic, un garçon boutonneux de 20 ans à peine, qui l'examina avec une attention naïve.

– Enquêteur privé, hein ?

– Exact, répliquai-je. J'ai été engagé par l'assurance pour enquêter sur l'incendie.

J'allumai une cigarette et regardai d'un air entendu l'allumette qui se consumait jusqu'à me brûler les doigts. Il hocha la tête, mais son visage prit une expression soucieuse ; celle-ci disparut brusquement dès qu'il me reconnut.

– Eh, mais vous n'étiez pas à la Kripo de l'Alex ? (J'acquiesçai d'un signe de tête tandis que mes narines crachaient la fumée comme deux cheminées d'usine.) Il me semblait bien reconnaître ce nom – Bernhard Gunther. C'est bien vous qui avez épinglé Gormann, l'Étrangleur, non ? J'avais vu ça dans les journaux. On ne parlait que de vous.

Je haussai les épaules d'un air modeste, mais il avait raison. J'avais connu mon heure de gloire en arrêtant Gormann. J'étais un bon flic à l'époque.

L'aspirant ôta son shako et gratta le sommet de son crâne carré.

– Ça alors ! fit-il avant d'ajouter : moi aussi je serai bientôt dans la Kripo. S'ils veulent bien de moi, naturellement.

– Tu as l'air d'être un bon élément. Il ne devrait pas y avoir de problème.

– Merci, dit-il. Hé ! à propos, vous n'auriez pas un bon tuyau ?

– Essaie Schahorn dans la course de 15 heures au Hoppegarten. (Je haussai les épaules.) Bah, je n'en sais foutre rien. Comment t'appelles-tu, mon gars ?

– Eckhart, répondit-il. Wilhelm Eckhart.

– Eh bien, Wilhelm, si tu me parlais un peu de cet incendie ? Qui a-t-on fait venir comme médecin légiste ?

– Un type de l'Alex, Upmann ou Illmann, je ne sais plus.

– Un vieux avec une barbiche et des lunettes sans monture ? (Il acquiesça.) C'était Illmann. Quand est-il passé ?

– Avant-hier. Lui et le Kriminalkommissar Jost.

– Jost ? Ce n'est pourtant pas son genre de se salir les mains. J'aurais cru qu'il lui aurait fallu plus que le meurtre d'une fille de millionnaire pour qu'il bouge son gros cul.

Je jetai mon mégot dans la direction opposée à la carcasse calcinée de la maison. Pourquoi aller taquiner le destin ?

– On m'a dit que ce serait un incendie criminel. Est-ce vrai, Wilhelm ?

– Vous ne sentez pas ? (J'inspirai profondément et secouai la tête.) Vous ne sentez pas l'odeur d'essence ?

– Non, pas particulièrement. Berlin a toujours cette odeur-là.

– C'est peut-être à force de rester planté ici. Enfin, ils ont trouvé un bidon d'essence dans le jardin. À mon avis, c'est clair.

– Écoute, Wilhelm, ça t'ennuierait que je jette un coup d'œil ? Ça m'éviterait de remplir tout un tas de paperasses. Et puis tôt ou tard, il faudra bien qu'on me laisse entrer.

– Allez-y, Herr Gunther, dit-il en ouvrant la grille. Mais je vous préviens, il ne reste pas grand-chose à voir. Ils ont emporté des sacs entiers de déchets. Ça m'étonnerait que vous trouviez quoi que ce soit d'intéressant. Je ne sais même pas pourquoi ils me font garder ces ruines.

– Probablement pour le cas où le meurtrier reviendrait sur les lieux de son crime, fis-je le plus sérieusement possible.

– Seigneur, vous croyez ? souffla le jeune homme.

Je fis la moue.

– Qui sait ? (Personnellement, je n'avais jamais entendu parler d'un seul cas de ce genre.) En attendant, je vais quand même jeter un coup d'œil. Et merci de ta compréhension, j'apprécie.

– Il n'y a vraiment pas de quoi.

Il avait raison. Il n'y avait pas grand-chose à voir. Le type qui avait craqué l'allumette avait fait du bon boulot. Je passai la tête par la porte d'entrée, mais il y avait tant de débris et de gravats à l'intérieur que je ne vis aucun espace où poser le pied. Sur le côté de la maison, je tombai sur une fenêtre donnant dans une autre pièce qui paraissait plus praticable. Espérant au moins repérer l'emplacement du coffre, j'enjambai le rebord et sautai à l'intérieur. Je n'avais pas réellement besoin de cela pour mon enquête, mais je préférais me faire une idée des lieux. Je travaille mieux de cette façon : j'ai le cerveau divisé en cases de bande dessinée. C'est pourquoi je ne fus pas trop déçu de constater que la police avait emporté le coffre, à la place duquel ne subsistait qu'un trou béant dans le mur. Et il y avait toujours Illmann, me dis-je.

À la grille, je trouvai Wilhelm en train de réconforter une vieille dame d'une soixantaine d'années au visage ruisselant de larmes.

— La femme de ménage, m'informa-t-il. Elle vient juste de rentrer de vacances. Elle n'était pas au courant. La pauvre, ça lui a fait un drôle de choc.

Il lui demanda où elle vivait.

— Dans Neuenburger Strasse, dit-elle en reniflant. Ça va aller. Merci bien, jeune homme.

Elle sortit de la poche de son manteau un petit mouchoir blanc en dentelle, aussi inattendu dans ses grosses mains de paysanne qu'un napperon dans celles de Max Schmelling, le boxeur, et décidément insuffisant pour la tâche qu'elle lui fit remplir : elle y enfouit la truffe congestionnée de son nez et se moucha avec une telle vigueur que je faillis porter les mains à mon chapeau pour le retenir. Puis elle replia le tissu détrempé et essuya son large visage. Flairant la possibilité d'obtenir quelques informations sur le couple Pfarr, j'offris à la vieille bique de la raccompagner en voiture.

— C'est sur mon chemin, dis-je.

— Je ne voudrais pas vous déranger.

— Mais ça ne me dérange pas du tout, insistai-je.

— Bon, si vous y tenez, ce serait très gentil à vous. J'ai eu un drôle de choc.

Elle se pencha pour ramasser une longue boîte en carton posée à terre devant elle. La chair de ses pieds faisait un bourrelet à la limite de ses chaussures noires vernies, comme le pouce d'un boucher débordant d'un dé à coudre. Elle se présenta comme étant Frau Schmidt.

— Vous êtes quelqu'un de bien, Herr Gunther, déclara Wilhelm.

– Détrompe-toi, rétorquai-je.

Je ne savais pas du tout quelle information j'allais pouvoir obtenir de la vieille au sujet de ses anciens employeurs.

– Laissez-moi vous aider, lui dis-je en lui prenant le carton des mains.

C'était une boîte à costume de chez Stechbarth, le tailleur officiel de l'administration, et j'en déduisis qu'elle était passée le chercher pour l'apporter chez les Pfarr. Je fis un signe de tête à Wilhelm et menai la vieille femme jusqu'à la voiture.

– Neuenburger Strasse, c'est bien ça ? lui demandai-je tandis que je démarrais. C'est après Lindenstrasse, si je ne me trompe ?

Elle acquiesça, me donna quelques indications puis retomba dans le silence avant de se remettre à sangloter.

– Quelle terrible tragédie.

– Oui, c'est tout à fait désolant.

Je me demandai ce que lui avait raconté Wilhelm. Le moins possible, espérai-je. Moins elle serait choquée, et plus elle pourrait m'en apprendre.

– Vous êtes de la police ? me demanda-t-elle.

– J'enquête sur l'incendie, répondis-je évasivement.

– Vous avez certainement beaucoup trop de travail pour perdre votre temps à raccompagner une vieille dame comme moi dans Berlin. Laissez-moi donc de l'autre côté du pont, je finirai à pied. Je me sens mieux à présent, je vous assure.

– Vous ne me dérangez pas du tout, rassurez-vous. Et puis j'avoue que j'aimerais bien parler du couple Pfarr avec vous – si cela ne vous est pas trop pénible, naturellement. (Nous venions de franchir le Landwehrkanal et débouchions sur Belle-Alliance Platz, au centre de laquelle se dresse l'imposante colonne de la Paix.) Vous comprenez, il va falloir que nous procédions à une enquête, et cela m'aiderait d'en savoir le plus possible sur eux.

– Oui, je comprends, dit-elle. Et je veux bien vous renseigner, si vous pensez que cela peut vous aider.

Arrivé à Neuenburger Strasse, je garai la voiture et suivis la vieille jusqu'au deuxième étage d'un grand immeuble.

Frau Schmidt habitait l'appartement typique des anciennes générations berlinoises : mobilier solide et de valeur (les Berlinois dépensaient beaucoup d'argent pour leurs tables et leurs chaises); poêle en carreaux de faïence dans le salon. La copie d'une gravure de Dürer, décoration aussi répandue dans les foyers berlinois que les aquariums dans les salles d'attente des médecins, était accrochée au-dessus d'un buffet Biedermeier sur lequel étaient posées diverses photographies (dont une de notre Führer bien-aimé) ainsi qu'une svastika en soie brodée dans un grand cadre en bronze. J'aperçus également un plateau à boissons, sur lequel je pris une bouteille de schnaps dont j'emplis un petit verre.

– Vous vous sentirez mieux après ça, fis-je en lui tendant le verre.

Tandis que j'hésitais à m'en servir, je la regardai avec envie vider le sien d'un trait. Elle fit claquer ses grosses lèvres et alla s'installer près de la fenêtre dans une chaise recouverte de brocart.

– Vous vous sentez d'attaque pour répondre à quelques questions ?

Elle hocha la tête en signe d'acquiescement.

– Que voulez-vous savoir ? demanda-t-elle.

– Eh bien, pour commencer, depuis combien de temps connaissiez-vous Herr Pfarr et sa femme ?

– Hum, laissez-moi réfléchir.

Toutes les expressions de l'incertitude défilèrent sur son visage comme un film muet. Puis elle ouvrit sa bouche aux dents légèrement proéminentes et reprit d'une voix rocailleuse :

– Ça doit faire un an, à peu près.

Elle se releva et ôta son manteau, révélant une blouse aux motifs floraux défraîchis. Puis, prise d'une longue quinte de toux, elle se donna de grandes claques sur la poitrine.

J'étais toujours planté au milieu de la pièce, le chapeau repoussé en arrière, les mains dans les poches. Je lui demandai quel genre de couple formaient les Pfarr.

– Étaient-ils heureux ? précisai-je. Se disputaient-ils souvent ?

Elle fit oui de la tête à mes deux questions.

– Quand j'ai commencé à travailler chez eux, ils étaient très amoureux, dit-elle. Mais peu après, elle a perdu son travail. Ça l'a secouée, vous comprenez, et après ça, ils se sont mis à se disputer. Notez bien qu'il n'était pas souvent là quand j'étais chez eux, mais quand il y était, ils se disputaient presque tout le temps. Pas des querelles ordinaires comme dans les autres couples, non. C'étaient de vraies disputes. Ils criaient et s'engueulaient comme s'ils se haïssaient. Il m'est arrivé une fois ou deux de la retrouver en larmes dans sa chambre après une de ces scènes. Je ne sais vraiment pas pourquoi ils n'étaient pas heureux ensemble. Ils avaient une très jolie maison, que c'en était un plaisir de la nettoyer, je vous assure. Et attention, ils n'étaient pas du genre tape-à-l'œil. Je n'ai jamais vu Frau Pfarr faire des folies. Elle avait de beaux habits, ça oui, mais jamais rien de prétentieux.

– Avait-elle beaucoup de bijoux ?

– Je pense qu'elle en avait, mais je ne me souviens pas l'avoir vue en porter. Il faut dire que j'étais là uniquement pendant la journée. Je me souviens pourtant que, un jour, en déplaçant le veston de Herr Pfarr, une paire de boucles d'oreilles est tombée d'une des poches. Ce n'était pas le genre de boucles d'oreilles que Frau Pfarr aurait portées.

– Que voulez-vous dire ?

– C'étaient des boucles pour oreilles percées. Or Frau Pfarr n'avait pas les oreilles percées. Elle ne portait que des boucles à pince. J'en ai tiré mes propres conclusions, mais je n'ai rien dit. Ce qu'il faisait ne me regardait pas. Mais, à mon avis, elle le soupçonnait aussi. Elle était loin d'être stupide. Je pense que c'est pour cette raison qu'elle s'est mise à boire.

– Parce qu'elle buvait?

– Comme un trou.

– Parlez-moi de son mari. Il travaillait au ministère de l'Intérieur, n'est-ce pas?

Elle haussa les épaules.

– Il travaillait pour un organisme du gouvernement, oui, mais je ne sais pas lequel. Ça devait avoir un rapport avec la justice, parce qu'il avait un diplôme de droit accroché dans son bureau. Mais enfin, il ne parlait pas beaucoup de son travail. Et il faisait très attention à ne pas laisser traîner des papiers que j'aurais pu voir. Remarquez bien que je ne les aurais pas lus, mais il ne prenait aucun risque.

– Travaillait-il beaucoup à la maison?

– Pas souvent. Je sais qu'il passait beaucoup de temps dans ce grand immeuble sur Bülowplatz, vous savez, là où se trouvait le quartier général des bolcheviks autrefois.

– Le siège du Front du travail? Là où étaient installés les Kozis avant qu'on les vire?

– C'est ça. De temps en temps, Herr Pfarr m'y emmenait en voiture, parce que, voyez-vous, ma sœur habite dans Brunenstrasse. Alors quand j'allais la voir après mon travail, je prenais le bus 99 jusqu'à Rosenthaler Platz, mais quelquefois Herr Pfarr avait la bonté de m'emmener jusqu'à Bülowplatz, et je le voyais entrer au siège du DAF.

– Quand avez-vous vu les Pfarr pour la dernière fois?

– Il y a eu deux semaines hier. Je reviens juste de vacances, vous comprenez. J'ai fait une excursion à l'île de Rugen avec un groupe de la Force par la joie. C'est elle que j'avais vue à ce moment, lui n'était pas là.

– Comment était-elle ?

– Eh bien, pour une fois, elle avait l'air plutôt gai. Et en plus elle n'avait pas de verre à la main. Elle m'a annoncé qu'elle allait partir faire une cure dans une ville d'eaux. Elle y allait souvent. Je pense que tout cet alcool finissait par la déshydrater.

– Je vois. Et ce matin, avant d'aller à Ferdinandstrasse, vous êtes passée chez le tailleur, n'est-ce pas ?

– Oui, c'est exact. Je faisais souvent de petites courses pour Herr Pfarr. Il était trop occupé pour aller dans les magasins, alors il me donnait un peu d'argent en plus pour lui rendre des services. Il m'avait laissé un mot avant mon départ en vacances, me disant de porter son costume chez le tailleur, qu'il était au courant et qu'il saurait quoi faire.

– Son costume, dites-vous.

– Eh bien, oui, je pense que oui.

Je m'approchai de la boîte.

– Ça ne vous dérange pas si je jette un coup d'œil ?

– Bien sûr que non. Il est mort, après tout, non ?

Avant même d'en soulever le couvercle, j'avais deviné ce que j'allais trouver dans cette boîte. Je ne m'étais pas trompé. Il n'y avait aucun doute sur la signification de ce tissu noir rappelant les régiments d'élite de la cavalerie du Kaiser, de ce double éclair wagnérien brodé sur le côté droit du col, ni de cette aigle romaine et de cette svastika figurant sur la manche gauche. Les trois galons sur la pointe gauche du col indiquaient que le propriétaire de cet uniforme avait le grade de capitaine, ou du moins son équivalent dans la hiérarchie peu conventionnelle des SS. Un bout de papier était épinglé à la manche droite. C'était une facture de 25 marks adressée par la maison Stechbarth au Hauptsturmführer Pfarr. Un sifflement s'échappa de mes lèvres.

– Ainsi Herr Pfarr était un ange noir.

– Je ne l'aurais jamais cru, dit Frau Schmidt.

– Vous ne l'avez jamais vu porter cet uniforme?

Elle secoua la tête.

– Je ne l'ai même jamais vu dans sa penderie.

– Tiens, tiens…

Je ne savais pas si je devais la croire, mais je ne voyais pas pourquoi elle m'aurait menti. Il n'était pas rare que des juristes – des juristes allemands, c'est-à-dire travaillant pour le Reich – soient également membres des SS. Peut-être Pfarr portait-il son uniforme uniquement à l'occasion de cérémonies.

Frau Schmidt arbora à son tour un air intrigué.

– Sait-on comment l'incendie s'est déclaré?

Je réfléchis un instant, puis décidai de lui dire brutalement les choses, en espérant que le choc l'empêcherait de poser des questions saugrenues auxquelles je ne pourrais pas répondre.

– C'était un acte criminel, répondis-je calmement. Ils ont été assassinés.

Sa mâchoire s'affaissa tandis que ses yeux s'inondaient de nouveau.

– Dieu Tout-Puissant, souffla-t-elle. C'est terrible. Qui a bien pu faire une chose pareille?

– Bonne question, rétorquai-je. Savez-vous s'ils avaient des ennemis? (Elle lâcha un profond soupir et secoua la tête.) À part leurs scènes de ménage, les avez-vous entendus se disputer avec quelqu'un d'autre? Au téléphone, peut-être? Ou dans l'entrée? Vous souvenez-vous de quelque chose?

Elle continua à secouer la tête un moment, puis se raidit soudain.

– Attendez un peu, fit-elle d'une voix lente. C'est vrai, je me souviens de quelque chose. Cela s'est passé il y a plusieurs mois. J'ai entendu Herr Pfarr se quereller avec un autre homme dans son bureau. Ils étaient très remontés et je dois dire que certaines de leurs expressions étaient plutôt choquantes. Ils discutaient de politique, enfin, à ce qu'il me semble. Herr Six disait des choses très dures à propos du Führer et…

— Herr Six, vous êtes sûre?

— Oui, dit-elle. L'autre homme était Herr Six. Au bout d'un moment, il est ressorti du bureau et a quitté la maison. Il était si furieux que son visage était aussi rouge qu'une tranche de foie et il a bien failli me renverser en sortant.

— Pouvez-vous vous rappeler plus précisément de quoi il était question entre eux?

— Chacun accusait l'autre de vouloir sa perte.

— Où était Frau Pfarr à ce moment-là?

— Je crois qu'elle était en cure.

— Je vous remercie, dis-je. Vous m'avez été très utile. Maintenant je dois rentrer à Alexanderplatz.

Je me dirigeai vers la porte.

— Excusez-moi, dit Frau Schmidt en désignant la boîte du tailleur. Que dois-je faire de l'uniforme de Herr Pfarr?

— Postez-le, dis-je en posant quelques marks sur la table. Adressez-le au Reichsführer Himmler, Prinz Albert Strasse, numéro 9.

4

Très proches l'une de l'autre, Simeonstrasse et Neuenburger Strasse sont cependant très différentes : si cette dernière avait bien besoin d'un petit coup de peinture, il faudrait remplacer la plupart des vitres de la première. Qualifier Simeonstrasse de pauvre reviendrait à dire que Goebbels a des difficultés à se chausser.

Des immeubles de cinq ou six étages, reliés par des cordes à linge, se dressaient de chaque côté, telles deux falaises de granit enserrant une rue pavée rugueuse comme un dos de crocodile. Des garçons au visage fermé, un mégot noirci au bec, étaient adossés aux angles effrités de ruelles obscures, regardant des bandes de gamins morveux jouer à la marelle sur les trottoirs. Les gosses jouaient bruyamment, ignorant aussi bien leurs aînés que les faucilles et les marteaux, les svastikas et les obscénités diverses barbouillés sur les murs. Enfouies en dessous du niveau de la chaussée jonchée d'ordures, noyées dans l'ombre des bâtiments qui occultaient le soleil se trouvaient les échoppes et les officines du quartier.

À vrai dire, l'activité commerciale y était fort réduite. L'argent manquait cruellement, et pour la plupart de ces magasins, les affaires étaient aussi florissantes qu'une planche de chêne dans une église luthérienne.

Ignorant la grosse étoile de David peinte sur les volets de bois protégeant la vitrine, je pénétrai dans la boutique d'un prêteur sur gages. Une clochette retentit lorsque je poussai la porte. Doublement privée de la lumière du jour, l'échoppe était uniquement éclairée par une lampe à huile suspendue au plafond bas, de sorte que j'eus l'impression d'être monté à bord d'un vieux trois-mâts. J'examinai les lieux en attendant que Weizmann, le propriétaire, émerge de son arrière-boutique.

À côté d'un vieux *Pickelhaube*[1] je distinguai dans une cage en verre une marmotte empaillée qui semblait avoir succombé à la maladie du charbon, et un vieil aspirateur Siemens. Il y avait également plusieurs caisses de médailles militaires, pour la plupart des Croix de fer de seconde classe comme la mienne, une vingtaine de volumes du *Calendrier naval* de Kohler, orné de navires depuis longtemps coulés ou partis à la casse, un poste de radio Blaupunkt, un buste de Bismarck tout ébréché et un Leica poussiéreux. Je farfouillais dans la caisse de médailles lorsqu'une forte odeur de tabac, accompagnée d'une toux qui m'était familière, m'annonça la présence de Weizmann.

---

1. Casque à pointe.

– Vous devriez vous soigner, Weizmann.

– Quel plaisir pourrait m'apporter une longue vie ?

Une toux sifflante accompagnait chacun de ses mots et le guettait au coin de ses phrases comme un hallebardier assoupi sur lequel il pouvait à tout moment trébucher. Il réussissait parfois à la maîtriser, mais cette fois, il fut pris d'une quinte d'une telle violence qu'elle n'avait plus rien d'humain. On aurait dit le bruit d'une voiture qu'on essaie de faire démarrer avec une batterie à plat. Et, comme d'habitude, cela ne parut pas le soulager le moins du monde. Elle ne lui fit pas non plus ôter la pipe de la bouche, bouche tenant plus du pot à tabac que d'autre chose.

– Vous devriez sortir prendre l'air de temps en temps, lui conseillai-je. Ou du moins respirer autrement qu'à travers le tuyau d'une pipe.

– L'air, ça me monte tout de suite à la tête. De toute façon, il vaut mieux que je m'entraîne à m'en passer : d'ici peu ils risquent bien d'interdire l'oxygène aux Juifs. (Il souleva l'abattant du comptoir et m'invita d'un geste.) Venez par ici, mon ami, et dites-moi ce que je peux faire pour vous.

Je le suivis dans l'arrière-boutique, remarquant au passage que les rayonnages où il entreposait ses livres étaient vides.

– Les affaires reprennent ? lui demandai-je. (Il se tourna vers moi d'un air interrogateur.) Où sont passés tous vos livres ?

Weizmann secoua tristement la tête.

– J'ai dû m'en débarrasser. Depuis les lois de Nuremberg, expliqua-t-il avec un sourire amer, les Juifs n'ont plus le droit de vendre de livres, même d'occasion. (Il se retourna et pénétra dans l'arrière-boutique.) J'en suis arrivé à croire à la justice comme je crois à l'héroïsme de Horst Wessel[1].

---

1. Le *Horst Wessel Lied* était l'hymne du NSDAP.

– Horst Wessel ? Jamais entendu parler.

Weizmann sourit et pointa le bout de sa pipe sur un vieux sofa jacquard.

– Asseyez-vous, Bernie. Je vais nous préparer un verre.

– Hé ! hé ! mais dites-moi, ils vous autorisent tout de même à picoler ? Dire que j'ai failli vous plaindre quand vous m'avez raconté cette histoire de vieux bouquins. Rien n'est perdu tant qu'il reste un verre à boire.

– Tout à fait d'accord avec vous, mon ami.

Il ouvrit un petit placard d'angle, en sortit une bouteille de schnaps et nous servit, délicatement mais généreusement. Puis, me tendant mon verre, il reprit :

– Je vais même vous dire quelque chose. S'il n'y avait pas autant de gens qui boivent, ce pays serait vraiment très mal parti. (Il leva son verre.) Que les ivrognes se multiplient ! C'est notre seule chance d'échapper à une Allemagne menée à la baguette par les nazis !

– À tous nos ivrognes ! fis-je en le regardant boire.

Il avait un visage plein de perspicacité, avec une bouche qui ne se départait jamais d'un sourire ironique, même emmanchée de son éternelle cheminée. Son gros nez, chaussé d'épaisses lunettes sans monture, séparait deux yeux légèrement trop rapprochés. Il avait le front haut et ses cheveux encore noirs étaient soigneusement rabattus sur le côté droit. Avec son costume rayé bleu sortant de chez le blanchisseur, Weizmann avait quelque chose d'Ernst Lubitsch, l'acteur comique devenu metteur en scène. Il s'assit devant un bureau à cylindre et se tourna vers moi.

– Alors, que puis-je faire pour vous ?

Je lui montrai la photo du collier de Six. Il l'examina, la gorge sifflante, puis sombra dans une quinte de toux avant de pouvoir reprendre la parole.

– Si ce bijou est authentique (il sourit et secoua la tête) et il doit bien l'être, sinon je ne vois pas pourquoi vous me le montreriez, eh bien, je dois dire que c'est une très belle pièce.

— Il a été volé, dis-je.

— Bernie, je suppose que si vous êtes là, ce n'est pas parce qu'il est accroché à un arbre en attendant qu'on aille le cueillir, rétorqua-t-il. Oui, c'est un très beau collier, mais que pourrais-je vous en dire que vous ne sachiez déjà ?

— Allons, Weizmann. Avant qu'on ne vous prenne la main dans le sac en train de voler, vous étiez un des meilleurs bijoutiers de chez Friedlaender.

— Quelle délicate façon de présenter les choses !

— Vous avez passé vingt ans dans le métier. Les bijoux n'ont aucun secret pour vous.

— Vingt-deux ans, rectifia-t-il en nous resservant du schnaps. Eh bien, posez-moi vos questions, Bernie. Nous verrons si je peux vous répondre.

— Comment s'y prendrait-on pour s'en débarrasser ?

— La solution la plus simple consisterait à le jeter dans le canal. Sinon, si c'est pour le vendre, cela dépend.

— Cela dépend de quoi ? fis-je patiemment.

— De la personne à qui il appartient, si c'était un juif ou un goy.

— Allons, Weizmann, pas de théologie avec moi, je vous en prie.

— Non, je parle sérieusement, Bernie. En ce moment, le marché du diamant est au plus bas. Tous les Juifs vendent leurs bijoux pour fuir l'Allemagne, ou du moins ceux qui ont la chance d'en posséder. Et comme vous vous en doutez, on les leur prend au plus bas prix. Un goy a tout intérêt à attendre que le marché remonte. Un Juif ne peut pas attendre. (Il se mit à tousser violemment, examina plus longuement la photo et haussa les épaules.) À mon avis, j'ai peu de chance de le voir passer. J'achète bien quelques petites pièces, mais rien de suffisamment important pour intéresser les types de l'Alex. Ils me connaissent aussi bien que vous, Bernie. Ils savent très bien que j'ai été en taule. Au moindre faux pas, je me retrouverai en KZ en moins de temps qu'il ne faut à une stripteaseuse du Kit-Kat pour enlever sa culotte. (Sifflant comme un vieil harmonium rongé par les vers, il sourit et me tendit la photo.) Le meilleur endroit pour le vendre, ce serait Amsterdam. À condition de pouvoir le faire sortir d'Allemagne, évidemment. Aujourd'hui, les douaniers allemands sont le cauchemar du contrebandier. Cela dit, il y a des tas de gens à Berlin qui aimeraient l'acheter.

– Qui, par exemple ?

– Ça pourrait intéresser les « doubles plateaux » – les bijoutiers avec un plateau sur le comptoir et un autre dessous. Comme Peter Neumaier. Un spécialiste des bijoux anciens. Il a un joli petit magasin dans Schlüterstrasse. Ce collier est tout à fait le genre de truc qu'il recherche. Il paraît qu'il est plein aux as et qu'il peut payer dans n'importe quelle monnaie. Oui, je crois que ça vaudrait le coup d'aller lui rendre une petite visite.

Il inscrivit le nom du bijoutier sur un papier.

– Sinon, il y a Werner Seldte, reprit-il. Il a l'air comme ça un peu « Potsdam », mais sous ses airs stricts, il ne cracherait pas sur une belle pièce, même d'origine douteuse.

Traiter quelqu'un de « Potsdam » était le définir, à l'instar des vieux royalistes de cette ville, comme une personne suffisante, hypocrite et désespérément vieux jeu, aussi bien dans le domaine intellectuel que social.

– À vrai dire, il n'a pas plus de scrupules que la dernière des faiseuses d'anges. Il tient boutique dans Budapester Strasse – ou Ebertstrasse ou Hermann Goering Strasse ou je ne sais comment les rigolos du Parti l'ont rebaptisée.

» Et puis il y a les gros marchands, les types qui travaillent dans de beaux bureaux où un client qui entre se renseigner pour une bague de fiançailles est aussi mal vu qu'une côtelette de porc dans la poche d'un rabbin. Ces gens travaillent surtout au baratin. (Il nota quelques noms.) Celui-ci, Laser Oppenheimer, est juif. Vous voyez que je suis équitable et que je n'ai rien contre les goyim.

Son bureau est dans Joachimsthaler Strasse. D'après ce que je sais, il est toujours en activité.

» Il y a aussi Gert Jeschonnek. C'est un nouveau. Avant il travaillait à Munich. D'après ce qu'on m'a dit, c'est une des pires Violettes de Mars que tu puisses rencontrer – vous savez, ces gens qui adhèrent au Parti pour faire le plus d'argent possible. Il a plusieurs bureaux très chics dans cette monstruosité métallique de Potsdamer Platz. Comment ça s'appelle, déjà ?

– Columbus Haus, dis-je.

– C'est ça. Columbus Haus. On dit que Hitler n'apprécie pas beaucoup l'architecture moderne. Vous savez ce que ça veut dire, Bernie ? (Weizmann eut un petit rire.) Ça signifie que lui et moi, on a au moins un point en commun…

– Voyez-vous quelqu'un d'autre ?

– Peut-être. Je ne suis pas sûr, mais c'est possible.

– Qui ?

– Notre illustre Premier ministre.

– Goering ? Il achèterait des bijoux volés ? Vous plaisantez ?

– Pas du tout ! répondit-il avec véhémence. Il a une passion immodérée pour les objets de luxe. Et il n'est pas aussi regardant qu'on le croirait sur les moyens de se les procurer. Je sais qu'il a entre autres un faible pour les bijoux. Quand je travaillais encore chez Friedlaender, il venait souvent au magasin. Il n'était pas riche à cette époque – enfin, il ne pouvait pas encore s'offrir tout ce qu'il voulait, mais il était évident que ce n'était pas l'envie qui lui manquait.

– Seigneur ! m'exclamai-je. Vous me voyez débarquer à Karinhall en disant : « Excusez-moi, monsieur le Premier ministre, mais sauriez-vous par hasard quelque chose au sujet d'un collier précieux qui a été dérobé il y a quelques jours dans une maison de Ferdinandstrasse ? Je suppose que vous ne verriez aucune objection à ce que je jette un coup d'œil dans le décolleté de votre femme Emmy pour voir si elle ne l'a pas autour du cou ? »

— Ce serait un sacré boulot d'aller fouiller là-bas, persifla Weizmann d'une voix d'asthmatique. Cette truie est presque aussi grosse que lui ! Je parie qu'elle pourrait allaiter toutes les Jeunesses hitlériennes et qu'il lui en resterait pour le petit déjeuner de son Hermann chéri.

Il fut alors pris d'une quinte de toux à laquelle aucun autre homme n'aurait survécu. J'attendis qu'elle se soit un peu calmée avant de lui tendre un billet de 50 marks. Il le repoussa d'un geste.

— Je ne vous ai rien appris.

— Alors disons que je vous achète quelque chose.

— Pourquoi ? Vous n'arrivez plus à remplir vos poubelles ?

— Non, ce n'est pas ça, mais…

— Attendez une seconde, dit-il. J'ai quelque chose qui peut vous être utile. Un type l'a piqué pendant un défilé sur Unter den Linden.

Il se leva et disparut dans la minuscule cuisine attenante. Il en ressortit avec un paquet de lessive.

— Je vous remercie, mais je porte mon linge sale à laver.

— Non, non, vous n'y êtes pas, dit-il en enfonçant sa main dans la poudre. Je l'ai dissimulé là au cas où j'aie des visiteurs inopportuns. Ah ! voilà !

Il sortit du paquet de lessive un petit objet plat et argenté qu'il frotta contre son veston avant de le déposer dans ma main. C'était un petit ovale métallique, à peu près de la taille d'une boîte d'allumettes. Sur une face, on voyait l'inévitable aigle allemande tenant dans ses serres la couronne de laurier entourant la croix gammée, et sur l'autre face étaient gravés les mots Police secrète d'État[1], avec un numéro. Un petit trou percé en haut de la médaille

---

1. *Geheime Staatspolizei.*

permettait à son propriétaire de le suspendre sous sa veste. C'était une plaque de la Gestapo.

– Cela devrait vous ouvrir quelques portes, Bernie.

– Certainement, dis-je avec stupéfaction. Seigneur, s'ils vous avaient coincé avec ça…

– Oui, je sais. Mais cela devrait vous économiser pas mal de bakchich, vous ne croyez pas ? Alors, si ça vous intéresse, je vous en demanderai 50 marks.

– Ça me paraît raisonnable, dis-je tout en me demandant si je me risquerais à porter un tel objet.

Mais Weizmann avait raison : ça m'éviterait d'avoir à graisser certaines pattes. D'un autre côté, si je me faisais prendre avec ça, j'étais sûr de me retrouver dans le premier train pour Sachsenhausen. Je lui donnai les 50 marks.

– Un flic sans son décapsuleur. Bon Dieu, j'aurais voulu voir la gueule de ce salopard quand il s'en est aperçu. C'est comme de piquer son embouchoir à un saxophoniste.

Je me levai pour partir.

– Merci pour les renseignements, dis-je. Et au cas où vous ne le sauriez pas, on est en été là-haut.

– Je sais. J'ai remarqué que la pluie était un peu plus chaude que d'habitude. Ce qui me rassure, c'est qu'ils ne peuvent pas mettre cet été pourri sur le dos des Juifs.

– Ne vous faites pas trop d'illusions, lançai-je en partant.

5

Le déraillement d'un tramway avait plongé Alexanderplatz dans un indescriptible chaos. Entendant l'horloge de la haute tour de brique de St George sonner 15 heures, je réalisai qu'à part un bol de Quaker Quick Flakes (« Idéal pour la jeunesse de la nation ») au petit déjeuner, je n'avais rien mangé de la journée. Je me rendis donc au café Stock, près des grands magasins Wertheim.

Dominé par le viaduc du S-Bahn, le café Stock était un modeste restaurant pourvu d'un bar encore plus modeste coincé au fond de la salle. Le patron, qui avait donné son nom au café, avait le ventre tellement gonflé de bière qu'il occupait à lui seul tout l'arrière du bar. Lorsque j'entrai, il était à son poste, emplissant des chopes et essuyant des verres pendant que sa jolie petite femme s'occupait de la salle. Les tables étaient la plupart du temps occupées par des officiers de la Kripo travaillant à l'Alex, de sorte que Stock était contraint de forcer la note de sa loyauté au national-socialisme. Un grand portrait du Führer dominait les convives, tandis qu'une affiche exhortait à la pratique systématique du salut hitlérien.

Stock n'avait pas toujours été comme ça. À vrai dire, avant mars 1933, il était même plutôt rouge. Il savait que je le savais, et il craignait que d'autres finissent par s'en souvenir. C'est pourquoi je ne lui tenais pas rigueur de la photo et de la pancarte qu'il avait affichées. En Allemagne, tout le monde était différent avant mars 1933. Et qui prétendrait ne pas être national-socialiste quand on lui colle un pistolet sur la tempe ?

Je m'assis à une table vide et observai les autres consommateurs. À deux tables de la mienne, je repérai deux flics de la brigade anti-pédés, officiellement dénommée « Département pour la suppression de l'homosexualité », un ramassis de flics guère plus respectables que de vulgaires mouchards. À côté d'eux, seul à une table, un jeune Kriminalassistent du commissariat du marché Wedersche, dont je me rappelais le visage grêlé de petite vérole parce qu'un jour il avait arrêté mon informateur, Neumann, qu'il suspectait de vol.

Frau Stock prit sans amabilité excessive ma commande de pieds de porc en choucroute. C'était une femme un peu soupe au lait, qui me reprochait secrètement de donner de l'argent à son mari en échange de petits potins sur ce qui se passait à l'Alex. Il faut dire que, avec la clientèle qui fréquentait son établissement, il apprenait des tas de choses. Elle s'éloigna en direction du monte-plats, se pencha dans le puits et transmit d'une voix forte ma commande à la cuisine en sous-sol. Stock décoinça son ventre de derrière le bar et s'approcha de ma table d'un pas tranquille. Il tenait dans sa main boudinée un exemplaire du *Beobachter*, le journal du Parti.

— Salut, Bernie, dit-il. Quel foutu temps, hein?

— Complètement pourri, tu veux dire, Max. Apporte-moi une bière quand tu auras une minute.

— Je te prépare ça tout de suite. Tu veux jeter un coup d'œil au journal?

— Y aurait-il des nouvelles dedans?

— M. et Mme Charles Lindbergh sont à Berlin. C'est le type qui a traversé l'Atlantique en avion.

— Fascinant, n'est-ce pas? Je suppose que ce héros de l'aviation va profiter de son séjour ici pour inaugurer quelques usines de bombardiers. Peut-être même faire un vol d'essai sur un chasseur flambant neuf. Ils sont capables de lui proposer d'en emmener un en Espagne.

Stock jeta un regard inquiet par-dessus son épaule en me faisant signe de baisser la voix.

— Pas si fort, Bernie, supplia-t-il en fronçant le nez comme un lapin aux aguets. Tu vas me faire fusiller.

L'air outré, il alla chercher ma bière en marmonnant.

Mon regard tomba sur le journal qu'il avait laissé sur la table. Un bref article mentionnait « l'enquête en cours sur l'incendie de Ferdinandstrasse dans lequel deux personnes ont trouvé la mort », mais sans donner leurs noms, sans évoquer leurs relations avec mon client, et sans préciser que la police croyait à un double meurtre. D'un geste méprisant, je balançai cette feuille de chou sur la table voisine. On trouve plus d'informations au dos d'une boîte d'allumettes que dans le *Beobachter*. Au même instant, les flics de la brigade anti-pédés quittèrent la salle, et Stock m'apporta ma bière. Il tint la chope à hauteur de mes yeux avant de la poser sur la table.

— Avec un joli col, comme d'habitude, fit-il.

Je le remerciai, bus une longue gorgée puis, du dos de la main, essuyai la mousse de mes lèvres. Frau Stock prit mon assiette sur le monte-plats et l'apporta. Elle jeta à son mari un regard assassin qu'il fit mine de ne pas remarquer, puis elle alla débarrasser la table que venait de quitter le Kriminalassistent vérolé. Stock s'assit en face de moi et me regarda manger.

— Alors ? Tu as appris quelque chose ? lui demandai-je au bout d'un moment.

— On a repêché le cadavre d'un homme dans le Land-wehr.

— Ce n'est ni le premier ni le dernier, dis-je. Tu sais bien que le canal est devenu l'égout de la Gestapo. À tel point que, quand quelqu'un disparaît dans cette foutue ville, on le retrouve plus vite en allant voir les éclusiers qu'en allant demander à la police ou à la morgue.

— Oui, mais celui-ci avait une queue de billard enfoncée dans le nez. Les flics supposent qu'elle est entrée dans le cerveau.

Je reposai couteau et fourchette.

— Ça ne t'ennuierait pas de passer sur les détails jusqu'à ce que j'aie fini mon repas ? lui dis-je.

— Excuse-moi. Je n'en sais pas plus. Mais dis-moi, normalement, la Gestapo ne fait pas ce genre de truc, si ?

— Personne ne peut dire ce qu'on considère comme normal au siège de Prinz Albert Strasse. Peut-être avait-il fourré son nez dans des affaires qui ne le concernaient pas. Ils ont peut-être voulu faire une métaphore poétique.

Je m'essuyai la bouche et posai quelques pièces de monnaie sur la table. Stock les empocha sans même compter.

– C'est quand même drôle de penser que c'étaient les Beaux-Arts qui étaient là avant que la Gestapo s'y installe.

– Je dirais même que c'est à se tordre. J'imagine que les pauvres bougres travaillant là-bas s'endorment heureux comme des anges rien que d'y penser. (Je me levai et me dirigeai vers la porte.) Merci quand même pour le tuyau sur les Lindbergh.

Je rentrai à pied à mon bureau. Occupée à nettoyer la vitre protégeant la gravure jaunissante qui ornait la salle d'attente, Frau Protze se réjouissait des déboires de l'infortuné bourgmestre de Rothenburg. Le téléphone sonna alors que je franchissais la porte.

Frau Protze me gratifia d'un large sourire et se précipita dans son réduit pour aller répondre, me laissant seul face à la gravure à présent brillante comme un sou neuf. Cela faisait longtemps que je ne l'avais pas regardée de près. Le bourgmestre de Rothenburg avait imploré Tilly, chef de l'Armée impériale allemande au XVIe siècle, de ne pas détruire sa ville. Tilly avait accédé à sa requête à la condition que le brave bourgmestre boive six litres de bière d'un trait. Le maire s'était vaillamment tiré de ce formidable défi, sauvant ainsi sa ville de la destruction. J'avais toujours pensé que c'était une histoire typiquement allemande. Exactement le genre de plaisanterie sadique à laquelle une brute des SA aimerait se livrer. Rien ne change en ce bas monde.

– C'est une dame, m'informa Frau Protze. Elle n'a pas voulu me donner son nom, mais elle insiste pour vous parler.

– Passez-la-moi ici, lui dis-je en entrant dans mon bureau.

Je soulevai l'appareil en forme de bougeoir et portai l'écouteur à mon oreille.

— Nous nous sommes vus hier soir, dit la voix.

Je jurai intérieurement à l'idée que c'était Carola, la fille que j'avais rencontrée au mariage de Dagmarr. Je préférai oublier au plus vite ce déplorable épisode de ma vie. Mais ce n'était pas Carola.

— Ou plutôt ce matin, car il était très tard. Vous alliez sortir, et moi je revenais d'une soirée. Vous vous souvenez ?

— Frau..., fis-je.

Encore incapable d'y croire, je n'arrivai pas à prononcer le nom de son mari.

— Je vous en prie, dit-elle vivement. Laissez tomber les formalités. Ilse Rudel, si cela ne vous ennuie pas, Herr Gunther.

— Cela ne m'ennuie pas le moins du monde. Comment aurais-je pu vous oublier ?

— Ça ne m'aurait pas étonnée. Vous aviez l'air très fatigué. (Elle avait la voix moelleuse comme une crêpe Kaiser.) Hermann et moi oublions souvent que les gens n'ont pas des horaires aussi fantaisistes que les nôtres.

— Si je puis me permettre, je dois dire que vous étiez d'une absolue fraîcheur.

— Je vous remercie, roucoula-t-elle.

Elle eut l'air sincèrement flattée. L'expérience m'a appris qu'une femme n'a jamais son content de compliments, tout comme un chien ne se lasse jamais de dévorer des biscuits.

— En quoi puis-je vous être utile ?

— J'aimerais vous entretenir d'un problème urgent, dit-elle. Mais je préfère ne pas en parler au téléphone.

— Voulez-vous venir à mon bureau ?

— Je crains malheureusement que cela ne me soit impossible. Je serai aux studios de Babelsberg toute la journée. Voudriez-vous passer chez moi dans la soirée ?

— Chez vous ? Ma foi, oui, j'en serais enchanté. Où habitez-vous ?

– Badenstrasse, numéro 7. À 21 heures, cela vous conviendrait ?

– Parfait.

Elle raccrocha. J'allumai une cigarette et la fumai distraitement. Elle devait être en train de tourner un film, pensai-je, et je l'imaginai m'appelant de sa loge vêtue d'un simple peignoir, juste après une séquence où elle nageait nue dans un lac de montagne. Je m'attardai plusieurs minutes sur les détails de cette scène. J'ai l'imagination fertile. Puis je me demandai si son mari savait qu'elle avait un appartement. J'en conclus que oui. On ne devient pas aussi riche que l'était Six sans savoir que votre propre femme a un endroit à elle. Elle devait le garder pour se préserver un peu d'indépendance. Une femme pareille était certainement capable d'obtenir ce qu'elle voulait lorsqu'elle l'avait décidé. Et si elle était prête à offrir son corps, elle pouvait même demander la lune, avec quelques galaxies pour faire le compte. Toutefois, il était peu probable que Six soit au courant de notre petit rendez-vous. L'homme qui m'avait demandé de ne pas fouiner dans ses affaires de famille n'aurait certainement pas apprécié que je voie sa femme en tête à tête. J'ignorais encore de quel problème elle voulait m'entretenir, mais de toute évidence, elle ne tenait pas à ce qu'il parvienne aux oreilles du gnome.

J'appelai Müller, journaliste criminel au *Berliner Morgenpost*, le seul journal à peu près décent encore disponible dans les kiosques. Müller était un bon journaliste dont on gâchait le talent. Les vieilles méthodes de reportage criminel n'étaient pas très bien vues. Le ministère de la Propagande veillait au grain.

– Écoute-moi, dis-je après les politesses d'usage. J'aurais besoin de certains renseignements que vous devez avoir dans vos archives. J'aimerais en savoir le plus possible, et le plus vite possible, sur Hermann Six.

– Le millionnaire de la sidérurgie ? Tu bosses sur la mort de sa fille, pas vrai, Bernie ?

– La compagnie d'assurances m'a engagé pour enquêter sur les causes de l'incendie.

– Qu'est-ce que tu as appris jusqu'à maintenant?

– Pas grand-chose. Ça tiendrait sur un ticket de tram.

– Oui, nous sommes dans la même situation. Et avec ça, il nous faut un article pour demain! Le ministère nous a dit de ne pas faire de vagues. On doit s'en tenir aux faits et rester le plus discret possible.

– Et pourquoi ça?

– Six a des amis puissants, Bernie. Son argent peut faire taire beaucoup de langues.

– Tu as découvert quelque chose?

– J'ai juste entendu dire qu'il s'agirait d'un incendie criminel. Quand veux-tu tes renseignements?

– J'ai un billet de cinquante disant que demain serait parfait. Prends aussi ce que tu trouves sur le reste de la famille.

– Un petit billet sera le bienvenu en ce moment, tu sais. Salut.

Je raccrochai, puis rangeai quelques papiers entre les pages de vieux journaux que je fourrai dans un tiroir où il y avait encore un peu de place. Après ça, je passai un moment à gribouiller de petits dessins sur le buvard de mon sous-main, puis soulevai un des presse-papiers posés sur mon bureau. J'étais en train de le faire rouler d'une main à l'autre lorsqu'on frappa à ma porte. Frau Protze apparut.

– Je me demandais si je ne pourrais pas faire un peu de classement dans vos papiers, dit-elle.

Du pouce, je désignai les piles hétéroclites de dossiers étalés par terre derrière mon bureau.

– C'est mon système de rangement, lui expliquai-je. Ça vous paraît peut-être étrange, mais tout est en ordre.

Elle sourit d'un air indulgent et hocha la tête avec attention comme si je lui dévoilais un secret qui allait changer sa vie.

– Tous ces dossiers sont des affaires en cours ?

– Ce n'est pas un cabinet d'avocat ! répliquai-je en riant. Il y en a pas mal dont je ne sais pas exactement si elles sont en cours ou pas. Vous savez, le métier d'enquêteur a son propre rythme. En général, on n'obtient pas de résultats rapides. Il faut avoir beaucoup de patience.

– Oui, je m'en suis aperçue. (Il n'y avait qu'une seule photo encadrée sur mon bureau. Elle la retourna pour l'examiner.) Elle est très belle. C'est votre femme ?

– C'était ma femme. Elle est morte le jour du putsch de Kapp[1].

C'était au moins la centième fois que je répétais cette phrase. Faire le rapprochement entre sa mort et cet événement historique me permettait en quelque sorte de ne pas trop montrer à quel point elle me manquait, même seize ans après. Mais ça n'apaisait pas la douleur.

– Elle est morte de la grippe espagnole, dix mois après notre mariage, ajoutai-je.

Frau Protze hocha la tête d'un air compatissant.

Nous restâmes silencieux quelques minutes, puis je jetai un coup d'œil à ma montre.

– Vous pouvez rentrer chez vous si vous le désirez, lui dis-je.

Après son départ, je restai un long moment debout devant la haute fenêtre, regardant les rues mouillées qui luisaient comme du cuir verni dans le soleil de fin d'après-midi. La pluie avait cessé, et l'on pouvait espérer une soirée agréable. Les employés de bureau rentraient chez eux, s'écoulant en un flot compact de Berolina Haus, juste en face, avant de s'engouffrer dans le réseau de couloirs souterrains qui menaient à la station de métro d'Alexanderplatz.

---

1. Tentative de prise du pouvoir par des corps francs d'extrême-droite en mars 1920.

Berlin. J'adorais cette ville autrefois, avant qu'elle ne tombe amoureuse de son propre reflet et se mette à porter les corsets rigides qui l'étouffaient peu à peu. J'aimais la philosophie bon enfant, le mauvais jazz, les cabarets vulgaires et tous les excès culturels de la République de Weimar qui avaient fait de Berlin l'une des villes les plus fascinantes de l'époque.

Derrière l'immeuble où était situé mon bureau, vers le sud-est, se trouvait l'Alex, le quartier général de la police, et je songeai aux vaillants efforts qu'on y déployait pour enrayer la criminalité, incluant des délits tels que parler irrespectueusement du Führer, coller sur la vitrine de votre boucher une affiche le traitant de « vendu », omettre de pratiquer le salut hitlérien ou se livrer à l'homosexualité. Voilà ce qu'était devenue Berlin sous le gouvernement national-socialiste : une vaste demeure hantée pleine de recoins sombres, d'escaliers obscurs, de caves sinistres et de pièces condamnées, avec un grenier où s'agitaient des fantômes déchaînés qui jetaient les livres contre les murs, cognaient aux portes, brisaient des vitres et hululaient dans la nuit, terrorisant les occupants au point qu'ils avaient parfois envie de tout vendre et de partir. Pourtant, la plupart se contentaient de se boucher les oreilles, de fermer les yeux et de faire comme si tout allait bien. Tout apeurés, ils parlaient peu, faisaient mine de ne pas sentir le tapis remuer sous leurs pieds, et les rares fois où ils riaient, c'était du petit rire nerveux qui accueille poliment les plaisanteries du patron.

L'action policière, de même que la construction d'autoroutes et la délation, était devenue une des activités les plus florissantes de la nouvelle Allemagne, de sorte que l'Alex bruissait nuit et jour comme une ruche. Bien que les employés des services ouverts au public aient fini leur journée, il y avait encore un intense va-et-vient aux

portes du bâtiment lorsque j'y arrivai. L'entrée nº 4, celle
du service des passeports, était particulièrement animée.
Une foule de gens, dont de nombreux Juifs, en sortait après
avoir fait la queue toute la journée dans l'espoir d'obtenir
un visa pour l'étranger. Leur expression, soulagée ou abat-
tue, permettait de juger du succès ou de l'échec de leur
démarche.

Je longeai le trottoir d'Alexanderstrasse et dépassai
l'entrée nº 3 devant laquelle deux agents de la circulation,
qu'on surnommait les « souris blanches » en raison de
leurs courts manteaux blancs, descendaient de leur BMW
bleu pâle. Une Minna, comme on appelait les fourgons
verts de la police, passa en trombe, toutes sirènes hur-
lantes, et s'éloigna en direction du pont Jannowitz. Sourds
au vacarme, les deux motards franchirent d'un air conquérant l'entrée nº 3 pour aller faire leur rapport.

Familier des lieux, j'avais opté pour l'entrée nº 2, celle
où j'avais le moins de chances de tomber sur un gardien
curieux. Si l'on me posait des questions, je dirais que
j'allais au 32a, le bureau des objets perdus. Mais l'entrée
nº 2 menait aussi à la morgue de la police.

L'air nonchalant, je longeai un long couloir, descendis
au sous-sol, traversai un petit réfectoire et rejoignis une
sortie de secours. J'abaissai la barre transversale, poussai la porte et débouchai dans une vaste cour pavée où
étaient garées des voitures de police. Un homme chaussé
de bottes de caoutchouc était occupé à laver l'une d'elles.
Je traversai la cour et poussai discrètement une autre porte
sans qu'il me prête la moindre attention. Je me trouvais à
présent dans une chaufferie, où je fis halte quelques instants afin de m'orienter. J'avais travaillé dix ans à l'Alex,
et je n'avais pas peur de me perdre. Ma seule appréhension était de tomber sur quelqu'un qui me reconnaîtrait.
J'ouvris l'autre porte permettant de sortir de la chaufferie,
gravis un court escalier et pris le couloir au fond duquel
se trouvait la morgue.

En pénétrant dans le bureau précédant la morgue, je fus saisi à la gorge par une odeur aigre rappelant celle de la chair de volaille. Mélangée aux effluves de formaldéhyde, elle formait un cocktail écœurant qui me souleva l'estomac dès que je l'inhalai. Le bureau, sobrement meublé d'une table et de trois chaises, ne présentait, à part l'odeur et un petit panneau portant l'inscription « Morgue. Entrée interdite », aucune indication de ce qui attendait le visiteur au-delà des deux portes vitrées. J'entrebâillai la double porte et jetai un coup d'œil.

Au centre d'une pièce sinistre et humide se trouvait une table d'opération faisant également fonction de cuve de lavage. De chaque côté d'une rigole carrelée de céramique souillée, deux blocs de marbre légèrement inclinés permettaient aux fluides de s'écouler du cadavre dans la rigole, d'où ils étaient chassés dans une canalisation par l'eau de deux hauts robinets fuyants situés à chaque extrémité de la table. Les blocs de marbre pouvaient recevoir simultanément deux cadavres, que l'on disposait tête-bêche de part et d'autre de la rigole. Mais, à ce moment-là, un seul corps, celui d'un homme, subissait les assauts d'un bistouri et d'une scie chirurgicale. Ces instruments étaient maniés par un homme mince aux fins cheveux bruns, le front haut, des lunettes, un long nez busqué, une moustache bien taillée et un petit bouc. Portant bottes et gants de caoutchouc, il était protégé par un lourd tablier. Son col empesé était serré par un nœud papillon.

Je poussai les portes et m'approchai, examinant le corps d'un air professionnel pour tenter de déterminer les causes de la mort. Il était évident que le cadavre avait séjourné longtemps dans l'eau, car la peau détrempée se détachait des pieds et des mains comme d'affreux gants et chaussettes. À part ça, le corps paraissait en assez bonne condition, à l'exception de la tête. Aussi noire et dépourvue de traits qu'un ballon de football couvert de boue, on en avait scié la partie supérieure pour en extraire le cerveau. Tel un nœud gordien gorgé d'eau, il attendait dans un récipient de faïence en forme de rein le moment d'être disséqué.

Habitué à côtoyer la mort violente dans ses formes les plus horribles, avec ses attitudes grotesquement disloquées et sa chair à tous les stades du dépérissement, ce spectacle me laissa aussi froid que celui de la devanture de mon boucher « allemand », à part que, ici, il y avait plus de choix que chez lui. Bien que sachant d'où elle provenait, je m'étonnais parfois de ma presque totale indifférence devant un corps poignardé, noyé, écrasé, percé de balles, carbonisé ou matraqué à mort. J'avais été si souvent confronté à la mort sur le front turc et à la Kripo que j'avais presque cessé de considérer un cadavre comme quelque chose d'humain. Cette promiscuité avec la mort avait continué quand j'étais devenu enquêteur, puisque les traces d'une personne disparue menaient fréquemment à la morgue de St Gertrauden, le plus grand hôpital de Berlin, ou à une cahute d'éclusier plantée au bord du Landwehrkanal.

Durant plusieurs minutes, je contemplai le macabre spectacle, me demandant pourquoi la tête et le corps présentaient un état aussi différent, lorsque le Dr Illmann jeta un coup d'œil pardessus son épaule et m'aperçut.

— Bon sang de bon sang, grogna-t-il. Bernhard Gunther. Vous êtes donc toujours vivant ?

Je me rapprochai de la table et rejetai une goulée d'air d'un air dégoûté.

— Seigneur, fis-je. J'ai senti une telle puanteur pour la dernière fois quand je me suis réveillé sous un cheval mort.

— Il est dans un drôle d'état, hein ?

— Comme vous dites. Que lui est-il arrivé ? Il a roulé un patin à un ours blanc ? Ou bien c'est Hitler qui lui a fait un bisou ?

— Très étrange, n'est-ce pas ? Comme si on lui avait brûlé la tête.

– À l'acide?

– Exactement, fit Illmann de l'air satisfait du professeur obtenant une bonne réponse. Bravo. Difficile de dire quelle sorte d'acide, mais très probablement chlorhydrique ou sulfurique.

– Comme si on ne tenait pas à ce qu'on le reconnaisse.

– Absolument. Remarquez, ça n'a pas effacé la cause de la mort. On lui a enfoncé un morceau de queue de billard dans une narine. Elle a pénétré le cerveau en le tuant sur le coup. Ce n'est pas un procédé habituel pour donner la mort, c'est même un cas unique à ma connaissance. Mais on apprend peu à peu à ne pas être surpris par les moyens tortueux qu'emploient les assassins pour occire leurs victimes. D'ailleurs, je suis sûr que vous n'êtes pas surpris. Vous avez toujours eu une imagination brillante pour un flic, Bernie. Sans parler de votre sang-froid. Vous savez, il faut que vous ayez un drôle de culot pour entrer comme ça ici. Seule ma nature sentimentale m'empêche de vous faire sortir en vous tirant par l'oreille.

– Il fallait que je vous parle au sujet de l'affaire Pfarr. C'est vous qui avez procédé à l'autopsie, n'est-ce pas?

– Vous êtes bien renseigné, dit-il. Il se trouve que les familles sont venues récupérer les corps ce matin.

– Et votre rapport?

– Écoutez, je ne peux pas vous parler ici. J'en ai bientôt fini avec ce monsieur. Donnez-moi une heure.

– Où?

– Que diriez-vous du Künstler Eck, à Alt Kölln? C'est un endroit tranquille, nous ne serons pas dérangés.

– Le Künstler Eck, répétai-je. Je trouverai.

Je me dirigeai vers les portes vitrées.

– Euh, Bernie… Pensez à apporter quelque chose pour rembourser mes frais…

La commune indépendante d'Alt Kölln, depuis longtemps absorbée par la capitale, est une petite île sur la
Spree. Composée principalement de musées, elle a acquis
le surnom de l'« île Musée ». Je dois cependant avouer
que je n'ai jamais pénétré dans aucun d'entre eux. Le
passé ne m'intéresse pas outre mesure, et si vous voulez
mon avis, c'est un peu l'obsession de ce pays pour son
histoire qui l'a mis là où il se trouve à présent – dans la
merde. Impossible d'entrer dans un bar sans qu'un excité
commence à pérorer sur les frontières d'avant 1918, en
remontant jusqu'à Bismarck et à la bonne époque où on
avait flanqué la pile aux Français. Ce sont là des blessures
anciennes, et à mon avis, il est malsain de toujours les
ressasser.

Vu de l'extérieur, l'endroit n'était pas très engageant :
la peinture de la porte s'écaillait, les fleurs de la devanture étaient fanées, et en plus, derrière une vitre sale, une
pancarte annonçait d'une écriture en pattes de mouche :
« Ici on peut écouter le discours de ce soir. » Je jurai intérieurement : cela signifiait que Joe le Boiteux[1] allait faire
un discours dans un meeting du Parti, ce qui provoquerait
dans la soirée les habituels embouteillages. Je descendis
les quelques marches et ouvris la porte.

L'intérieur du Künstler Eck était encore moins accueillant que l'extérieur. Les murs étaient couverts de sinistres
objets en bois sculpté, depuis les canons modèle réduit aux
têtes de mort, en passant par les cercueils et les squelettes.
Au fond de la salle était installé un orgue dont la décoration représentait un cimetière où les morts émergeaient
des cryptes et des tombes. Assis devant l'instrument, un
bossu jouait un morceau de Haydn dont il était l'unique
auditeur, car sa musique était noyée sous les couplets de
Ma fière et vaillante Prusse, braillés par un groupe de
miliciens SA. J'ai été le témoin de nombreuses scènes

---

1. Joseph Goebbels.

étonnantes à Berlin, mais celle-ci semblait sortir tout droit d'un film de Conrad Veidt, et pas d'un des meilleurs. Je m'attendais d'une seconde à l'autre à voir surgir le capitaine de police manchot.

Mais ce fut Illmann que je découvris, attablé dans un coin devant une bouteille de bière Engelhardt. J'en commandai aussitôt deux autres, puis m'assis en face de lui tandis que les SA terminaient leur chanson et que le bossu entreprenait de massacrer une de mes sonates préférées de Schubert.

– Drôle de trou à rats pour donner un rendez-vous, fis-je d'un air morne.

– Je ne déteste pas un certain pittoresque.

– Ça doit être le point de ralliement de tous les déterreurs de cadavres de Berlin. Côtoyer la mort toute la journée ne vous suffit donc pas, pour venir boire un verre dans cet ossuaire ?

Il haussa les épaules sans se formaliser.

– J'ai vraiment conscience d'exister lorsque je vois la mort autour de moi.

– La nécrophilie a donc ses aspects positifs ?

Illmann sourit. J'eus l'impression qu'il approuvait.

– Alors comme ça, reprit-il, vous vous intéressez à ce pauvre Hauptsturmführer et à sa petite femme, hein ? (J'acquiesçai d'un signe de tête.) C'est une affaire intéressante, et croyez-moi, les affaires intéressantes se font de plus en plus rares ces temps-ci. Avec toutes les morts violentes que connaît cette ville, on pourrait penser que je suis débordé de travail. Eh bien, pas du tout. Dans la plupart des cas, les causes de la mort sont évidentes, de sorte que je remets régulièrement un rapport d'autopsie concluant à l'assassinat à ceux-là mêmes qui en sont les auteurs. Nous vivons dans un monde absurde. (Il ouvrit sa serviette et en sortit un dossier bleu.) Je vous ai apporté les photos. J'ai pensé que ça vous intéresserait de voir à quoi ressemblait l'heureux couple. Comme vous pouvez

le constater, ils ont l'air de deux charbonniers. Je n'ai pu
les identifier que grâce à leurs alliances.

Je feuilletai le dossier. L'angle de prise de vue changeait, mais pas le sujet : deux corps gris métal, aussi
chauves que des momies égyptiennes, reposaient sur les
ressorts dénudés et noircis de ce qui avait été un lit. On
aurait dit deux saucisses oubliées sur un gril.

— Charmant album de famille. Qu'est-ce qu'ils étaient
en train de faire ? De la boxe française ? demandai-je à la
vue des cadavres serrant les poings devant eux comme
deux boxeurs qui se cherchent.

— C'est une position habituelle quand on meurt dans de
pareilles circonstances.

— Et ces blessures ? On dirait des coups de couteau…

— Encore une fois, rien d'étonnant, fit Illmann. Sous
l'effet de la chaleur, la peau se craquelle et éclate comme
une banane trop mûre. Enfin, si vous vous souvenez à
quoi ressemble une banane.

— Où avez-vous trouvé les bidons d'essence ?

Il leva vivement les yeux.

— Ah, vous êtes au courant ? C'est vrai, nous avons
retrouvé deux bidons vides dans le jardin. Je ne pense pas
qu'ils y étaient depuis longtemps. Ils n'étaient pas rouillés
et l'un d'eux contenait même un reste d'essence qui ne
s'était pas évaporé. Le chef des pompiers nous a dit qu'il
régnait une forte odeur d'essence quand ils sont arrivés
sur les lieux.

— C'est donc un acte criminel.

— Sans aucun doute.

— Dans ce cas, pourquoi avez-vous cherché des impacts
de balles sur les corps ?

— L'expérience, tout simplement. Quand on pratique
une autopsie à la suite d'un incendie, on cherche toujours
à savoir si l'on n'a pas cherché à effacer les causes réelles
du décès. C'est une procédure routinière. J'ai retrouvé trois
balles dans le corps de la femme, deux dans celui du mari,

et trois autres dans la tête du lit. La femme était morte quand le feu s'est propagé. Elle avait été touchée à la tête et à la gorge. Mais pas l'homme. Des particules de fumée avaient pénétré dans les bronches, et son sang contenait du monoxyde de carbone. Les muqueuses étaient encore roses. Lui avait été touché à la tête et à la poitrine.

— A-t-on retrouvé l'arme ? demandai-je.

— Non, mais je peux vous dire qu'il s'agissait presque à coup sûr d'un automatique 7.65, avec la force de frappe d'un vieux Mauser.

— De quelle distance leur a-t-on tiré dessus ?

— Je dirais à environ 1 m 50. D'après les orifices d'entrée et de sortie des balles, et aussi d'après la présence des trois balles ayant pénétré la tête de lit, le tireur devait se tenir debout au pied du lit.

— Une seule arme, selon vous ? (Illmann acquiesça.) Huit balles en tout. Un chargeur entier. Celui qui a fait ça voulait être sûr de ne pas les rater, ou alors il était vraiment en rogne. Bon sang, et les voisins n'ont rien entendu ?

— Apparemment non. Ou alors ils se sont dit que c'était la Gestapo qui faisait une petite fiesta. L'incendie n'a été signalé qu'à 3 h 10 du matin. À ce moment, il était bien trop tard pour le maîtriser.

Le bossu délaissa son orgue tandis que les miliciens se lançaient dans une interprétation tonitruante de *Allemagne tu es notre fierté*. L'un d'eux, une armoire à glace au visage barré d'une cicatrice rougeâtre, passa derrière le bar, brandit sa chope de bière et engagea la salle à reprendre le couplet. Illmann obtempéra de bonne grâce et chanta d'une voix de baryton, tandis que ma propre prestation manquait singulièrement de vigueur et d'harmonie. Chansons martiales point ne font le patriote. Le problème avec ces connards de nationaux-socialistes, surtout les jeunes, est qu'ils sont persuadés d'avoir le monopole du patriotisme. Ce qui n'est certainement pas vrai pour l'instant, mais au train où vont les choses, ça risque de le devenir très vite.

Quand la chanson fut terminée, je demandai d'autres détails à Illmann.

— Ils étaient nus tous les deux, déclara-t-il. Et ils avaient pas mal picolé. Elle avait bu plusieurs cocktails Ohio, et lui avait éclusé une grande quantité de bière et de schnaps. Ils étaient probablement fin saouls quand on les a descendus. J'ai également procédé à un prélèvement vaginal qui a révélé la présence de sperme récent du même type que celui du mari. À mon avis, ils avaient dû passer une soirée agitée. J'ai oublié de vous signaler qu'elle était enceinte de huit semaines. Que voulez-vous, la vie n'est qu'une petite bougie vite consumée.

— Enceinte, répétai-je d'un air songeur tandis qu'Illmann s'étirait en bâillant.

— Oui. Vous voulez savoir ce qu'ils avaient mangé au dîner ?

— Non, dis-je d'un ton catégorique. Parlez-moi plutôt du coffre. Était-il ouvert ou fermé ?

— Ouvert. (Il marqua une assez longue pause.) C'est curieux. Vous ne me demandez pas comment on l'a ouvert. Ce qui m'amène à penser que vous savez déjà que, à part les dégâts imputables à l'incendie, il n'était pas endommagé. Et donc, s'il a été ouvert illégalement, il l'a été par quelqu'un qui savait fort bien ce qu'il faisait. Un coffre Stockinger n'est pas une boîte à sardines.

— Des empreintes ?

Illmann secoua la tête.

— Trop noirci pour que nous ayons pu en relever, dit-il.

— Imaginons, repris-je, que, juste avant la mort des Pfarr, le coffre ait renfermé — euh — ce qui s'y trouvait habituellement et que, comme chaque soir, il ait été verrouillé pour la nuit.

— Oui.

— Il y a donc deux possibilités. La première est qu'un professionnel l'ait ouvert avant de tuer le couple. La seconde, que le cambrioleur ait forcé les Pfarr à l'ouvrir avant de leur ordonner de s'étendre sur le lit et de les tuer. Or ce n'est pas dans la manière d'un pro d'avoir laissé le coffre ouvert.

– À moins qu'il ait cherché à se faire passer pour un amateur? suggéra Illmann. Pour ma part, je pense qu'ils dormaient quand on les a tués. La position des impacts indique qu'ils étaient allongés. Si vous étiez au lit, éveillé, et si quelqu'un braquait son arme sur vous, je suis sûr que vous ne resteriez pas allongé. C'est pourquoi je réfute votre première hypothèse. (Il consulta sa montre et finit sa bière. Puis, me tapotant la cuisse, il reprit d'un air enjoué :) Ça m'a fait plaisir, Bernie. Ça m'a rappelé le bon vieux temps. J'apprécie de pouvoir parler à quelqu'un qui fait son boulot d'enquêteur sans une lampe torche et un coup de poing américain aux phalanges. Enfin, je ne vais pas rester très longtemps à l'Alex. Notre illustre Reichskriminaldirektor, Arthur Nebe, a décidé de me mettre en retraite anticipée, comme il l'a fait avec tous les vieux conservateurs.

– Je ne savais pas que vous vous intéressiez à la politique, dis-je.

– Je ne m'en mêle pas, précisa-t-il. Mais n'est-ce pas exactement comme ça que Hitler a été élu? À cause de tous ces gens qui se fichaient de savoir par qui serait dirigé le pays? Et le plus marrant est que je m'en fiche encore plus maintenant. Ce n'est pas moi qui prendrai le train en marche, comme toutes ces Violettes de Mars. Cela dit, je ne regrette pas beaucoup de quitter l'Alex. Je suis las des incessantes querelles entre Sipo et Orpo à propos du contrôle de la Kripo. Ça devient très difficile de rédiger un rapport, quand on ignore s'il convient ou non de mentionner la présence des agents en uniforme de l'Orpo.

– Je croyais que la Sipo et la Gestapo marchaient main dans la main avec la Kripo.

– Au plus haut niveau, oui, confirma Illmann. Mais aux niveaux intermédiaires, c'est encore la vieille hiérarchie administrative qui prévaut. Au niveau municipal, les chefs de police appartenant à l'Orpo sont également responsables devant la Kripo. Mais d'après la rumeur, les chefs de l'Orpo encouragent en sous-main les membres de leur police qui envoient paître les emmerdeurs de la Sipo. À Berlin, par exemple, notre chef de la police applaudit à tout ce qui peut leur mettre des bâtons dans les roues. Lui et le Reichskriminaldirektor, Arthur Nebe, ne peuvent pas se sentir. Grotesque, n'est-ce pas ? Enfin, sur ces bonnes paroles, avec votre permission, il faut que je parte.

— Drôle de façon de diriger une police, dis-je.

— Croyez-moi, Bernie, vous avez bien fait de laisser tomber tout ça, conclut-il en souriant. Parce que ça risque de devenir de pire en pire.

Les informations d'Illmann me coûtèrent 100 marks. Obtenir des renseignements a toujours coûté cher, mais ces derniers temps, les faux frais d'un enquêteur privé ont tendance à augmenter considérablement. Ça n'a d'ailleurs rien d'étonnant. Tout le monde traficote. La corruption sous une forme ou sous une autre est le trait le plus caractéristique de la vie sous le national-socialisme. Le gouvernement a beau avoir fait des révélations sur la corruption des divers partis politiques dirigeant la République de Weimar, ce n'était rien à côté de celle qui règne maintenant. Et comme elle sévit aux plus hauts niveaux de l'État et que tout le monde le sait, beaucoup de gens estiment avoir droit à leur part du gâteau. Je ne connais personne qui soit resté aussi intransigeant qu'avant sur ce genre de pratiques. Moi y compris. La sensibilité des gens à la corruption, qu'elle s'exprime dans le marché noir ou dans la tentative d'obtenir une faveur d'un fonctionnaire de l'État, est aussi émoussée que la mine d'un crayon de charpentier, voilà la vérité.

6

Ce soir-là, on eût dit que tout Berlin s'était donné rendez-vous à Neukölln, où Goebbels devait parler. Comme à son habitude, il jouerait de sa voix en chef d'orchestre accompli, faisant alterner la douceur persuasive du violon et le son alerte et moqueur de la trompette. Des mesures avaient par ailleurs été prises pour que les malchanceux ne pouvant pas aller voir de leurs propres yeux le Flambeau du Peuple puissent au moins entendre son discours. En plus des postes de radio qu'une loi récente obligeait à installer dans les restaurants et les cafés, on avait fixé des haut-parleurs sur les réverbères et les façades de la plupart des rues. Enfin, la brigade de surveillance radiophonique avait pour tâche de frapper aux portes des appartements afin de vérifier si chacun observait son devoir civique en écoutant cette importante émission du Parti.

Comme je roulais dans Leipzigerstrasse en direction de l'ouest, je croisai une section de Chemises brunes défilant aux flambeaux dans Wilhelmstrasse. Je dus descendre de voiture pour saluer le défilé. Ne pas le faire aurait été courir le risque de me faire prendre à partie et frapper. Je suppose qu'il y avait dans la foule d'autres gens qui tendaient docilement le bras droit pour éviter les ennuis. Peut-être, comme moi, se sentaient-ils un peu idiots, à jouer ainsi les agents de la circulation. Qui sait ? Il est vrai toutefois que les partis politiques allemands ont toujours eu une forte propension au salut : les sociaux-démocrates brandissaient bien haut leur poing fermé, tandis que les bolcheviks du KPD le tenaient à hauteur d'épaule ; les centristes avaient pour signe de ralliement le pouce et l'index ouverts comme un pistolet ; enfin, les nazis pliaient l'avant-bras d'un geste sec, comme pour vérifier si leurs ongles étaient bien nets. À une certaine époque, nous considérions ces gesticulations comme ridicules et mélodramatiques, ce qui explique peut-être que beaucoup de gens ne les aient pas prises au sérieux. Et voilà : ces mêmes personnes en étaient arrivées à tendre elles aussi le bras au passage des plus fanatiques d'entre eux. C'était tout simplement insensé.

Badensche Strasse, qui fait un Y avec Berliner Strasse, n'est qu'à un pâté de maisons de Trautenaustrasse, où j'ai mon appartement. Cette proximité géographique constitue leur seul point commun. Le numéro 7 de Badensche Strasse est l'un des immeubles résidentiels les plus modernes de la ville. Y pénétrer est à peu près aussi aisé que se faire admettre au dîner d'anniversaire du roi d'Arabie.

Je garai ma peu reluisante petite voiture entre une énorme Dusenberg et une Bugatti étincelante, et entrai dans un hall dont la construction devait avoir épuisé une ou deux carrières de marbre. Un gardien obèse et un milicien SA me repérèrent aussitôt. Abandonnant leur radio qui diffusait du Wagner avant l'ouverture du meeting, ils quittèrent leur bureau et me barrèrent le chemin pour que je n'aille pas offenser la vue d'un des résidents avec mon costume fripé et mes ongles taillés à la va-vite.

— Vous avez sans doute pas vu le panneau à l'entrée, grogna le gros lard. Vous êtes dans un immeuble privé ici.

Son numéro d'intimidation ne m'impressionna pas le moins du monde. J'ai l'habitude de ne pas être accueilli à bras ouverts, mais je sais m'accrocher.

— Je n'ai pas vu de panneau, dis-je avec une sincérité non feinte.

— L'entrée est interdite aux colporteurs, m'avertit le milicien.

Il avait une mâchoire fragile qui aurait craqué comme une brindille sèche sous mon poing.

— Je ne suis pas colporteur, lui dis-je.

Le gros gardien voulut s'en mêler.

– Je ne sais pas ce que vous vendez, mais personne n'en a besoin ici.

Je lui coulai un sourire sournois.

– Écoute-moi bien, gros lard. La seule chose qui m'empêche de t'écarter de mon chemin, c'est ta mauvaise haleine. Mais si tu sais te servir d'un téléphone, ce dont je doute, compose donc le numéro de Fräulein Rudel. Elle te dira qu'elle m'attend.

Le gros tripota l'énorme moustache brune qui adhérait à sa lèvre, comme une chauve-souris à la voûte d'une crypte. Son haleine était encore pire que je ne l'avais imaginé.

– J'espère pour toi que tu as raison, lâcha-t-il. Je me ferais un plaisir de te foutre dehors à coups de pompes.

Jurant entre ses dents, il retourna à son bureau et composa rageusement un numéro.

– Pouvez-vous me dire si Fräulein Rudel attend quelqu'un ? s'enquit-il en s'efforçant au calme. Ah bon, parce qu'elle ne m'a rien dit.

Il parut consterné d'apprendre que j'avais dit vrai. Il reposa le téléphone et tourna la tête vers l'ascenseur.

– Troisième étage, siffla-t-il.

Il n'y avait que deux portes au troisième, une à chaque extrémité d'un couloir parqueté long comme un vélodrome. L'une des portes était entrebâillée. La bonne me fit entrer au salon.

– Vous feriez mieux de vous asseoir, me conseilla-t-elle d'un ton grincheux. Fräulein Rudel est en train de s'habiller et Dieu sait pour combien de temps elle en a. Servez-vous un verre si vous le désirez.

Lorsqu'elle eut disparu, j'examinai les lieux.

L'appartement était de la taille d'un modeste aéroport, et à peine plus luxueux qu'un décor de Cecil B. de Mille, dont une photographie était justement posée, parmi bien d'autres, sur l'immense piano. À côté du décorateur qui avait conçu l'agencement de l'appartement, l'archiduc

Ferdinand semblait avoir autant de goût qu'un nain de cirque turc. Je m'approchai du piano pour examiner les photos. La plupart représentaient Ilse Rudel dans l'un ou l'autre de ses films. Elle y était généralement très peu vêtue, nageant nue dans l'eau ou à demi cachée derrière un arbre qui dissimulait les parties les plus intéressantes de son anatomie. L'actrice était célèbre pour ses rôles dévêtus. Sur un autre cliché, on la voyait assise dans un restaurant chic en compagnie de ce bon Dr Goebbels. Sur une autre, elle faisait mine d'affronter le boxeur Max Schmelling. Une autre la montrait dans les bras d'un simple ouvrier, qui à l'examen se révélait être le fameux comédien Emil Jannings. Je reconnus en ce cliché une scène du film *La Hutte du charpentier*, tiré d'un livre que je préfère de beaucoup à sa version cinématographique.

Humant des effluves de 4711, je me retournai d'un bloc et me trouvai en train de serrer la main que me tendait la star.

— Je vois que vous avez déjà visité ma petite exposition, dit-elle en remettant à leur place les photos que j'avais dérangées. Vous devez trouver qu'il est terriblement vain de ma part d'exhiber tant de photos de moi, mais je ne supporte pas les albums.

— Je ne vois rien de mal à ça, la rassurai-je. Ces photos sont très intéressantes.

Elle me gratifia du fameux sourire qui provoque chez des milliers de mâles allemands, moi compris, l'abaissement involontaire de la mâchoire.

— Je suis ravie que cela vous plaise.

Elle était vêtue d'un pyjama d'intérieur en velours vert orné d'une longue ceinture à franges dorée, et chaussée de mules marocaines vertes à hauts talons. Ses cheveux blonds étaient ramenés en chignon tressé sur la nuque, suivant la dernière coiffure à la mode. Mais contrairement à la plupart des autres Allemandes, elle était maquillée et fumait une cigarette, deux fantaisies fortement désapprouvées par la BdM, la Ligue féminine, qui les considère comme contraires à l'idéal nazi de la femme allemande. Pour ma part, je suis un citadin : un visage frais et rose est parfait pour les travaux de la ferme, mais, comme la majorité de mes compatriotes, je préfère les femmes élégantes et fardées. Bien sûr, Ilse Rudel vivait dans un tout autre monde que les femmes ordinaires. Elle croyait probablement que la Ligue féminine nazie était une équipe de hockey.

— Navrée pour ces deux types en bas, dit-elle, mais comme Joseph et Magda Goebbels ont un appartement au-dessus, la sécurité doit être très stricte. À propos, j'ai promis à Joseph que j'écouterai son discours, au moins en partie. Ça ne vous dérange pas ?

C'était là une question que personne ne se serait risqué à poser, à moins d'être en termes très intimes avec le ministre de la Propagande et de l'Illumination du Peuple. Je haussai les épaules.

— Pas le moins du monde, fis-je.

— Nous n'écouterons que quelques minutes, dit-elle en allumant le poste Philco qui trônait sur un petit bar en noyer. Bien. Que puis-je vous offrir à boire ?

Je lui demandai un whisky. Elle me servit une dose suffisante pour y faire tremper un dentier, puis inclina une élégante carafe bleue et se versa un verre de Bowle, la boisson à base de champagne et de sauternes dont les Berlinois raffolaient, avant de me rejoindre sur un sofa, à la couleur et à la silhouette d'un ananas. Nous trinquâmes et, à mesure que les tubes du poste chauffaient, les douces envolées du voisin du dessus envahirent peu à peu la pièce.

Tout d'abord, Goebbels s'en prit aux journalistes étrangers qui donnaient une vision « déformée » de la vie dans la nouvelle Allemagne. Il lançait de temps à autre une formule bien tournée qui déclenchait les rires et les applaudissements de son public de sycophantes. Ilse Rudel souriait d'un air ambigu mais gardait le silence. Je me demandai si elle saisissait bien le sens des paroles de l'homme au pied-bot. Bientôt, il éleva la voix et commença à attaquer les traîtres – qui étaient ces traîtres, je l'ignorais – qui tentaient de saboter la révolution nationale. À ce point du discours, l'actrice étouffa un bâillement, et lorsque Goebbels enchaîna sur son sujet favori, la glorification du Führer, elle se leva prestement et éteignit la radio.

– Je crois que nous l'avons assez entendu pour ce soir, dit-elle.

Elle se dirigea vers le gramophone, choisit un disque et changea aussitôt de sujet de conversation.

– Que diriez-vous d'un disque de jazz ? Oh, rassurez-vous, pas du jazz de nègres. Aimez-vous cette musique ?

Seul le jazz blanc était en effet autorisé en Allemagne. Je me demandais souvent comment s'y prenaient les autorités pour faire la différence.

– J'aime toutes les sortes de jazz, dis-je.

Elle remonta le gramophone et posa l'aiguille sur le sillon. C'était un morceau très relaxant, avec une clarinette puissante et un saxophoniste qui aurait pu faire traverser un no man's land à une compagnie d'Italiens sous un barrage d'artillerie.

– Puis-je me permettre de vous demander pourquoi vous gardez cet appartement ? repris-je.

Elle revint vers le sofa en esquissant des pas de danse et se rassit.

– Voyez-vous, monsieur l'enquêteur privé, Hermann trouve que mes amis sont trop agités, et comme il travaille à toute heure du jour et de la nuit, chez nous, à Dahlem, j'invite mes amis ici pour ne pas le déranger.

– C'est une bonne raison, en effet, dis-je.

De ses narines exquises, elle souffla deux jets de fumée dans ma direction. Je les aspirai goulûment, non pas parce que j'aime l'odeur des cigarettes américaines, ce qui est d'ailleurs le cas, mais parce que cette fumée avait séjourné dans sa poitrine, et tout ce qui avait un rapport avec sa poitrine me plaisait au plus haut point. D'après les mouvements que j'avais perçus sous son pyjama, elle avait des seins d'une belle taille et ne portait pas de soutien-gorge.

— Alors, dis-je, de quoi vouliez-vous m'entretenir ?

À ma grande surprise, elle me toucha légèrement le genou.

— Détendez-vous, fit-elle en souriant. Vous n'êtes pas pressé, n'est-ce pas ?

Je secouai la tête et la regardai éteindre sa cigarette. Le cendrier contenait déjà plusieurs mégots maculés de rouge à lèvres. Elle les avait tous éteints après quelques bouffées. Je commençai à me demander si ce n'était pas elle qui était nerveuse et avait besoin de se relaxer. À cause de moi, peut-être ? Comme pour confirmer mon hypothèse, elle se leva d'un bond, se servit un autre verre de Bowle et alla changer le disque.

— Vous ne voulez pas boire autre chose ?

— Non, ce whisky me convient très bien, dis-je en buvant une gorgée.

C'était du bon whisky, avec un savoureux goût de tourbe, sans arrière-goût amer. Je lui demandai alors si elle connaissait bien Paul et Greta Pfarr. La question n'eut pas l'air de la surprendre, au contraire. Elle vint s'asseoir si près de moi que nous nous touchions, puis elle eut un sourire étrange.

— C'est vrai, j'avais oublié, dit-elle. Vous enquêtez sur l'incendie pour le compte de Hermann, n'est-ce pas ? (Elle sourit à nouveau avant d'ajouter d'un ton ironique :) Je suppose que la police se cassant le nez sur cette affaire, on a fait appel au grand détective que vous êtes pour résoudre le mystère, n'est-ce pas ?

— Il n'y a aucun mystère, Fräulein Rudel, lui dis-je en manière de provocation.

Elle n'en fut qu'à peine troublée.

— À part l'identité du coupable, non ?

– Une chose est mystérieuse lorsqu'elle se situe au-delà de la compréhension et du savoir humains, ce qui voudrait dire que mon travail est une pure perte de temps. Or cette affaire est une simple énigme, et il se trouve que j'adore les énigmes.

– Moi aussi, rétorqua-t-elle d'un ton qui me parut moqueur. Mais je vous en prie, vous êtes ici chez moi, appelez-moi donc Ilse. Je vous appellerai aussi par votre prénom, si vous voulez bien me le rappeler…

– Bernhard.

– Bernhard, répéta-t-elle comme pour en éprouver la sonorité avant de le raccourcir. Bernie. (Elle prit une lampée de son cocktail, piqua une fraise qui y flottait et la mangea.) Eh bien, Bernie, vous devez être un excellent enquêteur pour que Hermann vous ait embauché au sujet d'une affaire si importante. Je croyais que les détectives n'étaient qu'une bande de minables tout juste bons à filer les maris volages et à raconter à leurs femmes ce qu'ils avaient vu par le trou de la serrure.

– Les affaires de divorce sont à peu près les seules dont je ne m'occupe pas.

– Vraiment ? fit-elle avec un sourire entendu.

Ce sourire m'agaça considérablement. D'abord, parce qu'il révélait une attitude condescendante à mon égard, mais surtout, parce que j'eus aussitôt envie de l'effacer par un baiser ou par une gifle.

– Dites-moi, gagnez-vous beaucoup d'argent avec votre travail ? reprit-elle en me tapotant la cuisse pour m'indiquer qu'elle n'avait pas fini sa question. Je ne voudrais pas paraître indiscrète. Je veux juste savoir si vous avez des revenus confortables.

Je jetai un bref regard aux objets luxueux qui nous entouraient.

– Mes revenus ? Ils sont aussi confortables qu'un fauteuil du Bauhaus. (La plaisanterie la fit rire.) Mais vous n'avez pas répondu à ma question concernant les Pfarr.

– Non ?

– Vous le savez très bien.

Elle haussa les épaules.

– Oui, je les connaissais, fit-elle.

– Suffisamment pour savoir ce que Paul avait contre votre mari ?

– C'est donc cela qui vous intéresse ?

– Pour commencer, oui.

Elle lâcha un petit soupir impatient.

– Très bien. Je veux bien jouer à votre petit jeu tant qu'il ne m'ennuie pas, dit-elle en levant vers moi des sourcils interrogateurs.

– Entendu, allons-y, dis-je sans savoir ce qu'elle voulait dire.

– C'est vrai, Paul et mon mari ne s'entendaient pas, mais j'ignore pourquoi. Dès le début, Hermann a été contre le mariage de Paul et Grete. Il pensait que Paul voulait une « dent de platine » – une femme riche, en d'autres termes. Il essaya de persuader Grete de le laisser tomber. Mais Grete n'a jamais accepté. Ensuite, il y eut une période pendant laquelle ils s'entendaient bien. Cela a duré jusqu'à la mort de la première femme de Hermann. À ce moment-là, je le voyais depuis un certain temps. Ce n'est qu'après notre mariage que les choses se sont détériorées entre Paul et lui. Grete s'est mise à boire. Leur mariage est devenu une simple feuille de vigne, une couverture respectable pour Paul – il travaillait au ministère de l'Intérieur, vous comprenez.

– Savez-vous quelles y étaient ses fonctions exactes ?

– Aucune idée.

– Est-ce qu'il flirtait ?

– Avec d'autres femmes ? s'exclama-t-elle en riant. Paul était beau garçon, mais il n'était pas très entreprenant. Il se consacrait avant tout à son travail, pas aux femmes, et s'il a eu des aventures, elles sont restées très discrètes.

– Et elle ?

Ilse secoua la tête et avala une longue gorgée de Bowle.

– Ce n'était pas son style, dit-elle avant de s'interrompre, l'air songeur. Quoique… (Elle haussa les épaules.) Non, ça ne veut probablement rien dire.

– Allez, dites-le-moi.

– Eh bien, un jour, à Dahlem, j'ai eu l'impression très fugitive qu'il y avait quelque chose entre elle et Haupthändler. (Je levai un sourcil.) C'est le secrétaire particulier de Hermann. Les Italiens venaient d'entrer à Addis-Abeba. Je m'en souviens parce que j'avais été invitée à une réception à l'ambassade d'Italie.

– Début mai[1], donc ?

– Oui. Hermann était en déplacement, donc j'y suis allée seule. J'étais en plein tournage et je devais travailler à l'UFA le lendemain matin très tôt. J'ai décidé de passer la nuit à Dahlem pour avoir un peu plus de temps le matin, parce que c'est beaucoup plus rapide d'aller à Babelsberg de là-bas. Bref, avant d'aller me coucher, je suis entrée à l'improviste au salon où j'avais laissé mon livre, et qui je trouve assis dans le noir ? Hjalmar Haupthändler et Grete.

– Que faisaient-ils ?

– Rien. Rien du tout : ça a éveillé mes soupçons. Il était 2 heures du matin et ils étaient assis chacun à une extrémité du sofa comme deux collégiens à leur premier rendez-vous. Mon apparition les a terriblement embarrassés. Ils ont prétendu qu'ils étaient juste en train de bavarder et ont fait mine de s'étonner de l'heure. Mais je n'ai pas été dupe.

– En avez-vous parlé à votre mari ?

– Non. À vrai dire, j'ai aussitôt oublié cette histoire. Mais de toute façon, je ne lui en aurais pas parlé. Hermann n'est pas du genre à laisser les choses se décanter toutes

---

1. 1936.

seules. Presque tous les hommes riches sont comme ça. Méfiants et suspicieux.

– Il faut pourtant qu'il vous fasse confiance pour vous laisser dans cet appartement.

Elle rit d'un air dédaigneux.

– Seigneur, elle est bien bonne ! Si vous saviez ce que je dois endurer… D'ailleurs, vous le savez certainement, puisque vous êtes détective. (Elle ne me laissa pas le temps de répondre.) J'ai été obligée de virer plusieurs cáméristes qu'il avait corrompues pour m'espionner. C'est un homme terriblement jaloux.

– J'agirais probablement comme lui si j'étais à sa place, lui dis-je. Tout homme serait jaloux d'une femme comme vous.

Elle me fixa droit dans les yeux, puis son regard descendit sur le reste de ma personne. Elle avait ce regard provocant que seule une putain ou la star la plus inaccessible peuvent se permettre. Un regard qui m'engageait à me coller à son corps comme le lierre à un mur. Un regard qui me donna envie de disparaître sous le tapis.

– Avouez que vous aimez rendre un homme jaloux, poursuivis-je. Vous devez être le genre de femme à dire blanc et à faire noir rien que pour le plaisir de le dérouter. Allez-vous finir par m'expliquer pourquoi vous m'avez fait venir ici ce soir ?

– J'ai renvoyé la bonne, dit-elle, alors arrêtez votre baratin et embrassez-moi, espèce d'idiot.

D'habitude, je n'obéis pas facilement, mais là, je n'y voyais aucun inconvénient. Ce n'est pas tous les jours qu'une célébrité du cinéma vous demande de l'embrasser. Elle me tendit ses lèvres savoureuses et je m'efforçai, par politesse, de me montrer à la hauteur. Au bout d'une minute, je la sentis remuer et lorsque sa bouche s'écarta de la ventouse de mes lèvres, elle avait la voix chaude et haletante.

– Oh… je brûle à petit feu.

– Je m'entraîne régulièrement, vous savez.

Elle sourit, leva sa bouche et colla ses lèvres aux miennes comme si elle voulait perdre tout contrôle d'elle-même et m'amener à ne plus rien lui dissimuler. Respirant avidement par les narines, elle prenait la chose de plus en plus à cœur, jusqu'au moment où elle annonça :

– Bernie, je veux que tu me baises.

Sa phrase envoya des pulsations dans ma braguette. Nous nous levâmes et elle me conduisit par la main jusqu'à sa chambre.

– Il faut d'abord que je passe par la salle de bains, lui dis-je.

Ses seins frémirent lorsqu'elle fit passer son haut de pyjama par-dessus sa tête. C'étaient de vrais seins de star, et pendant un moment, je fus incapable d'en détacher les yeux. Ses mamelons bruns ressemblaient à des casques de soldat anglais.

– Fais vite, Bernie, dit-elle.

Elle détacha sa ceinture et ôta son pantalon. Il ne lui restait plus que sa culotte.

Mais dans la salle de bains, je passai un long moment à m'examiner sans concession dans le miroir qui couvrait tout le mur. Je ne pus m'empêcher de me demander pourquoi une déesse comme celle qui était en train d'ouvrir les draps de satin blanc dans la pièce à côté avait choisi un type comme moi pour justifier une note de blanchisserie. Ce n'était certainement pas pour mon visage d'enfant de chœur ni mon tempérament enjoué. Avec mon nez cassé et ma mâchoire en pare-chocs, seul un Hercule de foire aurait pu me trouver mignon. J'écartai l'hypothèse selon laquelle mes cheveux blonds et mes yeux bleus me rendaient irrésistiblement à la mode. Elle voulait plus qu'une simple galipette, et je me doutais de ce que c'était. Le seul problème est que j'avais une érection qui, au moins pour l'instant, n'avait pas l'air de vouloir faiblir.

Lorsque j'entrai dans la chambre, elle était toujours debout, attendant que je vienne me servir. N'y tenant plus, je lui enlevai sa culotte, l'attirai sur le lit et écartai ses longues cuisses bronzées comme un érudit ouvrant fébrilement un manuscrit rarissime. Je m'absorbai un bon moment dans la lecture, tournant les pages une à une et dévorant des yeux ce que je n'aurais jamais cru possible de posséder.

Nous n'avions pas éteint la lumière, de sorte que j'eus une vue parfaite de mon membre pénétrant sa touffe frisée. Un peu plus tard, elle était allongée sur moi, respirant comme un chien somnolent mais repu, me caressant la poitrine comme si je l'avais fortement impressionnée.

– Comme tu es vigoureux !

– Ma mère était maréchal-ferrant, lui expliquai-je. Elle ferrait les chevaux en enfonçant les clous à la main. C'est d'elle que je tiens ma carrure.

Elle pouffa de rire.

– Tu ne parles pas beaucoup, mais quand tu le fais, c'est pour plaisanter, n'est-ce pas ?

– L'Allemagne compte suffisamment de cadavres sérieux en ce moment.

– Et cynique avec ça ! Pourquoi donc ?

– J'ai été prêtre, autrefois.

Elle toucha sur mon front la cicatrice d'un éclat d'obus.

– Et ça, ça vient d'où ?

– Le dimanche après la messe, je me battais dans la sacristie avec les enfants de chœur. Tu aimes la boxe ? ajoutai-je en me souvenant de sa photo avec Max Schmelling.

– J'adore la boxe, répondit-elle. J'aime les hommes violents, dotés d'une grande force physique. J'adore aller au cirque Busch les regarder s'entraîner avant un combat, voir s'ils préfèrent attaquer ou se défendre, deviner s'ils ont des tripes ou pas.

– Comme les dames de la noblesse romaine qui allaient admirer les gladiateurs, hein ?

– Oui, exactement. J'aime les gagnants. Et toi?

– Oui.

– Tu dois savoir encaisser les coups. Tu me parais du genre patient et résistant. Méthodique. Capable de subir une bonne dégelée sans broncher : ça te rend dangereux.

– Et toi, tu n'es pas dangereuse?

Elle s'agita joyeusement en faisant tressauter sous mes yeux ses seins provocants, mais je n'avais pour l'instant plus d'appétit pour son corps.

– Oh! Oui! Oui! s'exclama-t-elle d'un air excité. Dis-moi quelle sorte de combattant je suis.

Je la regardai du coin de l'œil.

– À mon avis, ta tactique serait de danser autour de ton adversaire jusqu'à ce qu'il soit bien fatigué, et ensuite de lui balancer un direct qui l'envoie au tapis. Tu n'es pas du genre à te satisfaire d'une victoire aux points. Tu aimes les voir KO à tes pieds. Une seule chose me chiffonne à propos de cette petite soirée.

– Quoi?

– Pourquoi as-tu pensé que je mordrais à l'hameçon?

Elle se redressa.

– Je ne comprends pas.

– Bien sûr que si. (Maintenant que je me l'étais faite, c'était plus facile à dire.) Tu crois que ton mari m'a engagé pour t'espionner, n'est-ce pas? Tu n'as pas cru une seconde que j'enquêtais sur l'incendie. C'est pourquoi tu as arrangé le petit rendez-vous galant de ce soir. Maintenant, j'imagine que je devrais me conduire en bon toutou et obéir quand tu me diras de te laisser tranquille, sinon, je n'aurais plus droit à tes petites friandises. Eh bien, tu as perdu ton temps. Comme je te l'ai dit tout à l'heure, les affaires de divorce ne m'intéressent pas.

Elle soupira et cacha sa poitrine sous ses bras.

– Vous savez choisir votre moment, monsieur le fouineur, dit-elle.

– Je ne vous le fais pas dire, répliquai-je.

Lorsqu'elle sauta hors du lit, je compris que je la voyais nue pour la dernière fois. Désormais, il me faudrait aller au cinéma comme les autres pour espérer apercevoir des fragments de son corps. Elle alla jusqu'à la penderie, décrocha une robe de chambre et en sortit un paquet de cigarettes. Elle en alluma une et tira nerveusement quelques bouffées, un bras en travers de la poitrine.

– J'aurais pu te proposer de l'argent, dit-elle au bout d'un moment. Mais j'ai préféré t'offrir mon corps. (Elle aspira une brève bouffée et la recracha sans l'avaler.) Combien veux-tu ?

– Merde, tu ne m'as pas écouté ! m'exclamai-je avec exaspération en abattant ma main sur ma cuisse. On ne m'a pas engagé pour savoir qui était ton amant.

Elle haussa les épaules d'un air incrédule.

– Comment savais-tu que j'avais un amant ?

Je sortis du lit et commençai à m'habiller.

– Inutile d'avoir une loupe pour le découvrir. Si tu n'avais pas d'amant, ma présence ne te rendrait pas si nerveuse, ça me paraît logique.

Elle me gratifia d'un sourire aussi mince et aussi peu fiable que le caoutchouc d'une capote usagée.

– Ah oui ? Tu serais bien le genre à trouver des poux sur le crâne d'un chauve. Et qui te dit que tu me rends nerveuse ? Simplement je n'aime pas qu'on empiète sur ma vie privée. Je pense qu'il serait temps que tu dégages, conclut-elle en me tournant le dos.

– Je ne tiens pas à m'attarder.

Je boutonnai mes bretelles et enfilai ma veste. Une fois à la porte de la chambre, je tentai une dernière fois de lui faire entendre raison.

– Je n'ai pas été engagé pour t'espionner.

– Tu t'es moqué de moi.

Je secouai la tête.

– Il n'y a pas un seul mot de vrai dans ce que tu dis. C'est toi-même avec tes petits calculs de paysanne qui t'es mise dans cette situation ridicule. Merci pour cette soirée mémorable.

Je sortis pendant qu'elle me couvrait d'une bordée d'insultes digne d'un forgeron venant de se donner un coup de masse sur le pouce.

En rentrant chez moi, je me sentais comme un ventriloque atteint d'un ulcère de la gorge. J'étais fort mécontent de la tournure prise par les événements. Ce n'est pas tous les jours qu'une des plus grandes actrices allemandes vous invite dans son lit avant de vous jeter dehors comme un malpropre. J'aurais aimé avoir le temps de me familiariser un peu plus avec son corps de reine. J'étais comme le type qui vient de gagner le gros lot et à qui on annonce qu'il y a eu erreur. Et pourtant, me dis-je, j'aurais dû m'attendre à quelque chose dans ce genre. Rien ne ressemble plus à une pute qu'une femme de la haute.

Une fois dans mon appartement, je me servis un verre et mis de l'eau à chauffer pour prendre un bain. Ensuite, je mis mon nouveau peignoir de chez Wertheim et commençai à me sentir mieux. Comme l'appartement sentait le renfermé, j'ouvris les fenêtres pour aérer. Puis j'essayai de lire et je dus m'endormir, parce que près de deux heures étaient passées lorsque j'entendis frapper à ma porte.

– Qui est là ? m'enquis-je en me dirigeant vers l'entrée.

– Police, ouvrez ! répondit une voix.

– Que voulez-vous ?

– Vous poser quelques questions à propos d'Ilse Rudel. On l'a trouvée morte chez elle il y a une heure. Elle a été assassinée.

J'ouvris la porte et me retrouvai avec le canon d'un Parabellum pointé sur l'estomac.

– Demi-tour, m'intima celui qui tenait l'arme.

Je reculai, levant instinctivement les mains.

L'homme était jeune. Il avait le teint pâle et portait une veste de sport bleu clair et une cravate jaune canari. La cicatrice qu'il avait au visage était curieusement nette. J'aurais parié qu'il se l'était faite lui-même afin de pouvoir prétendre l'avoir reçue au cours d'une bagarre à l'université. Précédé d'une forte odeur de bière, il me poussa dans le couloir et referma la porte derrière lui.

— Je ferai ce que vous voudrez, mon vieux, lui promis-je. (J'étais rassuré de voir qu'il n'était pas très à l'aise avec son Parabellum.) Vous m'avez bien eu avec l'histoire de Fräulein Rudel. J'ai été stupide de tomber dans le panneau.

— Espèce de salopard, grogna-t-il.

— Ça ne vous fait rien si je baisse les mains ? C'est mauvais pour ma circulation. (Je laissai retomber mes bras.) Que me voulez-vous ?

— N'essayez pas de nier.

— Nier quoi ?

— Que vous l'avez violée. (Il raffermit sa prise sur la crosse et déglutit péniblement. Je vis sa pomme d'Adam s'agiter sous la peau comme deux jeunes mariés sous un drap rose.) Elle m'a tout raconté, alors n'essayez pas de me dire le contraire.

Je haussai les épaules.

— À quoi bon ? Si j'étais à votre place, je saurais qui croire. Mais êtes-vous bien sûr de ce que vous faites ? Vous avez l'haleine drôlement chargée. Les nazis peuvent peut-être se faire passer pour des libéraux dans certains domaines, mais ils n'ont pas aboli la peine de mort, vous savez. Même si vous êtes trop jeune pour tenir l'alcool.

— Je vais te tuer, dit-il en passant sa langue sur ses lèvres sèches.

— Eh bien, allez-y si vous y tenez, mais je vous demanderai de ne pas me tirer dans le ventre. Il n'est pas du tout certain que vous me tueriez, et je n'aimerais pas passer le restant de ma vie à boire du lait. Non, si j'étais vous, je tirerais dans la tête. Entre les yeux, ce serait parfait. Je sais, ce n'est pas facile, mais là, vous seriez sûr de votre coup. Et franchement, vu mon état en ce moment, vous me rendriez un fier service. Je ne sais pas si c'est ce que j'ai mangé, mais mon estomac ressemble à une machine à faire des vagues, comme à Luna-Park.

Et comme pour confirmer mes propos, je lâchai un pet tonitruant.

— Seigneur, dis-je en brassant l'air devant mon visage. Vous voyez ce que je veux dire ?

— Tais-toi, morveux, fit le jeune homme.

Je le vis relever le canon en direction de mon front. Je me souvenais de ce que j'avais appris à l'armée sur le Parabellum, du temps où c'était notre équipement standard. En cours de tir, ce pistolet se réarme sous l'effet du recul, mais le premier coup doit être armé manuellement. Ma tête formant une cible plus petite que mon estomac, j'espérais avoir le temps d'esquiver.

En même temps que je plongeais pour l'agripper à la taille, je vis un éclair, sentis la balle de 9 mm raser mon crâne et aller fracasser quelque chose derrière moi. Emportés par mon élan, nous nous écrasâmes tous deux contre la porte d'entrée. Mais j'avais eu tort de penser qu'il ne m'opposerait aucune résistance. Quand j'enserrai sa main qui tenait l'arme, il rabattit son bras vers moi avec beaucoup plus de force que je n'aurais cru. Il saisit alors le col de mon peignoir tout neuf et le tordit. J'entendis un craquement de tissu déchiré.

— Merde, lâchai-je. Tu l'auras cherché.

J'orientai l'arme vers lui et parvins à lui enfoncer le canon dans le sternum. Je pesai dessus de tout mon poids dans l'espoir de lui briser une côte, mais au lieu de ça, j'entendis une détonation étouffée et me retrouvai inondé de sang. Je retins son corps quelques secondes, puis le laissai rouler à terre.

Je me relevai et l'examinai. Il ne faisait aucun doute qu'il était bien mort, malgré le sang qui continuait à s'écouler en gargouillant du trou dans sa poitrine. Puis j'explorai ses poches : j'aime bien savoir qui essaie de me tuer. Son portefeuille contenait une carte d'identité au nom de Walther Kolb, ainsi que 200 marks. Comme il aurait été stupide de laisser tout cet argent aux types de la Kripo, je prélevai 150 marks pour me payer un nouveau peignoir. Je trouvai également deux photos. L'une était une carte postale obscène montrant un homme debout à côté d'une fille allongée avec un tuyau en caoutchouc enfoncé entre les fesses, et l'autre une photo officielle d'Ilse Rudel portant la dédicace « avec beaucoup d'amour ». Je brûlai la photo de mon ex-partenaire de lit, me versai un remontant bien tassé et, tout en examinant la scène de lavement érotique, appelai la police.

Deux flics arrivèrent de l'Alex. L'un d'eux était l'inspecteur principal Tesmer, de la Gestapo. L'autre était l'inspecteur Stahlecker, un des rares amis que j'avais conservés à la Kripo. Cela aurait pu faciliter les choses, mais avec Tesmer, ça ne serait pas de la rigolade.

– Ça s'est passé comme ça, leur dis-je après avoir raconté mon histoire pour la troisième fois.

Nous étions assis autour de la table du salon, sur laquelle étaient posés le Parabellum et le contenu des poches du cadavre. Tesmer secoua lentement la tête, comme si j'essayais de lui refiler quelque chose qu'il ne pourrait pas revendre.

– Vous pourriez peut-être essayer de modifier quelques détails, dit-il. Allons, essayez encore une fois. Peut-être que, cette fois-ci, vous arriverez à me faire rire.

La bouche de Tesmer, avec ses lèvres presque inexistantes, ressemblait à un accroc dans un vieux rideau. La seule chose qu'on percevait à travers étaient les pointes de ses dents de rongeur et, de temps à autre, le bout d'une langue gris sale semblable à une huître.

– Écoutez, Tesmer, dis-je. Je sais que ça vous paraît tiré par les cheveux, mais croyez-moi, c'est la pure vérité. Tout ce qui brille n'est pas toujours de l'or.

– Alors, essayez de me dépoussiérer un peu tout ça. Que savez-vous de ce macchabée ?

– Uniquement ce que j'ai appris en lui faisant les poches. Et aussi que lui et moi n'étions pas faits pour nous entendre.

– Un bon point pour lui, fit Tesmer.

Assis à côté de son patron, Stahlecker paraissait mal à l'aise. Il ne cessait de tripoter le bandeau couvrant l'œil qu'il avait perdu quand il servait dans l'infanterie prussienne et où sa bravoure lui avait valu la prestigieuse médaille « Pour le mérite ». Moi, j'aurais préféré garder l'œil à nu, mais je dois dire que le bandeau était assez impressionnant. Avec son épaisse moustache noire, il avait l'allure d'un pirate, bien que son comportement fût flegmatique, et même un peu lent. Mais c'était un bon flic et un ami loyal, même s'il n'allait pas risquer de se brûler les doigts pendant que Tesmer faisait de son mieux pour m'allumer. Sa droiture l'avait conduit au cours des élections de 1933 à exprimer à plusieurs reprises des opinions désobligeantes à l'égard du NSDAP. Depuis lors, il avait jugé préférable de se taire, mais lui et moi savions que la direction de la Kripo attendait le premier prétexte pour le virer. C'est uniquement grâce à son passé militaire glorieux qu'il avait pu rester si longtemps dans la police.

– Je suppose qu'il a essayé de vous tuer parce qu'il n'aimait pas votre eau de Cologne ? reprit Tesmer.

– Vous l'avez remarquée aussi, hein ?

Stahlecker ne put réprimer un sourire, mais je vis Tesmer sourire aussi, il n'aimait pas la plaisanterie.

– Gunther, vous avez plus de souffle qu'un nègre avec sa trompette. Votre ami ici présent vous trouve peut-être rigolo, mais moi, je vous considère comme un pauvre connard et je n'aime pas qu'on se foute de moi. Je n'ai aucun sens de l'humour.

— Je vous ai dit la vérité, Tesmer. J'ai ouvert ma porte . et j'ai vu ce Herr Kolb avec son flingue pointé sur mon dîner.

— Vous étiez en face d'un Parabellum et vous vous en tirez. Je ne vois pourtant pas beaucoup de trous dans votre corps, Gunther.

— Je prends des cours d'hypnotisme par correspondance. Comme je vous l'ai dit, j'ai eu de la chance, il m'a loupé. Vous avez vu la lampe cassée.

— Eh bien, moi, je ne me laisserai pas hypnotiser comme ça, croyez-moi. Ce type était un professionnel. Pas le genre à laisser tomber son feu pour une glace à la vanille.

— Un professionnel en quoi ? En mercerie ? Ne vous montez pas la tête, Tesmer. Ce n'était qu'un gamin.

— Et ça n'arrange pas votre cas, parce que, à présent, il n'a aucune chance de grandir.

— Jeune peut-être, déclamai-je, mais point inoffensif. Il s'agit de sang sur mes vêtements. Ne croyez pas que je me sois mordu la lèvre en vous trouvant si séduisant. Et vous avez vu mon peignoir ? Il est foutu, au cas où vous ne l'auriez pas remarqué.

Tesmer eut un rire méprisant.

— Non, j'ai cru que vous vous fringuiez comme un plouc, c'est tout.

— Eh, ce truc m'a tout de même coûté 50 marks. Vous croyez que je l'aurais déchiré pour vos beaux yeux ?

— Si vous avez pu vous l'offrir, vous pouvez aussi le jeter à la poubelle. J'ai toujours pensé que les gens comme vous gagnaient trop d'argent.

Je m'appuyai au dossier de ma chaise. Je savais que Tesmer était un des hommes liges du commandant Walther Wecke, qui l'avait chargé de débarrasser la police des conservateurs et des bolcheviks. Un des pires salopards

qui soient. Je me demandai comment Stahlecker parvenait
à survivre.

– Combien gagnez-vous, Gunther ? Trois, quatre cents
marks par semaine ? Sans doute autant que Stahlecker et
moi réunis, pas vrai, Stahlecker ?

– Je ne sais pas, dit ce dernier en haussant les épaules
d'un air prudent.

– Vous voyez ? reprit Tesmer. Même Stahlecker ne
sait pas combien de milliers de marks vous vous faites
dans l'année.

– Vous n'êtes pas à votre place, Tesmer. Vu votre
goût pour l'exagération, vous devriez travailler au ministère de la Propagande. (Il garda le silence.) Bon, bon, je
comprends. Combien va me coûter cette petite visite ?

Tesmer haussa les épaules en essayant de réprimer le
sourire qui menaçait d'éclater sur son visage.

– Pour un type qui se paie des peignoirs à 50 marks ?
Je ne sais pas, disons 100 marks.

– Cent marks ? Pour cette espèce de collectionneur
de porte-jarretelles ? Allez le voir d'un peu plus près,
Tesmer. Il n'a pas de moustache à la Charlie Chaplin ni
le bras tendu.

Tesmer se leva.

– Vous parlez trop, Gunther. J'espère pour vous que
votre langue se desséchera avant qu'elle ne vous cause de
gros problèmes. (Il jeta un coup d'œil à Stahlecker avant
de se tourner à nouveau vers moi.) Je vais pisser. Votre
ami a cinq minutes pour vous persuader, sinon…

Il fit la moue, secoua la tête et sortit de la pièce.

– N'oubliez pas de relever la lunette ! lui criai-je en
souriant à Stahlecker.

» Comment ça va, Bruno ?

– Qu'est-ce que tu as, Bernie ? Tu es bourré ou tu es
devenu dingue ? Tu sais que Tesmer peut te causer les pires
ennuis. Et toi tu te paies sa fiole, et maintenant tu joues les
vierges effarouchées ! Donne-lui ce qu'il te demande.

– Écoute, si je ne lui tiens pas la dragée haute et si je ne me fais pas un peu prier pour le payer, il va penser que je vaux beaucoup plus cher. Tu sais, Bruno, dès que j'ai vu arriver ce fils de pute, j'ai compris que cette soirée allait me coûter cher. Avant que je quitte la Kripo, lui et Wecke m'avaient dans le collimateur. Je ne l'ai pas oublié, et lui non plus. Je veux lui rendre la monnaie de sa pièce.

– C'est toi qui as fait monter les enchères en mentionnant le prix de ton peignoir.

– Détrompe-toi, dis-je. Il m'a coûté près de 100 marks.

– Seigneur, souffla Stahlecker. Tesmer a raison. Tu gagnes *beaucoup trop* d'argent. (Il enfonça les mains dans ses poches et me regarda droit dans les yeux.) Vas-tu me dire ce qui s'est vraiment passé ?

– Une autre fois, Bruno. Mais ce que j'ai dit était presque entièrement vrai.

– À un ou deux détails près.

– Exact. Écoute, peux-tu me rendre un service ? Fixons-nous rendez-vous demain. À la séance de matinée du Kammerlichtespiele, à la Maison de la Patrie. Au dernier rang, à 16 heures.

Bruno soupira avant de hocher la tête.

– J'essaierai d'y être, fit-il.

– D'ici là, regarde si tu peux trouver quelque chose sur l'affaire Paul Pfarr.

Il fronça les sourcils et fut sur le point de dire quelque chose, mais Tesmer revint de la salle de bains.

– J'espère que vous avez nettoyé par terre, fis-je.

Tesmer me regarda avec un visage de gargouille sur un édifice gothique tarabiscoté. Sa mâchoire contractée et son nez aplati lui faisaient un profil à peu près aussi expressif qu'un tuyau de plomb. L'ensemble rappelait un crâne du paléolithique inférieur.

– J'espère que vous avez décidé d'être raisonnable, grogna-t-il.

Autant discuter avec un buffle.

– Il semble que je n'aie pas le choix, dis-je. Je suppose qu'il est inutile de vous demander un reçu ?

7

L'immense portail en fer forgé menant à la propriété de Six donnait sur Clayallee, à la limite de Dahlem. Je restai un assez long moment assis dans la voiture à observer la rue. Plusieurs fois, mes yeux se fermèrent et je piquai du nez sur le volant. La nuit avait été longue. Après un petit somme, je sortis et ouvris la grille. Puis je remontai dans ma voiture et m'engageai sur le long chemin gravillonné qui descendait en pente douce sous l'ombre fraîche des grands pins noirs qui le bordaient.

La maison de Six était encore plus impressionnante à la lumière du jour. Je m'aperçus qu'il s'agissait en réalité de deux anciens et solides corps de ferme wilhelminiens accolés.

Je stoppai devant l'entrée, là où Ilse Rudel avait garé sa BMW le soir où je l'avais vue pour la première fois, et descendis de voiture, laissant ma portière ouverte au cas où les deux dobermans se montreraient. Les chiens n'aiment pas beaucoup les enquêteurs privés. Cette antipathie est d'ailleurs réciproque.

Je frappai à la porte. J'entendis l'écho de mes coups résonner dans la vaste entrée vide et, voyant les volets fermés, je me demandai si je n'avais pas fait le déplacement pour rien. J'allumai une cigarette et patientai, adossé à la porte, l'oreille aux aguets. L'endroit était aussi silencieux qu'une montée de sève dans un arbre en plastique. Au bout d'un moment, percevant un bruit de pas, je me redressai et vis apparaître dans l'entrebâillement de la porte le visage levantin et les épaules arrondies du maître d'hôtel Farraj.

— Bonjour, fis-je d'un ton enjoué. J'espérais pouvoir rencontrer Herr Haupthändler s'il n'est pas encore parti.

Farraj me considéra avec l'air dégoûté d'un pédicure tombant sur un orteil infecté.

— Avez-vous un rendez-vous? demanda-t-il.

— Non, pas vraiment, répondis-je en lui tendant ma carte. Mais je pensais qu'il pourrait m'accorder quelques minutes. Je suis venu l'autre nuit voir Herr Six.

Farraj hocha la tête et me rendit ma carte.

— Excusez-moi de ne pas vous avoir reconnu.

Maintenant la porte ouverte, il s'effaça pour me laisser entrer puis, l'ayant refermée, il regarda mon chapeau d'un air amusé.

— Je suppose, monsieur, que vous allez encore vouloir garder votre chapeau?

— Je crois que ce serait plus prudent, oui.

À présent, tout près de lui, je distinguai une très nette odeur d'alcool dans son haleine, et pas de celui qu'on sert dans les clubs sélects.

— Très bien, monsieur. Si vous voulez bien attendre un instant ici, je vais voir si Herr Haupthändler peut vous recevoir.

— Merci, dis-je avant d'ajouter en lui montrant ma cigarette dont la cendre menaçait de tomber par terre : Auriez-vous un cendrier?

— Tout de suite, monsieur.

Il me présenta un cendrier en onyx noir de la taille d'une Bible, qu'il tint à deux mains pendant que j'écrasais mon mégot. Ensuite, emportant le cendrier, il disparut derrière une porte; je me demandais ce que j'allais bien pouvoir dire à Haupthändler s'il acceptait de me recevoir. Je n'avais rien préparé, mais j'étais certain qu'il n'accepterait jamais de me parler de son histoire avec Grete Pfarr telle qu'Ilse Rudel me l'avait racontée. C'était un coup de sonde au hasard. Quand vous posez dix questions à dix personnes, il vous arrive parfois de mettre le doigt sur quelque chose. Encore faut-il ne pas être trop endormi pour flairer le filon. C'est en effet un peu comme d'être chercheur d'or. Jour après jour, vous tamisez des pelletées et des pelletées de boue, et, de temps à autre, à condition d'avoir l'œil, vous repérez une petite pierre sale qui renferme une belle pépite.

Je m'avançai au pied de l'escalier et levai la tête pour jeter un coup d'œil vers les étages. La lumière provenant d'une grande verrière circulaire éclairait les tableaux ornant les murs écarlates. J'examinais une nature morte composée d'un homard et d'un pot en étain lorsque j'entendis derrière moi des pas sur le marbre.

– Une œuvre de Karl Schuch, annonça Haupthändler. Ça vaut très cher. (Il marqua une courte pause avant d'ajouter :) Et pourtant c'est très mauvais. Par ici, je vous prie.

Il me fit entrer dans la bibliothèque de Six.

– Je ne peux malheureusement pas vous accorder beaucoup de temps, reprit-il. J'ai encore énormément de choses à régler avant les funérailles de demain. J'espère que vous ne m'en tiendrez pas rigueur.

Je m'assis sur un des deux sofas et allumai une cigarette. Haupthändler croisa les bras, faisant crisser les larges épaules de cuir de sa veste muscade, et s'appuya sur le bord du bureau de son patron.

– Bien. À quel sujet désiriez-vous me voir ?

– C'est justement à propos de l'enterrement, dis-je en improvisant à partir de ce qu'il m'avait dit. Je me demandais où il devait avoir lieu.

– Je vous dois toutes mes excuses, Herr Gunther. Je n'ai pas pensé que Herr Six souhaiterait vous y voir. Il m'a laissé le soin d'organiser la cérémonie pendant qu'il est dans la Ruhr, mais il a omis de me laisser une liste des invités.

Je tentai de prendre un air embarrassé.

— Eh bien, tant pis, dis-je en me levant. Évidemment, Herr Six étant mon client, j'aurais aimé avoir la possibilité de rendre un dernier hommage à sa fille. C'est généralement ce que je fais dans un tel cas. Mais je suis sûr qu'il comprendra.

— Herr Gunther, fit Haupthändler après un bref silence, verriez-vous un inconvénient à ce que je vous remette une invitation ici même, de la main à la main ?

— Absolument pas, dis-je. Mais il ne faudrait pas que cela bouleverse vos dispositions.

— Aucun problème. Il me reste encore quelques cartons.

Il contourna le bureau et ouvrit un tiroir.

— Vous travaillez depuis longtemps pour Herr Six ?

— Environ deux ans, répondit-il d'un air absent. Auparavant, j'étais diplomate dans le corps consulaire.

Il sortit une paire de lunettes de sa poche de poitrine et les posa au bout de son nez avant de remplir mon invitation.

— Et vous connaissiez bien Grete Pfarr ?

Il me jeta un rapide coup d'œil.

— Je ne la connaissais pratiquement pas. Juste assez pour lui dire bonjour.

— Savez-vous si elle avait des ennemis, par exemple, des amants jaloux ou autre chose ?

Il finit de remplir la carte et la retourna contre le buvard.

— Je suis certain que non, dit-il d'un air pincé tout en enlevant ses lunettes qu'il remit dans sa poche.

— Vraiment ? Et son mari, Paul ?

— Je le connaissais encore moins, vous savez, dit-il en glissant la carte dans une enveloppe.

— Est-ce qu'il s'entendait bien avec Herr Six ?

— Ils n'étaient pas ennemis, si c'est ce que vous suggérez. Ils n'avaient que des désaccords politiques.

– Et c'est plutôt important aujourd'hui, vous ne croyez pas ?

– Pas dans leur cas, non. Maintenant, si vous voulez bien m'excuser, Herr Gunther, je dois vraiment me mettre au travail.

– Oui, bien sûr. (Il me tendit l'invitation.) Je vous remercie, dis-je en le suivant dans le vestibule. Habitez-vous ici, Herr Haupthändler ?

– Non, j'ai un appartement en ville.

– Vraiment ? Dans quel quartier ?

Il parut hésiter.

– Dans Kurfürstenstrasse, finit-il par répondre. Pourquoi me demandez-vous ça ?

Je haussai les épaules.

– Je pose trop de questions, Herr Haupthändler, dis-je. Je vous prie de m'excuser. C'est devenu une habitude chez moi. Mon travail rend curieux. Ne soyez pas offensé, je vous prie. Bien, je dois partir à présent.

Il arbora un petit sourire et, en me raccompagnant à la porte, il paraissait complètement détendu. Mais j'espérais avoir semé quelques doutes dans son esprit.

Il faut une éternité à la Hanomag pour atteindre sa vitesse de croisière, c'est pourquoi je fis preuve d'un optimisme mal placé en prenant la voie rapide Avus pour regagner le centre-ville. L'accès à cette autoroute coûtait 1 mark, mais cela en valait la peine : dix kilomètres sans un virage de Potsdam à Kurfürstendamm. C'est la seule voie de la ville où l'on peut se prendre pour Carraciola, le grand coureur automobile, puisqu'on peut y accélérer jusqu'à 150 km/h. C'était vrai en tout cas avant qu'on impose le B V Aral, l'ersatz d'essence à faible taux d'octane et qui ne valait guère mieux que le méthane. C'est pourquoi, même en le poussant, le moteur de 1,3 litre de ma Hanomag refusa de dépasser les 90 km/h.

Je me garai au coin de Kurfürstendamm et de Joachimstaler Strasse, au carrefour dit « Grunfeld » en raison des grands magasins du même nom qui le dominaient. À l'époque où Grunfeld, qui était juif, était encore le propriétaire de son magasin, on servait gratuitement de la limonade à la « fontaine » du sous-sol. Mais depuis que l'État l'avait dépossédé de son bien, comme il l'avait fait avec tous les Juifs propriétaires de grands magasins, comme Wertheim, Hermann Teitz ou Israel, il n'y avait plus de limonade gratuite. Et comme un désagrément ne vient jamais seul, la limonade qu'il vous fallait maintenant acheter était bien moins bonne que celle qu'on vous offrait autrefois car, et il ne fallait pas être grand clerc pour le comprendre, on y mettait moins de sucre. Un exemple parmi tant d'autres montrant à quel point on cherchait à cette époque à vous escroquer sur tout.

Je m'assis et bus ma limonade. Je regardais monter et descendre l'ascenseur, avec sa cage en verre qui permettait d'avoir une vue d'ensemble sur les étages qu'il traversait, tout en me demandant si j'allais monter au rayon lingerie pour voir Carola, la fille que j'avais rencontrée au mariage de Dagmarr. Mais le goût amer de la limonade me rappela le comportement de débauché que j'avais eu avec elle, et je renonçai à l'idée. Je sortis de chez Grunfeld et longeai Kurfürstendamm jusqu'à Schlüterstrasse.

Les bijouteries sont les rares endroits de Berlin où l'on peut voir des gens faire la queue non pour acheter mais pour vendre. Celle à l'enseigne de « Peter Neumaier. Bijoux anciens » ne faisait pas exception à la règle. Lorsque j'y arrivai, la file d'attente ne débordait pas encore dans la rue, mais elle était déjà à la porte. Les gens qui la composaient étaient plus âgés et plus tristes que ceux que je voyais dans les files d'attente où je prenais habituellement place. Ils venaient de tous les milieux mais avaient deux traits en commun : ils étaient juifs et, corollaire inévitable, privés de travail, expliquant ainsi

qu'ils dussent vendre leurs objets précieux. Face à la
file, derrière un long comptoir de verre, se tenaient deux
vendeurs, le costume flambant neuf et le visage impassible. Ils procédaient aux estimations selon une manière
bien à eux, déclarant invariablement à la personne qui
se présentait que ses bijoux ne valaient pas grand-chose
et qu'il serait bien difficile de les écouler sur le marché
officiel.

— On nous en apporte tous les jours des comme ça,
disait l'un d'eux avec une moue dépréciative devant les
perles et les broches étalées sur le comptoir devant lui.
Vous comprenez bien que nous ne pouvons pas les évaluer à leur valeur sentimentale.

C'était un jeune homme, sans doute moitié moins âgé
que la pauvre femme qui se tenait debout devant lui, un
jeune homme plutôt bien de sa personne si l'on passait sur
sa barbe mal rasée. Son collègue affichait une indifférence
encore plus grande, reniflant, haussant les épaules et grommelant d'un air maussade derrière ses lunettes. Il prit cinq
billets de 100 marks dans une liasse en contenant au moins
trente fois autant. Le vieil homme debout devant lui, ne
sachant pas s'il devait accepter une offre probablement
dérisoire, pointa un doigt tremblotant vers le bracelet posé
sur le morceau de tissu dans lequel il l'avait apporté.

— Mais je ne comprends pas, dit le vieil homme. Vous
avez le même en vitrine et vous le vendez trois fois ce que
vous m'en offrez.

Le binoclard fit la moue.

— Fritz, dit-il en se tournant vers son collègue, depuis
combien de temps ce bracelet en saphir est-il en vitrine ?

Leur numéro était bien au point.

— Ça doit faire six mois, répondit l'autre. N'en prends
pas un autre. Nous ne sommes pas une œuvre de charité,
tu sais.

Il devait répéter cette phrase de nombreuses fois dans
la journée. Le binoclard cligna des paupières d'un air las.

– Qu'est-ce que je vous disais ? Allez voir ailleurs si vous pensez pouvoir en tirer plus.

Mais la vue des billets était trop forte pour le vieil homme, et il capitula. J'allai en tête de comptoir et demandai à voir Herr Neumaier.

– Si vous avez quelque chose à vendre, il vous faudra faire la queue comme tout le monde, grogna le binoclard.

– Je n'ai rien à vendre, précisai-je. Je suis à la recherche d'un collier de diamants.

N'en croyant pas ses oreilles, le binoclard sourit comme s'il venait de retrouver l'oncle riche à millions qu'il croyait disparu.

– Si vous voulez bien patienter une minute, me dit-il d'une voix onctueuse, je vais voir si Herr Neumaier est disponible.

Il disparut derrière un rideau d'où il ressortit moins d'une minute après. Il me fit passer à mon tour derrière le rideau et m'introduisit dans un petit bureau au fond d'un couloir.

Assis à sa table, Peter Neumaier fumait un cigare qui n'aurait pas déparé dans la trousse à outils d'un plombier. Il avait les cheveux bruns et les yeux bleus brillants, tout comme notre Führer bien-aimé, et arborait un estomac aussi volumineux qu'une caisse enregistreuse. Ses joues rougeâtres paraissaient grattées à vif, comme s'il avait de l'eczéma ou s'était rasé trop vigoureusement. Je me présentai. Il me serra la main. J'eus l'impression d'empoigner un concombre.

– Enchanté de vous rencontrer, Herr Gunther, dit-il chaleureusement. Il paraît que vous cherchez des diamants.

– C'est exact. Mais je dois vous prévenir que j'agis au nom de quelqu'un d'autre.

– Je comprends, fit Neumaier avec un sourire entendu. Pensez-vous à une monture particulière ?

– Oui. Je cherche un collier.

— Eh bien, laissez-moi vous dire que vous êtes ici à la bonne adresse. Je peux vous montrer de nombreux modèles différents.

— Mon client cherche un modèle très précis, dis-je. Il veut un collier de diamants de chez Cartier.

Neumaier posa son cigare dans le cendrier et expira une bouffée d'air où se mêlaient fumée, inquiétude et amusement.

— Eh bien, dit-il. Voilà qui resserre l'éventail de choix.

— Vous connaissez les gens riches, Herr Neumaier. On a l'impression qu'ils savent toujours exactement ce qu'ils veulent, vous ne trouvez pas ?

— Vous avez parfaitement raison, Herr Gunther. (Il se pencha pour reprendre son cigare.) Un collier comme celui que vous cherchez ne se trouve pas tous les jours. Sans compter qu'il coûtera très cher.

Il était temps de le chatouiller un peu.

— Naturellement, mon client est prêt à payer le prix qu'il faudra, à savoir vingt-cinq pour cent de la valeur assurée. En échange de quoi nous ne vous poserons aucune question.

Il fronça les sourcils.

— Je ne suis pas sûr de comprendre ce que vous voulez dire, dit-il.

— Allons, Neumaier. Nous savons tous les deux que votre petit business ne se limite pas aux plaisantes opérations qui ont lieu dans votre boutique.

Il souffla un jet de fumée et examina l'extrémité de son cigare.

— Seriez-vous en train de suggérer que j'achète de la marchandise volée, Herr Gunther ? Si c'est le cas, je dois vous…

— Ouvrez grandes vos oreilles, Neumaier, parce que je n'ai pas fini. Mon client a les reins solides. Il vous réglera comptant et en liquide. (Je lui balançai la photo du collier de Six sous les yeux.) Si un guignol vient vous le proposer, appelez-moi. Mon numéro est inscrit au verso.

Neumaier regarda tour à tour la photo et mon visage
àvec le même air dégoûté, puis il se leva.

— Vous êtes un sacré rigolo, Herr Gunther. Il doit
vous manquer une case ou deux. Sortez d'ici avant que
j'appelle la police.

— Ce n'est pas une mauvaise idée, rétorquai-je. Je suis
sûr qu'ils seront très impressionnés par votre esprit civique
quand ils auront inspecté le contenu de vos coffres. Il vous
faudrait être honnête pour être si sûr de vous.

— Sortez !

Je me levai et le laissai dans son bureau. Je n'avais
pas prévu de mener mon affaire comme ça, mais ce que
j'avais vu dans la boutique m'avait écœuré. En sortant, je
vis justement le binoclard en négociation avec une vieille
dame qui voulait vendre sa boîte à bijoux. Il ne lui en
proposait même pas le prix qu'elle en aurait tiré à une
vente de l'Armée du Salut. Plusieurs des Juifs qui attendaient derrière elle me regardèrent avec une expression
où se mêlaient l'espoir et le fatalisme. Je me sentis aussi
désemparé qu'une truite sur un étal de poissonnier et, je
ne sais pourquoi, éprouvai quelque chose qui ressemblait
à de la honte.

Toute différente était l'affaire que dirigeait Gert
Jeschonnek. Il était installé sur Potsdamer Platz, au huitième et avant-dernier étage de Columbus Haus. C'était un
bâtiment aux lignes horizontales appuyées qui rappelait la
maquette qu'un prisonnier condamné à une lourde peine
pourrait construire à partir d'un stock infini d'allumettes.
Mais Columbus Haus me rappelait aussi sa presque homonyme, Columbia Haus, la prison de la Gestapo de Berlin
située près de l'aéroport Tempelhof. Tout cela montre
la façon bien particulière dont l'Allemagne rendait hommage à celui qui avait découvert l'Amérique.

Le huitième étage regorgeait de médecins, d'avocats et d'éditeurs qui devaient tous se faire dans les 30 000 marks par an.

Sur la porte d'ébène massif du bureau de Jeschonnek se détachait en lettres dorées l'inscription « Gert Jeschonnek. Marchand de pierres précieuses ». La porte ouvrait sur un bureau en L. Sur les murs d'une belle teinte de rose étaient accrochées des photos encadrées de diamants, rubis et autres colifichets capables de susciter la convoitise d'un roi Salomon. Je pris un siège et attendis que le jeune homme anémique assis devant une machine à écrire ait terminé sa conversation au téléphone.

— Je te rappellerai, Rudi, dit-il enfin.

Il raccrocha et leva vers moi un regard presque hargneux.

— Oui ? fit-il.

Vous allez trouver que je suis vieux jeu, mais je n'ai jamais aimé les secrétaires masculins. Il y a quelque chose de bizarre à voir un homme se placer au service d'un autre homme, et ce spécimen n'allait pas me faire changer d'avis.

— Quand vous aurez fini de vous limer les ongles, veuillez avoir l'amabilité de dire à votre patron que j'aimerais le voir. Je m'appelle Gunther.

— Avez-vous un rendez-vous ? demanda-t-il d'un ton rogue.

— Depuis quand un homme qui veut des diamants a-t-il besoin d'un rendez-vous, hein ?

Mais je vis bien qu'il ne me trouvait pas drôle du tout.

— Gardez votre souffle pour refroidir votre potage, rétorqua-t-il en contournant son bureau en direction de l'autre porte de la pièce. Je vais voir s'il peut vous recevoir.

Lorsqu'il fut sorti, je pris dans le porte-revues un numéro récent du *Der Stürmer*. À la une s'étalait le dessin d'un homme vêtu d'une ample robe d'ange et dissimulant son visage derrière un masque séraphique. Mais une queue fourchue de diable pointait sous son surplis, tandis que son ombre trahissait, sous le masque, le profil caricatural du Juif. Les dessinateurs du *Der Stürmer* sont des spécialistes du gros nez, mais ils s'étaient appliqués à donner à celui-ci les dimensions d'un bec de pélican. Je m'étonnai de trouver ce genre de presse dans le bureau d'un homme d'affaires respectable. Le jeune homme anémique m'en fournit l'explication lorsqu'il réapparut.

– Il n'a que quelques minutes à vous consacrer, m'annonça-t-il d'abord avant d'ajouter : Il achète ça pour impressionner les youpins.

– Je ne vous suis pas.

– Nous avons beaucoup de clients juifs, expliqua-t-il. Ils viennent pour vendre, bien sûr, pas pour acheter. Herr Jeschonnek pense que s'ils voient qu'il est abonné au *Der Stürmer*, il sera en position de force pour négocier.

– Très astucieux de sa part, fis-je. Est-ce que ça marche ?

– Je crois, oui. Vous n'avez qu'à le lui demander.

– J'y penserai.

Le bureau du patron n'avait rien d'extraordinaire. Un coffre métallique gris de la taille d'un navire de guerre veillait sur un demi-hectare de tapis. Le bureau, massif comme un tank, était recouvert de cuir noir et presque vide, à l'exception d'un carré de velours sur lequel reposait un rubis qui aurait été du plus bel effet sur l'éléphant favori d'un maharadjah. À mon entrée, Jeschonnek ôta ses pieds chaussés de guêtres immaculées du rebord du bureau et les posa par terre.

Gert Jeschonnek avait l'allure d'un gros pourceau, avec de petits yeux de cochon et un visage bronzé entouré d'une barbe rase couleur châtain. Il portait un costume gris clair à revers qui n'était plus de son âge depuis longtemps, avec l'insigne nazi à la boutonnière. Il puait la Violette de Mars à un kilomètre.

– Herr Gunther, fit-il en se mettant presque au garde-à-vous.

Il s'avança à ma rencontre et me tendit une main écarlate de boucher. Quand je lâchai celle-ci, elle portait des marques blanches sur la peau. Il devait avoir de la mélasse en guise de sang. Il m'adressa un sourire débordant d'amabilité et retint d'un geste son secrétaire avant qu'il ne referme la porte.

– Helmut. Un pot de café fort et deux tasses. Vite, nous sommes pressés.

Il parlait d'un ton rapide et précis, battant la cadence comme un professeur d'élocution. Il me fit approcher du bureau, et j'eus le sentiment qu'il y avait mis le rubis pour m'impressionner, comme le *Der Stürmer* était là pour impressionner ses clients juifs. Je fis celui qui ne voyait rien, mais Jeschonnek n'était pas homme à voir capoter sa petite mise en scène. Il éleva le rubis à la lumière avec un sourire obscène.

– Un joli petit cabochon, n'est-ce pas ? Vous aimez ?

– Le rouge n'est pas ma couleur préférée, dis-je. Ça ne va pas avec mes cheveux.

Il rit et reposa la pierre sur le carré de velours qu'il replia et rangea dans son coffre. Je pris place dans un grand fauteuil placé devant le bureau.

– Je cherche un collier de diamants, dis-je.

Il s'assit en face de moi.

– Eh bien, Herr Gunther, je suis un expert reconnu en matière de diamants.

Fier comme un cheval de course, il accompagna sa phrase d'un immodeste mouvement de tête qui m'envoya des effluves d'eau de Cologne.

– Vraiment ? fis-je.

– Je ne pense pas qu'il y ait quelqu'un à Berlin qui connaisse mieux que moi les diamants.

Il pointa vers moi son menton hérissé de barbe comme s'il me mettait au défi de le contredire. Je faillis vomir.

– Heureux de l'entendre, fis-je.

Le café arriva, et Jeschonnek suivit d'un air préoccupé son secrétaire qui se retirait.

– Je ne m'habitue pas à avoir un homme pour secrétaire. Naturellement, je trouve que la place d'une femme est à la maison, à élever ses enfants, mais je dois avouer que j'ai un faible pour les femmes, Herr Gunther.

– Vous me colleriez plus facilement un associé qu'un secrétaire, fis-je.

Il sourit d'un air poli.

– Donc si je comprends bien, vous cherchez un diamant ?

– *Des* diamants, rectifiai-je.

– Je vois. Séparés ou montés ?

– En réalité, je cherche une pièce qu'on a volée à mon client, lui expliquai-je en lui tendant ma carte qu'il examina d'un œil impassible. Un collier, pour être précis. J'ai apporté une photo.

Je sortis un tirage et le lui tendis.

– Magnifique, dit-il.

– Les baguettes sont d'un carat chacune.

– Certainement, mais je ne vois pas en quoi je puis vous être utile, Herr Gunther.

– Si l'auteur du vol venait à vous le proposer, je vous serais reconnaissant de me contacter. Naturellement, vous bénéficieriez d'une substantielle récompense. Mon client est disposé à payer vingt-cinq pour cent de la valeur, sans poser aucune question.

– Peut-on connaître le nom de votre client, Herr Gunther ?

J'hésitai un instant.

– À vrai dire, le nom de mes clients reste habituellement confidentiel. Mais je vois que vous êtes homme à garder un secret.

– Vous êtes trop bon, fit-il.

— Ce collier appartient à une princesse indienne venue
à Berlin pour les Jeux olympiques sur invitation de notre
gouvernement. (Jeschonnek fronça les sourcils en entendant mes salades.) Je n'ai pas eu la chance de rencontrer
la princesse, mais on m'a dit qu'elle était la plus belle
femme que Berlin ait jamais vue. Elle est descendue
à l'hôtel Adlon. C'est là que le collier a été volé il y a
quelques jours.

— Une princesse indienne, hein? dit-il avec un petit
sourire. Comment expliquez-vous qu'il n'y ait rien eu au
sujet de ce vol dans les journaux? Et pourquoi n'est-ce
pas la police qui s'occupe de cette affaire?

Je bus une gorgée de café, faisant durer le silence pour
préparer mon effet.

— La direction de l'hôtel tient par-dessus tout à éviter
le scandale, repris-je. Vous vous souvenez que l'Adlon
a été récemment le théâtre d'une série de vols spectacu-
laires commis par le célèbre Faulhaber.

— Oui, je m'en souviens.

— Il va sans dire que le collier est assuré, mais le plus
important est la réputation de l'hôtel. Vous comprenez,
n'est-ce pas?

— Herr Gunther, je vous promets de vous contacter aussitôt si j'apprends quoi que ce soit sur cette affaire, dit
Jeschonnek en consultant ostensiblement une montre en
or qu'il venait de sortir de sa poche. Maintenant, veuillez
m'excuser, mais je suis très occupé.

Il se leva et me tendit sa main boudinée.

— Merci de m'avoir consacré de votre temps, lui dis-je
en la serrant. Inutile de me raccompagner, je connais le
chemin.

— En sortant, soyez gentil de dire à mon secrétaire de
venir me voir.

— Entendu.

Il me gratifia du salut nazi.

— Heil Hitler, répétai-je docilement.

Dehors, le garçon anémique était plongé dans un magazine. Pendant que je lui répétai l'ordre de son patron, je remarquai un porte-clés posé à côté du téléphone. Le secrétaire grogna en s'extrayant de son siège. Je fis mine de me rappeler soudain quelque chose avant de sortir.

– Ah! Auriez-vous un morceau de papier? lui demandai-je.

Il désigna le bloc sur lequel étaient étalées les clés.

– Servez-vous, dit-il avant d'entrer dans le bureau de Jeschonnek.

– Je vous remercie.

L'anneau du porte-clés était marqué « bureau ». Je sortis un étui à cigarettes de ma poche et, sur la pâte à modeler qu'il contenait, je pris trois empreintes – les deux côtés et la face – de chacune des deux clés. J'ignore pourquoi j'avais pris cette décision subite. Je n'avais pas eu le temps de digérer ce que m'avait dit Jeschonnek, ou plutôt de déceler ce qu'il m'avait tu. Mais je transporte toujours avec moi cette boîte de pâte à modeler, et je trouve dommage de ne pas l'utiliser quand l'occasion se présente. Vous seriez surpris de connaître le nombre de fois où ce procédé m'a été utile.

Une fois dans la rue, j'entrai dans la première cabine publique et téléphonai à l'hôtel Adlon. J'y avais passé autrefois de bien bons moments et y avais conservé de nombreux amis.

– Allo, Hermine? dis-je à la standardiste qui décrocha. C'est Bernie.

– Espèce de lâcheur, fit-elle. On ne t'a pas vu depuis une éternité.

– Je suis très occupé, tu sais.

– Le Führer aussi, et ça ne l'empêche pas de passer de temps en temps devant l'hôtel pour nous saluer.

– Peut-être que je devrais me payer une Mercedes décapotable avec deux ou trois motards, dis-je en allumant une cigarette. Pourrais-tu me rendre un petit service, Hermine ?

– Dis toujours.

– Si un type téléphone et vous demande, à Benita ou à toi, s'il y a bien une princesse indienne à l'hôtel, j'aimerais que vous lui disiez oui. S'il veut lui parler, dites-lui qu'elle ne prend aucune communication.

– C'est tout ?

– Oui.

– Comment s'appelle cette princesse ?

– Connais-tu un nom indien ?

– Justement, l'autre jour, j'ai vu un film avec une Indienne. Elle s'appelait Mushmi.

– Alors ce sera la princesse Mushmi. Je te remercie, Hermine. Je passerai vous dire bonjour un de ces jours.

Ensuite, j'allai au restaurant de Pschorr Haus manger une assiette de porc salé aux haricots, arrosé d'une ou deux bières. Soit Jeschonnek ne connaissait rien aux diamants, soit il me cachait quelque chose. J'avais prétendu que le collier était indien, mais il aurait dû s'apercevoir qu'il venait de chez Cartier. De plus, il avait omis de me faire remarquer mon erreur lorsque j'avais qualifié les pierres de « baguettes ». Les baguettes sont carrées ou oblongues, avec le bord droit, alors que le collier de Six était constitué de diamants ronds. Et je m'étais volontairement trompé en disant que les pierres pesaient un carat chacune, alors que, de toute évidence, elles avaient beaucoup plus de valeur.

Ce n'était pas beaucoup, et je pouvais faire fausse route. Difficile de toujours prendre un bâton par le bon bout. Mais j'avais tout de même l'impression que je n'allais pas tarder à revoir Jeschonnek.

8

En sortant de Pschorr Haus, je me rendis à la Maison de la Patrie qui, en plus du cinéma où j'avais rendez-vous avec Bruno Stahlecker, abritait un nombre considérable de cafés. L'endroit était très couru des touristes, mais je le trouvais un peu trop démodé à mon goût. Les longs couloirs sinistres, la peinture argentée, les bars avec leurs orgues miniatures et leurs circuits de trains modèle réduit me paraissaient appartenir à l'Europe surannée des jouets mécaniques et des music-halls qui s'extasiait devant les lutteurs de foire en justaucorps et les canaris savants. La seconde particularité du lieu était qu'il était le seul bar en Allemagne avec une entrée payante. Stahlecker en était encore tout contrarié.

— J'ai dû payer deux fois, me dit-il. Une fois à l'entrée, et une autre fois pour mon billet de cinéma.

— Tu aurais dû leur sortir ton laissez-passer de la Sipo. Ça ne t'aurait rien coûté. C'est bien son seul avantage, non ?

Stahlecker fixait obstinément l'écran.

— Très drôle, dit-il. C'est quoi cette connerie que tu m'as amené voir ?

— Attends, on n'en est qu'aux actualités. Alors, tu as trouvé quelque chose ?

— J'aimerais d'abord connaître le fin mot de ta petite sauterie d'hier soir, dit-il.

— Parole d'honneur, Bruno. C'était la première fois que je voyais ce gamin.

Stahlecker soupira d'un air las.

— Ce Kolb était un acteur de seconde zone, expliqua-t-il. Deux ou trois petits rôles dans des films, deux ou trois spectacles avec une troupe de cabaret. Ce n'était pas le nouveau Richard Tauber. Je me demande pourquoi ce type voulait te tuer. À moins que tu sois devenu critique et que tu l'aies descendu dans ton journal…

— Je m'y connais autant en théâtre qu'un épagneul en chant grégorien, fis-je.

— Mais tu sais pourquoi il a essayé de te tuer, non?

— Le seul rapport que je vois concerne une femme que j'avais rencontrée dans la soirée. Comme je travaille pour son mari, elle a cru que j'étais chargé de l'espionner. Alors, elle m'a fait venir chez elle hier soir, m'a demandé de la laisser tranquille et m'a traité de menteur quand je lui ai dit que je me fichais pas mal de savoir avec qui elle couchait. Elle a fini par me mettre dehors. Je suis rentré chez moi, et c'est là que l'autre branque s'est pointé à ma porte avec son flingue en m'accusant d'avoir violé la femme. Nous avons fait une petite valse ensemble, et le coup est parti. Mon hypothèse est que le gosse en pinçait pour elle et qu'elle le savait.

— Je vois. Elle l'aurait mis au défi de lui prouver son attachement?

— C'est mon avis. Mais ça ne nous mène pas très loin.

— Je suppose que tu ne vas pas me donner le nom de cette dame, ni celui de son mari? (Je fis non de la tête.) Non, c'est bien ce que je pensais.

Le film commençait. Il s'appelait *Pour un ordre nouveau*. C'était un exemple typique des patrioteries indigestes que les arsouilles du ministère de la Propagande étaient capables de produire un jour de déprime. Stahlecker n'avait pas l'air enthousiaste.

— Allons plutôt boire un verre, proposa-t-il. Je ne crois pas que je supporterai cette merde jusqu'au bout.

Nous allâmes au Wild West Bar du rez-de-chaussée, où une troupe de cow-boys donnait une représentation des *Verts pâturages de mon ranch*. Les murs étaient couverts de prairies en trompe l'œil avec troupeaux de bisons et bandes d'Indiens. Nous nous accoudâmes au comptoir et commandâmes deux bières.

– Tout ceci n'a évidemment rien à voir avec l'affaire Pfarr, n'est-ce pas, Bernie ?

– J'ai été engagé par la compagnie d'assurances pour déterminer les causes du sinistre, un point, c'est tout, fis-je.

– Très bien. Mais si j'ai un conseil à te donner, c'est de laisser tomber. Libre à toi de m'envoyer au diable, mais je tenais à te le dire. Pardonne-moi cette expression vu les circonstances, mais tu risques de te brûler les doigts dans cette histoire.

– Bruno, rétorquai-je, tu peux aller te faire foutre. Je suis payé au pourcentage.

– Ne viens pas me reprocher de ne pas t'avoir prévenu quand tu te retrouveras en KZ.

– Je te le promets. Maintenant, accouche.

– Bernie, tu fais autant de promesses qu'un débiteur à son créancier. (Il soupira et secoua la tête.) Enfin, voilà de quoi il retourne.

» Paul Pfarr était un type ambitieux. Après son diplôme de droit qu'il obtient en 1930, il est nommé au tribunal de Stuttgart puis de Berlin. En 1933, comme beaucoup d'autres, il se fait Violette de Mars et adhère aux SA, avant de devenir en 1934 juge assesseur au tribunal de police de Berlin, chargé, ce qui est savoureux, des affaires de policiers corrompus. La même année, il est recruté par les SS, puis, en 1935, entre à la Gestapo, qui lui confie la surveillance des associations, des syndicats et bien sûr du DAF. À la fin de l'année dernière, il est muté au ministère de l'Intérieur où le service qu'il dirige, sous les ordres directs de Himmler, enquête sur les cas de corruption parmi les serviteurs du Reich.

– Tiens, ils se sont donc aperçus que ça existait ?

– Il semble que Himmler voie toute cette corruption d'un mauvais œil. Paul Pfarr était chargé de s'occuper plus particulièrement du DAF, où la corruption est endémique.

– C'était donc le chouchou de Himmler ?

– Exact. Mais il se trouve que celui-ci déteste voir ses employés se faire tuer encore plus qu'il ne déteste la corruption. C'est pourquoi, il y a deux jours, le Reichskriminaldirektor a réuni une équipe spécialement chargée d'enquêter sur la mort de Paul Pfarr. On y trouve une brochette impressionnante : Gohrmann, Schild, Jost, Dietz. S'ils te trouvent dans leurs pattes, Bernie, tu ne dureras pas plus longtemps qu'une vitre de synagogue.

– Ils ont une piste ?

– Je sais une seule chose : c'est qu'ils cherchent une fille. Pfarr aurait eu une maîtresse. Malheureusement, je ne connais pas son nom. Et en plus de ça, elle a disparu.

– Tu veux que je te dise quelque chose ? dis-je. La disparition fait fureur en ce moment. Tout le monde s'y met.

– C'est ce qu'on m'a dit. J'espère que tu n'aimes pas être à la mode, rétorqua-t-il.

– Moi ? Je ne sais pas si tu as remarqué, mais je suis un des seuls à ne pas porter d'uniforme dans cette ville. Comment pourrais-je être à la mode ?

De retour à Alexanderplatz, j'entrai chez un serrurier à qui je demandai de me refaire un jeu de clés du bureau de Jeschonnek à partir des empreintes que j'avais prises. J'avais eu recours à lui de nombreuses fois, et il ne posait jamais de questions. Ensuite, j'allai récupérer mon linge chez le teinturier et montai à mon bureau.

Je n'en avais pas refermé la porte que surgit devant mes yeux un laissez-passer de la Sipo. Au même instant, j'aperçus la crosse d'un Walther entre les pans d'une veste de flanelle grise.

– C'est vous le fouille-merde ? dit un inconnu. On vous attendait pour causer.

Ses cheveux couleur moutarde avaient dû être coiffés par un tondeur de mouton, et il avait le nez en forme de bouchon de champagne. Sa moustache s'étalait comme les bords d'un sombrero. Son comparse était un spécimen de la race pure, avec le menton et les pommettes proéminentes d'une affiche électorale prussienne. Leurs yeux étaient comme des moules dans la saumure, ils fronçaient le nez comme si quelqu'un venait de lâcher un vent ou de raconter une blague particulièrement vulgaire.

— Si j'avais su, je serais allé voir deux films de plus, dis-je en récoltant le regard inexpressif de celui à la coiffure de mouton.

— Je vous présente le Kriminalinspektor Dietz, dit-il.

Le nommé Dietz, qui devait lui être supérieur en grade, était assis sur le bord de mon bureau, les jambes ballantes, son visage affichait une expression fort déplaisante.

— Vous m'excuserez si je ne vais pas chercher mon carnet d'autographes, dis-je en rejoignant Frau Protze près de la fenêtre.

Ma nouvelle secrétaire renifla et enfouit son nez dans un mouchoir qu'elle tira de sa manche.

— Je suis désolée, Herr Gunther, me dit-elle à travers le tissu. Dès qu'ils ont fait irruption dans le bureau, ils ont commencé à tout mettre sens dessus dessous. Quand je leur ai dit que je ne savais pas où vous étiez, ni à quelle heure vous deviez rentrer, ils sont devenus grossiers. Je n'aurais jamais cru que des policiers pouvaient se comporter d'une façon si désagréable.

— Ce ne sont pas des policiers, lui dis-je. Plutôt des biceps en costume. Vous feriez mieux de rentrer chez vous. Nous nous verrons demain.

— Merci, Herr Gunther, dit-elle entre deux hoquets, mais je ne pense pas que je reviendrai. Je ne suis pas faite pour ce travail, je suis désolée.

— Ça ne fait rien, faites comme bon vous semble. Je vous enverrai ce que je vous dois.

Elle hocha la tête, me contourna et sortit précipitamment de la pièce. La tête de mouton ricana et referma la porte d'un coup de pied. J'ouvris la fenêtre.

— Ça ne sent pas très bon ici, dis-je. Peut-on savoir ce que vous faites, à part terroriser les veuves et piquer le fric qui traîne dans les tiroirs ?

Dietz sauta de mon bureau et s'approcha de la fenêtre.

— J'ai entendu parler de toi, Gunther, dit-il en regardant les voitures qui passaient en bas. Comme tu as été flic, je suppose que tu connais la limite que je ne peux pas dépasser. Mais avant ça, je peux faire des tas de choses. Je pourrais te piétiner la gueule jusqu'à ce soir sans même te dire pourquoi. Alors épargne-nous tes conneries, dis-nous ce que tu sais sur Paul Pfarr et ensuite on te laissera tranquille.

— Je sais en tout cas qu'il ne balançait pas ses mégots n'importe où, dis-je. Si vous n'aviez pas mis mon bureau à sac, j'aurais pu vous montrer une lettre de la compagnie d'assurances Germania me demandant de procéder à une enquête sur les causes de l'incendie avant de faire jouer les clauses du contrat.

— On l'a trouvée, cette lettre, fit Dietz. On a trouvé ça aussi, ajouta-t-il en sortant mon arme de sa poche et en la pointant sur mon crâne en manière de plaisanterie.

— J'ai un permis de port.

— Bien sûr, dit-il en souriant, puis il renifla le canon et dit à l'adresse de son collègue : Tu sais quoi, Martins ? À mon avis ce pistolet a été nettoyé tout récemment.

— J'ai les mains propres, dis-je. Je peux vous montrer mes ongles si vous ne me croyez pas.

— Un Walther PPK 9 mm, dit Martins en allumant une cigarette. La même arme qui a tué le pauvre Pfarr et sa femme.

— Ce n'est pas ce que j'ai entendu dire, fis-je en allant vers le placard à liqueurs.

Je constatai avec soulagement qu'ils n'avaient pas touché à mon whisky.

– C'est vrai, reprit Dietz. On avait oublié que tu avais encore des amis à l'Alex, hein ?

Je me versai un verre, de quoi boire trois gorgées.

– Je croyais qu'on s'était débarrassé de tous ces réactionnaires, dit Martins.

Je considérai la gorgée qui restait au fond du verre :

– Je vous offrirais bien à boire, dis-je, mais ça m'embêterait d'avoir à jeter les verres à la poubelle après.

J'avalai le restant de whisky.

Martins jeta son mégot et fit deux pas dans ma direction, les poings fermés.

– Ce connard a une gueule aussi grande qu'un pif de youpin, éructa-t-il.

Dietz resta immobile, appuyé à la fenêtre, me tournant le dos. Quand il se retourna, il avait les yeux rouges.

– Tu vas me faire perdre patience, tête de mule, dit-il.

– Je ne vous comprends pas, dis-je. Vous avez vu la lettre de l'assurance. Si vous pensez que c'est un faux, téléphonez-leur.

– C'est ce qu'on a fait.

– Alors pourquoi ce cirque ?

Dietz s'approcha de moi et me regarda des pieds à la tête comme si j'étais une crotte de chien, puis il prit ma dernière bouteille de bon whisky, la soupesa et la balança contre le mur au-dessus de mon bureau. Elle se brisa avec le bruit d'une cantine pleine de couverts dévalant un escalier, tandis qu'une puissante odeur d'alcool envahissait la pièce. Dietz réajusta sa veste après sa petite démonstration.

– Nous sommes venus te faire comprendre ton intérêt : tiens-nous informés de ce que tu fais, Gunther. Si tu découvres quoi que ce soit, le plus petit indice, tu ferais mieux de nous avertir. Si j'apprends que tu nous as dissimulé le moindre détail, je t'expédierai tellement vite en KZ que tu en auras les oreilles qui siffleront. (Il se pencha vers moi et je sentis l'odeur de sa transpiration.) Compris, tête de mule ?

— Ne pointe pas ton menton trop loin, Dietz, fis-je, sinon je vais me sentir obligé de te le faire rentrer.

— J'aimerais voir ça, dit-il en souriant. J'aimerais beaucoup te voir essayer. (Il se tourna vers son partenaire.) Allons-y. Sortons avant que je lui éclate les valseuses.

Je finissais de remettre de l'ordre dans mon bureau lorsque le téléphone sonna. C'était Müller, du *Berliner Morgenpost*. Il s'excusait de ne pas pouvoir me fournir autre chose sur Hermann Six que le résumé des chroniques mondaines.

— Eddie, tu te paies ma tête ou quoi ? Ce type est millionnaire. La moitié de la Ruhr lui appartient. Il se mettrait un doigt dans le cul qu'il trouverait du pétrole. Quelqu'un a certainement découvert des trucs intéressants sur lui.

— C'est vrai, à un moment donné, une journaliste a fait pas mal de recherches sur les gros patrons de la Ruhr comme Krupp, Voegler, Wolff ou Thyssen. Mais elle a perdu son boulot quand le gouvernement a résolu le problème du chômage. Je vais voir si je peux te trouver son adresse.

— Merci, Eddie. Et sur les Pfarr, tu as appris quelque chose ?

— J'ai eu la confirmation qu'elle allait beaucoup dans les villes d'eaux. Nauheim, Wiesbaden, Bad Homburg, elle a fait trempette partout. Elle a même écrit un article à ce sujet pour *Die Frau*. Elle était très intéressée par la médecine non traditionnelle. En revanche, je n'ai rien trouvé sur son mari.

— Merci pour ces tuyaux passionnants, Eddie. La prochaine fois, je lirai les potins dans les journaux. Ça t'évitera de chercher.

— Tu trouves que ça ne vaut pas 100 marks, hein ?

– Même pas 50. Trouve-moi cette journaliste et rappelle-moi.

Je raccrochai, fermai mon bureau et allai chercher mon jeu de clés et ma boîte de pâte chez le serrurier. Ça vous paraîtra peut-être romanesque, mais j'utilise cette pâte à modeler depuis des années et, sauf si je peux voler l'original de la clé, c'est le meilleur moyen de pouvoir ouvrir les portes. Je ne possède pas de passe capable d'ouvrir n'importe quelle serrure, et à la vérité, ce serait inutile avec les verrous modernes : il n'existe pas d'outil miracle. Ce truc est bon pour les cinéastes amateurs de l'UFA. La plupart du temps, un cambrioleur se contente de scier la tête du verrou, ou bien il perce une série de trous tout autour et enlève un morceau entier de la foutue porte. Ces réflexions me firent penser que j'allais devoir me renseigner sur les artistes capables d'avoir ouvert le coffre des Pfarr. Si les choses s'étaient effectivement passées comme ça, cela voulait dire qu'il était grand temps d'aller donner sa leçon de chant à certain individu scrofuleux.

Neumann vivait dans un véritable dépotoir sur Admiralstrasse, tout près de Kottbusser Tor. Je me doutais bien que je ne le trouverais pas chez lui, mais j'essayai tout de même. C'est peu de dire que Kottbusser Tor était un quartier défraîchi : au numéro 43 d'Admiralstrasse, les rats portaient des boules Quies et les cafards étaient tuberculeux. Neumann vivait dans une cave qui donnait derrière, sur la cour. C'était humide. C'était sale. L'odeur était nauséabonde et Neumann n'était pas là.

La concierge était une pute en fin de carrière. Ses cheveux paraissaient aussi naturels qu'un défilé au pas de l'oie dans Wilhelmstrasse, et elle devait avoir la main enfouie dans un gant de boxe lorsqu'elle s'était appliqué son rouge à lèvres. Ses seins ressemblaient à l'arrière-train de deux chevaux de trait épuisés. Peut-être avait-elle encore des clients, mais j'en aurais été plus étonné que de voir un Juif acheter du porc dans une boucherie de Nuremberg. Debout sur le seuil de sa loge, nue sous un peignoir crasseux aux pans ouverts, elle ralluma un mégot éteint.

— Je cherche Neumann, dis-je en m'efforçant d'ignorer les deux gants de toilette et la barbe de boyard qu'on exhibait à mon intention : la queue me grattait rien que d'y penser. Je suis un de ses amis.

Elle bâilla à s'en décrocher la mâchoire et, décidant sans doute que j'en avais assez vu comme ça, referma son peignoir dont elle noua la ceinture.

— Vous êtes flic ? fit-elle en connaisseuse.

— Non, je vous ai dit que j'étais un de ses amis.

Elle croisa les bras et s'appuya au chambranle.

— Neumann n'a pas d'amis, dit-elle en examinant ses ongles avant de lever les yeux vers moi, et pour le coup, je ne pus la contredire. À part moi, peut-être, parce que ce pauvre type me fait pitié. Si vous étiez vraiment son ami, vous lui auriez déjà conseillé d'aller voir un docteur. Il est malade de la tête, vous savez.

Elle tira une dernière bouffée de sa cigarette et la balança par-dessus mon épaule.

— Il n'est pas dingue, dis-je. Il a juste un peu tendance à parler tout seul. C'est une manie bizarre, rien de plus.

— Si vous appelez pas ça être dingue, alors je me demande ce qu'il vous faut.

Il y avait aussi du vrai là-dedans.

— Savez-vous quand il doit rentrer ? lui demandai-je.

Elle haussa les épaules. Sa main striée de veines bleues et couverte de bagues en toc saisit ma cravate. Elle tenta un sourire engageant et ne réussit qu'à faire la grimace.

— Peut-être que vous aimeriez l'attendre ici, dit-elle. Avec 20 marks vous pourriez attendre un sacré long moment, vous savez.

Je récupérai ma cravate, sortis mon portefeuille et exhibai un billet de 5 marks.

– Ç'aurait été avec plaisir, je vous assure, lui dis-je. Malheureusement je suis très pressé. Veuillez dire à Neumann que j'aimerais lui parler. Je m'appelle Gunther, Bernhard Gunther.

– Merci, Bernhard. Vous êtes un vrai gentleman.

– Auriez-vous une idée de l'endroit où il se trouve ?

– Pas plus que vous. Il peut être n'importe où. (Elle haussa les épaules et secoua la tête.) S'il est fauché, il sera au X Bar ou au Rucher. S'il a quelques sous, il aura été grignoter un morceau au Femina ou au café Casanova. (Je m'engageai dans l'escalier.) Si vous ne le trouvez dans aucun de ces endroits, alors essayez au champ de courses.

Elle sortit sur le palier et descendit quelques marches à ma suite. Une fois dans ma voiture, je poussai un soupir de soulagement. Il est toujours délicat de se dépêtrer d'une racoleuse. Elles n'aiment pas voir une bonne occasion leur filer sous le nez.

Je n'accorde pas grande confiance aux experts, et encore moins aux dépositions de témoins. Au fil des années, je suis devenu, concernant mes enquêtes, adepte de la bonne vieille méthode de la preuve indirecte ; elle consiste à démontrer que tel individu a fait telle chose parce qu'il est du genre à la faire. Cette méthode repose naturellement sur l'obtention du plus grand nombre de renseignements possible.

Entretenir un informateur comme Neumann demande confiance et patience. Or, si Neumann n'accorde pas facilement la première, la seconde n'est pas mon fort, surtout avec lui. Neumann est le meilleur informateur que j'aie jamais eu, et ses tuyaux sont généralement fiables. J'étais prêt à tout pour le protéger. Mais ça ne voulait pas dire que lui-même était fiable. Comme tous les indics, il aurait vendu sa propre sœur. Il est très difficile de gagner leur confiance, et plus prudent de ne jamais leur accorder la vôtre.

Je commençai par aller voir au X Bar, un club de jazz illégal dont l'orchestre glissait des morceaux américains au beau milieu de la soupe aryenne ayant l'aval des autorités. Les musiciens se livraient à ces acrobaties avec suffisamment de finesse pour ménager les consciences nazies qu'aurait pu choquer cette musique dite inférieure.

En dépit de son comportement parfois étrange, Neumann était l'individu le plus anonyme et le plus passe-partout qui soit. Cela en faisait un excellent informateur. Il fallait vraiment le chercher pour le remarquer, mais ce soir-là, il n'était pas plus au X Bar qu'à l'Allaverdi ou au Rucker, au cœur du quartier chaud.

La nuit n'était pas encore tombée, mais les fourgueurs de drogue avaient déjà fait leur apparition. Ceux qui étaient pris à vendre de la cocaïne étaient expédiés illico en KZ, et pour ma part, plus ils en prendraient, mieux ce serait ; mais je savais par expérience que ce n'était pas facile de les coincer. Les vendeurs ne transportaient jamais la coke sur eux. Ils la cachaient dans une ruelle ou une entrée d'immeuble proche. Certains d'entre eux se faisaient passer pour des invalides de guerre vendant des cigarettes ; d'autres, véritables invalides de guerre vendant des cigarettes, étaient reconnaissables au brassard jaune à trois points noirs institué à leur intention durant la République de Weimar. Ce brassard ne conférait cependant aucun droit particulier. En principe, seule l'Armée du Salut avait l'autorisation officielle de vendre de menus objets aux coins de rues, mais les lois contre le vagabondage n'étaient appliquées nulle part avec fermeté, sauf dans les quartiers résidentiels visités par les touristes.

— Ssigares ! Ssigarettes !

Ceux qui connaissaient ce « code de la coke » manifestaient leur désir d'acheter en reniflant bruyamment, mais se retrouvaient souvent chez eux avec un sachet de sel ou d'aspirine.

Le Femina, dans Nurnberger Strasse, était l'endroit idéal pour trouver des femmes, à condition de les aimer rubicondes, bien enveloppées, et d'être prêt à dépenser 30 marks pour l'une d'entre elles. Les tables étant reliées par téléphone, les choses étaient grandement facilitées pour les timides, et comme c'était le cas de Neumann, il y venait dès qu'il avait un peu d'argent. Il pouvait commander une bouteille de sekt et inviter une fille à sa table sans avoir à bouger de sa chaise. Un système de pneumatiques était même mis à la disposition de la clientèle, permettant d'expédier de petits cadeaux d'un bout à l'autre de la salle. À part l'argent, tout ce dont un homme avait besoin au Femina, c'était d'une bonne vue.

Je m'assis dans un coin et parcourus le menu. À côté de la carte des boissons figurait une liste des cadeaux que l'on pouvait acheter auprès des serveurs pour les expédier par pneumatique : un poudrier, 1,5 mark ; un étui à boîte d'allumettes, 1 mark ; un flacon de parfum, 5 marks. Mais, à mon avis, l'argent liquide était probablement le meilleur cadeau à faire à la fille qui avait retenu votre attention. Aucune trace de Neumann, mais je décidai de rester un peu au cas où il arriverait. Je fis signe au garçon et commandai une bière.

Le café, ayant aussi des prétentions de cabaret, était animé par une chanteuse aux cheveux orange et à la voix nasillarde, relayée par un comédien chétif dont les sourcils se rejoignaient. Les clients du Femina n'avaient pas l'air de beaucoup apprécier le spectacle : ils riaient pendant les chansons et chantaient quand le comédien débitait ses sketches.

Autour de moi, les faux cils battaient avec tant de véhémence pour attirer mon attention que j'avais l'impression d'être en plein courant d'air. À quelques tables de la mienne, une femme obèse agita ses doigts boudinés dans ma direction et, prenant mon ricanement pour un sourire, fit mine de s'extirper de son siège. Je laissai échapper un grognement.

– Monsieur ? s'empressa aussitôt un serveur.

Je tirai un billet froissé de ma poche, le posai sur son plateau puis détalai sans même attendre la monnaie.

Une chose me déprime encore plus que de passer la soirée en compagnie d'une femme laide, c'est de la retrouver en face de moi le lendemain matin.

Je pris ma voiture en direction de Potsdamer Platz. Il faisait doux et sec, mais les roulements de tonnerre qui déchiraient le ciel pourpre annonçaient que ce temps clément n'allait pas durer. Je me garai sur Leipziger Platz, devant l'hôtel Palast, où je pénétrai pour appeler l'Adlon.

Benita me dit que Hermine lui avait bien transmis mon message, et que, une demi-heure après mon coup de fil, un homme avait demandé à parler à la princesse indienne. C'est tout ce que je voulais savoir.

J'allai prendre un imperméable et une lampe torche dans ma voiture. Dissimulant la torche sous les pans du vêtement, je parcourus les cinquante mètres qui me séparaient de Potsdamer Platz, dépassai la Compagnie des tramways berlinois et le ministère de l'Agriculture, et me dirigeai vers Columbus Haus. Il y avait des lumières aux cinquième et septième étages, mais le huitième était plongé dans l'obscurité. Je jetai un coup d'œil à travers les épaisses portes vitrées. Un gardien lisait un journal derrière son bureau et, plus loin dans le couloir, une femme passait le carrelage à la cireuse électrique. Il commença à pleuvoir au moment où je tournais dans Hermann Goering Strasse et prenais l'étroite ruelle menant au parking souterrain situé derrière Columbus Haus.

Deux voitures seulement y étaient garées, une DKW et une Mercedes. Il était peu probable que l'une ou l'autre appartienne au gardien ou à la femme de ménage. Leurs propriétaires devaient encore être au travail dans les bureaux de l'immeuble. Derrière les voitures, une porte métallique grise marquée « service » était éclairée par une ampoule fixée au-dessus. La porte, dépourvue de poignée, était verrouillée. Je présumai qu'il s'agissait d'une fermeture automatique qu'on ouvrait par un loquet de l'intérieur, et avec une clé de l'extérieur. À mon avis, il y avait de grandes chances pour que la femme de ménage quitte l'immeuble par cette porte.

J'actionnai distraitement les poignées des portières des deux voitures. La Mercedes n'était pas verrouillée. Je m'assis derrière le volant et tâtonnai à la recherche de la manette des phares. Les deux puissantes ampoules trouèrent l'obscurité comme les projecteurs d'un meeting à Nuremberg. J'attendis. Au bout de quelques minutes, désœuvré, j'ouvris la boîte à gants. J'en sortis une carte routière, un sachet de bonbons à la menthe et une carte d'adhérent du Parti avec ses timbres de cotisation à jour. Il était au nom de Henning Peter Manstein. Son numéro de membre du Parti était relativement bas, ce qui contredisait la jeunesse du visage figurant sur le cliché de la page 9. Il y avait un véritable trafic pour se procurer des numéros d'adhésion les plus anciens possibles, et il ne faisait aucun doute que c'est par ce moyen que Manstein s'était procuré le sien. Un numéro ancien était en effet essentiel pour une ascension politique rapide. Manstein était, lui aussi, une Violette de Mars jeune et affamée.

Un quart d'heure passa avant que je n'entende s'ouvrir la porte de service. Je bondis hors de la voiture. Si c'était Manstein qui arrivait, j'aurais intérêt à courir vite. Une flaque de lumière inonda le sol du garage lorsque la porte s'ouvrit, et je vis apparaître la silhouette de la femme de ménage.

— Retenez la porte ! criai-je en éteignant les phares de la Mercedes. J'ai oublié quelque chose dans mon bureau.

Vous tombez bien, je n'avais pas envie de faire le tour à pied.

Elle s'immobilisa, embarrassée, retenant la porte pendant que je m'approchais. Lorsque je fus à sa hauteur, elle s'effaça.

— Eh bien, moi, je viens tous les jours à pied de Nollendorf Platz. Je n'ai pas les moyens d'avoir une voiture.

Je lui adressai un sourire niais, comme celui que devait avoir Manstein.

— Merci beaucoup, dis-je.

Je m'adressai à mi-voix des reproches pour ma distraction. La femme hésita un instant, puis se décida à me confier la porte. Je pénétrai à l'intérieur et laissai le panneau se refermer. J'entendis le clic sonore de la fermeture automatique.

Après avoir franchi deux autres portes pourvues de hublots à la hauteur des yeux, je débouchai dans un long couloir violemment éclairé dans lequel s'alignaient des piles de cartons. Il y avait bien un ascenseur tout au bout, mais il m'aurait été impossible de l'utiliser sans alerter le gardien. Je m'assis sur les marches, ôtai mes chaussettes et mes chaussures, que je remis dans l'ordre inverse, chaussettes par-dessus les chaussures. C'est un vieux truc de cambrioleur destiné à étouffer le son des semelles de cuir sur une surface dure. Je me relevai et entamai la longue ascension.

Lorsque j'atteignis le huitième étage, mon cœur battait à tout rompre en raison de l'effort, mais aussi de la respiration silencieuse que je m'étais imposée. Je m'immobilisai quelques instants au coin de l'escalier, l'oreille aux aguets, mais aucun bruit ne parvenait des bureaux contigus à celui de Jeschonnek. À l'aide de ma torche, j'éclairai les deux extrémités du couloir, m'approchai de sa porte et m'agenouillai pour repérer un éventuel fil électrique indiquant la présence d'une alarme. Il n'y en avait pas. J'essayai une des deux clés, puis l'autre. Celle-ci tournant presque, je la ressortis de la serrure et en polis les bords à l'aide d'une petite lime. La porte s'ouvrit à la seconde tentative. J'entrai et verrouillai derrière moi au cas où le gardien ferait une ronde. Je dirigeai le faisceau de ma torche sur le bureau du secrétaire, sur les photos au mur, et enfin sur la porte menant au bureau privé de Jeschonnek. La clé l'ouvrit sans aucune résistance. Bénissant mentalement mon serrurier, je me dirigeai d'abord vers la fenêtre. L'enseigne au néon fixée sur le toit de Pschorr Haus baignait la pièce d'une lumière rougeâtre, de sorte que ma torche se révélait inutile. Je l'éteignis.

Je m'assis au bureau et me demandai ce que je devais chercher. Les tiroirs n'étaient pas fermés à clé, mais ils ne contenaient rien d'intéressant. Je ressentis une vive excitation en tombant sur un carnet d'adresses relié de cuir rouge. Toutefois, le parcourant de bout en bout, je ne reconnus qu'un seul nom, celui de Hermann Goering, mais par l'intermédiaire de Gehrhard von Greis, avec une adresse dans Derfflingerstrasse. Me souvenant que Weizmann, le brocanteur juif, avait mentionné que le gros Hermann utilisait parfois un agent pour acheter des pierres précieuses, je recopiai l'adresse de von Greis sur un bout de papier et je le mis dans ma poche.

Le placard à fichiers n'était pas fermé non plus, mais je n'y trouvai rien. Il ne renfermait que des catalogues de pierres précieuses et semi-précieuses, des horaires de la Lufthansa, de nombreux formulaires de change, quelques factures et contrats d'assurances, dont un de la compagnie Germania.

Pendant ce temps, dans un coin de la pièce, le gros coffre inexpugnable me regardait faire, se moquant de mes tentatives dérisoires pour percer les secrets de Jeschonnek, en admettant qu'il en ait eu. Il n'était pas difficile de comprendre pourquoi le bureau n'était pas équipé d'une alarme : il aurait fallu un plein camion de dynamite pour ouvrir ce coffre. Il ne me restait plus grand-chose à inspecter, à part la corbeille à papiers. J'en vidai le contenu sur le bureau : un emballage de chewing-gum Wrigley, le *Beobachter* du jour, deux souches de tickets du théâtre Lessing, un bon de caisse des grands magasins KDW et plusieurs bouts de papier roulés en boule. Je les repassai du flanc de la main. Sur l'un d'eux figurait le numéro de l'hôtel Adlon, avec dessous les mots « princesse Mushti » suivis d'un point d'interrogation, le tout biffé plusieurs fois ; à côté, je lus mon propre nom. Un autre numéro de téléphone était inscrit à côté de mon nom, entouré d'un entrelacs de lignes qui le faisait ressembler à quelque enluminure d'un parchemin médiéval. Ce numéro, à part le fait qu'il était de la partie occidentale de la ville, m'intriguait. Je décrochai le téléphone.

— Quel numéro, je vous prie ? fit l'opératrice.

— J 1-90-33.

— Je vous passe la communication dans un instant.

Il y eut un bref silence, puis je perçus une sonnerie au bout du fil.

J'ai en général une excellente mémoire des visages et des voix, mais il m'aurait fallu plusieurs minutes pour reconnaître l'intonation cultivée et le léger accent de Francfort qui caractérisaient celle de mon interlocuteur. Il m'épargna lui-même cet effort en déclinant son nom après avoir récité son numéro.

— Désolé, marmonnai-je en déformant ma voix. Je dois avoir fait une erreur.

Mais en reposant l'appareil, je savais que j'avais tapé dans le mille.

9

L'enterrement eut lieu au cimetière Nikolai de Prenzlauer Allee. La tombe où furent inhumés, l'un au-dessus de l'autre, les deux cercueils, avait été creusée le long du mur septentrional, tout près du mémorial dédié au martyr le plus vénéré du national-socialisme, Horst Wessel. L'inhumation avait été précédée par une courte cérémonie en l'église Nikolai, située sur le marché Molken tout proche.

Coiffée d'un impressionnant chapeau noir ressemblant à un piano ouvert, Ilse Rudel était encore plus belle en habit de deuil que nue au lit. Nos regards se croisèrent à plusieurs reprises, mais elle garda les lèvres serrées et ne parut pas plus me voir que si j'étais une vitre sale. Six lui-même était figé dans une expression de colère plus que de chagrin. Les sourcils froncés, la tête penchée en avant, il fixa la tombe béante comme si, par quelque pouvoir surnaturel, il pouvait en faire surgir le corps ressuscité de sa fille. Haupthändler, quant à lui, avait simplement l'air songeur d'un homme qui a des soucis plus importants en tête, comme par exemple se débarrasser d'un collier de diamants. Le fait que son numéro personnel figure sur le bout de papier froissé où Jeschonnek avait inscrit le téléphone de l'hôtel Adlon, mon nom et celui de la pseudo-princesse pouvait révéler un possible enchaînement de faits : alarmé par ma visite et cependant intrigué par mon histoire, Jeschonnek avait téléphoné à l'Adlon pour se renseigner sur l'existence de la princesse indienne puis, après qu'on la lui eut confirmée, avait appelé Haupthändler pour lui demander des éclaircissements sur la différence entre cette version (concernant la propriétaire ainsi que le vol des bijoux) et celle qu'on lui avait peut-être racontée auparavant.

Pourquoi pas ? En tout cas, la piste valait la peine d'être explorée.

À un moment donné, Haupthändler me fixa durant plusieurs secondes, mais je ne pus rien lire dans son regard : ni culpabilité, ni peur, ni rien pouvant m'indiquer s'il savait que j'avais établi un rapport entre lui et Jeschonnek. Je ne lus rien non plus sur son visage me permettant de penser qu'il était incapable de commettre un double meurtre. En revanche, il était certainement incapable de percer un coffre. Avait-il persuadé Frau Pfarr de le lui ouvrir ? Avait-il couché avec elle uniquement pour avoir accès à ses bijoux ? Ilse Rudel ayant évoqué la possibilité d'une relation entre eux, je ne pouvais négliger cette hypothèse.

Je reconnus d'autres visages parmi l'assistance. Des visages que j'avais connus autrefois à la Kripo : le Reichskriminaldirektor Arthur Nebe ; Hans Lobbe, administrateur en chef de la Kripo ; et un homme qui, avec ses lunettes sans monture et sa petite moustache, serait plus facilement passé pour un banal instituteur que pour le chef de la Gestapo et le Reichsführer des SS. La présence de Himmler en personne à l'inhumation confirmait l'impression de Bruno Stahlecker, à savoir que Paul Pfarr avait été le chouchou du Reichsführer, et que ce dernier n'allait certainement pas laisser les assassins dormir tranquilles.

Il n'y avait, en revanche, aucune femme seule ayant pu être, comme l'avait suggéré Bruno, la maîtresse de Paul Pfarr. Je n'en attendais pas tant, mais on ne sait jamais.

Après la cérémonie, Haupthändler me transmit un message de notre employeur commun.

– Herr Six ne comprend pas votre présence à un événement purement familial. Il m'a également chargé de vous rappeler que vous êtes rémunéré à la journée.

Je regardai les assistants monter dans leurs grosses voitures noires. Ensuite, ce fut le tour de Himmler, et enfin celui des têtes de la Kripo.

– Écoutez, Haupthändler, dis-je, parlons clair. Si votre patron veut un toutou obéissant, il aurait intérêt à me virer tout de suite. Je ne suis pas venu ici par amour du grand air et des éloges funèbres.

– Alors, pourquoi êtes-vous ici, Herr Gunther ?

– Vous avez lu *La Chanson des Nibelungen* ?

– Bien sûr.

– Alors vous vous souvenez certainement que les Nibelungen désiraient venger l'assassinat de Siegfried, mais ils ne connaissaient pas le coupable. C'est pourquoi on s'en remit au jugement du sang. Les guerriers se présentèrent l'un après l'autre devant le cercueil ouvert de leur héros. Et lorsque vint le tour de Hagen, les blessures de Siegfried se remirent à saigner, désignant ainsi le meurtrier.

Haupthändler sourit.

– Ce n'est pas ainsi que l'on procéderait aujourd'hui, n'est-ce pas ?

– Peut-être, mais un enquêteur se doit d'assister à ce genre de cérémonie, Herr Haupthändler. D'ailleurs, vous avez certainement remarqué que je n'étais pas le seul enquêteur présent.

– Suggérez-vous que l'assassin de Paul et Grete Pfarr ait pu se trouver dans l'assistance ?

– Ne soyez pas si collet monté. Bien sûr que oui.

– Cette idée est tout simplement absurde. Mais, sérieusement, pensez-vous à quelqu'un en particulier pour le rôle de Hagen ?

– J'y réfléchis.

– Alors j'espère que vous pourrez communiquer très vite un nom à Herr Six. Je vous souhaite le bonjour.

Je devais reconnaître que si Haupthändler avait tué les Pfarr, il était aussi froid qu'un coffre immergé par cinquante brasses de fond.

Je regagnai ma voiture et suivis Prenzlauer Strasse jusqu'à Alexanderplatz. Je pris mon courrier et montai dans mon bureau. La femme de ménage avait aéré, mais il régnait encore une forte odeur d'alcool. Elle avait dû croire que j'avais pris un bain de whisky.

J'avais reçu quelques chèques, une facture et un mot de Neumann délivré par porteur me donnant rendez-vous à midi au café Kranzler. Je consultai ma montre. Il était presque 11 h 30.

Devant le Mémorial de guerre allemand, une compagnie de la Reichswehr battait la semelle aux accents d'un orchestre de cuivres. Il m'arrive de songer qu'il doit y avoir en Allemagne un plus grand nombre d'orchestres de cuivres que d'automobiles. Celui-ci entama *La Marche de la cavalerie du Grand Électeur* et s'ébranla comme un seul homme en direction de la porte de Brandebourg, déclenchant sur son passage un exercice général de bras tendus parmi les passants. Je ralentis le pas et me réfugiai dans une entrée de magasin pour ne pas avoir à y aller de ma gymnastique obligatoire.

Je repris bientôt ma marche, suivant le défilé à une distance respectable tout en remarquant les dernières transformations apportées à l'avenue la plus célèbre de la capitale. Le gouvernement, jugeant nécessaire de mieux adapter Unter den Linden aux incessants défilés militaires du type de celui qui me précédait, avait fait arracher la plupart des tilleuls ayant donné leur nom à l'avenue[1] pour les remplacer par des colonnes blanches de style dorique surmontées d'aigles impériales. On avait bien replanté quelques tilleuls, mais leur taille n'atteignait même pas celle des réverbères. La voie centrale avait été élargie pour permettre à douze soldats de marcher de front, et le sol avait été recouvert de sable rouge afin que les bottes ne glissent pas. Enfin, on avait commencé à ériger de grands

---

1. Unter den Linden : « sous les tilleuls ».

porte-drapeaux en bois blanc à l'occasion des imminentes Olympiades. Depuis toujours, le charme flamboyant d'Unter den Linden émanait de son mélange architectural dissonant. À présent, cette flamboyance était devenue grossièreté. Le chapeau mou des artistes bohèmes avait cédé la place au casque à pointe.

Le café Kranzler, au coin de Friedrichstrasse, étant fort couru des touristes et par conséquent les prix pratiqués fort élevés, je m'étonnais que Neumann l'ait choisi comme lieu de rendez-vous. Je le trouvai assis devant une tasse de moka et un morceau de gâteau auquel il avait à peine touché.

— Que se passe-t-il ? fis-je en m'asseyant face à lui. Tu as perdu l'appétit ?

Neumann jeta un regard dédaigneux à son assiette.

— C'est comme notre gouvernement, dit-il. Ça a l'air bon, mais ça n'a le goût de rien. Ils ont remplacé la crème par une saloperie d'ersatz. (J'appelai le garçon et commandai deux cafés.) Herr Gunther, j'aimerais que nous fassions vite. Je dois aller à Karlshorst cet après-midi.

— Oh ! Oh ! Tu as un tuyau ?

— Eh bien, à vrai dire… J'éclatai de rire.

— Neumann, je ne parierais jamais sur le même cheval que toi, même s'il était aussi rapide que l'express de Hambourg !

— Alors, allez vous faire foutre et n'en parlons plus, répliqua-t-il.

Neumann était le spécimen humain le moins attractif qui se puisse trouver. Ses sourcils, joints par un paillasson de poils hirsutes, se tortillaient comme deux chenilles agonisantes. Derrière des verres de lunettes que d'innombrables traces de doigts rendaient opaques s'agitaient des yeux gris perpétuellement inquiets. Il abaissait sans cesse le regard vers le sol comme s'il craignait de s'y aplatir d'une seconde à l'autre. Il recrachait la fumée de sa cigarette à travers des dents si noires de nicotine qu'on aurait dit deux rangées de pieux pourris.

– Dis-moi, Neumann, tu n'as pas de problème particulier en ce moment ?

Il s'efforça d'adopter une expression flegmatique.

– Je dois un peu de fric à des gens, c'est tout.

– Beaucoup ?

– Dans les deux cents.

– Et tu vas à Karlshorst pour essayer d'en gagner une partie, c'est ça ?

Il haussa les épaules.

– Et alors ? (Il éteignit sa cigarette et en chercha une autre dans ses poches.) Vous auriez une clope ? Je viens de finir ma dernière.

Je balançai mon paquet sur la table.

– Garde-le, dis-je en allumant nos deux cigarettes. Deux cents marks, hein ? Tu sais quoi ? Je pourrais peut-être t'aider à les rembourser. Peut-être même en restera-t-il un peu pour toi. En échange d'un petit renseignement.

Neumann leva un sourcil.

– Quel genre de renseignement ?

Je tirai une bouffée et la gardai dans les poumons.

– Je cherche le nom d'un perceur de coffre. Un professionnel qui aurait piqué des diams il y a environ une semaine.

Il retroussa les lèvres en secouant la tête.

– J'en ai pas entendu parler, Herr Gunther.

– Eh bien si tu apprends quelque chose, fais-moi signe.

– En revanche, dit-il en baissant la voix, j'ai un tuyau qui pourrait vous mettre bien avec la Gestapo.

– À savoir ?

– Je connais la planque d'un sous-marin juif, dit-il avec un sourire mauvais.

– Neumann, tu sais très bien que ce genre de truc ne m'intéresse pas.

Mais en prononçant ces mots, je songeai soudain à Frau Heine, ma cliente, et à son fils.

– Eh, attends une minute. Comment s'appelle ce Juif?

Le sourire qu'eut Neumann en me le disant était répugnant. Il vivait dans un univers mental guère plus évolué que celui de l'éponge des grands fonds. Je lui brandis mon index sous le nez.

– Si j'apprends que ce type s'est fait coincer, je saurai qui l'a balancé. Et je te jure, Neumann, je t'arracherai les paupières. Tiens-le-toi pour dit.

– Qu'est-ce qui vous prend? couina-t-il. Depuis quand vous prenez-vous pour un justicier?

– Sa mère est une de mes clientes. Avant d'effacer définitivement ce type de ton esprit, je veux que tu me donnes son adresse pour que je la prévienne.

– Bon, d'accord, d'accord, mais ça vaut un petit quelque chose, non?

Je sortis mon portefeuille et lui donnai 20 marks. Puis j'inscrivis sur un papier l'adresse qu'il me donna.

– Tu ferais vomir une mouche à merde, fis-je. Maintenant dis-moi ce que tu sais sur ce perceur.

Il fronça les sourcils d'un air exaspéré.

– Je viens de vous dire que je ne savais rien.

– Tu mens.

– Je vous assure, Herr Gunther, je ne sais rien du tout. Sinon je vous le dirais. Vous savez bien que j'ai besoin de cet argent, non?

Il déglutit et épongea la sueur perlant à son front avec un mouchoir qui était une véritable insulte à l'hygiène publique. Fuyant mon regard, il écrasa sa cigarette à moitié fumée.

– Tu n'as pas le comportement de quelqu'un qui ne sait rien, insistai-je. Je crois plutôt que tu as peur.

– Non, dit-il sans conviction.

– Tu as déjà entendu parler de la Brigade anti-pédés? (Il fit non de la tête.) Je les connaissais bien quand j'étais dans la police. J'étais en train de me dire que si tu m'as caché quelque chose, je leur toucherais bien deux mots à ton sujet. Je leur dirai que tu es un sale petit pédé puant.

Il me regarda avec un mélange d'incrédulité et d'indignation.

– Est-ce que j'ai l'air d'un pédé ? Vous savez bien que c'est pas vrai.

– Moi oui, mais pas eux. Et qui croiront-ils, à ton avis ?

– Ne faites pas ça, supplia-t-il en me prenant le poignet.

– D'après ce qu'on m'a dit, les tantouzes ne sont pas à la fête en KZ.

Neumann examina son café d'un air sinistre.

– Espèce de salopard, soupira-t-il. Deux cents, vous avez dit, plus une prime ?

– Cent tout de suite, et deux cents autres plus tard si tes renseignements sont valables.

Il fut agité d'une série de tics.

– Vous ne savez pas ce que vous me demandez, Herr Gunther. Il y a tout un réseau impliqué dans cette histoire. S'ils apprennent que je vous ai parlé, mon compte est bon.

Le genre de réseau qu'évoquait Neumann était une sorte de syndicat d'anciens détenus officiellement chargés de la réhabilitation des criminels. Ces réseaux avaient des clubs aux noms respectables, leurs statuts et leurs règlements insistaient sur les activités sportives et les réunions fraternelles qu'ils étaient censés animer. De temps à autre, un de ces réseaux organisait un grand banquet – tous les membres étaient très riches – auquel étaient conviés en tant qu'invités d'honneur des avocats et des responsables de la police. Mais en vérité, derrière cette façade semi-respectable, les réseaux n'étaient, dans l'Allemagne de cette époque, que les structures institutionnalisées du crime organisé.

– Lequel est-ce ? demandai-je.

– La Force allemande.

– Rassure-toi, ils ne sauront rien. De toute façon, ils ne sont pas aussi puissants qu'il y a quelques années. Le seul à marcher en ce moment, c'est le Parti.

– La répression les a forcés à mettre la pédale douce sur la prostitution et la came, dit-il, mais les réseaux contrôlent encore les jeux, le racket sur les devises, le marché noir, le trafic de passeports, les prêts usuriers et l'écoulement de marchandises volées. (Il alluma une cigarette.) Croyez-moi, Herr Gunther, ils sont encore puissants. Mieux vaut ne pas se mettre en travers de leur route. (Il baissa la voix et se pencha vers moi.) J'ai même entendu dire qu'ils viennent de dessouder un vieux Junker[1] qui travaillait pour le Premier ministre. Qu'est-ce que vous dites de ça, hein ? Les flics ne savent même pas qu'il est mort.

Je fouillai dans mes méninges et finis par retrouver le nom figurant dans le carnet d'adresses de Jeschonnek.

– Ce Junker, ça ne serait pas un certain von Greis, par hasard ?

– Je ne sais pas son nom. Tout ce que je sais, c'est qu'il est mort et que les flics sont toujours à sa recherche.

Il secoua négligemment sa cigarette au-dessus du cendrier.

– Maintenant, parle-moi de ce perceur.

– À vrai dire, j'ai entendu deux ou trois petites choses sur cette affaire. Il y a à peu près un mois, un type du nom de Kurt Mutschmann est sorti de la prison de Tegel après y avoir tiré deux ans. D'après ce qu'on raconte, ce Mutschmann est un véritable artiste. Il serait capable d'écarter les jambes d'une nonne en état de *rigor mortis*. Mais les flics ne sont pas au courant de ses talents. Il a été en cabane parce qu'il avait piqué une bagnole. Rien à voir avec ce qu'il fait d'habitude. Enfin, bref, il appartient à la Force allemande, et quand il est sorti, le réseau l'a pris en charge. Au bout d'un moment, ils l'ont mis

---

1. Membre de l'aristocratie militaire prussienne.

sur un coup. Je ne sais pas ce que c'était. Mais là où ça devient intéressant, Herr Gunther, c'est que le big boss de la Force allemande, Red Dieter, a lancé un contrat sur Mutschmann parce que celui-ci l'aurait doublé. À la suite de quoi Mutschmann s'est envolé, et personne ne sait où il est.

– Tu dis que Mutschmann était un professionnel ?

– Un des meilleurs.

– À ton avis, est-il capable de tuer ?

– Moi, je ne le connais pas, dit Neumann, mais d'après ce qu'on m'a dit, c'est un artiste. Je ne pense pas que tuer soit dans ses habitudes.

– Que sais-tu de Red Dieter ?

– Une ordure. Il peut tuer quelqu'un aussi facilement que d'autres se grattent le nez.

– Où puis-je le trouver ?

– Vous me promettez de ne pas lui dire mon nom, Herr Gunther ? Même sous la menace d'un pistolet ?

– Promis, mentis-je en songeant que ma loyauté n'irait tout de même pas jusque-là.

– Bon, alors essayez de voir au restaurant Rheingold, sur Potsdamer Platz. Ou alors au Germania Roof. Et je vous conseille de vous munir d'un pétard.

– Ta sollicitude me touche, Neumann.

– Je pensais plutôt à mon argent, rectifia-t-il. Vous m'avez promis 200 marks de plus si mes renseignements étaient bons. Sans oublier les 100 marks tout de suite.

Je sortis à nouveau mon portefeuille et y pris deux billets de cinquante. Il les examina à la lumière pour vérifier leur authenticité.

– Tu plaisantes ?

Neumann me retourna un regard vide.

– Pourquoi ? dit-il en empochant prestement les billets.

– Pour rien, dis-je. (Je me levai et laissai tomber des pièces sur la table.) Une dernière chose. Te souviens-tu quand tu as entendu parler pour la première fois du contrat sur Mutschmann ?

Neumann parut réfléchir, ce qui était tout à fait inhabituel.

– Eh bien maintenant que j'y repense, ça devait être il y a une semaine, à peu près au moment où j'ai entendu dire que ce Junker s'était fait buter.

Je descendis Unter den Linden vers l'ouest en direction de Pariser Platz et de l'hôtel Adlon.

Je pénétrai dans le hall somptueux de l'hôtel, avec ses piliers carrés de marbre noir veiné de jaune. L'œil tombait partout sur de magnifiques *objets d'art*[1] et le marbre luisait dans tous les coins. Je me dirigeai vers le bar, bourré de journalistes étrangers et de membres du personnel diplomatique, et demandai au barman, un vieil ami, de me donner une bière pendant que j'appelais Bruno Stahlecker à l'Alex.

– Allo ? C'est moi, Bernie.

– Qu'est-ce que tu veux, Bernie ?

– Tu connais un certain Gehrard von Greis ? demandai-je. Il y eut un long silence.

– Et toi ? fit Bruno.

D'après le ton de sa voix, il voulait savoir si j'en connaissais plus long sur von Greis que je n'aurais dû.

– Pour le moment, ce n'est qu'un nom sur un morceau de papier.

– C'est tout ?

– J'ai aussi entendu dire qu'il avait disparu.

– Je peux savoir qui te l'a dit ?

– Allons, Bruno, tu deviens indiscret. C'est mon petit doigt qui me l'a dit, ça te va ? Peut-être que si j'en savais un peu plus je pourrais vous aider à le retrouver.

---

1. En français dans le texte.

– Bernie, nous avons en ce moment deux affaires très délicates sur les bras, et tu veux fourrer ton nez dans les deux. Je vais finir par me faire du souci pour toi.

– Si ça peut te rassurer, je te promets de me coucher tôt ce soir. Donne-moi un tuyau, Bruno.

– Ça fera deux dans la même semaine.

– Je te revaudrai ça.

– J'espère bien.

– Alors je t'écoute. Stahlecker baissa la voix.

– Tu as entendu parler de Walther Funk?

– Funk? Non, je ne crois pas. Attends un peu. C'est pas une grosse huile de la finance?

– Il a été conseiller économique de Hitler. Aujourd'hui, il est président du Département culturel du Reich. Il semblerait que lui et Herr von Greis avaient un certain penchant l'un pour l'autre. Von Greis était le petit ami de Funk.

– Je croyais que le Führer ne supportait pas les pédés?

– Il ne supporte pas non plus les estropiés. Je me demande comment il va réagir quand il s'apercevra que Goebbels est boiteux.

C'était une vieille blague, mais je ris quand même.

– C'est donc pour ça que cette affaire est entourée d'une telle discrétion? suggérai-je. Ces révélations pourraient embarrasser Funk, et donc le gouvernement, c'est ça?

– Pas seulement. Von Greis et Goering sont de vieux amis. Ils ont fait la guerre dans la même unité. Goering a pistonné von Greis pour le faire entrer chez IG Farben, la grosse boîte de chimie. Et, récemment, il était devenu l'agent de Goering, qui se servait de son nom pour acheter des œuvres d'art et autres babioles. Le Reichskriminaldirektor tient à retrouver von Greis aussi vite que possible. Nous cherchons depuis une semaine et nous n'avons aucune piste. Lui et Funk avaient un petit nid d'amour dans Privatstrasse. La femme de Funk n'était même pas au courant. Mais il n'y est pas passé depuis un bon moment.

Je sortis de ma poche le bout de papier sur lequel j'avais recopié une adresse du carnet de Jeschonnek. C'était dans Derfflingerstrasse.

— Privatstrasse, tu dis ? Pas d'autre adresse ?

— Pas que nous sachions.

— Tu t'occupes de cette affaire, Bruno ?

— Plus maintenant. C'est Dietz qui a pris les commandes.

— Mais il travaille aussi sur l'affaire Pfarr, non ?

— Oui, je crois.

— Et ça ne t'intrigue pas ?

— Je ne sais pas, Bernie. Pour l'instant je dois mettre un nom sur un type avec une queue de billard dans le nez. Je n'ai pas de temps pour fouiner.

— Tu veux parler de celui qu'on a repêché dans le canal ? Bruno poussa un soupir irrité.

— Un de ces jours, je finirai bien par t'apprendre un truc que tu ne sauras pas déjà.

— C'est Illmann qui m'en a parlé. Je l'ai rencontré par hasard l'autre soir.

— Ouais ? Et où ça ?

— À la morgue. C'est là où j'ai rencontré ton client. Un type pas mal. Peut-être bien que c'était von Greis.

— Non, j'y ai déjà pensé. Von Greis a une aigle impériale tatouée sur l'avant-bras droit. Bon, Bernie, il faut que j'y aille. Et pour la centième fois, ne me cache rien. Si tu apprends quelque chose, dis-le-moi. Comme j'ai le patron sur le dos toute la journée, ça me faciliterait les choses.

— Comme je t'ai dit, Bruno, je t'en dois une.

— Deux. Tu m'en dois deux, Bernie.

Je raccrochai et passai un autre coup de téléphone, cette fois au directeur de la prison de Tegel. Je pris rendez-vous avec lui et commandai une autre bière. Pendant que je la buvais, je griffonnai des formules algébriques sur un bout de papier en espérant qu'elles m'éclaireraient sur la marche à suivre. Mais quand j'eus fini mon verre, mon esprit était plus embrouillé que jamais. L'algèbre n'a jamais été mon fort. J'ignorai où j'allais, mais je me dis que j'aurais tout le loisir de m'en préoccuper une fois que j'y serais.

10

Derfflingerstrasse était proche à la fois du tout nouveau ministère de l'Air installé à l'angle de Wilhelmstrasse et de Leipziger Strasse, et du palais présidentiel de Leipzigerplatz. C'était fort pratique pour von Greis : il pouvait y attendre son maître, chef de la Luftwaffe et Premier ministre de Prusse.

L'appartement de von Greis était situé au troisième étage d'un bel immeuble résidentiel. Ne voyant pas de concierge dans l'entrée, je montai directement au troisième. Je manœuvrai le heurtoir de la porte et attendis. Au bout d'une minute ou deux, je me penchai pour jeter un coup d'œil à travers la fente de la boîte aux lettres. Lorsque je relâchai l'abattant, je vis à ma grande surprise la porte s'ouvrir en grand.

Je ne fus pas long à comprendre que l'appartement avait été fouillé, sans ménagement, de fond en comble. Le parquet du long couloir était jonché de livres, de papiers, d'enveloppes et de chemises de dossiers, ainsi que d'une quantité impressionnante d'éclats de verre provenant des vitrines brisées d'une grande bibliothèque.

M'avançant dans le couloir, je dépassai une ou deux portes avant de me figer sur place en entendant une chaise racler dans une des pièces s'ouvrant un peu plus loin. Je glissai instinctivement la main vers mon arme, pour m'apercevoir avec dépit que je l'avais laissée dans la voiture. J'allais m'emparer d'un sabre de cavalerie accroché au mur lorsque j'entendis derrière moi une semelle faisant crisser un bout de verre, tandis qu'un coup violent sur la nuque me précipitait dans un puits sans fond.

Pendant ce qui me parut durer des heures, mais qui n'était probablement que quelques minutes, je restai prostré dans un trou noir. Reprenant peu à peu conscience, je sentis qu'on me fouillait les poches tandis qu'une voix inconnue me parvenait de très loin. Puis on me saisit sous les épaules, on me traîna sur quelques kilomètres et on me fourra la tête sous une cascade glacée.

Je m'ébrouai, levai la tête et clignai des yeux vers l'homme qui m'avait assommé. C'était une sorte de géant avec une bouche énorme et de grosses joues qu'on aurait dites bourrées de mie de pain. La chemise qu'il portait ressemblait à la blouse en usage chez les coiffeurs, et son cou était du genre auquel on fixe habituellement un joug. Les manches de sa veste étaient comme deux sacs pleins de patates et s'arrêtaient haut sur l'avant-bras, découvrant des mains et des poignets qui avaient la forme et la couleur de deux homards bouillis. Je repris péniblement ma respiration, secouai ma tête endolorie et m'assis avec précaution, tenant mon cou des deux mains.

— Seigneur, avec quoi m'avez-vous frappé ? Avec une traverse de chemin de fer ?

— Désolé, fit mon agresseur, mais quand j'ai vu que vous alliez prendre ce sabre, j'ai préféré vous calmer un peu.

— Heureusement que vous ne cherchiez pas à m'assommer, sinon... (Je hochai la tête en direction de mes papiers que le géant tenait dans ses grosses pattes.) Vous savez déjà qui je suis. Je peux savoir à qui j'ai l'honneur ? Il me semble que j'en ai le droit.

— Rienacker, Wolf Rienacker, de la Gestapo. Vous étiez un flic de l'Alex à une époque, non ?

— Exact.

– Et maintenant, vous êtes à votre compte. Qu'est-ce qui vous amène ici?

– Je cherche Herr von Greis.

Je jetai un regard circulaire. La pièce était en grand désordre, mais je n'eus pas l'impression qu'il y manquait beaucoup de choses. Une belle soupière trônait sur une commode dont les tiroirs étaient éparpillés à terre. Plusieurs dizaines de tableaux étaient soigneusement rangés contre les murs. Il était évident que celui qui avait fouillé l'appartement n'était pas un simple cambrioleur, mais qu'il cherchait un objet particulier.

– Je vois, fit-il en opinant lentement de la tête. Mais savez-vous qui est le propriétaire des lieux?

Je haussai les épaules.

– Je pensais que c'était Herr von Greis.

Rienacker secoua la barrique lui servant de tête.

– Non, il ne l'occupait que de temps à autre. Cet appartement appartient à Hermann Goering. Peu de gens en connaissent l'existence. Très peu de gens.

Il alluma une cigarette et me lança le paquet. J'en allumai une et la fumai avec plaisir tout en remarquant le tremblement de ma main.

– Donc, le premier mystère, reprit Rienacker, c'est comment vous l'avez appris. Le deuxième, pourquoi vous vouliez voir Herr von Greis. Peut-être cherchez-vous la même chose que ceux qui sont passés avant vous? Et le troisième mystère, c'est où se trouve von Greis. Peut-être se cache-t-il, peut-être est-il séquestré, peut-être est-il mort. Je ne sais pas. On a fouillé cet appartement il y a une semaine. Je suis revenu aujourd'hui pour voir si quelque chose ne m'avait pas échappé la première fois. Et voilà que vous débarquez sans crier gare, dit-il en aspirant une longue bouffée de sa cigarette qui, dans sa main, ressemblait à une dent de bébé plantée sur un jambon. Jusque-là, vous êtes ma seule piste dans cette affaire, alors, j'attends vos explications.

Je me redressai, arrangeai ma cravate et rectifiai mon col détrempé.

— Je ne comprends pas, commençai-je. Un ami à l'Alex m'a dit que la police n'est pas au courant de cette adresse, et je vous trouve ici. Cela me conduit à penser que vous, ou les gens pour qui vous travaillez, préférez rester discrets à ce sujet. Vous aimeriez bien mettre la main sur von Greis, ou au moins sur ce qui lui vaut la sollicitude de pas mal de gens. Or ce n'est ni l'argenterie ni les tableaux, puisqu'ils sont toujours là.

— Continuez.

— Vous me dites que cet appartement appartient à Goering, j'en conclus donc que vous travaillez pour lui. Il n'y a aucune raison pour que Goering fasse des cadeaux à Himmler. Après tout, Himmler lui a soufflé le contrôle de la police et de la Gestapo. Cela expliquerait que Goering ne soit pas chaud pour éclairer la lanterne des hommes de Himmler.

— Vous oubliez que je travaille pour la Gestapo.

— Rienacker, j'ai peut-être le crâne fragile, mais je ne suis pas stupide. Nous savons tous les deux que Goering a de nombreux amis dans la Gestapo. Ce n'est pas étonnant, puisque c'est lui qui l'a créée.

— Vous auriez fait un bon détective, vous savez.

— Mon client ne tient pas plus que vous à ce que les flics viennent mettre leur nez dans ses affaires. Nous pourrions nous entendre, vous et moi. Mon client s'est fait voler une toile qu'il s'est procurée en dehors des circuits officiels, si vous voyez ce que je veux dire. C'est pourquoi il serait préférable que les flics n'en sachent rien. (Devant l'absence de réaction du taureau, je poursuivis.) On a volé ce tableau chez lui il y a environ deux semaines. Il m'a demandé de le retrouver. Je connais un peu le milieu des marchands, et je sais que Hermann Goering est un grand amateur d'art. D'après ce qu'on dit, il a rassemblé, pas toujours par des moyens irréprochables, une collection entière de tableaux de maîtres dans les caves de Karinhall. Je sais également qu'il a un agent, Herr von Greis, qu'il utilise pour ses achats de tableaux. C'est pourquoi je suis venu ici. Qui sait, le tableau que je cherche se trouve peut-être dans cette pièce.

— Peut-être, fit Rienacker. En supposant que je vous croie. C'est un tableau de qui et représentant quoi ?

— C'est un Rubens, dis-je en me félicitant de la facilité avec laquelle j'improvisais. Deux femmes nues au bord d'une rivière. Il a pour titre *Les Baigneuses* ou quelque chose dans ce genre. J'en ai une photo dans mon bureau.

— Et qui est votre client ?

— Je crains de ne pouvoir vous dévoiler son nom.

Rienacker fit jouer les phalanges massives de son poing.

— Je pourrais peut-être vous persuader de me le dire.

J'accueillis la menace avec un haussement d'épaules.

— Je ne vous le dirais toujours pas. Non pas par loyauté envers mon client, mais tout simplement à cause de la prime rondelette si je retrouve ce tableau. Cette affaire est ma première occasion de me faire un gros paquet de blé, et ce n'est pas la perspective de quelques côtes cassées qui me fera lâcher.

— Très bien, fit Rienacker. Jetez un coup d'œil à ces tableaux si ça vous chante, mais si vous trouvez le vôtre, il faudra que je m'assure de votre histoire avant de vous laisser l'emporter.

Je me remis debout sur des jambes flageolantes et m'approchai des rangées de tableaux. Je ne m'y connais pas beaucoup en matière d'art, mais je sais reconnaître une belle pièce quand j'en vois une, et celles qui se trouvaient rassemblées dans l'appartement de Goering étaient toutes de première qualité. Je constatai avec soulagement qu'aucun des tableaux ne représentait un couple de femmes nues, de sorte que je n'eus pas à deviner s'il était de Rubens ou pas.

– Je ne le vois pas, dis-je au bout d'un moment. Mais je vous remercie de m'avoir laissé regarder.

Rienacker hocha la tête.

Je récupérai mon chapeau dans le couloir et le posai délicatement sur mon crâne douloureux.

– Je travaille au siège de Charlottenstrasse, au coin de Französische Strasse.

– Oui, je connais, dis-je. À côté du restaurant Lutter und Wegner, non? (Rienacker acquiesça.) Et ne vous inquiétez pas. Si j'apprends quelque chose, je vous contacte aussitôt.

– C'est dans votre intérêt, grogna-t-il tandis que je sortais sur le palier.

En arrivant à mon bureau, je trouvai une visiteuse dans la salle d'attente.

Grande et bien roulée, elle portait un ensemble noir qui donnait à sa silhouette les formes d'une guitare espagnole. Sa courte jupe moulante faisait ressortir une belle paire de fesses, tandis que sa veste cintrée enveloppait une ample poitrine. Ses cheveux bruns étaient coiffés d'un chapeau noir à bord relevé. Elle tenait un sac de toile noire à poignée et à fermeture blanches et un livre qu'elle posa à mon arrivée.

Ses yeux bleus et sa bouche délicatement soulignée de rouge me gratifièrent d'un sourire d'une désarmante gentillesse.

– Herr Gunther, j'imagine. Je suis Inge Lorenz, une amie d'Eduard Müller, du *Berliner Morgenpost*.

Nous nous serrâmes la main, et j'ouvris la porte de mon bureau.

– Entrez et asseyez-vous.

Elle parcourut la pièce du regard et renifla une ou deux fois. Mon bureau sentait encore le tablier de barman.

– Désolé pour l'odeur, il y a eu un petit incident, expliquai-je en allant ouvrir la fenêtre.

Lorsque je me retournai, je la découvris juste derrière moi.

– La vue est impressionnante, remarqua-t-elle.

– Pas mal, oui.

– Avez-vous lu le roman de Döblin, *Berlin Alexanderplatz*?

– Je n'ai pas beaucoup de temps pour lire en ce moment, dis-je. Et il y a aujourd'hui si peu de choses qui vaillent la peine d'être lues.

– Oui, naturellement, le livre est interdit, dit-elle, mais vous devriez profiter de ce qu'il est de nouveau distribué pour le lire.

– Je ne comprends pas.

– Vous n'avez pas remarqué? On retrouve les écrivains interdits dans les librairies. Grâce aux Jeux olympiques. Pour que les touristes ne pensent pas que le régime est aussi répressif qu'on le dit. Bien sûr, les livres seront retirés dès la fin des Jeux mais on devrait les lire, ne serait-ce que parce qu'ils sont interdits.

– Je vous remercie. J'y réfléchirai.

– Avez-vous une cigarette?

J'ouvris la boîte en argent posée sur mon bureau et la lui tendis en la tenant par le couvercle. Elle en prit une et me laissa la lui allumer.

– L'autre jour, dans un café de Kurfürstendamm, j'en ai allumé une sans y penser, et un vieux grincheux est aussitôt venu me faire un sermon sur les devoirs de la mère et de l'épouse allemandes. Il tombait mal. Ce n'est pas à 39 ans que je vais me mettre à pondre des petits militants pour le Parti. Je suis ce qu'on appelle une ratée eugénique.

Elle s'assit dans un des fauteuils et croisa ses jolies jambes. Je ne voyais pas ce qu'il y avait de raté chez elle, à part peut-être le choix des cafés qu'elle fréquentait.

– On en est arrivé à un point où une femme ne peut pas sortir dans la rue même légèrement maquillée sans se faire traiter de putain.

– Vous n'avez pas l'air du genre à vous laisser influencer par ce qu'on dit de vous, dis-je. Et pour ce qui me concerne, j'aime qu'une femme ressemble à une femme, et non à une paysanne de la Hesse.

– Merci, Herr Gunther, dit-elle en souriant. C'est très aimable à vous.

– Müller m'a dit que vous aviez travaillé au *DAZ*[1] ?

– C'est exact. J'ai été virée lorsque le Parti a lancé sa campagne d'« élimination des femmes du marché du travail ». Un moyen très astucieux de résoudre le problème du chômage, n'est-ce pas ? Il suffit de proclamer qu'une femme a déjà un travail, à savoir s'occuper de son foyer et de ses enfants. Si elle n'est pas mariée, on lui fait comprendre que ce serait dans son intérêt de se trouver rapidement un mari. Un raisonnement d'une logique effrayante.

– De quoi vivez-vous depuis ?

– J'ai travaillé un moment en free-lance. Mais je dois avouer, Herr Gunther, que je n'ai plus un sou, c'est pourquoi je suis venue vous voir. Müller m'a dit que vous cherchiez des informations sur Hermann Six. Laissez-moi essayer de vous vendre ce que je sais. Vous faites une enquête sur lui ?

– Non, je travaille pour lui.

– Oh ! dit-elle d'un air décontenancé.

– Mais la façon dont il m'a engagé m'a donné envie d'en connaître plus long à son sujet, expliquai-je. Et pas seulement de savoir où il a été à l'école. Disons qu'il m'a agacé. Je n'aime pas qu'on me dise ce que je dois faire, voyez-vous.

– Ce n'est pas une attitude très conseillée aujourd'hui.

---

1. *Deutsche Allgemeine Zeitung.*

– Non, vous avez raison, dis-je en lui souriant. Cinquante marks vous paraîtraient-ils un prix raisonnable pour vos informations ?

– Si nous disions plutôt 100 ? Je vous garantis que vous ne serez pas déçu.

– Mettons-nous d'accord sur 75 et une invitation au restaurant.

– Marché conclu.

Nous nous serrâmes la main pour sceller notre accord.

– Avez-vous apporté un dossier, Fräulein Lorenz ?

– Appelez-moi Inge, je vous en prie. Pas besoin de dossier, tout est là, ajouta-t-elle en se tapotant le front.

Et elle se mit à raconter.

– Hermann Six, fils d'un des hommes les plus riches d'Allemagne, est né en avril 1881, neuf ans jour pour jour avant que notre Führer bien-aimé ne vienne au monde. Puisque vous avez évoqué ses études, sachez qu'il les a suivies au König Wilhelm Gymnasium de Berlin. Ensuite, il a fait ses armes à la Bourse, puis il est entré dans l'affaire de son père, les aciéries Six.

» Ardent patriote, le jeune Six organisa, en compagnie de Fritz Thyssen, autre héritier d'une très grosse fortune, la résistance à l'occupation française de la Ruhr en 1923. Lui et Thyssen furent arrêtés et emprisonnés en raison de ces activités. Mais la ressemblance entre eux s'arrête là car, à la différence de Thyssen, Six n'a jamais apprécié Hitler. Conservateur nationaliste, il n'a jamais été national-socialiste, et s'il a parfois soutenu le Parti, ce fut par simple pragmatisme, pour ne pas dire par pur opportunisme.

» Il eut comme première femme Lisa Voegler, ex-comédienne au Théâtre national de Berlin, qui lui donna une fille, Grete, en 1911. Lorsque Lisa mourut de tuberculose en 1934, Six se remaria avec l'actrice Ilse Rudel.

À ce stade de son récit, Inge Lorenz se leva et commença à arpenter la pièce tout en parlant. Dès lors j'eus de la difficulté à me concentrer : lorsqu'elle me tournait le dos je regardais son derrière, et lorsqu'elle me faisait face je regardais son ventre.

– Je vous ai dit que Six n'éprouvait aucune sympathie pour le Parti. C'est vrai. Mais il est tout aussi opposé aux syndicats, et il a apprécié la façon dont le Parti les a neutralisés dès son accession au pouvoir. Mais c'est le prétendu socialisme du Parti qui lui reste en travers de la gorge. Ça et la politique économique du gouvernement. Six faisait partie des quelques hommes d'affaires importants qui, en 1933, furent conviés à une réunion secrète au palais présidentiel, réunion au cours de laquelle Hitler et Goering exposèrent les conceptions national-socialistes en matière d'économie. Ces industriels versèrent plusieurs millions de marks au Parti à la suite de la promesse de Hitler d'éliminer les bolcheviks et de rétablir l'armée. Cette lune de miel fut cependant de courte durée. Comme beaucoup d'autres industriels allemands, Six est favorable à l'expansion du commerce et à la multiplication des échanges. En ce qui concerne en particulier la sidérurgie, il préférerait acheter ses matières premières à l'étranger parce qu'elles y sont moins chères. Or Goering ne veut pas en entendre parler. Il pense que l'Allemagne devrait être autosuffisante, aussi bien en minerai de fer qu'en tout autre chose. Il tient à contrôler le niveau de la consommation et des exportations, et l'on comprend aisément pourquoi.

Elle s'interrompit, attendant que je lui fournisse cette explication si simple.

– Eh bien, pourquoi ? fis-je.

Elle eut un geste d'impatience et soupira en secouant la tête.

– Mais enfin, voyons ! Vous savez aussi bien que moi que l'Allemagne se prépare à la guerre, et au regard de cette priorité, une politique économique conventionnelle est inadéquate.

Je hochai la tête en m'efforçant d'avoir l'air intelligent.

– Oui, oui, je vois ce que vous voulez dire.

Elle s'assit sur l'accoudoir de son fauteuil et croisa les bras.

– J'ai discuté avec quelqu'un qui travaille encore au *DAZ*, reprit-elle, et cette personne m'a dit qu'une rumeur courait selon laquelle d'ici deux mois, Goering serait chargé du deuxième plan économique quadriennal. Or, étant donné sa volonté affichée de mettre sur pied des usines de matières premières étatisées afin de garantir une livraison régulière de produits stratégiques – entre autres, de minerai de fer –, on conçoit l'hostilité de Six à ses projets. Voyez-vous, la sidérurgie a souffert d'une surproduction considérable durant la dépression. Et Six ne veut pas assumer les investissements nécessaires pour que l'Allemagne devienne autosuffisante en minerai de fer parce qu'il sait très bien qu'une fois le boom du réarmement terminé, il se retrouvera surcapitalisé, avec des usines qui produiront un acier et un métal trop chers en raison du coût exorbitant de la production et de l'achat des matières premières domestiques. Il ne pourra plus vendre son acier à l'étranger parce qu'il coûtera trop cher. Naturellement, Six est favorable à ce que l'économie allemande se développe au rythme du marché. Et à mon avis, il va faire tout son possible pour persuader les autres industriels de s'opposer aux projets de Goering. Mais s'ils refusent de le soutenir, personne ne peut dire ce qu'il est capable de faire. Il ne reculera devant aucun moyen, même le plus tordu. C'est pourquoi je le soupçonne, mais ce ne sont que des soupçons, d'être en contact avec certains membres de la pègre.

Les arcanes de l'économie allemande n'avaient qu'une importance marginale à mes yeux, mais les contacts possibles de Six avec la pègre m'intéressaient au plus haut point.

– Qu'est-ce qui vous fait dire ça ?

– Eh bien, d'abord, la manière dont la grève a été brisée lorsque les ouvriers de la sidérurgie ont cessé le travail, dit-elle. Certains de ceux qui ont tabassé les ouvriers avaient des liens avec le milieu. Beaucoup d'entre eux étaient d'anciens prisonniers de droit commun et faisaient partie d'un réseau, une de ces prétendues associations pour la réhabilitation des criminels.

– Vous souvenez-vous du nom de ce réseau ?

Elle secoua la tête.

– Ce ne serait pas la Force allemande, par hasard ?

– Je ne me le rappelle pas, dit-elle en fronçant les sourcils. Mais je pourrais probablement retrouver les noms des individus impliqués, si cela peut être utile.

– Oui, essayez, dis-je, et essayez aussi de retrouver tout ce que vous pourrez sur la façon dont cette grève a été brisée.

Elle me raconta beaucoup d'autres choses par la suite, mais j'en avais déjà largement pour mes 75 marks. Avoir appris tout ça sur mon très secret client me donnait enfin l'impression de mieux contrôler la situation. Et après tout ce que l'ex-journaliste venait de me dire, je songeai brusquement qu'elle pourrait m'être très utile.

– Que diriez-vous de travailler pour moi ? J'ai besoin de quelqu'un pour m'assister, qui puisse faire des recherches dans les archives et être ici de temps en temps. Je pense que c'est un travail qui vous conviendrait. Je pourrais vous donner, disons, 60 marks par semaine. En liquide, pour ne pas mettre au courant les gens du ministère du Travail. Plus tard, je pourrais vous augmenter si nos affaires marchent bien. Qu'en dites-vous ?

– Eh bien, si vous pensez vraiment que… (Elle haussa les épaules.) Évidemment, cet argent me serait bien utile.

– Alors c'est entendu. (Je réfléchis quelques instants.) Je suppose que vous avez gardé des contacts dans les journaux et dans certaines administrations. Connaissez-vous par hasard quelqu'un au DAF ?

Elle réfléchit une minute en tripotant les boutons de sa veste.

– Il y avait bien quelqu'un, dit-elle d'un air songeur. Un de mes ex. Il est dans les SA. Mais que voulez-vous savoir ?

– Appelez-le et demandez-lui de vous emmener dîner ce soir.

– Mais je ne l'ai pas vu depuis des mois, dit-elle. Et la dernière fois, j'ai eu un mal fou à le convaincre de me laisser tranquille. Une vraie sangsue !

Ses yeux bleus me jetèrent un regard anxieux.

– Je veux que vous découvriez ce qui intéressait telle-ment Paul Pfarr, le gendre de Six, au DAF, pour qu'il s'y rende plusieurs fois par semaine. Essayez aussi d'apprendre le plus possible de choses sur sa maîtresse, je sais qu'il en avait une. Je veux tout savoir, vous m'entendez ?

– Alors j'ai intérêt à mettre une seconde culotte, fit-elle. Ce type a des mains de sage-femme.

L'espace d'une seconde, je ressentis l'aiguillon de la jalousie en imaginant cet individu en train d'essayer de la séduire. Je songeai que, un jour ou l'autre, je ferais peut-être la même tentative.

– Je vais lui demander de m'emmener voir un spec-tacle, dit-elle en me tirant de ma rêverie érotique. Peut-être même que j'arriverai à le saouler un peu.

– Bonne idée, dis-je. Et si ce salopard ne veut rien entendre, proposez-lui de l'argent.

11

La prison de Tegel est située au nord-ouest de Berlin, entre un petit lac et les logements ouvriers de l'usine de locomotives Borsig. Longeant Seidelstrasse, je vis surgir, tel un dinosaure émergeant de la boue d'un marécage, les murs de brique de l'établissement. Et lorsque, avec un claquement sinistre, la lourde porte de bois se referma derrière moi, occultant la lumière du soleil comme si on venait d'éteindre une vulgaire ampoule électrique, j'éprouvai une certaine sympathie pour les détenus d'une des prisons les plus dures d'Allemagne.

Les gardiens vaquaient à leurs occupations routinières dans le vaste hall d'entrée. L'un d'eux, affublé d'un visage de bouledogue, puant le savon carbonique et transportant un trousseau de clés de la taille d'un pneu, me conduisit à travers un labyrinthe de couloirs carrelés de faïence jaunâtre jusqu'à une cour pavée, exiguë, au centre de laquelle se dressait la guillotine. La vue de cet instrument terrifiant provoque toujours en moi un frisson d'épouvante. Depuis que le Parti était au pouvoir, elle fonctionnait à plein régime, et en ce moment même, on la préparait en vue des exécutions prévues pour le lendemain à l'aube.

Le gardien me fit franchir une porte en chêne, puis nous grimpâmes quelques marches recouvertes d'un tapis et longeâmes un couloir menant à une porte en acajou. Le gardien y frappa, attendit quelques secondes et me fit signe d'entrer. Le Dr Konrad Spiedel, directeur de la prison, se leva de derrière son bureau pour m'accueillir. Nous nous étions rencontrés des années auparavant, lorsqu'il dirigeait la prison de Brauweiler, près de Cologne. Il ne m'avait pas oublié.

– Oui, vous vouliez vous renseigner sur le compagnon de cellule d'un certain prisonnier, se souvint-il en m'indiquant un fauteuil. C'était à propos d'un cambriolage de banque.

– Vous avez une excellente mémoire, Herr Doktor, remarquai-je.

– J'avoue que ce souvenir n'est pas vraiment le fait du hasard, expliqua-t-il. Ce même homme est actuellement enfermé ici, sous une autre inculpation.

Spiedel était un homme de haute taille, large d'épaules et âgé d'une cinquantaine d'années. Il portait une cravate Schiller et une veste bavaroise vert olive. À sa boutonnière était épinglé l'écusson de soie noir et blanc sur lequel étaient brodés l'arc et les épées croisées des anciens combattants.

— Il se trouve que je suis ici pour une raison assez similaire à celle de la dernière fois, expliquai-je. Vous avez eu ici, jusqu'à récemment, un prisonnier du nom de Kurt Mutschmann. J'aimerais que vous me parliez de lui.

— Mutschmann, oui, je m'en souviens. Ma foi, que puis-je vous en dire ? Sinon qu'il est resté tranquille durant son séjour ici, et qu'il paraissait être un type plutôt raisonnable. (Spiedel se leva, se dirigea vers son classeur à dossiers qu'il explora.) Ah ! le voilà ! Mutschmann, Kurt Mutschmann, 36 ans. Inculpé de vol de voiture en avril 1934, condamné à deux ans d'emprisonnement. Adresse déclarée : Cicerostrasse, numéro 29, à Halensee.

— Y est-il retourné après sa libération ?

— Ça, je l'ignore. Mutschmann est marié, mais d'après son dossier, sa femme n'est venue le voir qu'une seule fois en prison. Il n'a pas dû trouver grand monde pour l'accueillir à sa sortie.

— À part sa femme, a-t-il eu d'autres visiteurs ?

Spiedel consulta son dossier.

— Un seul, de l'Association des anciens détenus, une organisation d'entraide à laquelle nous devons faire confiance, bien que j'entretienne quelques doutes quant à son honnêteté. Le visiteur était un certain Kasper Tillessen. Il est venu voir Mutschmann deux fois.

— Mutschmann avait-il un compagnon de cellule ?

— Oui, le numéro 7888319, H. J. Bock. (Il tira un autre dossier du tiroir.) Hans Jürgen Bock, 38 ans. Condamné à six ans de prison pour avoir battu et estropié un membre de l'ex-Syndicat de la métallurgie en mars 1930.

— Un briseur de grève ?

– Oui.

– Auriez-vous ses coordonnées ? Spiedel secoua la tête.

– Malheureusement non. Son dossier a été renvoyé aux archives de l'Alex. (Il marqua une pause.) Hum… voilà qui pourra peut-être vous aider. Lors de sa libération, Bock a déclaré qu'il avait l'intention de résider à la pension Tillessen, sur Chamissoplatz, numéro 17, à Kreuzberg. Et ce même Kasper Tillessen a également rendu visite à Bock pour le compte de l'Association des anciens détenus. C'est tout ce que j'ai, dit-il en me regardant d'un air vague.

– Merci, c'est déjà beaucoup, dis-je. Vous êtes bien aimable de m'avoir accordé un peu de votre temps.

Spiedel prit un air sincère pour me déclarer avec solennité :

– Monsieur, c'est pour moi un grand plaisir d'aider celui qui a déféré Gormann à la justice.

Je crois bien que dans dix ans, je tirerai encore les dividendes de cette affaire Gormann.

Lorsqu'une femme ne vient voir qu'une seule fois son mari au cours de ses deux années de détention, il est peu probable qu'elle lui prépare un gâteau le jour de sa libération. Mais il n'était pas impossible que Mutschmann l'ait revue après sa sortie, ne serait-ce que pour lui flanquer une raclée. Je décidai donc d'aller la voir. Il faut toujours s'acquitter en premier lieu de ce qui paraît évident. C'est une des règles de base de mon travail.

Ni Mutschmann ni sa femme ne vivaient encore à l'adresse de Cicerostrasse. Une voisine m'apprit que Frau Mutschmann s'était remariée et qu'elle habitait à présent Ohmstrasse, dans les logements Siemens. Je lui demandai si quelqu'un d'autre que moi l'avait cherchée, mais elle me répondit par la négative.

Il était 19 h 30 lorsque j'arrivai en vue des logements Siemens. Un millier de maisons, toutes semblables, bâties en briques passées à la chaux, abritaient les employés des usines électriques Siemens. Rien ne m'aurait déplu davantage que de vivre dans un morceau de sucre au milieu de centaines d'autres morceaux de sucre, mais je savais que le Troisième Reich commettait au nom du progrès des choses bien pires que l'homogénéisation des logements ouvriers.

Debout, sur le seuil, je reniflai une odeur de cuisine qui me parut être du porc, et je réalisai soudain que j'étais affamé et épuisé. J'aurais aimé être chez moi, ou en train d'assister à quelque spectacle divertissant en compagnie d'Inge. J'aurais préféré être n'importe où plutôt que de me retrouver en face de la brune au visage crayeux qui m'ouvrit la porte. Elle essuya ses mains marbrées de rose sur un tablier taché de graisse et m'examina d'un œil suspicieux.

— Frau Buverts ? fis-je en l'appelant par son nouveau nom tout en espérant que ce n'était pas elle.

— C'est moi, répondit-elle d'un ton aigre. Et vous, qui êtes-vous ? Remarquez, c'est pas difficile à deviner. Vous sentez tellement le poulet que vous en avez presque des plumes. Alors je vais vous dire une bonne chose et ensuite vous pourrez dégager. Ça fait plus d'un an et demi que je l'ai pas vu. Et si jamais vous le trouvez, vous pourrez lui dire qu'il n'a pas intérêt à venir me chercher. Il est aussi bienvenu ici que la queue d'un Juif dans le cul de Goering. Et vous aussi, d'ailleurs.

Ce sont ces petites démonstrations de courtoisie et d'humour délicat qui font tout l'intérêt de ce métier.

Plus tard ce soir-là, peu après 23 heures, j'entendis des coups violents frappés à ma porte. Je n'avais pas bu avant de m'endormir, et pourtant je me réveillai avec la tête lourde. Je gagnai le couloir d'un pas incertain lorsque la vision de la silhouette à demi effacée du corps de Walther

Kolb dessinée par terre à la craie me tira de ma torpeur. Je fis demi-tour pour aller prendre mon second pistolet. On frappa de nouveau impatiemment à ma porte, et une voix d'homme se fit entendre.

– Hé, Gunther ! c'est moi, Rienacker. Ouvrez, il faut que je vous parle.

– Notre dernière conversation me fait encore mal.

– Allons, vous n'allez pas me dire que vous êtes fâché ?

– Moi non, mais mon crâne n'a pas très envie de vous revoir. Surtout à cette heure-ci.

– Ne soyez pas rancunier, Gunther, fit Rienacker. Ce que j'ai à vous dire est important. Il y a peut-être de l'argent pour vous.

Après un long silence, Rienacker reprit la parole, cette fois avec un brin d'irritation dans la voix.

– Gunther, ouvrez, bon sang ! Vous n'avez aucune raison d'avoir la trouille. Si j'étais venu vous arrêter, j'aurais défoncé la porte.

Ce n'était pas faux. Je lui ouvris donc. Il jeta un regard prudent sur l'arme braquée sur sa silhouette massive, comme s'il admettait que, cette fois, il n'avait pas l'avantage.

– Ce n'est pas moi que vous attendiez, on dirait ?

– Détrompez-vous, Rienacker. Je vous ai reconnu au bruit de vos phalanges heurtant les marches.

Son ricanement expulsa de ses poumons un nuage de vieille fumée de cigarette.

– Habillez-vous, dit-il. Je vous emmène faire un tour.

J'hésitai.

– Qu'est-ce que j'ai encore fait ?

– Vous n'avez pas confiance ? dit-il en souriant de mon appréhension.

– Oh, ce n'est pas ça. Pourquoi aurais-je peur quand un type de la Gestapo frappe à ma porte au milieu de la nuit et me demande si je ne veux pas faire un tour dans sa grosse voiture noire? J'ai peut-être les genoux qui tremblent, mais c'est l'émotion : je devine que vous nous avez réservé la meilleure table chez Horcher.

— Quelqu'un d'important veut vous voir, dit-il en bâillant. Quelqu'un de très important.

— Je parie qu'on m'a sélectionné pour le lancer de bouses de vache aux Jeux olympiques, pas vrai?

Rienacker pâlit et ses narines se mirent à s'ouvrir et à se contracter comme deux bouillottes qui se vident. Il commençait à perdre patience.

— Bon, d'accord, j'ai compris. Il faut que j'y aille, que je le veuille ou non. Je vais m'habiller, annonçai-je en me dirigeant vers la salle de bains. Et n'essayez pas de vous rincer l'œil.

La voiture était une grosse Mercedes noire. J'y grimpai sans un mot. Deux espèces de gargouilles étaient assises à l'avant et, par terre, entre les deux banquettes, gisait un homme à demi conscient, les mains menottées dans le dos. Il faisait sombre mais d'après les gémissements qu'il proférait, je compris qu'il avait été sévèrement battu. Rienacker monta à ma suite. Profitant du recul que lui imprima la voiture au démarrage, l'homme entravé ébaucha un mouvement pour se relever. Il récolta la pointe du croquenot de Rienacker sous l'oreille.

— Qu'a-t-il fait? Oublié de boutonner sa braguette?

— C'est un rouge, rétorqua Rienacker d'un air aussi outragé que s'il venait d'arrêter un violeur d'enfants. Une saloperie de facteur de nuit. On l'a coincé la main dans le sac, en train de distribuer des tracts du KPD dans les boîtes aux lettres.

Je secouai la tête.

— Je vois que ce boulot est toujours aussi risqué.

Il fit mine de ne pas avoir entendu et cria au chauffeur :

— On va déposer ce connard et, ensuite, on fonce à Leipzigstrasse. Sa Majesté n'aime pas attendre.

– On le dépose ou on le balance du pont Schöneberg ?

– Pourquoi pas ? fit Rienacker en riant.

Il sortit une flasque de la poche de son manteau et but une longue gorgée. J'avais trouvé le tract en question dans ma propre boîte aux lettres la veille au soir. Il était en grande partie consacré à ridiculiser le Premier ministre prussien. Au cours des semaines précédant les Olympiades, la Gestapo faisait tout son possible pour écraser la résistance communiste à Berlin. Des milliers de Kozis avaient été arrêtés et envoyés en KZ comme Orianenburg, Columbia Haus, Dachau et Buchenwald. Mettant tous ces éléments bout à bout, je réalisai soudain qui on m'emmenait voir.

La voiture s'arrêta au commissariat de Grolmanstrasse et l'une des gargouilles extirpa le prisonnier de sous nos pieds. Je ne donnai pas cher de sa peau. Si j'avais jamais vu quelqu'un destiné à une leçon de natation nocturne dans le Landwehrkanal, c'était bien lui. Ensuite nous repartîmes vers l'est par Berlinerstrasse et Charlottenburger Chaussee, l'axe transversal de la capitale, décoré à l'occasion des Jeux d'une foule de drapeaux noir, blanc et rouge que Rienacker contempla d'un œil morne.

– Conneries de Jeux olympiques, grogna-t-il. Comme si on avait de l'argent à foutre en l'air.

– Là, je dois reconnaître que je suis d'accord avec vous.

– À quoi ça rime, j'aimerais bien le savoir ? Nous sommes ce que nous sommes, alors pourquoi prétendre le contraire ? Toute cette mascarade me fout en rogne. Est-ce que vous réalisez qu'on est en train de rafler des putes à Munich et à Hambourg pour renflouer le marché berlinois qui a été nettoyé à la suite du décret des Pouvoirs d'urgence ? Savez-vous qu'on a de nouveau légalisé le jazz nègre ? Que dites-vous de ça, Gunther ?

– Dire une chose et en faire une autre, c'est typique de notre gouvernement.

Il me regarda d'un drôle d'air.

— À votre place, je ne crierais pas ce genre de choses sur les toits, fit-il.

Je secouai la tête.

— Rienacker, vous le savez très bien : ce que je dis n'a aucune espèce d'importance tant que je peux être utile à votre patron. J'aurais beau être Karl Marx et Moïse personnifiés, il s'en battrait l'œil si je pouvais lui rendre service.

— Alors, vous feriez mieux de le ménager. Vous ne retrouverez jamais un client si important.

— Ils disent tous la même chose, dis-je.

Juste avant la porte de Brandebourg, la voiture tourna dans Hermann Goering Strasse. Alors que nous passions devant l'ambassade d'Angleterre, je remarquai que toutes les lumières étaient allumées et que des dizaines de limousines étaient garées devant le bâtiment. La voiture ralentit et s'engagea dans l'allée d'accès de l'imposant bâtiment voisin. Tandis que le conducteur abaissait sa vitre pour que le SS de garde nous identifie, nous entendîmes le brouhaha de la réception se déroulant sur les pelouses.

Rienacker et moi attendîmes dans une pièce de la taille d'un court de tennis. Au bout de quelques instants, un homme mince et de haute taille, vêtu de l'uniforme de la Luftwaffe, nous informa que Goering se changeait et qu'il nous recevrait dans dix minutes.

Le palais du Premier ministre était clinquant, avec un décor d'un pesant mauvais goût, et son emplacement en pleine ville soulignait le ridicule de ses prétentions bucoliques. Rienacker s'installa dans un fauteuil pseudo-médiéval et garda le silence tout en me surveillant du coin de l'œil.

— Charmant, fis-je.

Puis je m'absorbai dans la contemplation d'une tapisserie des Gobelins représentant des scènes de chasse mais qui aurait pu contenir la reproduction grandeur nature du dirigeable *Hindenburg*. La seule lumière de la pièce provenait d'une lampe posée sur l'immense bureau Renaissance, et formée de deux candélabres d'argent surmontés d'abat-jour en parchemin. La lumière illuminait trois photographies : l'une de Hitler qui, en chemise brune et baudrier de cuir des SA, avait tout d'un boy-scout ; les deux autres représentaient sans doute les deux femmes de Goering, sa première, Carin, décédée, et l'actuelle, Emmy. À côté des photos était posé un gros volume à reliure de cuir dont la couverture était ornée d'un blason, probablement celui de Goering. Je me dis que ce poing enveloppé d'un gant en cotte de mailles et brandissant une masse d'armes aurait été pour les nazis un emblème infiniment plus approprié que la svastika.

Je m'assis à côté de Rienacker, qui m'offrit une cigarette. Nous patientâmes une heure, peut-être plus, avant d'entendre des voix derrière la porte. Lorsque celle-ci s'ouvrit, nous nous levâmes. Deux hommes en uniforme de la Luftwaffe pénétrèrent dans la pièce à la suite de Goering qui, à ma grande stupéfaction, portait un lionceau dans les bras. Il l'embrassa sur la tête, lui tira les oreilles et le déposa sur le tapis de soie.

– Allez, va jouer, Mucki, et pas de bêtises, hein !

L'animal grogna d'un air joyeux, trottina jusqu'à la fenêtre et se mit à jouer avec le pompon du rideau.

Goering me parut d'autant plus gros qu'il était plus petit que je l'imaginais. Il portait un gilet de chasse de cuir vert, une chemise de flanelle blanche, un pantalon blanc et des chaussures de tennis blanches.

– Hello ! fit-il en me serrant la main avec un large sourire.

Quelque chose d'animal se dégageait de lui, et ses yeux bleus et durs luisaient d'intelligence. Il avait plusieurs bagues aux doigts, dont un gros rubis.

– Je vous remercie d'être venu et m'excuse de vous avoir fait attendre. Les affaires de l'État, vous comprenez...

Ne sachant trop quoi répondre, je l'assurai qu'il n'y avait pas de mal. De près, je fus frappé par sa peau rose et lisse de bébé, et me demandai s'il la talquait. Nous nous assîmes. Durant plusieurs minutes, avec un entrain presque puéril, il répéta sur tous les tons qu'il était enchanté de ma visite, avant de consentir enfin à s'expliquer.

— J'ai toujours rêvé de rencontrer un vrai détective privé, dit-il. Dites-moi, avez-vous lu les romans de Dashiell Hammett ? Bien qu'il soit américain, je le trouve fantastique.

— Non, il se trouve que je ne les ai pas lus.

— Ha ! Eh bien je vous assure que vous devriez ! Je vous prêterai une édition allemande de *La Moisson rouge*. Cela vous plaira beaucoup, j'en suis certain. Portez-vous une arme, Herr Gunther ?

— Parfois, oui, quand je le juge plus prudent.

Goering arbora un visage de collégien ravi.

— Et ce soir, en portez-vous une ?

Je secouai la tête.

— Mon ami Rienacker me l'a déconseillé, de peur d'effrayer votre chat.

— Dommage, fit Goering, j'aurais aimé voir l'arme d'un vrai privé.

Il se rencogna dans son fauteuil, lequel était aussi massif qu'un butoir de chemin de fer, et adressa un signe de la main à l'un de ses subordonnés. L'assistant apporta un dossier et le déposa devant Goering, qui l'ouvrit et le parcourut durant quelques instants. Je présumai que ce dossier me concernait. Ces derniers temps, je voyais tant de dossiers sur moi que je commençais à me sentir comme un cas médical particulièrement intéressant.

— Je vois ici que vous êtes un ancien policier. Très bien noté, à ce qu'il paraît. Vous pourriez être commissaire, aujourd'hui. Pourquoi avez-vous démissionné ?

En disant ces mots, il sortit de sa poche une petite boîte laquée, fit tomber deux pilules roses dans sa grosse paume puis les avala avec un verre d'eau en attendant ma réponse.

— Je n'aimais pas les plats qu'on nous servait à la cantine, monsieur. (Il rit bruyamment.) Mais avec le respect que je vous dois, monsieur le Premier ministre, vous connaissez certainement la cause de mon départ, puisque, à l'époque, vous étiez chef de la police. Je n'ai jamais fait un secret de mon opposition à la purge des policiers soi-disant peu sûrs. Beaucoup d'entre eux étaient des amis. Beaucoup ont perdu leur retraite. Certains ont même perdu la vie.

Un sourire se dessina lentement sur les lèvres de Goering. Avec son large front, son regard froid, le grondement de sa voix sourde, son sourire de prédateur et son gros ventre paresseux, il avait tout du tigre mangeur d'hommes. Et comme s'il avait lu dans mes pensées, il se pencha pour attraper le lionceau et l'étendit en travers de ses cuisses vastes comme un divan. L'animal cligna des paupières d'un air endormi, impassible sous les caresses et les taquineries de son maître. On aurait dit que Goering admirait son propre rejeton.

— Vous voyez, dit-il à l'adresse des officiers qui l'accompagnaient. Cet homme n'est soumis à personne. Et il n'a pas peur de dire ce qu'il a sur le cœur. C'est la vertu de l'indépendance. Il n'y a aucune raison pour que cet homme me rende service. Il a le culot de me le rappeler, alors qu'un autre se serait tu. Je peux avoir confiance en un tel homme.

Je hochai la tête en direction du dossier posé sur son bureau.

— Je parie que c'est Diels qui a concocté ce petit curriculum.

— Et vous avez raison. J'ai hérité de votre dossier, ainsi que de nombreux autres, lorsqu'il a perdu sa place à la tête de la Gestapo au profit de la crotte de poulet qui l'occupe aujourd'hui. C'est le dernier service qu'il a pu me rendre.

– Puis-je me permettre de vous demander ce qu'il est devenu ?

– Bien sûr. Il est toujours sous mes ordres, quoique à une position moins élevée, puisqu'il est directeur des transports des usines Hermann Goering, à Cologne[1].

Goering énonça son propre nom sans la moindre trace d'hésitation ou d'embarras. Il devait considérer comme la chose la plus naturelle du monde qu'une grosse entreprise porte son nom.

– Voyez-vous, reprit-il, je n'oublie jamais les gens qui m'ont rendu service, n'est-ce pas, Rienacker ?

La réponse du gros flic fusa à la vitesse d'une balle traçante.

– C'est exact, monsieur. Tout à fait exact.

La voix de son maître, pensai-je tandis qu'un serviteur apportait au Premier ministre un grand plateau avec du café, du vin de Moselle et des œufs brouillés. Goering se jeta dessus comme s'il n'avait rien mangé de la journée.

– Je ne suis peut-être plus à la tête de la Gestapo, dit-il, mais de nombreux policiers, comme Rienacker ici présent, me sont restés fidèles malgré Himmler.

– De *très* nombreux policiers, précisa Rienacker avec un sourire épanoui.

– Ils me tiennent au courant de ce que mijote la Gestapo, dit-il en essuyant délicatement ses grosses lèvres avec une serviette. Bien. Herr Gunther, Rienacker m'a appris qu'il vous avait trouvé dans mon appartement de Derfflingerstrasse cet après-midi. Comme il vous l'a peut-être déjà expliqué, je prête cet appartement à un de mes amis qui est mon agent confidentiel dans certains domaines. Cet homme, vous le savez, s'appelle Gehrard von Greis, et il a disparu depuis plus d'une semaine. D'après ce que m'a dit Rienacker, vous pensez qu'il avait pu être contacté par un

---

1. En réalité, les Hermann Goering Werke ne verront le jour qu'en juillet 1937.

individu cherchant à lui vendre un tableau volé. Un nu de Rubens, pour être précis. Je ne sais pas du tout comment vous en êtes arrivé à penser qu'il pourrait être utile de consulter mon agent, et je n'ai aucune idée non plus de la façon dont vous vous êtes procuré l'adresse de cet appartement. Mais vous m'impressionnez, Herr Gunther.

– Je vous remercie, monsieur le Premier ministre.

Qui sait ? pensai-je. Avec un peu d'entraînement, je parviendrais peut-être à me montrer aussi obséquieux que Rienacker.

– Vos états de service dans la police sont éloquents, et je ne doute pas que vous soyez un enquêteur tout aussi efficace.

Il finit sa collation, avala un grand verre de vin de Moselle et alluma un énorme cigare. Contrairement à ses deux aides et à Rienacker, il ne montrait aucun signe de fatigue, et je commençais à me poser des questions sur la nature exacte de ses petites pilules roses. Il souffla un rond de fumée et poursuivit :

– Gunther, je veux être votre client. Je veux que vous retrouviez Gehrard von Greis, de préférence avant la Sipo. Non qu'il soit coupable de quoi que ce soit, vous comprenez, mais il détient une information confidentielle que je préférerais ne pas voir tomber entre les mains de Himmler.

– Quel genre d'information confidentielle, monsieur le Premier ministre ?

– J'ai peur de ne pas pouvoir vous le dire.

– Écoutez, monsieur, dis-je. Si je dois ramer, je veux savoir si le bateau prend l'eau ou pas. C'est la différence entre un flic salarié et moi. Lui n'a pas de questions à poser. C'est le privilège de l'indépendance.

Goering hocha la tête.

– J'admire les gens aux manières directes, fit-il. Et quand je dis que je vais faire quelque chose, je le fais et je le fais comme il faut. Je suppose qu'il est inutile de vous engager sans vous faire entièrement confiance. Mais vous devez comprendre, Herr Gunther, que cela vous impose certaines obligations. Si vous veniez à trahir ma confiance, vous le payeriez très cher.

Je n'en doutais pas un instant. Je dormais déjà tellement peu ces derniers temps que les quelques heures d'insomnie supplémentaires que me vaudrait la connaissance des petits secrets de Goering n'allaient pas aggraver notablement la situation. De toute façon, je ne pouvais plus reculer. Et il était probable qu'il y avait pas mal d'argent à la clé dans cette affaire. Or j'ai comme principe de ne pas laisser échapper une grosse somme d'argent quand elle est à ma portée. Il avala deux autres pilules roses. Il avait l'air de les prendre au rythme où je fumais mes cigarettes.

— Monsieur le Premier ministre, Rienacker vous dira que, lorsque nous nous sommes rencontrés dans votre appartement cet après-midi, il m'a demandé le nom de celui qui m'a chargé de récupérer le Rubens. J'ai refusé de le lui donner. Il m'a menacé de me l'extorquer par la force, mais je n'ai pas cédé.

— C'est exact, confirma Rienacker en se penchant en avant.

— Je traite tous mes clients sur le même pied, poursuivis-je. Discrétion et confidentialité garanties. Je ne resterais pas longtemps en activité si je dérogeais à cette règle.

Goering opina du chef.

— Merci de votre franchise, dit-il. Et maintenant, laissez-moi être franc à mon tour. Dans la bureaucratie du Reich, beaucoup de postes sont pourvus avec mon accord, de sorte qu'il arrive fréquemment qu'un ancien collègue ou une relation d'affaires me demandent une petite faveur. Je ne le leur reproche pas, et si je le peux, je les aide. Mais, naturellement, je leur demande une faveur en échange. Car c'est ainsi que marche le monde, n'est-ce pas ? Mes fonctions m'ont également permis de rassembler une mine de renseignements dans laquelle je puise pour faire aboutir mes projets. En effet, avec ce que je sais, il est plus facile de persuader les gens de partager mon point de vue. Et ce point de vue doit être le plus précis possible, et ce pour le bien de la Patrie. Même aujourd'hui, de nombreux membres du gouvernement et de l'administration ne sont pas d'accord avec ce que le Führer et moi-même avons défini comme prioritaire pour la croissance de l'Allemagne, afin que notre magnifique pays puisse assumer la place qui lui revient dans le monde.

Il marqua une pause, s'attendant peut-être à ce que je me lève d'un bond pour tendre le bras et entonner avec enthousiasme quelques strophes du *Horst Wessel Lied*. Mais je restai immobile, hochant patiemment la tête en attendant qu'il arrive au cœur du problème.

– Von Greis était l'instrument de ma volonté, susurra-t-il d'une voix veloutée, aussi bien que l'expression de mon point faible. Il était chargé de faire l'intermédiaire pour mes achats de tableaux, mais aussi de collecter des fonds à mon profit.

– Vous voulez dire que c'était un artiste de l'extorsion de fonds ?

Goering papillota des paupières en souriant.

– Herr Gunther, il est tout à votre crédit d'être si honnête, et si objectif, mais je vous prierai de ne pas franchir certaines limites. Je suis moi-même un homme impulsif, mais je n'en fais pas une vertu. Comprenez bien une chose : toute action se justifie si elle est accomplie pour le bien de l'État. Il faut parfois se montrer impitoyable. C'est Goethe, je crois, qui disait que l'on pouvait être soit vainqueur et dirigeant, soit sujet et perdant, que l'on devait souffrir à défaut de triompher, que l'on était soit le marteau, soit l'enclume. Me comprenez-vous ?

– Oui, monsieur, mais cela m'aiderait encore plus de savoir avec qui von Greis était en affaires.

Goering secoua la tête.

– Je ne peux pas vous le révéler. J'insiste encore une fois sur la discrétion et la confidentialité que requièrent cette affaire. Il vous faudra travailler dans le noir.

– Très bien, je ferai de mon mieux. Avez-vous une photo de ce monsieur ?

Il ouvrit un tiroir et en sortit un petit cliché qu'il me tendit.

– Cette photo a cinq ans, dit-il, mais il n'a pas beaucoup changé.

J'examinai le personnage. Comme beaucoup d'Allemands, ses cheveux clairs étaient coupés très court, à l'exception d'un ridicule accroche-cœur tombant sur son large front. Le visage, à la peau par endroits froissée comme un vieux paquet de cigarettes, était barré par une moustache passée à la cire qui le faisait ressembler à un de ces Junkers qu'on peut voir dans de vieux numéros de *Jugend*.

– Il a un tatouage au bras droit, ajouta Goering. Une aigle impériale.

– Très patriotique, dis-je.

Je glissai la photo dans ma poche et demandai une cigarette. L'un des aides me tendit la boîte en argent et me donna du feu avec son propre briquet.

– Je crois savoir que, selon la police, sa disparition aurait peut-être quelque chose à voir avec son homosexualité.

Je ne mentionnai pas l'information de Neumann selon laquelle le réseau de la Force allemande aurait assassiné un aristocrate. Tant que je ne l'avais pas vérifiée, il valait mieux garder cette carte pour plus tard.

– C'est fort possible en effet, admit Goering avec une certaine gêne. Il est exact que son homosexualité le conduisait parfois dans des endroits dangereux et, une fois au moins, lui a causé des ennuis avec la police. J'ai toutefois réussi à le tirer d'affaire. Mais Gehrard n'a pas tenu compte de cet avertissement. Il a même entamé une liaison avec un fonctionnaire haut placé, liaison que j'ai stupidement laissé continuer dans l'espoir qu'elle obligerait Gehrard à se montrer plus discret.

Je pris cette information avec des pincettes. À mon idée, il était beaucoup plus probable que Goering avait toléré cette liaison afin de compromettre Funk – un rival politique de petite envergure – pour ensuite le mettre dans sa poche. En admettant qu'il ne s'y trouvait pas déjà.

– Von Greis avait-il d'autres amants ?

Goering haussa les épaules et se tourna vers Rienacker. Celui-ci se redressa et dit :

– Aucun régulier, d'après ce que nous savons. Mais il est difficile de le dire avec certitude. Les pédés se cachent depuis la promulgation des Pouvoirs d'urgence, et la plupart de leurs boîtes, comme l'Eldorado, ont été fermées. Mais Herr von Greis se débrouillait pour avoir des liaisons passagères.

– Cela pourrait être une explication, dis-je. Il se peut que, lors d'une de ses randonnées nocturnes dans quelque bas-fond, ce monsieur ait été interpellé par les agents locaux de la Kripo, passé à tabac et envoyé aussitôt en KZ. Il se peut que plusieurs semaines s'écoulent avant que vous ne soyez au courant.

L'ironie de la situation ne m'échappait pas. Il était piquant d'évoquer la disparition de son serviteur avec l'homme responsable de tant d'autres disparitions. Je me demandais s'il en était également conscient.

– En toute objectivité, monsieur, et vu les circonstances actuelles, poursuivis-je, on doit se considérer comme chanceux lorsqu'on disparaît uniquement pour une ou deux semaines.

– Des recherches ont été entreprises dans cette direction, précisa Goering, mais vous avez raison d'évoquer cette possibilité. En dehors de cette piste, c'est désormais à vous de jouer. D'après les renseignements qu'a recueillis Rienacker sur votre compte, il semble que la recherche de personnes disparues soit votre spécialité. Mon assistant vous versera de l'argent et vous fournira tout ce qu'il vous faudra. Avez-vous d'autres questions ?

Je réfléchis quelques instants.

— J'aimerais mettre un téléphone sur écoute.

Je savais que le Forschungsamt (le Directorat de la recherche scientifique, installé dans les bâtiments de l'ancien ministère de l'Air), qui s'occupait de ce genre de choses, était placé sous le contrôle de Goering. On disait que Himmler lui-même devait obtenir l'autorisation de Goering pour mettre quelqu'un sur écoute. Je suspectai ce dernier d'utiliser cette facilité pour compléter les dossiers que lui avait légués Diels.

Goering sourit.

— Vous êtes bien informé, remarqua-t-il. Je n'y vois pas d'inconvénient, si vous le jugez utile. (Il se tourna alors vers un de ses assistants.) Vous vous en occuperez. Je veux que cette demande soit considérée comme prioritaire. Vous transmettrez à Herr Gunther une transcription quotidienne des communications.

— Bien, monsieur, fit l'assistant.

J'inscrivis les numéros concernés sur un morceau de papier et les lui remis. Puis Goering se leva.

— Ceci est votre affaire la plus importante, dit-il en me posant légèrement la main sur l'épaule, pour me raccompagner à la porte tandis que Rienacker nous suivait à distance respectueuse. Et si vous la résolvez, vous pourrez compter sur ma générosité.

Et si j'échouais ? Pour l'instant, je préférais oublier cette possibilité.

12

Je regagnai mon appartement à l'aube. Dans les rues,
la brigade anti-graffiti s'employait à effacer avant le lever
du jour les slogans tracés durant la nuit par les militants
du KPD : « Front rouge vaincra ! » ou « Vive Thaelman !
Vive Toergler ! »

Il n'y avait pas deux heures que j'avais fermé l'œil que
je fus tiré de mes rêves par un vacarme de sirènes et de
coups de sifflets. C'était un exercice d'alerte aérienne.

J'enfouis la tête sous mon oreiller, essayant d'ignorer le
responsable de secteur qui tambourinait à ma porte, mais
je savais qu'il faudrait justifier plus tard mon absence,
et que, faute d'explication valable, j'écoperais d'une
amende.

Une demi-heure plus tard, lorsque les sirènes et les sifflets signalèrent la fin de l'exercice, il me parut inutile de
retourner au lit. J'achetai donc un litre de lait et me préparai une énorme omelette.

Inge arriva au bureau peu après 9 heures. Elle s'assit en
face de moi pendant que je terminais la rédaction des derniers renseignements glanés sur mes affaires en cours.

– Avez-vous vu votre ami ? lui demandai-je au bout
d'un moment.

– Nous sommes allés au théâtre.

– Oui ? Et qu'avez-vous vu ?

Je m'aperçus que je voulais tout savoir de leur soirée,
y compris des détails qui n'avaient rien à voir avec Paul
Pfarr.

– *Le Garçon de courses*. C'était assez mauvais, mais
Otto a semblé apprécier. Il a même insisté pour payer ma
place.

– Qu'avez-vous fait ensuite ?

– Nous sommes allés à la brasserie Baarz. Un endroit affreux, bourré de nazis. Tout le monde se levait et saluait le poste de radio quand on entendait le *Horst Wessel Lied* ou *Deutschland über Alles*. J'ai dû faire comme les autres, pourtant, je déteste ce salut hitlérien. J'ai l'impression de héler un taxi. Otto a beaucoup éclusé et il est devenu très loquace. J'ai pas mal bu moi aussi, c'est pourquoi je me sens un peu vaseuse ce matin. (Elle alluma une cigarette.) Otto m'a dit ne pas très bien connaître Pfarr. Pfarr était à peu près autant apprécié au DAF qu'un caillou dans une chaussure ; ce n'est pas étonnant puisqu'il était chargé d'enquêter sur la corruption et la fraude au sein de l'Union du travail. Son enquête a provoqué l'arrestation de deux trésoriers du Syndicat des transports, qui ont été envoyés en KZ : le président du comité d'achat de l'imprimerie Ullstein, dans Kochstrasse, a été inculpé de détournement de fonds et exécuté ; Rolf Togotzes, trésorier du Syndicat des métallurgistes, a été expédié à Dachau ; et la liste n'est pas finie. Paul Pfarr s'était fait un nombre considérable d'ennemis. Il semble qu'on ne l'ait pas beaucoup pleuré au DAF quand on a appris sa mort.

– Avez-vous découvert sur quoi il travaillait au moment de sa mort ?

– Non. Il était toujours très discret sur ses activités. Il travaillait avec des indicateurs jusqu'à ce qu'il ait amassé suffisamment de preuves pour établir une accusation.

– Travaillait-il seul au DAF, ou avec des collègues ?

– Sa seule collaboratrice était une sténographe, Marlene Sahm. Elle a tapé dans l'œil de ce cher Otto, et il l'a invitée plusieurs fois à sortir avec lui. Ça n'a pas débouché sur grand-chose. Le pauvre, il aura passé sa vie à déboucher sur rien… Mais il se souvenait de son adresse. (Inge ouvrit son sac et feuilleta un petit carnet.) Nollendorfstrasse, numéro 23. Elle saura probablement sur quoi travaillait Pfarr.

– Votre ami Otto m'a tout l'air d'un homme à femmes.

Inge éclata de rire.

– C'est exactement ce qu'il m'a dit à propos de Pfarr. Il était presque sûr que Pfarr trompait sa femme et qu'il avait une maîtresse. Il l'a vu plusieurs fois dans une boîte de nuit avec la même femme. Il paraît que Pfarr était tout gêné d'être découvert. D'après Otto, elle était très belle, mais habillée de manière un peu trop voyante. Il ne se souvient pas de son nom, mais c'est quelque chose comme Vera ou Eva.

– A-t-il mis la police au courant ?

– Non. Ils ne lui ont rien demandé, et comme il préfère ne pas avoir affaire à la Gestapo…

– Vous voulez dire qu'ils ne l'ont même pas interrogé ?

– Apparemment non.

Je secouai la tête.

– Je me demande à quoi ils jouent. (Je restai silencieux une minute avant d'ajouter :) À propos, merci d'avoir accepté de le sonder. J'espère que cela n'a pas été trop désagréable.

Elle fit non de la tête.

– Et vous, qu'avez-vous fait ? s'enquit-elle. Vous avez l'air fatigué.

– J'ai travaillé tard. Et je n'ai pas beaucoup dormi. J'ai été réveillé par un de ces foutus exercices d'alerte.

Je me massai le crâne pour le faire revenir à la vie. Je ne lui parlai pas de Goering. Elle n'avait pas à en savoir plus qu'il n'était nécessaire. C'était plus prudent.

Ce matin-là, elle portait une robe de coton vert sombre avec un col à godets et des poignets de dentelle blanche. Durant un bref moment, je m'abandonnai à une délicieuse rêverie où je lui soulevais sa robe, puis me familiarisais avec la courbe de ses fesses et la profondeur de son sexe.

– Cette fille, la maîtresse de Pfarr. Irons-nous la voir ? demanda Inge.

Je secouai la tête.

— Les flics l'apprendraient et je ne veux pas leur faire cette faveur. Ils sont sur les dents pour la trouver, inutile de leur faciliter le boulot.

Je décrochai mon téléphone et communiquai à l'opératrice le numéro personnel de Six. Ce fut Farraj, le maître d'hôtel, qui répondit.

— Bernhard Gunther à l'appareil. Puis-je parler à Herr Six ou à Herr Haupthändler ?

— Navré, monsieur, ils sont en réunion à l'extérieur ce matin. Ensuite je crois qu'ils doivent assister à la cérémonie d'ouverture des Jeux olympiques. Puis-je transmettre un message à l'un ou à l'autre ?

— Oui, aux deux. Dites-leur que j'approche.

— Ce sera tout, monsieur ?

— Oui, ils comprendront. Mais dites-leur bien à tous les deux, je vous prie, Farraj.

— Entendu, monsieur.

Je reposai le téléphone.

— Parfait, dis-je. C'est le moment d'y aller.

Le trajet en U-Bahn jusqu'au zoo nous coûta 10 pfennigs. La station du zoo avait été spécialement repeinte pour les Olympiades, et l'on avait même redonné une couche de blanc aux maisons qui l'entouraient. Mais au-dessus de la ville, au-dessus même du dirigeable *Hindenburg* qui sillonnait le ciel de la capitale en remorquant un grand drapeau olympique, s'amassaient de gros nuages menaçants. Tandis que nous émergions de la station, Inge leva la tête et remarqua :

— Ça leur ferait les pieds s'il pleuvait cet après-midi. Et même pendant les quinze jours des Jeux !

— C'est la seule chose qu'ils ne puissent pas contrôler, dis-je alors que nous atteignions l'extrémité de Kurfürstenstrasse. Et maintenant, ma chère Inge, je vais profiter de l'absence de Herr Haupthändler pour visiter son appartement. Vous m'attendrez au restaurant Aschinger.

Commettre une effraction est un délit grave, ajoutai-je comme elle faisait mine de protester, et je ne veux pas que vous soyez là si les choses venaient à mal tourner. Compris ?

Elle fronça les sourcils, puis hocha la tête.

— Espèce de brute, marmonna-t-elle tandis que je m'éloignais.

Le numéro 120 était un immeuble d'appartements luxueux répartis sur cinq étages. Je m'attendais à y trouver des portes de bois sombre si amoureusement vernies qu'on aurait pu les utiliser comme miroirs dans les vestiaires d'un orchestre de jazz noir. Je signalai ma présence au gardien en actionnant l'énorme heurtoir de cuivre en forme d'étrier. Le nabot était aussi vif qu'une limace camée jusqu'aux oreilles. Je brandis devant ses petits yeux chassieux le laissez-passer que j'avais acquis chez le brocanteur juif, annonçai « Gestapo ! » d'un ton péremptoire, le repoussai sans ménagement et pénétrai dans le hall. Le larbin suait la trouille par chacun de ses pores encrassés.

— Où se trouve l'appartement de Herr Haupthändler ?

Lorsqu'il réalisa que je n'étais pas venu l'arrêter pour l'envoyer en KZ, il se détendit quelque peu.

— Au deuxième étage, appartement cinq. Mais il n'est pas chez lui.

Je claquai des doigts.

— Donnez-moi votre passe.

Sans hésiter une seule seconde, il exhiba un petit trousseau dont il défit une des clés que j'arrachai de ses doigts tremblants.

— Si Herr Haupthändler revient, faites sonner le téléphone une fois et raccrochez aussitôt. C'est clair ?

— Oui, monsieur, fit-il en déglutissant bruyamment.

L'appartement de Haupthändler était un immense duplex aux portes cintrées. Le parquet étincelant était jonché d'épais tapis d'Orient. Tout était si impeccablement propre et rangé que l'on avait du mal à imaginer que quelqu'un vivait ici. La chambre était meublée de deux vastes lits jumeaux, d'une table de toilette et d'un pouf, le tout dans une harmonie de pêche, de vert jade et de beige, avec une prédominance pêche. L'ensemble me déplut. Sur chacun des lits se trouvait une valise ouverte et, par terre, plusieurs sacs en papier provenant de grands magasins comme C & A, Grunfeld, Gerson ou Tietz. Je jetai un coup d'œil dans les valises. La première appartenait visiblement à une femme. Je constatai avec surprise que pratiquement tout ce qu'elle contenait paraissait neuf. Certains vêtements portaient encore leur étiquette, et la semelle impeccable des chaussures indiquait qu'elles n'avaient jamais été portées. L'autre valise au contraire, que je présumai appartenir à Haupthändler, ne contenait rien de neuf à part quelques sous-vêtements et accessoires de toilette. Je ne vis pas de collier de diamants. En revanche, dans une pochette qui se trouvait sur la coiffeuse, je découvris, réservés pour le lundi après-midi suivant, deux billets aller-retour de la Lufthansa à destination de l'aéroport de Croydon, près de Londres. Les billets étaient établis aux noms de Herr et Frau Teichmüller.

Avant de quitter l'appartement, j'appelai l'hôtel Adlon. Je remerciai Hermine d'avoir confirmé l'histoire de la princesse Mushmi. J'ignorais si les hommes de Goering avaient mis la ligne sur écoute. Je n'entendis aucun grésillement suspect, ni écho dans la voix de Hermine, mais je savais que si notre conversation était interceptée, on m'en fournirait la transcription le soir même. C'était un moyen aussi valable qu'un autre de vérifier jusqu'où allait la bonne foi du Premier ministre dans sa volonté de coopération.

Je quittai l'appartement et redescendis au rez-de-chaussée. Le gardien émergea de son bureau et récupéra son passe.

– Personne ne doit être au courant de ma visite. Sinon, vous aurez de graves ennuis. C'est bien compris ?

Il opina en silence. Je le saluai fièrement de mon bras tendu. Les hommes de la Gestapo ne le font jamais, préférant rester aussi discrets que possible, mais je tenais à souligner mon effet.

– Heil Hitler, dis-je.

– Heil Hitler, répéta le gardien qui, dans son affolement, en lâcha le trousseau de clés.

– Nous avons jusqu'à lundi soir pour éclaircir cette histoire, dis-je en m'asseyant à la table où était installée Inge. (Je la mis rapidement au courant de mes découvertes.) C'est étrange : tout ce qui était dans la valise de la femme était neuf.

– Votre Herr Haupthändler m'a l'air de savoir s'occuper d'une femme.

– Mais *tout* était neuf. Le porte-jarretelles, le sac à main, les chaussures. Pas un seul vêtement n'avait été porté. Comment expliquez-vous ça ?

Inge haussa les épaules. Elle était encore dépitée d'avoir été exclue de ma petite expédition.

– Peut-être qu'il a changé de boulot et qu'il vend de la lingerie au porte-à-porte.

Je levai les sourcils.

– Bon, d'accord, reprit-elle. Peut-être, tout simplement, que la femme qu'il emmène à Londres n'a pas de vêtements corrects.

– On dirait plutôt que cette femme n'a pas de vêtements du tout, dis-je. C'est plutôt rare, non ?

– Bernie, vous n'aurez qu'à passer chez moi. Je vous montrerai à quoi ressemble une femme sans vêtements.

Durant un bref instant, je caressai cette idée.

– Non, repris-je, je suis convaincu que la compagne mystérieuse de Haupthändler a entièrement renouvelé sa garde-robe pour ce voyage. Comme une femme sans passé.

— Ou bien, renchérit Inge, une femme repartant de zéro.

L'hypothèse prenait forme dans son esprit au fur et à mesure qu'elle parlait. Elle ajouta avec une conviction raffermie :

— Une femme qui a dû couper tous les liens avec son ancienne existence. Une femme qui n'a même pas eu le temps de passer prendre ses affaires chez elle. Non, ça ne colle pas. Elle aurait eu jusqu'à lundi soir pour le faire. Alors, peut-être a-t-elle peur de rentrer chez elle, parce que quelqu'un l'attend.

J'approuvai son raisonnement de vigoureux hochements de tête et fus sur le point de le poursuivre, mais elle me devança.

— Et si cette femme était la maîtresse de Pfarr, celle que la police recherche ? La fameuse Vera, Eva ou Dieu sait qui ?

— Haupthändler serait embarqué dans cette histoire avec elle ? dis-je d'un ton songeur. Pourquoi pas ? Cela tiendrait debout. Peut-être Pfarr a-t-il voulu rompre avec sa maîtresse lorsque sa femme est tombée enceinte. Il est connu que la perspective de la paternité ramène bien des hommes dans le droit chemin. Mais cela contrarie les projets de Haupthändler à l'égard de la femme de Pfarr. Peut-être lui et cette mystérieuse Eva se sont-ils alors consolés en se jetant dans les bras l'un de l'autre, décidant par la même occasion de se faire un peu d'argent. Il n'est pas impossible que Pfarr ait parlé à sa maîtresse des bijoux de sa femme.

Je me levai et finis mon verre.

— Peut-être Haupthändler cache-t-il Eva quelque part.

— Ce qui fait trois « peut-être ». Je n'en supporte pas plus avant un repas, sinon ça me coupe l'appétit, fis-je en consultant ma montre. Allons-y, nous réfléchirons en chemin.

— Où allons-nous ?

– Au Kreuzberg.

Elle brandit sous mes yeux un doigt à l'ongle impeccablement manucuré.

– Et cette fois, ne comptez pas me mettre à l'écart pendant que vous vous amuserez. Compris ?

Je souris en haussant les épaules.

– Compris.

Le Kreuzberg, le « mont de la Croix », donnant son nom au quartier qui l'entoure, s'élève au sud de la ville, dans le parc Viktoria, tout près de l'aéroport de Tempelhof. C'est là que les artistes berlinois vendent leurs peintures. À un pâté de maisons du parc, Chamissoplatz est délimitée par de hauts immeubles dont les façades grises ressemblent aux murs d'une forteresse. La pension Tillessen occupait le coin du numéro 17, mais avec ses volets fermés recouverts d'affiches du Parti et de graffiti du KPD, elle semblait n'avoir accueilli aucun client depuis que Bismarck s'était laissé pousser la moustache. La porte était verrouillée. Je me penchai pour jeter un coup d'œil par la fente de la boîte aux lettres, mais il n'y avait pas signe de vie à l'intérieur.

Juste à côté, sous la plaque d'un certain Heinrich Billinger, comptable « allemand », un livreur de charbon entassait des briquettes de teinte brunâtre sur un plateau ajouré. Je lui demandai depuis quand la pension était fermée. Il essuya la suie qui lui collait au front et cracha en tentant de se souvenir.

– Ça n'a jamais été une pension ordinaire, finit-il par dire.

Il jeta un regard hésitant à Inge, et poursuivit en choisissant soigneusement ses mots.

– Plutôt une maison de mauvaise réputation. Pas vraiment une maison close, mais un endroit où une prostituée pouvait monter avec un client. J'ai vu des types en sortir il y a une quinzaine de jours. Le patron ne se faisait pas livrer régulièrement du charbon, juste un plateau de temps en temps. Mais pour vous dire quand ça a fermé, alors là… Si c'est fermé, remarquez bien, parce qu'il ne faut pas se fier à son état. Autant que je m'en souvienne, ça a toujours été comme ça.

Suivi d'Inge, je fis le tour de la maison. Nous tombâmes dans une étroite ruelle pavée, bordée de garages et de débarras. Des chats errants faméliques montaient la garde au sommet des murets de brique; un vieux matelas aux ressorts défoncés gisait en travers d'une porte. On avait tenté de le brûler, et cela me remit en mémoire les photos du lit carbonisé des Pfarr qu'Illmann m'avait montrées. Nous nous arrêtâmes devant ce que je pensai être le garage de la pension. Je jetai un coup d'œil à travers une vitre sale, mais on ne voyait goutte à l'intérieur.

— Je reviens vous chercher dans deux minutes, dis-je en escaladant le tuyau de descente jusqu'au toit de tôle.

— Vous avez intérêt ! rétorqua-t-elle.

Je traversai le toit rouillé à quatre pattes, de peur de passer à travers si je concentrais mon poids au même endroit. Arrivé au bout du toit, je découvris une petite cour ménagée entre la pension et le garage. La plupart des fenêtres des chambres étaient voilées de dentelle crasseuse. Je ne voyais toujours personne. Je cherchai un moyen de descendre, mais il n'y avait aucune gouttière, et le mur séparant la cour de la maison du comptable était trop bas pour être d'aucune utilité. Heureusement, l'arrière de la pension masquait la vue du garage à quiconque aurait pu par ennui lever les yeux de ses mornes colonnes de chiffres. Il n'y avait donc pas d'autre possibilité que de me laisser tomber au sol, quatre mètres plus bas. Je sautai. Durant de longues minutes, la plante de mes pieds m'élança aussi douloureusement que si on les avait frappés à coups de matraque. De ce côté, le garage n'était pas fermé et, à part un tas de vieux pneus, il était vide. J'ouvris le double battant donnant sur la ruelle, fis entrer Inge et refermai le loquet. Durant quelques instants, nous restâmes immobiles dans la pénombre, et je faillis l'embrasser. Mais il y a des endroits plus appropriés pour embrasser une jolie fille qu'un garage abandonné de Kreuzberg.

Nous traversâmes la cour, et je tournai la poignée de la porte de la pension. Elle était verrouillée.

– Et maintenant? demanda Inge. Vous avez votre passe?

– Toujours, fis-je en ouvrant la porte d'un coup de pied.

– Très discret, fit-elle. Vous avez apparemment décidé qu'il n'y avait personne.

Je lui souris.

– Quand j'ai regardé par la boîte aux lettres tout à l'heure, j'ai vu du courrier sur le paillasson. (J'entrai. Ne l'entendant pas me suivre, je me retournai vers elle.) N'ayez pas peur. Il n'y a personne. Et depuis un bout de temps, à mon avis.

– Dans ce cas, pourquoi rester?

– Pour jeter un petit coup d'œil, voilà tout.

– À vous entendre, on se croirait dans un grand magasin, dit-elle en me suivant dans le couloir obscur.

Le seul son audible était le bruit de nos pas, les miens bruyants et décidés, les siens hésitants et feutrés.

Le couloir débouchait sur une vaste et malodorante cuisine. Des piles d'assiettes sales s'entassaient dans tous les coins. Des reliefs de viande et de fromage pourris jonchaient la table. Un insecte repu bourdonna à mon oreille. À peine avais-je fait un pas à l'intérieur que la puanteur devint intolérable. Derrière moi, j'entendis Inge réprimer un haut-le-cœur. Je fonçai vers la fenêtre et l'ouvris en grand. Nous aspirâmes avec soulagement quelques bouffées d'air pur, puis mon regard tomba sur des papiers éparpillés par terre devant le poêle. La porte de l'incinérateur était ouverte. Je me penchai: l'intérieur était bourré de papiers à moitié consumés.

– Voyez ce que vous pouvez récupérer, dis-je à Inge. On dirait que quelqu'un avait hâte de les faire disparaître.

– Que dois-je chercher ?

– Commencez par ce qui est lisible, vous ne pensez pas ?

– Et vous, qu'allez-vous faire ?

– Je vais voir en haut. (Je désignai le monte-plats.) Si vous avez besoin, appelez-moi par le conduit.

Elle acquiesça tout en relevant ses manches.

En haut, mais en réalité au niveau de la porte donnant sur Chamissoplatz, le désordre était pire encore. Les tiroirs du bureau avaient été vidés et leur contenu éparpillé sur le tapis, usé jusqu'à la corde. Toutes les portes de placards avaient été retirées de leurs gonds. Ce spectacle me rappela celui de l'appartement de Goering, dans Derfflingerstrasse. On avait arraché le parquet des chambres et sondé les cheminées avec un manche à balai. J'entrai ensuite dans la salle à manger. La tapisserie blanche des murs était maculée de sang, et une flaque sombre de la taille d'une assiette avait séché sur le tapis. Sentant sous mon pied quelque chose de dur, je me penchai et ramassai ce que je pris d'abord pour une balle de pistolet. Je m'aperçus que c'était un simple cylindre de plomb souillé de sang. Je le fis sauter dans ma paume et l'empochai.

Le rebord en bois du monte-plats était lui aussi rouge de sang. Je me penchai dans le conduit pour appeler Inge, mais je fus pris d'un violent haut-le-cœur et faillis vomir, l'estomac retourné par l'odeur de putréfaction qui s'en dégageait. Je reculai en titubant. Quelque chose avait pourri dans le monte-plats, et ce n'était pas un plateau de petit déjeuner. Me couvrant le nez et la bouche de mon mouchoir, je repassai la tête à l'intérieur et regardai en bas. Le monte-plats était arrêté entre les deux étages. Je levai les yeux et vis que la corde avait été coincée dans la poulie à l'aide d'un morceau de bois. Je m'assis sur le rebord, passai le buste dans le conduit et, tendant le bras, parvins à ôter la cale. La corde se déroula à toute vitesse et le plateau alla s'écraser au niveau de la cuisine avec un choc sourd. J'entendis Inge pousser une exclamation de surprise, puis, aussitôt après, un long hurlement de terreur.

Je sortis précipitamment de la salle à manger, dévalai l'escalier jusqu'au sous-sol et la trouvai dans le couloir, se retenant au mur pour ne pas tomber.

– Ça va aller ?

Elle déglutit avec peine.

– C'est horrible…

– Mais quoi donc ? dis-je en entrant dans la cuisine.

J'entendis Inge me dire : « N'allez pas voir ça, Bernie. » Mais c'était trop tard.

Le corps était recroquevillé sur le monte-plats, tel un casse-cou s'apprêtant à franchir les chutes du Niagara dans un tonneau de bière. Tandis que je le regardais, la tête me parut bouger, et je mis un moment à réaliser qu'elle grouillait de vers. Un masque mouvant et luisant d'asticots dévorait le visage noirci. J'avalai plusieurs fois ma salive. Me couvrant de nouveau le bas du visage avec mon mouchoir, je fis quelques pas pour examiner le corps de plus près, suffisamment près pour percevoir, léger comme le souffle de la brise agitant un feuillage humide, le bruissement de centaines de mandibules affamées. D'après le peu que je connaissais en matière de médecine légale, je savais que, aussitôt après la mort, les mouches pondaient non seulement dans les parties molles et humides d'un cadavre, tels les yeux ou la bouche, mais aussi sur des blessures ouvertes. Dans ce cas précis, vu le nombre d'asticots se démenant sur la partie supérieure du crâne et la tempe droite, il paraissait plus que probable que la victime avait été battue à mort. D'après les vêtements, il s'agissait d'un homme et, vu la qualité de ses chaussures, d'un homme riche. Je glissai ma main dans la poche droite de sa veste, que je retournai comme un gant. De la menue monnaie et des bouts de papier chiffonnés en tombèrent, mais rien qui puisse l'identifier. Je tâtai le tissu à hauteur de la poche intérieure. Elle me parut vide. Pour m'en assurer, il aurait fallu que je glisse la main entre les genoux et la tête grouillante. J'y renonçai. Je reculai vers la fenêtre pour respirer à pleins poumons lorsqu'une idée me vint à l'esprit.

– Que faites-vous, Bernie? s'enquit Inge d'une voix à présent plus assurée.

– Restez où vous êtes, dis-je. Je n'en ai plus pour long-temps. J'essaie de savoir qui est notre ami.

Elle inspira profondément, puis craqua une allumette pour fumer. Je dénichai une paire de ciseaux de cuisine, retournai près du monte-plats et découpai, du poignet au coude, la manche de l'inconnu. Tel un gros insecte noir qui aurait délaissé le festin des asticots pour se régaler en solitaire d'une portion plus tendre, le tatouage était encore clairement visible sur la peau mi-verdâtre mi-violacée sur laquelle se détachaient les marbrures bleues des veines. Je n'ai jamais compris pourquoi certains individus se font tatouer. Il y a pourtant bien d'autres choses à faire dans la vie que de défigurer son propre corps. Mais c'est un moyen inégalable pour identifier quelqu'un, et je son-geai que avant longtemps, chaque citoyen allemand allait devoir se faire tatouer. Pour l'instant, en tout cas, l'aigle impériale que j'avais sous les yeux identifiait Gehrard von Greis aussi sûrement que s'il m'avait tendu sa carte du Parti et son passeport.

Inge passa la tête dans l'encoignure de la porte.

– Vous avez trouvé?

Je roulai ma manche et passai le bras dans l'incinéra-teur.

– Oui, répondis-je en tâtonnant dans la cendre.

Mes doigts touchèrent quelque chose de long et de dur. Je sortis l'objet et l'examinai. Il avait à peine été entamé par les flammes. Ce genre de bois-là ne brûlait pas facilement. Son extrémité la plus large était fendue, révélant un poids en plomb encore en place et, juste à côté, la cavité d'où provenait le cylindre que j'avais trouvé sur le tapis de la salle à manger.

– C'est Gehrard von Greis. Un racketteur de haut vol. Il n'aura plus l'occasion de faire chanter quiconque. Quelqu'un lui a fait des frisettes avec ça.

– Qu'est-ce que c'est ?

– Un morceau de queue de billard, dis-je en le rejetant dans le poêle.

– Nous devrions peut-être prévenir la police.

– Nous n'avons pas le temps de les aider. Pas pour l'instant, en tout cas. Nous perdrions tout notre week-end à répondre à des questions idiotes.

Je songeai aussi qu'une ou deux journées supplémentaires au tarif de Goering m'arrangeraient bien, mais je gardai cette réflexion pour moi.

– Et lui, que va-t-on en faire ?

Je tournai la tête vers le cadavre grouillant, puis haussai les épaules.

– Lui, il a tout son temps, dis-je. Et puis ce serait dommage de gâcher ce petit pique-nique, non ?

Nous rassemblâmes les bouts de papier intacts qu'Inge avait récupérés dans le poêle, puis nous prîmes un taxi pour retourner au bureau. Je nous servis deux grands cognacs. Inge but avidement le sien, tenant le verre des deux mains comme un enfant avalant une limonade. Je m'assis près d'elle et, passant mon bras autour de ses épaules tremblantes, tentai de la réconforter. J'eus l'impression que la mort de von Greis nous poussait irrésistiblement l'un vers l'autre.

– Je n'ai pas l'habitude de voir des cadavres, dit-elle avec un sourire embarrassé. Surtout des cadavres décomposés servis sur un plateau.

– Oui, ça a dû être un choc terrible pour vous. Je suis désolé. Je dois admettre qu'il faisait un peu négligé.

Elle eut un frisson.

– On a de la peine à croire que c'était le corps d'un être humain. On aurait dit… une sorte de légume, comme un sac de patates pourries.

Réprimant la tentation de faire une seconde plaisanterie douteuse, je me dirigeai vers mon bureau et étalai devant moi les bouts de papiers aux bords noircis provenant du poêle de la pension Tillessen. Il s'agissait pour la plupart de fragments de factures, mais j'en remarquai un, à peine détérioré, qui me parut fort intéressant.

– Qu'est-ce que c'est ? demanda Inge.

Je saisis le papier entre le pouce et l'index.

– Une fiche de paie. (Elle se leva et s'approcha.) Elle était établie par la Gesellschaft Autobahnen au nom d'un de ses ouvriers travaillant à la construction d'autoroutes.

– Comment s'appelle-t-il ?

– C'est un certain Hans Jürgen Bock. Or ce type était encore récemment en taule avec Kurt Mutschmann, un perceur de coffres.

– Et vous soupçonnez ce Mutschmann d'avoir ouvert le coffre des Pfarr, n'est-ce pas ?

– Lui et Bock appartiennent au même réseau, dont faisait également partie Tillessen, le propriétaire du pseudo-hôtel que nous venons de visiter.

– Mais alors, s'ils appartiennent à un réseau, pourquoi Bock travaille-t-il sur les autoroutes ?

– Bonne question ! dis-je, et je haussai les épaules. Qui sait, peut-être a-t-il décidé de se racheter une conduite… Quoi qu'il en soit, nous devons avoir une petite conversation avec lui.

– Peut-être pourra-t-il nous dire où trouver Mutsch-mann.

– C'est possible.

– Et Tillessen.

Je secouai la tête.

– Tillessen est mort, fis-je. Von Greis a été battu à mort avec une queue de billard cassée. Or, il y a quelques jours, j'ai vu l'autre moitié de cette canne à la morgue de la police. On l'avait enfilée dans le nez de Tillessen jusqu'à lui perforer le cerveau.

Inge fit une grimace de dégoût.

– Et comment savez-vous qu'il s'agissait de Tillessen ?

– Je n'en suis pas certain, admis-je. Mais je sais que Mutschmann se cache, et que, à sa sortie de prison, il est allé chez Tillessen. À mon avis, Tillessen n'aurait pas laissé un cadavre pourrir chez lui sans une raison majeure. D'après ce que je sais, la police n'est pas encore parvenue à identifier le cadavre de la morgue de façon formelle, c'est pourquoi je soupçonne fortement qu'il s'agit de celui de Tillessen.

– Et pourquoi pas celui de Mutschmann ?

– Parce que je ne le pense pas. Il y a deux jours, mon informateur m'a appris qu'un contrat avait été lancé sur Mutschmann juste après qu'on eut repêché dans le Landwehrkanal le cadavre à la queue de billard dans les narines. Non, ce ne peut être que Tillessen.

– Et von Greis ? Faisait-il partie du réseau ?

– Pas de celui-ci, d'un autre, et beaucoup plus puissant. Il travaillait pour Goering. Toujours est-il que je ne m'explique pas pourquoi il se trouvait dans ce boui-boui.

Je fis rouler une gorgée de cognac contre mon palais puis, après l'avoir avalée, je pris le téléphone et appelai les bureaux du Reichsbahn. On me passa le service des paies.

– Rienacker à l'appareil, dis-je. Inspecteur Rienacker de la Gestapo. Il me faudrait immédiatement les coordonnées d'un ouvrier des autoroutes du nom de Hans Jürgen Bock. Références de sa fiche de paie : 30-4-232564. Il peut nous aider à arrêter un ennemi du Reich.

– Entendu, fit humblement le fonctionnaire. Que voulez-vous savoir exactement ?

– Eh bien, s'il travaille aujourd'hui, et sur quelle portion d'autoroute.

– Si vous voulez bien patienter une minute, je vais consulter les registres.

Plusieurs minutes s'écoulèrent.

– Jolie petite mise en scène, remarqua Inge.

Je couvris le micro de ma paume.

– Un brave type. Il doit se demander comment éviter de répondre à quelqu'un de la Gestapo.

L'employé revint au bout du fil et m'annonça que Bock travaillait à l'extérieur du Grand Berlin, sur la section Berlin-Hanovre.

– Ils sont entre Brandenburg et Lehnin. Le mieux est de contacter le bureau du chantier, à deux kilomètres avant Brandenburg et à environ soixante-dix kilomètres de Berlin. Vous allez d'abord à Potsdam, ensuite vous prenez Zeppelin Strasse, et après une quarantaine de kilomètres, vous prenez l'autoroute A à Lehnin.

– Merci, dis-je. Pensez-vous qu'il travaille aujourd'hui ?

– Je ne sais pas, répliqua-t-il. Beaucoup d'ouvriers travaillent le samedi, mais même s'il ne travaille pas, vous le trouverez certainement dans les baraques du chantier. Ils sont logés sur place, vous comprenez.

– Vous m'avez été très utile, dis-je avant d'ajouter dans le style pompeux qu'affectionnent les officiers de la Gestapo : Je signalerai votre efficacité à vos supérieurs.

13

– C'est typique de ces abrutis de nazis! persifla Inge.
On construit les routes du Peuple avant de produire la voiture du Peuple.

Nous roulions sur la voie express Avus en direction de
Potsdam. Inge faisait allusion à la voiture patronnée par
la Force par la joie, la KdF-Wagen[1] dont la sortie avait
été annoncée et remise à de nombreuses reprises. Le sujet
paraissait lui tenir à cœur.

– Si vous voulez mon avis, c'est mettre la charrue
devant les bœufs. C'est vrai, non? Qui va utiliser ces
autoroutes gigantesques? Les routes actuelles suffisent
amplement, surtout avec le nombre de voitures qu'il
y a en Allemagne. Un de mes amis, un ingénieur, m'a
raconté qu'ils construisaient une autoroute à travers le couloir de Dantzig, et qu'une autre était prévue à travers la
Tchécoslovaquie. Dites-moi un peu à quoi pourront servir
toutes ces autoroutes, sinon à déplacer des troupes?

Je m'éclaircis la gorge avant de lui répondre. Cela me
donna quelques secondes pour réfléchir à la question.

– Je ne vois pas en quoi les autoroutes pourraient être
d'une quelconque utilité militaire, d'autant qu'il n'y en a
aucune à l'ouest du Rhin, en direction de la France. Vous
savez, sur une longue ligne droite parfaitement dégagée,
un convoi ferait une cible parfaite pour des avions.

Cette dernière remarque m'attira un rire moqueur.

– C'est précisément pourquoi ils construisent la
Luftwaffe : pour protéger les convois.

– Peut-être bien, dis-je en haussant les épaules. Mais
si vous cherchez la raison pour laquelle Hitler construit
toutes ces routes, il y en a une bien plus simple. C'est un

---

1. KdF : *Kraft durch Freude*, la Force par la Joie. Cette voiture
sera la Volkswagen.

moyen efficace de faire baisser le nombre des chômeurs. Un citoyen percevant une aide de l'État risque de se la voir retirer s'il refuse d'aller travailler sur les autoroutes. Alors il est obligé d'accepter. C'est peut-être ce qui est arrivé à Bock.

— Vous devriez aller voir ce qui se passe à Wedding ou à Neukölln, un de ces jours, rétorqua-t-elle.

Ces deux quartiers étaient les derniers bastions d'influence du KPD à Berlin.

— Oui, je sais, dis-je. Là-bas, tout le monde connaît les conditions de travail lamentables et les paies dérisoires pratiquées sur les chantiers d'autoroutes. Je suis sûr que beaucoup d'entre eux préfèrent ne pas demander d'allocations de chômage plutôt que d'être contraints ensuite d'aller y travailler.

Nous arrivions à Potsdam par la Neue Königstrasse. Potsdam... Un écrin sacré dont les vieux habitants allument les bougies en souvenir des jours glorieux de la Patrie et de leur jeunesse. Potsdam, le cœur agonisant de la vieille Prusse. On s'y croirait plus en France qu'en Allemagne. La ville entière a l'air d'un musée. On y perpétue avec ferveur le langage et les manières de l'ancien temps, le conservatisme y est absolu et les vitres des maisons sont aussi impeccablement propres que le verre protégeant les portraits du Kaiser.

À environ deux kilomètres, sur la route de Lehnin, le pittoresque cédait brusquement la place au chaotique. Autrefois l'un des plus beaux paysages autour de Berlin, la vallée que traverserait désormais l'autoroute Lehnin-Brandenburg n'était plus qu'une plaie de terre brune éventrée par d'énormes machines. Peu avant Brandenburg, je me rangeai près d'un groupe de cahutes en bois à côté desquelles étaient garés plusieurs véhicules de chantier. Je demandai à un ouvrier de m'indiquer le bureau du contremaître. Il désigna un homme debout à quelques mètres de là.

— Si vous cherchez le contremaître, il est là.

Je le remerciai et garai la voiture. Nous descendîmes.

Le contremaître était un homme de taille moyenne, trapu, au visage rubicond dont le ventre, plus rond que celui d'une femme sur le point d'accoucher, débordait de son pantalon comme le sac à dos d'un alpiniste. Il nous regarda nous approcher et, comme s'il s'apprêtait à une altercation, il remonta son pantalon, essuya sa joue mal rasée d'une main de la taille d'une pelle et cala le poids de son corps sur sa jambe droite ramenée en arrière.

— Bonjour ! lançai-je avant que nous soyons tout à fait à sa hauteur. Vous êtes bien le contremaître de ce chantier, n'est-ce pas ? (Il resta silencieux.) Je m'appelle Gunther, Bernhard Gunther. Je suis enquêteur privé, et voici mon assistante, Fräulein Inge Lorenz.

Je lui tendis ma licence. Le contremaître hocha la tête à l'adresse d'Inge, puis reporta son regard sur ma plaque. Ses gestes et son attitude avaient tout du chimpanzé.

— Peter Wesler, lâcha-t-il enfin. Qu'est-ce que je peux faire pour vous ?

— J'aimerais parler à Herr Bock. Il peut nous aider à retrouver une personne que nous recherchons.

Wesler gloussa et remonta de nouveau son pantalon.

— Ça alors, vous seriez bien utile par ici ! dit-il en secouant la tête avant de cracher par terre. Encore cette semaine, trois de mes gars ont disparu. Vous pourriez peut-être me les retrouver, hein ?

Il rit de nouveau.

— Bock était-il l'un d'eux ?

— Encore heureux que non, dit Wesler. C'est un sacré bon ouvrier. Un ex-taulard qui essaie de se racheter une conduite. J'espère que vous n'allez pas l'embêter.

— Herr Wesler, je veux simplement lui poser quelques questions. Croyez-moi, je ne vais pas lui passer les menottes pour le remmener à la prison de Tegel. Il est ici aujourd'hui ?

– Oui, oui, il est là. Vous le trouverez sûrement dans sa baraque. Je vais vous y conduire.

Nous le suivîmes jusqu'à une des constructions en bois à un seul étage qu'on avait édifiées au bord de ce qui était autrefois une forêt, et qui serait bientôt une *Autobahn*. Au pied des marches de la cahute, le contremaître se tourna vers nous et déclara :

– Ces types-là sont un peu rustres, vous savez. Peut-être que la dame ferait mieux de ne pas entrer. Certains sont peut-être encore à poil.

– Je vais vous attendre dans la voiture, Bernie, dit Inge.

Je la regardai et haussai les épaules en manière d'excuse avant de suivre Wesler en haut des marches. Il souleva le loquet de bois et nous entrâmes.

À l'intérieur, le sol et les murs étaient peints en jaune délavé. Contre les murs étaient installées une douzaine de couchettes, dont trois étaient dépourvues de matelas. Sur trois autres, des hommes étaient allongés en sous-vêtements. Au milieu de la pièce se dressait un poêle noir en fonte dont le tuyau s'élevait à la verticale à travers le plafond, et juste à côté, autour d'une grande table de bois, trois hommes étaient occupés à jouer au skat[1] pour des mises de quelques pfennigs. Wesler s'adressa à l'un des joueurs.

– Ce type vient de Berlin, dit-il. Il voudrait te poser quelques questions.

Un homme massif à la tête grosse comme une souche examina soigneusement la paume de sa main, leva la tête vers le contremaître, puis tourna un regard suspicieux dans ma direction. Un autre ouvrier se leva de sa couchette et se mit à balayer nonchalamment le plancher.

On fait mieux en matière de présentations, et de toute évidence, celle-ci ne mettait pas Bock très à l'aise. Je m'apprêtai à compléter les indications approximatives de

---

1. Le skat se joue en effet à trois, et non à quatre.

Wesler lorsque Bock bondit de sa chaise, me balançant son poing dans la mâchoire, qui pivota d'un quart de tour sous le choc. Un sifflement de bouilloire se déclencha sous mon crâne. J'étais à moitié sonné. Une seconde plus tard, j'entendis un résonnement métallique semblable au son d'une louche frappant un plateau en fer-blanc. Lorsque je repris tout à fait conscience, je regardai autour de moi et vis Wesler penché au-dessus du corps de Bock. Il tenait à la main une pelle à charbon avec laquelle il venait sans aucun doute d'assommer le colosse. J'entendis des pieds de chaises racler le sol tandis que les partenaires de Bock, abandonnant leurs cartes, se levaient comme un seul homme.

— Du calme, vous autres ! beugla Wesler. Ce type n'est pas un flic. C'est un privé. Il n'est pas là pour emballer Hans. Il veut juste lui poser des questions sur quelqu'un qui a disparu. (Il désigna l'un des joueurs de cartes.) Toi ! Viens m'aider à le relever. (Il se tourna alors vers moi.) Et vous, ça va ?

J'opinai vaguement du chef. Wesler et l'autre type soulevèrent Bock, qui s'était écroulé en travers du seuil. Ça n'avait pas l'air facile, vu son poids. Ils l'installèrent sur une chaise et attendirent qu'il reprenne ses esprits. Le contremaître demanda alors aux autres ouvriers de sortir une dizaine de minutes. Les hommes allongés sur leur couchette obtempérèrent aussitôt. Wesler avait visiblement l'habitude qu'on lui obéisse, et sans discuter.

Lorsque Bock fut revenu à lui, Wesler lui répéta ce qu'il venait d'expliquer à ses compagnons. Je me dis qu'il aurait mieux valu le faire dès le début.

— Je serai dehors si vous avez besoin de moi, fit Wesler.

Il fit sortir le dernier homme restant dans la pièce, et disparut à sa suite, me laissant seul avec Bock.

— Si vous n'êtes pas un flic, alors vous devez bosser pour Red.

Bock parlait du coin de la bouche, et je constatai que sa langue était beaucoup trop volumineuse pour sa bouche. Le bout en était enfoui quelque part dans sa joue, de sorte que je n'en voyais que la partie la plus épaisse, apparaissant entre ses lèvres comme une grosse chique molle.

– Je suis pas complètement idiot, vous savez, reprit-il avec véhémence. En tout cas, pas assez pour me faire tuer en protégeant Kurt. Je vous jure que j'ai aucune idée de l'endroit où il est.

Je sortis mon étui à cigarettes, l'ouvris et le lui tendis, puis j'allumai sans un mot nos deux cigarettes.

– Écoute-moi. D'abord, je ne travaille pas pour Red. Je suis un enquêteur privé, comme l'a dit Wesler. Mais maintenant j'ai mal à la mâchoire, et à moins que tu répondes à toutes mes questions, je transmettrai ton nom à mes potes de l'Alex. Et c'est toi qui monteras sur la guillotine pour avoir préparé l'appétissante charcuterie qui se trouve dans le monte-plats de la pension Tillessen. (Bock se raidit.) Et si jamais tu bouges de ta chaise, je te tords le cou.

J'approchai une chaise, posai un pied dessus et me penchai vers lui, un coude sur le genou.

– Vous ne pouvez pas prouver que j'étais là, dit-il.

Je ricanai.

– Tu crois ça ? (J'aspirai une longue bouffée de ma cigarette et lui soufflai la fumée au visage.) La dernière fois où tu es allé à la pension, tu as gentiment oublié ta fiche de paie. Elle était dans le poêle, juste à côté de l'arme du crime. C'est comme ça que je t'ai retrouvé. Naturellement, elle n'y est plus, mais je pourrais facilement aller la remettre. Les flics n'ont pas encore découvert le cadavre, mais c'est juste parce que je n'ai pas encore eu le temps de le leur indiquer. Cette fiche de paie te met dans une position inconfortable. Si on la retrouve à côté de la queue de billard, tu retournes illico en taule.

– Que voulez-vous ?

Je m'assis face à lui.

– Des réponses, dis-je. Écoute-moi, mon vieux, même si je te demande quelle est la capitale de la Mongolie, tu as intérêt à me le dire si tu veux sauver ta tête. Compris ? Mais commençons par Kurt Mutschmann. Qu'avez-vous fait tous les deux quand vous êtes sortis de Tegel ?

Bock laissa échapper un profond soupir puis hocha la tête.

– Je suis sorti avant lui. J'avais décidé de me ranger des voitures. Ici, ce n'est pas un boulot mirobolant, mais c'est tout de même un boulot. Je ne voulais pas retourner en taule. Jusqu'à récemment, je retournais à Berlin tous les quinze jours. Je prenais une piaule chez Tillessen. C'est un maquereau – enfin c'était. De temps en temps, il me fournissait une fille.

Il coinça sa cigarette au coin de sa bouche et se gratta le sommet du crâne avant de poursuivre :

– Peut-être deux mois après que je suis sorti, Kurt fut libéré et vint s'installer chez Tillessen. Quand nous nous sommes revus, il m'a dit que le réseau allait lui arranger un cambriolage.

» Le soir même de cette rencontre, je l'ai vu arriver en compagnie de Red et de deux ou trois autres types de sa bande. C'est Red qui dirige le réseau, vous comprenez. Ils avaient amené avec eux ce vieux type, et ils ont commencé à le travailler dans la salle à manger. Moi je suis resté dans ma piaule. Au bout d'un moment, Red se pointe et dit à Kurt qu'il veut qu'il perce un coffre, et je ferai le chauffeur. On n'était pas chauds, ni l'un ni l'autre. Moi parce que j'en avais assez de ces entourloupes, et Kurt parce que c'est un professionnel. Il n'aime pas la violence, le désordre, tout ça. Il préfère prendre son temps. Il n'aime pas foncer sur un boulot sans l'avoir étudié à fond.

– Ce coffre, c'est par le type qu'on tabassait dans la salle à manger que Red en a entendu parler ? (Bock acquiesça.) Que s'est-il passé ensuite ?

– Moi, je ne voulais pas être mouillé là-dedans. Alors, je suis sorti par la fenêtre, j'ai été dormir à l'asile de nuit de Frobestrasse et le lendemain je suis revenu ici. Le type qu'ils avaient battu vivait encore quand je suis parti. Ils voulaient le garder vivant jusqu'à ce qu'ils vérifient s'il leur avait dit la vérité.

Il ôta le mégot du coin de ses lèvres, le jeta par terre et l'écrasa sous son talon. Je lui donnai une autre cigarette.

– Plus tard, j'ai appris que le coup avait foiré. D'après ce que je sais, c'est Tillessen qui était au volant. Après, les types de Red l'ont liquidé. Ils auraient bien voulu buter Kurt, mais il avait disparu.

– Avaient-ils tenté de doubler Red ?

– Personne ne serait assez stupide pour ça.

– On dirait que t'as décidé de te mettre à table pour de bon, hein ?

– Quand j'étais au trou, à Tegel, j'ai vu pas mal de types mourir sur la guillotine, dit-il calmement. Je préfère courir le risque de me mettre Red à dos. Quand le moment sera venu pour moi, je préfère m'en aller en un seul morceau.

– Parle-moi de ce coup qui a foiré.

– « Aussi facile à ouvrir qu'une pistache », d'après Red. Ça ne devait pas poser de problème à un professionnel comme Kurt. Il pourrait ouvrir le cœur de Hitler sans le réveiller. Le coup était prévu en pleine nuit. Il devait ouvrir le coffre, prendre quelques papiers et adieu Berthe.

– Pas de diamants ?

– Des diams ? Il a jamais parlé de pierres.

– Tu en es sûr ?

– Bien sûr que j'en suis sûr. Il devait juste piquer des papiers. Rien d'autre.

– C'était quoi ces papiers ?

Bock secoua la tête.

– Je ne sais pas. Des papiers.

– Et les meurtres?

– Personne n'avait parlé de meurtres. Kurt n'aurait pas été d'accord s'il avait su qu'on allait buter quelqu'un. Ce n'est pas son genre.

– Et Tillessen? Était-ce le genre de type capable de tuer des gens dans leur lit?

– Absolument pas. Ce n'était pas du tout son style non plus. Tillessen était un petit mac, c'est tout. Il n'était bon qu'à donner des raclées aux filles. Si vous aviez sorti un flingue devant lui, il aurait détalé comme un lapin.

– Alors peut-être que lui et Mutschmann se sont montrés trop gourmands et qu'ils ont pris plus que leur part?

– Ça c'est à vous de me le dire. C'est vous le détective, non?

– Et depuis, tu n'as plus de nouvelles de Kurt?

– Il est bien trop malin pour me contacter. S'il a un peu de plomb dans la cervelle, il se sera transformé en sous-marin à l'heure qu'il est.

– A-t-il des amis?

– Quelques-uns, mais je ne les connais pas. Sa femme l'a quitté, alors inutile de chercher de ce côté-là. Elle a dépensé jusqu'au dernier pfennig de Kurt, et quand il n'est plus rien resté, elle est partie avec un autre type. Il préférerait mourir plutôt que de demander de l'aide à cette salope.

– Peut-être est-il mort à l'heure qu'il est, suggérai-je.

– Pas lui, fit Bock avec une expression qui refusait d'envisager cette possibilité. C'est un malin. Il a plus d'un tour dans son sac. Il s'en sortira.

– Peut-être, dis-je avant d'ajouter : Je n'arrive pas à croire que tu vas continuer à filer droit, surtout avec un boulot comme celui-ci. Combien tu gagnes par semaine?

Bock haussa les épaules.

– À peu près 40 marks. (Ma surprise ne lui échappa pas. C'était encore moins que je croyais.) Ça fait pas lourd, hein?

– Alors pourquoi tu restes ? Pourquoi n'es-tu plus dans la bande de Red Dieter ?

– Qui vous dit que j'y ai appartenu ?

– On t'a bien envoyé en taule pour avoir cassé du gréviste, non ?

– Ça a été une erreur de ma part, je l'ai regretté. Mais j'avais besoin de cet argent à l'époque.

– Qui vous payait ?

– Red.

– Et lui, qu'en retirait-il ?

– Oh, de l'argent, comme moi. Sauf qu'il en gagnait plus. Les types dans son genre ne se font jamais coincer. Ça c'est une chose que j'ai apprise en taule. Mais ce qui me fait râler, c'est que maintenant j'ai décidé de filer droit, et on dirait que tout le reste du pays a décidé d'aller de travers. Je passe quelque temps à l'ombre et quand je ressors, je m'aperçois que tous ces connards ont mis une bande de gangsters au pouvoir. Elle est pas bonne, celle-là ?

– En tout cas, c'est pas ma faute, vieux. J'ai voté social-démocrate. Est-ce que tu as découvert qui payait Red pour briser la grève des métallurgistes ? Tu n'as pas entendu de nom, par hasard ?

Il haussa de nouveau les épaules.

– Les patrons, je suppose. Il faut pas être détective pour s'en douter. Mais je n'ai jamais entendu prononcer de nom.

– En tout cas, c'était bien organisé.

– Oh ça, oui, c'était bien organisé. Et en plus ça a marché. Ils ont repris le boulot, non ?

– Et toi tu t'es retrouvé en prison.

– Ouais, je me suis fait coincer. J'ai jamais eu de chance. Vous voir ici en est une preuve de plus.

Je sortis mon portefeuille et lui tendis un billet de cinquante. Il ouvrit la bouche pour me remercier.

– Laisse tomber.

Je me levai et me dirigeai vers la porte du baraquement.
Avant de sortir, je m'immobilisai et me retournai.

— Est-ce que ton Kurt était du genre à laisser ouvert un
coffre qu'il venait de percer ?

Bock plia mon billet et secoua la tête.

— Y'a jamais eu quelqu'un de plus soigneux dans son
boulot que Kurt Mutschmann.

Je hochai la tête.

— C'est bien ce que je pensais.

— Vous allez avoir un œil au beurre noir demain matin,
dit Inge en me prenant le menton et faisant pivoter mon
visage pour examiner ma pommette blessée. Laissez-moi
m'occuper de ça.

Elle disparut dans la salle de bains. Nous étions passés chez moi en revenant de Brandenburg. J'entendis
le robinet couler un bon moment, puis Inge ressortit et
m'appliqua une compresse froide sur la joue. Elle était si
proche de moi que je sentais son souffle sur mon oreille,
et j'inspirais à pleins poumons le nuage de parfum qui
flottait autour d'elle.

— Cela l'empêchera de trop enfler, dit-elle.

— Je vous remercie. Un gnon sur la joue ne fait pas très
sérieux pour un détective… quoique, d'un autre côté, ça
peut me faire passer pour un dur-à-cuire.

— Pour le moment, vous feriez mieux de vous tenir tranquille.

Je sentis alors son ventre m'effleurer le bras. J'eus
aussitôt une érection. Voyant Inge papilloter des yeux,
j'en déduisis qu'elle l'avait remarqué. Au lieu de reculer, elle m'effleura de nouveau, mais cette fois avec plus
d'insistance. Je levai la main et pris un de ses seins dans
ma paume. Au bout d'une ou deux minutes, je lui saisis
le téton entre pouce et index. Je n'eus aucune difficulté à

le localiser : il était aussi dur et presque aussi large qu'un couvercle de théière. Mais elle se détourna.

— Peut-être vaudrait-il mieux nous arrêter, dit-elle.

— Trop tard pour m'empêcher d'enfler, rétorquai-je tandis que son regard passait sur moi sans s'arrêter.

Rougissant légèrement, elle croisa les bras et redressa la tête.

Je me regardai alors agir avec délectation. Je m'approchai d'elle et la détaillai de haut en bas, faisant lentement glisser mon regard de son visage à sa poitrine, puis au renflement de son ventre, à ses cuisses, jusqu'à l'ourlet de sa robe de coton vert. Je me baissai, saisis l'étoffe et la relevai. Nos doigts se touchèrent tandis qu'elle me prenait le tissu des mains et le maintenait relevé à hauteur de la taille. Ensuite je m'agenouillai devant elle. Mon regard s'attarda longuement sur ses dessous avant que je lui baisse la culotte jusqu'aux chevilles. S'appuyant d'une main à mon épaule, elle libéra ses pieds tandis que ses longues cuisses satinées tremblaient à quelques centimètres de mon visage. Je levai les yeux pour jouir de la vision à laquelle j'avais si souvent rêvé. J'aperçus brièvement son visage souriant qui disparut sous la robe qu'elle faisait passer par-dessus tête, dévoilant ses seins, puis son cou, puis de nouveau son visage. Elle secoua ses cheveux noirs comme un oiseau qui s'ébouriffe, puis elle laissa tomber sa robe à terre. Elle ne portait plus à présent que son porte-jarretelles, ses bas et ses chaussures. Je m'assis sur mes chevilles et, avec une excitation telle qu'elle en était douloureuse, je la vis tourner lentement devant moi, me montrant le profil de ses tétons durcis et celui, touffu, de son pubis, puis son interminable chute de reins, les deux globes parfaits de ses fesses, puis de nouveau la courbe de son ventre, au bas duquel son triangle noir flottait comme un fanion sur l'intérieur velouté de ses cuisses frissonnantes d'excitation.

Je l'entraînai vers la chambre et, dans l'allégresse et la béatitude, nous nous repûmes longuement de nos deux corps.

L'après-midi s'étira paresseusement. Épuisés, nous finîmes par nous endormir d'un sommeil léger en nous murmurant des mots tendres. Lorsque nous nous levâmes enfin, notre appétit charnel était amplement satisfait, mais nous nous découvrîmes une faim de loup.

Je l'emmenai dîner au Peltzer Grill, après quoi nous allâmes danser non loin de là, au Germania Roof, dans Herdenbergstrasse. Le Roof, où se pressait le beau monde berlinois, regorgeait d'uniformes. Inge, l'air enchanté, tournait la tête de tous les côtés, admirant les panneaux de verre bleutés couvrant les murs, le plafond illuminé par de petites étoiles bleues et soutenu par des colonnes de cuivre poli, les fontaines ornées de nénuphars.

— N'est-ce pas un endroit merveilleux ?

— Je ne pensais pas que tu appréciais ce genre d'endroit, fis-je.

Elle ne m'entendit pas. Elle me tira par la main vers la moins fréquentée des deux vastes pistes de danse circulaires.

L'orchestre était bon. J'enlaçai Inge et respirai l'odeur de ses cheveux. Je me félicitai de l'avoir amenée ici plutôt que dans un des clubs que je fréquentais plus volontiers, comme le Johnny ou le Fer à cheval. Mais je me souvins brusquement que Neumann m'avait raconté que le Germania Roof était l'une des boîtes favorites de Red Dieter. Je profitai donc de ce qu'Inge était allée se refaire une beauté pour appeler un serveur, auquel je collai un billet de 5 marks dans la main.

— Ça devrait suffire pour une ou deux réponses simples à des questions simples, non ? (Le garçon haussa les épaules et empocha le billet.) Est-ce que Dieter Helfferrich est ici ce soir ?

— Red Dieter ?

Il prit soudain un air vaguement soucieux, comme s'il se demandait quelle serait la réaction du chef de la Force allemande s'il l'entendait lui donner ce sobriquet.

— Oui il est ici, fit-t-il en jetant un coup d'œil par-dessus son épaule. Il est assis là-bas, dans le box le plus éloigné de l'orchestre. Si vous voulez mon avis, et c'est un conseil gratuit, ajouta-t-il en baissant le ton, tout en débarrassant nos assiettes vides, mieux vaut ne pas poser trop de questions sur Red Dieter.

— Juste une petite dernière, alors. Quelle est sa boisson préférée?

Le serveur fit la moue et me regarda comme si j'avais posé une question incongrue.

— Red ne boit que du champagne.

— Plus on a une vie pourrie, plus on a des goûts sophistiqués, hein? Porte-lui une bouteille de ma part avec mes compliments. (Je joignis un billet à ma carte et lui tendis le tout.) Garde la monnaie s'il y en a.

Il déshabilla Inge du regard lorsqu'elle revint des toilettes. Je ne lui en tins pas rigueur: il n'était pas le seul. Un type assis au bar avait l'air tout particulièrement intéressé.

Nous dansâmes à nouveau, et je vis le garçon porter le champagne à la table de Red Dieter. De là où j'étais, je ne le voyais pas, mais le serveur lui remit ma carte et hocha la tête dans ma direction.

— Écoute, j'ai quelque chose à faire, dis-je à Inge. Je n'en ai pas pour longtemps mais il va falloir que je te laisse un petit moment. Si tu as besoin de quoi que ce soit, demande à un garçon.

Elle me considéra d'un air anxieux pendant que je la raccompagnais à notre table.

— Mais où vas-tu?

— Je dois voir quelqu'un. Ici, dans la salle. Je n'en ai que pour quelques minutes.

Elle me sourit.

– Sois prudent, je t'en supplie.

Je me penchai et l'embrassai sur la joue.

– Je serai aussi prudent que si je marchais sur une corde raide.

Le type solitaire assis dans le dernier box avait quelque chose de Fatty Arbuckle. Son cou épais reposait entre deux gros coussins de chair étranglés par le col de sa chemise. Son visage avait la couleur du homard bouilli, et je me demandai si c'était là l'explication de son surnom. La bouche de Red Dieter Helfferrich était plantée de guingois, comme si elle mâchonnait un cigare invisible. Quand il parlait, on avait l'impression d'entendre le grognement coléreux d'un ours brun dans sa caverne. Quant à son sourire, c'était un mélange de pré-maya et de gothique tardif.

– Alors comme ça vous êtes enquêteur privé, hein ? dit-il lorsque je me présentai à sa table. C'est la première fois que j'en rencontre un.

– Ce qui prouve simplement que nous ne sommes pas assez nombreux à faire ce métier. Puis-je m'asseoir un instant ?

Il jeta un coup d'œil à l'étiquette de la bouteille.

– C'est du bon champagne. Je vous dois bien quelques minutes. Asseyez-vous, je vous écoute… Herr Gunther, dit-il en me tendant la main.

Il emplit nos deux verres et leva le sien pour porter un toast. Nichés sous des sourcils en forme de tours Eiffel horizontales, ses yeux trop grands, à l'iris traversé d'un faux trait, me mettaient vaguement mal à l'aise.

– Aux amis absents, dit-il.

Après avoir hoché la tête et vidé mon verre, je dis :

– Comme Kurt Mutschmann, par exemple ?

– Absents, mais pas oubliés. (Il eut un rire mauvais, puis but une nouvelle gorgée.) Nous semblons aussi curieux l'un que l'autre de savoir où il se trouve, n'est-ce pas ? Juste pour avoir l'esprit en paix et cesser de nous faire du souci pour lui, pas vrai ?

– Y aurait-il des raisons de s'inquiéter ? fis-je.

– Un homme tel que Kurt traverse des moments dangereux au cours de sa vie. Inutile d'entrer dans les détails avec vous, moustique. Je suppose que, en tant qu'ex-flic, vous savez ça aussi bien que moi. (Il hocha la tête d'un air connaisseur.) Je dois reconnaître que votre client a eu une excellente idée de vous confier l'affaire à vous plutôt qu'à vos anciens collègues. Tout ce qu'il veut, c'est récupérer ses diams, sans poser de questions. Vous, vous pouvez fouiner partout, vous pouvez même négocier. Peut-être même vous donnera-t-il une petite prime, n'est-ce pas ?

– Vous êtes très bien renseigné.

– Si votre client ne désire que des renseignements, je peux lui en fournir. Je pourrais même vous aider, si je le peux. Mais pour ce qui est de Mutschmann… il est à moi. Si votre copain espère se venger, dites-lui qu'il se fourre le doigt dans l'œil. Ce sont mes plates-bandes. À chacun son business.

– C'est tout ? Vous voulez juste mettre de l'ordre dans votre boutique ? Vous oubliez un petit détail : les papiers de von Greis. Vous vous souvenez : vos amis étaient tellement pressés de savoir où il les avait cachés ou à qui il les avait donnés. Qu'aviez-vous l'intention de faire de ces papiers si vous les aviez récupérés ? Un petit chantage de derrière les fagots ? Auprès de gens tels que mon client, peut-être ? Ou bien vouliez-vous mettre quelques politiciens dans votre poche au cas où les choses se gâtent ?

– Vous paraissez aussi très bien renseigné, moustique. Décidément, votre client est un homme intelligent. J'ai de la chance qu'il vous ait fait confiance à vous plutôt qu'à la police. J'ai de la chance, mais vous aussi. Parce que si vous étiez flic et si vous m'aviez dit ce que vous venez de me dire, vous seriez en train de vivre les dernières minutes de votre vie.

Je me penchai en dehors du box et jetai un regard vers la salle, repérant aussitôt la chevelure noire d'Inge. Elle était en train de décliner fermement l'invitation d'un noceur en uniforme qui en perdait son baratin.

– Merci pour le champagne, moustique. Vous avez fait preuve d'un sacré culot en venant me parler. Votre bluff ne vous a peut-être pas rapporté beaucoup, mais au moins, vous repartez avec votre mise, fit-il en ricanant.

– Bah ! cette fois-ci j'ai joué pour le seul plaisir du jeu ! répliquai-je.

Le gangster eut l'air de trouver ça drôle.

– C'était la dernière fois, dit-il. Vous pouvez en être certain.

Je fis mine de me lever, mais il me retint par le bras. Je pensais qu'il allait me menacer, mais au lieu de ça, il déclara :

– Écoutez, je ne voudrais pas que vous pensiez que je vous raconte des salades. Ne me demandez pas pourquoi, mais je vais vous faire une faveur. Peut-être parce que j'aime les gens culottés. Ne vous retournez pas, mais il y a au bar un gros type en costume brun avec des cheveux comme un oursin. Photographiez-le bien quand vous retournerez à votre table. C'est un tueur professionnel. Il vous suivait, vous et la fille, quand vous êtes entrés. Vous avez dû marcher sur les orteils de quelqu'un et il m'a tout l'air de compter sur vous pour payer son loyer de la semaine. Par respect pour moi, ça m'étonnerait qu'il tente quoi que ce soit ici, mais dehors… Vous savez, je n'aime pas voir des petits flingueurs dans cette boîte. Ça fait mauvais effet.

– Merci pour le tuyau. J'apprécie. (J'allumai une cigarette.) Y a-t-il une autre sortie ? Je ne voudrais pas que mon amie se fasse égratigner.

Il hocha la tête.

– Traversez la cuisine et descendez par l'escalier de secours. En bas, vous verrez une porte donnant dans la ruelle derrière. C'est tranquille, il n'y a que des voitures garées. Une de ces voitures, un cabriolet gris clair, est à

moi. (Il fit glisser un trousseau de clés dans ma direction.)
Vous trouverez un flingue dans la boîte à gants en cas
de besoin. Vous n'aurez qu'à laisser les clés dans le pot
d'échappement. Et ne rayez pas la carrosserie.

Je mis les clés dans ma poche et me levai.

— Ça a été agréable de parler avec vous, Red. Drôles
de bestioles, les moustiques. Au début on ne sent pas la
piqûre, mais après, il n'y a rien de plus agaçant.

Red Dieter fronça ses épais sourcils.

— Du large, Gunther, avant que je change d'avis à votre
sujet.

En retournant auprès d'Inge, je détaillai rapidement
les clients assis au bar. Le type en costume brun était
facile à repérer, et je reconnus en lui l'homme qui avait
regardé ma compagne avec insistance durant la soirée.
À notre table, Inge résistait avec facilité, sinon avec plaisir, au mince charme d'un officier SS, plutôt beau garçon
mais court sur pattes. Je la priai vivement de se lever et
voulus l'entraîner avec moi, mais je sentis l'officier retenir mon bras. Je fixai sa main, puis levai les yeux vers
son visage.

— Doucement, nabot, fis-je en le regardant de haut
comme un trois-mâts abordant une barque de pêche. Sinon
tu vas m'obliger à te décorer la lèvre, et ça sera pas avec la
Croix des chevaliers et les feuilles de chêne.

Je sortis un billet de 5 marks chiffonné de ma poche et
le laissai sur la table.

— Je ne pensais pas que tu étais du genre jaloux, remarqua Inge tandis que je l'entraînai vers la sortie.

— Prends l'ascenseur et va m'attendre dans la voiture,
lui dis-je. Il y a une arme sous le siège. Garde-la à portée
de main, au cas où… (Je tournai la tête vers le bar et vis le
gros type en train de régler ses consommations.) Écoute,
je n'ai pas le temps de t'expliquer mais ça n'a rien à voir
avec notre élégant ami du dernier box.

— Et toi, où tu vas ? demanda-t-elle.

Je lui donnai les clés de ma voiture.

– Je sors par l'autre côté. Un gros type en costume brun va essayer de me tuer. Si tu le vois se diriger vers la voiture, rentre à la maison et appelle l'inspecteur Bruno Stahlecker à l'Alex. Compris ?

Elle acquiesça.

Je fis mine de la suivre pendant quelques pas, puis m'engouffrai brusquement dans les cuisines, les traversai rapidement et franchis l'issue de secours.

Après avoir descendu trois volées de marches dans l'obscurité totale de la cage d'escalier, j'entendis des pas qui me suivaient. Tout en continuant à descendre aussi vite que je pouvais dans le noir, je me demandais si je pourrais tenter ma chance contre lui. Mais il était armé, moi non. En outre, c'était un professionnel. Je trébuchai, dégringolai jusqu'au palier, me relevai aussitôt en m'aidant de la rampe et plongeai dans une nouvelle volée de marches, ignorant la douleur qui envahissait le coude et l'avant-bras avec lesquels j'avais amorti ma chute. Depuis le sommet de la dernière série de marches, j'aperçus un rai de lumière sous une porte. Je sautai. La porte était plus loin que je n'avais cru, mais je me reçus sans trop de casse – à quatre pattes. J'abaissai violemment la barre de sécurité et déboulai dans la ruelle.

Plusieurs voitures étaient rangées l'une derrière l'autre, mais je repérai facilement la Bugatti Royale grise de Red Dieter. J'ouvris la portière et glissai la main dans la boîte à gants. J'y découvris plusieurs petits sachets de poudre blanche, ainsi qu'un gros revolver à long canon, du genre de ceux qui, d'une balle, vous percent une fenêtre dans une porte d'acajou de huit centimètres d'épaisseur. Je n'avais pas le temps de vérifier s'il était chargé, mais je me doutais que ce n'était pas pour jouer aux cow-boys et aux Indiens que Red gardait son artillerie dans la voiture.

Je me jetai à terre et me faufilai sous le marchepied d'une grosse décapotable Mercedes. Au même instant, mon poursuivant ouvrit l'issue de secours et se fondit dans l'obscurité d'une encoignure. Je restai immobile, attendant qu'il s'avance au centre de la ruelle où le clair de lune en ferait une cible parfaite. Plusieurs minutes passèrent sans que je distingue aucun bruit ni mouvement, et je me demandai s'il n'avait pas longé le mur dans l'obscurité afin de pouvoir traverser la ruelle un peu plus loin pour me prendre à revers. Entendant un talon heurter le pavé derrière moi, je retins ma respiration. Seul mon pouce bougeait, tirant lentement en arrière le chien de mon revolver. Lorsqu'un léger clic m'indiqua qu'il était armé, je déverrouillai la sécurité. Je me retournai avec précaution et aperçus, encadrée par les roues arrière de la Mercedes qui m'abritait, une paire de chaussures et le bas d'un pantalon. Les jambes se déportèrent sur la droite, derrière la Bugatti et, devinant qu'il avait repéré la portière à demi fermée, je me glissai dans la direction opposée, à ma gauche, et émergeai de dessous la Mercedes. Je me redressai à moitié et, le dos courbé en dessous du niveau des vitres, je contournai la voiture par l'arrière et glissai un regard au coin de son énorme coffre. Une silhouette en costume brun était accroupie contre le pneu arrière de la Bugatti à environ deux mètres, dans la même position que moi, mais me tournant le dos. Je fis deux pas en avant et amenai le gros revolver au niveau de la nuque de l'inconnu.

— Lâche ça, dis-je, ou je fais exploser ta sale gueule.

Le type se figea, mais il ne lâcha pas son arme.

— Pas de problème, mon ami, fit-il après quelques secondes. (Il desserra son étreinte sur la crosse du Mauser automatique qui bascula mollement autour de son index.) Je peux remettre la sécurité ? Ce petit bijou a la détente très sensible.

La voix était lente et calme.

— Baisse ton chapeau sur tes yeux, dis-je. Ensuite remets ta sécurité, mais très délicatement. Souviens-toi que je ne peux pas te rater à cette distance. Ça serait dommage de salir la belle carrosserie de Red avec ta cervelle.

Il descendit son chapeau sur les yeux et, après avoir enclenché la sécurité de son Mauser, le lâcha sur le pavé où il tomba en cliquetant.

– C'est Red qui t'a dit que j'étais après toi ?

– Ferme-la et tourne-toi vers moi, rétorquai-je. Et garde tes mains en l'air.

Le type me fit face et pencha la tête en arrière pour essayer de me voir par-dessous le rebord du chapeau.

– Tu vas me descendre ? demanda-t-il.

– Ça dépend.

– De quoi ?

– De si tu me dis qui te paie.

– On pourrait peut-être s'arranger.

– S'arranger comment ? fis-je. Pour moi, c'est simple. Soit tu parles soit je te fabrique une seconde paire de narines.

Il sourit.

– Tu ne me descendrais pas comme ça, si ?

– Ah non ? fis-je en lui enfonçant le canon de mon arme sous le menton et en le faisant remonter sous la pommette. N'en sois pas si sûr. Tu m'as donné envie de me servir de ce truc, alors je te conseille de retrouver ta langue très vite, sinon tu n'auras plus jamais l'occasion de t'en resservir.

– Et si je parle, tu me laisses partir ?

– Pour que je te retrouve sur mes talons ? Tu me prends pour un imbécile ?

– Qu'est-ce que je pourrais faire pour te prouver que je te laisserai tranquille ?

Je fis un pas en arrière et réfléchis un instant.

– Jure-le sur la tête de ta mère.

– Je le jure sur la tête de ma mère, répéta-t-il aussitôt.

– Parfait. Alors, qui t'a engagé ?

– Tu me laisses partir si je te le dis ?

– Oui.

– Jure-le sur la tête de ta mère, dit-il.

– Je le jure sur la tête de ma mère.

– Bon, dit-il. C'est un type qui s'appelle Haupthändler.

– Combien t'a-t-il payé ?

– Trois cents marks tout de suite, et…

Il ne termina pas sa phrase. Je fis un pas en avant et lui assenai un violent coup de crosse sur le crâne. Un coup cruel, assez puissant pour l'expédier un bon moment dans les pommes.

– Ma mère est morte, lâchai-je.

J'empochai les deux armes et courus vers ma voiture. Inge ouvrit de grands yeux en voyant mon costume maculé de poussière et de cambouis. C'était mon plus beau costume.

– Tu as peur des ascenseurs ? Tu as sauté par la fenêtre ou quoi ?

– Oui, c'est à peu près ça, dis-je.

Je récupérai sous le siège conducteur la paire de menottes que je garde en permanence avec mon arme, puis je démarrai et franchis la petite centaine de mètres qui nous séparait de la ruelle.

Le costume brun était toujours inconscient, à l'endroit où je l'avais sonné. Je descendis de voiture et le traînai un peu plus loin où je l'enchaînai à un des barreaux protégeant une fenêtre. Il grogna un peu pendant la manœuvre, me confirmant que je ne l'avais pas tué. Je retournai ensuite à la Bugatti et remis le revolver de Red dans la boîte à gants. J'en profitai pour vérifier la nature des sachets de poudre blanche que j'y avais également trouvés. Red Dieter n'était pas du genre à se trimbaler avec du sel dans sa Bugatti. J'en reniflai une pincée. C'était de la cocaïne. Il n'y en avait pas pour plus d'une centaine de marks : très certainement la consommation personnelle de Red.

Je verrouillai la voiture et glissai comme convenu les clés dans le pot. Puis je retournai près du costume brun et fourrai un ou deux sachets de drogue dans sa poche de poitrine.

– Ça devrait intéresser les gars de l'Alex, dis-je.

À défaut de l'avoir tué, il me fallait bien lui ôter toute possibilité de terminer le boulot pour lequel on l'avait payé.

Je veux bien m'arranger, mais uniquement avec les gens qui n'ont rien de plus dangereux dans la main droite qu'un verre de schnaps.

14

Le lendemain matin, il tombait une pluie tiède, fine comme la pulvérisation en brouillard d'un jet d'arrosage. Frais et dispos à mon réveil, je restai un moment à regarder par la fenêtre. Je me sentais autant d'énergie qu'un attelage de chiens esquimaux.

Nous bûmes un café en fumant une ou deux cigarettes. Je crois bien que je sifflotai en me rasant. Elle entra dans la salle de bains et resta là à me regarder. Depuis la veille, nous n'arrêtions pas de nous dévorer des yeux.

– Pour quelqu'un qu'on a essayé de tuer hier soir, dit-elle, je te trouve un excellent moral ce matin.

– Il n'y a rien de tel que de sentir le souffle de madame la Mort sur votre nuque pour vous redonner goût à la vie, lui dis-je en souriant. Ça et la compagnie d'une femme épatante.

– Tu ne m'as toujours pas expliqué pourquoi ce type voulait te tuer.

– Parce qu'on l'avait payé pour ça, dis-je.

– Qui l'a payé? Le gars du club?

Je m'essuyai le visage, vérifiai que je n'avais laissé aucun poil rebelle. Rassuré, je rangeai mon rasoir.

– Tu te souviens, hier matin, j'ai téléphoné chez Six pour laisser un message à son intention et à celle de Haupthändler ?

Inge acquiesça.

– Oui, tu leur disais que tu approchais.

– J'espérais obliger Haupthändler à abattre ses cartes. C'est ce qui s'est passé, quoique plus rapidement que je ne croyais.

– Tu penses que c'est lui qui a payé le tueur ?

– Je ne le pense pas, je le sais.

Inge me suivit dans la chambre. J'enfilai une chemise. Mon bras blessé et bandé me causa quelques difficultés pour fixer le bouton de manchette.

– Tu sais, la soirée d'hier a posé tout autant de questions qu'elle a apporté de réponses. Il n'y a aucune logique dans tout ça, absolument aucune. C'est comme de monter un puzzle avec deux séries différentes de pièces. On a volé deux choses dans le coffre de Pfarr : des bijoux et des papiers. Mais on dirait que l'ensemble ne colle pas. Les pièces du puzzle représentant le meurtre ne coïncident pas avec les morceaux représentant le cambriolage.

Tel un chat philosophe, Inge cligna lentement des paupières et me regarda avec le genre d'expression qui vous rend malade de ne pas avoir percuté plus tôt. Cette impression était déjà pénible, mais à mesure qu'elle m'exposait son idée, je m'aperçus que j'étais encore plus indécrottable que je n'avais cru.

– Peut-être n'y a-t-il jamais eu un seul puzzle, dit-elle. Peut-être essaies-tu depuis le début d'en reconstituer un alors que, en réalité, il y en avait deux.

Durant un moment, j'eus du mal à assimiler cette idée. À la fin, je l'enfonçai dans mon esprit d'une vigoureuse claque sur mon front.

– Merde, bien sûr !

Sa remarque avait déchiré le voile. Mon enquête ne tournait pas autour d'une seule affaire, mais de deux.

Je garai la voiture sur Nollendorfplatz, juste en dessous du S-Bahn. Une rame passa dans un fracas métallique qui ébranla le sol de la place, sans toutefois parvenir à décoller l'épaisse couche de suie recouvrant les façades autrefois pimpantes des immeubles alentour. Cette suie provenait des grandes cheminées d'usines de Tempelhof et de Neukölln. Nous marchâmes vers l'ouest, pénétrant dans le quartier de classes moyennes modestes de Schöneberg, où nous arrivâmes bientôt devant l'immeuble de cinq étages où vivait Marlene Sahm. Nous montâmes au quatrième.

Le jeune homme qui nous ouvrit portait l'uniforme d'une section de SA que je ne sus reconnaître. Je lui demandai si Fräulein Sahm vivait bien ici. Il nous le confirma, déclara être son frère et voulut savoir qui nous étions.

Je lui tendis ma carte et lui demandai s'il était possible de parler à sa sœur. Il parut si embarrassé que je le soupçonnai de nous avoir menti en se prétendant son frère. Il gratta son large crâne planté de cheveux couleur paille, puis jeta un coup d'œil par-dessus son épaule avant de s'effacer pour nous laisser entrer.

— Ma sœur se repose, expliqua-t-il. Mais je vais voir si elle désire vous parler, Herr Gunther.

Il referma la porte derrière nous et s'efforça d'arborer une expression plus accueillante. Sa bouche aux lèvres épaisses, presque négroïde, se fendit d'un large sourire, contredit pourtant par deux yeux froids qui, passant d'Inge à moi, semblaient suivre une partie de ping-pong.

— Attendez ici un instant, je vous prie.

Lorsqu'il fut parti, Inge me montra le mur au-dessus du buffet, où étaient accrochées côte à côte trois photos du Führer.

– Impossible de mettre en doute leur loyauté, n'est-ce pas ? dit-elle en souriant.

– Tu ne savais pas que ces portraits étaient en promotion chez Woolworth ? Tu peux avoir trois dictateurs pour le prix de deux…

Sahm revint bientôt, accompagné de sa sœur Marlene, une grande et belle blonde à l'air mélancolique et dotée d'une mâchoire légèrement proéminente qui conférait une certaine timidité à ses traits. Mais elle avait un cou solide et les avant-bras bronzés d'un archer ou d'un joueur de tennis. Lorsqu'elle apparut dans le couloir, j'aperçus un de ses mollets musclés en forme d'ampoule électrique. Cette fille était bâtie comme une cheminée rococo.

On nous fit entrer dans un salon de taille modeste où, à l'exception du frère qui s'appuya contre le mur avec une expression suspicieuse à notre égard, nous nous répartîmes entre le canapé et les fauteuils de cuir bon marché. Une collection de trophées, suffisante pour pourvoir à la distribution des prix de toute une école, était disposée derrière la vitrine d'un meuble en noyer.

– Vous avez là une belle collection, fis-je tout en songeant que mes formules de politesse étaient parfois un peu indigentes.

– Oui, dit Marlene avec une expression qui aurait pu passer pour de la modestie.

Mais son frère ne fit pas preuve de la même réserve.

– Ma sœur est une athlète. Malheureusement, une blessure récente l'empêche de défendre les couleurs allemandes aux Jeux olympiques.

Inge et moi accueillîmes la nouvelle avec des grognements de sympathie, puis Marlene examina de nouveau ma carte.

– En quoi puis-je vous être utile, Herr Gunther ? s'enquit-elle.

Je m'appuyai au dossier du divan et croisai les jambes avant de lui réciter mon boniment.

– J'ai été engagé par la compagnie d'assurances Germania pour enquêter sur la mort de Paul Pfarr et de son épouse. Nous interrogeons tous ceux qui les ont connus afin de découvrir ce qui s'est passé et permettre à mon client de prendre ses dispositions.

– Oui, dit Marlene avec un profond soupir. Oui, bien sûr.

J'attendis qu'elle ajoute quelque chose, mais finalement je dus insister.

– Je crois savoir que vous étiez la secrétaire de Paul Pfarr au ministère de l'Intérieur ?

– Oui, c'est exact, répondit-elle avec la concision d'une annonce au poker.

– Travaillez-vous toujours au ministère ?

– Oui, fit-elle en haussant les épaules d'un air indifférent.

Je jetai à la dérobée un regard à Inge, qui se contenta de lever dans ma direction deux paupières impeccablement fardées.

– Le service que dirigeait Herr Pfarr sur la corruption au sein de l'administration du Reich et du Front du travail fonctionne-t-il toujours ?

Durant quelques secondes, elle examina le bout de ses chaussures puis, pour la première fois, me regarda en face.

– Qui vous a parlé de ça ? dit-elle d'un ton égal mais où je crus deviner un léger embarras.

J'ignorai sa question et tentai de la prendre à contre-pied.

– Pensez-vous qu'il ait été tué pour cette raison ? Par quelqu'un qui n'aimait pas le voir fouiner et dénoncer des gens ?

– Je… je ne sais pas du tout pourquoi on l'a tué. Écoutez, Herr Gunther, je crois qu'il serait…

– Avez-vous entendu parler d'un homme du nom de Gehrard von Greis ? C'est un ami du Premier ministre.

Il était aussi maître chanteur. J'ignore quelle information il a transmise à votre patron, mais sachez que cela lui a coûté la vie.

— Je ne pense pas que…, dit-elle avant de se reprendre brusquement. Il m'est impossible de répondre à vos questions.

Je ne tins pas compte de sa remarque.

— Connaissiez-vous la maîtresse de Paul, une certaine Eva ou Vera ? Savez-vous pourquoi elle se cache ? D'ailleurs, elle est peut-être morte, elle aussi.

Ses yeux tremblotèrent comme une tasse dans une soucoupe de wagon-restaurant. Elle s'étrangla à demi et se leva, les poings sur les hanches.

— Je vous en prie ! dit-elle tandis que ses yeux s'emplissaient de larmes.

Le frère se décolla du mur et vint se planter face à moi comme un arbitre séparant deux boxeurs.

— Ça suffit, Herr Gunther, dit-il. Vous n'avez aucun droit de soumettre ma sœur à cet interrogatoire.

— Vraiment ? fis-je en me levant à mon tour. Pourtant, elle devrait être habituée aux interrogatoires, si elle travaille à la Gestapo. Je parie qu'elle en voit de bien pires tous les jours.

— C'est égal, dit-il. Il me paraît clair qu'elle ne désire pas répondre à vos questions.

— C'est curieux, j'ai la même impression.

Je pris le bras d'Inge et nous nous dirigeâmes vers la porte. Mais avant de sortir, je me retournai et ajoutai :

— Je ne suis du côté de personne. Mon seul souci est de découvrir la vérité. Si vous changez d'avis, n'hésitez pas à me contacter. Je n'ai pas pour habitude de jeter les gens aux fauves.

— Je ne te connaissais pas cet esprit chevaleresque, remarqua Inge lorsque nous fûmes dehors.

– Moi ? fis-je. Tu me connais mal ! J'ai fait l'école de détectives Don Quichotte et j'ai eu une mention bien à l'option Noble Sentiment.

– Dommage que tu ne sois pas aussi fort en interrogatoires, rétorqua-t-elle. Je suis sûre qu'elle était sur le point de parler quand tu lui as dit que la maîtresse de Pfarr était peut-être morte. Ça lui a fait un choc.

– Que voulais-tu que je fasse ? Que je la tabasse à coups de crosse pour lui tirer les vers du nez ?

– Non, bien sûr que non. C'est dommage qu'elle ait refusé de parler, voilà tout. Mais elle peut encore changer d'avis.

– Je n'en suis pas si sûr. Si elle travaille vraiment pour la Gestapo, elle ne doit pas être du genre à vivre selon les préceptes de la Bible. Tu as vu ses biceps ? Elle doit être redoutable avec une cravache ou une matraque entre les mains.

Nous récupérâmes la voiture et repartîmes vers l'est par Bülowstrasse. Je me garai en bordure du parc Viktoria.

– Viens, dis-je. Allons marcher. Un peu d'air frais me fera du bien.

Inge renifla et eut une moue dubitative. La brasserie voisine de Schultheis empestait tout le quartier.

– J'espère que tu ne m'offriras jamais de parfum, dit-elle.

Nous grimpâmes le mont de la Croix jusqu'au marché aux tableaux où ceux qui se faisaient passer pour les nouveaux artistes exposaient à la vente leurs œuvres du plus pur style hellénique. Comme je m'y attendais, Inge étouffait de rage.

– As-tu jamais vu des merdes plus lamentables ? lâcha-t-elle. À voir tous ces paysans musclés en train de lier des bottes de blé, on dirait qu'on vit dans un conte de Grimm.

Je hochai la tête. J'aimais la voir s'exciter sur un sujet, même si elle exprimait trop fort des opinions qui auraient pu nous valoir à tous les deux d'être expédiés en KZ.

Qui sait, avec un peu de temps, elle pourrait peut-être m'amener à reconsidérer mon attitude plutôt détachée vis-à-vis de la valeur de l'art. Mais j'avais autre chose en tête. Je la pris par le bras et la conduisis devant des peintures de miliciens aux mâchoires d'acier. L'artiste qui les présentait était lui-même à mille lieues du stéréotype aryen.

— Depuis que nous sommes partis de l'appartement des Sahm, j'ai l'impression que nous sommes suivis, dis-je à voix basse à ma compagne.

Elle examina discrètement les quelques badauds qui étaient là, mais aucun n'avait l'air de s'intéresser spécialement à nous.

— Ça m'étonnerait que tu le repères, dis-je. Surtout s'il connaît son boulot.

— Tu crois que c'est la Gestapo ?

— La Gestapo n'est pas la seule meute de loups à sévir dans Berlin, dis-je, mais ce sont les plus malins. Ils savent que je suis sur cette affaire, et je les soupçonne de me laisser faire le boulot tout en me surveillant.

— Mais alors, qu'allons-nous faire ? demanda-t-elle d'un air inquiet.

Je lui souris.

— Tu sais, il n'y a rien de plus excitant que de semer une filature. Surtout si c'est quelqu'un de la Gestapo.

15

Le lendemain, je ne trouvai que deux lettres dans ma boîte, arrivées toutes deux par coursier. J'attendis pour les ouvrir d'être hors de portée du regard de chat affamé de Gruber. La plus petite des enveloppes contenait une invitation aux épreuves olympiques du jour. Au dos du bristol étaient inscrites les initiales « M. S. », suivies de « 14 h ». La grande enveloppe, elle, portait le sceau du ministère de l'Air et contenait la transcription des communications téléphoniques respectives de Haupthändler et de Jeschonnek pour la journée de samedi, ce qui, à part le coup de téléphone que j'avais moi-même passé depuis l'appartement de Jeschonnek, équivalait à zéro. Je jetai l'enveloppe et son contenu dans la corbeille à papiers, et je m'assis à mon bureau. Je me demandai si Jeschonnek avait déjà acheté le collier. Puis je réfléchis : comment m'y prendre ? Devais-je suivre Haupthändler à l'aéroport de Tempelhof le soir même ? D'un autre côté, si Haupthändler s'était déjà débarrassé du collier, je ne comprenais pas pourquoi il aurait attendu le lundi soir pour partir à Londres. Mais peut-être l'achat du collier s'était-il effectué en devises étrangères, ce qui expliquerait qu'il ait fallu plusieurs jours à Jeschonnek pour rassembler la somme. Je me préparai un café et attendis l'arrivée d'Inge.

Je regardai par la fenêtre et, voyant que le temps était plutôt maussade, je souris à la pensée que mon assistante allait se réjouir de voir une nouvelle journée des Jeux du Führer gâchée par une bonne averse. Sauf que je serais moi aussi sous la pluie.

Comment avait-elle défini ces Jeux ? « La plus scandaleuse supercherie de l'histoire moderne. » J'étais en train de sortir mon vieil imperméable de la penderie lorsqu'elle fit son entrée.

– Vite, une cigarette ! s'exclama-t-elle aussitôt.

Elle jeta son sac à main sur un fauteuil, prit une cigarette dans la boîte posée sur mon bureau puis considéra mon vieil imperméable d'un air moqueur.

– Tu as vraiment l'intention de porter ça ?

– Oui. Miss Muscles m'a donné de ses nouvelles. J'ai trouvé une invitation aux Jeux dans ma boîte aux lettres. Elle me donne rendez-vous au stade à 14 heures.

Inge regarda par la fenêtre.

– Alors tu as raison, dit-elle en riant, tu auras bien besoin de ton imperméable. Il va tomber des cordes. (Elle s'assit et posa les pieds sur mon bureau.) Donc, si je comprends bien, je vais rester ici et m'occuper du magasin.

– Je serai de retour à 16 heures au plus tard, lui dis-je. Ensuite, nous irons à l'aéroport.

Elle fronça les sourcils.

– Ah oui, j'avais oublié que Haupthändler partait pour Londres. Excuse-moi si je te parais naïve, mais que comptes-tu faire une fois à l'aéroport ? Tu vas lui demander avec qui il part et combien il a vendu le collier ? Tu espères peut-être qu'ils te laisseront ouvrir leurs valises pour compter les billets ?

– Dans la vie, rien n'est si simple. On ne trouve jamais la bonne petite preuve irréfutable qui permet d'épingler un criminel la main dans le sac.

– On dirait que ça te rend triste.

– J'avais un atout dans le pot. J'espérais que ça faciliterait les choses.

– Et le pot s'est envolé ?

– En quelque sorte, oui.

Je m'interrompis en entendant un bruit de pas dans la salle d'attente. On frappa à la porte. Un motard en uniforme de caporal du Corps d'aviation national-socialiste entra, tenant d'une main gantée une enveloppe de papier bulle semblable à celle que j'avais jetée dans ma corbeille un moment auparavant. L'officier claqua des talons et me demanda si j'étais bien Herr Bernhard Gunther. Comme j'acquiesçais, il me remit l'enveloppe, me fit signer un reçu, me gratifia du salut nazi et disparut aussi soudainement qu'il était arrivé.

L'enveloppe du ministère de l'Air contenait plusieurs feuillets dactylographiés transcrivant les conversations téléphoniques données ou reçues la veille par Haupthändler et Jeschonnek. Ce dernier, le marchand de diamants, avait été le plus affairé, appelant plusieurs correspondants pour organiser l'achat illégal de grandes quantités de dollars et de livres sterling.

— Gagné ! fis-je en lisant la transcription du dernier coup de téléphone donné par Jeschonnek.

Il avait appelé Haupthändler, de sorte que j'avais la même conversation transcrite deux fois. C'était la preuve que j'espérais, la preuve qui transformait une hypothèse en fait établi, la preuve du lien entre le secrétaire particulier de Six et le marchand de diamants. Mieux que ça : ils étaient convenus d'une heure et d'un lieu de rendez-vous que j'avais noir sur blanc sous les yeux.

— Alors ? fit Inge incapable de refréner plus longtemps sa curiosité.

Je la regardai en souriant.

— Mon atout, fis-je. Quelqu'un vient de le sortir du pot. Haupthändler et Jeschonnek doivent se rencontrer cet après-midi à 17 heures à Grunewald. Jeschonnek viendra avec un plein sac de billets étrangers.

— Dis-moi, tu as un sacré informateur, dit-elle en fronçant les sourcils. Qui est-ce ? Le mage Hanussen[1] ?

— Non, mon indic est plutôt du genre impresario. C'est lui qui organise les représentations. Cette fois-ci, je vais être aux premières loges.

— Et j'imagine que ce sont de sympathiques miliciens en uniforme qui jouent les ouvreuses, n'est-ce pas ?

— Ça ne te plaît pas, hein ?

— Bah, si je fais la grimace, mets ça sur le compte de mes brûlures d'estomac, d'accord ?

J'allumai une cigarette. Je jouai mentalement à pile ou face et perdis. Je lui dirai donc la vérité.

— Tu te souviens du type qu'on a trouvé dans le monte-plats ?

---

1. Personnage fréquemment consulté par Hitler.

– Je ne suis pas près de l'oublier, fit-elle en réprimant un frisson.

– Hermann Goering m'a payé pour que je le retrouve.

Je marquai une pause pour voir sa réaction, mais elle se contenta de me regarder avec un petit air moqueur. Je haussai les épaules et poursuivis.

– C'est tout. Il a accepté de mettre un ou deux téléphones sur écoute – ceux de Haupthändler et de Jeschonnek. Et voilà le résultat, fis-je en agitant les feuillets. À présent, je peux dire à ses cerbères où aller récupérer von Greis.

Inge resta silencieuse. J'aspirai avec irritation une longue bouffée, puis écrasai rageusement ma cigarette.

– Laisse-moi te dire une chose, ajoutai-je. Si tu dis non à un type comme Goering, tu risques de ne pas pouvoir finir ta cigarette parce qu'il te manquera une lèvre.

– Oui, je suppose que tu as raison.

– Crois-moi, ce n'est pas moi qui lui ai couru après. Il ne travaille qu'avec des voyous armés jusqu'aux dents.

– Mais pourquoi ne m'en as-tu pas parlé, Bernie ?

– Quand Goering accepte de mettre quelqu'un comme moi dans la confidence, ça veut dire que les enjeux sont très gros. J'ai pensé qu'il serait plus prudent que tu ne saches rien. Mais à présent, je n'ai plus le choix, n'est-ce pas ?

Je brandis de nouveau les transcriptions d'écoute. Inge secoua la tête.

– Je sais bien que tu ne pouvais pas refuser, dit-elle. Je ne suis pas choquée, mais disons… un peu surprise. Et je te remercie de vouloir me protéger, Bernie. Je suis contente que tu puisses informer quelqu'un de ce qui est arrivé à ce pauvre homme.

– Je vais le faire tout de suite, dis-je.

Rienacker me parut fatigué et de fort méchante humeur au bout du fil.

– J'espère que tu as quelque chose, coco, dit-il, parce que la patience du gros Hermann est aussi mince que la couche de confiture dans les beignets d'un pâtissier juif. Alors si tu m'appelles juste pour causer du temps qu'il fait, je risque de débarquer chez toi avec de la merde de chien sous mes semelles, d'accord?

– Qu'est-ce qui te prend, Rienacker? répliquai-je. On t'a piqué un macchabée à la morgue ou quoi?

– Gunther, arrête tes salades et accouche.

– Bon, alors ouvre bien tes oreilles. Je viens de retrouver votre type et il est pas brillant.

– Mort?

– C'est rien de le dire. Il est en train de piloter un monte-plats dans un hôtel abandonné de Chamissoplatz. Vous le trouverez à l'odeur.

– Et les papiers?

– Juste un gros tas de cendres dans le poêle.

– Tu as une idée sur ceux qui ont fait le coup?

– Désolé, fis-je, mais ça, c'est ton boulot. Le mien était de retrouver votre petit copain aristocrate, c'est tout. Dis à ton patron que je lui enverrai ma facture.

– Merci beaucoup, Gunther, fit-il d'une voix pleine de rancœur. Tu as intérêt à…

Je le coupai d'un au revoir et raccrochai.

Je laissai à Inge les clés de la voiture et lui donnai rendez-vous dans la rue devant le pavillon de Haupthändler à 16 h 30, une demi-heure avant sa rencontre avec Jeschonnek. J'avais l'intention de prendre, à la station du zoo, la ligne spéciale du S-Bahn qui conduisait au stade du Reich, mais pour m'assurer que je n'étais pas suivi, j'empruntai un itinéraire compliqué avant de la rejoindre. Je commençai par remonter Königstrasse à pied, puis sautai dans un tramway de la ligne n° 2 jusqu'au marché Spittel où je fis deux fois le tour de la fontaine Spindler Brunnen. Ensuite je pris le métro. Je descendis à la première station, Friedrichstrasse, et remontai à la surface. Durant les heures de bureau, quand l'air a le goût de taillures de crayon, Friedrichstrasse a la circulation la plus dense de Berlin. Je zigzaguai entre les baleines de parapluies et les grappes de touristes américains agglutinés autour de leur Baedecker. En traversant Tauberstrasse et Jägerstrasse, j'évitai de justesse une camionnette aux couleurs des bonbons Rudesdorfer puis dépassai l'hôtel Kaiser et les bureaux des usines Six. Je continuai en direction d'Unter den Linden, me faufilai entre les voitures embouteillées dans Französische Strasse et, au coin de Behrenstrasse, entrai dans la galerie Kaiser, un passage bordé de boutiques de luxe, très prisé des touristes, débouchant dans Unter den Linden, près de l'hôtel Westminster où beaucoup de ces touristes résident. C'est l'endroit idéal pour semer une filature. Une fois dans Unter den Linden, je traversai la chaussée et hélai un taxi qui m'emmena à la station du zoo où je montai enfin dans le train spécial pour le stade olympique.

Celui-ci me parut plus petit que je ne l'avais imaginé. Je me demandai comment il allait pouvoir contenir la foule qui se pressait à l'extérieur. Une fois à l'intérieur, je me rendis compte que, grâce à une arène qui s'enfonçait de plusieurs mètres au-dessous du niveau du sol, il était en réalité plus grand qu'à l'extérieur.

Je gagnai ma place, tout près de la piste cendrée. Une maîtresse femme, installée à ma gauche, me salua poliment en hochant la tête. Le siège à ma droite, que j'imaginais être réservé par Marlene Sahm, était vide, bien qu'il soit déjà 14 heures passées. Je consultai justement ma montre lorsque les nuages crevèrent au-dessus du stade, déversant la plus violente averse de la journée. J'accueillis avec reconnaissance l'invitation de ma voisine à partager son parapluie. C'était sa bonne action du jour. Elle me montra l'extrémité ouest du stade et me tendit une paire de jumelles.

– C'est là que le Führer sera assis, m'informa-t-elle.

Je la remerciai du renseignement et, bien que ne trouvant aucun intérêt à cette information, je braquai les jumelles sur une estrade occupée par un groupe d'hommes en redingote, entourés d'uniformes d'officiers SS, qui se faisaient doucher autant que moi. Je me dis qu'Inge serait contente. Mais je ne vis aucune trace du Führer.

– Hier, il n'est venu qu'à 17 heures, m'expliqua l'aimable bourgeoise. Vous me direz que, avec un temps pareil, on lui pardonne volontiers de ne pas se déplacer. Je vois que vous n'avez pas de programme, ajouta-t-elle en baissant la tête vers mes genoux. Voulez-vous connaître les épreuves ?

Je lui déclarai que ce serait avec plaisir, mais à ma grande consternation, au lieu de me prêter son programme, elle entreprit de le lire tout haut.

– D'abord, il y aura les éliminatoires du 400 mètres haies. Ensuite nous aurons les demi-finales et la finale du 100 mètres. Si vous me permettez une opinion personnelle, je pense que nos coureurs n'ont aucune chance contre le nègre américain Owens. Je l'ai vu courir hier. On aurait dit une gazelle.

J'allais formuler une remarque désobligeante au sujet de la prétendue race des seigneurs lorsque Marlene Sahm s'assit à côté de moi, m'évitant ainsi une accusation de trahison.

– Merci d'être venu, Herr Gunther. Et toutes mes excuses pour hier. J'ai été grossière, je le sais. Vous cherchiez à m'aider, n'est-ce pas ?

– Exactement.

– Hier soir, je n'ai pas pu dormir à cause de ce que vous aviez dit sur… sur Eva.

– La maîtresse de Paul Pfarr ? (Elle acquiesça.) Est-ce une de vos amies ?

– Pas une amie intime, mais nous étions proches, oui. C'est pourquoi, ce matin, j'ai décidé de vous faire confiance. Je vous ai donné rendez-vous ici parce que je suis sûre qu'on me surveille. C'est pour ça que je suis en retard. J'ai dû m'assurer que je les avais bien semés.

– La Gestapo ?

– Certainement pas le Comité olympique, Herr Gunther, rétorqua-t-elle avec un sourire que je lui rendis.

– Non, bien sûr que non, fis-je en remarquant combien elle devenait attirante quand, sur son visage, l'impatience prenait le pas sur la modestie.

Sous l'imperméable couleur brique qu'elle était en train de déboutonner, elle portait une robe de coton bleu sombre dont le large décolleté me laissa entrevoir la naissance de ses seins bronzés. Elle fouilla dans son ample sac à main de cuir brun.

– Pour en revenir à Paul, dit-elle avec une certaine nervosité, vous vous doutez bien que, après sa mort, j'ai dû répondre à des tas de questions.

– À quel sujet ?

C'était une question stupide de ma part, mais elle ne me le fit pas remarquer.

– Sur tout. À un moment, ils ont même suggéré que j'étais moi aussi sa maîtresse. (Elle sortit de son sac un agenda vert sombre qu'elle me tendit.) J'ai réussi à garder ceci. C'est l'agenda de Paul, son agenda intime. L'autre, l'agenda officiel que je tenais à jour, je l'ai remis à la Gestapo.

Je retournai le carnet dans ma main, sans prendre la liberté de l'ouvrir. C'était curieux : après Six, Marlene me remettait à son tour un indice soustrait à l'attention de la police. Mais était-ce si curieux que ça ? N'était-ce pas tout simplement qu'ils connaissaient bien la police ?

– Pourquoi ? demandai-je.

– Pour protéger Eva.

– Dans ce cas, pourquoi ne pas l'avoir détruit ? Ç'aurait été plus sûr pour elle. Et pour vous aussi, non ?

Elle fronça les sourcils, s'efforçant peut-être de trouver une explication à quelque chose qu'elle-même ne comprenait pas très bien.

– J'ai pensé que si je le remettais entre de bonnes mains, il pourrait aider à identifier l'assassin.

– Et s'il s'avérait que votre amie Eva y est pour quelque chose ?

Ses yeux me fusillèrent.

– Impossible, dit-elle avec véhémence. Elle n'aurait pas fait de mal à une mouche.

Je fis la moue et hochai la tête avec circonspection.

– Parlez-moi d'elle, dis-je.

– Chaque chose en son temps, Herr Gunther, répliqua-t-elle d'un ton pincé.

Marlene Sahm n'étant visiblement pas le genre de femme à se laisser entraîner par ses sentiments, je me demandai si la Gestapo recrutait ses collaboratrices selon ce critère, ou si elles devenaient comme ça en son sein.

– D'abord, reprit-elle, j'aimerais qu'une chose soit claire entre nous.

– Je vous écoute.

– Après la mort de Paul, j'ai fait moi-même une petite enquête pour retrouver Eva. Ça n'a rien donné. Je vous raconterai tout cela plus tard. Mais avant que je vous parle, je veux que vous me promettiez, au cas où vous la retrouveriez, de tout faire pour la convaincre de se livrer. Si c'est la Gestapo qui l'arrête, elle sera dans de très mauvais draps. Comprenez bien que ce n'est pas une faveur que je vous demande. C'est le prix que j'exige en échange de mon aide.

– Je vous donne ma parole de faire tout pour qu'elle s'en sorte. Mais je dois vous dire que, pour l'instant, elle paraît être impliquée jusqu'au cou dans cette affaire. Et comme j'ai des raisons de croire qu'elle a l'intention de fuir à l'étranger ce soir même, vous feriez mieux de me dire rapidement ce que vous savez. Le temps presse.

Pendant un moment, Marlene se mordilla la lèvre d'un air songeur, regardant d'un air distrait les coureurs du 400 mètres haies se positionner sur la ligne de départ. Elle parut ne pas être consciente de la rumeur qui remplit le stade avant de retomber brusquement lorsqu'un officiel leva à bout de bras le pistolet du départ. Elle commença à me raconter son histoire au moment même où la détonation retentissait.

— Eh bien d'abord, elle ne s'appelait pas Eva. C'est Paul qui l'avait surnommée comme ça. Il avait la manie de changer le nom des gens. Il aimait bien les patronymes aryens comme Siegfried ou Brunehilde. En réalité Eva s'appelait Hannah, Hannah Rœdl, mais Paul disait que Hannah était un prénom juif, et qu'il préférait l'appeler Eva.

La foule accueillit par un rugissement la victoire de l'Américain dans la première épreuve.

— Paul était malheureux avec sa femme, mais il ne m'a jamais dit pourquoi. Lui et moi étions devenus amis et il me racontait beaucoup de choses, et pourtant il ne m'a jamais parlé de sa femme. Un soir, il m'a emmenée dans un club de jeux, où je suis tombée sur Eva, qui y travaillait comme croupière. Je ne l'avais pas revue depuis des mois. Nous nous étions connues au service du fisc où nous travaillions toutes les deux. Elle a toujours été très douée pour les chiffres. Je suppose que c'est la raison pour laquelle elle était devenue croupière. Un travail bien payé, avec la possibilité de rencontrer des gens intéressants.

Je haussai les sourcils : personnellement j'ai toujours trouvé les clients des casinos ennuyeux à mourir. Mais je me tus pour ne pas lui faire perdre le fil.

— Naturellement, je lui ai présenté Paul, et il était évident qu'ils ont été attirés tout de suite l'un vers l'autre. Paul était assez bel homme, Eva une vraie beauté. Un mois plus tard, je l'ai de nouveau rencontrée et elle m'a dit que Paul et elle avaient une liaison. J'ai d'abord été choquée, puis je me suis dit que, après tout, ce n'était pas mes affaires. Ils se sont beaucoup fréquentés durant les six mois qui ont précédé la mort de Paul. Vous trouverez les détails de dates dans l'agenda.

J'ouvris le carnet à la page du jour de l'assassinat de Pfarr et lus ce qu'il y avait écrit.

— Tiens, il avait rendez-vous avec elle le soir où il est mort… (Marlene resta silencieuse. Je revins en arrière, parcourant les pages de l'agenda.) Je connais aussi ce nom-là : Gehrard von Greis. Que savez-vous de lui ? (J'allumai une cigarette et ajoutai :) Je crois qu'il va falloir que vous me parliez de ce petit service de la Gestapo que Paul avait constitué, vous ne croyez pas ?

— Paul en était très fier, vous savez, soupira-t-elle. Un homme d'une intégrité totale…

— Certainement, dis-je. Passer tout ce temps avec cette fille alors qu'il aurait tellement préféré être chez lui auprès de sa femme…

— Croyez-le ou non, Herr Gunther, mais c'était exactement ça. C'est ce qu'il aurait voulu. Je pense qu'il n'a jamais cessé d'aimer Grete. Mais en même temps, à un certain moment, il s'est mis à la haïr. Je ne sais pas pourquoi.

Je haussai les épaules.

— Il peut y avoir des tas de raisons. Peut-être qu'il aimait bien remuer la queue.

Elle resta silencieuse quelques minutes, digérant la grossièreté de ma réplique pendant que se déroulait la deuxième épreuve de haies. La foule applaudit bruyamment la victoire du coureur allemand Nottbruch. Ma voisine la bourgeoise, debout, criait de joie en agitant son programme.

Marlene replongea la main dans son sac et en sortit une enveloppe.

— Voici la copie de la lettre autorisant Paul à mettre sur pied son service, dit-elle en me la tendant. J'ai pensé que cela vous intéresserait. Cela vous aidera à mettre les choses en perspective et à comprendre pourquoi Paul a fait ce qu'il a fait.

Je lus la lettre :

Le Reichsführer SS et chef de la police au ministère de l'Intérieur du Reich. o-KdS g2(o/RV) N° . 2211/35

Berlin NW7
6 novembre 1935
Unter den Linden, 74
Tél. local : 120034
Interurbain : 120037

Urgent. À l'attention du Hauptsturmführer Doktor Paul Pfarr

Je vous écris à propos du sujet particulièrement grave de la corruption sévissant parmi les serviteurs du Reich. Il importe de respecter un principe fondamental : les fonctionnaires des services publics doivent être honnêtes, respectueux, loyaux et amicaux envers les membres de notre sang. Les individus contrevenant à ce principe – même en acceptant ne serait-ce qu'un seul mark – doivent être impitoyablement punis. Je ne resterai pas inactif devant les progrès de cette pourriture.

Comme vous le savez, j'ai déjà pris des mesures pour extirper la corruption des rangs des SS, mesures qui ont entraîné l'élimination d'un certain nombre d'entre eux. Il est de la volonté du Führer que vous enquêtiez afin d'extirper la fraude endémique qui règne au sein du Front du Travail. À cette fin, vous êtes élevé au grade de Hauptsturmführer, et devrez désormais en référer directement à moi.

*Nous brûlerons la corruption partout où elle pointe
la tête. Ainsi, chaque jour, nous aurons la fierté d'avoir
accompli une grande tâche par amour de notre peuple.*

Heil Hitler !
(signé :)
Heinrich Himmler

— Paul a été très efficace, précisa Marlene. On a procédé à des arrestations et les coupables furent punis.

— « Éliminés », dis-je en reprenant le terme du Reichsführer.

— C'étaient des ennemis du Reich, rétorqua-t-elle d'une
voix cassante.

— Oui, bien sûr, dis-je, m'attendant à ce qu'elle pour-
suive, mais voyant qu'elle commençait à douter de moi,
j'ajoutai : Ils devaient être punis. Je suis d'accord avec
vous. Continuez, je vous prie.

Marlene hocha la tête.

— Finalement, il s'intéressa au Syndicat des métallurgistes, et apprit alors les rumeurs courant sur son beau-
père, Hermann Six. Au début, il les prit à la légère, mais
brusquement, presque du jour au lendemain, il décida de
le détruire. Au bout de quelque temps, c'était devenu une
obsession.

— À quel moment ?

— Je ne pourrais pas vous dire la date exacte, mais c'est
à partir de là qu'il s'est mis à travailler tard le soir et à
ne plus répondre aux coups de téléphone de sa femme.
C'était juste avant qu'il ne commence à fréquenter Eva.

— En quoi papa Six avait-il failli ?

— Les responsables du Front du travail avaient confié
les fonds du Syndicat des métallurgistes et de son système
d'entraide à la banque de Six…

— Vous voulez dire qu'il possède aussi une banque ?

– Il est actionnaire majoritaire de la Deutsches
Kommerz Bank. En échange, Six a fait bénéficier ces officiels de prêts personnels à des taux dérisoires.

– Que retirait Six de cette opération ?

– En payant des intérêts très faibles sur les dépôts, la
banque pouvait redresser sa comptabilité au détriment des
ouvriers.

– Propre et sans bavure, hein ?

– Et ce n'est pas tout, dit-elle avec un rictus amer. Paul
soupçonnait son beau-père de se servir dans les fonds du
syndicat. Et de brasser les dépôts.

– Brasser ? Comment ça ?

– Il revendait sans arrêt les actions pour en acheter
d'autres afin de pouvoir réclamer sur chaque opération
le pourcentage légal. Une commission, si vous voulez.
Cette commission était répartie entre la banque et les
responsables du syndicat. Mais apporter les preuves de
ces manipulations était une autre paire de manches. Paul
a essayé de faire placer le téléphone de Six sur écoute,
mais on lui a refusé l'autorisation. Paul en a déduit que
la ligne était déjà écoutée par quelqu'un peu désireux de
partager ce qu'il apprenait. Paul a alors cherché un autre
moyen de confondre son beau-père. Il découvrit que le Premier ministre avait un agent confidentiel qui détenait des
informations compromettantes sur Six – et sur beaucoup
d'autres. Il s'appelait Gehrard von Greis. Goering veut se
servir de ces informations pour obliger Six à soutenir sa
politique économique. Paul s'est arrangé pour rencontrer
von Greis, et il lui a offert une grosse somme d'argent si
celui-ci lui montrait ce qu'il avait sur Six. Mais von Greis
a refusé. Paul disait qu'il avait peur.

Marlene jeta un coup d'œil autour d'elle. La foule
s'excitait en prévision de la demi-finale du 100 mètres.
Les haies avaient été enlevées de la piste, et plusieurs ath-
lètes s'échauffaient déjà, dont celui que la foule était venue

voir : Jesse Owens. Durant quelques secondes, Marlene s'absorba dans la contemplation de l'athlète noir.

– N'est-il pas superbe ? dit-elle. Owens, je veux dire. Dans son genre, évidemment.

– Paul a fini par entrer en possession de ces papiers, n'est-ce pas ?

Elle opina.

– Paul était un homme déterminé, vous savez, dit-elle d'un air distrait. À certains moments, il pouvait se montrer très brutal.

– Je n'en doute pas.

– Il existe un service de la Gestapo, dans Prinz Albrecht Strasse, chargé des relations avec les clubs, les associations et le Front du Travail. Paul les a persuadés d'établir une « fiche rouge » au nom de von Greis afin de le faire arrêter dès que possible. Ils ont poussé le zèle jusqu'à confier son arrestation au Commando d'alerte, qui l'a emmené au quartier général de la Gestapo.

– Qui sont les membres de ce Commando d'alerte ?

– Des tueurs. (Elle secoua la tête.) Il vaut mieux éviter de tomber entre leurs mains. Leur but était de faire peur à von Greis. Suffisamment peur pour le convaincre que Himmler était plus puissant que Goering, et qu'il devait plus craindre la Gestapo que le Premier ministre. Après tout, n'est-ce pas Himmler qui a pris la Gestapo à Goering ? Et qu'était devenu l'ancien chef de la Gestapo, Diels, que son ancien maître lâchait comme une vieille chaussette ? Ils ont donc expliqué tout ceci à von Greis ; ils lui ont dit que la même chose risquait de lui arriver et que sa seule chance était de coopérer s'il voulait éviter d'encourir la colère du Reichsführer SS. Autrement dit, de croupir en KZ. Naturellement, von Greis a été convaincu. Qui ne l'aurait pas été ? Il a donné à Paul tout ce qu'il avait. Paul a donc récupéré les documents, qu'il a étudiés chez lui plusieurs soirs de suite. Peu après, il a été tué.

– Et les documents ont été volés.

– Oui.

– Connaissez-vous le contenu de ces documents ?

– Pas dans le détail. Je ne les ai jamais vus. Je n'en sais que ce qu'il m'en a dit. D'après lui, ils prouvaient sans l'ombre d'un doute que Six était en cheville avec le crime organisé.

Jesse Owens, après un départ foudroyant, se détacha nettement dans les premiers trente mètres. La bourgeoise était de nouveau debout. Elle avait eu tort, pensai-je, de décrire Owens comme une gazelle. À voir avec quelle grâce le Noir accélérait peu à peu sa course, ridiculisant du même coup toutes les théories foireuses sur la supériorité aryenne, je me dis qu'Owens n'était rien d'autre qu'un Homme. Courir de la sorte donnait un sens à l'humanité entière, et si une race supérieure devait jamais exister, elle ne pourrait certainement pas exclure de ses rangs un individu comme Owens. Je me réjouis de voir que sa victoire déclenchait une formidable ovation de la part du public, et je me dis que, après tout, l'Allemagne ne voulait peut-être pas la guerre. Je tournai la tête vers l'estrade réservée à Hitler et aux autres dignitaires du Parti, afin de voir comment ils réagissaient au sentiment populaire spontanément exprimé à l'égard d'un Noir. Mais les dirigeants du Troisième Reich étaient toujours invisibles.

Je remerciai Marlene et quittai le stade. Dans le taxi qui m'emmenait vers les lacs au sud de Berlin, je repensai à ce pauvre von Greis. Arrêté et terrorisé une première fois par la Gestapo, il avait été, sitôt relâché, de nouveau enlevé, torturé et tué par la bande de Red Dieter. Voilà ce qui s'appelait ne pas avoir de chance.

Nous franchîmes le pont Wannsee et longeâmes le rivage. À l'entrée de la plage, une pancarte noire portant l'inscription « Interdit aux Juifs » déclencha les ricanements de mon chauffeur.

– Quelle blague, hein ? « Interdit aux Juifs » – De toute façon, il n'y a personne, vous pensez, avec un temps pareil.

Devant le restaurant du pavillon suédois, quelques optimistes entretenaient l'espoir que le temps allait s'arranger. Mon chauffeur les accabla de ses sarcasmes, pestant contre le temps tandis qu'il prenait Koblanckstrasse, puis Lindenstrasse. Je lui demandai de m'arrêter à l'angle de Hugo-Vogel Strasse.

C'était un quartier tranquille, propret et plein de verdure, composé de maisons moyennes et grandes avec de belles pelouses et des haies soigneusement taillées. J'aperçus ma voiture garée un peu plus loin, mais je ne vis pas trace d'Inge. Je jetai des regards inquiets autour de moi en attendant ma monnaie. Sentant que quelque chose ne tournait pas rond, je gratifiai distraitement le chauffeur d'un pourboire excessif, de sorte qu'il me demanda aussitôt si je voulais qu'il attende. Je secouai la tête et fis un pas en arrière tandis qu'il démarrait en trombe. Je m'approchai de ma voiture, garée à une trentaine de mètres du pavillon de Haupthändler. Je tournai la poignée de la portière. Elle n'était pas verrouillée. Je m'assis derrière le volant et attendis un moment en espérant voir arriver Inge. Je rangeai dans la boîte à gants l'agenda que m'avait donné Marlene, puis récupérai mon arme sous le siège. Après l'avoir glissée dans ma poche, je ressortis de la voiture.

L'adresse correspondait à un pavillon de deux étages, de couleur brun sale et d'aspect négligé. La peinture s'écaillait sur les volets clos, et une pancarte « À vendre » était plantée dans le jardin. La maison paraissait inhabitée depuis un bon moment. C'était une cachette idéale. Une pelouse à l'abandon ceinturait la maison, et un petit mur la séparait de la rue où une Adler bleu vif était stationnée dans le sens de la pente. J'enjambai le muret, contournai une tondeuse à gazon rouillée et obliquai vers le côté de la maison où je me dissimulai sous un arbre. Approchant du coin arrière du pavillon, je tirai le Walther de ma poche, le chargeai et l'armai.

Courbé en deux, je progressai sous les fenêtres et atteignis la porte de derrière. Elle était entrouverte. Je distinguai des voix étouffées provenant de l'intérieur. Je poussai la porte du canon de mon arme et aperçus une traînée de sang sur le sol de la cuisine. J'entrai silencieusement, mon estomac se nouant à l'idée qu'Inge avait peut-être voulu jeter un coup d'œil dans la maison et qu'elle avait été blessée – ou pis. Je pris une profonde inspiration et appuyai l'acier de l'automatique contre ma joue. Une sensation de froid glacial m'envahit le visage, me traversa la nuque et pénétra mon âme. Je me baissai devant la porte de la cuisine et jetai un coup d'œil par le trou de la serrure. Je découvris un couloir vide au sol nu et plusieurs portes fermées. Je tournai la poignée.

Les voix provenaient d'une des pièces situées à l'avant de la maison. Je les reconnus comme celles de Haupthänd-ler et de Jeschonnek. Après quelques instants, j'entendis aussi une voix de femme, et je crus d'abord que c'était Inge jusqu'à ce qu'elle rie. Plus préoccupé de savoir ce qu'il était arrivé à Inge que de récupérer les diamants de Six, j'estimai qu'il était temps que je révèle ma présence. Ce que j'avais entendu de leur conversation m'indiquait qu'ils se sentaient en parfaite sécurité, mais en pénétrant dans la pièce, je préférai tirer au plafond au cas où ils auraient manifesté des intentions hostiles.

– Restez où vous êtes ! les avertis-je.

Mon arrivée brutale les avait pris à l'improviste, et j'estimais qu'il aurait fallu être stupide pour sortir une arme maintenant, mais Gert Jeschonnek était exactement le type à tenter ce genre de chose. Il est toujours délicat de stopper une cible mouvante, surtout lorsqu'elle vous tire dessus. Or j'étais décidé à arrêter Jeschonnek à tout prix. Quand je l'arrêtai, il était mort. J'aurais préféré ne pas l'atteindre à la tête, mais je n'eus pas le choix. Ce premier problème réglé, il me fallut m'occuper du second. Haupthändler venait de me sauter dessus pour tenter de me désarmer. Nous roulâmes au sol. Il cria à la femme terrorisée qui se tenait debout près de la cheminée de récupérer le pistolet. Il entendait celui qui était tombé des mains de Jeschonnek au moment où je lui avais fait exploser le crâne, mais la fille ne sut pas si c'était celui-là ou le mien. La voyant hésiter, Haupthändler lui répéta sa demande, mais j'en profitai pour me libérer de son étreinte et le frapper violemment au visage avec mon Walther. Exécuté avec la puissance d'un revers de tennis, le coup l'envoya dinguer contre le mur. Il glissa sur le sol, inconscient. Je me retournai juste à temps pour voir la fille ramasser l'arme de Jeschonnek. Ce n'était pas le moment de me montrer chevaleresque, mais je ne voulais pas non plus lui tirer dessus. J'avançai vaillamment vers elle et lui balançai mon poing sous le menton.

J'empochai l'arme de Jeschonnek et me penchai sur lui. Inutile d'être médecin légiste pour constater qu'il était mort. Mais il y a des instruments plus délicats qu'une balle de 9 mm pour nettoyer les oreilles d'un homme. Je coinçai une cigarette entre mes lèvres desséchées et m'assis à la table en attendant que Haupthändler et la fille reviennent à eux. Je tirai sur ma cigarette la bouche serrée, enfumant mes poumons comme deux harengs saurs et ne rejetant que de nerveux petits jets de fumée. J'avais l'impression qu'on pinçait mes entrailles comme les cordes d'une guitare.

La pièce n'était meublée que d'un sofa râpé, d'une table et de quelques chaises. C'est alors que j'aperçus le collier de Six, posé sur un morceau de feutre étendu sur la table. Je jetai ma cigarette et tirai les diamants vers moi. Les pierres firent un bruit de billes entrechoquées. Elles me parurent froides et lourdes dans ma main. Difficile d'imaginer une femme les portant : ce devait être

aussi agréable que de se suspendre autour du cou une douzaine de couverts en argent. Sous la table se trouvait une
serviette. Je la pris et l'ouvris. Elle renfermait une masse
de billets – des dollars et des livres sterling, comme je
m'y attendais – ainsi que deux faux passeports aux noms
de Herr et Frau Rolf Teichmüller, les noms figurant sur
les billets d'avion que j'avais trouvés chez Haupthändler.
C'étaient de bonnes imitations, mais il était relativement
facile de s'en procurer si vous connaissiez quelqu'un dans
les services habilités à délivrer les vrais, et si vous étiez
prêt à payer le prix fort. Je n'y avais jamais songé auparavant, mais il m'apparut soudain que, avec tous les Juifs
venant chez Jeschonnek pour financer leur fuite hors du
pays, une petite affaire parallèle de faux passeports devait
être d'un excellent rapport.

La fille grogna et se redressa. Tâtant sa mâchoire en
sanglotant, elle s'approcha de Haupthändler qui venait
de se tourner sur le côté. Elle le soutint par les épaules
tandis qu'il s'essuyait le sang coulant de sa bouche et de
son nez. J'ouvris le passeport de la fille. Je ne sais pas
si, à l'instar de Marlene, je l'aurais décrite comme une
beauté, mais elle était certainement très jolie, avec une
expression intelligente – pas du tout le genre d'écervelée
que je m'étais imaginé en apprenant qu'elle était croupière.

– Je suis désolé d'avoir dû vous frapper, Frau Teichmüller, dis-je. À moins que je doive vous appeler Hannah,
Eva ou je ne sais quoi d'autre ?

Elle me décocha un regard si brûlant de haine qu'il lui
sécha les yeux, et les miens par la même occasion.

– Vous n'êtes pas si malin que ça, dit-elle. Je me
demande pourquoi ces deux imbéciles tenaient tant à vous
écarter.

– À présent, ça me semble plutôt évident, non ?

Haupthändler cracha par terre et demanda :

– Alors, que fait-on maintenant ? Je haussai les épaules.

– Ça dépend. Nous pourrions mettre au point une histoire, dire qu'il s'agit d'un crime passionnel ou quelque chose dans ce genre. J'ai des amis à l'Alex. Je peux peut-être vous arranger ça, mais il faut d'abord que vous m'aidiez. J'avais une collaboratrice, une fille grande, brune, bien roulée, avec un manteau noir. Je me suis inquiété en voyant du sang dans la cuisine, et je m'inquiète d'autant plus que je ne la vois toujours pas. Vous ne l'auriez pas aperçue, par hasard?

Eva ricana.

– Allez vous faire foutre, lâcha Haupthändler.

Je décidai de leur faire peur.

– Parce qu'un meurtre avec préméditation, c'est grave. Surtout quand il y a beaucoup d'argent en jeu. Une fois j'ai vu guillotiner un type, à la prison du lac Ploetzen. Goelpl, le bourreau, officie avec des gants blancs et une redingote. N'est-ce pas une attention charmante?

– Lâchez votre arme, je vous prie, Herr Gunther, fit une voix venant de la porte.

Une voix patiente mais légèrement irritée, comme lorsqu'on réprimande un enfant turbulent. Mais moi, j'obéis. Je préfère éviter de discuter avec une mitraillette, et apercevant du coin de l'œil le visage en forme de gant de boxe du nouveau venu, je compris qu'il me tuerait sans hésitation à la moindre plaisanterie douteuse. Il entra dans la pièce, suivi de deux autres types brandissant leur arme.

– Allons, debout vous deux, fit celui qui tenait la mitraillette et Eva aida Haupthändler à se relever. Mettez-vous face au mur. Vous aussi, Gunther.

La tapisserie était trop sombre à mon goût. J'eus tout le temps de l'observer de près en attendant que l'on me fouille.

– Si vous connaissez mon nom, dis-je, vous savez aussi que je suis un enquêteur privé. Ces deux-là sont recherchés pour meurtre.

Je ne vis pas arriver la matraque, mais je l'entendis fendre l'air à hauteur de ma tête. Une fraction de seconde avant de m'écrouler, je me dis que j'en avais plus qu'assez de me faire assommer.

16

Carillon et grosse caisse. Quel était le nom de ce morceau, déjà ? *Mon amour la petite Anne de Tharau* ? Non, ce n'était pas une mélodie, mais le brimbalement d'un tramway de la ligne 51 retournant au dépôt de Schonhauser Allee. La cloche tintait et les wagons tressautaient tandis que nous fonçions dans Schillerstrasse, Pankow, Breite Strasse. Du haut de son campanile, la cloche olympique géante sonnait l'ouverture et la fin des Jeux. Le pistolet de Herr Miller, le starter, et les hurlements de la foule tandis que Joe Louis courait vers moi et me mettait KO pour la seconde fois dans le même round. Un quadrimoteur Junkers ronronnait dans la nuit en direction de Croydon, emportant les morceaux de mon cerveau déchiqueté. Je m'entendis articuler :

– Déposez-moi au lac Ploetzen.

Une meute de dobermans déchaînés hurlait sous mon crâne. En essayant de le soulever de la voiture, je m'aperçus que j'avais les mains menottées dans le dos. Je sursautai sous la brusque douleur qui me déchira. Je ne pensai à rien d'autre qu'à rester immobile…

… Cent mille bottes marchant au pas de l'oie sur Unter den Linden, et un type braquant son micro pour amplifier ce son déjà terrifiant d'une armée écrasant tout sur son passage comme les sabots d'un cheval géant. Une alerte aérienne. Un barrage d'artillerie pilonnant les tranchées adverses pour couvrir notre offensive. Mais comme nous jaillissions de nos lignes, un énorme obus explosa juste au-dessus de nos têtes, fauchant la plupart d'entre nous. Sautant dans un cratère jonché de crapauds carbonisés, la tête coincée dans un piano à queue, les oreilles tressautant à chaque coup de marteau frappant les cordes, j'attendis que se calme le fracas de la bataille…

À demi conscient, je sentis qu'on me sortait de la voiture, puis qu'on me transportait, mi-porté, mi-traîné, dans un bâtiment. On ôta mes menottes et l'on m'installa sur une chaise où l'on me maintint pour m'empêcher de tomber. Un type en uniforme et sentant le phénol explora mes poches. Tandis qu'il les retournait, je sentis un liquide visqueux coller le col de ma chemise à mon cou. Je le touchai. C'était du sang provenant de ma blessure. Après ça, il m'examina rapidement la tête et déclara que j'étais suffisamment en forme pour répondre à quelques questions. Il aurait aussi bien pu dire que j'étais d'attaque pour une partie de golf. On m'offrit du café et une cigarette.

— Savez-vous où vous êtes?

Je dus faire un effort pour arrêter de secouer la tête et parvenir à marmonner que je l'ignorais.

— Vous êtes à la Kripo, au commissariat de Königsweg, à Grunewald.

Je bus une gorgée de café en hochant lentement la tête.

— Je suis l'inspecteur Hingsen, dit mon interlocuteur. Et voici le Wachtmeister Wentz.

Il désigna de la tête le type en uniforme debout à côté de lui, celui qui sentait le phénol.

— Pouvez-vous nous dire ce qui s'est passé?

— Si votre gorille avait tapé moins fort, je m'en souviendrais plus facilement, m'entendis-je coasser.

L'inspecteur regarda le sergent, qui haussa les épaules d'un air évasif.

— Nous ne vous avons pas touché, dit-il.

— Pardon?

— Je dis que nous ne vous avons pas touché.

Grimaçant, je me touchai la nuque puis exhibai le sang déposé au bout de mes doigts.

— Et ça, je suppose que je me le suis fait en me brossant les cheveux ?

— C'est à vous de nous le dire, fit l'inspecteur.

Je m'entendis soupirer.

— Que se passe-t-il ? Je ne comprends pas. Vous avez bien vu mes papiers, non ?

— Oui, rétorqua l'inspecteur. Écoutez, vous feriez mieux de commencer par le commencement. Faites comme si nous ne savions rien du tout, d'accord ?

Je résolus de leur expliquer mon histoire du mieux que je le pouvais.

— Je suis sur une affaire, commençai-je. Haupthändler et la fille sont recherchés pour meurtre…

— Eh ! une minute ! me coupa-t-il. Qui est Haupthändler ?

Je sentis mes sourcils se froncer. J'essayai de me concentrer.

— Ça y est, je me souviens. Ils s'appellent Teichmüller à présent. Haupthändler et Eva ont deux passeports tout neufs que Jeschonnek leur a procurés.

L'inspecteur se balança sur ses talons.

— Nous y voilà, fit-il. Jeschonnek. C'est le cadavre que nous avons trouvé, n'est-ce pas ?

Il se tourna vers le sergent qui tira d'un sac en papier mon Walther PPK attaché à un fil.

— Est-ce votre arme, Herr Gunther ? s'enquit le sergent.

— Oui, dis-je avec lassitude. D'accord, c'est moi qui l'ai tué. En état de légitime défense. Il a voulu sortir son arme. Il était là pour conclure un marché avec Haupthändler. Ou Teichmüller, si vous voulez, puisque c'est sa nouvelle identité.

L'inspecteur et le sergent échangèrent un nouveau regard entendu. Je commençai à m'inquiéter.

— Parlez-nous de ce Teichmüller, fit le sergent.

– Haupthändler, rectifiai-je avec irritation. Vous l'avez arrêté, non ?

L'inspecteur fit la moue et secoua la tête pour me détromper.

– Et la fille, Eva, vous ne l'avez pas arrêtée non plus ?

Il croisa les bras et planta son regard dans le mien.

– Écoutez, Gunther, vous feriez mieux d'arrêter de nous débiter vos salades. Un voisin nous a prévenus parce qu'il avait entendu un coup de feu. Nous vous avons retrouvé inconscient, à côté d'un cadavre, de deux pistolets ayant tiré chacun un coup, et d'un gros paquet de devises étrangères. Mais aucune trace d'un Teichmüller, d'un Haupthändler ou d'une Eva.

– Pas de diamants non plus ?

Il fit non de la tête.

L'inspecteur, un gros homme à l'air fatigué et aux dents jaunies par le tabac, s'assit en face de moi et m'offrit une cigarette. Il en prit également une et nous partageâmes en silence son allumette. Lorsqu'il reprit la parole, sa voix était presque aimable.

– Vous étiez flic autrefois, n'est-ce pas ?

Je hochai ma tête endolorie.

– Il me semblait bien connaître votre nom. Vous étiez même un bon élément, si je me souviens bien.

– Merci, dis-je.

– Il est donc inutile de vous expliquer comment je vois cette affaire ?

– Vous voulez dire que je suis mal parti ?

– Pis que ça.

Pendant un moment, il fit rouler sa cigarette entre ses lèvres, clignant de l'œil quand la fumée lui irritait les yeux.

– Vous voulez que je vous appelle un avocat ?

– Non, merci. Mais puisque vous tenez à faire plaisir à un ancien collègue, vous pourriez faire une chose. J'ai une assistante du nom d'Inge Lorenz. J'aimerais que vous lui téléphoniez pour la prévenir que vous m'avez arrêté.

Il me donna un crayon et un papier sur lequel j'inscrivis trois numéros. L'inspecteur avait l'air d'un type correct, et j'aurais aimé lui dire qu'Inge avait disparu alors qu'elle m'attendait devant la maison de Wannsee. Mais si je le mettais au courant, ils fouilleraient ma voiture et trouveraient l'agenda de Marlene Sahm, ce qui pourrait lui causer de gros ennuis. Et puis Inge s'était peut-être tout simplement sentie mal et était rentrée chez elle en taxi, sachant que je récupérerais la voiture un peu plus tard. Oui, pourquoi pas?

— Et si vous appeliez quelqu'un de la police? Il doit bien vous rester quelques amis à l'Alex, non?

— Bruno Stahlecker, dis-je. Mais à part certifier que je suis bon avec les enfants et les animaux, je crains qu'il ne puisse pas grand-chose pour moi.

— Dommage.

Je réfléchis un moment. Une des seules choses qui me restaient à faire était d'appeler les deux voyous de la Gestapo qui avaient saccagé mon bureau et leur dire tout ce que je savais. Il était probable qu'ils seraient furieux à mon encontre et me délivreraient aussi sûrement un aller simple en KZ que si je me laissais inculper du meurtre de Gert Jeschonnek par l'inspecteur qui me faisait face.

Je ne suis pas joueur, mais c'était la seule carte qui me restait.

Le Kriminalkommissar Jost tira pensivement sur sa pipe.

— C'est une théorie intéressante, dit-il.

Dietz cessa de tripoter sa moustache et eut un ricanement méprisant. Jost considéra un moment son subordonné, puis se tourna de nouveau vers moi.

– Mais comme vous pouvez le constater, mes collègues la considèrent comme peu fondée.

– C'est le moins qu'on puisse dire, tête de mule, grommela Dietz qui me paraissait encore plus laid depuis qu'il avait terrorisé ma secrétaire et gaspillé ma dernière bonne bouteille.

Jost était un homme de haute taille à l'allure d'ascète, avec un visage de cerf perpétuellement étonné et un cou décharné qui dépassait de sa chemise comme la tête d'une tortue hors d'une carapace de location. Il eut un sourire en lame de rasoir à l'idée de remettre son subordonné à sa place.

– Il faut dire que la théorie n'est pas son fort, dit-il. Dietz est plutôt un homme d'action, n'est-ce pas ?

Le visage de Dietz s'empourpra, et le sourire du commissaire s'élargit d'un cran. Il ôta ses lunettes et se mit à les nettoyer ostensiblement pour signifier à tous ceux qui se trouvaient dans la pièce d'interrogatoire qu'il considérait ses capacités intellectuelles comme bien supérieures à la seule force physique. Il finit par rechausser ses lunettes, ôta sa pipe de la bouche et eut un bâillement épuisé.

– Je ne veux pas dire par là que les hommes d'action n'aient pas leur place à la Sipo. Mais au bout du compte, ce sont les gens qui réfléchissent qui doivent prendre les décisions. Selon vous, pourquoi la compagnie d'assurances Germania n'a-t-elle pas jugé utile de nous informer de l'existence de ce collier ?

La manière habile dont il amena la question me prit au dépourvu.

– Je suppose que personne ne leur a demandé, hasardai-je en désespoir de cause.

Il y eut un long silence.

– Mais la baraque a été détruite de fond en comble, fit Dietz d'un ton presque anxieux. L'assurance aurait dû nous mettre au courant.

— Et pourquoi donc ? fis-je. Il n'y a eu aucune réclamation. Ils m'ont engagé au cas où il y en aurait.

— Voulez-vous dire qu'ils savaient qu'il y avait un collier de grande valeur dans ce coffre, dit Jost, mais qu'ils avaient l'intention de ne pas le rembourser ? Et pour ça, ils étaient prêts à dissimuler une preuve ?

— Avez-vous seulement pensé à leur poser la question ? répétai-je. Allons, Messieurs, ce sont des financiers, pas des rigolos du Secours d'Hiver. Pourquoi se priveraient-ils de plusieurs centaines de milliers de Reichsmarks en incitant quelqu'un à réclamer un remboursement ? Et d'abord à qui voulez-vous qu'ils les donnent ?

— Au plus proche parent, non ? dit Jost.

— Sans titre de propriété, ni même une description de l'objet ? dis-je. Peu probable. Après tout, il y avait dans ce coffre d'autres objets de valeur qui n'appartenaient pas à la famille Six, n'est-ce pas ? (Jost resta impassible.) Non, commissaire, à mon avis vos hommes étaient trop occupés à rechercher les précieux papiers de Herr von Greis pour s'embêter à chercher ce qu'il y avait d'autre dans le coffre de Paul Pfarr.

Dietz n'eut pas l'air d'apprécier.

— Ne fais pas le malin avec nous, tête de mule, dit-il. Ta position ne t'autorise pas à nous accuser d'incompétence. Nous en savons assez sur toi pour t'expédier en KZ à coups de pompes dans le derrière.

Jost pointa l'embout de sa pipe vers moi.

— Là, il a raison, Gunther, dit-il. Nous avons peut-être commis quelques négligences, mais c'est vous qui avez la tête sur le billot. Nous allons vérifier votre histoire.

Il tira sur sa pipe, mais elle était éteinte. Il la vida et recommença à la bourrer. Il ordonna à Dietz de téléphoner au bureau de la Lufthansa à Tempelhof pour savoir s'ils avaient bien deux réservations pour Londres au nom de Teichmüller sur le vol de ce soir. Lorsque Dietz eut reçu confirmation, Jost alluma sa pipe et, entre les bouffées, me dit :

– Eh bien, Gunther, vous pouvez partir.

Que Dietz n'en croie pas ses oreilles, cela n'avait rien d'étonnant. Mais l'inspecteur du commissariat de Grunewald lui-même parut décontenancé par la décision de Jost. Quant à moi, j'étais tout aussi estomaqué par ce dénouement. Je me levai avec hésitation, m'attendant d'une seconde à l'autre à ce que Jost fasse signe à Dietz de m'assommer une nouvelle fois. Mais il se contenta de rester assis, tirant sur sa bouffarde en m'ignorant. Je traversai la pièce jusqu'à la porte et tournai la poignée. En sortant, j'aperçus Dietz qui détournait le regard, craignant sans doute de perdre tout contrôle et de se déconsidérer devant son supérieur. Des rares plaisirs que me promettait cette soirée, la fureur de Dietz était sans doute le plus délectable.

En quittant le commissariat, le sergent de permanence m'apprit qu'aucun des numéros que j'avais donnés n'avait répondu.

Une fois dans la rue, le soulagement que j'éprouvais à avoir été relâché si rapidement laissa bientôt la place à une inquiétude grandissante quant au sort d'Inge. J'étais épuisé et j'aurais dû m'occuper de me faire poser des points de suture sur le crâne, mais lorsque je grimpai dans un taxi, je m'entendis lui demander de me conduire à Wannsee, là où Inge avait laissé ma voiture.

Rien dans mon véhicule n'indiquait où elle avait pu aller, et la voiture de police en faction devant le pavillon de Haupthändler m'ôta tout espoir de fouiller la maison à la recherche d'éventuelles traces, en supposant qu'Inge y soit entrée. Je tournai donc un bon moment dans le quartier, espérant en vain la rencontrer.

Mon appartement me parut atrocement vide, même une fois que j'eus mis la radio et allumé toutes les lampes.

J'appelai chez Inge à Charlottenburg, mais il n'y avait personne. J'appelai au bureau, j'appelai même Müller, au *Morgenpost*, mais je m'aperçus qu'il savait aussi peu de choses que moi sur Inge Lorenz, sa famille et ses amis.

Je me servis un grand verre de cognac que j'avalai d'un trait dans l'espoir d'endormir le sentiment inconnu que je sentais poindre au plus profond de moi : le désarroi. Pendant que je faisais chauffer de l'eau pour prendre un bain, je bus un deuxième verre de cognac et m'en servis un troisième. Le bain était assez chaud pour ramollir un iguane mais, tout absorbé par l'image d'Inge et les différentes choses qui avaient pu lui arriver, je m'y glissai sans réagir.

La préoccupation céda le pas à l'étonnement à mesure que je m'efforçai de comprendre pourquoi diable Jost m'avait relâché après un interrogatoire d'à peine une heure. Personne n'aurait pu me faire croire qu'il avait avalé tout ce que je lui avais raconté, même s'il se prétendait criminologue. Je connaissais sa réputation, qui n'était pas celle d'un Sherlock Holmes d'occasion. D'après ce que je savais, Jost avait l'esprit alerte. Me laisser partir après un simple coup de téléphone au bureau de la Lufthansa allait à l'encontre de tout ce en quoi il croyait.

Je me séchai et me mis au lit. Je restai un moment allongé les yeux ouverts, fouillant dans les tiroirs en désordre de mon cerveau en espérant y retrouver un élément qui m'éclairerait. Ne trouvant rien, je sentis qu'il était inutile d'insister. Mais si Inge avait été couchée à mon côté, je lui aurais dit que, d'après moi, on m'avait libéré parce que les supérieurs de Jost voulaient récupérer les papiers de von Greis à tout prix, même si cela passait par l'utilisation d'un homme soupçonné de deux meurtres.

Mais surtout, je lui aurais dit que je l'aimais.

17

Je me réveillai l'esprit plus creux que la coque d'une pirogue taillée dans un tronc d'arbre et regrettai de ne pas avoir une bonne gueule de bois pour occuper ma journée.

– Qu'est-ce que tu dis de ça ? marmonnai-je debout à côté de mon lit en tâtant mon crâne. Je bois comme un trou et je n'arrive même pas à me flanquer la moindre migraine.

Je me préparai un pot de café qu'on aurait pu manger avec un couteau et une fourchette, puis procédai à ma toilette. Je me tailladai les joues en me rasant et faillis tomber dans les pommes en m'aspergeant d'eau de Cologne.

Toujours personne chez Inge. M'adressant quelques remarques bien senties concernant ma prétendue spécialité en recherche de personnes disparues, j'appelai Bruno à l'Alex et lui demandai de vérifier si la Gestapo ne l'avait pas arrêtée. Cela me paraissait l'explication la plus plausible. Quand un agneau manque au troupeau, inutile d'accuser le tigre si la montagne est infestée de loups. Bruno promit de se renseigner, mais je savais que cela pourrait prendre plusieurs jours. Pourtant, je traînai dans mon appartement pour le restant de la matinée dans l'espoir d'un coup de téléphone de Bruno, ou même d'Inge. Je passai pas mal de temps à contempler murs et plafonds, et je parvins même à réfléchir à l'affaire Pfarr. Vers midi, je me sentais de nouveau d'attaque pour aller poser des questions. Cela ne me prit guère plus de temps que si un mur de briques s'écroulait sur ma tête. Un homme en particulier devait pouvoir me fournir bon nombre de réponses.

Cette fois-ci, les énormes grilles de la propriété de Six étaient fermées. Une chaîne et un cadenas maintenaient les deux barres centrales, et l'on avait remplacé la petite pancarte « Propriété privée » par une autre qui disait : « Propriété privée. Défense d'entrer. » Apparemment Six commençait à craindre pour sa sécurité.

Je me garai contre le mur et, après avoir glissé dans ma poche l'arme que je gardais dans le tiroir de ma table de nuit, je sortis et grimpai sur le toit de la voiture. Le mur n'était pas très haut et je pus facilement me hisser au sommet, d'où je redescendis de l'autre côté en m'aidant des branches d'un orme.

Je ne perçus aucun grognement et n'entendis qu'à peine le bruit des pattes des chiens galopant sur les feuilles mortes. Ce n'est qu'à la dernière seconde qu'un halètement puissant me dressa les cheveux sur la nuque. Le molosse me sautait déjà à la gorge lorsque je tirai. La détonation fut étouffée par les arbres et mon arme me parut soudain bien dérisoire contre une bête aussi redoutable qu'un doberman. Pourtant, l'animal tomba mort et le vent chassa l'écho du coup de feu qui se perdit dans les feuillages. J'expirai l'air que j'avais inconsciemment retenu au moment où je tirais et, le cœur battant comme une fourchette qui monte des blancs d'œufs dans un bol, je jetai des coups d'œil inquiets autour de moi, sachant qu'un second chien gardait la propriété. Pendant quelques secondes, le bruissement des feuilles couvrit son grognement sourd. Mais il finit par émerger d'entre les arbres et, l'air méfiant, resta à distance prudente. Je reculai tandis qu'il s'approchait lentement du cadavre. Au moment où il baissait le museau pour renifler le sang chaud, je levai mon arme et l'ajustai. Profitant d'un brusque coup de vent, je fis feu. L'animal couina lorsque la balle le faucha. Il continua un instant à gigoter, puis s'immobilisa.

Je rempochai l'arme et, progressant sous le couvert des arbres, j'entamai la longue pente menant à la maison. Entendant au loin le cri aigu du paon, je me dis que je descendrais aussi le volatile s'il avait le malheur de tomber entre mes pattes. Je me sentais d'humeur à tuer. Il est assez courant qu'un assassin, avant de commettre son crime, se mette en appétit en s'offrant quelques innocentes victimes au passage, comme le chat ou le chien de la maison.

Le travail d'enquêteur consiste principalement à établir des liens et à forger des relations entre les acteurs d'une affaire. Ainsi, avec Paul Pfarr, von Greis, Bock, Mutschmann, Red Dieter Helfferich et Hermann Six, j'avais une longue et solide chaîne, tandis qu'entre Paul Pfarr, Eva, Haupthändler et Jeschonnek, les liens étaient plus fragiles et de nature différente.

Je n'avais pas l'intention arrêtée de tuer Six, mais je n'en écartais pas la possibilité s'il refusait de me fournir des réponses claires. Ce fut donc avec un certain embarras que, ces réflexions en tête, je tombai sur le millionnaire qui, debout sous un sapin, fumait son cigare en chantonnant paisiblement.

– Ah, c'est vous, fit-il sans autrement s'émouvoir de mon apparition sur ses terres avec un pistolet à la main. Je croyais que c'était le jardinier. Je suppose que vous venez me réclamer de l'argent.

Durant un bref instant, je ne sus quoi lui dire.

– J'ai tué les chiens, finis-je par annoncer en rempochant mon arme.

– C'était donc ça? Il m'avait bien semblé entendre une ou deux détonations.

Je ne sais s'il éprouva de la peur ou de l'irritation à cette nouvelle, mais en tout cas, il ne le montra pas.

– Venez donc à la maison, dit-il.

Je le suivis tandis qu'il regagnait sa demeure à pas lents.

Lorsque nous arrivâmes en vue de la maison, j'aperçus la BMW bleue d'Ilse Rudel garée devant, et je me demandai si j'allais la rencontrer. Mais ce fut la présence d'une grande tente sur la pelouse qui me fournit l'occasion de rompre le silence.

– Vous préparez une réception?

– Euh… oui, une réception. C'est l'anniversaire de ma femme. Nous avons prévu – hum ! une petite fête avec quelques amis.

– Si peu de temps après l'enterrement ?

Mon ton, rempli d'amertume, n'échappa pas à Six. Il continua à marcher, cherchant d'abord au ciel, puis à ses pieds, quelle explication il allait pouvoir me servir.

– Vous savez, je ne suis pas… commença-t-il. On… on ne peut pas porter indéfiniment le deuil, voyez-vous. La vie doit continuer. J'ai pensé qu'il aurait été injuste à l'égard de ma femme d'annuler cette réception. Et naturellement, nous avons tous deux des obligations mondaines.

– Bien sûr, il ne faut jamais oublier ses obligations, n'est-ce pas ? dis-je.

Me précédant sur les marches du seuil, il ne répondit pas. Je me demandai s'il allait appeler à l'aide. Il poussa la porte et nous pénétrâmes dans le vaste hall.

– Pas de maître d'hôtel aujourd'hui ? remarquai-je.

– C'est son jour de congé, expliqua Six en évitant mon regard. Mais il y a une femme de chambre si vous désirez un rafraîchissement. J'imagine que vos petites distractions vous ont donné soif.

– Lesquelles ? fis-je. Grâce à vous, j'ai connu beaucoup de « petites distractions » ces temps derniers.

– Les chiens, je voulais dire, précisa-t-il avec un petit sourire.

– Ah oui ! les chiens… C'est vrai, ça m'a mis dans un drôle d'état. Des animaux redoutables. Mais je suis bon tireur, je ne dis pas ça pour me vanter.

Nous entrâmes dans la bibliothèque.

– Moi aussi j'aime bien tirer. Mais seulement pour le sport. Je crois n'avoir rien tué de plus gros qu'un faisan.

– Hier, j'ai tué un homme, dis-je. C'est mon second en quinze jours. Savez-vous, Herr Six, que depuis que je travaille pour vous, c'est presque devenu une habitude ?

Il se tenait face à moi, gauche, les mains croisées derrière la nuque. Puis il se racla la gorge, déplia les bras et jeta son cigare dans la cheminée éteinte. Lorsqu'il reprit la parole, ce fut d'une voix embarrassée, comme s'il donnait congé à un vieux et fidèle serviteur surpris à voler.

– Vous savez, je suis heureux que vous soyez venu, dit-il. Je comptais justement demander à Schemm, mon avocat, de vous convoquer cet après-midi pour vous régler. Mais puisque vous êtes là, je vais vous faire un chèque moi-même.

Avant d'avoir fini sa phrase, il alla vers son bureau avec une telle précipitation que je le soupçonnai de vouloir sortir une arme du tiroir.

– Je préférerais du liquide, si vous n'y voyez pas d'inconvénient.

Il leva les yeux vers mon visage, puis les abaissa vers ma main serrant la crosse du pistolet dans ma poche.

– Mais pas du tout, comme vous voulez.

Le tiroir resta fermé. Il s'assit dans son fauteuil et releva un coin du tapis, découvrant un petit coffre ménagé dans le parquet.

– Très astucieux, votre petite installation. On n'est jamais trop prudent par les temps qui courent, dis-je en savourant mon propre manque de tact. On ne peut même plus faire confiance aux banques, pas vrai ? ajoutai-je d'un air innocent. Je suppose qu'il est à l'épreuve du feu ?

Six fronça les sourcils.

– Vous m'excuserez, mais j'ai peur d'avoir perdu mon sens de l'humour. (Il ouvrit le coffre dont il sortit plusieurs liasses de billets.) Nous étions convenus de cinq pour cent, n'est-ce pas ? Est-ce que 40 000 marks suffiraient à régler nos comptes ?

– Essayez toujours, dis-je tandis qu'il alignait huit liasses sur le bureau.

Il referma le coffre, replaça le tapis par-dessus et poussa l'argent vers moi.

– Je m'excuse, mais je n'ai que des coupures de cent.

Je pris une des liasses et déchirai le papier qui l'enveloppait.

– C'est égal, du moment qu'ils portent l'effigie de Herr Liebig, dis-je.

Six eut un petit sourire et se leva.

– Herr Gunther, je pense qu'il est inutile que nous nous revoyions.

– Vous êtes sûr de ne rien oublier ?

Il commençait à exprimer quelque impatience.

– Je ne crois pas, dit-il d'un ton pincé.

– Moi si.

Je coinçai une cigarette entre mes lèvres et craquai une allumette. La tête penchée vers la flamme, je tirai une ou deux rapides bouffées puis laissai tomber l'allumette dans le cendrier.

– Le collier.

Six resta silencieux.

– À moins que vous ne l'ayez déjà récupéré ? Ou que vous ne sachiez où il est et entre les mains de qui ?

Il parut contrarié, fronçant les narines comme si quelque mauvaise odeur les chatouillait.

– Je préférerais que nous en restions là, Herr Gunther. J'espère que vous n'allez pas devenir agaçant.

– Et les fameux papiers ? Les preuves de vos liens avec le crime organisé que von Greis a remises à votre gendre ? À moins que vous ne comptiez sur Red Dieter et ses associés pour persuader les Teichmüller de leur dire où ils se trouvent ?

– Je ne connais ni Red Dieter ni…

– Bien sûr que si, mon cher Six. C'est un voyou, comme vous. Un gangster que vous avez payé pour briser la grève dans vos usines.

Six éclata de rire et alluma un cigare.

– Un gangster ! Vraiment, Herr Gunther, vous avez une imagination très romanesque. Mais maintenant que vous avez été payé, je vous serais reconnaissant de bien vouloir me laisser. Je suis un homme très occupé, et il me reste beaucoup de travail.

— Oui, surtout sans secrétaire. Et si je vous disais que l'homme qui se fait appeler Teichmüller, et que les hommes de Red Dieter doivent être en train de tabasser copieusement à l'heure qu'il est, n'est autre que votre secrétaire particulier, Hjalmar Haupthändler ?

— C'est absurde, dit-il. Hjalmar est allé voir des amis à Francfort.

Je haussai les épaules.

— Ce ne sera pas difficile pour les hommes de Red de découvrir le vrai nom de Teichmüller. Peut-être le leur a-t-il déjà appris. Mais comme le nom figurant sur son passeport est Teichmüller, il serait logique qu'ils ne le croient pas. Il a acheté le passeport à l'homme à qui il avait l'intention de vendre votre collier. Il s'en est fait faire un pour lui et un pour la fille.

Six ricana.

— Et cette fille, je suppose qu'elle a elle aussi un véritable nom ? fit-il.

— Absolument. Elle s'appelle Hannah Roedl, mais votre gendre préférait l'appeler Eva. Ils étaient amants, jusqu'au jour où elle l'a tué.

— C'est faux. Paul n'a jamais eu de maîtresse. Il a toujours été fidèle à ma chère Grete.

— Allons, Six, ne vous obstinez pas. Que leur avez-vous fait pour qu'il la délaisse ? Pour qu'il vous haïsse au point de vouloir vous envoyer derrière des barreaux ?

— Je vous répète qu'ils ont toujours été amoureux l'un de l'autre.

— Il est possible, en effet, qu'ils se soient réconciliés peu avant d'être assassinés, lorsque votre fille s'est aperçue qu'elle était enceinte. (Six éclata de rire.) C'est alors que la maîtresse de Paul a voulu se venger.

– Vous devenez ridicule, dit-il. Vous vous prétendez détective et vous ignorez que ma fille était physiquement incapable d'avoir des enfants.

Je me grattai le menton.

– En êtes-vous sûr ?

– Allons donc, vous croyez que j'irais inventer une chose pareille ? Naturellement que j'en suis sûr.

Je contournai le bureau de Six et examinai les photos disposées devant lui. J'en pris une et regardai la femme qui y figurait. Je la reconnus aussitôt. C'était la femme que j'avais vue dans le pavillon de Wannsee. La femme que j'avais mise KO, celle que je croyais être Eva et qui se faisait désormais appeler Frau Teichmüller, la femme qui selon toute probabilité avait tué Paul Pfarr et sa maîtresse, la fille unique de Six : Grete. En tant que détective, on ne peut éviter de commettre des erreurs, mais il n'y a sans doute rien de plus humiliant que d'être brusquement confronté à votre propre stupidité. Et c'est d'autant plus rageant lorsque vous vous apercevez que la solution de l'énigme était sous votre nez depuis le début.

– Herr Six, ce que je vais vous dire va vous paraître insensé, mais je sais maintenant que, au moins jusqu'à hier, votre fille était vivante et qu'elle se préparait à s'envoler pour Londres avec votre secrétaire particulier.

Le visage de Six s'assombrit et je crus un instant qu'il allait m'agresser physiquement.

– Nom de Dieu ! Qu'est-ce que vous me chantez encore là ? hurla-t-il. Avez-vous perdu la tête ? Qu'est-ce que vous voulez dire, « vivante » ? Ma fille est morte et enterrée !

– À mon avis, votre fille a surpris Paul avec sa maîtresse Eva, tous deux saouls comme des Polonais. Elle les a tués, puis, réalisant ce qu'elle venait de faire, elle a appelé la seule personne vers qui elle pouvait se tourner : Haupthändler. Il l'aimait et elle savait qu'il ferait n'importe quoi pour elle, y compris couvrir un meurtre.

Six se laissa tomber dans son fauteuil, pâle et les mains tremblantes.

— Je ne peux pas le croire, dit-il.

Mais il était clair qu'il trouvait mon explication parfaitement plausible.

— J'imagine que c'est lui qui a eu l'idée de brûler les corps et de faire croire que votre fille était morte avec Paul, et non sa maîtresse. C'est pourquoi il a pris la bague de Grete et l'a glissée au doigt d'Eva. Puis il a demandé à Grete d'ouvrir le coffre, y a pris les diamants et, pour faire penser à un cambriolage, l'a laissé ouvert. Les diamants devaient leur permettre de s'offrir une nouvelle vie. Une nouvelle vie et une nouvelle identité. Mais Haupthändler ignorait que quelqu'un avait déjà visité le coffre ce soir-là, et y avait récupéré des papiers fort compromettants pour vous. Ce type était un expert, un perceur de coffre chevronné qui sortait de prison. Et un type très méticuleux. Pas du tout le genre à utiliser des explosifs ou à laisser la porte ouverte après s'être servi. Saouls comme ils l'étaient, je suis sûr que Paul et Eva ne l'ont même pas entendu. C'était un type de la bande de Red, bien sûr. Parce que vous utilisez Red, pour vos coups tordus, n'est-ce pas ? Tant que von Greis, l'homme de Goering, détenait ces documents, vous n'aviez pas trop à vous inquiéter. Le Premier ministre est un homme pragmatique. Il pouvait utiliser les preuves de vos activités illégales pour s'assurer de votre loyauté à son égard et à l'égard de la ligne économique du Parti. Mais à partir du moment où ils tombaient entre les mains de Paul et des Anges noirs, votre situation devenait beaucoup plus inconfortable. Vous saviez que Paul était résolu à vous détruire. Il vous avait acculé, et vous deviez réagir. Et comme d'habitude, vous avez fait appel à Red Dieter.

» Mais plus tard, lorsque vous avez appris que Paul et celle que vous pensiez être votre fille étaient morts et que les diamants avaient disparu du coffre, vous en avez déduit que le type de Red, trop gourmand, avait pris le collier en sus des documents. Vous en avez donc conclu, logiquement, qu'il avait tué votre fille, et vous avez demandé à Red de lui régler son compte. Red a pu tuer un des deux cambrioleurs, celui qui avait conduit la voiture, mais il n'a pu mettre la main sur le second, celui qui avait ouvert le coffre, celui dont vous pensiez qu'il détenait à la fois les papiers et les diamants. Vous m'avez alors engagé et, ignorant si ce n'était pas Red lui-même qui vous avait doublé, vous ne lui avez pas parlé des diamants, tout comme vous n'en avez pas parlé à la police.

Six ôta le cigare éteint du coin de sa bouche et le posa, intact, dans le cendrier. Le millionnaire paraissait avoir vieilli d'un coup.

— Je dois reconnaître, repris-je, que votre raisonnement tenait debout : si je retrouvais l'homme qui avait dérobé les diamants, vous récupériez du même coup les documents. C'est pourquoi, lorsque vous avez découvert que Helfferrich ne vous avait pas menti, vous me l'avez collé aux fesses. Je l'ai conduit jusqu'à l'homme détenant les diamants, celui dont vous pensiez qu'il vous rendrait aussi les papiers. En ce moment même, vos associés de la Force allemande doivent être en train de persuader Herr et Frau Teichmüller de leur avouer où se trouve Mutschmann, car c'est lui qui est en possession de vos papiers. Et bien sûr, ils ne vont rien comprendre à ce que leur demande Red. Et comme Red, vous le savez, n'est pas pourvu d'une grande patience, je n'ai pas besoin de vous faire un dessin pour vous expliquer ce qui risque de se passer.

Le magnat de l'acier avait un regard absent. J'eus l'impression qu'il n'avait pas entendu un seul mot de ce que je venais de lui exposer. Je le pris par le col de sa veste, le hissai sur ses pieds et lui flanquai une claque énergique.

— Vous entendez ce que je vous dis ? Votre fille est entre les mains de cette bande de tortionnaires !

Sa mâchoire s'affaissa stupidement. Je le giflai une nouvelle fois.

– Nous devons faire quelque chose, lâcha-t-il enfin.

– Savez-vous où il a pu les emmener ? dis-je en le
repoussant.

– Sur la rivière. À l'auberge Grosse Zug, près de
Schmöckwitz.

Je soulevai le téléphone.

– Quel est le numéro ?

Six laissa échapper un juron.

– Il n'y a pas le téléphone, souffla-t-il. Seigneur,
qu'allons-nous faire ?

– Nous devons y aller, dis-je. On pourrait prendre la
voiture, mais nous irions plus vite par la rivière.

Six contourna précipitamment le bureau.

– J'ai un hors-bord amarré tout près d'ici. Nous pouvons y être en cinq minutes avec la voiture.

Nous prîmes la clé du bateau et un bidon d'essence,
puis nous allâmes en BMW jusqu'aux rives du lac. L'eau
était plus agitée que la veille. Une brise régulière gonflait
les voiles de centaines d'embarcations glissant à la surface comme autant de papillons.

J'aidai Six à retirer la toile verte protégeant le bateau,
puis emplis le réservoir pendant qu'il branchait la batterie et lançait le moteur. Le canot démarra au troisième
essai, et la coque de bois verni de cinq mètres de long
tira sur ses amarres, impatiente de s'élancer. Je lançai la
première amarre à Six, puis, détachant la seconde, sautai
prestement dans l'embarcation et m'assis à côté de lui.
Il braqua la barre, poussa la manette des gaz et le bateau
bondit en avant.

C'était un puissant hors-bord, beaucoup plus rapide
que les embarcations de la police. Nous remontâmes la
Havel en direction de Spandau. Six tenait la barre blanche
d'un air anxieux, ignorant l'effet produit par notre sillage
sur les voiliers. L'énorme vague que nous laissions der-

rière nous se brisait contre les bateaux amarrés sous les
arbres ou le long de petites jetées, provoquant la colère
de leurs propriétaires qui bondissaient sur le pont en agitant le poing dans notre direction. Mais leurs impréca-
tions étaient noyées par le vacarme du puissant moteur. À
Spandau, nous prîmes à l'est pour remonter la Spree.

— Dieu fasse que nous arrivions à temps ! hurla Six.

Il s'était à présent ressaisi. Redevenu l'homme d'action
qu'il était, il regardait droit devant d'un air résolu. Seuls
quelques plis au front trahissaient son angoisse.

— Je suis en général un excellent juge du caractère des
gens, déclara-t-il presque sur un ton d'excuse, et si cela
peut vous consoler, Herr Gunther, je crains de vous avoir
gravement sous-estimé. Je ne m'attendais pas à une telle
détermination de votre part. En toute franchise, je pensais
que vous feriez ce qu'on vous dirait de faire. Mais vous
n'êtes pas homme à obéir aveuglément, n'est-ce pas ?

— Quand vous adoptez un chat pour attraper les souris
à la cuisine, vous ne pouvez pas l'empêcher d'aller courir
après les rats du grenier.

— Vous avez sans doute raison, dit-il.

Nous continuâmes de remonter la Spree vers l'est,
dépassant le Tiergarten puis l'île Musée. Tandis que nous
laissions à notre droite le parc Treptower et foncions vers
Köpenick, je lui demandai ce que son gendre lui reprochait. À ma grande surprise, il ne fit aucune difficulté
pour me répondre, abandonnant même ce ton indigné
qui lui était habituel lorsqu'il évoquait les membres de sa
famille, vivants ou morts.

— Comme vous êtes à présent parfaitement au courant
de mes histoires de famille, Herr Gunther, je n'ai pas
besoin de vous rappeler qu'Ilse est ma seconde femme.
J'ai épousé ma première femme, Lisa, en 1910, et elle est
tombée enceinte l'année suivante. Malheureusement, les
choses se passèrent très mal. Non seulement notre enfant
mourut à la naissance, mais ma femme apprit qu'elle ne

pourrait plus jamais avoir d'enfant. Or à l'hôpital se trouvait à ce moment-là une femme qui venait d'accoucher d'une robuste petite fille. La mère n'ayant pas les moyens de s'en occuper, ma femme et moi lui proposâmes de l'adopter. Cette petite fille s'appelait Grete. Tant que ma femme a été en vie, nous ne lui avons jamais dit qu'elle avait été adoptée. Mais après sa mort, Grete a découvert la vérité et elle s'est mis en tête de retrouver sa véritable mère.

» À cette époque, Grete était déjà mariée avec Paul, qu'elle adorait, bien que je pense qu'elle valait bien mieux que lui. J'ai toujours soupçonné Paul de s'intéresser plus à mon argent et à mon nom qu'à ma fille. Cependant, aux yeux de tout le monde, ils passaient pour un couple parfaitement heureux.

» Tout a basculé du jour au lendemain quand Grete a retrouvé sa mère. C'était une Tzigane de Vienne, qui travaillait comme serveuse dans une brasserie de Potsdamer Platz. Ce fut bien sûr un choc pour Grete, mais pour ce petit merdeux de Paul ce fut la fin du monde. Tout ça au nom d'une prétendue impureté raciale, les Tziganes talonnant les Juifs à la cote de l'impopularité. Paul me reprocha de n'avoir pas mis Grete au courant plus tôt. Vous pensez bien que, pour moi, quand elle est née, ce n'était pas une gitane, mais un beau bébé à qui la mère, en nous la confiant, voulait assurer une vie décente. Bon sang, je l'aurais adoptée même si elle avait été fille de rabbin ! Vous vous souvenez de cette époque, Herr Gunther. Les gens ne faisaient pas les distinctions qu'ils font aujourd'hui. Nous étions tous des Allemands, point final. Mais naturellement, Paul ne voyait pas les choses comme ça. Il devint obsédé par le danger que Grete faisait courir à sa carrière dans les SS et le Parti.

Il s'interrompit et partit d'un rire amer.

Nous quittâmes la Spree et, par la Dahme, arrivâmes à Grünau, base du Club nautique berlinois. Sur un lac voisin, dissimulé par un rideau d'arbres, venait de démarrer une épreuve olympique de rame sur 2 000 mètres. Malgré le vacarme de notre moteur, nous distinguions les accents d'une fanfare et l'écho des haut-parleurs qui commentaient la course.

— Impossible de discuter avec lui, reprit Six. Évidemment, je finis par perdre patience et le traitai, lui et son Führer bien-aimé, de toutes sortes de noms d'oiseaux. À partir de là, ce fut la guerre entre nous. Je ne pouvais plus rien faire pour Grete. Je voyais la haine de Paul lui briser peu à peu le cœur. Je l'ai poussée plusieurs fois à le quitter, mais elle s'y est toujours refusée. Elle ne voulait pas croire qu'il ne lui redonnerait jamais son amour. C'est pourquoi elle est restée avec lui.

— Mais au même moment, intervins-je, il essayait de vous briser, vous, son beau-père.

— Exactement. Il ourdissait des plans contre moi, confortablement installé dans la maison que je leur avais offerte. Si, comme vous le dites, Grete l'a vraiment tué, il l'a bien cherché. D'ailleurs, si elle ne l'avait pas fait, j'aurais moi-même envisagé cette solution.

— Comment comptait-il vous détruire ? Quelle information compromettante détenait-il sur vous ?

Le hors-bord atteignait la jonction entre Langer See et Seddinsee. Six réduisit un peu les gaz et obliqua vers le sud en direction des collines formant la péninsule de Schmöckwitz.

— Décidément votre curiosité est insatiable, Herr Gunther ! Je suis navré de vous décevoir, mais malgré votre aide, je ne me sens pas tenu de répondre à toutes vos questions.

Je haussai les épaules.

— Bah ! fis-je, de toute façon ça n'a plus beaucoup d'importance à présent.

Grosse Zug était une auberge située sur l'une des deux îles séparant les marécages de Köpenick et de Schmöckwitz. Mesurant à peine deux cents mètres de long sur cinquante de large, l'île était plantée d'une épaisse forêt de pins et son rivage comportait plus de pancartes « Privé » et « Défense d'entrer » que la porte d'une loge de stripteaseuse.

— Quel est cet endroit ?

— C'est le quartier général de la Force allemande. C'est là qu'ils tiennent leurs réunions secrètes. Vous devinez pourquoi. Le coin est parfaitement tranquille.

Il contourna l'île à la recherche d'un endroit où accoster. Nous découvrîmes de l'autre côté un petit embarcadère, auquel étaient amarrés plusieurs bateaux. Une pente herbue menait à un groupe de hangars à bateaux fraîchement repeints, derrière lesquels se dressait l'auberge Grosse Zug. Je saisis une amarre et sautai sur la jetée. Six coupa les gaz.

— Mieux vaut être prudents, déclara Six en me rejoignant pour amarrer l'avant du bateau. Ce sont des types qui tirent avant de poser des questions.

— Je connais ce genre d'oiseaux, dis-je.

Abandonnant la jetée, nous remontâmes la pelouse jusqu'aux hangars. À part les bateaux amarrés, rien n'indiquait une quelconque présence sur l'îlot. Mais tandis que nous arrivions près des hangars, deux hommes armés émergèrent de derrière une coque retournée. Leurs visages étaient si dénués d'expression que j'aurais pu leur annoncer sans les émouvoir que j'étais dévoré par la peste bubonique. C'est là la confiance en soi que procure un fusil à canon scié.

— Arrêtez-vous, fit le plus grand des deux. Vous êtes sur une propriété privée. Qui êtes-vous et que venez-vous faire ici ?

Il ne bougea pas son arme, qu'il tenait en travers de la poitrine comme un bébé, mais il n'aurait pas eu besoin de beaucoup la bouger pour tirer. Six expliqua la situation.

— Je dois absolument voir Red, dit-il. C'est urgent.

Tout en parlant il frappait sa paume de son poing fermé, ce qui lui donnait un petit air mélodramatique.

— Je m'appelle Hermann Six. Je puis vous assurer, Messieurs, qu'il me recevra aussitôt qu'il saura que je suis ici. Mais faites vite, je vous en supplie.

Les deux types se dandinaient d'un pied sur l'autre, l'air hésitant.

— Le patron nous avertit toujours quand il attend quelqu'un, et il ne nous a pas parlé de vous.

— Peut-être, mais je peux vous dire que ça chauffera pour votre grade s'il apprend que vous ne m'avez pas laissé passer.

Canon-scié regarda son comparse, qui hocha la tête et s'éloigna en direction de l'auberge.

— Nous allons attendre ici pendant qu'il va aux renseignements, dit-il.

Se tordant nerveusement les mains, Six lui cria :

— Dépêchez-vous, je vous en conjure ! C'est une question de vie ou de mort.

Canon-scié se fendit d'un sourire. Il devait être habitué à ce que les affaires de son patron soient des questions de vie ou de mort.

Six sortit une cigarette, la porta à ses lèvres d'un geste brusque puis la reprit sans l'allumer.

— S'il vous plaît, dit-il à Canon-scié. Dites-moi si vous détenez un couple ici, du nom de… de ?

— Teichmüller, complétai-je.

Le sourire de Canon-scié se figea.

— Je sais rien du tout, fit-il d'un air renfrogné.

Six et moi jetions des coups d'œil anxieux en direction de l'auberge. C'était une maison de deux étages, avec de pimpants murs blancs aux volets noirs, une jardinière débordant de géraniums et un toit pointu. Pendant que nous l'observions, la cheminée se mit à fumer, et lorsque la porte s'ouvrit enfin, je m'attendais presque à voir apparaître une vieille paysanne portant un pain d'épice.

Mais c'était l'acolyte de Canon-scié, qui nous fit signe d'avancer.

Nous entrâmes en file indienne, Canon-scié fermant la marche. J'éprouvai un frisson dans la nuque à l'idée des deux canons trapus de son arme. Il ne reste pas grand-chose d'un homme qui reçoit une décharge à bout portant d'un tel engin. Nous traversâmes un petit couloir équipé de portemanteaux mais personne n'avait cru utile d'y laisser son chapeau. Ensuite, nous entrâmes dans une petite pièce où officiait un pianiste à qui il devait manquer quelques doigts. Le fond de la pièce était occupé par un bar en demi-cercle et quelques tabourets, derrière lesquels trônaient de nombreux trophées sportifs. Je me demandai qui les avait remportés et à quelle occasion. C'était peut-être le Prix du meilleur tueur de l'année, ou bien le trophée de l'As de la matraque – j'avais un candidat pour celui-ci, et je lui aurais volontiers remis le prix si j'avais pu le retrouver. Mais le plus probable était que les membres du réseau les avaient achetés pour que l'endroit ressemble un peu plus à ce qu'il était supposé être : le siège d'une association pour la réinsertion d'anciens détenus.

– Par ici, grogna le partenaire de Canon-scié en désignant une porte près du bar.

La pièce ressemblait à un bureau. Une lampe de cuivre était suspendue à une poutre, une chaise longue en noyer installée dans un coin près de la fenêtre, avec à côté le bronze d'une fille nue – du genre de ceux dont on croit toujours que le modèle s'est blessé avec une scie circulaire. Les tableaux qui ornaient les murs lambrissés semblaient quant à eux tout droit sortis d'un manuel pour sage-femme.

Red Dieter, les manches de sa chemise noire remontées sur les avant-bras, le col déboutonné, se leva du sofa de cuir vert où il était assis et, d'une pichenette, expédia sa cigarette dans la cheminée. Son regard allait de Six à moi. Il paraissait ne pas savoir s'il devait se réjouir ou

s'inquiéter de notre arrivée. Il n'eut pas le temps de se
décider. Six s'avança vers lui et le saisit à la gorge.

— Dis-moi ce que tu as fait d'elle ?

Du coin de la pièce, un homme vint me prêter main-
forte pour lui faire lâcher prise.

— Du calme ! Du calme ! hurlait Red.

Il rajusta sa veste et tenta de maîtriser son indignation.
Il passa ensuite sa propre personne en revue pour vérifier
que sa dignité était intacte.

Mais Six ne se calmait pas.

— Ma fille ! Qu'as-tu fait de ma fille ?

Le gangster fronça les sourcils et me regarda d'un air
dérouté.

— Mais Bon Dieu, de quoi il parle ?

— Le couple que vos hommes ont embarqué hier au
pavillon de Wannsee, expliquai-je rapidement. Qu'en avez-
vous fait ? Écoutez, nous n'avons pas le temps d'entrer
dans les détails, mais la femme est la fille de Herr Six.

Red me regarda d'un air incrédule.

— Je croyais qu'elle était morte ?

— Vite, il n'y a pas une minute à perdre, le pressai-je.

Red jura, son visage s'assombrit comme une lampe
à huile qui s'éteint, ses lèvres tremblotaient comme s'il
venait d'avaler du verre pilé. Une mince veine bleue apparut sur son front carré comme une pousse de lierre sur un
mur de brique. Il tendit le doigt vers Six.

— Gardez-le ici, grogna-t-il, et tel un lutteur enragé, il
se fraya un chemin à travers le groupe d'hommes rassemblés devant la porte. Si c'est encore une de vos petites plaisanteries, Gunther, je vous découpe le nez au rasoir.

— Je ne suis tout de même pas si stupide. Mais il y a
autre chose qui me chiffonne.

Red s'arrêta devant la porte de l'auberge et me fusilla
du regard. Son visage couleur sang était presque violet de
fureur.

— Quoi encore ?

– J'avais une collaboratrice, une fille du nom d'Inge Lorenz. Elle a disparu hier dans les environs de la maison de Wannsee, juste avant que vos hommes me matraquent.

– Et alors ?

– Comme vous avez kidnappé deux personnes, je me dis qu'en enlever une troisième ne vous aurait pas posé de gros problèmes de conscience.

Red me cracha presque au visage.

– Qu'est-ce que vous venez m'emmerder avec votre connerie de conscience, hein ? lâcha-t-il avant de sortir.

Je le suivis vers un des hangars à bateau. Un homme en sortit en reboutonnant sa braguette. Interprétant de manière erronée la précipitation de Red, il ricana.

– Vous venez aussi pour un petit coup, patron ? dit-il.

Arrivé à sa hauteur, Red le dévisagea d'un air hagard avant de lui expédier de toutes ses forces son poing dans l'estomac.

– La ferme ! hurla-t-il en ouvrant la porte du hangar d'un coup de pied.

J'enjambai le type qui se tordait par terre et entrai à la suite de Red.

Je vis un long râtelier sur lequel étaient posés plusieurs bateaux à huit rames, et auquel était attaché un homme torse nu. Sa tête reposait sur sa poitrine et il portait de nombreuses traces de brûlure au cou et aux épaules. Je supposai que c'était Haupthändler, mais en m'approchant je constatai que son visage était si tuméfié qu'il en était méconnaissable. Deux hommes se tenaient à côté, ne prêtant aucune attention à leur prisonnier. Tous deux fumaient une cigarette, et l'un portait aux phalanges un coup de poing américain.

– Où est la fille ? hurla Red.

Un des tortionnaires de Haupthändler tendit le pouce par-dessus son épaule.

– À côté, dit-il. Avec mon frère.

– Hé, patron, ce connard ne veut toujours pas parler. On le travaille encore un peu ?

– Laissez tomber, dit-il d'une voix pâteuse. Il ne sait rien.

Il faisait presque noir dans le hangar voisin, et il nous fallut plusieurs secondes pour nous accoutumer à la pénombre.

– Franz ! Où es-tu, Bon Dieu ?

Nous perçûmes un faible grognement accompagné du claquement de la chair contre la chair. Nous finîmes par distinguer la silhouette d'un type énorme, le pantalon sur les chevilles, penché sur le corps nu et silencieux de la fille de Hermann Six, ligotée à plat ventre sur une coque renversée.

– Laisse-la, espèce de gros porc ! cria Red.

L'armoire à glace ne bougea pas, même lorsque Red lui répéta son ordre d'une voix encore plus forte et à quelques centimètres de ses oreilles. Les yeux fermés, la tête en forme de boîte à chaussures posée sur des épaules de bœuf, son énorme pénis entrant et sortant comme un piston de l'anus de Grete Pfarr, les genoux pliés comme un cavalier juché sur une monture invisible, Franz poursuivait imperturbablement ce qu'il avait commencé.

Red le frappa violemment sur le côté du crâne. Autant essayer d'ébranler une locomotive. Alors il dégaina son arme et, sans plus de manière, lui fit sauter la cervelle.

Franz s'effondra comme une cheminée d'usine, sa tête laissant échapper un geyser vineux, son pénis toujours en érection incliné comme le mât d'un navire qui vient de se fracasser sur des rochers.

Red repoussa le corps du bout de sa chaussure pendant que je commençai à détacher Grete. À plusieurs reprises, il regarda d'un air gêné les profondes marques de fouet sur ses fesses et ses cuisses. Grete avait la peau froide et son corps dégageait une forte odeur de sperme. Impossible de savoir combien de fois elle avait été violée.

— Bordel de merde, regardez dans quel état elle est, grogna Red en secouant la tête. Je ne veux pas que Six la voie comme ça.

— Espérons surtout qu'elle survive, dis-je en ôtant mon manteau que j'étendis par terre.

Nous y déposâmes la jeune femme. Je collai mon oreille sur sa poitrine nue. Son cœur battait, mais elle était visiblement en état de choc.

— Ça va aller ? demanda Red avec l'air naïf d'un gosse demandant au vétérinaire le diagnostic de son lapin préféré.

Je le regardai. Il avait encore son arme à la main.

Alertés par le coup de feu, plusieurs membres de la Force allemande étaient accourus à la porte du hangar et jetaient des regards à l'intérieur. J'entendis l'un d'eux dire : « Il a tué Franz. » Un autre ajouta : « Sans aucune raison. » Je compris que nous allions avoir quelques problèmes. Red le sentit aussi. Il fit face à ses hommes.

— Notre prisonnière est la fille de Six. Vous savez tous qui est Six. C'est un homme riche et puissant. J'ai demandé à Franz de la laisser tranquille, mais il n'a rien voulu entendre. Elle n'aurait pas pu supporter ce qu'il lui faisait. Il allait la tuer. Elle était déjà à moitié morte.

— Tu n'avais pas à tuer Franz, fit une voix.

— Ouais, renchérit une autre voix. Tu aurais pu te contenter de l'assommer.

— Quoi ? fit Red en marquant la surprise. Il avait la tête plus solide que la porte d'un couvent de nonnes.

— Plus maintenant.

Red inclina la tête vers moi et, désignant ses hommes d'un haussement de sourcils, me demanda :

— Vous avez un flingue ?

— Oui, dis-je, mais nous n'avons aucune chance si nous restons ici. Et elle non plus. Il faut absolument arriver aux bateaux.

— Et Six ?

Je boutonnai le manteau qui couvrait le corps de Grete et la pris dans mes bras.

– À lui de se débrouiller.

Helfferrich secoua la tête.

– Non, je vais le chercher. Attendez-nous sur la jetée aussi longtemps que possible. S'ils commencent à tirer, allez-vous-en. Et au cas où je ne m'en sorte pas, moustique, je ne suis au courant de rien pour votre amie.

Nous avançâmes lentement vers la porte, Red devant. Ses hommes reculèrent à contrecœur pour nous laisser passer. Une fois dehors, nous nous séparâmes et je redescendis la pelouse jusqu'à l'embarcadère.

J'allongeai la fille de Six sur la banquette du hors-bord. Je trouvai une couverture dans un des coffres et l'étendis sur son corps inanimé. Je me demandai si, au cas où elle reprendrait ses esprits, je la questionnerais sur Inge Lorenz. Mais peut-être Haupthändler en savait-il plus ? Je réfléchissais au moyen d'aller le récupérer lorsque j'entendis des coups de feu du côté de l'auberge. Je détachai le bateau, démarrai le moteur et sortis mon arme tout en retenant de ma main libre le bateau à la jetée. Quelques instants plus tard, j'entendis une nouvelle série de détonations. Les balles ricochèrent sur la coque comme si un riveteur s'affairait à la réparer. Je poussai la manette des gaz et manœuvrai la barre pour m'éloigner de l'embarcadère. Soudain, je grimaçai de douleur et regardai ma main. Je pensai avoir été atteint par une balle, mais ce n'était qu'une grosse écharde de bois de la jetée qui s'était fichée dans ma paume. Je la cassai le plus près possible de la peau puis fis volte-face et vidai le reste de mon chargeur en direction des silhouettes qui arrivaient. Je fus surpris de les voir se jeter à plat ventre. Une arme plus puissante que mon pistolet venait d'ouvrir le feu derrière moi. Ce n'était qu'un tir de sommation, mais les balles de la mitrailleuse s'abattirent sur la jetée comme une grêle métallique, faisant voler des éclats de bois, sectionnant quelques branches et déchiquetant le feuillage alentour. Tournant la tête vers l'avant, j'eus juste le temps d'inverser les gaz et de laisser le passage à la vedette de la police. Puis je lâchai mon arme et levai les mains bien en évidence au-dessus de ma tête.

Ce n'est qu'à ce moment que je remarquai le trou rouge bien net que Grete Pfarr avait au milieu du front. Il s'en écoulait un mince filet de sang qui coupait exactement en deux son visage sans vie.

18

Il est très difficile de ne pas perdre sa détermination quand un homme se fait méthodiquement démolir dans la pièce à côté. Je suppose que c'est le but recherché par ceux qui ont inventé cette méthode. La Gestapo était passée maître dans l'art de vous ramollir l'esprit en vous forçant à entendre l'interrogatoire d'un autre avant de s'occuper de vous. Il n'y a rien de pire que d'attendre, que ce soit le résultat de tests à l'hôpital ou la hache du bourreau. Une seule chose compte : qu'on en termine le plus tôt possible. C'était d'ailleurs une technique que j'avais moi-même utilisée à l'époque de l'Alex, quand je laissais mijoter longuement des suspects avant de les interroger. Quand on attend, l'imagination prend peu à peu le pas sur tout le reste, et transforme votre cerveau en enfer.

Je m'efforçai pourtant de deviner ce qu'ils me voulaient. Attendaient-ils des renseignements sur Six ? Espéraient-ils que je leur dise où se trouvaient les papiers de von Greis ? Allaient-ils me torturer pour que j'avoue un renseignement que j'ignorais ?

Après trois ou quatre jours d'isolement dans ma cellule infecte, je commençais à me demander si la douleur physique était la seule perspective qui me restait. À d'autres moments, je tentais d'imaginer ce qu'il était advenu de Six et de Red Helfferrich, arrêtés en même temps que moi, ainsi que d'Inge Lorenz.

La plupart du temps, je contemplais fixement les murs de ma cellule, véritables palimpsestes des malheureux qui y avaient séjourné avant moi. Curieusement, peu de graffiti attaquaient directement les nazis. La plupart opposaient sociaux-démocrates et communistes, qui se traitaient mutuellement de « vendus » en s'accusant d'être les responsables de l'élection de Hitler : les Sozis mettaient ça sur le compte des Pukers, tandis que ces derniers blâmaient les Sozis.

Le sommeil ne venait pas facilement. La première nuit, j'avais renoncé à m'étendre sur la paillasse puante, mais au fur et à mesure que les jours passaient et que l'odeur du seau d'aisance devenait de plus en plus incommodante, je cessai de me montrer si exigeant. Ce n'est que le cinquième jour, quand deux gardes SS vinrent me tirer de ma cellule, que je réalisai à quel point je sentais mauvais. Ce n'était pourtant rien à côté de l'odeur qu'ils dégageaient : celle de la mort.

Ils me poussèrent le long d'un corridor puant l'urine jusqu'à un ascenseur. Nous en sortîmes cinq étages plus haut, dans un couloir au sol couvert d'un tapis, aux murs lambrissés auxquels les portraits encadrés du Führer, de Himmler, de Canaris, de Hindenburg et de Bismarck donnaient un air de club privé. Poussant une double porte haute comme un tramway, nous pénétrâmes dans un vaste bureau inondé de lumière où s'affairaient des dactylos. Personne ne prêta la moindre attention à ma répugnante personne. Un jeune Hauptsturmführer se leva de son bureau et s'approcha.

– Qui est-ce ? demanda-t-il.

L'un de mes gardiens se mit au garde-à-vous avec un claquement de talons et déclina mon identité.

– Attendez ici, dit l'officier en se dirigeant vers une porte d'acajou au fond de la pièce.

Il frappa au panneau poli et attendit quelques secondes. L'officier entrebâilla la porte et passa la tête à l'intérieur. Puis il adressa un signe de tête à mes gardes, qui me poussèrent en avant.

C'était un bureau immense, avec un haut plafond et de luxueux fauteuils de cuir, et je sus aussitôt que j'avais échappé au petit concerto pour matraque et coups de poing qui était la triste routine de la Gestapo. Pour l'instant en tout cas : ils n'auraient pas pris le risque de salir le tapis. Derrière un bureau placé entre une porte-fenêtre et des étagères de livres étaient installés deux officiers SS impeccablement sanglés dans leurs uniformes, les cheveux couleur de gruyère et le sourire hautain. Ils semblaient avoir réussi à discipliner jusqu'aux mouvements de leurs pommes d'Adam. Le plus grand des deux congédia mes gardes et le Hauptsturmführer.

– Herr Gunther, asseyez-vous, je vous prie, dit-il ensuite en désignant une chaise placée devant le bureau.

Je m'en approchai les mains dans les poches, seule façon de retenir mon pantalon depuis qu'on m'avait confisqué mes lacets et mes bretelles.

N'ayant jamais rencontré d'officiers SS de haut rang, j'ignorais le grade exact de ces deux-là, mais je supposais que l'un était colonel, et l'autre, celui qui avait parlé le premier, général. Ils ne paraissaient pas avoir beaucoup plus de 35 ans.

– Une cigarette ? proposa le général.

Il me tendit un coffret, puis me lança des allumettes. J'allumai une cigarette que je fumai avec avidité.

– Servez-vous si vous en voulez d'autres, ajouta-t-il.

– Merci.

– Peut-être désirez-vous boire quelque chose ?

– Du champagne, si vous avez.

Ils sourirent en même temps. Le colonel exhiba une bouteille de schnaps et m'en servit un plein verre.

— Nous n'avons que ça, dit-il.

— Ça ira très bien, dis-je.

Le colonel se leva et m'apporta mon verre. Je n'allai pas le laisser éventer. Je le vidai d'un trait, fis tourner l'alcool dans ma bouche pour me nettoyer les dents et l'avalai. Je sentis le schnaps m'enflammer le corps jusqu'aux doigts de pieds.

— Donnez-lui-en un autre, fit le général. Notre ami paraît sur les nerfs.

Je tendis mon verre pendant que l'officier me resservait.

— Je ne suis pas nerveux, dis-je. C'est juste par plaisir.

— Vous cultivez votre image, n'est-ce pas ?

— Quelle image ?

— Eh bien, celle du détective, naturellement. Celle du privé tapi dans son bureau miteux, qui boit autant qu'un candidat au suicide n'arrivant pas à se décider, et qui vient à la rescousse de la belle et mystérieuse femme en noir.

— Une SS, peut-être ? suggérai-je.

Il eut un petit sourire.

— Croyez-le ou pas, dit-il, mais j'envie votre travail. Ce doit être passionnant.

Son nez d'aigle était si proéminent qu'il en faisait paraître son menton fuyant. Au-dessus de l'arête du nez, ses yeux bleus métalliques trop rapprochés et légèrement obliques lui donnaient un air cynique et blasé.

— Les contes de fées sont beaucoup plus intéressants, dis-je.

— Sûrement pas en ce qui concerne l'affaire que vous a confiée la compagnie d'assurances Germania.

— À la place de laquelle, intervint le colonel, il serait plus exact de substituer le nom de Hermann Six.

Le colonel était plus séduisant que son supérieur mais paraissait moins intelligent. Le général se pencha sur un dossier ouvert devant lui, ceci, imaginai-je, pour me faire comprendre qu'ils n'ignoraient rien de mes activités.

– Exact, murmura-t-il.

Durant quelques secondes il s'absorba silencieusement dans la lecture de mon dossier, puis leva la tête avant de me demander :

– Pourquoi avez-vous quitté la Kripo ?

– Le blé, fis-je.

Il me considéra d'un air inexpressif.

– Le blé ? répéta-t-il.

– Oui, le blé, l'oseille, l'argent, quoi. D'ailleurs pendant que j'y pense, j'avais 40 000 marks dans ma poche en arrivant dans cet hôtel. J'aimerais savoir ce qu'ils sont devenus. Et aussi ce qu'est devenue la jeune femme qui travaillait pour moi, Inge Lorenz. Elle a disparu.

Le général se tourna vers son subordonné, qui secoua la tête d'un air impuissant.

– Nous ne savons rien sur cette personne, Herr Gunther, dit le colonel. Il y a beaucoup de gens qui disparaissent à Berlin. Vous êtes bien placé pour le savoir, n'est-ce pas ? Quant à votre argent, rassurez-vous, nous le conservons en lieu sûr.

– Ravi de l'apprendre, mais sans vouloir vous offenser, je préférerais le planquer sous mon matelas.

Le général, joignant ses mains longues et fines de violoniste comme pour prononcer une prière, posa le bout de ses doigts sur ses lèvres d'un air songeur.

– Dites-moi, s'enquit-il, avez-vous jamais songé à entrer dans la Gestapo ?

À moi de sourire un peu.

– Vous savez, mon costume n'était pas mal avant que je sois obligé de dormir une semaine avec. Je sens peut-être un peu fort, mais pas vraiment mauvais, si ?

Il eut un petit ricanement amusé.

– Parler comme les détectives de roman est une chose, Herr Gunther, dit-il, mais leur ressembler est une autre paire de manches. Je ne sais pas si vous êtes réellement courageux ou si vous faites preuve d'une totale inconscience quant à la gravité de votre situation. (Il haussa ses fins sourcils dorés et se mit à tripoter la médaille du Cavalier allemand épinglée sur sa poitrine.) Je suis par nature un homme cynique, comme tous les policiers. C'est pourquoi je serais enclin à prendre votre bravade pour de l'inconscience. Pourtant je préfère penser que vous êtes un homme courageux. J'espère que vous n'allez pas me décevoir. (Il marqua une pause.) Je vous envoie en KZ.

Un froid de devanture de boucherie m'envahit le corps. J'avalai le reste du schnaps.

— Écoutez, m'entendis-je articuler, si c'est à cause de cette foutue note de lait que j'ai pas payée…

Mon air égaré les fit sourire.

— À Dachau, précisa le colonel.

J'écrasai ma cigarette et en allumai aussitôt une autre. Ma main tremblait.

— Ne vous inquiétez pas, reprit le général d'un ton qu'il voulait rassurant. Je vous confie une mission. Vous travaillerez pour moi.

Il se leva et vint se planter devant moi, les fesses sur le rebord du bureau.

— Qui êtes-vous ? fis-je.

— Je suis l'Obergruppenführer Heydrich. (Puis il désigna son collègue et, croisant les bras, ajouta :) Voici le Standartenführer Sohst de la Brigade spéciale.

— Ravi de vous connaître, fis-je.

Ce n'était pas tout à fait vrai. La Brigade spéciale était la bande de tueurs dont m'avait parlé Marlene Sahm.

— Je vous ai à l'œil depuis un certain temps, poursuivit-il. Après le regrettable incident du pavillon de Wannsee, je vous ai fait suivre dans l'espoir que vous nous conduiriez à certains papiers que nous recherchons. Je suis sûr que vous savez de quoi je veux parler. Vous ne nous avez pas menés aux documents, mais, et c'est presque aussi appréciable, à un de ceux qui les ont volés. Durant ces quelques jours où vous avez été notre hôte, nous avons vérifié votre histoire. C'est un ouvrier des autoroutes, Bock, qui nous a suggéré où nous pourrions trouver ce Kurt Mutschmann – le cambrioleur qui détient ces papiers.

– Bock ? fis-je en secouant la tête. Je ne vous crois pas. Il n'était pas du genre à dénoncer un ami.

– Vous avez raison. Il ne nous a pas dit exactement où nous le trouverions, mais il a eu le temps de nous mettre sur la piste avant de mourir.

– Vous l'avez torturé ?

– Oui. Mutschmann lui avait déclaré un jour que s'il était recherché et qu'il ne trouvait plus où se cacher, il se ferait enfermer en prison ou en KZ. Ma foi, avec une bande de criminels à ses trousses, sans parler de nous, il a dû penser que le temps était venu de mettre son plan à exécution.

– C'est un vieux truc, expliqua Sohst. On échappe à l'arrestation pour un certain motif en se faisant enfermer pour un autre.

– Nous savons maintenant que Mutschmann a été arrêté et envoyé à Dachau trois jours après la mort de Paul Pfarr, dit Heydrich avant d'ajouter avec un sourire en lame de couteau : Il a tout fait pour qu'on l'embarque. Il s'est fait prendre en train de tracer des slogans du KPD sur la façade de la Kripo de Neukölln.

– Un KZ n'est pas bien méchant pour un Kozi, ricana Sohst. Bien moins grave que si vous êtes juif ou pédé. Il sera probablement sorti d'ici deux ans.

Je secouai la tête.

– Je ne comprends pas, fis-je. Pourquoi ne demandez-vous pas au commandant du camp d'interroger Mutschmann ? Bon Dieu, quel besoin avez-vous de m'y envoyer ?

Heydrich croisa les bras et balança nerveusement sa botte dont le bout heurtait presque mon genou.

– Demander ça au directeur de Dachau signifierait mettre Himmler au courant, ce que je préférerais éviter. Notre Reichsführer, voyez-vous, est un idéaliste. Une fois en possession de ces papiers, il considérerait comme son devoir de punir ceux qu'il estimerait coupables de crimes contre le Reich.

Je hochai la tête en me souvenant de la lettre de Himmler à Paul Pfarr que Marlene Sahm m'avait montrée.

– Étant plus pragmatique, reprit-il, j'aimerais utiliser ces papiers au moment et de la manière que je choisirais.

– En d'autres termes, fis-je, vous vous en serviriez pour faire du chantage. Exact ?

Heydrich eut un petit sourire.

– Fascinant de voir comme vous lisez dans mon esprit, Herr Gunther. Mais vous devez comprendre qu'il s'agit d'une opération secrète concernant exclusivement la Gestapo. Vous ne devez sous aucun prétexte rapporter cette conversation à quiconque.

– Il doit bien y avoir quelqu'un parmi les SS de Dachau en qui vous avez confiance, non ?

– Bien sûr, dit Heydrich. Mais que voudriez-vous qu'il fasse ? Qu'il aille trouver Mutschmann pour lui demander où il a caché les papiers ? Allons, Herr Gunther, soyez raisonnable.

– Vous voulez donc que je trouve Mutschmann et que je me lie avec lui ?

– Exactement. Gagnez sa confiance. Découvrez où il a dissimulé les documents. Une fois que vous aurez le renseignement, vous vous identifierez auprès de notre homme de confiance.

– Comment reconnaîtrai-je Mutschmann ?

– La seule photo dont nous disposions est celle de son dossier de police, dit Sohst en me tendant un cliché. Elle date de trois ans, et comme il sera tondu elle ne vous aidera pas beaucoup. De plus, il aura sans doute beaucoup maigri. Le régime du KZ a tendance à transformer un

homme, vous savez. Mais il y a une chose qui vous aidera
à l'identifier : Mutschmann a un gros ganglion au poignet
droit.

Je rendis la photo.

– Ce n'est pas grand-chose, dis-je. Que se passe-t-il si
je refuse ?

– Vous ne pouvez pas refuser, fit Heydrich avec
entrain. De toute façon, vous atterrirez à Dachau. La seule
différence est que, en travaillant pour moi, vous êtes sûr
d'en ressortir. Et de récupérer votre argent.

– Vous ne me laissez pas le choix.

– Exact, dit Heydrich avec un sourire. Parce que si
vous aviez le choix, vous refuseriez. N'importe qui refuserait. C'est d'ailleurs pour ça que je ne peux pas envoyer
un de mes hommes. Pour ça, et pour des raisons de discrétion. Non, Herr Gunther, en tant qu'ancien policier, vous
êtes l'homme qu'il nous faut. Vous avez tout à gagner, ou
tout à perdre. Cela dépend uniquement de vous.

– J'ai connu des affaires plus amusantes.

– À partir de maintenant, il faut oublier qui vous êtes,
intervint Sohst. Nous vous avons préparé une nouvelle
identité. Vous vous appelez désormais Willy Krause,
et vous avez été arrêté pour marché noir. Voici vos
papiers.

Il me remit une carte d'identité portant mon nouveau
nom et ornée d'une photo datant de l'époque où j'étais
dans la police.

– Une dernière chose, dit Heydrich. La vraisemblance
exige une certaine modification de votre apparence physique, afin de corroborer la version de votre arrestation
et de votre interrogatoire. Il est rare qu'un inculpé arrive
à Columbia Haus sans une ou deux égratignures. Mes
hommes, en bas, se chargeront de vous rendre présentable. Je le regrette, mais c'est pour votre propre sécurité.

– Très attentionné de votre part, fis-je.

– Vous resterez une semaine à Columbia Haus, puis vous serez transféré à Dachau, dit Heydrich en se levant. Permettez-moi de vous souhaiter bonne chance.

Je retins mon pantalon et me levai.

– N'oubliez pas qu'il s'agit d'une opération de la Gestapo, ajouta-t-il. Vous ne devez en parler à personne.

Il se retourna et appuya sur un bouton pour convoquer les gardes.

– Dites-moi encore une chose, dis-je. Qu'est-il arrivé à Six, à Helferrich et aux autres ?

– Je n'y vois aucun inconvénient. Herr Six a été placé en résidence surveillée. Il n'est sous le coup d'aucune inculpation pour l'instant. Il a été trop choqué par la brève résurrection de sa fille pour pouvoir répondre à nos questions. Une histoire terrible – Herr Haupthändler, malheureusement, est mort à l'hôpital avant-hier, sans avoir repris conscience. Quant au criminel Red Dieter Helferrich, il a été décapité ce matin à 6 heures à la prison du lac Ploetzen, et toute sa bande expédiée au KZ de Sachsenhausen. (Il m'adressa un sourire presque triste.) À mon avis Herr Six n'aura pas d'ennuis. C'est un homme trop important pour qu'on lui tienne rigueur de ce qui s'est passé. Vous pouvez constater que de tous les autres acteurs de cette pénible affaire, vous êtes le seul encore en vie. Espérons que vous vous acquitterez de votre mission : de ce succès dépendent non seulement votre crédibilité professionnelle, mais aussi votre survie.

Mes deux gardiens me raccompagnèrent dans l'ascenseur, puis dans ma cellule, là ils me tabassèrent avec méthode. Je tentai de résister mais, affaibli par le manque de sommeil et de nourriture, ma résistance resta purement velléitaire. J'aurais pu me débrouiller face à un seul d'entre eux, mais je ne pus rien contre les deux ensemble. On m'emmena ensuite dans la vaste salle de garde. Près des portes à double épaisseur, un groupe de SS jouait aux cartes en buvant de la bière, leurs armes et leurs matraques posées sur une table comme un tas de jouets confisqués par un maître d'école. Face au mur du fond, une vingtaine de prisonniers étaient alignés au garde-à-vous. On m'ordonna de les rejoindre. Un jeune SS allait et venait devant la rangée, braillant après les prisonniers en leur distribuant des coups de pied dans les reins. Un vieil homme s'effondra. Le SS le bourra de coups de botte jusqu'à ce qu'il perde conscience. De nouveaux prisonniers ne cessaient d'arriver. Au bout d'une heure, nous devions être une centaine.

On nous fit avancer le long d'un couloir jusqu'à une cour pavée où nous dûmes nous entasser dans des Minnas vertes de la Gestapo. Aucun SS ne monta avec nous, mais personne n'avait envie de parler. Chacun resta seul avec ses pensées, songeant à son foyer et à ceux qu'il aimait, qu'il ne reverrait peut-être jamais.

Arrivés à Columbia Haus, nous descendîmes des fourgons. Un avion qui décollait de l'aéroport Tempelhof tout proche survola les murs gris de la vieille prison militaire. Tous les prisonniers levèrent la tête, chacun souhaitant désespérément être l'un de ses passagers.

— Allons, plus vite, bande de salopards ! hurla un garde.

Sous un déluge de coups de pied, de coups de poing et de bourrades, nous gagnâmes le premier étage où nous nous alignâmes en cinq colonnes devant une lourde porte de bois. La meute des gardiens nous dévisageait avec un plaisir sadique.

— Vous voyez cette putain de porte ? beugla le Rottenführer avec un rictus de requin. Une fois que vous l'aurez franchie, vous ne serez plus jamais des hommes. On va vous coller les couilles dans un étau. Et vous savez pourquoi ? Pour vous éviter le mal du pays ! Vous n'aurez plus envie de revoir vos femmes et vos fiancées, puisque vous n'aurez plus de petit cadeau pour elles.

Il rugit d'un rire satisfait, imité par les gardiens qui s'emparèrent d'un prisonnier et le traînèrent, hurlant et gesticulant, dans la pièce dont ils refermèrent la porte.

Je sentis mes infortunés compagnons trembler de terreur, mais je me doutais qu'il s'agissait simplement d'une très mauvaise plaisanterie, et lorsque ce fut mon tour d'entrer, je le fis avec un calme ostensible. À l'intérieur, les matons prirent mon nom et mon adresse, examinèrent mon dossier pendant quelques minutes puis, après m'avoir abreuvé d'injures pour avoir fait du marché noir, ils me rouèrent à nouveau de coups.

Une fois dans le bâtiment principal, on me conduisit, le corps endolori, dans ma cellule. Je fus stupéfait d'entendre dans un couloir un chœur de détenus chanter *Si tu as encore ta chère maman.* Plus tard, j'eus l'explication de cette étrange chorale : les SS forçaient les détenus à chanter pour noyer les hurlements des prisonniers punis dont ils fouettaient les fesses nues à coup de lanières de cuir, dans une cave.

Lorsque j'étais flic, j'avais vu pas mal de prisons : Tegel, Sonnenburg, Ploetzen, Brandenburg, Zellengefängnis ou Brauweiler. Des endroits durs où régnait une discipline de fer. Pourtant aucun n'égalait la brutalité et la crasse inhumaine régnant à Columbia Haus. J'en arrivais à me demander si Dachau pouvait être pire.

Il y avait environ un millier de détenus dans la prison. Pour certains, comme moi, c'était une brève étape avant le KZ. D'autres y séjourneraient longtemps, mais finiraient de toute façon en KZ. Beaucoup n'en ressortiraient qu'entre quatre planches.

Ne devant rester que peu de temps, j'eus droit à une cellule pour moi tout seul. Mais il faisait si froid la nuit que, n'ayant aucune couverture à ma disposition, j'aurais accueilli avec gratitude un peu de chaleur humaine. Pour le petit déjeuner, on nous donnait un pain de seigle grossier avec un ersatz de café. Le dîner se résumait à du pain accompagné d'une soupe de gruau de pommes de terre. Les latrines étaient une simple planche posée au-dessus d'un fossé, et je devais déféquer en même temps que neuf autres détenus. Un jour, l'un des gardes avait scié la planche, et plusieurs hommes furent précipités dans la fange. Le personnel de Columbia Haus avait un sens particulier de l'humour.

Je croupissais là depuis six jours lorsque, un soir, vers minuit, on m'ordonna de rejoindre un groupe de prisonniers qu'un camion emmenait à la gare de Putlitzstrasse, d'où nous serions transférés à Dachau.

Dachau est situé à une quinzaine de kilomètres au nord-ouest de Munich. Dans le train, un de mes compagnons m'apprit que Dachau était le premier KZ du Reich. Cela me sembla logique, puisque Munich avait été le berceau du national-socialisme. Construit autour des ruines d'une ancienne usine d'explosifs, le camp était planté de manière incongrue au beau milieu des champs de la verdoyante campagne bavaroise. La campagne verdoyante est d'ailleurs un des seuls aspects plaisants de la Bavière. Ses habitants certainement pas. Ce n'était pas Dachau qui allait me faire changer d'avis, sur ce point comme sur d'autres. À Columbia Haus, on m'avait dit que Dachau servirait de modèle aux camps à venir, et qu'il était même pourvu d'une école où l'on apprenait aux SS à se montrer encore plus brutaux. On ne m'avait pas menti.

On nous aida à descendre des wagons à coups de pied et de crosse, puis on nous conduisit à l'entrée orientale du camp, dont la grille portait la formule : « Le travail libère l'homme. » La phrase provoqua quelques ricanements méprisants de la part des prisonniers, mais personne n'osa faire de commentaires à voix haute de peur d'être battu.

Il existe beaucoup de choses qui peuvent libérer l'homme, mais le travail n'en fait certainement pas partie.

À vrai dire, au bout de cinq minutes à Dachau, la mort vous paraissait un moyen beaucoup plus sûr que le travail pour gagner votre liberté.

On nous fit avancer vers un terre-plein qui ressemblait à un terrain de manœuvres, flanqué au sud d'un long bâtiment au toit pointu. Une route large et droite bordée de peupliers partait au nord, entre des rangées apparemment infinies de baraquements identiques. Je fus pris de vertige devant l'immensité de la tâche qui m'attendait. Dachau était immense. Il me faudrait peut-être des mois avant de retrouver Mutschmann, puis combien d'autres pour me lier avec lui et l'amener à me dire où il avait caché ces foutus documents. Je me demandai si toute cette mise en scène n'était pas une punition sadique imaginée par Heydrich.

Le commandant du KZ sortit du long bâtiment pour nous accueillir, mais comme tous les Bavarois, il ignorait les rudiments de l'hospitalité. Tout ce qu'il avait à nous offrir était un éventail de punitions variées. Il déclara qu'il y avait suffisamment d'arbres dans le coin pour nous pendre jusqu'au dernier. Il termina en nous promettant de nous donner un avant-goût de l'enfer, et je ne doutai pas un instant qu'il tiendrait parole. Heureusement, nous respirions un air pur. C'est l'un des deux seuls aspects agréables de la Bavière, l'autre étant la taille des seins des Bavaroises.

À Dachau se trouvait la boutique de tailleur la plus pittoresque qui soit. Ils avaient également un coiffeur des plus efficaces. Je dénichai un seyant ensemble à rayures et une paire de sabots, puis me fis couper les cheveux. J'aurais bien demandé qu'on y mette un peu de brillantine, mais ç'aurait été gâcher la marchandise, vu que tous mes cheveux gisaient par terre. Je fus soulagé de me voir attribuer trois couvertures, une nette amélioration par rapport à Columbia Haus, et d'apprendre que je dormirais dans un baraquement « aryen ». Ceux-ci n'abritaient en

effet que cent cinquante hommes, alors que les baraquements « juifs » en comptaient trois fois plus.

D'après le proverbe, il y a toujours moins bien loti
que vous. À Dachau, c'était vrai si vous aviez la chance
de ne pas être juif. Les déportés juifs n'y furent jamais très
nombreux, mais c'étaient eux qui connaissaient le sort le
moins enviable. Nombreux en effet étaient ceux d'entre
eux qui retrouvaient la liberté, mais de la façon dont j'ai
parlé : dans un baraquement aryen, le taux de mortalité
était en général d'un décès par nuit, contre sept ou huit
dans un baraquement juif.

Dachau n'était pas un endroit pour les Juifs.

La population du camp représentait l'éventail complet
des opposants actifs au nazisme, plus ceux envers qui les
nazis montraient depuis le début une hostilité implacable.
Il y avait là des Sozis et des Kozis, des syndicalistes, des
juges, des avocats, des médecins, des enseignants, des
officiers. Et des républicains espagnols, des témoins de
Jehovah, des francs-maçons, des prêtres catholiques, des
tziganes, des Juifs, des spiritualistes, des homosexuels,
des vagabonds, des voleurs et des assassins. À l'exception
de quelques Russes et des anciens membres du cabinet
autrichien, tout le monde à Dachau était allemand. Je rencontrai un détenu qui était juif et homosexuel et, comme
si cela n'était pas suffisant, professait des idées communistes. Cela lui faisait trois triangles. La chance ne l'avait-
elle pas quitté aussi précipitamment que si elle s'apprêtait
à enfourcher une motocyclette ?

Deux fois par jour, nous devions nous rassembler sur
l'Appellplatz, le terre-plein où les SS procédaient à l'appel.
Après l'appel venaient les charités de Hindenburg : les
séances de fouet. Ils attachaient un homme ou une femme
à un poteau[1], baissaient son pantalon et lui infligeaient
une vingtaine de coups sur les fesses. Beaucoup faisaient

---

1. À Dachau, c'était en réalité un cheval d'arçon.

sur eux durant la séance. La première fois, j'eus honte pour eux, mais ensuite, un détenu m'expliqua que c'était le meilleur moyen pour déconcentrer l'homme qui infligeait la punition.

L'appel était une excellente occasion pour moi d'observer mes compagnons de captivité. Je notai mentalement ceux que j'avais éliminés comme n'étant pas Mutschmann. En moins d'un mois, j'en avais écarté plus de trois cents.

Je n'oublie jamais un visage. C'est la qualité d'un bon flic, et une des raisons pour lesquelles j'étais entré dans la police. Mais cette fois-ci, alors que ma vie dépendait de cette mémoire visuelle, l'arrivée constante de nouveaux détenus bouleversait mes comptes. Je me faisais l'effet d'un Hercule submergé par le purin des écuries d'Augias.

Comment décrire l'indescriptible ? Comment parler de ce qui rend muet d'effroi ? Beaucoup de mes compagnons d'infortune, quoique plus cultivés que moi, étaient incapables de trouver les mots adéquats. C'était un silence né de la honte, la honte de voir les innocents eux-mêmes devenir coupables. Car privé du moindre de ses droits, l'homme redevient une bête. Les affamés chapardent la nourriture d'autres affamés. La survie devient l'unique objectif de chacun, et cette préoccupation prime, et même occulte, l'expérience vécue. Détruire l'esprit humain par le travail forcé était le but de Dachau, la mort n'étant que la conséquence non recherchée de cet esclavage. La survie passait par l'acceptation d'un surcroît de souffrance pour les autres : tant qu'un autre détenu se faisait battre ou lyncher, vous étiez sauf. Si l'occupant du grabat voisin mourait dans son sommeil, vous pouviez manger sa ration pendant quelques jours.

Pour parvenir à survivre, il faut avoir frôlé la mort.

Peu après mon arrivée à Dachau, je fus nommé contremaître d'une équipe de Juifs chargée de construire un atelier dans le secteur nord-ouest du camp. Les prisonniers devaient charger des pierres pesant jusqu'à trente kilos dans des brouettes qu'il fallait ensuite, du fond de la carrière, pousser le long des quelques centaines de mètres du chemin en pente menant au chantier. Tous les SS de Dachau n'étaient pas des brutes épaisses : certains, plus astucieux, profitaient de la main-d'œuvre bon marché et des talents variés de la population du camp pour se livrer à de petits trafics. Il n'était donc pas de leur intérêt de tuer les détenus au travail. Mais les SS qui surveillaient le chantier dont j'avais la charge étaient de *vrais* salopards. Paysans bavarois pour la plupart, anciens chômeurs, leur sadisme était moins élaboré que celui de leurs collègues citadins de Columbia. Mais il était tout aussi efficace. Mon travail n'était pas compliqué : en tant que chef d'équipe, je n'étais pas contraint de charger les blocs de pierre. Mais pour les Juifs de mon *Kommando*, c'était un travail exténuant. Les SS assignaient volontairement des délais très courts pour terminer une fondation ou un mur, et le nonrespect de ces délais signifiait la privation de nourriture et d'eau. Ceux qui s'effondraient de fatigue étaient tués d'une balle à l'endroit même où ils tombaient.

Les premiers jours, je mettais la main à la pâte, à la grande joie des gardes SS qui trouvaient cela extrêmement drôle. Mais je constatai vite que ma participation n'accélérait en rien le travail. L'un d'eux me dit un jour :

– Qu'est-ce qui te prend ? T'aimes bien les youpins ? Je comprends pas. T'es pas obligé de les aider, alors pourquoi tu le fais ?

Pendant un instant, je ne sus que répondre. Puis je finis par lui dire :

– C'est justement parce que tu ne comprends pas que je le fais.

Il parut dérouté, puis fronça les sourcils. Je crus une seconde qu'il allait se sentir offensé, mais au lieu de ça il éclata de rire et dit :

– Bah, je m'en fous, c'est ton enterrement après tout.

Au bout d'un certain temps, je compris ce qu'il avait voulu dire. Le travail me tuerait, tout comme il tuait les Juifs de mon *Kommando*. C'est pourquoi je cessai de les aider. Mais, pour me racheter, je cachai sous deux brouettes un Juif qui venait de s'effondrer, afin de lui laisser le temps de récupérer. Je recommençai plusieurs fois, sachant pertinemment que je risquais le fouet si j'étais découvert. Il y avait des informateurs partout à Dachau. Les détenus m'avaient mis en garde contre ce fait, sans savoir que j'en étais presque un moi-même.

Je ne fus pas pris sur le fait en train de protéger un Juif épuisé, mais les gardes me posèrent des questions si précises que j'en conclus que j'avais été trahi. Je fus condamné à vingt-cinq coups de fouet.

Ce n'est pas tant la douleur que je redoutais que l'éventualité d'être envoyé à l'hôpital du camp après la séance. Comme la plupart de ses occupants étaient atteints de typhoïde ou de dysenterie, il fallait éviter cet endroit à tout prix. Les SS eux-mêmes n'y allaient jamais sans raison impérieuse. Je risquais d'y attraper une cochonnerie et de ne jamais retrouver Mutschmann.

L'appel durait rarement plus d'une heure, mais le jour où je devais être fouetté, il dura près de trois heures.

Ils m'attachèrent entre les poteaux et défirent mon pantalon. J'essayai de déféquer, mais la douleur était telle que je n'y parvins pas. En outre, avec la nourriture qu'on nous servait, je n'avais rien dans les intestins. Après mes vingt-cinq « aumônes », j'eus juste le temps de sentir qu'on me détachait avant de perdre conscience.

Un bras pendait de la couchette au-dessus de moi. Je le fixai un bon moment et, comme les doigts restaient parfaitement immobiles, je me demandai si l'homme n'était pas mort. Je voulus me lever pour vérifier, mais retombai aussitôt sur le ventre en hurlant de douleur. Alerté par mon cri, un type s'approcha de ma paillasse.

— Seigneur! haletai-je en sentant la sueur perler à mon front. Ça fait encore plus mal que quand on les reçoit.

— C'est le médicament qui fait ça, me dit le type.

C'était un homme d'une quarantaine d'années, avec des dents de lapin et des cheveux qu'il avait probablement récupérés sur un vieux matelas. Affreusement émacié, son corps donnait l'impression de sortir d'un bocal de formol. Il portait une étoile jaune cousue sur la poitrine de sa veste de prisonnier.

— Un médicament? répétai-je avec incrédulité.

— Oui, du chlorure de sodium, fit le Juif d'une voix traînante avant d'ajouter plus vivement : Autrement dit du sel, mon ami. J'en ai répandu sur tes plaies.

— Bon Dieu, lâchai-je. Je ne suis pas une omelette!

— Peut-être, rétorqua-t-il, mais moi, je suis un foutu toubib. Je sais que ça doit te faire le même effet que d'enfiler une capote pleine d'orties, mais c'est le seul moyen d'empêcher l'infection.

Je lui trouvai une voix chantante d'acteur comique.

— Tu as de la chance que j'aie pu te soigner, poursuivit-il. J'aimerais pouvoir en faire autant pour tous ces malheureux, mais je ne peux pas faire grand-chose avec des médicaments volés dans les cuisines.

Je levai la tête vers la main qui pendait toujours de la couchette au-dessus. Jamais je n'éprouvai un tel plaisir à observer une malformation physique : c'était un poignet droit, surmonté d'un beau ganglion. Le docteur rabattit le bras sur le matelas, le cachant à ma vue, et grimpa sur mon grabat pour examiner son propriétaire. Puis il redescendit et se pencha sur mes fesses dénudées.

– Ça va aller, dit-il.

Je hochai la tête en désignant mon voisin du dessus.

– Et lui, qu'est-ce qu'il a?

– Pourquoi, il vous gêne?

– Non, c'est juste pour savoir.

– Dites-moi, avez-vous déjà eu la jaunisse?

– Oui.

– Bon, fit-il, dans ce cas, ne vous inquiétez pas, vous ne l'attraperez pas. Abstenez-vous tout de même de l'embrasser ou de le sodomiser. Je vais quand même essayer de lui trouver une autre paillasse, au cas où il vous pisserait dessus. La transmission s'effectue par les excréments.

– Transmission? fis-je. Transmission de quoi?

– Hépatite. Je vais leur demander de vous installer sur la couchette du dessus et de le faire passer en bas. Donnez-lui de l'eau s'il en réclame.

– Bien sûr, dis-je. Comment s'appelle-t-il?

Le docteur soupira d'un air las.

– Pas la moindre idée.

Plus tard, après qu'on m'eut transféré, au prix de souffrances atroces, sur la couchette du dessus, et que mon voisin eut pris ma place, je me penchai pour jeter un coup d'œil à celui qui représentait mon unique espoir de sortir de cet enfer. Le spectacle n'avait rien d'encourageant. Avec sa peau jaunie et son corps squelettique, il m'aurait été impossible de reconnaître Mutschmann d'après le seul souvenir de la photo que j'avais vue dans le bureau de Heydrich. Le ganglion seul révélait son identité. Pour l'instant, délirant de fièvre, Mutschmann frissonnait sous sa mince couverture et gémissait lorsque la douleur lui déchirait les entrailles. Je l'observai un moment. À mon soulagement, il parut reprendre conscience, mais ce ne fut que pour essayer, en vain, de vomir. Il fut aussitôt repris par son délire. Il était évident que Mutschmann agonisait.

À part le docteur Mendelssohn, et trois ou quatre assistants souffrant eux-mêmes de divers maux, il y avait une soixantaine d'hommes et de femmes dans l'hôpital du camp. Hôpital est d'ailleurs un bien grand mot. L'endroit tenait plus du mouroir que de l'établissement médical. J'appris qu'il y avait là deux sortes de patients : les malades, qui finissaient tous par mourir, et les blessés, à qui il arrivait bien souvent de tomber malades durant leur « hospitalisation ».

Ce soir-là, juste avant la nuit, Mendelssohn vint examiner mes plaies.

— Demain matin, je vous laverai le dos et nous y remettrons du sel, dit-il avant de se pencher d'un air découragé vers Mutschmann.

— Et lui, où en est-il ? demandai-je.

C'était une question stupide, qui ne fit qu'éveiller la curiosité du médecin. Il me regarda d'un air suspicieux.

— Puisque ça a l'air de vous intéresser, fit-il d'une voix aigre, sachez que je lui ai interdit l'alcool et la nourriture épicée, et que je lui ai conseillé de garder le lit.

— Oui, je vois.

— Mon ami, je n'ai pas le cœur particulièrement endurci, ajouta-t-il, mais je ne peux rien faire pour lui. Si je pouvais lui donner un régime de protéines, de vitamines et de glucose, il aurait une chance de s'en sortir.

— Pour combien de temps en a-t-il ?

— Reprend-il toujours conscience de temps en temps ? (J'acquiesçai. Mendelssohn soupira.) Difficile à dire, mais une fois dans le coma, il ne lui restera pas plus d'un jour ou deux. Je n'ai même pas de morphine pour le soulager. Dans cette clinique, la mort est à peu près le seul médicament disponible, vous savez.

— Je tâcherai de ne pas l'oublier.

— Ne tombez pas malade, l'ami. Nous avons ici des cas de typhus. Si vous sentez un début de fièvre, buvez deux cuillerées de votre urine. Ça a l'air de marcher.

– Si j'arrive à trouver une cuillère propre… Merci quand même pour le tuyau.

– En voici un autre, puisque vous paraissez en forme. La raison pour laquelle la Résistance du camp se réunit ici, c'est parce qu'ils savent que les gardes n'y entrent jamais. Contrairement aux apparences, les SS ne sont pas des imbéciles. Il faudrait être fou pour rester ici une minute de plus que nécessaire. C'est pourquoi je vous conseille de sortir dès que vos douleurs seront un peu calmées.

– Et vous, qu'est-ce qui vous fait rester ? Le serment d'Hippocrate ?

Mendelssohn haussa les épaules.

– Jamais entendu parler de ce truc-là, lâcha-t-il.

Je dormis un moment. J'aurais voulu rester éveillé au cas où Mutschmann reprendrait conscience, dans l'espoir de jouer une de ces petites scènes touchantes qu'on voit au cinéma, quand le mourant décharge son âme du fardeau qui l'accable et se confie à l'homme penché au-dessus de son lit d'agonie.

Lorsque je m'éveillai, il faisait sombre. Parmi les quintes de toux et les ronflements des autres malades, je distinguai soudain du bruit en provenance de la couchette de Mutschmann. Je me penchai et, à la lueur du clair de lune, le vis, appuyé sur un coude, une main serrant son estomac pour essayer de vomir.

– Ça va ? demandai-je.

– Bien sûr, dit-il d'une voix sifflante. Je suis increvable, une vraie tortue des Galapagos.

Mais il recommença à gémir puis, les dents serrées par la douleur, il ajouta :

– C'est ces foutues crampes d'estomac.

– Un peu d'eau ? lui demandai-je.

– De l'eau, oui. J'ai la langue aussi sèche qu'une…

Il fut interrompu par un haut-le-cœur. Je descendis non sans peine de ma paillasse et emplis une louche dans un seau posé entre les lits. Les dents cliquetant comme un bouton de télégraphe, Mutschmann lapa bruyamment l'eau. Puis il soupira et se recoucha.

— Merci, mon vieux, dit-il.

— Il n'y a pas de quoi. Tu ferais la même chose pour moi, non ?

Il essaya de rire mais fut terrassé par une violente quinte de toux.

— Mon cul que je ferais pareil, articula-t-il d'une voix caverneuse. J'aurais bien trop peur d'attraper quelque chose. D'ailleurs je sais même pas ce que j'ai. Tu le sais, toi ?

Je réfléchis un moment, puis résolus de le lui dire.

— Tu as une hépatite.

Il resta silencieux quelques minutes. Je me sentais honteux. J'aurais pu lui épargner ça.

— Merci de ta franchise, dit-il. Et toi, qu'est-ce que tu as ?

— Je suis passé à l'aumônerie de Hindenburg.

— Pour quel motif ?

— J'ai aidé un Juif de mon *Kommando*.

— C'est pas malin, fit-il. De toute façon ils sont morts. Tous. Tu peux prendre le risque avec quelqu'un qui peut s'en tirer, mais ça ne vaut pas le coup avec un Juif. Ils n'ont aucune chance.

— Toi non plus, tu n'as pas eu de chance.

— C'est vrai, dit-il en ricanant doucement. Je ne pensais pas tomber malade. J'étais sûr de sortir de ce trou à rats. Surtout que j'avais une bonne planque à l'atelier de cordonnerie.

— Ouais, pas de pot, dis-je.

— Je suis en train de mourir, pas vrai ?

— Ce n'est pas l'avis du toubib.

— Arrête ton baratin. Je vois bien où j'en suis. Mais merci quand même. Seigneur, je donnerais n'importe quoi pour une clope.

— Moi aussi, dis-je.

— Même s'il fallait la rouler. (Il marqua une pause avant d'ajouter :) Il faut que je te dise quelque chose.

– Oui ? À quel propos ? fis-je en essayant de dissimuler mon impatience.

– Ne baise jamais avec une femme du camp. Je suis à peu près sûr que c'est comme ça que j'ai attrapé cette saloperie.

– Je n'oublierai pas ton conseil. Merci de m'avoir prévenu.

Le lendemain, j'échangeai ma ration contre des cigarettes et attendis que Mutschmann émerge de son délire. J'attendis presque toute la journée. Lorsqu'il se calma, il poursuivit notre conversation comme si nous l'avions interrompue quelques minutes plus tôt.

– Comment ça va ? Tes plaies, ça s'arrange ?

– Ça fait toujours mal, dis-je en descendant de ma couchette.

– Ça m'étonne pas. Ce putain de père Fouettard n'y va pas de main morte. (Il tourna alors son maigre visage jaune vers moi.) Tu sais, il me semble t'avoir déjà vu quelque part.

– Ah bon ? Et où ça ? dis-je. Au Rot Weiss Tennis Club ? Au Herrenklub ? À l'Excelsior, peut-être ?

– Arrête, je parle sérieusement.

J'allumai une de mes cigarettes et la lui collai entre les lèvres.

– Je parie que c'était à l'opéra, dis-je. J'adore l'opéra, tu sais. À moins que ce soit au mariage de Goering ?

Il esquissa un sourire de ses lèvres sèches, puis avala une grande bouffée comme si c'était de l'oxygène pur.

– T'es un vrai magicien, dit-il en savourant sa cigarette.

Je la lui ôtai un instant des lèvres avant de l'y replacer.

– Non, ce n'était dans aucun de ces endroits. Mais ça me reviendra.

– Certainement, dis-je en espérant qu'il ne s'en souviendrait pas.

Un instant, je songeai à mentionner la prison de Tegel, mais j'y renonçai. Malade ou pas, il flairerait quelque chose et je ne pourrais plus rien en tirer.

– Pourquoi tu es là ? Tu étais Sozi ? Kozi ?

– Non, marché noir, expliquai-je. Et toi ?

Son sourire s'élargit.

– Je me planque.

– Ici ? À qui veux-tu échapper ?

– À beaucoup de monde, dit-il.

– Eh bien, on peut dire que t'as choisi un drôle d'endroit pour te cacher. C'est de la folie.

– Personne ne peut me retrouver ici. Laisse-moi te poser une question : où est-ce que tu planquerais une goutte de pluie ? (Je secouai la tête sans répondre.) Sous une cascade. Au cas où tu le saurais pas, c'est de la philosophie chinoise. Avoue que ça serait coton de retrouver une petite goutte là-bas dessous, hein ?

– Oui, certainement. Mais pour faire ça, il fallait que tu sois au bout du rouleau, non ?

– Dommage que je sois tombé malade… Parce que quand je serais sorti – dans un an ou deux – ils auraient bien été obligés de me laisser tranquille.

– Qui ça ? dis-je. Pourquoi te recherchent-ils ?

Il battit des paupières et la cigarette tomba de ses lèvres inanimées sur la couverture. Je la ramassai et l'éteignis au cas où il reviendrait à lui assez longtemps pour la terminer.

Pendant la nuit, la respiration de Mutschmann se fit de plus en plus oppressée, et au matin Mendelssohn annonça qu'il était au bord du coma. Je ne pouvais rien faire d'autre que rester allongé sur le ventre, à observer l'homme qui mourait en dessous de moi. Je songeai beaucoup à Inge, et encore plus à moi-même. À Dachau, les funérailles étaient réduites au strict minimum : on vous flanquait au four et c'était terminé. Mais en observant le progrès du mal qui rongeait le foie et la rate de Mutschmann, infectant petit à petit tout son corps, je songeai surtout à cet autre mal qui dévorait inexorablement ma glorieuse Patrie. Ce n'est qu'à Dachau que je réalisai à quel point l'atrophie de l'Allemagne s'était transformée en nécrose. Et comme pour le pauvre Mutschmann, aucune morphine ne soulagerait les souffrances qui s'annonçaient.

Il y avait quelques enfants à Dachau, nés de mères détenues. Ils n'avaient jamais connu autre chose que la vie dans le camp. Ils jouaient librement dans ses limites, tolérés par les gardiens dont certains s'étaient même pris d'affection pour eux, et ils pouvaient aller où ils voulaient, sauf entrer dans le baraquement de l'hôpital. Ils risquaient une sévère correction en cas de désobéissance.

Mendelssohn cachait un enfant sous une des paillasses. Le garçonnet s'était cassé une jambe en tombant dans la carrière. Il resta caché presque trois jours à l'hôpital avant que les SS le retrouvent. Il eut si peur en les voyant qu'il avala sa langue et s'étouffa.

Lorsque Mendelssohn dut apprendre la nouvelle à la mère, il fit preuve d'un irréprochable tact professionnel. Mais plus tard, après que la femme fut repartie, je l'entendis sangloter doucement.

— Hé ! là-haut !

Je sursautai en entendant la voix provenant de la couchette du dessous. J'avais négligé de surveiller Mutschmann, et à présent, je regrettais de n'avoir pas mis à profit sa période de lucidité qui devait durer depuis un certain temps. Je descendis donc précautionneusement de ma paillasse et m'agenouillai à côté de la sienne, car il m'était encore trop pénible de m'asseoir. Il eut un sourire affreux et m'agrippa le bras.

— Je m'en suis souvenu, fit-il.

– Ah oui ? dis-je plein d'espoir. Et de quoi tu t'es souvenu ?

– De l'endroit où je t'avais vu.

Je m'efforçai de prendre un air naturel, bien que mon
cœur cognât violemment dans ma poitrine. S'il se souvenait
de moi du temps où j'étais flic, j'étais grillé. Un type qui
a connu la prison ne fraternise jamais avec un flic. Même
si on s'était retrouvés tous les deux sur une île déserte, il
m'aurait craché au visage plutôt que m'adresser la parole.

– Ah ouais ? fis-je d'un air candide. C'était où ?

Je lui mis la moitié de cigarette entre les lèvres et lui
donnai du feu.

– T'étais le détective de l'hôtel Adlon, coassa-t-il.
J'avais été repérer les lieux un jour, pour un boulot. C'est
pas vrai ?

– Tu as une bonne mémoire, dis-je en allumant une
cigarette. Ça fait un bail.

Il me serra le bras plus fort.

– T'inquiète pas, dit-il. Je le dirai à personne. Et puis
c'est pas comme si tu étais flic, hein ?

– Tu dis que tu avais repéré l'endroit pour un boulot.
Tu travaillais dans quel domaine ?

– Ma spécialité, c'étaient les coffres.

– Dans mes souvenirs, celui de l'hôtel Adlon n'a jamais
été cambriolé. Pas pendant que j'y travaillais, en tout cas.

– C'est parce que j'avais rien pris, dit-il fièrement. Je
l'ai ouvert, mais il n'y avait rien dedans. Et je te raconte
pas des craques, hein !

– Mouais, fis-je. Pourtant, il y avait toujours des rupins
à l'hôtel, avec pas mal de quincaillerie. C'était rare qu'il
n'y ait rien dans le coffre.

– Je sais, dit-il. Alors ça devait encore être un de mes
jours de malchance. Il y avait bien quelques trucs, mais
rien que je puisse écouler. Parce que c'est ça le problème,
tu comprends. Ce n'est pas la peine d'emporter quelque
chose que tu ne pourras pas fourguer.

– D'accord, je te crois, fis-je.

– Ce n'est pas pour me vanter, mais j'étais le meilleur dans mon rayon. Aucun coffre ne me résistait. Tu dois te dire que je suis plein aux as, pas vrai ?

– Peut-être, dis-je en haussant les épaules. Je me dis aussi que tu devrais être en prison, mais tu l'es déjà.

– C'est parce que je suis riche que je suis ici. Je t'ai raconté, non ?

– Tu y as fait allusion, oui. (Je pris mon temps avant d'ajouter l'air de rien :) Et qu'est-ce que tu possèdes pour être si riche et si recherché ? De l'argent ? Des bijoux ?

Il eut un rire rauque.

– Beaucoup plus que ça, dit-il. Du pouvoir.

– Sous quelle forme ?

– Des papiers, dit-il. Crois-moi, des tas de gens donneraient très cher pour récupérer ces foutus papiers.

– Qu'y a-t-il dans ces papiers ?

Il avait le souffle court, plus léger que la silhouette d'une cover-girl dans le *Junggeselle*.

– Bah, je ne sais pas exactement, dit-il. Des noms, des adresses, des tas de renseignements. Un petit futé comme toi pourrait en faire bon usage.

– Tu ne les as pas apportés avec toi ?

– Ne sois pas idiot, dit-il d'une voix sifflante. Ils sont dehors, en lieu sûr.

J'ôtai la cigarette éteinte de ses lèvres, la jetai par terre et lui donnai le reste de la mienne.

– Ce serait dommage… que personne ne s'en serve, dit-il d'une voix haletante. Tu m'as aidé… alors… je vais te faire une faveur. Promets-moi de bien les faire suer, hein ? Ces papiers… ça vaut au moins… un plein camion de diams. (Je penchai l'oreille pour l'entendre.) Tu les tiendras… par les couilles.

Ses paupières battirent. Je le pris par les épaules et le secouai pour essayer de le ramener à la conscience.

À la vie.

Je restai agenouillé près de lui un moment. Dans un recoin de mon âme encore capable de ressentir quelque chose, j'éprouvai un sentiment terrifiant d'abandon. Mutschmann était plus jeune et plus fort que moi. Il n'y avait aucune raison que je résiste plus longtemps que lui à la maladie. J'avais perdu beaucoup de poids, j'étais dévoré par la gale et mes dents se déchaussaient. L'homme de confiance de Heydrich, l'Oberschutze SS Bürger, était responsable de l'atelier de menuiserie. Que se passerait-il si je communiquais le mot de passe qui devait me faire sortir de Dachau ? Que ferait de moi Heydrich si je lui disais que je n'avais pas réussi à savoir où étaient les papiers de von Greis ? Me renverrait-il à Dachau ? Me ferait-il exécuter ? Et si je ne donnais pas signe de vie, comprendrait-il que j'étais bredouille et donnerait-il l'ordre de me faire sortir ? Connaissant Heydrich, cela me paraissait fort peu probable. Être arrivé si près du but pour voir tous mes efforts réduits à néant était presque insupportable.

Au bout d'un moment, je me redressai et tirai la couverture sur le visage jauni de Mutschmann. Un minuscule bout de crayon tomba par terre, et je le fixai plusieurs secondes avant qu'une bouffée d'espoir renaisse en moi. Je retirai la couverture du corps. Ses mains étaient closes. Je les ouvris l'une après l'autre. Dans la main gauche, je découvris un morceau du papier brun avec lequel les prisonniers affectés à la cordonnerie enveloppaient les chaussures des SS après les avoir réparées. J'avais si peur d'une nouvelle déception que je ne le dépliai pas immédiatement. Il me fallut ensuite près d'une heure pour déchiffrer l'écriture presque illisible qui y était tracée. Le texte était le suivant : « Bureau des objets trouvés, Service de la circulation, Saarlandstrasse, Berlin. Tu as perdu une serviette en juillet dernier dans Leipzigerstrasse. Cuir brun, serrure de cuivre, tache d'encre sur la poignée. Initiales dorées K. M. Contient une carte postale d'Amérique. Un roman de western, *Old Surehand*, de Karl May[1], et des papiers à usage professionnel. Merci. K. M. »

Je crois bien que personne n'a jamais reçu pareil billet de retour à la vie.

19

Je voyais des uniformes partout. Même les vendeurs de journaux arboraient la casquette et le manteau des SA. Il n'y avait pourtant pas de défilé, et cela faisait longtemps qu'il n'y avait plus de boutique juive à boycotter sur Unter den Linden. Mais depuis ma sortie de Dachau, je prenais toute la mesure de l'emprise du national-socialisme sur l'Allemagne.

Je retournai à mon bureau. Curieusement coincé entre l'ambassade de Grèce et la galerie d'art Schultze, et gardé par deux miliciens, je passai devant le ministère de l'Intérieur d'où Himmler avait envoyé sa note à Paul Pfarr au sujet de la corruption. Une voiture s'arrêta devant l'entrée, et il en sortit deux officiers et une femme en uniforme en qui je reconnus Marlene Sahm. Je m'arrêtai et m'apprêtai à la saluer lorsque je me ravisai. Elle passa devant moi sans un regard. Si elle m'avait reconnu, elle l'avait parfaitement dissimulé. Je me retournai pour la regarder entrer dans le bâtiment à la suite des deux officiers. Je restai immobile à peine une minute ou deux, mais cela fut suffisant pour qu'un gros type au chapeau rabattu sur les yeux m'interpelle.

– Papiers, aboya-t-il sans même prendre la peine de présenter une carte de police.

---

1. Un des auteurs favoris de Hitler.

– À qui ai-je l'honneur ? fis-je.

Le type avança son visage porcin et mal rasé vers moi et dit :

– À moi.

– Écoutez, dis-je. Vous vous fourrez le doigt dans l'œil si vous pensez jouir d'une personnalité imposante. Alors arrêtez votre cinéma et montrez-moi votre carte.

Un laissez-passer de la Sipo traversa fugitivement mon champ de vision.

– Vous gâchez la réputation de la maison, les gars, fis-je en présentant mes papiers qu'il m'arracha aussitôt des mains.

– Qu'est-ce que vous faites à traîner par ici ?

– Traîner, comment ça traîner ? J'admirais l'architecture.

– Pourquoi avez-vous regardé les officiers qui sont sortis de la voiture ?

– Je ne regardais pas les officiers, répliquai-je. Je regardais la fille. J'adore les femmes en uniforme.

– Circulez, dit-il en me balançant mes papiers.

Il me paraissait que les Allemands étaient à présent capables de supporter n'importe quoi de la part du premier venu, pourvu qu'il soit en uniforme ou porte un insigne officiel. Moi qui me considère pourtant comme un Allemand représentatif, je ne comprenais pas mes compatriotes, étant par nature réfractaire à toute forme d'autorité, même si cela peut paraître curieux de la part d'un ancien policier.

Dans Königstrasse, les collectes pour les indigents allaient bon train. Les quêteurs du Secours d'Hiver agitaient leurs boîtes rouges sous le nez des passants, bien que nous ne soyons encore que début novembre. Au début, le Secours d'Hiver avait été conçu pour combattre les ravages du chômage et de la récession, mais à présent, presque tout le monde le considérait comme une sorte de chantage financier et psychologique opéré par le Parti :

le Secours rassemblait certes des fonds, mais surtout il contribuait à créer un climat émotionnel dans lequel les gens, entraînés à se satisfaire de peu, acceptaient de se sacrifier pour la Patrie. Chaque semaine, la collecte était prise en charge par une organisation professionnelle différente. Cette semaine, c'était au tour des cheminots.

Le seul cheminot que j'aie jamais aimé était le père de mon ancienne secrétaire, Dagmarr. J'avais à peine donné 20 pfennigs à un quêteur que, vingt mètres plus loin, un autre me collait sa boîte sous le nez. Loin de vous épargner de nouvelles sollicitations, le petit insigne en verre que l'on vous remettait quand vous donniez quelque chose semblait au contraire les provoquer. Pourtant, ce ne fut pas pour cette raison que j'envoyai bouler l'importun, aussi gras qu'un cheminot peut l'être, mais parce que je venais de voir Dagmarr disparaître derrière le monument en forme d'urne dressé devant l'hôtel de ville.

En entendant mes pas précipités derrière elle, elle se retourna et me reconnut aussitôt. Nous restâmes gauchement plantés devant le monument portant en énormes lettres blanches l'inscription : « Sacrifiez-vous pour le Secours d'Hiver. »

— Bernie, dit-elle.

— Salut, dis-je en lui touchant le bras, l'air penaud. Je pensais justement à vous. J'ai été navré d'apprendre ce qui est arrivé à Johannes.

Elle eut un sourire courageux et resserra le col de son manteau.

— Vous avez beaucoup maigri, Bernie. Avez-vous été malade ?

— C'est une longue histoire. Puis-je vous offrir un café ?

Nous entrâmes à l'Alexanderquelle, sur Alexanderplatz, où nous commandâmes du vrai café et des vrais croissants avec de la vraie confiture et du vrai beurre.

— Il paraît que Goering a inventé un nouveau procédé pour fabriquer du beurre avec du charbon.

– Si c'est vrai, il ne doit pas beaucoup en manger, dit-elle. (Je ris poliment.) Impossible de trouver un oignon dans tout Berlin. Mon père prétend qu'ils en font du gaz de combat pour aider les Japonais à anéantir les Chinois.

Au bout d'un moment, je me décidai à lui demander des précisions sur la mort de Johannes.

– Bah, il n'y a pas grand-chose à dire.

– Comment est-ce arrivé ? demandai-je.

– Tout ce que je sais, c'est qu'il a été tué au cours d'un raid sur Madrid. Un de ses camarades me l'a raconté. Tout ce que j'ai reçu de la part du Reich, c'est un message d'une seule phrase : « Votre mari est mort pour l'honneur de l'Allemagne. » Je me suis dit : « Tu parles… » Ensuite j'ai été convoquée au ministère de l'Air, où j'ai dû signer un papier dans lequel je promettais de ne jamais parler de ce qui s'était passé, ni de porter le deuil. Vous vous imaginez, Bernie ? Je n'ai même pas pu m'habiller en noir pour mon mari. C'était la condition pour recevoir ma pension. (Elle sourit avec amertume avant d'ajouter :) « Tu n'es Rien, la Nation est Tout. » Je ne pensais pas qu'ils iraient si loin.

Elle sortit son mouchoir et se moucha.

– Le national-socialisme est très marqué par le panthéisme, dis-je. Les individus, pour lui, sont quantité négligeable. Nous vivons une époque où votre propre mère trouve normal que vous disparaissiez. Tout le monde baisse les bras.

Tout le monde sauf moi, pensai-je. Durant plusieurs semaines après ma libération de Dachau, je ne m'étais préoccupé que d'une seule chose : la disparition d'Inge Lorenz. Mais il arrive que Bernhard Gunther lui-même se casse les dents.

Rechercher une personne disparue dans l'Allemagne de l'automne 1936 était comme essayer de retrouver quelque chose dans une commode dont on aurait vidé puis remis en place le contenu de manière irrationnelle. Peu à peu, ma détermination s'émoussa devant l'indifférence générale. Les anciens collègues du journal d'Inge haussèrent les épaules en disant qu'ils ne l'avaient jamais beaucoup connue. Ses voisins secouèrent la tête en déclarant qu'il fallait prendre ce genre de chose avec philosophie. Otto, son admirateur du Front du Travail, pensait qu'elle allait probablement réapparaître sous peu. Je ne leur en voulais même pas. Il leur paraissait inutile de se préoccuper d'un unique cheveu tombé d'un crâne qui en avait déjà perdu tant.

Passant donc mes oisives soirées en compagnie d'une bonne bouteille, je me demandais souvent ce qui avait pu lui arriver. Un accident de voiture ? Une crise d'amnésie ? Avait-elle eu une dépression nerveuse ? Avait-elle commis un crime qui l'avait contrainte à disparaître à jamais ? Mais à chaque fois, j'en revenais à l'enlèvement suivi de meurtre, et je ne pouvais m'empêcher de penser que rien ne lui serait arrivé si je ne l'avais pas entraînée avec moi sur l'affaire Pfarr.

Même au bout de deux mois, délai après lequel on pouvait raisonnablement penser que la Gestapo allait admettre sa responsabilité, Bruno Stahlecker, muté récemment en dehors de la ville, à Spreewald, dans un petit commissariat de la Kripo, était incapable de me dire si Inge avait été exécutée ou envoyée en KZ. Je retournai de nombreuses fois au pavillon de Haupthändler à Wannsee dans l'espoir de trouver un indice quelconque, mais je rentrai à chaque fois bredouille.

Je retournai également plusieurs fois dans son appartement avant le terme de son bail, afin d'y découvrir un éventuel secret qu'elle n'aurait pas voulu partager avec moi. Pourtant, son souvenir s'estompait toujours plus dans mon esprit. N'ayant aucune photo d'elle, j'oubliai peu à peu les traits de son visage, réalisant brusquement que je ne savais presque rien d'elle, en dehors de quelques informations rudimentaires. Nous pensions avoir tellement de temps pour nous connaître…

Au fur et à mesure que passaient les semaines, puis les mois, je réalisai que mes chances de retrouver Inge diminuaient de façon inversement proportionnelle. Et tandis que sa présence s'effaçait de jour en jour, l'espoir aussi se dissipait. Je sentais – je savais – que je ne la reverrais jamais plus.

Dagmarr commanda deux autres cafés, et nous parlâmes de ce que nous avions fait depuis tout ce temps. Je ne mentionnai toutefois ni le nom d'Inge, ni mon séjour à Dachau. Il y a des choses dont on ne peut pas discuter autour d'une tasse de café.

— Comment vont les affaires ? s'enquit-elle.

— Je me suis acheté une nouvelle voiture. Une Opel.

— C'est donc que vos affaires vont bien.

— Et vous ? demandai-je. De quoi vivez-vous ?

— Je suis retournée chez mes parents. Je tape à la machine. Des thèses d'étudiants, ce genre de choses. (Elle se força à sourire.) Mon père n'aime pas beaucoup ça. Vous comprenez, je préfère taper la nuit, et la Gestapo est venue chez nous trois fois en trois semaines à cause du bruit de la machine. Ils cherchent les gens qui éditent des journaux d'opposition. Heureusement, les textes que je tape sont si totalement dévoués au national-socialisme que la Gestapo n'a rien trouvé à redire. Mais mon père s'inquiète des voisins. Il a peur qu'ils pensent que nous avons des ennuis avec la police.

Au bout d'un moment, je lui proposai d'aller au cinéma.

— Volontiers, dit-elle, si ce n'est pas un film patriotique.

En sortant du café, nous achetâmes un journal.

À la une, les deux Hermann, Six et Goering, échangeaient une poignée de main. Goering arborait un sourire épanoui, tandis que Six paraissait plutôt morose. Le Premier ministre avait apparemment eu gain de cause en ce qui concernait l'approvisionnement du Reich en matières premières. J'ouvris le journal à la page des spectacles.

– Si nous allions voir *L'Impératrice rouge* au Tauen-
zienpalast? suggérai-je.

Mais Dagmarr l'avait déjà vu deux fois.

– Et celui-ci? fit-elle. *La Plus Grande des Passions*,
avec Ilse Rudel. C'est son dernier film. Vous devez l'apprécier, non? Les hommes en sont fous, à ce qu'il paraît.

Je songeai à Walther Kolb, le jeune acteur à qui Ilse
avait voulu faire commettre un meurtre, et que j'avais tué.
L'affiche du film montrait la star en habit de nonne. Même
en oubliant ce que je savais d'elle, le rapprochement me
parut plus que douteux.

Mais plus rien ne me surprenait. J'avais appris à vivre
dans un monde qui avait perdu les pédales. On aurait dit
qu'un énorme tremblement de terre avait tout bouleversé :
aucune route n'était plus plate, aucun immeuble vertical.

– Oui, fis-je. Elle n'est pas mal.

Nous partîmes en direction du cinéma. Les vitrines
rouges du *Stürmer* avaient fait leur réapparition dans les
rues. Le journal de Streicher était devenu plus fanatique
que jamais.

La Pâle Figure

Titre original :

THE PALE CRIMINAL

À Jane

Bien des choses me répugnent chez vos gens de bien, et je ne parle pas du mal qui est en eux. Combien j'aimerais qu'ils possèdent une folie dont ils pourraient périr, comme ce criminel à la pâle figure. Vraiment, je voudrais que leur folie puisse être baptisée vérité, fidélité ou justice : mais leur vertu ne leur sert qu'à vivre longtemps et dans une aisance pitoyable.

NIETZSCHE.

PREMIÈRE PARTIE

C'est lorsque vous êtes au régime que les tartes aux fraises du café Kranzler vous paraissent le plus appétissantes.

Eh bien, depuis quelque temps, je commence à éprouver la même chose avec les femmes. Non que je sois au régime, mais c'est la serveuse qui semble m'ignorer. Il y en a tant de jolies. Des femmes, je veux dire, bien que je me sente capable de baiser une serveuse au même titre que n'importe quelle autre représentante de la gent féminine. Je me souviens d'une femme, il y a deux ans de ça. J'étais amoureux, et puis elle a disparu. Il est vrai que ça arrive à des tas de gens dans cette ville. Mais depuis, je n'ai connu que des aventures sans lendemain. Et aujourd'hui, à me voir sur Unter den Linden, à pointer le museau d'un côté puis de l'autre, on pourrait croire que je suis des yeux le pendule d'un hypnotiseur. Bah, c'est peut-être la chaleur. Cet été, Berlin est aussi chaud que l'aisselle d'un boulanger. À moins que ça ne vienne de moi, qu'à l'approche de la quarantaine les bébés me fassent tourner la boule. Bref, quelle qu'en soit la raison, mon envie de procréer n'est rien moins que bestiale, et ça, les femmes le perçoivent tout de suite dans votre regard, et elles vous fuient.

Et pourtant, en ce long été étouffant de 1938, la bestialité la plus dépourvue de scrupules était en pleine renaissance aryenne.

1

Vendredi 26 août

– C'est vraiment un foutu coucou.

– Qui ça ?

Bruno Stahlecker leva les yeux de son journal.

– Hitler, qui d'autre ?

Mon estomac se souleva à la perspective de devoir supporter une nouvelle fois les plaisanteries périlleuses de mon associé à propos des nazis.

– Oui, bien sûr, fis-je d'un ton ferme.

J'espérais que si je faisais semblant de comprendre il s'abstiendrait d'entrer dans les détails. Ce fut en vain.

– À peine a-t-il éjecté l'oisillon autrichien du nid européen que c'est le tchécoslovaque qui semble menacé. Tu as vu ça, Bernie, dit-il en frappant son journal du dos de la main. Mouvements de troupes allemandes à la frontière des territoires sudètes.

– Oui, j'avais compris que c'est à ça que tu faisais allusion.

Je ramassai le courrier du jour et, m'asseyant, je commençai à le classer. Il y avait plusieurs chèques, ce qui désamorça quelque peu mon irritation envers Bruno. C'était difficile à croire, mais il avait déjà un coup dans le nez. Habituellement enclin aux répliques monosyllabiques – ce que j'apprécie, étant moi-même quelque peu taciturne –, l'alcool rendait Bruno plus bavard qu'un serveur italien.

— Le plus étrange, c'est que les parents ne remarquent rien. Le coucou a beau balancer les autres oisillons par-dessus bord, les parents adoptifs continuent à le nourrir.

— Ils espèrent peut-être qu'il fermera son clapet et s'en ira, dis-je d'un ton mordant.

Mais Bruno avait le cuir trop épais pour remarquer quoi que ce soit. Je parcourus une des lettres, puis la relus plus lentement.

— Ils refusent de voir les choses en face. Qu'est-ce qu'il y a au courrier ?

— Quoi ? Oh, quelques chèques.

— Béni soit le jour qui nous amène un chèque. Rien d'autre ?

— Une lettre. Du genre anonyme. Quelqu'un demande à me rencontrer à minuit au Reichstag.

— Est-ce qu'il dit pourquoi ?

— Il prétend savoir quelque chose concernant une vieille affaire sur laquelle j'ai travaillé. Une personne disparue qu'on n'a jamais retrouvée.

— Je vois. Aussi rare qu'un chien avec une queue. Très inhabituel. Tu vas y aller ?

Je haussai les épaules.

— J'ai du mal à trouver le sommeil en ce moment, alors pourquoi pas ?

— Tu veux dire à part que c'est en ruines et qu'il est dangereux d'y entrer ? Eh bien, par exemple, ça pourrait être un piège. Quelqu'un veut peut-être te tuer.

— C'est peut-être toi qui me l'as envoyée, après tout.

Il eut un rire gêné.

— Peut-être vaudrait-il mieux que je t'accompagne. Je pourrais rester planqué, mais à portée d'oreille.

— Ou de fusil ? (Je secouai la tête.) Quand tu veux descendre un type, tu ne lui donnes pas rendez-vous dans un endroit qui le rendra méfiant.

J'ouvris le tiroir de mon bureau.

Il n'y avait pas grande différence entre le Mauser et le Walther, mais c'est le Mauser que je choisis. L'inclinaison de sa crosse et sa configuration générale en faisaient un pistolet plus compact que le Walther, légèrement plus petit, et dont la puissance d'arrêt n'avait rien à envier à d'autres armes. À l'instar d'un gros chèque, le Mauser me procurait un sentiment d'assurance tranquille chaque fois que je le glissais dans ma poche. Je le brandis en direction de Bruno.

– En tout cas, celui qui m'a envoyé l'invitation se doutera que je ne suis pas venu les mains vides.

– Et si jamais ils sont plusieurs ?

– Merde, Bruno, c'est pas la peine de me faire un dessin. Je sais qu'il y a des risques, mais c'est notre boulot, non ? Les journalistes reçoivent des dépêches, les soldats des balles et les détectives privés des lettres anonymes. Si j'avais voulu recevoir du courrier scellé, je serais devenu un foutu avocat.

Bruno hocha la tête, tripota son couvre-œil puis reporta son agacement sur sa pipe – symbole de l'échec de notre collaboration. Je déteste en bloc le matériel du fumeur de pipe : blague à tabac, cure-pipe, canif, briquet spécial. Les adeptes de la pipe sont les champions du tripotage et de l'agitation futile, et représentent pour notre monde une calamité aussi grave qu'un missionnaire débarquant à Tahiti avec une valise de soutiens-gorge. Pourtant, ça n'était pas la faute de Bruno car, en dépit de son penchant pour la boisson et de ses irritantes petites habitudes, il était toujours le détective de valeur que j'avais tiré d'un obscur commissariat de la Kripo à Spreewald. Non, tout ceci était de ma faute : je m'étais aperçu que j'étais aussi peu fait pour le partenariat que pour la présidence de la Deutsche Bank.

Je regardai Bruno et me sentis submergé de culpabilité.

– Tu te souviens de ce qu'on disait pendant la guerre ? fis-je. Si y'a ton nom et ton adresse dessus, tu peux être sûr qu'elle saura où te trouver.

– Je m'en souviens, rétorqua-t-il avant d'allumer sa bouffarde et de se replonger dans son *Völkischer Beobachter*.

Je le regardai lire en souriant.

– Un crieur public te donnerait plus de nouvelles que cette feuille de chou, fis-je.

– Sans doute. Mais j'aime lire un journal le matin, même si c'est un tas de merde. Question d'habitude. (Nous restâmes silencieux quelques instants.) Tiens, encore cette annonce : « Rolf Vogelmann, détective privé. Spécialisé dans la recherche de personnes disparues. »

– Jamais entendu parler.

– Mais si. Elle y était déjà vendredi dernier. Je te l'avais lue. Tu ne te rappelles pas ? fit-il en ôtant la pipe de sa bouche et pointant l'embout vers moi. Tu sais, Bernie, on devrait peut-être faire un peu de publicité.

– Pourquoi ? On a du travail à ne plus savoir qu'en faire. Les affaires n'ont jamais aussi bien marché, alors, pourquoi aller gaspiller de l'argent ? De toute façon, c'est la réputation qui compte dans notre métier, pas quelques lignes dans le journal du Parti. De toute évidence, ce Rolf Vogelmann n'a rien pigé. Pense un peu à tous nos clients juifs. Aucun ne lit ce torchon.

– Bah, si tu penses qu'on n'en a pas besoin, Bernie…

– On en a autant besoin que d'un troisième nichon.

– Autrefois, certains pensaient que c'était signe de chance.

– Et d'autres vous envoyaient au bûcher.

– La marque du diable, hein ? (Il ricana.) Hé, p't'être bien que Hitler en a un.

– Aussi sûr que Goebbels a les pieds fourchus. Merde, tous ces fumiers sortent tout droit de l'enfer.

Mes pas résonnèrent sur Königsplatz, déserte à cette heure-ci, lorsque j'approchai de ce qui restait du Reichstag. Seul Bismarck, debout sur son socle, la main à l'épée, face à l'entrée ouest, la tête tournée vers moi, semblait prêt à s'opposer à ma présence en ces lieux. Toutefois, connaissant son manque d'enthousiasme à l'égard du parlement allemand – où il ne mit d'ailleurs jamais les pieds –, je doutais qu'il soit très enclin à défendre l'institution à laquelle, peut-être symboliquement, sa statue tournait le dos.

Il est vrai qu'à présent ce bâtiment Renaissance à la façade surchargée ne semblait guère valoir la peine qu'on se batte pour lui. Noirci par la fumée, le Reichstag ressemblait à un volcan ayant craché son ultime et plus spectaculaire éruption. Pourtant, cet incendie ne représentait pas seulement l'holocauste de la République de 1918 ; il constituait l'exemple de pyromancie le plus éclatant donné à l'Allemagne dans l'attente de ce qu'Adolf Hitler et son troisième téton nous préparaient.

Je me dirigeai vers la façade nord et l'ancien Portail V par où entrait auparavant le public et que j'avais franchi une seule fois, avec ma mère, plus de trente ans auparavant.

Je me gardai d'allumer ma torche. Un type qui se balade la nuit avec une lampe électrique ferait aussi bien de se peindre des cercles sur la poitrine pour faire une meilleure cible. Et puis il filtrait assez de clarté lunaire à travers ce qui restait du toit pour que je puisse voir où je marchais. Pourtant, traversant le vestibule nord, autrefois salle des pas perdus, j'enclenchai bruyamment le chargeur du Mauser pour faire savoir à celui qui m'attendait que j'étais armé. Dans le silence impressionnant, le cliquètement du métal résonna comme une escouade de cavaliers prussiens.

– Vous n'aurez pas besoin de ça, fit une voix en provenance de la galerie qui courait au-dessus de moi.

– Ça ne fait rien, je préfère le garder. Au cas où il y ait des rats.

L'homme rit avec dédain.

— Ça fait longtemps qu'ils sont partis, dit-il. (Le faisceau d'une torche m'éclaira le visage.) Montez, Gunther.

— Il me semble que je connais votre voix, dis-je en m'engageant dans l'escalier.

— Ça me fait la même chose. Parfois, je reconnais la voix, mais pas celui qui parle. Il n'y a rien de bien étonnant à ça, n'est-ce pas ? Surtout en ce moment.

Je sortis ma torche et la dirigeai vers l'homme qui pénétra dans une salle adjacente.

— J'ai du mal à en croire mes oreilles. J'aimerais vous entendre dire des choses pareilles dans les locaux de la Prinz Albrecht Strasse, rétorquai-je.

— Vous m'avez donc reconnu, fit-il en riant.

Je le rejoignis près d'une grande statue de l'empereur Guillaume Ier dressée au centre d'une vaste salle octogonale où ma torche illumina enfin les traits de mon interlocuteur. Bien qu'il parlât avec un net accent berlinois, son visage avait quelque chose d'étranger. À voir son nez, d'aucuns auraient même pu dire qu'il avait quelque chose de juif. Il arborait en effet un appendice nasal protubérant comme une aiguille de cadran solaire, qui déformait sa lèvre supérieure en un éternel sourire moqueur. La coupe rase de ses cheveux grisonnants accentuait encore la hauteur de son front. Au total, ce visage rusé lui convenait à la perfection.

— Surpris ? demanda-t-il.

— Que le chef de la Police criminelle de Berlin m'envoie une lettre anonyme ? Pas du tout, ça m'arrive très souvent.

— Seriez-vous venu si je l'avais signée ?

— Sans doute pas.

— Et si je vous avais suggéré de vous rendre Prinz Albrecht Strasse au lieu d'ici ? Avouez que ça vous a intrigué.

– Depuis quand la Kripo recourt-elle à la suggestion pour convoquer quelqu'un ?

– Un point pour vous. (Arthur Nebe sortit une flasque de la poche de son pardessus.) Ça vous dit ?

– Volontiers, merci.

J'avalai une gorgée du clair alcool de blé que le Reichs-kriminaldirektor avait la prévenance de m'offrir, puis sortis mon paquet de cigarettes. Je donnai du feu à Nebe, allumai ma propre cigarette et tins un instant l'allumette enflammée à bout de bras.

– Difficile d'incendier un endroit pareil, remarquai-je. Surtout pour un homme seul. Il aurait fallu la nuit entière à Van der Lubbe pour préparer son petit feu de camp. On dit que le Gros Hermann y a mis la main. Et même les deux, avec mèche et briquet.

– Je suis choqué, choqué de vous entendre faire une aussi scandaleuse suggestion à propos de notre Premier ministre bien-aimé. (Mais Nebe riait en prononçant ces mots.) Pauvre Hermann, se faire accuser de la sorte. Oh, certes, il a mis la main à la pâte, mais ça n'est pas lui qui organisait la soirée.

– Qui, alors ?

– Joe l'infirme. Cet imbécile de Hollandais a été un atout de plus dans sa manche. Van der Lubbe a eu la malchance de vouloir incendier le Reichstag la même nuit que Goebbels et ses sbires. Ça a été une excellente affaire pour Joe, surtout quand il s'est avéré que Lubbe était un bolcho. Sauf que Joe a oublié qu'on ne pouvait désigner un coupable sans lui faire un procès, et donc qu'il fallait en passer par la pénible formalité d'exposer des preuves. Or, il était évident dès le départ, même pour un type avec la tête dans un sac, que Lubbe n'avait pu agir seul.

– Dans ce cas, pourquoi n'a-t-il rien dit pendant le procès ?

– Ils l'ont bourré de je ne sais quelle merde pour le faire tenir tranquille, ils ont menacé sa famille. Vous connaissez la musique. (Nebe contourna un énorme chandelier de bronze tout tordu gisant sur le sol de marbre jonché de gravats.) Venez, je veux vous montrer quelque chose.

Il me précéda dans la grande Salle de la Diète où l'Allemagne avait connu pour la dernière fois un semblant de démocratie. Au-dessus de nous s'élevait le squelette de la coupole. À présent tout le verre était brisé, et la structure de cuivre que découpait la clarté lunaire ressemblait à la toile de quelque gigantesque araignée. Nebe pointa le faisceau de sa torche vers les poutres noircies et fendues qui entouraient la salle.

— Elles ont été gravement endommagées dans l'incendie, mais ces sculptures supportant les poutres, est-ce que vous voyez qu'elles présentent aussi des lettres de l'alphabet ?

— En effet, on les distingue.

— Certaines sont illisibles, mais si vous regardez bien vous verrez qu'elles composent une devise.

— Difficile à dire à 1 heure du matin.

Nebe ignora ma remarque.

— La devise est : « La Nation prime le Parti. »

Il répéta la devise presque avec respect, puis me regarda d'un air pénétré.

Je soupirai en secouant la tête.

— Ça alors ! Vous, Arthur Nebe, le Reichskriminaldirektor ! Un nazi tendance beefsteak ? Ça alors, ça me la coupe !

— Brun à l'extérieur, c'est vrai, dit-il. Quant à l'intérieur, je ne sais pas de quelle couleur je suis. En tout cas, pas rouge – je ne suis pas bolchevik. Mais pas brun non plus. Je ne suis plus nazi.

— Dans ce cas, vous êtes un sacré comédien.

— J'ai été contraint de le devenir. Pour rester en vie. Mais je ne l'ai pas toujours été. La police, c'est toute ma vie, Gunther. J'adore ce métier. Quand je l'ai vu sapé par le libéralisme pendant le régime de Weimar, j'ai cru que le national-socialisme allait restaurer le respect pour la loi et l'ordre dans ce pays. Et au lieu de ça, c'est devenu pire que jamais. J'ai contribué à arracher la Gestapo au contrôle de Diels, et ça a été pour la voir tomber sous la coupe de Himmler et Heydrich, et là…

— … et là les choses ont commencé à aller vraiment mal. Je sais.

— Bientôt, tout le monde devra faire comme moi. Il n'y a pas de place pour les agnostiques dans l'Allemagne que Himmler et Heydrich nous préparent. Ou vous serez avec eux, ou vous aurez à en subir les conséquences. Mais il est encore temps d'agir de l'intérieur du système. Et quand viendra le moment, nous aurons besoin de gens comme vous. Des policiers en qui nous pouvons avoir toute confiance. C'est pour ça que je vous ai fait venir. Pour vous convaincre de revenir.

— Moi ? Réintégrer la Kripo ? Vous plaisantez ? Écoutez, Arthur, je me suis monté une bonne petite affaire, je gagne bien ma vie. Vous croyez que je vais abandonner tout ça pour le plaisir de redevenir policier ?

— Vous n'aurez peut-être pas le choix. Heydrich pense que vous pourriez lui être utile dans la Kripo.

— Je vois. A-t-il donné une raison particulière ?

— Il a une enquête à vous confier. Inutile de vous dire que Heydrich est un fasciste intransigeant. Il obtient en général ce qu'il désire.

— Cette enquête, de quoi s'agit-il ?

— Je l'ignore. Je ne suis pas dans les confidences de Heydrich. Je voulais juste vous prévenir, pour que vous ne fassiez pas la bêtise, par exemple, de lui dire d'aller se faire voir, ce qui aurait pu être votre première réaction. Lui et moi avons un grand respect pour vos talents de détective. Il se trouve que moi aussi, j'ai besoin de quelqu'un dans la Kripo en qui je puisse avoir confiance.

— C'est la rançon de la popularité, je suppose.

— Vous y réfléchirez ?

– Difficile de faire autrement. Ça me changera des mots croisés. En tout cas, merci de m'avoir prévenu, Arthur. J'apprécie. (J'essuyai mes lèvres sèches.) Il vous reste de la limonade ? Je boirais bien un petit coup. Ça n'est pas tous les jours qu'on vous annonce une aussi bonne nouvelle.

Nebe me tendit sa flasque sur laquelle je me jetai comme un nourrisson sur le sein de sa mère. Ça avait peut-être moins de charme, mais c'était tout aussi réconfortant.

– Dans le mot doux que vous m'avez envoyé, vous parliez d'informations nouvelles concernant une vieille affaire. Ou bien c'était juste pour me faire mordre à l'hameçon ?

– Vous recherchiez une femme il y a quelque temps. Une journaliste.

– Ça fait un moment. Presque deux ans. je ne l'ai jamais retrouvée. Un de mes nombreux échecs. Vous devriez le mentionner à Heydrich. Ça le convaincra peut-être de me laisser tranquille.

– Vous voulez que je vous dise ce que je sais, oui ou non ?

– Bien sûr, mais ne me demandez pas de faire le beau pour ça, Arthur.

– Ce n'est peut-être rien mais je vous le donne pour ce que ça vaut. Il y a quelques mois, le propriétaire de l'immeuble où vivait votre cliente a décidé de retaper certains appartements, dont celui de la journaliste.

– Gentil de sa part.

– Or, dans le cabinet de toilette de cette fille, derrière un panneau, il a trouvé un attirail de camé. Pas de drogue, mais tout ce qu'il faut à un toxico : aiguilles, seringues, tout le toutim. Le locataire qui a remplacé la journaliste après sa disparition était un prêtre, il est donc fort improbable que ce matériel lui appartienne, vous êtes d'accord ? Et si la fille se droguait, ça pourrait expliquer pas mal de choses, pas vrai ? On ne peut jamais prévoir ce qu'un drogué va faire.

Je secouai la tête.

– Ça n'était pas son genre. Si c'était le cas, j'aurais remarqué quelque chose.

– Pas obligatoirement. Pas si elle essayait de se déshabituer du truc. Pas si elle avait du caractère. En tout cas, on m'a rapporté l'information et j'ai pensé que ça vous intéresserait. Ainsi, vous pourrez clore le dossier. Si elle ne vous a pas parlé de ça, qui sait si elle ne vous a pas dissimulé autre chose ?

– Non, je ne pense pas. J'ai eu tout le temps de voir ses nichons.

Ne sachant pas s'il s'agissait d'une plaisanterie salace, Nebe sourit avec nervosité.

– Ils étaient comment ?

– Elle n'en avait que deux, Arthur, mais ils étaient très jolis.

2

Lundi 29 août

Dans toute autre ville que Berlin, chacune des maisons bordant Herbertstrasse aurait été entourée de deux hectares de pelouse close d'une haie de buissons. Ici, elles occupaient presque toute la surface de leur lot respectif, laissant peu ou pas d'espace pour un carré d'herbe ou de pavés. Certaines n'étaient éloignées du trottoir que par la largeur nécessaire à l'ouverture du portail. Leur architecture représentait un mélange de styles allant du palladien au néogothique en passant par le wilhelminien et l'indéfinissable. Bref, les maisons de Herberstrasse ressemblaient à une brochette de vieux maréchaux et de grands amiraux en uniforme serrés sur des pliants trop étroits.

La bâtisse en forme de gâteau de mariage où l'on m'avait convoqué semblait sortir d'une plantation du Mississippi, impression renforcée par la noirceur de chaudron de la servante qui vint m'ouvrir. Je l'informai que j'étais attendu et lui montrai ma plaque, qu'elle considéra avec une méfiance digne de Himmler lui-même.

– Frau Lange ne m'a rien dit.

– Elle a dû oublier, fis-je. Elle a appelé mon bureau il y a une demi-heure.

– Bon, fit-elle avec réticence. Entrez.

Elle me conduisit dans un salon qui aurait pu être élégant s'il n'avait été déparé par le gros os à chien à moitié rongé traînant sur le tapis. Je cherchai des yeux l'animal, mais ne le vis pas.

– Ne touchez à rien, dit le chaudron noir. Je vais dire à madame que vous êtes là.

Puis, marmonnant et maugréant comme si je l'avais tirée de son bain, elle partit en se dandinant chercher sa maîtresse. Je m'assis sur un sofa en acajou aux accoudoirs ornés de dauphins sculptés. Tout près se trouvait une table assortie, dont le plateau reposait lui aussi sur des queues de dauphins. Le dauphin était un motif que les ébénistes allemands avaient l'air de trouver comique, alors que je trouvais plus d'humour dans le timbre à trois pfennigs. Au bout de cinq minutes, le chaudron noir clopinant vint m'informer que Frau Lange était prête à me recevoir.

Nous longeâmes un long couloir obscur décoré de poissons empaillés, dont un magnifique saumon qui retint mon attention. Je m'arrêtai pour l'admirer.

– Belle pièce, dis-je. Qui l'a pêchée ?

– Il n'y a pas de pêcheur ici, rétorqua-t-elle vivement. Y'a que des poissons. C'est la maison des poissons, des chats et des chiens. Les pires, c'est les chats. Les poissons, au moins, ils sont morts. Mais les chats et les chiens, comment voulez-vous les épousseter ?

D'instinct, je passai mon doigt sur le dessus de la petite vitrine dans laquelle était enfermé le saumon. Il ne semblait pas qu'on la nettoyât souvent ; j'avais déjà pu constater, en dépit de mon très court séjour chez les Lange, que les tapis étaient rarement, voire jamais aspirés. Après la boue des tranchées, ce ne sont pas quelques miettes et traces de poussière qui me dérangent beaucoup, mais j'avais vu dans les taudis de Neukölln et de Wedding nombre d'appartements mieux tenus que cette maison.

Le chaudron ouvrit quelques portes vitrées avant de s'effacer. J'entrai dans un salon en désordre qui semblait faire également office de bureau, et les portes se refermèrent derrière moi.

Frau Lange était une grande et grasse orchidée. Des bourrelets de graisse tressautaient sous ses bras et sur son visage couleur de pêche, comme chez ces stupides clébards qu'on gave jusqu'à ce que leur robe devienne beaucoup trop grande pour eux. Son stupide clébard était encore plus informe que le flasque shar-peï auquel elle ressemblait.

– C'est très aimable à vous d'être venu si vite, déclara-t-elle.

J'émis quelques grognements déférents, mais elle avait cette sorte d'élégance que l'on ne peut acquérir qu'en habitant un endroit aussi extravagant que Herbertstrasse.

Frau Lange s'installa dans une chaise longue verte et étala son chien sur ses larges cuisses comme si sa fourrure était un tricot qu'elle entendait poursuivre tout en m'expliquant son problème. Elle devait avoir dans les 55 ans. Peu importe, à vrai dire. Lorsqu'une femme dépasse la cinquantaine, son âge n'a plus d'intérêt pour personne, sauf pour elle. Alors que pour les hommes, c'est exactement le contraire.

Elle me tendit un étui à cigarettes.

– Ce sont des mentholées, précisa-t-elle comme s'il s'agissait d'une clause conditionnelle.

Je suppose que ce fut la simple curiosité qui me poussa à en prendre une, mais je grimaçai dès la première bouffée. J'avais oublié à quel point les mentholées sont écœurantes.

Elle s'amusa de mon embarras.

– Éteignez-la donc, si vous n'aimez pas. Elles ont un goût horrible. Je ne sais vraiment pas pourquoi je les fume, je vous assure. Prenez plutôt une des vôtres, sinon, vous ne m'écouterez pas.

– Merci, fis-je en écrasant la cigarette dans un cendrier de la taille d'un enjoliveur. Je crois que c'est ce que je vais faire.

– Et pendant que vous y êtes, servez-nous donc à boire. Je ne sais pas vous, mais moi, je suis assoiffée.

Elle me montra un secrétaire Biedermeier dont la partie supérieure, avec ses colonnes ioniques en bronze, représentait un temple grec miniature.

– Vous trouverez une bouteille de gin là-dedans, fit-elle. Je ne peux vous proposer que du jus de citron vert pour aller avec. Je ne bois rien d'autre.

Il était un peu tôt à mon goût, mais je nous préparai tout de même deux verres. J'appréciais ses efforts pour me mettre à l'aise, même si le sang-froid en toutes circonstances était censé être une des qualités attachées à ma profession. Quant à Frau Lange, elle ne montrait pas la moindre nervosité. C'était le genre de femme qui semblait douée de ses propres qualités professionnelles. Je lui tendis son verre et m'installai sur un crissant fauteuil de cuir près de la chaise longue.

– Êtes-vous quelqu'un d'observateur, Herr Gunther ?

– Je remarque ce qui se passe en Allemagne, si c'est ce que vous voulez dire.

– Ça n'était pas ça, mais je suis heureuse de vous l'entendre dire, de toute façon. Ce que je voulais savoir, c'est si vous saviez regarder.

— Allons, Frau Lange, inutile de jouer au chat tournant autour du pot de lait. Plongez-y carrément le museau. (J'attendis quelques instants tandis que l'hésitation se peignait sur son visage.) Non ? Alors, je vais le dire à votre place. Vous voulez savoir si je suis un bon détective, n'est-ce pas ?

— Je suis très ignorante de ces choses, vous savez.

— Il n'y a aucune raison pour qu'il en soit autrement.

— Si je dois me confier à vous, il me semble que je devrais connaître certaines de vos références.

Je souris.

— Vous comprendrez que je ne fais pas un métier où il est possible de vous fournir des témoignages de clients satisfaits. Mes clients attendent de moi la même confidentialité qu'avec leur confesseur. Peut-être même plus.

— Mais alors, comment savoir qu'on engage quelqu'un de capable ?

— Je suis très bon dans mon travail, Frau Lange. Ma réputation est établie. Il y a quelques mois, on m'a même proposé de me racheter mon affaire. Et c'était une très bonne proposition.

— Pourquoi avez-vous refusé ?

— D'abord, parce que mon affaire n'est pas à vendre. Ensuite parce que je ne me sens pas plus capable de faire un bon employé qu'un bon patron. Cela dit, ce genre de proposition est toujours flatteur. Mais là n'est pas la question. La majorité des gens qui veulent engager un détective n'éprouvent pas le besoin de lui acheter son fonds de commerce. Ils se contentent de demander à leur avocat de leur trouver quelqu'un. Sachez que je suis recommandé par plusieurs cabinets juridiques, y compris ceux qui n'aiment pas mon accent ni mes manières.

— Pardonnez-moi, Herr Gunther, mais l'exercice du droit est à mes yeux une profession surfaite.

— Je ne vous contredirai pas sur ce point. Je n'ai encore jamais rencontré d'avocat qui ne soit prêt à dérober les économies de sa vieille maman et le matelas sous lequel elle les dissimule.

— J'ai souvent constaté dans mon domaine professionnel que mon jugement était le meilleur.

— Quel est exactement votre domaine professionnel, Frau Lange?

— Je possède et gère une maison d'édition.

— Les éditions Lange?

— Comme je disais à l'instant, Herr Gunther, je me suis rarement trompée dans mes jugements. L'édition est une question de goût, et pour savoir ce qui se vendra on doit connaître les goûts des gens à qui l'on s'adresse. Je suis berlinoise jusqu'au bout des ongles, et je pense connaître cette ville et ses habitants aussi bien que n'importe qui. C'est pourquoi, pour en revenir à ma question de tout à l'heure concernant vos dons d'observation, imaginez que je sois étrangère à la ville et décrivez-moi les Berlinois.

Je souris.

— Qu'est-ce qu'un Berlinois, hein? Ma foi, c'est une bonne question. Jusqu'ici, aucun de mes clients ne m'avait demandé de faire le chien de cirque pour juger de mes capacités. En règle générale, je ne joue pas à ce petit jeu, mais pour vous, je ferai une exception. Les Berlinois aiment qu'on fasse des exceptions en leur faveur. J'espère que vous m'écoutez à présent, parce que j'ai commencé mon numéro. C'est vrai, les Berlinois aiment qu'on leur fasse croire qu'ils sont exceptionnels, tout en restant très sourcilleux sur les apparences. Ils ont d'ailleurs presque tous la même allure : écharpe, chapeau et une paire de chaussures dans lesquelles vous pourriez marcher jusqu'à Shanghai sans attraper une seule ampoule. D'ailleurs, les Berlinois aiment marcher, raison pour laquelle beaucoup d'entre eux possèdent un chien : un animal agressif si vous êtes plutôt masculin, mignon si vous êtes autre chose. Les hommes soignent plus leurs cheveux que les femmes, et ils arborent des moustaches dans lesquelles on pourrait chasser le sanglier. Les touristes croient que de nombreux Berlinois s'habillent en femme, alors qu'en réalité, ce sont toutes ces femmes laides qui donnent mauvaise réputation aux hommes. Mais il est vrai qu'il n'y a plus beaucoup de touristes ces temps-ci. Le national-socialisme en a fait un spectacle aussi rare que Fred Astaire en godillots.

» Les Berlinois, poursuivis-je, mangent de la crème avec à peu près n'importe quoi, y compris la bière, et croyez-moi, la bière est pour eux une affaire très sérieuse. Tous la préfèrent avec une mousse épaisse, et les femmes, même non accompagnées, n'hésitent pas à en commander dans un café. Presque tous les automobilistes roulent beaucoup trop vite, mais aucun n'oserait brûler un feu rouge. Les Berlinois ont les poumons malades parce que l'air est vicié, et parce qu'ils fument trop, leur sens de l'humour paraît cruel à qui ne le comprend pas, et encore plus cruel à qui le comprend. Ils dépensent des fortunes dans des meubles Biedermeier aussi solides que des blockhaus, puis voilent de petits rideaux l'intérieur des vitres pour cacher ce qu'ils contiennent. Une habitude qui résume le mélange typiquement berlinois de l'ostentatoire et de l'intime. Comment me trouvez-vous ?

Frau Lange hocha la tête.

— À part votre remarque sur les femmes laides, vous ferez très bien l'affaire.

— Ça n'était pas très pertinent.

— Attention, vous allez commettre une erreur. Ne revenez pas sur ce que vous avez dit ou je cesserai de vous apprécier. C'était au contraire tout à fait pertinent. Vous comprendrez pourquoi dans un instant. Quel est votre tarif ?

— Soixante-dix marks par jour plus les frais.

— En quoi consistent ces frais ?

– Difficile à dire. Déplacements. Pots-de-vin. Tout ce qui peut permettre d'obtenir une information. Vous aurez des justificatifs pour tout, sauf pour les pots-de-vin. Pour ça, il vous faudra me croire sur parole.

– Espérons que vous savez ce qui vaut la peine d'être acheté.

– Je n'ai jamais eu de plaintes.

– Je suppose que vous voudrez une avance, fit-elle en me tendant une enveloppe. Voici 1000 marks en liquide. Cela vous convient-il? (J'acquiesçai.) Je vous demanderai naturellement un reçu.

– Bien sûr, dis-je en signant le papier qu'elle avait préparé – très professionnel, pensai-je; c'était décidément une femme de caractère. À propos, pourquoi m'avez-vous choisi? Vous n'êtes pas passée par votre avocat et je ne fais pas de publicité.

Elle se leva et, sans lâcher son chien, se dirigea vers le bureau.

– J'avais une de vos cartes, dit-elle en me la tendant. Ou du moins mon fils en avait une. Je l'ai trouvée il y a plus d'un an dans la poche d'un de ses vieux costumes que je voulais envoyer au Secours d'Hiver. (Elle faisait allusion au programme d'aide sociale mis sur pied par le Front du travail, le DAF.) Je l'avais mise de côté pour la lui rendre. Mais quand je lui en ai parlé, il m'a dit, pardonnez-moi, que je pouvais la mettre à la poubelle. Je ne l'ai pas fait. Je me suis dit qu'elle pourrait m'être utile un jour. Vous voyez, je ne m'étais pas trompée.

Il s'agissait d'une de mes anciennes cartes, antérieure à mon association avec Bruno Stahlecker. Mon numéro de téléphone personnel était même inscrit au dos.

– Je me demande où votre fils l'a obtenue, dis-je.

– C'est le Dr Kindermann qui la lui a donnée.

– Kindermann?

– Je vous en parlerai dans un instant, si vous permettez.

Je sortis une carte plus récente de mon portefeuille.

– Ça n'a pas d'importance. Cela dit, comme j'ai un associé à présent, mieux vaut que vous ayez mes nouvelles coordonnées.

Je lui tendis la carte, qu'elle posa près du téléphone. Alors qu'elle s'asseyait, son visage devint grave, comme si elle avait coupé un circuit dans son cerveau.

– Et maintenant, je vais vous dire pourquoi je vous ai demandé de venir, fit-elle d'un air sombre. Je veux savoir qui me fait chanter. (Elle s'interrompit et remua d'un air embarrassé sur sa chaise longue.) Excusez-moi, ça n'est pas très facile pour moi.

– Prenez votre temps. Le chantage est une chose pénible pour tout le monde.

Elle hocha la tête et avala une gorgée de gin.

– Voilà. Il y a environ deux mois, peut-être un peu plus, j'ai reçu un courrier contenant deux lettres que mon fils avait envoyées à un autre homme. Le Dr Kindermann. J'ai reconnu tout de suite l'écriture de mon fils et, bien que je ne les aie pas lues, j'ai compris que ces lettres étaient de nature intime. Mon fils est homosexuel, Herr Gunther. Je le sais depuis pas mal de temps, de sorte que ça n'a pas été pour moi le choc que le maître chanteur escomptait, comme il le laissait entendre dans le mot qu'il avait joint. Il m'annonçait qu'il détenait plusieurs lettres semblables, qu'il me renverrait contre la somme de 1 000 marks. En cas de refus, il menaçait de les faire parvenir à la Gestapo. Je suis sûre qu'il est inutile de vous dire que le gouvernement actuel a envers ces malheureux jeunes gens une attitude beaucoup moins compréhensive que celle qu'avait la République. Tout contact entre deux hommes, si anodin soit-il, est considéré comme un délit. Si Reinhard était dénoncé comme homosexuel, il risquerait d'être expédié en camp de concentration pour au moins dix ans.

» J'ai donc payé la somme exigée, Herr Gunther. Mon chauffeur a déposé l'argent à l'endroit indiqué. Or, une semaine plus tard, j'ai reçu non pas le paquet de lettres que j'attendais, mais une seule lettre. Elle était accompagnée d'un mot m'informant que l'expéditeur avait changé d'avis, qu'il était pauvre, qu'il me faudrait racheter les lettres de mon fils une par une et qu'il en restait une dizaine. Depuis, j'en ai récupéré quatre, pour une somme de près de 5 000 marks, puisqu'il augmente à chaque fois son prix.

— Votre fils est-il au courant ?

— Non. Pour le moment, ce n'est pas la peine que nous soyons deux à souffrir.

Je soupirai et allais lui exprimer mon désaccord, mais elle me fit taire.

— Je sais, vous allez me dire que cela complique l'identification de ce voyou, que Reinhard dispose peut-être d'éléments susceptibles de nous aider. Vous avez absolument raison. Mais écoutez *mes* raisons, Herr Gunther.

» Tout d'abord, mon fils est un garçon impulsif. Sa réaction la plus probable serait d'envoyer ce maître chanteur au diable et de refuser de payer. Ce qui entraînerait à coup sûr son arrestation. Reinhard est mon fils, et je l'aime profondément, mais c'est aussi un original dépourvu de tout sens pratique. Or, je pense que celui qui opère ce chantage a de bonnes connaissances en psychologie. Il sait ce qu'une mère, veuve de surcroît, peut éprouver envers son fils unique – surtout une femme riche et seule comme moi.

» D'autre part j'ai moi-même quelque connaissance du monde homosexuel. Feu le Dr Magnus Hirschfeld a écrit plusieurs livres sur ce sujet, dont un que j'ai la fierté d'avoir publié. C'est un monde secret et plein de traîtrise, Herr Gunther. Un paradis pour maître chanteur. De sorte qu'il se pourrait que cet individu soit très proche de mon fils. Même entre homme et femme, l'amour peut constituer un motif de chantage – surtout s'il y a adultère, ou transgression raciale, laquelle semble beaucoup préoccuper ces nazis.

» C'est pourquoi, lorsque vous aurez découvert l'identité du maître chanteur, j'en parlerai à Reinhard et ce sera à lui de décider ce qu'il convient de faire. Mais en attendant, il ne doit rien savoir de tout ceci. Est-ce bien entendu ?

– Je ne peux réfuter votre argumentation, Frau Lange. Il semble que vous ayez retourné le problème dans tous les sens. Puis-je voir les lettres de votre fils ?

Elle tendit la main vers une chemise posée au pied de la chaise longue, puis parut hésiter.

– Est-ce bien nécessaire ? De lire ces lettres, je veux dire.

– Absolument, fis-je d'un ton ferme. Et celles du maître chanteur ? Les avez-vous gardées ?

Elle me tendit la chemise.

– Tout est là, dit-elle. Les lettres et les menaces.

– Il ne vous a pas demandé de lui retourner ses courriers ?

– Non.

– C'est un bon point. Ça signifie que nous avons affaire à un amateur. S'il s'était déjà livré au chantage, il vous aurait demandé de lui renvoyer ses lettres après chaque demande de paiement. Pour vous empêcher de rassembler des preuves contre lui.

– Oui, je comprends.

Je jetai un coup d'œil à ce que je baptisais « preuves » avec un brin d'optimisme. Lettres et adresses étaient tapées à la machine sur du papier de bonne qualité dépourvu de tout signe distinctif, postées dans différents quartiers de la partie ouest de Berlin – W. 35, W. 40, W. 50 – et portant des timbres commémorant le cinquième anniversaire de l'accession des nazis au pouvoir. Ceci me fournit un renseignement. Cet anniversaire avait été célébré le 30 janvier, ce qui semblait indiquer que l'expéditeur n'achetait pas souvent de timbres.

Les lettres de Reinhard Lange étaient rédigées sur du papier plus lourd, de ce papier que seuls les amoureux achètent car il coûte si cher que le destinataire est obligé de prendre au sérieux ce qu'on y inscrit. L'écriture en était soignée et délicate, précieuse même. On ne pouvait en dire autant du contenu. Un gérant de bain turc n'y aurait sans doute pas vu de quoi fouetter un chat, mais dans l'Allemagne nazie, les lettres d'amour de Reinhard Lange auraient amplement suffi pour expédier leur auteur impertinent en KZ[1], la poitrine couverte de triangles roses.

– Ce Dr Lanz Kindermann, demandai-je en lisant son nom sur l'enveloppe parfumée au citron. Que savez-vous de lui ?

– À une époque, Reinhard s'est laissé persuader de faire soigner son homosexualité. Il a commencé par divers traitements à base d'extraits thyroïdiens, qui se sont révélés inefficaces. La psychothérapie semblait plus prometteuse. Je sais que plusieurs hauts responsables du Parti, ainsi que des garçons des Jeunesses hitlériennes, ont suivi ce traitement. Or, Kindermann est psychothérapeuthe, et Reinhard est allé dans sa clinique de Wannsee, au départ pour se faire soigner. Au lieu de quoi il a entamé des relations intimes avec Kindermann, qui est lui aussi homosexuel.

– Pardonnez mon ignorance, mais qu'appelle-t-on exactement psychothérapie ? Je croyais que ce genre de pratiques avaient été interdites.

Frau Lange secoua la tête.

– Je ne pourrais vous donner une définition exacte, mais je crois que le principe consiste à traiter les désordres mentaux dans le cadre de la santé physique générale. Ne me demandez pas en quoi cela diffère de la méthode de ce M. Freud, si ce n'est que celui-ci est juif, alors que Kindermann est allemand. Sa clinique est d'ailleurs strictement réservée aux Allemands. Aux riches Allemands, dirais-je, qui ont des problèmes d'alcoolisme ou de drogue, et qui sont séduits par les méthodes les plus

---

1. *Konzentrationslager*, camp de concentration.

excentriques de la médecine, chiropractie ou autre. Ou à ceux qui peuvent s'offrir une cure de repos de luxe. Kindermann compte parmi ses patients le bras droit du Führer, Rudolf Hess.

— Avez-vous rencontré le Dr Kindermann ?

— Une seule fois. Il ne m'a pas plu. C'est un Autrichien plein d'arrogance.

— Comme tous les Autrichiens, non ? murmurai-je. Pensez-vous qu'il soit du genre à se livrer au chantage ? Après tout c'est à lui qu'étaient destinées les lettres de votre fils. Et si ce n'est pas Kindermann, c'est obligatoirement quelqu'un qui le connaît. Ou du moins quelqu'un qui a eu l'occasion de lui dérober les lettres.

— J'avoue que je n'avais pas pensé au Dr Kindermann, pour la simple raison que les lettres l'incriminent. Ça peut paraître stupide, mais je n'ai jamais réfléchi à la façon dont ces lettres étaient tombées entre les mains d'un tiers. Mais maintenant que vous en parlez, je suppose en effet qu'elles ont dû être volées. Sans doute chez Kindermann.

— Bon, fis-je. À présent, je voudrais vous poser une question délicate.

— Je crois la deviner, Herr Gunther, dit-elle en exhalant un profond soupir. Ai-je envisagé la possibilité que le maître chanteur et mon fils ne fassent qu'un ? (Elle me dévisagea d'un œil sévère avant d'ajouter :) Je vois que je ne me suis pas trompée à votre sujet. C'est le genre de question cynique que j'espérais vous voir poser. À présent, je sais que je peux avoir confiance en vous.

— Être cynique c'est, pour un détective, l'équivalent de la main verte pour un jardinier, Frau Lange. Cela me crée parfois des ennuis, mais cela m'empêche surtout de sous-estimer les gens. C'est pourquoi j'espère que vous me pardonnerez si je vous dis que c'est bien là la meilleure raison de ne pas le mettre au courant, et que vous y avez d'ailleurs déjà réfléchi. (Elle esquissa un sourire et j'ajoutai :) Vous voyez que je ne vous sous-estime pas, Frau Lange. Pensez-vous qu'il ait besoin d'argent ?

— Non. En tant que directeur du conseil d'administration des éditions Lange, il perçoit un salaire substantiel. De plus, il touche les revenus du gros legs que lui a laissé son père. Il est vrai qu'il aime jouer. Mais ce qui, pour moi, lui coûte le plus, c'est qu'il est directeur d'un titre parfaitement inutile dénommé *Urania*.

— Un titre ?

— Un magazine. Sur l'astrologie et autres inepties du même acabit. Le journal n'a cessé de coûter de l'argent depuis le jour où il l'a acheté. (Elle alluma une cigarette et aspira la fumée en plissant les lèvres comme si elle allait siffler.) Et puis il sait bien que s'il venait à manquer d'argent, il n'aurait qu'à m'en demander.

Je souris avec tristesse.

— Je sais que je ne suis pas ce qu'on appelle un beau garçon, mais n'avez-vous jamais pensé à adopter quelqu'un comme moi ? (Elle éclata de rire.) J'ai l'impression que ce jeune homme a bien de la chance, ajoutai-je.

— C'est un enfant gâté, surtout. Et il n'est plus tout jeune. Pour une riche veuve comme moi, Reinhard est ce que les hommes d'affaires appellent un « article sacrifié ». Aucune déception dans la vie ne peut se comparer avec la déception causée par un fils unique.

— Vraiment ? On dit pourtant que les enfants sont une bénédiction quand on vieillit.

— Pour un cynique, vous me paraissez bien sentimental, vous savez. Je crois comprendre que vous n'avez pas d'enfants. Aussi, laissez-moi vous expliquer une chose, Herr Gunther. Les enfants sont le miroir de votre vieillesse. Ils constituent le plus rapide moyen de vieillir que je connaisse. Le miroir de votre déclin. Du mien, en particulier.

Comme s'il avait souvent entendu la même phrase, le chien bâilla, sauta de ses genoux, puis s'étira et trottina vers la porte, où il se retourna comme pour attendre sa maîtresse. Insensible à cette démonstration d'outrecuidance canine, elle se leva et ouvrit la porte pour le laisser sortir.

— Alors, comment procède-t-on? demanda-t-elle en regagnant sa chaise longue.

— Nous attendons la prochaine lettre. Je me chargerai du paiement de la somme demandée. Mais en attendant, ça me paraît une bonne idée d'aller effectuer un petit séjour à la clinique du Dr Kindermann. J'aimerais en savoir un peu plus sur l'ami de votre fils.

— Je suppose que c'est le genre de dépenses qui entre dans le cadre des frais que vous avez mentionnés tout à l'heure?

— J'essayerai d'y rester le moins longtemps possible.

— Je compte sur vous, dit-elle en adoptant un ton d'institutrice. La clinique Kindermann coûte 100 marks par jour.

J'émis un sifflement.

— Un tarif respectable, en effet.

— À présent, Herr Gunther, vous voudrez bien me pardonner, dit-elle. Je dois préparer une réunion.

J'empochai mon argent, puis nous nous serrâmes la main, après quoi je ramassai la chemise contenant les lettres et me dirigeai vers la porte.

Je longeai en sens contraire le couloir poussiéreux, puis traversai le vestibule d'entrée.

— Attendez une minute! aboya une voix. C'est moi qui dois vous faire sortir. Frau Lange n'aime pas que ses visiteurs repartent tout seuls.

Je posai ma main sur la poignée, qui me parut gluante.

— C'est pour qu'ils jouissent de votre chaleureuse personnalité, sans aucun doute, fis-je. (J'ouvris la porte d'un geste irrité tandis que le chaudron noir accourait à travers le hall.) Ne vous dérangez pas, dis-je en examinant ma paume. Retournez à votre poussière. C'est pas ce qui manque.

– Ça fait un bon moment que je suis au service de
Frau Lange, maugréa-t-elle. Elle a jamais eu à se plaindre
de moi.

Je me demandai s'il y avait du chantage là-dessous.
Après tout, il faut une bonne raison pour garder un chien
de garde qui n'aboie pas. Je ne voyais pas non plus où pouvait intervenir l'affection. Pas avec cette femme. Il semblait plus facile de s'attacher à un crocodile. Nous nous
dévisageâmes un long moment, puis je me décidai à lui
poser une question.

– Votre maîtresse fume-t-elle toujours autant ?

Le chaudron réfléchit quelques instants, peut-être pour
déterminer si la question cachait un piège. Elle décida que
non.

– Elle a toujours la clope au bec, c'est un fait.

– Alors, ça doit être ça, l'explication, dis-je. Avec le
nuage de fumée qui l'environne, je parie qu'elle ne se
rend même pas compte que vous êtes là.

Elle jura entre ses dents douteuses et me claqua la porte
au nez.

J'eus tout le temps de réfléchir en revenant vers le
centre-ville par le Kurfürstendamm. Je pensai à l'enquête
que venait de me confier Frau Lange et aux 1 000 marks
que j'avais empochés. Je songeai au séjour que j'allais
effectuer dans un sanatorium de luxe à ses frais, et à
l'occasion que m'offrirait ce séjour d'échapper, au moins
temporairement, à Bruno et à sa pipe. Ainsi qu'à Arthur
Nebe et Heydrich. Peut-être même me débarrasserait-il de
mon insomnie et de ma dépression.

Mais surtout, je me demandai comment j'avais pu donner ma carte professionnelle et mon numéro personnel
à un pédé autrichien que je ne connaissais ni d'Ève ni
d'Adam.

3

Mercredi 31 août

Le quartier s'étendant au sud de Königstrasse, à Wannsee, abrite toutes sortes d'hôpitaux et de cliniques – des établissements plus rupins les uns que les autres, où l'on utilise autant d'éther pour nettoyer sols et fenêtres que sur les patients eux-mêmes. Quant au traitement, il est à peu près le même pour tous. Même doté de la constitution d'un éléphant africain, et à condition bien sûr qu'il ait les moyens de s'offrir le séjour, tout patient y est pris en main par une escouade d'infirmières aux lèvres passées au rouge, qui le traitent comme s'il avait été choqué par une explosion d'obus et l'aident à soulever brosse à dents et papier hygiénique. À Wannsee, votre compte en banque importe plus que votre tension.

La clinique de Kindermann était située à l'écart d'une rue tranquille, au milieu d'un jardin vaste mais bien entretenu, planté d'ormes et de marronniers, qui descendait en pente douce vers un bras du lac près duquel s'élevaient un ponton à colonnade, un hangar à bateaux et une folie gothique si joliment bâtie qu'elle en prenait un air raisonnable : elle faisait penser à une cabine de téléphone médiévale.

La clinique elle-même, tout en pignons, colombages, meneaux, créneaux et tourelles, tenait plus du château sur le Rhin que du sanatorium. En l'observant, je m'attendis presque à apercevoir des potences sur le toit, ou à entendre des hurlements monter d'une cave. Mais tout était silencieux, et je ne vis personne aux alentours. Seuls les cris lointains de quatre rameurs sur le lac au-delà des arbres suscitaient les commentaires éraillés d'une troupe de freux.

En franchissant la porte d'entrée, je me dis que j'aurais plus de chances de voir des patients se promener dans le parc à l'heure où les chauves-souris s'apprêteraient à se lancer dans le crépuscule.

Ma chambre était au troisième étage, avec une vue imprenable sur les cuisines. À 80 marks par jour, c'était la plus économique de l'établissement et, en sautillant pour en faire le tour, je me demandai si pour 50 marks de plus je n'aurais pas pu avoir quelque chose de plus grand, disons de la taille d'une corbeille à linge. Mais tout était complet. L'infirmière qui me conduisit jusqu'à ma chambre m'assura que c'était la dernière qui leur restait.

Ladite infirmière était aussi mignonne qu'une femme de pêcheur scandinave, mais sans le pittoresque de la conversation. Lorsqu'elle m'eut préparé le lit et ordonné de me déshabiller, je n'en pouvais plus d'excitation. D'abord la bonne de Frau Lange, à présent celle-ci, aussi étrangère au rouge à lèvres qu'un ptérodactyle. Il n'y avait pourtant pas pénurie : j'en avais vu des tas de plus jolies en bas. On avait dû s'imaginer que pour compenser l'exiguïté de ma chambre, on se devait de me gratifier d'une infirmière imposante.

– À quelle heure ouvre le bar ? fis-je.

Son sens de l'humour était aussi délicat que sa beauté.

– L'alcool est interdit dans la clinique, rétorqua-t-elle en m'arrachant des lèvres la cigarette que je n'avais pas encore allumée. Ainsi que le tabac. Le Dr Meyer va venir vous voir.

– Qui est-ce ? Le larbin des deuxièmes classes ? Où est le Dr Kindermann ?

– Le docteur assiste à une conférence à Bad Neuheim.

– Qu'est-ce qu'il est allé faire là-bas ? Suivre une cure ? Quand doit-il revenir ?

– À la fin de la semaine. Êtes-vous un patient du Dr Kindermann, Herr Strauss ?

– Non, pas encore. Mais pour 80 marks par jour, j'espérais bien le devenir.

– Le Dr Meyer est très compétent, je vous assure.

Elle fronça les sourcils d'un air impatient en constatant que je n'avais pas encore commencé à me déshabiller, puis émit une série de « ta! ta! ta! » comme si elle essayait de faire entendre raison à un cacatoès récalcitrant. Elle claqua des mains et m'ordonna de me mettre au lit sans tarder car le Dr Meyer désirait m'examiner. Jugeant qu'elle était bien capable d'arracher mes vêtements, je décidai de ne pas lui résister. Non seulement mon infirmière était laide comme un pou, mais la délicatesse de ses manières semblait indiquer qu'elle avait appris son métier dans un potager.

Après son départ, je m'installai pour lire au lit. Une lecture que je définirais moins comme prenante qu'incroyable. Oui, c'est le mot : incroyable. Il y avait toujours eu à Berlin des magazines bizarres versés dans l'occultisme, tels que *Zenit* ou *Hagal*, mais, des rives de la Meuse aux quais de Memel, rien ne pouvait se comparer aux énergumènes qui écrivaient dans le magazine de Reinhard Lange, *Urania*. Après l'avoir parcouru pendant une quinzaine de minutes, j'en arrivai à la conclusion que Lange était probablement un jobard complet. Les articles avaient pour titre « Le culte de Wotan et les vraies origines du christianisme », « Les pouvoirs surhumains des anciens habitants de l'Atlantide », « Explication des glaciations planétaires », les « Exercices de respiration ésotérique pour débutants », « Spiritualisme et mémoire de la race », « La doctrine de la Terre creuse », « L'antisémitisme en tant que legs théocratique », etc. Pour un individu capable de publier de telles inepties, exercer un chantage sur un de ses parents ne constituait sans doute qu'un banal divertissement entre deux révélations ariosophiques.

Le Dr Meyer, lui-même d'aspect pourtant peu banal, se crut autorisé à faire une remarque sur mes lectures.

– Lisez-vous souvent ce genre de choses ? demanda-t-il en retournant le magazine entre ses mains comme s'il s'agissait de quelque étrange objet mis à jour par Heinrich Schliemann dans les ruines d'un temple troyen.

– Non. Je l'ai acheté par curiosité.

– J'aime mieux ça. Un intérêt exagéré pour le paranormal dénote souvent une personnalité instable.

– C'est également mon avis.

– Beaucoup de gens ne seraient probablement pas d'accord avec moi sur ce point, mais je pense que les visions de nombreux penseurs religieux modernes comme saint Augustin ou Luther ont une origine névrotique.

– Vraiment ?

– Oui, absolument.

– Qu'en pense le Dr Kindermann ?

– Le Dr Kindermann a des théories très personnelles. Je ne suis pas sûr de comprendre sa démarche, mais c'est un homme très brillant. (Il saisit mon poignet.) Oui, un homme très brillant.

Le docteur, qui était suisse, portait un costume trois-pièces en tweed vert, un énorme nœud papillon, une paire de lunettes et la longue barbiche blanche de gourou indien. Il remonta ma manche et plaça un pendule au-dessus de mon poignet. Il le regarda osciller et tournoyer quelques instants avant de déclarer que la quantité d'électricité que je dégageais indiquait un état de dépression et d'inquiétude profondes. Sa petite démonstration était impressionnante, mais guère fiable, car la plupart des patients devaient être déprimés ou inquiets, ne serait-ce qu'en songeant à ce que le séjour allait leur coûter.

– Est-ce que vous dormez bien ? demanda-t-il.

– Non. Pas plus de quelques heures par nuit.

– Avez-vous des cauchemars ?

– Oui. Et pourtant, je ne mange pas de fromage.

– Y a-t-il des rêves qui vous reviennent souvent ?

– Non, rien de particulier.

– Votre appétit ?

– Normal.

– Votre vie sexuelle ?

– Comme mon appétit. Rien à signaler.

– Pensez-vous souvent aux femmes ?

– Tout le temps.

Il griffonna quelques mots puis se caressa la barbe.

– Je dois vous prescrire des vitamines et des sels miné-
raux, en particulier du magnésium. Je vais aussi vous mettre
au régime sans sucre, avec beaucoup de légumes crus et
d'algues. Nous allons vous débarrasser de vos toxines grâce
à des comprimés qui purifient le sang. Je recommande également de l'exercice. Nous avons une excellente piscine, et
je vous conseille les bains d'eau de pluie, qui sont particulièrement revigorants. Est-ce que vous fumez ? (J'acquiesçai.)
Essayez d'y renoncer pendant quelque temps. (Il referma
son calepin.) Bon, tout cela devrait vous aider à retrouver
une bonne forme physique. Pendant ce temps, nous essayerons d'améliorer votre état mental à l'aide d'un traitement
psychothérapique.

– En quoi consiste exactement la psychothérapie,
docteur ? Pardonnez-moi, mais je croyais que les nazis
jugeaient ce genre de pratiques décadentes.

– Non, non, pas du tout. La psychothérapie n'a rien à
voir avec la psychanalyse. Elle ne fait pas appel à l'inconscient. Ces histoires sont bonnes pour les Juifs, pas pour les
Allemands. Comme vous pourrez le constater, le traitement
psychothérapique ne se déroule pas indépendamment du
physique. Ici, nous essayons d'éliminer les désordres mentaux en rectifiant les attitudes qui ont conduit à leur apparition. Le comportement est conditionné par la personnalité
et par la relation de la personnalité avec son environnement.
Vos rêves ne m'intéressent que dans la mesure où vous les
faites. Essayer de vous guérir en interprétant vos rêves et
en essayant de découvrir leur signification sexuelle relève
très franchement de l'absurdité. C'est ça qui est décadent.

(Il gloussa d'un air ravi.) Mais c'est là un problème pour les Juifs, pas pour vous, Herr Strauss. Pour l'instant, le plus important est que vous passiez une bonne nuit.

Sur ce, il ouvrit sa mallette et en sortit une seringue et un petit flacon qu'il posa sur la tablette jouxtant le lit.

– Qu'est-ce que c'est ? m'enquis-je avec une certaine appréhension.

– De la scopolamine, dit-il en frottant mon bras avec un tampon imbibé d'alcool chirurgical.

Tel un fluide d'embaumeur, le produit me refroidit le bras à mesure qu'il se diluait. Quelques secondes après m'être dit qu'il faudrait attendre une nuit prochaine pour explorer la clinique du Dr Kindermann, les cordes qui me retenaient à la conscience se relâchèrent, puis je me sentis dériver et m'éloigner lentement du rivage tandis que la voix de Meyer s'estompait peu à peu.

Après quatre jours à la clinique, je me sentis en meilleure forme que je ne l'avais été depuis des mois. En plus de ma cure de vitamines et de mon régime à base de légumes et d'algues, j'avais essayé l'hydrothérapie, la naturothérapie et les bains de soleil. Mon état de santé avait été établi avec une grande précision grâce à l'examen de mes iris, paumes et ongles, lesquels indiquèrent une carence en calcium ; de plus, on m'avait enseigné une technique de relaxation autogène. Le Dr Meyer avançait à grands pas dans son « approche globale » d'inspiration, disait-il, jungienne, et il se proposait de traiter ma dépression grâce à l'électrothérapie. Et si je n'avais pas encore réussi à fouiller le bureau du Dr Kindermann, je bénéficiais en revanche d'une nouvelle infirmière, une vraie beauté du nom de Marianne, qui se souvenait du séjour de plusieurs mois effectué par Reinhard Lange dans l'établissement, et qui m'apparaissait encline à discuter de son patron et des affaires de la clinique.

Elle me réveilla à 7 heures avec un jus de pamplemousse et un assortiment proprement vétérinaire de pilules.

Admirant la courbe de ses fesses et le balancement de ses seins, je la regardai tirer le rideau sur une belle journée ensoleillée avec le secret désir qu'elle ait pu dévoiler son propre corps aussi facilement.

– Comment allez-vous aujourd'hui ? demandai-je.

– Mal, rétorqua-t-elle avec une grimace.

– Marianne, vous savez que normalement, c'est le contraire : c'est moi qui devrais me sentir mal, et vous qui devriez me demander des nouvelles de ma santé.

– Je suis désolée, Herr Strauss, mais j'en ai par-dessus la tête de cet endroit.

– Eh bien, pourquoi ne venez-vous pas me rejoindre sous les draps pour me raconter vos malheurs ? Je suis très doué pour écouter les gens.

– Je parie que vous êtes doué pour autre chose, fit-elle en riant. Il va falloir que je mette du bromure dans vos jus de fruits.

– À quoi bon ? On me fait avaler une pharmacie entière tous les jours. Je ne vois pas quel effet pourrait avoir un produit de plus ou de moins.

– Vous le verriez vite.

C'était une grande blonde musclée originaire de Franc-fort, avec un sens de l'humour acéré et un sourire embar-rassé trahissant un manque de confiance en elle, un trait inattendu vu sa beauté.

– Une pleine pharmacie ! persifla-t-elle. Quelques petites vitamines et un comprimé pour vous faire dormir. C'est rien par rapport à ce qu'on fait avaler à certains autres patients.

– C'est-à-dire ?

Elle haussa les épaules.

– Des trucs pour les réveiller, des stimulants contre la dépression.

– Qu'est-ce qu'ils donnent aux tapettes ?

– Oh, eux… Avant, on leur donnait des hormones, mais ça ne marchait pas, alors, ils essaient la thérapie par aversion. Mais contrairement à l'Institut Goering qui prétend que c'est un désordre guérissable, tous les médecins disent en privé que c'est une tendance difficile à supprimer. Kindermann est bien placé pour le savoir. Je le soupçonne d'être lui-même un peu versé sur la chose. Je l'ai entendu dire à un patient que la psychothérapie n'était utile que pour faire disparaître les réactions névrotiques provoquées par l'homosexualité. Qu'elle aidait le patient à cesser de se tromper lui-même.

– Comme ça, il n'a plus qu'à s'inquiéter de l'article 175.

– Qu'est-ce que c'est ?

– Le paragraphe du Code pénal allemand qui en fait un délit criminel. Est-ce que c'est ce qui s'est passé avec Reinhard Lange ? Il a juste été soigné pour réactions névrotiques ? (Elle acquiesça et s'assit au bord du lit.) Parlez-moi de cet Institut Goering. A-t-il un rapport avec le Gros Hermann ?

– Matthias Goering est son cousin. L'établissement permet de protéger la psychothérapie grâce au nom de Goering. Sinon, il ne resterait pratiquement plus de médecine mentale en Allemagne. Les nazis auraient détruit toute médecine psychiatrique sous prétexte que la plus grande autorité dans ce domaine est un Juif. Mais on nage en pleine hypocrisie. Beaucoup de médecins continuent à se réclamer de Freud en privé, tout en le dénonçant publiquement. Même le prétendu hôpital orthopédique pour SS, près de Ravensbrück, n'est rien d'autre qu'un établissement psychiatrique réservé aux SS. Kindermann en est un des consultants, tout comme il fut l'un des fondateurs de l'Institut Goering.

– Qui finance l'Institut ?

– Le Front du travail et la Luftwaffe.

– Bien sûr. La caisse noire du Premier ministre.

Les yeux de Marianne s'étrécirent.

– Je trouve que vous posez beaucoup de questions. Qu'est-ce que vous êtes, un flic ou quelque chose comme ça?

Je sortis du lit et enfilai ma robe de chambre.

– Quelque chose comme ça, répondis-je.

– Vous faites une enquête? fit-elle en agrandissant les yeux d'excitation. Kindermann a fait des entourloupes?

J'ouvris la fenêtre et me penchai à l'extérieur. L'air matinal était agréable à respirer, même mêlé d'effluves montant des cuisines. Mais une cigarette était encore mieux. J'attrapai le dernier des paquets que j'avais placés sur le rebord de la fenêtre et en allumai une. Marianne prit un air désapprobateur.

– Vous savez que c'est interdit de fumer, remarqua-t-elle.

– Je ne sais pas si Kindermann est impliqué dans quoi que ce soit, dis-je. Mais c'est ce que j'avais l'intention de découvrir en venant ici.

– Eh bien, vous pouvez compter sur moi, fit-elle avec violence. Je me fiche de ce qui peut lui arriver. (Elle se leva, croisa les bras et serra les lèvres.) C'est un salaud. Tenez, il y a quelques semaines, j'ai dû travailler tout un week-end parce qu'il n'y avait personne de libre. Il m'avait promis de me payer double journée, et en liquide. Eh bien, je n'ai toujours rien vu. Voilà le genre de porc qu'il est. Moi, comptant dessus, j'ai acheté une robe. D'accord, c'était stupide, j'aurais dû attendre. Parce que maintenant, je suis en retard pour régler mon loyer.

Je me demandais si elle tentait de me vendre ses confidences lorsque je vis qu'elle avait les larmes aux yeux. Si elle jouait la comédie, c'était une sacrée bonne actrice. Dans les deux cas, cela méritait attention.

Elle se moucha.

– Pouvez-vous m'offrir une cigarette? fit-elle.

– Bien sûr.

Je lui tendis le paquet puis craquai une allumette.

— Vous savez, Kindermann a connu Freud, dit-elle en toussotant à la première bouffée. À l'École de médecine de Vienne, quand il était étudiant. Après avoir obtenu son diplôme, il a travaillé à l'asile d'aliénés de Salzbourg, la ville où il est né. Lorsque son oncle est mort en 1930, il lui a laissé la maison où nous sommes, qu'il a décidé de transformer en clinique.

— Vous semblez bien le connaître.

— L'été dernier, sa secrétaire a été malade pendant deux semaines. Kindermann savait que j'avais une expérience de dactylo et il m'a demandé de remplacer Tarja pendant son absence. C'est comme ça que j'ai appris à le connaître. Assez pour qu'il me déplaise. Je ne vais pas m'éterniser ici. J'en ai assez. Et croyez-moi, je ne suis pas la seule.

— Tiens ? Pensez-vous que quelqu'un veuille lui causer des ennuis ? Quelqu'un qui aurait un compte à régler avec lui ?

— Vous parlez d'un compte sérieux, n'est-ce pas ? Pas d'une journée de travail supplémentaire non payée ?

— Bien sûr, fis-je en expédiant mon mégot dehors d'une pichenette.

Marianne secoua la tête puis se ravisa.

— Eh, attendez une minute, fit-elle. Je pense à quelqu'un. Il y a trois mois, Kindermann a viré un des infirmiers pour ivresse pendant le service. C'était un type détestable et je crois que personne n'a regretté de le voir partir. Je n'ai pas assisté à la scène, mais on m'a raconté qu'il avait tenu des propos assez violents à l'adresse de Kindermann.

— Comment s'appelait cet infirmier ?

— Hering, Klaus Hering, je crois bien. (Elle consulta sa montre.) Hé, il faut que je travaille. Je ne peux pas bavarder avec vous toute la matinée.

– Encore une chose, dis-je. Il faudrait que je m'introduise dans le bureau de Kindermann. Pouvez-vous m'aider ? (Elle secoua la tête.) Je n'y arriverai pas sans votre aide, Marianne. Ce soir ?

– Je ne sais pas. Et si nous sommes surpris ?

– Ça n'est pas « nous » qui le serons. Vous vous contenterez de faire le guet. Si quelqu'un arrive à l'improviste, vous direz que vous avez entendu du bruit et que vous veniez voir ce qui se passait. Quant à moi, je me débrouillerai. Je dirai que j'ai des crises de somnambulisme.

– Sûr qu'on vous croira.

– Alors, Marianne, qu'est-ce que vous en dites ?

– D'accord, je marche avec vous. Mais il faudra attendre minuit. C'est l'heure où nous fermons. Retrouvons-nous au solarium vers minuit et demi.

Son expression se transforma en me voyant sortir un billet de 50 marks de mon portefeuille. Je le fourrai dans la poche de poitrine de son uniforme blanc. Elle le repêcha aussitôt.

– Je ne peux pas accepter, dit-elle. Vous n'auriez pas dû.

Mais j'emprisonnai son poing pour l'empêcher de me rendre l'argent.

– Écoutez, c'est juste pour vous dépanner en attendant qu'on vous paie votre week-end.

Elle ne parut pas convaincue.

– Je ne sais pas, fit-elle. Ça n'a pas de sens. C'est ce que je gagne en une semaine. Ça fera bien plus que me dépanner.

– Marianne, lui dis-je. C'est bien de pouvoir joindre les deux bouts, mais c'est encore mieux de pouvoir faire un joli nœud.

4

Lundi 5 septembre

– D'après le toubib, l'électrothérapie a comme effet secondaire de perturber temporairement la mémoire. À part ça, je me sens en pleine forme.

Bruno me regarda avec anxiété.

– Tu es sûr ?

– Je ne me suis jamais senti mieux.

– En tout cas, j'aimerais pas me faire brancher des fils électriques partout comme ça, dit-il avant de renifler d'un air dédaigneux. Donc, si je comprends bien, tout ce que tu as découvert pendant que t'étais chez Kindermann est temporairement perdu dans les méandres de ton cerveau, c'est ça ?

– Ça n'est pas aussi grave. J'ai pu fouiller son bureau. Et j'ai rencontré une belle infirmière qui m'a raconté des tas de choses sur lui. Kindermann est maître de conférences à l'École de médecine de la Luftwaffe, et consultant à la clinique privée du Parti, dans Bleibtreustrasse. De plus, il fait partie de l'Association des médecins nazis et il est membre du Herrenclub.

Bruno haussa les épaules.

– Bref, il roule sur l'or. Et à part ça ?

– Il roule sur l'or, mais il n'a pas la cote. Il n'est pas très apprécié de son personnel. Il a viré un type récemment et le type en question pourrait bien avoir gardé une dent contre lui.

– Se faire virer ne serait pas une raison suffisante, si ?

– D'après Marianne, l'infirmière, il s'est fait renvoyer pour avoir volé des médicaments dans la pharmacie de la clinique. Il les revendait probablement dans la rue. Bref, c'est pas un enfant de chœur.

– Comment s'appelle ce type ?

Après m'être creusé la mémoire, je sortis le calepin de ma poche.

– Attends une minute, dis-je, je l'ai noté.

– Un détective affligé de trous de mémoire. On aura tout vu.

– Du calme, le voilà. Il s'appelle Klaus Hering.

– Je vais voir si l'Alex a quelque chose sur lui.

Il décrocha le combiné et composa un numéro. Nous eûmes notre renseignement au bout de quelques minutes. Nous refilions cinquante marks par mois à un flic pour ce service. Il nous assura qu'ils n'avaient aucun dossier sur Hering.

– Où doit-on livrer l'argent ? demandai-je.

Bruno me tendit la lettre anonyme que Frau Lange avait reçue la veille, raison pour laquelle Bruno m'avait téléphoné à la clinique.

– Le chauffeur de madame nous l'a apportée lui-même, expliqua-t-il pendant que je parcourais les dernières menaces et instructions du maître chanteur. Mille marks, enfermés dans un sac des magasins Gerson, à déposer cet après-midi dans la corbeille à papiers installée devant la cage aux gallinacés du zoo.

Je jetai un coup d'œil dehors. Il faisait toujours aussi beau et il y aurait foule au zoo.

– Bien vu, fis-je. Ça sera difficile de le repérer, et encore plus de le suivre. Si mes souvenirs sont bons, il y a quatre entrées au zoo.

Je sortis de mon tiroir un plan de Berlin et l'étalai sur le bureau. Bruno se pencha par-dessus mon épaule.

– Comment va-t-on la jouer ? fit-il.

– Tu fais la livraison, je jouerai au visiteur anonyme.

– Après, tu veux que je t'attende à une sortie ?

– On a une chance sur quatre. Laquelle choisirais-tu à sa place ?

Il étudia le plan pendant quelques instants, puis posa son doigt sur l'embouchure du canal.

– Le pont Lichtenstein. J'aurais prévu une voiture de l'autre côté de Rauch Strasse.

– D'accord, tu te gareras dans le coin.

– Combien de temps devrai-je attendre ? Je te rappelle que le zoo est ouvert jusqu'à 9 heures du soir.

– L'entrée de l'aquarium ferme à 6 heures, donc à mon avis, il arrivera avant, ne serait-ce que pour conserver toutes ses options. Si tu ne nous as pas vus sortir à 6 heures, tu rentres chez toi et tu attends mon coup de fil.

Je quittai la verrière, de la taille d'un dirigeable, qui abritait la station de métro et traversai Hardenbergplatz jusqu'à l'entrée principale du zoo, proche du planétarium. J'achetai un ticket comprenant la visite de l'aquarium, ainsi qu'un guide pour fignoler mon personnage de touriste, puis me dirigeai vers l'enclos des éléphants. À mon approche, un étrange individu en train de dessiner devant la cage dissimula son bloc et s'éloigna de moi en me jetant des regards suspicieux. Accoudé à la barrière, je le vis répéter son petit manège à chaque nouveau visiteur, jusqu'au moment où ses allées et venues le firent revenir près de moi. Irrité à la pensée qu'il puisse croire que je m'intéressais à ses dérisoires gribouillages, je poussai mon cou par-dessus son épaule et lui brandis mon appareil sous le nez.

– Vous devriez vous mettre à la photo, fis-je.

Il grommela quelque chose et s'éclipsa. Un client pour le Dr Kindermann, me dis-je. Un vrai dingue. Dans n'importe quelle soirée ou exposition, c'est toujours le public qui constitue le spectacle le plus intéressant.

Ce n'est qu'au bout d'un quart d'heure que j'aperçus Bruno. Il dut à peine remarquer ma présence ou celle des éléphants lorsqu'il passa devant l'enclos, serrant sous son bras le sac de chez Gerson contenant l'argent. J'atten-

dis qu'il ait pris une avance convenable, puis lui emboîtai
le pas.

Devant la petite bâtisse de brique à colombages couverte de lierre qui ressemblait plus à une brasserie de
village qu'à une cage pour gallinacés sauvages, Bruno
s'arrêta, jeta un regard circulaire et déposa son sac dans la
corbeille installée près d'un banc. Puis, comme convenu,
il s'éloigna à grands pas en direction du canal Landwehr.

Un haut rocher de grès, sur lequel évoluait un troupeau
de moutons sauvages, se dressait en face de la cage aux
gallinacés. Mon guide précisait que c'était une des attractions du zoo, mais je trouvai que le rocher ressemblait
trop à un décor de théâtre pour imiter de façon convaincante l'habitat naturel de ces chiffons sur pattes. Le rocher
aurait pu figurer dans une mise en scène mégalomane de
Parsifal, si une telle chose était humainement possible. Je
restai un moment devant le rocher à lire les renseignements
de mon guide à propos des moutons, puis pris quelques
photos de ces créatures parfaitement inintéressantes.

Derrière le rocher aux moutons s'élevait une tour d'où
l'on découvrait les abords de la cage aux gallinacés, et
même l'ensemble du zoo, et je me fis la réflexion que les
10 pfennigs exigés pour y monter n'étaient pas une folle
dépense pour qui voulait s'assurer qu'il n'allait pas tomber
dans un piège. Cette pensée en tête, je m'éloignais en direction du lac lorsqu'un garçon brun d'environ dix-huit ans
vêtu d'un blouson gris émergea de derrière la cage aux gallinacés. Sans même un regard alentour, il récupéra le sac
de chez Gerson dans la corbeille à papiers et le glissa dans
un sac plus grand du magasin Ka-De-We. Il me dépassa et,
après quelques secondes, je lui emboîtai le pas.

Arrivé devant la bâtisse mauresque de l'enclos des anti-
lopes, le jeune homme s'arrêta près du groupe de centaures
en bronze. Le nez plongé dans mon guide, je le dépassai
et gagnai le temple chinois où, à l'abri d'un groupe de visiteurs, je l'observai à la dérobée. Il repassa devant moi et

je compris qu'il se dirigeait vers l'aquarium pour gagner la sortie sud.

La dernière chose à laquelle on s'attendait, c'était de découvrir des poissons dans le grand bâtiment vert qui relie le zoo à Budapesterstrasse. Un iguanodon grandeur nature en pierre montait la garde devant l'entrée, elle-même surmontée du crâne d'un autre dinosaure. Les murs de l'aquarium étaient couverts de fresques et de bas-reliefs représentant des monstres préhistoriques qui n'auraient fait qu'une bouchée d'un requin. Mais ces animaux antédiluviens étaient somme toute préférables aux reptiles vivants que présentait également l'aquarium.

Voyant le jeune homme passer la porte, je hâtai le pas en réalisant que l'obscurité qui baignait l'aquarium rendrait ma filature difficile. Une fois à l'intérieur, je me rendis compte que mon appréhension était largement justifiée, car l'affluence de visiteurs m'empêcha de voir où il était allé.

Craignant le pire, je me précipitai vers une autre porte donnant sur la rue et faillis entrer en collision avec le jeune homme alors qu'il s'éloignait d'un bassin où évoluait une créature qui tenait plus de la mine flottante que du poisson. Après avoir hésité quelques secondes au pied du grand escalier de marbre qui conduisait aux salles des reptiles, il fit demi-tour, gagna la sortie de l'aquarium, puis celle du zoo.

Je le suivis dans Budapesterstrasse, dissimulé derrière un groupe d'écoliers, jusqu'à Ansbacherstrasse, où je me débarrassai de mon guide, enfilai l'imperméable dont je m'étais muni et relevai le bord de mon chapeau. De telles modifications d'allure sont essentielles à la réussite d'une filature. Elles vous permettent entre autres de rester à découvert. Ce n'est en effet que quand vous commencez à raser les murs et à vous dissimuler sous les porches que votre client devient méfiant. Toutefois, celui-ci ne jeta pas un seul regard en arrière lorsque, après avoir traversé Wittenberg Platz, il entra au Kaufhaus des Westens, ou Ka-De-We, le plus vaste des grands magasins berlinois.

J'avais pensé qu'il s'était muni de l'autre sac afin de brouiller les pistes au cas où l'on aurait guetté aux sorties du zoo un individu portant un sac de chez Gerson. Or, je compris que j'allais assister à un passage de relais.

Il était l'heure de déjeuner, et la brasserie installée au troisième étage du Ka-De-We était emplie de clients aux prises avec des platées de saucisses et des chopes hautes comme des lampes de bureau. Le jeune homme transportant l'argent se faufila entre les tables comme s'il cherchait quelqu'un et s'assit en face d'un homme en costume bleu qui mangeait seul. Le jeune homme posa le sac contenant l'argent par terre, à côté d'un sac identique.

Je m'installai à une table libre d'où je pouvais observer les deux hommes et fis mine d'étudier le menu. Un garçon se présenta. Je lui dis que je n'avais pas encore choisi, et il s'éloigna.

À ce moment, l'homme en costume bleu se leva, laissa quelques pièces sur la table et se pencha pour ramasser le sac avec l'argent. Aucun des deux hommes n'avait prononcé un mot.

Lorsque le costume bleu quitta le restaurant, je me hâtai à sa suite, suivant en cela la règle intangible en cas de demande de rançon : toujours suivre l'argent.

Les arcades de son portique massif et ses deux petites tours jumelles semblables à des minarets conféraient au théâtre Metropol de Nollendorfplatz un petit air byzantin. La vingtaine de nus en bas-relief s'entrelaçant au pied des imposants piliers en rendaient le lieu idéal pour qui voudrait se faire la main avant un sacrifice de jeunes vierges. À droite du théâtre s'ouvrait un grand portail de bois donnant sur un parc de stationnement de la taille d'un terrain de football bordé de hauts immeubles.

C'est dans l'un de ces bâtiments que je suivis l'homme au costume bleu et le sac d'argent. En parcourant les noms figurant sur les boîtes aux lettres, je découvris avec une certaine satisfaction qu'un certain K. Hering logeait au numéro 9. Je traversai la rue, trouvai une cabine dans la station voisine du U-Bahn et appelai Bruno.

Lorsque la vieille DKW de mon associé s'arrêta devant le portail en bois, je montai à bord et lui indiquai le fond du parc de stationnement où se trouvaient quelques places libres, celles jouxtant le théâtre ayant été occupées par les spectateurs venus pour la représentation de 20 heures.

– C'est là que niche notre oiseau, dis-je. Deuxième étage, numéro 9.

– Tu as son nom ?

– C'est le type de la clinique, Klaus Hering.

– Bien joué. À quoi ressemble-t-il ?

– À peu près ma taille, mince, châtain clair, lunettes sans monture, la trentaine. Tout à l'heure, il portait un costume bleu. S'il ressort, essaie d'entrer chez lui et de dénicher les lettres du pédé. S'il ne ressort pas, tu restes en planque. Je vais contacter ma cliente pour voir ce qu'on fait. Si elle me donne de nouvelles instructions, je repasserai dans la soirée. Dans le cas contraire, je te relèverai demain matin à 6 heures. Des questions ? (Bruno secoua la tête.) Tu veux que je prévienne ta femme ?

– Non, je te remercie, Bernie. Katia a l'habitude que je rentre tard. Et puis ça nous fera du bien de prendre un peu d'air. Je me suis encore engueulé avec mon fils Heinrich en revenant du zoo.

– À cause de quoi, cette fois-ci ?

– Tout simplement parce qu'il a adhéré à la Jeunesse hitlérienne motorisée, figure-toi.

Je haussai les épaules.

– Bah, de toute façon, motorisées ou pas, il aurait été obligé d'entrer aux Jeunesses hitlériennes.

– Ce petit salaud n'avait pas besoin de se précipiter, c'est tout. Il aurait pu attendre d'être appelé, comme les autres gamins de sa classe.

– Allons, considère un peu l'aspect positif. On va lui apprendre à conduire et à entretenir un moteur. C'est sûr qu'ils en feront un nazi, mais au moins ça sera un nazi avec une formation.

Assis dans le taxi qui me ramenait à Alexanderplatz où j'avais laissé ma voiture, je compris que voir son fils acquérir des connaissances en mécanique n'était sans doute pas d'une grande consolation pour un homme qui, à l'âge de Heinrich, avait été champion cycliste junior. En tout cas, il avait raison sur un point : Heinrich était un vrai petit salaud.

Je ne prévins pas Frau Lange de mon arrivée, et bien qu'il ne fût que 20 heures lorsque je me présentai dans Herbertstrasse, je trouvai la maison silencieuse et plongée dans l'obscurité comme si ses occupants étaient sortis ou déjà couchés. Mais c'est l'un des aspects les plus agréables de mon travail : si vous apportez des nouvelles, on vous accueillera toujours bien, même si vous déboulez à l'improviste.

Je garai ma voiture, gravis les marches du perron et tirai sur la sonnette. Presque aussitôt, une lumière apparut à la fenêtre au-dessus de l'entrée, et au bout d'une minute ou deux, la porte s'ouvrit sur le visage renfrogné de Chaudron noir.

– Vous savez quelle heure il est ?

– Huit heures viennent juste de sonner, répondis-je. Le rideau se lève dans les théâtres de Berlin, les clients des restaurants en sont encore à étudier le menu et les mères commencent à coucher les enfants. Frau Lange est-elle là ?

– Elle n'est pas en tenue pour recevoir des messieurs.

– Ça n'a aucune importance. Je n'ai apporté ni fleurs ni chocolats. Et je ne suis pas un monsieur.

– Ça, vous l'avez dit.

– C'était juste pour vous mettre de bonne humeur. Maintenant, faites ce qu'on vous dit. Je suis là pour une affaire urgente. Frau Lange acceptera de me recevoir. Croyez-moi, elle n'appréciera pas que vous me fermiez la porte au nez. Courez vite lui dire que je suis là.

J'attendis dans la même pièce que la première fois, assis sur le sofa aux accoudoirs en forme de dauphins. Je ne l'appréciai pas plus cette fois-ci, d'autant qu'il était à présent jonché de poils roux d'un énorme chat endormi sur un coussin sous un long buffet en chêne. J'étais encore à débarrasser mon pantalon des poils de l'animal lorsque Frau Lange apparut. Elle portait un peignoir en soie verte qui dévoilait le haut de ses seins gros comme les deux bosses d'un monstre marin rose, des pantoufles assorties et une cigarette éteinte à la main. À ses pieds, déformés par des callosités, se tenait le toutou, fronçant le museau sous les suffocants effluves d'eau de lavande anglaise qui enveloppaient Frau Lange comme un vieux boa de plumes. Elle avait la voix encore plus masculine que dans mon souvenir.

– Dites-moi d'abord que Reinhard n'est pour rien là-dedans, commença-t-elle d'un ton impérieux.

– Il n'y est pour rien du tout, dis-je.

Les deux bosses du monstre marin s'affaissèrent lorsqu'elle poussa un soupir de soulagement.

– Dieu merci, dit-elle. Et savez-vous qui me fait chanter de la sorte, Herr Gunther ?

– Oui. Un homme qui travaillait à la clinique de Kindermann. Un infirmier du nom de Klaus Hering. Ce nom ne vous dit sans doute pas grand-chose. Sachez simplement que Kindermann l'a licencié il y a quelques mois. C'est sans doute à l'époque où il était employé à la cli-

nique qu'il a volé les lettres adressées par votre fils au
Dr Kindermann.

Elle s'assit et alluma sa cigarette.

– S'il en voulait à Kindermann, pourquoi s'en prendre
à moi ?

– C'est juste une hypothèse, bien sûr, mais je pense
que c'est parce que vous êtes très riche. Kindermann aussi
est riche, mais je doute qu'il possède le dixième de votre
fortune, Frau Lange, et il a investi tout son argent dans sa
clinique. Et puis il a des amis dans la SS. Hering a sans
doute jugé plus prudent de s'attaquer à vous. À moins
qu'il n'ait d'abord voulu faire chanter Kindermann, avant
d'y renoncer. Il est vrai qu'en tant que psychothérapeute,
Kindermann pouvait facilement prétendre que les lettres
de votre fils ne reflétaient que les délires d'un ancien
patient. Après tout, il est courant qu'un patient s'attache à
son médecin, même s'il est aussi antipathique que Kindermann.

– Vous l'avez rencontré ?

– Non, mais le personnel de la clinique est unanime
sur ce point.

– Je vois. Bien, que faisons-nous à présent ?

– D'après mes souvenirs, vous aviez dit que cela dépendait de votre fils.

– Très bien. Supposons qu'il soit d'accord pour que
vous continuiez à traiter cette affaire. Le fait est que vous
avez été rapide. Qu'envisagez-vous de faire ?

– En ce moment même, mon associé Herr Stahlecker
surveille l'appartement de Hering sur Nollendorfplatz.
Dès que Hering sortira, Herr Stahlecker essayera d'entrer
chez lui et de récupérer les lettres de votre fils. Vous aurez
alors trois possibilités. La première sera d'oublier toute
cette histoire. Une autre sera de vous confier à la police,
auquel cas Hering pourrait incriminer votre fils. La dernière, enfin, sera de flanquer une correction à Hering.
Rien de trop sévère, entendons-nous bien. Mais une bonne

raclée, pour lui faire peur et lui donner une leçon. Personnellement, je conseille toujours la troisième solution. Qui sait ? Vous pourrez peut-être même récupérer une partie de votre argent.

— J'aimerais surtout tordre le cou de ce misérable.

— Laissez-moi m'en occuper, d'accord ? Je vous rappelle demain. Vous me direz ce qu'a décidé votre fils. Avec un peu de chance, nous aurons les lettres.

Je ne prétendrai pas qu'elle eut à me tordre le bras pour me faire accepter le verre de cognac qu'elle m'offrit afin de fêter la nouvelle. L'excellent breuvage aurait mérité d'être dégusté plus calmement. Mais j'étais fatigué, et lorsque Frau Lange et son monstre marin vinrent me rejoindre sur le sofa, je compris qu'il était temps de m'esquiver.

À cette époque, j'habitais un appartement spacieux dans Fasanenstrasse, juste au sud du Kurfürstendamm, à deux pas des théâtres et des grands restaurants où je n'allais jamais.

Fasanenstrasse était une rue tranquille, avec des portiques en crépi blanc et des façades ouvragées soutenues par des atlantes aux puissantes épaules. Les loyers n'y étaient pas donnés. Mais cet appartement et mon associé étaient les deux seuls luxes que je m'étais offerts en deux ans.

Le premier m'avait plus réussi que le second. Dans l'immense entrée, habillée de plus de marbre que l'autel de Zeus à Pergame, un escalier conduisait au deuxième étage où je louais un appartement aux plafonds hauts comme des tramways. Les architectes et entrepreneurs viennois n'ont jamais été réputés pour leur pingrerie.

Mes pieds me faisant aussi mal qu'un chagrin d'amour, je me fis couler un bain chaud.

J'y restai un long moment à contempler la fenêtre en verre dépoli qui, installée à angle droit du plafond, divisait en toute inutilité la partie supérieure de la salle de bain. Je ne cessais de me demander pour quelle étrange raison elle avait été placée là.

Dehors, un rossignol chantait dans l'arbre de la cour unique mais majestueux. J'avais beaucoup plus confiance en cette chanson-là qu'en celle que chantait Hitler.

Voilà, me dis-je, le genre de comparaison simpliste dont mon associé bien-aimé et fumeur de pipe se serait délecté.

5

Mardi 6 septembre

La sonnetté de l'entrée retentit dans l'obscurité. Abruti de sommeil, je tendis le bras vers le réveil posé sur la table de nuit. Il marquait 4 h 30 du matin. Je n'avais prévu de me lever qu'une heure plus tard. La sonnette retentit une nouvelle fois, plus insistante. J'allumai et passai dans le couloir.

— Qui est là? demandai-je tout en sachant que seule la Gestapo s'amusait à déranger ainsi les gens dans leur sommeil.

— Hailé Sélassié, répondit-on. Bon Dieu, vous ne savez pas qui c'est? Allons, Gunther, ouvrez, on n'a pas toute la nuit devant nous.

C'était bien la Gestapo. Il n'y avait qu'eux pour manifester un tel savoir-vivre.

J'ouvris la porte et deux tonneaux sur pattes portant chapeau et pardessus firent irruption dans le couloir.

— Habille-toi, dit l'un. T'as rendez-vous.

— Merde, fis-je en bâillant. Il faudra que je houspille ma secrétaire. Elle a oublié de me le rappeler.

– On est tombé sur un rigolo, dit l'autre.

– Ben quoi ? C'est comme ça que Heydrich invite ses amis ?

– Épargne ta salive pour fumer tes clopes, compris ? Et enfile un costard ou on t'embarque dans ton foutu pyjama.

Je m'habillai avec soin, choisissant mon costume le plus élimé et une vieille paire de chaussures. Je bourrai mes poches de cigarettes et pris même un vieil exemplaire des *Nouvelles berlinoises illustrées.* Quand Heydrich vous invite au petit déjeuner, mieux vaut prévoir une visite peut-être prolongée et de toute façon inconfortable.

Juste au sud d'Alexanderplatz, dans Dircksenstrasse, le Praesidium de la police impériale, dit « l'Alex », et la cour d'assises de Berlin semblaient se livrer à une délicate confrontation : l'administration contre la justice. On aurait dit deux poids lourds se faisant face avant le combat, chacun essayant d'intimider son adversaire.

Des deux, l'Alex, dite aussi « Misère grise », avait l'aspect le plus brutal, avec son allure de forteresse gothique dotée d'un dôme à chaque angle et de deux tours plus petites surmontant les façades avant et arrière. Couvrant une surface de plus d'un hectare et demi, l'Alex était un exemple de puissance, sinon d'architecture.

Le second bâtiment, plus petit, avait un aspect plus plaisant. Sa façade de grès néobaroque offrait une allure plus raffinée et plus intelligente que son vis-à-vis.

Impossible de dire lequel des deux géants allait sortir vainqueur. Et puis quand deux adversaires ont été achetés pour se soumettre, le combat ne présente plus guère d'intérêt.

L'aube se levait à peine lorsque la voiture s'arrêta dans la cour principale de l'Alex. Il était beaucoup trop tôt pour que j'aie la présence d'esprit de me demander pourquoi Heydrich m'avait fait amener ici plutôt qu'à la Sipo, le quartier général des services de sécurité de la Wilhelmstrasse, où il avait son bureau.

Mes deux accompagnateurs me conduisirent jusqu'à une salle d'interrogatoire, où l'on me laissa seul. Mon attention fut bientôt accaparée par les cris provenant de la pièce voisine. Ce salopard de Heydrich. Il ne faisait jamais les choses comme vous les attendiez. J'allumai nerveusement une cigarette, la calai au coin de ma bouche pâteuse, me levai et me dirigeai vers la fenêtre aux vitres sales. Je ne vis que d'autres fenêtres toutes semblables à la mienne, et sur le toit l'antenne radio de la police. J'écrasai mon mégot dans une boîte vide de café Mélange mexicain qui faisait office de cendrier et revins m'asseoir à la table.

J'étais censé me laisser gagner par la nervosité. Ressentir leur pouvoir. Ainsi, lorsque Heydrich se déciderait à se montrer, je m'empresserais de tomber d'accord avec lui. Pour l'instant, il n'était sans doute même pas réveillé.

Mais puisque telle était l'attitude qu'on attendait de moi, je décidai d'agir autrement. Au lieu de me ronger les ongles en guise de petit déjeuner et d'user mes semelles à arpenter la pièce, je me livrai à de petits exercices d'auto-relaxation, si c'est bien comme ça que le Dr Meyer appelait ce qu'il m'avait enseigné. Les yeux clos, respirant à fond par le nez, l'esprit concentré sur une forme simple, je réussis à rester calme. Si calme que je n'entendis même pas la porte s'ouvrir. Au bout de quelques instants, j'ouvris les yeux et découvris en face de moi le visage du flic qui venait d'entrer. Il hocha lentement la tête.

— Je vois que vous êtes pas du genre émotif, remarqua-t-il en ramassant mon magazine.

— Pourquoi le serais-je ? (Je consultai ma montre. Une demi-heure s'était écoulée.) Eh bien, vous avez pris votre temps.

— Vraiment ? J'en suis désolé, croyez-le. J'espère que vous ne vous êtes pas ennuyé. Je vois que vous vous attendiez à rester un petit moment ici.

— Comme tout le monde, non ? fis-je en haussant les épaules et en observant un furoncle gros comme un boulon d'enjoliveur qui frottait contre son col graisseux.

— Ouais, fit-il. Alors, il paraît que vous êtes détective privé ? Un fouineur professionnel. Et ça rapporte, votre boulot, sans indiscrétion ?

Il avait la voix grave et quand il parlait, son menton balafré s'abaissait sur sa large poitrine comme celui d'un ténor de cabaret.

— Pourquoi, vous arrivez plus à encaisser vos pots-de-vin ? (Il se força à sourire.) Pour moi, ça va pas mal.

— Et vous vous sentez pas un peu seul ? Je veux dire, quand on est flic chez nous, on se fait des amis.

— Me faites pas rire. J'ai un associé, alors, quand j'ai besoin d'une épaule pour m'épancher, j'en ai toujours une dans le coin.

— Ah oui, c'est vrai, votre associé. Un certain Bruno Stahlecker, c'est ça ?

— Exact. Je vous donnerais bien son adresse, mais je crois qu'il est marié.

— Bon, ça va, Gunther. Vous avez prouvé que vous aviez pas peur. Inutile de pousser le bouchon. Vous avez été embarqué à 4 h 30. Il est maintenant 7 heures…

— Si vous voulez l'heure exacte, demandez à un policier.

— … et vous m'avez pas encore demandé pourquoi vous étiez là.

— Je croyais qu'on était en train d'en parler.

— Ah bon ? Alors, admettons que je sois stupide, ça devrait pas être trop difficile pour un petit futé comme vous. Qu'est-ce qu'on était en train de dire ?

— Oh, merde, écoutez, c'est votre petit numéro, pas le mien, alors, comptez pas sur moi pour lever le rideau et allumer les foutus projecteurs. Récitez votre texte et j'essayerai d'applaudir aux endroits où il faut.

— Très bien, fit-il d'une voix plus coupante. Où étiez-vous hier soir ?

— Chez moi.

— Vous avez un alibi ?

— Ouais. Mon ours en peluche. J'étais au lit, je dormais.

— Et avant ça ?

— Je suis allé voir un client.

— Vous pouvez me dire qui c'est ?

— Écoutez, je n'aime pas ce genre de conversation. Dites-moi de quoi il retourne, sinon je ne dis plus un mot.

— Votre associé est en bas.

— Qu'est-ce qu'il a fait ?

— Il s'est fait tuer.

Je secouai la tête en fermant les yeux.

— Il est mort ?

— Assassiné, pour être précis. C'est comme ça qu'on dit en général.

— Merde, fis-je en fermant à nouveau les yeux.

— C'est ma grande scène, Gunther. Je compte sur vous pour le rideau et les projos. (Il m'enfonça son index dans la poitrine.) J'attends des réponses, compris ?

— Espèce de connard, vous croyez quand même pas que j'ai quelque chose à y voir, si ? Bon Dieu, j'étais son seul ami. Quand vous et vos copains de l'Alex l'avez expédié dans un commissariat merdique de Spreewald, c'est moi qui suis allé le chercher. Parce que j'ai toujours pensé que malgré son manque d'enthousiasme à l'égard des nazis, c'était un bon flic.

Je secouai la tête avec amertume et jurai entre mes dents.

— Quand l'avez-vous vu pour la dernière fois ?

— Hier soir, vers 8 heures. Je l'ai quitté dans le parc de stationnement du Metropol, à Nollendorfplatz.

– Il était sur quelque chose?
– Oui.
– Sur quoi?
– Une filature. Enfin, il surveillait quelqu'un.
– Au théâtre ou dans les immeubles?
Je hochai la tête.
– Alors? insista-t-il.
– Je ne peux pas vous le dire. Pas avant d'en avoir discuté avec mon client.
– Dont vous ne voulez pas parler non plus… Vous vous prenez pour un curé ou quoi? Il s'agit d'un meurtre, Gunther. Vous n'avez pas envie de retrouver l'homme qui a descendu votre associé?
– À votre avis?
– À mon avis, vous devriez vous demander si votre client n'est pas dans le coup. Imaginez qu'il refuse que vous parliez de ce regrettable incident à la police. Qu'est-ce qu'on fera? (Il secoua la tête.) Ça ne marche pas, Gunther. Soit vous me racontez tout; soit vous en parlerez au juge. (Il se leva et gagna la porte.) À vous de voir. Prenez votre temps. Je ne suis pas pressé.
Il referma la porte derrière lui, me laissant à mes remords d'avoir si souvent maudit Bruno et sa satanée pipe.

Environ une heure plus tard, la porte s'ouvrit et un officier supérieur SS pénétra dans la pièce.
– Je commençais à me dire que vous n'arriveriez jamais, fis-je.
Arthur Nebe soupira et secoua la tête.
– Je suis désolé pour Stahlecker, dit-il. C'était un type bien. Je suppose que vous désirez le voir. (Il me fit signe de le suivre.) Ensuite, je le crains, il vous faudra rencontrer Heydrich.
Nous traversâmes un bureau, puis un amphithéâtre d'autopsie où un pathologiste examinait le corps nu d'une

adolescente, avant d'arriver dans une longue pièce froide où s'alignaient des rangées de tables. Sur certaines étaient étendus des cadavres, les uns nus, d'autres recouverts d'un drap, d'autres, comme Bruno, encore vêtus de leurs habits et ressemblant plus à des bagages égarés qu'à des êtres humains.

Je m'approchai et jetai un long regard à feu mon associé. On aurait dit qu'il avait renversé une bouteille de vin rouge sur sa chemise, et sa bouche grande ouverte le faisait ressembler à un client surpris dans un fauteuil de dentiste. Il y a des tas de façons de mettre un terme à une collaboration, mais aucune n'est aussi définitive que celle-ci.

— Je n'avais jamais remarqué qu'il portait un dentier, dis-je en voyant briller un morceau de métal. Poignardé ?

— Une fois, en plein cœur. D'après le toubib, la lame a pénétré sous les côtes, puis traversé le haut de l'estomac avant de percer le cœur.

Je saisis les mains de Bruno l'une après l'autre et les examinai.

— Pas de blessures de défense, dis-je. Où l'a-t-on retrouvé ?

— Dans le parc de stationnement du théâtre Metropol, dit Nebe.

J'ouvris la chemise du mort, constatai au passage que son holster était vide, puis déboutonnai sa chemise encore gluante de sang pour examiner la blessure. Il était difficile de se prononcer avant qu'elle ait été nettoyée, mais la plaie semblait déchiquetée, comme si on avait fait tourner la lame à l'intérieur.

— Celui qui a fait ça sait se servir d'un couteau, dis-je. On dirait une blessure par baïonnette. (Je soupirai et secouai la tête.) Bon, j'en ai assez vu. Inutile de convoquer sa femme. Je procéderai à l'identification officielle. Est-elle au courant ?

Nebe haussa les épaules.

– Je ne sais pas. (Je retraversai à sa suite la salle d'autopsie.) Mais je suppose qu'elle l'apprendra vite.

Le pathologiste, un jeune homme avec une grosse moustache, avait interrompu son travail sur l'adolescente pour fumer une cigarette. Du sang avait coulé de sa main gantée sur le papier de la cigarette, et une gouttelette s'était même déposée sur sa lèvre. Nebe s'arrêta et contempla la scène avec dégoût.

– Alors ? fit-il avec colère. C'en est une autre ?

Le pathologiste exhala paresseusement un nuage de fumée, puis fit la grimace.

– D'après les premières constatations, on dirait bien, dit-il. Elle porte les accessoires habituels.

– Je vois. (Il était évident que Nebe n'appréciait guère le jeune médecin.) J'espère que votre rapport sera plus détaillé que le dernier. Et surtout plus précis. Envoyez-le-moi dès que possible, conclut-il en tournant les talons.

Dans la voiture de Nebe, alors que nous roulions vers Wilhelmstrasse, je lui demandai de quoi il s'agissait.

– Ce qu'on a vu dans la salle d'autopsie, précisai-je.

– Cher ami, dit-il, je crois que vous n'allez pas tarder à en savoir plus.

Le quartier général du SD[1], le Service de sécurité, que dirigeait Heydrich au numéro 102 de la Wilhelmstrasse, avait un aspect extérieur inoffensif. Élégant même. À chaque extrémité d'une colonnade ionique se dressaient une loge de garde carrée d'un étage et une entrée voûtée permettant d'accéder à la cour intérieure. Un rideau d'arbres empêchait de distinguer ce qui s'étendait au-delà, et seule la présence de deux sentinelles indiquait qu'on se trouvait devant un bâtiment officiel.

---

1. SD : *Sicherheitsdienst*. D'abord police interne de la SS, il deviendra en 1934 le service de renseignements du parti nazi.

Notre voiture franchit la grille, longea une haie de buissons encadrant une pelouse de la taille d'un terrain de tennis, puis stoppa devant une belle bâtisse de deux étages aux fenêtres cintrées qui auraient pu laisser passer un éléphant. Des SS se précipitèrent pour ouvrir les portières et nous descendîmes.

L'intérieur ne ressemblait pas à l'idée que je m'étais faite du siège de la Sipo. Nous attendîmes dans un hall qui se terminait par un splendide escalier doré, orné de cariatides et d'énormes chandeliers. Je regardai Nebe et, d'un mouvement de sourcils, lui fis comprendre que j'étais impressionné.

— Pas mal, hein? fit-il en m'entraînant vers une porte-fenêtre donnant sur un magnifique jardin.

Au-delà, vers l'ouest, on apercevait la silhouette moderne d'Europa Haus, une réalisation de Gropius, tandis qu'au nord on distinguait l'aile méridionale du siège de la Gestapo dans Prinz Albrecht Strasse. Je le reconnus sans peine pour y avoir été autrefois détenu un certain temps sur ordre de Heydrich.

Pourtant, apprécier la différence entre le SD, ou Sipo, comme on appelait parfois le Service de sécurité, et la Gestapo était problématique, même pour les employés de ces organismes. D'après ce que j'avais pu comprendre, la distinction était la même qu'entre les saucisses de Bockwurst et celles de Francfort : nom différent, goût identique.

Ce qui, en revanche, était aisé à comprendre, c'est qu'en investissant ce bâtiment, l'ancien palais du prince Albrecht, Heydrich s'était fort bien débrouillé. Peut-être même mieux que son supérieur théorique, Himmler, qui occupait à présent le bâtiment jouxtant le siège de la Gestapo, dans ce qui était autrefois l'Hotel Prinz Albrecht Strasse. Bien sûr, le vieil hôtel, à présent désigné sous le nom de SS-Haus, était plus vaste que le palais. Mais il en va dans ce domaine comme dans celui des saucisses : le goût n'a rien à voir avec la taille.

J'entendis claquer les talons de Nebe et, me retournant, je vis que le prince de la terreur du Reich venait de nous rejoindre près de la fenêtre.

Grand, d'une maigreur squelettique, son long visage pâle aussi dépourvu d'expression qu'un masque mortuaire en plâtre de Paris, ses doigts à la Jack Frost croisés derrière son dos rectiligne, Heydrich regarda quelques instants dehors sans prononcer un mot.

— Venez, Messieurs, dit-il enfin. Il fait un temps splendide. Nous allons marcher un peu.

Ouvrant la porte-fenêtre, il nous précéda dans le jardin. Il avait les pieds très grands et les jambes arquées comme s'il avait fait beaucoup d'équitation, ce que semblait confirmer la médaille du cavalier qu'il portait épinglée à la poche de sa tunique.

Tel un reptile, l'air frais et le soleil parurent le revigorer.

— Nous sommes dans l'ancienne résidence d'été du premier Frédéric-Guillaume, expliqua-t-il avec entrain. Plus récemment, la République l'utilisait pour héberger ses hôtes de marque tels que le roi d'Égypte ou le Premier ministre britannique. Je parle de Ramsay MacDonald, bien sûr, pas de cet imbécile avec son parapluie[1]. Pour moi, c'est le plus beau de nos vieux palais. Je me promène souvent dans ce jardin. Il relie la Sipo au siège de la Gestapo, c'est très pratique. Et c'est la meilleure saison pour en profiter. Avez-vous un jardin, Herr Gunther ?

— Non, répondis-je. Je trouve que ça demande trop d'entretien. Quand je m'arrête de travailler, je m'arrête de travailler. Je ne vais pas me mettre à bêcher un jardin.

— C'est dommage. Dans ma maison de Schlactensee, nous avons un beau jardin avec un terrain de croquet. L'un de vous joue-t-il à ce jeu ?

— Non, fîmes-nous à l'unisson.

---

1. Chamberlain.

– C'est un jeu passionnant; je crois qu'il est très populaire en Angleterre. Il nous fournit une intéressante métaphore pour la nouvelle Allemagne. Les lois ne sont que des arceaux par lesquels nous devons faire passer le peuple, en le forçant plus ou moins. Et aucun mouvement n'est possible sans le maillet. Le croquet est un jeu parfait pour un policier.

Nebe hocha la tête d'un air pensif tandis que Heydrich souriait de sa comparaison. Puis il enchaîna avec volubilité expédiant en quelques mots une partie des individus qu'il ne pouvait souffrir – les francs-maçons, les catholiques, les Témoins de Jéhovah, les homosexuels et l'amiral Canaris, chef de l'Abwehr, le service des renseignements militaires – et s'étendit à satiété sur quelques-uns de ses plaisirs – le piano et le violoncelle, l'escrime, quelques boîtes de nuit et sa famille.

– La nouvelle Allemagne, dit-il, doit enrayer le déclin de la famille et créer une communauté nationale fondée sur le sang. Les temps changent. Aujourd'hui, par exemple, il n'y a plus que 22 787 clochards en Allemagne, c'est-à-dire 5 500 de moins qu'au début de l'année. Il y a plus de mariages, plus de naissances et moitié moins de divorces. Vous vous demandez peut-être pourquoi la famille est si importante aux yeux du Parti. Eh bien, je vais vous le dire. C'est à cause des enfants. Plus nous aurons de beaux enfants, meilleur sera l'avenir de l'Allemagne. C'est pourquoi, lorsque quelque chose menace ces enfants, nous devons réagir aussitôt.

J'allumai une cigarette et redoublai d'attention. Il paraissait en venir peu à peu à la raison de ma présence. Nous nous assîmes sur un banc, et je me retrouvai coincé entre Heydrich et Nebe comme un foie de poulet entre deux tranches de pain noir.

– Vous n'aimez pas les jardins, fit Heydrich d'un ton songeur. Et les enfants? Les aimez-vous?

– Bien sûr.

– Bien, fit-il. Mon opinion est qu'il est essentiel de
les aimer, surtout vu ce que nous devons faire – d'autant
plus que certaines choses particulièrement difficiles nous
répugnent –, sans cela nous ne pourrions exprimer notre
humanité. Comprenez-vous ce que je veux dire ?

Je n'en étais pas très sûr, mais j'acquiesçai quand
même.

– Puis-je vous parler en toute franchise ? demanda-t-il.
Et en toute confiance ?

– Je vous en prie.

– Un fou furieux se promène dans les rues de Berlin,
Herr Gunther.

Je haussai les épaules.

– Ça n'est pas nouveau, dis-je. Il y en a à tous les coins
de rue.

Heydrich secoua la tête avec impatience.

– Non, je ne vous parle pas du membre des Sections
d'assaut qui tabasse un vieux Juif. Je veux parler d'un
assassin. D'un homme qui a violé, tué et mutilé quatre
jeunes Allemandes en quatre mois.

– Les journaux n'en ont rien dit.

Heydrich éclata de rire.

– Les journaux impriment ce qu'on leur dit d'imprimer,
et nous avons imposé le silence sur cette affaire.

– Grâce à Streicher et à son torchon antisémite, ça
serait facile de coller ça sur le dos des Juifs, dit Nebe.

– Justement, reprit Heydrich. Je veux éviter à tout prix
une émeute anti-juive dans cette ville. Elle offenserait
mon sens de l'ordre public. Elle m'offenserait en tant que
policier. Le jour où nous déciderons de nous débarrasser
des Juifs, ce sera fait avec méthode, non en faisant appel
à la populace. Il ne faut pas perdre de vue les implications
commerciales. Il y a deux ou trois semaines, quelques
abrutis ont décidé de saccager une synagogue à Nuremberg. Une synagogue qui était assurée auprès d'une bonne
compagnie allemande. La compagnie a dû débourser des

milliers de marks de dédommagement. Croyez-moi, les émeutes raciales ne sont pas bonnes pour les affaires.

– Alors, pourquoi me parler de celle-ci ?

– Je veux que ce maniaque soit arrêté, et arrêté très vite, Gunther. (Il jeta un regard acéré à Nebe.) Dans la meilleure tradition de la Kripo, un individu, juif, a d'ores et déjà avoué être l'auteur de ces meurtres. Cependant, comme il se trouvait en détention à l'époque du dernier crime, il se pourrait qu'il soit innocent, ce qui signifierait qu'un membre zélé de la chère police de Nebe ait voulu un peu trop vite lui coller ça sur le dos.

» Vous Gunther, en revanche, vous n'avez pas à vous arrêter à des questions raciales ou politiques. De plus, vous possédez une grande expérience dans le domaine de l'investigation criminelle. C'est bien vous, n'est-ce pas, qui avez arrêté Gormann l'Étrangleur ? C'était il y a une bonne dizaine d'années, mais tout le monde s'en souvient.

Il se tut et me regarda droit dans les yeux – une sensation pénible.

– En d'autres termes, je veux que vous reveniez, Gunther. Que vous réintégriez la Kripo et que vous identifiez ce fou avant qu'il ne tue d'autres adolescentes.

Je balançai mon mégot dans les buissons et me levai. Arthur Nebe m'observait d'un air détaché, comme s'il désapprouvait l'idée de Heydrich de me faire réintégrer la Kripo pour prendre l'enquête en main à la place de ses propres collaborateurs. J'allumai une autre cigarette et réfléchis un moment.

– Bon sang, finis-je par dire, il doit bien y avoir d'autres flics aussi capables que moi, non ? Celui qui a coincé Kürten, le Vampire de Düsseldorf. Pourquoi ne pas avoir recours à lui ?

– On a étudié le dossier, fit Nebe. Il semble que Peter Kürten se soit tout simplement rendu. L'enquête elle-même n'a pas été d'une efficacité exemplaire.

– Et vous ne pouvez trouver personne d'autre ?

Nebe secoua la tête.

– Vous voyez, Gunther, intervint Heydrich, nous en revenons à vous. Entre nous, je doute qu'il y ait meilleur détective que vous dans toute l'Allemagne.

Je ris en secouant la tête.

– Vous êtes très habile. Bravo. J'ai apprécié votre petit discours sur la famille et les enfants, général, mais nous savons tous les deux que si vous étouffez à ce point l'affaire, c'est qu'elle fait passer votre police soi-disant moderne pour une bande d'incompétents. Ce qui est mauvais pour eux, et pour vous. Et la vraie raison pour laquelle vous voulez me faire revenir dans vos rangs, ce n'est pas tellement que je sois excellent, c'est que les autres sont nuls. Les seuls crimes dont la Kripo actuelle est capable de s'occuper, ce sont les transgressions raciales et les blagues concernant le Führer.

Heydrich eut un sourire de chien battu et ses yeux s'étrécirent.

– Dois-je comprendre que vous refusez ma proposition, Herr Gunther ? demanda-t-il d'un ton égal.

– J'aimerais pouvoir vous aider, je vous assure. Mais vous tombez au mauvais moment. Je viens d'apprendre que mon associé s'est fait assassiner hier soir. Vous allez peut-être penser que c'est une réaction désuète, mais j'aimerais bien savoir qui l'a tué. En temps ordinaire, j'aurais laissé ça à la Commission criminelle, mais vu ce que vous venez de me dire, je ne peux pas en attendre grand-chose, n'est-ce pas ? Ils m'ont déjà accusé de l'avoir tué, alors qui sait, ils vont peut-être vouloir me faire signer des aveux, auquel cas je serai obligé de travailler pour vous afin d'échapper à la guillotine.

– Oui, j'ai appris ce qui était arrivé à ce malheureux Herr Stahlecker, dit Heydrich en se levant. Je comprends que vous vouliez tirer au clair les circonstances de cette mort tragique. Si mes hommes, si incompétents soient-ils, peuvent vous être de quelque utilité, n'hésitez pas à me le faire savoir. Mais imaginons que cet obstacle soit levé, quelle serait votre réponse ?

Je haussai les épaules.

— Étant donné que si je refusais, je perdrais ma licence de détective…

— Évidemment.

— … mon permis de port d'arme et mon permis de conduire…

— Il nous sera facile de trouver un prétexte…

— … alors, je suis contraint d'accepter.

— Parfait.

— À une condition.

— Dites.

— Qu'on m'attribue le grade de Kriminalkommissar pour la durée de l'enquête et que je puisse mener mes investigations comme je l'entends.

— Hé, une minute, intervint Nebe. Pourquoi ne pas garder votre ancien grade d'inspecteur ?

— Parce qu'en plus de la différence de salaire, lui fit remarquer Heydrich, Herr Gunther ne veut pas voir des officiers supérieurs lui mettre des bâtons dans les roues. Et il a parfaitement raison. Ce grade lui sera indispensable pour affronter les grincements de dents que suscitera son retour dans les rangs de la Kripo. J'aurais dû y penser moi-même. C'est d'accord.

Nous regagnâmes le palais. Sur le seuil, un officier du SD remit une note à Heydrich qui la parcourut.

— Quelle coïncidence ! fit-il en souriant. Il semble que mes policiers incompétents aient retrouvé l'homme qui a assassiné votre associé, Herr Gunther. Le nom de Klaus Hering vous dit-il quelque chose ?

— Stahlecker surveillait son appartement lorsqu'il a été tué.

— C'est donc une bonne nouvelle. Le seul ennui, c'est que ce Hering semble s'être suicidé. (Il jeta un regard à

Nebe et sourit.) Nous ferions mieux d'aller voir ça de plus près, vous ne croyez pas, Arthur ? Sinon, Herr Gunther va croire que c'est un coup monté.

Il est difficile de décrire un homme mort par pendaison sans verser dans le grotesque. La langue boursouflée, dépassant de la bouche comme une troisième lèvre, les yeux exorbités saillant comme les testicules d'un chien de course – ce genre de détails fausse la perception d'ensemble. C'est pourquoi, à part la certitude qu'il ne remporterait plus jamais de prix dans un concours local de joutes oratoires, il n'y avait pas grand-chose à dire de Klaus Hering, hormis qu'il paraissait âgé d'une trentaine d'années, qu'il était plutôt mince, avec des cheveux clairs et que, grâce à sa cravate, il avait gagné quelques centimètres.

Les choses paraissaient assez évidentes. D'après mon expérience, un pendu est presque toujours un suicidé : il existe en effet de nombreux moyens plus faciles pour tuer un homme. Je sais, par expérience, qu'il y a des exceptions, mais il s'agit presque toujours d'accidents, dans lesquels la victime a eu la malchance de succomber à une paralysie du nerf pneumogastrique dans l'exercice d'une perversion sadomasochiste. Ces non-conformistes sexuels sont généralement retrouvés nus, ou affublés de sous-vêtements féminins, devant un étalage de littérature pornographique à portée de leur main collante et ce sont toujours des hommes.

La mort de Hering ne paraissait pas avoir été entourée de ces connotations sexuelles. Ses vêtements auraient pu être choisis par sa mère et le fait que ses mains pendaient librement de chaque côté du corps constituait une preuve de plus de son suicide.

L'inspecteur Strunck, le flic qui m'avait interrogé à l'Alex, résuma la situation à l'intention de Nebe et Heydrich.

– On a trouvé le nom et l'adresse de cet individu dans la poche de Stahlecker, dit-il. Il avait dans sa cuisine une baïonnette enveloppée dans du papier journal. La lame était couverte de sang, et d'après sa taille, il semble que ça soit l'arme qui a tué Stahlecker. On a également retrouvé une chemise pleine de sang que Hering devait porter au moment du crime.

– C'est tout ? s'enquit Nebe.

– Le holster de Stahlecker était vide, général, dit Strunck. Peut-être que Gunther pourra nous dire si cette arme appartenait à son associé. Nous l'avons trouvée dans le sac en papier, avec la chemise.

Il me tendit un Walther PPK. Je reniflai la bouche du canon et reconnus l'odeur de l'huile de nettoyage. Je manœuvrai la culasse : il n'y avait pas de balle dans la chambre, mais le chargeur était plein. Ensuite, j'abaissai le pontet. Les initiales de Bruno étaient gravées dans le métal noir.

– C'est bien l'arme de Bruno, confirmai-je. On dirait qu'il n'a même pas essayé de s'en servir. Puis-je voir cette chemise, je vous prie ?

Strunck consulta du regard le Reichskriminaldirektor.

– Montrez-la-lui, inspecteur, fit Nebe.

La chemise provenait des magasins C & A. Une épaisse tache de sang la souillait au niveau de l'estomac ainsi que du poignet droit, ce qui semblait confirmer les circonstances de la mort.

– On dirait bien qu'il s'agit de l'assassin de votre associé, Herr Gunther, dit Heydrich. Il est rentré chez lui et, après s'être changé, il a réalisé ce qu'il avait fait. Pris de remords, il s'est pendu.

– C'est possible, fis-je sans conviction. Mais si vous permettez, mon général, j'aimerais jeter un coup d'œil à l'appartement. Seul. Juste pour satisfaire ma curiosité sur un ou deux détails.

– Très bien. Mais ne soyez pas trop long.

Lorsque Heydrich, Nebe et l'inspecteur furent sortis, j'examinai de plus près le corps de Hering. Il semblait qu'il avait attaché un câble électrique à la rampe de l'escalier, s'était passé l'autre extrémité en nœud coulant autour du cou, puis avait enjambé la rampe. Mais seul un examen méticuleux des mains, des poignets et du cou de Hering pouvait me confirmer que c'était bien ce qui était arrivé. Il y avait quelque chose dans les circonstances de sa mort, quelque chose sur quoi je n'arrivais pas à mettre le doigt, mais qui me semblait bizarre. Par exemple, pourquoi diable avoir pris la peine de changer de chemise avant de se pendre ?

J'enjambai la rampe et m'agenouillai sur le replat formé par le haut du mur de la montée d'escalier. Me penchant en avant, j'eus une bonne vision du point de suspension, juste derrière l'oreille droite de Hering. Le degré de serrage du nœud est toujours plus important, et plus vertical dans un cas de pendaison que dans un étranglement. Pourtant, j'aperçus une seconde marque, horizontale, juste sous le nœud, qui renforça mes doutes. Avant de se pendre, Klaus Hering était mort étranglé.

Je vérifiai la taille de la chemise de Hering. C'était la même que celle de la chemise ensanglantée que j'avais examinée tout à l'heure. Je repassai par-dessus la rampe et descendis quelques marches. Dressé sur la pointe des pieds, j'examinai les poignets et les paumes du mort. Ouvrant avec peine sa main droite, je découvris du sang séché, ainsi qu'un petit objet brillant qui paraissait enfoncé dans la chair. Je le retirai et le posai sur ma paume. L'épingle était tordue, sans doute sous la pression du poing de Hering, mais malgré le sang qui la voilait en partie, la tête de mort était clairement visible. C'était un insigne de casquette SS.

Je m'efforçai d'imaginer la scène, certain à présent que Heydrich y avait prêté la main. Ne m'avait-il pas demandé, dans le jardin du palais du prince Albrecht, quelle serait ma réponse une fois que l'« obstacle » constitué par l'identification et l'arrestation de l'assassin de Bruno aurait été levé ? Or, ne venait-il pas d'être levé de la manière la plus définitive qui soit ? Il avait sans aucun doute prévu ma réaction, et ordonné l'élimination de Hering avant même notre petite promenade dans le jardin.

Ces pensées en tête, je fouillai l'appartement de manière rapide mais méticuleuse. Je soulevai les matelas, regardai dans la chasse d'eau, roulai les tapis et allai même jusqu'à feuilleter une collection d'ouvrages médicaux. Je finis par découvrir une pleine feuille de timbres édités à l'occasion du cinquième anniversaire de l'accession des nazis au pouvoir, les mêmes qui avaient servi à oblitérer les lettres de chantage adressées à Frau Lange. En revanche, je ne vis aucune trace des lettres envoyées par son fils au Dr Kindermann.

6

Vendredi 9 septembre

Me retrouver à une réunion de travail à l'Alex me procura un sentiment étrange, accentué par le fait d'entendre Arthur Nebe m'appeler Kommissar Gunther. Cinq années s'étaient écoulées depuis le jour de juin 1933 où, incapable de tolérer plus longtemps les purges qu'opérait Goering au sein de la police, j'avais renoncé à mon titre de Kriminalinspektor pour devenir le détective de l'hôtel Adlon. Quelques mois de plus et ma hiérarchie m'aurait, de toute façon, renvoyé. Si quelqu'un à l'époque m'avait dit que je reviendrais à l'Alex sous une casquette d'officier supérieur de la Kripo alors qu'un gouvernement national-socialiste était toujours en place, je l'aurais traité de fou.

À en croire l'expression de leurs visages, la plupart des personnes assises autour de la table auraient été du même avis : Hans Lobbes, numéro trois du Reichskriminal direktor et responsable administratif de la Kripo ; le comte Fritz von der Schulenberg, vice-président de la police de Berlin et représentant les types en uniforme de l'Orpo[1]. Même les trois officiers de la Kripo, un venant des Mœurs et deux de la Commission criminelle, qu'on avait adjoints à cette nouvelle équipe réduite à ma demande, me considéraient avec un mélange de crainte et de répugnance. Je ne pouvais leur en vouloir. À leurs yeux, je n'étais rien d'autre que l'espion de Heydrich. J'aurais sans doute eu la même réaction à leur place.

Les deux autres personnes invitées à mon initiative à la réunion ne faisaient qu'accentuer la méfiance ambiante. L'une de ces personnes, une femme, était spécialiste en psychiatrie criminelle à l'hôpital de la Charité à Berlin. Frau Marie Kalau vom Hofe, une amie d'Arthur Nebe, lui-même féru de criminologie, était conseillère en psychologie criminelle auprès de la police. L'autre, Hans Illmann, professeur de médecine légale à l'université Friedrich Wilhelm de Berlin, avait été le doyen des pathologistes de l'Alex jusqu'à ce que son hostilité latente au nazisme ait contraint Nebe à le mettre à la retraite. Nebe lui-même ayant admis qu'Illmann était meilleur que tous les pathologistes employés depuis à l'Alex, j'avais demandé à ce qu'il prenne en charge les aspects médico-légaux de l'affaire.

Un espion, une femme et un dissident politique. Il ne manquait plus que le sténographe se lève en entonnant *L'Internationale* pour que mes collègues croient à une plaisante mise en scène.

Nebe termina le tortueux discours qu'il avait préparé pour me présenter à ses collègues et me passa la parole.

---

1. Ordnungspolizei.

Je secouai la tête.

– Je déteste la bureaucratie, commençai-je. Elle me fait horreur. Pourtant, ce que nous allons mettre sur pied ici, c'est une bureaucratie de l'information. Nous verrons plus tard ce qui, parmi ces informations, se révèle utile. L'information est le sang qui irrigue une enquête criminelle, et si cette information est contaminée, alors c'est toute l'enquête qui est empoisonnée. Je me fiche de savoir si tel ou tel a tort. Dans ce petit jeu, nous avons tous tort jusqu'à ce que nous ayons raison. Mais si j'apprends qu'un membre de mon équipe répand volontairement une fausse information, je ne l'enverrai pas devant une commission disciplinaire. Je le tuerai. Et cette information-là, croyez-moi, elle est solide.

» J'aimerais dire autre chose. Je me fiche de savoir à quel genre de coupable nous avons affaire. Juif, nègre, pédé, membre des Sections d'assaut, responsable des Jeunesses hitlériennes, fonctionnaire, ouvrier des Ponts et Chaussées, ça n'a aucune importance pour moi. La seule chose qui compte, c'est que celui qu'on arrête soit bien le coupable. Ce qui m'amène au problème Josef Kahn. Au cas où vous l'auriez oublié, il s'agit de ce Juif qui a avoué les meurtres de Brigitte Hartmann, Christiane Schulz et Zarah Lischka. Il a été interné au titre de l'article 51 à l'asile municipal d'aliénés de Herzeberge. L'un des objectifs de cette réunion est d'évaluer ses aveux à la lumière du quatrième meurtre, celui de Lotte Winter.

» À cet effet, j'aimerais vous présenter le professeur Hans Illmann, qui a eu l'amabilité d'accepter d'agir en qualité de pathologiste dans cette affaire. Pour ceux d'entre vous qui ne le connaîtraient pas, je rappelle qu'il est l'un des meilleurs pathologistes de ce pays, et c'est une grande chance de le compter parmi nous.

Illmann approuva de la tête tout en continuant de rouler sa cigarette. C'était un homme mince aux fins cheveux bruns, avec des lunettes sans monture et une petite barbiche. Il lécha le papier et planta la cigarette entre ses lèvres. Elle était aussi parfaite qu'une cigarette industrielle. Je lui adressai mes muettes félicitations. Aucune expertise médicale ne valait ce genre de tranquille dextérité.

– Le professeur Illmann, repris-je, nous fera part de ses observations au cas par cas, lorsque le Kriminalassistent Korsch nous aura résumé chaque dossier.

J'adressai un signe de tête au jeune costaud au teint sombre assis en face de moi. Son visage avait quelque chose d'artificiel, comme s'il avait été assemblé par les artistes des Services techniques de la Sipo qui lui auraient accordé trois traits distinctifs, et pas grand-chose d'autre : des sourcils très rapprochés, posés sur ses arcades proéminentes comme un faucon prêt à s'envoler ; un long menton de magicien qui lui donnait l'air rusé ; enfin, une petite moustache à la Fairbanks. Korsch s'éclaircit la gorge et se mit à parler d'une voix une octave plus haute que je n'attendais.

– Brigitte Hartmann, lut-il. Quinze ans, de parents allemands. Disparue le 23 mai 1938. Son corps a été retrouvé le 10 juin dans un sac de pommes de terre, près d'un jardin ouvrier de Siesdorf. Elle habitait avec ses parents à la cité Britz, au sud de Neukölln, d'où elle est allée prendre le U-Bahn à Parchimerallee pour se rendre chez sa tante à Reinickdorf. La tante était censée la retrouver à la station de la Holzhauser Strasse, mais Brigitte n'y est jamais arrivée. Le chef de la station de Parchimer ne se souvient pas l'avoir vue monter dans le train, mais il a déclaré qu'ayant bu beaucoup de bière ce soir-là il ne s'en serait de toute façon pas rappelé.

Cette précision déclencha des éclats de rire autour de la table.

– Connard d'ivrogne, s'étrangla Hans Lobbes.

– Elle est l'une des deux jeunes filles qu'on a enterrées depuis, intervint Illmann d'une voix posée. Je n'ai rien à ajouter aux conclusions de l'autopsie. Vous pouvez continuer, Herr Korsch.

— Christiane Schulz. Seize ans, de parents allemands. Disparue le 8 juin 1938. Son corps a été retrouvé le 2 juillet dans un tunnel de tramway reliant Treptower Park sur la rive droite de la Spree au village de Stralau sur la rive gauche. Au milieu du tunnel est ménagé un atelier d'entretien, en fait un simple recoin sous une arche. C'est là qu'un cheminot a découvert le cadavre, enveloppé dans une vieille bâche.

» La victime était une chanteuse qu'on entendait souvent à l'émission du soir de la BdM, la Ligue des femmes allemandes. Le soir de sa disparition, elle s'est rendue aux studios de la Funkturm dans Masuren Strasse où, à 19 heures, elle a interprété en solo l'hymne des Jeunesses hitlériennes. Le père de la victime, ingénieur à l'usine d'aviation Arado de Brandenburg-Neuendorf, devait la prendre à 20 heures en rentrant de son travail. Mais il a crevé un pneu et il est passé aux studios avec vingt minutes de retard. Ne voyant pas Christiane, il a pensé qu'elle était rentrée par ses propres moyens et il a rejoint Spandau. À 21 h 30, constatant qu'elle n'était toujours pas là, et après avoir interrogé les amis de sa fille, il a prévenu la police.

Korsch jeta un coup d'œil à Illmann, puis à moi. Il lissa sa minuscule moustache et se pencha vers la feuille suivante de son dossier.

— Zarah Lischka, reprit-il. Seize ans, de parents allemands. Disparue le 6 juillet 1938, retrouvée morte le 1er août dans un fossé du Tiergarten, près de Siegessaüle. Sa famille habite Antonstrasse, à Wedding. Le père travaille dans un abattoir de Landsbergallee. La mère de Zarah l'a envoyée faire des courses dans Lindowerstrasse, près de la station du S-Bahn. L'épicier se souvient d'elle. Elle lui a acheté des cigarettes, bien qu'aucun de ses parents ne fume, du Blueband et une miche de pain. Ensuite, elle est allée dans la pharmacie voisine. Le pharmacien se la rappelle également. Elle a demandé de la teinture à cheveux Schwartzkopf Extra Blonde.

Soixante pour cent des jeunes Allemandes utilisent ce produit, me dis-je aussitôt. C'est drôle, je me souvenais de tas de détails inutiles ces temps-ci. En revanche, je crois que j'aurais été incapable de dire ce qui se passait d'important dans le monde, à part l'agitation des territoires sudètes – les émeutes, et les conférences sur la nationalité qui se tenaient à Prague. Restait à voir si ce qui se passait en Tchécoslovaquie était la seule chose vraiment importante.

Illmann éteignit sa cigarette et nous lut ses constatations.

– La victime était nue, et certains signes indiquaient qu'elle avait eu les pieds ligotés. Elle portait deux blessures de couteau à la gorge, mais nous avons de fortes raisons de penser qu'elle a été également étranglée, sans doute pour l'empêcher de crier. Il est probable qu'elle était inconsciente lorsque son assassin lui a tranché la gorge. Le fait que les hématomes aient été entaillés par la lame semble corroborer ce fait.

» Détail intéressant : d'après la quantité de sang relevée sur ses pieds, d'après le sang séché retrouvé dans son nez et sur ses cheveux, et compte tenu du fait que ses pieds étaient liés serrés, j'en conclus que la victime était suspendue par les pieds lorsqu'elle a été égorgée. Comme un porc.

– Seigneur, lâcha Nebe.

– Après avoir étudié les rapports concernant les deux autres victimes, il est probable que le même *modus operandi* ait été appliqué dans ces deux meurtres. La suggestion avancée par mon prédécesseur, selon laquelle les victimes étaient étendues lorsqu'elles ont été égorgées, est une évidente absurdité et ne tient aucun compte des écorchures relevées au niveau des chevilles, ni de la quantité de sang restant dans les pieds. Il s'agit là d'une négligence patente.

– C'est noté, dit Arthur Nebe en griffonnant quelques mots. Je suis aussi d'avis que votre prédécesseur est incompétent.

– Le vagin de la victime n'a pas été pénétré ni endommagé, reprit Illmann. En revanche, l'anus était distendu sur un diamètre d'environ deux doigts. Les tests de recherche de spermatozoïdes se sont révélés positifs.

Quelqu'un grogna.

– L'estomac était flasque et vide. L'enquête a montré que Brigitte avait mangé de l'*Apfelkraut* et des tartines beurrées avant de se rendre à la station de métro. Toute cette nourriture avait été digérée au moment de la mort. Or la pomme, du fait qu'elle absorbe beaucoup d'eau, ne se digère que lentement. C'est pourquoi je situerais la mort entre six et huit heures après son repas, c'est-à-dire deux ou trois heures après qu'on a signalé sa disparition. La conclusion évidente est qu'elle a été enlevée puis, plus tard, assassinée.

Je levai la tête vers Korsch.

– Herr Korsch, venons-en aux circonstances du dernier meurtre, je vous prie.

– Lotte Winter, récita-t-il. Seize ans, de parents allemands. Disparue le 18 juillet 1938. Son corps a été retrouvé le 25 août suivant. Elle vivait dans Pragerstrasse et allait au lycée. Elle a quitté le domicile familial pour se rendre à une leçon d'équitation au zoo. Elle ne s'y est jamais présentée. Son corps a été retrouvé allongé dans la carcasse d'un vieux canoë, dans un hangar à bateaux proche du lac Müggel.

– Ce type a l'air de beaucoup bouger, remarqua le comte von der Schulenberg.

– Comme la Mort noire, dit Lobbes.

Illmann reprit la parole.

– Elle a été étranglée, dit-il. Les fractures du larynx, de l'os hyoïde, du cartilage thyroïde et des ligaments thyrohyoïdiens indiquent une violence plus grande que dans le meurtre de la fille Schulz. Lotte était de constitution plus athlétique, elle a peut-être opposé une certaine résistance. C'est la suffocation qui a causé sa mort, même si l'artère carotide droite avait été tranchée. Comme dans le cas précédent, les pieds semblent avoir été ligotés, et on a retrouvé là aussi du sang dans les narines et sur les cheveux. Il ne fait aucun doute qu'elle était pendue la tête en bas lorsqu'elle a été égorgée, et qu'elle s'est vidée de presque tout son sang.

— On dirait un putain de vampire ! s'exclama l'un des détectives de la Commission criminelle. (Il jeta un regard à Frau Kalau vom Hofe.) Excusez-moi, fit-il.

Elle secoua la tête.

— Des indices de rapport sexuel ? demandai-je.

— À cause de l'odeur, on a dû laver le vagin de la victime à l'eau, déclara Illmann. (Sa remarque déclencha murmures et grognements.) C'est pourquoi on n'a retrouvé aucune trace de sperme. Mais l'orifice vaginal portait des éraflures, et on a observé des contusions au niveau du pelvis, ce qui indique qu'elle a été pénétrée. De force.

— Avant qu'on l'égorge ? demandai-je.

Illmann acquiesça. Pendant un moment, l'assistance garda le silence. Illmann entreprit de rouler une autre cigarette.

— Et depuis, une nouvelle adolescente a disparu, dis-je. N'est-ce pas, inspecteur Deubel ?

Deubel bougea sur sa chaise d'un air embarrassé. C'était un grand type blond avec des yeux gris au regard lourd, de ce regard qu'on prend quand on a assisté à trop de scènes policières nocturnes, pour lesquelles de gros gants de cuir sont recommandés.

— Exact, Kommissar, dit-il. Une certaine Irma Hanke.

— Eh bien, puisque vous êtes chargé de l'enquête, vous allez peut-être pouvoir nous donner quelques précisions.

Deubel haussa les épaules.

– Elle vient d'une honorable famille allemande. Elle a dix-sept ans et habite Schloss Strasse à Steglitz. (Il se tut pour consulter ses notes.) Elle a disparu le mercredi 24 août, au cours d'une collecte au bénéfice du Programme économique du Reich organisée par la BdM.

– Quel était l'objet de cette collecte ? demanda le comte.

– Elle ramassait des tubes de dentifrice vides. Ils sont fabriqués dans un métal qui…

– Merci, inspecteur. Je connais la valeur des tubes de dentifrice vides.

– Bien. (Deubel consulta à nouveau ses notes.) Le jour de sa disparition, elle a été vue dans Feuerbachstrasse, Thorwaldsenstrasse et Munster Damm, lequel longe un cimetière. Le fossoyeur a déclaré avoir aperçu vers 20 h 30 une jeune fille de la BdM répondant à la description d'Irma. Elle allait vers l'ouest, en direction de Bismarckstrasse. Elle rentrait probablement chez elle, puisqu'elle avait dit à ses parents qu'elle serait de retour vers 20 h 45. Depuis, on ne l'a pas revue.

– Des indices ? demandai-je.

– Aucun, commissaire, répondit-il d'un ton ferme.

– Merci, inspecteur.

J'allumai une cigarette et tendis l'allumette à Illmann qui avait fini de rouler la sienne.

– Très bien, repris-je en soufflant un nuage de fumée. Ainsi, il s'agit de cinq adolescentes ayant à peu près le même âge et conformes au stéréotype aryen qui nous est si cher. En d'autres termes, elles ont toutes les cheveux blonds, naturels ou teints.

» Or, après l'assassinat de notre troisième vierge du Rhin, un certain Josef Kahn est arrêté pour tentative de viol sur une prostituée. Ou si vous préférez, pour avoir tenté de partir sans payer.

– C'est du juif tout craché, ça, fit Lobbes en déclenchant quelques rires.

– En tout cas Kahn transportait un couteau, assez dangereux, et avait déjà été inculpé pour vol à l'étalage et attentat à la pudeur. Il faisait un excellent suspect. L'inspecteur Willi Oehme du commissariat de Grolmanstrasse, qui l'a arrêté, décide donc de pousser un peu les choses pour voir s'il n'a pas mis dans le mille. Il bavarde avec le jeune Josef, qui est un peu simple d'esprit, et le persuade, à coups de promesses et de revers de main, de signer des aveux.

» Messieurs, c'est ici que j'aimerais vous présenter Frau Kalau vom Hofe. J'emploie le terme « Frau » car, bien qu'elle en ait toutes les qualifications, elle n'est pas autorisée à se prévaloir du titre de docteur. En effet, comme vous pouvez le constater, il s'agit d'une femme, et nous savons tous, n'est-ce pas, que la place d'une femme est à la maison, que son rôle est de procréer de nouvelles recrues pour le Parti et de préparer à manger à son mari. En réalité Frau Kalau vom Hofe est psychothérapeute, et plus précisément spécialiste de ce petit mystère insondable que nous appelons la Mentalité criminelle.

Sur quoi, je braquai mon regard dévorant sur la crémeuse femme assise à l'extrémité de la table. Elle était vêtue d'une jupe magnolia, d'un corsage en crêpe marocain blanc, et ses cheveux châtain clair étaient épinglés en un chignon serré sur sa nuque délicate. Elle sourit de mes présentations, puis sortit un dossier de sa serviette et l'ouvrit devant elle.

– Pendant son enfance, Josef Kahn a contracté une grave encéphalite léthargique au cours d'une épidémie qui affecta les enfants d'Europe occidentale entre 1915 et 1926. Cette maladie entraîne une modification profonde de la personnalité. Après la phase aiguë, le sujet a tendance à devenir nerveux, irritable. Il peut se montrer agressif et perdre tout sens moral. Les enfants mendient, volent, mentent et font souvent preuve de cruauté. Ils parlent sans arrêt et deviennent incontrôlables, à l'école comme à la maison. On observe fréquemment une curiosité sexuelle anormale et divers problèmes sexuels. Les adolescents post-encéphalitiques développent souvent ce syndrome, qui se manifeste notamment par un manque de retenue sexuelle. Ceci a été constaté chez Josef Kahn, qui est également atteint de la maladie de Parkinson, laquelle entraîne une dégénérescence physique progressive.

Le comte von der Schulenberg bâilla et consulta sa montre. Mais le docteur ne parut pas s'en offusquer. Elle parut même s'amuser de ces mauvaises manières.

— En dépit des apparences, je ne pense pas que Josef ait tué aucune de ces jeunes filles. Pour avoir étudié les résultats des autopsies avec le professeur Illmann, je suis d'avis que ces meurtres démontrent un niveau de préméditation dont Kahn est tout simplement incapable. Kahn ne pourrait tuer que sur impulsion, en laissant sa victime sur place.

Illmann acquiesça.

— L'analyse de ses déclarations, commenta-t-il, montre un certain nombre d'invraisemblances au regard des faits établis. Il affirme avoir utilisé un bas pour étrangler ses victimes, alors qu'il est démontré qu'elles ont été étranglées à mains nues. Il dit les avoir poignardées à l'estomac, alors qu'aucune d'entre elles n'a été poignardée : toutes ont été égorgées. N'oublions pas enfin que le quatrième meurtre a eu lieu alors que Kahn était en garde à vue. Ce meurtre pourrait-il être l'œuvre d'un autre assassin copiant la manière des trois premiers ? Impossible : les journaux n'en ont pas parlé, donc personne n'a pu les imiter. Et puis il existe des similitudes trop grandes entre les quatre meurtres. Ils sont l'œuvre d'un seul et même individu. (Il sourit à Frau Kalau vom Hofe.) Voulez-vous ajouter quelque chose, chère madame ?

— Une seule chose, que l'assassin ne peut pas être Josef Kahn, fit-elle. Et qu'il semble avoir été victime d'une machination que je pensais impossible dans le Troisième Reich.

Avec un petit sourire aux lèvres, elle rangea ses notes, s'appuya contre son dossier et sortit son étui à cigarettes. Comme le fait d'être médecin, fumer n'était pas très bien vu chez une femme, mais il était évident qu'elle n'était pas du genre à se laisser arrêter par de tels scrupules de conscience.

Ce fut le comte qui prit ensuite la parole.

– À la lumière de ces informations, le Reichskriminal-direktor peut-il nous dire si la censure des informations écrites concernant cette affaire va être levée?

Sa ceinture crissa lorsqu'il se pencha par-dessus la table, impatient d'entendre la réponse de Nebe. Fils d'un célèbre général devenu ambassadeur à Moscou, le jeune Schulenberg jouissait d'un solide réseau de relations. Voyant que Nebe gardait le silence, il ajouta :

– Je ne vois pas comment nous pourrions conseiller la prudence aux jeunes filles de Berlin si nous ne pouvons pas publier de communiqué officiel dans les journaux. En ce qui concerne l'Orpo, je ferai en sorte que chaque Anwärter redouble de vigilance au cours de ses rondes. Mais les choses seraient plus faciles si le ministère de la Propagande du Reich agissait de son côté.

– C'est un fait reconnu en criminologie, rétorqua Nebe d'une voix douce, que la publicité peut, chez un criminel de ce genre, agir comme un encouragement. Je pense que Frau Kalau vom Hofe confirmera.

– C'est exact, dit-elle. Les tueurs en série aiment lire leur nom dans les journaux.

– Cependant, reprit Nebe, je vais téléphoner au Muratti aujourd'hui même pour demander s'il est possible de faire passer quelques discrètes consignes de prudence à l'intention des jeunes filles. Mais je rappelle qu'une campagne de grande envergure demanderait l'accord de l'Obergruppenführer. Il tient par-dessus tout à ce que rien ne transpire qui puisse susciter un mouvement de panique chez les femmes allemandes.

Le comte hocha la tête.

— À présent, dit-il en se tournant vers moi, je voudrais poser une question au Kommissar.

Il souriait, mais je n'avais guère confiance en lui. Il semblait avoir été à la même école que l'Obergruppenführer Heydrich en matière de sarcasme hautain. Je levai ma garde mentale en prévision d'un mauvais coup.

— Puisqu'il est le détective qui a habilement résolu la célèbre affaire de l'étrangleur Gormann, pourrait-il avoir l'amabilité de nous faire part de ses réflexions sur celle qui nous occupe aujourd'hui ?

Il afficha un sourire terne qui n'avait rien de rassurant, comme s'il faisait un effort pour resserrer un sphincter déjà étroit. Si tant est qu'il le fût. Adjoint d'un ancien responsable des SA, un certain comte Wolf von Helldorf, réputé aussi pédé que le feu patron des SA Ernst Röhm, il se pouvait que Schulenberg ait eu le genre de cul qui aurait tenté un pickpocket à la vue basse.

Sentant qu'il pouvait pousser un peu plus loin son hypocrite curiosité, il ajouta :

— Peut-être avez-vous une idée du genre d'individu que nous devons rechercher ?

— Je pense pouvoir répondre sur ce point, intervint Frau Kalau vom Hofe.

Le comte tourna vers elle un regard irrité.

La psychothérapeute attrapa un gros volume dans sa serviette et le posa sur la table. Puis elle en sortit un autre, et un autre, jusqu'à ce qu'elle ait devant elle une pile de livres aussi haute que l'une des bottes impeccablement cirées de Schulenberg.

— Comme j'avais anticipé une telle question, j'ai apporté quelques ouvrages traitant de la psychologie criminelle, expliqua-t-elle. J'ai là *Le Criminel professionnel*, de Heindl, l'excellent *Manuel de la délinquance sexuelle* de Wulfen, *La Pathologie sexuelle* de Hirschfeld, *Le Criminel et ses juges* de F. Alexander, *La…*

C'en fut trop pour le comte. Il rassembla ses papiers et se leva.

– Un autre jour peut-être, Frau Kalau vom Hofe, fit-il avec un sourire nerveux.

Sur ce, il claqua des talons, s'inclina avec raideur et quitta la pièce.

– Salopard, marmonna Lobbes.

– Ça ne fait rien, dit la psychothérapeute en ajoutant quelques numéros de la *Revue de la police allemande* à la pile. On ne peut rien enseigner à celui qui ne veut pas apprendre.

Je souris, aussi bien à sa calme indulgence qu'aux jolis seins qui tendaient le tissu du corsage.

Après la fin de la réunion, je traînai un peu pour rester seul avec elle.

– Il a posé une bonne question, dis-je. Une question à laquelle je n'avais pas de réponse très convaincante. Je vous remercie d'être venue à mon secours.

– Je vous en prie, c'était bien normal, répliqua-t-elle en rangeant les livres dans sa serviette.

J'en pris un et l'examinai.

– Ça m'intéresserait beaucoup d'entendre votre réponse. Puis-je vous offrir un verre ?

Elle consulta sa montre.

– Oui, fit-elle en souriant. Volontiers.

Situé dans les remparts de la vieille ville au bout de Klosterstrasse, Die Letze Instanz était un des bars favoris des policiers de l'Alex, qui y retrouvaient les juges et avocats du tribunal de grande instance, tout proche, d'où le bar tirait son enseigne.

À l'intérieur, les murs étaient lambrissés de bois sombre et les sols dallés. Près du bar, équipé d'une grosse machine à pression en céramique jaune surmontée de la figurine d'un soldat du XVIIe siècle, était installé un vaste siège, bâti en carreaux verts, bruns et jaunes et orné de nombreuses silhouettes et visages sculptés. Sur ce siège qui ressemblait à quelque glacial et inconfortable trône, était assis le propriétaire du bar, Warnstorff, un homme à la peau pâle et aux cheveux noirs portant une chemise sans col et un ample tablier de cuir qui lui servait de réserve à monnaie. À notre arrivée, il me salua avec chaleur et nous conduisit au fond de la salle, jusqu'à une table tranquille où il nous apporta bientôt deux chopes de bière. À une table voisine, un consommateur était aux prises avec le plus gros jarret de porc que ma compagne et moi ayons jamais vu.

– Avez-vous faim ? lui demandai-je.

– Après ce spectacle, non, rétorqua-t-elle.

– Oui, il y a de quoi vous couper l'appétit, n'est-ce pas ? À le voir attaquer son os, on dirait qu'il veut gagner la Croix de Fer.

Elle sourit, puis nous retombâmes quelques instants dans le silence.

– Pensez-vous que la guerre va éclater ? finit-elle par me demander.

Je plongeai mon regard dans ma chope, comme si la réponse allait surgir parmi les bulles. Je haussai les épaules et secouai la tête.

– Je n'ai pas beaucoup suivi les événements, ces temps-ci, répondis-je.

Je lui racontai alors l'assassinat de Bruno Stahlecker et mon retour dans la Kripo.

– C'est plutôt moi qui devrais vous poser la question, poursuivis-je. En tant que spécialiste en psychologie criminelle, vous êtes mieux placée que quiconque pour savoir ce qui peut se passer dans la tête du Führer. Au vu de l'article 51 du Code criminel, diriez-vous qu'il a un comportement compulsif ou irrépressible ?

Ce fut son tour de chercher une réponse dans son verre de bière.

— Nous ne nous connaissons pas encore assez pour avoir ce genre de conversation, vous ne trouvez pas ? dit-elle.

— Vous avez sans doute raison.

— Mais je vous dirai une chose, reprit-elle en baissant la voix. Avez-vous lu *Mein Kampf* ?

— Ce vieux bouquin rigolo qu'ils distribuent aux jeunes mariés ? Pour moi, c'est la meilleure raison que j'ai trouvée de rester célibataire.

— Eh bien, moi, je l'ai lu. On y trouve plusieurs passages dans lesquels Hitler évoque les maladies vénériennes et leurs conséquences. Il va jusqu'à affirmer que l'élimination des maladies vénériennes est la Grande Tâche que doit accomplir la nation allemande.

— Mon Dieu, suggérez-vous qu'il est syphilitique ?

— Je ne suggère rien du tout. Je vous dis juste ce qui est écrit dans le grand livre du Führer.

— Mais le livre date des années 20. S'il a une chaude-pisse depuis ce temps-là, il doit en être au stade terminal.

— Cela vous intéressera peut-être d'apprendre que beaucoup des malades internés avec Josef Kahn à l'asile de Herzeberge sont des gens dont la démence organique est le résultat direct d'une syphilis. Ces malades peuvent faire ou admettre des déclarations contradictoires. Leur humeur oscille entre l'euphorie et l'apathie, sur fond d'instabilité émotionnelle. Le type classique est caractérisé par une euphorie délirante, la folie des grandeurs et des crises d'extrême paranoïa.

— Seigneur, la seule chose qui manque au portrait, c'est la moustache ridicule. (J'allumai une cigarette et tirai une bouffée d'un air sombre.) Changeons de sujet si ça ne vous fait rien. Parlons de choses plus drôles, par exemple, de notre tueur en série. Savez-vous que je commence à le comprendre ? C'est vrai, je ne plaisante pas. Ce sont les jeunes mères de demain qu'il supprime. Les machines à produire des recrues pour le Parti. Moi, je suis à fond pour ces sous-produits de la civilisation moderne qu'on ne cesse de dénoncer, les familles sans enfants et les mères stériles. Au moins jusqu'à ce que nous soyons débarrassés de ce régime de matraques en caoutchouc. Après tout, qu'est-ce qu'un psychopathe de plus dans un pays où ils abondent ?

– Vous en dites plus que vous n'en savez, rétorqua-t-elle. Chacun d'entre nous est capable de cruauté. Chacun d'entre nous est un criminel en puissance. La vie n'est qu'une longue bataille pour conserver une enveloppe civilisée. L'exemple de nombreux tueurs sadiques montre que cette enveloppe ne se déchire que de temps en temps. Prenez Peter Kürten, par exemple. C'était un homme d'apparence si douce que ceux qui le connaissaient ont eu beaucoup de mal à admettre qu'il ait pu se rendre coupable de crimes aussi horribles.

Elle fouilla une nouvelle fois dans sa serviette et, après avoir essuyé la table, posa un mince livre bleu entre nos deux verres.

– Ce livre a été écrit par Carl Berg, un pathologiste criminel qui a eu l'occasion d'étudier Kürten à loisir après son arrestation. J'ai rencontré Berg et je respecte son travail. C'est lui qui a fondé l'Institut de médecine légale et sociale de Düsseldorf, et il a été longtemps assistant médico-légal auprès du tribunal criminel de Düsseldorf. Ce livre, *Le Sadique*, est sans doute l'une des meilleures études de la mentalité d'un assassin qui aient jamais été écrites. Je peux vous le prêter si vous le désirez.

– Merci, je veux bien.

– Il vous aidera à comprendre certaines choses, poursuivit-elle. Mais pour pénétrer vraiment dans l'esprit d'un homme tel que Kürten, il vous faut lire ceci.

Elle replongea dans son chargement de livres. Je lus :

– *Les Fleurs du mal*. Charles Baudelaire.

Je l'ouvris et déclamai quelques vers.

– De la poésie ? fis-je en haussant les sourcils.

– Ne prenez pas cet air sceptique, Kommissar. Je suis très sérieuse. Il s'agit d'une excellente traduction et croyez-moi, vous y trouverez beaucoup plus de choses que vous n'imaginez, conclut-elle avec un sourire.

– Je n'ai pas lu de poésie depuis que j'ai étudié Goethe à l'école, dis-je.

– Et comment le trouviez-vous ?

– Un avocat de Francfort peut-il faire un bon poète ?

– C'est un point de vue intéressant, dit-elle. Mais j'espère que vous apprécierez Baudelaire. Maintenant, pardonnez-moi mais je dois partir. (Elle se leva et nous nous serrâmes la main.) Quand vous les aurez lus, rapportez-les moi à l'Institut Goering, dans Budapesterstrasse, juste en face de l'allée conduisant à l'aquarium du zoo. Je suis curieuse de recueillir l'opinion d'un détective sur Baudelaire.

– Ce sera un plaisir de vous en faire part. Vous en profiterez pour me donner votre opinion sur le Dr Lanz Kindermann.

– Kindermann ? Vous connaissez Lanz Kindermann ?

– D'une certaine façon, oui.

Elle me jeta un regard appuyé.

– Vous savez, pour un commissaire de police, vous êtes étonnant. Très étonnant.

7

Dimanche 11 septembre

Je préfère les tomates quand elles sont encore un peu vertes. Elles sont alors douces et fermes, avec une peau lisse et fraîche, parfaites pour la salade. Si on les laisse vieillir, elles se rident, deviennent trop molles pour être manipulées et prennent un goût amer.

C'est la même chose avec les femmes. Sauf que celle-ci était peut-être un peu trop verte pour moi, et sans doute trop fraîche pour son propre intérêt. Debout sur le seuil de ma porte, elle me balaya de la tête aux pieds d'un regard impertinent comme pour jauger mes capacités, ou mon manque de capacités amoureuses.

– Oui? dis-je. Vous désirez?

– Je fais une collecte au profit du Reich, expliqua-t-elle en papillotant des yeux avant d'exhiber un sac bourré de matériel de propagande. Le Programme économique du Parti. Euh, c'est le concierge qui m'a laissée entrer.

– Je vois ça. Et qu'est-ce que je peux faire pour vous?

La tournure de ma question lui fit hausser le sourcil. Je me demandai si son père la trouvait encore assez jeune pour la fesser.

– Eh bien, ça dépend de ce que vous avez, répondit-elle d'un ton où se discernait quelque moquerie.

C'était une jolie fille, avec la mine boudeuse et la voix chaude. Avec des vêtements normaux, elle aurait pu passer pour une fille de 20 ans, mais avec ses deux nattes, ses grosses bottes, sa longue jupe bleu marine, son strict chemisier blanc et sa veste de cuir brune de la BdM – la Ligue des femmes allemandes –, je ne lui donnais pas plus de 16 ans.

– Je vais voir ce que je trouve, dis-je.

Ses manières d'adulte m'amusaient. Elles confirmaient les rumeurs courant sur les filles de la BdM, qu'on disait si libres sur le plan sexuel qu'elles avaient autant de chances de tomber enceintes au cours d'un séjour dans un camp des Jeunesses hitlériennes que d'apprendre la couture, le secourisme ou les traditions allemandes.

– Entrez, je vous en prie.

Elle franchit la porte avec autant d'élégance que si elle avait été vêtue d'une cape de vison et inspecta le vestibule. Elle ne parut pas tellement impressionnée.

– Vous êtes bien installé, se contenta-t-elle de murmurer.

Je fermai la porte et déposai ma cigarette dans le cendrier posé sur la tablette de l'entrée.

– Attendez ici, dis-je.

J'allai dans la chambre et passai le bras sous le lit pour trouver, parmi les moutons et autres effilochures de tapis, la valise où je gardais quelques vieilles chemises et serviettes de toilette. Lorsque, époussetant mes manches, je me relevai, je la découvris appuyée contre le chambranle de la porte, en train de fumer ma cigarette. D'un air insolent, elle souffla un cercle de fumée parfait dans ma direction.

– Je croyais que vous autres championnes de la Foi et de la Beauté ne deviez pas fumer, remarquai-je en tentant de dissimuler mon irritation.

– Vous croyez ? fit-elle en minaudant. Il y a beaucoup de choses qu'on nous déconseille. On ne doit pas faire ceci, on ne doit pas faire cela. À croire que tout est mal aujourd'hui, pas vrai ? Moi ce que je dis, c'est que si on ne peut pas faire toutes ces bêtises tant qu'on est assez jeune pour s'en amuser, quel intérêt y a-t-il à les faire ?

Sur ce, elle se détacha du chambranle et fit demi-tour d'un air dédaigneux.

Une vraie petite garce, me dis-je en la suivant dans le salon.

Elle aspira une bouffée avec le bruit de quelqu'un qui lape une cuillerée de potage, puis me souffla une nouvelle fois un anneau de fumée au visage. Si j'avais pu l'attraper, je le lui aurais serré autour de son joli cou.

– De toute façon, reprit-elle, ce n'est pas une clope de gros gris qui me fera du mal, non ?

Je ris.

– Est-ce que j'ai une tête à fumer du mauvais tabac ?

– Non, je ne trouve pas, admit-elle. Comment vous appelez-vous ?

– Platon.

– Platon. Ça vous va bien. Eh bien, Platon, vous pouvez m'embrasser si vous voulez.

– Vous n'y allez pas par quatre chemins, pas vrai ?

– Vous ne savez pas comment on surnomme la BdM ? La Ligue allemande des matelas ? La Gâterie du patriote ?

Elle m'enlaça le cou et se livra à une succession de coquetteries qu'elle avait dû longuement répéter devant son miroir.

Sa jeune et chaude haleine n'était pas très fraîche, mais, par politesse, je m'efforçai de lui rendre son baiser avec la même application qu'elle y mettait, tandis que mes mains pressaient ses petits seins dont je pinçais les tétons. Ensuite, je saisis de mes paumes moites son derrière rebondi et l'attirai encore plus près ce qui acheva d'enflammer mon esprit. Ses yeux polissons chavirèrent et elle se pressa contre moi. Je ne peux pas dire que je n'étais pas tenté.

– Tu connais de jolis contes, Platon ? dit-elle en gloussant.

– Des jolis, non, répondis-je en resserrant mon étreinte. Mais j'en connais plein d'horribles. Le genre où l'Ogre fait cuire la jolie princesse dans l'eau bouillante avant de la dévorer.

Une vague lueur de doute apparut dans l'iris bleu vif de ses yeux pervers, et elle ne souriait plus avec autant de confiance lorsque je relevai sa jupe et baissai sa culotte.

– Oh, je pourrais te raconter des tas d'histoires du même genre, repris-je d'un air sombre. Le genre d'histoires que les policiers racontent à leurs petites filles. D'horribles et sanglantes histoires qui provoquent chez les jeunes filles des cauchemars dont leurs pères se réjouissent.

– Arrête, dit-elle en riant avec nervosité. Tu me fais peur.

Certaine à présent que les choses commençaient à déraper, elle essaya de remonter la culotte que j'avais baissée sur ses jambes, dénudant l'oisillon qui nichait entre ses cuisses.

— Ils se réjouissent parce que cela veut dire que leurs jolies petites filles auront peur d'entrer dans la maison d'un homme bizarre, par crainte qu'il ne se révèle un méchant ogre.

— Je vous en prie, monsieur ! Je vous en prie !

Je claquai ses fesses nues et la repoussai.

— C'est pourquoi tu as de la chance, princesse, que je sois un détective et pas un ogre, sinon, je t'aurais déjà réduite en bouillie.

— Vous êtes policier ? fit-elle en refrénant les larmes qui lui montaient aux yeux.

— Oui, je suis policier. Et si jamais j'apprends que tu as refait ton petit numéro d'allumeuse, je veillerai à ce que ton père te flanque une correction dont tu te souviendras. Compris ?

— Oui, dit-elle d'une voix presque inaudible en remontant sa culotte.

Je ramassai la pile de vieilles chemises et serviettes que j'avais laissée par terre et les lui fourrai entre les bras.

— Maintenant, disparais ou c'est moi qui te corrige.

Terrorisée, elle fila dans le couloir et s'enfuit comme devant le roi Nibelung en personne.

Lorsque j'eus refermé la porte derrière elle, l'odeur et la fermeté de ce délicieux petit corps, ainsi que le désir frustré que j'en avais eu me tourmentèrent jusqu'à ce que j'aie bu un verre et pris un bain froid.

En ce mois de septembre, il semblait que la passion, qui chauffait partout comme une vieille boîte à fusibles, ait tendance à s'embraser très vite, et je souhaitai qu'en Tchécoslovaquie le sang échauffé des Allemands des Sudètes s'apaise aussi facilement que ma propre excitation.

Tous les policiers savent que les périodes de grosse chaleur sont marquées par une recrudescence des délits. En janvier et février, même le plus démuni des criminels préfère rester à la maison au coin du feu.

Plus tard ce même jour, alors que je lisais le livre du professeur Berg, *Le Sadique*, je me demandai combien de vies avaient été épargnées parce qu'il faisait trop froid ou trop humide pour que Kürten s'aventure hors de chez lui. Pourtant, neuf meurtres, sept tentatives de meurtre et quarante incendies volontaires constituaient déjà un solide dossier.

D'après Berg, Kürten, qui assistait depuis sa plus tendre enfance aux fréquentes scènes de violence entre ses parents, était parvenu au crime à un âge précoce. Il avait commis une série de larcins et subi plusieurs emprisonnements lorsque, à 38 ans, il épousa une femme de caractère. À partir de cet instant, lui qui avait toujours satisfait ses pulsions sadiques en torturant les chats et d'autres animaux, dut emprisonner ces tendances dans une camisole de force mentale. Mais lorsque sa femme s'absentait du foyer, les instincts démoniaques de Kürten devenaient trop forts pour qu'il puisse les contrôler, et il se livrait à ces crimes d'un terrifiant sadisme pour lesquels il devait devenir célèbre.

Ce sadisme était sexuel dans son origine, expliquait Berg. Les conditions dans lesquelles s'était déroulée son enfance l'avaient prédisposé à une déviance de l'instinct sexuel, et ses expériences précoces avaient renforcé la direction de cet instinct.

Durant les douze mois qui s'écoulèrent entre la capture et l'exécution de Kürten, Berg le rencontra à de nombreuses reprises et le trouva homme de caractère et de talent. Il était doué d'un charme et d'une intelligence exceptionnels, d'une excellente mémoire et d'un don d'observation très poussé. Berg fut bientôt contraint de reconnaître l'extrême affabilité de Kürten. Mais un autre de ses traits de caractère était sa grande vanité, qui se traduisait par une allure élégante et soignée, et dans le plaisir qu'il manifestait à s'être joué aussi longtemps qu'il l'avait voulu de la police de Düsseldorf.

La conclusion de Berg n'était guère rassurante pour l'homme civilisé : Kürten n'était pas fou au sens visé par l'article 51, dans la mesure où ses actes, loin d'être compulsifs ou irrépressibles, n'étaient que l'expression d'une pure et froide cruauté.

Comme si cela ne suffisait pas, la lecture de Baudelaire me procura la paix de l'âme que doit ressentir un bœuf à l'abattoir. Il ne fallait pas faire un effort d'imagination surhumain pour admettre la suggestion de Frau Kalau vom Hofe selon laquelle ce poète français quelque peu gothique fournissait une radiographie instructive de l'esprit d'un Landru, d'un Gormann ou d'un Kürten.

Pourtant, il y avait là autre chose. Quelque chose de plus profond et de plus universel qu'une simple indication de ce qu'est la psyché d'un assassin multiple. Dans l'intérêt de Baudelaire pour la violence, dans sa nostalgie du passé et dans sa révélation du monde de la mort et de la corruption, je percevais l'écho d'une litanie diabolique beaucoup plus contemporaine, j'y distinguais la pâle figure d'un autre genre de criminel, un criminel dont le spleen avait force de loi.

Je n'ai pas une bonne mémoire des mots. Je me rappelle difficilement les paroles de l'hymne national. Pourtant, certains vers de Baudelaire me restèrent en tête comme l'odeur tenace d'un mélange de musc et de goudron.

Ce soir-là, je pris ma voiture pour rendre visite à la veuve de Bruno, Katia, dans leur maison de Berlin-Zehlendorf. C'était ma seconde visite depuis la mort de Bruno, et je rapportai à Katia quelques affaires de son mari restées au bureau, ainsi qu'une lettre de mon assurance accusant réception de la demande d'indemnité que j'avais formulée au nom de Katia.

Bien que nous ayons encore moins à nous dire qu'avant, je restai près d'une heure, à tenir la main de Katia en essayant de dissoudre la boule dans ma gorge avec plusieurs verres de schnaps.

– Comment Heinrich prend-il la chose ? demandai-je avec embarras en entendant le garçon chanter dans sa chambre.

– Il n'en a pas encore parlé, répondit Katia dont le chagrin laissa momentanément place à l'embarras. Je pense qu'il chante pour éviter d'avoir à y réfléchir.

– Le chagrin nous affecte tous d'une manière différente, dis-je en m'efforçant de lui trouver une excuse.

Je savais pourtant que ça n'était pas vrai. Lorsque mon propre père était mort, alors que je n'étais pas beaucoup plus âgé que Heinrich, j'avais brusquement pris conscience que je n'étais moi-même pas immortel. En temps normal, je n'aurais pas été insensible à la situation de Heinrich.

– Mais pourquoi chante-t-il cette chanson ? ajoutai-je.

– Il s'est mis dans la tête que les Juifs sont pour quelque chose dans la mort de son père.

– C'est absurde, dis-je.

Katia soupira et secoua la tête.

– C'est ce que je lui ai dit, Bernie. Mais il ne veut rien entendre.

En sortant, je m'attardai devant la porte du garçon qui chantait à tue-tête.

– Chargeons nos armes/aiguisons nos couteaux/Et mort à ces salauds de Juifs/qui nous empoisonnent la vie !

L'espace d'un instant, je faillis ouvrir la porte et lui balancer mon poing dans la figure. Mais à quoi bon ? Que faire, sinon le laisser seul ? N'y a-t-il pas des tas de façons d'échapper à ce qui nous fait peur, et l'une des plus répandues n'est-elle pas la haine ?

8

Lundi 12 septembre

Une plaque, une carte officielle, un bureau au deuxième étage : à part le nombre d'uniformes SS qui se baladaient partout, on aurait pu se croire revenu au bon vieux temps. Dommage qu'il n'y ait pas plus de bons souvenirs à évoquer, mais le bonheur n'avait jamais été un sentiment très répandu à l'Alex, à moins que l'idée que vous vous faites d'une joyeuse soirée consiste à vous acharner sur une échine avec un pied de chaise. De temps en temps, un collègue que j'avais connu à l'époque m'arrêtait dans un couloir pour me saluer et exprimer ses condoléances à propos de Bruno. Mais la plupart du temps, on me balançait le genre de regard qui doit accueillir un croque-mort dans une clinique pour cancéreux.

Deubel, Korsch et Becker m'attendaient dans mon bureau. Deubel expliquait à ses sous-officiers la subtile technique de l'uppercut du fumeur.

— Exactement, disait-il. Quand il se fourre la clope au bec, tu lui balances ton poing dans la gueule. Une mâchoire ouverte se casse comme rien.

— Ça fait plaisir de constater que l'investigation criminelle se tient au goût du jour, dis-je en entrant. Je suppose que vous avez appris ça dans les Freikorps, Deubel.

Ce dernier sourit.

— On dirait que vous avez lu mon carnet scolaire, commissaire.

— J'ai beaucoup lu, en effet, dis-je en m'asseyant à mon bureau.

— Moi, je ne suis pas un grand lecteur, dit-il.

— Tiens, vous m'étonnez.

– Avez-vous lu les livres que vous a donnés cette femme, commissaire ? demanda Korsch. Ceux qui expliquent la mentalité criminelle ?

– Pas besoin de toutes ces explications pour celui qui nous occupe, intervint Deubel. C'est un dingue, voilà tout.

– Peut-être, dis-je. Mais vous n'arriverez pas à le coincer avec des nerfs de bœuf et des coups-de-poing américains. Oubliez vos méthodes habituelles – que ce soit l'uppercut du fumeur ou d'autres. (Je fixai Deubel avec insistance.) Un tueur de ce genre est difficile à arrêter parce que, la plupart du temps en tout cas, il se comporte en citoyen normal. Par ailleurs, comme nous ne sommes pas dans le domaine de la criminalité ordinaire et que nous n'avons pu déterminer un mobile précis, il nous est impossible d'avoir recours à nos informateurs.

Le Kriminalassistent Becker, détaché du Département VB3 – les Mœurs –, secoua la tête.

– Pardonnez-moi, commissaire, mais je ne suis pas tout à fait d'accord. Nous avons quelques indics parmi les déviants sexuels. Des tapettes et des pédophiles, c'est vrai, mais de temps en temps ils nous fournissent une information valable.

– Tu parles, marmonna Deubel.

– Bon, dis-je. Nous les interrogerons. Mais je voudrais d'abord attirer votre attention sur deux aspects de cette affaire. D'abord, le fait que ces filles disparaissent, et que l'on retrouve ensuite leurs corps dans tous les quartiers de la ville. Ceci me conduit à penser que le tueur possède une voiture. L'autre constatation, c'est qu'il n'y a eu aucun témoin de l'enlèvement des victimes. Personne n'a vu de jeune fille qui hurlait pendant qu'on la faisait monter de force dans une voiture. Ce qui me fait dire qu'elles suivent volontairement le tueur. Qu'elles n'en ont pas peur. Il est évidemment peu probable que toutes l'aient connu, mais il est fort possible qu'elles aient confiance en lui à cause de son apparence ou de sa fonction.

— Un prêtre, peut-être, suggéra Korsch. Ou un responsable d'organisation de jeunesse.

— Ou un flic, dis-je. Il est possible qu'il soit quelque chose dans ce genre. Ou les trois à la fois.

— Vous pensez qu'il se déguise ? demanda Korsch.

Je haussai les épaules.

— Je pense que nous ne pouvons écarter aucune hypothèse pour l'instant. Korsch, vous chercherez dans les archives les dossiers de types inculpés pour agression sexuelle, portant un uniforme ou un costume religieux, et ayant un permis de conduire. (Korsch fit la moue.) Je sais, c'est un gros boulot, c'est pourquoi j'ai demandé à Lobbes, des services administratifs de la Kripo, de vous adjoindre un homme ou deux. (Je consultai ma montre.) Le Kriminaldirektor Müller vous attend au VC1 dans une dizaine de minutes, vous feriez mieux d'y aller tout de suite.

— Toujours rien sur la fille Hanke ? demandai-je à Deubel après le départ de Korsch.

— Mes hommes ont fouillé partout, dit-il. La voie ferrée, les parcs, les terrains vagues. Nous avons fait draguer deux fois le canal Teltow. On ne peut pas faire grand-chose de plus. (Il alluma une cigarette et fit la grimace.) Elle est morte, à l'heure qu'il est. Tout le monde le sait.

— Je veux que vous fassiez du porte-à-porte dans le secteur où elle a disparu. Interrogez tout le monde, y compris les petits amis de la fille. Quelqu'un a bien dû voir quelque chose. Emportez quelques photos pour rafraîchir les mémoires.

— Si je puis me permettre, commissaire, grogna-t-il, il me semble que ce boulot est du ressort des types en uniforme de l'Orpo.

— Ces têtes de pioche ne sont bons qu'à arrêter des ivrognes et des putes, rétorquai-je. Ce travail exige du doigté. Voilà tout.

Deubel écrasa sa cigarette d'un geste suggérant qu'il aurait aimé trouver mon visage à la place du cendrier, puis il sortit à contrecœur du bureau.

– Prenez garde à ce que vous dites de l'Orpo devant Deubel, commissaire, me conseilla Becker. C'est un ami de Daluege la Marionnette. Ils étaient dans le même régiment de Freikorps à Stettin.

Les Freikorps, ou corps francs, étaient des organisations paramilitaires composées d'anciens combattants de la Première Guerre mondiale ayant pour objectif de débarrasser l'Allemagne du bolchevisme et de protéger les frontières du pays contre les incursions polonaises. Kurt Daluege, dit la Marionnette, était devenu chef de l'Orpo.

– Merci, j'ai lu son dossier.

– C'était un bon flic autrefois. Mais maintenant, il se contente de faire son boulot et de rentrer chez lui. Tout ce qu'Eberhard Deubel attend de la vie, c'est de survivre assez longtemps pour bénéficier de la retraite et voir sa fille épouser le directeur de la banque locale.

– Il y en a des tas comme lui à l'Alex, lui fis-je remarquer. Vous avez des enfants, n'est-ce pas, Becker?

– Un fils, commissaire, dit-il avec fierté. Norfried. Il a bientôt deux ans.

– Norfried, hein? Un nom très allemand.

– C'est ma femme, commissaire. Elle est passionnée par les théories aryennes du Dr Rosenberg.

– Et ça ne lui fait rien de vous voir travailler aux Mœurs?

– Nous ne parlons pas beaucoup de mon travail. Pour elle, je ne suis qu'un flic comme les autres.

– Bien. Maintenant, parlez-moi de ces indics déviants sexuels.

– À l'époque où j'étais à la Section M2, la Brigade de surveillance des bordels, nous n'en utilisions qu'un ou deux, expliqua-t-il. Mais la Brigade des pédés de Meisinger les utilise tout le temps. Tout son travail dépend des informateurs. Il y a quelques années existait une organisation homosexuelle, la Ligue de l'amitié, qui comptait 30 000 membres. Meisinger s'est débrouillé pour récupérer leur fichier, ce qui lui permet aujourd'hui encore de faire pression sur tel ou tel pour lui soutirer des informations. Il a aussi confisqué la liste des abonnés de plusieurs magazines pornographiques, ainsi que le nom des éditeurs. Nous pourrions en interroger un ou deux, commissaire. Et puis il y a la grande roue du Reichsführer Himmler, un fichier rotatif électrique comportant plusieurs milliers de noms. Nous pourrions peut-être l'essayer.

— Ça me fait plutôt penser à la boule d'une voyante.

— Il paraît que Himmler est emballé par ce truc.

— Notre type doit aimer se faire tripoter, non ? Où sont passées les putes maintenant que les bordels ont été fermés ?

— Dans les salons de massage. Si vous voulez baiser une fille, il faut vous laisser masser le dos avant. Kuhn – le patron du M2 – ne les embête pas trop. Vous voulez demander à quelques filles si elles ont eu un client bizarre ces derniers temps ?

— Ça me paraît un point de départ aussi bon qu'un autre.

— Il nous faudra un mandat E pour recherche de personne disparue.

— Occupez-vous-en tout de suite, Becker.

Becker était un homme de haute taille, avec de petits yeux bleus à l'expression ennuyée, de fins cheveux blonds, un nez comme une truffe de chien et un sourire vicieux, un rien paranoïaque. Il avait les traits d'un cynique, et il en était un. Une meute de hyènes affamées n'aurait pas prononcé plus de blasphèmes envers la beauté divine de la vie que ne le faisait Becker dans sa conversation.

Puisqu'il était trop tôt pour faire la tournée des salons de massage, nous décidâmes de rendre d'abord visite à un éditeur de littérature pornographique. De l'Alex, nous nous rendîmes donc en voiture à Hallesches Tor.

Wende Hoas était un haut bâtiment gris proche de la ligne du S-Bahn. Nous montâmes directement au dernier étage où Becker, sourire de dément aux lèvres, ouvrit une porte d'un coup de pied.

Un petit homme rondouillard portant monocle et moustache leva les yeux de son bureau et nous accueillit avec un sourire nerveux.

– Ah, Herr Becker, dit-il. Entrez, entrez. Je vois que vous avez amené un ami. Très bien.

La pièce à l'odeur de renfermé était minuscule. De hautes piles de livres et de magazines menaçaient de submerger le bureau et l'armoire à dossiers. Je pris un des magazines et le feuilletai.

– Salut, Helmut, ricana Becker en s'emparant à son tour d'une revue, dont il tourna les pages avec des grognements de satisfaction. Mais c'est dégueulasse ! s'exclamat-il en riant.

– Faites votre choix, messieurs, dit l'homme répondant au nom de Helmut. Si vous cherchez quelque chose de spécial, il suffit de le demander. Ne soyez pas timides.

Il s'appuya au dossier de son siège et, de la poche de son crasseux gilet gris, sortit une boîte à prise qu'il ouvrit d'un ongle en deuil. Il se prépara une prise et se l'envoya dans les narines avec un bruit aussi offensant pour l'oreille que la littérature entassée autour de lui l'était pour l'œil.

À côté de ses gros plans de détails gynécologiques mal photographiés, le magazine que je parcourais consacrait une partie assez importante de ses pages à des textes censés faire sauter les boutons de braguette. À les en croire, les jeunes infirmières allemandes copulaient sans plus d'imagination que le chat de gouttière lambda.

Becker balança son magazine par terre et en ouvrit un autre.

– « La nuit de noces d'une vierge », lut-il.

– Ça n'est pas pour vous, Herr Becker, fit Helmut.

– « Les Mémoires d'un gode » ?

– Celui-là n'est pas mal.

– « Violée dans le U-Bahn. »

– Ah, en voilà un bon. Il y a une fille là-dedans qui a la chatte la plus juteuse que j'aie jamais vue.

– Et vous en avez vu un paquet, hein, Helmut ?

L'homme sourit d'un air modeste et se pencha par-dessus l'épaule de Becker pour mieux voir.

– J'aimerais bien avoir une voisine comme ça, pas vous ? commenta Helmut.

Becker renifla avec dédain.

– Pour ça, faudrait habiter à côté d'un chenil.

– Ah ! ah ! Elle est bonne ! s'écria Helmut en ôtant son monocle.

Alors qu'il le nettoyait, une longue mèche grisâtre se détacha de la crêpe de cheveux brun filasse censée dissimuler le début de calvitie qui dégarnissait le sommet de son crâne et, tel un couvre-lit mal bordé, pendouilla de façon ridicule sur son oreille d'un rose translucide.

– Nous cherchons un homme qui prend plaisir à mutiler les jeunes filles, dis-je. Avez-vous ici du matériel s'adressant à ce genre de malades ?

Helmut sourit et secoua la tête avec tristesse.

– Non, désolé. Nous ne touchons pas aux trucs sadiques. Nous laissons le fouet et la bestialité à d'autres.

– Tu parles, Charles, persifla Becker.

J'essayai d'ouvrir l'armoire à dossiers. Elle était verrouillée.

– Qu'y a-t-il dans ce placard ?

– Quelques papiers. La caisse noire. Les livres de comptes, ce genre de choses. Rien qui puisse vous intéresser, je pense.

– Ouvrez.

– Je vous assure, monsieur, il n'y a là rien qui puisse…

Les mots se figèrent dans sa bouche lorsqu'il me vit sortir mon briquet. J'en actionnai la molette et l'approchai du magazine que j'avais parcouru. Il brûla avec une paresseuse flamme bleue.

– Becker. Combien valait ce magazine, à votre avis ?

– Oh, ces revues coûtent cher, commissaire. Au moins 10 reichsmarks chacune.

– Donc, il doit y en avoir pour au moins 2 000 reichsmarks dans ce trou à rat.

– Oh, facile ! Ça serait dommage que ça flambe.

– J'espère que votre ami est assuré.

– Vous voulez voir l'intérieur de l'armoire ? intervint Helmut. Il fallait le dire.

Il tendit la clé à Becker pendant que je laissais tomber le magazine enflammé dans la corbeille à papiers métallique.

Le tiroir du haut ne contenait qu'une petite caisse à monnaie, mais celui du bas était plein de magazines pornos. Becker en prit un et le retourna pour lire le titre.

– « La vierge sacrifiée », dit-il. Regardez un peu ça, commissaire.

Une série de photos décrivait l'humiliation et la punition d'une adolescente par un vieux bonhomme affreux portant un toupet de travers. Les marques qu'avaient laissées sa canne sur les fesses nues de la fille avaient l'air bien réelles.

– Écœurant, fis-je.

– Je ne suis que le distributeur, expliqua Helmut en soufflant dans un mouchoir sale. Pas l'éditeur.

L'une des photos retint en particulier mon attention. Une fille nue était étendue, pieds et poings liés, sur l'autel d'une église, comme pour un sacrifice humain. Son vagin était distendu par un énorme concombre. Becker fixa Helmut d'un regard féroce.

– Mais vous savez qui prend les photos, n'est-ce pas ?

Helmut garda le silence jusqu'à ce que Becker, le saisissant d'une main à la gorge, le frappe de l'autre main en travers de la bouche.

— Je vous en prie, ne me frappez pas.

— Je suis sûr que t'aimes ça, sale petit pervers, gronda Becker que le travail échauffait. Allez, crache le morceau, sinon c'est elle qui te le fera cracher.

Disant ces mots, il sortit une courte matraque en caoutchouc de sa poche et la pressa contre le visage de Helmut.

— C'est Poliza! hurla Helmut.

Becker lui comprima les joues entre ses doigts.

— Qui ça?

— Theodor Poliza. Un photographe. Il a un studio sur le Schiffbauerdamm, à côté du théâtre de la Comédie. C'est lui que vous cherchez.

— Si tu nous as menti, Helmut, menaça Becker en lui enfonçant la matraque dans le gras de la joue, on reviendra. Et non seulement on foutra le feu à ton stock, mais tu grilleras avec. J'espère que t'as bien compris, conclut-il en le repoussant.

Helmut tamponna sa bouche sanguinolente avec son mouchoir crasseux.

— Oui, c'est compris.

Une fois dans la rue, je crachai dans le caniveau.

— Ça donne un sale goût dans la bouche, hein? fit Becker. Je suis heureux de ne pas avoir eu de fille, je vous assure.

Je faillis lui dire que j'étais bien d'accord avec lui sur ce point, mais je m'abstins.

Nous roulâmes vers le nord.

Les bâtiments publics de cette ville étaient incroyables. Ils ressemblaient à d'immenses montagnes de granite gris, une énormité destinée à rappeler l'importance de l'État et la quantité presque négligeable que représente un pauvre individu. Cela pourrait expliquer en partie la façon dont cette histoire de national-socialisme a commencé. Il

est difficile de ne pas être impressionné par un gouvernement, quel qu'il soit, dont les services sont installés dans
des bâtiments aussi grandioses. Et les longues et larges
avenues qui reliaient les différents quartiers semblaient
n'avoir été conçues que pour pouvoir y faire manœuvrer
des colonnes de soldats.

Ayant retrouvé l'appétit, je fis arrêter Becker devant un
petit traiteur de Friedrichstrasse où nous commandâmes
deux bols de soupe aux lentilles. En attendant qu'on nous
serve, nous observâmes les ménagères faisant la queue
pour acheter des saucisses, lesquelles étaient enroulées
sur le long comptoir de marbre comme les ressorts rouillés
d'une énorme voiture, ou encore pendues aux murs carrelés comme des régimes de bananes trop mûres.

Becker avait beau être marié, les femmes attiraient toujours son regard et il me faisait part d'un commentaire
presque obscène chaque fois qu'une cliente entrait dans
la boutique. Il ne m'avait pas échappé qu'il avait récupéré
quelques magazines pornographiques lors de notre visite
chez l'éditeur. Comment ne les aurais-je pas remarqués ?
Il ne cherchait même pas à les dissimuler. Gifler un type,
lui faire saigner la bouche, le menacer avec une matraque,
le traiter de sale dégénéré et ensuite lui piquer ses bouquins pornos – c'était ça, bosser dans la Kripo.

Nous regagnâmes la voiture.

– Vous connaissez ce Poliza ? demandai-je.

– Je l'ai vu une fois, répondit-il. Qu'est-ce que je peux
vous en dire, à part qu'il ne vaut même pas la merde collée sous vos semelles ?

Le théâtre de la Comédie du Schiffbauerdamm, situé
sur la rive nord de la Spree, était une vieille bâtisse surmontée d'une tour et ornée de sculptures en albâtre : tri-
tons, dauphins et nymphes dénudées. Le studio de Poliza
était installé dans un sous-sol voisin.

Nous descendîmes quelques marches et empruntâmes
une longue allée menant à la porte du studio, où nous atten-

dait un homme vêtu d'un blazer crème, d'un pantalon vert et d'une cravate de soie citron vert, la boutonnière ornée d'un œillet rouge. Il n'avait économisé ni son temps ni son argent pour se faire cette allure, mais l'ensemble était d'un tel mauvais goût qu'il ressemblait à quelque tombe gitane.

D'un seul regard, Poliza comprit que nous ne vendions pas d'aspirateurs. Mais ça n'était pas un bon coureur. Il avait le derrière trop gros, les jambes trop courtes et les poumons sans doute trop durs. Pourtant, le temps que nous réalisions ce qui se passait, il avait déjà parcouru une dizaine de mètres dans l'allée.

— Ordure, marmonna Becker.

La voix de la simple logique aurait dû faire comprendre à Poliza qu'il était stupide de fuir, que Becker et moi n'aurions aucun mal à le rattraper, mais, déformée par la peur, cette voix lui parut sans doute aussi inquiétante que notre présence.

Becker n'avait pas ces problèmes. Tout en criant à Poliza de s'arrêter, il se mit à lui courir après. Je m'efforçai de rester à sa hauteur, mais au bout de quelques pas, il m'avait distancé. Quelques secondes de plus et il aurait sans doute rattrapé le fugitif.

C'est alors que, voyant l'arme dans sa main, un Parabellum à canon long, je criai aux deux hommes de ne plus bouger.

Poliza s'immobilisa presque aussitôt. Il leva les mains comme pour protéger ses oreilles du fracas de la détonation, puis s'écroula en pivotant sur lui-même, l'orbite déchiquetée par la sortie de la balle, tandis qu'une bouillie de sang et d'humeur aqueuse noyait ce qui restait de son œil.

Nous nous rejoignîmes au-dessus du cadavre de Poliza. Je haletais.

— Qu'est-ce qui vous a pris ? Vous avez des cors au pied ? Vos godasses sont trop petites ? Ou bien vous n'avez pas confiance dans vos poumons ? Écoutez, Becker, j'ai dix ans de plus que vous et j'aurais pu rattraper ce type avec un scaphandre sur le dos.

Becker soupira et secoua la tête.

— Bon sang, je suis désolé, commissaire, dit-il. Je voulais juste le blesser.

Il jeta un regard incrédule à son pistolet, comme s'il avait du mal à croire qu'il venait de tuer un homme.

— Le blesser ? Et vous visiez quoi ? Ses oreilles ? Écoutez, Becker, quand vous voulez blesser quelqu'un et que vous ne vous appelez pas Buffalo Bill, vous visez les jambes, sacrebleu. Vous n'essayez pas de lui arranger sa coupe de cheveux.

Je jetai un regard circulaire, m'attendant à voir accourir des badauds. Mais nous étions seuls. Je hochai la tête vers le pistolet.

— Et puis d'où vient ce canon ?

Becker l'éleva devant lui.

— Un Parabellum Artillerie, commissaire.

— Merde, vous n'avez jamais entendu parler des Conventions de Genève ? On pourrait faire des forages pétroliers avec une arme pareille.

Je lui ordonnai d'aller appeler un fourgon pour transporter le corps et, pendant qu'il téléphonait, je visitai le studio de Poliza.

Il n'y avait pas grand-chose à voir. Une série de foufounes grandes ouvertes séchaient sur un fil dans la chambre noire. Une collection de fouets, de chaînes, de menottes, ainsi qu'un autel pourvu de cierges comme celui que j'avais vu sur les photos de la fille au concombre. Des piles de magazines du genre de ceux qu'on avait vus dans le bureau de Helmut. Rien pour indiquer que Poliza ait assassiné cinq adolescentes.

Lorsque je ressortis, Becker était de retour avec un sergent en uniforme. Les deux hommes regardaient le corps de Poliza comme deux écoliers découvrant le cadavre d'un chat dans le caniveau. Le sergent enfonça même le bout de sa chaussure dans les côtes du photographe.

— En plein dans les mirettes, dit-il d'une voix presque admirative. J'aurais jamais cru qu'il y ait tant de gelée là-dedans.

— C'est dégoûtant, non ? fit Becker sans grand enthousiasme.

Ils levèrent la tête à mon approche.

— Le fourgon arrive ? (Becker acquiesça.) Bien. Vous, vous ferez votre rapport plus tard. Vous restez ici jusqu'à l'arrivée du fourgon, compris ? dis-je à l'adresse du sergent.

— Entendu, commissaire, fit-il en redressant le torse.

— Vous avez fini d'admirer votre œuvre ?

Becker marmonna quelque chose.

— Alors, allons-y, fis-je.

Nous retournâmes à la voiture.

— Où on va ?

— J'aimerais visiter quelques salons de massage.

— Dans ce cas, il faut aller voir Evona Wylezynska. Elle en possède plusieurs. Elle prélève 25 % sur ce que gagnent les filles. Elle sera sans doute chez elle, dans Richard Wagner Strasse.

— Richard Wagner Strasse ? répétai-je. Jamais entendu parler. Où est-ce que ça se trouve ?

— C'est l'ancienne Sesenheimerstrasse, qui rejoint Spreestrasse. Vous savez, là où se trouve l'Opéra.

— Estimons-nous heureux que Hitler aime l'opéra et pas le football.

Becker sourit. Il parut retrouver son entrain pendant le trajet.

— Est-ce que je peux vous poser une question très personnelle, commissaire ?

Je haussai les épaules.

— Essayez toujours. Si c'est trop compliqué, je vous enverrai la réponse par la poste.

– Voilà : est-ce que vous avez déjà baisé une Juive ?

Je me tournai vers lui pour essayer de croiser son regard, mais il le gardait fixé devant lui.

– Non, ça ne m'est jamais arrivé. Mais ce ne sont pas les lois raciales qui m'en ont empêché. C'est juste que je n'ai jamais rencontré de Juive qui veuille coucher avec moi.

– Donc, vous ne refuseriez pas si l'occasion se présentait ?

Je haussai les épaules.

– Non, je ne pense pas.

Je m'interrompis et attendis la suite, mais comme il gardait le silence, j'ajoutai :

– Pourquoi me posez-vous cette question ?

Becker sourit derrière son volant.

– Il y a une petite masseuse juive dans le salon où nous allons, fit-il avec gourmandise. Une vraie bombe. Elle a une chatte comme une anguille de mer, un long muscle suceur. Elle vous aspire comme un vairon, elle vous suce et vous rejette avant de vous réaspirer. C'est la meilleure chatte que j'aie jamais connue. (Il secoua la tête d'un air connaisseur.) Rien ne vaut une bonne petite Juive bien juteuse. Pas même une négresse ou une Chinetoque.

– Je ne savais pas que vous étiez aussi large d'esprit, Becker, dis-je. Ni aussi cosmopolite. Bon Dieu, je parie que vous avez même lu Goethe.

La plaisanterie le fit rire. Il semblait avoir déjà oublié Poliza.

– Je dois vous prévenir pour Evona, dit-il. Si vous voulez qu'elle parle, il faudra y aller doucement. Boire un coup, ne pas précipiter les choses, vous voyez ce que je veux dire. Faire comme si nous n'étions pas pressés. Si jamais elle sent qu'on la bouscule, elle fermera les volets et se mettra à astiquer les miroirs des chambres.

– Ma foi, des tas de gens réagissent comme ça ces temps-ci. Comme je dis toujours, personne ne prendra le risque de tendre ses mains vers le poêle s'il se doute que vous êtes en train d'y faire mijoter un potage.

Evona Wylezynska était une Polonaise au décolleté vertigineux coiffée à la garçonne et parfumée à l'huile de Macassar. En plein après-midi, elle portait un peignoir de voile couleur pêche passé par-dessus une combinaison en épais satin assorti, ainsi que des pantoufles à hauts talons. Elle accueillit Becker comme s'il venait lui annoncer une diminution de loyer.

– Ce cher Emil, roucoula-t-elle. Ça fait si longtemps que nous ne vous avons pas vu. Où vous cachiez-vous ?

– Je ne suis plus aux Mœurs, expliqua-t-il en l'embrassant sur la joue.

– Quel dommage. Vous faisiez du si bon travail.

Elle se tourna alors vers moi, me considérant d'un regard inquisiteur comme si je risquais de tacher son coûteux tapis.

– Et qui est cette personne ?

– Ne vous inquiétez pas, Evona. C'est un ami.

– Votre ami a-t-il un nom ? Et ignore-t-il qu'on ôte son chapeau en entrant chez une dame ?

Je laissai passer et enlevai mon chapeau.

– Bernhard Gunther, Frau Wylezynska, dis-je en lui serrant la main.

– Enchantée de vous connaître, très cher.

Sa voix langoureuse à l'accent prononcé semblait provenir d'un point situé au bas de son corset, dont je distinguais la forme sous la combinaison. Le temps qu'elle arrive à ses lèvres boudeuses, elle était devenue plus envoûtante qu'un chaton ensorcelé. Sa bouche aussi me posait pas mal de problèmes. Elle était du genre à pouvoir avaler cinq plats d'affilée chez Kempinski sans gâter son rouge à lèvres, mais en cet instant précis, j'eus l'impression que ses papilles n'en avaient qu'après moi.

Elle nous fit entrer dans un salon dont le confort aurait suscité l'approbation d'un avocat de Potsdam, puis se dirigea vers l'immense plateau couvert de bouteilles.

– Que désirez-vous, messieurs ? J'ai tout ce que vous voulez.

Becker pouffa bruyamment.

– Ça, c'est vrai, fit-il.

Je souris. Becker commençait à me porter sur les nerfs. Je demandai un scotch. Lorsque Evona me le tendit, ses doigts froids frôlèrent les miens.

Elle but une grande gorgée, comme si c'était un médicament au goût désagréable qu'il s'agissait d'avaler le plus vite possible, puis m'entraîna vers un gros sofa en cuir. Becker ricana et s'installa dans un fauteuil.

– Comment va mon vieil ami Arthur Nebe ? s'enquit-elle. (Remarquant ma surprise, elle ajouta :) Oui, Arthur et moi nous connaissons depuis de nombreuses années. Depuis 1920, pour être précis, l'année où il est entré dans la Kripo.

– Il est toujours le même, répondis-je.

– Dites-lui de venir me voir un de ces jours, dit-elle. Je lui ferai le grand jeu à l'œil. À moins qu'il ne préfère un simple massage. Oui, c'est ça. Dites-lui de venir pour un massage. Je le lui ferai moi-même.

L'idée la fit rire aux éclats, puis elle alluma une cigarette.

– Je le lui dirai, promis-je en me demandant si je le ferais et si elle se souciait que je le fasse.

– Et vous, Emil ? Vous voulez un peu de compagnie ? Peut-être que vous aimeriez tous les deux un petit massage, hein ?

J'allai lui préciser le but de notre visite, mais en fus empêché par Becker qui applaudit d'un air ravi.

– C'est ça ! s'exclama-t-il. Détendons-nous un peu. Nous sommes bien ici. (Il me jeta un regard plein de sous-entendus.) Nous ne sommes pas pressés, n'est-ce pas, commissaire ?

Je haussai les épaules et secouai la tête.

— Tant que nous n'oublions pas la raison pour laquelle nous sommes venus, fis-je en m'efforçant de ne pas paraître trop rabat-joie.

Evona Wylezynska se leva et appuya sur un bouton de sonnette dissimulé derrière un rideau. Puis elle revint s'asseoir en faisant des « ta ! ta ! ta ! ».

— Pourquoi ne pas oublier un peu le travail, hein ? C'est pour ça que tous ces messieurs viennent ici, pour oublier leurs soucis.

Profitant de ce qu'elle avait le dos tourné, Becker fronça les sourcils et secoua la tête. Je ne compris pas ce qu'il voulait me dire.

Evona me saisit la nuque et se mit à la masser d'une main aussi vigoureuse qu'une tenaille de maréchal-ferrant.

— Tout ça est trop tendu, Bernhard, m'informa-t-elle d'une voix enjôleuse.

— Ça ne m'étonne pas. Vous verriez la taille de la charrette qu'ils me font tirer à l'Alex. Sans compter les passagers.

Ce fut mon tour de jeter un regard entendu à Becker. J'écartai les doigts d'Evona et y déposai un baiser amical. Ils sentaient le savon à l'iode, qui n'est pas le meilleur aphrodisiaque que je connaisse.

Les filles d'Evona entrèrent dans la pièce comme une troupe de chevaux de cirque. Certaines portaient une combinaison et des bas, mais la plupart étaient nues. Elles prirent position autour de Becker et moi, puis allumèrent des cigarettes et se servirent à boire, presque comme si nous n'existions pas. Il y avait là plus de chair féminine que je n'en avais vu depuis longtemps, et je dois avouer que mon regard aurait marqué au fer rouge une femme ordinaire. Mais celles-ci étaient habituées à être jaugées et nos regards lascifs ne semblaient pas les déranger. L'une d'elles prit une chaise et, la posant devant moi, s'y installa à califourchon, m'offrant une vision parfaite de son intimité. Et pour faire bonne mesure, elle fit rouler ses fesses nues sur le siège.

Mais déjà Becker était debout, se frottant les mains comme le plus affranchi des camelots.

– Eh bien, tout ça est fort appétissant, n'est-ce pas ?

Becker enlaça deux des filles tandis que son visage s'empourprait d'excitation. Il jeta un regard circulaire et, ne trouvant pas celle qu'il cherchait, demanda :

– Dis-moi, Evona, où est cette mignonne petite Juive qui travaillait pour toi ?

– Esther, tu veux dire ? Elle a dû nous quitter, malheureusement.

Nous attendîmes des explications, mais les lèvres d'Evona se contentèrent de souffler un nuage de fumée.

– Dommage, fit Becker. Je venais juste de raconter à mon ami quelle belle fille c'était. (Il haussa les épaules.) Bah, ça ne fait rien. Une de perdue, dix de retrouvées, pas vrai ?

Ignorant l'expression de mon visage, et soutenu comme un ivrogne par les deux filles, il fit demi-tour, s'éloigna dans le couloir au parquet grinçant et disparut dans une des chambres, me laissant seul au milieu des autres.

– Et vous, Bernhard, quels sont vos goûts ? (Evona claqua des doigts et fit signe à une des filles d'approcher.) Celle-ci ressemble beaucoup à Esther, dit-elle. (Elle posa sa main sur la fesse nue de la jeune fille, la fit tourner dans ma direction et la caressa de la paume.) Elle a deux vertèbres de trop, ce qui fait que son derrière est très loin de sa taille. Charmant, vous ne trouvez pas ?

– Très, concédai-je en tâtant poliment le postérieur à la fraîcheur de marbre. Mais pour tout vous dire, je suis plutôt du genre vieux jeu. J'aime qu'une fille m'aime pour moi et non pour mon portefeuille.

Evona sourit.

– J'en étais sûre. (Elle claqua la croupe de la fille comme si elle était un toutou.) Allez, dehors. Sortez toutes.

En regardant le groupe sortir de la pièce, je ressentis une certaine déception à ne pas être taillé dans le même bois que Becker. Evona sentit ma perplexité.

– Vous n'êtes pas comme Emil. Lui, il succombe à la première fille qui lui montre ses ongles. Il serait capable de baiser un chat aux reins brisés. Comment trouvez-vous le whisky ?

Je le fis tourner dans mon verre avec un regard éloquent.

– Il est parfait, dis-je.

– Eh bien, puis-je vous en proposer un autre ?

Sentant sa poitrine contre mon bras, je baissai les yeux et souris à ce qui était exposé au balcon. J'allumai une cigarette et la fixai dans les yeux.

– Ne faites pas semblant d'être déçue si je vous dis que tout ce que je cherche, ce sont des renseignements.

Elle sourit d'un air aguichant et reprit son verre.

– Quel genre de renseignements ?

– Je cherche un homme. Et n'allez pas vous faire des idées. L'homme que je cherche est un assassin avec quatre meurtres à son actif.

– Comment pourrais-je vous aider ? Je gère un bordel, pas une agence de détectives.

– Il ne doit pas être rare qu'un client se montre brutal avec une de vos filles.

– Aucun n'y va avec des pincettes, Bernhard, je vous assure. Dès lors qu'ils ont payé, la plupart pensent qu'ils ont le droit d'arracher la culotte de mes filles.

– Alors, un type qui serait allé au-delà de ce qui est considéré comme normal. Peut-être qu'une de vos pensionnaires a eu un tel client. Ou qu'elle en a entendu parler par une autre fille.

– Parlez-moi de lui.

– Nous ne savons pas grand-chose, soupirai-je. Nous ignorons son nom, son adresse, d'où il vient et à quoi il ressemble. Tout ce que je sais, c'est qu'il aime ligoter les adolescentes.

– Beaucoup d'hommes aiment attacher les femmes, répliqua Evona. Ne me demandez pas ce qu'ils en retirent. Il y en a même qui aiment les fouetter, mais je ne le permets pas ici. On devrait enfermer ce genre de porc.

– Le moindre indice nous aiderait. Nous n'avons pratiquement aucune piste.

Evona haussa les épaules et écrasa sa cigarette.

– Et puis merde, lâcha-t-elle. Moi aussi, j'ai eu cet âge. Quatre filles, avez-vous dit ?

– Peut-être cinq. Toutes avaient entre 15 et 16 ans. Originaires de familles convenables et promises à un bel avenir. Jusqu'à ce que ce maniaque les enlève, les viole, les égorge et balance leurs corps nus quelque part.

Evona prit l'air songeur.

– Je repense à quelque chose, dit-elle d'un ton prudent. Mais il est peu probable qu'un homme qui fréquente ce genre de maison ne soit pas attiré par les jeunes filles. Après tout, le but d'un endroit comme celui-ci est de satisfaire les besoins d'un homme, non ?

J'acquiesçai mais ne pus m'empêcher de penser à l'exemple de Kürten, qui contredisait cette affirmation. Je décidai cependant de ne pas discuter.

– Ne vous emballez pas, dit-elle. Je ne sais pas du tout ce que ça vaut.

Evona se leva et me demanda de l'excuser un instant. Elle revint en compagnie de la fille dont j'avais pu admirer la chute de reins anormalement longue. Elle avait passé un peignoir et paraissait plus nerveuse habillée que nue.

– Kommissar, je vous présente Helene, dit Evona en se rasseyant. Helene, assieds-toi et raconte-nous la fois où ton client a essayé de te tuer.

La fille prit place sur le fauteuil qu'avait occupé Becker. Elle était jolie mais semblait fatiguée, comme si elle manquait de sommeil ou prenait de la drogue. Fuyant mon regard, elle mordillait sa lèvre en tirant sur une mèche de ses longs cheveux roux.

— Allons, raconte, la pressa Evona. Il ne te mangera pas. S'il en avait eu envie, il l'aurait fait tout à l'heure.

— L'homme que nous recherchons aime ligoter ses victimes, lui expliquai-je en me penchant vers elle d'un air encourageant. Ensuite, il les étrangle ou leur tranche la gorge.

La fille resta silencieuse quelques instants.

— Excusez-moi, finit-elle par dire. C'est difficile pour moi. Je voulais oublier cette histoire, mais Evona m'a raconté que des jeunes filles avaient été tuées. Je voudrais vous aider, vraiment, mais c'est difficile.

J'allumai une cigarette et lui proposai le paquet. Elle refusa d'un hochement de tête.

— Prends ton temps, Helene, dis-je. S'agit-il d'un client ? D'un type venu pour un massage ?

— Vous ne m'obligerez pas à témoigner devant le tribunal, au moins ? Je ne dirai rien si je dois comparaître devant un juge et dire que je suis masseuse.

— La seule personne à laquelle tu raconteras cette histoire, c'est moi.

La fille renifla d'un air peu convaincu.

— Vous n'avez pas l'air d'un mauvais bougre. (Son regard tomba sur ma cigarette.) Je crois que je vais en prendre une, finalement, dit-elle.

— Tiens, sers-toi, fis-je en lui tendant le paquet.

La première bouffée parut la galvaniser et elle se lança dans son histoire avec un mélange d'embarras et, sans doute, de peur rétrospective.

— Ce client est venu un soir, il y a environ un mois. Je lui ai fait un massage et quand je lui ai demandé s'il voulait le spécial, il a répondu qu'il voulait m'attacher et

que je lui taille une pipe. Je lui ai dit que ça lui coûte-
rait 20 marks de plus et il a dit que c'était d'accord. Je
me suis donc retrouvée ligotée comme un poulet rôti, et
quand j'ai eu fini de le sucer, je lui ai demandé de me
détacher. Alors, il a pris un drôle d'air, puis il m'a traitée
de sale pute ou quelque chose comme ça. Bien sûr, on a
l'habitude des hommes qui deviennent grossiers quand ils
en ont fini avec nous, comme s'ils avaient honte, mais je
me suis rendu compte que celui-ci était différent et j'ai
essayé de garder mon calme. Il a sorti un couteau et l'a
posé sur ma gorge pour me faire peur. Je peux vous dire
que je n'en menais pas large. J'avais envie de hurler à
m'en faire éclater les poumons, mais je n'ai pas voulu
l'effrayer, sinon il m'aurait égorgée. Je pensais le calmer
en parlant avec lui.

Elle tira une bouffée, les lèvres tremblotantes.

— Mais il s'est aperçu que j'avais envie de crier et il a
voulu m'étrangler. Il m'a serré la gorge et j'ai commencé
à étouffer. Heureusement, à ce moment-là, une fille s'est
trompée de porte et est entrée, sinon il m'aurait tuée, j'en
suis sûre. J'ai gardé des marques de doigts autour du cou
pendant une semaine.

— Que s'est-il passé quand l'autre fille est entrée ?

— Ça, je ne pourrais pas vous dire exactement. J'étais
plus occupée à reprendre ma respiration qu'à m'assurer
qu'il trouvait un taxi pour rentrer, vous voyez ce que je
veux dire ? Il me semble qu'il a ramassé son fourbi et qu'il
est parti.

— À quoi ressemblait-il ?

— Il portait un uniforme.

— Quel genre d'uniforme ? Peux-tu être plus précise ?

Elle haussa les épaules.

— Pour qui vous me prenez ? Pour Hermann Goering ?
Merde, je sais pas quel genre d'uniforme c'était.

— De quelle couleur était-il ? Vert, noir, brun ? Allons,
Helene, essaie de te souvenir. C'est important.

Elle tira une vigoureuse bouffée et secoua la tête avec impatience.

– Un vieil uniforme. Du genre qu'on portait avant.

– Tu veux dire un uniforme d'ancien combattant ?

– Oui, un peu, mais peut-être plus… comment dire ? Plus prussien. Vous savez, avec la moustache cosméti- quée, les bottes de cavalier. Ah oui ! j'oubliais… Il portait des éperons.

– Des éperons ?

– Oui, des éperons de cavalier.

– Tu ne te souviens de rien d'autre ?

– Il portait une gourde en bandoulière. Elle ressemblait à un étui de bugle, mais il m'a dit qu'elle était remplie de schnaps.

Je hochai la tête d'un air satisfait et me redressai contre le dossier du sofa en me demandant comment ça se serait passé avec elle si j'avais accepté. C'est alors que je remar- quai la teinte jaunâtre de ses mains. Loin d'être due à la nicotine, à la jaunisse ou à un tempérament biliaire, cette décoloration indiquait à coup sûr que Helene avait tra- vaillé dans une usine de munitions. C'est comme ça que j'avais un jour identifié un cadavre repêché dans le canal Landwehr. Encore une chose que Hans Illmann m'avait apprise.

– Dites donc, fit Helene, si jamais vous coincez ce salo- pard, assurez-vous qu'il ait droit au régime de faveur de la Gestapo, hein ? Avec poucettes et matraques.

– Tu peux compter sur moi, fis-je en me levant. Et merci pour ton aide.

Helene se leva à son tour. Elle croisa les bras et haussa les épaules.

– Moi aussi, j'ai été adolescente, vous voyez ce que je veux dire ?

Je jetai un coup d'œil à Evona et souris.

– Je vois ce que tu veux dire. (Je tournai la tête vers les chambres réparties le long du couloir.) Quand Don Juan

aura fini ses investigations, dites-lui que je suis parti interroger le maître d'hôtel du Peltzer. Qu'ensuite, j'irai peut-
être bavarder avec le gérant du Jardin d'hiver pour voir si
je peux en tirer quelque chose. Après quoi, je retournerai
à l'Alex pour nettoyer mon arme. Et chemin faisant, qui
sait ? j'aurai peut-être l'occasion de travailler un peu.

9

Vendredi 16 septembre

– D'où êtes-vous, Gottfried ?
L'homme sourit avec fierté.
– D'Eger, dans les territoires sudètes. Encore quelques
semaines et vous pourrez dire que c'est l'Allemagne.
– Et moi je dis que c'est de la folie, rétorquai-je. Encore
quelques semaines et votre Sudetendeutsche Partei[1] nous
aura tous entraînés dans la guerre. La loi martiale a d'ores
et déjà été proclamée dans la plupart des districts contrô-
lés par le SDP.
– Les hommes doivent être prêts à mourir pour leurs
idées.
Il s'appuya au dossier de sa chaise et ramena vers
lui sa botte dont l'éperon crissa sur le sol de la salle
d'interrogatoire. Je me levai, desserrai le col de ma chemise et m'écartai du rectangle ensoleillé que projetait la
fenêtre. Il faisait chaud. Trop chaud pour porter une veste,
sans parler d'un uniforme complet d'officier de cavalerie
prussien. Gottfried Bautz, arrêté dans la matinée, ne semblait prêter aucune attention à la chaleur, même si sa mous-

1. *Sudetendeutsche Partei*, Parti des Allemands des Sudètes.

tache cosmétiquée commençait à montrer quelques signes d'affaissement.

— Et les femmes ? demandai-je. Est-ce qu'elles doivent être prêtes à mourir aussi ?

Ses pupilles s'étrécirent.

— Je crois que vous feriez mieux de me dire pourquoi vous m'avez amené ici, vous ne pensez pas, Herr Kommissar ?

— Êtes-vous déjà allé dans un salon de massage de la Richard Wagner Strasse ?

— Non, je ne crois pas.

— Vous ne passez pas inaperçu, Gottfried. Je crois que vous n'auriez pas plus marqué les mémoires si vous aviez grimpé l'escalier sur un destrier blanc. À propos, pourquoi portez-vous cet uniforme ?

— J'ai servi l'Allemagne et j'en suis fier. Pourquoi ne pourrais-je pas porter l'uniforme ?

J'allais lui expliquer que la guerre était finie, mais vu que la suivante se profilait et que Gottfried avait de toute évidence une case en moins, je m'abstins de lui faire part de mes réflexions.

— Alors, dis-je. Oui ou non, êtes-vous allé dans ce salon de massage de la Richard Wagner Strasse ?

— Ça se pourrait. On ne se rappelle pas toujours l'adresse exacte de ce genre d'endroits. Je n'ai pas l'habitude de…

— Épargnez-moi la liste de vos habitudes. Une des filles de l'établissement affirme que vous avez essayé de la tuer.

— C'est absurde.

— Elle est catégorique, pourtant.

— Est-ce que cette fille a déposé plainte ?

— Oui.

Gottfried Bautz ricana d'un air suffisant.

— Allons, Herr Kommissar. Vous savez aussi bien que moi que ça n'est pas vrai. D'abord, parce qu'il n'y a ·

pas eu de confrontation. Ensuite, parce qu'en Allemagne aucune pute n'oserait signaler à la police ne serait-ce que la perte de son caniche. Pas de plainte, pas de témoin, je ne vois même pas pourquoi nous avons cette conversation.

— Elle dit que vous l'avez ligotée comme une saucisse, que vous l'avez bâillonnée et qu'ensuite, vous avez essayé de l'étrangler.

— Elle dit, elle dit… Écoutez, à quoi riment ces conneries ? C'est ma parole contre la sienne, voilà tout.

— Vous oubliez le témoin, Gottfried. La fille qui est entrée à l'improviste pendant que vous serriez le cou de l'autre. Comme je disais, on n'oublie pas facilement un individu comme vous.

— Je suis prêt à passer devant un tribunal. Laissons les juges décider qui dit la vérité. Un homme qui s'est battu pour son pays, ou deux petites putes sans cervelle. Et elles, est-ce qu'elles sont prêtes à comparaître ? (Il s'était mis à crier et la sueur perlait à son front comme du sirop.) Vous picorez dans une flaque de vomi et vous le savez !

Je me rassis et pointai mon index entre ses deux yeux.

— Ne commence pas à faire le malin, Gottfried. Pas ici. L'Alex met plus de types KO que Max Schmelling, et ils n'ont pas toujours la chance de regagner leur vestiaire après le combat.

Je croisai les mains derrière ma nuque, renversai la tête et contemplai le plafond d'un air nonchalant.

— Crois-moi, Gottfried, cette petite pute n'est pas stupide au point de désobéir à ce que je lui dis. Et si je lui dis de tailler une pipe au juge en plein procès, elle le fera. Compris ?

— Alors vous pouvez aller vous faire foutre, grogna-t-il. Si vous êtes prêt à me construire une cage sur mesures, je ne vois pas pourquoi vous auriez besoin de moi pour fabriquer la clé. Merde, pourquoi je devrais répondre à vos questions ?

– C'est comme vous voulez, mon vieux. Je ne suis pas pressé. Je vais rentrer chez moi, prendre un bon bain chaud et dormir dans un lit douillet. Et puis demain je reviendrai voir si vous avez passé une bonne soirée. Ma foi, c'est à vous de voir. Mais cet endroit n'a pas mérité le surnom de Misère grise pour des prunes.

– D'accord, d'accord, marmonna-t-il. Allez-y, posez vos foutues questions.

– On a fouillé votre chambre.

– Elle vous a plu ?

– Pas autant qu'aux cafards qui y logent. On a trouvé une corde. Un de mes inspecteurs pense que c'est cette corde spéciale « étrangleur » qu'on peut acheter au Ka-De-We. Mais ça pourrait aussi bien servir à ligoter quelqu'un.

– Ou à travailler, peut-être bien. Je travaille pour les déménagements Rochling.

– Je sais, nous avons vérifié. Mais pourquoi rapporter une corde à la maison ? Pourquoi ne pas la laisser dans le camion ?

– Je voulais me pendre.

– Qu'est-ce qui vous a fait changer d'avis ?

– J'ai réfléchi et je me suis dit que ça n'allait pas si mal pour moi. Mais c'était avant de vous rencontrer.

– Et ce tissu ensanglanté qu'on a retrouvé dans un sac sous votre lit ?

– Ça ? C'était du sang menstruel. Une amie à moi qui a eu un petit accident. Je voulais le brûler, et puis j'ai oublié.

– Pouvez-vous le prouver ? Votre amie confirmera-t-elle votre version ?

– Malheureusement je ne sais pas grand-chose sur cette personne, Kommissar. C'était une aventure sans lendemain, vous me comprenez. (Il s'interrompit un instant.) Mais il existe sûrement des tests scientifiques qui confirmeront ce que je dis, n'est-ce pas ?

– Les tests pourraient déterminer s'il s'agit de sang humain ou pas. Ils ne permettraient sans doute pas de fournir une réponse aussi précise que ce que vous suggérez. Mais je n'en suis pas sûr, je ne suis pas pathologiste.

Je me levai à nouveau, gagnai la fenêtre et allumai une cigarette.

– Vous fumez?

Il acquiesça et je lançai le paquet sur la table. Je le laissai aspirer une bonne bouffée avant de lui balancer ma grenade.

– J'enquête sur les meurtres de quatre, peut-être cinq jeunes filles, annonçai-je d'une voix égale. C'est pour ça qu'on vous a amené ici. Pour nous aider dans nos investigations, comme on dit.

Gottfried se leva d'un bond, la mâchoire ballante. Sa cigarette roula sur la table où il l'avait jetée. Il se mit à secouer la tête.

– Non, non et non! Vous vous trompez d'adresse. Je ne sais rien de cette histoire. Je vous en prie, croyez-moi. Je suis innocent.

– Et la fille que tu as violée à Dresde en 1931? Tu as fait de la taule pour ça, pas vrai, Gottfried? Tu vois, j'ai étudié ton dossier.

– Ça n'était un viol qu'en termes juridiques. Parce que la fille était mineure. Je ne le savais pas. En tout cas, elle était consentante.

– Voyons, quel âge avait-elle? Quinze ans? Seize ans? C'est à peu près l'âge des gamines qui ont été assassinées. Après tout, tu les préfères peut-être jeunes. Tu as honte de ce que tu es, et tu transfères ta honte sur elles. Comment font-elles pour te pousser à commettre de telles horreurs?

– Non, c'est faux, je le jure…

– Comment peuvent-elles se montrer si dégoûtantes? Comment osent-elles te provoquer de manière aussi impudique?

– Arrêtez, pour l'amour du ciel!

– Alors, tu es innocent? Laisse-moi rire. Ton innocence ne vaut pas plus qu'une merde dans le caniveau,

Gottfried. L'innocence, c'est pour les citoyens décents et respectueux de la loi, pas pour les rats d'égout dans ton genre qui essaient d'étrangler une fille dans un salon de massage. Maintenant, assieds-toi et ferme-la.

Pendant quelques secondes, il oscilla sur ses talons, puis se laissa tomber sur sa chaise.

– J'ai tué personne, marmonna-t-il. Vous pouvez retourner ça dans tous les sens, je suis innocent. Je vous le jure.

– Peut-être bien, dis-je. Mais on ne peut pas raboter une planche sans faire de copeaux. C'est pourquoi, innocent ou pas, je suis obligé de te garder quelque temps. Au moins jusqu'à ce que je sois sûr que tu n'as rien à voir là-dedans.

Je ramassai ma veste et me dirigeai vers la porte.

– Une dernière question, dis-je. Je suppose que tu n'as pas de voiture ?

– Avec ce que je gagne ? Vous plaisantez, non ?

– Et le camion de déménagement ? C'est toi qui le conduis ?

– Oui, c'est moi.

– Ça t'arrive de le prendre certains soirs ? (Il garda le silence. Je haussai les épaules.) Bah, je pourrai toujours demander à ton patron.

– C'est interdit, mais il m'arrive de l'utiliser, c'est vrai. Je fais des petits transports en dehors du boulot. (Il me regarda droit dans les yeux.) Mais je ne l'ai jamais utilisé pour y tuer quelqu'un, si c'est ce que vous avez en tête.

– Je n'y avais pas pensé, à vrai dire. Mais merci pour l'idée.

Assis dans le bureau d'Arthur Nebe, j'attendais la fin de sa conversation téléphonique. Lorsqu'il reposa le combiné, son visage était grave. Je voulus dire quelque chose, mais il porta son index à ses lèvres, ouvrit son tiroir et en sortit un couvre-théière dont il chapeauta le téléphone.

– C'est pour quoi faire ?

– Mon téléphone est sur écoute. Une petite attention de Heydrich, je suppose, mais qui sait ? Ce couvercle préservera l'intimité de notre conversation.

Il s'appuya au dossier de sa chaise, sous le portrait du Führer fixé au mur, et poussa un long soupir de lassitude.

– C'était un de mes hommes qui m'appelait de Berchtesgaden, dit-il. Les conversations de Hitler avec le Premier ministre britannique n'ont pas l'air de bien se passer. Il semble que la perspective d'une guerre avec l'Angleterre ne fasse ni chaud ni froid à notre bien-aimé chancelier. Il ne veut faire aucune concession.

» Il est évident qu'il se fiche pas mal des Allemands des Sudètes. Tout ce discours nationaliste n'est que poudre aux yeux. Tout le monde le sait. Ce qu'il veut en réalité, c'est l'industrie lourde austro-hongroise. Il en aura besoin s'il veut déclencher une guerre européenne. Bon sang, j'aurais préféré qu'il ait un interlocuteur plus coriace que Chamberlain. Savez-vous qu'il a apporté son parapluie avec lui ? Comme un minable petit banquier…

– Vous trouvez ? Moi, je pense que ce parapluie dénote un certain bon sens. Vous croyez que Hitler ou Goebbels parviendraient à enflammer leur auditoire s'ils serraient un parapluie sous le bras ? C'est l'absurdité même des Anglais qui en fait un peuple impossible à fanatiser. C'est elle que nous devrions envier.

– Intéressant, rétorqua Nebe en souriant d'un air songeur. Mais parlez-moi plutôt de ce type que vous avez arrêté. Pensez-vous qu'il soit notre homme ?

Pendant quelques instants, je laissai mon regard errer dans la pièce, espérant trouver sur les murs et au plafond de quoi renforcer ma conviction, puis je levai les mains comme pour désavouer l'internement de Gottfried Bautz dans une des cellules du sous-sol.

– D'un point de vue uniquement circonstanciel, il pourrait figurer en bonne place sur une liste de suspects. (Je m'accordai un soupir.) Mais rien ne le désigne comme coupable. La corde retrouvée dans sa chambre est du même modèle que celle qui a servi à ligoter les pieds d'une des victimes. Mais c'est un type de corde très courant. Nous utilisons la même ici à l'Alex.

» Nous avons aussi trouvé sous son lit un chiffon, imprégné de sang qui pourrait appartenir à l'une des victimes. Mais il pourrait tout autant s'agir de sang menstruel, comme il l'affirme. Il dispose d'une fourgonnette avec laquelle il aurait pu transporter et tuer ses victimes assez facilement. Mes hommes sont en train d'examiner le camion, mais pour l'instant, il semble aussi net qu'un ongle de dentiste.

» D'autre part, il y a son dossier. Il a été condamné pour un délit sexuel que la justice a assimilé à un viol. Il y a quelques semaines, il pourrait avoir tenté de tuer une prostituée après l'avoir attachée. Il correspond donc au type psychologique de l'homme que nous recherchons. (Je secouai la tête.) Mais tout ça est aléatoire. Ce que je veux, c'est une preuve.

Nebe hocha la tête d'un air philosophe, posa ses talons sur le bord du bureau et joignit l'extrémité de ses doigts.

– Vous pourriez étayer le dossier ? Faire craquer le client ?

– Il n'est pas stupide. Ça prendra du temps. Je ne suis pas un excellent interrogateur et je ne veux pas prendre de raccourcis. La dernière chose que je veuille dans cette affaire, c'est voir des bouts de dents cassées sur l'acte d'accusation. C'est comme ça que Josef Kahn s'est retrouvé chez les dingues.

Je pris une cigarette américaine dans la boîte que Nebe gardait sur son bureau et l'allumai avec un énorme briquet en cuivre que lui avait offert Goering. Le Premier ministre avait pour habitude de distribuer des briquets à ceux qui lui avaient rendu quelque menu service. Il les utilisait comme une nounou accorde bonbons et biscuits.

— À propos, il n'a toujours pas été relâché ? demandai-je.

Le long visage de Nebe prit une expression peinée.

— Non, pas encore, répondit-il.

— Je sais que l'on considère ça comme un détail, le fait qu'il n'ait tué personne, mais ne pensez-vous pas qu'il est temps de le libérer ? Nous respectons encore quelques règles, non ?

Il se leva, contourna son bureau et vint se planter devant moi.

— Vous n'allez pas aimer ce que je vais vous dire, Bernie, dit-il. Pas plus que moi quand je l'ai appris.

— Ce ne sera pas exceptionnel, non ? Je me dis que la seule raison pour laquelle il n'y a pas de miroir dans les toilettes de l'Alex, c'est pour que personne ne soit obligé de se regarder en face. Ils ne vont pas le relâcher, c'est ça ?

Nebe s'appuya au rebord du bureau, croisa les bras et fixa pendant une longue minute le bout de ses chaussures.

— C'est pire que ça. Il est mort.

— Que s'est-il passé ?

— Officiellement ?

— Dites toujours.

— Josef Kahn s'est suicidé lors d'une crise de démence.

— Plausible. Et la réalité ?

— Je ne sais rien de sûr, dit-il en haussant les épaules. Disons que c'est de la spéculation étayée. J'entends des choses, je lis des choses et j'en tire certaines conclusions. Il faut dire qu'en tant que Reichskriminaldirektor, j'ai accès à tous les décrets secrets décidés par le ministère de l'Intérieur. (Il prit une cigarette et l'alluma.) Ils sont en général camouflés sous un jargon bureaucratique d'apparence neutre. En ce moment, par exemple, il semble qu'on aille vers la création d'un nouveau comité chargé de la détection de graves maux constitutionnels…

– Du genre de ceux qui affligent le pays, vous voulez dire ?

– ... dans le but d'instaurer un « eugénisme positif en accord avec la pensée du Führer sur le sujet ». (Il agita sa cigarette en direction du portrait accroché derrière lui.) Cette référence à « la pensée du Führer sur le sujet » signifie qu'il faut se reporter à son ouvrage, que vous avez lu et relu, je suppose. Dans ce livre vous verrez qu'il préconise l'emploi des techniques médicales les plus modernes afin d'empêcher les handicapés physiques et les malades mentaux de contaminer la santé future de la race.

– Qu'est-ce que ça veut dire dans la pratique ?

– Je pensais qu'on se contenterait d'empêcher ces malheureux de fonder une famille. C'est du simple bon sens, non ? S'ils sont incapables de prendre soin d'eux-mêmes, ils ne pourront pas s'occuper d'enfants.

– C'est pourtant le cas des responsables des Jeunesses hitlériennes.

Nebe repassa derrière son bureau.

– Vous devriez apprendre à surveiller vos paroles, Bernie, dit-il mi-figue, mi-raisin.

– Racontez-moi la fin de votre petite histoire désopilante.

– Voilà. Un certain nombre de rapports, de plaintes si vous préférez, envoyées à la Kripo par des parents de gens internés dans des établissements psychiatriques m'amènent à penser qu'on a commencé à y pratiquer officieusement l'euthanasie.

Je me penchai en avant et me pinçai le nez entre pouce et index.

– Est-ce qu'il vous arrive d'avoir des migraines ? Moi, oui. À cause des odeurs. La peinture a une odeur désagréable. Le formol aussi, à la morgue. Mais le pire, ce sont ces coins à pisse près des endroits où dorment les ivrognes et les clochards. C'est une odeur qui me revient dans mes pires cauchemars. Vous savez, Arthur, je pensais connaître toutes les mauvaises odeurs de cette ville. Mais ça, c'est comme une vieille merde cuite avec des œufs pourris.

Nebe ouvrit un tiroir et sortit une bouteille et deux verres. Sans un mot, il nous servit deux doses généreuses.

Je vidai mon verre cul sec et attendis que l'alcool trouve le chemin de ce qui me restait de cœur et d'estomac. J'acquiesçai lorsque Nebe me proposa un second verre.

— C'est toujours au moment où l'on pense que les choses ne peuvent plus empirer qu'on se rend compte qu'elles sont déjà bien pires qu'on ne le pensait. Et qu'elles empirent encore. (Je vidai mon verre et en examinai la forme.) Merci d'avoir été aussi direct, Arthur, dis-je en me levant. Et merci pour le remontant.

— Tenez-moi au courant pour votre suspect. Essayez d'envoyer deux de vos hommes lui jouer le numéro du bon et du méchant. Pas de brutalités, mais une bonne petite pression psychologique à l'ancienne mode. Vous voyez ce que je veux dire. Et au fait, comment marche votre équipe ? Tout va bien ? Pas de ressentiments ni de choses de ce genre ?

J'aurais pu me rasseoir et lui débiter une liste d'imperfections aussi interminable qu'une réunion du Parti, mais c'était inutile. Je savais que la Kripo abritait une centaine de flics pires que les trois de mon équipe. C'est pourquoi je me contentai de hocher la tête en lui disant que tout allait bien.

Pourtant, sur le seuil du bureau, je m'immobilisai et prononçai la formule sans y penser. Non par obligation, non pour répliquer à quelqu'un, auquel cas j'aurais pu me consoler en me disant que je voulais juste ne pas faire de vagues, éviter d'offenser : c'est moi qui pris l'initiative de prononcer les deux mots rituels.

— Heil Hitler.

— Heil Hitler, marmonna Nebe.

N'ayant même pas levé les yeux de la page sur laquelle il avait commencé d'écrire, il ne vit pas mon expression. J'ignore quel air j'eus alors, mais quel qu'il fût, je sus qu'il était né de ce que je venais de comprendre : la seule plainte que j'aurais pu déposer à l'Alex aurait été contre moi-même.

10

Lundi 19 septembre

Le téléphone sonna. Je me tournai péniblement de l'autre côté du lit et décrochai. Deubel parlait déjà que je n'avais pas encore enregistré l'heure. Il était 2 heures du matin.

— Répétez-moi ça.

— Nous pensons avoir retrouvé la fille disparue, commissaire.

— Morte ?

— Comme une souris dans une tapette. Il n'y a pas encore eu d'identification certaine, mais ça ressemble aux quatre autres. Je viens d'appeler le professeur Illmann. Il est en route.

— Où êtes-vous, Deubel ?

— À la gare du Zoo.

Il faisait encore chaud dehors lorsque je montai dans ma voiture, et j'ouvris la vitre autant pour profiter de l'air nocturne que pour me réveiller un peu. Sauf pour Herr et Frau Hanke, encore endormis dans leur maison de Steglitz, la journée s'annonçait rayonnante.

Je roulai vers l'est sur Kurfürstendamm, avec ses boutiques aux formes géométriques éclairées au néon, puis pris au nord par Joachimstaler Strasse, dominée à son extrémité par la vaste serre illuminée de Zoo Bahnhof. Plusieurs fourgonnettes de police étaient garées devant la gare, ainsi qu'une ambulance parfaitement superflue. Un flic s'employait à éloigner quelques pochards curieux.

Je traversai le hall principal en direction de la barrière de police qui avait été dressée pour délimiter le coin de la consigne et des objets trouvés. Arrivé devant les deux agents de faction, j'exhibai ma plaque et ils me laissèrent passer. Deubel vint à ma rencontre.

– Alors ? fis-je.

– Un cadavre féminin dans une malle, commissaire. Vu son aspect et son odeur, elle doit y être depuis un certain temps. La malle était dans le bureau de la consigne.

– Le professeur est arrivé ?

– Oui, et le photographe aussi. Ils n'ont pas fait grand-chose, à part se rincer l'œil. Nous avons préféré vous attendre.

– Votre prévenance me touche. Qui a découvert le cadavre ?

– Moi, commissaire, avec un agent de mon équipe.

– Ah ? Et comment avez-vous fait ? Vous avez consulté un médium ?

– On a reçu un appel anonyme à l'Alex. L'homme a indiqué au sergent de permanence l'endroit où se trouvait le corps, et le sergent l'a transmis à mon équipier. Il m'a appelé et nous sommes venus tout de suite. Nous avons localisé la malle, trouvé le cadavre, ensuite je vous ai appelé.

– Un appel anonyme, dites-vous ? Quelle heure était-il ?

– Minuit environ. J'allais rentrer chez moi.

– J'aimerais parler au sergent qui a reçu l'appel. Envoyez quelqu'un s'assurer qu'il ne parte pas sans avoir rédigé son rapport. Comment êtes-vous entré ici ?

– Le chef de gare de nuit, commissaire. Il garde les clés dans son bureau quand la consigne ferme.

Deubel désigna, debout à quelques mètres, un gros type huileux qui se rongeait la paume.

– C'est lui, là-bas.

– J'ai l'impression qu'on lui retarde son dîner. Dites-lui que je veux les noms et adresses de tous ceux qui travaillent dans ce service, avec l'heure à laquelle ils commencent le matin. Quels que soient leurs horaires, je veux les voir tous demain matin à l'ouverture de la gare, avec leurs dossiers et registres. (Je restai silencieux quelques instants, durcissant ma carapace en prévision de ce qui allait suivre.) Bon, allons-y.

À l'intérieur de la consigne, nous trouvâmes Hans Illmann, assis sur un gros colis marqué « Fragile » et fumant une de ses cigarettes roulées, qui observait le photographe de la police en train d'installer ses projecteurs et le trépied de son appareil.

– Ah, Kommissar, dit-il en se levant. Nous venons d'arriver. Je savais que vous voudriez être là. Comme le ragoût a un peu trop mijoté, vous feriez mieux de mettre ça. (Il me tendit une paire de gants en caoutchouc, puis considéra Deubel d'un air affligé.) Voulez-vous partager notre dîner, inspecteur ?

Deubel fit la grimace.

– Je préférerais pas, si ça ne vous fait rien, professeur. En général, je tiens le coup, mais j'ai une fille à peu près du même âge, voyez-vous.

Je hochai la tête.

– Allez donc réveiller Becker et Korsch et dites-leur de rappliquer. Je ne vois pas pourquoi nous serions les seuls à ne pas dormir.

Deubel tourna les talons.

– Oh, inspecteur, fit Illmann, demandez aussi à un agent de nous préparer du café. Je travaille beaucoup mieux quand je suis réveillé. Il me faudra également quelqu'un pour prendre des notes. Votre sergent a-t-il une écriture lisible ?

– Je suppose que oui, professeur.

– Inspecteur, la seule supposition qu'il est prudent de faire en ce qui concerne le niveau d'alphabétisation de l'Orpo est que tous ceux qui y travaillent sont capables de remplir une fiche de pari mutuel. Alors si ça ne vous ennuie pas, tâchez de vous en assurer. Je préfère prendre des notes moi-même plutôt que d'avoir à déchiffrer ensuite les pattes de mouche d'une forme de vie encore primitive.

– Entendu, professeur, fit Deubel avec un sourire pincé avant de s'éloigner.

– Je ne pensais pas qu'il était du genre sensible, commenta Illmann en le regardant partir. Imaginez un détective refusant de voir un cadavre. C'est comme un marchand de vin qui refuserait de goûter le bourgogne qu'il a l'intention d'acheter. Impensable. Comment font-ils pour recruter toutes ces brutes ?

– C'est simple. Ils font des descentes et ramassent tous les types qui portent des culottes de peau. C'est ce que les nazis appellent la sélection naturelle.

Au fond de la consigne, la malle contenant le corps était posée par terre, recouverte d'un drap. Nous approchâmes quelques colis et bagages pour nous asseoir dessus.

Illmann retira le drap et je fronçai le nez lorsque l'odeur de ménagerie envahit mes narines, me faisant par réflexe tourner la tête en quête d'une goulée d'air.

– Bon sang, murmura Illmann, c'est vrai qu'il a fait chaud cet été.

C'était une grande malle en cuir bleu de bonne qualité, avec des poignées et des renforts de cuivre – le genre qu'on embarque sur les paquebots de luxe qui font la navette entre Hambourg et New York. Mais pour sa seule occupante, une fille nue d'environ 16 ans, il n'y aurait plus qu'un voyage : le dernier. À demi enveloppée dans ce qui semblait une sorte de rideau brun, elle reposait sur le dos, les jambes repliées sur sa gauche, un des seins nus pointant en l'air comme si quelque chose, sous elle, la rehaussait. La tête formait avec le corps un angle invraisemblable, la bouche ouverte semblait presque sourire, les yeux étaient mi-clos. À part le sang séché qui obstruait ses narines et la corde qui enserrait ses chevilles, on aurait pu croire que la jeune fille était en train de s'éveiller d'un long sommeil.

Le sergent de Deubel, un gaillard au cou plus court qu'un goulot de gourde et au buste en forme de sac de sable, se présenta avec crayon et calepin et s'installa un peu à l'écart d'Illmann et de moi. Il suçotait un bonbon et, les jambes croisées avec nonchalance, ne semblait pas être ému outre mesure par le spectacle.

Illmann l'observa un moment, puis hocha la tête et se mit à dicter ses constatations.

— La victime, commença-t-il d'une voix solennelle, est une adolescente d'environ 16 ans, nue, enfermée dans une grande malle de bonne facture. Le corps est partiellement enveloppé dans de la cretonne brune, les pieds liés par une corde.

Illmann parlait lentement, observant des pauses entre les membres de phrase pour permettre au sergent de transcrire ses observations.

— Après avoir dégagé le corps du tissu qui l'enveloppe, nous constatons que la tête est presque détachée du tronc. Le cadavre est en état de décomposition avancée du fait d'être resté dans la malle pendant quatre à cinq semaines. Les mains ne présentent aucune blessure de défense. Je les protège afin d'examiner les doigts au laboratoire, mais comme la victime avait pour habitude de se ronger les ongles, l'examen ne révélera sans doute rien.

Il sortit de sa mallette deux sacs d'épais papier dans lesquels je l'aidai à enfiler les mains de la jeune fille.

— Ventrebleu, qu'est-ce donc ? fit-il. Mes yeux me joueraient-ils un tour, ou est-ce bien un corsage ensanglanté que je vois devant moi ?

– Ce doit être son uniforme de la BdM, dis-je en le regardant extraire de la malle un corsage puis une jupe bleu marine.

– Comme c'est prévenant de la part de notre ami de nous envoyer son linge à laver. Et moi qui pensais qu'il ne nous surprendrait plus. Or, voilà qu'il téléphone à l'Alex, et maintenant, ça... Faites-moi penser à consulter mon agenda pour vérifier si ça n'est pas mon anniversaire.

Quelque chose d'autre retint mon regard. Je me penchai et saisis le petit carré de bristol.

– La carte d'identité d'Irma Hanke, dis-je.

– Eh bien, ça me facilite le travail, je suppose. (Illmann tourna la tête vers le sergent.) La malle contenait aussi les vêtements et la carte d'identité de la victime, dicta-t-il.

Une tache de sang souillait le volet intérieur de la carte.

– Une marque de doigt, à votre avis ? demandai-je au professeur.

Il me prit la carte des mains et examina la tache.

– Possible. Mais je ne vois pas en quoi ça pourrait nous être utile. Une empreinte digitale, ça serait autre chose. Ça répondrait à beaucoup de nos prières.

Je secouai la tête.

– Ce n'est pas une réponse. C'est une question. Pourquoi un cinglé voudrait-il connaître l'identité de sa victime ? Cette trace de sang, en supposant que c'est celui de la fille, indiquerait qu'elle était déjà morte quand il a regardé la carte. Dans ce cas, pourquoi a-t-il ressenti le besoin de connaître son identité ?

– Peut-être pour pouvoir dire son nom quand il téléphonerait à l'Alex.

– Oui, mais alors pourquoi attendre plusieurs semaines avant d'appeler ? Ça ne vous paraît pas bizarre ?

– Remarque intéressante, Bernie.

Il glissa la carte d'identité dans un sac qu'il rangea dans sa mallette avant de replonger son regard dans la cantine.

– Et ça, qu'est-ce que c'est ?

Il saisit un sac, petit mais curieusement lourd, et en examina l'intérieur.

– Ça n'est pas bizarre, ça aussi? dit-il en montrant les tubes de dentifrice vides qu'Irma Hanke avait collectés au profit du Programme économique du Reich. Notre ami semble avoir pensé à tout.

– C'est comme si ce salaud nous mettait au défi de le coincer. Il nous apporte tout sur un plateau. Il va péter d'orgueil s'il continue à nous échapper.

Illmann dicta quelques dernières notes au sergent, puis annonça qu'il avait terminé ses constatations préliminaires et que le photographe pouvait opérer. Tout en retirant nos gants, nous nous éloignâmes de la malle. Le chef de gare nous avait préparé du café. Il était fort et brûlant, tout à fait ce qu'il me fallait pour éliminer le goût de mort que j'avais dans la bouche. Illmann roula deux cigarettes et m'en tendit une. L'odorant tabac avait un goût de nectar passé au barbecue.

– Et maintenant, qu'allez-vous faire de votre dingue de Tchèque? fit-il. Celui qui se prend pour un officier de cavalerie?

– Il semble qu'il ait bien été officier de cavalerie, répondis-je. Il a été commotionné par un souffle d'obus sur le front oriental et n'a jamais retrouvé tous ses esprits. Mais il n'est pas vraiment dingue et, à moins de découvrir une preuve accablante, je ne crois pas qu'on puisse lui imputer quoi que ce soit. Et je ne tiens pas à le faire condamner à partir d'aveux extorqués. Ce n'est pas qu'il soit bavard, remarquez bien. On l'a interrogé tout le week-end et il persiste à clamer son innocence. Il faudra le confronter au personnel de la consigne pour voir si quelqu'un reconnaît en lui le type qui a déposé la malle. Si ça n'est pas le cas, je serai contraint de le relâcher.

– Ça risque de contrarier votre inspecteur au cœur tendre, fit Illmann avec un petit gloussement. Celui qui a une fille adolescente. D'après ce qu'il me disait tout à l'heure, l'inculpation du Tchèque n'était qu'une question de jours.

— Ça ne m'étonne pas. Pour lui, sa condamnation pour viol est une preuve suffisante. Ce qu'il voudrait, c'est que je le laisse dans une cellule tranquille en compagnie du Tchèque pour pouvoir lui danser sur le ventre jusqu'à ce qu'il craque.

— Ces méthodes modernes de la police doivent être épuisantes. Je me demande où ils trouvent leur énergie.

— C'est la seule chose pour laquelle ils trouvent de l'énergie. Comme il me l'a rappelé tout à l'heure, Deubel devrait être au lit. Ces flics voudraient avoir les mêmes horaires que des employés de banque. (Je fis signe à Deubel d'approcher avant d'ajouter à l'intention d'Illmann :) Avez-vous remarqué qu'à Berlin la plupart des crimes ont lieu le jour ?

— Vous oubliez les visites nocturnes de nos chers amis de la Gestapo.

— Ce n'est jamais quelqu'un d'un grade supérieur à celui de Kriminalassistent qui remplit les Fiches rouges Al. Et encore, seulement s'il s'agit de quelqu'un d'important.

Je me tournai vers Deubel, qui faisait de son mieux pour paraître au bord de l'épuisement physique et bon pour l'hôpital.

— Quand le photographe aura fini ses portraits, dites-lui que j'aimerais une photo de la malle avec le couvercle fermé. Et surtout, je veux que les photos soient tirées quand les employés de la consigne se présenteront au travail. Ça leur rafraîchira la mémoire. Le professeur emportera malle à l'Alex dès que le photographe aura terminé.

— Qu'est-ce qu'on fait pour la famille, commissaire ? C'est bien Irma Hanke, n'est-ce pas ?

— Il faudra procéder à une identification formelle, bien sûr, mais une fois que le professeur aura fini ses examens.

Peut-être même qu'il pourra l'arranger un peu avant que sa mère la voie?

– Je ne suis pas un employé des pompes funèbres, Bernie, fit Illmann d'un ton pincé.

– Allons, ça ne sera pas la première fois que vous recoudrez un ballot de steak haché.

– Très bien, soupira Illmann. Je verrai ce que je peux faire. Mais il me faudra presque toute la journée. Peut-être même jusqu'à demain.

– Prenez le temps qu'il vous faudra, mais j'aimerais leur apprendre la nouvelle ce soir, alors essayez au moins de lui recoller la tête sur les épaules d'ici là, entendu?

Deubel bâilla sans discrétion.

– Inspecteur, votre bout d'essai est parfait. Je vous confie donc le rôle du type qui veut aller se coucher. Vous l'avez bien mérité. Vous partirez dès que Becker et Korsch seront là. Mais je veux que vous organisiez une confrontation dans la matinée. Pour voir si les types de la consigne reconnaissent notre ami sudète.

– Très bien, commissaire, rétorqua Deubel déjà ragaillardi à la perspective d'aller bientôt au lit.

– Comment s'appelle ce sergent de permanence? Celui qui a reçu l'appel anonyme?

– Gollner.

– Le vieux Tanker Gollner?

– Lui-même, commissaire. Vous le trouverez à la caserne. Il a dit qu'il nous attendrait là-bas parce qu'il avait déjà eu affaire à la Kripo et qu'il n'avait pas envie de poireauter toute la nuit à nous attendre.

– Ce vieux Tanker n'a pas changé, fis-je en souriant. Bon, mieux vaut ne pas le faire patienter, si je comprends bien?

– Qu'est-ce que je dis à Becker et Korsch quand ils arriveront? demanda Deubel.

– Dites à Korsch de passer la consigne au peigne fin. Au cas où on nous aurait laissé d'autres petites surprises.

Illmann s'éclaircit la gorge.

– Ça serait peut-être une bonne idée que l'un d'eux assiste à l'autopsie, dit-il.

– Becker vous donnera un coup de main. Il adore tourner autour des filles. Sans parler de ses connaissances en matière de mort violente. Mais prenez garde à ne pas le laisser seul avec le cadavre, Professor. Selon son humeur, il serait capable de lui mettre une balle dans la tête ou sa queue entre les jambes.

C'est dans Kleine Alexander Strasse, qui filait vers le nord-est en direction de Horst Wessel Platz, qu'étaient logés les policiers travaillant à l'Alex voisine. La caserne était un grand bâtiment divisé en petits appartements pour les hommes mariés et les officiers supérieurs, et en chambres individuelles pour les autres.

En dépit du fait qu'il n'était plus marié, le Wachmeister Fritz « Tanker » Gollner bénéficiait, en raison de ses états de service, d'un petit studio au troisième étage et à l'arrière du bâtiment.

Une jardinière bien entretenue était la seule note de fantaisie de l'appartement, les murs nus n'étant décorés que de quelques photographies de Gollner recevant des décorations. Il m'invita à prendre place sur l'unique fauteuil et s'assit au bord du lit tiré au cordeau.

– J'ai appris que vous étiez revenu, fit-il d'une voix égale. (Il se pencha et tira une caisse de dessous le lit.) Une bière ?

– Volontiers, merci.

Il hocha la tête d'un air réfléchi tout en décapsulant les bouteilles avec ses pouces.

– Il paraît que vous êtes passé Kommissar. Inspecteur à sa démission, il ressuscite en Kommissar. Ça vous ferait presque croire à la magie, pas vrai ? Si je ne vous connaissais pas aussi bien, je dirais que quelqu'un vous a mis dans sa poche.

– N'est-ce pas le cas de chacun d'entre nous ? D'une manière ou d'une autre.

– Ce n'est pas mon cas. Et, à moins que vous ayez bien changé, ça n'est pas votre genre non plus.

Il but une gorgée de bière d'un air songeur.

Tanker était un Frison de l'Emsland, contrée où, dit-on, la matière grise est aussi rare que la fourrure sur un poisson. Toutefois, même s'il était sans doute incapable d'épeler le nom de Wittgenstein, et encore moins d'expliquer sa philosophie, Tanker était un bon policier, formé à la vieille école des agents en uniforme, le genre ferme mais juste, inculquant le respect de la loi aux jeunes voyous à coups de taloches amicales, et moins enclin à coller un homme en cellule qu'à lui asséner une efficace et, du point de vue administratif, fort simple leçon de morale sous la forme d'un coup de poing format encyclopédie. On disait de Tanker qu'il était le plus rude des flics de l'Orpo et, à le voir assis en face de moi, en manches de chemise, sa grosse ceinture tendue à craquer par un ventre encore plus gros, j'étais tout prêt à le croire. Son visage prognathe semblait avoir été créé environ un million d'années avant Jésus-Christ. Tanker n'aurait pas paru moins civilisé s'il avait été vêtu de la peau d'un smilodon.

Je sortis mes cigarettes et lui en offris une. Il refusa d'un signe de tête et prit sa pipe.

– Si vous voulez mon avis, dis-je, nous sommes tous dans la poche arrière de Hitler. Et il s'apprête à dévaler une montagne sur le cul.

Tanker suçota l'embout de sa pipe, puis entreprit de la bourrer. Lorsqu'il eut terminé, il sourit et leva sa bouteille.

– Alors, buvons aux rochers cachés sous la neige.

Il rota bruyamment et alluma sa pipe. Les nuages de fumée odorante qui déferlèrent dans ma direction comme le brouillard sur la Baltique me rappelèrent l'infortuné

Bruno. Ça sentait même aussi fort que l'infecte mixture qu'il avait l'habitude de fumer.

– Vous connaissiez Bruno Stahlecker, n'est-ce pas, Tanker ?

Il acquiesça tout en continuant de tirer sur sa pipe.

– Oui, je le connaissais, dit-il sans desserrer les dents. J'ai appris ce qui lui était arrivé. Bruno était un type bien.

Il ôta le tuyau d'entre ses lèvres tannées comme du cuir et examina la braise dans le fourneau.

– Je le connaissais même très bien. Nous étions dans l'infanterie. On a participé à pas mal d'actions ensemble. C'était encore un gamin, mais ça n'a jamais eu l'air de beaucoup l'émouvoir. De se battre, je veux dire. C'était un brave.

– Il a été enterré mardi dernier.

– J'y serais allé si j'avais eu le temps. (Il réfléchit un moment.) Mais c'était à l'autre bout de Zehlendorf. Trop loin pour moi.

Il termina sa bière et ouvrit deux autres bouteilles.

– En tout cas, on m'a dit qu'ils avaient coincé le fils de pute qui avait fait le coup.

– Oui, c'est ce qu'on dit aussi, répliquai-je. Mais parlez-moi de ce coup de fil d'hier soir. Quelle heure était-il ?

– Juste avant minuit. Le type a demandé le sergent de permanence. C'est moi en personne, que je lui dis. Écoutez-moi bien, il dit. La fille disparue, Irma Hanke, vous la trouverez dans une grande malle en cuir bleu à la consigne de la gare du Zoo. Je demande qui est à l'appareil, mais le type a déjà raccroché.

– Pourriez-vous décrire sa voix ?

– Je dirais que c'était la voix de quelqu'un d'éduqué. Un homme habitué à donner des ordres et à être obéi. Comme un officier. (Il secoua sa tête massive.) Mais je pourrais pas vous dire son âge.

– Un accent ?

– Un soupçon d'accent bavarois.

– Vous en êtes sûr ?

– Ma pauvre femme était de Nuremberg, commissaire, c'est pourquoi j'en suis sûr.

– Comment décririez-vous le ton de sa voix ? Agité ? Perturbé d'une manière ou d'une autre ?

– Il ne m'a pas donné l'impression d'être dingue, si c'est ce que vous suggérez. Au contraire, il m'a paru avoir le sang-froid d'une couleuvre congelée. Comme je vous ai dit, il m'a fait penser à un officier.

– Et il a demandé à parler au sergent de permanence ?

– Ce sont ses mots exacts, commissaire.

– Vous avez entendu des bruits de fond ? De la circulation ? De la musique ? Quelque chose dans ce genre ?

– Rien du tout.

– Qu'avez-vous fait ensuite ?

– J'ai appelé la standardiste du central téléphonique de Französische Strasse. Elle a pu localiser le lieu de l'appel, une cabine publique devant la gare de West Kreuz. J'ai envoyé une voiture de patrouille pour y apposer des scellés en attendant qu'une équipe du 5D relève les empreintes éventuelles.

– Bon travail. Puis vous avez appelé Deubel ?

– Oui, commissaire.

Je hochai la tête et entamai ma seconde bouteille de bière.

– D'après ce que je comprends, l'Orpo sait donc de quoi il retourne, fis-je.

– Au début de la semaine dernière, von der Schulenberg a réuni tous les Hauptmann. Il a confirmé ce que beaucoup d'entre nous soupçonnions déjà, à savoir qu'il y avait un nouveau Gormann dans les rues de Berlin. Les collègues pensent que c'est pour ça que vous avez réintégré la police. Les civils qu'on nous a fourgués seraient incapables de trouver un morceau de charbon sur un crassier. Alors que l'arrestation de Gormann, ça c'était du boulot.

– Merci, Tanker.

– Cela dit, commissaire, si je peux me permettre de vous donner mon avis, j'ai pas l'impression que le dingue des Sudètes que vous avez arrêté ait pu faire ça.

– À moins qu'il n'ait un téléphone dans sa cellule, ça paraît en effet peu probable. Mais on va d'abord s'assurer que les types de la consigne de Zoo Bahnhof ne le reconnaissent pas. On ne sait jamais, il pourrait avoir un complice.

Tanker hocha la tête.

– C'est bien possible, dit-il. Tout sera possible en Allemagne tant que Hitler chiera à la Chancellerie du Reich.

Quelques heures plus tard, j'étais de retour à Zoo Bahnhof, où Korsch avait distribué des photos de la malle aux employés de la consigne. Ils les examinèrent, les étudièrent, secouèrent la tête en se grattant le menton mal rasé. Aucun ne se souvenait d'avoir enregistré une malle de cuir bleu.

Le plus grand d'entre eux, un homme en blouse kaki, qui semblait être leur chef, sortit un registre de sous le comptoir métallique et me l'apporta.

– Je suppose que vous notez le nom et l'adresse des gens qui vous laissent des bagages, fis-je sans grande conviction.

D'une manière générale, un assassin qui dépose sa victime dans une consigne répugne en effet à laisser ses véritables nom et adresse.

L'homme à la blouse kaki, dont les dents gâtées me rappelaient les isolateurs en céramique noircis des câbles de tramway, me regarda avec une tranquille assurance et tapota de l'ongle de l'index la couverture du registre.

– On va le trouver là-dedans, celui qui a laissé cette malle, dit-il.

Il ouvrit le livre, se lécha un pouce dont un chien n'aurait pas voulu et tourna les pages graisseuses.

— Sur la photo que vous avez prise, on voit un ticket sur la malle, dit-il. Sur ce ticket, il y a un numéro, le même qui est tracé à la craie sur le flanc du bagage. Et on va trouver ce même numéro dans ce registre, avec une date, un nom et une adresse.

Il tourna encore quelques pages, puis en parcourut une du bout du doigt.

— Nous y voilà, annonça-t-il. La malle a été déposée ici le vendredi 19 août.

— Quatre jours après sa disparition, commenta Korsch.

L'homme à la blouse suivit la ligne horizontale jusque sur la page opposée.

— D'après ce qui figure ici, la malle appartiendrait à un certain Herr Heydrich, prénom commençant par « R », résidant au numéro 102 de la Wilhelmstrasse.

Korsch ne put s'empêcher de glousser.

— Merci, dis-je à l'employé. Vous nous avez été très utile.

— Je vois pas ce qu'il y a de drôle, marmonna-t-il en s'éloignant.

Je souris à Korsch.

— On dirait que notre oiseau a le sens de l'humour, dis-je.

— Allez-vous mentionner ce détail dans votre rapport, commissaire ?

— C'est un indice matériel, non ?

— Peut-être, mais le général n'appréciera guère.

— À mon avis, ça va même le mettre hors de lui. Mais voyez-vous, notre assassin n'est pas le seul à apprécier les bonnes blagues.

De retour à l'Alex, je reçus un coup de téléphone du département d'Illmann – VD1, Médecine légale. Mon interlocuteur était le SS-Hauptsturmführer Dr Schade, dont le ton obséquieux me fit comprendre qu'il ne me croyait pas sans crédit auprès du général Heydrich.

Le Dr Schade m'informa qu'une équipe d'experts avait relevé une série d'empreintes dans la cabine téléphonique de West Kreuz d'où l'assassin avait appelé l'Alex. Les relevés avaient été transmis pour examen au VC1, le département où étaient archivés les casiers judiciaires. La malle et son contenu étaient en cours d'examen, et lui-même informerait aussitôt le Kriminalassistent Korsch au cas où l'on y découvrirait la moindre empreinte.

Je le remerciai de son appel et lui annonçai que mon enquête devait être traitée en priorité absolue. Tout le reste pouvait attendre.

Moins de quinze minutes après cette conversation, je reçus un autre appel, de la Gestapo, cette fois.

— Sturmbahnführer Roth à l'appareil, entendis-je. Section IV Bl. Kommissar Gunther, vous interférez avec une autre enquête de la plus haute importance.

— Section IV Bl? Je ne crois pas connaître ce département. M'appelez-vous de l'intérieur de l'Alex?

— Nous sommes installés dans Meinekestrasse et nous enquêtons sur les criminels catholiques.

— J'ignore tout de votre département, Sturmbahnführer, et je n'ai aucune envie d'en savoir plus. Néanmoins, je ne vois pas comment je pourrais vous gêner dans vos investigations.

— C'est pourtant le cas. Est-ce vous qui avez ordonné au SS-Hauptsturmführer Dr Schade de donner priorité à votre enquête sur toutes les autres?

— C'est exact.

— Vous devriez pourtant savoir, en tant que Kommissar, que la Gestapo a préséance sur la Kripo dès lors que sont engagés les services du VD1.

— Je n'ai jamais entendu parler de cette préséance. Mais quel crime abominable a été commis qui puisse justifier la préséance de vos services sur une enquête pour meurtre ? Vous accusez un prêtre de consubstantiation frauduleuse, peut-être ? Ou de faire passer le vin de messe pour le sang du Christ ?

– Votre légèreté est tout à fait déplacée, Kommissar. Mon département enquête sur de graves accusations d'homosexualité concernant certains membres du clergé.

– Vous me rassurez. Je n'en dormirai que mieux cette nuit. Mais je vous signale que mon enquête a été déclarée prioritaire par le général Heydrich lui-même.

– Connaissant l'importance qu'il attache à la mise hors d'état de nuire des ennemis religieux de l'État, cela m'étonne beaucoup.

– Dans ce cas, je suggère que vous appeliez directement la Wilhelmstrasse pour que le général vous le confirme.

– Je n'y manquerai pas. Mais je ne doute pas qu'il soit fort déçu de votre incapacité à apprécier la menace du troisième grand complot mondial contre l'Allemagne. Le catholicisme est un danger aussi grand pour la sécurité du Reich que le bolchevisme et la juiverie internationale.

– Vous oubliez les extraterrestres, répliquai-je. Mais pour tout vous dire je me contrefous de ce que vous pourrez lui raconter. Le VD1 fait partie de la Kripo, pas la Gestapo, et dans tout ce qui concerne cette enquête, la Kripo bénéficie d'une priorité absolue sur tous les autres services de notre département. J'ai reçu là-dessus, tout comme le Dr Schade, des instructions écrites de la main du Reichskriminaldirektor. Alors votre enquête à la noix, je vous conseille de vous la carrer dans le cul. C'est pas un peu plus de merde là-dedans qui vous fera sentir plus mauvais.

Sur quoi je raccrochai brutalement. Il y avait après tout certains aspects agréables dans ce travail. Le moindre n'était pas la possibilité qu'il offrait de pisser sur les bottes de la Gestapo.

Lors de la confrontation qui eut lieu en fin de matinée, le personnel de la consigne ne reconnut pas en Gottfried Bautz l'homme qui avait déposé la malle contenant le cadavre d'Irma Hanke et, à l'écœurement de Deubel, je signai l'ordre de sa remise en liberté.

La loi allemande obligeait les hôteliers et propriétaires de logements à signaler dans les six jours au poste de police le plus proche la présence d'un étranger chez eux. C'est pourquoi, pour la somme de 50 pfennigs, le Bureau d'enregistrement des résidents de l'Alex pouvait fournir l'adresse de toute personne de passage à Berlin. Les gens pensaient que cette loi faisait partie des lois d'exception décrétées par les nazis, alors qu'en réalité elle existait avant eux. La police prussienne a toujours été réputée pour son efficacité.

Mon bureau n'était éloigné que de quelques portes du Bureau d'enregistrement installé dans la salle 350, de sorte que le brouhaha et le va-et-vient permanent dans le couloir m'obligeaient à garder ma porte fermée. Il était évident que c'était une des raisons pour lesquelles on m'avait installé là, aussi loin que possible des locaux de la Commission criminelle. Je suppose qu'on préférait dissimuler ma présence au personnel de la Kripo, de peur que je ne le contamine avec mes conceptions anarchistes du travail d'investigation policier. Ou bien espérait-on que mon esprit d'insubordination serait brisé par cette mesure d'isolement ? Même par une journée ensoleillée comme celle-ci, mon bureau avait un aspect déprimant. Le bureau métallique vert olive, aux angles plus dangereux qu'un fil de fer barbelé, n'avait pour lui que d'être assorti au linoléum usé et aux rideaux défraîchis. Quant aux murs, ils avaient cette teinte jaunâtre inimitable que confère la combustion de plusieurs milliers de cigarettes.

En y revenant après avoir dormi quelques heures dans mon appartement, je compris que ce n'était pas la présence de Hans Illmann m'attendant avec un dossier de photos qui allait rendre l'endroit plus plaisant. Me félicitant d'avoir eu la bonne idée de manger un morceau avant ce qui promettait d'être une séance peu appétissante, je m'assis sur ma chaise et lui fis face.

— C'est donc ici qu'on vous a caché, dit-il.

— C'est censé être provisoire, expliquai-je, tout comme ma présence. Mais franchement, je préfère rester à l'écart. Comme ça, j'ai moins de chances de reprendre racine à la Kripo. Et je crois pouvoir dire que c'est aussi le souhait général.

— Je n'aurais pas cru que l'on puisse créer un tel remue-ménage dans la haute administration de la Kripo à partir d'un donjon bureaucratique comme celui-ci. (Il rit puis, se caressant la barbiche, ajouta :) Vous et un Sturmbahnführer de la Gestapo avez causé des tas de problèmes à ce pauvre Dr Schade. Il a reçu des coups de téléphone de plusieurs personnages importants. De Nebe, de Müller et même de Heydrich. Ça doit vous faire plaisir. Ne haussez pas les épaules avec cette modestie. Je dois vous faire part de mon admiration, Bernie, en toute sincérité.

J'ouvris un tiroir et sortis une bouteille et deux verres.

— Buvons à cette bonne nouvelle, dis-je.

— Avec plaisir. Après la journée que j'ai eue, ça n'est pas de refus. (Il saisit son verre et en but une gorgée avec un plaisir non dissimulé.) Je n'avais aucune idée qu'il existât un département spécial de la Gestapo destiné à persécuter les catholiques.

— Moi non plus. Mais je ne peux pas dire que ça me surprenne beaucoup. Le national-socialisme ne tolère qu'une seule foi. (Et m'intéressant au dossier posé sur les genoux d'Illmann, je demandai :) Alors, que m'avez-vous apporté ?

– Des photos de la victime numéro 5.

Il me tendit le dossier et entreprit de rouler une cigarette.

– Bon travail, dis-je en feuilletant le dossier. Vous avez un excellent photographe.

– Oui, j'étais sûr que vous apprécieriez. Celle de la gorge est particulièrement intéressante. L'artère carotide droite a quasiment été tranchée d'un coup de couteau horizontal. Ce qui veut dire que la victime était étendue sur le dos quand elle a été égorgée. La plus grande partie de la plaie est située sur le côté droit de la gorge, ce qui signifie que notre homme est sans doute droitier.

– Ça devait être un sacré couteau, fis-je en examinant la profondeur de la coupure.

– Oui. Il a presque sectionné le larynx. (Il lécha le papier à cigarettes.) Ça devait être une lame très tranchante, comme une curette de chirurgien. Cependant, l'épiglotte a été fortement compressée, et j'ai constaté, entre elle et l'œsophage, plusieurs hématomes gros comme des pépins d'orange.

– Elle a donc été étranglée ?

– Très bien, fit Illmann avec un sourire. Mais à moitié étranglée, en réalité. J'ai trouvé une petite quantité de sang dans les poumons, qui étaient en partie gonflés.

– Il l'aurait donc réduite au silence en l'étranglant, puis l'aurait égorgée ?

– Elle a perdu tout son sang, suspendue par les pieds comme un veau à l'abattoir. Pareil que les précédentes. Vous avez une allumette ?

Je lui lançai une pochette sur le bureau.

– Et son petit trésor ? Il l'a baisée ?

– Non seulement baisée, mais abîmée. Ça n'a rien d'étonnant. Je suppose qu'elle était vierge. J'ai même trouvé des marques d'ongle sur la muqueuse. Mais surtout, j'ai découvert des poils pubiens étrangers. Et je ne veux pas dire par là qu'ils ont été importés de Paris.

– Vous avez pu en déterminer la couleur ?

– Brune. Mais ne me demandez pas la nuance exacte, je ne peux pas être plus précis.

– Vous êtes sûr qu'ils n'appartiennent pas à Irma Hanke ?

– Sûr et certain. Ils tranchaient sur sa petite chatte blonde d'aryenne comme un étron dans un bol de sucre. (Il renversa la tête et cracha un nuage de fumée au plafond.) Vous voulez que j'essaie de les comparer avec ceux de votre dingue de Tchèque ?

– Non, je l'ai relâché ce midi. Il n'a rien à voir là-dedans. Et puis il est blond. (Je feuilletai le rapport d'autopsie.) Autre chose ?

– Oui.

Il tira une bouffée et posa sa cigarette dans le cendrier puis, de sa veste de chasse en tweed, sortit une feuille de journal pliée qu'il étala sur le bureau.

– Je voulais vous montrer ceci.

C'était la « une » d'un vieux numéro du *Der Stürmer*, la publication antisémite de Julius Streicher. Un bandeau barrait le coin supérieur gauche, annonçant un « Spécial Meurtres rituels ». La précision était presque superflue. L'illustration aurait été suffisante. Huit jeunes Allemandes, blondes et nues, étaient suspendues la tête en bas avec la gorge tranchée, et leur sang s'écoulait dans un grand calice tenu par la répugnante caricature d'un Juif.

– Intéressant, non ? fit-il.

– Streicher publie chaque semaine des cochonneries du même genre. Personne n'y prête attention.

Illmann secoua la tête et reprit sa cigarette dans le cendrier.

– Je ne dis pas qu'il faut le prendre au sérieux, dit-il. Je ne crois pas plus aux meurtres rituels qu'au pacifisme d'Adolf Hitler.

– Sauf qu'il y a ce dessin, n'est-ce pas ? (Il acquiesça.)
Qui rappelle étrangement la façon dont cinq jeunes Allemandes ont été assassinées.

Il acquiesça une nouvelle fois.

Je lus le commentaire qui accompagnait le dessin : « Les
Juifs attirent chez eux les goyim, enfants comme adultes,
les tuent et recueillent leur sang. Ils utilisent ensuite ce
sang dans leurs cérémonies religieuses (pain azyme) et
s'en servent pour pratiquer la magie noire. Ils torturent
leurs victimes, surtout les enfants, et pendant ces tortures,
ils hurlent des menaces et des malédictions, jettent des
sorts aux goyim. Ces meurtres systématiques ont un nom
spécial. On les appelle Meurtres rituels. »

– Suggéreriez-vous que Streicher a quelque chose à
voir avec les meurtres ?

– Je ne suggère rien du tout, Bernie. J'ai juste pensé
que ça valait la peine de vous faire voir ça. (Il haussa les
épaules.) Mais pourquoi pas ? Après tout, ça ne serait pas
le premier Gauleiter de district à commettre un meurtre. Le
gouverneur Kube, entre autres, l'a déjà fait à Kurmark.

– On raconte beaucoup de choses sur Streicher, dis-je.

– Dans n'importe quel autre pays, il serait sous les verrous.

– Puis-je garder ça ?

– Volontiers. Ça n'est pas le genre de lecture que je
laisse traîner dans mon salon. (Il écrasa sa cigarette et se
leva pour prendre congé.) Qu'allez-vous faire ?

– En ce qui concerne Streicher ? Je ne sais pas encore.
(Je consultai ma montre.) J'y réfléchirai après l'identification du corps par la famille. Becker va arriver d'une
minute à l'autre avec les parents. Nous ferions mieux de
descendre à la morgue.

C'est à la suite d'une remarque de Becker que je décidai
de raccompagner moi-même les parents Hanke chez eux

après que le père eut formellement reconnu la dépouille de sa fille.

– Ce n'est pas la première fois que j'annonce une mauvaise nouvelle à des parents, m'avait-il expliqué. C'est curieux, jusqu'à la dernière minute, ils gardent espoir, ils se raccrochent au moindre signe. Mais au moment où vous leur annoncez la nouvelle, le coup est vraiment dur. En général, la mère s'effondre. Or, les Hanke se sont comportés différemment. C'est difficile à expliquer, commissaire, mais j'ai eu l'impression qu'ils s'y attendaient.

– Après quatre semaines ? Allons, ils s'étaient résignés au pire, voilà tout.

Becker fronça les sourcils et passa la main dans ses cheveux en désordre.

– Non, c'était autre chose, dit-il d'une voix lente. Comme s'ils étaient déjà au courant, comme s'ils le savaient. Excusez-moi, commissaire, je ne m'exprime pas très bien. Peut-être que je n'aurais pas dû vous en parler. Peut-être que c'est mon imagination qui me joue des tours.

– Becker, croyez-vous à l'instinct ?

– Je pense, oui.

– Voyez-vous, il arrive que ça soit la seule chose qui reste à un flic pour faire progresser l'enquête. Et dans ce cas, il n'a pas d'autre choix que de suivre cet instinct. Un flic qui n'obéit pas de temps en temps à une intuition ne prend jamais de risques. Et on ne résout jamais d'affaire sans prendre de risques. Vous avez eu raison de m'en parler.

Assis à côté de moi tandis que je roulais vers le sud-ouest pour regagner Steglitz, Herr Hanke, comptable aux établissements AEG de Seestrasse, n'avait pas l'air du tout résigné devant la mort de sa fille unique. Je n'en écartai pas pour autant ce que m'avait dit Becker. J'attendais de pouvoir me forger ma propre opinion.

– Irma était une fille intelligente, soupira Hanke. (Il avait un accent rhénan et la même voix que Goebbels.) Assez intelligente pour suivre ses études et décrocher son Abitur comme elle en avait l'intention. Mais ça n'était pas une grosse tête. Elle se contentait d'être brillante, et jolie avec ça. Elle était bonne en gymnastique. Elle venait d'obtenir la médaille sportive du Reich et son diplôme de natation. Elle n'a jamais fait de mal à personne. Qui l'a tuée, Kommissar ? demanda-t-il, puis sa voix se brisa. Qui a pu faire une chose pareille ?

– C'est ce que je veux découvrir, dis-je.

Mais la femme de Hanke, installée sur la banquette arrière, pensait déjà connaître la réponse.

– Vous prétendez ne pas savoir qui a fait ça ? intervint-elle. Ma fille était une militante de la BdM, elle était citée comme parfait exemple du type aryen dans son cours de théorie raciale. Elle connaissait le *Horst Wessel* par cœur et pouvait citer des pages entières du grand livre du Führer. Alors, vous ne voyez pas ? Qui aurait pu la tuer, elle, une vierge, sinon les Juifs ? Qui d'autre que des Juifs aurait pu lui faire ce qu'on lui a fait ?

Herr Hanke se retourna et prit la main de sa femme.

– Nous n'en savons rien, Silke, ma chérie, dit-il. N'est-ce pas, Kommissar ?

– Je pense que c'est très peu probable, dis-je.

– Tu vois, Silke ? Le Kommissar n'y croit pas, et moi non plus.

– Je vois ce que je vois, siffla-t-elle. Vous avez tort, tous les deux. C'est aussi évident que le nez au milieu de la figure d'un Juif. Qui d'autre que les Juifs ? Vous ne voyez pas que c'est évident ?

L'accusation est aussitôt formulée, partout dans le monde, chaque fois qu'on découvre un cadavre portant les marques d'un meurtre rituel. Et chaque fois cette accusation n'est formulée qu'à l'encontre d'une seule catégorie de la population : les Juifs. Les mots de l'article du

Stürmer me revinrent en mémoire et, en écoutant Frau
Hanke, je compris qu'elle avait raison, mais d'une manière
qu'elle ne soupçonnait pas.

11

Jeudi 22 septembre

Un coup de sifflet retentit, le train s'ébranla puis nous
sortîmes lentement de la gare Anhalter pour six heures
de trajet jusqu'à Nuremberg. Korsch, le seul occupant
du compartiment avec moi, était déjà plongé dans son
journal.

– Merde, fit-il, écoutez ça. Ils disent que le Premier
ministre soviétique, Maxim Litvinoff, a déclaré devant la
Ligue des Nations à Genève que son gouvernement était
résolu à respecter le traité qui le lie à la Tchécoslovaquie,
et qu'il proposera une aide militaire aux Tchèques dès que
la France le fera. Seigneur, cette fois ça va barder, si on
est attaqués sur deux fronts.

J'émis un grognement. Il n'y avait pas plus de chances
de voir les Français s'opposer réellement à Hitler que de
les voir instaurer la Prohibition. Litvinoff avait choisi ses
mots avec soin. Personne ne voulait la guerre. Personne
sauf Hitler, bien entendu. Hitler le syphilitique.

Je repensai à une entrevue que j'avais eue le mardi précédent avec Frau Kalau vom Hofe à l'Institut Goering.

– Je vous ai rapporté vos livres, lui avais-je annoncé.
Celui du Professor Berg était particulièrement intéressant.

– Je suis heureuse qu'il vous ait plu. Et Baudelaire ?

– J'ai bien aimé, d'autant que ses poèmes pourraient très bien s'appliquer à l'Allemagne d'aujourd'hui. Particulièrement ceux intitulés *Spleen*.

– Alors, vous êtes peut-être prêt pour Nietzsche, dit-elle en se redressant sur son siège.

Nous étions dans un bureau lumineux, meublé avec goût et donnant sur le zoo. On entendait piailler les singes au loin.

Elle continuait à sourire. Elle était plus jolie que dans mon souvenir. Je saisis le cadre posé sur son bureau et examinai la photo d'un bel homme accompagné de deux petits garçons.

– Votre famille ?

– Oui.

– Vous devez être une femme très heureuse. (Je reposai la photo encadrée.) Nietzsche, fis-je en changeant de sujet. Je ne sais pas. Je ne suis pas un grand lecteur, vous savez. Je ne trouve jamais le temps. Mais j'ai quand même lu les pages de *Mein Kampf* dont vous m'aviez parlé, à propos des maladies vénériennes. Ça m'a d'ailleurs obligé à trouver une brique pour caler la fenêtre de la salle de bain. (Elle rit.) Mais je crois que vous aviez raison. (Elle voulut parler mais je levai la main.) Je sais, je sais, vous n'avez rien dit. Vous vous êtes contentée de me dire ce qui figurait dans l'ouvrage incomparable du Führer. Vous ne vous livriez pas du tout à une analyse psychologique de l'auteur à travers ses écrits.

– Exact.

Je m'assis et la fixai par-dessus le bureau.

– Mais il serait possible de le faire ?

– Oh oui, tout à fait.

Je lui tendis la « une » du *Stürmer*.

– Même avec ce genre de chose ?

Elle me regarda droit dans les yeux, puis ouvrit un coffret à cigarettes. J'en pris une, lui donnai du feu puis allumai la mienne.

– Est-ce une question officielle ? demanda-t-elle.

– Non, bien sûr que non.

– Alors, je dirais que c'est possible. En fait, je dirais que le *Stürmer* est l'œuvre non pas d'une mais de plusieurs personnalités psychotiques. Les prétendus éditoriaux, ces illustrations de Fino – Dieu seul sait quel effet a ce genre de saletés sur l'esprit des gens.

– Pourriez-vous spéculer un peu ? Sur ces effets, je veux dire.

Ses jolies lèvres firent la moue.

– Difficile à évaluer, dit-elle après un instant de réflexion. Mais il est presque certain qu'à dose régulière ce genre de littérature peut avoir un effet corrupteur sur des esprits faibles.

– Assez corrupteur pour transformer un homme en assassin ?

– Non, rétorqua-t-elle. Je ne le pense pas. Ça ne pourrait pas transformer un homme normal en assassin. Mais ce genre d'articles et d'illustrations peut avoir un impact sur un homme qui a des prédispositions criminelles. Comme vous l'a enseigné la lecture de Berg, Kürten lui-même reconnaissait que les reportages criminels malsains l'avaient influencé.

Elle croisa les jambes et le crissement de ses bas aiguilla mes pensées vers le haut de ses cuisses, puis vers ses jarretelles, enfin vers le paradis de dentelle que j'imaginai niché là. Mon estomac se serra lorsque je me vis glisser la main sous sa jupe, lorsque je la vis nue devant moi, continuant à me parler de sa manière brillante. Où exactement commence la corruption ?

– Je vois, dis-je. Et quelle opinion professionnelle auriez-vous de l'homme qui publie de tels articles ? Je veux parler de Julius Streicher.

– Une haine aussi violente est presque à coup sûr le résultat d'une grande instabilité mentale. (Elle se tut un instant.) Puis-je vous parler en toute confidence ?

– Bien sûr.

– Vous savez que Matthias Goering, le président de cet institut, est le cousin du Premier ministre ?

– Oui, je sais.

– Streicher a écrit beaucoup d'absurdités sur la médecine en général, et sur la psychothérapie en particulier, qu'il considère comme une conspiration juive. À un certain moment, il a failli mettre en danger l'avenir même de la médecine mentale dans ce pays. Le Dr Goering, qui a donc de bonnes raisons de souhaiter que Streicher soit écarté, a procédé à une évaluation psychologique du personnage sur ordre du Premier ministre. Je suis sûre que vous pourriez bénéficier du soutien de cet institut au cas où une enquête impliquant Streicher serait ouverte.

Je hochai lentement la tête.

– Enquêtez-vous sur Streicher ? s'enquit-elle.

– Tout à fait entre nous ?

– Bien sûr.

– Franchement, je ne sais pas. Pour l'instant, disons que je m'intéresse à lui.

– Voulez-vous que je demande au Dr Goering de vous aider ?

Je secouai la tête.

– Pas pour le moment. Mais je vous remercie de la proposition. Je m'en souviendrai. (Je me levai et allai à la porte.) Je parie que vous avez une haute opinion du Premier ministre, puisqu'il est le protecteur de cet institut. Est-ce que je me trompe ?

– Il a fait beaucoup pour nous, c'est vrai. Sans son aide, je doute que cet institut ait pu exister. Nous l'estimons beaucoup pour cette raison.

– N'allez pas croire que je vous en veux pour ça, vous vous tromperiez. Mais ne vous est-il jamais venu à l'esprit que votre cher protecteur pourrait bien aller chier dans le jardin de quelqu'un d'autre, comme Streicher vient chier dans le vôtre ? Y avez-vous pensé ? Nous vivons dans un quartier dégueulasse et nous continuerons à marcher dans la merde jusqu'à ce que quelqu'un ait la bonne idée d'enfermer les chiens errants dans le chenil municipal. Réfléchissez-y.

Sur ce, je l'avais saluée en touchant le bord de mon chapeau.

Korsch tortillait sa moustache d'un air absent en poursuivant sa lecture. Je suppose qu'il l'avait laissée pousser dans l'espoir qu'elle lui donnerait l'air viril, comme d'autres choisissent la barbe : non parce qu'ils répugnent à se raser – une barbe exige presque autant de soins qu'un visage imberbe – mais parce qu'ils espèrent ainsi imposer le respect. Cependant, la moustache de Korsch, à peine plus marquée qu'un trait de crayon à cils, ne faisait que renforcer la sournoiserie de ses traits. Elle lui donnait l'air d'un maquereau, une impression en réalité trompeuse puisqu'en moins de deux semaines j'avais découvert en lui un collaborateur dynamique et fiable.

Remarquant que je l'observais, il m'informa que le Premier ministre polonais, Josef Beck, avait exigé une solution au problème de la minorité polonaise de la région tchécoslovaque d'Olsa.

– On dirait une réunion de gangsters, vous ne trouvez pas, commissaire ? Tout le monde veut sa part du gâteau.

– Korsch, répliquai-je, vous avez raté votre vocation. Vous auriez dû être présentateur d'actualités à la radio.

– Excusez-moi, commissaire, fit-il en repliant son journal. Êtes-vous déjà allé à Nuremberg ?

– Une fois. Juste après la guerre. Mais je dois dire que je n'apprécie guère les Bavarois. Et vous, vous connaissez ?

– Non, c'est la première fois que j'y vais. Mais je comprends votre réaction à l'égard des Bavarois. Ce stupide conservatisme qu'ils professent. Ça n'a aucun sens, non ?

Pendant quelques instants il regarda défiler la campagne allemande à travers la vitre. Puis il se tourna à nouveau vers moi et demanda :

– Pensez-vous vraiment que Streicher soit impliqué dans ces meurtres, commissaire ?

– On ne peut pas dire que les pistes se bousculent dans cette affaire, n'est-ce pas ? Ni que le Gauleiter de Franconie soit un personnage très recommandable. Arthur Nebe m'a même confié que Julius Streicher était l'un des pires criminels du Reich, et qu'il fait déjà l'objet de plusieurs enquêtes. Il m'a bien recommandé de nous adresser directement au directeur de la police de Nuremberg. Il semble que ce ne soit pas le grand amour entre lui et Streicher. Mais nous devons faire preuve de la plus grande prudence. Streicher règne sur son territoire comme un seigneur de la guerre chinois. Et n'oublions pas qu'il est en excellents termes avec le Führer.

À la gare de Leipzig, le jeune chef d'une compagnie de marine SA s'installa dans le compartiment. Korsch et moi partîmes en quête du wagon-restaurant. À la fin de notre repas, le train était arrêté à Gera, localité proche de la frontière tchécoslovaque, mais bien que le jeune SA soit descendu à cet arrêt, nous ne vîmes aucun signe des concentrations de troupes dont nous avions entendu parler. Selon Korsch, la présence en ces lieux d'un sous-officier de marine SA signifiait qu'une attaque amphibie était en préparation, ce qui, nous en tombâmes d'accord, était un excellent signe, puisque la frontière était, pour l'essentiel, montagneuse.

Le train pénétra en gare de Nuremberg en début de soirée et, une fois dehors, nous prîmes un taxi devant la statue équestre d'un aristocrate inconnu. Nous roulâmes vers l'est par Frauentorgraben, parallèlement aux remparts de la vieille ville, hauts de sept ou huit mètres et renforcés à intervalles réguliers par de grosses tours carrées. Cet énorme mur médiéval, doublé d'un profond fossé asséché d'une trentaine de mètres de largeur, marque étroitement la limite entre le vieux Nuremberg et la nouvelle ville qui s'étend tout autour.

Nous descendîmes au Deutscher Hof, l'un des plus anciens et des meilleurs hôtels de la ville. Nos chambres bénéficiaient d'une vue splendide qui nous permettait, par-delà le rempart, d'apercevoir l'enchevêtrement des toits et des cheminées de la vieille ville.

Au début du XVIIIe siècle, Nuremberg était la plus grande ville de l'ancien royaume de Franconie et l'un des principaux centres commerciaux entre l'Allemagne, Venise et l'Orient. Depuis, elle était restée la principale ville industrielle et commerciale du sud de l'Allemagne, mais avait acquis depuis peu une nouvelle importance en tant que capitale du national-socialisme. Chaque année, Nuremberg accueillait les immenses meetings du Parti mis en scène par l'architecte de Hitler, Albert Speer.

Grâce au sens de l'organisation des nazis, il était inutile de se rendre à Nuremberg pour assister à ces événements orchestrés à grand renfort de publicité, à tel point qu'en septembre les gens s'abstenaient d'aller au cinéma pour ne pas subir les actualités, presque entièrement consacrées à ces meetings monstres.

Jusqu'à cent mille personnes se rassemblaient en effet dans le stade Zeppelin pour agiter leurs petits drapeaux. Comme toutes les villes de Bavière que j'avais eu l'occasion de connaître, Nuremberg n'était pas un endroit très amusant.

Puisque notre rendez-vous avec Martin, le directeur de la police, n'était fixé que le lendemain à 10 heures du matin, Korsch et moi passâmes la soirée à chercher un endroit où nous divertir. Il faut dire que c'est l'administration de la Kripo qui réglait nos frais, et cette pensée ravissait Korsch.

– Pas mal du tout ! s'exclama-t-il avec enthousiasme. Non seulement l'Alex nous offre un hôtel chic, mais en plus elle nous paye pour prendre du bon temps !

– Profitons-en, dis-je. Ce n'est pas tous les jours qu'on peut jouer les grosses huiles du Parti. En plus, si Hitler arrive à avoir sa guerre, nous risquons de ne pas retrouver une telle occasion de longtemps.

Beaucoup de cafés de Nuremberg auraient pu passer pour des locaux de corporations artisanales. Ils regorgeaient de reliques militaires et d'antiquités, et leurs murs étaient souvent décorés de vieux tableaux et de souvenirs bizarres accumulés par des générations de propriétaires successifs, mais qui ne présentaient pour nous guère plus d'intérêt qu'un recueil de tables de logarithmes. Cela mis à part, et il est difficile de dénier ça à la Bavière, la bière était bonne et au Blaue Flasche de Hall Platz, où nous dînâmes, la nourriture était encore meilleure.

De retour au Deutscher Hof, nous nous rendîmes au bar de l'hôtel pour boire un cognac et là, nous assistâmes à une scène incroyable. L'une des tables d'angle était occupée par un groupe bruyant de trois personnes – déjà ivres, deux blondes à l'air stupide et un homme qui, avec sa tunique ocre de dirigeant du NSDAP, n'était autre que le Gauleiter de Franconie, Julius Streicher en personne.

Le garçon qui nous apporta nos verres eut un sourire nerveux lorsque nous lui demandâmes confirmation de l'identité du personnage assis dans le coin. Il répondit que c'était bien Streicher, puis il s'éloigna rapidement lorsque ce dernier cria qu'on lui apporte une autre bouteille de champagne.

Il n'était pas difficile de comprendre pourquoi Streicher suscitait la crainte. Sans parler de son rang, qui lui conférait une puissance évidente, le personnage était bâti comme un lutteur. Avec un cou presque inexistant, un crâne chauve, de petites oreilles, un menton carré et des sourcils à peine marqués, Julius Streicher ressemblait à

une version édulcorée de Benito Mussolini. Son allure
agressive était encore accentuée par l'énorme nerf de
bœuf posé devant lui comme un long serpent noir.

Il martela la table de son poing, faisant tinter verres et
couverts.

— Bon Dieu de bon Dieu! hurla-t-il à l'adresse du garçon. Qu'est-ce qu'il faut faire dans cette putain de boîte
pour arriver à se faire servir? On meurt de soif ici. (Il pointa
l'index sur un autre serveur.) Toi là-bas, espèce de petit
con, je t'avais dit de t'occuper de nous et de nous remplacer
la bouteille dès qu'elle était vide. T'es bouché ou quoi?

Sur quoi, il recommença à marteler la table avec son
poing, au grand ravissement de ses deux compagnes dont
les couinements de joie parvinrent à le faire rire de sa
propre colère.

— À qui vous fait-il penser? me demanda Korsch.

— À Al Capone, fis-je sans même réfléchir. À vrai dire,
ils me rappellent tous Al Capone.

Ma réponse fit glousser Korsch.

Nous sirotâmes nos cognacs tout en observant la scène,
à laquelle nous n'aurions jamais espéré assister aussi vite,
et vers minuit, il ne restait plus dans la salle que nous et le
groupe de Streicher, les autres consommateurs ayant été
chassés par les jurons incessants du Gauleiter. Un garçon
vint essuyer notre table et vider le cendrier.

— Il est toujours comme ça? lui demandai-je.

Il eut un rire amer.

— Quoi, ça? Ce n'est rien, dit-il. Vous auriez dû le voir
il y a dix jours, quand les réunions du Parti se sont enfin
terminées. Il a foutu un bordel terrible.

— Pourquoi continuez-vous à le servir? voulut savoir
Korsch.

Le garçon le considéra d'un œil plein de commiséra-
tion.

— Vous plaisantez ou quoi? Essayez donc de l'empêcher d'entrer. Le Deutscher est son bistrot préféré. Il aurait

vite trouvé un prétexte pour nous faire fermer si jamais nous refusions de le servir. Et encore, ça pourrait aller beaucoup plus loin. On raconte que, de temps en temps, il va fouetter les jeunes détenus dans les cellules du palais de justice de la Furtherstrasse.

— Il ne doit pas faire bon être juif dans cette ville, commenta Korsch.

— Vous l'avez dit, fit le garçon. Le mois dernier, il a entraîné la foule à brûler la synagogue.

À ce moment, Streicher se mit à chanter, marquant le rythme en tapant avec ses couverts sur la table, dont il avait pris la précaution d'ôter la nappe. Le tintamarre accompagnant ce martèlement, l'accent à couper au couteau de Streicher, son ivresse et son incapacité totale à suivre une mélodie, sans parler des cris d'orfraie et des rires de cocotte de ses deux compagnes, nous empêchèrent d'identifier le morceau. Mais nous étions prêts à parier que ça n'était pas une chanson de Kurt Weill, et ce vacarme nous chassa dans nos chambres.

Le lendemain matin, nous marchâmes jusqu'à Jakob Platz où, face à une élégante église, se dresse la forteresse édifiée par l'ordre des Chevaliers teutoniques. Son angle sud-est était occupé par l'Elisabeth-Kirche, coiffée d'un dôme, tandis que l'angle sud-ouest, au coin de Schlotfegergasse, qui abritait les anciens casernements, était devenu le quartier général de la police. C'était à ma connaissance le seul siège de police dans toute l'Allemagne qui disposait de sa propre église catholique.

— Comme ça, ils sont sûrs de vous extorquer une confession, plaisanta Korsch.

Le SS-Obergruppenführer Dr Benno Martin, que Heinrich Himmler, entre autres, avait précédé au poste de directeur de la police de Nuremberg, nous reçut dans son bureau seigneurial du dernier étage. Dans un tel décor, je

m'attendais presque à le voir brandir une épée. D'ailleurs,
lorsqu'il se tourna de profil, je remarquai une estafilade
sur sa joue.

– Comment ça va à Berlin ? s'enquit-il en nous offrant
une cigarette de son coffret.

Lui-même utilisait un fume-cigarette en bois de rose
ressemblant à une pipe puisqu'il maintenait la cigarette
verticale.

– Tout est calme, dis-je. Le monde retient son souffle.

– Ça se comprend, dit-il en désignant le journal posé
sur son bureau. Chamberlain a pris l'avion pour Bad
Godesberg. Il doit à nouveau rencontrer le Führer.

Korsch tira le journal vers lui, jeta un coup d'œil à la
manchette puis le repoussa.

– On discute beaucoup trop, si vous voulez mon avis,
dit Martin.

J'émis un grognement ambigu.

Martin sourit et posa son menton carré dans sa paume.

– J'ai appris par Arthur Nebe qu'un psychopathe se
baladait dans les rues de Berlin, violant et égorgeant la
fine fleur de la virginité allemande. Il m'a dit aussi que
vous vous intéressiez de près au psychopathe le plus
dangereux d'Allemagne pour voir si par hasard les deux
oiseaux ne marchaient pas main dans la main. Je fais allusion bien sûr à ce sphincter de porc nommé Streicher.
Exact ?

Je soutins son regard froid et pénétrant. J'étais prêt à
parier que le général lui-même n'était pas un enfant de
chœur. Nebe avait décrit Benno Martin comme un administrateur de la plus haute efficacité. Pour un chef de la
police dans l'Allemagne nazie, cela pouvait à peu près
tout recouvrir, jusqu'à, et y compris, un Torquemada.

– C'est exact, dis-je en exhibant la une du *Stürmer*.
Cette illustration décrit de manière précise la façon dont
cinq adolescentes ont été assassinées. À l'exception du
Juif recueillant le sang dans le calice, bien sûr.

– Bien sûr, dit Martin. Mais vous n'avez pas exclu la possibilité que ces meurtres puissent être le fait des Juifs.

– Non, mais…

– Mais c'est le côté théâtral de la mise à mort qui vous fait douter qu'ils puissent être coupables. Exact ?

– Ça et le fait qu'aucune des victimes n'était juive.

– Peut-être que l'assassin préfère des filles plus séduisantes, fit Martin en souriant. Peut-être qu'il préfère les blondes aux yeux bleus à des bâtardes juives dépravées. À moins qu'il ne s'agisse d'une coïncidence. (Mon étonnement ne lui échappa pas.) Mais vous n'êtes pas du genre à croire aux coïncidences, n'est-ce pas, Kommissar ?

– Pas quand il y a meurtre, non. Là où d'autres voient des coïncidences, je vois des lignes directrices. Ou du moins, j'essaie de les déceler. (Je m'appuyai à mon dossier et croisai les jambes.) Connaissez-vous les travaux de Carl Jung à ce propos ?

Il eut un reniflement de dédain.

– Bon sang, c'est à ça qu'en est arrivée la Kripo ?

– Je pense qu'il aurait fait un excellent policier, rétorquai-je avec un sourire affable. Si je puis me permettre.

– Épargnez-moi les cours de psychologie, Kommissar, soupira Martin. Dites-moi simplement ce que vous avez découvert comme ligne directrice qui vous a poussé à venir à Nuremberg vous pencher sur le cas de notre bien-aimé Gauleiter ?

– Eh bien voilà, dis-je. Il m'est venu à l'idée que quelqu'un était en train de jouer un vilain tour aux Juifs.

Ce fut au tour du général de marquer de l'étonnement.

– Vous vous souciez vraiment de ce qui peut arriver aux Juifs ?

– Général, je me soucie surtout de ce qui pourrait arriver aux gamines de quinze ans qui rentreront chez elles ce soir après l'école. (Je tendis à Martin une feuille dactylographiée.) Voici les dates de disparition des cinq victimes.

J'aimerais savoir si Streicher ou un de ses collaborateurs était présent à Berlin ces jours-là.

Martin parcourut la feuille.

– Je devrais pouvoir vous renseigner, dit-il. Mais je peux vous dire qu'il est pratiquement devenu *persona non grata* dans la capitale. Hitler l'a relégué ici pour qu'il ne fasse pas de grabuge et ne puisse embêter que des personnes de peu d'importance comme moi-même. Cela ne veut pas dire que Streicher ne se rend pas secrètement à Berlin de temps en temps. J'en ai la preuve. Le Führer apprécie la conversation de Streicher, ce que je ne comprends pas, puisqu'il semble aussi apprécier la mienne.

Se tournant vers la batterie de téléphones installés près du bureau, il appela son adjudant et lui demanda de lui préparer un rapport sur les faits et gestes de Streicher aux dates indiquées.

– J'ai cru également comprendre que vous aviez certaines informations concernant le comportement criminel de Streicher, dis-je.

Martin se leva et se dirigea vers son armoire à dossiers. Avec un ricanement silencieux, il en sortit une chemise de l'épaisseur d'une boîte à chaussures, qu'il posa sur le bureau.

– Je connais à peu près tout de la vie de ce fumier, grogna-t-il. Ses gardes SS travaillent pour moi. Son téléphone est sur écoute et j'ai installé des micros dans tous ses appartements. J'ai même des photographes installés en permanence dans une boutique en face d'un studio où il va voir occasionnellement une prostituée.

Korsch étouffa un juron qui était un mélange d'admiration et de surprise.

– Alors, par où voulez-vous commencer ? Je pourrais consacrer tout un service aux forfaits de ce salopard. Accusations de viol, demandes de reconnaissance de paternité, tabassages d'adolescents avec ce fouet qu'il a toujours avec lui, corruption de fonctionnaires, détournement de fonds du Parti, escroqueries, vols, faux et usage de faux, incendie criminel, extorsion de fonds – ce type est un vrai gangster, messieurs. Un monstre qui terrorise les habitants de cette ville, ne paie jamais ses notes, provoque des faillites et brise la carrière d'honnêtes gens qui ont eu le courage de s'opposer à lui.

– Nous l'avons vu à l'œuvre, dis-je. Hier soir, au Deutscher Hof. Il buvait avec deux dames.

Le regard du général exprima une ironie cinglante.

– Des dames. Vous plaisantez, bien sûr. De vulgaires catins, oui. Il les présente comme des actrices, mais ce sont des putes. Streicher contrôle presque toute la prostitution de la ville. (Il ouvrit un classeur à fiches et feuilleta les formulaires de plainte.) Attentats à la pudeur, dégâts criminels, des centaines de plaintes pour tentative de corruption. Streicher considère cette ville comme son royaume et on le laisse faire.

– Les accusations de viol pourraient être intéressantes, dis-je. Pouvez-vous me situer les circonstances ?

– Aucune preuve matérielle. Toutes les victimes ont été intimidées ou achetées. Streicher est très riche, vous savez. En plus de ce qu'il gagne comme gouverneur de district, en monnayant des faveurs et en vendant même certains postes, il gagne une fortune avec le torchon qu'il publie. Le *Stürmer* se vend à un demi-million d'exemplaires, ce qui, à 30 pfennigs pièce, représente 150 000 reichsmarks par semaine. (Korsch émit un sifflement.) Sans compter ce que rapporte la publicité. Vous comprenez qu'avec ça Streicher peut acheter beaucoup de monde.

– Existe-t-il contre lui des accusations plus graves ?

– S'il a tué quelqu'un, vous voulez dire ?

– Oui.

– Eh bien… oublions les lynchages de quelques Juifs ici et là. Streicher aime s'offrir un bon petit pogrom personnel de temps en temps. En plus de toute autre considération, ça lui permet de s'adjuger une part supplémentaire de butin. Oublions aussi la fille qui est morte chez lui suite à l'intervention d'une faiseuse d'anges. Streicher n'est certainement pas le premier officiel du Parti à arranger un avortement illégal. Ça nous laisse deux homicides non élucidés dans lesquels il est peut-être impliqué.

» Le premier concerne le serveur d'une soirée à laquelle Streicher assistait, et qui a choisi ce moment pour se suicider. Un témoin a vu Streicher marcher dans le parc en compagnie du garçon vingt minutes avant que ce dernier ne soit retrouvé noyé dans une mare. Le second décès est celui d'une jeune actrice amie de Streicher dont le corps nu a été retrouvé dans Luitpoldhain Park. Elle avait été fouettée à mort avec une lanière de cuir. J'ai vu son cadavre. Il ne restait pas un centimètre carré de peau intacte.

Il se rassit, apparemment satisfait de l'effet que ces révélations produisaient sur Korsch et moi-même. Il ne résista pourtant pas à l'envie d'ajouter quelques détails salaces.

— Et puis il y a sa collection pornographique, qu'il prétend avec fierté être la plus importante de Nuremberg. La vantardise est le péché mignon de Streicher : il se vante du nombre de ses enfants illégitimes, du nombre de rêves érotiques qu'il a faits dans la semaine, combien de garçons il a fouettés tel ou tel jour. Il va jusqu'à mentionner ce genre de détails dans ses discours.

Je secouai la tête et m'entendis soupirer. Comment en était-on arrivé là ? Comment un monstre sadique tel que Streicher avait-il pu parvenir à une position de pouvoir presque absolu ? Combien y en avait-il d'autres comme lui ? Mais au fond, le plus surprenant dans tout ceci était ma capacité à être encore surpris par ce qui se passait en Allemagne.

— Et les collaborateurs de Streicher ? demandai-je. Les journalistes du *Stürmer* ? Ses associés ? Si Streicher essaie de mouiller les Juifs, il fait peut-être faire le sale boulot par quelqu'un.

Le général Martin fronça les sourcils.

— Oui, mais pourquoi à Berlin ? Pourquoi ne pas le faire ici ?

— Je vois quelques bonnes raisons à ça, dis-je. Qui sont les principaux ennemis de Streicher à Berlin ?

— À l'exception de Hitler, et peut-être de Goebbels, vous avez l'embarras du choix. (Il haussa les épaules.) Goering est sans doute le plus acharné. Ensuite Himmler, et aussi Heydrich.

— Je m'attendais à cette réponse. Vous tenez là votre première raison. Il est certain que cinq meurtres non élucidés en plein Berlin posent de gros problèmes à au moins deux des pires ennemis de Streicher.

Il hocha la tête.

— Et la deuxième raison ?

— Nuremberg a une longue tradition antisémite, répondis-je. Les pogroms ont toujours été fréquents ici, alors que Berlin est plutôt libéral dans sa façon de traiter les Juifs. C'est pourquoi, si Streicher parvient à faire porter le chapeau de ces meurtres à un ou plusieurs membres de la communauté juive de Berlin, les choses se gâteraient aussitôt pour elle. Peut-être même pour les Juifs de toute l'Allemagne.

— C'est une hypothèse séduisante, admit Martin en insérant une cigarette dans son curieux instrument. Mais enquêter là-dessus risque de prendre du temps. Je suppose, bien sûr, que Heydrich nous fournira tout l'appui de la Gestapo. Car le plus haut niveau de surveillance est justifié, n'est-ce pas, Kommissar ?

— C'est en tout cas ce que j'écrirai dans mon rapport, général.

Le téléphone sonna. Martin décrocha et répondit.

— Berlin, dit-il en me passant le combiné. C'est pour vous.

– Deubel à l'appareil, entendis-je. Une autre fille a disparu.

– Quand ?

– Vers 9 heures hier soir. Blonde, yeux bleus, même âge que les autres.

– Des témoins ?

– Pas pour le moment.

– Nous rentrons par le train de cet après-midi, dis-je. (Je rendis le combiné à Martin avant de l'informer :) Il semble que le tueur ait de nouveau frappé. Une autre adolescente a disparu hier soir, au moment même où Korsch et moi étions au Deutscher Hof, en train de fournir un alibi en béton à Streicher.

Martin secoua la tête.

– Ça aurait été trop beau si Streicher avait été absent de Nuremberg à toutes les dates que vous m'avez données. Mais ne vous découragez pas. Nous parviendrons peut-être à établir certaines coïncidences concernant Streicher et ses associés. Des coïncidences qui devraient nous satisfaire, vous et moi. Sans oublier ce Jung dont vous parliez.

12

Samedi 24 septembre

Steglitz est une banlieue prospère de classes moyennes, au sud-ouest de Berlin. Les briques rouges de l'hôtel de ville marquent sa limite orientale, tandis qu'à l'ouest elle bute sur le Jardin botanique. C'est de ce côté-ci, près du Musée botanique et de l'Institut physiologique Planzen, que vivaient Frau Hildegard Steininger et ses deux enfants, Emmeline, 14 ans, et Paul, 10 ans.

Herr Steininger, qui occupait une fonction importante au sein de la banque Privat Kommerz, était décédé dans un accident de voiture. Comme il avait pris soin de s'assurer jusqu'à la racine des cheveux, sa jeune veuve, à l'abri de tout souci financier, avait pu garder leur appartement de six pièces dans Lepsius Strasse.

Situé au quatrième et dernier étage d'un bel immeuble, l'appartement comportait un grand balcon à balustrade en fer forgé, auquel on accédait par une porte-fenêtre au cadre peint en brun. Pas moins de trois tabatières inondaient de lumière le vaste salon, meublé et décoré avec goût, que parfumait l'odeur du café que Frau Steininger était en train de préparer.

– Je suis désolé de vous faire raconter à nouveau toute l'histoire, dis-je. Mais je veux être certain que rien ne nous a échappé.

Elle soupira en s'asseyant à la table de la cuisine, ouvrit son sac à main en crocodile et en sortit un étui à cigarettes de même matière. Je lui donnai du feu et vis son beau visage se tendre. Elle parla comme si elle avait répété trop souvent son texte pour jouer son rôle de manière convaincante.

– Chaque jeudi soir, Emmeline se rend à un cours de danse chez Herr Wiechert, à Potsdam. Dans Grosse Weinmeisterstrasse, si vous voulez l'adresse. Le cours commençant à 20 heures, elle part d'ici à 19 heures et va prendre le train à la gare de Steglitz. Le trajet dure une demi-heure. Il y a un changement, à Wannsee, je crois. Jeudi dernier à 20 h 10, ne la voyant pas arriver, Herr Wiechert m'a téléphoné pour savoir si Emmeline était malade.

J'emplis deux tasses de café et les posai sur la table avant de m'asseoir face à elle.

– Comme Emmeline n'est jamais en retard, j'ai demandé à Herr Wiechert de me prévenir quand elle arriverait. Il m'a rappelée à 20 h 30, et à nouveau à 21 heures.

Emmeline n'était toujours pas là. J'ai attendu 21 h 30, puis j'ai alerté la police.

Elle tenait sa tasse d'une main ferme, mais elle était visiblement bouleversée. Ses yeux bleus étaient gonflés de larmes, et, glissé dans la manche de sa robe de crêpe bleue, j'aperçus un mouchoir de dentelle mouillé.

– Parlez-moi de votre fille. Est-elle heureuse ?

– Aussi heureuse que peut l'être une adolescente qui vient de perdre son père.

Elle écarta, pour la cinquantième fois peut-être depuis que j'étais là, ses cheveux blonds de son visage, avant de s'absorber dans la contemplation du fond de sa tasse.

– C'était une question stupide, dis-je. Excusez-moi.

Je sortis mes cigarettes et comblai le silence embarrassé en grattant une allumette et en soufflant bruyamment la fumée.

– Elle suit ses études au Paulsen Real Gymnasium, je crois ? Comment cela se passe-t-il ? A-t-elle des problèmes avec ses examens ou quelque chose dans ce genre ? Pas de brutes qui la harcèlent ?

– Elle n'est peut-être pas la meilleure élève de sa classe, dit Frau Steininger, mais elle est très populaire. Emmeline a des tas d'amis.

– Et la BdM ?

– La quoi ?

– La Ligue des jeunes Allemandes ?

– Ah oui, c'est vrai. Aucun problème non plus de ce côté-là. (Elle haussa les épaules, puis secoua la tête d'un air désespéré.) C'est une enfant tout ce qu'il y a de normale, Kommissar. Emmeline n'est pas du genre à faire une fugue, si c'est à ça que vous pensez.

– Je vous répète que je suis désolé d'avoir à vous poser ces questions, Frau Steininger. Mais je dois vous les poser, je suis sûr que vous comprenez, n'est-ce pas ? Nous devons tout savoir.

Je finis ma tasse et examinai le marc déposé au fond. Il dessinait une coquille Saint-Jacques. Je me demandai ce que cela signifiait.

– A-t-elle des amoureux ?

Frau Steininger fronça les sourcils.

– Bon sang, ma fille n'a que 14 ans, rétorqua-t-elle en écrasant sa cigarette.

– Les filles mûrissent plus vite que les garçons. Peut-être même plus vite que nous n'aimerions.

Seigneur, qu'en savais-je ? Écoutez, pensai-je, écoutez l'homme à la si nombreuse progéniture.

– Elle ne s'intéresse pas encore aux garçons.

Je haussai les épaules.

– Chère madame, dites-moi quand vous en aurez assez de mes questions, et je vous laisserai tranquille. Je suis sûr que vous avez des tas de choses plus intéressantes à faire que de m'aider à retrouver votre fille.

Elle me fixa pendant une longue minute, puis me présenta ses excuses.

– Puis-je voir la chambre d'Emmeline, je vous prie ?

C'était une chambre normale pour une adolescente de 14 ans, normale tout au moins pour une fille qui fait ses études dans une coûteuse école privée. Une grande affiche annonçant une représentation du *Lac des cygnes* à l'Opéra de Paris était accrochée au-dessus du lit dans un lourd cadre noir, et deux ours en peluche étaient assis côte à côte sur le couvre-lit rose. Je soulevai l'oreiller. Un livre y était dissimulé, un de ces romans à l'eau de rose à dix pfennigs qu'on trouvait à tous les coins de rue. Pas du tout le genre *Émile et les détectives*.

Je tendis le livre à Frau Steininger.

– C'est bien ce que je disais : les filles mûrissent vite.

– Vous avez vu les gars du labo ? demandai-je, entrant dans mon bureau au moment où Becker en sortait. Ont-ils découvert quelque chose sur la malle ? Ou sur le bout de tissu ?

Becker fit demi-tour et rentra.

– La malle vient de chez Turner & Glanz, Kommissar. Friedrichstrasse, numéro 193a.

– Ça doit être drôlement rupin. Est-ce qu'ils gardent un registre des ventes ?

– Malheureusement non, Kommissar. Il semble que ce soit un article très demandé, surtout en ce moment, avec tous les Juifs qui partent en Amérique. D'après Herr Glanz, ils en vendent trois ou quatre par semaine.

– En voilà un qui ne peut pas se plaindre.

– Quant au rideau, c'est un tissu très courant qu'on trouve partout.

Il se mit à farfouiller dans ma corbeille de courrier.

– Poursuivez, je vous écoute.

– Vous n'avez donc pas lu mon rapport ?

– Je vous donne l'impression de l'avoir lu ?

– J'ai passé l'après-midi d'hier au lycée d'Emmeline Steininger, le Paulsen Real Gymnasium.

Il retrouva son rapport et l'agita sous mon nez.

– Vous avez dû passer un bon moment, dis-je. Avec toutes ces jeunes filles autour de vous.

– Vous feriez peut-être mieux de le lire, Kommissar.

– Épargnez-moi cette corvée.

Becker fit la grimace et consulta sa montre.

– À vrai dire, Kommissar, j'étais sur le point de partir. Je dois emmener mes enfants au Luna Park.

– Becker, vous allez devenir aussi impossible que Deubel. À propos, où est-il celui-là ? En train de faire du jardinage ? Ou des courses avec sa femme ?

– Je crois qu'il est avec la mère de la fille disparue, Kommissar.

– Je viens de la voir. Mais ça ne fait rien. Dites-moi ce que vous avez découvert, ensuite vous pourrez filer.

Il s'assit sur le rebord de mon bureau et croisa les bras.

— Excusez-moi, Kommissar, j'allais oublier de vous dire une chose importante.

— Pas possible ? J'ai l'impression que ça devient une habitude à l'Alex ces temps-ci. Puis-je vous rappeler, au cas où vous l'auriez oublié, que nous menons une enquête criminelle ? Alors bon Dieu, descendez de mon bureau et dites-moi ce qui se passe.

Il sauta à terre et se mit au garde-à-vous.

— Gottfried Bautz est mort, chef. Assassiné, à ce qu'il paraît. Sa logeuse a trouvé son cadavre chez lui tôt ce matin. Korsch est allé voir s'il y avait quelque chose d'intéressant pour nous.

Je hochai lentement la tête.

— Je vois.

Je lâchai un juron puis levai les yeux vers Becker. Debout devant mon bureau, raide comme un manche à balai, il était parfaitement ridicule.

— Bon sang de bon sang, Becker, asseyez-vous avant que la *rigor mortis* ne vous gagne et résumez-moi votre rapport.

— Merci, Kommissar.

Il tira à lui une chaise, la retourna et s'assit en croisant les bras sur le dossier.

— Deux choses, dit-il. D'abord, beaucoup de camarades de classe d'Emmeline Steininger se rappellent l'avoir entendue dire et répéter qu'elle voulait s'enfuir de chez elle. Il semble qu'elle et sa belle-mère ne s'entendaient pas très bien…

— Sa belle-mère ? J'ignorais ce détail.

— Sa vraie mère est morte il y a une douzaine d'années. Et elle a perdu son père récemment.

— Bon, ensuite ?

Becker fronça les sourcils.

— Vous avez dit qu'il y avait deux choses.

— Ah oui. Une des filles, une Juive, s'est souvenue d'un incident survenu il y a deux ou trois mois. Un homme en uniforme, assis dans une voiture, l'a interpellée à la sortie de l'école. Il lui a promis que si elle répondait à quelques questions, il la raccompagnerait chez elle en voiture. Elle s'est approchée et l'homme lui a demandé son nom. Elle a répondu qu'elle s'appelait Sarah Hirsch. L'homme lui a alors demandé si elle était juive, et devant sa réponse affirmative, il a démarré et s'est éloigné sans un mot.

— Vous a-t-elle décrit cet homme ?

Il fit la moue en secouant la tête.

— Elle avait trop peur de parler. J'étais accompagné de deux flics en uniforme et je crois que ça l'a intimidée.

— Compréhensible, non ? Elle a dû penser que vous alliez l'embarquer pour racolage sur la voie publique ou quelque chose comme ça. Elle doit être très brillante pour avoir pu rester au Gymnasium. Pensez-vous qu'elle parlerait en présence de ses parents, et sans hommes en uniforme ?

— J'en suis sûr, chef.

— Alors, je m'en charge. Becker, trouvez-vous que j'aie l'air d'un gentil tonton ? Non, oubliez cette question, ça vaudra mieux.

Becker sourit avec amabilité.

— Bon, ce sera tout. Amusez-vous bien.

— Merci, Kommissar.

Il se leva et gagna la porte.

— Euh, Becker…

— Oui, chef ?

— Vous avez fait du bon boulot.

Après son départ, je restai quelques instants le regard dans le vide, souhaitant pouvoir moi aussi aller chercher mes gosses à la maison pour les emmener passer le samedi après-midi au Luna Park. Il me restait pas mal de congés à prendre, mais quand on vit seul, ce genre de choses ne semble pas si important. J'oscillais au bord d'une piscine d'autoapitoiement quand on frappa à la porte. C'était Korsch.

– Gottfried Bautz a été assassiné, Kommissar, dit-il aussitôt.

– Oui, je sais. Becker m'a dit que vous étiez allé y faire un tour. Que s'est-il passé ?

Korsch s'assit sur la chaise que venait de quitter Becker. Il avait l'air plus agité que je ne l'avais jamais vu. Il s'était passé quelque chose qui l'avait mis dans tous ses états.

– Quelqu'un a dû penser que son cerveau manquait d'air, alors on lui a fait un joli trou d'aération. Du beau travail. Juste entre les deux yeux. Le toubib qui était sur place pense que c'était un petit calibre. Sans doute du six millimètres. (Il remua sur sa chaise.) Mais le plus intéressant, Kommissar, c'est qu'avant de le tuer on l'a mis KO. Il avait la mâchoire cassée. Et une demi-cigarette dans la bouche. Comme s'il l'avait mordue. (Il se tut un instant pour me laisser le temps d'assimiler la scène.) On a retrouvé l'autre moitié par terre.

– L'uppercut du fumeur.

– On dirait bien, Kommissar.

– Pensez-vous à la même chose que moi ?

Korsch acquiesça.

– J'en ai bien peur. Mais il y a autre chose. Deubel a toujours un Tom Pouce à six coups dans la poche de sa veste. Il dit que c'est au cas où il perdrait son Walther. Or, un Tom Pouce tire des balles du même calibre que celle qui a tué le Tchèque.

– Vraiment ? (Je haussai les sourcils.) Deubel a toujours été convaincu que même s'il n'avait rien à voir avec notre affaire, Bautz aurait dû être flanqué au trou.

– Il a essayé de persuader Becker de se mettre en cheville avec ses potes des Mœurs pour qu'ils lui collent une Fiche rouge sous un prétexte ou un autre et l'expédient en KZ. Mais Becker a refusé. Il disait qu'on n'avait rien contre lui, même avec le témoignage de la fille qu'il a essayé d'étrangler.

– Très heureux de l'apprendre. Comment se fait-il que personne ne m'ait mis au courant ? (Korsch haussa les épaules.) En avez-vous parlé à l'équipe chargée d'enquêter sur la mort de Bautz ? Je veux parler de l'uppercut du fumeur de Deubel et de son arme ?

– Pas encore, Kommissar.

– Alors c'est nous qui allons nous en occuper.

– Que comptez-vous faire ?

– Tout dépend s'il a gardé son arme ou pas. Si c'était vous qui aviez refroidi Bautz, quel aurait été votre premier réflexe ?

– J'aurais confié mon pétard à la première fonderie du coin.

– Exactement. Donc, s'il ne peut pas me montrer son arme, je l'exclus de l'enquête. Je n'ai pas de quoi le traîner devant un tribunal, mais ça sera déjà ça. Je ne veux pas d'assassins dans mon équipe.

Korsch se gratta le nez d'un air songeur, échappant de peu à la tentation d'y fourrer son doigt.

– Avez-vous une idée de l'endroit où se trouve l'inspecteur Deubel ? demandai-je.

– Quelqu'un me cherche ?

Deubel entra d'un pas nonchalant par la porte ouverte. Les écœurants effluves de bière qui l'environnaient indiquaient sans équivoque d'où il venait. Une cigarette non allumée au coin de sa bouche tordue, il jeta un regard hostile à Korsch, et dégoûté à moi-même. Il était ivre.

– J'étais au café Kerkau, dit-il. (Ses lèvres semblaient refuser de lui obéir.) Mais ça va, ça va. C'est pas grave, je suis pas de service. Je reprends pas avant une heure. Ça ira mieux d'ici là. Vous inquiétez pas pour moi. Je suis assez grand pour m'occuper de moi.

– De quoi d'autre vous êtes-vous occupé ?

Il se redressa comme un pantin dont on aurait soudain tendu les fils.

– J'ai essayé de trouver des témoins à la gare où la fille Steininger a disparu.

– Je ne parlais pas de ça.

– Non ? Eh bien, de quoi vous parliez, Herr Kommissar ?

– Gottfried Bautz a été assassiné.

– Ah ouais ? Ce salaud de Tchèque ? éructa-t-il avec un rire à mi-chemin entre le rot et le crachat.

– On lui a cassé la mâchoire. Il avait une moitié de cigarette dans la bouche.

– Ouais ? Et qu'est-ce que j'ai à voir là-dedans ?

– C'est une de vos petites spécialités, non ? L'uppercut du fumeur. C'est vous-même qui me l'avez dit.

– Le truc est pas breveté, Gunther. (Il tira une longue bouffée de sa cigarette éteinte et étrécit ses yeux troubles.) Vous m'accusez de l'avoir buté ?

– Pouvez-vous me montrer votre arme, inspecteur Deubel ?

Pendant quelques secondes, Deubel me considéra avec un sourire sarcastique, puis glissa son bras vers son étui d'épaule. Derrière lui, Korsch remonta lentement la main vers sa propre arme et garda les doigts sur la crosse jusqu'à ce que Deubel eût posé son Walther PPK sur le bureau. Je le portai à mon nez et reniflai le canon, guettant sur le visage de Deubel un signe montrant qu'il savait que Bautz avait été tué avec une arme d'un calibre beaucoup plus petit.

– Il a arrêté un pruneau ? demanda-t-il.

– Disons plutôt qu'il a été exécuté, dis-je. On lui a tiré une balle entre les deux yeux pendant qu'il était sonné.

– J'en suis navré, fit Deubel en secouant lentement la tête.

– Je ne pense pas.

– Vous pissez contre un mur, Gunther, et vous espérez que ça rejaillira sur mon putain de fute. Bien sûr que j'aimais pas le petit Tchèque, parce que j'aime pas les pervers qui tripotent les gosses ou charcutent des bonnes femmes. Mais ça veut pas dire que je sois mouillé dans cette histoire.

– Il y a un moyen très simple de m'en convaincre.

– Ouais? Lequel?

– Montrez-moi le flingue de femme que vous trimbalez toujours sur vous. Le Tom Pouce.

Deubel leva les mains d'un air innocent.

– Quel flingue de femme? Je trimbale rien de ce genre. Le seul feu que j'ai, c'est celui qui est devant vous.

– Tous ceux qui ont travaillé avec vous savent que vous en avez un autre. Vous vous en êtes assez souvent vanté. Montrez-le-moi et l'incident sera clos. En revanche, si vous ne l'avez pas, j'en conclurai que c'est parce que vous vous en êtes débarrassé.

– De quoi vous parlez? Je vous ai dit que j'avais pas d...

Korsch se leva.

– Allons, Eb. Vous m'avez montré cette arme il y a deux jours à peine. Vous m'avez même dit que vous ne circuliez jamais sans elle.

– Espèce de fumier. Tu prends son parti contre un collègue, hein? Tu comprends donc pas? Il est pas des nôtres. C'est un putain d'espion de Heydrich. Pour lui la Kripo vaut pas un pet de lapin.

– Je ne vois pas les choses de cette façon, rétorqua Korsch avec calme. Alors? On peut voir cette arme, oui ou non?

Deubel secoua la tête, puis sourit et braqua son index sur moi.

– Vous pouvez rien prouver. Rien du tout. Vous le savez, pas vrai?

Je repoussai ma chaise d'un coup de pied et me levai. Je voulais être debout pour dire ce que j'allais dire.

– Peut-être bien. Ça n'empêche que vous êtes déchargé de cette enquête. Je me contrefous de ce qui vous arrive, Deubel, mais pour moi, vous pouvez retourner dans le trou merdeux d'où vous êtes sorti. Je suis exigeant dans le choix de mes partenaires. Je n'aime pas les tueurs.

Deubel découvrit un peu plus ses dents jaunâtres. Son sourire ressemblait au clavier d'un très vieux piano désaccordé. Il remonta son pantalon de flanelle, redressa les épaules et avança sa bedaine dans ma direction. Je réprimai à grand-peine l'envie de lui expédier mon poing dans l'estomac, mais provoquer une bagarre était sans doute ce qu'il cherchait.

– Vous devriez ouvrir les yeux, Gunther. Descendez donc dans les cellules et les salles d'interrogatoire et voyez ce qui se passe dans ces locaux. Exigeant dans le choix de vos partenaires ? Pauvre abruti. Il y a des gens qui sont tabassés à mort là en bas. Sans doute en ce moment même. Vous pensez que quelqu'un va lever le petit doigt pour se préoccuper d'un sale petit pervers ? La morgue en est pleine.

– Quelqu'un doit bien lever le petit doigt, m'entendis-je répondre avec ce qui, même à mes propres oreilles, me parut d'une naïveté désespérée. Sinon, ça voudrait dire que nous ne valons pas mieux que les criminels. Je ne peux pas empêcher les autres de porter des chaussures sales, mais je veux que les miennes soient impeccables. Vous savez depuis le début que c'est comme ça que j'entends travailler. Vous avez voulu opérer suivant vos méthodes, les mêmes que celles de la Gestapo : une femme est coupable de sorcellerie si elle flotte à la surface, innocente si elle coule. Maintenant, disparaissez de ma vue avant que l'envie me prenne de vérifier si j'ai assez d'influence sur Heydrich pour vous faire virer de la Kripo.

Deubel ricana.

– Pauvre minable, fit-il.

Sur ce, il fusilla Korsch du regard jusqu'à ce que son haleine fétide oblige ce dernier à s'écarter, puis il sortit en titubant.

Korsch secoua la tête.

– Je n'ai jamais aimé ce salaud, fit-il, mais je n'aurais jamais pensé qu'il était capable de…

Il s'interrompit et secoua une nouvelle fois la tête.

Je me laissai retomber sur mon siège et ouvris le tiroir dans lequel je gardais une bouteille.

– Il a malheureusement raison, dis-je en emplissant deux verres. (Je croisai le regard inquisiteur de Korsch et souris avec amertume.) Accuser un flic berlinois de meurtre… (Je ris.) Merde, autant essayer d'arrêter un ivrogne en pleine Fête de la bière à Munich !

13

Dimanche 25 septembre

– Herr Hirsch est-il là ?

Le vieil homme qui m'avait ouvert redressa le torse et acquiesça.

– C'est moi, dit-il.

– Vous êtes le père de Sarah Hirsch ?

– Oui. Et vous, qui êtes-vous ?

Il devait avoir 70 ans passés et était presque chauve, à l'exception d'une collerette de longs cheveux blancs sur la nuque. Pas très grand, voûté, il était difficile d'imaginer que cet homme était le père d'une fille de 15 ans. Je lui montrai ma plaque.

– Police, dis-je. Mais n'ayez aucune crainte. Je ne suis pas là pour vous créer des ennuis. Je veux simplement interroger votre fille. Elle peut peut-être nous aider à identifier un criminel.

Reprenant un peu de ses couleurs, qu'il avait perdues en voyant ma plaque, Herr Hirsch s'effaça et me fit entrer dans un vestibule empli de vases chinois, de bronzes, d'assiettes à motifs bleus et de petites sculptures compliquées en balsa disposées dans des vitrines. J'admirai ces dernières tandis qu'il refermait et verrouillait la porte d'entrée tout en me racontant qu'il avait été marin dans sa jeunesse et avait voyagé dans tout l'Extrême-Orient. Prenant alors conscience de l'odeur appétissante qui flottait dans la maison, je m'excusai et demandai si je ne dérangeais pas la famille en plein repas.

— Nous ne mangerons pas avant un bon moment, répondit le vieil homme. Ma femme et ma fille sont encore à la cuisine.

Il eut un sourire nerveux, sans doute peu habitué à tant de déférence de la part de fonctionnaires officiels, et me conduisit au salon.

— Ainsi, vous voulez parler à ma fille Sarah. Vous dites qu'elle pourrait identifier un criminel.

— C'est exact, répliquai-je. Une condisciple de votre fille a disparu. Il est très possible qu'elle ait été enlevée. En interrogeant ses camarades de classe, un de mes hommes a appris qu'il y a quelques semaines Sarah avait été abordée par un étrange individu. Je voudrais lui demander de me le décrire. Avec votre permission.

— Mais bien sûr. Je vais la chercher.

De toute évidence, les Hirsch formaient une famille de musiciens. Plusieurs étuis à instruments et quelques pupitres côtoyaient un piano à queue Bechstein d'un noir brillant. Une harpe trônait près de la fenêtre ouvrant sur un vaste jardin, et sur la plupart des photos de famille exposées sur le buffet on pouvait voir une jeune fille jouant du violon. Même le tableau accroché au-dessus de la cheminée représentait une scène musicale – un récital de piano, apparemment. J'étais en train de le contempler en essayant de deviner le morceau qu'on y interprétait lorsque Herr Hirsch revint, accompagné de sa femme et de sa fille.

Frau Hirsch était beaucoup plus grande et plus jeune que son mari. Je lui donnai une cinquantaine d'années. C'était une femme mince, élégante, le cou orné d'un collier de perles. Après s'être essuyé les mains sur son tablier, elle saisit sa fille aux épaules comme pour souligner ses droits de mère face aux éventuels abus d'un État si ouvertement hostile à sa race.

— Mon mari me dit qu'une des camarades de classe de Sarah a disparu, dit-elle avec calme. De qui s'agit-il ?

— D'Emmeline Steininger, dis-je.

Frau Hirsch fit pivoter sa fille vers elle.

— Sarah, fit-elle d'un air de réprimande, pourquoi ne nous en as-tu pas parlé ?

Sarah était une adolescente ronde mais charmante et pleine de vie, aussi éloignée que possible du stéréotype raciste du Juif selon Streicher puisqu'elle était blonde aux yeux bleus. Comme un petit poney entêté, elle eut un hochement impatient de la tête.

— Elle a fait une fugue, c'est tout. Elle disait toujours qu'elle voulait partir. Et puis de toute façon, ça m'est égal, ce qui lui arrive. Emmeline n'est pas une de mes amies. Elle n'arrête pas de déblatérer sur les Juifs. Je la déteste, et je me fiche que son père soit mort.

— Ça suffit ! lui intima Herr Hirsch qui ne devait pas avoir envie d'en entendre plus sur les pères décédés. Peu importe ce que cette fille raconte. Si tu sais quelque chose susceptible d'aider le Kommissar, dis-le-lui. C'est compris ?

Sarah fit la moue.

— Oui, papa, rétorqua-t-elle en étouffant un bâillement. Elle se laissa tomber dans un fauteuil.

— Voyons, Sarah, fit sa mère. (Elle m'adressa un sourire nerveux.) Excusez-moi, Kommissar, elle n'est pas comme ça d'habitude.

— Ne vous inquiétez pas, fis-je en m'asseyant sur le repose-pieds devant le fauteuil. Sarah, vendredi dernier, un de mes collaborateurs t'a interrogée et tu lui as dit que tu avais vu un homme rôder autour de l'école il y a environ deux mois, c'est bien ça ? (Elle acquiesça.) J'aimerais que tu me racontes tout ce dont tu te souviens.

Elle mordilla un moment son ongle, puis l'examina avec soin.

– Ça fait un bout de temps, dit-elle enfin.

– Le moindre détail pourrait nous aider. L'heure qu'il était, par exemple.

Je sortis mon calepin et le posai sur ma cuisse.

– C'était après les cours. À la sortie. (Elle releva le menton.) C'est là que j'ai vu cette voiture arrêtée devant l'école.

– Quel genre de voiture ?

Elle haussa les épaules.

– Je ne connais ni les marques ni les modèles, mais c'était une grosse voiture noire avec un chauffeur.

– Est-ce lui qui t'a adressé la parole ?

– Non, il y avait un autre homme à l'arrière. J'ai cru que c'étaient des policiers. L'homme assis derrière m'a appelée par la vitre ouverte au moment où je franchissais la grille. J'étais seule, comme d'habitude. Presque toutes les autres filles étaient déjà sorties. Il m'a dit d'approcher, et quand j'ai été près de la voiture, il m'a dit que j'étais…

Elle se tut et rougit.

– Continue, dis-je.

– … que j'étais très jolie et qu'il était sûr que mon père et ma mère étaient très fiers d'avoir une fille comme moi. (Elle jeta un regard embarrassé à ses parents.) Je n'invente rien, dit-elle d'un air presque amusé. Je vous jure que c'est ce qu'il a dit.

– Je te crois, Sarah. Qu'a-t-il dit d'autre ?

– Il a demandé à son chauffeur s'il ne trouvait pas que j'étais un bel exemple de jeunesse allemande ou une idiotie de ce genre. (Elle rit.) C'était très drôle. (Sur un regard de son père qui m'échappa, elle reprit son sérieux.) Enfin, c'était quelque chose comme ça. Je ne me rappelle pas exactement.

– Le chauffeur lui a-t-il répondu ?

– Il a dit à son patron qu'ils pourraient me raccompagner chez moi. Celui à l'arrière m'a demandé si ça me ferait plaisir. J'ai répondu que je n'étais jamais montée dans une aussi grosse voiture et que ça me plairait bien...

Le père de Sarah émit un bruyant soupir.

– Combien de fois t'ai-je répété, Sarah, de ne jamais...

– Si ça ne vous fait rien, monsieur, l'interrompis-je d'un ton ferme, vous réglerez ça plus tard. (Je me retournai vers Sarah.) Et ensuite, que s'est-il passé ?

– L'homme a dit que si je répondais correctement à quelques questions, il me ramènerait chez moi, comme une vraie star de cinéma. Il m'a d'abord demandé comment je m'appelais, et quand je lui ai dit mon nom, il m'a regardée d'un drôle d'air, comme s'il était choqué. Il m'a demandé si j'étais juive. J'ai failli lui dire que non, juste pour m'amuser. Mais j'ai eu peur qu'il apprenne la vérité et me fasse des ennuis, alors je lui ai dit que oui. Il s'est appuyé contre son dossier et il a ordonné à son chauffeur de démarrer. Sans m'adresser un seul mot de plus. C'était très étrange. J'ai eu l'impression qu'il disparaissait comme par enchantement.

– C'est très bien, Sarah. Maintenant réfléchis bien : tout à l'heure tu as dit que tu avais pris ces deux hommes pour des policiers. Étaient-ils en uniforme ?

Elle acquiesça d'un air hésitant.

– Commençons par la couleur de ces uniformes.

– Ils étaient verts. Comme ceux des policiers, mais plus sombres.

– Et leurs casquettes ? Est-ce qu'elles ressemblaient à celles des policiers ?

– Non, c'étaient des casquettes à visière, comme celles des officiers. Papa a été officier dans la marine.

– Tu te rappelles autre chose? Des médailles, des décorations, des insignes de col? Quelque chose comme ça? (Elle continua de secouer la tête.) Bon. Revenons à l'homme qui t'a parlé. À quoi ressemblait-il?

Sarah plissa les lèvres, tortilla une mèche de cheveux puis jeta un regard à son père.

– Il était plus âgé que le chauffeur, dit-elle. Entre 55 et 60 ans, je dirais. Gros, pas beaucoup de cheveux, ou alors coupés très court, et une petite moustache.

– Et l'autre?

Elle haussa les épaules.

– Plus jeune. Le teint pâle. Blond. Je ne me souviens pas bien de lui.

– Décris-moi la voix de l'homme assis à l'arrière.

– Son accent, vous voulez dire?

– Oui, si tu t'en souviens.

– Je ne suis pas très sûre, dit-elle. C'est difficile de reconnaître un accent. Je remarque un accent mais je n'arrive pas toujours à dire d'où vient la personne. (Elle soupira et fronça les sourcils en se concentrant.) Ça pourrait être un accent autrichien. Ou bavarois. Vous savez, un peu vieillot.

– Autrichien ou bavarois, répétai-je en inscrivant les deux mots dans mon calepin.

Je faillis souligner le second mais me ravisai. Il était inutile de le privilégier, même si « bavarois » me convenait mieux. Je me tus et attendis, pour poser ma dernière question, d'être sûr qu'elle n'avait plus rien à ajouter.

– À présent, Sarah, je vais te demander de te concentrer. Tu es debout près de la voiture. Par la vitre ouverte, tu vois l'intérieur de l'habitacle. En dehors de l'homme à la moustache, que vois-tu d'autre?

Elle ferma les yeux en se passant la langue sur la lèvre inférieure et parvint à se remémorer un dernier détail.

– Des cigarettes, dit-elle au bout d'une minute. Pas comme celles de Papa. (Elle ouvrit les yeux et me regarda.)

Elles avaient une drôle d'odeur. Forte et sucrée. Comme du laurier ou de la marjolaine.

Je relus mes notes et, quand je sentis qu'elle n'avait plus rien à dire, je me levai.

– Merci Sarah. Tu m'as été très utile.

– C'est vrai ? fit-elle avec un plaisir évident. Je vous ai vraiment aidé ?

– Je t'assure que oui.

Nous sourîmes tous les quatre, oubliant pendant quelques instants qui et ce que nous étions.

En repartant en voiture de chez les Hirsch, je me demandai s'ils avaient compris que pour une fois la race de Sarah avait joué en sa faveur – qu'être juive lui avait sans doute sauvé la vie.

J'étais satisfait de ce que j'avais appris. Sa description de l'inconnu qui l'avait abordée était le premier indice concret à nous mettre sous la dent. D'autre part, ce qu'elle avait dit de son accent recoupait ce qu'en avait dit Tanker, le sergent de permanence qui avait reçu l'appel anonyme à propos de la malle. Mais surtout, ces informations m'obligeaient à recontacter le général Martin à Nuremberg pour lui demander les dates auxquelles Streicher s'était rendu à Berlin.

14

Lundi 26 septembre

Par la fenêtre de mon appartement donnant sur l'arrière des immeubles voisins, j'aperçus plusieurs familles rassemblées dans leur salon autour d'un poste de radio. Par la fenêtre de façade, je constatai que Fasanenstrasse était déserte. Je regagnai le salon et me servis un verre. À travers le plancher me parvenait de la musique classique, diffusée par la radio de la pension occupant l'étage inférieur. Les discours des responsables du Parti étaient toujours précédés et suivis d'un petit morceau de Beethoven. Comme je dis souvent, plus le tableau est moche, plus le cadre est somptueux.

D'habitude, je n'écoute pas les émissions du Parti. Je leur préfère le son de mes pets. Mais celle de ce soir-là était spéciale. Le Führer devait prononcer un discours au Sportspalast de Potsdamerstrasse, et l'on disait qu'il allait dévoiler ses intentions réelles à l'égard de la Tchécoslovaquie et des territoires sudètes.

Personnellement, j'en étais arrivé depuis longtemps à la conclusion que Hitler trompait tout le monde depuis des années avec ses déclarations pacifistes. Et j'avais vu assez de westerns pour savoir que lorsque le type au chapeau noir cherche querelle au petit malingre debout au bar à côté de lui, c'est en réalité le shérif qu'il veut provoquer. Dans ce cas particulier, le shérif était français, et il était évident qu'il n'avait pas la moindre intention de faire quoi que ce soit, hormis s'enfermer dans son bureau en se répétant que les détonations qu'il entendait dehors n'étaient que des explosions de pétards.

Espérant me tromper, j'allumai la radio et, comme 75 millions d'autres Allemands, j'attendis de savoir quel sort on nous réservait.

Beaucoup de femmes disent que si Goebbels ne fait que séduire, Hitler, lui, fascine. Il m'est difficile de juger, mais il est impossible de nier l'effet hypnotique que semblent produire les discours du Führer sur la population. En tout cas, la foule rassemblée au Sportspalast avait l'air d'apprécier. Mais il aurait fallu être sur place pour sentir pleinement l'ambiance. Comme lors d'une visite d'un champ d'épandage.

Mais pour ceux qui, comme moi, écoutaient chez eux la retransmission du discours, il n'y avait rien à apprécier, aucun espoir auquel se raccrocher dans ce que disait le champion des rongeurs de tapis[1]. Hormis le terrible sentiment que nous étions encore plus proches de la guerre que la veille.

Mardi 27 septembre

Dans l'après-midi eut lieu un défilé militaire sur Unter den Linden, avec des troupes plus prêtes à la guerre que tout ce qu'on avait pu voir jusqu'alors dans les rues de Berlin. Il s'agissait d'une division motorisée en tenue de campagne[2]. Pourtant, à ma stupéfaction, il n'y eut ni vivats, ni saluts, ni drapeaux brandis. La volonté belliqueuse de Hitler était dans toutes les têtes, et en voyant passer les troupes, les gens détournaient les yeux et s'éloignaient.

Plus tard ce même jour, lors de ma rencontre avec Arthur Nebe, qui eut lieu à sa demande en dehors de l'Alex, dans les bureaux de Gunther & Stahlecker, Détectives privés – le peintre n'avait pas encore redonné à la plaque son énoncé

---

1. Le 21 septembre, lors d'une rencontre à Bad Godesberg avec Chamberlain, organisée pour tenter de régler la crise des Sudètes qui atteignait alors son paroxysme, Hitler se livra lors des négociations à des crises de colère si pathologiques que Chamberlain lui-même commença à douter de sa santé mentale. Un des proches collaborateurs de Hitler confia que le Führer était si furieux qu'il en « rongeait le tapis ». Cette expression allemande fut comprise au pied de la lettre et reprise telle quelle par les correspondants de presse occidentaux. (NdT, d'après John Toland, *Adolf Hitler*, t. 1, p. 491, Éd. Pygmalion, Paris, 1978).

2. En réalité, cette division traversa Berlin le mercredi 28 septembre en fin d'après-midi.

originel –, je rapportai à Nebe ce que j'avais vu du défilé. Il éclata de rire.

— Que diriez-vous, déclara-t-il, si je vous confiais que la division que vous avez vue sera peut-être celle qui libé-rera ce pays ?

— Vous voulez dire que l'armée prépare un putsch ?

— Tout ce que je peux vous dire, c'est que des officiers supérieurs de la Wehrmacht ont pris des contacts avec le Premier ministre britannique. Dès que les Anglais en donneront l'ordre, l'armée investira Berlin et Hitler sera traîné devant les tribunaux.

— Pour quand l'opération est-elle prévue ?

— Dès que Hitler envahira la Tchécoslovaquie, l'Angle-terre lui déclarera la guerre. C'est alors que notre heure sonnera, Bernie. Ne vous avais-je pas dit que la Kripo aurait un jour besoin de gens comme vous ?

Je hochai lentement la tête.

— Chamberlain a pourtant négocié avec Hitler, non ?

— C'est la manière anglaise, discuter, faire preuve de diplomatie. Ils auraient le sentiment de ne pas avoir dis-puté le match s'ils ne négociaient pas.

— Tout de même, c'est bien qu'il pense que Hitler signera un traité. Et surtout, que Chamberlain et Daladier eux-mêmes sont prêts à signer.

— Hitler ne lâchera pas les territoires sudètes, Bernie. Et les Britanniques ne sont pas prêts à renier leur alliance avec les Tchèques.

Je me dirigeai vers le bar et nous servis deux verres.

— Si les Français et les Anglais avaient vraiment l'inten-tion de respecter leurs alliances, il n'y aurait rien à discu-ter, dis-je en tendant son verre à Nebe. Si vous voulez mon avis, ils font le boulot de Hitler à sa place.

— Mon Dieu, que vous êtes pessimiste !

— Peut-être, mais laissez-moi vous poser une ques-tion. Avez-vous déjà été en situation d'avoir à affronter quelqu'un avec qui vous n'aviez pas envie de vous battre ? Quelqu'un de plus fort que vous, par exemple. Vous ne voulez pas vous battre soit parce que vous êtes sûr de prendre une raclée, soit parce que vous manquez d'estomac. Dans les deux cas vous allez essayer de discuter pour vous sortir de la situation. Croyez-moi, celui qui parle beaucoup n'a aucune intention de se battre.

— Sauf que nous ne sommes pas plus forts que les Anglais et les Français.

— Peut-être, mais ils manquent d'estomac.

Nebe leva son verre.

— Alors, buvons à l'estomac anglais.

— À l'estomac anglais.

Mercredi 28 septembre

— Le général Martin nous envoie les renseignements demandés à propos de Streicher, commissaire, dit Korsch en parcourant une dépêche. Streicher aurait été présent à Berlin au moins deux fois sur les cinq dates en question. Sur les trois restantes, il y en a deux pour lesquelles Martin n'a aucune idée de l'endroit où se trouvait Streicher.

— Voilà qui devrait lui rabattre le caquet concernant ses espions.

— Il précise aussi qu'un des jours indiqués, on a vu Streicher revenir de l'aérodrome Furth de Nuremberg.

— Combien dure le vol Berlin-Nuremberg ?

— Deux heures tout au plus. Voulez-vous que je me renseigne à l'aéroport de Tempelhof ?

— J'ai une meilleure idée. Allez voir les types de la propagande au Muratti. Demandez-leur de vous donner une photo de Streicher. Ou plutôt, demandez la photo de tous les Gauleiter, ça sera plus discret. Dites que c'est pour les services de sécurité de la Chancellerie du Reich, ça fait toujours bon effet. Ensuite vous irez montrer la photo de Streicher à la fille Hirsch, pour voir si elle reconnaît en lui le type à la voiture noire.

— Et si c'est le cas ?

— Si c'est le cas, vous et moi n'allons pas tarder à découvrir que nous nous sommes fait des tas d'amis. À une exception notable près.

— C'est bien ce que je craignais.

Jeudi 29 septembre

Chamberlain retourna à Munich. Il voulait discuter. Le shériff vint aussi, mais il semblait bien décidé à détourner les yeux quand on commencerait à tirer. Mussolini fit reluire sa ceinture et son crâne et accourut pour offrir son soutien à son allié spirituel.

Pendant que ces importants personnages effectuaient leurs allées et venues, une jeune fille, pion dérisoire dans la stratégie générale, disparut alors qu'elle faisait les courses pour sa famille.

Le marché Moabit était installé au coin de Bremerstrasse et d'Arminius Strasse, dans un vaste bâtiment de brique rouge de la taille d'un entrepôt. C'est là que la classe ouvrière de Moabit – c'est-à-dire la quasi-totalité de la population du quartier – achetait son fromage, son poisson, sa charcuterie et ses légumes frais. Il y avait même quelques comptoirs où l'on pouvait boire une bière en mangeant une saucisse. L'endroit, pourvu d'au moins six entrées et sorties, était toujours très animé. On n'y flânait guère. Toujours pressés, les gens n'avaient pas le temps de regarder des choses qu'ils ne pouvaient s'offrir ; et puis, de toute façon, ce genre de marchandises n'existait pas à Moabit. C'est pourquoi mes vêtements et ma démarche posée tranchaient sur le décor.

Nous savions que Liza Ganz avait disparu dans ce marché parce qu'un poissonnier avait trouvé un sac à provi-
sions que la mère de Liza avait reconnu comme sien.

À part ça, personne n'avait rien vu. À Moabit, on ne
vous prête aucune attention, sauf si vous êtes un policier
à la recherche d'une fille disparue, et encore, ça n'est que
par simple curiosité.

Vendredi 30 septembre

L'après-midi, je fus convoqué au siège de la Gestapo
dans Prinz Albrecht Strasse.

Au-dessus de l'entrée principale, j'examinai, juchée
sur une volute de la taille d'une roue de camion, la statue
d'une femme brodant. Deux chérubins voletaient autour
de sa tête, l'un se grattant le crâne, l'autre arborant une
expression de profonde perplexité. Pour moi, ils devaient
se demander pour quelle raison la Gestapo avait choisi de
s'installer dans ce bâtiment. Car à bien y regarder, l'école
d'art auparavant installée au numéro 8 de la Prinz Albrecht
Strasse et la Gestapo, qui l'occupait à présent, n'avaient
pas grand-chose de commun si ce n'est, à en croire une
plaisanterie fort répandue, qu'on savait vous y arranger le
portrait. Ce jour-là, pourtant, je me demandais surtout pourquoi Heydrich m'avait fait venir là au lieu de me convoquer
au Prinz Albrecht Palast, dans la Wilhelmstrasse voisine.
J'étais persuadé qu'il avait ses raisons. Heydrich ne faisait
jamais rien sans raison, et j'étais sûr que celle qu'il invo-
querait me déplairait autant que toutes celles dont j'avais
entendu parler.

Après la porte principale, il fallait se soumettre à un
contrôle de sécurité, après quoi vous vous retrouviez
au pied d'un escalier de la taille d'un aqueduc, qui donnait accès à un long couloir voûté faisant office de salle

d'attente et doté de trois fenêtres en ogive au travers desquelles aurait pu passer une locomotive. En dessous de chaque fenêtre était installé un banc en bois semblable à un banc d'église, et c'est là que, comme on me l'ordonna, j'attendis.

Les bustes de Hitler et de Goering étaient posés sur des socles placés entre les fenêtres. Je fus surpris de constater que Himmler tolérait la tête du Gros Hermann dans ces locaux, sachant à quel point les deux hommes se haïssaient. Était-ce par pur amour de l'art? Autant parier que sa femme était la fille du Grand Rabbin.

Au bout d'une heure, Heydrich apparut par la double porte qui me faisait face. Il portait une serviette et, dès qu'il m'aperçut, renvoya le capitaine SS qui l'accompagnait.

— Kommissar Gunther, dit-il, semblant trouver amusant l'énoncé de mon grade, et il m'entraîna le long de la galerie. Allons dans le jardin, comme l'autre fois. Cela ne vous ennuie pas de me raccompagner à la Wilhelmstrasse?

Nous franchîmes une porte voûtée puis gagnâmes, par un autre escalier monumental, la fameuse aile sud dont les anciens ateliers de sculpteurs servaient aujourd'hui de cellules à la Gestapo. Je les connaissais fort bien pour y avoir été brièvement détenu autrefois, et ne pus réprimer un soupir de soulagement lorsque, après avoir franchi une dernière porte, nous nous retrouvâmes à l'air libre. Avec Heydrich, il fallait s'attendre à tout.

Une fois dehors, il s'immobilisa et consulta sa Rolex. Je voulus dire quelque chose, mais il leva l'index et, d'un air de conspirateur, l'appliqua sur ses lèvres fines. Nous restâmes ainsi quelques instants, attendant je ne savais quoi.

Au bout d'environ une minute, une série de coups de feu retentit, dont l'écho se perdit dans les jardins. Puis il y eut une deuxième série; puis une troisième. Heydrich consulta de nouveau sa montre, hocha la tête et sourit.

– Nous pouvons y aller, dit-il en faisant crisser le gravier sous ses pas.

– Était-ce une leçon à mon intention? demandai-je en sachant bien que c'était le cas.

– Le peloton d'exécution? fit-il en souriant. Non, non, Kommissar Gunther. Vous avez trop d'imagination. Et puis je crois que vous n'avez besoin d'aucune leçon sur le pouvoir. Non, c'est juste que je suis très strict sur la ponctualité. Des rois, on dit que la ponctualité est une vertu, mais quand il s'agit d'un policier, c'est simplement le signe de son efficacité administrative. Après tout, si le Führer est capable de faire partir les trains à l'heure, le moins que je puisse faire est de m'assurer que quelques prêtres sont liquidés à l'heure prévue.

C'était bien une leçon, après tout. La manière particulière qu'avait Heydrich de me faire comprendre qu'il était au courant de mes divergences de vues avec le Sturmbahnführer Roth du IV Bl.

– On ne fusille donc plus à l'aube?

– Les voisins se sont plaints.

– Vous avez dit qu'il s'agissait de prêtres?

– L'église catholique représente une menace de complot international aussi dangereuse que le bolchevisme ou le judaïsme, Gunther. Martin Luther a entrepris une Réforme, le Führer en réalisera une autre. Il mettra fin à l'autorité du pape sur les catholiques allemands, que les prêtres soient d'accord ou pas. Mais ceci est une autre histoire. Laissons-la à ceux qui sont chargés de sa mise en œuvre.

» Pour en venir au problème qui me préoccupe, sachez que Goebbels et ses gratte-papier du Muratti font pression pour qu'on rende publique l'enquête dont vous avez la charge. Je ne sais combien de temps encore je pourrai les faire tenir tranquille.

– Général, dis-je en allumant une cigarette, lorsqu'on m'a confié cette enquête, je n'étais pas favorable à un black-out dans la presse. Mais aujourd'hui, je suis convaincu que, depuis le début, la publicité est exactement ce que recherche l'assassin.

– Oui, Nebe m'a dit que, selon vous, il pourrait s'agir d'une machination organisée par Streicher et ses acolytes dans le but de déclencher un pogrom contre la population juive de Berlin.

– Général, l'idée peut paraître farfelue quand on ne connaît pas Streicher.

Heydrich s'immobilisa, enfonça les mains dans ses poches et secoua la tête.

– Rien ne pourrait me surprendre de la part de ce porc bavarois, déclara-t-il. (Il voulut frapper un pigeon du bout de sa botte et le manqua.) Dites-m'en un peu plus.

– Une adolescente a reconnu Streicher sur photo comme pouvant être l'homme qui l'a abordée devant l'école où une autre fille a disparu la semaine dernière. Elle dit que l'accent de l'inconnu pourrait être bavarois. Or le sergent de permanence qui a reçu l'appel anonyme nous indiquant où trouver la malle contenant le cadavre d'une autre adolescente a déclaré que son correspondant avait un accent bavarois.

» Ensuite, il y a le mobile. Le mois dernier, les habitants de Nuremberg ont brûlé la synagogue de la ville. Mais ici à Berlin, il n'y a eu que quelques bris de glace et agressions de Juifs. Streicher aimerait bien qu'il arrive aux Juifs de Berlin la même chose qu'à Nuremberg.

» Par ailleurs, l'obsession que manifeste le *Stürmer* à l'égard des meurtres rituels m'a amené à effectuer certains rapprochements avec le *modus operandi* de l'assassin. Quand vous ajoutez tous ces éléments à la réputation de Streicher, l'hypothèse devient plausible.

Accélérant le pas, Heydrich me devança, les bras tendus le long du corps comme s'il faisait une démonstration à l'école d'équitation de Vienne, puis il pivota sur les talons et me fit face. Il arborait un sourire enthousiaste.

– Je connais quelqu'un qui serait ravi d'assister à la chute de Streicher, dit-il. Ce bâtard a prononcé des discours où il accusait presque ouvertement le Premier ministre d'être impuissant. Vous imaginez la fureur de Goering. Mais pour l'instant, vous n'avez rien de solide, n'est-ce pas ?

– Non. D'abord, parce que la fille qui pourrait témoigner est juive. (Heydrich grogna.) Quant au reste, il ne s'agit encore que de conjectures.

– Peut-être, mais votre hypothèse me plaît, Gunther. Elle me plaît beaucoup.

– Puis-je me permettre de vous rappeler, général, qu'il m'a fallu six mois pour arrêter Gormann l'Étrangleur et que cela ne fait pas un mois que je travaille sur cette affaire ?

– Malheureusement, nous n'avons pas six mois devant nous. Donnez-moi très vite un début de preuve, si minime soit-il. Cela me permettra de calmer Goebbels. Mais il me faut quelque chose, Gunther, et vite. Vous avez encore un mois, six semaines au maximum. Me fais-je bien comprendre ?

– Oui, général.

– Que puis-je pour vous aider ?

– Faire surveiller Julius Streicher par la Gestapo vingt-quatre heures sur vingt-quatre, dis-je. Et enquêter avec discrétion, mais de manière approfondie, sur ses activités financières et ses associés.

Heydrich croisa les bras et prit son long menton entre ses doigts.

– Il faudra que j'en parle à Himmler. Mais il ne devrait pas y avoir de problème. Le Reichsführer déteste presque autant la corruption que les Juifs.

– Voilà qui est réconfortant, mon général.

Nous poursuivîmes notre chemin en direction de Prinz Albrecht Palast.

– À propos, reprit-il alors que nous approchions de ses quartiers, je viens de recevoir une nouvelle importante pour nous tous. Les Français et les Britanniques ont signé un accord à Munich. Le Führer a obtenu les territoires sudètes. (Il secoua la tête.) Un vrai miracle, n'est-ce pas?

– Oui, en effet, marmonnai-je.

– Quoi, vous ne comprenez donc pas? Ça veut dire qu'il n'y aura pas de guerre. En tout cas, pas pour l'instant.

J'eus un sourire embarrassé.

– Oui, c'est une très bonne nouvelle, dis-je.

J'avais trop bien compris, au contraire. S'il n'y avait pas de guerre, il n'y aurait pas de signal de la part des Anglais. Et sans signal, il n'y aurait pas non plus de putsch militaire en Allemagne.

SECONDE PARTIE

15

Lundi 17 octobre

La famille Ganz, ou plutôt ce qu'il en restait après qu'un nouvel appel anonyme à l'Alex nous eut informés de l'endroit où nous trouverions le corps de Liza Ganz, la famille, donc, vivait au sud de Wittenau, dans un petit appartement de Birkenstrasse, juste derrière l'hôpital Robert Koch, où Frau Ganz était infirmière. Herr Ganz, greffier au tribunal du district de Moabit, travaillait lui aussi non loin du foyer familial.

Selon Becker, les deux époux, proches de la quarantaine, consacraient le plus clair de leur temps à leur travail, de sorte que Liza Ganz s'était souvent retrouvée seule. Jamais cependant sa solitude n'avait été aussi grande que celle dans laquelle je venais de la voir, allongée nue sur une plaque de marbre de l'Alex, aux mains d'un homme qui recousait les parties de son corps qu'il avait jugé bon d'ouvrir afin de tout savoir d'elle, depuis l'état de sa virginité jusqu'à ce que contenait son estomac. C'est pourtant ce qu'on avait retrouvé dans sa bouche, plus facile d'accès, qui avait confirmé ce que je commençais à soupçonner.

– Qu'est-ce qui vous y a fait penser, Bernie ? m'avait demandé Illmann.

– Tout le monde n'est pas aussi habile que vous à rouler ses cigarettes, Professor. Il reste souvent un brin de tabac sur la langue ou derrière la lèvre. Quand la petite Juive qui a vu notre homme m'a dit qu'il fumait des cigarettes au goût de laurier ou de marjolaine, j'ai aussitôt pensé au haschich. C'est sans doute comme ça qu'il peut les embarquer si facilement. Il fait mine de les traiter comme des adultes en leur offrant une cigarette, sauf que ce sont des cigarettes spéciales.

Illmann secoua la tête visiblement stupéfait.

– Et dire que je n'y avais pas pensé. Je dois vieillir.

Becker claqua la portière de la voiture et me rejoignit sur le trottoir. L'appartement était situé au-dessus d'une pharmacie. Je pressentis que j'en aurais l'usage.

Nous gravîmes l'escalier et frappâmes. L'homme qui ouvrit la porte avait le teint sombre et l'air peu commode. Lorsqu'il reconnut Becker, il soupira et appela sa femme. Puis il jeta un coup d'œil derrière lui et hocha la tête d'un air lugubre.

– Entrez donc, dit-il.

Je l'observai avec attention. Il avait le visage empourpré et, en le frôlant pour entrer, je remarquai de petites gouttes de transpiration sur son front. Une fois à l'intérieur, je sentis une odeur de savon et compris qu'il sortait du bain.

Herr Ganz referma la porte puis nous précéda dans un petit salon où sa femme, debout, nous attendait. Elle était grande et avait le teint pâle de quelqu'un qui ne prend pas beaucoup l'air. Il était évident qu'elle avait pleuré récemment. Elle serrait encore un mouchoir humide dans sa main. Herr Ganz, qui était plus petit que sa femme, passa le bras autour de ses larges épaules.

– Voici le Kommissar Gunther, de l'Alex, annonça Becker.

– Herr et Frau Ganz, dis-je. J'ai peur d'avoir à vous annoncer une très mauvaise nouvelle. Nous avons retrouvé tôt ce matin le corps de votre fille Liza. Je suis navré.

Becker hocha la tête d'un air solennel.

– Je le savais, fit Ganz. Je m'y attendais.

– Il faudra bien sûr procéder à une identification formelle, lui dis-je. Mais rien ne presse. Nous verrons ça plus tard, quand vous serez remis. Pouvons-nous nous asseoir?

Je m'attendais à voir Frau Ganz s'effondrer, mais pour l'instant elle semblait tenir le coup. Une infirmière en arrive-t-elle à être immunisée contre la douleur et la souffrance? Même quand celles-ci la touchent d'aussi près?

– Oui, bien sûr, je vous en prie, dit Herr Ganz.

Je demandai à Becker d'aller préparer du café pour tout le monde. Il obtempéra avec empressement, heureux d'échapper quelques instants à la pesante ambiance.

– Où l'avez-vous retrouvée? demanda Ganz.

Je n'aime pas beaucoup répondre à ce genre de question. Comment annoncer à des parents que le cadavre de leur fille a été retrouvé sous une pile de vieux pneus, dans un garage de Kaiser Wilhelm Strasse? Je lui donnai donc la version expurgée, qui ne comportait que la localisation du garage. Cette information provoqua un échange de regards entendus entre les deux parents.

Ganz était assis, la main sur le genou de sa femme. Celle-ci paraissait calme, presque absente, et avait sans doute moins besoin que moi du café de Becker.

– Avez-vous une idée de l'identité de l'assassin? me demanda Ganz.

– Nous travaillons sur plusieurs hypothèses, répondis-je en retrouvant d'instinct les vieilles platitudes policières. Nous faisons tout notre possible, croyez-moi.

Ganz accentua son froncement de sourcils et secoua la tête avec colère.

– Ce que je ne comprends pas, dit-il, c'est pourquoi on n'en parle pas dans les journaux.

– Il est important d'éviter les imitations, expliquai-je. Cela arrive souvent dans une affaire comme celle-ci.

– Mais n'est-ce pas aussi important d'empêcher d'autres jeunes filles de se faire assassiner ? intervint Frau Ganz d'un air exaspéré. Parce que c'est la vérité, n'est-ce pas ? D'autres filles se sont fait tuer. Tout le monde le dit. Vous pouvez peut-être empêcher les journaux d'en parler, mais pas les gens.

– Les services de la propagande ont fait des campagnes recommandant aux adolescentes d'être sur leurs gardes, dis-je.

– Eh bien, ça n'a pas l'air très efficace, n'est-ce pas ? fit Ganz. Liza était une fille intelligente, Kommissar. Pas le genre à faire des bêtises. C'est donc que l'assassin aussi est intelligent. Et d'après moi, la seule façon de mettre en garde les jeunes filles, c'est de faire paraître des articles racontant les meurtres dans toute leur horreur. Pour les effrayer.

– Vous avez peut-être raison, Herr Ganz, fis-je avec embarras, mais ça n'est pas de mon ressort. Je ne fais qu'obéir aux ordres.

C'était, à l'époque, la principale excuse en Allemagne pour à peu près tout, et je me sentis honteux d'y avoir recours.

Le visage de Becker pointa à la porte de la cuisine.

– Je peux vous dire deux mots, chef ?

Ce fut à mon tour d'être soulagé de quitter la pièce.

– Qu'est-ce qui se passe ? lui demandai-je. Vous ne savez plus vous servir d'une bouilloire ?

Il me montra une coupure de presse provenant du *Beobachter*.

– Regardez ça, patron. Je viens de le trouver dans le tiroir.

C'était une annonce publicitaire d'un certain « Rolf Vogelmann, détective privé. Spécialisé dans la recherche de personnes disparues », la même annonce à propos de laquelle Bruno Stahlecker m'avait cassé les pieds.

Becker pointa le doigt sur la date figurant en haut de la coupure.

– Le 3 octobre, fit-il. Quatre jours après la disparition de Liza Ganz.

– Ça ne serait pas la première fois que des gens se lassent d'attendre que la police découvre quelque chose. Après tout, c'est comme ça que je gagnais ma vie.

Becker rassembla tasses et soucoupes, qu'il posa sur le plateau avec la cafetière.

– Vous pensez qu'ils ont eu recours à ses services ? demanda-t-il.

– On peut toujours le leur demander.

Ganz ne manifesta pas la moindre gêne. C'était le genre de client pour lequel j'aurais volontiers travaillé.

– Comme je vous ai expliqué, Kommissar, les journaux ne parlaient pas de notre fille, et nous n'avons vu que deux fois votre collègue ici présent. Alors, voyant que le temps passait et que nous n'avions aucune nouvelle, nous nous sommes demandé si la police faisait vraiment quelque chose pour retrouver Liza. C'est de ne rien savoir qui vous mine le plus. Nous nous sommes dit qu'en engageant Herr Vogelmann nous saurions au moins que quelqu'un faisait son possible pour la retrouver. Je ne veux pas vous blesser, Kommissar, mais c'est comme ça que ça s'est passé.

Je bus une gorgée de café et secouai la tête.

– Je vous comprends très bien, dis-je. J'aurais sans doute fait la même chose à votre place, et j'aurais préféré que ce Vogelmann la retrouve.

Ces gens sont admirables, pensai-je. Ils n'avaient probablement guère les moyens de s'offrir les services d'un détective privé, et pourtant ils l'avaient fait. Ça avait dû leur coûter toutes leurs économies.

Au moment de partir, lorsque nous eûmes fini notre café, je proposai à Herr Ganz qu'une voiture de police passe le chercher tôt le lendemain matin pour l'amener à l'Alex afin de procéder à l'identification du corps.

— Merci de votre gentillesse, Herr Kommissar, dit Frau Ganz avec un pâle sourire. Tout le monde a été si gentil avec nous.

Son mari approuva d'un hochement de tête. Debout à la porte, il était clair qu'il avait hâte de nous voir déguerpir.

— D'abord Herr Vogelmann, qui a refusé de se faire payer, et à présent, vous, qui proposez une voiture à mon mari. Je ne peux pas vous dire à quel point nous apprécions.

Je lui serrai la main avec sympathie, puis nous partîmes.

J'achetai des cachets à la pharmacie du rez-de-chaussée et en avalai un dans la voiture. Becker me jeta un regard dégoûté.

— Seigneur, je ne comprends pas comment vous faites pour avaler ça sans eau, dit-il.

— Ça agit plus vite comme ça. Et après ce que nous venons d'endurer, je n'ai même pas senti le goût. Je déteste annoncer de mauvaises nouvelles. Alors, qu'en pensez-vous ? Toujours la même intuition que l'autre jour ?

— Oui. Ganz n'a pas arrêté de jeter des regards entendus à sa femme.

— Vous aussi, à ce qu'il m'a semblé, fis-je.

— Elle est pas mal, non ? rétorqua Becker avec un grand sourire.

— Je suppose que vous allez m'apprendre ce qu'elle doit valoir au lit, n'est-ce pas ?

— Je pensais qu'elle vous plairait, commissaire.

— Oh ? Et pourquoi ?

— Bah, c'est le genre de femme qui apprécie la gentillesse.

Malgré mon mal de tête, j'éclatai de rire.

— En tout cas, elle a l'air plus sensible à ça qu'aux mauvaises nouvelles. On était là avec nos gros sabots et nos gueules de six pieds de long, et elle, elle n'avait pas l'air plus contrariée que si elle avait ses règles.

– C'est une infirmière. Elles sont habituées aux mauvaises nouvelles.

– J'y ai pensé, mais je crois plutôt qu'elle avait pleuré tout son saoul avant qu'on arrive. Et la mère d'Irma Hanke ? Est-ce qu'elle a pleuré ?

– Pas une larme. Aussi insensible que le Juif Süss, celle-là. Elle a bien reniflé deux ou trois fois quand je suis allé la voir, mais elle et son mari m'ont fait la même impression que les Ganz.

Je consultai ma montre.

– Je boirais bien un verre, pas vous ? dis-je.

Nous nous arrêtâmes au café Kerkau, dans Alexanderstrasse. Équipé de soixante tables de billard, c'est là que beaucoup de flics de l'Alex allaient se détendre en sortant du travail.

Je commandai deux bières et les portai à une table où Becker poussait quelques boules.

– Vous savez jouer ? fit-il.

– Vous plaisantez ? rétorquai-je. Il fut un temps où j'étais plus souvent ici qu'à la maison.

Je décrochai une queue et regardai Becker frapper une boule blanche. Elle alla percuter la rouge, rebondit contre la bande et alla frapper l'autre blanche en tête.

– Vous voulez miser ?

– Pas après ce coup-là, dis-je. Vous avez encore beaucoup à apprendre sur les carambolages. Si vous aviez manqué, j'aurais peut-être…

– J'ai eu de la chance, c'est tout, insista Becker.

Sur quoi, il se pencha et tira un peu au hasard. La boule manqua son objectif de cinquante centimètres.

Je fis claquer ma langue.

– C'est une queue de billard que vous avez en main, Becker, pas une matraque. Arrêtez de m'asticoter, voulez-vous ? Si ça peut vous faire plaisir, jouons à 5 marks la partie, d'accord ?

Il eut un petit sourire et redressa les épaules.

— En vingt points, ça vous va ?

Je ratai le coup d'envoi. Après ça, j'aurais aussi bien pu faire du baby-sitting. Une chose était sûre, Becker n'avait pas passé sa jeunesse chez les boy-scouts. Après quatre parties, je balançai un billet de 20 marks sur le tapis vert et demandai grâce. Becker le rejeta dans ma direction.

— Pas la peine, dit-il. C'est moi qui vous ai poussé à jouer.

— Encore une chose qu'il faut que vous appreniez. Un pari est un pari. Il ne faut jamais jouer pour de l'argent si on n'a pas l'intention de ramasser le fric. Un type qui vous fait des cadeaux s'attend à ce que vous lui en fassiez. Ça ne fait que rendre les gens nerveux, c'est tout.

— Ça me paraît un conseil judicieux, fit-il en empochant le billet.

— C'est comme dans le boulot, poursuivis-je. Il ne faut jamais travailler gratis. Si vous n'acceptez pas d'argent pour votre travail, c'est que peut-être votre travail ne vaut rien. (Je rangeai ma queue dans le râtelier et terminai ma bière.) Il ne faut jamais faire confiance à un type qui travaille pour rien.

— C'est ce que votre boulot de détective vous a appris ?

— Non, c'est ce que j'ai appris en tant que chef d'entreprise. Mais puisque vous en parlez, un détective qui essaie de retrouver une lycéenne disparue et refuse d'être payé ne me dit rien qui vaille.

— Rolf Vogelmann ? Mais c'est parce qu'il ne l'a pas retrouvée.

— Je vais vous dire une chose. En ce moment, il y a des tas de gens qui disparaissent dans cette ville, et pour des tas de raisons différentes. En retrouver une est l'exception, pas la règle. Si j'avais mis au panier la facture de tous les clients que j'ai déçus, je ferais la plonge à l'heure qu'il est. Quand vous faites ce boulot, il n'y a pas place pour les sentiments. Si vous n'êtes pas rémunéré, vous n'aurez rien dans votre assiette.

– Peut-être que ce Vogelmann est plus généreux que vous, commissaire.

Je secouai la tête.

– Je ne vois pas comment il pourrait se le permettre, fis-je en dépliant l'annonce du détective pour la relire. Ce genre de publicité coûte la peau du dos.

16

Mardi 18 octobre

Pas de doute, c'était elle. J'aurais reconnu entre mille cette chevelure blonde et ces longues jambes fines. Je la regardai s'extirper des portes tournantes du Ka-De-We, chargée de sacs et de paquets, comme si elle faisait ses courses de Noël. Elle héla un taxi, fit tomber un paquet, se pencha pour le ramasser et, lorsqu'elle releva la tête, constata que le taxi ne l'avait pas vue. C'était pourtant difficile de ne pas la remarquer. Même la tête dans un sac, vous auriez remarqué Hildegard Steininger. On aurait dit qu'elle habitait un salon de beauté.

L'entendant jurer depuis ma voiture, je me rangeai contre le trottoir et abaissai la vitre passager.

– Je peux vous déposer quelque part?

Cherchant des yeux un autre taxi, elle répondit sans me regarder.

– Non, ça va, fit-elle.

C'était comme si je l'avais coincée dans une soirée et qu'elle cherchait à apercevoir par-dessus mon épaule

quelqu'un de plus intéressant. Ne voyant personne, elle
daigna sourire, brièvement, avant d'ajouter :

– Enfin, si vous êtes sûr que ça ne vous dérange pas.

D'un bond, je fus dehors et l'aidai à rassembler son
chargement. Chapelier, chausseur, parfumeur, un tailleur
chic de Friedrichstrasse, et la fameuse épicerie fine du
Ka-De-We : j'en conclus qu'elle était le genre de femme
pour qui un carnet de chèques est la panacée à tous
les maux. Mais il est vrai que nombre de femmes sont
comme ça.

– Ça ne me dérange pas du tout, répliquai-je en lor-
gnant ses jambes lorsqu'elle monta à côté de moi.

J'entrevis le haut de son bas et une jarretelle. N'y pense
pas, me dis-je. Elle est trop chère pour toi. Et puis elle
a d'autres choses en tête. Comme de savoir si ses chaussures vont bien avec son sac à main, ou ce qui est arrivé à
sa fille disparue.

– Où je vous emmène ? Chez vous ?

Elle soupira comme si je lui proposais de la conduire à
l'asile de nuit Palme de Frobelstrasse puis, avec un petit
sourire courageux, elle acquiesça. Nous partîmes en direction de Bülowstrasse.

– Je regrette, mais je n'ai rien de nouveau à vous
annoncer, dis-je en me composant un visage grave et en
m'efforçant de me concentrer sur ma conduite et non sur
l'image de ses cuisses.

– Je ne m'y attendais pas, dit-elle d'un air morne. Cela
fait presque un mois maintenant.

– Ne perdez pas espoir.

Nouveau soupir, plus impatient.

– Vous ne la retrouverez jamais. Elle est morte, n'est-
ce pas ? Pourquoi personne ne veut-il l'admettre ?

– Pour moi, elle est vivante, Frau Steininger. Jusqu'à
ce que j'aie la preuve du contraire.

Je pris Potsdamerstrasse et, pendant quelques instants, nous restâmes silencieux. Puis je remarquai qu'elle

secouait la tête, avec la respiration profonde de quelqu'un qui vient de gravir un escalier.

– Que devez-vous penser de moi, Kommissar ? dit-elle. Ma fille a sans doute été assassinée et moi, je dépense de l'argent comme si je n'avais aucun souci au monde. Vous devez me prendre pour une femme sans cœur.

Je lui dis que je ne pensais rien de tel, puis lui expliquai que les gens faisaient face chacun à leur manière à ce genre de situation, et que si quelques courses l'aidaient à oublier pendant une heure ou deux la disparition de sa fille, il n'y avait là aucun mal et personne ne pouvait le lui reprocher. J'étais plutôt satisfait de ma tirade, mais lorsque nous arrivâmes à son appartement de Steglitz, Hildegard Steininger était en larmes.

Je lui serrai l'épaule puis relâchai mon étreinte.

– Je vous proposerais bien mon mouchoir, dis-je, mais je m'en suis servi pour envelopper mon sandwich.

Elle sourit à travers ses larmes.

– J'en ai un, répliqua-t-elle en tirant un carré de dentelle de sa manche. (Apercevant alors le mouchoir que j'avais sorti, elle rit.) C'est vrai qu'on dirait que vous avez enveloppé un sandwich dedans.

Je l'aidai à monter ses sacs chez elle puis restai debout sur le palier pendant qu'elle cherchait sa clé. Elle ouvrit sa porte, se retourna et me sourit.

– Merci de votre aide, Kommissar, dit-elle. C'était très gentil à vous.

– Ce n'est rien, fis-je en pensant à tout autre chose.

Pas même une invitation à boire un café, pensai-je lorsque j'eus regagné ma voiture. Elle me fait faire tout ce chemin et ne me fait même pas entrer.

Il est vrai que des tas de femmes sont comme ça, pour lesquelles les hommes ne sont que des chauffeurs de taxi à qui elles n'ont pas à donner de pourboire.

L'odeur tenace de son parfum Bajadi m'agaçait les narines. Chez certains hommes, le parfum d'une femme ne produit aucun effet, mais moi il me rend à moitié fou. Lorsque j'arrivai à l'Alex vingt minutes plus tard, j'en avais reniflé, comme un aspirateur, jusqu'à la dernière molécule.

J'appelai un ami qui travaillait à l'agence de publicité Dorlands. J'avais connu Alex Sievers pendant la guerre.

– Alex ? Est-ce que vous achetez toujours des espaces publicitaires ?

– Oui, à condition que ça ne demande aucun effort intellectuel.

– C'est agréable de parler à quelqu'un qui aime son boulot.

– Je lui préfère l'argent et je ne m'en porte pas plus mal.

La conversation se poursuivit quelques minutes sur ce ton, puis je demandai à Alex d'ouvrir le *Beobachter* du jour et lui indiquai la page comportant l'annonce de Vogelmann.

– Quoi ? fit-il. Tu veux dire que des collègues à toi se seraient décidés à vivre au XXᵉ siècle ?

– Cette annonce a paru au moins deux fois par semaine depuis plus d'un mois, expliquai-je. Combien coûte une campagne comme ça ?

– Avec un tel nombre de parutions, on a dû lui faire une remise. Écoute, je vais m'en occuper. Je connais des gens au *Beobachter*. Je vais me renseigner.

– Ça m'arrangerait beaucoup.

– C'est peut-être que tu veux passer une annonce ?

– Désolé, Alex, mais c'est pour une enquête.

– Ah, je vois. On espionne la concurrence ?

– C'est un peu ça.

Je passai le reste de l'après-midi à lire les rapports de la Gestapo sur Streicher et ses collaborateurs du *Stürmer*. L'un de ces rapports concernait les liaisons du Gauleiter

avec une certaine Anni Seitz et d'autres femmes, liaisons
qu'il dissimulait soigneusement à son épouse Kunigunde ;
un autre faisait état de la liaison de son fils Lothar avec
une Anglaise d'origine aristocratique nommée Mitford ;
un autre encore établissait l'homosexualité d'Ernst
Hiemer, journaliste au *Stürmer* ; un autre rappelait les
activités illégales qu'un dessinateur de ce même journal,
Philippe Rupprecht, avait menées en Argentine après la
guerre ; un autre enfin précisait qu'un des journalistes du
Stürmer, un certain Fritz Brand, était en réalité un Juif du
nom de Jonas Wolk.

Ces rapports, dont la teneur salace aurait fait les délices
des lecteurs du *Stürmer*, ne me permirent pourtant pas
d'établir le moindre début de preuve d'un quelconque lien
entre Streicher et les meurtres.

Sievers me rappela aux alentours de 17 heures pour
m'annoncer que les publicités de Vogelmann lui coûtaient
entre 300 et 400 marks par mois.

– Depuis quand claque-t-il tout ce fric ?

– Depuis début juillet. Sauf que ça ne lui coûte pas un
rond, Bernie.

– Tu ne vas pas me dire qu'on lui fait ça à l'œil.

– Non. Quelqu'un d'autre paie l'addition.

– Tiens ? Qui ça ?

– Eh bien, c'est le côté marrant de l'affaire, Bernie.
Est-ce que tu vois une seule raison au monde pour que
la maison d'édition Lange paie la campagne publicitaire
d'un détective privé ?

– Tu en es sûr ?

– Absolument.

– C'est très intéressant, Alex. Je te revaudrai ça.

– Tout ce que je te demande, si un jour tu veux faire de
la pub, c'est de t'adresser à moi, d'accord ?

– Promis.

Je raccrochai et ouvris mon agenda. Cela faisait déjà
plus d'une semaine que Frau Gertrude Lange aurait dû

me régler ma note. Je jetai un coup d'œil à ma montre. Je pouvais encore arriver chez elle avant la ruée de l'heure de pointe.

On procédait à des travaux de peinture dans la maison de Herbertstrasse, et la servante noiraude de Frau Lange se plaignait des incessantes allées et venues qui, prétendait-elle, la tuaient. On n'aurait pas dit, à la regarder. Elle me parut encore plus grosse que la dernière fois.

– Attendez dans le hall, m'intima-t-elle. Je vais voir si elle est disponible. Toute la maison est en travaux ! Et ne touchez à rien, surtout.

Elle rentra la tête dans les épaules lorsqu'un énorme fracas se fit entendre quelque part à l'intérieur et, tout en grommelant à propos de ces types en salopettes crasseuses qui démolissaient tout, elle partit en quête de sa maîtresse, me laissant attendre dans le hall dallé de marbre.

Je ne m'étonnai guère qu'on redécorât la maison. On devait le faire chaque année, au lieu de l'habituel nettoyage de printemps. Je fis courir ma paume sur le bronze Art déco d'un saumon saisi en plein saut posé au centre d'une grande table ronde. J'aurais pu en apprécier la douceur lisse s'il n'avait pas été couvert de poussière. Je fis la moue et pivotai sur mes talons en entendant revenir le Chaudron noir. Elle me rendit ma grimace et baissa les yeux sur mes chaussures.

– Vous voyez pas que vos bottines ont salopé mon sol ? fit-elle en désignant les marques noirâtres qu'avaient laissées ici et là mes semelles.

J'écartai le reproche avec un théâtral manque de sincérité.

– Bah, elle n'aura qu'à vous offrir un nouveau carrelage, pas vrai ? fis-je.

Je suis certain qu'elle jura entre ses dents avant de me dire de la suivre.

Nous suivîmes le couloir que je connaissais, et que les couches de peinture successives empêchaient d'être totalement lugubre, puis arrivâmes à la double porte du salon-bureau. Frau Lange, ses multiples mentons et son chien, m'attendait sur la même chaise longue que la dernière fois, mais recouverte d'un tissu dont seul un œil aveuglé par un grain de sable aurait pu soutenir la couleur sans dommage. L'argent n'est jamais une garantie de bon goût, mais il peut rendre son absence encore plus cruellement évidente.

— Vous n'avez donc pas le téléphone ? tonna-t-elle comme une corne de brume à travers le nuage de fumée de sa cigarette. (Je l'entendis glousser, puis elle ajouta :) Je parie que vous avez dû travailler comme recouvreur de dettes ou quelque chose dans ce genre, non ? (Mais, réalisant ce qu'elle venait de dire, elle ajouta :) Oh, mon Dieu, je ne vous ai pas réglé vos honoraires, n'est-ce pas ? (Elle rit de nouveau puis se leva.) Je suis terriblement désolée.

— Ce n'est rien, dis-je en la regardant se diriger vers le bureau et sortir son carnet de chèques.

— Et puis je ne vous ai pas encore remercié pour la rapidité de votre travail. J'ai vanté vos mérites auprès de tous mes amis, dit-elle en me tendant le chèque. J'ai ajouté une petite prime. Je ne peux pas vous dire à quel point je suis soulagée d'en avoir fini avec ce monstre. Dans votre lettre, Herr Gunther, vous dites qu'il s'est pendu. Comme ça, le bourreau n'aura pas à le faire, pas vrai ?

Elle rit une nouvelle fois, très fort, comme une actrice débutante qui en fait trop pour être crédible. Jusqu'à ses dents qui étaient fausses.

— C'est une manière de voir les choses, dis-je.

Pourquoi aller lui expliquer que Heydrich avait fait assassiner Klaus Hering afin de me voir rejoindre plus vite les rangs de la Kripo ? Les clients n'aiment guère les aspects troubles d'une affaire. Moi non plus, à vrai dire.

Elle se souvint alors que l'enquête qu'elle m'avait confiée avait coûté la vie à Bruno Stahlecker. Son rire mourut peu à peu et, adoptant une expression plus grave, elle me présenta ses condoléances, qu'elle matérialisa sur son carnet de chèques. Pendant un instant, je faillis énoncer une noble phrase sur les risques du métier mais, songeant à la veuve de Bruno, je la laissai remplir le chèque.

— Très généreux de votre part, fis-je en lisant la somme inscrite. Je le remettrai à sa femme.

— Oui, s'il vous plaît, dit-elle. Et si je peux faire autre chose pour elle, faites-le-moi savoir, entendu ?

Je lui dis que je n'y manquerais pas.

— En attendant, vous pourriez faire quelque chose pour moi, Herr Gunther, reprit-elle. Concernant les lettres que je vous ai remises. Mon fils voudrait récupérer celles qui restent.

— Oui, c'est vrai. J'avais oublié.

Mais de quelles lettres parlait-elle ? Voulait-elle dire que les lettres figurant dans le dossier que j'avais au bureau étaient les seules lettres restantes ? Ou bien que Reinhard Lange était déjà rentré en possession des autres ? Et dans ce cas, comment les avait-il récupérées ? Je n'avais trouvé aucune lettre en fouillant l'appartement de Hering. Alors, qu'étaient-elles devenues ?

— Je vous rapporterai celles que j'ai encore, dis-je. Enfin, l'important est qu'il ait retrouvé les autres.

— Oui, n'est-ce pas ?

Ainsi, c'était vrai. Il les avait bien récupérées.

Je me dirigeai vers la porte.

— Bon, je vous laisse, Frau Lange, dis-je en brandissant les deux chèques avant de les glisser dans mon portefeuille. Et encore merci pour votre générosité.

— Ce n'est rien, je vous assure.

Je fronçai alors les sourcils comme si je venais de me souvenir de quelque chose.

– Oh, il y a encore un point qui m'intrigue, dis-je. Un détail dont je voulais vous parler. La maison d'édition Lange a-t-elle des intérêts dans l'agence du détective Rolf Vogelmann?

– Rolf Vogelmann? répéta-t-elle d'un air embarrassé.

– Oui. J'ai appris par hasard que les éditions Lange finançaient depuis le mois de juillet une campagne publicitaire pour le compte de Rolf Vogelmann. Je me demandais pourquoi vous m'aviez engagé alors que vous auriez pu faire appel à lui?

Frau Lange fit clignoter ses paupières et secoua la tête.

– À vrai dire, je n'en ai aucune idée, dit-elle.

Je haussai les épaules avec un petit sourire.

– Bah, comme je vous disais, c'est juste de la curiosité. Rien de plus. Est-ce vous qui signez tous les chèques de la maison d'édition, Frau Lange? Je vous pose la question, voyez-vous, parce que je me suis dit que c'était peut-être votre fils qui finançait cette campagne sans vous en informer. Comme lorqu'il a racheté le magazine dont vous m'avez parlé. Quel est son titre, déjà? *Urania*, n'est-ce pas?

Au comble de l'embarras, Frau Lange commençait à s'empourprer. Elle déglutit avant de répondre.

– Reinhard a la signature sur un compte bancaire spécial destiné à couvrir ses frais de chef d'entreprise. Mais j'avoue que je ne sais pas du tout à quoi il emploie cet argent, Herr Gunther.

– Ma foi, il en a peut-être assez de l'astrologie et aura décidé de devenir détective privé. Pour vous dire la vérité, Frau Lange, il peut arriver qu'un horoscope soit un aussi bon moyen qu'un autre de découvrir ce que l'on cherche.

– Je demanderai des explications à Reinhard dès que je le verrai. En tout cas, je vous remercie pour cette information. Cela vous ennuierait-il de me dire d'où vous la tenez?

– Désolé, mais je me fais une obligation de ne jamais révéler mes sources. Je suis sûr que vous comprenez.

Elle hocha la tête sèchement et me souhaita le bonsoir.

Dans le hall, le Chaudron noir bouillait encore à propos de son sol.

– Vous savez ce que je vous recommande ? fis-je.

– Non, dit-elle d'un air renfrogné.

– Vous devriez appeler le fils de Frau Lange à son journal. Une petite incantation et ces taches disparaîtront toutes seules.

17

Vendredi 21 octobre

Lorsque j'avais soumis l'idée à Hildegard Steininger, elle n'avait pas montré beaucoup d'enthousiasme.

– Attendez un peu. Vous voulez vous faire passer pour mon mari ?

– Tout juste.

– Laissez-moi vous dire en premier lieu que mon mari est mort et, en second lieu, que vous ne lui ressemblez pas du tout, Herr Kommissar.

– En premier lieu, je mise sur le fait que cet homme ne sait pas que le vrai Herr Steininger est décédé ; et en second lieu, il n'y a pas de raison pour qu'il sache mieux que moi à quoi ressemblait feu votre mari.

– Qui est exactement ce Rolf Vogelmann ?

– Dans une enquête comme celle-ci, il s'agit de rechercher un schéma directeur, un dénominateur commun. Or, ici, le dénominateur commun, nous le savons à présent, est que Vogelmann a été engagé par les parents de deux autres jeunes filles.

– Deux autres victimes, vous voulez dire, rectifia-t-elle. Je sais très bien que d'autres adolescentes ont disparu et qu'on les a retrouvées assassinées. Les journaux ont beau n'en souffler mot, on apprend des tas de choses par ailleurs.

– Alors, disons deux autres victimes, admis-je.

– C'est sans doute une simple coïncidence. Je vous avoue que j'ai moi-même pensé à engager quelqu'un pour rechercher ma fille. Après tout, vous n'avez pas retrouvé la moindre trace d'elle, n'est-ce pas ?

– C'est vrai. Mais c'est peut-être plus qu'une coïncidence. C'est en tout cas ce que je voudrais savoir.

– Admettons qu'il ait quelque chose à voir là-dedans. Que peut-il espérer y gagner ?

– Nous n'avons peut-être pas affaire à quelqu'un de rationnel, c'est pourquoi je doute que l'intérêt financier entre dans ses calculs.

– Ma foi, tout ceci me paraît très douteux, dit-elle. Et pour commencer, comment est-il entré en contact avec ces deux familles ?

– Ce n'est pas lui qui les a contactées. Ce sont les parents qui ont fait appel à lui après avoir vu son annonce dans le journal.

– N'est-ce pas la preuve que s'il est un dénominateur commun, ça n'est pas de son fait ?

– À moins qu'il veuille effectivement donner l'impression que ça n'est pas de son fait. Je ne sais pas. En tout cas j'aimerais en savoir plus, ne serait-ce que pour éliminer cette hypothèse.

Elle croisa ses longues jambes et alluma une cigarette.

– Alors, vous êtes d'accord ?

– Une dernière question, Kommissar. Et j'attends une réponse honnête. Je suis lasse des faux-fuyants. Pensez-vous qu'Emmeline soit encore vivante ?

Je soupirai et secouai la tête.

– Je pense qu'elle est morte.

– Je vous remercie. (Après un silence, elle ajouta :) Ce que vous me demandez de faire est-il dangereux ?

– Non, je ne pense pas.

– Alors, c'est d'accord.

Et à présent, assis tous deux dans la salle d'attente du bureau de Vogelmann dans Nürnburgerstrasse, sous les yeux d'une grosse matrone de secrétaire, Hildegard Steininger, tenant ma main et m'adressant de temps à autre des sourires auxquels n'a habituellement droit que l'être aimé, jouait à la perfection le rôle de l'épouse éplorée. Elle avait même remis son alliance. Moi aussi. La bague emprisonnant mon doigt me faisait un drôle d'effet après toutes ces années. Il avait fallu que je me savonne la peau pour pouvoir l'enfiler.

À travers le mur nous parvenaient des accords de piano.

– Il y a une école de musique à côté, nous expliqua la secrétaire de Vogelmann. (Elle eut un sourire aimable avant d'ajouter :) Il ne vous fera pas attendre longtemps.

Et de fait, cinq minutes plus tard, nous entrions dans son bureau.

Je sais par expérience que le détective privé est sujet à certains maux courants : pieds plats, varices, douleurs aux reins, alcoolisme et, Dieu me pardonne, maladies vénériennes ; aucun de ces maux, à l'exception peut-être de la vérole, n'est susceptible de faire mauvaise impression sur un client potentiel. Il existe pourtant une invalidité qui, quoique mineure, risque de faire réfléchir à deux fois le client qui la découvre chez un détective : c'est la myopie. Si vous êtes prêt à payer 50 marks à un inconnu pour rechercher votre grand-mère disparue, le moins que vous puissiez attendre de cet homme est d'avoir la vue assez perçante pour retrouver ses propres boutons de manchette. C'est pourquoi des lunettes épaisses comme des culs de bouteille, telles qu'en portait Rolf Vogelmann, ne sont en aucun cas un bon argument commercial.

Quant à la laideur, dans la mesure où elle ne résulte pas d'une grave difformité physique, elle ne constitue pas un désavantage professionnel, et Vogelmann, dont l'aspect déplaisant était de nature plus générale, était donc sans doute capable de picorer ici et là quelques miettes de travail. Je n'emploie pas par hasard le mot « picorer », car avec sa chevelure rousse en désordre, son large nez en forme de bec et sa poitrine bombée comme un plastron, Vogelmann ressemblait à quelque coq préhistorique attendant le soulagement de sa propre extinction.

Remontant son pantalon à hauteur de la poitrine, Vogelmann contourna le bureau de son lourd pas de flic pour venir nous serrer la main. Il marchait comme quelqu'un qui vient de faire un long trajet en bicyclette.

— Rolf Vogelmann, enchanté de faire votre connaissance, déclara-t-il.

Il parlait d'une voix aiguë, presque étranglée, avec un fort accent berlinois.

— Steininger, dis-je. Et voici ma femme Hildegard.

Vogelmann désigna deux fauteuils placés devant la grande table faisant office de bureau, et j'entendis ses chaussures grincer sur le tapis lorsqu'il regagna sa place. La pièce était meublée avec parcimonie. Un perroquet, un plateau roulant chargé de boissons, un long sofa élimé avec, derrière, une table sur laquelle reposaient une lampe et des piles de livres.

— Vous êtes bien aimable de nous recevoir si vite, fit Hildegard avec un sourire charmant.

Vogelmann s'assit et nous regarda. Malgré le bon mètre de bureau qui nous séparait, l'odeur de yaourt caillé que dégageait son haleine me prit à la gorge.

— Quand votre mari m'a annoncé que votre fille avait disparu, j'ai compris qu'il s'agissait d'une affaire urgente. (Il lissa une feuille de papier de la paume de la main et prit un crayon.) Quand a-t-elle disparu exactement ?

– Le jeudi 22 septembre, dis-je. Elle devait se rendre à son cours de danse à Potsdam et, comme nous vivons à Steglitz, elle a quitté la maison vers 19 h 30. Son cours commençait à 20 heures, mais elle n'y est jamais arrivée.

Hildegard tendit sa main vers la mienne et je la serrai pour la réconforter.

Vogelmann hocha la tête.

– Cela fait presque un mois, dit-il d'un air songeur. Et la police…?

– La police? le coupai-je d'une voix pleine d'amertume. La police ne fait rien du tout. Nous ne sommes au courant de rien. Il n'y a rien dans les journaux. Et en plus, on a entendu dire que plusieurs autres filles de l'âge d'Emmeline ont également disparu. (Je marquai une pause.) Et qu'elles ont été assassinées.

– C'est presque certainement le cas, dit-il en resserrant le nœud de sa minable cravate de laine. La raison officielle du silence de la presse sur ces meurtres et disparitions est que la police veut éviter toute panique. Ils disent également vouloir décourager les imitateurs qu'une affaire comme celle-ci suscite presque toujours. Mais la vraie raison, c'est qu'ils ont honte de leur propre incapacité à arrêter l'assassin.

Je sentis la main de Hildegard resserrer son étreinte autour de la mienne.

– Herr Vogelmann, dit-elle, le plus dur est de ne pas savoir ce qui lui est arrivé. Si, au moins, nous pouvions être sûrs que…

– Je comprends, Frau Steininger. (Il tourna son regard vers moi.) Dois-je en conclure que vous désirez que j'essaie de la retrouver?

– Accepteriez-vous, Herr Vogelmann? dis-je. Nous avons vu votre annonce dans le *Beobachter* et vous êtes notre seul espoir. Nous en avons assez d'attendre. N'est-ce pas, chérie?

– Oh oui, nous en avons assez. Plus qu'assez.

– Avez-vous apporté une photo de votre fille ?

Hildegard ouvrit son sac à main et lui tendit un tirage de la photo qu'elle avait déjà remise à Deubel.

Vogelmann l'examina sans émotion apparente.

– Jolie fille. Comment est-elle allée à Potsdam ?

– En train.

– Et vous supposez qu'elle a disparu quelque part entre votre domicile de Steglitz et l'école de danse, c'est ça ? (J'acquiesçai.) Avez-vous des problèmes avec elle à la maison ?

– Aucun, répondit Hildegard avec fermeté.

– À l'école, peut-être ?

Nous secouâmes la tête de concert et Vogelmann griffonna quelques notes.

– Des amoureux ?

Je tournai la tête vers Hildegard.

– Je ne pense pas, dit-elle. J'ai fouillé sa chambre. Rien n'indique qu'elle fréquente des garçons.

Vogelmann hocha la tête d'un air maussade puis fut pris d'une quinte de toux qui conféra à son visage le teint brique de ses cheveux. Il s'excusa à travers le tissu de son mouchoir.

– Après ces quatre semaines, je suppose que vous avez vérifié auprès de tous vos amis qu'elle ne séjournait pas chez l'un d'entre eux, dit-il avant de s'essuyer la bouche.

– Bien sûr, rétorqua Hildegard avec raideur.

– Nous avons demandé à tout le monde, dis-je. J'ai refait cent fois le trajet qu'elle a parcouru ce jour-là, mais personne ne se souvient de rien.

Ce qui était presque la vérité.

– Comment était-elle habillée le jour de sa disparition ?

Hildegard décrivit les vêtements que portait sa fille.

– Avait-elle de l'argent ?

– Quelques marks, pas plus. J'ai retrouvé toutes ses économies.

– Très bien. Je vais faire des recherches pour voir si je découvre quelque chose. Donnez-moi votre adresse.

Je la lui indiquai et y ajoutai le numéro de téléphone. Lorsqu'il eut noté ces renseignements, il se leva, redressa péniblement le dos puis fit quelques pas les mains dans les poches, comme un écolier embarrassé. Je ne lui donnai pas plus de 40 ans.

– Rentrez chez vous et attendez de mes nouvelles. Je vous contacterai dans deux ou trois jours, ou même avant si j'ai du nouveau.

Nous nous levâmes pour prendre congé.

– Pensez-vous qu'il y ait des chances de la retrouver vivante ? s'enquit Hildegard.

Vogelmann haussa les épaules d'un air sombre.

– Je dois avouer qu'il n'y en a guère. Mais je ferai de mon mieux.

– Par quoi allez-vous commencer ? demandai-je par simple curiosité.

Il vérifia une nouvelle fois son nœud de cravate et fit passer sa pomme d'Adam par-dessus le bouton de son col. Je retins ma respiration en le voyant tourner son visage vers moi.

– Eh bien, je vais commencer par faire tirer des reproductions de la photo de votre fille. Ensuite, je les ferai circuler. Cette ville abrite des tas de fugueurs, vous savez. Certains enfants n'aiment pas beaucoup les Jeunesses hitlériennes et ce genre d'organisations. C'est par là que je commencerai, Herr Steininger.

Il posa sa main sur mon épaule et nous raccompagna à la porte.

– Merci, dit Hildegard. Vous avez été très aimable, Herr Vogelmann.

Je souris en hochant la tête d'un air poli et, lorsque Hildegard franchit le seuil, je surpris le regard de Vogelmann qui s'attardait sur ses jambes. Comment lui en vouloir ? Dans son boléro de laine beige, son chemisier à pois et sa jupe lie-de-vin, vous l'auriez échangée contre une année entière de dommages de guerre. Faire semblant d'être son mari suffisait à vous rendre heureux.

Je serrai la main de Vogelmann et suivis Hildegard en me disant que si j'étais vraiment son mari, je la ramènerais à la maison pour la déshabiller et la rejoindre au lit.

J'évoquais ces images d'un érotisme élégant, toutes de soie et de dentelle, tandis que nous quittions les bureaux de Vogelmann pour nous retrouver dans la rue. L'attrait érotique que dégageait Hildegard était loin de se réduire aux habituelles et torrides images de fesses rebondies et de seins tremblotants. Mais j'étais bien conscient que mon petit fantasme conjugal était fort peu plausible car, selon toute probabilité, le véritable Herr Steininger, s'il avait encore été en vie, aurait reconduit sa jeune et belle épouse à la maison sans rien s'offrir de plus excitant qu'une bonne tasse de café avant de regagner la banque où il travaillait. La vérité toute nue, c'est qu'un homme qui se réveille le matin seul dans son lit pensera à une femme aussi sûrement qu'un homme marié pensera à son petit déjeuner.

— Alors, quelle impression vous a-t-il faite ? me demanda-t-elle dans la voiture pendant que nous roulions vers Steglitz. Je ne l'ai pas trouvé aussi antipathique qu'il en a l'air. Je l'ai même trouvé plutôt agréable. En tout cas, pas pire que vos collègues de la police, Kommissar. Je ne vois vraiment pas pourquoi nous nous sommes donné tout ce mal.

Je la laissai continuer ainsi une minute ou deux.

— Vous avez sans doute trouvé normal, fis-je alors, qu'il n'aborde pas certaines questions essentielles ?

Elle soupira.

— Quel genre de questions ?

— Il n'a pas parlé de son tarif.

– À mon avis, s'il avait pensé que nous n'avions pas les moyens de nous offrir ses services, il aurait évoqué le sujet. Et à propos d'argent, ne comptez pas sur moi pour participer aux frais de cette mascarade. C'est votre idée, après tout.

Je lui dis que la Kripo réglerait tout.

Apercevant une camionnette jaune foncé de vendeur de tabac, j'arrêtai la voiture et en descendis. J'achetai deux paquets et en balançai un dans la boîte à gants. Ensuite, je dégageai une cigarette pour Hildegard, en pris une pour moi et allumai les deux.

– Cela ne vous a pas paru étrange non plus qu'il oublie de vous demander l'âge d'Emmeline, quelle école elle fréquente, le nom de son professeur de danse, l'endroit où je travaille, etc ?

Tel un taureau furieux, elle souffla un nuage de fumée par les narines.

– Pas spécialement, fit-elle. En tout cas pas jusqu'à ce que vous en parliez. (Elle abattit son poing sur le tableau de bord et lâcha un juron.) Admettons qu'il ait demandé le nom de l'école d'Emmeline et qu'il y soit allé. Qu'auriez-vous fait s'il avait appris que mon mari est décédé ? J'aimerais bien le savoir.

– Il ne l'aurait pas fait.

– Vous semblez bien sûr de vous. Comment pouvez-vous le savoir ?

– Parce que je sais comment procèdent les détectives privés. Ils n'aiment pas se pointer juste après le passage de la police pour poser les mêmes questions. Ils préfèrent aborder les choses sous un autre angle. Tourner autour du problème jusqu'à ce qu'ils trouvent une ouverture.

– Vous considérez donc ce Rolf Vogelmann comme suspect ?

– Oui. Assez pour le faire surveiller.

Elle jura à nouveau, plus fort.

– C'est la deuxième fois, dis-je. Qu'est-ce qui ne va pas?

– Mais tout va très bien! Pas de problème. Pourquoi une femme seule verrait-elle le moindre inconvénient à ce qu'on donne son adresse et son numéro de téléphone à un individu soupçonné de meurtre? C'est ça qui est si excitant quand on vit seule. Ma fille a disparu, elle a sans doute été assassinée, et maintenant, en plus, je dois m'attendre à ce que cet horrible type me rende visite un soir pour me parler d'elle.

Elle était si furieuse qu'elle aspira presque le tabac hors du papier. Cette fois-ci pourtant, lorsque nous arrivâmes dans Lepsius Strasse, elle m'invita à entrer.

Je pris place sur le sofa et l'entendis uriner dans la salle de bain. Il me sembla que cela ne lui correspondait pas de n'en ressentir aucune gêne. Peut-être s'en fichait-elle complètement. Je ne sais même pas si elle avait pris la peine de fermer la porte.

Lorsqu'elle revint au salon, elle me demanda d'un ton péremptoire une autre cigarette. Quand je la lui offris, elle l'arracha presque du paquet, l'alluma avec un briquet de table et tira dessus comme un troupier dans une tranchée. Je l'observai avec attention tandis que, image même de l'anxiété parentale, elle arpentait la pièce devant moi. Je pris à mon tour une cigarette et tirai une pochette d'allumettes de la poche de mon gilet. Tandis que je penchais la tête vers la flamme, Hildegard me jeta un regard féroce.

– Je croyais que les détectives craquaient leurs allumettes sur l'ongle du pouce.

– Seuls ceux qui se négligent le font, rétorquai-je en bâillant. Ceux qui ne dépensent pas 5 marks chez la manucure.

J'avais l'impression qu'elle mijotait quelque chose, mais je n'avais pas plus d'idée sur ce que c'était que je n'en avais sur les goûts de Hitler en matière de tissus d'ameublement. J'en profitai pour la détailler une nouvelle fois.

Elle était grande – plus grande que la plupart des hommes – et, malgré sa trentaine tout juste passée, avait gardé les genoux cagneux et les pieds en dedans d'une gamine de la moitié de son âge. Elle n'avait pas beaucoup de poitrine, et encore moins de derrière. Son nez était peut-être un soupçon trop large, ses lèvres un tantinet trop épaisses, ses yeux bleuet un peu trop rapprochés et, à part peut-être son caractère, elle n'avait rien de délicat. Et pourtant, la finesse de ses longues jambes lui conférait une beauté qui n'avait rien à envier à la plus racée des pouliches courant à Hoppegarten. Il est cependant probable qu'elle était aussi rétive qu'elles, et que si jamais vous arriviez à monter en selle, vous ne pouviez guère espérer vous y maintenir plus loin que le poteau d'arrivée.

– Vous ne voyez donc pas que j'ai peur ? s'exclama-t-elle en tapant du pied sur le parquet ciré. Je ne veux pas rester seule maintenant.

– Où est votre fils Paul ?

– Il est retourné en pension. Et puis il n'a que dix ans, il ne me serait pas d'une grande aide, dit-elle en se laissant tomber à côté de moi sur le sofa.

– Ma foi, ça ne me dérange pas de dormir quelques jours dans sa chambre, fis-je. Si ça peut vous rassurer.

– Vraiment ? Vous feriez ça ? s'exclama-t-elle d'un ton ravi.

– Bien sûr, dis-je en me félicitant mentalement. Avec plaisir.

– Je ne veux pas que vous le fassiez pour le plaisir, rétorqua-t-elle avec un imperceptible sourire, mais par devoir.

L'espace d'un instant, j'oubliai presque les raisons de ma présence chez elle. Je faillis même croire qu'elle avait également oublié. Ce n'est qu'en voyant perler une larme au coin de son œil que je compris qu'elle avait réellement peur.

18

Mercredi 26 octobre

– Je ne comprends pas, dit Korsch. Que fait-on pour Streicher et sa bande ? On continue à les surveiller ou pas ?

– Oui, répondis-je. Mais tant que la Gestapo ne nous refile rien d'intéressant, on ne peut pas faire grand-chose de ce côté-là.

– Alors, qu'est-ce que vous voulez qu'on fasse pendant que vous vous occupez de la veuve ? intervint Becker qui faillit esquisser un sourire que j'aurais pu trouver irritant. À part vérifier les rapports de la Gestapo, je veux dire.

Je décidai de ne pas relever. La moindre réaction aurait paru suspecte.

– Korsch, dis-je, vous suivrez l'enquête de la Gestapo. À propos, que donne la surveillance de Vogelmann ?

Il secoua la tête.

– Pas grand-chose, commissaire. Vogelmann ne sort pour ainsi dire pas de son bureau. Drôle de détective, si vous voulez mon avis.

– C'est aussi le mien, dis-je. Becker, je voudrais que vous me trouviez une fille. (Il sourit et baissa les yeux sur ses chaussures.) Ça ne devrait pas vous poser beaucoup de problèmes.

– Quel genre de fille, chef ?

– Quinze ou seize ans, blonde aux yeux bleus, affiliée
à la BdM et, ajoutai-je pour lui tendre une perche, de préférence vierge.

– Ça, répliqua-t-il, ça risque d'être plus difficile à trouver.

– Il faudra aussi qu'elle ait beaucoup de sang-froid.

– Vous comptez l'utiliser comme appât, chef ?

– C'est la meilleure façon de chasser le tigre, non ?

– Il arrive que la chèvre se fasse boulotter, remarqua
Korsch.

– C'est pourquoi cette fille ne devra pas avoir froid
aux yeux. Il faudra la mettre au courant de toute l'histoire. Si elle doit risquer sa vie, elle a le droit de savoir
pourquoi.

– Comment allons-nous procéder, chef ? demanda
Becker.

– C'est à vous de me le dire. Choisissez quelques
endroits où notre homme pourra la remarquer. Un lieu où
il nous sera possible de la surveiller discrètement. (Korsch
fronça les sourcils.) Un problème, Korsch ?

Il secoua la tête d'un air dégoûté.

– Ça ne me plaît pas, patron. Se servir d'une gamine
comme appât, c'est inhumain.

– Que suggérez-vous à la place ? Un morceau de
gruyère ?

– Une grande artère, fit Becker. Comme Hohenzollern-
damm, mais avec plus de circulation, pour qu'il ait plus de
chances de la remarquer.

– Franchement, patron, vous ne trouvez pas que c'est
un peu risqué ?

– Bien sûr qu'il y a des risques. Mais qu'est-ce qu'on
sait de ce salopard ? Qu'il roule en voiture, qu'il porte
l'uniforme et qu'il parle avec un accent autrichien ou bavarois. Tout le reste, ce sont des suppositions. Je vous rappelle qu'il ne nous reste pas beaucoup de temps. Heydrich

veut que l'affaire soit réglée dans moins d'un mois. C'est pourquoi nous devons avancer, et avancer vite. Et la seule façon, c'est de prendre l'initiative, de choisir à sa place la prochaine victime.

— Sauf qu'on risque d'attendre jusqu'à la saint-glinglin, dit Korsch.

— Je n'ai jamais dit que ça serait facile. Quand on chasse le tigre, on est parfois obligé de dormir dans un arbre.

— Et la fille ? poursuivit Korsch. Vous n'allez pas lui faire faire ça nuit et jour, tout de même ?

— Elle sortira l'après-midi, dit Becker. L'après-midi et en début de soirée. Il faudra éviter l'obscurité, pour qu'il la voie bien et que nous ne le manquions pas.

— Très juste. Ça prend tournure.

— Et Vogelmann, là-dedans ?

— Je ne sais pas. C'est juste une intuition. Il est peut-être net, mais je veux m'en assurer.

Becker sourit.

— De temps en temps, un flic doit faire confiance à ses intuitions, fit-il.

Je reconnus là ma pauvre rhétorique.

— On va finir par faire de vous un détective, lui dis-je.

Elle écoutait ses disques de Gigli sur le gramophone avec l'avidité de quelqu'un qui se sent menacé de surdité, et n'avait pas plus de conversation qu'un contrôleur de train. J'avais découvert que Hildegard Steininger était à peu près aussi communicative qu'un stylo à encre, et en conclus qu'elle préférait les hommes qui ne se considèrent que comme des pages blanches. Et pourtant, presque malgré elle, je continuais à la trouver séduisante. Même si elle était un peu trop préoccupée par la teinte de ses cheveux blonds, la longueur de ses ongles et l'éclat de ses dents, qu'elle ne cessait de brosser. Bien trop frivole pour moi, et encore plus égoïste. Si elle avait dû choisir entre se faire plaisir et faire plaisir à quelqu'un, elle aurait sans doute pensé que se faire plaisir à elle-même suffisait à rendre tout le monde heureux. Que l'un entraîne l'autre était pour elle aussi évident que de voir la jambe se lever sous le coup du marteau à réflexes du médecin.

Cela faisait six nuits que je dormais chez elle, et comme chaque jour elle avait préparé un repas quasi immangeable.

— Vous n'êtes pas obligé d'y goûter, avait-elle dit. Je n'ai jamais été une très bonne cuisinière.

— Je n'ai jamais été un très bon invité, avais-je répliqué.

Sur quoi j'avais presque tout ingurgité, non par politesse, mais parce que j'avais faim et que j'avais appris dans les tranchées à ne pas être trop regardant sur la nourriture.

Elle referma le petit placard du gramophone et bâilla.

— Je vais me coucher, annonça-t-elle.

Je posai mon livre et déclarai que j'y allais aussi.

Avant d'éteindre la lumière dans la chambre de Paul, je passai quelques minutes à étudier la carte d'Espagne épinglée au mur, sur laquelle figuraient les exploits de la légion Condor. À l'époque, on aurait dit que tout jeune Allemand voulait devenir pilote de chasse. Je venais de tirer le drap sur moi lorsque j'entendis un coup à la porte.

— Je peux entrer? demanda-t-elle en se profilant, nue, dans l'embrasure.

Pendant quelques instants, elle resta immobile, se découpant telle une magnifique madone sur la lumière du hall, comme pour me permettre d'apprécier ses formes. Ma poitrine et mon scrotum se serrèrent et je la vis avancer vers moi avec grâce.

Avec sa tête menue, son dos étroit et ses jambes si longues, elle semblait avoir été conçue par un dessinateur de génie. Elle tenait une main devant son sexe, et cette petite pudeur m'excita au plus haut point. J'ignorai pour l'instant sa main et contemplai la courbe de ses jolis seins. Leurs mamelons à peine marqués, presque invisibles, ils ressemblaient à de parfaites nectarines.

Je me penchai en avant, repoussai cette main pudique et, l'agrippant par les hanches, pressai ma bouche sur la toison luisante qui couvrait son sexe. Me relevant pour l'embrasser, je sentis sa main descendre d'un coup vers mon ventre et fis la grimace lorsqu'elle me décalotta. Tout ceci étant trop brutal pour que je fasse montre de délicatesse, je réagis en lui collant le visage sur le drap et en ramenant vers moi ses fraîches fesses pour lui faire adopter la position qui me convenait. Elle cria lorsque je m'enfonçai en elle, et ses longues cuisses tremblèrent de superbe façon tout le temps que dura notre bruyante pantomime jusqu'à son dénouement.

Nous dormîmes jusqu'à ce que l'aube pointe à travers les fins voilages des fenêtres. Éveillé avant elle, je la regardai un instant dormir et fus frappé de constater que son expression ne changea pour ainsi dire pas lorsque, éveillée à son tour, elle chercha de sa bouche mon pénis. Puis, se retournant sur le dos, la tête dans l'oreiller, elle écarta si largement ses cuisses que je pus voir la source même d'où jaillissait la vie, et je la léchai et l'embrassai à nouveau là avant de lui faire goûter la puissance de mon ardeur, m'engouffrant en elle jusqu'à ce que j'aie l'impression que seules ma tête et mes épaules réchapperaient du brasier.

Enfin, lorsque nous fûmes aussi vidés l'un que l'autre, elle se pelotonna contre moi et pleura tant que j'eus peur qu'elle ne fonde.

19

Samedi 29 octobre

— Je pensais que l'idée vous plairait.

— Je n'en sais trop rien. Laissez-moi le temps d'y réfléchir.

— On ne va pas la faire poireauter au même endroit pendant des heures. Il flairera le piège et prendra le large. Il faut que ça ait l'air naturel.

J'acquiesçai sans grande conviction et m'efforçai d'adresser un sourire à la fille de la BdM que Becker avait dégotée. C'était une splendide adolescente, et je ne savais ce qui avait le plus impressionné Becker chez elle, de sa bravoure ou de sa poitrine.

— Allons, patron, reprit-il, vous savez bien que ces filles adorent traîner devant les vitrines du *Stürmer* installées sur les trottoirs. Ça les fait frissonner de lire ces histoires de docteurs juifs qui hypnotisent des vierges allemandes pour les posséder. C'est sous cet angle-là qu'il faut voir les choses. Comme ça, non seulement elle ne s'ennuiera pas, mais en plus, si Streicher et ses sbires sont impliqués, ils la remarqueront d'autant plus si elle est plantée devant un de ces *Stürmerkästen*.

J'examinai avec un certain malaise la vitrine entourée d'un cadre en bois peint en rouge, sans doute fabriqué par quelque lecteur enthousiaste, où la manchette : « Femmes allemandes, les Juifs veulent votre mort », surmontait les trois doubles pages du journal punaisées sous le verre. Il était déjà assez difficile de demander à une gamine de jouer le rôle d'appât pour ne pas en plus lui faire ingurgiter ces saletés.

— Vous avez sans doute raison, Becker.

– Bien sûr que oui, et vous le savez. Regardez-la. Elle lit déjà l'article. Je vous jure qu'elle aime ça.

– Comment s'appelle-t-elle ?

– Ulrike.

Je me dirigeai vers le *Stürmerkästen* devant lequel, fredonnant d'un air insouciant, se tenait la jeune fille, et m'arrêtai à côté d'elle.

– Tu sais ce que tu as à faire, Ulrike ? m'enquis-je à voix basse en regardant l'horrible Juif caricaturé par Fips.

Personne ne ressemble à ça, pensai-je en observant le nez en museau de mouton dont le dessinateur avait affublé son personnage.

– Oui, m'sieur, répondit-elle avec entrain.

– Il y a des tas de policiers dans les parages. Tu ne les vois pas, mais eux ne te quittent pas des yeux. Entendu ? (Je vis son reflet acquiescer dans la glace.) Tu es une fille très courageuse.

Sur quoi elle se remit à chanter, plus fort cette fois, ce que je reconnus comme l'hymne des Jeunesses hitlériennes :

Notre drapeau, vois comme il flotte devant nous
Notre drapeau, c'est la promesse d'un avenir de paix
Notre drapeau nous ouvre la porte de l'éternité
Notre drapeau nous importe plus que notre vie.

Je rejoignis Becker et remontai en voiture.

– Beau brin de fille, pas vrai, patron ?

– Oui, en effet. Mais prenez garde à ne pas poser vos pattes dessus, vous m'entendez ?

Il joua les innocents outrés.

– Allons, patron, vous ne pensez quand même pas que je vais essayer de l'emballer, hein ?

Il s'installa au volant et démarra.

– Si vous voulez mon avis, je vous crois capable de baiser votre arrière-grand-mère. (Je jetai un regard circulaire.) Où sont vos hommes ?

– Le sergent Hingsen planque au rez-de-chaussée de cet immeuble, là-bas, dit-il, et j'ai placé deux autres hommes. L'un fait semblant d'entretenir les tombes du cimetière au coin de la rue, le second lave des vitres sur le trottoir d'en face. Si notre oiseau se pointe, il ne nous échappera pas.

– Les parents de la fille sont-ils au courant ?

– Oui.

– Très civique de leur part d'accorder leur autorisation, vous ne trouvez pas ?

– Ça ne s'est pas exactement passé comme ça, patron. Ulrike leur a annoncé qu'elle avait décidé d'accepter cette tâche pour le Führer et la Patrie. Elle a dit que ça serait antipatriotique d'essayer de l'en empêcher. Ils n'ont pas eu vraiment le choix. C'est une fille de caractère.

– Oui, c'est l'impression qu'elle donne.

– Et une sacrée nageuse, avec ça. Peut-être une future championne olympique, d'après son professeur.

– Eh bien, il ne reste plus qu'à espérer un déluge si ça tourne mal. Elle pourra toujours s'échapper à la nage.

Entendant la sonnerie du couloir, je me rendis à la fenêtre. J'en remontai le cadre et me penchai pour voir qui actionnait la sonnette. Même du haut de trois étages, je reconnus aussitôt la chevelure rousse de Vogelmann.

– Ça fait très naturel, persifla Hildegard, de se pencher à la fenêtre comme une marchande de poissons.

– Tu ne crois pas si bien dire. On va peut-être en ferrer un gros. C'est Vogelmann, et il nous amène un ami.

– Eh bien, va donc leur ouvrir.

Je sortis sur le palier, actionnai la manette qui débloquait la chaîne fermant la porte de la rue et regardai les deux hommes monter l'escalier en silence.

Vogelmann entra dans l'appartement de Hildegard en arborant l'expression du parfait croque-mort, ce qui était une bénédiction car, pour quelque temps au moins, sa bouche n'exhalait pas sa mauvaise haleine. L'homme qui l'accompagnait mesurait une tête de moins que Vogelmann. Âgé d'environ 35 ans, blond, les yeux bleus, il avait le genre universitaire. Lorsque tout le monde se fut assis, Vogelmann le présenta comme étant le Dr Otto Rahn, et nous annonça qu'il nous en dirait plus à son sujet dans quelques instants. Puis il émit un profond soupir et secoua la tête.

— J'ai le regret de vous dire que je n'ai retrouvé aucune trace de votre Emmeline, dit-il. J'ai interrogé toutes les personnes ayant pu la voir, cherché partout où elle aurait pu passer ou se trouver. En vain. J'en suis navré. (Il s'interrompit un instant avant d'ajouter :) Bien sûr, je sais que ma déception n'est rien comparée à la vôtre. Mais j'étais tellement sûr de trouver quelque chose qui me mette sur la piste…

» S'il y avait le moindre indice, aussi minime fût-il, je me sentirais en droit de vous demander de continuer mon enquête. Mais vu qu'il n'en existe aucun, poursuivre mes recherches ne serait qu'une perte de temps et d'argent pour vous.

Je hochai la tête d'un air résigné.

— Je vous remercie de votre honnêteté, Herr Vogelmann.

— En tout cas, soyez assuré que nous avons tout mis en œuvre, Herr Steininger, dit Vogelmann. Nous avons épuisé toutes les méthodes traditionnelles d'investigation.

Il s'interrompit, s'éclaircit la gorge et, tout en s'excusant, se tamponna les lèvres avec son mouchoir.

— J'hésite à vous soumettre cette proposition, Herr et Frau Steininger, et je vous prie de ne pas croire à une facétie, mais il est un fait que lorsque l'habituel se révèle inopérant, il n'y a aucune honte à se tourner vers l'inhabituel.

— C'est bien pourquoi nous vous avons engagé, remarqua Hildegard avec raideur. L'habituel, comme vous dites, c'est plutôt la police dans une telle affaire.

Vogelmann eut un étrange sourire.

— Je me suis mal exprimé, dit-il. J'aurais peut-être dû parler en termes d'ordinaire et d'extraordinaire.

L'autre homme, Otto Rahn, vint à la rescousse de Vogelmann.

— Ce que Herr Vogelmann essaie de vous suggérer, en y mettant tout le tact qu'exigent les circonstances, c'est de songer à recourir aux services d'un médium pour vous aider à retrouver votre fille.

Il avait l'accent d'une personne de bonne éducation et le débit rapide propre aux personnes originaires de la région de Francfort.

— Un médium ? répétai-je. Vous nous demandez de faire appel au spiritisme ? (Je haussai les épaules.) Nous ne croyons pas à ces choses-là.

Je voulais connaître les arguments de Rahn pour nous vendre son idée. Il sourit d'un air patient.

— De nos jours, ce n'est presque plus une question de croyance. Le spiritisme est devenu pour ainsi dire une science. Il y a eu des progrès fulgurants dans ce domaine depuis la guerre, surtout au cours des dix dernières années.

— Mais n'est-ce pas illégal ? m'enquis-je avec humilité. Il me semble avoir lu quelque part que le comte Helldorf avait interdit la voyance professionnelle à Berlin depuis… depuis 1934, je crois.

Très diplomate, Rahn ne se laissa pas démonter par le choix de mon expression.

— Vous êtes très bien informé, Herr Steininger. Et vous avez parfaitement raison. Le président de la police a en effet interdit d'exercer la voyance. Depuis lors, cependant, la situation a été assainie et les praticiens de sciences occultes racialement sains ont été intégrés aux sections Professions indépendantes du Front du travail. Après tout, ce sont les races métissées, Juifs et Tziganes, qui ont donné mauvaise réputation aux sciences occultes. Aujourd'hui, savez-vous que le Führer lui-même a recours aux services d'un astrologue ? Vous voyez, les choses ont beaucoup évolué depuis Nostradamus.

Vogelmann acquiesça en gloussant dans sa barbe.

Ainsi, c'était pour ça que Reinhard Lange finançait la campagne publicitaire de Vogelmann. Pour faire marcher le commerce des tables tournantes. La combine était bien au point. Le détective que vous engagiez se révélait incapable de retrouver la personne disparue, après quoi, par l'intermédiaire d'Otto Rahn, il vous confiait aux puissances supérieures. Résultat de l'opération : vous payiez plusieurs fois le prix d'une enquête ordinaire pour apprendre ce que vous saviez déjà, à savoir que votre chère disparue dormait avec les anges.

Jolie mascarade en vérité, me dis-je. Ça serait un plaisir de mettre ces escrocs hors d'état de nuire. On peut pardonner à un homme qui se monte une petite combine, pas à des types qui exploitent le chagrin et la souffrance des gens. C'était comme de voler les coussinets d'une paire de béquilles.

– Peter, dit Hildegard, après tout, nous n'avons rien à perdre.

– C'est aussi mon avis, fis-je.

– Je suis heureux de vous voir réagir ainsi, dit Vogelmann. On hésite toujours à faire ce genre de propositions, mais je pense que dans ce cas il n'y a guère d'autre choix.

– Combien cela coûtera-t-il ?

– Peter, il s'agit de la vie d'Emmeline, fit Hildegard d'un ton cassant. Comment peux-tu songer à l'argent ?

– Rassurez-vous, le tarif est très raisonnable, dit Rahn. Vous aurez toutes les raisons d'être satisfaits. Mais nous parlerons de cette question plus tard. Pour l'instant, l'essentiel est que vous rencontriez une personne compétente. Il se trouve que je connais un homme de très grand talent, doué d'un immense pouvoir psychique. Il pourrait peut-être vous aider. Cet homme, descendant d'une très ancienne lignée de mages, a hérité de ces ancêtres germaniques un don de clairvoyance unique en son genre à l'heure actuelle.

– Ça doit être quelqu'un d'extraordinaire, fit Hildegard dans un souffle.

– Il l'est, confirma Vogelmann.

– Je vais arranger un rendez-vous, dit Rahn. Je sais qu'il est libre jeudi prochain. Pourriez-vous être chez lui en fin d'après-midi ?

– Oui, nous n'avons rien de prévu.

Rahn sortit un calepin sur lequel il écrivit quelques mots. Puis il déchira la page et me la tendit.

– Voici son adresse. Disons à 20 heures, si cela vous convient ? Je vous appellerai en cas d'empêchement. (J'acquiesçai.) Alors, c'est entendu.

Vogelmann se leva pour prendre congé tandis que Rahn, plié en deux, fouillait dans sa serviette. Il en tira un magazine qu'il remit à Hildegard.

– Je pense que cela vous intéressera, dit-il.

Je raccompagnai les deux hommes à la porte et, lorsque je revins au salon, je trouvai Hildegard plongée dans le magazine. Je n'avais pas besoin d'en consulter la couverture pour savoir qu'il s'agissait d'*Urania*, la revue éditée par Reinhard Lange. Pas plus que je n'avais besoin de parler à Hildegard pour savoir qu'elle était convaincue de l'honnêteté d'Otto Rahn.

20

Jeudi 3 novembre

Le Bureau d'enregistrement des résidents me fournit la fiche d'un Otto Rahn, autrefois installé à Michelstadt près de Francfort et habitant aujourd'hui Tiergartenstrasse 8a, Berlin Ouest 35.

Par ailleurs, le VC1, le service des casiers judiciaires, n'avait aucune trace de lui.

Pas plus que le VC2, le service qui tenait à jour la Liste des personnes recherchées. J'étais sur le point de partir lorsque le directeur du service, un SS-Sturmbahnführer du nom de Baum, me convoqua dans son bureau.

— Kommissar, je vous ai entendu demander des renseignements sur un certain Otto Rahn, n'est-ce pas ?

Je lui confirmai que toute information le concernant m'intéressait au plus haut point.

— Dans quel service travaillez-vous ?

— À la Commission criminelle. Il peut peut-être nous aider dans une enquête.

— Il n'est donc suspecté d'aucun crime ?

Sentant que le Sturmbahnführer savait quelque chose sur Otto Rahn, je décidai de brouiller quelque peu les pistes.

— Mon Dieu, pas du tout, dis-je. C'est juste qu'il pourrait nous mettre en contact avec un témoin important. Pourquoi ? Vous connaissez quelqu'un de ce nom ?

— Oh, une vague connaissance, dit-il. Il se trouve qu'il y a un Otto Rahn dans la SS.

Le vieil hôtel Prinz Albrecht Strasse était un bâtiment de quatre étages d'aspect banal, aux fenêtres cintrées et aux colonnes vaguement corynthiennes, avec deux longs balcons de dimension dictatoriale au premier étage, le tout coiffé d'une énorme horloge au style surchargé. Avec ses soixante-dix chambres, il n'avait jamais atteint le luxe de grands établissements tels que le Bristol ou l'Adlon, et c'est sans doute ce qui expliquait qu'il ait été investi par la SS. Désormais connu sous le nom de SS-Haus, et situé juste à côté du siège de la Gestapo sis au numéro 8, il servait de quartier général à Himmler en sa qualité de Reichsführer-SS.

Je grimpai au deuxième étage et gagnai le service Dossiers du personnel, où j'exhibai mon autorisation et expliquai ma mission.

– J'ai reçu ordre du SD d'effectuer une enquête de sécurité concernant un membre de la SS qui doit être affecté à l'état-major personnel du général Heydrich.

Le caporal SS de permanence se raidit en entendant le nom de Heydrich.

– En quoi puis-je vous être utile ? fit-il d'un ton empressé.

– Je veux consulter le dossier d'un dénommé Otto Rahn.

Le caporal me demanda de patienter, puis passa dans la pièce adjacente.

– Le voilà, fit-il quelques minutes plus tard en me rapportant le dossier. Je suis désolé, mais je dois vous demander de l'examiner sur place. On ne peut faire sortir un dossier de ce bureau qu'avec une autorisation écrite signée de la main du Reichsführer.

– Je sais, rétorquai-je d'un ton glacial. Mais je n'en ai pas pour longtemps. Un rapide coup d'œil suffira. Ce n'est qu'une vérification de routine.

Je me dirigeai vers un lutrin installé à l'autre bout du bureau, et ouvris le dossier. La lecture en était édifiante.

SS-Unterscharführer Otto Rahn ; né le 18 février 1904 à Michelstadt, dans l'Odenwald ; étudiant en philologie à l'université de Heidelberg, diplômé en 1928 ; adhère à la SS en mars 1936 ; promu SS-Unterscharführer en avril 1936 ; affecté à l'unité SS Tête de mort « Oberbayern » au camp de concentration de Dachau en septembre 1937 ; détaché auprès du Bureau des affaires raciales et des transferts de population en décembre 1938 ; conférencier, auteur de *La Croisade contre le Graal* (1933) et de *Serviteurs de Lucifer* (1937).

Suivaient plusieurs pages de notes médicales et d'appréciations psychologiques, parmi lesquelles celle d'un SS-Gruppenführer, un certain Theodor Eicke, décrivant Rahn comme étant « appliqué, mais sujet à certaines excentricités ». Ce qui pouvait recouvrir à peu près n'importe quoi, depuis la propension au meurtre jusqu'à la longueur des cheveux.

Je rendis le dossier de Rahn au caporal et ressortis du bâtiment.

Otto Rahn. Plus j'en apprenais sur lui, plus j'étais convaincu qu'il ne se contentait pas d'abuser de la confiance de parents dans le désarroi. Ça n'était pas uniquement l'argent qui l'intéressait. C'était quelqu'un à propos duquel il n'était pas abusif d'utiliser le mot « fanatique ». En retournant à Steglitz, je passai devant la maison de Rahn dans Tiergartenstrasse, et je n'aurais pas été autrement étonné d'en voir surgir la Femme écarlate et la Bête de l'Apocalypse.

Il faisait déjà nuit lorsque nous prîmes la voiture pour nous rendre à Caspar-Theyss Strasse, juste au sud du Kurfürstendamm, à la limite de Grünewald. C'était une rue tranquille bordée de villas à qui il manquait un je ne sais quoi pour être vraiment chic, et habitées en majorité par des médecins et des dentistes. Le numéro 33, jouxtant une petite clinique, occupait l'angle de Paulsbornerstrasse. En face se trouvait une grande boutique de fleuriste où les gens venant rendre visite aux malades achetaient leurs bouquets.

L'étrange maison où Rahn nous avait invités ressemblait à la chaumière du Bonhomme de pain d'épice. Les parements de brique du sous-sol et du rez-de-chaussée étaient peints en brun, les deux étages en couleur crème. La partie orientale de la maison était constituée d'une tour heptagonale, la portion centrale d'une loggia en rondins surmontée d'un balcon, tandis que sur le côté ouest, un pignon en bois couvert de mousse abritait deux œils-de-bœuf.

– J'espère que tu as apporté une gousse d'ail, dis-je à Hildegard pendant que je garais la voiture.

Je voyais bien qu'elle n'accordait que peu d'attention à l'apparence des lieux, mais elle gardait un silence obstiné, refusant toujours d'admettre qu'il y eût quoi que ce fût de louche dans cette histoire.

Nous nous approchâmes de la grille en fer forgé décorée de signes du zodiaque. Je me demandai ce qu'en pensaient les deux SS qui fumaient des cigarettes sous les sapins du jardin. Cette question n'occupa mon esprit qu'une brève seconde, aussitôt remplacée par l'énigme que représentait la présence de ces deux hommes, ainsi que de plusieurs voitures officielles du Parti garées le long du trottoir.

Otto Rahn ouvrit la porte et nous salua avec chaleur avant de nous guider jusqu'à un vestiaire où il nous débarrassa de nos manteaux.

– Avant d'entrer, dit-il, je dois vous prévenir qu'un certain nombre d'autres personnes assisteront à cette séance. Le don de voyance de Herr Weisthor en a fait le mage le plus renommé d'Allemagne. Je crois vous avoir dit que plusieurs hauts responsables du Parti suivaient avec intérêt le travail de Herr Weisthor – chez lequel, soit dit en passant, nous nous trouvons. C'est pourquoi, à part Herr Vogelmann et moi-même, vous n'aurez sans doute pas de mal à reconnaître l'un des assistants.

La mâchoire de Hildegard s'affaissa.

– Le Führer ? fit-elle.

Rahn sourit.

– Non, pas lui. Mais quelqu'un qui lui est très proche. Il a demandé à être traité comme un invité ordinaire, de façon à créer une ambiance favorable au contact de ce soir. Je vous dirai, afin que vous ne soyez pas surpris, que cet invité spécial n'est autre que le Reichsführer-SS Heinrich Himmler. Ce qui explique la présence des gardes que vous avez sans doute remarqués dehors. Le Reichsführer est un grand protecteur de notre œuvre et il a assisté à de nombreuses séances.

Nous sortîmes du vestiaire, franchîmes une porte insonorisée par un capitonnage recouvert de cuir vert fixé par de gros boutons, et pénétrâmes dans une vaste pièce en L sobrement meublée. Au-delà d'un épais tapis vert, au fond de la pièce, se trouvait une table ronde, tandis qu'à l'autre extrémité un groupe d'une dizaine de personnes bavardaient autour d'un sofa et de deux fauteuils. Les pans de mur visibles entre les panneaux de lambris de chêne clair étaient peints en blanc, et les rideaux verts étaient tirés. La pièce avait quelque chose de typiquement allemand, c'est-à-dire qu'elle était à peu près aussi intime et chaleureuse qu'un couteau suisse.

Rahn nous servit à boire et nous présenta à l'assistance. Je repérai la chevelure rousse de Vogelmann, lui adressai un signe de tête, puis cherchai des yeux le Reichsführer Himmler. Aucun des invités ne portant d'uniforme, j'eus quelque difficulté à le reconnaître dans son costume croisé de couleur sombre. Il était plus grand que je n'avais imaginé, et plus jeune – il ne devait pas avoir plus de 37 ou 38 ans. Lorsqu'il parlait, il avait les manières d'un homme posé et, à part l'énorme Rolex en or qu'il avait au poignet, ressemblait plus à un directeur d'école qu'au chef de la police secrète. Je n'ai jamais compris pourquoi les montres suisses exerçaient une telle séduction sur les hommes de pouvoir. Pourtant, il semblait que la séduction d'aucune montre n'aurait pu égaler celle de Hildegard Steininger aux yeux de Himmler : ils furent bientôt en pleine conversation.

– Herr Weisthor ne va pas tarder, m'annonça Rahn. Il lui faut un moment de méditation avant d'entrer en contact avec le monde spirituel. En attendant, permettez-moi de vous présenter Reinhard Lange, l'éditeur du magazine que j'ai donné à votre femme.

– Ah oui, *Urania*.

C'était donc lui, ce petit homme dodu, avec une fossette au menton et une lèvre inférieure qui pendait de manière provocante, comme pour vous défier de lui expédier un coup de poing ou de l'embrasser. La calvitie avait déjà bien entamé ses cheveux blonds, qui bouclaient comme ceux·d'un bébé autour des oreilles. Il n'avait pour ainsi dire pas de sourcils, et ses yeux mi-clos étaient presque bridés. Ces deux traits lui donnaient un air de faiblesse et d'inconstance néronienne. Peut-être n'était-il ni l'un ni l'autre, mais la forte odeur d'eau de Cologne qui se dégageait de lui, son air suffisant et son élocution légèrement théâtrale ne firent rien pour corriger cette impression. Mon travail a fait de moi un juge rapide et assez précis du caractère des gens, et cinq minutes de conversation suffirent à me confirmer que je ne m'étais pas trompé à son sujet. Ce type n'était qu'un petit pédé minable.

Je le priai de m'excuser et me rendis aux toilettes que j'avais aperçues derrière le vestiaire. J'avais déjà décidé de revenir chez Weisthor après la séance afin de voir si les autres pièces de la maison étaient plus intéressantes que celle où nous étions rassemblés. Comme je n'avais pas vu de chien dehors, il ne me restait plus qu'à préparer mon retour. Je verrouillai la porte derrière moi et entrepris de manœuvrer la poignée de la fenêtre. Elle était bloquée et je venais juste de parvenir à l'ouvrir lorsque j'entendis un coup à la porte.

– Herr Steininger ? fit la voix de Rahn. Vous êtes là ?

– Je n'en ai que pour une minute.

– Nous allons commencer.

– J'arrive, répliquai-je.

Laissant la fenêtre entrebâillée, je tirai la chasse et rejoignis le reste des invités.

Un nouvel arrivant avait fait son apparition dans la pièce, et je compris qu'il s'agissait de Weisthor. Âgé d'environ 65 ans, il était vêtu d'un costume trois-pièces de flanelle brun clair et tenait une canne sculptée à pommeau d'ivoire ornée de motifs étranges dont certains étaient assortis à ceux de sa bague. Physiquement, il ressemblait à Himmler en plus âgé, avec sa petite moustache, ses bajoues de hamster, sa bouche de dyspeptique et son menton fuyant. Il était cependant plus adipeux que le Reichsführer et, alors que ce dernier faisait penser à un rat myope, Weisthor tenait plus du castor, ressemblance accentuée par deux incisives très écartées.

— Vous êtes sans doute Herr Steininger, fit-il en me serrant la main avec énergie. Permettez-moi de me présenter. Je suis Karl Maria Weisthor, et je suis enchanté d'avoir eu le plaisir de faire la connaissance de votre ravissante épouse. (Il parlait de manière affectée, avec un fort accent viennois.) De ce point de vue au moins, vous avez beaucoup de chance. Espérons que je pourrai vous être utile à tous les deux avant la fin de cette soirée. Otto m'a appris la disparition de votre fille Emmeline, et l'échec des recherches, tant de la police que de Herr Vogelmann. Comme je l'ai dit à votre femme, je suis sûr que les esprits de nos ancêtres germaniques ne nous abandonneront pas, et qu'ils nous diront où elle se trouve, comme ils nous ont révélé tant de choses par le passé.

Il se retourna et leva la main.

— Pouvons-nous nous asseoir ? dit-il. Herr Steininger, je m'assiérai entre votre femme et vous. Tous les assistants devront se donner la main. Ceci augmentera notre pouvoir de conscience. Et surtout, ne lâchez pas la main de votre voisin, quoi qu'il arrive, car cela pourrait briser la communication. Est-ce clair ?

Nous acquiesçâmes avant de nous asseoir aux places indiquées. Lorsque le reste de l'assistance se fut installé, je remarquai que Himmler avait trouvé moyen de s'asseoir à côté de Hildegard, qui semblait l'intéresser au plus haut point. Je me dis que Heydrich et Nebe allaient bien rire quand je leur raconterais, en mentant à peine, que j'avais

passé la soirée main dans la main avec Heinrich Himmler.
L'idée me fit presque pouffer de rire, et pour dissimuler
mon demi-sourire, je détournai mon regard de Weisthor et
découvris à mon côté un Siegfried en habit de soirée, doté
de ce charme chaleureux et délicat qu'on n'acquiert qu'en
se baignant dans du sang de dragon.

— Je m'appelle Kindermann, fit mon voisin d'un air
sévère. Dr Lanz Kindermann, pour vous servir, Herr
Steininger.

Tout en prononçant ces mots, il regarda ma main comme
si c'était un chiffon sale.

— Le célèbre psychothérapeute ? fis-je.

Il sourit.

— N'exagérons rien, dit-il sans pouvoir dissimuler sa
satisfaction. Mais je vous remercie du compliment.

— Vous êtes autrichien ?

— Oui. Pourquoi cette question ?

— J'aime connaître les hommes à qui je donne la main,
rétorquai-je en m'emparant de la sienne.

— Dans un instant, annonça Weisthor, je demanderai à
notre ami Otto d'éteindre la lumière. Mais avant, je voudrais que tout le monde ferme les yeux et respire profondément. Cela nous permettra de nous relaxer. Car ce n'est
que si nous sommes suffisamment détendus que les esprits
accepteront de nous contacter et de nous révéler ce qu'ils
savent. Essayez de penser à quelque chose de paisible,
comme une fleur ou une formation de nuages.

Sur quoi il se tut, et les seuls sons audibles furent la
respiration des assistants réunis autour de la table et le
tic-tac de la pendule sur la cheminée. Au bout de quelques
instants, Vogelmann s'éclaircit la gorge et Weisthor reprit
la parole.

— Maintenant, vous allez vous efforcer de vous fondre
dans la personne de vos voisins, de façon que nous res-
sentions la puissance du cercle. Lorsqu'Otto éteindra la
lumière, j'entrerai en transe et laisserai l'esprit s'emparer

de mon corps. Comme l'esprit contrôlera mes paroles et mes fonctions corporelles, je serai dans une position vulnérable. Ne faites aucun bruit, abstenez-vous de toute intervention intempestive. Parlez doucement si vous désirez communiquer avec l'esprit, ou laissez Otto s'adresser à lui à votre place. (Il fit une courte pause.) Otto, éteignez les lumières, je vous prie.

J'entendis Rahn s'ébrouer comme au sortir d'un profond sommeil, se lever et, à pas feutrés, traverser la pièce.

– À partir de cet instant, Weisthor ne parlera que sous l'emprise de l'esprit, dit-il. C'est moi qui lui parlerai lorsqu'il sera en transe.

Il éteignit les lumières et, quelques secondes plus tard, je l'entendis rejoindre le cercle.

Je tentai de discerner dans l'obscurité la silhouette de Weisthor assis à côté de moi, mais ne perçus que les formes étranges qui dansent sur les rétines lorsqu'elles sont privées de lumière. Quoi que Weisthor ait pu dire à propos de fleurs ou de nuages, je me sentais surtout rassuré par le Mauser automatique que je portais à l'aisselle, et le joli chapelet de balles de 9 mm alignées dans son chargeur.

La première modification que je remarquai chez Weisthor fut celle de sa respiration, qui se fit plus lente et plus profonde. Au bout de quelques minutes, elle devint presque inaudible et, n'avait été sa main que je tenais, et dont la pression s'était considérablement relâchée, j'aurais pu croire qu'il avait disparu.

Il finit par reprendre la parole, mais d'une voix qui me donna la chair de poule et me picota la racine des cheveux.

– Je vois un roi plein de sagesse qui régnait il y a très longtemps, fit-il en me serrant soudain la main. À une époque où trois soleils brillaient dans le ciel nordique. (Il poussa un long soupir sépulcral.) Il subit une terrible défaite face à l'armée chrétienne de Charlemagne.

– Étiez-vous saxon ? s'enquit Rahn d'un ton calme.

– Aye, saxon. Les Francs nous considéraient comme des païens et nous punissaient de mort. Des morts interminables, pleines de sang et de souffrances. (Weisthor parut hésiter.) Il est difficile de transmettre ceci. Il dit que tout le sang versé crie vengeance. Il dit que le paganisme germanique a retrouvé sa force et doit se venger des Francs et de leur religion, au nom des dieux anciens.

Sur ce, il émit un grognement, comme s'il avait reçu un coup, et retomba dans le silence.

– N'ayez crainte, murmura Rahn. Il arrive que l'esprit prenne congé de façon brutale.

Weisthor reprit la parole au bout de quelques minutes.

– Qui es-tu ? demanda-t-il d'une voix douce. Une fille ? Peux-tu nous dire comment tu t'appelles, mon enfant ? Non ? Allons…

– N'aie pas peur, intervint Rahn. Viens, approche sans crainte.

– Son nom est Emmeline, dit Weisthor.

J'entendis le hoquet de surprise de Hildegard.

– Es-tu Emmeline Steininger ? demanda Rahn. Si c'est le cas, mon enfant, ton père et ta mère sont là pour te parler.

– Elle dit qu'elle n'est pas une enfant, murmura Weisthor. Et que l'une de ces personnes n'est pas son parent.

Je me raidis. Était-il possible que Weisthor possédât de véritables pouvoirs médiumniques ?

– Je suis sa belle-mère, dit Hildegard d'une voix tremblotante.

Je me demandai si elle se rendait compte que Weisthor aurait dû préciser que ni l'un ni l'autre n'était le véritable parent d'Emmeline.

– Elle dit que la danse lui manque. Mais surtout que vous deux lui manquez.

– Toi aussi, tu nous manques, ma chérie.

– Où es-tu, Emmeline ? demandai-je.

Après un long silence, je répétai ma question.

— Ils l'ont tuée, dit Weisthor d'une voix hésitante. Et ils ont caché son corps.

— Emmeline, essaie de nous aider, intervint Rahn. Peux-tu nous dire où ils ont caché ton corps ?

— Oui, je vais le leur dire. Elle dit que devant la fenêtre se trouve une colline. Au pied de cette colline se jette une charmante cascade. Qu'est-ce que c'est ? Une croix ou un haut monument, comme une tour, érigé au sommet de la colline.

— Le Kreuzberg ? fis-je.

— Est-ce le Kreuzberg ? répéta Rahn.

— Elle ne connaît pas le nom de cette montagne, chuchota Weisthor. Où se trouve-t-elle ? Oh, quelle horreur ! Emmeline dit qu'elle est enfermée dans une boîte. Je suis désolé, Emmeline, mais je ne t'ai pas bien entendue. Ce n'est pas une boîte ? Un tonneau ? Oui, c'est un tonneau. Un vieux tonneau qui sent le moisi, dans une cave pleine de vieux tonneaux.

— Ça doit être une brasserie, dit Kindermann.

— S'agirait-il de la brasserie Schultheiss ? demanda Rahn.

— Elle dit que ça pourrait être ça, bien qu'il ne semble pas y avoir grand monde. Certains tonneaux sont si vieux qu'ils sont percés. Elle peut voir la cave par une fente de celui où elle est enfermée. Tu as raison, mon enfant, ça n'est pas très pratique pour conserver de la bière.

Hildegard murmura quelque chose que je n'entendis pas.

— Courage, chère madame, lui intima Rahn à mi-voix. Courage. (Puis il ajouta d'une voix plus forte :) Qui t'a tuée, Emmeline ? Et sais-tu pourquoi ?

Weisthor émit un grognement sonore.

— Elle ne connaît pas leurs noms, mais elle dit qu'on l'a tuée pour le Mystère du Sang. Comment le sais-tu, Emmeline ? C'est une chose parmi les milliers d'autres

qu'on apprend quand on meurt? Oui, je comprends. Ils
l'ont tuée comme ils tuent leurs animaux, ensuite, ils ont
mélangé son sang avec le pain et le vin. Elle pense qu'il
s'agissait d'un rite religieux, d'un rite qu'elle ne connaissait pas.

– Emmeline, intervint une voix que je crus reconnaître
pour celle de Himmler. Sont-ce les Juifs qui t'ont tuée?
Sont-ce les Juifs qui se sont servis de ton sang?

Nouveau long silence.

– Elle ne sait pas, dit Weisthor. Ils n'ont pas dit qui
ils étaient. Ils ne ressemblaient pas aux photos de Juifs
qu'elle a vues. Que dis-tu, chère enfant? Elle dit que
c'était peut-être des Juifs, mais qu'elle ne veut attirer
aucun ennui à personne, quoi qu'on ait pu lui faire. Elle
dit que s'il s'agissait de Juifs, alors, c'étaient de mauvais
Juifs, et que beaucoup de Juifs n'approuveraient pas ce
genre de choses. Elle ne veut plus rien dire sur cette question. Elle demande simplement que quelqu'un vienne la
sortir de ce vieux tonneau. Oui, je suis sûr qu'on te retrouvera, Emmeline. Ne t'inquiète pas.

– Dites-lui que je m'engage personnellement à ce
qu'on la tire de là dès ce soir, fit Himmler. Je lui en donne
ma parole.

– Que dis-tu? Ah, très bien. Emmeline vous remercie
de ce que vous faites pour elle. Elle veut aussi dire à ses
parents qu'elle les aime beaucoup tous les deux, mais
qu'ils ne doivent plus se faire de souci pour elle. Rien
ne pourra la leur rendre. Vous devez poursuivre votre
vie et oublier ce qui s'est passé. Essayez d'être heureux.
Emmeline doit s'en aller, à présent.

– Adieu, Emmeline, fit Hildegard dans un sanglot.

– Adieu, répétai-je.

Une fois de plus, le silence s'instaura, troublé seulement par le bruit du sang bouillonnant dans mes oreilles.
J'étais heureux que la pièce soit plongée dans l'obscurité,
car elle me permit de dissimuler la colère qui devait se

lire sur mon visage et de me composer un masque de tristesse et de résignation. Sans les deux ou trois minutes
qui s'écoulèrent entre la fin du numéro de Weisthor et le
retour de la lumière, je crois que je les aurais tous descendus : Weisthor, Rahn, Vogelmann, Lange – merde,
j'aurais massacré tous ces salauds juste pour le plaisir. Je
leur aurais fourré le canon de mon flingue dans la bouche
pour que leur nuque éclabousse le visage de leur voisin.
Boum ! une narine de plus pour Himmler. Une troisième
orbite pour Kindermann.

Ma respiration était encore rauque lorsque les lumières se
rallumèrent, mais l'on mit cela sur le compte de l'émotion.
Les larmes ayant humecté le visage de Hildegard, Himmler
se crut autorisé à lui enlacer les épaules. Sur quoi, croisant
mon regard, il hocha la tête d'un air lugubre.

Weisthor fut le dernier à se remettre debout. Pendant
quelques instants, il oscilla comme sur le point de tomber,
et Rahn le soutint par le coude. Weisthor sourit et tapota
la main de son ami d'un air reconnaissant.

– Votre visage me dit, madame, que votre fille nous a
contactés.

Hildegard opina.

– Je vous remercie, Herr Weisthor. Merci de tout cœur
pour votre aide.

Elle renifla bruyamment et sortit son mouchoir.

– Karl, vous avez été excellent ce soir, dit Himmler.
Tout à fait remarquable.

Un murmure d'approbation, auquel je me joignis, parcourut la table. Himmler continuait à hocher la tête.

– Tout à fait remarquable, répéta-t-il. Soyez tous assu-
rés que je vais de ce pas prévenir les autorités compétentes
afin qu'une escouade de police aille fouiller la brasserie
Schultheiss pour retrouver le corps de cette malheureuse
enfant.

Tout en disant ces mots, Himmler me fixa du regard et
j'acquiesçai d'un air morne.

– Je ne doute pas une seconde qu'on l'y trouvera. Je suis fermement convaincu que ce que nous venons d'entendre était la voix même d'Emmeline, qui a parlé à Karl pour que vous deux repartiez l'esprit en paix. Je pense que la meilleure chose que vous ayez à faire, c'est de rentrer chez vous et d'attendre des nouvelles de la police.

– Oui, vous avez raison, dis-je.

Je contournai la table et pris Hildegard par la main pour la soustraire au bras du Reichsführer. Ensuite, nous serrâmes la main des assistants, reçûmes leurs condoléances et laissâmes Rahn nous raccompagner à la porte.

– Que puis-je vous dire ? fit-il avec gravité. Bien sûr, je suis navré de ce qui est arrivé à Emmeline, mais comme le disait le Reichsführer, il est réconfortant d'être fixé sur son sort.

– Oui, fit Hildegard en reniflant. C'est mieux de savoir.

Rahn plissa les paupières et, l'air peiné, m'empoigna l'avant-bras.

– Je pense que, pour des raisons évidentes, il serait préférable que vous ne parliez pas à la police de ce qui s'est passé ce soir, au cas où des agents viendraient vous informer qu'on a retrouvé le corps de votre fille. Ils pourraient vous créer de sérieux ennuis s'ils vous soupçonnaient d'avoir su où elle se trouvait avant qu'ils l'aient découverte. Comme vous pouvez vous en douter, les policiers ne sont pas très compréhensifs à l'égard de ce genre de choses, et ils vous poseraient des tas de questions embarrassantes. (Il haussa les épaules.) C'est vrai, nous nous posons tous des questions sur ce qui nous parvient de l'au-delà. Ces phénomènes constituent une énigme à laquelle nous ne sommes pas encore en mesure d'apporter des réponses satisfaisantes.

– Oui, je comprends que la police voie ça d'un œil soupçonneux, dis-je. Comptez sur moi, et sur ma femme, pour ne rien dévoiler de ce que nous avons vu ce soir.

— Herr Steininger, je savais que nous pouvions compter sur votre compréhension. (Il ouvrit la porte.) Surtout, n'hésitez pas à nous appeler si vous désirez recontacter votre fille. Mais il est préférable de ne pas recommencer trop tôt. Il n'est pas bon de déranger trop souvent l'esprit.

Nous nous saluâmes une dernière fois, puis Hildegard et moi regagnâmes la voiture.

— Vite, emmène-moi loin d'ici, siffla-t-elle tandis que je lui ouvrais la portière.

À peine avais-je démarré qu'elle se remit à pleurer, mais cette fois sous le coup du choc et de l'horreur.

— J'ai de la peine à croire que les gens puissent être si… si *méchants*, sanglota-t-elle.

— Je suis désolé de t'avoir imposé ça, dis-je. Vraiment désolé. J'aurais donné n'importe quoi pour te l'éviter, mais il n'y avait pas d'autre solution.

Au bout de la rue, nous débouchâmes sur Bismarkplatz, un carrefour tranquille de rues de banlieue entourant une pelouse. Je m'aperçus que nous nous trouvions tout près du domicile de Frau Lange, dans Herbertstrasse. Je repérai la voiture de Korsch et me rangeai juste derrière.

— Bernie, crois-tu que la police va la retrouver à la brasserie ?

— Oui, je pense que oui.

— Mais s'il jouait la comédie, comment pouvait-il connaître ces choses sur Emmeline ? Comment savait-il qu'elle adorait danser ?

— Parce que c'est lui, ou un des types présents, qui l'a cachée là-bas. Ils ont sans doute interrogé Emmeline avant de la tuer, pour savoir quoi dire et faire plus authentique.

Elle se moucha, puis releva la tête.

— Pourquoi t'es-tu arrêté ?

— Parce que je vais retourner faire un tour là-bas. Je vais essayer de découvrir quel est leur sale petit jeu. La voiture que tu vois devant nous appartient à un de mes hommes. Il s'appelle Korsch. Il va te raccompagner à la maison.

Elle hocha la tête.

— Je t'en prie, sois prudent, Bernie, dit-elle dans un souffle en laissant tomber la tête sur sa poitrine.

— Est-ce que tu te sens bien, Hildegard ?

Elle chercha à tâtons la poignée de la portière.

— Je crois que je vais être malade.

Elle bascula vers le trottoir et vomit dans le caniveau, ainsi que sur sa manche lorsqu'elle retint sa chute en posant la main par terre. Je bondis hors de la voiture et contournai le capot pour aller l'aider, mais Korsch fut plus rapide et la soutint par les épaules jusqu'à ce qu'elle ait retrouvé sa respiration.

— Seigneur, fit-il. Que s'est-il passé ?

Je m'accroupis à côté de Hildegard et épongeai la sueur sur son visage avant de lui essuyer la bouche. Elle me prit le mouchoir et Korsch l'aida à se redresser sur le siège.

— C'est une longue histoire, dis-je, et je n'ai malheureusement pas le temps de vous la raconter maintenant. Raccompagnez-la chez elle et allez m'attendre à l'Alex. Emmenez aussi Becker. J'ai comme l'impression qu'on va avoir une nuit agitée.

— Excusez-moi, fit Hildegard avant d'ajouter en souriant crânement : ça va mieux à présent.

Korsch et moi l'aidâmes à descendre de voiture puis, la soutenant par la taille, l'accompagnâmes jusqu'à celle de Korsch.

— Soyez prudent, chef, dit ce dernier en s'installant au volant.

Je lui dis de ne pas s'inquiéter.

Après leur départ, j'attendis environ une demi-heure dans la voiture, puis redescendis à pied Caspar-Theyss Strasse. Le vent s'était levé et, à plusieurs reprises, les bourrasques agitèrent si fort les arbres qui bordaient la rue obscure que si j'avais été d'humeur à laisser galoper mon imagination, j'aurais pu penser que cela avait un rapport avec ce qui s'était passé chez Weisthor : déranger les esprits ou ce genre de choses. En fait, j'étais rongé par un sentiment de danger que les gémissements du vent sous un ciel chargé de gros nuages ne faisaient rien pour dissiper, et que le fait de revoir la maison de pain d'épice rendit encore plus aigu.

Même si le trottoir était à présent vide de voitures officielles, je m'approchai du jardin avec prudence au cas où, pour une raison ou pour une autre, les deux SS y seraient encore postés. Après m'être assuré que la maison n'était pas gardée, je contournai la façade à pas de loup jusqu'à la fenêtre du cabinet de toilette que j'avais déverrouillée. Je me félicitai de ma discrétion, car la lumière du cabinet était allumée, et de l'intérieur me parvenaient sans erreur possible les bruits d'un homme s'efforçant de se soulager. Tapi dans l'ombre du mur, j'attendis qu'il ait fini. Au bout d'une dizaine de minutes, on tira la chasse d'eau et la lumière s'éteignit.

Par prudence, je patientai encore un instant avant de remonter le cadre de la fenêtre. Toutefois, à peine avais-je pénétré dans le cabinet que je regrettais de ne pas être ailleurs, ou du moins de ne pas avoir emporté de masque à gaz, car la puanteur qui envahit mes narines aurait rendu malade un congrès de proctologues. Je suppose que c'est à ce type de situations que font allusion les flics quand ils disent qu'ils font parfois un boulot pourri. Je trouvais pour ma part qu'être obligé de lanterner dans un gogue où quelqu'un vient juste de se livrer à une évacuation intestinale d'une ampleur toute gothique était un comble dans le genre.

C'est la puanteur qui me fit sortir plus vite que ne l'aurait exigé la sécurité, et je faillis être surpris par

Weisthor lui-même qui passa d'un pas traînant devant la porte ouverte du vestiaire et pénétra dans une pièce située de l'autre côté du couloir.

– Quel vent, ce soir, fit une voix que je reconnus comme étant celle d'Otto Rahn.

– Oui, ricana Weisthor. Ça allait bien avec l'ambiance, pas vrai ? Himmler appréciera ce changement de temps. Il ne manquera pas d'y voir la manifestation du surnaturel wagnérien.

– Vous avez été très bon, Karl, dit Rahn. Même le Reichsführer l'a remarqué.

– C'est vrai, mais vous avez l'air fatigué, fit une troisième voix en laquelle je reconnus Kindermann. Laissez-moi vous examiner.

Je m'avançai pour pouvoir épier la scène entre le battant et l'embrasure de la porte du vestiaire. Weisthor ôta sa veste et la suspendit au dossier d'une chaise sur laquelle il se laissa tomber avec lassitude. Kindermann lui prit le pouls. Weisthor avait les traits tirés et semblait exténué, comme s'il avait réellement été en contact avec les esprits.

– Faire semblant est presque aussi épuisant que le faire pour de vrai, dit-il alors et j'eus l'impression qu'il avait lu dans mes pensées.

– Il vaudrait mieux que je vous fasse une piqûre, dit Kindermann. Un peu de morphine vous aidera à dormir. (Sans attendre de réponse, il sortit un flacon et une seringue hypodermique d'une mallette, puis prépara l'aiguille.) Il faut que vous soyez en forme pour la prochaine session du Tribunal d'Honneur.

– Je veux que vous m'y accompagniez, Lanz, dit Weisthor qui, en relevant sa manche, découvrit un avant-bras si abîmé par les cicatrices de piqûres qu'on l'aurait cru tatoué. Je n'y arriverai jamais sans cocaïne. Elle m'éclaircit l'esprit d'une manière fantastique. Et il faudra que j'aie l'esprit stimulé jusqu'à la transcendance pour que le Reichsführer-SS soit convaincu de la justesse de ce que je dirai.

— Vous savez, pendant un moment, j'ai bien cru que vous alliez faire la révélation ce soir, dit Rahn. Vous l'avez bien titillé avec tout ce baratin sur la fille qui ne voulait créer d'ennuis à personne. Maintenant, je pense qu'il est presque mûr.

— Il faut attendre le bon moment, mon cher Otto, dit Weisthor. Il faut attendre le bon moment. Songez combien ma révélation sera plus percutante à Wewelsburg. L'annonce de la culpabilité juive aura le poids d'une révélation spirituelle, et c'en sera fini de ses prétentions ridicules à respecter la propriété et la loi. Les Juifs auront ce qu'ils méritent, et il n'y aura pas un seul policier pour l'empêcher.

Il hocha la tête en direction de la seringue, regarda d'un air absent Kindermann la piquer dans sa veine et poussa un soupir de satisfaction lorsque ce dernier enfonça le piston.

— Et maintenant, messieurs, si vous voulez bien aider un vieil homme à gagner son lit…

Je vis les deux autres le prendre chacun par un bras et l'aider à gravir l'escalier aux marches craquantes.

L'idée me vint que si Rahn ou Kindermann avaient l'intention de partir, ils viendraient prendre leur manteau. Je me faufilai donc hors du vestiaire, me glissai dans la pièce en L où avait eu lieu la prétendue séance de spiritisme et me dissimulai derrière les épais rideaux au cas où l'un des deux hommes y pénétrerait. Mais lorsqu'ils redescendirent, ils restèrent à parler dans le couloir. La moitié du dialogue m'échappa, mais son objet semblait être que l'utilité de Reinhard Lange atteignait son terme. Kindermann fit une timide tentative pour défendre son amant, mais le cœur n'y était pas.

L'odeur qui m'avait suffoqué dans les toilettes était déjà une dure épreuve, mais ce qui suivit fut encore plus écœurant. Je ne pus voir ce qui se passait, et aucune parole ne fut échangée, mais il est impossible de ne pas reconnaître aussitôt le bruit de deux hommes engagés dans un rapport homosexuel. Je fus envahi d'une violente nausée. La scène se conclut par de répugnants braiments et ils partirent en pouffant comme des garnements dégénérés. Je me sentais si faible que je dus ouvrir une fenêtre pour respirer un peu d'air frais.

Dans le bureau adjacent, je me servis une bonne dose du cognac de Weisthor, qui me revigora bien plus que les goulées d'air berlinois, et, derrière les rideaux tirés, je me sentis assez en sécurité pour allumer une lampe et inspecter la pièce avant de fouiller tiroirs et placards.

Cela valait le coup d'œil. Les goûts de Weisthor en matière de décoration ne le cédaient en rien à ceux du roi fou Louis II de Bavière. Il y avait d'étranges calendriers, des armoiries, des tableaux de mégalithes, de Merlin, de l'épée du roi Arthur, du Graal et des chevaliers du Temple, et puis des photographies de châteaux, de Hitler, de Himmler, de Weisthor lui-même enfin, en uniforme : soit comme officier d'un régiment d'infanterie autrichienne, soit en uniforme d'officier supérieur SS.

Karl Weisthor appartenait à la SS. Cela paraissait si invraisemblable que j'énonçai presque la phrase à haute voix. Et de surcroît, loin d'être un subalterne comme Otto Rahn, il avait, à en juger par le nombre de galons qu'il portait au col, au moins le grade de général de brigade. Et puis il y avait autre chose. Pourquoi n'avais-je pas remarqué plus tôt la ressemblance physique entre lui et Julius Streicher ? Il est vrai que Weisthor avait une dizaine d'années de plus que Streicher, mais la description fournie par la lycéenne juive Sarah Hirsch pouvait s'appliquer aussi bien à Weisthor qu'à Streicher : les deux hommes étaient corpulents, tous deux avaient le crâne dégarni et une petite moustache ; et tous deux avaient un fort accent méridional. Autrichien ou bavarois, avait-elle dit. Or,

Weisthor était originaire de Vienne. Otto Rahn serait-il le chauffeur de la voiture ?

Tout semblait coller avec ce que je savais déjà, et la conversation que j'avais surprise dans le hall confirmait mon intuition selon laquelle l'objectif recherché par ces meurtres était d'en faire rejaillir la responsabilité sur les Juifs de Berlin. Et pourtant, il semblait y avoir autre chose. C'est l'implication de Himmler qui m'y faisait songer. Me trompais-je en pensant que l'objectif secondaire des meurtriers était de convaincre le Reichsführer des pouvoirs surnaturels de Weisthor afin de renforcer la position de ce dernier et d'assurer sa promotion au sein de la SS, peut-être dans le but d'évincer Heydrich lui-même ?

Séduisante théorie, qu'il ne me restait plus qu'à prouver. Et il fallait que ces preuves soient indiscutables pour que Himmler accepte de voir tomber son Raspoutine personnel pour meurtres multiples. D'autant que ces preuves risquaient de faire passer le chef de la police du Reich pour la victime trop crédule d'une vaste escroquerie.

J'entrepris de fouiller le bureau de Weisthor tout en me disant que même si j'y trouvais de quoi l'épingler, je n'allais pas me faire un ami de l'homme sans doute le plus puissant d'Allemagne. Une perspective bien peu encourageante.

Je m'aperçus que Weisthor prenait un soin méticuleux de sa correspondance, ce qui me permit de découvrir des dossiers comportant, en plus des lettres reçues, les copies de celles qu'il avait lui-même expédiées. Je m'assis devant son bureau et me mis à les parcourir. Si je m'attendais à des preuves de culpabilité inscrites noir sur blanc, j'avais de quoi être déçu. Weisthor et ses associés avaient développé ce talent pour les euphémismes qu'accentue le fait de travailler dans les services de sécurité ou les réseaux de renseignements. Ces lettres confirmaient tout ce que je savais déjà, mais elles étaient si soigneusement formulées, en plus de la présence de plusieurs mots codés, qu'elles pouvaient donner lieu à diverses interprétations.

K M Wiligut Weisthor
Caspar-Theyss Strasse 33,
Berlin W.

Au SS-Unterscharführer Otto Rahn,
Tiergartenstrasse 8a,
Berlin W.

8 juillet 1938

STRICTEMENT CONFIDENTIEL

Cher Otto,
Tout se passe comme je le craignais. Le Reichsführer m'informe qu'un embargo sur la presse a été imposé par le Juif Heydrich pour tout ce qui concerne le Projet Krist. Sans couverture journalistique, il nous sera impossible de savoir par des voies crédibles qui subit les conséquences des actions liées au Projet Krist. Pour que nous puissions proposer une assistance spirituelle aux personnes affec-tées par ces actions, et ainsi parvenir à notre objectif, nous devons donc mettre en place rapidement d'autres stratégies nous permettant d'intervenir dans la légalité et de satisfaire à notre engagement.
Avez-vous des suggestions ?
Heil Hitler
Weisthor

Otto Rahn
Tiergartenstrasse 8a,
Berlin W.

Au SS-Brigadeführer K M. Weisthor
Berlin Grünewald

10 juillet 1938

STRICTEMENT CONFIDENTIEL

Cher Brigadeführer,
J'ai beaucoup réfléchi à votre lettre et, avec l'aide du SS-Hauptsturmführer Kindermann et du SS-Sturmbahnführer Anders, je crois avoir trouvé une solution.

Anders dispose de quelque expérience policière et pense que, dans la situation créée par le Projet Krist, il ne serait pas extraordinaire, vu l'efficacité de la police, qu'un citoyen fasse appel à un enquêteur privé.

Nous proposons donc, grâce aux bureaux et aux moyens financiers de notre cher ami Reinhard Lange, d'acheter les services d'une petite agence de détective privé, dont nous ferions la publicité dans la presse. Nous pensons que les parties intéressées contacteront ce détective qui, après un laps de temps raisonnable laissant croire qu'il a épuisé les voies de l'enquête normale, proposera nos services selon une procédure restant à définir.

En général, ces gens ne sont motivés que par l'appât du gain, et donc, à condition qu'il soit suffisamment rémunéré, notre détective ne croira que ce qu'il voudra bien croire, à savoir que nous ne sommes qu'une bande d'excentriques. S'il donnait l'impression de vouloir créer le moindre remous, je suis certain que le seul fait de lui rappeler l'intérêt manifesté par le Reichsführer pour cette affaire suffirait à garantir son silence.

J'ai dressé une liste de candidats éventuels qu'avec votre permission je contacterai dès que possible.

Heil Hitler,
Bien à vous,
Otto Rahn

KM. Wiligut Weisthor
Caspar-Theyss Strasse 33, Berlin O.

À l'attention du SS-Unterscharführer Otto Rahn
Tiergartenstrasse 8a, Berlin W.

30 juillet 1938

STRICTEMENT CONFIDENTIEL

Cher Otto,

J'apprends par Anders que la police a arrêté un Juif suspecté de certains crimes. Pourquoi aucun d'entre nous n'a-t-il pensé que la police étant ce qu'elle est, elle s'empresserait de coller ces crimes sur le dos du premier venu, et donc presque certainement d'un Juif? Si elle était intervenue à un bon moment dans le déroulement de notre plan, une telle arrestation nous aurait été très favorable, alors qu'en survenant maintenant, avant que nous ayons eu la possibilité de démontrer notre puissance au Reichsführer en espérant l'influencer en conséquence, c'est presque un handicap.

Cependant, j'ai pensé que nous pouvions retourner la situation à notre avantage. Un nouvel incident lié au Projet Krist pendant l'incarcération de ce Juif provo-

quera non seulement sa libération, mais causera le plus
grand embarras à Heydrich. Prenez toutes mesures à cet
effet.

   Heil Hitler,
   Weisthor

             SS-Sturmbannführer Richard Anders,
            Ordre des Chevaliers du Temple, Berlin
      Lumenklub, Bayreutherstrasse 22, Berlin O.

À l'attention du SS-Brigadeführer KM. Weisthor
Berlin Grünewald

                       27 août 1938

STRICTEMENT CONFIDENTIEL

   Cher Brigadeführer,
   J'ai eu confirmation que le quartier général de la
police d'Alexanderplatz avait effectivement reçu un appel
anonyme. Après une conversation avec l'adjudant-major
du Reichsführer, Karl Wolff, je peux vous préciser que
c'est lui, et non le Reichsführer lui-même, qui a passé
ledit coup de téléphone. Il déteste tromper la police de la
sorte, mais il a reconnu qu'il ne voyait pas d'autre moyen
d'accélérer l'enquête tout en préservant le nécessaire
anonymat du Reichsführer.
   Il semble que Himmler soit très impressionné.
   Heil Hitler,
   Bien à vous,
   Richard Anders

SS-Hauptsturmführer Dr Lanz Kindermann
Am Kleinen Wannsee,
Berlin Ouest

À l'attention de Karl Maria Wiligut
Caspar-Theyss Strasse 33,
Berlin Ouest

29 septembre 1938

STRICTEMENT CONFIDENTIEL

Mon cher Karl,
D'abord, les nouvelles inquiétantes. Notre ami Reinhard Lange commence à me causer du souci. En mettant de côté mes sentiments à son égard, j'ai l'impression que son appui à l'exécution du Projet Krist faiblit. Le fait que notre action, déplaisante mais nécessaire, s'inscrive dans notre héritage païen ne semble plus l'impressionner. Bien que je ne pense pas une seconde qu'il soit prêt à nous trahir, je suis d'avis qu'il ne devrait plus prendre part aux activités du Projet Krist se déroulant dans ma clinique.
À part cela, je continue à me plonger avec allégresse dans notre héritage spirituel, et attends avec impatience la prochaine occasion de renouer le lien avec nos ancêtres grâce à votre clairvoyance autogène.
Heil Hitler,
Bien à vous, comme toujours,
Lanz

Le commandant,
SS-Brigadeführer Siegfried Taubert,
École de la SS,
Wewelsburg, par Paderborn,
Westphalie

À l'attention du SS-Brigadeführer Weisthor
Caspar-Theyss Strasse 33,
Berlin Grünewald

3 octobre 1938

STRICTEMENT CONFIDENTIEL :
PROCÉDURES DU TRIBUNAL D'HONNEUR,
DU 6 AU 8 NOVEMBRE 1938

Herr Brigadeführer,
Ceci pour vous confirmer que le prochain Tribunal d'Honneur se tiendra ici à Wewelsburg aux dates sus-mentionnées. Comme d'habitude, les mesures de sécurité seront très strictes et, durant les sessions, en plus des méthodes habituelles d'identification, un mot de passe sera exigé pour accéder à l'école. Suivant votre sugges-tion, ce mot de passe sera GOSLAR.

Le Reichsführer a exigé la présence des officiers et civils dont la liste suit :

Reichsführer-SS Himmler	*SS-Oberführer Wolff*
SS-Obergruppenführer Heydrich	*SS-Sturmbahnführer Anders*
SS-Obergruppenführer Heissmeyer	*SS-Sturmbahnführer von Oeynhausen*
SS-Obergruppenführer Nebe	*SS-Hauptsturmführer Kindermann*

SS-Obergruppenführer
Daluege

SS-Obergruppenführer
Darre

SS-Gruppenführer Pohl

SS-Brigadeführer Taubert

SS-Brigadeführer Berger

SS-Brigadeführer Eicke

SS-Brigadeführer
Weisthor
Heil Hitler,
Taubert

SS-Obersturmbahn-
führer Diebitsch

SS-Obersturmbahn-
führer von
Knobelsdorff

SS-Obersturmbahnführer
Klein

SS-Obersturmbahnführer
Lasch

SS-Unterscharführer Rahn

Landbaumeister Bartels

Professor Wilhelm Todt

Il restait de nombreuses lettres, mais j'avais déjà pris trop de risques en restant aussi longtemps. Et surtout, je me rendis compte que, pour la première fois peut-être depuis les tranchées de 1918, j'avais peur.

21

Vendredi 4 novembre

Tout en roulant vers l'Alex, je tentai de comprendre ce que je venais de découvrir.

Le rôle de Vogelmann se trouvait expliqué, ainsi que, jusqu'à un certain point, celui de Reinhard Lange. La clinique de Kindermann était peut-être le lieu où s'étaient déroulés les meurtres des adolescentes. Quel meilleur endroit en effet pour tuer qu'un hôpital, où des tas de gens entrent et sortent les pieds devant ? Cela semblait en tout cas être le sens de la lettre de Kindermann à Weisthor.

Le plan de Weisthor était d'une simplicité terrifiante. Après avoir tué les jeunes filles, toutes choisies pour leur type aryen, on cachait si bien leurs corps qu'il était pratiquement impossible de les découvrir, surtout si l'on tenait compte du peu de personnel que pouvait affecter la police à quelque chose d'aussi routinier à l'époque que la disparition d'un individu. Lorsque la police avait enfin compris qu'un assassin en série se baladait dans les rues berlinoises, sa première préoccupation avait été de garder la plus grande discrétion possible sur l'affaire afin qu'on ne taxe pas d'incompétence son incapacité à arrêter le tueur – du moins tant qu'on ne trouvait pas un bouc émissaire tel que Josef Kahn.

Mais quel rôle jouaient Heydrich et Nebe ? Leur présence à ce Tribunal d'Honneur SS avait-elle été exigée uniquement en raison de leur rang hiérarchique ? Après tout, la SS, comme toute organisation, avait ses clans. Daluege, par exemple, chef de l'Orpo – tout comme son homologue à la Kripo, Arthur Nebe –, était aussi hostile à Heydrich et à Himmler qu'ils l'étaient à son égard. Et il était évident que Weisthor et sa bande n'étaient pas dans le même camp que le « Juif Heydrich ». Heydrich, un Juif ? C'était là un exemple parfait de cette contre-propagande qui tire sa force de conviction de son apparente contradiction. J'avais déjà entendu circuler cette rumeur, comme la plupart des flics de l'Alex, et nous savions tous d'où elle provenait : l'amiral Canaris, chef de l'Abwehr, le service de renseignements militaires allemand, était l'ennemi le plus acharné de Heydrich, et sans doute le plus puissant.

À moins que Heydrich ne se rende à Wewelsburg pour une autre raison ? Aucun de ses faits et gestes n'était tout à fait ce qu'il semblait être, mais je ne dou-

tais pas un instant qu'il se réjouirait à la perspective de
l'embarras de Himmler. Ce serait pour lui la grosse cerise
sur l'appétissant gâteau que constituerait l'arrestation de
Weisthor et des autres conspirateurs anti-Heydrich au
sein de la SS.

Mais pour prouver l'existence du complot, il me faudrait plus que les papiers de Weisthor. Quelque chose de
plus éloquent et d'assez indiscutable pour convaincre le
Reichsführer lui-même.

C'est alors que je pensai à Reinhard Lange. L'excrois-
sance la plus molle sur le corps immonde du complot de
Weisthor. L'en séparer ne nécessitait pas de scalpel bien
affûté ni bien propre. Je n'avais pour ça qu'un ongle crasseux et ébréché : j'étais toujours en possession de deux de
ses lettres à Lanz Kindermann.

Arrivé à l'Alex, je me rendis directement au bureau
du sergent de permanence, où Korsch et Becker m'attendaient en compagnie du professeur Illmann et du sergent
Gollner.

– Vous avez eu un autre appel ?

– Oui, chef, répondit Gollner.

– Bon, allons-y.

Vue de l'extérieur, la brasserie Schultheiss à Kreuzberg,
avec ses murs de brique rouge uniformes, ses nombreuses
tours et tourelles et son vaste jardin ressemblait plus à
une école qu'à une brasserie. N'était l'odeur qui, même à
2 heures du matin, était si forte qu'elle picotait les narines,
on s'attendait plus à trouver les salles encombrées de petits
bureaux que de tonneaux de bière. Nous nous arrêtâmes
près d'une guérite en forme de tente.

– Police ! cria Becker à l'adresse du veilleur de nuit.

Celui-ci avait le physique typique de l'amateur de
bière : sa bedaine était si enflée que ses mains n'auraient
pu atteindre les poches de sa salopette.

– Où stockez-vous les vieux tonneaux ?

– Quoi, vous voulez dire les tonneaux vides ?

– Non, ceux qui sont abîmés.

L'homme porta la main à son front en une sorte de salut.

– D'accord. Je vois ce que vous voulez dire. Par ici, messieurs.

Nous laissâmes les voitures et le suivîmes le long de la route par laquelle nous étions arrivés. Peu après, le veilleur nous fit franchir une porte verte ménagée dans le mur de la brasserie, puis nous empruntâmes une sorte de long et étroit couloir.

– Cette porte n'est jamais fermée ? demandai-je.

– Pas besoin, rétorqua le gardien. Y'a rien à voler là-dedans. On garde la bière derrière les grilles.

Nous arrivâmes dans une cave où deux siècles de poussière et de saleté accumulées maculaient le sol et le plafond. Une ampoule nue fixée au mur faisait une tache jaunâtre dans l'obscurité.

– Nous y voilà, fit le veilleur de nuit. Je suppose que c'est ce que vous cherchez. C'est là qu'on met les tonneaux à réparer. Sauf que y'en a des tas qu'on répare jamais. Y'en a qu'ont pas bougé depuis dix ans.

– Merde, lâcha Korsch. Y'en a presque une centaine.

– Ça oui, au moins, fit le gardien en riant.

– Eh bien, on ferait mieux de s'y mettre tout de suite, dis-je.

– Qu'est-ce que vous cherchez, au juste ?

– Un ouvre-bouteille, répliqua Becker. Maintenant, soyez gentil et débarrassez-nous le plancher, voulez-vous ?

L'homme ricana, grommela quelque chose et s'en retourna d'un pas dandinant qui fit la joie de Becker.

Ce fut Illmann qui la trouva. Il n'eut pas besoin de soulever le couvercle.

– Ici. Dans celui-là. Il a été déplacé récemment. Et puis le couvercle n'est pas de la même couleur que les autres.

(Il prit une profonde inspiration, entrouvrit le couvercle et dirigea sa torche au fond du tonneau.) C'est bien elle.

Je le rejoignis et jetai un regard à l'intérieur pour ma gouverne, puis un second pour Hildegard. J'avais vu assez de photos d'Emmeline dans l'appartement pour la reconnaître aussitôt.

— Sortez-la d'ici aussi vite que possible, Professeur.

Illmann me regarda d'un air curieux avant de hocher la tête. Peut-être avait-il saisi quelque chose dans le ton de ma voix qui lui avait fait penser que mon intérêt pour la victime n'était pas seulement d'ordre professionnel. Il fit signe au photographe d'approcher.

— Becker, fis-je.

— Oui, chef ?

— Venez avec moi.

Avant de nous rendre chez Reinhard Lange, nous passâmes prendre les deux lettres à mon bureau. J'en profitai pour nous servir deux grands verres de schnaps et lui résumer les événements de la soirée.

— Lange est le maillon faible. C'est eux-mêmes qui l'ont dit. Et puis c'est une tante.

Je vidai mon verre et m'en servis aussitôt un autre. J'en bus une bonne gorgée que je gardai sur la langue, bouche entrouverte et lèvres picotantes, en aspirant de longues goulées d'air pour accroître l'effet de l'alcool. Lorsque j'avalai, un frisson me parcourut la colonne vertébrale et j'ajoutai :

— Je veux que vous lui colliez une infraction aux mœurs sur le dos.

— Ouais ? On y va mollo, ou bien… ?

— Faites-le valser un bon coup.

Becker sourit et termina son verre.

— Pigé. Vous voulez que je le ramollisse, c'est ça ? (Il entrouvrit sa veste et en sortit une courte matraque en

caoutchouc dont il se frappa la paume d'un air gourmand.)
Je vais le caresser un peu avec ça.

– J'espère que vous savez mieux vous servir de ce
truc-là que de votre Parabellum. Je veux ce type vivant.
Crevant de trouille mais vivant. Pour qu'il puisse répondre
à quelques petites questions. Compris ?

– Ne vous inquiétez pas, rétorqua-t-il. Je suis le champion du caoutchouc. Je lui ferai juste éclater la peau. Pour
les os, on attendra un autre jour, quand vous voudrez.

– Vous aimez bien ça, hein ? Foutre la trouille aux
gens.

Becker éclata de rire.

– Pas vous ?

La maison, située dans Lützowuferstrasse sur le
Landwehr Canal, n'était qu'à un jet de pierre du zoo, où
quelques relations du Führer se plaignaient bruyamment
du manque de confort. C'était une élégante bâtisse fin de
siècle de trois étages, avec des murs peints en orange et
une grande fenêtre carrée en saillie au rez-de-chaussée.
Becker tira le cordon de la sonnette comme s'il était payé
pour ça. Quand il en eut assez, il s'attaqua au marteau de
porte. Une lumière finit par s'allumer dans le vestibule et
nous entendîmes tourner un verrou.

La porte, retenue par une chaîne, s'entrouvrit, et j'aperçus le visage pâle de Lange nous détailler d'un regard nerveux.

– Police, fit Becker. Ouvrez.

– Que se passe-t-il ? fit Lange en déglutissant. Que
voulez-vous ?

Becker recula d'un pas.

– Attention à vous, m'sieur, fit-il en balançant son pied
dans la porte.

J'entendis Lange couiner lorsque Becker cogna une
nouvelle fois dans le panneau. À la troisième tentative, la
porte s'ouvrit dans un craquement de bois arraché et nous
vîmes Lange s'enfuir dans l'escalier en pyjama.

Becker se lança à sa poursuite.

– Surtout, ne le descendez pas ! hurlai-je à son adresse.

– Oh ! mon Dieu, au secours ! gargouilla Lange tandis que Becker l'attrapait par une cheville.

Lange se retourna et essaya de se libérer à coups de pied de l'étreinte de Becker, mais ce fut en vain et Lange descendit l'escalier en rebondissant de marche en marche sur son gros derrière. Une fois en bas, Becker l'empoigna par les joues, qu'il écarta vers les oreilles.

– Quand je te demande d'ouvrir la porte, tu ouvres ta putain de porte !

Il lâcha une joue et, écrasant sa main sur le visage de Lange, lui cogna violemment le crâne contre l'escalier.

– Compris, la tantouze ?

Comme Lange hurlait des protestations, Becker le saisit par les cheveux et le gifla deux fois de toutes ses forces.

– J'ai dit : c'est compris, la tantouze ?

– Oui ! hurla Lange.

– Ça suffit, dis-je en tirant Becker par l'épaule.

Il se releva en respirant bruyamment et me sourit.

– Chef, vous m'aviez dit de le faire valser, non ?

– Je vous dirai quand reprendre la danse.

Lange essuya ses lèvres sanguinolentes et examina le sang qui maculait le revers de sa main. Il avait les yeux larmoyants mais n'avait pas renoncé à exprimer son indignation.

– Non, mais qu'est-ce que ça veut dire ? hurla-t-il. Pour quelle raison vous vous croyez permis de me brutaliser comme ça ?

– Dites-lui, fis-je.

Becker empoigna le col du peignoir en soie de Lange qu'il tordit et enfonça dans les plis de son cou adipeux.

– Tu vas écoper d'un triangle rose, mon gros, fit-il. Un joli triangle rose avec palme si on fait circuler les lettres que t'as envoyées à ton copain le peloteur de couilles Kindermann.

Lange se dégagea de la main de Becker et le fixa d'un regard éperdu.

– Je ne comprends pas de quoi vous parlez, siffla-t-il. Un triangle rose ? Qu'est-ce que ça veut dire, pour l'amour du ciel ?

– Article 175 du Code pénal allemand.

Becker récita ledit article qu'il connaissait par cœur.

– *Tout homme s'adonnant à des activités indécentes et criminelles avec un autre homme, ou se joignant à de telles activités, sera puni de prison.* (Il tapota la joue de Lange du revers des doigts.) Ce qui veut dire que t'es en état d'arrestation, gros enculé.

– Mais c'est absurde. Je n'ai jamais écrit de lettres à personne. Et je ne suis pas homosexuel.

– T'es pas homosexuel ! répéta Becker avec un reniflement de mépris. Et moi, je ne pisse pas avec ma queue.

Il sortit alors de sa veste les deux lettres que je lui avais remises et les brandit devant le visage de Lange.

– Et ces mots doux, je suppose que tu les as envoyés au Père Noël ?

Lange essaya d'attraper les lettres mais les manqua.

– Petit garnement, fit Becker en lui tapotant une nouvelle fois la joue, plus fort cette fois.

– Où les avez-vous trouvées ?

– C'est moi qui les lui ai données.

Lange me regarda, puis me dévisagea avec attention.

– Hé, attendez un peu, dit-il. Je vous connais. Vous êtes Steininger. Vous étiez là ce soir, à…

Il laissa sa phrase en suspens, préférant taire l'endroit.

– C'est exact, j'ai assisté à la petite séance de Weisthor. J'en sais déjà long sur votre combine, et vous allez m'aider à comprendre le reste.

– Qui que vous soyez, vous perdez votre temps. Je ne vous dirai rien.

Je fis un signe de tête à Becker, qui recommença à le frapper. Je le regardai sans émotion lui matraquer d'abord les genoux et les chevilles, puis de temps en temps, une fois et assez légèrement, l'oreille, me détestant pour perpétuer les meilleures traditions de la Gestapo, et pour la brutalité froide et comme déshumanisée que je ressentais au fond de mes entrailles. Au bout d'un moment, je lui dis d'arrêter.

En attendant que Lange cesse de sangloter, je me livrai à une petite inspection des lieux, glissant mon regard par les portes entrouvertes. Contrairement à sa façade, l'intérieur de la maison n'avait rien de traditionnel. Le mobilier, les nombreux tapis et tableaux étaient tous hors de prix et résolument modernes – le genre plus facile à regarder qu'à vivre avec.

– Belle maison, fis-je une fois que Lange se fut ressaisi. Pas tout à fait à mon goût, mais il faut dire que je suis un peu vieux jeu. Je fais partie de ces gens bizarres qui ont les articulations rondes et qui préfèrent les joies du confort à la pureté géométrique. Mais je suis sûr que vous vous plaisez ici. Becker, pensez-vous qu'il appréciera le confort de l'Alex ?

– Quoi, les cellules ? C'est très géométrique, chef, avec toutes ces barres de fer.

– Sans oublier tous ces personnages bohèmes qu'il y rencontrera et qui font la réputation de la vie nocturne berlinoise. Les violeurs, les assassins, les voleurs, les ivrognes – tous ces ivrognes qui dégobillent partout.

– C'est terrible, chef. Vraiment terrible.

– Vous savez, Becker, je ne pense pas qu'on puisse mettre quelqu'un comme Herr Lange avec cette racaille. Je ne pense pas qu'il apprécierait. Ce n'est pas votre avis ?

– Bande de salauds ! glapit Lange.

– Je ne pense pas qu'il passe la nuit, chef. Surtout si on le colle là-dedans avec un joli truc de sa garde-robe. Quelque chose d'artistique, comme il convient à quelqu'un d'aussi sensible que Herr Lange. Peut-être même un peu de maquillage, hein, chef? Il serait sensationnel avec un peu de rouge à lèvres et de fond de teint.

En vrai sadique, cette idée le fit ricaner de satisfaction.

— Je crois que vous feriez mieux de parler, Herr Lange, dis-je.

— Vous ne me faites pas peur, espèce de salopards. Vous m'entendez? Vous ne me faites pas peur.

— C'est très regrettable. Parce qu'au contraire du Kriminalassistent Becker ici présent, l'idée de la souffrance ne me réjouit pas vraiment. Mais je n'ai pas le choix. Je préférerais procéder dans les règles mais, franchement, je n'en ai pas le temps.

Nous le traînâmes jusqu'à la chambre du premier, où Becker sélectionna une tenue dans la garde-robe de Lange. Lorsqu'il revint avec du rouge et du fond de teint, Lange rugit et voulut me balancer un coup de poing.

— Non! hurla-t-il. Pas ça!

Je lui saisis le poing et lui tordis le bras dans le dos.

— Espèce de petit trouillard larmoyant. Bon Dieu, Lange, je te jure que tu vas obtempérer, sinon, on te suspend la tête en bas et on te tranche la gorge, comme tes amis ont fait à ces gamines. Ensuite, on balancera ton cadavre dans un tonneau de bière, ou dans une vieille malle, et on verra ce que dit ta mère quand elle viendra t'identifier au bout de six semaines.

Je lui mis les menottes et Becker commença à le maquiller. Quand il eut terminé, Oscar Wilde lui-même aurait paru aussi discret qu'un marchand de tissu de Hanovre.

— Et maintenant, grommelai-je, ramenons cette danseuse du Kit-Kat à son hôtel.

Nous n'avions rien exagéré en décrivant la cellule de nuit de l'Alex. Il en va sans doute de même dans tout grand commissariat urbain. Mais comme l'Alex est un commissariat de très grande ville, la cellule de nuit y est en proportion. C'est en effet une très grande salle, aussi vaste qu'une salle de cinéma, à part qu'il n'y a pas de fauteuils. Il n'y a pas non plus de couchette, ni de fenêtre, ni de ventilation. Il y a juste un plancher crasseux, des seaux hygiéniques crasseux, des barreaux crasseux, des gens crasseux et une vermine grouillante. La Gestapo enfermait là de nombreux détenus pour lesquels il n'y avait pas de place dans ses locaux de la Prinz Albrecht Strasse. L'Orpo y fourrait les ivrognes qu'elle ramassait, pour qu'ils s'y battent, vomissent et dessoûlent jusqu'au lendemain. La Kripo utilisait l'endroit comme la Gestapo utilisait le Canal : comme une fosse d'aisance où se débarrasser de ses déchets humains. C'était un endroit terrible pour un être humain. Même pour un Reinhard Lange. Je devais constamment me rappeler ce que lui et ses amis avaient fait, raviver l'image d'Emmeline recroquevillée dans son tonneau comme un sac de patates pourries. Certains détenus sifflèrent et envoyèrent des baisers quand ils nous virent arriver. Lange blêmit d'épouvante.

– Mon Dieu, vous n'allez pas me laisser là-dedans, supplia-t-il en me serrant le bras.

– Alors, déballe ce que tu sais, rétorquai-je. Weisthor, Rahn, Kindermann. Une déposition signée, et tu auras une cellule pour toi tout seul.

– Je ne peux pas, c'est impossible. Vous ne savez pas ce qu'ils me feraient.

– Non, dis-je avant de hocher la tête en direction des détenus agglutinés derrière les barreaux. Mais je sais ce que *eux* te feront.

Le sergent de garde ouvrit la lourde porte de la cage et recula tandis que Becker poussait Lange à l'intérieur.

Ses hurlements me résonnaient encore aux oreilles lorsque j'arrivai à Steglitz.

Hildegard dormait sur le sofa, ses cheveux dorés en éventail sur le coussin comme la nageoire dorsale de quelque poisson exotique. Je m'assis, passai la main dans leur douceur soyeuse et, en me penchant pour déposer un baiser sur son front, sentis que son haleine était chargée d'alcool. Elle remua, ses yeux s'ouvrirent en papillotant, tristes et gonflés de larmes. Elle posa la main sur ma joue, puis la passa derrière ma nuque et m'attira vers sa bouche.

— Je dois te parler, dis-je en résistant.

Elle appuya son index en travers de mes lèvres.

— Je sais qu'elle est morte, dit-elle. J'ai pleuré toutes les larmes de mon corps. Le puits est à sec.

Elle eut un sourire triste et j'embrassai avec tendresse chacune de ses paupières. De la paume de la main je caressai ses cheveux odorants et tout en agaçant son oreille de la pointe de mon nez, je lui mordillai le cou tandis que ses bras me serraient de plus en plus fort.

— Tu as dû passer une soirée horrible, toi aussi, fit-elle d'une voix douce. N'est-ce pas, chéri ?

— Horrible, répétai-je.

— Je me suis fait un tel souci à l'idée que tu retournais dans cette affreuse maison.

— N'en parlons plus.

— Emmène-moi au lit, Bernie.

Elle m'enlaça le cou et je la soulevai, la repliai contre moi comme une invalide et la transportai jusqu'à la chambre. Je l'assis au bord du lit et déboutonnai son corsage. Quand il fut ôté, elle poussa un soupir et se laissa tomber en arrière sur le couvre-lit. Un peu soûle, me dis-je en baissant la fermeture Éclair de sa jupe que je fis glisser doucement le long de ses jambes gainées de bas. Je tirai sur sa combinaison et embrassai ses petits seins, son ventre puis l'intérieur de ses cuisses. Mais sa culotte étant trop serrée, ou coincée entre ses fesses, je n'arrivai pas à l'enlever. Je lui demandai de soulever le derrière.

— Déchire-la, dit-elle.

— Quoi ?

– Déchire-la. Fais-moi mal, Bernie. Fais de moi ce que tu veux.

Elle parlait sur un ton d'urgence, la voix haletante, tout en ouvrant et fermant les cuisses comme une énorme mante religieuse.

– Hildegard…

Elle me frappa violemment sur la bouche.

– Obéis, bon sang. Fais-moi mal quand je te le demande.

Au moment où elle allait de nouveau me frapper, j'attrapai son poignet au vol.

– La soirée m'a suffi. (Je lui immobilisai l'autre bras.) Je t'en prie, arrête.

– S'il te plaît, fais-le.

Je secouai la tête, mais ses jambes m'enserrèrent la taille et je ressentis une douleur dans les reins lorsque ses cuisses accentuèrent leur étreinte.

– Arrête ! Pour l'amour du ciel, arrête !

– Frappe-moi, espèce de gros plein de soupe ! Est-ce que je t'ai dit à quel point je te trouvais stupide ? Tu n'es qu'un sale mufle de flic. Si t'étais un homme, tu me violerais. Mais tu n'en es pas un, voilà la vérité.

– Si tu cherches à te faire mal, alors, je t'emmènerai faire un tour à la morgue. (Je secouai la tête, desserrai ses cuisses et la repoussai.) Mais pas comme ça. Pas sans amour.

Elle cessa de se tortiller et, pendant un instant, sembla comprendre ce que je disais. Puis elle sourit, avança ses lèvres et me cracha au visage.

Après ça, je n'avais d'autre solution que de partir.

Je ressentis au creux de l'estomac un vide aussi glacial que mon appartement de Fasanenstrasse et, aussitôt arrivé, je tentai de le réchauffer à l'aide d'une bouteille de cognac. Quelqu'un a dit que le bonheur réside dans le négatif, dans l'abolition du désir et l'extinction de toute douleur. Le cognac m'aida un peu. Mais avant que je sombre dans le sommeil, toujours assis dans mon fauteuil et vêtu de mon pardessus, je réalisai à quel point j'avais été positivement affecté.

22

Dimanche 6 novembre

En ces temps difficiles, le simple fait de survivre était une sorte d'exploit. Ça n'était pas quelque chose qui arrivait tout seul. Vivre en Allemagne nazie demandait un effort constant. Et encore vous restait-il, si vous parveniez à surnager, à trouver un but à votre vie. Car à quoi bon jouir de la santé et de la sécurité si votre vie n'a aucun sens ?

Ça n'était pas que je m'apitoyais sur moi-même. Comme beaucoup d'autres, je croyais sincèrement qu'il y avait toujours des gens dont le sort était pire que le mien. Or, dans ce cas précis, j'en étais certain. Les Juifs étaient déjà persécutés, mais si Weisthor parvenait à ses fins, leur calvaire allait être porté à de nouvelles extrémités. Quelles conséquences auraient alors ces persécutions sur la cohabitation entre eux et nous ? Dans quelle situation se retrouverait l'Allemagne après ça ?

Il est vrai, me disais-je, que ce problème ne me concerne guère, que les Juifs ont bien cherché ce qui leur arrive. Mais même si c'était vrai, quel goût aurait notre plaisir au regard de leur douleur ? Leurs souffrances rendraient-elles notre vie plus douce ? Le sentiment de ma liberté serait-il affermi par leur persécution ?

Plus j'y réfléchissais, plus j'étais convaincu qu'il fallait non seulement mettre un terme aux meurtres d'adolescentes, mais aussi faire capoter le plan conçu par Weisthor pour attirer les tourments de l'enfer sur la tête des Juifs, et plus je me disais que ne pas tout faire dans ce sens m'emplirait d'un sentiment de dégradation d'une ampleur égale à la tragédie qui s'annonçait.

Je ne suis pas un chevalier blanc. Je suis juste un type usé, debout à un coin de rue dans son pardessus froissé, avec une vague notion de ce qu'on appelle, osons le mot, Moralité. Bien sûr, je ne suis pas étouffé par les scrupules quand il s'agit de me remplir les poches, et je ne serais pas plus capable de remettre dans le droit chemin une bande de jeunes voyous que de me lever pour chanter la partie soliste dans un chœur sacré. Mais j'étais sûr d'une chose. J'en avais assez de me curer les ongles pendant que des malfrats dévalisaient la boutique.

Je balançai la pile de lettres sur la table.

— Nous avons trouvé ça en fouillant chez vous, dis-je.

Le visage en papier mâché, les traits tirés, Reinhard Lange considéra les lettres d'un air indifférent.

— Puis-je savoir comment vous les avez obtenues ?

— Elles sont à moi, fit-il en haussant les épaules. Je ne le nie pas. (Il soupira et se prit la tête entre les mains.) Écoutez, j'ai signé ma déposition. Que voulez-vous de plus ? J'ai accepté de coopérer, non ?

— Nous en avons presque terminé, Reinhard. Il reste juste à éclaircir un détail ou deux. Comme par exemple savoir qui a tué Klaus Hering.

— Je ne vois pas de quoi vous parlez.

— Vous avez la mémoire courte. Cet individu faisait chanter votre mère avec ces lettres, qu'il avait volées à votre amant, lequel se trouvait être son employeur. Il a estimé qu'elle avait plus d'argent que vous, je suppose. En tout cas, votre mère a engagé un détective pour démasquer le maître chanteur. Ce détective, c'était moi. Ceci se passait avant que je redevienne flic à l'Alex. Une femme astucieuse, votre mère, Reinhard. Dommage que vous n'ayez pas hérité de ce trait de caractère. Elle s'est dit que le type qui la faisait chanter était peut-être un de vos amants. C'est pourquoi quand je lui ai dévoilé son identité, elle a voulu que ce soit vous qui décidiez de la suite à donner. Elle ne pouvait évidemment pas savoir que, de votre côté, vous aviez engagé un détective en la personne répugnante de Rolf Vogelmann. Ou du moins qu'Otto Rahn l'avait engagé, grâce à votre argent. Or, figurez-vous que Rahn, à l'époque où il cherchait une agence dans laquelle investir, avait contacté la mienne. Mais comme nous n'avons jamais eu le plaisir de discuter de sa proposition, il m'a fallu ·un bon moment pour me souvenir de son nom.

» Bref, quand votre mère vous a appris que Hering la faisait chanter, vous en avez aussitôt parlé au Dr Kindermann, qui a été d'avis de régler l'affaire vous-mêmes. Vous et Otto Rahn. Après tout, qu'importe un sale boulot de plus ou de moins quand on en a déjà tant fait ?

– Je vous répète que je n'ai jamais tué personne.

– Mais vous avez approuvé l'élimination de Hering, n'est-ce pas ? Je suppose que c'est vous qui conduisiez la voiture. Et que vous avez même aidé Kindermann à pendre le cadavre de Hering pour faire croire à un suicide.

– Non, c'est faux.

– Ils portaient leur uniforme SS, n'est-ce pas ?

Il fronça les sourcils et fit non de la tête.

– Comment le savez-vous ?

– J'ai trouvé un insigne de casquette SS fiché dans la paume de Hering. J'en ai déduit qu'il avait lutté jusqu'au bout. Dites-moi, est-ce que le type qui était dans la voiture a résisté, lui aussi ? Celui qui portait un bandeau sur l'œil et qui surveillait l'appartement de Hering. Il fallait bien l'éliminer aussi, pas vrai ? Au cas où il vous identifierait.

– Non...

– Pas vu, pas pris. Vous maquillez les deux cadavres pour qu'on pense que Hering l'a tué et qu'ensuite, pris de remords, il s'est pendu. Et bien sûr, vous emportez les lettres. Qui a tué l'homme dans la voiture ? Est-ce une idée à vous ?

— Non, je ne voulais même pas y aller.

Je l'attrapai par les revers et le soulevai de sa chaise.

— Suffit ! J'en ai assez de tes pleurnicheries, fis-je en le giflant à toute volée. Dis-moi qui l'a tué ou je te fais fusiller dans l'heure.

— C'est Lanz. Avec Rahn. Otto lui tenait les bras pendant que Kindermann… il… il l'a poignardé. C'était horrible. Horrible.

Je le laissai retomber sur sa chaise. Il s'abattit sur la table et se mit à sangloter dans le creux de son coude.

— Vous savez, Reinhard, vous êtes dans une situation délicate, dis-je en allumant une cigarette. Votre présence sur les lieux vous rend complice d'assassinat. Sans compter que vous étiez au courant du meurtre des gamines.

— Je vous l'ai déjà dit, dit-il en reniflant d'un air pitoyable. Ils m'auraient tué. Je n'étais pas d'accord, mais j'étais obligé de les suivre.

— Ça n'explique pas pourquoi vous vous êtes embringué dans cette situation, fis-je en parcourant la déposition de Lange.

— Croyez bien que je me suis souvent posé la question.

— Et vous avez trouvé la réponse ?

— C'est à cause d'un homme que j'admirais. Un homme en qui je croyais. Il m'a convaincu que ce que nous faisions était pour le bien de l'Allemagne. Que c'était notre devoir. Cet homme, c'est Kindermann.

— À mon avis, ça ne convaincra pas le juge, Reinhard. Je ne vois pas très bien Kindermann en Ève tentatrice.

— C'est pourtant la vérité, je vous assure.

— Peut-être, mais c'est un peu juste comme feuille de vigne. Vous feriez mieux de trouver autre chose pour votre défense. C'est un conseil que je vous donne, et croyez-moi, vous en aurez besoin, de conseils. Parce que de la façon dont je vois les choses, vous serez le seul à avoir besoin d'un avocat.

– Que voulez-vous dire ?

– Je vais être franc avec vous, Reinhard. Il y a dans votre déposition de quoi vous mettre plusieurs fois la tête sur le billot. Quant à vos amis, je n'en sais rien. Ils sont tous dans la SS, ils connaissent le Reichsführer. Weisthor est un ami personnel de Himmler. Pour vous dire la vérité, je me fais du souci pour vous, Reinhard. Je crains qu'on vous fasse jouer le rôle de bouc émissaire, pendant qu'eux seront blanchis pour étouffer l'affaire et éviter le scandale. Bah, il leur faudra peut-être quitter la SS, mais ça n'ira pas plus loin. Vous serez le seul à vous faire raccourcir.

– Mais… c'est impossible.

Je confirmai de la tête.

– Évidemment, s'il y avait un petit quelque chose de plus à côté de votre déposition… Quelque chose qui pourrait vous éviter l'accusation de meurtre… Il vous restera bien sûr à vous frotter à l'article 175, mais vous pourrez vous en tirer avec cinq ans de KZ au lieu d'une condamnation à mort. Vous auriez une chance de survivre. (Je m'interrompis un instant.) Qu'en dites-vous, Reinhard ?

– D'accord, fit-il au bout d'une minute. Il y a autre chose.

– Je vous écoute.

Il commença d'un ton hésitant, ne sachant pas s'il avait raison de me faire confiance. Je n'en étais moi-même pas très sûr.

– Lanz est autrichien. Originaire de Salzbourg.

– Ça, j'avais deviné.

– Il a étudié la médecine à Vienne. Une fois qu'il a eu son diplôme, il s'est spécialisé dans les maladies nerveuses et on lui a confié un poste à l'asile d'aliénés de Salzbourg. C'est là qu'il a fait la connaissance de Weisthor. Ou plutôt Wiligut, comme il s'appelait à l'époque.

– Lui aussi était médecin ?

– Pas du tout. C'était un patient. Il avait été soldat de métier dans l'armée autrichienne. Mais c'est aussi le dernier d'une lignée de mages qui remonte aux temps préhistoriques. Weisthor a hérité un don ancestral de clairvoyance qui lui permet de décrire la vie et les rites païens des premiers Germains.

– Très pratique, ma foi.

– Des païens qui adoraient le dieu germanique Krist. Leur religion a plus tard été volée par les Juifs qui en ont fait l'évangile de Jésus.

– Le vol a-t-il été signalé ? demandai-je en allumant une cigarette.

– Ça ne vous intéresse pas, fit Lange.

– Si, si. Je vous en prie, poursuivez. Je vous écoute.

– Weisthor étudiait les runes, dont une des configurations de base est le swastika. En fait, les formes en cristaux telles que la pyramide sont toutes des caractères runiques, des symboles solaires. C'est d'ailleurs de là que vient le mot « cristal ».

– Vous m'en direz tant.

– Au début des années 20, Weisthor a commencé à présenter des signes de schizophrénie paranoïaque. Il était convaincu d'être persécuté par les catholiques, les Juifs et les francs-maçons. Ces idées sont apparues après la mort de son fils, mort qui signifiait pour lui la fin de la lignée des Wiligut. Il a rendu sa femme responsable de ce malheur et est devenu de plus en plus violent. Un jour, il a tenté de l'étrangler. C'est à la suite de cet incident qu'il a été déclaré dément et interné. Il a d'ailleurs essayé à plusieurs reprises de tuer d'autres malades au cours de son internement. Cependant, grâce au traitement médical, il a retrouvé peu à peu sa santé mentale.

– Et Kindermann était son médecin ?

– Oui, jusqu'à ce que Weisthor sorte de l'asile, en 1932.

– Je ne comprends pas. Kindermann savait que Weisthor était cinglé, et il l'a quand même laissé sortir ?

– L'approche de Lanz à l'égard de la psychothérapie est antifreudienne. C'est chez Jung qu'il a découvert les éléments permettant d'expliquer l'histoire et la culture d'une race. L'apport de Jung consiste à rechercher dans l'inconscient les strates spirituelles qui permettent de reconstituer la préhistoire des cultures. C'est comme ça qu'il en est arrivé à travailler avec Weisthor. Lanz a vu en lui la clé pouvant lui ouvrir le domaine de la psychothérapie jungienne qui, espère-t-il, lui permettra, avec la bénédiction de Himmler, d'ouvrir un équivalent de l'Institut de recherches Goering. C'est un établissement psycho…

– Oui, oui, je connais.

– Bien. Au début, le travail de recherche était sérieux. Et puis il s'est aperçu que Weisthor était un truqueur, qu'il n'utilisait son don de clairvoyance que pour faire mousser ses ancêtres aux yeux de Himmler. Mais il était trop tard. Et Lanz aurait accepté n'importe quoi pour pouvoir ouvrir son institut.

– Pourquoi a-t-il besoin d'un institut ? Il a déjà sa clinique, non ?

– Ça ne lui suffit pas. Il veut être reconnu dans son domaine au même titre que Freud et Jung dans le leur.

– Et Otto Rahn dans tout ça ?

– Un homme intellectuellement doué, mais qui n'est au fond qu'une brute fanatique. Il a été gardien à Dachau pendant une période. Voilà le genre d'homme que c'est. (Il se tut et se mordilla un ongle.) Pourrais-je avoir une cigarette, s'il vous plaît ?

Je lui lançai le paquet et le regardai allumer sa cigarette d'une main qui tremblait comme sous l'emprise d'une forte fièvre. À voir la façon dont il fumait, on aurait dit que c'était des protéines pures et non du tabac.

– C'est tout ?

Il secoua négativement la tête.

– Kindermann est toujours en possession du dossier médical de Weisthor, qui prouve qu'il est dément. Lanz disait que c'était son assurance sur la loyauté de Weisthor. Voyez-vous, Himmler ne supporte pas la maladie mentale. Il justifie ça par je ne sais quelles stupidités sur la santé raciale. C'est pourquoi, si jamais ce dossier médical devait tomber entre ses mains, alors…

– … alors, le jeu serait bel et bien terminé.

– Quel est le programme, chef?

– Himmler, Heydrich et Nebe sont partis siéger au Tribunal d'Honneur SS à Wewelsburg.

– Bon sang, où ça se trouve, Wewelsburg? fit Becker.

– À côté de Paderborn, dit Korsch.

– Mon idée est de les y rejoindre. Voir si je ne peux pas dévoiler les manigances de Weisthor devant Himmler. J'emmènerai Lange pour confirmer ce que je dirai.

Korsch se leva et se dirigea vers la porte.

– Entendu, patron. Je vous attends dans la voiture.

– Inutile. Je veux que vous et Becker restiez ici.

Ce dernier émit un grognement.

– C'est ridicule, chef. Ça serait aller au-devant de graves ennuis.

– Il se peut que ça ne se déroule pas exactement comme je le voudrais. N'oublions pas que Weisthor est l'ami de Himmler. Je doute que le Reichsführer accepte sans broncher mes révélations. Pire, il risque de les rejeter en bloc, auquel cas il serait préférable que je sois le seul à trinquer. Après tout, il peut difficilement me virer de la police, vu que je n'y suis que pour la durée de l'enquête, après quoi je retourne à mes affaires.

» Vous, en revanche, vous devez penser à vos carrières. Pas très prometteuses, je l'admets. (Je souris.) Mais ça serait dommage de vous attirer les foudres de Himmler quand je peux jouer les paratonnerres.

Korsch échangea un regard avec Becker.

– Allons, patron, n'essayez pas de nous baratiner, fit-il. Votre plan est dangereux. Vous le savez aussi bien que nous.

– Il y a autre chose, renchérit Becker. Comment comptez-vous y aller en traînant Lange avec vous ?

– C'est vrai, patron. Wewelsburg est à plus de trois cents kilomètres.

– Je prendrai une voiture de service.

– Et s'il tente quelque chose ?

– Il aura les menottes. Ça m'étonnerait qu'il puisse faire grand-chose. (J'allai décrocher mon chapeau et mon manteau du perroquet.) Désolé, les enfants, mais ça se passera comme je l'ai dit.

J'allai à la porte.

– Patron ? fit Korsch.

Il me tendit la main. Je la serrai. Puis je serrai celle de Becker. Ensuite, j'allai chercher mon prisonnier.

La clinique de Kindermann était aussi propre et coquette que lors de ma première visite à la fin du mois d'août. Elle paraissait même encore plus calme, sans criaillements de freux dans les arbres ni appels de rameurs sur le lac. On entendait juste le vent qui faisait voltiger les feuilles mortes en travers de la chaussée comme autant de criquets pèlerins.

Je posai la main au creux des reins de Lange et le poussai avec fermeté vers la porte.

– C'est très gênant, dit-il, d'arriver menottes aux mains comme un criminel de droit commun. Je suis connu ici, vous savez.

– Vous *êtes* un criminel de droit commun, Lange. Peut-être préférez-vous que je mette un torchon sur votre sale gueule ? (Je le poussai une nouvelle fois.) Si je n'étais pas aussi bon, je vous aurais fait entrer braguette ouverte, avec la queue hors du pantalon, vous m'entendez ?

— Que faites-vous de mes droits civiques ?

— Merde, où avez-vous passé les cinq dernières années ? Vous êtes en Allemagne nazie, mon vieux, pas dans la Grèce antique. Et maintenant, fermez votre clapet.

Une infirmière vint à notre rencontre dans le hall. Elle allait saluer Lange quand elle remarqua les menottes. Je brandis ma plaque devant son air ébahi.

— Police, dis-je. J'ai un mandat pour perquisitionner le bureau du Dr Kindermann.

C'était vrai : je l'avais signé moi-même. Mais l'infirmière était une vieille connaissance de Lange.

— Je ne pense pas que vous puissiez entrer comme ça, dit-elle. Il faut que je...

— Chère madame, il y a quelques semaines ce petit swastika que vous voyez sur ma plaque a suffi pour légitimer l'entrée des troupes allemandes dans les territoires sudètes. Alors, vous pensez bien qu'elle m'autorise à entrer dans les caleçons de ce bon docteur si j'en ai envie. (Sur ces mots, je poussai Lange devant moi.) Allons, Reinhard, montrez-moi le chemin.

Le bureau de Kindermann était installé à l'arrière de la clinique. Comme appartement, il aurait été jugé un peu juste, mais comme pièce privée, il était parfait. Le mobilier comportait un long divan bas, un beau bureau en noyer, deux ou trois de ces tableaux modernes qui ressemblent à l'intérieur d'un cerveau de chimpanzé, et assez de livres reliés pleine peau pour expliquer la pénurie de cuir de cordonnerie sévissant dans le pays.

— Asseyez-vous à un endroit où je vous aurai à l'œil, Reinhard, lui dis-je. Et ne faites pas de gestes brusques. Je suis d'un naturel émotif, et je deviens vite violent pour cacher mon embarras. Quel est le mot savant que les toubibs emploient pour ça ? (J'ouvris la vaste armoire à classement installée près de la fenêtre et me mis à parcourir les fiches de Kindermann.) « Attitude compensatoire », repris-je. Ça fait deux mots, en fait, mais je crois bien que c'est ça.

» Eh bien, vous n'en croiriez pas vos oreilles si je vous énumérais tous les grands personnages que votre ami Kindermann a traités. Ce fichier ressemble à la liste des invités d'une soirée de gala à la Chancellerie du Reich. Attendez une minute, je crois que j'ai trouvé votre dossier. (Je le sortis et le lançai sur ses genoux.) Jetez donc un coup d'œil à ce qu'il a écrit sur votre compte, Reinhard. Peut-être que ça explique pourquoi vous vous êtes fourré avec cette bande de salopards.

Lange fixa le dossier, sans l'ouvrir.

– C'est très simple, vous savez, dit-il d'un ton calme. Comme je vous l'ai expliqué, je me suis intéressé aux sciences psychiques à la suite de mon amitié avec le Dr Kindermann.

Il leva la tête et me regarda d'un air de défi.

– Moi, je vais vous dire pourquoi vous vous êtes embringué là-dedans, rétorquai-je avec un sourire. C'est parce que vous vous ennuyiez. Vous aviez trop d'argent et vous ne saviez pas quoi faire pour vous distraire. C'est le problème des gens dans votre genre, à qui l'argent vient tout seul. Vous ne connaissez pas sa valeur. Et ça, vos amis l'ont compris, Reinhard, et ils vous ont pris pour leur vache à lait.

– Ça ne marche pas avec moi, Gunther. Vous dites n'importe quoi.

– Vous croyez ? Dans ce cas, lisez votre dossier. Vous comprendrez tout de suite.

– Un patient ne doit jamais prendre connaissance des notes de son médecin. Ce serait pour moi agir de façon immorale que d'ouvrir ce dossier.

– J'ai comme l'impression que vous avez vu des choses autrement plus graves que les notes de votre médecin, Reinhard. Quant à Kindermann, il a pris ses leçons de morale auprès de la Sainte Inquisition.

Je me retournai vers l'armoire et me tus brusquement en reconnaissant un autre nom. Le nom d'une jeune femme que j'avais recherchée en vain pendant deux mois. Une femme qui, à une certaine époque, avait été importante pour moi. Disons que j'étais même tombé amoureux d'elle. C'est le boulot qui veut ça, parfois. Une personne disparaît sans laisser de traces, la vie continue et puis un jour, vous tombez sur un indice qui, découvert au bon moment, vous aurait permis de résoudre l'affaire. Mais au bout du compte, à part l'irritation que vous ressentez à constater combien vous étiez loin de la plaque, vous apprenez vite à vivre avec ces échecs. Dans mon rayon, il n'y a guère de place pour les fanatiques du clair et net. Être détective privé, c'est comme essayer de reconstituer un seul puzzle avec trois jeux dépareillés : il y a toujours des tas de pièces qui ne collent pas. Mais je ne serais pas honnête si je prétendais ne pas trouver quelque satisfaction à en placer une de temps en temps. Pourtant ce nom, le nom de cette fille qu'Arthur Nebe avait mentionné de nombreuses semaines auparavant lors de notre rencontre nocturne dans les ruines du Reichstag, ce nom représentait beaucoup plus que la simple satisfaction de trouver enfin la solution d'une vieille énigme. Il y a des moments où une découverte acquiert la force d'une révélation.

— Le salaud, lâcha Lange en feuilletant les pages de son dossier.

— Je suis bien de votre avis.

— « Névrosé efféminé », lut-il. Moi ! Comment a-t-il pu écrire une chose pareille ?

Je passai au tiroir suivant, n'écoutant que d'une oreille ce qu'il disait.

— C'est à vous de me le dire, c'est votre ami.

— Comment a-t-il pu dire ça ? Je n'en reviens pas.

— Allons, Reinhard. C'est ce qui arrive quand on fraie avec les requins. Il faut vous attendre à vous faire mordiller les couilles de temps à autre.

— Je le tuerai ! s'écria-t-il en balançant le dossier à l'autre bout de la pièce.

— J'espère le faire avant vous, dis-je en tombant enfin sur le dossier de Weisthor. Bon. J'ai trouvé ce que je cherchais. Nous pouvons partir.

J'allais saisir la poignée de la porte lorsqu'un gros revolver pointa son nez dans la pièce, aussitôt suivi de Lanz Kindermann.

— Ça vous ennuierait de me dire ce que signifie ce bordel ?

Je fis un pas en arrière.

— Tiens, quelle bonne surprise, fis-je. Nous parlions justement de vous. Nous pensions que vous étiez parti à Wewelsburg pour votre cours de catéchisme. Entre parenthèses, si j'étais à votre place, je ferais attention avec ce revolver. Mes hommes surveillent la clinique. Et ils sont très loyaux, vous savez. On est comme ça dans la police, ces temps-ci. Je n'ose même pas penser à ce qu'ils vous feraient s'ils apprenaient que vous avez touché à un seul cheveu de ma tête.

Kindermann jeta un regard à Lange, qui n'avait pas bougé, puis aux dossiers que je serrais sous mon bras.

— Je ne sais pas à quel petit jeu vous jouez, Herr Steininger, si tel est bien votre nom, mais je crois que vous feriez mieux de poser ces dossiers sur la table et de lever les mains en l'air, vous ne croyez pas ?

Je posai les dossiers sur le bureau et commençai à dire quelque chose à propos d'un mandat lorsque Reinhard Lange prit une initiative, si l'on peut appeler ainsi la folie consistant à se jeter sur un homme qui braque sur vous un pistolet automatique de calibre 45. Ses hurlements indignés furent coupés net par l'assourdissante détonation qui lui arracha la moitié du cou. Avec d'horribles gargouillis,

Lange pivota sur lui-même comme un derviche tourneur, porta ses mains menottées à sa gorge avant de s'effondrer en décorant la tapisserie de belles roses rouges.

Mais les doigts de Kindermann étaient plus à l'aise avec un archet de violoniste qu'avec un calibre 45 qui nécessite, lorsque le chien est descendu, un index de charpentier pour presser la détente, de sorte que j'eus tout le temps, pendant qu'il s'y escrimait, de saisir le buste de Dante posé sur le bureau et de le fracasser contre sa tempe.

Kindermann assommé, je me dirigeai vers le coin de la pièce où gisait Lange. L'avant-bras sanguinolent pressé contre ce qui lui restait de veine jugulaire, il survécut une ou deux minutes, puis expira sans prononcer un mot.

J'ôtai ses menottes et les passai aux poignets de Kindermann. Au même moment, alertées par le coup de feu, deux infirmières firent irruption dans le bureau et contemplèrent la scène avec des yeux horrifiés. Je m'essuyai les mains sur la cravate de Kindermann et me dirigeai vers le téléphone.

— Si vous voulez tout savoir, votre patron vient de descendre son petit ami. (Je décrochai le combiné.) Opératrice ? Passez-moi le quartier général de la police d'Alexanderplatz, je vous prie.

Je vis l'une des infirmières tâter le pouls de Lange, tandis que l'autre aidait Kindermann, râlant et gémissant, à s'allonger sur le divan pendant que j'attendais la communication.

— Il est mort, dit la première infirmière.

Les deux femmes me considérèrent d'un air suspicieux.

— Ici le Kommissar Gunther, dis-je au standardiste de l'Alex. Passez-moi d'urgence le Kriminalassistent Korsch ou Becker, de la Commission criminelle, s'il vous plaît.

Après une courte attente, j'entendis la voix de Becker.

— Je suis à la clinique de Kindermann, lui expliquai-je. Je voulais récupérer le dossier médical de Weisthor, mais

Lange s'est débrouillé pour se faire descendre. Il a perdu son sang-froid et une partie de son cou. C'est Kindermann qui tenait le flingue.

— Vous voulez que j'envoie le corbillard?

— Tout juste. Mais je ne serai plus là quand il arrivera. Je maintiens mon plan de départ, sauf que j'emmène Kindermann à la place de Lange.

— Très bien, chef. Je m'occupe de tout. Oh, à propos, Frau Steininger a téléphoné.

— A-t-elle laissé un message?

— Non, chef.

— Rien du tout?

— Non, chef. Commissaire, vous savez ce qui lui manque à celle-là, si je peux me permettre?

— Dites toujours.

— Eh bien, à mon avis, elle a besoin d'un…

— À bien y réfléchir, je n'ai pas besoin de votre avis, Becker.

— Bon, enfin, vous voyez le genre, chef.

— Pas vraiment, Becker, pas vraiment. Mais je profiterai du trajet en voiture pour y réfléchir. Comptez sur moi.

Je quittai Berlin par l'ouest, en suivant les panneaux indiquant la direction de Potsdam et, au-delà, Hanovre.

L'autobahn bifurque du périphérique berlinois à hauteur de Lehnin, passe au sud de la vieille ville de Brandebourg puis, après Ziesar, l'ancienne cité des évêques de Brandebourg, file vers l'ouest en ligne droite.

Au bout d'un moment, je m'aperçus que Kindermann s'était redressé sur la banquette arrière de la Mercedes.

— Où allons-nous? s'enquit-il d'un air morne.

Je jetai un coup d'œil par-dessus mon épaule. Avec ses mains menottées dans le dos, j'espérais qu'il ne serait pas assez stupide pour essayer de me donner un coup de tête.

Surtout avec un crâne que les deux infirmières avaient exigé de bander avant de me laisser l'emmener.

– Vous ne reconnaissez pas la route ? dis-je. Nous nous rendons dans une petite ville au sud de Paderborn. À Wewelsburg, exactement. Je suis sûr que le nom vous dit quelque chose. J'ai pensé que vous ne me pardonneriez pas de vous faire rater le Tribunal d'Honneur SS.

Du coin de l'œil, je le vis sourire et se laisser aller, aussi confortablement qu'il le pouvait vu sa position, contre le dossier de la banquette.

– Ça me convient très bien.

– Vous savez, vous m'avez beaucoup contrarié, Herr Doktor. Descendre mon témoin surprise comme ça ! Je lui avais fait préparer un petit numéro à l'intention de Himmler. Heureusement qu'il avait signé sa déposition à l'Alex. Bah, tant pis, vous jouerez les doublures.

Il éclata de rire.

– Qu'est-ce qui vous fait croire que j'accepterai ?

– Je sens que vous auriez de gros ennuis si vous me déceviez.

– À vous voir, on jurerait que vous avez l'habitude d'être déçu.

– Peut-être. Mais je doute que ma déception soit aussi vive que celle de Himmler.

– Je n'ai rien à craindre de la part du Reichsführer, croyez-moi.

– Si j'étais vous, je n'accorderais pas une confiance aveugle au grade ou à l'uniforme, mon cher Hauptsturm-führer. Vous vous ferez descendre aussi facilement qu'Ernst Röhm et ses SA.

– Je connaissais bien Röhm, rétorqua-t-il d'une voix doucereuse. Nous étions de bons amis. Eh bien, sachez que notre amitié était bien connue de Himmler, avec tout ce qu'une telle relation implique.

– Vous voulez dire que Himmler sait que vous êtes pédé ?

– Bien sûr. Et si j'ai survécu à la Nuit des Longs Couteaux, je survivrai à tous les ennuis que vous aimeriez me créer, vous ne croyez pas ?

– Alors, le Reichsführer prendra plaisir à la lecture des lettres de Lange. Ne serait-ce que parce qu'elles lui confirmeront ce qu'il sait déjà. Ne sous-estimez pas l'importance qu'accorde un policier à la confirmation d'informations déjà connues. J'imagine qu'il est également au courant de la démence de Weisthor ?

– Ce qui passait pour de la démence il y a dix ans n'est plus aujourd'hui considéré que comme un désordre nerveux. La psychothérapie a fait de grands progrès en peu de temps. Pensez-vous sérieusement que Herr Weisthor soit le premier officier supérieur SS à avoir suivi un traitement ? Je travaille comme conseiller à l'hôpital orthopédique spécial de Hohenlychen, près du camp de concentration de Ravensbrück. De nombreux officiers SS y sont soignés pour ce qu'on désigne par un euphémisme, maladie mentale. Vous savez, vous m'étonnez. En tant que policier, vous devriez savoir avec quelle habileté le Reich pratique l'hypocrisie quand elle est nécessaire. Et vous vous précipitez en pensant offrir un feu d'artifice au Reichsführer, alors que vous ne disposez que de quelques pétards mouillés ? Il sera très déçu, croyez-moi.

– J'aime vous entendre causer, Kindermann. Je ne me lasse pas d'entendre un homme parler de son travail. Je suis sûr que vous êtes très fort avec ces riches veuves qui viennent soigner leurs dépressions menstruelles chez vous, dans votre clinique de luxe. Dites-moi, leur prescrivez-vous à toutes de la cocaïne ?

– Le chlorhydrate de cocaïne a toujours été utilisé comme stimulant dans le traitement des dépressions aiguës.

– Comment les empêchez-vous de sombrer dans la dépendance ?

– Il est exact que c'est un risque. On doit être vigilant à l'égard des moindres symptômes de dépendance. C'est mon travail. (Il s'interrompit un instant.) Pourquoi cette question ?

– Simple curiosité, Herr Doktor. C'est mon travail.

Nous franchîmes l'Elbe à Hohenwahre, au nord de Magdebourg. Au-delà du pont, nous aperçûmes les lumières du chantier en voie d'achèvement de l'ascenseur à bateaux de Rothensee, qui devait raccorder l'Elbe au Mittellandkanal qui courait à une vingtaine de mètres au-dessus du fleuve. Nous passâmes bientôt en Basse-Saxe et nous arrêtâmes à Helmstedt pour nous reposer et prendre de l'essence.

Il était près de 19 heures et l'obscurité tombait. Je menottai une des mains de Kindermann à la poignée de la portière pour lui permettre d'uriner, pendant que je me soulageai à quelques pas. Ensuite, je sortis la roue de secours, la transférai sur le siège arrière et y attachai par les menottes la main gauche de Kindermann, lui laissant la droite libre. La Mercedes étant une voiture spacieuse, il était assez loin derrière moi pour ne pas m'inquiéter. Mais par mesure de sécurité, je dégainai le Walther de mon étui d'épaule, le lui montrai et le posai sur le siège passager.

– Vous serez mieux avec une main libre, dis-je. Mais si vous faites seulement mine de vous curer le nez, je n'hésiterai pas à m'en servir.

Puis je démarrai et nous reprîmes la route.

– Pourquoi êtes-vous si pressé ? s'exclama bientôt Kindermann d'un air exaspéré. Je ne comprends pas. Vous auriez aussi bien pu faire votre numéro lundi, quand tout le monde sera rentré à Berlin. Je ne vois vraiment pas la nécessité de faire tout ce trajet.

– Lundi, ça sera trop tard, Kindermann. Trop tard pour empêcher le petit pogrom que votre ami Weisthor a concocté pour les Juifs de Berlin. Le Projet Krist, c'est bien comme ça que vous l'appelez, non ?

– Ah, vous savez ça aussi, hein ? Vous n'avez pas chômé. Mais ne me dites pas que vous aimez les Juifs.

– Disons simplement que je n'aime pas les lynchages, ni la loi de la jungle. C'est pour ça que je suis devenu policier.

– Pour faire respecter la justice ?

– Vous pouvez appeler ça comme ça, oui.

– Vous vous trompez vous-même. Ce qui mène le monde, c'est la force. La volonté du peuple. Et pour que cette volonté collective devienne réalité, il faut lui fixer un objectif. Ce que nous faisons, ce n'est rien d'autre que ce que fait un enfant quand il braque une loupe sur une feuille de papier pour l'enflammer. Nous ne faisons qu'utiliser un pouvoir qui existe déjà. La justice serait une chose merveilleuse s'il n'y avait pas les hommes. Herr… ? Au fait, je ne connais toujours pas votre nom.

– Je m'appelle Gunther, et vous pouvez m'épargner la propagande du Parti.

– Ce sont là des faits, Gunther, pas de la propagande. Vous êtes anachronique, le savez-vous ? Vous ne vivez pas dans votre siècle.

– D'après le peu que je connais sur l'Histoire, il me semble que la justice n'a jamais été très à la mode, Kindermann. Si je suis en dehors de mon époque, si je marche à contresens de la volonté du peuple, comme vous dites, eh bien, j'en suis heureux. La différence entre nous, c'est qu'au lieu de me servir de la volonté du peuple comme vous le faites, je veux lui mettre des garde-fous.

– Vous êtes un idéaliste de la pire espèce : celle des naïfs. Pensez-vous vraiment pouvoir arrêter ce qui arrive aux Juifs ? Vous êtes en retard d'une rame. Les journaux ont déjà eu vent des meurtres rituels commis par les Juifs à Berlin. Même s'ils le voulaient, ni Himmler ni Heydrich ne pourraient empêcher ce qui va se passer.

– Peut-être que je n'arriverai pas à l'empêcher, rétorquai-je, mais je veux au moins essayer de le retarder.

– Même si vous arrivez à convaincre Himmler, croyez-vous qu'il acceptera de gaieté de cœur que son aveuglement soit étalé sur la place publique? Ça m'étonnerait beaucoup que le Reichsführer-SS satisfasse votre soif de justice. Il étouffera l'affaire et, dans quelque temps, tout le monde l'aura oubliée. Comme on aura oublié les Juifs. Croyez-moi, les citoyens de ce pays ont la mémoire courte.

– Pas moi, dis-je. Moi, je n'oublie jamais rien. Un vrai éléphant. Prenez, par exemple, cette patiente dont vous vous êtes occupé. (Je pris un des deux dossiers que j'avais trouvés dans le bureau de Kindermann et le lui lançai.) Voyez-vous, jusqu'à un passé récent, j'étais encore détective privé. Et vous savez quoi? Même si vous êtes une merde, nous avons quelque chose en commun. Cette patiente était aussi ma cliente.

Il alluma la veilleuse et ouvrit le dossier.

– Oui, je me souviens d'elle.

– Elle a disparu il y a environ deux ans. À proximité de votre clinique. Je le sais parce qu'elle avait garé ma voiture là-bas. Herr Kindermann, que dit votre ami Jung à propos des coïncidences?

– Euh… vous voulez parler des coïncidences significatives, je suppose. Il appelle ce principe « synchronicité » : selon lui, un événement objectif relevant apparemment de la simple coïncidence peut revêtir une certaine signification si on l'interprète en fonction de la condition psychique du sujet. C'est un concept difficile à expliquer dans des termes qui vous soient accessibles. Mais je ne vois pas en quoi cette coïncidence-ci pourrait être significative.

– Ça ne m'étonne pas. Vous ne connaissez pas mon inconscient. Et c'est peut-être aussi bien.

Il resta silencieux un long moment. Nous franchîmes le Mittellandkanal au nord de Brunswick. L'autobahn s'arrêtait là, et je pris de petites routes en direction du sud-ouest, vers Hildesheim et Hameln.

– Nous ne sommes plus très loin, dis-je par-dessus mon épaule.

Je n'entendis pas de réponse. Je quittai la route et empruntai un étroit chemin s'enfonçant dans les bois.

J'arrêtai la voiture et jetai un regard aux alentours. Kindermann dormait paisiblement. D'une main tremblante, j'allumai une cigarette et descendis de voiture. Un vent violent s'était levé et des éclairs traçaient sur le ciel noir, comme sur le pont d'un navire, des lignes de vie argentées. Peut-être étaient-elles destinées à Kindermann.

Je me penchai par la vitre ouverte et récupérai mon arme sur le siège. Ensuite, j'ouvris la portière arrière et secouai Kindermann par les épaules.

— Venez, dis-je en lui tendant la clé des menottes. Nous allons nous dégourdir un peu les jambes.

Je lui indiquai le sentier qui s'étirait dans la lueur des phares de la Mercedes. Nous marchâmes jusqu'à la limite du faisceau, où je m'arrêtai.

— Bon, ça ira comme ça, dis-je. (Il se retourna face à moi.) Synchronicité. J'aime bien ce mot-là. Un joli mot pour définir quelque chose qui me ronge les tripes depuis des années. Je suis détective, Kindermann, détective privé. C'est une profession qui vous fait apprécier encore plus la vie privée. Ce qui veut dire que je n'inscris jamais mon numéro de téléphone personnel au dos de ma carte professionnelle, sauf si la personne à qui je la donne m'est très proche. Or, quand j'ai demandé à la mère de Reinhard Lange la raison pour laquelle, quand elle a voulu trouver un détective, elle s'est adressée à moi plutôt qu'à un autre, elle m'a dit qu'elle avait trouvé mon numéro au dos d'une de mes cartes, oubliée dans la poche d'une veste de Reinhard qu'elle voulait envoyer au pressing. Évidemment, ça m'a intrigué. Quand elle est tombée sur cette carte, elle s'est demandé si son fiston avait des ennuis, et elle lui en a parlé. Reinhard lui a répondu qu'il avait ramassé la carte sur votre bureau. Je me demande s'il avait une raison précise de le faire. Peut-être que non. Maintenant, nous ne le saurons sans doute jamais. En tout cas, quelles que soient ses raisons, cette carte trahit la présence de ma cliente dans votre bureau le jour de sa disparition. Depuis, on ne l'a jamais revue. N'est-ce pas là un bel exemple de synchronicité ?

— Écoutez, Gunther, c'était un accident, ce qui lui est arrivé. C'était une droguée.

— Comment a-t-elle atterri chez vous ?

— Je la soignais pour dépression. Elle avait perdu son travail. Elle venait de rompre une liaison. Elle avait besoin de cocaïne, de beaucoup de cocaïne. Quand je me suis aperçu qu'elle s'accoutumait, il était déjà trop tard.

— Que s'est-il passé ?

— Un beau jour, elle est arrivée à la clinique, dans l'après-midi. Elle m'a dit qu'elle passait dans le quartier, qu'elle n'était pas en forme. Elle allait se présenter pour un travail, un poste important, et elle sentait qu'elle le décrocherait si je l'aidais un peu. J'ai d'abord refusé, mais c'était une femme très persuasive et j'ai fini par céder. Je l'ai laissée seule quelques instants. À mon avis, elle n'avait rien pris depuis longtemps, et elle n'a pas supporté sa dose habituelle. Elle s'est étouffée dans son vomi.

Je restai silencieux. Je n'étais plus dans le bon contexte pour que ça ait encore une signification quelconque. La vengeance n'a rien d'agréable. Son vrai goût est l'amertume, la compassion son arrière-goût le plus probable.

— Qu'allez-vous faire ? demanda-t-il avec nervosité. Vous n'allez quand même pas me tuer. Je vous l'ai dit, c'était un accident. Vous ne pouvez pas tuer un homme pour ça…

— Non, fis-je. Je ne peux pas. Pas pour ça. (Il poussa un soupir de soulagement et fit quelques pas vers moi.) Dans une société civilisée, on ne tue pas un homme de sang-froid.

Sauf que nous étions dans l'Allemagne de Hitler, et que nous n'étions pas plus civilisés que les païens vénérés par Weisthor et Himmler.

– Peut-être, mais pour les meurtres de ces pauvres gamines, quelqu'un doit bien se dévouer, dis-je.

Je pointai l'arme sur son crâne et pressai la détente. D'abord une fois, puis plusieurs autres.

Vu de la petite route sinueuse qui y menait, Wewelsburg avait l'aspect d'un petit village typique de Westphalie. On apercevait autant de statues de la Vierge Marie juchées sur les murs et les talus que de machines agricoles dispersées çà et là devant les maisonnettes en bois tout droit sorties d'un conte de fées. Je compris que j'étais tombé dans un drôle d'endroit lorsque je m'arrêtai devant l'une d'elles pour demander la direction de l'école SS. Les griffons ailés, les symboles runiques et les vieux caractères germaniques sculptés ou tracés à la peinture dorée sur les châssis et les linteaux des fenêtres m'évoquèrent des histoires de sorcières et de magiciens, de sorte que je ne fus pas autrement surpris par la hideuse apparition qui surgit sur le seuil de la porte, environnée d'un nuage de fumée de feu de bois et d'effluves de veau grillé.

La fille n'avait pas plus de 25 ans, et à part le cancer qui lui dévorait la moitié du visage, aurait pu passer pour jolie. J'eus à peine une seconde d'hésitation, mais cela suffit à susciter son courroux.

– Eh bien, qu'est-ce que vous avez à me regarder comme ça ? aboya-t-elle.

La grimace qui déforma sa bouche distendue dévoila une denture noirâtre et des gencives encore plus sombres et plus répugnantes.

– Et puis est-ce qu'on dérange les gens à une heure pareille ? Qu'est-ce que vous voulez à la fin ? insista-t-elle.

– Je m'excuse de vous déranger, fis-je en fixant mon regard sur la moitié de son visage épargnée par la maladie. Je suis perdu. Je cherche l'école des SS.

– Il n'y a pas d'école à Wewelsburg, rétorqua-t-elle en m'examinant d'un air soupçonneux.

– L'école des SS, répétai-je d'une voix faible. On m'a dit que ça se trouvait par là.

– Ah, d'accord, je vois, dit-elle en tendant le bras vers la route qui descendait la colline. C'est là-bas. La route tourne à droite, puis à gauche, et un peu plus loin sur votre gauche, vous verrez une autre route plus étroite, bordée d'une barrière, qui monte à flanc de colline. (Elle eut un rire dédaigneux avant de conclure :) L'école, comme vous dites, c'est là-haut.

Et elle me claqua la porte au nez.

Ça fait du bien de sortir de la ville de temps en temps, me dis-je en regagnant la Mercedes. Au moins, les gens de la campagne aiment prendre le temps de bavarder.

Je trouvai la route qui longeait la barrière, et gravis la colline jusqu'à une vaste esplanade pavée.

Je compris aussitôt pourquoi la fille avec le morceau de charbon dans la bouche avait eu l'air amusé, car appeler « école » ce qui se présentait à ma vue revenait à baptiser ménagerie un zoo, ou salle de réunion une cathédrale. L'école de Himmler était en réalité un château de taille respectable, avec des tours coiffées de dômes, dont l'une dominait l'esplanade comme le casque de quelque gigantesque soldat prussien.

Je garai la voiture près d'une chapelle, à côté des transports de troupes et des voitures officielles stationnés devant ce qui semblait être, aménagé sur son flanc oriental, le corps de garde du château. Pendant une fraction de seconde, l'orage illumina le ciel tout entier, et j'eus une vision spectrale en noir et blanc de tout le bâtiment.

L'endroit était impressionnant, et l'ambiance de film d'horreur qu'il évoquait ne pouvait que donner froid dans le dos au téméraire qui entendait y pénétrer. Cette prétendue école semblait réunir dans ses murailles Dracula, Frankenstein, Orlac et toute une meute de loups-garous.

Je regrettais de n'avoir pas bourré mon pistolet de gousses d'ail blindées de 9 mm.

Il faut dire qu'il devait se trouver assez de monstres bien réels dans le château de Wewelsburg sans appeler à la rescousse les imaginaires, et je ne doutais pas un instant que Himmler eut pu fournir quelques tuyaux intéressants au Docteur X.

Pouvais-je me fier à Heydrich ? Je réfléchis à la question pendant un bon moment avant de conclure que je pouvais certainement lui faire confiance pour ce qui était de son ambition, et comme je lui apportais sur un plateau de quoi annihiler un adversaire important en la personne de Weisthor, je n'avais guère d'alternative que de me remettre, moi et les résultats de mon enquête, entre ses blanches mains d'assassin.

La cloche de la chapelle sonnait minuit lorsque je redémarrai la Mercedes et, laissant l'esplanade, m'engageai sur le pont qui franchissait le fossé à sec jusqu'à l'entrée du château.

Un garde SS surgit de la guérite de pierre, examina mes papiers et me fit signe d'entrer.

Je m'arrêtai devant le portail en bois et cornai une ou deux fois avant de descendre de voiture. Des lumières brillaient un peu partout, et il me semblait peu probable que je réveille grand monde, trépassé ou bien vivant. Une petite porte s'ouvrit dans le portail et un caporal SS s'avança vers moi. Après avoir examiné mes papiers à la lueur de sa torche, il m'autorisa à franchir la petite porte. Je me retrouvai dans un passage voûté où je dus une fois de plus répéter mon histoire et présenter mes papiers à un jeune lieutenant qui semblait commander les hommes de garde.

Il n'y a qu'un moyen de ne pas s'en laisser imposer par les jeunes officiers SS arrogants auxquels il a semblé échoir de naissance l'exacte teinte de bleu pour les yeux et de blond pour les cheveux : c'est de se montrer encore plus arrogants qu'eux. C'est pourquoi je repensai à l'homme que j'avais tué l'après-midi même, et fixai le lieutenant d'un regard hautain et glacial qui aurait démonté un héritier des Hohenzollern.

– Je suis le Kommissar Gunther, lui annonçai-je d'un ton cassant, chargé d'une mission urgente de la Sipo concernant la sécurité du Reich. Cette affaire exige l'attention immédiate du général Heydrich. Je vous prie de l'informer sur-le-champ de ma présence. Pour vous prouver qu'il m'attend, sachez qu'il m'a fourni le mot de passe exigé pour entrer au château pendant les sessions du Tribunal d'Honneur.

Je prononçai ladite formule, et vis l'arrogance du lieutenant s'incliner devant la mienne.

– Lieutenant, permettez-moi d'insister sur le caractère confidentiel de ma mission, ajoutai-je en baissant le ton. Il est essentiel pour l'instant que seul le général Heydrich, ou son aide de camp, soit informé de ma présence au château. Il est fort possible que des agents communistes aient été infiltrés parmi les membres du Tribunal. Me fais-je bien comprendre ?

Le lieutenant hocha la tête avec raideur et rentra dans son bureau pour téléphoner tandis que je marchais sous le ciel glacial de la nuit jusqu'à la limite de la cour pavée.

De l'intérieur, le château paraissait de dimensions plus modestes, avec ses trois côtés reliés par trois tours, dont deux couvertes d'un dôme. Sur la plate-forme crénelée de la troisième, plus petite mais plus large que les autres, était érigé un mât en haut duquel un drapeau SS battait dans le vent.

Le lieutenant revint et, à ma surprise, se mit au garde-à-vous en claquant des talons. Je présumai que c'était plus un effet de ce que Heydrich ou son aide lui avait dit que de la force de ma personnalité.

– Kommissar Gunther, fit-il d'une voix respectueuse, le général finit de souper et vous demande de l'attendre dans le salon de la tour ouest. Voulez-vous me suivre, je vous prie ? Le caporal s'occupera de votre voiture.

– Je vous remercie, lieutenant, fis-je, mais je dois d'abord y prendre quelques documents importants.

Après avoir récupéré ma serviette renfermant le dossier médical de Weisthor, la déposition de Lange et les lettres échangées entre Lange et Kindermann, je suivis le lieutenant à travers la cour jusqu'à la tour ouest. De quelque part sur notre gauche nous parvenaient des voix d'hommes qui chantaient.

– La soirée a l'air animée, fis-je avec froideur.

Mon guide émit un grognement peu enthousiaste. Même la plus médiocre des soirées valait mieux qu'une corvée de garde dans la nuit de novembre. Après avoir franchi une lourde porte de chêne, nous pénétrâmes dans le grand hall.

Tous les châteaux allemands devraient être aussi gothiques que celui-ci ; tout seigneur de la guerre teutonique devrait vivre et se pavaner dans un tel décor ; toute brute aryenne devrait s'entourer d'autant d'emblèmes d'impitoyable tyrannie. À part les immenses tapis épais, les lourdes tapisseries et les peintures décolorées, il y avait là assez d'armures, de mousquets et d'épées de toutes dimensions pour aller guerroyer contre le roi Gustave Adolphe et l'armée suédoise au grand complet.

Par contraste, le salon, auquel nous accédâmes par un escalier de bois en colimaçon, était meublé avec parcimonie et bénéficiait d'une vue spectaculaire sur le petit aéroport dont les lumières clignotaient à deux kilomètres en contrebas.

– Servez-vous à boire, fit le lieutenant en ouvrant un petit bar. Et si vous avez besoin de quoi que ce soit, vous n'avez qu'à sonner.

Sur ce, il claqua une nouvelle fois des talons et disparut dans l'escalier.

Je me servis un grand cognac, que j'avalai cul sec.
Le long trajet en voiture m'avait épuisé. Je me servis un
autre verre, me laissai tomber dans un fauteuil et fermai
les yeux. Je revis l'expression incrédule de Kindermann
lorsque la première balle s'était logée entre ses deux yeux.
À l'heure qu'il était, Weisthor devait se ronger les sangs
en l'absence de son cher docteur et de sa mallette de
drogues. Moi-même, j'aurais bien eu besoin d'une petite
injection.

Je sirotai mon cognac. Au bout de dix minutes, je sentis
ma tête s'affaisser sur ma poitrine.

Je sombrai dans le sommeil et mes cauchemars
m'emportèrent au grand galop à la rencontre d'hommes-
bêtes, de prédicateurs de la mort, de juges rouges et de
toute la lie écartée du paradis.

23

Lundi 7 novembre

Lorsque j'eus terminé de raconter mon histoire à Heydrich, le visage habituellement pâle du général était rouge
d'excitation.

– Félicitations, Gunther, déclara-t-il. Vous avez été
au-delà de mes espoirs. Et vos conclusions surviennent à
point nommé. N'est-ce pas, Nebe ?

– En effet, mon général.

– Cela va peut-être vous surprendre, Gunther, reprit
Heydrich, mais le Reichsführer Himmler et moi-même
sommes pour l'instant favorables à la protection des biens
juifs, ne serait-ce que pour des raisons d'ordre public et de
bonne marche du commerce. Si on laisse la foule se déchaî-

ner dans les rues, ce ne sont pas seulement les boutiques
juives qui en pâtiront, mais aussi les magasins allemands.
Sans parler du fait que ce sont les assurances allemandes
qui devront rembourser les dégâts. Goering serait fou de
rage. Et qui pourrait le lui reprocher ? Une telle pagaille
réduirait à néant tout effort de planification économique.

» Or, comme vous le dites très justement, Gunther, si
Himmler se laissait entraîner dans le plan de Weisthor,
il supprimerait toute protection des biens juifs, et je ne
vois pas comment je pourrais m'y opposer. C'est pourquoi nous devons agir avec la plus grande prudence.
Himmler est un imbécile, mais un imbécile dangereux.
Il nous faut confondre Weisthor sans équivoque possible,
et devant autant de témoins que possible. (Il se tut un instant.) Nebe ?

Le Reichskriminaldirektor gratta l'aile de son long nez
et hocha la tête d'un air songeur.

– Nous devons, dit-il enfin, éviter au maximum de
mentionner l'implication de Himmler dans cette affaire.
Je suis d'accord pour dévoiler le jeu de Weisthor devant
témoins. Je ne veux pas voir ce salopard s'en tirer. Mais,
en même temps, il faut éviter de mettre le Reichsführer
dans l'embarras devant l'état-major SS. Il nous pardon-
nera d'avoir eu la peau de Weisthor, pas de le faire passer
pour un con.

– Je suis d'accord, dit Heydrich. (Il réfléchit quelques
instants.) Nous sommes dans la juridiction de la Sipo 6,
n'est-ce pas ? Où se trouve l'antenne du SD la plus proche
de Wewelsburg ?

– À Bielefeld, répondit Nebe.

– Bien. Appelez-les tout de suite. Demandez-leur
d'envoyer une compagnie ici dès l'aube. (Il eut un sourire
en lame de couteau.) Juste au cas où Weisthor arriverait
à convaincre le tribunal que je suis juif. Je n'aime pas cet
endroit. Weisthor a des tas d'amis à Wewelsburg. Je sais
qu'il participe à certains de ces grotesques mariages SS

qui se tiennent ici. C'est pourquoi une petite démonstration de force de notre part ne sera peut-être pas inutile.

— Le commandant du château, Taubert, était dans la
Sipo avant d'être nommé à ce poste, dit Nebe. Je pense
que nous pouvons compter sur lui.

— Bien. Mais ne lui parlez pas de Weisthor. Continuez
à broder sur la version de Gunther, à savoir les possibles
infiltrations du KPD, et dites-lui de mettre un détache-
ment en alerte. Ah! demandez-lui aussi de faire préparer
une chambre pour le Kommissar. Il l'a bien méritée.

— La chambre contiguë à la mienne est inoccupée,
général, fit Nebe qui ajouta avec un sourire : je crois que
c'est la chambre dite d'Henri Ier l'Oiseleur.

— Insensé! s'exclama Heydrich en riant. La mienne,
c'est celle du roi Arthur et du Graal. Mais qui sait ?
Peut-être qu'aujourd'hui je vaincrai pour le moins la fée
Morgane.

Le tribunal siégeait au rez-de-chaussée de l'aile ouest.
En entrebâillant la porte d'une des chambres adjacentes,
j'avais une excellente vision de ce qui se passait.

La salle mesurait plus de quarante mètres de long.
Le sol était parqueté, les murs lambrissés et le plafond
aux poutres apparentes décoré de gargouilles sculptées.
Autour d'une vaste table en chêne étaient disposées des
chaises dont le haut dossier de cuir était pourvu d'un
disque d'argent sur lequel figurait le nom de l'officier SS
qui devait y prendre place. Le ballet des uniformes noirs
et les rituels qui précédèrent les délibérations me firent
penser à la réunion d'une Grande Loge maçonnique.

Le premier point inscrit à l'ordre du jour ce matin-là
concernait l'approbation par le Reichsführer des travaux
de réfection de la tour nord, laquelle donnait d'inquiétants
signes d'affaissement. Les projets de travaux furent expo-
sés par le Landbaumeister Bartels, un gros homme à tête

de hibou assis entre Weisthor et Rahn. Je remarquai que Weisthor montrait des signes de nervosité, que j'attribuai à son manque de cocaïne.

Lorsque le Reichsführer lui demanda son avis sur les projets, Weisthor répondit d'une voix hésitante.

– En termes... hum... de... euh... d'importance cultuelle... hum... du... du château, articula-t-il, et de son... hum... importance magique dans, euh... dans un éventuel... hum... conflit entre est et ouest, hum...

Heydrich ne tarda pas à l'interrompre, et il devint vite clair que ça n'était pas pour faciliter la tâche du Brigadeführer.

– Reichsführer, dit-il d'une voix blanche, puisque le tribunal est réuni au grand complet et que nous écoutons tous le Brigadeführer avec fascination, il serait, à mon avis, injuste de le laisser poursuivre sans vous communiquer les très sérieuses accusations qui doivent être formulées à son encontre et à celle de son comparse l'Unterscharführer Rahn.

– De quoi s'agit-il? demanda Himmler avec dédain. Je ne suis au courant d'aucune accusation concernant Weisthor. Pas même d'une enquête à son sujet.

– C'est parce qu'il n'y a pas eu d'enquête individuelle demandée à son sujet, mais une autre enquête, qui n'avait rien à voir avec lui au départ, a permis de mettre au jour le rôle central joué par Weisthor dans une odieuse conspiration ayant provoqué le meurtre pervers de sept jeunes Allemandes.

– Reichsführer! clama Weisthor. Je proteste! C'est monstrueux!

– Tout juste, rétorqua Heydrich. Mais le monstre, c'est vous.

Weisthor se leva, frissonnant de la tête aux pieds.

– Sale menteur de youpin, cracha-t-il.

La bouche de Heydrich se tordit en un petit sourire paresseux.

– Kommissar, fit-il en élevant la voix, voulez-vous entrer ?

Je m'avançai lentement dans la salle, mes pas résonnant sur le parquet comme ceux d'un acteur débutant lors d'une audition. Toutes les têtes se tournèrent dans ma direction. En sentant la cinquantaine d'hommes les plus puissants d'Allemagne braquer les yeux sur moi, j'aurais donné cher pour être n'importe où ailleurs. La mâchoire de Weisthor s'affaissa tandis que Himmler se levait à demi de son siège.

– Qu'est-ce que ça veut dire ? gronda-t-il.

– Certains d'entre vous, fit Heydrich d'une voix mielleuse, connaissent sans doute cet homme sous le nom de Steininger, père d'une des adolescentes assassinées. Or, il n'en est rien. Cet homme travaille pour moi. Dites-leur qui vous êtes, Gunther.

– Kriminalkommissar Bernhard Gunther, de la Commission criminelle, Berlin-Alexanderplatz.

– Exposez à ces messieurs la raison de votre présence, je vous prie.

– Je suis venu arrêter Karl Maria Weisthor, alias Karl Maria Wiligut, alias Jarl Widar ; ainsi qu'Otto Rahn et Richard Anders. Tous trois sont accusés du meurtre de sept adolescentes berlinoises entre le 23 mai et le 29 septembre 1938.

– Menteur ! s'écria Rahn en se levant d'un bond en même temps qu'un autre officier que je supposai être Anders.

– Asseyez-vous, leur intima Himmler. Je suppose que vous êtes en mesure de prouver vos assertions, Kommissar ?

Il ne m'aurait pas considéré d'un œil plus haineux si j'avais été Karl Marx en personne.

– Je pense que oui, Reichsführer.

– Heydrich, j'espère qu'il ne s'agit pas d'un de vos mauvais tours, remarqua Himmler.

– Un mauvais tour, Reichsführer? rétorqua Heydrich d'un air innocent. Pour ce qui est de mauvais tours, ces deux individus en avaient un plein sac. Ils se faisaient passer pour des médiums afin de faire croire à de pauvres gens que c'étaient les esprits qui leur révélaient où se trouvaient les cadavres des jeunes filles qu'ils avaient eux-mêmes assassinées. Et sans l'intervention du Kommissar Gunther, ils auraient refait leur petit numéro d'asile de fous devant les officiers réunis ici.

– Rei… Reichsführer, bégaya Weisthor. C'est absurde, complètement absurde.

– Où sont vos preuves, Heydrich?

– J'ai parlé d'asile de fous, et ça n'est pas exagéré. Je sais bien qu'aucune des personnes ici présentes n'aurait cru un instant à leurs grotesques racontars. Il est toutefois reconnu que les gens à l'esprit dérangé croient dur comme fer à la justesse de leurs actes. (Il tira le dossier de Weisthor de dessous la pile de papiers qu'il avait devant lui et le déposa devant Himmler.) Voici le dossier médical de Karl Maria Wiligut, alias Karl Maria Weisthor, dossier qui, jusqu'à une date récente, se trouvait en la possession de son médecin, l'Hauptsturmführer Lanz Kindermann…

– Non! cria Weisthor en se jetant sur le dossier.

– Maîtrisez cet homme! hurla Himmler.

Les deux officiers qui encadraient Weisthor lui immobilisèrent les bras. Rahn glissa la main vers son étui de pistolet, mais je fus plus rapide et armai mon Mauser tout en appliquant le canon contre son crâne.

– Un geste de plus et je te troue le cerveau, fis-je en le délestant de son arme.

Heydrich poursuivit, apparemment insensible à cette agitation. Cet homme avait le sang-froid d'un saumon de la Baltique, et il était tout aussi insaisissable.

– En novembre 1924, Wiligut a été enfermé dans un asile d'aliénés de Salzbourg pour s'être livré à une tentative de meurtre sur sa femme. Après examen, il a été déclaré dément et est resté interné jusqu'en 1932. Il a été suivi par le Dr Kindermann pendant toute la durée de son internement. À sa sortie de l'asile, il a changé son nom pour celui de Weisthor. La suite, je pense que vous la connaissez, Reichsführer.

Himmler examina le dossier pendant quelques minutes, puis poussa un soupir.

– Est-ce exact, Karl ? demanda-t-il enfin.

Maintenu par deux officiers SS, Weisthor secoua la tête.

– Ce sont des mensonges, je le jure sur mon honneur d'officier et de gentilhomme.

– Relevez-lui la manche gauche, dis-je. Cet homme est un drogué. Pendant des années, Kindermann l'a approvisionné en cocaïne et morphine.

Himmler adressa un signe de tête aux SS qui maintenaient Weisthor. Ils mirent au jour son avant-bras constellé d'hématomes noirs et bleus.

– Si cela ne suffit pas à vous convaincre, ajoutai-je, j'ai aussi une déposition de vingt pages signée par Reinhard Lange.

Himmler continuait de hocher la tête. Il se leva, contourna sa chaise et vint se planter devant son Brigadeführer, le grand sorcier des SS, qu'il frappa plusieurs fois au visage.

– Hors de ma vue, fit-il. Mettez-le aux arrêts jusqu'à nouvel ordre. Rahn. Anders. Même chose pour vous. (Sa voix devint presque hystérique.) Dehors ! vous dis-je. Vous n'appartenez plus à cet ordre. Vous rendrez vos bagues à tête de mort, vos dagues et vos épées. Je déciderai de votre sort plus tard.

D'un signe, Arthur Nebe fit entrer les gardes et leur ordonna d'escorter les trois hommes jusqu'à leur chambre.

La plupart des SS présents autour de la table étaient restés bouche bée d'ahurissement. Seul Heydrich avait conservé son calme, son long visage ne trahissant pas plus de satisfaction devant la déroute de ses ennemis que s'il avait été modelé dans l'argile.

Après que Weisthor, Rahn et Anders eurent été emmenés, tous les yeux se tournèrent vers Himmler. Le problème, c'est que lui braquait les siens sur moi, et je rengainai mon arme en me disant que la représentation n'était pas terminée. Pendant quelques secondes pénibles, il se contenta de me fixer du regard, se remémorant sans aucun doute que je l'avais vu chez Weisthor, lui, le Reichsführer-SS, chef tout-puissant de la police allemande, sous les traits d'un homme crédule, trompé et dupé – bref : faillible. Pour un homme qui se voyait dans le rôle du pape nazi de l'Antéchrist Hitler, la pilule était amère. Se plantant devant moi, si près que je pus sentir l'odeur d'eau de Cologne sur son petit visage impeccablement rasé d'instituteur méticuleux, il cligna furieusement des paupières et sa bouche se tordit en un rictus de haine. Puis il me frappa violemment au tibia.

Je lâchai un grognement de douleur mais restai immobile, presque au garde-à-vous.

– Vous avez tout gâché, me dit-il d'une voix frémissante. Tout. Vous entendez ?

– J'ai fait mon travail, rétorquai-je d'une voix rauque.

Je crois qu'il m'aurait frappé une nouvelle fois de sa botte si Heydrich n'était intervenu.

– Le Kommissar a raison, fit-il. Il n'a fait que son devoir. En attendant, je propose qu'au vu des circonstances, les délibérations du tribunal soient suspendues une heure ou deux pour permettre au Reichsführer de se reprendre. La découverte d'une telle trahison dans une assemblée si chère au cœur de notre Reichsführer a dû lui causer un grand choc. Comme à nous tous, en vérité.

La proposition fut accueillie par des murmures d'approbation, et Himmler parut recouvrer le contrôle de lui-même. Légèrement empourpré sous l'effet de l'embarras, son visage se crispa et il eut un bref mouvement de tête.

– Vous avez raison, Heydrich, marmonna-t-il. C'est un grand choc. Un choc terrible. Je vous présente mes excuses, Kommissar. Comme vous l'avez dit, vous n'avez fait que votre travail. Et vous l'avez bien fait.

Il pivota sur ses talons et quitta la pièce d'un pas vif en compagnie de quelques-uns de ses officiers.

La bouche de Heydrich esquissa un lent sourire puis, lorsque son regard croisa le mien, il m'invita à le suivre et se dirigea vers l'autre porte. Arthur Nebe nous emboîta le pas, et nous laissâmes les autres officiers échanger des commentaires au milieu des éclats de voix.

– Peu d'hommes ont le privilège de recevoir les excuses personnelles d'Heinrich Himmler, remarqua Heydrich lorsque nous fûmes réunis tous trois dans la bibliothèque du château.

Je frottai mon tibia endolori.

– J'inscrirai ça dans mon journal intime dès ce soir, fis-je. Ça a toujours été le rêve de ma vie.

– À propos, vous ne m'avez pas dit ce qu'est devenu Kindermann.

– Disons qu'il a été tué au cours d'une tentative d'évasion, répondis-je. Je suis sûr que vous me comprenez.

– C'est dommage. Il aurait pu nous être utile.

– Il a eu ce que mérite un assassin. Il fallait bien qu'il y en ait au moins un qui trinque. Je doute que le reste de ces salopards aient jamais ce qu'ils méritent. La fraternité SS et tout le reste, hein ? (Je me tus le temps d'allumer une cigarette.) Que va-t-il leur arriver ?

– Une chose est sûre : ils ne feront plus partie de la SS. Vous avez entendu Himmler.

– Quel sort terrible, en effet. (Je me tournai vers Nebe.) Dites-moi la vérité, Arthur. Weisthor court-il le moindre risque de se retrouver devant un tribunal ou un peloton d'exécution ?

– Ça ne me plaît pas plus qu'à vous, répliqua-t-il. Mais Weisthor est trop proche de Himmler. Il en sait trop.

Heydrich fit la moue.

– En revanche, Otto Rahn n'est qu'un subalterne. Je ne pense pas que le Reichsführer trouverait à y redire s'il lui arrivait un accident.

Je secouai la tête avec amertume.

– En tout cas, leur sale complot est éventé. Ça empêchera un nouveau pogrom, au moins pendant quelque temps.

Heydrich parut soudain mal à l'aise. Nebe se leva et alla regarder par la fenêtre.

– Bon Dieu de bon Dieu! explosai-je. Vous n'allez pas me dire que ça va quand même avoir lieu? (Je vis Heydrich tressaillir.) Vous savez bien que les Juifs n'ont rien à voir avec ces meurtres.

– Bien sûr que nous le savons, fit-il avec gaieté. Et personne ne les leur collera sur le dos, vous avez ma parole. Je peux vous assurer que…

– Dites-lui, l'interrompit Nebe. Il a bien le droit de savoir.

Heydrich réfléchit quelques instants, puis se leva. Il prit un livre sur un rayon et le feuilleta d'un air distrait.

– Vous avez raison, Nebe. Il a le droit de savoir.

– Savoir quoi?

– Nous avons reçu un télex juste avant le début de la réunion, ce matin, expliqua Heydrich. Par une étrange coïncidence, il se trouve qu'un jeune Juif a tenté d'assassiner un diplomate allemand à Paris. Ce fanatique voulait apparemment protester contre le traitement dont les Juifs polonais font l'objet en Allemagne. Le Führer a envoyé son médecin personnel à Paris, mais notre diplomate n'a guère de chances de s'en tirer.

» Suite à cet attentat, Goebbels fait pression sur le Führer pour qu'au cas où ce diplomate viendrait à mourir, on tolère quelques explosions de colère spontanées de la population allemande envers les Juifs sur le territoire du Reich.

– Et vous détournerez les yeux, c'est ça?

– Je désapprouve les désordres, dit Heydrich.

– Weisthor aura son pogrom, en fin de compte. Bande de salauds.

– Pas un pogrom, rectifia Heydrich. Nous interdirons tout pillage. Les biens juifs devront être détruits. La police veillera à ce que rien ne soit pillé. Et nous ne tolérerons aucun excès qui puisse mettre en danger des biens allemands ou des vies allemandes.

– Comment comptez-vous contrôler une émeute ?

– Nous donnerons des directives très strictes. Les fauteurs de troubles seront arrêtés et sévèrement punis.

– Des directives ? fis-je en faisant claquer mon paquet de cigarettes contre une étagère. À une foule déchaînée ? Elle est bien bonne, tiens.

– Chaque responsable de la police en Allemagne recevra un télex définissant sa ligne de conduite.

Je me sentis soudain épuisé. J'aurais voulu rentrer chez moi, être loin de tout ça. Le simple fait de parler de ce qui allait probablement se passer me donnait l'impression d'être malhonnête, sali. J'avais échoué. Mais ce qui était bien pire et que je commençais juste à comprendre, c'est qu'on n'avait sans doute jamais voulu que je réussisse.

Heydrich avait parlé d'une simple coïncidence. Était-ce une coïncidence significative, au sens où Jung l'entendait ? Non. C'était impossible. Plus rien n'avait de sens.

24

Jeudi 10 novembre

La radio décrivit les événements comme des « explosions de colère spontanées de la population allemande ».

Ma colère à moi n'avait rien de spontané. Elle avait eu toute la nuit pour bouillonner. Une nuit rythmée par le fracas des vitres brisées et l'écho des obscénités hurlées dans les rues, une nuit qui sentait la fumée des maisons incendiées. Submergé de honte, j'étais resté terré chez moi. Mais au matin, lorsqu'un grand soleil perça mes rideaux, je résolus de sortir pour voir ce qui s'était passé.

Je crois que je ne l'oublierai jamais.

Depuis 1933, se faire casser sa vitrine était devenu un risque du métier pour tout commerçant juif, un trait aussi caractéristique du nazisme que les bottes noires ou le swastika. Cette fois, pourtant, c'était différent, car les destructions avaient été beaucoup plus systématiques que les habituels dégâts causés par une bande de brutes SA avinées. Cette nuit-là avait été une véritable *Walpurgisnacht* de destruction.

Le verre brisé couvrait le sol comme les pièces d'un immense puzzle de givre répandu sur terre par quelque irascible prince du cristal pris d'une crise de fureur.

À quelques mètres à peine de l'entrée de mon immeuble se trouvaient deux magasins de vêtements où je vis la trace visqueuse d'un escargot zigzaguant sur un mannequin, tandis qu'une toile d'araignée géante menaçait d'en envelopper un autre de sa gaze tranchante comme un rasoir.

Plus loin, à l'angle du Kurfürstendamm, un immense miroir brisé en mille morceaux sur le sol me renvoya mon image fragmentée et crissa sous mes chaussures lorsque je l'enjambai.

Pour ceux qui, comme Weisthor et Rahn, croyaient au rapport symbolique entre le cristal et quelque ancien Christ germanique d'où il aurait tiré son nom, ce spectacle devait paraître excitant au plus haut point. Les vitriers en revanche avaient de quoi se frotter les mains, et j'entendis plusieurs badauds faire cette réflexion.

À l'extrémité nord de Fasanenstrasse, la synagogue proche de la ligne du S-Bahn n'était plus qu'un tas de poutres calcinées et de murs noircis qui fumaient encore. Je ne suis pas clairvoyant, mais je crois que tout homme honnête devait penser la même chose que moi. Combien de maisons allaient encore brûler avant que Hitler en ait fini avec nous ?

Des soldats, déversés par deux camions dans une rue adjacente, fracassaient les quelques vitrines encore en place à coups de bottes. La prudence me conseillant de prendre un autre chemin, j'allais faire demi-tour lorsque j'entendis une voix que je crus reconnaître.

— Dehors, salauds de Juifs ! criait le jeune homme.

C'était le fils de 14 ans de Bruno Stahlecker, Heinrich, en uniforme des Jeunesses hitlériennes motorisées. Je le vis lancer une grosse pierre dans la vitrine d'un magasin. Sa prouesse le fit éclater de rire.

— Enculés de Juifs ! brailla-t-il.

Quêtant des yeux l'approbation de ses camarades, il m'aperçut soudain.

Tout en m'approchant de lui, je songeai à toutes les choses que je lui aurais dites si j'avais été son père, mais lorsque je le rejoignis, je me contentai de sourire. J'avais juste envie de lui flanquer une gifle.

— Salut, Heinrich.

Ses beaux yeux bleus me considérèrent avec méfiance.

— Je suppose que vous allez m'engueuler, fit-il, sous prétexte que vous étiez un ami de mon père.

— Qui, moi ? Je me fous bien de ce que tu peux faire.

— Alors quoi ? Qu'est-ce que vous voulez ?

Je haussai les épaules et lui offris une cigarette. Il la prit. Je lui donnai du feu puis lui tendis la boîte d'allumettes.

— Tiens, fis-je. Tu en auras peut-être besoin ce soir, si vous décidez de vous en prendre à l'hôpital juif.

— Vous voyez bien, vous essayez de me faire la morale.

— Pas du tout. Je voulais seulement te dire que j'ai retrouvé les types qui ont assassiné ton père.

– Vraiment ? (Des camarades de Heinrich, occupés à piller la boutique de vêtements, lui crièrent de venir les aider.) J'en ai pour une minute ! les prévint-il avant de me demander : où sont-ils ? Les types qui ont descendu mon père.

– L'un est mort. C'est moi qui l'ai tué.

– Bien. Bien.

– Je ne sais pas ce qui arrivera aux deux autres. Ça dépend, à vrai dire.

– Ça dépend de quoi ?

– De leurs amis SS. À eux de décider s'ils les font passer en cour martiale ou pas. (Je vis l'étonnement envahir son jeune et beau visage.) Oh, je ne t'ai pas dit ? Oui, ces lâches qui ont assassiné ton père, ce sont des officiers SS. Ils l'ont tué parce qu'il les aurait empêchés de commettre des crimes. Ce sont de très sales types, tu sais, Heinrich, et ton père a toujours fait son possible pour mettre les sales types hors d'état de nuire. C'était un sacré bon policier. (Je désignai d'un geste vague le verre brisé qui gisait alentour.) Je me demande ce qu'il aurait pensé de tout ça.

Heinrich hésita tandis qu'une boule enflait dans sa gorge à mesure qu'il saisissait les implications de ce que je venais de dire.

– C'était pas… c'est pas les Juifs qui l'ont tué, alors ?

– Les Juifs ? Penses-tu ! fis-je en éclatant de rire. Qui t'a mis une telle idée en tête ? Les Juifs n'ont rien à y voir. Il ne faut pas croire tout ce que dit le *Stürmer*, tu sais.

Lorsque nous eûmes fini de parler, ce fut avec un singulier manque d'enthousiasme que Heinrich rejoignit ses amis. Sa réticence me fit sourire et je me dis que la propagande marchait dans les deux sens.

Près d'une semaine s'était écoulée depuis que j'étais parti de chez Hildegard. À mon retour de Wewelsburg, j'avais essayé plusieurs fois de l'appeler, mais elle n'était

jamais chez elle, ou du moins, elle ne répondait pas au téléphone. Je finis par me décider à passer la voir.

En roulant vers le sud par Kaiserallee, puis en traversant
Wilmersdorf et Friedenau, je découvris d'autres destructions, d'autres effets de ces « explosions de colère spontanées » : les enseignes portant des noms juifs avaient été
arrachées, des slogans antisémites peints partout sur les
murs ; et la police, omniprésente, assistait à tout, se gardant bien d'intervenir quand un magasin était pillé ou son
propriétaire roué de coups. Près de Waghäuselerstrasse,
je passai devant une autre synagogue incendiée, les pompiers se contentant de veiller à ce que les flammes ne
gagnent pas les bâtiments voisins.

Ça n'était pas le jour idéal pour penser à ma petite personne.

Je me garai tout près de l'immeuble de Hildegard dans
Lepsius Strasse, ouvris la porte de la rue avec la clé qu'elle
m'avait donnée, et montai jusqu'au troisième étage. Je
frappai avec le heurtoir. J'aurais pu entrer avec ma clé,
mais, vu les circonstances de notre dernière rencontre, je
pensais qu'elle n'apprécierait pas.

Au bout d'un moment, j'entendis un bruit de pas, et
la porte fut ouverte par un jeune commandant SS. Il était
l'incarnation même des théories raciales d'Irma Hanke :
cheveux blond pâle, yeux bleus, mâchoire coulée dans le
béton. Sa tunique était déboutonnée et sa cravate desser-
rée, et je n'avais pas l'impression qu'il était venu proposer
un abonnement au magazine des SS.

— Qui est-ce, chéri ? fit la voix de Hildegard.

La tête baissée vers son sac à main dans lequel elle
cherchait quelque chose, elle s'approcha de la porte et ne
releva la tête qu'à quelques pas de moi.

Elle portait un ensemble de tweed noir, un chemisier
de crêpe argenté et un chapeau dont les plumes noires flot-
taient au-dessus de son front comme les volutes de fumée
au-dessus d'une maison en flammes. Depuis, cette image

ne cesse de me hanter. En me voyant, elle s'immobilisa tandis que sa bouche aux lèvres parfaitement maquillées s'affaissait en cherchant quelque chose à dire.

Il n'y avait pas grand-chose à dire. C'est un des avantages de la profession de détective : on pige vite. Je n'avais pas besoin d'explications. Étant dans la SS, il savait sans doute mieux la fesser que moi. En tout cas, ils formaient un joli couple, et c'est ainsi qu'ils m'apparurent lorsqu'elle passa de manière éloquente son bras sous le sien.

Je hochai lentement la tête, me demandant si je devais lui faire part de l'arrestation des assassins de sa fille adoptive, mais comme elle ne demandait rien, je souris avec philosophie, sans cesser de hocher la tête, et lui rendis ses clés.

J'avais descendu la moitié des escaliers lorsqu'elle réagit.

— Je suis désolée, Bernie, fit-elle. Vraiment désolée.

Je marchai vers le sud en direction du Jardin botanique. Le pâle ciel d'automne était empli de l'exode de millions de feuilles que le vent déportait aux quatre coins de la ville, loin des branches qui leur avaient donné vie. Ici et là, des hommes au visage de pierre travaillaient avec lenteur et concentration pour contrôler cette diaspora végétale, brûlant les branches de frêne, de chêne, d'orme, de hêtre, de sycomore, d'érable, de marronnier, de tilleul et de saule pleureur, tandis que l'âcre et grise fumée flottait dans l'air comme le dernier souffle d'âmes perdues. Pourtant, d'autres feuilles continuaient à tomber, à tomber sans cesse, de sorte que les tas se consumaient sans diminuer, et tandis que je regardais rougeoyer la braise des feux en humant les gaz chauds de cette mort végétale, il me sembla sentir l'odeur de la fin de toute chose.

NOTE DE L'AUTEUR

Otto Rahn et Karl Maria Weisthor démissionnèrent de la SS en février 1939. Rahn, randonneur chevronné, mourut de froid moins d'un mois plus tard lors d'une course en montagne près de Kufstein. Les circonstances de sa mort n'ont jamais été tout à fait éclaircies. Weisthor fut assigné à résidence dans la ville de Goslar où la SS continua à l'entretenir jusqu'à la fin de la guerre. Il mourut en 1946.

Un tribunal constitué de six Gauleiter se réunit le 13 février 1940 pour enquêter sur les agissements de Julius Streicher. Le tribunal du Parti conclut dans ses arrêtés que Streicher « n'avait pas les capacités requises pour être un meneur d'hommes », à la suite de quoi le Gauleiter de Franconie démissionna de ses responsabilités publiques.

Le pogrom de la Nuit de cristal des 9 et 10 novembre 1938 causa la mort d'une centaine de Juifs, l'incendie de 177 synagogues et la destruction de 7 000 magasins juifs. On a estimé que la quantité de verre brisé cette nuit-là équivalait à la moitié de la production annuelle de verre de la Belgique, pays d'où la majorité de ce verre avait été importée. Les dégâts causés ont été estimés à plusieurs centaines de millions de dollars. Dans les cas où les assurances remboursèrent les dommages causés aux Juifs, l'État confisqua cet argent en compensation du meurtre du secrétaire d'ambassade von Rath à Paris. Cette amende atteignit la somme de 250 millions de dollars.

Un requiem allemand

Titre original :

A GERMAN REQUIEM

Pour Jane,
et à la mémoire de mon père

Ce n'est pas ce qu'ils ont construit. C'est ce qu'ils ont détruit.
Ce ne sont pas les maisons. C'est l'espace entre les maisons.
Ce ne sont pas les rues existantes. Ce sont les rues qui n'existent plus.
Ce ne sont pas tes souvenirs qui te hantent. Ce n'est pas ce que tu as écrit.
C'est ce que tu as oublié, ce que tu dois oublier.
Ce que tu devras continuer à oublier toute ta vie.

Extrait de *A German Requiem*,
de JAMES FENTON

PREMIÈRE PARTIE

BERLIN, 1947

À notre époque, si vous êtes allemand, vous êtes au Purgatoire bien avant de mourir, et vos souffrances ici-bas valent pour tous les péchés de votre pays restés sans châtiment comme sans repentir, ce jusqu'au jour où, par la grâce des puissances –, tout au moins de trois d'entre elles – l'Allemagne sera enfin purifiée.

Car à présent nous vivons dans la peur, la peur des Popovs, surtout. Et cette angoisse n'a d'égale que celle, quasi universelle, des maladies vénériennes, qui ont presque tourné à l'épidémie. D'ailleurs, ces deux fléaux sont généralement considérés comme synonymes.

1

C'était une belle et froide journée, une de ces journées qu'on aimerait passer à caresser le chien et à recharger le poêle. Je n'avais ni l'un ni l'autre : le mazout était rare et je n'ai jamais beaucoup aimé les chiens. Cependant, la couverture dans laquelle j'avais enroulé mes jambes me tenait chaud, et je me félicitais de pouvoir travailler à la maison – le salon faisant office de bureau. C'est alors qu'on frappa à ce qui se voulait la porte d'entrée.

Je jurai et me levai du canapé.

– Ça ne prendra qu'une minute, criai-je à travers le panneau de bois. Ne partez pas. (Je tournai la clé dans la serrure et tirai sur la grosse poignée de cuivre.) Ça ira plus vite si vous poussez de votre côté, criai-je à nouveau.

Des chaussures crissèrent sur le palier, puis une pression s'exerça de l'autre côté. La porte frémit et finit par s'ouvrir sur un homme de haute taille d'une soixantaine d'années. Avec ses pommettes saillantes, son nez mince et court, ses rouflaquettes à l'ancienne et son air furieux, il me fit songer à un vieux babouin pas commode.

– J'ai dû me fouler quelque chose, grogna-t-il en se massant l'épaule.

– J'en suis navré, dis-je en m'effaçant pour le laisser entrer. L'immeuble a été salement secoué. Il faudrait arranger cette porte, mais il est impossible de trouver les outils nécessaires. (Je lui indiquai le salon.) Ceci dit, nous ne pouvons pas nous plaindre. On a pu remplacer les carreaux, et le toit résiste à la pluie. Asseyez-vous, ajoutai-je en désignant l'unique fauteuil pendant que je reprenais place sur le divan.

L'homme posa sa serviette, ôta son chapeau melon et s'assit en exhalant un soupir épuisé. Il ne déboutonna pas son pardessus gris, mais j'aurais eu mauvaise grâce à lui en vouloir.

— J'ai vu votre affichette sur un mur, dans Kurfürstendamm, expliqua-t-il.

— Vraiment ? dis-je.

J'avais un vague souvenir des quelques mots griffonnés la semaine précédente sur un bout de bristol. Une idée de Kirsten. Avec toutes les demandes en mariage et les publicités pour agences matrimoniales qui couvraient les murs des immeubles défoncés de Berlin, j'aurais juré que personne ne remarquerait mon bristol. Pourtant Kirsten avait eu raison.

— Je m'appelle Novak, dit-il. Dr Novak. Je suis ingénieur dans une usine métallurgique de Wernigerode. Nous extrayons et traitons les métaux non ferreux.

— Wernigerode, dis-je. Dans les monts Harz, n'est-ce pas ? En Zone Est ?

Il acquiesça de la tête.

— Je suis venu donner une série de conférences à l'université de Berlin. Ce matin j'ai reçu un télégramme à mon hôtel, le Mitropa.

Je fronçai les sourcils en essayant de me souvenir de l'établissement.

— Un de ces hôtels-bunkers, vous savez, dit Novak. (Un instant, il parut sur le point de le décrire, puis changea d'avis.) Le télégramme était de ma femme. Elle me demande de rentrer tout de suite.

— Quelle raison invoque-t-elle ?

Il me tendit le papier.

— Elle dit que ma mère est souffrante.

Je dépliai le télégramme et parcourus les quelques mots dactylographiés qui, effectivement, annonçaient que la vieille dame était au plus mal.

– J'en suis désolé.

Le Dr Novak secoua la tête.

– Vous ne la croyez pas ? fis-je.

– Je suis presque sûr que ce n'est pas ma femme qui m'a envoyé ça, dit-il. Ma mère est âgée, mais elle est en pleine forme. Elle fendait du bois il y a encore deux jours. Non, je pense que c'est un piège des Russes pour me faire rentrer.

– Pourquoi cela ?

– Ils manquent cruellement de scientifiques en Union soviétique. Je les soupçonne de vouloir m'y transférer pour travailler dans une de leurs usines.

Je haussai les épaules.

– Dans ce cas pourquoi vous avoir autorisé à vous rendre à Berlin ?

– Vous semblez prêter à l'Autorité militaire soviétique une efficacité qu'elle est loin d'avoir. À mon avis, l'ordre de mon transfert vient juste d'arriver de Moscou, et l'AMS souhaite me récupérer au plus vite.

– Avez-vous télégraphié à votre femme ? Pour savoir de quoi il retournait ?

– Oui. Elle m'a répondu de rentrer sur-le-champ.

– Vous voudriez donc savoir si les Popovs l'ont arrêtée.

– J'ai été voir la police militaire ici à Berlin, dit-il, mais…

Il eut un long soupir évocateur.

– Ils ne vous seront d'aucun secours, confirmai-je. Vous avez bien fait de venir me trouver.

– Pouvez-vous m'aider, Herr Gunther ?

– Ça signifie passer dans la Zone, fis-je à mi-voix. (À vrai dire je me parlai à moi-même, comme si j'avais besoin de me convaincre, ce qui était le cas.) À Potsdam, je connais quelqu'un au quartier général du groupe des

Forces soviétiques en Allemagne. On peut l'acheter, mais il faudra y mettre le prix.

Il opina d'un air solennel.

– Vous n'auriez pas par hasard des dollars, Dr Novak?

Il secoua la tête.

– Il y aura aussi mes honoraires, ajoutai-je.

– Que proposez-vous?

Du menton, je désignai sa serviette.

– Qu'est-ce que vous avez là-dedans?

– Bah, juste des papiers.

– Vous devez bien avoir autre chose. Réfléchissez. À votre hôtel, peut-être?

Il baissa la tête et laissa échapper un nouveau soupir en cherchant quel objet de valeur il pourrait bien me proposer.

– Herr Doktor, avez-vous pensé à ce que vous alliez faire si votre femme est bien aux mains des Russes?

– Oui, fit-il l'air sombre et son regard s'éteignit un instant.

Sa réaction était éloquente. Frau Novak était en mauvaise posture.

– Attendez une seconde, dit-il en plongeant la main dans la poche intérieure de son manteau. (Il en sortit un stylo en or.) Il y aurait peut-être ceci.

Il me tendit l'objet.

– C'est un Parker. Dix-huit carats.

Je me livrai à un rapide calcul.

– Environ 1 400 dollars au marché noir, dis-je. Cela devrait contenter notre Russkof. Ils aiment les stylos presque autant que les montres, ajoutai-je en haussant les sourcils d'un air entendu.

– Je crains de ne pouvoir me séparer de ma montre, dit Novak. C'est un cadeau. De ma femme…

Il eut un pâle sourire devant l'ironie involontaire de sa remarque.

Je hochai la tête d'un air compréhensif et décidai de faire avancer les choses avant qu'il ne soit rongé de culpabilité.

– Bien, venons-en à mes honoraires. Vous avez parlé de métallurgie. Vous n'auriez pas accès à un laboratoire, par hasard ?

– Bien sûr que si.

– Avec une fonderie ?

Il acquiesça d'abord distraitement, puis avec vigueur lorsqu'il comprit où je voulais en venir.

– Vous voulez du charbon, n'est-ce pas ?

– Pouvez-vous en récupérer ?

– Combien ?

– Je pensais à une cinquantaine de kilos.

– C'est d'accord.

– Revenez dans vingt-quatre heures, lui dis-je. Je devrais pouvoir vous communiquer quelques informations.

Une demi-heure plus tard, après avoir laissé un mot à ma femme, je sortis de l'appartement et me dirigeai vers la gare.

Fin 1947, Berlin ressemblait encore à une acropole en ruine, ou à quelque énorme mégalithe témoignant des ravages de la guerre et des dégâts causés par 75 000 tonnes d'explosifs de forte puissance. Les destructions infligées à la capitale de Hitler étaient sans précédent : une dévastation à l'échelle wagnérienne, le Ring réduit en poussière – les derniers feux du crépuscule des dieux.

Dans beaucoup de quartiers, un plan des rues n'était guère plus utile qu'une éponge de laveur de carreaux. Les artères principales zigzaguaient comme des rivières au milieu de monceaux de décombres. Des sentiers escaladaient d'instables et traîtresses montagnes de gravats d'où, l'été, s'élevait une puanteur indiquant sans erreur possible qu'il n'y avait pas que du mobilier et des briques ensevelis dessous.

Les boussoles étant introuvables, il fallait beaucoup de patience pour s'orienter dans ces fantômes de rues le long desquelles ne subsistaient, comme un décor abandonné, que des façades de boutiques et d'hôtels ; il fallait également une bonne mémoire pour se souvenir des immeubles dont ne restaient que des caves humides où des gens s'abritaient encore ; d'autres, plus hardis, avaient emménagé au rez-de-chaussée d'immeubles dont la façade avait été soufflée, exposant comme dans une maison de poupée géante l'intérieur des appartements et les gens qui y vivaient ; les toits encore en place et les escaliers sûrs étant rares, peu de gens se risquaient à occuper les étages.

Vivre dans les décombres de l'Allemagne était alors aussi dangereux que dans les derniers jours de la guerre : à chaque instant un mur pouvait s'écrouler, une bombe exploser. C'était une véritable loterie.

À la gare, j'achetai un ticket qui, je l'espérais, me vaudrait le gros lot.

2

Ce soir-là, je m'installai à bord du dernier train en partance de Potsdam à Berlin. J'avais le wagon pour moi tout seul. J'aurais dû faire preuve d'une plus grande prudence, mais j'étais aveuglé par la satisfaction d'avoir obtenu les informations que voulait le docteur, et fatigué, car cette affaire m'avait pris toute la journée et l'essentiel de la soirée.

Une bonne partie de mon temps était passée en transport. Les déplacements demandaient en général deux ou trois fois plus de temps qu'avant la guerre. Le voyage à Potsdam, qui ne prenait alors qu'une demi-heure, durait à présent près de deux heures. Je m'apprêtai à m'endormir lorsque le train ralentit et s'immobilisa.

Au bout de quelques minutes la porte du wagon s'ouvrit et un soldat russe, d'une taille imposante et dégageant une forte odeur, monta dans la voiture. Il marmonna un vague salut auquel je répondis d'un hochement de tête poli. Presque aussitôt il se mit à se balancer sur ses talons et je me raidis en le voyant décrocher de son épaule puis armer la carabine Mosin Nagant qu'il portait. Mais au lieu de la pointer sur moi, il fit feu par la vitre du wagon. Après quelques secondes, je repris ma respiration en réalisant qu'il venait d'adresser un signal au conducteur du train.

Comme le convoi s'ébranlait, le Russe rota, se laissa tomber sur la banquette, se débarrassa, d'un revers de main crasseuse, de sa casquette en peau d'agneau puis, se carrant contre le dossier du siège, ferma les yeux.

De la poche de mon manteau, je sortis le numéro du jour du *Telegraf*, alors édité sous le contrôle des Britanniques. Un œil sur le Russe, je fis mine de lire. La plupart des articles rapportaient des crimes : dans la Zone Est, viols et cambriolages étaient aussi répandus que la mauvaise vodka qui, bien souvent, en était à l'origine. Parfois l'Allemagne semblait encore plongée dans les affres de la guerre de Trente Ans.

Je ne connaissais que quelques femmes qui pouvaient se prévaloir de n'avoir pas été violées ou molestées par un Russe. Même en faisant la part de l'imagination de quelques névrosés, il y avait toujours un nombre impressionnant de crimes sexuels. Ma femme m'avait cité plusieurs jeunes filles agressées encore récemment, à la veille du trentième anniversaire de la Révolution russe. L'une d'entre elles, infectée par la syphilis après avoir été violée par cinq soldats de l'Armée rouge dans un commissariat de Rangsdorff, avait porté plainte. On l'avait soumise à un examen médical forcé, puis inculpée pour prostitution. Pourtant, certains disaient que les Popovs prenaient seulement de force ce que les femmes allemandes ne demandaient pas mieux que de vendre aux Anglais et aux Américains.

Porter plainte auprès de la Kommendatura soviétique pour avoir été dévalisé par des soldats de l'Armée rouge était tout aussi vain. En général, on vous informait que « tout ce que le peuple allemand possède lui a été offert par le peuple soviétique ». C'était la formule consacrée qui sanctionnait les innombrables vols opérés dans la Zone Est, et vous pouviez vous estimer heureux d'être encore en vie pour signaler l'agression. Les exactions commises par l'Armée rouge et ses nombreux déserteurs rendaient les voyages à l'intérieur de la Zone aussi risqués qu'un vol à bord du *Hindenburg*. Des passagers de la ligne Berlin-Magdebourg avaient été dépouillés de tout et jetés nus sur la voie ; la route de Berlin à Leipzig était réputée si dangereuse que les véhicules y circulaient la plupart du temps en convoi : le *Telegraf* avait rapporté que quatre boxeurs allant disputer un combat à Leipzig avaient été dévalisés et qu'on ne leur avait laissé que la vie. Les forfaits les plus célèbres étaient les soixante-quinze agressions commises par le « gang à la limousine bleue », qui opérait sur la route Berlin-Michendorf et comptait parmi ses chefs le vice-président soviétique de la police de Potsdam.

Je déconseillais le voyage à ceux qui envisageaient de se rendre à l'Est. « Ne portez surtout pas de montre, disais-je à ceux qui s'obstinaient. Les Russes en raffolent. Ne portez que de vieux vêtements et chaussures – les Popovs aiment la bonne qualité. Ne discutez pas avec eux, ne leur répondez pas –, ils ont la gâchette facile. Si vous devez absolument leur parler, ne manquez pas d'insulter ces fascistes d'Américains. Et ne lisez pas d'autre journal que leur *Täglische Rundschau*. »

C'étaient de bons conseils, et j'aurais été bien avisé de les suivre, car soudain le Popov qui me tenait compagnie se leva et se planta devant moi, me dominant de toute sa taille.

– *Vi vihodeetye* (Vous descendez)? lui demandai-je.

Il cligna des paupières d'un air mauvais, jeta un œil assassin à mon journal et me l'arracha des mains.

Il était sans doute originaire d'une tribu montagnarde, un stupide Tchétchène aux yeux noirs en amande, avec une large mâchoire noueuse et un torse comme une cloche renversée. C'était le genre de sauvage dont nous aimions nous moquer. On racontait qu'ils ignoraient l'usage des toilettes, qu'ils mettaient leur nourriture dans la cuvette des toilettes, croyant qu'il s'agissait de réfrigérateurs. Certaines de ces histoires étaient toutefois véridiques.

– *Lzhy!* (Mensonges!), rugit-il en brandissant le journal, et découvrant une rangée de grosses dents jaunâtres, il posa le pied sur la banquette et se pencha vers moi. *Lganyo*, ajouta-t-il en me noyant sous des effluves de bière et de saucisse.

Il s'aperçut de ma répulsion, et sa grosse tête grisonnante sembla retourner cette idée dans tous les sens. Laissant tomber à terre le *Telegraf*, il tendit sa main calleuse.

– *Ya hachoo padarok*, dit-il avant de répéter lentement en allemand : Je veux cadeau.

Je lui souris en hochant la tête d'un air stupide et compris qu'il me fallait le tuer ou être tué.

– *Padarok*, ânonnai-je. *Padarok*.

Je me levai lentement et, toujours souriant et hochant la tête, remontai ma manche gauche pour lui montrer mon poignet nu. À présent le Russkof souriait aussi, convaincu qu'il allait faire une bonne affaire. Je haussai les épaules.

– *Oo menya nyet chasov*, lui dis-je pour expliquer que je n'avais pas de montre à lui donner.

– *Shto oo vas yest* (Alors qu'est-ce que tu as)?

– *Nichto*, dis-je en secouant la tête et en l'invitant à fouiller mes poches. Rien.

– *Shto oo vas yest?* répéta-t-il d'une voix plus forte.

Je me revis face au pauvre Dr Novak, dont la femme, j'en avais eu confirmation, était bien aux mains du MVD. Mais cette fois c'était à moi de faire une proposition.

– *Nichto*, répétai-je.

Le sourire disparut des lèvres du Popov. Il cracha par terre.

– *Vroon* (Menteur), grogna-t-il en me repoussant.

Je secouai la tête et lui dis que je ne mentais pas.

Il allait me pousser une nouvelle fois lorsqu'il interrompit son geste et prit ma manche entre son pouce et son index crasseux.

– *Doraga* (Cher), dit-il d'un air gourmand en tâtant l'étoffe.

Je fis non de la tête, mais c'était du cachemire noir – le genre de tissu qu'il ne fallait jamais porter dans la Zone – et il était inutile de discuter : le Russkof dégrafait déjà sa ceinture.

– *Ya hachoo vashi koyt*, dit-il en se débarrassant de sa capote reprisée.

Il gagna alors la porte du wagon, l'ouvrit d'un geste brusque et m'annonça que si je ne lui donnais pas mon manteau, il me jetterait hors du train.

Il ne faisait aucun doute dans mon esprit qu'il me balancerait dehors, que je lui donne mon manteau ou non. Je crachai par terre à mon tour.

– *Nu, nyelzya* (Rien à faire), dis-je. Tu veux mon manteau ? Alors viens le chercher, espèce de gros *svinya* plein de soupe, gros connard de *kryestyan'in*. Allons, viens le chercher, raclure d'ivrogne.

Furieux, le Popov grogna et s'empara de la carabine qu'il avait laissée sur la banquette. Ce fut sa première erreur. L'ayant vu avertir d'un coup de feu le conducteur du train, je savais qu'il n'y avait plus de cartouche dans le canon. Ce raisonnement déductif lui prit quelques secondes de plus qu'à moi, de sorte que lorsqu'il actionna la culasse pour recharger, je lui avais déjà balancé la pointe de ma botte dans l'aine.

La carabine cliqueta en tombant par terre tandis que le Russkof se pliait en deux de douleur. Il porta une main à son entrejambe, mais, de l'autre, me frappa la cuisse avec une telle violence que ma jambe fut bientôt aussi insensible qu'un gigot de mouton.

Comme il se redressait, je lui expédiai un direct du droit, mais sa grosse paluche m'immobilisa le poing. Il voulut me saisir à la gorge et je lui envoyai un coup de tête. Il lâcha mon poing pour porter instinctivement sa main au navet qui lui tenait lieu d'appendice nasal. Je tentai un nouveau direct, mais il esquiva et m'agrippa par les revers de mon manteau. Ce fut sa seconde erreur, mais je mis une demi-seconde à comprendre. Sans raison apparente il poussa un hurlement et s'écarta de moi en titubant, les mains dressées devant lui comme un chirurgien en action, ses doigts lacérés pissant le sang. À cet instant seulement je me souvins des lames de rasoir que j'avais cousues plusieurs mois auparavant sous mes revers en prévision d'une telle situation.

Je plongeai dans ses jambes et le renversai. Le haut de son buste bascula à l'extérieur de la porte du train lancé à toute vapeur. Écrasant de tout mon poids ses jambes qui ruaient, je m'efforçai de l'empêcher de reprendre pied dans le wagon. Des mains gluantes de sang essayèrent de me saisir le visage, puis me serrèrent le cou avec l'énergie du désespoir. Sa prise se resserra et j'entendis l'air gargouiller dans ma gorge comme une cafetière à vapeur.

Je le frappai plusieurs fois sous le menton, puis, de la paume, tentai de le repousser dans la nuit. Je sentis la peau de mon front durcir comme je suffoquais.

Un terrible mugissement éclata dans mes oreilles comme si une grenade venait de m'exploser sous le nez, puis, l'espace d'une seconde, je sentis la pression de ses doigts se relâcher autour de ma gorge. Je voulus le frapper

à la tête, mais ne rencontrai que le vide au bout d'un moi-
gnon de vertèbres sanguinolentes. Un arbre, ou un poteau
télégraphique, avait proprement décapité mon adversaire.

Haletant, je me rejetai à l'intérieur du wagon, trop épuisé
pour céder à la nausée qui m'envahissait. Mais je n'y résis-
tai que quelques secondes et, me relevant d'un bond, je
vomis copieusement par-dessus le cadavre du soldat.

Plusieurs minutes s'écoulèrent avant que je retrouve
assez de forces pour pousser le corps hors du wagon et jeter
la carabine à sa suite. J'allai balancer à son tour la capote
crasseuse du Popov, mais je fus surpris par le poids du
vêtement. En fouillant les poches je découvris un .38 automatique de fabrication tchécoslovaque, quelques montres
– sans doute volées – et une demi-bouteille de Moscow-
skaya. Ayant décidé de garder l'arme et les montres, je
débouchai la vodka, en essuyai le goulot et la brandis vers
la nuit glaciale.

– *Alla rasi bo sun* (Que Dieu te garde), dis-je avant
d'avaler une généreuse rasade.

Ensuite je balançai dehors bouteille et capote, et refermai la portière.

À l'arrivée à Berlin, des flocons de neige virevoltaient
dans l'air comme des mèches de coton et formaient de
petites congères au pied des murs. La température s'était
nettement refroidie et le ciel semblait nous menacer de
pire encore. Dans les rues, le brouillard s'étirait au ras du
sol comme une fumée de cigare au-dessus d'une nappe
soigneusement empesée. Un peu plus loin, je croisai, sous
le pâle faisceau d'un réverbère, un soldat britannique qui
regagnait ses quartiers d'un pas incertain avec plusieurs
bouteilles de bière dans chaque main. En voyant mon
visage, le sourire de l'ivrogne se figea sur ses lèvres et il
jura avec effroi.

Je m'éloignai en boitillant et entendis se casser une
bouteille que des doigts nerveux avaient lâchée. Alors

seulement je réalisai que mes mains et mon visage étaient maculés du sang du Russe, et sans doute du mien. Je devais ressembler à la dernière toge de Jules César.

Je me faufilai dans une ruelle et me nettoyai avec de la neige. J'eus l'impression que ma peau s'en allait en même temps que le sang, et mon visage dut sans doute ressortir de l'opération aussi rouge qu'auparavant. Ma glaciale toilette achevée, je repris mon chemin d'un air aussi assuré que possible et parvins à mon immeuble sans encombre.

Il était minuit passé quand j'ouvris ma porte d'un coup d'épaule – il était plus facile d'entrer que de sortir de chez moi. M'attendant à trouver ma femme au lit, je ne fus pas surpris de l'obscurité qui régnait dans l'appartement. Pourtant, lorsque je gagnai la chambre, je constatai qu'elle n'y était pas.

Je vidai mes poches et me préparai à me coucher.

Étalées sur la table de nuit, toutes les montres du Popov – une Rolex, une Mickey Mouse, une Patek en or et une Doxas – marchaient, n'accusant qu'une ou deux minutes d'écart. La vision d'une telle précision ne fit toutefois que rendre plus aigu le retard de Kirsten. Si, sans parler de mon épuisement, je n'avais pas eu ma petite idée de l'endroit où elle se trouvait et de ce qu'elle était en train d'y faire, je me serais peut-être inquiété.

Les mains tremblantes de fatigue, le cerveau douloureux comme si on me l'avait passé à l'attendrisseur, je me traînai jusqu'à mon lit avec la vivacité d'un bœuf en train de ruminer.

3

Une explosion lointaine me réveilla. On dynamitait tous les jours des ruines dangereuses. Le vent hurlait comme une meute de loups à la fenêtre et je me serrai contre le corps chaud de Kirsten tandis que mon esprit décryptait lentement la série d'indices qui me précipitaient une nouvelle fois dans l'obscur labyrinthe du doute : le parfum sur sa nuque, l'odeur de cigarette imprégnant ses cheveux.

Je ne l'avais pas entendue rentrer.

Peu à peu, ma jambe droite et mon crâne se remirent à danser leur valse douloureuse et, fermant les yeux à nouveau, je grognai et me retournai péniblement sur le dos en me remémorant les terribles événements de la veille. J'avais tué un homme. Pire : j'avais tué un soldat russe. Que j'aie agi par légitime défense n'aurait, je le savais, que peu de poids aux yeux du tribunal soviétique. Il n'existait qu'une seule sentence pour le meurtre d'un soldat de l'Armée rouge.

Je me demandai combien de témoins m'avaient vu quitter la gare de Potsdam avec les mains et le visage d'un chasseur de têtes sud-américain. Je décidai qu'il serait plus sage pour moi de me tenir à l'écart de la Zone Est pendant quelques mois. Pourtant, la vue du plafond craquelé par les bombes me rappela que la Zone pourrait bien venir jusqu'à moi : Berlin était comme cette large fissure entaillant la surface blanche, pendant qu'attendait dans un coin le sac de plâtre que j'avais acheté au marché noir dans l'intention de la reboucher. De la même façon, tout le monde s'attendait à ce que Staline colmate ce petit espace de liberté qu'était Berlin.

Je me glissai hors du lit, me lavai dans la bassine, m'habillai et allai préparer le petit déjeuner à la cuisine.

Je découvris sur la table plusieurs denrées qui n'y étaient pas la veille au soir : du café, du beurre, une boîte de lait condensé et quelques barres de chocolat – le tout provenant d'un Post Exchange, ou PX, les seules boutiques approvisionnées, mais réservées aux militaires

américains. En raison du rationnement, les magasins allemands étaient vidés aussitôt qu'un arrivage survenait.

N'importe quelle nourriture était la bienvenue : avec
nos coupons qui, entre Kirsten et moi, ne représentaient
que 3500 calories par jour, nous avions souvent faim
– j'avais perdu près de quinze kilos depuis la fin de la
guerre. Mais en même temps, j'avais quelques doutes
quant aux méthodes par lesquelles Kirsten se procurait
cette nourriture. Pour l'instant toutefois, j'oubliai mes
soupçons et mis quelques patates à frire en y ajoutant de
l'ersatz de marc de café pour leur donner du goût.

L'odeur de cuisine réveilla Kirsten qui apparut dans
l'encadrement de la porte.

– Est-ce qu'il y en a pour deux ? demanda-t-elle.

– Bien sûr, dis-je en posant une assiette devant elle.

C'est alors qu'elle remarqua les bleus sur mon visage.

– Mon Dieu, Bernie, qu'est-ce qui t'est arrivé ?

– Je me suis battu avec un Russkof hier soir. (Je la
laissai effleurer mes blessures et exprimer ses inquiétudes
avant de m'asseoir pour manger.) Le salopard voulait me
rançonner. On s'est un peu cognés mais il a filé. Ça ne
devait pas être son premier coup de la soirée. Il est parti
en laissant des montres.

Je préférais ne pas lui dire qu'il était mort. Il était inutile
d'être deux à nous inquiéter.

– Je les ai vues. Pas mal. Il doit y en avoir pour
2 000 dollars.

– J'irai au Reichstag ce matin pour essayer de les
vendre à des Popovs.

– Prends garde qu'il ne t'y cherche pas.

– Sois tranquille. Je ferai attention.

Je mangeai quelques patates puis m'emparai de la
boîte de café américain et la fixai d'un regard dépourvu
d'expression.

– T'es rentrée drôlement tard hier, non ?

– Tu dormais comme un bébé. (Kirsten vérifia la tenue de sa coiffure du plat de la main avant d'ajouter :) On a eu beaucoup de travail. Un Yankee avait réservé la salle pour son anniversaire.

– Je vois.

Ma femme était institutrice, mais elle travaillait comme serveuse dans un bar de Zehlendorf réservé aux soldats américains. Sous le manteau que le froid l'obligeait à porter dans l'appartement, elle avait déjà revêtu la robe rouge et le minuscule tablier à volants qui constituaient son uniforme.

Je soupesai la boîte de café.

– Tu as volé tout ça ?

Elle acquiesça en évitant mon regard.

– Je ne comprends pas que tu ne te fasses pas pincer, dis-je. Ils ne vous fouillent donc jamais ? Ils ne remarquent pas que des produits disparaissent ?

Elle rit.

– Tu n'imagines pas la quantité de nourriture qu'il y a là-bas. Les Yankees se tapent plus de 4 000 calories par jour. Un GI avale ta ration mensuelle de viande en un seul repas, et il lui reste encore de la place pour la glace ! (Elle sortit un paquet de Lucky Strike de sa poche.) Tu en veux une ?

– Ça aussi, tu l'as piqué ? fis-je en prenant une cigarette et en me penchant vers l'allumette qu'elle venait de frotter.

– Sacré détective, marmonna-t-elle avant d'ajouter d'un ton irrité : Figure-toi qu'un soldat me les a données. Certains d'entre eux ne sont que des gamins, tu sais. Ils peuvent se montrer très gentils.

– Ça, je n'en doute pas, m'entendis-je grommeler.

– Ils aiment bavarder, voilà tout.

– Je suis sûr que ton anglais s'améliore tous les jours, fis-je.

Je lui décochai aussitôt un grand sourire pour gommer le sarcasme qui aurait pu transparaître dans ma voix. Ce n'était pas le moment. Pas encore. Je me demandais si elle allait me parler du flacon de Chanel que j'avais récemment découvert caché au fond d'un de ses tiroirs. Mais elle n'y fit aucune allusion.

Kirsten était partie depuis longtemps au snack-bar où elle travaillait quand on frappa à la porte. Craignant toujours les conséquences de la mort du Russe, je glissai son automatique dans la poche de ma veste avant d'aller ouvrir.

– Qui est là ?

– Le Dr Novak.

Notre affaire fut promptement conclue. Je lui expliquai que mon informateur au sein du quartier général du GSOV avait eu confirmation, grâce à un coup de téléphone à la police de Magdebourg, ville de la Zone la plus proche de Wernigerode, que Frau Novak était retenue « pour sa sécurité personnelle » par le MVD. Sitôt Novak rentré chez lui, sa femme et lui devaient être transférés « dans la ville ukrainienne de Kharkov pour y effectuer un travail vital pour les intérêts des peuples de l'Union des Républiques socialistes soviétiques ».

Novak opina d'un air sombre.

– Logique, soupira-t-il. La plupart de leurs recherches en métallurgie s'effectuent là-bas.

– Qu'allez-vous faire ? demandai-je.

Il secoua la tête avec une telle expression d'abattement que je me sentis désolé pour lui. Je l'étais toutefois moins à son propos qu'à celui de Frau Novak qui, elle, était prisonnière.

– En tout cas, vous savez où me trouver si vous avez besoin de mes services.

D'un mouvement de tête Novak désigna le sac de charbon que je l'avais aidé à sortir du taxi et à monter jusque chez moi.

– Si j'en crois l'état de votre visâge, vous l'avez bien
mérité, dit-il.

– Disons que je ne suis pas allé au charbon pour rien,
dis-je, marquant une courte pause avant d'ajouter : Je sais
que ce ne sont pas mes affaires, Dr Novak, mais allez-
vous rentrer chez vous ?

– Vous avez raison. Ce ne sont pas vos affaires.

Je lui souhaitai bonne chance quand même. Après son
départ, je transportai une pelletée de charbon dans le salon
où, avec une méticulosité mêlée d'impatience à l'idée
d'avoir à nouveau chaud chez moi, je préparai et allumai
un feu dans le poêle.

Allongé sur le divan, je passai une agréable matinée,
et caressai l'idée d'achever la journée de même. Mais
dans l'après-midi je trouvai une canne dans un placard
et gagnai en boitillant le Kurfürstendamm où, après avoir
lanterné près d'une demi-heure, je pris un tramway allant
vers l'est.

– Arrêt marché noir ! annonça le conducteur lorsque
nous arrivâmes en vue des ruines de l'ancien Reichstag.

Le tram se vida.

Aucun Allèmand, si respectable fût-il, ne dédaignait
de se livrer un jour ou l'autre au marché noir. Avec un
revenu hebdomadaire moyen d'environ 200 marks – le
prix d'un paquet de cigarettes – même les entreprises
légales devaient compter sur les nombreuses occasions de
trafic pour payer leurs employés. Les gens n'utilisaient
leurs Reichsmarks, pratiquement dénués de toute valeur,
que pour régler le loyer et acheter leurs dérisoires rations
alimentaires. Pour un étudiant en sciences économiques,
Berlin représentait le modèle parfait d'un système alliant
nécessité et rapacité.

Devant les murs noircis du Reichstag, sur un espace de
la taille d'un terrain de football, près de mille personnes
aux airs de conspirateurs étaient rassemblées en petits
groupes. Certains tendaient devant eux, comme des passe-

ports à un poste-frontière, ce qu'ils étaient venus vendre : tablettes de saccharine, cigarettes, aiguilles de machines à coudre, café, coupons de rationnement (faux pour la plupart), chocolat, préservatifs. D'autres allaient d'un groupe à l'autre, jetant un regard dédaigneux aux articles proposés en attendant de trouver ce qu'ils étaient venus acheter. Ici l'on trouvait de tout, depuis le papier établissant que votre maison avait été bombardée jusqu'au faux certificat de dénazification assurant que son propriétaire était exempt d'« infection nazie », ce qui lui permettait de solliciter un emploi soumis au contrôle des Alliés, que ce soit chef d'orchestre ou cantonnier.

Il n'y avait pas que des Allemands. Loin de là. Les Français venaient acheter des bijoux pour leurs fiancées restées au pays, tandis que les Anglais cherchaient des appareils photo pour immortaliser leurs vacances au bord de la mer. Les Américains étaient friands d'antiquités, soigneusement produites à leur intention dans les nombreuses échoppes de Savignyplatz. Quant aux Popovs, ils venaient dépenser leur solde dans des montres. Du moins, je l'espérais.

Je me plaçai près d'un homme appuyé sur des béquilles, dont la jambe artificielle dépassait de la musette qu'il portait à l'épaule. Tenant mes montres par les bracelets, je les exhibai devant moi. Au bout d'un moment, j'adressai un signe de tête amical à mon voisin unijambiste qui, apparemment, n'avait rien à proposer, et lui demandai ce qu'il vendait.

Il hocha la tête en direction de sa musette.

– Ma jambe, dit-il sans la moindre trace de regret.

– Dommage.

Son visage n'exprima qu'une tranquille résignation. Il baissa alors les yeux sur mes montres.

– Elles sont chouettes, dit-il. Tout à l'heure y'avait un Russkof qu'en cherchait une. Si vous me laissez 10 % je vous le ramène.

Je songeai au temps qu'il me faudrait attendre dans le froid avant de conclure une vente.

– Cinq, m'entendis-je rétorquer. S'il achète.

L'homme acquiesça et, tripode ambulant, s'éloigna du côté de l'opéra Kroll. Dix minutes plus tard il était de retour, hors d'haleine, accompagné par deux soldats russes qui, après de longues tractations, achetèrent la Mickey Mouse et la Patek en or pour 1700 dollars.

Lorsqu'ils furent partis, je sortis neuf billets de la liasse graisseuse qu'ils m'avaient remise et les donnai à l'unijambiste.

– Comme ça vous pourrez peut-être garder votre jambe, dis-je.

– Peut-être, dit-il en reniflant.

Mais, un peu plus tard, je le vis les échanger contre cinq cartouches de Winston.

Je n'eus aucune autre proposition cet après-midi-là et, après avoir fixé les deux montres restantes à mon poignet, je décidai de rentrer. Mais en passant devant les ruines du Reichstag, avec ses fenêtres murées et son dôme en équilibre précaire, je remarquai un graffiti qui se grava en lettres brûlantes sur mon estomac : « Quand ils voient ce que font nos femmes, l'Allemand pleure et le GI jouit dans son froc. »

Le train pour Zehlendorf et le secteur américain de Berlin me déposa au sud de Kronprinzenallee et du Johnny's American Bar où travaillait Kirsten, situé à moins d'un kilomètre du Quartier général américain.

Il faisait déjà sombre lorsque je dénichai le Johnny's, un endroit bruyant et illuminé, aux fenêtres embuées, avec des Jeep garées devant. Une pancarte au-dessus de la porte indiquait que le bar était réservé aux seuls « First Three Graders », précision dont j'ignorais la signification. Devant la porte se tenait un vieillard voûté comme un igloo. C'était l'un des milliers de ramasseurs de mégots que comptait la ville et qui, au même titre que les prostituées, avaient chacun leur secteur réservé. Les trottoirs devant les bars et les clubs américains étaient bien sûr les plus convoités, puisqu'on pouvait y récolter jusqu'à cent mégots en une seule journée, ce qui représentait de dix à quinze cigarettes reconstituées, soit environ 5 dollars.

– Hé, le vieux, lui dis-je. Tu aimerais te faire quatre Winston ?

Je sortis le paquet que j'avais acheté au Reichstag et en éjectai quatre cigarettes dans ma paume. Les yeux chassieux du type faisaient à toute vitesse la navette entre mon visage et les cigarettes.

– En échange de quoi ?

– Deux maintenant et deux quand tu viendras me prévenir que cette fille sort d'ici.

Je lui remis la photo de Kirsten que je gardai dans mon portefeuille.

– Joli petit lot, fit-il d'un air égrillard.

– T'occupe pas de ça.

Je tendis le pouce vers un bar crasseux un peu plus loin dans Kronprinzenallee, en direction du QG militaire US.

– Tu vois ce café ? Je t'attends là-bas.

Le ramasseur de mégots me salua de l'index et, empochant la photo et les deux Winston, voulut reprendre son exploration du caniveau. Je le retins par le mouchoir malpropre qui enserrait son cou mal rasé.

– Et ne m'oublie pas, hein ? fis-je en le garrottant. On dirait que tu t'es dégoté un bon coin, alors je saurai où te trouver si tu ne viens pas me prévenir. Compris ?

Le vieil homme parut comprendre mon désarroi. Il eut un affreux sourire.

– P't-être qu'elle, elle vous a oublié, m'sieur. Mais vous pouvez compter sur moi.

Son visage, constellé de taches et d'auréoles huileuses comme le sol d'un garage, devint écarlate pendant que je resserrai ma prise.

– T'as plutôt intérêt, fis-je avant de le laisser aller, peu fier de le rudoyer ainsi.

Je lui donnai une cigarette de plus pour la peine et, coupant court à ses excessives démonstrations de gratitude, me dirigeai vers le boui-boui.

Là, pendant ce qui me parut une éternité mais ne dura en réalité que deux heures, j'attendis, attablé devant un grand verre de mauvais cognac, fumant plusieurs cigarettes en écoutant les conversations autour de moi. Lorsque le ramasseur de mégots vint me retrouver, ses traits scrofuleux arboraient un sourire triomphal. Je le suivis dehors.

– La femme, m'sieur, dit-il en tendant un bras vers la gare. Elle est partie par là. (Il se tut pendant que je lui réglai le reste de sa prime, puis ajouta :) Avec son *schätzi*. Un capitaine, il m'a semblé. Un beau jeune homme en tout cas.

Préférant ne pas en entendre plus, je partis du pas le plus rapide dont j'étais capable dans la direction qu'il m'avait indiquée.

Bientôt j'aperçus Kirsten et l'officier américain qui l'accompagnait en la tenant par l'épaule. Je suivis de loin, dans la clarté crue de la pleine lune, leur promenade insouciante qui les conduisit à un immeuble en ruine dont les six étages s'étaient effondrés les uns sur les autres en un étrange feuilleté. Ils disparurent à l'intérieur. Je me demandai si je devais les suivre. Avais-je besoin de tout voir ?

Une bile amère jaillit de mon foie et détruisit la graisse du doute qui pesait sur mon estomac.

Comme des moustiques, je les entendis avant de les voir. Ils parlaient mieux anglais que je ne le comprenais, mais elle paraissait lui expliquer qu'elle ne pouvait pas rentrer à une heure indue deux soirs d'affilée. Un nuage glissant devant la lune obscurcit la scène. Je me faufilai derrière un éboulis, d'où j'espérais avoir un meilleur point de vue. Quand le nuage s'éloigna, laissant la clarté lunaire filtrer de nouveau entre les chevrons nus du toit, je les vis nettement. Ils ne parlaient plus. Pendant un instant, ils formèrent comme une allégorie de l'innocence, elle s'agenouillant devant lui tandis qu'il posait les mains sur ses cheveux comme pour une bénédiction divine. Je me demandai pourquoi Kirsten remuait ainsi la tête, mais son partenaire râla de plaisir et je compris en éprouvant une brusque sensation de vide. Je me faufilai dehors et passai la soirée à m'abrutir d'alcool.

4

Je passai la nuit sur le divan, fantaisie que Kirsten, qui dormait à poings fermés lorsque j'étais rentré en titubant, attribua peut-être à l'ivresse qu'elle décela le lendemain à mon haleine. Je fis mine de dormir jusqu'à ce qu'elle quitte l'appartement, mais ne pus l'empêcher de m'embrasser sur le front avant de partir. Je l'entendis siffloter en descendant l'escalier. Je me levai et, de la fenêtre, la regardai s'éloigner dans Fasanenstrasse en direction de la gare du Zoo d'où elle prenait le train pour Zehlendorf.

Lorsque je l'eus perdue de vue, je tentai de rassembler les rares vestiges de ma personnalité afin de faire face à la journée qui commençait. Mon crâne palpitait comme les flancs d'un doberman excité, mais après une toilette à l'eau glaciale, quelques tasses du café du capitaine et une cigarette, je me sentis un peu mieux. Cependant, hanté par le souvenir de Kirsten taillant une pipe à l'officier américain et par les images des violences que je pourrais lui faire subir, à lui, j'en oubliai celles que j'avais infligées à un soldat de l'Armée rouge et ouvris sans précaution au premier coup frappé à la porte.

Quoique de petite taille, le Russe aurait dominé le plus grand des soldats de l'Armée rouge grâce aux trois étoiles dorées et au galon bleu ciel qu'il portait sur les épaulettes argent de sa capote grise, lesquels l'identifiaient comme un *palkovnik*, un colonel du MVD, la police secrète soviétique.

– Hèrr Gunther ? s'enquit-il poliment.

J'acquiesçai d'un air sombre, furieux de mon imprudence. Je me demandai où j'avais laissé l'arme du Russe, et si je devais tenter de mettre la main dessus. Mais peut-être avait-il posté des hommes au bas de l'escalier dans la perspective d'une telle éventualité ?

L'officier ôta sa casquette, claqua des talons tout en relevant brusquement la tête comme un Prussien.

– Palkovnik Poroshin, pour vous servir. Puis-je entrer ?

Il n'attendit pas ma réponse. C'était le genre de type habitué à n'obéir qu'à sa propre volonté.

Guère plus âgé que 30 ans, le colonel portait les cheveux plutôt longs pour un militaire. Il releva la mèche tombée sur ses yeux bleu pâle et la rabattit sur son crâne étroit tout en se livrant à une assez bonne imitation d'un sourire. Il prenait un plaisir visible à mon embarras.

– Vous êtes bien Herr Bernhard Gunther, n'est-ce pas ? Je préfère m'en assurer.

Je fus surpris qu'il connaisse mon identité, mais plus encore qu'il ouvre et me tende un élégant étui à cigarettes en or. La teinte jaunâtre de l'extrémité de ses doigts témoignait qu'il entendait fumer et non vendre des cigarettes. Or, les hommes du MVD n'avaient pas pour habitude d'en offrir aux suspects qu'ils arrêtaient. C'est pourquoi j'acceptai son offre et admis que tel était bien mon nom.

Il coinça sa cigarette entre ses dents et sortit un briquet Dunhill.

– Et vous êtes un… (il fit la grimace lorsque la fumée lui irrita l'œil)… un *sh'pek*… comment dit-on en allemand ?

– Détective privé, traduisis-je du tac au tac tout en regrettant aussitôt ma précipitation.

Poroshin haussa les sourcils.

– Tiens, tiens, remarqua-t-il avec une légère surprise qui se transforma vite en intérêt puis en plaisir sadique. Vous parlez russe.

– Un peu, rétorquai-je en haussant les épaules.

– Ce n'est pourtant pas un mot courant. En tout cas pour quelqu'un qui ne maîtrise pas notre langue. En russe, *sh'pek* signifie aussi lard de porc salé. Le saviez-vous ?

– Non.

À la vérité, lorsque j'étais prisonnier de guerre chez les Soviétiques, j'en avais tellement mangé, étalé sur un affreux pain noir, que je ne risquais pas de l'oublier. S'en doutait-il ?

– *Nye shooti* (Vraiment) ? s'étonna-t-il en souriant. Je suis sûr que si. Comme je suis sûr que vous savez que je suis du MVD, pas vrai ? Vous voyez comme je fais bien mon travail ? Cela ne fait pas cinq minutes que nous parlons et déjà je peux dire que vous essayez de dissimuler que vous parlez très bien le russe. Mais pourquoi ?

– Si vous me disiez ce que vous voulez, colonel ?

– Allons, allons. En tant qu'officier de renseignements, il est tout naturel que je cherche à savoir. Vous êtes bien placé pour comprendre une telle curiosité, non ?

La fumée enveloppa son nez en forme d'aileron de requin tandis qu'il plissait les lèvres en un rictus d'excuse.

– Il ne fait pas bon pour un Allemand d'être trop curieux, dis-je. Surtout en ce moment.

Il haussa les épaules, s'approcha de mon bureau et regarda les deux montres qui y étaient posées.

– Peut-être, murmura-t-il d'un ton songeur.

J'espérais qu'il n'aurait pas l'idée d'ouvrir le tiroir dans lequel, je m'en souviens à ce moment, j'avais rangé l'automatique du soldat russe. J'essayai de le ramener au motif de sa visite.

— N'est-il pas vrai que les détectives privés et les agences de renseignements sont interdits dans votre zone ? fis-je.

Il finit par s'éloigner du bureau.

— *Vyerno* (Exact), Herr Gunther. Et ceci parce que de tels organismes n'ont aucune utilité dans une démocratie…

Poroshin émit une série de ta, ta, ta ! lorsque je fis mine de l'interrompre.

— Taisez-vous, Herr Gunther, je vous en prie. Vous étiez sur le point de dire qu'on peut difficilement définir l'Union soviétique comme une démocratie. Mais si vous le disiez, le camarade Secrétaire général pourrait vous entendre et envoyer d'affreux bonshommes comme moi vous kidnapper, vous et votre femme. Naturellement, vous et moi savons très bien qu'en ce moment les seuls individus prospères de cette ville sont les prostituées, les trafiquants et les espions. Il y aura toujours des prostituées, et le marché noir cessera dès que la monnaie allemande sera remise à flot. Ce qui nous laisse les espions. C'est la nouvelle profession à la mode, Herr Gunther. Vous devriez cesser de faire le détective. Il y a tant d'autres possibilités pour des gens comme vous.

— On dirait que vous me proposez un travail, colonel.

Il grimaça un sourire.

— Ça ne serait peut-être pas une mauvaise idée. Mais ce n'est pas pour ça que je suis venu vous voir. Puis-je m'asseoir ? demanda-t-il en se tournant vers le fauteuil.

— Mais je vous en prie. Je crains de ne pouvoir vous offrir autre chose que du café.

— Non, merci. Le café me rend nerveux.

Je rectifiai ma position sur le divan et attendis.

— Il se trouve qu'un de nos amis communs, Emil Becker, s'est mis dans de sales draps, annonça-t-il.

– Becker ?

Je réfléchis un moment et me souvins d'un visage à l'époque de l'offensive russe de 1941 ; avant ça, il était dans la Reichskriminal Polizei – la Kripo.

– Je ne l'ai pas vu depuis un bon moment. Et je ne dirais pas vraiment que c'est un ami. Mais qu'a-t-il fait ? Pourquoi l'avez-vous arrêté ?

Poroshin secoua la tête.

– Vous m'avez mal compris. C'est avec les Américains qu'il a des ennuis, pas avec nous. Avec la police militaire américaine à Vienne, pour être précis.

– Si ce n'est pas vous mais avec les Américains, c'est qu'il a dû effectivement commettre un délit.

Poroshin ignora le sarcasme.

– Il est accusé du meurtre d'un officier américain. Un capitaine.

– Eh bien, ça peut arriver à tout le monde d'avoir envie de s'en faire un, dis-je. (Je secouai la tête en voyant son air perplexe.) Je disais ça en passant. Ce n'est pas grave, ne faites pas attention.

– Ce qui est grave, c'est que Becker n'a pas tué cet Américain, déclara-t-il d'un ton ferme. Il est innocent. Mais les Américains ont accumulé les présomptions et il finira au bout d'une corde si personne ne lui vient en aide.

– Je ne vois pas ce que je peux faire.

– Eh bien c'est simple, il désire vous engager pour prouver son innocence. Il vous rétribuera généreusement. Qu'il perde ou gagne son procès, il est disposé à vous donner 5 000 dollars.

Je lâchai un sifflement.

– C'est une grosse somme.

– La moitié réglable dès maintenant, en or. Le reste à votre arrivée à Vienne.

– Et quel est votre intérêt dans cette affaire, colonel ?

Il se tortilla le cou enserré par le col de sa tunique immaculée.

– Comme je vous l'ai dit, Becker est un ami.

– Cela vous ennuierait-il de me donner quelques précisions ?

– Il m'a sauvé la vie, Herr Gunther. Je dois tout faire pour l'aider. Mais vous comprendrez que pour d'évidentes raisons politiques il m'est difficile de lui apporter mon aide au grand jour.

– Comment se fait-il que vous soyez si bien au fait des desiderata de Becker ? J'ai du mal à croire qu'il vous téléphone d'une prison américaine.

– Il a un avocat. C'est lui qui m'a demandé de vous contacter. Et de vous proposer d'aider votre vieux camarade.

– Il n'a jamais été mon ami. Il est exact que nous avons travaillé ensemble autrefois. Mais dire que nous sommes de vieux camarades, non.

Poroshin haussa les épaules.

– Comme vous voulez.

– Où Becker trouvera-t-il 5 000 dollars ?

– C'est un homme de ressources.

– Ça m'en a tout l'air. Que faisait-il ces temps-ci ?

– Il gérait une entreprise d'import-export, avec des bureaux ici et à Vienne.

– Bel euphémisme. Je suppose qu'il s'agit de marché noir ?

Poroshin hocha la tête d'un air contrit et m'offrit une deuxième cigarette de son étui en or. Je la fumai avec une lenteur délibérée, me demandant où se situait la petite part de vérité de toute cette histoire.

– Alors, qu'en dites-vous ?

– C'est non, finis-je par décréter. Pour plusieurs raisons. Je commencerai par la plus polie.

Je me levai et gagnai la fenêtre. Dans la rue, j'aperçus une BMW flambant neuve avec un fanion russe sur l'aile ; un soldat de l'Armée rouge à l'air peu commode était appuyé à la carrosserie.

– Colonel Poroshin, vous n'avez pas été sans remarquer qu'il est de plus en plus problématique d'entrer ou de sortir de cette ville. Berlin est encerclée par la moitié de l'Armée rouge. Sans même parler des restrictions concernant les déplacements des citoyens allemands, il semble que les choses se soient notoirement compliquées ces dernières semaines, y compris pour vos soi-disant alliés. Vu le nombre de personnes déplacées qui tentent d'entrer illégalement en Autriche, il est compréhensible que les Autrichiens approuvent les restrictions à l'entrée dans leur pays. Bien. Voilà la raison polie.

– Rien de ce que vous évoquez ne constitue un problème, rétorqua Poroshin d'une voix mielleuse. Je serai tout prêt à tirer quelques ficelles pour un vieil ami comme Emil. Laissez-passer, carte rose, tickets, tout sera prêt. Faites-moi confiance pour procéder aux arrangements nécessaires.

– Vous venez de toucher du doigt la seconde raison pour laquelle je refuse ce travail. C'est la raison la moins polie. Je n'ai pas confiance en vous, colonel. Pourquoi vous croirais-je ? Vous parlez de tirer quelques ficelles pour aider Emil, mais vous pourriez tout aussi bien les tirer pour obtenir l'effet contraire. Les choses ne sont jamais sûres avec vous autres. Je connais un homme qui, quand il a été démobilisé, a trouvé sa maison occupée par des officiels du Parti communiste – des gens pour qui il a été très facile de tirer quelques ficelles pour le faire déclarer fou et interner dans un asile. Je sais aussi qu'il y a à peine deux mois, j'ai quitté un couple d'amis dans un bar situé dans votre secteur de Berlin, et que, quelques minutes après mon départ, des soldats soviétiques ont cerné l'endroit et envoyé tous ceux qui s'y trouvaient en travail forcé pour deux semaines. C'est pourquoi, je le répète, colonel, je n'ai pas confiance en vous et ne vois aucune raison de penser le contraire. Je sais très bien que je pourrais être arrêté dès que je poserai le pied dans votre secteur.

Poroshin éclata de rire.

— Mais pourquoi ? Pourquoi vous arrêterait-on ?

— J'ignorais qu'il fallait une raison. (Je haussai les épaules avec exaspération.) Peut-être parce que je suis détective. Aux yeux du MVD, je ne vaux guère mieux qu'un espion américain. Je crois savoir que le camp de Sachsenhausen, que vos troupes ont libéré, est à présent rempli d'Allemands accusés d'espionnage au profit des Américains.

— Me permettrez-vous, Herr Gunther, de faire preuve d'arrogance sur un seul point ? Pensez-vous sérieusement que moi, Palkovnik du MVD, je consacrerais tout ce temps à machiner votre arrestation alors que j'ai tant à faire au sein du Conseil de Contrôle allié ?

— Vous êtes à la Kommendatura ? fis-je avec surprise.

— J'ai l'honneur d'être l'officier de renseignements rattaché au gouverneur militaire soviétique adjoint. Renseignez-vous au quartier général du Conseil, dans Elsholzstrasse, si vous ne me croyez pas. (Il s'interrompit dans l'attente d'une réaction de ma part.) Alors ? Qu'en dites-vous à présent ?

Comme je gardai le silence, il soupira et secoua la tête.

— Je ne comprendrai jamais les Allemands, fit-il.

— Vous parlez pourtant très bien notre langue. Et puis Marx était allemand, après tout.

— Oui, mais c'était aussi un Juif. Vos compatriotes ont tenté pendant douze ans de rendre les deux choses inconciliables. Encore un point que je ne comprends pas. Alors, avez-vous changé d'avis ?

Je fis non de la tête.

— Très bien, fit-il.

Le colonel ne manifesta aucune irritation devant mon refus. Il consulta sa montre et se leva.

— Je dois partir, reprit-il en sortant un calepin et y griffonnant quelques chiffres. Si vous changez d'avis, vous pourrez me joindre à ce numéro. C'est à Karlshorst. Le

55-16-44. Demandez la Section spéciale de sécurité du général Kaverntsev. Je vous donne aussi mon numéro personnel : 05-00-19.

Poroshin sourit en me remettant le papier.

– Si vous vous faites arrêter par les Américains, dit-il, je vous conseille de ne pas leur montrer ces numéros. Ils vous prendraient pour un espion.

Il en riait encore dans l'escalier.

5

Pour tous ceux qui avaient cru au « Vaterland », ce n'était pas la défaite qui réfutait la vision ancestrale de la société, mais la reconstruction. L'exemple de Berlin, ruinée par la vanité des hommes, enseignait en effet qu'après une guerre, quand les soldats sont morts et les murs détruits, une ville n'est plus constituée que de ses femmes.

Je m'avançai vers un canyon de granit gris qui aurait pu être l'entrée d'une mine en pleine activité, et d'où émergeait, sous la surveillance d'un groupe de femmes préposées au déblaiement, un convoi de camions chargés de briques. Sur le flanc de l'un des véhicules figurait à la craie l'inscription : « Pas de temps pour l'amour ». Un rappel que les visages maculés de poussière et les carrures de lutteurs de ces ouvrières rendaient inutile. Mais ces femmes dissimulaient des cœurs aussi gros que leurs biceps.

Souriant sous leurs sifflets et lazzis – que faisais-je de mes mains alors qu'on reconstruisait la ville ? – et brandissant ma canne comme excuse, je poursuivis jusqu'à Pestalozzistrasse où, d'après Friedrich Korsch – vieil ami de la Kripo, à présent Kommissar dans la police berlinoise sous contrôle communiste –, je pourrais trouver la femme d'Emil Becker.

Le numéro 21 était un immeuble de cinq étages endommagé par les bombardements, aux vitres remplacées par du papier. Dans l'entrée, où flottait une forte odeur de pain brûlé, était affiché un avis : « Escalier dangereux ! Les visiteurs l'empruntent à leurs risques et périls. » Heureusement pour moi, la liste des locataires et les numéros d'appartements inscrits à la craie sur le mur m'apprirent que Frau Becker vivait au rez-de-chaussée.

Un couloir obscur et humide m'amena jusqu'à sa porte. Entre celle-ci et le lavabo collectif, une vieille femme était occupée à arracher les plaques de moisissure du mur et les entassait dans un carton.

— Vous êtes de la Croix-Rouge ? me demanda-t-elle.

Je lui dis que non, frappai à la porte et attendis.

La vieille sourit.

— Ça ne fait rien, dit-elle. Nous sommes très bien lotis, ici.

Sa voix trahissait une paisible folie.

Je frappai à nouveau, plus fort, entendis un son étouffé, puis un bruit de verrous.

— Nous n'avons jamais faim, reprit la vieille. Le Seigneur veille à tout. (Elle me montra les lambeaux de moisissure entassés dans la boîte.) Regardez. Nous avons même des champignons frais.

Sur ce, elle décolla une plaque du mur et la porta à sa bouche.

Lorsque la porte s'ouvrit, le dégoût m'empêcha un instant de parler. Apercevant la vieille, Frau Becker m'écarta, s'avança dans le couloir et la chassa à grand renfort d'insultes.

— Sale vieille pute, marmonna-t-elle. Elle vient gratter le moisi des murs pour le manger. Elle est folle. Complètement cinglée.

— C'est sans doute ce qu'elle a l'habitude de manger, fis-je en sentant remonter la nausée.

De derrière ses lunettes Frau Becker me transperça du regard.

— Qui êtes-vous et que voulez-vous ? demanda-t-elle brusquement.

— Je m'appelle Bernhard Gunther, commençai-je, et je…

— J'ai entendu parler de vous, me coupa-t-elle. Vous êtes de la Kripo.

— J'étais.

— Entrez donc.

Elle me suivit dans le salon glacial, claqua la porte et manœuvra les verrous comme si elle craignait un danger mortel. Notant mon étonnement, elle ajouta en guise d'explication :

— On n'est jamais trop prudent avec tout ce qui se passe.

— Vous avez raison.

Je parcourus du regard les murs lépreux, le tapis élimé, les meubles branlants. C'était rudimentaire, mais tout était en ordre. Il n'y avait pas grand-chose à faire contre l'humidité.

— Par rapport à d'autres quartiers, Charlottenburg n'a pas été trop touché, remarquai-je en manière de consolation.

— Peut-être, rétorqua-t-elle, mais je peux vous dire que si vous étiez venu à la nuit, vous auriez eu beau cogner à la porte jusqu'au jour du Jugement dernier, je ne vous aurais pas ouvert. Des tas de voyous rôdent par ici le soir.

Disant ces mots elle débarrassa le divan d'une grande plaque de contreplaqué sur laquelle, pendant un instant, dans la pénombre de la pièce, je crus distinguer les pièces d'un puzzle. Puis je remarquai le papier à cigarettes Olleschau, les sacs de mégots, les petits tas de tabac et les rangées de cigarettes reconstituées.

Je m'assis sur le divan, sortis mes Winston et lui en
offris une.

— Merci, fit-elle d'un air maussade avant de se coincer
la cigarette derrière l'oreille. Je la fumerai plus tard.

Mais j'étais sûr qu'elle la vendrait avec les autres.

— Combien se vendent ces cigarettes roulées ?

— Environ 5 marks, dit-elle. Je paie mes ramasseurs
5 dollars les cent cinquante mégots. J'en tire une vingtaine
de cigarettes, que je revends à peu près 10 dollars. Pourquoi vous me demandez ça ? Vous écrivez un article pour
le *Tagesspiegel* ? Épargnez-moi le sermon sur les malheurs
du temps, Herr Gunther. Vous êtes venu à propos de mon
abruti de mari, n'est-ce pas ? Eh bien ça fait un moment
que je l'ai pas vu. Et j'espère bien ne plus jamais le revoir.
Vous savez que les Américains l'ont flanqué en taule ?

— Oui, je sais.

— J'ai été bien contente quand les MP sont venus me
dire qu'ils l'avaient arrêté. Je pouvais lui pardonner de
m'avoir laissée, mais pas d'avoir abandonné notre fils.

Il était impossible de savoir si Frau Becker était devenue une sorcière avant ou après que son mari eut pris le
large. Mais elle avait peu de chances de me convaincre
qu'il avait fait le mauvais choix. Elle avait une bouche au
pli amer, un menton en galoche et de petites dents acérées.
À peine lui avais-je exposé le but de ma visite qu'elle se
mit à déchiqueter l'air autour de mes oreilles. Il m'en
coûta le reste de mes cigarettes pour la calmer suffisamment afin qu'elle réponde à mes questions.

— Que s'est-il passé au juste ? Pouvez-vous me raconter ?

— Les MP ont dit qu'il avait tué un capitaine de l'armée
américaine à Vienne. Quand ils l'ont pris, il avait encore
le pistolet sur lui. C'est tout ce qu'ils m'ont dit.

— Et ce colonel Poroshin ? Que savez-vous de lui ?

— Vous voulez savoir si vous pouvez avoir confiance
en lui ou pas, hein ? Ma foi, c'est un Popov, fit-elle d'un

air méprisant. Ça devrait vous suffire, non ? Ils se sont connus ici à Berlin à cause d'une combine d'Emil. Du trafic de pénicilline, j'crois bien. D'après Emil, Poroshin avait attrapé la syphilis avec une fille. À mon avis, c'est plutôt lui qui la lui avait refilée. Bref, c'était la pire variété, celle qui vous fait gonfler. Le Salvarsan n'avait aucun effet. Emil leur a procuré de la pénicilline. Et vous savez que c'est rare d'en trouver de la bonne. Ça doit être une des raisons pour lesquelles Poroshin veut aider Emil. Ils sont tous les mêmes, ces Russes. C'est pas seulement le cerveau qu'ils ont dans les couilles, mais aussi le cœur. La gratitude de Poroshin lui vient tout droit du scrotum.

– Y a-t-il une autre raison ?

Elle plissa le front.

– Vous avez dit que c'était une des raisons.

– Bien sûr. C'est pas simplement pour le plaisir d'éviter la corde à Emil, pas vrai ? Ça m'étonnerait pas qu'il ait espionné pour le compte de Poroshin.

– En avez-vous la preuve ? Voyait-il souvent Poroshin quand il était à Berlin ?

– Je peux pas vous dire.

– Pourtant il est accusé de meurtre. Pas d'espionnage.

– Quel intérêt d'en rajouter ? Ils ont déjà largement de quoi l'envoyer à la potence.

– Ça ne se passe pas tout à fait comme ça. Si c'était un espion, ils auraient voulu tout savoir. Les MP vous auraient posé des tas de questions sur les fréquentations de votre mari. L'ont-ils fait ?

Elle haussa les épaules.

– Pas que je me souvienne.

– S'ils l'avaient soupçonné d'espionnage, ils auraient fait une enquête, ne serait-ce que pour découvrir quel genre de renseignements il transmettait. Ont-ils fouillé l'appartement ?

Frau Becker fit non de la tête.

– De toute façon, j'espère qu'ils le pendront, dit-elle d'un ton amer. Vous pourrez le lui dire, si vous le voyez. Moi, je ne le reverrai pas.

– Quand l'avez-vous vu pour la dernière fois ?

– Il y a un an. Il est rentré d'un camp de prisonniers soviétique au mois de juillet et il m'a quittée trois mois plus tard.

– Quand avait-il été fait prisonnier ?

– En février 43, à Briansk. (Sa bouche se durcit.) Dire que je l'ai attendu trois ans. Quand je pense à tous ceux à qui j'ai dit non… Je l'ai attendu tout ce temps, et voilà ce qu'il a fait. (Une idée soudaine parut lui venir à l'esprit.) La voilà, votre preuve qu'il espionnait. Comment que ça se fait qu'il ait été libéré, hein ? Pensez-y un peu. Pourquoi est-il rentré alors que tant d'autres sont toujours là-bas ?

Je me levai pour prendre congé. Peut-être la situation que je vivais avec ma propre femme m'inclinait-elle à prendre le parti de Becker. Mais j'en avais appris assez pour comprendre qu'Emil avait besoin de toute l'aide possible – et même plus si sa mégère était mêlée à l'affaire.

– J'ai moi-même été interné dans un camp de prisonniers soviétique, Frau Becker, dis-je. J'y suis resté moins de temps que votre mari. J'ai peut-être eu de la chance, mais ça ne m'a pas transformé en espion. (J'allai à la porte, l'ouvris, hésitai un instant.) Vous voulez que je vous dise en quoi ça m'a transformé ? Aux yeux de la police, aux yeux de gens comme vous, Frau Becker, aux yeux de gens comme ma propre femme, qui refuse que je la touche depuis mon retour ? Vous voulez savoir ce que ça a fait de moi ? Un intrus.

6

On dit que chien affamé mange viande avariée. Mais la faim ne transforme pas seulement les critères d'hygiène. Elle ramollit l'esprit – sans parler des désirs sexuels –, obscurcit la mémoire et rend apathique. Aussi, les sens émoussés par le manque de nourriture, avais-je frôlé le coup dur à plusieurs reprises au cours de cette année 1947. C'est pourquoi je décidai de réfléchir à l'envie, aussi subite qu'irrationnelle, qui me prenait d'accepter le dossier Becker, grâce auquel je pourrais au moins me garnir l'estomac.

Autrefois l'hôtel le plus luxueux et le plus célèbre de Berlin, l'Adlon n'était guère plus aujourd'hui qu'un tas de ruines. Envers et contre tout, l'établissement continuait pourtant à fonctionner, avec une quinzaine de chambres qui, l'hôtel se trouvant en secteur russe, étaient en général occupées par des officiers soviétiques. Un petit restaurant en sous-sol avait non seulement subsisté, mais tournait à plein rendement, car il était réservé aux Allemands pourvus de tickets de rationnement. Ceux-ci pouvaient y manger sans craindre, comme cela se produisait fréquemment dans la plupart des autres établissements berlinois, d'être chassés de leur table au profit d'Anglais ou d'Américains évidemment plus aisés et aux poches mieux remplies.

L'insolite entrée de l'Adlon était aménagée sous un tas de gravats dans Wilhelmstrasse, non loin du Führerbunker où avait péri Hitler, et que l'on pouvait visiter en glissant quelques cigarettes dans la main d'un des policiers censés tenir les curieux à distance. Depuis la fin de la guerre, les flics de Berlin jouaient les rabatteurs.

Je dînai d'un potage de lentilles, d'un « hamburger » de navets et de fruits en conserve. Ensuite, ayant suffisamment tourné et retourné l'affaire Becker dans mon esprit revigoré, je réglai mon souper d'une poignée de coupons et montai téléphoner dans ce qui tenait lieu de réception.

J'obtins assez vite la communication avec l'Autorité militaire soviétique, l'AMS, mais on me fit patienter une éternité avant de pouvoir joindre le colonel Poroshin. Au lieu d'accélérer l'opération, le fait de parler russe ne fit que m'attirer les regards suspicieux du portier de l'hôtel. Lorsqu'on me passa enfin Poroshin, il se déclara enchanté que j'aie changé d'avis et me donna rendez-vous au pied du portrait de Staline dressé sur Unter den Linden, où une voiture passerait me prendre un quart d'heure plus tard.

Il faisait de plus en plus froid et j'attendis une dizaine de minutes dans le hall de l'Adlon avant d'emprunter l'escalier de service, d'où je débouchai dans Wilhelmstrasse. Tournant le dos à la Porte de Brandebourg, je me dirigeai vers l'immense panneau sur lequel figurait le portrait du camarade Secrétaire général dominant le centre de l'avenue, flanqué de deux socles plus modestes portant le marteau et la faucille soviétiques.

Tandis que j'attendais, j'eus l'impression que Staline m'observait. Un effet, songeai-je, délibérément recherché. Les yeux étaient aussi profonds, aussi sombres et aussi répugnants que l'intérieur d'un godillot de facteur et, sous les moustaches en forme de cafards, s'étirait un sourire froid comme un iceberg. J'étais abasourdi qu'il se trouvât des gens pour qualifier ce monstre sanguinaire de « Petit Père », alors qu'il me paraissait à peu près aussi doux que le roi Hérode.

La voiture de Poroshin arriva, le bruit de son moteur noyé par le passage d'une formation de chasseurs YAK 3 au-dessus de nos têtes. Je montai à bord et fus bientôt chahuté dans tous les sens sur le siège arrière tandis que le chauffeur, un Tatar à l'impressionnante carrure, enfonçait l'accélérateur de la BMW en direction d'Alexanderplatz

puis, plus loin vers l'est, vers la Frankfurter Allee et Karlshorst.

– Je croyais qu'il était interdit aux civils allemands de
rouler dans des voitures de l'état-major, dis-je en russe à
mon chauffeur.

– Exact, répliqua-t-il. En cas de contrôle, le colonel
m'a ordonné de dire que vous étiez en état d'arrestation.

En voyant dans son rétroviseur l'inquiétude qui s'était
peinte sur mon visage, le Tatar éclata d'un rire sonore, et
je me consolai en songeant qu'à une telle vitesse, seul un
obus antichar aurait pu nous arrêter.

Nous atteignîmes Karlshorst en quelques minutes.

Quartier résidentiel de villas équipé d'une piste de
steeplechase, Karlshorst, surnommée « le Petit Kremlin »,
était à présent une enclave russe hermétiquement bouclée
dans laquelle les Allemands ne pouvaient pénétrer que
porteurs d'une autorisation spéciale ou protégés par un
fanion du genre de celui flottant sur le capot de la voiture de Poroshin. Nous franchîmes plusieurs points de
contrôle avant d'arriver au vieil hôpital St Antonius de
Zeppelin Strasse, qui abritait désormais l'AMS pour la
zone berlinoise. La voiture s'arrêta au pied d'un socle de
cinq mètres de haut surmonté d'une grande étoile rouge.
Le chauffeur de Poroshin bondit de son siège, m'ouvrit
la portière d'un geste élégant et, ignorant les sentinelles,
m'accompagna en haut des marches jusqu'à l'entrée. Je
m'immobilisai un instant sur le seuil pour contempler
les voitures et motocyclettes BMW flambant neuves qui
s'alignaient sur le parking.

– Quelqu'un a fait des emplettes ? fis-je.

– Elles viennent de l'usine BMW d'Eisenbach, me répondit avec fierté le chauffeur. Passée sous direction russe.

Après cette déprimante nouvelle, il me laissa dans une
salle d'attente où flottait une forte odeur de phénol. La
seule décoration de la pièce était un nouveau portrait de
Staline, accompagné d'un slogan : « Staline, guide avisé

et protecteur de la classe ouvrière ». Lénine lui-même, dont le portrait figurait dans un plus petit cadre fixé près du guide avisé, semblait, au vu de son expression, avoir quelques doutes sur la chose.

Je retrouvai les deux mêmes personnages sur un des murs du bureau de Poroshin, au dernier étage de l'immeuble de l'AMS. L'impeccable tunique vert olive du jeune colonel était suspendue derrière la porte en verre, et il portait une blouse de style circassien maintenue à la taille par une bande de cuir noir. Si l'on exceptait le brillant de ses souples bottes de veau, on aurait pu le prendre pour un étudiant de l'université de Moscou. Il posa sa tasse et se leva lorsque le Tatar me fit entrer dans son bureau.

— Asseyez-vous, je vous prie, Herr Gunther, dit Poroshin en m'indiquant une chaise en bois cintré.

Le Tatar attendait qu'on le congédie. Poroshin leva sa tasse et m'en montra le contenu.

— Voulez-vous de l'Ovaltine, Herr Gunther ?

— De l'Ovaltine ? Non merci. Je déteste ça.

— Vraiment ? fit-il d'un air surpris. J'en raffole.

— Il est un peu tôt pour prendre un somnifère.

Poroshin sourit d'un air patient.

— Peut-être préférez-vous une vodka ?

Il ouvrit un tiroir et en sortit une bouteille et un verre qu'il posa devant moi sur le bureau.

Je m'en servis une bonne dose. Du coin de l'œil j'aperçus le Tatar qui se passait la main sur les lèvres d'un air envieux. Poroshin, qui avait aussi remarqué le geste, emplit un second verre et le posa au sommet d'une armoire à dossiers, juste à côté de la tête de son chauffeur.

— Il faut dresser ces bâtards de Cosaques comme des chiens, expliqua-t-il. Pour eux, l'ivresse est presque une obligation religieuse, pas vrai, Yeroshka ?

— Oui, colonel, fit celui-ci d'une voix dépourvue d'expression.

– Il a démoli un bar, agressé une serveuse et cogné sur un sergent. Sans moi, il aurait été fusillé. Il sait qu'il doit filer droit, pas vrai, Yeroshka ? Je te mets une balle dans la tête si tu touches ce verre sans ma permission. Compris ?

– Oui, colonel.

Poroshin exhiba un gros et lourd revolver et le posa sur la table pour souligner ses propos. Puis il se rassit.

– Je suppose qu'avec votre formation, vous savez ce que signifie la discipline, Herr Gunther. Où m'avez-vous dit avoir servi pendant la guerre ?

– Je ne vous l'ai pas dit.

Il se renversa sur son fauteuil et posa ses bottes sur le bureau, faisant tressaillir la vodka dans mon verre.

– Non, c'est vrai. Mais j'imagine que vos talents vous ont valu un poste dans les services de renseignements.

– Quels talents ?

– Allons, ne faites pas le modeste. Votre maîtrise du russe, votre expérience dans la Kripo. Euh, oui… l'avocat d'Emil m'a mis au courant. On m'a dit que vous aviez fait partie de la Commission criminelle berlinoise. Et que vous étiez Kommissar. Un grade plutôt élevé, non ?

Je bus une gorgée de vodka en essayant de garder mon calme. Je me dis que j'aurais dû m'attendre à une séance de ce genre.

– Je n'étais qu'un simple soldat. J'obéissais aux ordres, dis-je. Je n'étais même pas membre du parti.

– Aujourd'hui, on croirait qu'ils n'ont été qu'une poignée. C'est tout à fait extraordinaire, dit-il en souriant, et il brandit son index d'un air réprobateur. Vous aurez beau jouer les saintes nitouches, Herr Gunther, j'arriverai à tout savoir de vous, croyez-moi. Ne serait-ce que pour satisfaire ma curiosité.

– Parfois, la curiosité est comme la soif de Yeroshka, dis-je. Il vaut mieux ne pas la satisfaire. Sauf s'il s'agit de la curiosité intellectuelle, désintéressée, qui est le propre des philosophes. Les réponses sont presque toujours décevantes. (Je finis mon verre et le posai sur le sous-main, à côté de ses bottes.) Mais je ne suis pas venu ici pour discuter de questions oiseuses, colonel. Offrez-moi donc une de vos Lucky Strike et calmez *ma* curiosité en me dévoilant ne serait-ce qu'un ou deux détails concernant cette affaire.

Poroshin se pencha et ouvrit d'un geste sec un porte-cigarettes en argent qui trônait sur le bureau.

– Servez-vous, dit-il.

J'en pris une et l'allumai avec un briquet fantaisie en forme de canon, que j'examinai ensuite d'un œil critique, comme pour évaluer ce qu'il vaudrait au mont-de-piété. Poroshin m'avait agacé et je voulais lui rendre la monnaie de sa pièce.

– Joli butin, fis-je. C'est un canon allemand. Vous l'avez acheté, ou bien vous avez profité de ce qu'il n'y avait personne ?

Poroshin ferma les yeux, émit un petit rire puis se leva et alla se planter devant la fenêtre. Il releva le châssis mobile et déboutonna sa braguette.

– C'est le seul ennui avec l'Ovaltine, dit-il sans paraître relever mon insulte. Ça entre d'un côté et ça ressort de l'autre. (Alors qu'il se mettait à uriner, il se tourna vers le Tatar toujours debout près de l'armoire et du verre de vodka.) Bois-le et dégage, gros porc.

Le Tatar ne se le fit pas dire deux fois. Il vida son verre d'un trait et sortit prestement du bureau dont il referma la porte derrière lui.

– Si vous voyiez dans quel état ces ploucs laissent les toilettes, vous comprendriez pourquoi je préfère pisser par la fenêtre, m'expliqua Poroshin en se reboutonnant.

Il ferma la fenêtre et reprit sa place dans le fauteuil. Les bottes s'abattirent une nouvelle fois sur le sous-main.

– Mes amis russes rendent parfois la vie plutôt sinistre dans ce secteur. Dieu merci, il y a des gens comme Emil. Il peut être très drôle quand il s'y met. Et toujours plein de ressources. Vous pouvez lui demander n'importe quoi, il vous le dégotera. Je crois que vous avez un nom pour ces as du marché noir, n'est-ce pas ?

— Swing Heinis[1].

— C'est ça, des jeunes qui aiment le swing. Si vous voulez vous amuser, Emil est le type qu'il vous faut. (Il éclata d'un rire joyeux à cette pensée, mais je ne me sentais pas le cœur à la bagatelle.) Je n'ai jamais vu un type qui connaissait un si grand nombre de filles. Bien sûr, ce sont toutes des prostituées et des filles de bar, mais ce n'est pas un bien grand crime à notre époque, pas vrai ?

— Ça dépend de la fille, dis-je.

— Et puis Emil n'a pas son pareil pour faire passer des choses de l'autre côté de la frontière – la Ligne verte, comme vous dites, n'est-ce pas ?

J'acquiesçai.

— Oui, à travers les bois.

— Un contrebandier de première. Il s'est fait beaucoup d'argent. Jusqu'à cette histoire, il vivait sur un grand pied à Vienne. Belle maison, grosse voiture et maîtresse séduisante.

— Avez-vous jamais eu recours à ses services ? Sans parler des filles, je veux dire ?

Poroshin se contenta de répondre qu'Emil pouvait vous obtenir ce que vous vouliez.

— Cela comprenait-il aussi des informations ?

Le Russe haussa les épaules.

— De temps en temps. Mais tout ce que fait Emil, il le fait pour de l'argent. Je serais très étonné qu'il n'ait pas fait la même chose pour les Américains. Mais dans le cas qui nous occupe, il travaillait pour un Autrichien. Un certain König, un publicitaire. Sa boîte s'appelait Reklaue &

---

1. Le swing était considéré comme une musique dangereuse pour les mœurs, et les jeunes qui l'écoutaient, une menace pour le Reich.

Werbe Zentrale, avec des bureaux à Berlin et à Vienne.
König voulait qu'Emil lui fasse parvenir à Berlin, de
manière régulière, les maquettes mises au point dans le
bureau de Vienne. Il disait qu'elles étaient trop précieuses
pour qu'on les confie à la poste ou à un porteur, et König
ne pouvait sortir d'Allemagne car il attendait son certificat de dénazification. Bien sûr, Emil se doutait que les
paquets ne comportaient pas que du matériel publicitaire,
mais il était suffisamment bien payé pour ne pas poser
de questions. Comme, de toute façon, il effectuait des
navettes entre Berlin et Vienne, ça lui permettait de se
faire de l'argent à bon compte. Du moins, il le croyait.

» Pendant un temps, les livraisons d'Emil se dérou-
lèrent sans anicroches. Chaque fois qu'il livrait des cigarettes ou d'autres produits de contrebande à Berlin, il
emportait avec lui un des paquets de König. Il le remettait
à un certain Eddy Holl, qui lui versait l'argent. C'était
aussi simple que ça.

» Et puis un soir, de passage à Berlin, Emil s'est rendu
dans un night-club appelé le Gay Island. Il y rencontra
par hasard Eddy Holl, qui était ivre. Celui-ci le présenta
à un capitaine américain du nom de Linden en déclarant
qu'Emil était « leur courrier viennois ». Le lendemain,
Eddy appela Emil, s'excusa de son état de la veille et lui
conseilla, dans l'intérêt de tous, d'oublier le capitaine
Linden.

» Quelques semaines plus tard, Emil, de retour à
Vienne, reçut un coup de téléphone de Linden, qui insista
pour le revoir. Ils se donnèrent rendez-vous dans un café
et là, Linden interrogea Emil sur l'entreprise de publicité
Reklaue & Werbe. Emil ne put pas lui dire grand-chose,
mais la présence de Linden à Vienne l'inquiéta : peut-être
allait-on désormais se passer de ses services ? Ce serait
dommage de ne plus bénéficier de rentrées d'argent aussi
faciles. Pendant un temps, il se mit donc à suivre Linden
dans Vienne. Deux ou trois jours plus tard, Linden ren-

contra un inconnu et, filés par Emil, les deux hommes se rendirent dans un studio de cinéma abandonné. Au bout de quelques minutes, Emil entendit un coup de feu, puis vit l'inconnu ressortir seul. Emil attendit qu'il ait disparu puis entra dans le bâtiment. Il découvrit, à côté d'un lot de tabac volé, le cadavre du capitaine Linden. Évidemment, Emil n'a pas signalé le crime. Il préférait ne pas avoir affaire à la police.

» Le lendemain, König vint le voir, accompagné d'un autre homme. Ne me demandez pas son nom, je l'ignore. Ils lui annoncèrent qu'un de leurs amis américains avait disparu et qu'ils craignaient qu'il ne lui soit arrivé quelque chose. Comme Emil avait été détective à la Kripo, ils lui demandèrent s'il voulait bien, contre une forte récompense, se charger de le retrouver. Emil accepta, séduit par la somme proposée et par la possibilité de récupérer une partie du tabac.

» Après avoir fait surveiller le studio pendant quelques jours, Emil estima que l'endroit était sûr et il s'y rendit avec un camion et deux de ses associés. Les hommes de l'IP les attendaient. Les associés d'Emil, qui avaient la gâchette facile, se firent descendre. Emil fut arrêté.

– Sait-il qui les a informés ? demandai-je.

– J'ai demandé à mes contacts à Vienne de se renseigner. C'était un coup de fil anonyme. (Poroshin sourit en connaisseur.) J'ai gardé le meilleur pour la fin. L'arme d'Emil est un P38. Il l'avait avec lui pendant l'expédition ratée au studio. Or au moment de son arrestation, quand il a dû remettre son arme, il s'est aperçu qu'il ne s'agissait pas du sien. Celui-ci avait un aigle allemand gravé sur la crosse. Mais ce n'était pas la seule différence : les experts en balistique ont rapidement établi qu'il s'agissait de l'arme qui avait tué le capitaine Linden.

– Quelqu'un l'avait substitué à l'arme de Becker, n'est-ce pas ? Il est vrai que ça n'est pas le genre de chose qu'on remarque tout de suite. Bien joué. L'assassin présumé retourne chercher le tabac volé avec l'arme du crime en poche. Le dossier paraît solide, en effet. (Je tirai une dernière bouffée de ma cigarette, l'écrasai dans le cendrier en argent et en pris une autre.) Je ne vois pas très bien ce que je pourrais faire. Transformer l'eau en vin n'est pas dans mes cordes.

— D'après son avocat, le Dr Liebl, Emil voudrait que vous retrouviez ce König. Il semble avoir disparu.

— Ça ne serait pas étonnant. Pensez-vous que ce soit König qui ait procédé à l'échange des armes à l'occasion de sa visite chez Becker ?

— Probable. Lui ou l'homme qui l'accompagnait.

— Avez-vous des renseignements sur ce König ou sur son entreprise de publicité ?

— *Niet.*

On entendit frapper à la porte et un officier entra dans le bureau.

— Am Kupfergraben en ligne, colonel, annonça-t-il en russe. Ils disent que c'est urgent.

Je dressai l'oreille. Am Kupfergraben était le nom de la plus importante prison du MVD à Berlin. Dans mon travail, j'entendais parler de tant de personnes disparues ou déplacées que toute bribe d'information était bonne à prendre.

Poroshin me jeta un coup d'œil, comme s'il lisait dans mes pensées, puis s'adressa à l'autre officier.

— Pas pour l'instant, cela attendra, Jegoroff. D'autres appels ?

— Zaisser, du K-5.

— Si cette ordure nazie veut me parler, qu'il vienne me trouver. Dites-le-lui. Maintenant laissez-nous, je vous prie.

Poroshin attendit que la porte se soit refermée derrière son subordonné avant de me demander :

— Le K-5, ça vous dit quelque chose, Gunther ?

— Pourquoi, ça devrait ?

– Non, pas encore. Mais un jour, qui sait ? (Il s'en tint
là et jeta un coup d'œil à sa montre.) Pressons. J'ai un
rendez-vous tout à l'heure. Jegoroff vous fournira tous
les documents nécessaires – carte rose, permis de déplacement, carte de rationnement, carte d'identité autrichienne.
Vous avez une photo ? Bah, peu importe. Jegoroff vous
tirera le portrait. Ah oui ! Je crois que ce serait une bonne
idée si vous aviez aussi un de nos nouveaux permis de
vente de tabac. Il vous autorise à vendre des cigarettes
dans toute la zone orientale et contraint les soldats soviétiques à vous aider en cas de besoin. Ça vous sortira de
n'importe quel guêpier.

– Je croyais que le marché noir était illégal dans votre
secteur, fis-je pour avoir l'explication de cet incroyable
exemple d'hypocrisie officielle.

– C'est illégal en effet, rétorqua Poroshin sans le
moindre signe d'embarras. Mais le trafic est couvert par
les autorités. Il nous permet de récolter des devises. Bonne
idée, vous ne trouvez pas ? Naturellement nous vous four-
nirons quelques cartouches de cigarettes pour que vous
soyez plus convaincant.

– Vous avez pensé à tout. Et mes frais ?

– Vous aurez ce qu'il faut chez vous en même temps
que vos papiers. Après-demain.

– D'où provient cet argent ? Du Dr Liebl, ou de votre
trafic de cigarettes ?

– Liebl doit m'envoyer de l'argent. En attendant, tout
est pris en charge par l'AMS.

Ça ne me plaisait pas beaucoup, mais je n'avais guère
d'alternative. Je devais accepter l'argent des Russes, ou
bien partir à Vienne en espérant qu'on me réglerait pendant mon absence.

– Très bien, dis-je. Une dernière chose. Que savez-
vous du capitaine Linden ? Vous dites que Becker l'a rencontré à Berlin. Y était-il cantonné ?

– C'est vrai, j'allais oublier notre capitaine.

Poroshin se leva et se dirigea vers l'armoire de classement sur laquelle reposait le verre vide du Tatar. Il ouvrit l'un des tiroirs et chercha le dossier qui l'intéressait.

– Capitaine Edward Linden, lut-il en allant se rasseoir. Né à Brooklyn, New York, le 22 février 1907. Obtient son doctorat d'allemand à l'université Cornell en 1930. Effectue son service dans le 970th Counter-Intelligence Corps. Précédemment intégré au 26th Infantry, basé au Camp King Interrogation Center, à Oberusel, en tant qu'officier chargé de la dénazification. Actuellement rattaché au United States Documents Center à Berlin en tant qu'officier de liaison du Crowcass. Le Crowcass étant le Central Registry of War Crimes and Security Suspects de l'armée américaine. Ça ne nous en apprend pas beaucoup, hélas.

Il laissa tomber le dossier ouvert devant moi. La curieuse écriture de style grec ne couvrait pas plus d'une demi-feuille.

– Je ne lis pas le cyrillique, fis-je.

Poroshin ne parut pas très convaincu.

– Qu'est-ce que c'est au juste, le US Documents Center ? ajoutai-je.

– Le Documents Center est situé à Berlin, dans le secteur américain, près de la Grünewald. On y rassemble tous les documents nazis émis par les ministères ou le Parti et confisqués par les Américains et les Anglais à la fin de la guerre. Il y a là une foule de dossiers, comme la liste complète des membres du NSDAP[1], ce qui permet de savoir qui a menti dans ses réponses au questionnaire de dénazification. Je parie qu'ils ont votre nom quelque part.

– Je vous ai déjà dit que je n'avais pas été membre du parti.

---

1. *Nationalsozialistische Deutsche Arbeiter Partei* : Parti national-socialiste des travailleurs allemands.

– Non, fit Poroshin en souriant. Bien sûr que non. (Il reprit le dossier et alla le remettre à sa place.) Vous ne faisiez qu'obéir aux ordres.

Il était clair qu'il n'y croyait pas plus qu'à mon ignorance de l'alphabet de saint Cyrille. Il avait toutefois raison sur ce dernier point.

– À présent, si vous n'avez pas d'autres questions, je vais vous quitter. Je dois être à l'Opéra de l'Admiralpalast dans une demi-heure.

Sur ce, il dénoua sa ceinture et, aboyant les noms de Yeroshka et de Jegoroff, il enfila sa tunique.

– Avez-vous déjà été à Vienne ? me demanda-t-il tout en agrafant son baudrier.

– Non, jamais.

– Les gens là-bas ressemblent à leur ville, dit-il en vérifiant sa tenue dans le reflet de la fenêtre. Tout est dans la façade. Il n'y a que la surface qui paraît intéressante. Dessous ils sont très différents. Voilà des gens avec qui j'aimerais travailler. Les Viennois sont des espions-nés.

7

– Tu es encore rentrée tard hier, dis-je.

– Je ne t'ai pas réveillé, au moins ?

Elle se glissa, nue, hors du lit puis se dirigea vers le grand miroir installé dans un coin de notre chambre et contempla son reflet.

– Toi aussi tu as tardé l'autre soir. C'est si bon d'avoir à nouveau chaud dans la maison. Où as-tu donc déniché ce charbon ?

– Un client.

À la regarder debout devant son miroir, caressant sa toison pubienne, aplatissant de la paume la courbe de son ventre, se rehaussant les seins, examinant sa bouche ferme et bien dessinée, ses lèvres blêmes, ses joues émaciées et ses gencives resserrées, puis se retournant pour vérifier que son derrière ne se ramollissait pas trop, se pinçant une fesse de ses doigts amaigris qui ne retenaient plus les bagues, à la regarder ainsi je pouvais deviner sans difficulté ses pensées. C'était une belle femme, en pleine maturité, bien décidée à profiter le plus possible du temps qui lui reste.

Blessé et agacé, je sortis du lit d'un bond et sentis mes jambes fléchir sous mon poids.

— Tu es belle, dis-je d'une voix fatiguée en me traînant jusqu'à la cuisine.

— Ça me semble bien court pour une déclaration d'amour, cria-t-elle dans mon dos.

Sur la table, je trouvai de nouveaux produits en provenance du PX : quelques boîtes de potage, un vrai savon, des tablettes de saccharine et une boîte de préservatifs Parisians.

Toujours nue, Kirsten me rejoignit et me regarda examiner son butin. N'y avait-il que l'Américain ? Ou étaient-ils plusieurs à profiter de ses charmes ?

— Je vois que tu as été très occupée, dis-je en prenant la boîte de préservatifs. Combien de calories là-dedans ?

Elle rit derrière la paume de sa main.

— Le gérant en garde un stock sous le comptoir. (Elle s'assit sur une chaise.) J'ai pensé que ça serait une bonne idée. Ça fait longtemps qu'on n'a rien fait. On a un moment, si ça te dit.

Ce fut rapide. Elle expédia ça avec la nonchalance professionnelle qu'elle aurait mise à administrer un lavement. À peine eus-je fini qu'elle passait dans la salle d'eau, les joues à peine rosies, tenant d'une main la capote usagée comme si c'était une souris crevée qu'elle venait de ramasser sous le lit.

Une demi-heure plus tard, habillée et prête à partir pour son travail, elle s'arrêta un instant dans le salon où, après avoir tisonné les braises, je regarnissais le poêle. Elle me regarda ranimer le feu.

– Ça, on peut dire que tu le fais bien, dit-elle.

Sans que je sache si elle avait mis une intention sarcastique dans sa remarque, elle me gratifia d'un baiser distrait et s'éclipsa.

La matinée était plus froide qu'un couteau de circoncision et je fus heureux de la passer dans une bibliothèque de Hardenbergstrasse. Le bibliothécaire était doté d'une bouche si tordue qu'il était impossible de savoir où se trouvaient ses lèvres quand il ne parlait pas.

– Non, fit-il d'une voix d'éléphant de mer, il n'existe aucun ouvrage sur le Berlin Documents Center. Mais vous trouverez quelques articles récents à ce propos. L'un dans le *Telegraf*, je crois, et l'autre dans le *Military Government Information Bulletin*.

Il saisit ses béquilles et, mi-clopinant, mi-s'appuyant des épaules contre les rayonnages, il me conduisit jusqu'à un petit cabinet pourvu d'un énorme répertoire dans lequel il retrouva en effet les références des deux articles mentionnés. Celui publié dans le *Telegraf* du mois de mai était une interview du commandant du centre, le lieutenant-colonel Hans W. Helm ; l'autre, écrit au mois d'août par un jeune collaborateur du *Bulletin*, résumait la courte histoire de l'établissement.

Je remerciai le bibliothécaire, qui m'indiqua où retrouver les deux articles.

– Vous avez bien fait de venir aujourd'hui, me dit-il. Parce que demain je dois aller à Giessen pour me faire poser ma jambe artificielle.

À la lecture des articles, je m'aperçus que je n'avais pas cru les Américains capables d'une telle efficacité. Le hasard avait bien sûr joué un rôle dans la découverte de certains des documents entreposés au centre. Les hommes de la 7e Armée américaine étaient ainsi tombés, dans une usine à papier proche de Munich où il allait être réduit en bouillie et recyclé, sur le fichier complet du parti nazi. Même sans parler de ces coups de chance, le personnel du Centre avait entrepris un archivage complet des documents disponibles, ce qui permettait de déterminer à coup sûr si tel ou tel individu avait été nazi. En plus du fichier des membres du NSDAP, le Centre possédait aussi les demandes d'adhésion, la correspondance du parti, les états de service des SS, les archives de l'Office central de sécurité du Reich[1], les antécédents raciaux des SS, les délibérations du Tribunal suprême du parti et du Tribunal du peuple – tout y était, depuis la liste des adhérents à l'organisation des instituteurs nationaux-socialistes jusqu'au dossier recensant les expulsions au sein des Jeunesses hitlériennes.

À la sortie de la bibliothèque, alors que je me dirigeais vers la gare, une autre pensée me vint à l'esprit. Je n'aurais jamais cru que les nazis auraient eu la stupidité de conserver de telles traces de leurs activités.

Je sortis du U-Bahn – un arrêt trop tôt – à une station située en secteur américain, et baptisée, pour je ne sais quelle raison, « La case de l'oncle Tom », puis je descendis Argentinische Allee.

Installé au bout de l'impasse pavée de Wasserkäfersteig, parmi les grands sapins de Grünewald et à deux pas d'un petit lac, le Berlin Documents Center était un lieu sous haute surveillance. Entouré d'une haie de barbelés, le BDC se composait de plusieurs bâtiments, mais le cœur de l'endroit semblait être une bâtisse blanche à deux étages aux volets verts et à l'aspect charmant, même si, comme je m'en souvins presque aussitôt, il abritait autrefois le Forschungsamt, le centre d'écoutes téléphoniques nazi.

La sentinelle, un grand Noir à qui il manquait une dent, me détailla d'un air soupçonneux lorsque je me présentai devant la grille. Il était sans doute plus habitué à voir pas-

---

1. *Reichssicherheitshauptamt*, ou RSHA.

ser des voitures ou des véhicules militaires que de simples piétons.

– Qu'est-ce qu'il veut, le p'tit Fritz ? fit-il en claquant ses mains gantées et en tapant des bottes par terre pour se réchauffer.

– J'étais un ami du capitaine Linden, fis-je dans mon anglais hésitant. Je viens d'apprendre la terrible nouvelle et je voulais transmettre mes condoléances. Il nous a beaucoup aidés, ma femme et moi. Il nous donnait des produits du PX, voyez-vous. (Je sortis de ma poche la courte lettre que j'avais rédigée dans le train.) Auriez-vous l'amabilité de remettre ceci au colonel Helm ?

Le soldat changea aussitôt de ton.

– Bien sûr que je lui donnerai. (Il prit l'enveloppe et l'observa d'un drôle d'air.) C'est gentil d'avoir pensé à lui.

– Bah, ce ne sont que quelques marks, pour acheter des fleurs, dis-je en hochant la tête. Avec ma carte. Ma femme et moi tenions à déposer quelque chose sur la tombe du capitaine. Nous serions allés à son enterrement s'il avait eu lieu à Berlin, mais je suppose que sa famille va faire rapatrier son corps.

– Non, rétorqua le soldat. Il sera enterré à Vienne, vendredi prochain. C'est la famille qui l'a demandé. Ils ont sans doute estimé que c'était plus simple que de transporter le cercueil aux États-Unis.

Je haussai les épaules.

– Pour un Berlinois, Vienne est aussi loin que l'Amérique. Pas facile de voyager ces temps-ci. (Je soupirai et jetai un coup d'œil à ma montre.) Je dois repartir. Il me reste une sacrée trotte.

Soudain, alors que je faisais mine de m'éloigner, je poussai un grognement étouffé, lâchai ma canne qui tinta sur le pavé, me pris le genou à deux mains et grimaçai de douleur en me laissant tomber par terre devant la grille. Je jouais mon rôle à la perfection. Le soldat quitta sa guérite.

— Pas de mal ? s'enquit-il en ramassant ma canne et en m'aidant à me remettre debout.

— Un éclat d'obus russe qui m'élance de temps en temps. Ça va aller mieux dans une minute.

— Hé, entrez donc vous reposer un moment.

Contournant la grille, il me fit entrer dans la guérite.

— Merci. C'est gentil à vous.

— De rien, vraiment. Vous savez, pour un ami du capitaine Linden…

Je m'assis et frictionnai mon genou indolore.

— Vous le connaissiez bien ?

— J'suis juste un troufion. Je peux pas dire que je le connaissais, mais il m'arrivait de le trimbaler en voiture.

Je souris en secouant la tête.

— Pourriez-vous parler plus lentement, je vous prie ? Mon anglais n'est pas très bon.

— Je faisais le chauffeur pour lui, répéta le soldat un ton au-dessus en tournant les mains comme s'il tenait un volant. Vous dites qu'il vous donnait des produits du PX ?

— Oui, il était très gentil.

— Ouais, ça lui ressemble bien. Il avait toujours des trucs du PX plein les poches. (Il se tut et une pensée parut lui venir à l'esprit.) C'est comme avec ce couple, il était comme un fils. Il leur portait toujours des colis. Peut-être que vous les connaissez. Les Drexler, ça vous dit quelque chose ?

Je fronçai les sourcils et me frottai le menton d'un air songeur.

— Ce ne sont pas eux qui habitent… (je fis claquer mes doigts comme si j'avais leur adresse au bout de la langue)… bon sang, ça m'échappe !

— À Steglitz, dit-il. Handjery Strasse.

Je secouai la tête.

— Non, alors je dois confondre. Désolé.

— Bah, ça ne fait rien.

– Je suppose que la police a dû vous interroger à propos du meurtre ?

– Non. Ils nous ont rien demandé, vu qu'ils ont coincé le type qui a fait le coup.

– Vraiment ? Voilà une bonne nouvelle. Qui est-ce ?

– Un Autrichien.

– Mais pourquoi l'a-t-il tué ? Il l'a dit ?

– Non. Un cinglé, je suppose. Et vous, comment vous avez rencontré le capitaine ?

– Dans un night-club. Le Gay Island.

– Ouais, je connais. Mais j'y ai jamais été. Je préfère les boîtes du Kudamm : Ronny's Bar, le Club Royal. Mais Linden allait souvent au Gay Island. Il connaissait beaucoup d'Allemands. C'est là qu'ils se retrouvaient.

– En tout cas il parlait drôlement bien allemand.

– Ça on peut le dire. Aussi bien que vous, je crois bien.

– Ma femme et moi nous sommes souvent demandé pourquoi il n'avait pas une liaison stable. Nous lui avons même proposé de lui présenter quelques jeunes filles. Des jeunes filles de bonne famille, j'entends.

Le soldat haussa les épaules.

– Il était trop occupé, à mon avis. (Il eut un gloussement.) Mais pour ce qui est des poulettes, il était pas le dernier ! On peut dire qu'il aimait la frat'.

Je mis quelques secondes à comprendre qu'il voulait parler de « fraternisation », euphémisme courant parmi les soldats pour désigner ce qu'un autre officier américain faisait à ma femme. Je fis mine de tâter mon genou et me levai.

– Vous êtes sûr que ça va aller ? me demanda le soldat.

– Oui, je vous remercie. Vous avez été très aimable.

– Pensez-vous, c'est rien. Qu'est-ce qu'on ferait pas pour un ami du capitaine Linden…

8

Je demandai l'adresse des Drexler à la poste de Steglitz, sur Sintenis Platz, petit square paisible autrefois
couvert de pelouse mais à présent consacré à la culture
de légumes.

La postière, aux tempes ornées de deux énormes tor-
sades à l'antique, m'expliqua d'un ton pincé qu'elle
connaissait les Drexler mais que, comme la plupart des
habitants du quartier, ils venaient chercher eux-mêmes
leur courrier. C'est pourquoi elle ignorait leur adresse
exacte dans Handjery Strasse. Elle ajouta toutefois que
le courrier des Drexler, qui avait toujours été abondant,
s'était encore accumulé du fait que personne n'avait pris
la peine de venir le chercher depuis quelques jours. À la
vue de la grimace de dédain qui accompagna ces derniers
mots, je me demandai si elle avait quelque raison d'en
vouloir aux Drexler. En tout cas elle me rembarra dès que
je proposai de leur porter le courrier. Ça ne se faisait pas.
Mais elle me demanda de leur rappeler de venir le prendre
avant qu'il ne devienne trop encombrant.

Je tentai ma chance au praesidium de police de Schönberg, dans Grünewald Strasse. Longeant avec quelque
appréhension des murs troués comme du gruyère, penchés
comme s'ils se tenaient en équilibre sur la pointe des pieds,
ou des bâtiments intacts auxquels ne manquait qu'une
balustrade, comme un gâteau de mariage grignoté par un
indélicat, je passai devant le Gay Island, le night-club où
Emil Becker avait rencontré le capitaine Linden. L'endroit, signalé par un néon souffreteux, était sinistre, et je
fus presque soulagé de constater qu'il était fermé.

Malgré son visage aussi long qu'un ongle de mandarin,
le planton du praesidium se révéla plein d'empressement
et, tout en consultant les registres de résidence, il m'apprit

que les Drexler n'étaient pas inconnus de la police de Schönberg.

– Ce sont des Juifs, expliqua-t-il. Des avocats. D'assez bonne réputation par ici. Célèbres, même.

– Ah… et pourquoi donc ?

– Ils ne font rien d'illégal, notez bien.

L'index en forme de saucisse de Francfort du sergent trouva leur nom dans son registre, puis traversa la page en quête de l'adresse.

– Nous y voilà. Handjery Strasse. Numéro 17.

– Merci, sergent. Alors que font-ils ?

– Êtes-vous de leurs amis ? s'enquit-il d'un air prudent.

– Non.

– Eh bien, c'est juste que les gens n'aiment pas ce qu'ils font. Ils veulent oublier ce qui est arrivé. Je pense qu'il n'est pas bon de remuer le passé comme ça.

– Excusez-moi, sergent, mais que font-ils exactement ?

– Ils pourchassent ce qu'ils appellent des criminels de guerre nazis, monsieur.

Je hochai la tête.

– Je vois. Ça explique qu'ils ne soient pas très populaires dans le voisinage.

– Ce qui s'est passé n'est pas bien. Mais nous devons reconstruire, recommencer autre chose. On n'y arrivera jamais si la guerre nous colle à la peau comme une mauvaise odeur.

Attendant de lui d'autres informations, je dus acquiescer avant de l'interroger sur le Gay Island.

– J'aimerais pas que ma femme me tombe dessus dans ce genre de boîte. C'est une poule du nom de Kathy Fiege qui s'en occupe. Vous trouvez toutes les filles que vous voulez, là-bas, mais y'a jamais de bagarre, sauf de temps en temps quand un Yankee débarque avec un coup dans le nez. Et encore, c'est jamais un gros problème. Et puis de toute façon, si on en croit les rumeurs, on sera bientôt

tous des Yankees, au moins nous autres, en secteur américain, pas vrai ?

Je le remerciai et me dirigeai vers la porte, mais je
m'immobilisai avant de la franchir.

— Une dernière chose, sergent, fis-je en me retournant.
Les Drexler, est-ce qu'il leur arrive d'en retrouver, des
criminels de guerre ?

Un sourire entendu se dessina sur le long visage du
sergent.

— Pas si on peut les en empêcher, monsieur.

Le couple Drexler habitait à quelques centaines de
mètres au sud du praesidium de police, dans un immeuble
récemment rénové proche de la ligne du S-Bahn, en face
d'une petite école. Personne ne répondit lorsque je frappai
à la porte de leur appartement, au dernier étage.

J'allumai une cigarette pour chasser de mes narines
la forte odeur de désinfectant qui flottait sur le palier,
puis frappai de nouveau à la porte. Abaissant le regard,
j'aperçus deux mégots curieusement abandonnés sur
le seuil. J'avais l'impression que personne n'était entré
depuis un bon moment. Me penchant pour ramasser les
mégots, l'odeur de désinfectant me parut encore plus
forte. Je m'accroupis et approchai mon nez de l'interstice
entre le sol et la porte. Lorsque l'air en provenance de
l'appartement pénétra dans mes narines, j'eus un haut-le-
cœur et roulai en arrière, manquant vomir tripes et boyaux
dans l'escalier.

Lorsque j'eus repris mon souffle, je me relevai et
secouai la tête. Il me paraissait impossible que quiconque
puisse vivre dans une atmosphère pareille. Je jetai un coup
d'œil en bas de la cage d'escalier. Personne en vue.

Je reculai d'un pas et, de ma bonne jambe, balançai un
coup de pied dans la serrure de la porte, qui fut à peine
ébranlée. Je vérifiai que le bruit n'avait fait sortir aucun
occupant des étages inférieurs puis lançai un nouveau
coup de pied dans le panneau.

La porte s'ouvrit d'un coup et une odeur pestilentielle envahit le palier, si forte que je reculai en chancelant et faillis m'étaler dans l'escalier. Me couvrant la bouche et le nez du pan de mon manteau, je fonçai dans l'appartement plongé dans les ténèbres et, apercevant un mince rai de lumière, tirai de lourds rideaux et ouvris une fenêtre.

L'air froid me fit monter les larmes aux yeux tandis que, penché dehors, je respirai à pleins poumons. Des enfants rentrant de l'école agitèrent le bras vers moi, et je leur rendis faiblement leur salut.

Lorsque je me fus assuré que le courant d'air entre la porte et la fenêtre avait suffisamment aéré la pièce, je fis une rapide tournée d'inspection pour découvrir ce que je m'attendais à trouver. Il me paraissait évident que le produit dont l'odeur m'étouffait à moitié n'était pas destiné à exterminer de vulgaires cafards. Il aurait mis à genoux un buffle enragé.

Je retournai à la porte d'entrée et, pendant que je la faisais aller et venir sur ses gonds pour envoyer de l'air frais à l'intérieur, j'examinai le bureau, les sièges, les vitrines de livres, les classeurs et les papiers qui s'entassaient dans la petite pièce. À travers l'embrasure de la porte qui s'ouvrait dans le mur opposé, j'aperçus une tête de lit en cuivre.

Mon pied heurta quelque chose lorsque je me dirigeai vers la chambre. C'était un petit plateau en étain comme on en trouve dans les bars.

À part l'expression congestionnée qui se lisait sur les deux visages reposant côte à côte, chacun sur son oreiller, on aurait pu croire qu'ils étaient endormis. Quand vous figurez sur la liste noire de quelqu'un, être asphyxié en plein sommeil n'est pas la pire façon de mourir.

Écartant le couvre-lit, je déboutonnai le haut de pyjama de Herr Drexler et découvris un estomac gonflé à craquer, marbré de veines et de taches tel un morceau de roquefort. J'y appuyai mon index : la peau était encore ferme. Mais comme je m'y attendais, une pression plus forte provoqua chez le cadavre une flatulence révélatrice de la décomposition des organes internes. J'en conclus que le couple devait être mort depuis au moins une semaine.

Je remis le couvre-lit en place et retournai dans la première pièce. Pendant quelques instants, je contemplai d'un air découragé les livres et papiers entassés sur le bureau, puis tentai brièvement de trouver un indice quelconque. Cependant, n'ayant encore qu'une idée très vague du puzzle, je décidai que ces recherches étaient une pure perte de temps, et je les abandonnai.

Une fois dehors, alors que, sous un ciel de nacre, je remontais la rue en direction du S-Bahn, quelque chose attira mon regard. Il y avait encore une telle quantité de matériel militaire hors d'usage qui traînait dans les rues que, sans l'étrange mort des Drexler, je n'aurais sans doute pas remarqué le masque à gaz reposant sur un petit tas de gravats accumulés dans le caniveau. Une boîte vide en fer-blanc roula à mes pieds lorsque je tirai sur la bride en caoutchouc. Esquissant déjà dans mon esprit le scénario du meurtre, je me désintéressai du masque et m'accroupis pour déchiffrer l'étiquette collée sur le métal rouillé.

« Zyklon-B. Gaz mortel ! Danger ! Garder au frais et au sec ! Ne pas exposer au soleil ou à la flamme. À n'ouvrir et utiliser qu'avec précaution. Kaliwerke A. G. Kolin. »

J'imaginai l'homme debout à la porte de l'appartement des Drexler. Il est tard. Nerveux, il fume coup sur coup deux cigarettes, puis enfile le masque et vérifie qu'il est bien ajusté. Ensuite il ouvre la boîte d'acide prussique cristallisé, vide les cristaux (qui se dissolvent déjà au contact de l'air) sur le plateau qu'il a apporté et le glisse sous la porte de l'appartement des Drexler. Le couple endormi inhale les vapeurs et sombre bientôt dans l'inconscience à mesure que le Zyklon-B, qu'on avait utilisé pour la première fois sur des êtres humains dans les camps d'extermination, bloque le passage de l'oxygène dans leur sang. Vu la saison, il y avait peu de chance pour que les Drexler aient laissé une fenêtre ouverte. Peut-être l'assassin avait-il étendu une couverture ou un manteau en bas de la porte pour bloquer toute entrée d'air frais, ou pour éviter de tuer d'autres occupants de l'immeuble, puisqu'une concentration de 0,5 pour 1000 de Zyklon-B suffit à tuer un homme. Enfin, au bout de quinze ou vingt minutes, lorsque le meurtrier avait estimé que les paillettes étaient entièrement dissoutes et que le gaz avait effectué son discret et mortel travail – ajoutant, pour je ne savais quelle raison, deux Juifs aux six millions déjà exterminés–, il avait ramassé son manteau, le masque et la boîte vide et s'était fondu dans la nuit.

Peut-être n'avait-il pas eu l'intention de laisser le plateau, quoiqu'il aurait pu : il avait sans aucun doute mis des gants pour manipuler le Zyklon-B.

C'était d'une simplicité presque admirable.

9

Dans la rue, une Jeep fonçait en rugissant dans une obscurité tout étoilée de flocons. De ma manche, j'essuyai la buée de la vitre et aperçus le reflet d'un visage connu.

– Herr Gunther, dit l'homme alors que je me retournais sur mon siège. Il me semblait bien que c'était vous.

Coiffé d'une pellicule de neige, avec son crâne carré et ses oreilles décollées d'une rondeur presque parfaite, l'homme me fit penser à un seau à glace.

– Neumann, dis-je. Je croyais que vous n'étiez plus de ce monde.

Il passa la main dans ses cheveux pour en débarrasser la neige et ôta son manteau.

– Ça ne vous dérange pas si je m'assois avec vous ?
Mon amie n'est pas encore là.

– Depuis quand sortez-vous des filles, Neumann ? À
part celles que vous payez, je veux dire ?

Il se dandina d'un air contrarié.

– Écoutez, si vous avez l'intention de…

– Du calme, dis-je. Asseyez-vous. (Je fis signe au garçon.) Que voulez-vous boire ?

– Une bière, je vous prie. (Il s'assit et, plissant les paupières, m'examina d'un air critique.) Vous n'avez pas
beaucoup changé, Herr Gunther. Un peu plus vieux, plus
mince et les cheveux plus gris qu'autrefois, mais à part ça
vous êtes resté le même.

– Je préfère ne pas penser à ce que seraient vos commentaires si vous me trouviez changé, dis-je d'un ton
acide. Mais vos remarques résument assez bien les huit
années écoulées.

– Il y a si longtemps ? Cela fait huit ans que nous ne
nous sommes pas vus ?

– À une guerre mondiale près, oui. Vous écoutez toujours aux portes ?

– Herr Gunther, vous n'y êtes pas du tout, rétorqua-t-il
d'un air dédaigneux. Je suis gardien de prison à Tegel.

– J'ai du mal à le croire. Vous, gardien de prison ?
Vous êtes aussi tordu qu'un rocking-chair volé.

– C'est pourtant la vérité, Herr Gunther. Les Yankees
m'ont confié la surveillance de criminels de guerre nazis.

– Avec vous, je les plaindrais presque.

Une nouvelle fois, Neumann se mit à gigoter avec nervosité.

– Voilà votre bière.

Le garçon posa le verre devant lui et je commençai une
phrase lorsque les Américains assis à la table voisine écla-
tèrent d'un rire tonitruant. Puis l'un d'eux, un sergent,
dit quelque chose, et cette fois même Neumann se mit à
rire.

– Il dit qu'il ne croit pas à la fraternisation, me traduisit-il. Il dit qu'il ne traiterait jamais son frère comme il traite une Fräulein.

Je souris et tournai la tête vers les Américains.

– C'est à Tegel que vous avez appris l'anglais ?

– Oui. J'y apprends beaucoup de choses.

– Vous avez toujours été un bon informateur.

– Par exemple, fit-il en baissant la voix, j'ai entendu dire que les Soviétiques avaient arrêté un train militaire anglais à la frontière et qu'ils avaient décroché deux wagons transportant des passagers allemands. On dit que c'est en représailles à la Bizone.

Neumann entendait par là la fusion des zones d'occupation américaine et britannique en Allemagne. Il but une gorgée de bière et haussa les épaules.

– Peut-être qu'on aura une nouvelle guerre.

– Je ne vois pas comment, fis-je. Personne n'a très envie de remettre ça.

– Je sais pas. Peut-être bien.

Il reposa son verre et sortit de sa poche une boîte de tabac à priser, qu'il me proposa. Je refusai de la tête et fis la grimace en le voyant glisser une boulette sous sa langue.

– Vous avez vu de l'action pendant la guerre ?

– Allons, Neumann, ce n'est pas une question à poser ces temps-ci. Est-ce que je vous demande comment vous avez obtenu votre certificat de dénazification ?

– Eh bien, sachez que je l'ai obtenu de façon tout ce qu'il y a d'officiel. (Il sortit son portefeuille et déplia une feuille de papier.) Je n'ai jamais été mouillé dans quoi que ce soit. Il est dit ici que je suis exempt de toute infection nazie, ce qui est la stricte vérité, et j'en suis fier. Je ne me suis même pas engagé.

– Parce que l'armée n'a pas voulu de vous.

– Exempt de toute infection nazie, répéta-t-il avec humeur.

– Ça doit être la seule que vous n'ayez pas eue.

– Et vous, qu'est-ce que vous faites ici, hein ? fit-il.

– J'adore le Gay Island.

– Je vous ai jamais vu, et pourtant ça fait un moment que j'y viens.

– Ça ne m'étonne pas. C'est tout à fait votre genre. Mais comment arrivez-vous à vous le payer avec un salaire de maton ?

Neumann haussa les épaules d'un air vague.

– Vous devez rendre de petits services ici ou là, suggérai-je.

– Ma foi, bien obligé, pas vrai ? répondit-il avec un sourire pincé. Je parie que vous êtes ici pour une enquête.

– Peut-être.

– Je pourrais vous aider. Comme je vous ai dit, je suis un habitué.

– Voyons ça. (Je sortis mon portefeuille et en sortis un billet de 5 dollars.) Vous avez entendu parler d'un certain Eddy Holl ? Il vient ici de temps en temps. Il travaille dans la publicité. Dans une boîte du nom de Reklaue & Werbe Zentrale.

Neumann avala sa salive et considéra le billet d'un air déçu.

– Non, finit-il par dire. Je ne le connais pas. Mais je peux me renseigner. Le barman est un ami. Il pourrait…

– J'ai déjà essayé. Il n'est pas très causant. Mais d'après le peu qu'il m'a dit, je pense qu'il ne connaissait pas Holl.

– Cette boîte de publicité. Comment vous avez dit qu'elle s'appelait ?

– Reklaue & Werbe Zentrale. Ils sont dans Wilmersdorfer Strasse. J'y suis passé cet après-midi. D'après eux Herr Eddy Holl travaille à leur maison-mère, à Pullach.

– Eh bien, ça se peut. À Pullach.

– Sauf que j'en ai jamais entendu parler. Comment imaginer qu'une entreprise quelle qu'elle soit installe son siège à Pullach ?

– Eh bien, moi ça ne m'étonne pas.

– Parfait, dis-je. Surprenez-moi.

Neumann sourit et hocha la tête en direction du billet de 5 dollars que je remettais déjà dans mon portefeuille.

– Pour 5 dollars je suis prêt à vous raconter tout ce que je sais.

– Pas de vieux ragots, hein ?

Il acquiesça et je lui balançai le billet.

– J'espère que ça les vaudra, dis-je.

– Pullach est une petite banlieue de Munich. C'est aussi le siège de la Censure postale de l'armée américaine. Tout le courrier destiné aux GI's de Tegel doit y passer.

– C'est tout ?

– Qu'est-ce que vous voulez de plus ? La moyenne des précipitations ?

– Bon, je ne vois pas encore très bien en quoi ça peut m'être utile, mais merci quand même.

– Est-ce que je dois ouvrir l'œil au cas où je tomberais sur ce Eddy Holl ?

– Pourquoi pas ? Je dois partir pour Vienne demain. Quand j'y serai, je vous enverrai une adresse où me joindre. Je paie comptant.

– Bon sang, j'aimerais bien y aller. J'adore Vienne.

– Je ne pensais pas que vous étiez du genre cosmopolite, Neumann.

– Est-ce que vous accepteriez de distribuer quelques lettres à Vienne ? Je connais pas mal d'Autrichiens ici.

– Quoi ? Faire le facteur pour des criminels de guerre nazis ? Non merci. (Je terminai mon verre et consultai ma montre.) Vous croyez qu'elle va venir, votre amie ? fis-je en me levant.

– Quelle heure est-il ? demanda-t-il en fronçant les sourcils.

Je tendis le poignet et lui montrai la Rolex que j'avais plus ou moins résolu de ne pas vendre. Neumann fit la moue en voyant l'heure.

– Elle a dû être retardée, dis-je.

Il secoua la tête avec tristesse.

– Non, elle ne viendra plus à présent. Ah, les femmes…

Je lui offris une cigarette.

– En ce moment, les seules femmes en qui on peut avoir confiance, ce sont les femmes des autres.

– Nous vivons une époque pourrie, Herr Gunther.

– Pour sûr, fis-je, mais ne le répétez à personne.

10

Dans le train qui m'emmenait à Vienne, je rencontrai un homme qui me parla de ce que nous avions fait aux Juifs.

– Écoutez, disait-il, ils ne peuvent pas nous en vouloir. Ce qui s'est passé était écrit. Nous n'avons fait que réaliser leur prophétie de l'Ancien Testament, celle de Joseph et de ses frères. D'un côté il y a Joseph, cadet préféré d'un père sévère, qui pourrait symboliser la race juive. De l'autre côté, vous avez les autres frères, les Gentils du monde entier et, en particulier, les Allemands. Il est naturel qu'ils soient jaloux du petit chouchou. Il est plus beau qu'eux. Il a un manteau somptueux. Mon Dieu, pas étonnant qu'ils le haïssent. Pas étonnant qu'ils le réduisent en esclavage. Mais le point important, c'est que la réaction des frères est autant le contrecoup de la sévérité du père autoritaire – ou de la patrie, si vous préférez – que des privilèges dont jouit le frère apparemment favorisé. (L'homme haussa les épaules et se tripota d'un air songeur le lobe d'une oreille en forme de point d'interrogation.) Au fond, quand on y pense, ils devraient nous remercier.

– Comment pouvez-vous en arriver à cette conclusion? demandai-je en espérant de tout cœur qu'il allait me convaincre.

– Si les frères de Joseph n'avaient pas réduit les enfants d'Israël en esclavage en Égypte, Moïse ne les aurait pas conduits jusqu'à la Terre promise. De même, si nous autres Allemands n'avions pas fait ce que nous avons fait aux Juifs, ils ne seraient jamais retournés en Palestine. Alors que maintenant ils sont sur le point de créer leur propre État.

Les petits yeux de l'homme s'étrécirent comme s'il avait été l'un des seuls autorisés à jeter un coup d'œil dans l'agenda du Bon Dieu.

– Oui, reprit-il, ça a tout simplement permis la réalisation d'une prophétie.

– J'ai jamais entendu parler de cette prophétie, grognai-je.

Je secouai le pouce par-delà la vitre du wagon, vers l'autoroute qui courait parallèlement à la voie, et sur laquelle un interminable convoi de camions transportant des soldats de l'Armée rouge filait vers le sud.

– Mais ce qu'il y a de sûr, c'est qu'un de ces jours on va être submergés par la mer Rouge.

Elle était bien nommée, cette colonne de fourmis rouges qui dévastaient le pays en emportant tout sur leur passage – chacune d'elles courbée sous un butin plus lourd que son propre poids – pour approvisionner leurs colonies d'ouvrières. Comme un planteur brésilien assistant à l'anéantissement de sa récolte par ces créatures dotées d'un prodigieux sens social, ma haine des Russes était tempérée par un respect équivalent. Pendant sept longues années je les avais combattus et tués; ils m'avaient emprisonné, j'avais appris leur langue puis avais fini par m'évader d'un de leurs camps de travail. Les sept épis de blé desséchés par le vent d'est avaient dévoré les sept épis gonflés.

Au moment de la déclaration de guerre j'étais Krimi-nalkommissar à la section 5 du RSHA, l'Office central de sécurité du Reich, ce qui m'avait automatiquement valu le grade de lieutenant dans la SS. À part le serment de loyauté à Adolf Hitler, mon statut de SS-Obersturmführer ne m'avait guère posé de problème jusqu'en juin 1941, date à laquelle Arthur Nebe, ancien directeur de la Police crimi-nelle du Reich, et récemment promu SS-Gruppenführer, s'était vu confier la direction d'un groupe d'action[1] lors de l'invasion de la Russie.

Je fus l'un des policiers affectés au groupe de Nebe, dont le rôle, pensais-je, consistait à suivre la progression de la Wehrmacht en Russie blanche afin d'y réprimer la crimi-nalité et le terrorisme. Mes fonctions au quartier général du groupe à Minsk m'avaient permis de saisir les archives du NKVD russe et de capturer une équipe de tueurs du NKVD qui avaient exécuté des centaines de prisonniers politiques russes blancs pour les empêcher d'être libérés par l'armée allemande. Mais toute guerre de conquête entraîne des assassinats en masse, et je compris vite que nos propres forces massacraient nombre de prisonniers russes. Je mis un peu plus de temps à comprendre que la fonction pre-mière des groupes d'action n'était pas l'élimination des ter-roristes, mais le meurtre systématique des civils juifs.

Au cours de mes quatre années de service dans la Pre-mière Guerre mondiale, rien n'a eu un effet plus dévasta-teur sur mon moral que ce à quoi j'assistai durant l'été 1941. Bien que je n'aie pas encore eu à commander un de ces pelotons d'exécution de masse, il était inéluctable que tôt ou tard l'on fasse appel à moi et que, corollaire inévitable, je sois fusillé pour refus d'obéissance. C'est pourquoi j'avais très vite demandé à être transféré dans la Wehrmacht, sur la ligne de front.

---

1. Il s'agit des tristement célèbres *Einsatzgruppen*.

En tant que commandant, Nebe aurait pu m'envoyer en bataillon disciplinaire. Il aurait même pu ordonner mon exécution. Au lieu de quoi il accéda à ma demande de transfert. Après quelques semaines supplémentaires en Russie blanche, durant lesquelles j'aidai la Section de renseignements des armées de l'Est du général Gehlen à exploiter les documents pris au NKVD, je fus transféré non sur la ligne de front mais au Bureau des crimes de guerre rattaché au haut commandement militaire à Berlin. À ce moment-là, Arthur Nebe avait déjà personnellement supervisé le meurtre de plus de 30 000 hommes, femmes et enfants.

Après mon retour à Berlin je ne le revis jamais. Des années plus tard, un de mes vieux amis de la Kripo m'apprit que Nebe, qui avait toujours été un nazi ambigu, avait été exécuté au début de 1945 pour avoir trempé dans le complot contre Hitler dirigé par le comte Stauffenberg.

J'ai toujours éprouvé un étrange sentiment à l'idée de devoir la vie à l'auteur de telles hécatombes.

À mon grand soulagement, mon compagnon de voyage doté d'une si étrange conception de l'herméneutique descendit à Dresde, où je m'endormis jusqu'à Prague. Le reste du trajet, je passai le plus clair de mon temps à penser à Kirsten et à la sécheresse du mot que je lui avais laissé. Je lui annonçais que je m'absentais pour plusieurs semaines et que je lui confiais les souverains d'or représentant la moitié de mes honoraires dans l'affaire Becker, que Poroshin m'avait fait porter la veille.

Je me reprochai amèrement de ne pas lui en avoir dit plus, par exemple que j'étais prêt à affronter le monde entier pour elle, prêt à entreprendre n'importe lequel des travaux d'Hercule si ça lui faisait plaisir. Mais tout ceci, elle le savait déjà, puisque je l'avais formulé de si extravagante manière dans le paquet de lettres qu'elle conservait dans son tiroir à côté du flacon de Chanel au sujet duquel elle était si discrète.

11

Le voyage de Berlin à Vienne est bien long pour celui qui rumine l'infidélité de sa femme, je fus donc relativement soulagé que l'adjoint de Poroshin m'ait réservé une place dans le train le plus rapide – dix-neuf heures et trente minutes de trajet, via Dresde, Prague et Brno –, plutôt que de m'infliger les vingt-sept heures trente minutes du voyage par Leipzig et Nuremberg. À la Franz Joseph Bahnhof le convoi s'immobilisa dans un crissement de freins, noyant d'un nuage de vapeur les quelques passagers qui attendaient sur le quai.

Au guichet de contrôle, je présentai mes papiers à un MP américain qui, satisfait de mes explications concernant ma présence à Vienne, me fit signe de passer. J'entrai dans le hall, laissai tomber mon sac par terre et cherchai, parmi le petit groupe de gens attendant les voyageurs, un signe m'indiquant que mon arrivée était à la fois prévue et bienvenue.

Voyant approcher un homme de taille moyenne aux cheveux grisonnants, je compris aussitôt que si le premier terme de ma proposition était correct, je m'étais fait des illusions quant au second. L'homme se présenta comme le Dr Liebl, avocat d'Emil Becker.

– Nous allons devoir prendre un taxi, ajouta-t-il en jetant un œil critique à mon bagage. Mon bureau n'est pas loin, et si vous aviez pris un sac moins lourd, nous aurions pu y aller à pied.

– Je vais vous paraître pessimiste, dis-je, mais je me suis dit que je devrais sans doute rester un jour ou deux.

Je le suivis à travers le hall.

— Vous avez fait bon voyage, Herr Gunther ?

— Oui, puisque je suis arrivé, fis-je avec un gloussement forcé. C'est bien ce qu'on peut attendre de mieux
d'un voyage par les temps qui courent, n'est-ce pas ?

— Ma foi, je ne saurais dire, rétorqua-t-il d'un ton
pincé. Moi-même je ne quitte jamais Vienne.

Il chassa d'un geste agacé un groupe loqueteux de « personnes déplacées » qui semblaient avoir pris leurs quartiers dans la gare.

— Aujourd'hui, alors que le monde entier est en ébulli-
tion, il serait stupide d'espérer que Dieu prête attention à
un voyageur dont le seul désir serait de revenir là d'où il
est parti.

Il m'indiqua un taxi libre. Je confiai mon sac au chauffeur et montai à l'arrière, mais mon sac me rejoignit aussitôt.

— Ils comptent un supplément pour les bagages trans-
portés dans le coffre, expliqua Liebl en casant le sac sur
mes genoux. De toute façon, comme je vous l'ai dit, ça
n'est pas très loin, et les taxis sont chers. Pendant votre
séjour, je vous recommande les tramways. C'est le plus
pratique.

Le véhicule partit à vive allure et, au premier virage,
nous fûmes précipités l'un contre l'autre comme des
amoureux dans une salle de cinéma. Liebl gloussa.

— Ce sera aussi plus sûr, vu le comportement des chauffeurs viennois.

Je pointai mon index sur notre gauche.

— Est-ce le Danube ?

— Oh, non, pas du tout. Ça, c'est le canal. Le Danube
se trouve en secteur russe, plus à l'est, dit-il en me montrant à son tour, sur notre droite, un bâtiment d'allure
sinistre. Voici la prison de la police, où notre client réside
pour l'instant. Nous avons rendez-vous avec lui demain
à la première heure, après quoi vous voudrez peut-être

assister aux funérailles du capitaine Linden au cimetière central.

D'un hochement de tête, Liebl désigna à nouveau la prison qui s'éloignait derrière nous.

— En fait, Herr Becker n'est pas ici depuis longtemps. Au début, les Américains voulaient traiter l'affaire au plan de la sécurité militaire, et l'avaient enfermé à la Stiftskaserne, le quartier général de leur police militaire à Vienne, où ils regroupent les prisonniers de guerre. Pas facile pour moi, je vous assure : à chaque fois c'était toute une histoire pour entrer ou sortir. Mais depuis, l'officier du Gouvernement militaire chargé de la sécurité publique a décidé que l'affaire devait être confiée aux tribunaux autrichiens, et donc Becker sera détenu ici jusqu'au procès.

Liebl se pencha en avant, tapota l'épaule du chauffeur et lui demanda de prendre à droite en direction de l'hôpital général.

— À prendre un taxi, autant en profiter pour déposer votre sac, dit-il. Ça ne nous fera qu'un petit détour. Vous aurez au moins vu où se trouve notre ami, ce qui vous aura permis d'apprécier la gravité de sa situation. Je ne voudrais pas vous offenser, Herr Gunther, mais je dois avouer que j'étais opposé à votre venue. Nous ne manquons pas de détectives privés ici. Moi-même j'en ai engagé plus d'un, et ils connaissent Vienne comme leur poche. Alors que vous, sauf votre respect, vous ne connaissez pas du tout la ville, n'est-ce pas ?

— J'apprécie votre franchise, Dr Liebl, dis-je alors qu'il n'en était rien. Vous avez raison, je ne connais pas la ville. Je n'y suis même jamais venu. Alors moi aussi je vais vous parler franchement. J'ai derrière moi vingt-cinq ans de carrière dans la police, c'est pourquoi je me contrefous de ce que vous pensez. Les raisons pour lesquelles Becker a eu recours à moi plutôt qu'à un fouineur local le regardent. Qu'il soit disposé à me payer généreusement

mes services, c'est mon affaire. Entre ces deux faits, il
n'y a rien, ni pour vous ni pour qui que ce soit. Pas pour
l'instant en tout cas. Quand vous plaiderez au procès, je
m'assiérai sur vos genoux et je vous lisserai la mèche si
ça vous chante. En attendant, potassez vos bouquins de
droit, moi je m'occupe de trouver le moyen de tirer cet
imbécile du pétrin.

— D'accord, d'accord, fit Liebl en esquissant un sourire. Votre conviction fait plaisir à voir. Comme la plupart
des avocats, j'éprouve une véritable admiration pour les
gens qui paraissent croire à ce qu'ils racontent. C'est vrai,
je respecte beaucoup la probité, peut-être parce que nous
autres avocats sommes toujours empêtrés dans l'artifice.

— Vous m'avez pourtant parlé en toute franchise.

— Elle était feinte, croyez-moi, dit-il avec condescen-
dance.

Nous déposâmes mon sac dans une pension confortable
située dans le 8e Bezirk, en secteur américain, avant de
gagner le bureau de Liebl, dans le centre-ville. Comme
Berlin, Vienne était alors divisée entre les quatre puissances alliées dotées chacune de leur secteur. La seule différence avec Berlin, c'est que le centre-ville de Vienne,
délimité par le Ring, un large boulevard circulaire bordé
de grands hôtels et de palais, était placé sous le contrôle
commun des Alliés au travers de l'IP. L'autre différence,
qui sautait aux yeux, était l'état de la capitale autrichienne.
Si elle n'avait pas échappé aux bombardements, Vienne
était, par rapport à Berlin, aussi nette que la vitrine d'un
magasin de pompes funèbres.

Lorsque nous fûmes enfin installés dans le bureau de
Liebl, il sortit le dossier Becker et nous reprîmes l'affaire
point par point.

— L'indice le plus accablant pour Herr Becker est sans
conteste le fait qu'il ait été trouvé en possession de l'arme
du crime, dit Liebl en me tendant quelques clichés du pistolet ayant tué le capitaine Linden.

– Un Walther P38, dis-je. Avec une crosse de la SS. J'avais le même la dernière année de la guerre. Le mécanisme est un peu bruyant et il faut s'habituer à la détente, mais c'est une arme assez précise. Cela dit je n'ai jamais beaucoup apprécié le percuteur extérieur. Non, je préfère le PPK. (Je rendis les photos à Liebl.) Est-ce que vous avez les clichés d'autopsie du capitaine ?

Liebl me tendit une enveloppe avec une grimace de dégoût.

– C'est drôle de les voir quand ils ont été retapés, dis-je en examinant les photos. On vous tire dans la tête avec un P38 et ça ne fait pas plus de dégâts que si on vous enlevait un grain de beauté. Plutôt beau garçon avec ça, le coco. A-t-on retrouvé la balle ?

– Photo suivante.

Je hochai la tête en la découvrant. Il n'en fallait pas beaucoup pour tuer un homme, pensai-je.

– La police a aussi trouvé des cartouches de cigarettes chez Herr Becker, précisa Liebl. De la même marque que les mégots retrouvés sur les lieux.

Je haussai les épaules.

– Becker est un fumeur. Je ne vois pas en quoi quelques paquets de clopes pourraient l'incriminer.

– Non ? Alors je vais vous l'expliquer. Ces cigarettes ont été volées dans l'usine à tabac de Thaliastrasse, tout près des studios où a été retrouvé le cadavre. Le voleur stockait son butin là-bas. Or quand Becker a découvert le cadavre, il a emporté quelques cartouches de cigarettes chez lui.

– Ça lui ressemble bien, soupirai-je. Becker a toujours eu les doigts crochus.

– À présent ce ne sont pas ses doigts qui importent, mais sa tête. Je crois inutile de vous rappeler qu'il risque la peine capitale, Herr Gunther.

– Vous pouvez me le rappeler tant que vous voudrez, Herr Doktor. Dites-moi, qui occupait le studio ?

– La Drittermann Film und Senderaum GMBH. C'est en tout cas le nom qui figure sur le bail. Mais il semble qu'aucun film n'ait jamais été tourné là-bas. Les policiers n'ont même pas retrouvé un vieux projecteur quand ils ont fouillé.

– Pourrais-je aller y jeter un coup d'œil ?

– Je vais voir si je peux arranger ça. Maintenant, Herr Gunther, si vous avez d'autres questions, je suggère que vous attendiez demain matin pour les poser à Herr Becker. Pour l'instant, nous devons régler un ou deux points, comme le solde de vos honoraires et le remboursement de vos frais. Veuillez m'excuser un moment, je vais chercher votre argent dans le coffre.

Il quitta le bureau.

Le cabinet de Liebl, dans Judengasse, était situé juste au-dessus de la boutique d'un cordonnier. Lorsque l'avocat revint, porteur de deux liasses de billets, j'étais debout devant la fenêtre.

– Deux mille cinq cents dollars américains, en liquide, comme convenu, dit-il d'une voix dépourvue d'émotion, et mille schillings autrichiens pour couvrir vos frais. Tout supplément devra être autorisé par Fraülein Braunsteiner, l'amie de Herr Becker. Vos frais de pension seront réglés directement par mon bureau. Veuillez signer ce reçu, je vous prie, conclut-il en me tendant un stylo.

Je parcourus le texte et signai.

– J'aimerais la rencontrer, dis-je. Ainsi que tous les amis de Becker.

– Elle vous contactera à votre hôtel.

J'empochai mon argent et regagnai la fenêtre.

– J'espère qu'au cas où la police trouverait ces dollars sur vous, je pourrai compter sur votre discrétion ? Les règlements concernant la possession de devises sont…

– Ne vous inquiétez pas, je ne mentionnerai pas votre nom. Par simple curiosité, qu'est-ce qui m'empêcherait de prendre l'argent et de rentrer chez moi ?

– J'ai fait la même réflexion à Herr Becker. En premier lieu, il a soutenu que vous étiez un homme d'honneur, et que si vous acceptiez un travail, vous le mèneriez à bien. Il dit que vous n'êtes pas du genre à le laisser se balancer au bout d'une corde. Il a été très affirmatif là-dessus.

– Très touché, dis-je. Et en second lieu ?

– Puis-je être franc ?

– Pourquoi s'arrêter en si bon chemin ?

– Très bien. Herr Becker est l'un des pires racketteurs de Vienne. En dépit de ses difficultés passagères, il n'est pas dépourvu d'influence dans certains… disons… endroits louches de la ville. (Il eut l'air peiné.) Je préfère ne pas en dire plus, au risque de passer pour un voyou.

– Vous en avez assez dit, Herr Doktor. Je vous remercie.

Il me rejoignit à la fenêtre.

– Que regardez-vous ?

– Je crois qu'on me suit. Voyez-vous cet homme, là-bas ?

– Celui qui lit un journal ?

– Je suis sûr de l'avoir déjà vu à la gare.

Liebl sortit ses lunettes de sa poche de poitrine et les accrocha à ses vieilles oreilles poilues.

– Il n'a pas l'air autrichien, décréta-t-il au bout d'un moment. Que lit-il ?

Je plissai les paupières.

– Le *Wiener Kurier*.

– Hum. Pas un communiste, en tout cas. Ça doit être un Américain, un agent de la Special Investigations Section de leur police militaire.

– En civil ?

– Je crois savoir qu'ils ne sont plus obligés de porter l'uniforme. À Vienne, en tout cas. (Il ôta ses lunettes et s'éloigna de la fenêtre.) Peut-être une mesure de routine. Ils veulent connaître les relations de Herr Becker. Attendez-vous à être embarqué pour interrogatoire.

— Merci de l'avertissement.

J'allais quitter à mon tour la fenêtre, mais ma main s'attarda sur l'épais volet pourvu de solides ferrures.

— On construisait du solide dans le temps, pas vrai ? On dirait que ce volet a été conçu pour arrêter une armée.

— Pas une armée, Herr Gunther, mais une foule excitée. Cette maison se trouvait au cœur de l'ancien ghetto. Quand on l'a construite, au XVe siècle, on a pris ces précautions contre les pogroms. Pas grand-chose de neuf sous le soleil, n'est-ce pas ?

Je m'assis en face de Liebl et allumai une Memphis provenant du stock de Poroshin. Je lui tendis le paquet. Il en prit une et la rangea avec précaution dans un étui. Entre Liebl et moi, le premier contact n'avait pas été fameux. Il était temps de réparer quelques ponts.

— Gardez le paquet, lui dis-je.

— Vous êtes bien aimable, répliqua-t-il en me passant un cendrier.

Tout en le regardant allumer une cigarette, je me demandai ce qui avait bien pu altérer son visage autrefois séduisant. Ses joues grisâtres étaient creusées de profonds sillons et son nez légèrement froncé semblait en permanence grimacer à quelque plaisanterie douteuse. De ses lèvres très minces et très rouges, il souriait comme un vieux serpent roublard, ce qui ne faisait qu'accentuer cet air de veulerie que les années, et sans doute la guerre, avaient fini par lui conférer. Il me fournit lui-même l'explication.

— J'ai été interné quelque temps dans un camp de concentration. Avant la guerre, j'étais membre du Parti social chrétien. Vous savez, les gens préfèrent l'oublier aujourd'hui, mais il existait un fort courant de sympathie pour Hitler en Autriche. (Il toussota lorsque la fumée de sa première bouffée pénétra dans ses poumons.) Il est très pratique pour nous que les Alliés aient décrété que l'Autriche avait été victime de l'agression nazie, et non son complice. Mais c'est aussi une situation absurde.

Nous sommes de parfaits bureaucrates, Herr Gunther. Le nombre d'Autrichiens ayant participé aux crimes hit-lériens est impressionnant. Or beaucoup de ces criminels, autrichiens mais aussi allemands, vivent ici à Vienne. À l'heure où nous parlons, le Directorat pour la sécurité de la Haute-Autriche enquête sur le vol d'un certain nombre de cartes d'identité autrichiennes commis à l'imprimerie nationale de Vienne. Vous voyez que tous les moyens sont bons pour ceux qui désirent demeurer ici. La vérité est que ces hommes, ces nazis apprécient la vie dans notre pays. Cinq cents ans d'antisémitisme font qu'ils s'y sentent chez eux.

» J'évoque tout ceci parce qu'en tant que *pifke*… (il eut un sourire d'excuse)… en tant que Prussien vous décè-lerez quelques marques d'hostilité à votre encontre. En ce moment, les Autrichiens ont tendance à rejeter tout ce qui est allemand. Ils s'efforcent d'être le plus autrichiens possible. Votre accent peut rappeler à certains qu'ils ont été nationaux-socialistes pendant sept ans. Un souvenir désa-gréable que la plupart préfèrent considérer aujourd'hui comme un mauvais rêve.

— Je garderai ça à l'esprit.

Après avoir quitté Liebl, je retournai à la pension de la Skodagasse, où m'attendait un message de l'amie de Becker. Elle passerait vers 18 heures pour voir si j'étais bien installé. La pension Caspian était un petit établisse-ment doté de tout le confort souhaitable. Je disposai d'une chambre, d'un petit salon et d'une salle de bains. Il y avait même une petite véranda où j'aurais pu prendre le soleil en été. La chambre était bien chauffée, et l'hôtel semblait bénéficier d'une réserve inépuisable d'eau chaude, un luxe alors rare. Je n'avais pas plus tôt fini de prendre mon bain, dont la durée aurait étonné Marat lui-même, qu'on frappa à la porte du salon. Jetant un coup d'œil à ma montre, je vis qu'il était près de 18 heures. J'enfilai mon pardessus et ouvris.

Elle était de petite taille, avec des yeux vifs, des joues roses de fillette et de longs cheveux qui semblaient fâchés avec le peigne. Son sourire se figea quelque peu lorsqu'elle aperçut mes pieds nus.

— Herr Gunther? s'enquit-elle d'un ton hésitant.

— Fraülein Traudl Braunsteiner?

Elle acquiesça.

— Entrez. J'avoue que je me suis attardé dans la baignoire, mais la dernière fois que j'ai eu de l'eau chaude, c'était dans un camp de prisonniers en Russie. Installez-vous pendant que je m'habille.

De retour au salon, je constatai qu'elle avait apporté une bouteille de vodka et qu'elle nous servait deux verres devant la porte-fenêtre. Elle m'en tendit un et nous nous assîmes.

— Bienvenue à Vienne, dit-elle. Emil m'a suggéré de vous apporter une bouteille. (Elle tapota le sac posé à ses pieds.) En fait, j'en ai apporté deux. Je les ai suspendues à la fenêtre de l'hôpital toute la journée pour qu'elles soient à la bonne température. Il n'y a que comme ça que j'apprécie la vodka.

Nous trinquâmes. Elle reposa avant moi son verre vide sur la table.

— Vous n'êtes pas malade, j'espère. Vous avez parlé d'hôpital.

— Je suis infirmière à l'hôpital général. Vous pouvez le voir du bout de votre rue. C'est une des raisons pour lesquelles je vous ai réservé une chambre ici. Pour la proximité. Mais aussi parce que je connais la propriétaire, Frau Blum-Weiss. C'était une amie de ma mère. J'ai pensé aussi que vous aimeriez ne pas être trop loin du Ring, ni de l'endroit où a été tué le capitaine américain, dans Dettergasse, de l'autre côté du boulevard extérieur, le Gürtel.

— Cette pension me convient tout à fait. Pour être franc, c'est même beaucoup plus confortable que mon apparte-

ment de Berlin. La vie est dure là-bas. (Je nous resservis.)
Que savez-vous au juste sur ce qui s'est passé ?

– Je sais ce que vous a rapporté le Dr Liebl. Et ce
qu'Emil vous dira demain matin.

– Que connaissez-vous des activités d'Emil ?

Traudl Braunsteiner eut un sourire modeste et émit un
petit rire.

– J'ignore peu de choses des activités d'Emil.

Remarquant un bouton qui ne tenait plus que par un fil
à son imperméable chiffonné, elle l'arracha et le mit dans
sa poche. Elle me faisait penser à un joli mouchoir de dentelle qui avait besoin d'un bon lavage.

– Comme je suis infirmière, je ne considère pas le marché noir comme un péché mortel. Je n'ai aucune honte à
reconnaître que j'ai moi-même volé des médicaments. À
vrai dire, nous le faisons toutes un jour ou l'autre. Pour
certaines le choix est simple : vendre de la pénicilline ou
vendre son corps. Nous avons la chance de ne pas avoir
que notre corps à vendre. (Elle haussa les épaules et vida
son second verre de vodka.) Voir les gens souffrir et mourir n'encourage pas beaucoup à respecter la loi, ajouta-
t-elle en riant comme pour s'excuser de cette déclaration.
L'argent n'est rien si vous ne savez pas comment le dépenser. Bon sang, à combien se monte la fortune de la famille
Krupp ? À des milliards de dollars, sans doute. Ça ne
les empêche pas d'avoir un de leurs fils ici dans un asile
d'aliénés.

– Peu importe, dis-je. Je ne vous demandais pas de vous
justifier.

En réalité, elle cherchait à se justifier à ses propres
yeux.

Traudl replia les jambes sous ses fesses. Nonchalamment assise dans son fauteuil, elle ne semblait guère
s'émouvoir de m'offrir le spectacle du haut de ses bas,
de ses jarretelles et d'une demi-lune de cuisse blanche et
lisse.

– Qu'y pouvons-nous ? reprit-elle en se mordant l'ongle du pouce. Un jour ou l'autre, tout le monde a besoin d'acheter un article qu'on ne trouve qu'à Ressel Park.

Elle m'expliqua que c'était le lieu principal du marché noir à Vienne.

– À Berlin, ça se passe à la Porte de Brandebourg, dis-je. Devant le Reichstag.

– C'est drôle, fit-elle avec un rire malicieux. Ça déclencherait un scandale, ici à Vienne, si ce genre de choses se passait devant le Parlement.

– Parce que vous avez un parlement. Ici, les Alliés ne font qu'exercer un contrôle. En Allemagne, ce sont eux qui gouvernent.

Elle tira sur sa jupe, me privant du spectacle de ses dessous.

– Je l'ignorais. Mais ça ne fait rien. Ça ferait quand même un beau scandale à Vienne, parlement ou pas. Les Autrichiens sont tellement hypocrites. Ils ne devraient pourtant pas se formaliser à ce point : le marché noir sévit à Vienne depuis les Habsbourg. Il ne s'agissait pas de cigarettes à l'époque, mais de faveurs, de clientélisme. Les contacts personnels comptent encore beaucoup à l'heure actuelle.

– À ce propos, comment avez-vous rencontré Becker ?

– Il m'a procuré des papiers pour une amie infirmière. Ensuite nous avons volé de la pénicilline pour lui. On en trouvait encore à ce moment-là. C'était peu de temps après la mort de ma mère. Elle s'est jetée sous un tramway. (Elle dissimula son émotion sous un sourire forcé.) Ma mère était une Viennoise typique, Bernie. Nous sommes toujours en train de nous suicider. C'est un mode de vie, en quelque sorte.

» Bref, Emil était très gentil et amusant. Il m'a fait oublier mon chagrin. Je n'ai pas d'autre famille, vous comprenez. Mon père a été tué pendant un raid aérien. Et mon frère est mort en Yougoslavie, en se battant contre les par-

tisans. Sans Emil, je ne sais pas où j'en serais aujourd'hui.
S'il devait lui arriver quelque chose… (Traudl serra les
lèvres en songeant au sort qui attendait son amant.) Vous
ferez tout pour le sortir de là, n'est-ce pas ? Emil dit que
vous êtes la seule personne capable de lui redonner une
lueur d'espoir.

– Je ferai tout mon possible, Traudl, vous avez ma
parole. (J'allumai deux cigarettes et lui en donnai une.)
Sachez que j'arrêterais ma propre mère si je la découvrais
une arme à la main près d'un cadavre. Pourtant, je crois
à l'histoire de Becker, ne serait-ce que parce qu'elle ne
tient pas debout. Je verrai ça quand il m'aura donné sa
version. Ça ne vous surprend peut-être pas, mais moi ça
m'impressionne beaucoup.

» Regardez le bout de mes doigts. Vous n'y voyez pas
d'aura de saint, n'est-ce pas ? Et ce chapeau sur l'étagère,
là-bas ? Ce n'est pas pour aller à la chasse au chevreuil.
Alors s'il veut que je le tire de sa cellule, votre ami devra
me donner un petit coup de main. Demain matin, il a intérêt à m'indiquer une piste, sinon la comédie ne vaudra pas
même le prix du maquillage.

12

La plus terrible punition qu'inflige la Loi à un homme,
c'est ce qu'elle déclenche dans son imagination : la perspective d'une mort décidée et organisée par la machine
judiciaire est capable de faire réfléchir le plus invétéré
des masochistes. Mettre la vie d'un homme en jeu dans un
procès suffit à emplir son esprit de pensées plus cruelles
que le pire des châtiments imaginables. Naturellement,
l'idée de choir de plusieurs mètres à travers une trappe qui
se dérobe sous les pieds, ou d'être hissé au-dessus du sol

par une corde attachée autour du cou ne peut qu'ébranler le plus courageux. Le condamné n'arrive plus à dormir, perd l'appétit et, bien souvent, son cœur commence à pâtir de ce que son esprit lui représente. Il suffit à l'individu le plus borné et le plus dépourvu d'imagination de faire jouer sa tête sur ses épaules et d'écouter le grincement de ses cartilages vertébraux pour éprouver, au creux de son ventre, toute l'horreur de la pendaison.

Je ne fus donc pas surpris de trouver en Becker l'ombre amaigrie et étiolée de l'homme que j'avais connu. Nous nous rencontrâmes dans une petite pièce de la prison de Rossauer Lände. En entrant dans la pièce, il me serra la main en silence avant de se tourner vers le gardien debout dos à la porte.

— Hé, Pepi ! lui dit Becker d'un air jovial.

Il plongea la main dans sa poche de chemise et en sortit un paquet de cigarettes qu'il lança à travers la pièce. Le gardien l'attrapa au vol et en examina la marque.

— Va en griller une dehors, tu veux bien ?

— D'accord, dit Pepi avant de sortir.

Becker hocha la tête d'un air satisfait tandis que lui-même, Liebl et moi prenions place autour de la table fixée au mur recouvert de carrelage jaune.

— N'ayez aucune crainte, dit Becker au Dr Liebl. Tous les gardiens en croquent ici. C'est bien mieux qu'à la Stiftskaserne, je vous le garantis. Impossible de graisser la patte à ces connards de Yankees. Tout ce qu'ils veulent, ils l'ont déjà.

— C'est vrai, dis-je en sortant mes cigarettes. (Liebl en refusa une d'un hochement de tête.) C'est votre ami Poroshin qui me les a procurées, expliquai-je à Becker tandis qu'il se servait.

— Sacré bonhomme, pas vrai ?

— Votre femme pense que c'est votre patron.

Becker alluma nos deux cigarettes et souffla un nuage de fumée par-dessus mon épaule.

– Vous avez vu Ella ? demanda-t-il sans manifester de surprise.

– À part les 5 000 dollars, elle est l'unique raison de ma présence ici, répliquai-je. Quand j'ai compris qu'elle voulait se mêler de votre affaire, je me suis dit que vous étiez mal parti. Pour elle, vous vous balancez déjà au bout d'une corde.

– Elle me déteste à ce point ?

– Elle peut plus vous blairer.

– Bah, c'est son droit, après tout.

Il secoua la tête en soupirant. Puis il aspira une longue bouffée nerveuse qui grilla presque tout le papier de sa cigarette. Il me fixa un moment et toussota, les yeux injectés de sang clignant dans la fumée.

– Allez-y, demandez-moi ce que vous voulez, fit-il avec un sourire.

– Très bien. Avez-vous tué le capitaine Linden ?

– Dieu m'est témoin que non. (Il rit.) Puis-je m'en aller, maintenant, votre Honneur ? (D'un air désespéré, il tira une nouvelle bouffée.) Vous me croyez, n'est-ce pas, Bernie ?

– Je pense que vous auriez inventé une histoire plus plausible si vous mentiez. Je sais que vous en auriez été capable. Mais comme je le disais à votre amie…

– Vous avez rencontré Traudl ? Bien, bien. Elle est sensationnelle, pas vrai ?

– En effet. Dieu seul sait ce qu'elle vous trouve.

– Elle adore ma conversation d'après-souper, si vous voulez savoir. C'est pour ça qu'elle n'aime pas me voir bouclé ici. Nos entretiens au coin du feu sur Wittgenstein lui manquent. (Son sourire s'effaça et il tendit la main pour me prendre le bras.) Écoutez, Bernie, il faut me tirer de là. Les 5 000 dollars, c'était juste pour vous décider. Si vous prouvez mon innocence, je triple la mise.

– Nous savons tous les deux que ça ne sera pas facile.

Becker me comprit mal.

– Ça ne posera aucun problème. J'ai autant d'argent que je veux. Je garde une voiture dans un garage de Hernals avec 30 000 dollars dans le coffre. Ils sont à vous si vous me faites sortir.

Liebl commença à faire la grimace devant le manque de sens des affaires que manifestait son client.

– Excusez-moi, Herr Becker, mais en tant que votre avocat je me dois de protester. Ceci ne me paraît pas la bonne façon de…

– Taisez-vous ! aboya Becker. Quand je voudrai votre avis, je vous le demanderai.

Liebl haussa les épaules d'un air diplomate et se rencogna sur sa chaise.

– Écoutez, dis-je à Becker, nous reparlerons de ma prime quand vous serez dehors. Là n'est pas le problème. Vous m'avez déjà largement rémunéré. Je ne parlais pas d'argent. Ce que je voudrais, c'est débroussailler quelques pistes. Pourquoi ne pas commencer par Herr König ? Comment l'avez-vous rencontré, à quoi il ressemble, est-ce qu'il met du lait dans son café ? D'accord ?

Becker acquiesça et écrasa son mégot par terre. Il serra et desserra les mains, tordit ses phalanges d'un air maussade. Il avait sans doute raconté son histoire si souvent qu'il en était écœuré.

– Entendu. Voyons. J'ai rencontré Helmut König au Koralle. C'est une boîte de nuit du 9e Bezirk. Dans Porzellangasse. Il s'est pointé à ma table et s'est présenté. Il avait entendu parler de moi et voulait m'offrir un verre. Je l'ai fait asseoir. Nous avons parlé des sujets habituels. La guerre, ma captivité en Russie, mon travail à la Kripo puis dans la SS, le même parcours que vous, quoi. Sauf que vous, vous êtes parti, hein, Bernie ?

– Évitons les digressions, je vous prie.

– Des amis lui avaient parlé de moi. Il n'a pas précisé qui. Il m'a proposé un travail : une livraison régulière par la Ligne verte. Règlement en liquide, aucune question indiscrète. Du travail facile. Tout ce que j'avais à faire, c'était prendre un petit colis dans un bureau ici à Vienne et le livrer dans un autre bureau à Berlin. Je ne transportais les colis que quand je devais faire le trajet de toute façon, avec un camion de cigarettes, par exemple. Si je me faisais pincer, il y avait des chances pour qu'on ne remarque même pas le paquet de König. Au début, je pensais qu'il s'agissait de médicaments. Mais j'ai ouvert un des colis. Il ne contenait que des dossiers : dossiers du parti, dossiers de l'armée, dossiers de la SS. Que des vieux trucs. Je n'ai pas compris en quoi ça pouvait rapporter de l'argent.

— C'était uniquement des dossiers, à chaque fois ?

Becker acquiesça.

— Le capitaine Linden travaillait pour le US Documents Center de Berlin, expliquai-je. C'était un chasseur de nazis. Ces dossiers, vous souvenez-vous des noms qui y figuraient ?

— Bernie, c'étaient des lampistes, du menu fretin. Des caporaux SS et des préposés à la solde. N'importe quel chasseur de nazis les aurait écartés. Ces types recherchent les gros poissons, comme Bormann ou Eichmann, pas de petits gratte-papier.

— Pourtant ces dossiers étaient importants pour Linden. Son assassin a également liquidé un couple de détectives amateurs. Deux Juifs qui avaient survécu aux camps et qui voulaient régler des comptes. J'ai retrouvé leurs cadavres il y a quelques jours. Ils étaient morts depuis un moment. Peut-être que les dossiers leur étaient destinés. Ça m'aiderait si vous pouviez vous souvenir d'un ou deux noms.

— D'accord, j'y songerai, Bernie. Je devrais bien trouver quelques minutes de libres dans mon emploi du temps.

— Je compte sur vous. Mais revenons à König. À quoi ressemblait-il ?

— Voyons. Il avait la quarantaine, je dirais. Bien bâti, brun, grosse moustache, il devait peser dans les quatre-vingt-dix kilos et mesurer un mètre quatre-vingt-dix. Il portait toujours un costume de tweed, fumait le cigare et se déplaçait avec un chien, un petit terrier. De toute évidence, il était autrichien. Il lui arrivait de sortir avec une fille prénommée Lotte. Je ne connais pas son nom, mais elle travaille au Casanova Club. Une jolie petite garce, blonde. C'est tout ce dont je me souviens.

– Vous dites que vous avez parlé de la guerre. Il ne vous a pas raconté ce qu'il faisait à l'époque ?

– Si.

– Vous ne croyez pas qu'il serait utile de m'en faire part ?

– Je ne pensais pas que c'était important.

– C'est moi qui décide de ce qui est important. Allons, accouchez, Becker.

Il fixa un moment le mur puis haussa les épaules.

– Pour autant que je m'en souvienne, il m'a dit qu'il avait adhéré au parti nazi autrichien en 1931, alors qu'il était encore illégal. Il s'est fait arrêter pour avoir collé des affiches. Ensuite il a décidé de passer en Allemagne et est entré dans la police bavaroise, à Munich. Il a été intégré dans la SS en 1933, et il y est resté jusqu'à la fin de la guerre.

– Quel grade ?

– Il ne me l'a pas dit.

– Aucune indication concernant ses affectations et ses responsabilités ?

Becker secoua la tête.

– Vous n'avez pas été bavards ce soir-là, on dirait. Vous vous êtes raconté quoi ? Que le pain avait encore augmenté ? Bon, passons à l'autre type, celui qui est venu chez vous avec König et qui vous a demandé de retrouver Linden.

Becker se pressa les tempes du bout des doigts.

– J'ai essayé de me rappeler son nom, mais il m'échappe, dit-il. On aurait dit un officier supérieur. Vous savez, raide et emprunté. Un aristocrate, peut-être. Lui aussi avait la

quarantaine, grand, mince, rasé de près, avec un début de
calvitie. Il portait une veste Schiller et la cravate d'un club.
(Il secoua la tête.) Je ne m'y connais pas beaucoup, mais ça
pourrait être celle du Herrenclub.

– Et l'homme que vous avez vu sortir du studio où a
été tué Linden, à quoi ressemblait-il ?

– Il était trop loin pour que je le voie bien. Tout ce que
je sais, c'est qu'il était petit et râblé. Il portait un chapeau
et un manteau noirs et paraissait très pressé.

– Pas étonnant, dis-je. Et cette boîte de publicité,
Reklaue & Werbe, elle est bien dans Mariahilferstrasse,
n'est-ce pas ?

– Était, rectifia Becker d'un air sombre. Ils ont fermé
peu après mon arrestation.

– Parlons-en quand même. Était-ce toujours König
que vous voyiez là-bas ?

– Non, en général c'était un type nommé Abs. Max
Abs. Genre universitaire, avec une barbiche et de petites
lunettes. (Becker prit une autre de mes cigarettes.) Il y a
une chose que je dois vous dire. Un jour, je l'ai entendu
parler au téléphone avec un marbrier du nom de Pichler.
Abs semblait lui avoir commandé une pierre tombale. Je
me suis dit que Pichler pourrait peut-être vous renseigner
sur Abs quand vous irez à l'enterrement de Linden tout à
l'heure.

– À midi, précisa Liebl.

– Je pense que ça vaut la peine de voir ça de plus près,
Bernie, ajouta Becker.

– C'est vous le client, dis-je.

– Photographiez bien les amis de Linden. Et allez voir
Pichler. Presque tous les marbriers de Vienne ont leur boutique le long du mur du cimetière central, ça ne devrait pas
être difficile de le trouver. Peut-être qu'Abs a laissé une
adresse en commandant sa pierre.

Je n'aimais pas beaucoup entendre Becker organiser
ainsi mon emploi du temps de la matinée, mais il me parut

plus facile de faire mine d'obtempérer. Un homme qui risque la peine de mort est en droit d'exiger une certaine indulgence de la part du détective qu'il a engagé. Surtout avec une telle somme d'argent à la clé.

– Pourquoi pas ? fis-je. J'adore les enterrements.

Puis je me levai et arpentai sa cellule comme si c'était moi qui n'en pouvais plus d'être enfermé. Sans doute Becker y était-il plus habitué.

– Il y a encore une chose qui me tracasse, dis-je après avoir fait quelques pas d'un air songeur.

– De quoi s'agit-il ?

– Le Dr Liebl m'a dit que vous n'étiez dépourvu ni d'amis ni d'influence à Vienne.

– Jusqu'à un certain point.

– Dans ce cas, comment se fait-il qu'aucun de vos amis n'ait essayé de retrouver ce König ? Ou même sa maîtresse, Lotte ?

– Qui a dit qu'ils ne l'avaient pas fait ?

– Vous me racontez ça ou il faut que je vous donne une tablette de chocolat ?

Becker parla d'un ton radouci :

– Écoutez, je ne sais pas au juste ce qui s'est passé, Bernie, et je ne veux pas que vous vous fassiez une fausse idée de la situation. Il n'y a aucune raison de supposer que…

– Épargnez-moi le baratin et tenez-vous-en aux faits.

– D'accord. Certains de mes associés, des types qui savaient ce qu'ils faisaient, se sont renseignés sur König et la fille. Ils ont fait la tournée de quelques boîtes et depuis… (il fit la grimace)… depuis on ne les a pas revus. Peut-être qu'ils m'ont doublé. Ils ont pu quitter la ville.

– Ou bien ils ont fini comme Linden, suggérai-je.

– Qui sait ? C'est pour ça que vous êtes là, Bernie. Je vous fais confiance. Je sais le genre de type que vous êtes. Je respecte ce que vous avez fait à Minsk, vraiment. Vous n'êtes pas du genre à laisser pendre un innocent. (Il eut un sourire évocateur.) Je suis sûr que je ne suis pas le seul à faire appel à vos grands talents.

— Je me débrouille, fis-je d'un ton sec. (Je n'appréciais guère la flatterie, surtout de la part de clients tels que Becker.) Vous savez, vous méritez sans doute la corde, ajoutai-je. Même si ça n'est pas pour Linden, vous devez en avoir pas mal d'autres sur la conscience.

— J'ai pas compris ce qui se passait. Pas avant qu'il ne soit trop tard. Vous, c'est différent. Vous avez eu l'intelligence de laisser tomber quand vous aviez encore le choix. Moi, je ne l'ai jamais eu. C'était obéir aux ordres, ou être traduit devant une cour martiale et finir devant le peloton d'exécution. Je n'ai pas eu le courage de faire autre chose que ce que j'ai fait.

Je secouai la tête. À présent, ça n'avait plus d'importance.

— Peut-être que vous avez raison, dis-je.

— Vous savez bien que oui, Bernie. C'était la guerre.

Il finit sa cigarette, se leva et s'approcha de moi. Il me parla à voix basse, comme s'il ne voulait pas que Liebl entende.

— Écoutez, je sais que c'est un boulot dangereux. Mais il n'y a que vous qui puissiez le mener à bien. Il faut travailler dans le calme et la discrétion, comme vous savez si bien le faire. Vous avez besoin d'un feu ?

J'avais laissé à Berlin le pistolet que j'avais pris au soldat russe pour ne pas me faire poisser à la frontière. Même le papier de Poroshin m'autorisant à vendre des cigarettes n'aurait pu me tirer de là. Je haussai donc les épaules.

— C'est à vous de voir, dis-je. C'est votre ville.

— À mon avis, il vous en faudrait un.

— D'accord, fis-je, mais, pour l'amour du ciel, qu'il soit net.

Lorsque nous fûmes ressortis de la prison, Liebl me considéra avec un sourire sarcastique.

— Un feu, c'est ce à quoi je pense ?

– Oui. Seulement une précaution.

– La seule précaution à prendre pendant que vous serez à Vienne, c'est de vous tenir à l'écart du secteur russe. Surtout tard le soir.

Je suivis le regard de Liebl au-delà de la route, de l'autre côté du canal, qui fixait un drapeau rouge flottant dans la brise matinale.

– Plusieurs bandes de kidnappeurs travaillent pour les Russes, expliqua-t-il. Ils enlèvent tous ceux qu'ils soupçonnent d'espionnage au profit des Américains. En échange, ils obtiennent des concessions pour se livrer au marché noir à partir du secteur russe, ce qui les place hors d'atteinte de la loi. Ils ont enlevé une femme chez elle en l'emmenant roulée dans un tapis, comme Cléopâtre.

– Hum… je ferai attention de ne pas m'endormir par terre, dis-je. Maintenant expliquez-moi comment me rendre au cimetière central.

– Il se trouve en secteur britannique. Il faut prendre le 71 à partir de Schwarzenbergplatz, qui figure sur votre plan sous le nom de Stalinplatz. Impossible de la rater : elle est dominée par une immense statue de soldat russe en libérateur. Les Viennois l'appellent le Pillard inconnu.

Je souris.

– Comme je dis toujours, Herr Doktor, nous survivrons à la défaite, mais Dieu nous garde d'une nouvelle libération.

13

Traudl Braunsteiner l'avait définie comme « la cité des autres Viennois ». Ce n'était pas une exagération. Le cimetière central était plus vaste et plus opulent que plusieurs villes de ma connaissance. Un Autrichien ne renon-

cerait pas plus à une pierre tombale convenable qu'à son
bar préféré. Personne n'était trop pauvre pour s'offrir
sa dalle de marbre, et pour la première fois je compris
les attraits de la profession d'entrepreneur de pompes
funèbres. Un clavier de piano, une muse inspirée, les premières mesures d'une valse célèbre, rien ne semblait trop
compliqué aux artisans viennois, aucun vers, si ampoulé
fût-il, aucune allégorie, si pesante fût-elle, ne freinaient
leur enthousiasme. L'immense nécropole reflétait même
les divisions religieuses et politiques des vivants, avec
ses sections juive, protestante, catholique, sans compter
celles des quatre puissances.

Les services se succédaient sans interruption dans la
chapelle de la taille d'une des merveilles du monde où
s'était tenue la cérémonie funèbre du capitaine Linden.
Mais j'étais en retard de quelques minutes, et le cercueil
était déjà parti.

Je repérai sans difficulté le petit cortège qui suivait le
corbillard en direction du carré français où le catholique
capitaine Linden devait être enterré. Le temps que je le rat-
trape, on descendait déjà, tel un canot pneumatique dans
les eaux sales d'un port, le coûteux cercueil dans la tranchée de terre brune. La famille Linden, qui se tenait par le
coude comme un cordon de police anti-émeute, n'aurait
pas arboré son deuil avec plus de cran s'il y avait eu des
médailles à gagner.

Les hommes de la garde funéraire levèrent leurs fusils
et mirent en joue les flocons qui tombaient. J'éprouvai un
vif malaise lorsqu'ils tirèrent. Pendant un instant, je me
revis à Minsk le jour où, me rendant à l'état-major, j'avais
entendu des coups de feu. Après avoir escaladé le talus,
j'avais vu six hommes et femmes agenouillés au bord
d'une fosse commune déjà emplie d'innombrables corps,
dont certains encore vivants, et derrière eux un peloton de
SS commandé par un jeune officier. Cet officier s'appelait
Emil Becker.

– Êtes-vous un de ses amis ? demanda un Américain dans mon dos.

– Non, dis-je. Je suis venu voir ce qui se passait parce que j'ai été surpris d'entendre des coups de feu dans un cimetière.

J'ignorais si l'Américain avait accompagné le cercueil ou s'il m'avait suivi depuis la chapelle. Il ne ressemblait pas à l'homme que j'avais aperçu depuis la fenêtre du bureau de Liebl. Je désignai la tombe.

– Dites-moi, qui est le…

– Un type du nom de Linden.

L'allemand est une langue difficile lorsque ce n'est pas votre langue maternelle, de sorte que je pouvais me tromper, mais il me sembla qu'il n'y avait aucune émotion dans la voix de l'Américain.

J'en avais assez vu, et m'étant assuré qu'aucun des assistants ne ressemblait, même de loin, à König – ce qui ne me surprit guère – je m'éloignai d'une allure tranquille. À ma surprise, je m'aperçus que l'Américain m'emboîtait le pas.

– La crémation ménage infiniment plus les pensées des vivants que la mise en terre, dit-il. Elle réduit en cendres des images hideuses. Pour moi, la pensée qu'un être cher va se putréfier est insupportable. Cette idée me tourmente avec la ténacité d'un ver solitaire. La mort est une épreuve suffisamment triste pour ne pas laisser en plus les asticots en faire un festin. Je sais de quoi je parle. J'ai enterré mes parents et une de mes sœurs. Mais ces sacrés catholiques, ils ne veulent pas compromettre leur chance de ressusciter. Comme si Dieu allait s'embêter avec… (il embrassa le cimetière d'un large geste du bras)… avec tout ça. Êtes-vous catholique, Herr… ?

– Parfois, répondis-je. Quand j'ai peur de rater mon train ou que j'essaie de dessaouler.

– Linden adressait des prières à saint Antoine, dit l'Américain. Je crois que c'est le patron des objets perdus.

Je me demandai s'il essayait de parler par énigmes.

– J'ai jamais eu recours à ses services, dis-je.

Il me suivit sur le sentier qui menait à la chapelle. C'était une longue avenue d'arbres sévèrement taillés, dont les branches en forme de candélabres retenaient à leur extrémité de petits tas de neige ressemblant à la cire fondue des flambeaux lors d'un majestueux requiem.

L'Américain désigna une Mercedes garée à côté d'autres véhicules.

– Je vous dépose quelque part ? Je suis en voiture.

Il était vrai que je n'étais pas un catholique fervent. Tuer des hommes, même russes, n'est pas le genre de péché facile à expliquer à son Créateur. Pourtant je n'avais pas besoin de consulter saint Michel, patron des policiers, pour renifler un MP.

– Vous pouvez me déposer à la grille, si vous voulez, m'entendis-je dire.

– Bien sûr, montez.

Il ne prêta plus aucune attention à l'enterrement ni aux assistants. Il avait, en ma personne, un nouveau centre d'intérêt. Peut-être s'attendait-il à ce que je lui livre une des clés de toute cette affaire ? Je me demandai quelle aurait été sa réaction si je lui avais avoué que j'avais la même idée en tête. Et que c'était dans le vague espoir d'effectuer une telle rencontre que j'avais décidé d'assister aux funérailles de Linden.

L'Américain roulait au pas, comme s'il suivait encore le cortège, désirant sans aucun doute gagner du temps afin de découvrir qui j'étais et pourquoi j'étais là.

– Je m'appelle Shields, risqua-t-il pour m'appâter. Roy Shields.

– Bernhard Gunther, dis-je.

Je ne voyais aucune raison pour tourner autour du pot.

– Vous êtes viennois ?

– Pas de naissance.

– Où êtes-vous né, alors ?

– En Allemagne.

– Je me disais aussi que vous n'aviez pas l'air autrichien.

– Votre ami, Herr Linden, dis-je pour changer de sujet. Vous le connaissiez bien ?

L'Américain éclata de rire et sortit des cigarettes de la poche de poitrine de sa veste de sport.

– Linden ? Pas du tout. (Il saisit une cigarette entre ses lèvres et me passa le paquet.) Il s'est fait buter il y a quelques semaines. Mon chef a pensé que ça serait une bonne idée si je représentais notre département à son enterrement.

– Et de quel département s'agit-il ? m'enquis-je tout en étant presque certain de connaître déjà la réponse.

– L'International Patrol. (Il alluma sa cigarette et prit le ton d'un speaker de radio américaine pour annoncer :) Pour votre protection, appelez le A29500. (Il me tendit une pochette d'allumettes marquée du logo d'un certain Zebra Club.) Une pure perte de temps, si vous voulez mon avis, de me faire déplacer pour ça.

– Ce n'est pas si loin, dis-je. Votre chef espérait peut-être que l'assassin viendrait à la cérémonie.

– Bon sang, certainement pas, fit-il en riant. Il est déjà sous les verrous. C'est plutôt que notre chef, le capitaine Clark, est à cheval sur le protocole.

Shields vira vers le sud, en direction de la chapelle.

– Seigneur, marmonna-t-il, un vrai jeu de pistes. Vous savez, Gunther, poursuivit-il, l'avenue que nous venons de quitter fait près d'un kilomètre et elle est droite comme un i. Je vous ai aperçu alors que vous étiez encore à deux cents mètres du cortège, et vous sembliez drôlement pressé de le rejoindre. (Il sourit, comme pour lui-même aurait-on dit.) Vrai ou faux ?

– Mon père est enterré tout près de la tombe de Linden. Quand j'ai entendu les salves, je me suis dit que je reviendrais à un moment plus tranquille.

– Vous avez fait tout ce chemin à pied et vous n'avez pas apporté de couronne ?

– Vous en avez apporté une, vous ? demandai-je.

– Bien sûr. Ça m'a coûté 50 schillings.

– À vous ou à votre département ?

– On avait organisé une collecte.

– Et vous me demandez pourquoi je n'ai rien apporté ?

– Allons, Gunther, fit Shields en riant. Vous vous livrez tous à un trafic ou à un autre. Vous échangez des schillings contre des dollars, ou bien vous vendez des cigarettes au marché noir. Il m'arrive de penser que les Autrichiens gagnent plus d'argent que nous à violer la loi.

– C'est parce que vous êtes policier.

Nous sortîmes par l'entrée principale de Simmeringer Hauptstrasse et stoppâmes devant un arrêt de tramway, d'où une voiture repartait avec plusieurs hommes agrippés aux superstructures comme une portée de porcelets au ventre d'une truie.

– Vous ne voulez vraiment pas que je vous dépose en ville ? demanda Shields.

– Non, merci. Je dois voir un marbrier.

– Bon, après tout, c'est votre enterrement, fit-il en souriant avant de démarrer.

Longeant le haut mur du cimetière où, semblait-il, était établie la quasi-totalité des fleuristes et marbriers de Vienne, j'aperçus une vieille femme pathétique debout sur le trottoir. Elle tenait une modeste bougie à la main et me demanda du feu.

– Tenez, dis-je en lui donnant la pochette d'allumettes de Shields.

Elle voulut en détacher une, mais je lui dis de garder la pochette.

– Mais je ne peux pas vous la payer, dit-elle comme en s'excusant.

De même que vous pouvez prévoir qu'un homme qui attend le train va consulter sa montre, autant il ne faisait aucun doute à mes yeux que je reverrais Shields. Pourtant j'aurais aimé qu'il soit là à ce moment, afin de lui montrer cette Autrichienne qui n'avait même pas de quoi s'offrir une allumette. Comment aurait-elle pu acheter une couronne mortuaire à 50 schillings ?

Herr Joseph Pichler était un Autrichien assez typique : plus petit et plus mince que la moyenne des Allemands, avec une peau pâle et lisse, et une moustache clairsemée d'adolescent. Son regard de chien battu dans son visage étiré comme un museau lui donnait l'air d'un homme qui a abusé de ce vin bien trop jeune que les Autrichiens s'entêtent à juger buvable. Je le trouvai dans sa cour, comparant son modèle avec l'inscription qu'il avait gravée dans la pierre.

– Que le Seigneur soit avec vous, dit-il d'une voix peu amène.

Je lui rendis son salut sur le même ton.

– Êtes-vous Herr Pichler, le célèbre sculpteur ? demandai-je.

Traudl m'avait prévenu que les Viennois adorent la flatterie et les titres ronflants.

– C'est bien moi, rétorqua-t-il en se rengorgeant. Monsieur envisage-t-il de commander une pierre ? (Il parlait comme un gardien de musée de Dorotheergasse.) Une belle dalle, peut-être ? fit-il en m'indiquant un gros bloc de marbre noir poli sur lequel étaient gravés plusieurs noms et dates en caractères passés à l'or fin. Une pièce en marbre ? Un portrait sculpté ? Une statue peut-être ?

– À vrai dire, Herr Pichler, je ne suis pas encore décidé. Je crois savoir que vous avez créé il y a quelque temps une pièce magnifique pour un ami à moi, le Dr Max Abs. Il en a été si enchanté que je vais peut-être vous commander la même chose.

– En effet, je crois me souvenir de Herr Doktor.

Pichler ôta son minuscule chapeau en forme de gâteau en chocolat et gratta le sommet de son crâne grisonnant.

– Mais je ne me rappelle plus ce qu'il m'avait demandé. Vous souvenez-vous de quoi il s'agissait ?

– Je sais seulement qu'il en a été enchanté.

– Ça ne fait rien. Peut-être que monsieur pourrait repasser demain, j'aurai probablement retrouvé le dessin de la pièce en question. Permettez-moi de vous fournir quelques explications.

Il me montra le papier qu'il avait à la main, sur lequel figurait une ébauche de pierre tombale ainsi que l'inscription décrivant le défunt comme « Ingénieur en adductions et canalisations urbaines ».

– Prenez ce client, par exemple, fit-il en frétillant à l'idée de faire partager sa passion. J'ai ici un dessin avec son nom et le numéro de la commande. Lorsque j'aurai fini sa pierre, je classerai ce dessin à part, selon la nature du travail. Je dois donc consulter mes registres pour retrouver le dessin correspondant à telle ou telle commande. Mais pour l'instant, je suis en retard pour finir ce travail et pour tout vous dire… (il se massa l'estomac)… je suis mort de fatigue. (Il haussa les épaules comme pour s'excuser.) Ça doit être prêt demain, comprenez-vous. Et je suis à court de personnel.

Je le remerciai et le laissai à son ingénieur en adductions et canalisations urbaines. C'est sans doute le titre que se donnaient les plombiers de la ville. Quel nom fantaisiste, me demandai-je, pouvaient bien s'attribuer les détectives privés ? Accroché à l'extérieur d'un wagon de tram pour revenir en ville, j'essayai d'oublier ma position précaire en inventant quelques titres élégants pour ma profession plutôt vulgaire : adepte de la vie masculine solitaire ; agent en quête non métaphysique ; intermédiaire des perplexes et des anxieux ; avoué confidentiel des déplacés et mal placés ; quêteur de Graal sur gages ; chercheur de vérité. Ma préférence allait à ce dernier. Pourtant, au moins en ce qui concernait mon enquête actuelle, rien ne pouvait traduire mon impression de travailler pour une cause tellement perdue qu'elle aurait découragé jusqu'au plus dogmatique des tenants de la platitude de la Terre.

14

Tous les guides s'accordaient à dire que les Viennois vouent une aussi grande passion à la danse qu'à la musique. Mais ces guides avaient été rédigés avant la guerre, et à mon avis, leurs auteurs n'avaient jamais passé une soirée au Casanova Club de Dorotheergasse. La direction d'orchestre y ressemblait à un sauve-qui-peut général et la gesticulation sans grâce qui tenait lieu de danse rappelait les trépignements d'un ours blanc enfermé dans une cage trop petite. Pour la passion, il fallait se contenter de la vue des glaçons fondant en tintant dans son verre d'alcool.

Au bout d'une heure au Casanova, j'étais aussi aigri qu'un eunuque barbotant dans un bain tout garni de vierges. M'exhortant à la patience, je renversai la tête sur la garniture en velours et satin rouges de mon box et contemplai d'un air morose les draperies en forme de tentes accrochées au plafond. La dernière chose à faire, à moins de vouloir finir comme les deux amis de Becker (quoi qu'il en dise, j'étais presque certain qu'ils étaient morts), aurait été de faire la tournée des habitués en leur demandant s'ils connaissaient Helmut König ou son amie Lotte.

Malgré son aspect ridiculement prétentieux, le Casanova n'était pas le genre d'endroit qu'un ange en cavale aurait cherché à éviter. Il n'y avait pas de smoking à grosse carrure à l'entrée, personne ne paraissait transporter d'arme plus dangereuse qu'un cure-dent en argent, et le personnel faisait preuve d'un agréable empressement. Si König ne fréquentait plus le Casanova, ce n'était pas par peur de se faire vider les poches.

— Est-ce qu'il tourne ?

C'était une grande et splendide fille avec un de ces corps aux amples rondeurs qui ornent les fresques italiennes du XVIe siècle : tout en poitrine, ventre et fesses.

— Le plafond, expliqua-t-elle d'un geste de son fume-cigarette.

— Pas encore, ma foi.

— Alors vous pouvez m'offrir un verre, dit-elle en s'asseyant à côté de moi.

— Je commençais à me dire que vous ne viendriez jamais.

— Je sais. Je suis le genre de fille dont vous avez toujours rêvé. Eh bien, me voilà.

Je fis signe au garçon et la laissai commander son whisky et soda.

— Je ne suis pas du genre rêveur, dis-je.

— C'est dommage, non ? rétorqua-t-elle avec un haussement d'épaules.

— Et vous, vous rêvez de quoi ?

— Allons, dit-elle en secouant ses longs cheveux bruns, vous êtes à Vienne. Ici on ne raconte pas ses rêves. On ne sait jamais, on pourrait vous révéler ce qu'ils signifient, et dans ce cas que feriez-vous ?

— On dirait presque que vous avez des choses à cacher.

— Je ne vois rien d'écrit non plus sur votre front. Presque tout le monde a quelque chose à cacher. Surtout en ce moment. Les gens cachent ce qu'ils ont dans la tête.

— En tout cas, dire son nom n'a jamais fait de mal à personne. Moi je m'appelle Bernie.

— Bernie pour Bernhard ? Comme les chiens qui portent secours aux montagnards ?

— Plus ou moins. Que je porte secours ou pas dépend de la quantité de cognac que j'ai ingurgitée. Je ne suis pas très loyal quand je suis ivre.

– J'ai jamais rencontré d'homme qui le soit. (D'un hochement de tête elle désigna ma cigarette.) Vous m'en offrez une ?

Je lui tendis mon paquet et la regardai en insérer une dans son fume-cigarette.

– Vous ne m'avez pas dit votre nom, fis-je en craquant une allumette sur mon pouce pour lui donner du feu.

– Veronika. Veronika Zartl. Enchantée. Je ne me souviens pas de vous avoir vu ici. D'où êtes-vous ? Vous avez l'accent d'un *pifke*.

– De Berlin.

– Je m'en doutais.

– C'est gênant ?

– Pas quand on aime les *pifke*. Mais la plupart des Autrichiens ne les aiment pas. (Elle parlait de cette voix traînante et campagnarde qui semblait fort prisée des Viennois.) Moi, je n'ai rien contre. On me prend même parfois pour une *pifke*. C'est parce que je ne parle pas comme les autres Viennois. (Elle eut un petit rire joyeux.) C'est si drôle d'entendre un avocat ou un dentiste parler comme un mineur ou un conducteur de tram pour ne pas être confondu avec un Allemand. Ils vont jusqu'à forcer leur accent dans les magasins afin d'être mieux servis. Vous devriez essayer, Bernie, vous verrez comme on vous traitera différemment. C'est très facile d'imiter le viennois, vous savez. Il suffit de parler comme si vous étiez en train de mâcher quelque chose, et d'ajouter « ich » à la fin de chaque mot. Fa-cil-ich, pas vrai ?

Le garçon lui apporta sa commande, qu'elle considéra d'un air dédaigneux.

– Pas de glace, marmonna-t-elle.

Je laissai tomber un billet sur le plateau en argent et, sous le regard étonné de Veronika, fis signe au serveur de garder la monnaie.

– Si j'en crois le pourboire que vous avez laissé, vous avez l'intention de revenir.

– Rien ne vous échappe, hein ?

– C'est vrai ? Que vous reviendrez, je veux dire.

– Ça se pourrait. Mais est-ce tous les soirs comme ça ? Cette boîte est aussi animée qu'une cheminée sans feu.

– Attendez que ça soit plein, vous regretterez que ça ne soit plus comme maintenant.

Buvant son verre à petites gorgées, elle s'appuya au dossier de son fauteuil recouvert de velours rouge et or, caressant de sa main tendue la garniture en satin matelassée de notre box.

– Vous devriez être content de ce calme, dit-elle. Ça nous donne l'occasion de faire connaissance. Comme ces deux-là.

À l'aide de son fume-cigarette elle désigna d'un air entendu deux filles qui dansaient ensemble. Avec leurs vêtements de mauvais goût, leurs chignons et leurs colliers en strass, on aurait dit deux chevaux de cirque. Surprenant le regard de Veronika, elles sourirent et échangèrent quelques mots à voix basse.

Je les regardai exécuter quelques figures.

– Des amies à vous ?

– Pas exactement.

– Sont-elles… ensemble ?

Veronika haussa les épaules.

– Elles pourraient faire semblant si vous y mettiez le prix. (Tout en expirant de la fumée par le nez elle rit d'un air malicieux.) Pour l'instant, elles donnent un peu d'exercice à leurs hauts talons, c'est tout.

– Comment s'appelle la plus grande ?

– Ibolya. Ça veut dire violette en hongrois.

– Et la blonde ?

– C'est Mitzi. (Veronika parut se hérisser en prononçant le nom de la seconde fille.) Voulez-vous leur parler ? (Elle sortit son poudrier et examina son rouge à lèvres dans le petit miroir.) Il va bientôt falloir que je parte, de toute façon. Ma mère risquerait de s'inquiéter.

– Inutile de jouer les Petit Chaperon rouge avec moi, lui dis-je. Nous savons tous les deux que votre mère ne s'en fera pas beaucoup si vous quittez le sentier pour vous enfoncer dans les bois. Quant à ces deux beautés, il n'est pas interdit d'admirer les vitrines, si ?

– Bien sûr que non, mais vous pourriez éviter de vous écraser le nez contre, surtout quand vous êtes en ma compagnie.

– Il me semble, Veronika, qu'il ne vous en faudrait pas beaucoup pour vous comporter comme une femme mariée. Et très franchement, c'est ce genre de réflexion qui pousse un homme dans un endroit comme celui-ci. (Je souris pour lui montrer que je n'étais pas fâché.) Quand je vous entends parler avec un rouleau à pâtisserie dans la voix, ça pourrait me donner envie de prendre la porte.

Elle me sourit à son tour.

– Vous avez sans doute raison, dit-elle.

– Vous savez, j'ai l'impression que ça ne fait pas long-temps que vous faites ce métier.

– Bon sang, dit-elle tandis que son sourire virait à l'aigre. Vous pensez qu'on fait ça par vocation ?

Si je n'avais pas été si fatigué, je serais resté plus long-temps au Casanova et j'aurais peut-être même ramené Veronika chez moi. Mais je me contentai de lui offrir un paquet de cigarettes en lui disant que je repasserais le len-demain.

Tard le soir, Vienne ne soutenait la comparaison avec aucune autre ville, sauf peut-être la capitale engloutie de l'Atlantide. N'importe quel vieux parapluie restait ouvert plus longtemps que les établissements nocturnes de Vienne. Après quelques autres verres, Veronika m'avait expliqué que les Autrichiens aimaient passer leurs soi-rées à la maison, et que quand ils décidaient de faire la bringue, ils s'y prenaient dès 18 ou 19 heures. C'est pourquoi, alors qu'il était à peine 22 h 30, je regagnai la pension Caspian par les rues désertes, avec pour seule compagnie mon ombre et l'écho de mes pas quelque peu vacillants.

Par rapport à l'atmosphère enfumée de Berlin, l'air de Vienne semblait aussi pur qu'un matin de printemps. Pourtant la nuit était glaciale et, frissonnant malgré mon pardessus, j'accélérai l'allure, mal à l'aise dans ce silence et hanté par les mises en garde du Dr Liebl au sujet de la prédilection des Russes pour les enlèvements nocturnes.

En traversant Heldenplatz en direction du Volksgarten et, au-delà du Ring, de Josefstadt et de mon appartement, ma pensée se tourna tout naturellement vers les Russes. Même loin du secteur soviétique, il était difficile d'échapper à leur omniprésence. Le palais impérial des Habsbourg était l'un des nombreux bâtiments publics du centre-ville sous contrôle international à être occupés par l'Armée rouge. Au-dessus de la porte avait été apposée une gigantesque étoile rouge, avec en son centre un profil de Staline se découpant sur un portrait adroitement estompé de Lénine.

Alors que je longeais les ruines du Kunsthistorishe, je sentis une présence derrière moi, quelqu'un qui se faufilait entre les ombres et les tas de gravats. Je me retournai et scrutai la pénombre. Personne. Mais, une trentaine de mètres plus loin, alors que je dépassais une statue dont il ne restait plus que le torse, comme ce que j'avais vu un jour en ouvrant un tiroir de la morgue, j'entendis un bruit et, quelques secondes plus tard, vis rouler des cailloux au bas d'un grand tas de gravats.

— On se sent un peu seul ? (J'avais assez bu pour ne pas ressentir la stupidité d'une telle question. Ma voix résonna dans les ruines du musée.) Si vous venez pour visiter, je vous signale que nous sommes fermés. À cause des bombes, vous comprenez, c'est terrible les bombes. (Il n'y eut pas de réponse et je me mis à rire.) Si vous êtes un espion, vous avez de la chance. C'est la nouvelle profession à la mode. Surtout si vous êtes viennois. C'est pas moi qui l'ai dit, c'est un Russkof.

Riant tout seul, je repris mon chemin sans prendre la peine de vérifier si j'étais suivi. J'arrivais dans Mariahilferstrasse quand j'entendis à nouveau le bruit de pas derrière moi. Je m'arrêtai pour allumer une cigarette.

Comme quiconque connaissant Vienne vous le dirait, je n'avais pas emprunté le chemin le plus direct pour regagner Skodagasse. C'est aussi la réflexion que je me fis. Mais il y avait une partie de moi-même, sans doute celle la plus affectée par l'alcool, qui désirait découvrir qui me suivait et pour quelle raison.

La sentinelle américaine en faction devant la Stiftskaserne se gelait. Le soldat me suivit des yeux lorsque je passai sur le trottoir opposé de la rue déserte et je me dis qu'il reconnaîtrait peut-être en mon poursuivant un compatriote membre de la Special Investigations Section de la police militaire américaine. Ils étaient sans doute dans la même équipe de base-ball ou de tout autre jeu auquel se livraient les Américains quand ils n'étaient pas en train de s'empiffrer ou de draguer.

Un peu plus haut dans la large rue j'aperçus à ma gauche un étroit passage couvert qui s'enfonçait entre deux maisons et, après quelques marches, rejoignait une rue parallèle. Je m'y engouffrai sans réfléchir. Vienne était peut-être dépourvue de vie nocturne, mais c'était l'endroit rêvé pour un piéton. Quelqu'un qui savait s'orienter dans ces ruelles en ruine et qui connaissait bien ces traboules pouvait donner plus de fil à retordre à une meute de policiers que Jean Valjean à ses poursuivants.

Devant moi, mais hors de vue, quelqu'un descendait l'escalier. Devinant que mon poursuivant prendrait ces pas pour les miens, je me carrai dans un coin sombre et attendis.

Moins d'une minute après, je perçus un bruit de pas précipités mais étouffés. Les pas s'arrêtèrent à l'entrée du passage comme l'homme se demandait s'il était prudent de s'y aventurer. Entendant l'inconnu devant moi qui descendait les marches, mon poursuivant entra dans la traboule.

Je surgis de l'ombre, lui expédiai mon poing dans l'estomac si fort que je crus que j'allais devoir ramasser mes phalanges par terre et tandis que, tordu en deux sur les marches, il cherchait à reprendre son souffle, je tirai son manteau en arrière et le baissai sur ses bras pour les immobiliser. Après avoir vérifié qu'il ne portait pas d'arme, je pris son portefeuille dans sa poche intérieure et en sortis une carte d'identité. Je lus :

– Capitaine John Belinsky. 430th United States CIC. Qu'est-ce que ça veut dire ? Êtes-vous un ami de M. Shields ?

L'homme finit par se redresser.

– Va te faire foutre, sale Boche, cracha-t-il avec mépris.

– Vous a-t-on ordonné de me suivre ? (Je lui balançai sa carte sur les genoux et explorai les autres compartiments du portefeuille.) Parce que dans ce cas, tu ferais mieux de demander ton transfert, Johnny. T'es pas très bon à ce petit jeu. J'ai connu des strip-teaseuses plus discrètes que toi.

Je ne découvris rien de bien intéressant : quelques dollars, des schillings autrichiens, un ticket du Yank Movie Theater, quelques timbres, une carte de l'hôtel Sacher et la photo d'une jolie fille.

– Vous avez terminé ? demanda-t-il en allemand.

Je lui balançai son portefeuille.

– Joli p'tit lot que t'as là, Johnny, dis-je. Elle aussi tu l'as suivie ? Je devrais peut-être te donner une photo de moi, avec mon adresse derrière. Ça te faciliterait les choses.

– Va te faire foutre, sale Boche.

— Johnny, dis-je en remontant les marches vers Maria-hilferstrasse, je parierais que tu dis ça à toutes les filles.

15

Je trouvai Pichler allongé sous un énorme bloc de marbre tel un mécanicien du néolithique réparant un moyeu en pierre avec les outils de sa profession, le marteau et le ciseau qu'il tenait serrés dans ses mains poussiéreuses et tachées de sang. On aurait dit que pendant qu'il gravait l'inscription dans la pierre noire, il s'était interrompu quelques instants dans sa tâche pour reprendre son souffle et tenter de déchiffrer les mots qui semblaient surgir à la verticale de sa poitrine. Pourtant aucun marbrier ne travaillait jamais dans une telle position, et Pichler ne reprendrait plus jamais son souffle. Quoique le torse humain soit une cage suffisamment solide pour contenir ces tendres et remuants animaux que sont le cœur et les poumons, il ne saurait résister à la chute d'une demi-tonne de marbre poli.

Il y avait un moyen sûr de savoir s'il s'agissait ou non d'un accident. Laissant Pichler dans la cour où il gisait, je me rendis dans son bureau.

Je n'avais qu'un vague souvenir de la méthode de classement qu'il m'avait décrite. Dans mon rayon, les avantages de la double comptabilité sont à peu près aussi utiles qu'une paire de sabots. Mais pour gérer moi-même une entreprise, si modeste fût-elle, j'avais quelque notion des méthodes contournées et fastidieuses par lesquelles on fait correspondre les détails d'un registre avec ceux d'un autre. Il ne fallait pas être grand clerc pour constater que les registres de Pichler avaient été altérés, et ce, non par quelque subterfuge de comptabilité, mais par l'arrachage pur et simple de plusieurs pages. Il suffisait d'additionner deux et deux : la mort de Pichler n'avait rien d'accidentel.

Me demandant si le meurtrier avait pensé à emporter le dessin de la pierre tombale du Dr Max Abs, comme il l'avait fait pour les pages du registre, je retournai dans la cour pour le chercher. Je fouillai partout et, au bout d'un moment, découvris des cartons à dessins appuyés contre un mur de l'atelier au fond de la cour. Je défis les cordons du premier carton et, redoutant d'être surpris en train de fouiller dans les papiers d'un homme écrasé par une pierre à moins de dix mètres de moi, me hâtai de passer en revue les esquisses de l'artisan. Lorsque je trouvai le dessin que je cherchais, je n'y jetai qu'un bref coup d'œil avant de le glisser dans la poche intérieure de mon manteau.

Je regagnai le centre-ville par la ligne 71, puis me rendis au café Schwarzenberg proche du terminus des trams de Kärtner Ring. Je commandai un crème et dépliai le dessin devant moi. Il était à peu près de la taille d'une double page de journal, avec le nom du client – Max Abs – inscrit en grosses lettres sur le bon de commande agrafé à l'angle supérieur droit de la feuille.

Je parcourus le texte de l'inscription : « À LA MÉMOIRE DE MARTIN ALBERS, NÉ EN 1899, MORT EN MARTYR LE 9 AVRIL 1945. DE LA PART DE SON ÉPOUSE BIEN-AIMÉE LENI ET DE SES FILS MANFRED ET ROLF. VOICI QUE JE VAIS VOUS DIRE UN MYSTÈRE : NOUS NE MOURRONS PAS TOUS, MAIS TOUS NOUS SERONS TRANSFORMÉS, EN UN INSTANT, EN UN CLIN D'ŒIL, AU SON DE LA TROMPETTE DERNIÈRE – CAR ELLE SONNERA – ET LES MORTS RESSUSCITERONT INCORRUPTIBLES ET NOUS, NOUS SERONS TRANSFORMÉS. CORINTHIENS, 15, 51-52 ».

L'adresse de Max Abs figurait sur le bon de commande. Toutefois, en dehors de la confirmation que le Doktor avait offert une pierre tombale à un défunt – un beau-frère peut-être ? –, et que cette pierre avait provoqué la mort de celui qui en avait gravé l'inscription, je n'étais pas plus avancé.

Le garçon, à qui de fins cheveux blancs et bouclés rejetés à l'arrière d'un crâne affligé d'un début de calvitie conféraient une sorte de halo, apporta un petit plateau en étain sur lequel reposaient mon crème et le verre d'eau avec lequel les Viennois ont coutume d'accompagner le café. Il aperçut le dessin avant que j'aie eu le temps de le rouler pour faire de la place.

– Bénis soient les endeuillés, récita-t-il avec un sourire de sympathie, car ils seront réconfortés.

Je le remerciai de sa compassion puis, le gratifiant d'un pourboire généreux, lui demandai d'où je pouvais expédier un télégramme, et où se trouvait Berggasse.

– Le Bureau central des télégraphes se trouve à Börseplatz, sur le Schottenring, m'informa-t-il. Berggasse est à deux ou trois rues de là au nord.

Une heure plus tard, après avoir envoyé mes télégrammes à Kirsten et à mon informateur Neumann, je me rendis dans Berggasse, à mi-chemin entre la prison où croupissait Becker et l'hôpital où travaillait son amie. Cette coïncidence était plus remarquable que la rue elle-même, qui semblait n'être habitée que par des dentistes et des médecins. Il ne me parut pas non plus remarquable d'apprendre, par la vieille propriétaire de l'immeuble dont Abs avait occupé l'entresol, qu'il lui avait annoncé quelques heures plus tôt son départ définitif de Vienne.

– Il m'a dit que son travail le réclamait d'urgence à Munich, m'expliqua-t-elle d'un ton rendu perplexe par ce départ précipité. Ou à côté de Munich. Il m'a dit le nom de l'endroit mais j'ai oublié.

– Ce n'était pas Pullach, par hasard ?

Elle s'efforça de prendre l'air songeur mais ne réussit qu'à paraître renfrognée.

– Je ne sais pas, finit-elle par dire. (Le nuage qui l'avait provisoirement assombrie se dissipa et elle retrouva son expression bovine.) Mais il m'a dit qu'il m'enverrait son adresse.

– A-t-il emporté toutes ses affaires ?

– Il avait presque rien. Quelques valises, c'est tout. L'appartement est meublé. (Elle fronça à nouveau les sourcils.) Vous êtes policier ou quoi ?

– Non. J'étais intéressé par l'appartement.

– Pourquoi vous ne l'avez pas dit tout de suite ? Entrez, Herr…

– Professeur, à vrai dire, rectifiai-je avec ce que je pensais être la précision scrupuleuse des authentiques Viennois. Professeur Kurtz. (Je pensais aussi que me présenter comme universitaire émoustillerait le snobisme de la propriétaire.) Le Dr Abs et moi-même sommes des amis communs d'un monsieur König, lequel m'a appris que Herr Doktor allait prochainement libérer un très bel appartement dans cet immeuble.

Je suivis la vieille dans un vaste hall menant à une haute porte en verre. Après cette porte s'ouvrait une cour plantée d'un platane solitaire et flanquée d'un escalier en fer forgé que nous entreprîmes de gravir.

– J'espère que vous pardonnerez ma prudence, fis-je. Mais j'avoue que je ne savais pas tout à fait quel crédit accorder à l'information de mon ami. Il a beaucoup insisté sur le fait qu'il s'agissait d'un appartement tout ce qu'il y a de bien, et vous n'ignorez pas, madame, combien il est difficile aujourd'hui de trouver un logement de qualité à Vienne. Peut-être connaissez-vous Herr König ?

– Non, rétorqua-t-elle d'un ton ferme. Je pense n'avoir rencontré aucun ami du Dr Abs. C'était un monsieur très discret. Mais votre ami a raison. Vous ne trouverez pas mieux pour 400 schillings par mois. C'est un quartier très agréable. (Arrivée devant la porte de l'appartement, elle baissa la voix.) Sans aucun Juif. (Elle sortit une clé de la poche de sa veste et l'enfonça dans la serrure de l'imposante porte en acajou.) Bien sûr, il y en avait quelques-uns avant l'Anschluss. Même dans cet immeuble. Mais, à la déclaration de guerre, la plupart étaient partis.

Elle ouvrit et m'invita à entrer.

— Voilà, dit-elle avec fierté. Il y a six pièces en tout. Bien sûr, ça n'est pas aussi grand que certains appartements de cette rue, mais c'est moins cher. Et entièrement meublé, comme je vous l'ai dit.

— Charmant, fis-je en jetant un regard circulaire.

— Je n'ai pas encore eu le temps de nettoyer, fit-elle en manière d'excuse. Le docteur Abs a laissé beaucoup de choses à jeter. Remarquez que je ne le lui reproche pas. Il m'a laissé quatre semaines de loyer en guise de dédit. (Elle me montra une porte close.) Il y a encore pas mal de dégâts là-derrière. Une bombe incendiaire a explosé dans la cour quand les Russkofs sont arrivés, mais ça sera bientôt réparé.

— Ça n'a aucune importance, fis-je d'un ton magnanime.

— Bon. Je vous laisse jeter un coup d'œil par vous-même, professeur Kurtz. Vous verrez que vous vous y sentirez bien. Refermez simplement la porte en partant, et frappez chez moi quand vous aurez terminé.

Après son départ, j'explorai les pièces et constatai que pour un homme seul Abs recevait un nombre étonnant de paquets Care, ces colis de nourriture en provenance des États-Unis. Je comptai plus d'une cinquantaine de cartons vides portant les initiales distinctives et l'adresse de Broad Street, à New York, d'où ils provenaient.

Ça sentait plus les affaires juteuses que l'œuvre charitable.

Ayant terminé mon inspection, j'expliquai à la propriétaire que je cherchais quelque chose de plus grand et la remerciai de m'avoir laissé visiter. Puis je regagnai ma pension de Skodagasse.

J'y étais depuis peu lorsqu'on frappa à ma porte.

– Herr Gunther ? s'enquit un homme qui arborait des galons de sergent.

J'acquiesçai.

– Suivez-nous, je vous prie.

– Suis-je arrêté ?

– Je vous demande pardon ?

Je répétai ma question dans mon anglais hésitant. Le MP américain mâchonnait son chewing-gum avec impatience.

– On vous expliquera ça au QG.

J'enfilai une veste.

– N'oubliez pas vos papiers, m'sieur, fit-il avec un sourire poli. Ça nous évitera de revenir.

– Bien sûr, fis-je en prenant mon chapeau et mon manteau. Êtes-vous motorisés ou devrons-nous marcher ?

– Un camion attend devant la porte.

La gérante croisa mon regard lorsque nous traversâmes la réception. À ma surprise elle n'eut pas l'air le moins du monde troublée. Peut-être avait-elle l'habitude de voir ses clients embarqués par l'IP ? Ou alors elle se disait que de toute façon ma chambre serait payée, que je dorme là ou dans une cellule.

Nous montâmes à l'arrière du camion qui, après avoir fait quelques mètres dans ma rue, tourna à droite dans Lederergasse, dans le sens opposé au centre-ville et au quartier général de l'IMP1[1].

– Nous n'allons pas vers Kärtnerstrasse ? demandai-je.

– Cette affaire ne concerne pas l'International Patrol, m'expliqua le sergent. Elle est sous juridiction américaine. Nous allons à la Stiftskaserne, dans Mariahilferstrasse.

---

1. *International Military Police*, plus communément appelée *International Patrol*.

– Pour voir qui ? Shields ou Belinsky ?

– On vous expliquera ça…

– …quand on y sera, d'accord.

L'entrée en faux baroque de la Stiftskaserne, siège de la 796th Military Police, avec ses colonnes doriques en haut relief, ses griffons et ses guerriers grecs, était située, non sans incongruité, entre les deux entrées du grand magasin Tiller, et traversait un immeuble de quatre étages donnant sur Mariahilferstrasse. Nous franchîmes le porche monumental de cette entrée, contournâmes l'arrière de l'immeuble et traversâmes un terrain de manœuvres au bout duquel s'élevait la caserne.

Le camion franchit d'autres grilles, puis s'arrêta devant la caserne. Je fus conduit sous bonne escorte, après quelques volées de marches, jusqu'à un bureau inondé de lumière qui offrait une vue imprenable sur la batterie anti-aérienne installée en haut d'une tour de l'autre côté du terrain de manœuvres.

Shields se leva derrière son bureau et sourit comme s'il cherchait à impressionner son dentiste.

– Entrez et asseyez-vous, me dit-il comme si nous étions de vieux amis. (Il se tourna vers le sergent.) Est-il venu de son plein gré, Gene ? Ou bien avez-vous dû le tabasser ?

Le sergent eut un petit sourire et marmonna quelque chose que je ne saisis pas. Pas étonnant que personne ne comprenne leur anglais, pensai-je : les Amerloques sont toujours en train de mâcher quelque chose.

– Vous feriez mieux de pas vous éloigner, Gene, ajouta Shields. Au cas où il faudrait lui parler fermement.

Il émit un rire bref et, tirant sur son pantalon, s'assit en face de moi, ses grosses jambes écartées comme un samouraï, sauf qu'il faisait deux fois la taille d'un Japonais.

– Tout d'abord, Gunther, je dois vous dire que nous avons aux International Headquarters un lieutenant Canfield, un vrai trou du cul d'Angliche, qui serait prêt à donner n'importe quoi au type qui l'aiderait à résoudre son petit problème : en plein secteur britannique un marbrier est mort en voulant embrasser un bloc de pierre de plusieurs centaines de kilos. Tout le monde, y compris le patron du lieutenant, croit à l'accident. Sauf le lieutenant, qui est du genre pointilleux. Il a lu tous les Sherlock Holmes et veut devenir détective après l'armée. D'après sa théorie, quelqu'un a farfouillé dans les livres de comptes du marbrier. Je ne sais pas si c'est un motif suffisant pour tuer un homme, mais je me rappelle vous avoir vu entrer dans la boutique de Pichler hier matin après l'enterrement du capitaine Linden. (Il ricana.) Eh oui, Gunther, j'étais là pour vous surveiller. Alors, qu'en dites-vous ?

— Pichler est mort ?

— Si vous me redisiez ça en marquant un peu plus de surprise, hein ? « Ne me dites pas que Pichler est mort ! » ou : « Mon Dieu, je ne peux pas croire ce que vous me dites ! » Vous n'auriez pas une idée sur ce qui lui est arrivé, par hasard, Gunther ?

Je haussai les épaules.

— Peut-être que son travail lui pesait, fis-je.

Shields la trouva bien bonne et éclata de rire. Il riait comme s'il avait pris des cours de rire dans sa jeunesse, découvrant toutes ses dents, pour la plupart gâtées, en avançant une mâchoire bleutée en forme de gant de boxe plus large que le sommet de son crâne dégarni. Comme beaucoup d'Américains, il était très expansif. Costaud et trapu, doté d'épaules de rhinocéros, il portait un complet de flanelle brun clair avec des revers tranchants comme des hallebardes. Sa cravate était si large qu'elle aurait pu servir de marquise à une terrasse de café et ses chaussures étaient de lourdes Oxford marron. Les Américains avaient la même passion pour les chaussures solides que les Russkofs pour les montres. La seule différence, c'est qu'en général ils les achetaient dans des magasins.

– En toute franchise, je me fous des problèmes de ce lieutenant comme de ma première chemise, continua-t-il. Que les Anglais se démerdent tout seuls. Toutefois, vous avez intérêt à coopérer avec nous. Vous n'avez peut-être rien à voir avec la mort de Pichler, mais je suis sûr que vous n'avez aucune envie de perdre une journée entière à l'expliquer au lieutenant Canfield. En revanche, si vous m'aidez je vous aiderai : j'oublierai que je vous ai vu entrer dans la boutique de Pichler. Est-ce que vous comprenez ce que je vous dis ?

– Vous vous exprimez très bien en allemand, dis-je.

J'étais pourtant décontenancé par la façon venimeuse qu'il mettait à respecter notre accent. Il attaquait les consonnes avec une violence théâtrale, comme si l'allemand ne pouvait qu'exprimer la cruauté.

– Je suppose qu'il est inutile de vous dire que je ne sais absolument rien de ce qui est arrivé à Herr Pichler ?

Shields haussa les épaules d'un air désinvolte.

– Je vous l'ai dit, c'est le problème des Anglais, pas le mien. Vous êtes peut-être innocent. Mais je vous le répète, vous aurez beaucoup de mal à convaincre les Anglais. Pour eux, tous les Boches sont des nazis.

J'écartai les mains d'un air impuissant.

– Mais comment pourrais-je vous aider ?

– Eh bien, quand j'ai appris qu'avant d'assister à l'enterrement du capitaine Linden vous aviez rendu visite à son meurtrier dans sa prison, je dois dire que je n'ai pas pu refréner ma curiosité naturelle. (Son ton se fit plus incisif.) Allons, Gunther. Je veux savoir ce que vous traficotez avec Becker.

– Je suppose que vous connaissez sa version des choses ?

– Par cœur.

– Eh bien, Becker y croit dur comme fer. Il me paie pour enquêter. Et prouver qu'il dit vrai.

– Vous enquêtez, dites-vous ? En quelle qualité ?

– En qualité de détective privé.

– Un privé ? Tiens, tiens.

Il se pencha en avant et, saisissant un pan de ma veste, en éprouva le tissu entre le pouce et l'index. Il avait de la chance qu'aucune lame de rasoir ne soit cousue dans ce revers-ci.

– Non, j'y crois pas. Vous êtes pas assez cradingue.

– Cradingue ou pas, c'est pourtant la vérité. (Je sortis mon portefeuille et lui montrai ma carte d'identité, puis mon ancienne plaque.) Avant la guerre je travaillais dans la police criminelle de Berlin. Comme vous le savez, Becker en faisait aussi partie. C'est là que nous nous sommes connus. (Je sortis mon paquet de cigarettes.) Ça ne vous dérange pas si je fume ?

– Allez-y, mais que ça ne vous empêche pas de parler.

– Après la guerre, je n'ai pas voulu réintégrer la police. C'était infesté de communistes, vous comprenez. (Je le caressais dans le sens du poil : je n'avais jamais rencontré un seul Américain ayant de la sympathie pour les communistes.) Alors j'ai monté ma propre affaire. En fait, le travail n'était pas nouveau pour moi puisque j'avais déjà travaillé en indépendant au milieu des années trente. Il y a tellement de personnes déplacées depuis la guerre que beaucoup de gens avaient besoin de policiers honnêtes. Malheureusement, à cause des Russes, c'est une espèce plutôt rare à Berlin.

– Ouais, c'est la même chose ici. Sous prétexte qu'ils sont arrivés les premiers, les Russes ont placé des hommes à eux à la tête de la police. À tel point que le gouvernement autrichien a été obligé de solliciter le chef des pompiers de Vienne quand ils ont voulu nommer un type propre au poste de vice-président de la police. (Il secoua la tête.) Ainsi vous êtes un vieux collègue de Becker. Ça m'en bouche un coin. Bon sang, quel genre de flic était-il ?

– Le genre tordu.

– Pas étonnant que ce pays soit dans un tel bordel. Je suppose que vous étiez aussi dans la SS ?

– Pas longtemps. Quand j'ai su ce que faisaient les SS, j'ai demandé mon transfert au front. Il y avait des gens qui réagissaient, croyez-moi.

– Pas beaucoup. Votre ami n'a pas réagi, lui.

– Ce n'est pas exactement un ami.

– Alors pourquoi avez-vous accepté de l'aider ?

– J'avais besoin d'argent. Je voulais aussi m'éloigner de ma femme pendant quelque temps.

– Ça vous ennuierait de me dire pourquoi ?

Je me tus un instant, le temps de me rendre compte que c'était la première fois que j'en parlais.

– Elle voit quelqu'un d'autre. Un officier de chez vous. Je me suis dit que, si je m'absentais, elle comprendrait ce qui était le plus important, son mariage ou son *schätzi*.

Shields hocha la tête et émit un grognement de sympathie.

– Je suppose que vos papiers sont en règle ?

– Bien sûr.

Je les lui tendis et le regardai examiner ma carte d'identité et ma carte rose.

– Je vois que vous avez traversé la zone russe. Pour un type qui n'aime pas les Popovs, vous devez avoir d'excellents contacts à Berlin.

– Quelques contacts malhonnêtes, oui.

– Des Russes malhonnêtes ?

– Vous en connaissez d'autres ? Bien sûr que j'ai dû graisser quelques pattes, mais les papiers sont authentiques.

Shields me les rendit.

– Avez-vous votre *Fragebogen*[1] sur vous ?

Je sortis mon certificat de dénazification de mon portefeuille et le lui remis. Il n'y jeta qu'un bref coup d'œil, peu désireux de se coltiner les 133 questions et réponses qui y figuraient.

---

1. Questionnaire.

– Blanchi, hein ? Comment se fait-il que vous n'ayez pas été arrêté ? Tous les SS étaient automatiquement arrêtés.

– J'ai fini la guerre dans l'armée. Sur le front russe. Et comme je vous l'ai dit, j'avais demandé à quitter la SS.

Shields grogna et me rendit le *Fragebogen*.

– J'aime pas les SS, grommela-t-il.

– Moi non plus.

Shields examina le gros anneau disgracieux passé à l'un de ses doigts manucurés.

– Nous avons vérifié les déclarations de Becker, dit-il. Ça ne tient pas debout.

– Je ne suis pas d'accord.

– Qu'est-ce qui vous fait penser ça ?

– Croyez-vous qu'il me proposerait 5 000 dollars pour trouver les preuves d'une histoire inventée ?

– Cinq mille dollars ? fit Shields en émettant un petit sifflement.

– Ça les vaut s'il s'agit d'éviter la corde.

– Bien sûr. Mais vous aurez du mal à prouver qu'il était ailleurs au moment où on lui a mis la main dessus. Ou à persuader le juge que ses amis ne nous ont pas canardés. Ou qu'il n'était pas en possession de l'arme qui a tué Linden. Vous avez d'autres idées brillantes dans ce genre ? Comme celle qui vous a conduit chez Pichler ?

– Becker se souvenait d'avoir entendu le nom de Pichler chez Reklaue & Werbe Zentrale.

– Qui en aurait parlé ?

– Le Dr Max Abs.

Shields hocha la tête. Il connaissait le nom.

– À mon avis c'est lui qui a tué Pichler, poursuivis-je. Il est sans doute allé le voir peu de temps après ma première visite, et Pichler lui aura raconté que quelqu'un se prétendant de ses amis l'avait interrogé à son sujet. Peut-être que Pichler lui a dit que je devais repasser ce matin. Abs l'a alors éliminé puis a emporté les pages des livres de compte où figuraient ses coordonnées. Du moins l'a-t-il cru, parce que j'ai retrouvé son adresse. J'y suis arrivé trop tard, il venait de filer. D'après sa logeuse, il est en route pour Munich à l'heure qu'il est. Vous savez, Shields, je pense que ça serait une bonne idée d'envoyer quelqu'un l'attendre à la gare.

— Peut-être bien, fit-il en caressant sa mâchoire mal rasée.

Il se leva, passa derrière son bureau et décrocha un téléphone pour donner quelques coups de fil, mais avec un accent et un vocabulaire qui me les rendirent incompréhensibles. Il raccrocha et jeta un coup d'œil à sa montre.

— Le train met onze heures et demie pour arriver à Munich. On a tout notre temps pour lui préparer une petite réception.

Le téléphone sonna. Shields prit l'appel et me regarda, la bouche ouverte et le regard fixe, comme s'il n'avait pas cru grand-chose de mon histoire. Mais quand il raccrocha, il souriait.

— Tout à l'heure j'ai appelé le Berlin Documents Center, dit-il. Vous savez ce que c'est, bien sûr. Linden y travaillait.

J'acquiesçai.

— Je leur ai demandé s'ils avaient quelque chose sur ce Max Abs. Ce sont eux qui viennent de me rappeler. Abs était bien dans la SS. Il n'est pas recherché pour des crimes précis, mais c'est une coïncidence étonnante, vous ne trouvez pas ? Vous, Becker, Abs, tous des anciens de la petite corporation de Himmler.

— Pure coïncidence, fis-je d'un air las.

Shields se rassit.

— Vous savez, je suis tout prêt à croire que Becker a juste été l'exécutant du meurtre de Linden. Et que votre organisation voulait l'éliminer parce qu'il avait découvert quelque chose.

– Tiens ? fis-je sans grand enthousiasme pour cette théorie. Et de quelle organisation voulez-vous parler ?

– Le Réseau Loup-Garou.

Je m'entendis éclater de rire.

– Cette vieille légende de la Cinquième colonne nazie ? Les fanatiques qui seraient entrés dans la clandestinité pour mener la guérilla contre nos vainqueurs ? Vous plaisantez, Shields.

– Vous n'y croyez pas ?

– Ça serait un peu tard pour s'y mettre, non ? La guerre est finie depuis presque trois ans. Vous autres Américains avez baisé assez de nos femmes pour savoir qu'on n'a jamais eu l'intention de vous égorger dans votre lit. Les Loups-Garous… (Je secouai la tête d'un air affligé.) Je pensais même que c'était une histoire montée de toutes pièces par vos services de renseignements. Je n'ai jamais cru une seule seconde que quiconque allait gober ça. Écoutez, peut-être bien que Linden avait découvert des choses sur certains criminels de guerre, et qu'ils ont voulu le faire taire. Mais pas les Loups-Garous ! Essayons de trouver quelque chose de plus original, vous ne croyez pas ?

J'allumai une autre cigarette et regardai Shields hocher la tête en réfléchissant à ce que je venais de dire.

– Que vous a raconté le Berlin Documents Center à propos du travail de Linden ? ajoutai-je.

– Officiellement, il n'était que l'officier de liaison du Crowcass, le Central Registry of War Crimes and Security Suspects de l'armée américaine. Ils soutiennent que Linden était juste un administratif sans contact avec le terrain. Remarquez, s'il travaillait dans le renseignement, il ne faut pas espérer qu'on nous dise la vérité. Ces types ont plus de secrets que la surface de Mars.

Il se leva et alla à la fenêtre.

– L'autre jour, j'ai vu un rapport affirmant que deux Autrichiens sur mille espionnaient pour le compte des Russes. Or cette ville compte 1,8 million d'habitants,

Gunther. Ce qui veut dire que si l'oncle Sam dispose d'autant d'espions qu'eux, il y en a 7 000 qui se baladent devant ma porte. Sans parler des Français et des Anglais. Ni de la police viennoise, c'est-à-dire la police politique dirigée par les cocos, pas la police nationale, bien qu'elle soit tout autant infiltrée par les communistes. Et il y a quelques mois, pour couronner le tout, la police nationale hongroise a envoyé des hommes à Vienne pour enlever ou éliminer sur place des Hongrois dissidents.

Shields se détourna de la fenêtre et revint vers sa chaise. Il en serra le dossier comme s'il allait me la fracasser sur le crâne, mais se contenta de pousser un profond soupir.

– Ce que je veux dire, Gunther, c'est que cette ville est pourrie. On m'a dit que Hitler prétendait que c'était une perle. Peut-être, mais une perle jaunâtre et usée comme la dernière dent d'un chien mort. Franchement je vois pas plus de beauté à cette ville que du bleu quand je pisse dans le Danube.

Shields se pencha vers moi et me mit debout en me saisissant par les revers de ma veste.

– Vienne me déçoit, Gunther, et me déprime. Alors un conseil, mon vieux : ne me décevez pas. Si vous découvrez quelque chose que je devrais savoir et que vous me le cachez, je me mettrai en rogne pour de bon. Je vois une bonne centaine de raisons de vous virer de la ville à coups de pompe dans le cul, même quand je suis bien luné comme c'est le cas en ce moment. Est-ce bien clair ?

– Comme du cristal. (J'écartai ses mains et lissai les épaules de ma veste. Avant d'atteindre la porte, je me retournai :) Cette coopération avec la Police militaire américaine implique-t-elle qu'on va cesser de me filer ?

– Quelqu'un vous suit ?

– Me suivait. Jusqu'à ce que je lui donne une leçon hier soir.

– C'est une ville bizarre, Gunther. Peut-être un pédé qui vous a à la bonne.

– C'est sans doute pour ça que j'ai cru qu'il était de chez vous. Un Américain nommé John Belinsky.

Shields nia de la tête avec de grands yeux innocents.

– Jamais entendu parler. Je jure devant Dieu que je ne vous fais pas filer. Si c'est vrai, ça vient d'ailleurs que de ce bureau. Vous savez ce que vous devriez faire ?

– Non, mais je suis curieux de l'entendre.

– Rentrez à Berlin. Vous n'avez rien à faire ici.

– Je pourrais l'envisager, sauf que je n'ai rien à faire là-bas non plus. Je vous ai dit que c'était une des raisons pour lesquelles j'étais venu à Vienne, vous vous souvenez ?

16

J'arrivai tard au Casanova Club. La boîte était pleine de Français qui avaient bu tout ce qu'il faut pour être vraiment saouls. Veronika avait raison : je préférais le Casanova quand il était calme. Ne la voyant nulle part parmi la foule, je demandai au garçon à qui j'avais laissé la veille un si généreux pourboire s'il l'avait vue.

– Elle était là il y a à peine un quart d'heure, dit-il. Je crois qu'elle est allée au Koralle, monsieur. (Il baissa la voix et avança la tête vers moi.) Elle n'aime pas beaucoup les Français. À vrai dire, moi non plus. Les Anglais, les Américains, même les Russes, ça va, on peut respecter des soldats qui nous ont battus. Mais les Français ? Ce sont des salauds. Croyez-moi, monsieur, j'en ai la preuve tous les jours sous les yeux. Je vis dans le 15ᵉ Bezirk, en secteur français. (Il lissa la nappe.) Que désire boire monsieur ?

– Je crois que je vais aller jeter un coup d'œil au Koralle. Où est-ce ?

– Dans le 9ᵉ Bezirk, monsieur. Dans Porzellangasse, qui donne sur Berggasse, juste à côté de la prison de la police. Savez-vous où elle se trouve ?

– Je commence à le savoir, fis-je en riant.

– Veronika est une bonne fille, ajouta le serveur. Pour une entraîneuse.

Venue de l'est et du secteur russe, la pluie tombait sur le centre-ville. Transformée en grêle par l'air glacial de la nuit, elle cinglait les visages des quatre membres de l'IP qui s'arrêtèrent devant le Casanova. Après avoir salué le portier d'un hochement de tête, mais sans prononcer un mot, ils me croisèrent et pénétrèrent dans l'établissement afin de s'assurer qu'il n'y régnait pas ce désordre particulier que provoquent les militaires en proie au désir sexuel le plus brutal, exacerbé encore par le fait de se trouver en pays étranger, les poches bourrées de cigarettes et de chocolat, au milieu de femmes affamées.

Arrivé au Schottenring qui m'était désormais familier, je rejoignis Währinger Strasse et poussai vers le nord, traversant Rooseveltplatz sur laquelle la clarté lunaire projetait les ombres jumelles des deux clochers de Votivkirche qui, en dépit de sa hauteur de gratte-ciel, avait survécu aux bombes. Pour la seconde fois de la journée, je m'apprêtais à emprunter Berggasse lorsque j'entendis crier au secours dans les ruines d'un grand bâtiment de l'autre côté de la rue. Me disant que ça n'était pas mes affaires, je ne m'arrêtai qu'un bref instant. J'allais repartir lorsque le même appel se fit entendre. Cette voix de contralto me disait quelque chose.

Un frisson d'appréhension me parcourut et j'obliquai en direction des ruines. Un grand tas de gravats avait été repoussé contre le mur ventru de l'immeuble, de sorte qu'après l'avoir escaladé, j'eus, de l'embrasure d'une fenêtre béante, une vue plongeante sur une salle en demi-cercle de la taille d'un petit théâtre.

Dans la clarté de la lune, j'aperçus, contre le mur opposé, trois silhouettes en train de lutter. Deux soldats russes crasseux, vêtus d'uniformes déchirés, essayaient avec de gros rires d'arracher les vêtements d'une femme. Je sus qu'il s'agissait de Veronika avant même qu'elle ne tourne son visage à la lumière. Elle cria et fut violemment giflée par le soldat qui tenait ses bras et les deux pans écartés de sa robe que son camarade venait de déchirer, agenouillé sur ses orteils.

– *Pakazhitye, dushka* (Fais-moi voir, chérie), gloussa ce dernier en abaissant les sous-vêtements de Veronika sur ses genoux tremblants. (Il s'assit sur les talons pour admirer sa nudité.) *Pryekrasnaya* (Joli), remarqua-t-il comme s'il détaillait un tableau. (Il enfonça alors la tête dans sa toison.) *Vkoosnaya, tozhe* (Et ça sent bon, en plus), grogna-t-il.

Le Russe abandonna sa proie et tourna la tête en entendant le bruit de mes pas parmi les débris qui jonchaient le sol. Voyant le tuyau de plomb que je tenais dans une main, il se mit debout à côté de son ami, qui poussa la jeune fille à l'écart.

– Veronika, sauve-toi ! criai-je.

Sans attendre son reste, elle attrapa son manteau et voulut courir vers une fenêtre. Mais le Russe qui avait reniflé son intimité n'était pas d'accord et la retint par les cheveux. Au même instant, j'abattis mon tuyau sur sa tête d'abruti. Le choc produisit un son mat et les vibrations provoquées par la puissance du coup m'insensibilisèrent pratiquement la main. La pensée que j'avais frappé trop fort me traversait l'esprit lorsque je reçus un violent coup de pied dans les côtes, puis un genou au bas-ventre. Le tuyau tomba parmi les gravats et je sentis le goût du sang dans ma bouche pendant que je l'y accompagnais au ralenti. Je remontai les genoux contre ma poitrine et serrai les dents, m'attendant à ce que mon adversaire m'expédie à nouveau son brodequin dans les côtes et me finisse pour le compte. Mais j'entendis un son métallique semblable à celui d'une machine à riveter, et le coup de pied passa bien au-dessus de ma tête. La jambe suspendue en l'air, l'homme vacilla quelques instants comme un danseur ivre avant de s'effondrer à côté de moi, proprement trépané d'une balle en plein front. Je grognai et fermai les yeux. Quand je les rouvris et me hissai sur un coude, je découvris un troisième homme accroupi devant moi qui, pendant quelques secondes terrifiantes, pointa sur mon visage le canon de son Lüger muni d'un silencieux.

— Alors, petit Fritz ? fit-il avant de me gratifier d'un grand sourire en m'aidant à me relever. J'avais l'intention de vous administrer une correction, mais j'ai l'impression que ces deux Popovs m'ont épargné le travail.

— Belinsky, fis-je la respiration sifflante. Vous jouez les anges gardiens ?

— Ouais. C'est un boulot qui me va au poil. Rien de cassé, petit Boche ?

— J'aurais moins mal à la poitrine si je m'arrêtais de fumer. Sinon ça va. Bon sang, je ne vous ai pas vu venir.

— Vraiment ? Alors, j'ai fait des progrès. Après ce que vous m'avez dit sur ma méthode de filature, j'ai potassé un bouquin là-dessus. Je me suis déguisé en nazi pour que vous ne me reconnaissiez pas.

Je jetai un regard circulaire.

— Où est partie Veronika ?

— Vous voulez dire que vous connaissez cette dame ? (Il s'approcha du soldat que j'avais assommé et qui gisait sans connaissance.) Moi qui croyais avoir affaire à un Don Quichotte.

— Je l'ai rencontrée hier soir.

— Donc juste avant que nous fassions connaissance.

Belinsky regarda un moment le soldat inerte, puis pointa son Lüger sur sa nuque et appuya sur la détente.

— Elle est dehors, déclara-t-il sans plus d'émotion que s'il venait de tirer sur une canette de bière.

– Merde, lâchai-je, effaré par son insensibilité. Vous auriez été parfait dans un groupe d'action.

– Quoi ?

– Je disais que j'espérais que je ne vous avais pas fait rater votre tram hier soir. Étiez-vous obligé de le tuer ?

Il haussa les épaules et entreprit de dévisser le silencieux de son Lüger.

– Mieux vaut deux morts qu'un survivant qui témoigne devant un tribunal. Croyez-moi, je sais de quoi je parle. (Il repoussa la tête du mort du bout de sa chaussure.) De toute façon personne ne s'en inquiétera. Ce sont des déserteurs.

– Comment le savez-vous ?

Belinsky me montra deux ballots de vêtements et de matériel posés près de la porte, à côté d'un feu éteint et des restes de repas.

– Ils devaient se planquer ici depuis quelques jours. Je suppose qu'ils s'ennuyaient et qu'ils avaient envie d'une… (il chercha le mot en allemand puis, secouant la tête, il termina sa phrase en anglais :)… d'une chatte. (Il remit le Lüger dans son étui et glissa le silencieux dans la poche de son manteau.) Si on les retrouve avant que les rats les aient bouffés, les flics locaux penseront que c'est un coup du MVD. Mais je joue les rats gagnants. Vienne possède les plus gros rats que vous ayez jamais vus. Ils sortent des égouts. Au fait, vu l'odeur de ces deux Russkofs, ça ne m'étonnerait pas qu'ils y aient passé quelque temps eux aussi. Le collecteur principal fait surface dans Stadt Park, en secteur russe, non loin de la Kommendatura soviétique. (Il se dirigea vers la fenêtre.) Venez, petit Boche, on va essayer de retrouver votre fiancée.

Veronika se tenait un peu plus loin dans Währinger Strasse, prête à décamper dans l'éventualité où ce seraient les deux Russes qui ressortiraient des ruines.

– Quand j'ai vu votre ami vous rejoindre, j'ai attendu de voir ce qui allait se passer.

Elle avait boutonné son manteau jusque sous le menton et, à part une éraflure sur la joue et les larmes qui lui gonflaient les yeux, elle n'avait pas l'air d'une fille qui vient d'échapper de justesse à un viol. Elle tourna un regard interrogateur vers le bâtiment en ruine.

— Ne vous inquiétez pas, dit Belinsky. Ils ne nous ennuieront plus.

Quand Veronika eut fini de me remercier de l'avoir sauvée, et de remercier Belinsky de m'avoir sauvé, nous la raccompagnâmes jusqu'à l'immeuble lézardé où elle vivait dans Rotenturmstrasse. Là, elle nous remercia encore une fois et nous proposa de monter chez elle, proposition que nous déclinâmes. Ce n'est qu'après que je lui eus promis de passer la voir le lendemain matin qu'elle accepta de fermer sa porte et d'aller se coucher.

— Vous avez l'air de quelqu'un qui boirait volontiers un verre, me dit Belinsky. Permettez-moi de vous inviter. Le Renaissance est à deux pas. C'est un endroit tranquille où nous pourrons parler.

Situé dans Singerstrasse, tout près de la cathédrale Saint-Étienne en cours de restauration, le Renaissance était une imitation de taverne hongroise agrémentée de musique tzigane. C'était le genre d'établissement que les fabricants de puzzles aiment représenter sur leurs jeux et que les touristes adorent, mais je le trouvais un tantinet artificiel pour mes goûts simples et mon humeur sombre. Mais, comme Belinsky me l'expliqua, le café avait un atout : on y servait un excellent *csereszne*, un alcool hongrois à base de cerises. Pour un homme qui venait de se faire enfoncer les côtes à coups de pied, il était encore meilleur que Belinsky ne l'avait dit.

— C'est une chouette fille, dit-il, mais à Vienne elle devrait faire plus attention. Vous aussi d'ailleurs. Si vous avez l'intention de jouer les Errol Flynn, vous devriez vous trimbaler avec autre chose que du poil aux aisselles.

– Vous avez raison, dis-je. Mais c'est bizarre pour un flic de me dire ça, non ? Le port d'armes n'est autorisé que pour le personnel allié.

– Qui a dit que j'étais flic ? rétorqua-t-il avant de secouer la tête. Je suis du CIC. Le Counter Intelligence Corps. Les MP ne savent rien de nos activités.

– Vous espionnez ?

– Non, on est les détectives d'hôtels de l'oncle Sam, en quelque sorte. On ne forme pas d'espions, on en attrape. Des espions et des criminels de guerre.

Il nous resservit du *csereszne*.

– Alors pourquoi me suivez-vous ?

– Difficile à dire, en vérité.

– Je vais vous trouver un dictionnaire d'allemand.

Belinsky sortit une pipe déjà bourrée de sa poche et l'alluma.

– J'enquête sur le meurtre du capitaine Linden, dit-il.

– Quelle coïncidence. Moi aussi.

– Nous essayons de découvrir la raison pour laquelle il est venu à Vienne. Il était très discret sur son travail. Il agissait seul la plupart du temps.

– Appartenait-il aussi au CIC ?

– Oui. Il était du 970e, basé en Allemagne. Moi je suis au 430e. Nous sommes cantonnés en Autriche. Raison de plus pour nous prévenir de son arrivée dans notre secteur.

– Il ne vous a même pas envoyé de carte postale ?

– Pas un mot. Il n'avait sans doute aucune raison avouable de se trouver à Vienne. S'il travaillait sur une affaire concernant l'Autriche, il aurait dû nous en faire part. (Belinsky souffla un nuage de fumée qu'il chassa de devant son visage.) Il était ce qu'on pourrait appeler un détective de bureau. Un intellectuel. Un type que vous pouviez lâcher dans une pièce bourrée de dossiers avec pour tâche de dénicher l'ordonnance délivrée à Himmler par son opticien. Un seul problème, il était si brillant qu'il ne gardait aucune note sur les affaires qu'il suivait. (Belinsky se tapota le front du tuyau de sa pipe.) Il emmagasinait tout là-dedans. Ce qui nous complique singulièrement la tâche pour découvrir sur quel coup il était qui lui a valu de manger du plomb.

– Vos MP pensent que les Loups-Garous y sont pour quelque chose.

– C'est ce qu'on m'a dit. (Il inspecta les braises rougeoyantes dans le fourneau de sa pipe en cerisier avant d'ajouter :) À vrai dire, tout le monde tâtonne dans cette affaire. C'est d'ailleurs là que vous entrez dans ma vie. Voyez-vous, nous nous sommes dit qu'en tant que natif du pays, ou à peu près, vous dégoteriez peut-être quelque chose qu'il nous aurait été impossible d'obtenir. Dans ce cas, j'aurais fait bénéficier la cause démocratique du fruit de vos efforts.

– Une enquête par procuration, hein ? Ça ne serait pas la première fois. Je ne voudrais pas vous décevoir, mais je suis moi-même en plein brouillard.

– Peut-être que non. Après tout, vous avez déjà réussi à faire assassiner le marbrier. Pour moi, c'est un succès. Ça veut dire que vous avez fichu quelqu'un en colère, petit Fritz.

Je souris.

– Vous pouvez m'appeler Bernie.

– À mon avis, Becker ne vous aurait pas mis dans son jeu sans vous balancer quelques bonnes cartes. Le nom de Pichler était sans doute l'une d'entre elles.

– Vous avez peut-être raison, concédai-je, mais je ne parierais pas ma chemise avec la main que j'ai.

– Si vous me laissiez voir ?

– Pourquoi ?

– Je vous ai sauvé la vie, petit Boche, grogna-t-il.

– Trop sentimental. Soyez plus pratique.

– Bon, peut-être que je peux vous aider ?

– Voilà qui est mieux. Beaucoup mieux.

– De quoi avez-vous besoin ?

– Il est plus que probable que Pichler a été assassiné par un homme nommé Abs, Max Abs. Selon les MP, il a été SS, mais sans faire de zèle. Bref, il a pris le train pour Munich cet après-midi et les MP lui ont préparé un comité d'accueil. Ils doivent me tenir au courant. En attendant, je cherche à en apprendre un peu plus sur Abs. Pour commencer, j'aimerais savoir qui est ce type. (Je sortis l'esquisse de la pierre tombale de Martin Albers commandée à Pichler et l'étalai sur la table devant Belinsky.) Si j'arrive à savoir qui était ce Martin Albers et pourquoi Max Abs lui a offert une pierre tombale, je serai tout près de découvrir pourquoi Abs a jugé nécessaire de tuer Pichler avant qu'il puisse me parler.

– Qui est ce Max Abs ? Que fait-il ?

– Il a travaillé un temps pour une entreprise de publicité ici à Vienne. L'entreprise que dirigeait König. König est l'homme qui a demandé à Becker de passer des dossiers à travers la Ligne verte. Des dossiers destinés à Linden.

Belinsky hocha la tête.

– Bon, je vous livre une autre carte, dis-je. König avait une amie nommée Lotte qu'on voyait souvent au Casanova. Il est possible que ce soit une entraîneuse, je ne le sais pas encore. Des amis de Becker ont essayé de la retrouver là-bas ainsi que dans d'autres endroits. Ils ne sont jamais rentrés pour le thé. Mon idée est de mettre Veronika sur le coup. Je m'étais dit qu'il valait mieux que je fasse d'abord connaissance. Mais maintenant qu'elle m'a vu sur mon destrier blanc avec ma cotte de mailles du dimanche, on peut sauter cette étape.

– Et si elle ne connaît pas Lotte ? Qu'est-ce que vous faites ?

– Vous avez une meilleure idée ?

Belinsky haussa les épaules.

– Je dois admettre que votre plan n'est pas mauvais, dit-il.

– Poursuivons. Abs et Eddy Holl, qui était le contact de Becker à Berlin, travaillent au profit de la Compagnie pour la mise en valeur des industries du sud de l'Allemagne, une entreprise basée à Pullach, près de Munich. Vous devriez vous renseigner sur cette boîte. Et essayer de savoir pourquoi Abs et Holl se sont installés là-bas.

– Ils ne seraient pas les premiers Fritz à s'établir en secteur américain, dit Belinsky. Avez-vous remarqué que les relations avec nos alliés communistes se sont quelque peu tendues ces derniers temps ? Selon nos informations, les Soviétiques ont commencé à couper les routes reliant les parties orientale et occidentale de Berlin. Mais je verrai ce que je peux faire, ajouta-t-il avec un manque d'enthousiasme manifeste. C'est tout ?

– Juste avant mon départ de Berlin, je suis tombé sur un couple de chasseurs de nazis, les Drexler. Linden leur apportait des colis Care. Ça ne m'étonnerait pas qu'ils aient travaillé pour lui : tout le monde sait que le CIC rémunère ses informateurs avec ces colis. Il serait utile de savoir sur quelle piste ils étaient.

– Ne serait-ce pas plus simple de le leur demander ?

– Ça ne servirait pas à grand-chose. Ils sont morts. On a glissé un plateau de cristaux de Zyklon-B sous leur porte.

– Donnez-moi quand même l'adresse, dit Belinsky en sortant crayon et calepin.

Il nota l'adresse, puis fit la moue en se frottant le menton. Il avait un visage incroyablement large, avec d'épais sourcils en arc de cercle et un nez semblable au crâne d'un petit animal prolongé par deux rides qui, ajoutées à un menton carré et à des narines obliques, dessinaient un heptagone presque parfait : l'impression générale était celle d'une tête de bélier posée sur un socle en V.

– Vous aviez raison, dit-il. Ce n'est pas une main bien fameuse. Mais elle est meilleure que celle que j'avais.

La pipe serrée entre les dents, il croisa les bras et contempla son verre. Je ne sais pas si c'était la boisson qu'il avait choisie, ou ses cheveux, plus longs que la coupe en brosse adoptée par la plupart de ses compatriotes, mais il ne ressemblait pas du tout à un Américain.

— D'où êtes-vous ? lui demandai-je au bout d'un moment.

— De Williamsburg, dans l'État de New York.

— Be-lin-sky, fis-je en détachant les syllabes. Drôle de nom pour un Américain.

Il haussa les épaules.

— Je suis le premier Américain de ma famille. Mon père était originaire de Sibérie. Sa famille a émigré pour échapper aux pogroms tsaristes. Parce que vous savez, la tradition antisémite des Russkofs n'a rien à envier à la vôtre. Irving Berlin s'appelait Belinsky avant qu'il change de nom. Pourtant ça n'était pas pire qu'un nom teuton comme Eisenhower, n'est-ce pas ?

— C'est vrai.

— À propos de noms, si vous rencontrez quelqu'un de la MP, il serait préférable de ne pas mentionner le CIC, ni notre rencontre. Ils ont bousillé un de nos réseaux récemment. Le MVD avait volé des uniformes de MP américains au QG du bataillon, à la Stiftskaserne. Ils les ont revêtus et ont demandé aux MP du 19ᵉ Bezirk de les aider à arrêter un de nos meilleurs informateurs viennois. Quelques jours plus tard un autre de nos informateurs nous a appris que cet homme était interrogé au quartier général du MVD dans Mozartgasse. Il a été exécuté. Après avoir parlé et donné plusieurs noms.

» Ça a fait un barouf du tonnerre, bien sûr, et le haut-commissaire américain a dû sacquer quelques types à cause des conditions de sécurité lamentables du 796ᵉ. Un lieutenant a été traduit en cour martiale et un sergent dégradé et renvoyé dans les rangs. C'est pourquoi, pour la Stiftskaserne, les gens du CIC sont à peu près aussi fréquentables que des lépreux. Je suppose qu'en tant qu'Allemand vous avez quelque difficulté à comprendre cet état de choses.

— Au contraire, rétorquai-je. Nous autres Allemands savons bien ce que c'est que d'être traités en lépreux.

17

Provenant des Alpes styriennes, l'eau du robinet était plus propre que l'ongle d'un dentiste. Je sortis de la salle de bains avec mon verre pour aller répondre au téléphone qui sonnait au salon. Je bus quelques gorgées en attendant que Frau Blum-Weiss me passe la communication.

— Salut, mon vieux ! s'exclama Shields avec une feinte jovialité. J'espère que je vous ai réveillé.

— J'étais en train de me laver les dents.

— Comment allez-vous aujourd'hui ? enchaîna-t-il sans m'expliquer la raison de son appel.

— Un léger mal de crâne, c'est tout.

J'avais abusé de la liqueur préférée de Belinsky.

— Ça doit être le föhn, dit Shields en faisant allusion au vent chaud et sec qui descendait parfois des montagnes pour souffler sur Vienne. Les Viennois lui attribuent des tas de maux bizarres. Moi, tout ce que je remarque, c'est que le crottin de cheval pue encore plus fort que d'habitude.

— C'est bien agréable d'entendre à nouveau votre voix, Shields. Que voulez-vous ?

— Votre ami Abs n'est pas arrivé à Munich. Nous sommes sûrs qu'il est monté dans le train, mais il n'y était plus à l'arrivée.

— Il a dû descendre quelque part.

— Le seul arrêt était Salzbourg, et on avait envoyé quelqu'un.

– Peut-être qu'on l'a jeté dehors pendant que le train roulait.

Je ne savais que trop comment de tels accidents se produisaient.

– Pas en secteur américain, en tout cas.

– Peut-être, mais votre secteur ne commence qu'à Linz. Il y a au moins cent kilomètres de Basse-Autriche contrôlée par les Russes entre ici et Linz. Vous dites que vous êtes sûr qu'il a pris ce train. Alors quelle autre explication ? (Je me souvins alors des remarques de Belinsky sur le laxisme de la Military Police américaine.) À moins qu'il ne vous ait échappé. Il est peut-être trop malin pour vous.

Shields soupira.

– Un jour, Gunther, quand vos petits camarades nazis vous laisseront une minute, il faudra que je vous conduise au camp de personnes déplacées d'Auhof pour que vous puissiez voir tous les émigrants juifs illégaux qui ont cru être plus malins que nous. (Il rit de bon cœur.) À moins que vous n'ayez peur d'être reconnu par un ancien déporté. Ça serait même assez drôle de vous y laisser. Ces sionistes n'ont pas le même humour que moi quand il s'agit de SS.

– Ça serait sans doute une expérience intéressante, en effet. (J'entendis un coup discret, presque furtif, frappé à ma porte.) Maintenant il faut que je vous laisse.

– Faites attention où vous mettez les pieds. Si jamais j'ai l'impression de sentir la moindre odeur de merde sous vos souliers, je vous boucle.

– Bah, si vous sentez quelque chose, ça sera certainement à cause du föhn.

Shields me fit entendre une nouvelle fois son rire de train fantôme avant de raccrocher.

J'allai à la porte et fis entrer un type de petite taille à l'air sournois qui me rappela le portrait de Klimt accroché dans la pièce où je prenais mon petit déjeuner. Il portait un imperméable brun serré à la taille par une ceinture, un pantalon trop court qui révélait une paire de chaussettes blanches et, couvrant à peine ses longs cheveux blonds, un petit chapeau tyrolien noir orné de plumes et d'insignes. Ses mains étaient glissées dans un manchon de laine aussi large qu'incongru.

– Qu'est-ce que tu vends, morveux ?

Son air sournois se fit soupçonneux.

– Vous êtes pas Gunther ? fit-il d'une voix bizarre tout à la fois traînante et éraillée, une voix de basson désaccordé.

– Du calme, fis-je. Je suis bien Gunther. Je suppose que tu es l'armurier personnel de Becker ?

– 'xact. J'm'appelle Rudi. (Il jeta un regard circulaire et parut prendre de l'assurance.) Z'êtes seul ?

– Aussi seul qu'un poil sur un téton de veuve. Tu m'as apporté un cadeau ?

Rudi acquiesça et, avec un sourire cauteleux, retira une de ses mains du manchon. La main tenait un revolver, pointé sur mon ventre. Après un bref mais pénible instant le sourire de Rudi s'élargit, il lâcha la crosse et tint l'arme suspendue à son index par le pontet.

– Si je dois rester dans cette ville, il va falloir que je me procure un nouveau sens de l'humour, fis-je en lui prenant le revolver.

C'était un Smith & Wesson calibre 38 avec un canon de six pouces et, bien visibles, les mots « Armée et Police » gravés dans l'acier noir.

– Je suppose que le flic à qui il appartenait te l'a échangé contre quelques paquets de cigarettes. (Rudi voulut répondre mais je l'interrompis.) Écoute, j'ai dit à Becker que je voulais un flingue propre, pas la pièce à conviction numéro un d'un procès pour meurtre.

– Il est tout neuf, rétorqua Rudi d'un air indigné. Jetez un coup d'œil dans le canon : il a encore sa graisse. Ce flingue a jamais tiré. J'vous jure que personne s'est aperçu de sa disparition.

– Où l'as-tu obtenu ?

– À l'Arsenal. Je vous assure qu'il n'y a aucun problème, Herr Gunther. Ce revolver sort tout juste de l'usine.

Je hochai la tête sans enthousiasme.

– Tu m'as apporté des munitions ?

– Vous avez six balles dans le barillet, dit-il. (Sortant sa seconde main du manchon, il déposa une misérable poignée de balles sur le buffet, à côté des deux bouteilles que m'avait offertes Traudl.) Plus celles-ci.

– Tu les as achetées avec des tickets de rationnement ?

Rudi haussa les épaules.

– C'est tout ce que j'ai pu trouver pour le moment.

Apercevant alors la vodka, il se passa la langue sur les lèvres.

– Je viens de boire mon café, dis-je. Mais si tu en veux, sers-toi.

– Juste pour me réchauffer, hein ?

Il emplit un verre avec des gestes nerveux et le vida d'un coup.

– Reprends-en un. Je n'ai jamais empêché un homme de boire un petit coup. Surtout par un froid pareil.

J'allumai une cigarette et allai à la fenêtre. Une rangée de stalactites était suspendue comme une flûte de Pan au toit de la terrasse.

– Merci, dit Rudi. Merci beaucoup. (Il eut un petit sourire et se resservit un verre, qu'il sirota sans se presser.) Alors, comment ça marche, cette enquête ?

– Si tu as une idée, je serais heureux de l'entendre. Parce que pour l'instant on ne peut pas dire que les poissons s'empressent de sauter dans le filet.

Rudi fit jouer ses épaules.

– Ben, je vais vous dire, pour moi, ce capitaine amerloque, celui qu'a pris un aller simple sur le 71...

Il se tut pendant que je faisais le rapprochement : le 71 était le tram qui se rendait au cimetière central. Je lui fis signe de poursuivre.

– ... eh bien il devait être mouillé dans une histoire de trafic. Réfléchissez-y, me conseilla-t-il en s'échauffant peu à peu. Lui et son contact vont dans ce studio de cinéma et l'Amerloque s'aperçoit que c'est bourré de cartouches de clopes jusqu'au plafond. Pourquoi l'autre l'a fait venir là-bas ? Certainement pas pour le buter. Il aurait jamais fait ça à l'endroit où il planquait sa camelote. Pour moi, ils ont été jeter un coup d'œil à la marchandise, et ils se sont engueulés.

Je dus admettre que ça tenait debout. Je réfléchis une minute.

– Qui vend des cigarettes en Autriche, Rudi ?

– En plus de tout le monde, vous voulez dire ?

– Les fournisseurs principaux.

– Sans parler d'Emil et des Popovs, il y a un sergent américain fou qui vit dans un château près de Salzbourg ; un Juif roumain, ici à Vienne ; et Kurtz, un Autrichien. Mais Emil était le numéro un. Tout le monde connaissait le nom d'Emil Becker.

– Penses-tu que quelqu'un ait pu tendre un piège à Emil pour l'éliminer de la compétition ?

– Pas en perdant toutes ces clopes. Quarante cartons, Herr Gunther. C'est une grosse perte pour n'importe qui.

– Quand a eu lieu le cambriolage de l'usine à tabac de Thaliastrasse ?

– Il y a plusieurs mois.

– Et les MP n'ont aucune idée des responsables ? On n'a pas attrapé de suspects ?

– Pensez-vous. Thaliastrasse fait partie du 16e Bezirk, dans le secteur français. Les MP français seraient bien inca-pables d'attraper même le plus ringard de tout à Vienne.

– Et les flics locaux, la police viennoise ?

Rudi secoua énergiquement la tête.

– Trop occupés à se battre avec la police nationale. Le ministère de l'Intérieur voudrait intégrer l'ensemble des flics à la police nationale, mais les Russes ne sont pas d'accord et font tout pour faire capoter le projet. Même au risque de faire éclater la police. (Il sourit.) J'peux pas dire que ça me désolerait. Non, les flics locaux sont presque aussi nuls que les Français. Pour dire la vérité, les seuls flics capables dans cette ville, ce sont les Amerloques. Même les Rosbifs leur arrivent pas à la cheville, si vous voulez mon avis.

Rudi consulta une des montres qu'il portait à l'avant-bras.

— Bon, il faut que j'y aille si je ne veux pas perdre ma place à Ressel. Vous pouvez m'y trouver tous les matins, en cas de besoin, Herr Gunther. L'après-midi, je suis au café Hauwirth, dans Favoritenstrasse. Merci pour la vodka, fit-il en terminant son verre.

— Favoritenstrasse, répétai-je en fronçant les sourcils. C'est en plein secteur russe, n'est-ce pas ?

— Exact, rétorqua Rudi. C'est pas que je sois communiste… (il leva son petit chapeau en souriant)… mais c'est plus prudent.

18

L'expression triste de son visage aux yeux baissés, sa forte mâchoire lourde et désabusée, sans parler de ses vêtements d'occasion, me persuadèrent que la prostitution n'enrichissait pas beaucoup Veronika. La chambre sombre et glaciale qu'elle louait au cœur du quartier réservé de la ville trahissait la précarité de son existence.

Elle me remercia encore une fois de l'avoir aidée et, après s'être inquiétée de mes égratignures, entreprit de préparer du thé tout en m'expliquant qu'elle espérait un jour devenir artiste. Je jetai un regard sceptique à ses dessins et aquarelles.

Profondément déprimé par l'endroit, je demandai à Veronika les raisons qui l'avaient conduite à faire le tapin. C'était stupide de ma part, car parler crûment à une prostituée de l'immoralité de sa vie n'aboutit jamais à rien, et ma seule excuse était la peine sincère que j'éprouvais à son égard. Avait-elle été mariée à un homme qui l'avait surprise en train de faire une pipe à un Yankee pour quelques barres de chocolat dans un immeuble en ruine ?

— Qui dit que je tapine ? rétorqua-t-elle d'un ton agressif.

Je haussai les épaules.

— C'est pas le café qui vous tient éveillée la moitié de la nuit.

— Peut-être. Mais vous ne me verrez jamais dans une de ces boîtes du Gürtel où les clients défilent toute la journée avec leur numéro. Vous ne me verrez jamais non plus en train de racoler sur le trottoir devant le Bureau d'information américain ou l'hôtel Atlantis. Entraîneuse, peut-être, mais pas putain. Il faut que le client me plaise.

— Ça ne vous empêchera pas d'avoir des ennuis. Comme hier soir, par exemple. Sans parler des maladies vénériennes.

— Non mais écoutez-vous un peu, fit-elle avec un mépris amusé. On croirait entendre un de ces salauds des Mœurs qui vous embarquent pour vous faire examiner par un toubib et vous faire la leçon sur les dangers de la syphilis. Vous parlez comme un flic.

— Peut-être que ces policiers ont raison. Vous ne vous êtes jamais posé la question ?

— En tout cas ils m'ont jamais rien trouvé. Et ils ne trouveront jamais rien. (Elle sourit d'un petit air rusé.) Comme je vous ai dit, je fais attention. Il faut que le client me plaise. Ce qui veut dire que j'évite les Russkofs et les négros.

— Vous croyez que les Américains et les Britanniques sont immunisés contre la vérole ?

– Écoutez, vous n'avez qu'à voir les statistiques. (Elle fronça les sourcils.) Et puis qu'est-ce que vous voulez, à la fin ? M'avoir tirée des pattes de ces Russes ne vous donne pas le droit de me réciter les Dix Commandements, Bernie.

– On n'est pas obligé de savoir nager pour jeter une bouée à quelqu'un qui se noie. J'ai connu assez de filles pour savoir que la plupart commencent par être aussi prudentes que vous. Et puis un type se pointe et vous passe à tabac, alors la fois suivante, avec la proprio qui réclame son loyer, on ne peut plus être aussi difficile. Vous parlez de statistiques. Eh bien, statistiquement, vous n'irez pas loin en taillant des pipes à 10 schillings quand vous aurez 40 ans. Vous êtes une fille bien, Veronika. S'il y avait un curé dans le coin il vous ferait sans doute un petit sermon, mais comme il n'y en a pas, il faudra vous contenter de moi.

Elle sourit d'un air triste et me caressa les cheveux.

– Vous n'êtes pas un mauvais bougre. Mais je ne vois pas en quoi c'est nécessaire. Je me débrouille très bien. J'ai de l'argent de côté. J'en aurai bientôt assez pour m'inscrire dans un cours de peinture.

Elle avait à peu près autant de chances de le faire que de se voir proposer un contrat pour repeindre la chapelle Sixtine, mais je sentis ma bouche se fendre d'un sourire poli et optimiste.

– Je suis sûr que vous y parviendrez, dis-je. Peut-être même pourrai-je vous y aider. Peut-être que nous pourrions nous aider l'un l'autre.

Avec mes gros sabots, j'essayais d'amener la conversation à la raison principale de ma visite.

– Peut-être, dit-elle en nous servant le thé. Une dernière chose avant que vous me donniez votre bénédiction. La brigade des mœurs possède des fiches sur plus de 5 000 filles à Vienne. Ça représente à peine la moitié des filles en activité. En ce moment, tout le monde est obligé de faire des choses qu'il croyait impensables autrefois. Vous aussi, probablement. Personne n'a envie de mourir de faim. Et encore moins de repartir en Tchécoslovaquie.

– Vous êtes tchèque ?

Elle but quelques gorgées de thé, prit une cigarette dans le paquet que je lui avais donné la veille et l'alluma.

– D'après mes papiers, je suis née en Autriche. Mais en réalité je suis tchèque : juive allemande sudète, pour être précise. J'ai passé presque toute la guerre cachée dans des toilettes et des greniers. Puis j'ai rejoint les partisans, et ensuite, j'ai été internée dans un camp de personnes déplacées pendant six mois avant de m'enfuir en traversant la Ligne verte.

» Connaissez-vous Wiener Neustadt ? Non ? Eh bien c'est une petite ville à environ cinquante kilomètres de Vienne, dans la zone soviétique, avec un centre de tri pour les rapatriements. Soixante mille personnes sont regroupées là-bas en permanence. Les Russkofs les répartissent en trois groupes : les ennemis de l'Union soviétique, qui sont envoyés en camp de travail, et ceux dont ils n'arrivent pas à prouver que ce sont des ennemis, qui sont affectés à des travaux à l'extérieur des camps. Dans les deux cas, vous êtes pratiquement réduit en esclavage. À moins, bien sûr, que vous ne soyez classé dans le troisième groupe, avec les malades, les vieillards et les enfants en bas âge, auquel cas vous êtes exécuté sur-le-champ.

Elle avala sa salive et tira une longue bouffée de sa cigarette.

– Vous voulez que je vous dise quelque chose ? Si les Russes promettaient de ne pas me rapatrier, je serais prête en échange à coucher avec toute l'armée britannique. Y compris avec ceux qui ont la syphilis. (Elle esquissa un sourire.) J'ai un ami médecin qui m'a procuré quelques flacons de pénicilline. J'en prends de temps en temps par précaution.

– Ça a dû vous coûter les yeux de la tête.

– Non, c'est un ami. Il ne m'a pas demandé d'argent. (Elle leva la théière.) Vous en revoulez ?

Je fis non de la tête. J'avais hâte de quitter cette pièce.

– Allons nous promener, proposai-je.

– D'accord. Ça sera mieux que de rester ici. Comment va votre tête ? Vous n'êtes pas sujet au vertige ? Parce qu'à Vienne il n'y a qu'un seul endroit où aller le dimanche.

Le parc d'attractions du Prater, avec sa grande roue, ses manèges et ses montagnes russes était d'une grande incongruité dans cette partie de Vienne qui, pour avoir été la dernière à tomber aux mains de l'Armée rouge, gardait encore de nombreuses traces de la guerre et portait témoignage que nous étions dans un secteur autrement moins favorisé. Des tanks détruits et des pièces d'artillerie de toutes sortes jonchaient encore les prés voisins, et sur chacune des maisons à demi en ruine bordant Ausstellungsstrasse se distinguait encore, tracé à la craie, le mot en cyrillique « *Atak'ivat* » (fouillée), qui voulait en réalité dire : « pillée ».

Du haut de la grande roue, Veronika me montra les piliers du Pont de l'Armée rouge, l'étoile soviétique au sommet de l'obélisque voisin et, au-delà, le Danube. Puis, alors que notre cabine commençait sa lente descente, elle plongea la main dans la poche de mon manteau et me saisit le sexe, mais retira vivement sa main en m'entendant soupirer d'un air irrité.

– Tu aurais peut-être préféré le Prater avant les nazis, fit-elle avec humeur, à l'époque où les pédés venaient y faire leurs affaires.

– Ce n'est pas ça du tout ! m'exclamai-je en riant.

– C'est pas à ça que tu pensais quand tu as dit que je pourrais t'aider ?

– Non, c'est juste que cette roue me rend nerveux. Tu le referas un jour où nous ne serons pas à soixante mètres du sol.

– Impressionnable, hein ? Tu m'avais pourtant dit que tu ne craignais pas l'altitude.

– J'ai menti. Mais tu as raison, j'ai besoin de ton aide.

– Si c'est le vertige qui te travaille, le seul traitement que je peux te proposer est la position horizontale.

– Je cherche quelqu'un, Veronika. Une fille qui traînait au Casanova.

– Tout le monde y va pour chercher une fille, non ?

– Il s'agit d'une fille particulière.

– Tu n'as peut-être pas remarqué, mais aucune des filles du Casanova n'a quelque chose de particulier. (Elle me dévisagea en plissant les paupières, comme si elle n'avait soudain plus confiance en moi.) Je savais bien que tu causais comme un flic. Tout ton baratin sur la vérole et tout. Est-ce que tu travailles avec cet Américain ?

– Non, je suis détective privé.

– Comme Sherlock Holmes ?

Elle éclata de rire en me voyant acquiescer.

– Je croyais que ça n'existait que dans les films. Et tu veux que je t'aide pour ton enquête, c'est ça ?

J'acquiesçai une nouvelle fois.

– Je ne me vois pas très bien en héroïne de film, dit-elle, mais je ferai mon possible pour t'aider. Qui est cette fille que tu recherches ?

– Elle s'appelle Lotte. Je ne connais pas son nom de famille. Tu l'as peut-être vue avec un type nommé König. Un moustachu qui se balade avec un petit terrier.

Veronika hocha lentement la tête.

– En effet, je me souviens d'eux. Je connaissais même assez bien Lotte. Elle s'appelle Lotte Hartmann, mais je ne l'ai pas vue depuis plusieurs semaines.

– Ah bon ? Tu ne sais pas où elle est ?

– Pas exactement. Je sais qu'ils sont partis skier, elle et son *schätzi*. Quelque part dans le Tyrol autrichien, je crois.

– Quand sont-ils partis ?

– Je ne me souviens plus. Il y a deux ou trois semaines. König a beaucoup d'argent.

– Sais-tu quand ils rentreront ?

– Aucune idée. Mais elle m'a dit qu'elle resterait au moins un mois si ça se passait bien avec lui. Connaissant Lotte, ça veut dire tant qu'il l'amusera.

– Tu es sûre qu'elle doit revenir ?

– Il faudrait une avalanche pour l'empêcher de revenir. Lotte est viennoise jusqu'au bout des ongles. Elle ne pourrait pas vivre ailleurs. Tu veux que je te prévienne de leur retour, je suppose ?

– C'est à peu près ça, dis-je. Je te paierai, bien sûr.

Elle haussa les épaules.

– C'est inutile, dit-elle en pressant son nez contre le carreau de la cabine. Je fais des ristournes aux gens qui me sauvent la vie.

– Je dois te prévenir qu'il y a des risques.

– Je sais, rétorqua-t-elle avec calme. J'ai eu l'occasion de rencontrer König. Il se montre toujours charmant au club, mais je n'ai jamais été dupe. Helmut est le genre de type qui va à confesse avec un coup-de-poing américain.

Lorsque nous eûmes regagné le sol, j'utilisai quelques-uns de mes coupons pour acheter à un vendeur ambulant un sac de *lingos*, des galettes hongroises frites saupoudrées d'ail. Après ce frugal déjeuner nous prîmes le Petit Train jusqu'au stade olympique, puis revînmes en ville à travers les bosquets enneigés de Hauptallee.

Beaucoup plus tard, alors que nous étions dans sa chambre, elle me demanda :

– Est-ce que tu te sens toujours aussi nerveux ?

Je caressai ses seins et constatai que son corsage était humide de transpiration. Elle m'aida à défaire ses boutons et, tandis que je malaxais sa lourde poitrine, elle défit sa jupe. Je fis un pas en arrière pour qu'elle puisse l'ôter, et quand elle l'eut posée sur un dossier de chaise, je la pris par la main et l'attirai à moi.

Pendant un court instant je la tins serrée, sentant sur mon cou son souffle court, avant de descendre explorer les courbes de ses reins moulés dans une gaine, puis la peau douce et fraîche de ses cuisses barrées par l'ourlet de ses bas, qui la maintenaient comme un fourreau. Après qu'elle se fut débarrassée du peu qui la couvrait encore, je l'embrassai et glissai un doigt impatient vers ses parties les plus intimes.

Au lit elle garda le sourire pendant qu'avec lenteur je cherchai à la pénétrer. En voyant ces yeux émerveillés, qui semblaient plus attentifs à ma propre satisfaction qu'à la sienne, je me sentis trop excité pour faire plus que ne l'exigeait la simple politesse. Lorsqu'elle sentit que mes efforts allaient aboutir, elle ramena ses cuisses contre sa poitrine et, comme une couturière présente une pièce de tissu à l'aiguille de la machine à coudre, portant les mains entre ses jambes, elle s'écartela afin de me permettre de m'enfoncer en cadence au plus profond d'elle-même. Un instant plus tard, je me raidis contre elle alors que jaillissait mon plaisir.

Il neigea beaucoup cette nuit-là, puis la température chuta d'un coup, congelant tout Vienne en l'attente de jours meilleurs. Je rêvai, non d'une ville figée, mais de la ville à venir.

DEUXIÈME PARTIE

– La date du procès de Herr Becker a été arrêtée, m'annonça Liebl. Il faut donc impérativement nous hâter de préparer sa défense. J'espère que vous me pardonnerez, Herr Gunther, si j'insiste sur l'urgence de découvrir des éléments susceptibles d'étayer la thèse de mon client. J'ai toute confiance dans vos capacités de détective, mais j'aimerais beaucoup que vous m'exposiez les résultats de votre enquête, afin que je puisse conseiller Herr Becker sur notre stratégie.

Cette conversation avait lieu plusieurs semaines après mon arrivée à Vienne, mais ça n'était pas la première fois que Liebl insistait pour que je lui communique mes résultats.

Nous étions installés au café Schwarzenberg qui était pratiquement devenu mon bureau. Le café viennois traditionnel ressemble à un club de gentlemen, sauf que l'adhésion pour une journée n'y coûte que le prix d'un café. Une fois qu'on s'en est acquitté, on peut rester aussi longtemps qu'on le désire, lire les journaux et magazines mis à disposition, confier des messages aux garçons, recevoir du courrier, réserver une table pour un rendez-vous et, d'une manière générale, régler ses affaires, en toute tranquillité, au vu de tous. Les Viennois vouent le même respect à la vie privée que les Américains aux antiquités. Un client du Schwarzenberg n'aurait pas plus glissé un œil par-dessus votre épaule qu'il n'aurait remué son café avec le doigt.

J'avais déjà expliqué plusieurs fois à Liebl qu'avoir une idée précise de la progression d'une enquête était chose impossible dans le monde des détectives privés ; que ça n'était pas le genre de travail dans lequel on peut dire que telle chose se produira avec certitude durant tel laps de temps. C'est le problème avec les avocats. Ils pensent que le monde fonctionne sur le mode du Code Napoléon. Ce jour-là pourtant, j'avais quelques nouvelles à lui donner.

— L'amie de König est rentrée à Vienne, lui dis-je.

— Elle est revenue de son séjour à la montagne ?

— À ce qu'il paraît.

— Mais vous ne l'avez pas encore vue.

— Une de mes connaissances au Casanova Club a une amie qui lui a parlé il y a deux jours. Il est possible qu'elle soit rentrée depuis une semaine.

— Une semaine ? s'étonna Liebl. Pourquoi vous a-t-il fallu si longtemps pour l'apprendre ?

— Ce genre de choses demande du temps, expliquai-je en haussant les épaules d'un air désinvolte.

J'en avais par-dessus la tête des persiflages de Liebl et je prenais depuis quelque temps un malin plaisir à manifester devant lui une apparente insouciance.

— Je sais, marmonna-t-il. Vous me l'avez déjà dit.

Il n'avait pas l'air très convaincu.

— Ce n'est pas facile avec des gens dont on ignore l'adresse, dis-je. D'autant que Lotte Hartmann ne s'est pas montrée au Casanova depuis son retour. La fille qui lui a parlé dit que Lotte essaie de décrocher un petit rôle dans un film des studios Sievering.

— Sievering ? Oui, c'est dans le 19e Bezirk. Le studio appartient à un Viennois nommé Karl Hartl. Il a été mon client autrefois. Hartl a dirigé toutes les grandes vedettes : Pola Negri, Lya de Putti, Maria Corda, Vilma Banky,

Lilian Harvey. Avez-vous vu *Le Baron tzigane*? Eh bien, c'est Hartl qui l'a tourné.

— Pensez-vous qu'il connaissait la société propriétaire des studios où Becker a découvert le cadavre de Linden?

— Drittermann Film? fit Liebl en remuant son café d'un air absent. Si ç'avait été une société légale, Hartl ne pouvait pas ne pas la connaître. Il n'ignore rien de la production cinématographique viennoise. Mais ça n'était qu'un nom sur un contrat de bail. Aucun film n'y a été tourné. Vous avez vérifié, n'est-ce pas?

J'acquiesçai en me remémorant l'après-midi que j'avais consacré sans résultat à la question quinze jours auparavant. Il s'était avéré que le bail avait expiré et que les bâtiments étaient passés aux mains de l'État.

— Exact. La seule mise en scène qui ait eu lieu là-bas, c'est celle de la mort de Linden. (Je haussai les épaules.) Bah, c'était juste une idée en passant.

— Qu'allez-vous faire à présent?

— Essayer de retrouver la trace de Lotte Hartmann aux studios Sievering. Ça ne devrait pas être difficile. On ne sollicite pas un rôle dans un film sans laisser une adresse.

Liebl avala bruyamment une gorgée de café, puis se tamponna délicatement les lèvres avec un mouchoir de la taille d'un grand hunier.

— Je vous en prie, trouvez cette personne aussi vite que possible, dit-il. Je suis désolé d'avoir à insister de la sorte, mais tant que nous n'avons pas localisé Herr König, nous n'avons rien. Lorsque vous l'aurez retrouvé, nous essayerons de le convaincre de se présenter comme témoin.

J'acquiesçai d'un air résigné. J'aurais pu lui en dire plus, mais son ton m'irritait, et toute explication supplémentaire aurait provoqué des questions pour lesquelles je n'avais pas encore de réponse. J'aurais pu, par exemple, lui raconter ce que j'avais appris de la bouche de Belinsky, à cette même table du Schwarzenberg, environ une semaine après qu'il m'eut sauvé la vie – information que je ruminais encore en tentant d'y trouver une explication. Rien n'était jamais aussi simple que Liebl semblait le penser.

– Tout d'abord, avait expliqué Belinsky, les Drexler étaient bien ce qu'ils disaient être. Elle avait survécu au camp de Mauthausen, lui au ghetto de Lodz et à Auschwitz. Ils se sont rencontrés après la guerre, dans un hôpital de la Croix-Rouge, et ont vécu un moment à Francfort avant de s'installer à Berlin. Il semble qu'ils aient travaillé en étroite association avec les gens du Crowcass et le bureau du procureur. Ils avaient constitué de nombreux dossiers sur les nazis en fuite et suivaient plusieurs cas en même temps. C'est pourquoi nos collègues berlinois n'ont pu établir si l'une de leurs enquêtes pouvait être à l'origine de leur mort et de celle du capitaine Linden. La police locale patauge complètement. Ce qui leur convient sans doute très bien. Franchement, ils se fichent pas mal de savoir qui a tué les Drexler, et l'enquête des MP américains aboutira probablement elle aussi à une impasse.

» Il paraît cependant peu probable que les Drexler se soient intéressés à Martin Albers. Il dirigeait les opérations clandestines de la SS et du SD[1] à Budapest jusqu'en 1944, date à laquelle il fut arrêté pour avoir participé au complot de Stauffenberg contre Hitler. Il a été pendu au camp de concentration de Flossenburg en avril 1945. Mais il l'avait bien cherché. D'après tous les témoignages, Albers était un beau salaud, même s'il a voulu éliminer le Führer. D'ailleurs, on a beaucoup traîné pour déjouer cette conspiration. Nos services de renseignements pensent même que Himmler était au courant du complot dès le départ, mais qu'il l'a laissé se dérouler dans l'espoir de prendre la place de Hitler.

» En tout cas il s'est avéré que ce Max Abs était le valet, le chauffeur et le sous-fifre d'Albers. La plaque

---

1. *Sicherheitsdienst* : Service de sécurité intérieure du Reich.

qu'il a fait faire était sans doute une façon d'honorer son ancien patron. Toute la famille Albers a été tuée dans un raid aérien, de sorte qu'il n'y avait plus personne pour ériger une pierre sur la tombe.

– Un geste plutôt coûteux, non ?

– Tu trouves ? Eh bien, petit Fritz, j'espère que c'est pas toi qui t'occuperas de mon enterrement.

Ensuite Belinsky m'avait parlé de l'entreprise de Pullach.

– C'est un organisme patronné par les Américains mais dirigé par des Allemands, et destiné à rétablir le commerce dans la Bizone. L'idée est que l'Allemagne doit devenir le plus vite possible autosuffisante sur le plan économique, de façon à ce que l'oncle Sam n'ait plus à vous entretenir. L'entreprise est installée dans les locaux américains de Camp Nicholas, occupé il y a quelques mois encore par le service de censure postale de l'armée américaine. Camp Nicholas est un ensemble de vastes bâtiments destiné à l'origine à abriter Rudolf Hess et sa famille. Mais, après son escapade, c'est Bormann qui a occupé les lieux pendant un temps. Puis ça a été Kesselring et son état-major. Et maintenant, c'est nous. Le camp est entouré de tels dispositifs de sécurité que les habitants des environs doivent croire qu'il abrite un établissement de recherche, mais ils n'en sont pas plus étonnés vu l'histoire de l'endroit. En tout cas, les bons citoyens de Pullach font preuve d'une grande discrétion, préférant ne pas trop savoir ce qu'il s'y passe, même s'il ne s'agit que d'un centre d'études économiques et commerciales. Ils sont habitués à fermer les yeux, puisque Dachau n'est qu'à quelques kilomètres.

Ces explications me parurent faire toute la lumière sur l'entreprise de Pullach. Mais qu'en était-il d'Abs ? Il ne me semblait pas possible qu'un homme désireux de célébrer la mémoire d'un supérieur qu'il considérait comme un héros puisse assassiner un innocent à seule fin de préserver son anonymat. Et quels rapports Abs pouvait-il entretenir avec Linden, le chasseur de nazis, hormis d'être son informateur ? Était-il possible qu'Abs ait été lui aussi éliminé, comme Linden et les Drexler ?

Je terminai mon café et allumai une cigarette. Pour l'instant, je préférais garder ces questions pour moi.

Le tram 39 longeait Sieveringer Strasse vers l'ouest jusqu'à Döbling, où il s'arrêtait au pied de la Forêt viennoise, un massif des Alpes qui s'étire jusqu'au Danube.

Il est rare qu'un studio de cinéma présente les signes d'une activité fébrile. La plus grande partie du matériel reste entreposée dans les camions loués pour le transporter. Les décors, même prêts pour le tournage, paraissent toujours inachevés. Mais surtout, on voit des tas de gens, tous rémunérés, sans autre chose à faire que rester debout, une cigarette dans une main et une tasse de café dans l'autre ; et s'ils restent debout, c'est qu'ils ne sont pas suffisamment importants pour avoir droit à un siège. Aux yeux de l'inconscient qui s'est risqué à financer une entreprise aussi futile, la pellicule doit apparaître comme le matériau le plus coûteux depuis l'invention de la soie par les Chinois. Devant un tel gâchis, le Dr Liebl aurait eu du mal à garder son sang-froid.

Je demandai le gérant du studio à un individu portant une planche à pince et il me conduisit à un petit bureau du rez-de-chaussée. J'y découvris un homme de haute taille, bedonnant, aux cheveux teints, vêtu d'un gilet lilas et qui avait des manières de vieille fille excentrique. Il m'écouta exposer l'objet de ma visite, une main posée sur l'autre, avec l'air du tuteur à qui on vient demander la main de sa nièce.

— Qui êtes-vous ? Une sorte de policier ? s'enquit-il en aplanissant d'un coup d'ongle un sourcil ébouriffé.

Des profondeurs du studio jaillit alors un coup de trompette assourdissant qui le fit grimacer.

— Je suis détective, dis-je sans autre précision.

– Nous sommes toujours prêts à coopérer avec la police. Pour quel film m'avez-vous dit que cette jeune fille avait posé sa candidature ?

– Je ne vous l'ai pas dit, pour la bonne raison que je l'ignore. Mais ça remonte à deux ou trois semaines, pas plus.

Il décrocha le téléphone et appuya sur un bouton.

– Willy ? C'est moi, Otto. Vous seriez un amour si vous pouviez venir tout de suite dans mon bureau. (Il reposa le combiné et rectifia sa coiffure.) Willy Reichmann est notre régisseur. Il pourra peut-être vous aider.

– Merci, fis-je en lui offrant une cigarette.

Il la coinça derrière son oreille.

– C'est très gentil à vous. Je la fumerai plus tard.

– Que tournez-vous en ce moment ? demandai-je pendant que nous attendions.

Le joueur de trompette enchaîna quelques fausses notes aiguës.

Otto émit un grognement et leva un regard malicieux au plafond.

– Ça s'appelle *L'Ange à la trompette*, dit-il avec un manque d'enthousiasme flagrant. C'est pour ainsi dire terminé, mais le metteur en scène est un perfectionniste.

– Serait-ce Karl Hartl ?

– En effet. Vous le connaissez ?

– Oh, je n'ai vu que *Le Baron tzigane*.

– Ah, fit-il d'un ton acide. Je vois.

On frappa à la porte et un petit homme aux cheveux d'un roux flamboyant pénétra dans le bureau. Il ressemblait à un lutin de conte scandinave.

– Willy, je te présente Herr Gunther. Il est détective. Si tu arrives à lui pardonner d'avoir aimé *Le Baron tzigane*, tu seras peut-être en mesure de l'aider. Il cherche une fille qui s'est présentée à une sélection il n'y a pas longtemps.

Willy sourit d'un air incertain, dévoilant une rangée de petites dents inégales qui donnaient l'impression qu'il mâchonnait du sel gemme, puis il hocha la tête.

— Vous feriez mieux de venir dans mon bureau, Herr Gunther, fit-il d'une voix de fausset.

— Ne retardez pas trop Willy, Herr Gunther, m'avisa Otto alors que je m'apprêtais à suivre le rouquin dans le couloir. Il a un rendez-vous dans un quart d'heure.

Willy pivota sur ses talons et considéra le gérant d'un regard dépourvu d'expression. Otto lâcha un soupir exaspéré.

— Willy, vous ne notez donc jamais rien sur votre agenda ? Nous attendons cet Anglais de London Films. M. Lyndon-Haynes. Vous vous souvenez ?

Willy grogna quelque chose puis ferma la porte derrière nous. Il me précéda le long du couloir jusqu'à un autre bureau, où il m'invita à entrer.

— Bien, comment s'appelle cette fille ? demanda-t-il en m'indiquant un siège.

— Lotte Hartmann.

— Je suppose que vous ignorez le nom de la société de production ?

— En effet, tout ce que je sais c'est qu'elle est venue ici au cours des deux ou trois dernières semaines.

Il s'assit et ouvrit un des tiroirs de son bureau.

— Voyons… Il n'y a eu que trois séances de casting le mois dernier, ça ne devrait pas être difficile. (Ses doigts courts sélectionnèrent trois dossiers, qu'il posa sur le sous-main et commença à feuilleter.) A-t-elle des ennuis ?

— Non. Mais elle connaît peut-être quelqu'un qui pourrait aider la police dans l'enquête que nous menons.

Ce qui, au moins, était vrai.

— Si elle a demandé un rôle au cours du mois écoulé, nous la trouverons dans un de ces dossiers. Vienne est peut-être pauvre en ruines photogéniques, mais on y trouve des actrices en pagaille. La moitié sont des entraîneuses, remarquez bien. D'ailleurs, même au mieux de sa forme, une actrice n'est rien d'autre qu'une entraîneuse.

Ayant fini d'inspecter le premier dossier, il passa au deuxième.

– Je ne peux pas dire que les ruines me manquent, dis-je. Je viens de Berlin. On y trouve toutes les ruines qu'on veut.

– Je sais. Mais cet Anglais que je dois voir, il veut des ruines ici à Vienne. Comme à Berlin. Comme dans du Rossellini. (Il soupira d'un air désolé.) Je vous le demande : qu'est-ce que je peux lui montrer, à part le Ring et le quartier de l'Opéra ?

Je hochai la tête d'un air compréhensif.

– Qu'est-ce qu'il croit ? La guerre est terminée depuis trois ans. Est-ce qu'il imagine qu'on a retardé la reconstruction pour les beaux yeux d'une équipe de tournage britannique ? Peut-être que ce genre de chose prend plus de temps en Angleterre qu'en Autriche. Remarquez que ça ne m'étonnerait pas, vu la quantité de paperasses que les Anglais demandent. Jamais vu de pires bureaucrates. Dieu sait ce que je vais raconter à ce type. Quand ils seront prêts à tourner, ils devront s'estimer heureux s'il reste encore un carreau cassé.

Il poussa une feuille de papier dans ma direction. Une photo d'identité était épinglée dans le coin supérieur gauche.

– Lotte Hartmann, annonça-t-il.

Je jetai un coup d'œil au nom et à la photo.

– Ça m'en a tout l'air, dis-je.

– Maintenant je me souviens, dit-il. Elle ne correspondait pas tout à fait à ce que nous cherchions pour ce film-là, mais je pourrais peut-être lui donner un rôle dans cette production anglaise. Elle est jolie, je ne peux pas dire le contraire. Mais pour être franc, Herr Gunther, elle n'a pas grand-chose d'une actrice. Quelques figurations au Burgtheater avant-guerre, voilà toute sa carrière.

Mais comme les Anglais veulent faire un film sur le marché noir, il leur faut un tas d'entraîneuses. Vu l'expérience de Lotte Hartmann, j'ai pensé qu'elle pourrait faire l'affaire.

— Ah… et de quelle expérience s'agit-il ?

— Elle travaillait au Casanova Club, mais à présent, d'après ce qu'elle m'a dit, elle est croupière au Casino oriental. Si ça se trouve, elle est peut-être dans leur troupe de danseuses exotiques. En tout cas, si vous la cherchez, c'est là que vous la trouverez.

— Ça ne vous ennuie pas si je vous emprunte cette fiche ?

— Faites, je vous en prie.

— Encore une chose : si, pour quelque raison, Fräulein Hartmann devait vous contacter, je vous serais reconnaissant de ne pas lui parler de notre conversation.

— Comptez sur moi.

Je me levai pour prendre congé.

— Merci, dis-je, vous m'avez beaucoup aidé. Et bonne chance pour vos ruines.

Il grimaça un sourire.

— Si vous voyez un mur branlant, soyez gentil, essayez de le faire tomber.

Je me rendis à l'Oriental le soir même, pour la représentation de 20 h 15. Accompagnée par un orchestre de six musiciens, la fille qui dansait nue dans un décor de pagode avait les yeux aussi froids et sombres que le plus noir des porphyres de Pichler. Le mépris qu'exprimait son visage paraissait aussi indélébile que les oiseaux tatoués sur ses petits seins d'adolescente. Elle dut à plusieurs reprises étouffer un bâillement, et, à un moment, décocha une grimace au gorille chargé de la protéger des éventuels débordements d'un client désireux de lui prouver son admiration. Lorsqu'elle termina son numéro, trois quarts d'heure plus tard, son rapide salut fut comme un pied de nez au public.

Je fis signe à un serveur et observai le décor. « Un cabaret égyptien enchanteur », voilà comment l'Oriental se décrivait sur la pochette d'allumettes que j'avais trouvée dans un cendrier en cuivre, et il est vrai qu'il était assez graisseux pour rappeler une boîte du Moyen-Orient, au moins dans l'imagerie d'un décorateur des studios Sievering. Un long escalier en demi-cercle descendait vers la salle de style mauresque avec ses colonnades dorées, son plafond en coupole et ses nombreuses tapisseries persanes ornant les murs de fausse mosaïque. Les relents de cave humide, l'odeur de mauvais tabac turc et le nombre de prostituées ne faisaient que renforcer ce cachet oriental. Je m'attendais presque à voir le Voleur de Bagdad prendre place à la table en marqueterie où j'étais installé. Mais ce fut un maquereau bien viennois qui vint me trouver.

– Vous cherchez une fille gentille? demanda-t-il.

– Si c'était le cas, je ne serais pas ici, rétorquai-je.

Le mac me comprit mal et désigna une rousse installée au bar américain, bien incongru dans cet environnement.

– Je peux vous présenter à cette fille là-bas, dit-il.

– Non, merci. Je sens sa petite culotte d'ici.

– Écoute-moi, *pifke*, cette fille est si propre que tu pourrais pique-niquer sur sa chatte.

– J'ai pas faim à ce point.

– Tu cherches peut-être autre chose. Si c'est la vérole qui t'inquiète, je peux te trouver une petite Blanche-Neige sans traces de pas, tu vois ce que je veux dire? (Il se pencha vers moi par-dessus la table.) Une fille qui va encore à l'école. Est-ce que ça te dirait?

– Dégage, sale rat, avant que je ferme ton clapet.

Il se redressa brusquement.

– Hé, du calme, *pifke*, siffla-t-il. Je voulais seulement…

Couinant de douleur, il se trouva alors soulevé par un de ses favoris que Belinsky serrait entre pouce et index.

– T'as entendu mon ami, fit ce dernier d'un ton menaçant. (Il repoussa le mac et prit sa place en face de moi.) Bon Dieu, ce que je peux détester les maquereaux…, ajouta-t-il en secouant la tête.

– Je n'aurais jamais deviné, fis-je en rappelant le garçon qui, ayant assisté à l'éviction du mac, s'approcha de notre table avec l'obséquiosité d'un valet égyptien. Qu'est-ce que vous prenez? demandai-je à l'Américain.

– Une bière.

– Deux Gosser, dis-je au garçon.

– Tout de suite, messieurs, fit celui-ci en s'éclipsant.

– En tout cas, ça l'a rendu plus aimable, remarquai-je.

– Bah, on ne vient pas à l'Oriental pour la qualité du service. On y vient pour gaspiller son argent, à table ou au lit.

– Et le spectacle? Vous oubliez le spectacle!

– Je risque pas, fit-il avec un rire obscène.

Il m'expliqua alors qu'il venait voir le spectacle au moins une fois par semaine.

Lorsque je lui parlai de la fille aux seins tatoués, il secoua la tête avec indifférence, et je dus l'écouter pendant un bon moment me parler des strip-teaseuses et autres danseuses exotiques qu'il avait vues à l'œuvre en Extrême-Orient, où une fille tatouée est quelque chose d'aussi banal qu'un bol de riz. Ce genre de conversation ne m'intéressait guère et, au bout de quelques minutes, je profitai de ce que Belinsky était à court d'anecdotes paillardes pour changer de sujet.

– J'ai trouvé l'amie de König, Fräulein Hartmann, annonçai-je.

– Vraiment? Où est-elle?

– Dans la salle d'à côté. En train de distribuer des cartes.

– La croupière? La blonde bronzée avec un glaçon dans le cul?

J'acquiesçai d'un hochement de tête.

– J'ai essayé de lui payer un verre, dit-il, mais j'aurais aussi bien pu être représentant en brosses à dents. Si t'as l'intention de la draguer, mon petit Fritz, faut t'accrocher. Elle est si froide que son parfum pique les narines. Ta seule chance serait de la kidnapper.

– J'ai eu la même idée. Sérieusement, vos relations sont-elles vraiment mauvaises avec les MP de Vienne?

Belinsky haussa les épaules.

– On est plutôt à couteaux tirés, mais dis-moi à quoi tu penses, je te dirais si c'est faisable.

– Bien, alors voilà : l'International Patrol débarque ici un soir et nous arrête, la fille et moi, sous un prétexte quelconque. Ils nous emmènent Kärtnerstrasse, où je fais du foin en disant qu'il s'agit d'une erreur. Pour paraître plus convaincant, on peut même envisager que de l'argent change de mains. Après tout, les gens aiment penser que tous les flics sont corrompus, pas vrai? König et la fille devraient apprécier ce détail. Bref, une fois qu'on nous a relâchés, j'explique à Lotte que je l'ai aidée parce que je la trouvais attirante. Bien sûr, elle voudrait me prouver sa reconnaissance, sauf qu'elle est liée à ce monsieur. Mais il pourrait peut-être me revaloir ça un jour? Me faire profiter d'une bonne affaire, ou un service dans ce genre. (Je m'interrompis pour allumer une cigarette.) Qu'en dites-vous?

– Pour commencer, fit Belinsky d'un ton songeur, l'IP n'a pas le droit de mettre les pieds ici. C'est indiqué sur un panneau dehors. C'est un club privé après tout, et les 10 schillings que vous payez à l'entrée vous donnent droit à une adhésion d'une nuit. Ce qui veut dire que les types de l'IP ne peuvent pas venir saloper les tapis avec leurs bottes et effrayer la clientèle.

– Très bien, fis-je. Dans ce cas, ils attendent devant la porte et contrôlent tous les gens qui sortent. Rien ne les en empêche, n'est-ce pas? Et ils nous embarquent, Lotte parce qu'on la soupçonne de prostitution, et moi pour marché noir ou trafic quelconque.

Le garçon nous apporta nos bières au moment où débutait la deuxième attraction. Belinsky avala une gorgée de bière et se carra dans son siège pour ne rien rater.

— J'aime bien celle-là, grogna-t-il en allumant sa pipe. Elle a un cul comme la côte ouest de l'Afrique. Tu vas voir ça.

Tirant d'un air satisfait sur sa bouffarde qu'il serrait entre ses dents sans cesser de sourire, Belinsky observa la fille retirer son bustier.

— Ça pourrait peut-être marcher, déclara-t-il au bout d'un moment. Mais inutile de penser à corrompre un Américain. Si tu veux faire semblant d'acheter quelqu'un, il faut que ce soit un Frenchie ou un Russkof. Le CIC a retourné un capitaine russe de l'IP qui veut passer aux États-Unis. Il est donc parfait pour tout ce qui est manuels de service, papiers d'identité, tuyaux et autres. Une fausse arrestation devrait être dans ses cordes. Par une heureuse coïncidence, ce sont les Russes qui ont le cul dans le fauteuil ce mois-ci, alors il devrait être facile de faire ça un soir où notre ami est de service.

Le sourire de Belinsky s'élargit tandis que la danseuse faisait glisser son pantalon sur son derrière rebondi, révélant un slip minuscule.

— Hé, regarde-moi ça ! gloussa-t-il avec une joie de collégien. J'aimerais encadrer son cul et l'accrocher chez moi. (Il vida sa bière et me gratifia d'un clin d'œil lubrique.) Une chose que je vous accorde, à vous les Boches, c'est que vos femmes sont aussi bien foutues que vos bagnoles.

20

J'avais l'impression de mieux remplir mes vêtements. Mes pantalons ne pendouillaient plus autour de ma taille comme la culotte d'un clown. Lorsque je mettais ma veste, je n'avais plus l'air d'un collégien essayant les costumes de feu son père. Et le col de ma chemise s'ajustait à mon cou comme le bandage d'un pansement au bras d'un tire-au-flanc. Il était incontestable que deux mois à Vienne m'avaient remis d'aplomb, de sorte que je ressemblais plus à l'homme que j'étais lors de mon départ pour le camp de prisonniers qu'à celui qui en était revenu. Mais ma satisfaction ne devait pas être un prétexte pour me laisser aller, et je décidai donc de passer moins de temps à ma table du café Schwarzenberg et de faire un peu plus d'exercice.

C'était l'époque où les branches dénudées de l'hiver recommencent à bourgeonner, et où l'on ne prend plus automatiquement son pardessus pour sortir. Sous un ciel bleu griffé de quelques lambeaux de nuages, j'entrepris de faire le tour du Ring et de profiter du soleil printanier.

Tel un lustre trop grand pour la pièce qu'il éclaire, les bâtiments officiels de Ringstrasse, construits à l'époque arrogante et optimiste de l'Empire, paraissaient démesurés au regard des réalités de la nouvelle Autriche. Avec ses six millions d'habitants, l'Autriche n'était guère plus que le mégot d'un très gros cigare. Et le Ring que j'arpentais était moins un anneau qu'une couronne funéraire.

Menton levé, la sentinelle de faction devant l'hôtel Bristol, réquisitionné par les Américains, exposait son visage rose aux rayons du soleil matinal. Un peu plus loin, son collègue russe qui gardait le Grand Hôtel, réquisitionné par l'Armée rouge, semblait en revanche avoir passé toute sa vie au grand air tant il avait la peau foncée.

Sur Schubertring, je passai sur le trottoir sud afin de longer le parc au plus près, et me trouvai devant la Kommendatura russe, installée dans l'ex-Imperial Hotel, lorsqu'une grosse voiture de l'Armée rouge stoppa devant l'étoile rouge géante et les quatre cariatides qui enca-draient l'entrée. La portière du véhicule s'ouvrit et le colo-nel Poroshin en descendit.

Il ne sembla pas surpris de me voir. On aurait même dit qu'il s'attendait à me rencontrer, et il me regarda comme s'il n'y avait que quelques heures que nous avions parlé dans son bureau du Petit Kremlin à Berlin. J'en restai bouche bée, et, après quelques secondes, il sourit et murmura *Dobraye ootra* (Bonjour) avant de s'engouffrer dans la Kommendatura, suivi de près par deux sous-officiers qui me jetèrent des regards suspicieux comme je restais planté là, l'air ahuri.

Profondément troublé par la présence de Poroshin à Vienne, je retraversai la rue en direction du café Schwarzenberg, manquant me faire renverser par une vieille dame à bicyclette qui actionna furieusement sa sonnette en signe de protestation.

Je m'installai à ma table habituelle pour réfléchir à l'irruption de Poroshin sur la scène, et passai ma commande, mes bonnes résolutions déjà envolées.

La présence du colonel à Vienne me parut plus facile à expliquer avec un café et un gâteau dans l'estomac. Il n'y avait rien, après tout, qui puisse l'empêcher de venir dans la capitale autrichienne. En tant que colonel du MVD, il avait sans doute toute latitude pour aller où bon lui semblait. Qu'il n'ait pas voulu me parler, ni me demander où en était mon enquête au sujet de son ami, s'expliquait sans doute par son désir de ne pas en discuter devant les deux sous-officiers. D'ailleurs, il n'avait qu'à décrocher le téléphone et appeler le quartier général de l'IP pour savoir si Becker était encore en prison ou non.

Pourtant, je n'arrivais pas à me défaire du sentiment que l'arrivée de Poroshin avait un rapport avec mon enquête, et ne constituait pas forcément un bon présage. Tel un homme qui s'est gavé de pruneaux au petit déjeuner, je me dis que quelque chose n'allait pas tarder à se produire.

21

Chacune des quatre puissances prenait à tour de rôle, pour une période d'un mois, la responsabilité administrative du maintien de l'ordre dans le centre-ville. C'est cette période de présidence que Belinsky avait décrite par la formule « avoir le cul dans le fauteuil », ledit fauteuil étant installé dans une salle de réunion du quartier général interallié du palais Auersperg. À la puissance présidente correspondait la nationalité de l'officier assis à la droite du chauffeur dans le véhicule de l'International Patrol. En effet, alors qu'en théorie celle-ci se voulait un instrument des quatre puissances dirigé conjointement par elles, elle était en pratique gérée et équipée par les Américains. Tous les véhicules, l'essence et l'huile, les radios, les pièces détachées, l'entretien, la maintenance du système de communication et l'organisation des patrouilles relevaient de la responsabilité du 796e US. Aussi était-ce toujours le membre américain de la patrouille qui conduisait le véhicule, manipulait la radio et assurait l'entretien de base. C'est dire combien, au moins en ce qui concernait la patrouille elle-même, le principe du « fauteuil tournant » avait peu d'incidence.

Les Viennois parlaient encore des « quatre types en Jeep » ou parfois des « quatre éléphants dans la Jeep », alors que la Jeep avait depuis longtemps été abandonnée parce que trop petite pour accueillir une patrouille de quatre hommes avec leur émetteur ondes courtes, sans compter d'éventuels prisonniers. Les patrouilles s'effectuaient désormais dans des véhicules de reconnaissance de trois quarts de tonne.

J'appris tout ceci de la bouche du caporal russe commandant ce soir-là l'IP, dont le camion était stationné sur Petersplatz, à proximité du Casino oriental, et dans lequel, placé en état d'arrestation, j'attendais que les collègues du *kapral* amènent Lotte Hartmann. Ne parlant ni français ni anglais, et ne possédant que quelques rudiments d'allemand, le *kapral* était enchanté d'avoir quelqu'un à qui parler en russe, même si c'était un prisonnier.

— Je ne peux pas vous communiquer les raisons exactes de votre arrestation, à part que vous êtes soupçonné de marché noir, s'excusa-t-il. Vous en saurez davantage quand nous rentrerons à Kärtnerstrasse. Nous en découvrirons tous les deux un peu plus, j'espère… Tout ce que je peux vous en dire, c'est la procédure : mon capitaine devra remplir une attestation d'arrestation en double exemplaire – tout est à faire en double exemplaire – qu'il remettra à la police autrichienne. La police en enverra un exemplaire à l'Officier du Gouvernement militaire pour la sécurité publique. Au cas où vous seriez jugé par un tribunal militaire, mon capitaine devra préparer une fiche d'accusation. Si c'est un tribunal civil autrichien, c'est la police locale qui s'occupera de votre dossier. (Le *kapral* fronça les sourcils.) Ce qui m'étonne, c'est qu'on ne punit plus beaucoup le marché noir ces temps-ci. Ni les infractions aux mœurs. On s'occupe surtout des contrebandiers. Et des immigrés illégaux. Je sais bien que les trois autres corniauds pensent que je suis devenu dingue, mais les ordres sont les ordres.

Je souris d'un air compréhensif et le remerciai pour ses explications. Je songeai à lui offrir une cigarette, mais la portière du camion s'ouvrit et un soldat français aida une Lotte Hartmann bien pâlichonne à grimper sur le siège à côté de moi. Le Français et l'Anglais montèrent à sa suite, s'assirent et refermèrent la portière. L'odeur de peur qui se dégageait de Lotte était presque aussi forte que celle de son parfum éventé.

— Où nous emmènent-ils ? me demanda-t-elle en chuchotant.

Je lui répondis que nous allions à Kärtnerstrasse.

– Interdit de parler, nous intima l'Anglais dans un allemand écorché. Les prisonniers se taisent jusqu'au quartier général.

Je souris doucement sous cape. Le langage bureaucratique était la seule langue qu'un Britannique pourrait jamais parler en dehors de la sienne.

L'IP avait son quartier général dans un vieux palais situé à un jet de mégot de l'Opéra national. Nous descendîmes du camion, franchîmes d'immenses portes vitrées ouvrant sur un vestibule baroque où une théorie d'atlantes et de cariatides rappelait l'omniprésence du tailleur de pierre viennois. Guidés par le *kapral* russe, nous gravîmes un escalier aussi large qu'une voie ferrée, bordé d'urnes et de bustes d'aristocrates oubliés, puis, après une enfilade de portes, nous arrivâmes devant une rangée de bureaux aux cloisons de verre. Le *kapral* ouvrit la porte de l'un d'entre eux et nous poussa à l'intérieur en nous ordonnant d'attendre.

– Qu'est-ce qu'il a dit? voulut savoir Fräulein Hartmann alors qu'il refermait la porte derrière lui.

– Il a dit d'attendre.

Je m'assis, allumai une cigarette et inspectai la pièce. Elle était meublée d'un bureau, de quatre chaises et d'un grand panneau de bois comme on en voit à l'entrée des églises, sauf que celui-ci était couvert de caractères cyrilliques, avec des colonnes numérotées intitulées « Personnes recherchées », « Absents », « Véhicules volés », « Messages », « Ordres 1re partie » et « Ordres 2nde partie ». Dans la colonne « Personnes recherchées » figuraient mon nom ainsi que celui de Lotte Hartmann. Le camarade russe de Belinsky avait bien fait les choses.

– Avez-vous une idée de ce qu'ils nous veulent? demanda Lotte d'une voix chevrotante.

– Non, mentis-je. Et vous?

– Non, bien sûr que non. Ça doit être une erreur.

– Sans aucun doute.

– Vous n'avez pas l'air inquiet. Vous ne comprenez pas que ce sont les Russes qui ont ordonné notre arrestation ?

– Vous parlez russe ?

– Non, bien sûr que non, rétorqua-t-elle d'un ton impatient. Mais le MP américain qui m'a embarquée m'a dit que c'était une idée des Russes et qu'il n'avait rien à voir là-dedans.

– C'est vrai, ce sont les Russkofs qui sont dans le fauteuil ce mois-ci, fis-je d'un air pénétré. Qu'a dit le Français ?

– Rien. Il n'a fait que reluquer mon décolleté.

– Je le comprends, fis-je en souriant. Ça vaut le coup d'œil.

Elle me décocha un sourire amer.

– Ça m'étonnerait qu'ils m'aient amenée ici juste pour voir s'il y avait du monde au balcon, vous ne croyez pas ?

Malgré le ton dégoûté sur lequel elle avait fait cette remarque, elle accepta la cigarette que je lui offris.

– Je ne vois pas d'autre raison, fis-je.

Elle jura entre ses dents.

– Je vous ai déjà vue, non ? repris-je. À l'Oriental, peut-être ?

– Qu'est-ce que vous faisiez pendant la guerre ? Avec une vue pareille vous deviez être guetteur antiaérien, non ?

– Soyez aimable. Je peux peut-être vous aider.

– Occupez-vous d'abord de vos affaires.

– Rassurez-vous, je m'en occupe.

La porte finit par s'ouvrir, et un officier russe de haute taille et à la forte carrure entra. Il se présenta comme étant le capitaine Rustaveli et s'assit derrière le bureau.

– Dites donc, fit Lotte Hartmann, est-ce que ça vous ennuierait de me dire pourquoi on m'a amenée ici au milieu de la nuit ? Qu'est-ce que c'est que ce bazar ?

– Chaque chose en son temps, Fräulein, répliqua-t-il en excellent allemand. Asseyez-vous, je vous prie.

Elle se laissa tomber sur une chaise à côté de moi et fixa le capitaine d'un œil sombre. Le Russe se tourna vers moi.

– Herr Gunther ?

J'acquiesçai et lui dis en russe que la fille ne parlait qu'allemand.

– Elle me prendra pour un vrai fils de pute si nous parlons dans une langue qu'elle ne comprend pas, ajoutai-je.

Le capitaine Rustaveli me considéra d'un œil froid et, durant un bref instant, je me demandai avec inquiétude si Belinsky n'avait pas omis de lui expliquer que notre arrestation n'était qu'une mise en scène.

– Bien, répliqua-t-il au bout d'un long moment. Mais nous devons quand même faire semblant de procéder à un interrogatoire. Puis-je voir vos papiers, je vous prie, Herr Gunther ?

Il avait l'accent d'un Géorgien. Comme le camarade Staline.

Je plongeai la main dans la poche intérieure de ma veste et en sortis ma carte d'identité dans laquelle, sur la suggestion de Belinsky, j'avais glissé deux billets de 100 dollars pendant que j'attendais dans le camion. Rustaveli empocha les billets sans sourciller, et je vis du coin de l'œil la mâchoire de Lotte Hartmann lui tomber presque sur les genoux.

– Très généreux, murmura-t-il en retournant ma carte d'identité entre ses doigts velus. (Il ouvrit alors un dossier.) Mais ça n'était pas nécessaire, je vous assure.

– Il faut penser aux réactions de la fille, capitaine. Il ne faut pas démentir ses préjugés, n'est-ce pas ?

– C'est juste. Jolie fille, n'est-ce pas ?

– Très.

– Une pute, vous croyez ?

– Quelque chose dans ce genre. C'est juste une impression, bien sûr, mais je dirais que c'est le genre de fille qui ne se contente pas de dépouiller un homme de 10 schillings et de son caleçon.

— Mieux vaut éviter de tomber amoureux, hein ?

— Autant poser la queue sur une enclume.

Il faisait chaud dans la pièce et Lotte se servait de sa veste comme d'un éventail, ce qui permit au Russe d'avoir quelques jolis points de vue sur son large décolleté.

— Il est rare qu'un interrogatoire soit si amusant, dit-il avant de baisser les yeux sur ses papiers en ajoutant : Elle a de beaux nichons. Voilà en tout cas une vérité que je respecte.

— Plus agréable à étudier que certaines autres, n'est-ce pas ?

— J'ignore le but de cette petite comédie, mais j'espère que vous vous l'enverrez. Ce serait dommage de vous être donné tout ce mal pour rien. Moi, j'ai un problème sexuel : ma queue enfle chaque fois que je vois une femme.

— Une maladie très répandue chez les Russes, non ?

Rustaveli sourit d'un air malicieux.

— Je dois dire que vous parlez très bien le russe, Herr Gunther. Pour un Allemand.

— Vous aussi, capitaine. Pour un Géorgien. D'où êtes-vous ?

— De Tbilissi.

— Là où est né Staline ?

— Non, Dieu merci. C'est Gori qui a eu ce malheur. (Rustaveli referma mon dossier.) Elle doit être suffisamment impressionnée comme ça, vous ne croyez pas ?

— Je suis de votre avis.

— Que dois-je lui dire ?

— Vous avez des informations comme quoi c'est une pute, lui dis-je, et donc ça vous embête de la relâcher. Mais vous me laissez vous convaincre de la relâcher.

— Eh bien, tout ceci me paraît en ordre, Herr Gunther, dit Rustaveli en revenant à l'allemand. Toutes mes excuses pour cette interpellation. Vous pouvez partir.

Il me rendit ma carte d'identité. Je me levai et me dirigeai vers la porte.

— Et moi ? marmonna Lotte.

Rustaveli secoua la tête.

— Je crains que nous devions vous garder, Fräulein. Le médecin de la police sera là d'une minute à l'autre. Il vous posera quelques petites questions sur votre travail à l'Oriental.

— Mais je suis croupière, geignit-elle. Pas entraîneuse.

— Cela ne correspond pas à nos informations.

— Quelles informations ?

— Votre nom a été cité par plusieurs autres filles.

— Quelles autres filles ?

— Des prostituées, Fräulein. Vous devrez peut-être subir un examen médical.

— Un examen ? Et pourquoi ?

— Pour les maladies vénériennes, bien sûr.

— Maladies vénériennes… ?

— Capitaine Rustaveli, intervins-je en couvrant les protestations de Lotte. Je me porte garant de cette femme. Je ne dirais pas que je la connais bien, mais je la vois depuis assez longtemps à l'Oriental pour pouvoir vous assurer qu'elle n'est pas une prostituée.

— Ma foi…, fit-il d'un air hésitant.

— Je vous pose la question : a-t-elle l'air d'une prostituée ?

— Franchement, je n'ai pas encore rencontré d'Autrichienne qui ne marchande pas ses charmes. (Il ferma les yeux un instant puis les rouvrit en secouant la tête.) Non, je ne peux pas enfreindre le règlement. C'est une affaire sérieuse. Trop de soldats russes ont été contaminés.

— Il me semble pourtant que l'Oriental, où a été arrêtée Fräulein Hartmann, est en dehors de la juridiction de l'Armée rouge. Vos hommes fréquentent plutôt le Moulin rouge, dans Walfischgasse.

Rustaveli fit la moue et haussa les épaules.

– C'est exact. Il n'empêche que…

– Si nous devions nous revoir, capitaine, peut-être pourrais-je m'acquitter d'une modeste compensation envers l'Armée rouge pour cette petite infraction au règlement. En attendant, acceptez-vous que je me porte garant de la bonne moralité de la Fräulein ?

Rustaveli se gratta le menton d'un air songeur.

– Très bien, fit-il, si vous vous engagez personnellement. Souvenez-vous que je connais vos adresses respectives. On pourra vous y cueillir sans problème.

Il se tourna alors vers Lotte Hartmann et lui annonça qu'elle était libre.

– Seigneur, lâcha-t-elle en se levant d'un bond.

Rustaveli adressa un signe de tête au *kapral* debout derrière la vitre crasseuse de la porte et lui ordonna de nous escorter dehors. Puis le capitaine claqua des talons et s'excusa pour cette « erreur », autant à l'intention du *kapral* que pour apaiser les craintes rétrospectives de Lotte Hartmann.

Elle et moi suivîmes le *kapral* dans le grand escalier, où nos pas résonnèrent jusqu'aux moulures tarabiscotées du haut plafond, puis à travers les hautes portes vitrées par lesquelles nous sortîmes. Dehors, le *kapral* cracha dans le caniveau.

– Une erreur, hein ? fit-il avec un rire amer. Je vous parie que c'est sur moi que ça va retomber.

– J'espère que non, fis-je.

Mais le Russe se contenta de hausser les épaules, puis rajusta sa toque en peau d'agneau et regagna le bâtiment d'un pas lourd.

– Je suppose que je dois vous remercier, dit Lotte en ajustant le col de sa veste.

– C'est inutile, dis-je en faisant quelques pas en direction du Ring.

Elle hésita quelques secondes, puis me rattrapa.

– Attendez, dit-elle.

Je m'immobilisai et me tournai vers elle. De face, elle était encore plus attirante que de profil, la longueur de son nez se remarquait moins. Et elle n'était pas du tout froide. Belinsky s'était trompé sur ce point, confondant cynisme et indifférence. Je trouvais qu'elle avait tout pour séduire, mais, après l'avoir observée toute une soirée à l'Oriental, j'en avais conclu qu'elle était sans doute une de ces allumeuses qui font miroiter leurs trésors pour mieux en interdire l'accès ensuite.

— Oui ? Qu'y a-t-il ?

— Écoutez, vous vous êtes déjà montré très gentil, dit-elle, mais cela vous dérangerait-il de me raccompagner ? Il est très tard pour une femme seule, et je ne pense pas trouver un taxi à cette heure-ci.

Je haussai les épaules et consultai ma montre.

— Où habitez-vous ?

— Pas très loin. Dans le 3e Bezirk, en zone britannique.

— Bon, fis-je en soupirant sans enthousiasme. Je vous suis.

Nous partîmes vers l'est à travers des rues aussi calmes qu'un couvent de franciscains.

— Vous ne m'avez pas dit pourquoi vous m'aviez aidée, fit-elle au bout d'un moment.

— Croyez-vous qu'Andromède ait posé la question à Persée quand celui-ci l'a sauvée des griffes du monstre marin ?

— Pensez-vous être un héros de la carrure de Persée, Herr Gunther ?

— Ne vous laissez pas abuser par les apparences, répliquai-je. J'ai toute une collection de médailles au mont-de-piété.

— Vous n'êtes pas sentimental non plus, à ce que je vois.

— Non. J'aime le sentiment, mais dans les broderies au crochet et les cartes de Noël. En tout cas, le sentiment n'a aucun effet sur les Russkofs. Vous n'avez rien vu ?

— Bien sûr que si, j'ai tout vu. Vous vous y êtes pris comme un chef. Je ne savais pas qu'on pouvait graisser la patte des Russkofs.

— L'important, c'est de savoir à qui on la graisse. Le *kapral* qui nous a arrêtés aurait sans doute eu trop peur pour accepter quelque chose. Un commandant aurait été trop fier. Mais surtout, je connais le capitaine Rustaveli. Nous nous sommes rencontrés quand il n'était encore que lieutenant. Lui et son amie avaient attrapé la vérole. Je leur ai procuré de la bonne pénicilline. Il m'en a toujours été reconnaissant.

— Vous n'avez pas l'air d'un trafiquant.

— Je n'ai pas l'air d'un trafiquant. Je n'ai pas l'air d'un héros. Qu'est-ce que vous faites ? Du casting pour la Warner ?

— Si seulement c'était vrai…, murmura-t-elle avant d'ajouter à haute voix : Et puis c'est vous qui avez commencé. Vous avez dit au Russe que je n'avais pas l'allure d'une entraîneuse. J'ai pris ça pour un compliment.

— Je vous ai vue à l'Oriental, et vous ne vendiez rien d'autre que des jetons. À ce propos, j'espère que vous jouez bien aux cartes, parce qu'il va falloir que je retourne voir notre ami le capitaine pour le remercier de vous avoir relâchée. Si vous ne voulez pas aller en taule.

— Combien vous faut-il ?

— Deux cents dollars devraient suffire.

— Deux cents dollars ? (Son exclamation résonna sur Schwarzenbergplatz alors que, dépassant la grande fontaine, nous nous dirigions vers Rennweg.) Où voulez-vous que je trouve tout ce fric ?

— Là où vous vous êtes payé ce bronzage et cette jolie veste, par exemple. Ou alors vous invitez le capitaine à faire une partie au club et vous lui sortez quelques as de votre manche.

– Ce serait une solution si j'étais assez douée. Mais ça n'est pas le cas.

– Dommage.

Elle réfléchit quelques instants en silence.

– Vous pourriez peut-être le convaincre d'accepter moins, reprit-elle. Après tout, vous parlez drôlement bien le russe.

– Possible, fis-je.

– Je suppose que c'est inutile d'aller devant un tribunal pour prouver mon innocence ?

– Avec les Popovs ? Autant demander de l'aide à la déesse Kali !

– C'est bien ce que je pensais.

Nous prîmes quelques ruelles, puis nous nous arrêtâmes devant un immeuble proche d'un petit parc.

– Voulez-vous monter prendre un verre ? proposa-t-elle en cherchant ses clés dans son sac. J'en ai bien besoin.

– Et moi j'ai une soif à lécher le tapis, rétorquai-je.

Je la suivis dans l'entrée, puis dans l'escalier, jusqu'à un petit appartement confortable et richement meublé.

Lotte Hartmann était incontestablement une jolie fille. On contemple certaines femmes en se demandant de combien de minutes on se contenterait en leur compagnie. En général, plus belle est la fille, plus bref le moment dont on serait prêt à se satisfaire. Après tout, une très jolie fille doit veiller à se partager équitablement entre tous. Lotte était le genre de fille avec laquelle vous auriez accepté de ne passer que cinq petites minutes mais torrides. Cinq minutes seulement pour vous permettre de combler tous vos fantasmes. Voilà qui vous paraîtrait déjà beaucoup. Mais vu la manière dont les choses se passaient ce soir-là, elle m'aurait sans aucun doute accordé plus longtemps encore. Peut-être même une heure entière. Mais j'étais épuisé, et j'avais bu un peu trop de son excellent whisky pour remarquer la façon dont elle se mordait la lèvre inférieure en me fixant à travers ses cils d'araignée veuve noire. J'aurais peut-être dû m'allonger paisiblement sur son lit, le museau enfoui dans son ventre rebondi en la laissant jouer avec mes grandes oreilles décollées. Au lieu de quoi, je m'endormis comme une masse sur le divan.

22

M'éveillant quelques heures plus tard, je griffonnai mes adresse et numéro de téléphone sur un bout de papier et, laissant Lotte endormie, je rentrai en taxi à ma pension. Là je me lavai, changeai de vêtements puis dévorai un petit déjeuner plantureux qui acheva de me remettre en forme. Je lisais le *Wiener Zeitung* du jour lorsque le téléphone sonna.

Une voix masculine dotée d'un imperceptible accent viennois me demanda si j'étais bien Herr Bernhard Gunther. Je confirmai.

— Je suis un ami de Fraülein Hartmann. Elle m'a raconté que vous l'aviez tirée d'un mauvais pas hier soir.

— Elle n'en est pas encore tout à fait tirée, précisai-je.

— C'est juste. Nous pourrions peut-être nous rencontrer pour en discuter. Fraülein Hartmann m'a parlé d'une somme de 200 dollars à remettre à ce capitaine russe. Elle m'a dit que vous vous étiez proposé comme intermédiaire.

— J'ai dit ça ? Ma foi, c'est possible.

— J'aurais aimé vous remettre moi-même l'argent pour ce sale type. Et vous remercier personnellement, par la même occasion.

J'étais sûr que c'était König au bout du fil, mais, ne voulant pas paraître impatient de le rencontrer, je restai un instant silencieux.

– Vous êtes toujours là ?

– Où voudriez-vous que nous nous retrouvions ? demandai-je d'un ton réticent.

– Connaissez-vous l'Amalienbad, sur Reumannplatz ?

– Je trouverai.

– Dans une heure ? Aux bains turcs ?

– Très bien. Mais comment vous reconnaîtrai-je ? Vous ne m'avez même pas dit votre nom.

– C'est exact, dit-il d'un ton mystérieux, mais je sifflerai cet air.

Il se mit à siffloter dans le combiné.

– *Bella, bella, bella Marie*, fredonnai-je en reconnaissant une rengaine qu'on entendait partout quelques mois auparavant.

– Exactement, fit mon interlocuteur en raccrochant.

Cela me parut une bien curieuse méthode, mais je me dis que si c'était bien König, il avait quelque bonne raison de se montrer discret.

L'Amalienbad était situé dans le 10ᵉ Bezirk, en zone russe. Il fallait prendre le 67 dans Favoritenstrasse en direction du sud. Ce district était un quartier ouvrier plein de vieilles usines crasseuses, mais les bains municipaux de Reumannplatz étaient installés dans un immeuble récent de sept étages qui pouvait se targuer, comme le signalait un panneau à l'entrée, d'être l'établissement de bain le plus grand et le plus moderne d'Europe.

Je payai pour un bain et une serviette puis, après m'être changé, me mis en quête du hammam réservé aux hommes. Il était installé au bout d'une piscine de la taille d'un terrain de football et je n'y trouvai que quelques Viennois qui, enveloppés dans leur drap de bain, tentaient de faire fondre la graisse qu'il était si facile d'accumuler dans la capitale autrichienne. À travers la vapeur, au fond de la salle au carrelage rougeâtre, j'entendis quelqu'un siffloter par intermittence. Je m'approchai en fredonnant la mélodie.

Je découvris un homme assis, le corps tout blanc et le visage brun. On aurait dit qu'il s'était maquillé pour se faire passer pour un Noir, mais je savais que cette différence de couleur provenait de son récent séjour en montagne.

— Je déteste cette chanson, dit-il, mais Fraülein Hartmann la fredonne sans arrêt et ça m'est venu tout de suite à l'esprit. Herr Gunther ?

J'acquiesçai avec circonspection, comme si je n'étais venu qu'à contrecœur.

— Permettez-moi de me présenter, poursuivit-il. Je m'appelle König.

Nous nous serrâmes la main et je pris place à côté de lui.

König était un homme à la morphologie puissante, avec d'épais sourcils bruns et une grosse moustache qui ressemblait à une espèce rare de martre ayant fui les grands froids pour venir se réfugier sur ses lèvres. L'expression lugubre du visage était renforcée par de mélancoliques yeux bruns. À part l'absence du petit chien, il correspondait trait pour trait à la description que m'en avait faite Becker.

— J'espère que vous aimez les bains turcs, Herr Gunther ?

— Oui, quand ils sont propres.

— Alors j'ai bien fait de choisir ceux-ci, dit-il, plutôt que le Dianabad. Le Dianabad a souffert des bombardements et j'ai l'impression que tous les éclopés et autres sous-hommes s'y donnent rendez-vous. Ils y vont pour les cures. Mais quand vous vous plongez dans une de leurs piscines, c'est à vos risques et périls. Vous y allez pour soigner un eczéma et vous ressortez avec la syphilis.

— Ça n'a pas l'air d'un endroit très sain.

— J'exagère un peu, fit König en souriant. Vous n'êtes pas viennois, n'est-ce pas ?

— Non, je suis de Berlin. Mais je viens régulièrement à Vienne.

— Comment ça se passe à Berlin ? On dit que la situation se dégrade. Il paraît que la délégation russe a quitté la Commission de contrôle ?

— C'est exact, dis-je. Bientôt le seul moyen d'entrer ou de sortir de la ville sera par avion militaire.

König émit une série de ta, ta, ta ! en caressant paresseusement sa large poitrine velue.

— Les communistes, soupira-t-il. Voilà ce que ça donne de faire des arrangements avec eux. Ce qui s'est passé à Potsdam et à Yalta est une catastrophe. Les Américains ont laissé les Russes prendre ce qu'ils voulaient. Ce fut une grosse erreur qui engendrera presque à coup sûr une autre guerre.

— Je ne vois pas qui aurait envie de remettre ça, fis-je, reprenant les propos que j'avais déjà tenus à Neumann, à Berlin.

Je les répétai souvent car j'en étais convaincu.

— Pas pour le moment, peut-être. Mais les gens oublient vite et un de ces jours… (Il haussa les épaules.) Qui sait ce qui peut se passer ? En attendant, vivons notre vie et occupons-nous de nos affaires du mieux possible. (Il se frictionna le crâne avant d'ajouter :) Dans quel domaine travaillez-vous ? Je vous demande ça pour savoir s'il n'y aurait pas un moyen de vous remercier d'avoir aidé Fräulein Hartmann. En vous faisant bénéficier d'une occasion, par exemple.

Je secouai la tête.

— C'est inutile. Si vous voulez vraiment savoir, je suis dans l'import-export. Mais pour être franc avec vous, Herr König, j'ai aidé la Fräulein parce que j'aimais son parfum.

Il hocha la tête d'un air approbateur.

— Je comprends ça. C'est une très jolie fille. (Mais peu à peu, son air extasié vira à la perplexité.) C'est très curieux, vous ne trouvez pas ? La façon dont vous avez été arrêtés tous les deux.

— Je ne peux rien dire en ce qui concerne votre amie, Herr König, mais dans mon rayon, il y a des tas de concurrents qui aimeraient bien me voir débarrasser le plancher. Ce sont les risques du métier, que voulez-vous.

— Selon Fräulein Hartmann, ces risques n'ont pas semblé vous émouvoir. Elle m'a dit que vous aviez mis de façon magistrale ce capitaine russe dans votre poche. Et elle a été très impressionnée par votre maîtrise de la langue.

— J'ai été prisonnier de guerre en Russie.

— Voilà qui explique tout. Mais dites-moi, croyez-vous que ce Russe était sérieux ? Pensez-vous qu'il y ait eu des plaintes contre Fräulein Hartmann ?

— J'ai bien peur que ce ne soit très sérieux.

— Avez-vous une idée de l'origine de ces plaintes ?

— Pas plus que pour moi. Peut-être que quelqu'un a une dent contre elle.

— Vous pourriez essayer de découvrir qui. Je vous paierai pour ça.

— Ce n'est pas dans mes cordes. Pour moi, il s'agit d'une dénonciation anonyme. Peut-être motivée par la rancune. Vous gaspilleriez votre argent. Si vous voulez mon avis, vous feriez mieux de donner au Russkof ce qu'il demande. Deux cents dollars ne sont pas excessifs pour avoir son nom rayé d'une liste. Quand les Russes sont prêts à passer l'éponge, mieux vaut ne pas faire de vagues.

König opina.

— Vous avez sans doute raison, dit-il. Mais voyez-vous, l'idée m'a traversé l'esprit que vous étiez de mèche avec ce type. Ça serait une petite combine assez lucrative, pas vrai ? Le Russe menace de harceler des innocents, et vous vous offrez comme intermédiaire. (Il hocha la tête devant la subtilité du plan.) Eh, eh… Cela pourrait être très rentable pour quelqu'un de malin.

— Continuez, fis-je en riant. Vous êtes peut-être sur la voie de la fortune !

— Avouez que ça pourrait marcher.

— Tout est possible à Vienne. Mais si vous pensez que je vous monte le bourrichon pour 200 malheureux dollars, c'est votre affaire. Si cela vous a échappé, Herr König, je vous rappelle que c'est votre amie qui m'a demandé de la raccompagner chez elle, et vous qui m'avez demandé de venir ici. Très franchement, je n'ai pas que ça à faire.

Je me levai et fis mine de prendre congé.

— Je vous en prie, Herr Gunther, dit-il, acceptez mes excuses. Mon imagination me joue des tours. Mais je dois avouer que cette histoire m'a intrigué. Il faut dire qu'avec tout ce qui se passe, je préfère me méfier.

— Eh bien, ça me paraît une bonne façon de vivre longtemps, dis-je en me rasseyant.

— Dans mon travail, il est important de rester sur ses gardes.

— Dans quoi êtes-vous ?

— Je faisais de la publicité. Mais c'est un travail frustrant, un milieu détestable aux mains de petits esprits sans envergure. J'ai dissous l'agence que je possédais et me suis reconverti dans la recherche commerciale. Les informations précises sont essentielles dans toute activité commerciale. Mais toute information doit être prise avec des pincettes. Celui qui désire être informé doit d'abord douter de tout. Le doute provoque des questions, et les questions demandent des réponses. Ces réponses sont essentielles à la croissance d'une nouvelle entreprise. Et les nouvelles entreprises sont essentielles à la croissance d'une nouvelle Allemagne.

— Vous parlez comme un politicien.

— Ah, la politique…, dit-il en souriant comme si le sujet était puéril. Simple diversion par rapport à l'affrontement principal.

— Qui est ?

– Le communisme contre le monde libre. Le capitalisme est notre seul espoir de résister à la tyrannie soviétique, vous ne croyez pas ?

– Je n'ai pas de sympathie particulière pour les Russes, remarquai-je, mais le capitalisme a beaucoup de défauts.

König m'écoutait à peine.

– Nous nous sommes trompés de guerre, dit-il. Nous nous sommes trompés d'ennemi. Nous aurions dû combattre les Soviétiques. Les Yankees s'en rendent compte aujourd'hui. Ils savent qu'ils ont fait une grosse erreur en laissant les mains libres aux Russes en Europe de l'Est. C'est pour ça qu'ils ne lâcheront pas l'Allemagne ni l'Autriche.

Je m'étirai parmi les nuages de vapeur et bâillai d'un air las. König commençait à m'ennuyer.

– Vous savez, dit-il, j'aurais du travail dans mon entreprise pour quelqu'un qui a vos talents. Et votre passé. Dans quel service de la SS étiez-vous ? (Devant ma surprise, il précisa aussitôt :) La cicatrice que vous avez sous le bras. Je suis sûr que vous avez été assez futé pour effacer votre tatouage SS avant d'être capturé par les Russes.

Il leva le bras et me montra la cicatrice presque similaire qu'il portait à l'aisselle.

– J'ai fini la guerre dans les services de renseignements militaires, l'Abwehr, expliquai-je. La SS, c'était bien avant.

Il avait raison toutefois en ce qui concernait ma cicatrice, résultat de la brûlure particulièrement douloureuse que je m'étais infligée en me tirant un coup de pistolet automatique à fleur de peau. Je n'avais pas eu le choix : c'était ça ou courir le risque d'être démasqué et aussitôt liquidé par le NKVD.

König ne fournit aucune explication sur la disparition de son propre tatouage. Il préféra revenir sur sa proposition d'embauche.

Je n'en espérais pas tant. Il convenait toutefois de faire preuve de la plus grande prudence : à peine quelques minutes auparavant, il m'accusait d'être en cheville avec le capitaine Rustaveli.

— Ce n'est pas que je sois contre le fait de travailler pour quelqu'un, dis-je, mais pour l'instant je suis très occupé. (Je haussai les épaules.) Peut-être quand j'en aurai terminé… Qui sait ? En tout cas je vous remercie.

Il ne parut pas se formaliser de mon refus et haussa les épaules avec philosophie.

— Où puis-je vous joindre au cas où je changerais d'avis ?

— Fräulein Hartmann saura où me contacter. (Il prit à côté de lui un journal plié et me le tendit.) Ouvrez-le avec précaution quand vous serez dehors. Il y a dedans deux billets de 100 dollars pour le Russe, et un pour vous, en guise de dédommagement.

Soudain, il grogna et grimaça en se massant les mâchoires, découvrant une denture aussi régulière qu'une rangée de minuscules bouteilles de lait. Prenant mon étonnement pour de l'inquiétude, il m'expliqua que tout allait bien mais qu'il venait de se faire poser deux prothèses.

— Je n'arrive pas à m'y habituer, dit-il en passant sur ses gencives le ver de terre qui lui tenait lieu de langue. Quand je me regarde dans un miroir, j'ai l'impression d'avoir un étranger en face de moi. C'est très déconcertant. (Il soupira en secouant la tête avec tristesse.) Quel dommage ! Moi qui ai toujours eu une dentition parfaite.

Il se leva, renoua sa serviette sur sa poitrine et me serra la main.

— Ce fut un plaisir de faire votre connaissance, Herr Gunther, déclara-t-il avec le charme désinvolte des Viennois.

— Tout le plaisir était pour moi, répliquai-je.

König gloussa.

— Mon ami, dit-il, nous ferons de vous un Autrichien. Un vrai.

Puis il disparut dans la vapeur en sifflotant son insupportable refrain.

23

Les Viennois n'aiment rien autant qu'être douillettement installés. Ils recherchent ce confort dans les bars et les restaurants, au son d'un quatuor composé d'une contrebasse, d'un violon, d'un accordéon et d'une cithare, instrument étrange qui ressemble à une grande boîte de chocolats vide munie de trente ou quarante cordes disposées comme celles d'une guitare. Cette invariable combinaison d'instruments représentait à mes yeux tout ce que Vienne avait de faux et de frelaté, au même titre que le sentimentalisme sirupeux et la politesse affectée. Je ne me sentais pas mal à l'aise, au contraire. Mais j'éprouvais le même genre de bien-être qu'on doit ressentir après avoir été embaumé, couché dans un cercueil plombé et remisé dans un des mausolées de marbre du cimetière central.

J'attendais Traudl Braunsteiner au Herrendorf, un restaurant situé dans Herrengasse. C'est elle qui avait choisi l'endroit, mais elle était en retard. Lorsqu'elle arriva enfin, elle avait le visage écarlate d'avoir couru, et aussi à cause du froid.

— Vous n'avez pas l'air très catholique, dissimulé comme ça dans un coin d'ombre, remarqua-t-elle en prenant place à ma table.

— C'est exprès, dis-je. Personne ne ferait confiance à un détective qui aurait l'air aussi honnête que la postière du village. La pénombre est bonne pour les affaires.

J'appelai un garçon et nous passâmes notre commande.

— Emil vous en veut de n'être pas passé le voir, dit Traudl en refermant son menu.

— S'il veut savoir à quoi j'occupe mes journées, dites-lui que je vais lui envoyer ma facture de cordonnier. Je n'arrête pas d'arpenter cette foutue ville dans tous les sens.

— Vous savez qu'il doit être jugé la semaine prochaine, n'est-ce pas?

— Je ne risque pas de l'oublier. Liebl me téléphone tous les jours pour me le rappeler.

— Emil non plus ne risque pas de l'oublier.

Sa voix était calme mais elle avait l'air bouleversé.

— Je suis désolé, dis-je. C'était une plaisanterie stupide. Tenez, j'ai de bonnes nouvelles. J'ai enfin rencontré König.

Son visage s'illumina.

— Vraiment? fit-elle. Où ça? Quand?

— Ce matin, répondis-je. À l'Amalienbad.

— Qu'a-t-il dit?

— Il m'a proposé de travailler pour lui. Ce serait peut-être une bonne façon de me rapprocher de lui et de découvrir la preuve qu'il nous faut.

— Pourquoi ne pas prévenir la police afin qu'ils l'arrêtent?

— Pour quel motif? fis-je en haussant les épaules. La police est persuadée de tenir le coupable. Même si j'arrivais à les convaincre, König ne se laisserait pas si facilement mettre la main dessus. Les Américains ne pourraient pénétrer en zone russe pour l'arrêter. Non, mieux vaut que je gagne sa confiance. C'est pour ça que j'ai refusé sa proposition.

Traudl se mordit la lèvre d'un air exaspéré.

— Mais pourquoi? Je ne comprends pas!

— Pour que König croie que je ne veux pas travailler pour lui. La façon dont j'ai rencontré son amie l'intrigue. Voilà mon plan. Lotte est croupière à l'Oriental. Je voudrais que vous me donniez de l'argent que je puisse perdre demain soir. Une somme suffisante pour donner l'impression que j'ai été lessivé. Ce qui me fournirait un prétexte pour reconsidérer l'offre de König.

— Je suppose que ça fait partie de vos frais ?

— J'en ai bien peur.

— Combien ?

— Trois ou quatre mille schillings devraient faire l'affaire.

Tandis qu'elle réfléchissait, le serveur nous apporta une bouteille de riesling dont il emplit nos verres.

— D'accord, fit-elle après avoir goûté le vin. Mais à une condition : que je sois présente pour vous voir perdre.

La contraction de sa mâchoire indiquait sa détermination.

— Inutile, j'imagine, de vous rappeler combien ça peut être dangereux. D'autant que nous ne pouvons pas y aller en couple. Je ne peux pas risquer d'être vu en votre compagnie, au cas où quelqu'un pourrait reconnaître en vous l'amie d'Emil. Si ce restaurant n'était pas aussi tranquille, j'aurais insisté pour que nous nous voyions chez vous.

— Ne vous inquiétez pas pour ça, dit-elle avec fermeté. Je ne ferai pas plus attention à vous que si vous étiez un bout de moquette.

Je voulus parler, mais elle posa ses petites mains sur ses oreilles.

— Non, je ne veux plus rien entendre. Je viendrai, point final. Vous vous mettez le doigt dans l'œil si vous pensez que je vais vous confier 4 000 schillings sans me préoccuper de ce que vous en faites.

— Logique, dis-je. (Je contemplai un moment le vin dans mon verre, puis déclarai :) Vous l'aimez beaucoup, n'est-ce pas ?

Traudl déglutit avant d'acquiescer par de vigoureux hochements de tête.

– Je suis enceinte de lui, précisa-t-elle après quelques
secondes.

Je soupirai et tentai de trouver quelque chose de réconfortant à lui dire.

– Écoutez, marmonnai-je, ne vous faites aucun souci.
Nous allons le tirer de ce mauvais pas. Inutile de vous ronger les sangs. Tout finira par s'arranger pour vous et votre
bébé, j'en suis sûr.

Mon petit discours était aussi inadéquat que dénué de
conviction.

Traudl secoua la tête en souriant.

– Tout va bien, je vous assure. Seulement, la dernière
fois où je suis venue ici, c'était avec Emil, le jour où je
lui ai annoncé que j'étais enceinte. Nous venions souvent
dans ce restaurant. Je ne pensais pas tomber amoureuse de
lui, vous savez.

– On n'y pense jamais avant, dis-je. (Je remarquai que
ma main s'était posée sur la sienne.) Ça vous tombe dessus. Comme un accident de voiture.

Devant son visage de lutin, je n'étais pas sûr d'être
convaincu de ce que je disais. Sa beauté n'était pas de celles
qui s'en vont au matin sur les oreillers tachés de maquillage.
C'était le genre de beauté qui rend un homme fier que son
enfant ait une telle mère. Je compris soudain à quel point
j'enviais cette femme à Becker, combien j'aurais aimé tomber amoureux d'elle si nous nous étions rencontrés plus tôt.
Je lâchai sa main et m'empressai d'allumer une cigarette
pour me réfugier derrière l'écran de fumée.

24

Le lendemain soir, le temps était à la neige et j'abandonnai sans regret le froid glacial du dehors pour la touf-

feur lubrique du casino Oriental, les poches bourrées de liasses de billets gagnés sans trop de sueur par Emil Becker.

J'achetai un gros paquet des jetons les plus chers puis me rendis au bar en attendant que Lotte s'installe à l'une des tables. Après avoir commandé un verre, la seule chose que j'eus à faire fut de chasser les entraîneuses qui accouraient comme des mouches pour nous tenir compagnie, à moi et à mon portefeuille, ce qui me permit de me faire une idée assez exacte de ce que doit subir un cul de cheval en plein mois d'août. À 22 heures, quand Lotte s'installa à une table, je n'agitais plus la queue qu'avec une grande lassitude. J'attendis encore quelques minutes pour parfaire mon entrée en scène, puis emportai mon verre à la table de jeu dirigée par Lotte et m'installai face à elle.

Elle évalua le tas de jetons que j'avais méthodiquement empilés devant moi, puis fit la moue.

— Je ne vous voyais pas en flambeur, dit-elle. Je pensais que vous aviez plus de plomb dans la cervelle.

— Peut-être que vos doigts me porteront chance, répliquai-je brillamment.

— Je ne parierais pas là-dessus.

— Bon, je tâcherai de ne pas l'oublier.

Je n'ai jamais été un grand joueur. J'ignorai même le nom du jeu auquel je prenais part. C'est donc avec un étonnement considérable qu'après vingt minutes je constatai que j'avais presque doublé ma quantité de jetons. Je me demandai par quelle logique perverse il était presque aussi difficile de perdre de l'argent aux cartes que d'en gagner.

Lotte distribua et, une fois de plus, je gagnai. Levant les yeux de la table j'aperçus Traudl assise en face de moi, tripotant une petite pile de jetons posés devant elle. Je ne l'avais pas vue entrer, mais il y avait tant de monde à présent que je n'aurais même pas remarqué l'arrivée de Rita Hayworth.

– J'ai l'impression que c'est mon jour de chance, dis-je sans m'adresser à personne en particulier tandis que Lotte poussait mes gains dans ma direction.

Traudl sourit d'un air poli, comme si elle ne m'avait jamais vu, puis misa quelques jetons.

Je commandai un autre verre puis, me concentrant, m'efforçai de perdre, réclamant une carte quand j'aurais dû me taire, pariant quand j'aurais dû m'abstenir, bref, faisant tout mon possible pour décourager la chance insolente qui s'acharnait sur moi. De temps à autre, je jouais correctement afin de ne pas éveiller les soupçons sur mes objectifs. Au bout de quarante autres minutes, j'avais réussi à reperdre tout ce que j'avais gagné, ainsi que la moitié de mon capital de départ. Lorsque, m'ayant vu perdre assez de l'argent de son amant pour être rassurée sur l'usage que j'en faisais, Traudl quitta la table, je terminai mon verre et lâchai un soupir exaspéré.

– Tout compte fait, je ne crois pas que ça soit mon jour de chance, fis-je d'un air sombre.

– La chance n'a rien à voir avec votre manière de jouer, fit Lotte à mi-voix. J'espère que vous vous débrouillez mieux avec ce capitaine russe.

– Oh, ne vous inquiétez pas, on s'en occupe. Il ne vous créera plus de problèmes.

– Je suis heureuse de l'apprendre.

Je misai mon dernier jeton, que je perdis, puis me levai en disant qu'après tout, j'allais peut-être reconsidérer la proposition de König. Avec un sourire lugubre je regagnai le bar et commandai un autre verre. Je regardai une danseuse aux seins nus se livrer à une parodie de danse sud-américaine au son aigre et syncopé de l'orchestre de jazz de l'Oriental.

Je ne vis pas Lotte quitter la table pour aller passer un coup de téléphone, mais, au bout d'un moment, König, un petit terrier sur les talons, descendit l'escalier en compagnie d'un homme de haute taille vêtu d'une veste Schiller et d'une cravate-club. Cet homme disparut derrière un rideau de perles dans le fond du club tandis que König se contorsionnait pour croiser mon regard.

Tout en approchant du bar, il adressa un signe de tête à Lotte et sortit un cigare de la poche de son costume de tweed vert.

– Herr Gunther, dit-il en souriant, quel plaisir de vous revoir !

– Hello, König, dis-je. Comment vont vos dents ?

– Mes dents ?

Son sourire s'effaça aussitôt, comme si je lui avais demandé comment évoluait son chancre vénérien.

– Vous ne vous souvenez pas ? fis-je. Hier nous avons parlé de vos prothèses.

Son expression se détendit.

– C'est vrai. Ça va beaucoup mieux, je vous remercie. (Après un bref sourire il ajouta :) Il paraît que vous n'avez pas eu de chance au jeu.

– Ce n'est pas l'avis de Fräulein Hartmann. Elle m'a assuré que la chance n'avait rien à voir avec ma façon de jouer.

König alluma son Corona à 4 schillings, puis se mit à glousser.

– Alors, laissez-moi vous offrir un verre. (Il fit signe au barman de me resservir une vodka et commanda un scotch pour lui.) Vous avez beaucoup perdu ?

– Plus que je n'aurais dû, fis-je d'un air penaud. À peu près 4 000 schillings. (Je vidai mon verre et le poussai en travers du comptoir pour qu'il soit de nouveau rempli.) Quelle stupidité ! Je ne devrais jamais m'approcher d'une table de jeu. Je n'ai aucune aptitude pour les cartes. En tout cas me voilà fauché. (Je levai mon verre à l'adresse de König et avalai une gorgée de vodka.) Dieu merci j'ai eu la bonne idée de régler d'avance ma note d'hôtel. Mais à part ça je n'ai guère de motif de me réjouir.

– Je vais vous montrer quelque chose, dit-il en tirant une vigoureuse bouffée de son cigare. (Il souffla un grand rond de fumée au-dessus du museau de son terrier et lui dit :) C'est l'heure de ton cigare, Lingo.

Sur quoi l'animal, au grand amusement de son maître, se mit à faire des bonds en l'air, aspirant la fumée à pleines narines comme le pire des tabagistes.

– Joli numéro, fis-je en souriant.

– Oh, ça n'est pas un numéro, répliqua König. Lingo apprécie les bons cigares presque autant que moi. (Il se pencha pour caresser le crâne du toutou.) N'est-ce pas, mon vieux ?

Le chien lui répondit par un aboiement.

– Appelez ça comme vous voulez, mais ça n'est pas de rire dont j'ai besoin, mais d'argent. Au moins jusqu'à ce que je sois rentré à Berlin. Vous savez, c'est une chance que vous soyez ici ce soir. J'étais justement en train de me demander comment je pourrais vous reparler de votre proposition de travail.

– Mon cher ami, chaque chose en son temps. Je voudrais d'abord vous présenter quelqu'un. Il s'agit du baron von Bolschwing, qui dirige une branche de la Ligue autrichienne pour les Nations unies, ici à Vienne. Une maison d'édition nommée Osterreichischer Verlag. Lui aussi est un vieux camarade, et il sera enchanté de rencontrer quelqu'un comme vous.

Je savais que par « vieux camarade », König entendait un ancien de la SS.

– C'est un des associés de votre entreprise de recherche ?

– Associé ? Oui, associé, admit-il. Des informations précises sont essentielles pour un homme comme le baron.

Je grimaçai un sourire et secouai la tête.

– Je sais qu'ici on préfère dire « fêter le départ » de quelqu'un plutôt que « l'enterrer ». Vos « recherches » me font assez penser à mon « import-export », Herr König : un joli ruban autour d'un gâteau somme toute banal.

– Un ancien de l'Abwehr comme vous est sûrement familier de certains euphémismes, Herr Gunther. Cependant, si vous le désirez, je veux bien, comme on dit, dévoiler mes batteries. Mais éloignons-nous d'abord de ce bar.

Il me conduisit à une table tranquille où nous nous installâmes.

– L'organisation à laquelle j'appartiens est composée pour l'essentiel d'officiers allemands. Sa raison d'être et son objectif consistent à effectuer des recherches, ou plutôt, excusez-moi, à collecter des informations sur les menaces que l'Armée rouge pourrait faire peser sur une Europe libre. Bien que les grades soient rarement utilisés entre nous, nous obéissons à une discipline militaire et restons avant tout des officiers et des gentlemen. Le combat contre le communisme est un combat sans merci, qui nous oblige en certaines occasions à accomplir des choses déplaisantes. Mais pour beaucoup de vieux camarades qui ont du mal à s'adapter à la vie civile, la satisfaction de poursuivre la lutte pour la création d'une Allemagne libre relègue ces détails désagréables au second plan. Et les services rendus sont bien sûr largement récompensés.

J'eus l'impression que König avait déjà prononcé ces mêmes mots à de nombreuses reprises. Je commençai à penser que les « vieux camarades » qui s'obstinaient à respecter une discipline militaire pour compenser leurs difficultés à s'adapter à la vie civile étaient peut-être plus nombreux que je ne le croyais. König continua son discours un bon moment. La majeure partie m'entrait dans une oreille pour ressortir aussitôt par l'autre. Soudain il termina son verre et déclara que si la proposition m'intéressait, il allait me faire rencontrer le baron. Je lui affirmai que j'étais très intéressé, et il hocha la tête d'un air satisfait en m'entraînant vers le rideau de perles. Nous longeâmes un couloir puis gravîmes deux volées de marches.

– Nous sommes dans les dépendances de la boutique de chapeaux adjacente au club, m'expliqua König. Le propriétaire est membre de notre organisation et il met ces locaux à notre disposition pour le recrutement.

Il s'arrêta devant une porte à laquelle il frappa doucement. On nous cria d'entrer, et il me poussa dans une pièce qu'éclairait seulement la lueur d'un réverbère extérieur. C'était suffisant pour distinguer les traits de l'homme assis derrière le bureau proche de la fenêtre. Grand, mince, rasé de près, les cheveux bruns clairsemés ; je lui donnai une quarantaine d'années.

– Asseyez-vous, Herr Gunther, dit-il en m'indiquant une chaise en face de lui.

Je débarrassai le siège des cartons à chapeaux qui l'encombraient pendant que König contournait le baron et s'asseyait sur le large rebord de la fenêtre.

– Herr König estime que vous feriez un bon représentant pour notre organisation, dit le baron.

– Un agent, vous voulez dire, n'est-ce pas ? dis-je en allumant une cigarette.

– Si vous voulez, fit-il en souriant dans la pénombre. Mais avant que vous puissiez vous joindre à nous, nous devons en savoir un peu plus long sur vous. Je dois vous interroger pour savoir comment vous utiliser au mieux de vos capacités.

– Une sorte de *Fragebogen* ? Oui, je comprends.

– Commençons par votre entrée dans la SS, fit le baron.

Je lui résumai mes états de service à la Kripo et au RSHA, et comment j'étais devenu automatiquement un officier SS. J'expliquai ensuite que j'avais été envoyé à Minsk au sein du groupe d'action d'Arthur Nebe, mais que, n'ayant aucun goût pour le meurtre de femmes et d'enfants, j'avais demandé à être transféré sur le front, au lieu de quoi je m'étais retrouvé au Bureau des crimes de guerre de la Wehrmacht, l'OKW. Le baron me questionna de façon précise mais aimable, en parfait gentleman autrichien. Sinon qu'il se dégageait de lui une impression de fausse simplicité, dans ses gestes furtifs et sa façon de parler, qui semblait dissimuler un secret dont aucun véritable gentleman n'aurait été fier.

– Parlez-moi de votre travail au sein du Bureau des crimes de guerre.

– C'était entre janvier 1942 et février 1944, expliquai-je. J'avais le grade d'Oberlieutnant et je devais enquêter sur les atrocités, aussi bien russes qu'allemandes.

– Où étiez-vous ?

– Le bureau était basé à Berlin, dans Blumeshof, en face du ministère de la Guerre. De temps à autre, on m'envoyait sur le terrain. Surtout en Crimée et en Ukraine. Plus tard, en août 1943, l'OKW a déménagé à Torgau en raison des bombardements.

Le baron eut un petit sourire pincé et secoua la tête.

– Pardonnez-moi, fit-il. J'ignorais qu'un tel organisme ait existé au sein de la Wehrmacht.

– Il existait déjà dans l'armée prussienne pendant la Grande Guerre, répliquai-je. On doit respecter certaines valeurs humanitaires même en temps de guerre.

– Oui, sans doute, soupira le baron d'un ton peu convaincu. Bien. Et ensuite ?

– L'intensification de la guerre a obligé tous les hommes valides à rejoindre le front russe. J'ai été intégré à l'armée du général Schorner en Russie blanche au mois de février 1944, avec le grade d'Hauptmann. J'étais officier de renseignements.

– Dans l'Abwehr ?

– Oui. Je commençais à parler le russe à cette époque. Et un peu de polonais. Je faisais surtout un travail d'interprète.

– Ensuite vous avez été capturé, je crois. Où était-ce ?

– À Königsberg, en Prusse-Orientale. Au mois d'avril 1945. J'ai été envoyé dans les mines de cuivre de l'Oural.

– Où exactement, si je puis me permettre ?

– Près de Sverdlovsk. C'est là où j'ai vraiment appris le russe.

– Avez-vous été interrogé par le NKVD ?

– Bien sûr. À de nombreuses reprises. Les officiers de renseignements les intéressaient beaucoup.

– Et que leur avez-vous dit ?

– Franchement, je leur ai dit tout ce que je savais. La guerre était de toute évidence terminée, et cela n'avait plus grande importance. Mais j'ai naturellement omis de leur raconter mon passage dans la SS et mon travail à l'OKW. Ils regroupaient les anciens SS dans un camp spécial où ils les fusillaient, à moins qu'ils n'acceptent de travailler pour le compte des Russes au sein du Comité pour une Allemagne libre. C'est ainsi qu'ont été recrutés la plupart des membres de la police allemande. Sans doute aussi ceux de la Staatspolizei ici, à Vienne.

– C'est exact, fit-il d'un ton dans lequel je perçus une certaine irritation. Poursuivez, Herr Gunther.

– Un jour, nous avons appris qu'on allait nous transférer à Francfort-sur-l'Oder. Ce devait être en décembre 1946. Soi-disant pour aller dans un camp de repos. Comme vous l'imaginez, on a trouvé ça bizarre. Dans le train, j'ai surpris la conversation de deux gardes russes et compris qu'on allait en réalité dans une mine d'uranium de Saxe. Ils ne se doutaient pas que je comprenais le russe.

– Vous souvenez-vous du nom de l'endroit ?

– Johannesgeorgenstadt, dans les monts Métallifères, sur la frontière tchécoslovaque.

– Merci, fit le baron d'un air pincé. Je connais.

– J'ai sauté du train à la première occasion, juste après la frontière germano-polonaise, et j'ai regagné Berlin.

– Avez-vous été interné dans un camp de regroupement ?

– Oui, à Staaken. Dieu merci, je n'y suis pas resté longtemps. Les infirmières ne nous aimaient pas beaucoup,
nous autres prisonniers de guerre. Elles ne s'intéressaient
qu'aux soldats américains. Heureusement pour moi, le
Bureau d'aide sociale du Conseil municipal a pu joindre
très vite ma femme à notre ancienne adresse.

– Vous avez eu beaucoup de chance, Herr Gunther, dit
le baron. Une chance incroyable. N'est-ce pas votre avis,
Helmut ?

– Comme je vous l'ai dit, baron, Herr Gunther est un
homme de ressources, rétorqua König en caressant son
chien d'un air absent.

– En effet. Mais dites-moi, Herr Gunther, personne ne
vous a débriefé sur votre séjour en Union soviétique ?

– Qui, par exemple ?

C'est König qui répondit.

– Des membres de notre organisation ont interrogé de
nombreux prisonniers à leur retour, dit-il. Nos camarades
se présentent comme des travailleurs sociaux, des histo-
riens, n'importe quoi.

Je secouai la tête.

– Peut-être que si j'avais été libéré, au lieu de m'évader…

– Oui, fit le baron. Ce doit être la raison. Auquel cas
vous avez été doublement chanceux, Herr Gunther. Car
si vous aviez été officiellement libéré, nous aurions été
contraints de vous éliminer par précaution, afin de protéger la sécurité de notre groupe. Voyez-vous, ce que vous
avez dit à propos des Allemands qu'on a persuadés de
travailler dans le Comité pour une Allemagne libre est
tout à fait exact. Ce sont ces traîtres qui, en général, ont
été libérés les premiers. Ceux qui, comme vous, étaient
envoyés dans une mine d'uranium des monts Métallifères
ne pouvaient guère espérer survivre plus de huit semaines.

Il aurait été moins douloureux pour vous d'être fusillé. Si les Russes voulaient à ce point votre mort, c'est que nous pouvons vous faire confiance.

Ayant terminé son interrogatoire, le baron se leva. Il était plus grand que je n'avais cru. König quitta son rebord de fenêtre et se plaça à son côté.

Je me levai à mon tour et serrai la main tendue du baron, puis celle de König. Ce dernier sourit en me tendant un cigare.

– Mon ami, dit-il, bienvenue dans l'Org.

25

Au cours des jours suivants, König me donna plusieurs rendez-vous dans la boutique du chapelier jouxtant l'Oriental afin de me dévoiler les méthodes de travail très secrètes et très élaborées de l'Org. Mais d'abord je dus signer une déclaration solennelle par laquelle je m'engageais, sur mon honneur d'officier allemand, à ne jamais révéler les activités clandestines de l'Org. Le document précisait que toute violation du secret serait punie avec une extrême rigueur, et König me conseilla de taire mes nouvelles activités non seulement à mes amis et parents, mais « même » – ce furent ses mots exacts – « même à nos collègues américains ». Cette précision, ainsi que d'autres remarques que fit König, me conduisirent à penser qu'en réalité l'Org était financée par les services de renseignements américains. J'en conçus une certaine irritation et lorsque ma formation – considérablement écourtée en raison de mon expérience dans l'Abwehr – fut terminée, je demandai un rendez-vous urgent à Belinsky.

— Qu'est-ce qui te ronge, l'ami Fritz ? me demanda-t-il lorsque nous nous retrouvâmes à la table que j'avais réservée dans un coin tranquille du café Schwarzenberg.

— Allons, Belinsky, vous m'avez mené en bateau depuis le départ.

— Comment ça ? fit-il en s'enfonçant dans la bouche un cure-dent parfumé au clou de girofle.

— Vous le savez très bien. König appartient à un réseau de renseignements allemand organisé par vos amis. Je suis bien placé pour le savoir puisqu'ils viennent de me recruter. Alors, soit vous me mettez dans la confidence, soit je cours expliquer à la Stiftskaserne que Linden a été assassiné par une organisation d'espions allemands contrôlée par les Américains.

Belinsky regarda quelques instants autour de lui, puis se pencha par-dessus la table, empoignant des deux mains le plateau comme s'il allait le soulever et me l'abattre sur la tête.

— Ce ne serait pas une très bonne idée, dit-il d'une voix posée.

— Non ? Vous pensez peut-être pouvoir m'en empêcher ? Comme vous avez neutralisé ce soldat russe l'autre jour ? Je pourrais aussi mentionner cet épisode.

— Peut-être que je vais te tuer, petit Boche, dit-il. Ça ne devrait pas être très difficile. J'ai un silencieux. Je pourrais te descendre ici même sans que personne ne remarque rien. C'est un des aspects que j'apprécie chez les Viennois. Ils pourraient trouver des morceaux de cervelle humaine dans leur café, ils continueraient à se mêler de leurs propres oignons.

L'idée le fit ricaner, puis il secoua la tête et me fit taire lorsque je voulus parler.

— Mais pourquoi s'énerver ? reprit-il. Nous n'avons aucune raison de nous fâcher. C'est vrai, j'aurais peut-être dû te mettre au courant avant, mais si tu as été recruté par l'Org, tu as signé une promesse de secret. Exact ?

J'acquiesçai.

– Peut-être que tu ne la prends pas très au sérieux, poursuivit-il, mais mon gouvernement m'a fait signer une déclaration semblable, et moi, je la prends très au sérieux. Ce n'est qu'aujourd'hui que je peux te mettre dans la confidence, et la raison ne manque pas d'ironie : enquêtant sur l'organisation dont tu fais désormais partie, je peux cesser de te considérer comme un risque potentiel au regard de la sécurité. N'est-ce pas un bel exemple de logique tordue ?

– Très bien, dis-je. C'est une explication. Et maintenant, si vous me brossiez un tableau complet de la situation ?

– Je t'ai déjà parlé du Crowcass, n'est-ce pas ?

– La Commission sur les criminels de guerre ? Oui.

– Voyons, comment expliquer ça… La chasse aux nazis et l'embauche d'agents de renseignements allemands ne sont pas des domaines contradictoires. Les États-Unis ont commencé depuis longtemps à recruter des membres de l'Abwehr pour espionner les Russes. Une organisation indépendante, dirigée par un officier supérieur allemand, a été mise en place à Pullach afin de collecter des renseignements pour le compte du CIC.

– La compagnie pour la mise en valeur industrielle du sud de l'Allemagne ?

– Exact. Quand l'Org a été fondée, ses dirigeants ont reçu des consignes précises quant aux éléments qu'il était souhaitable de recruter. Toute cette opération doit se dérouler sans anicroches, tu comprends bien. Or, depuis quelque temps, nous soupçonnons l'Org de recruter, en violation de son mandat de départ, d'anciens membres de la SS, du SD et de la Gestapo. Nous voulions des agents de renseignements, bon sang, pas des criminels de guerre ! Mon travail consiste à découvrir le degré de pénétration de ces éléments illégaux au sein de l'Org. Tu me suis ?

Je hochai la tête.

– Je ne vois toujours pas le rapport avec le capitaine Linden, dis-je.

– Linden travaillait sur les dossiers biographiques. Il est possible que sa position au sein du US Documents Center lui ait permis d'agir comme consultant auprès de l'Org dans le domaine du recrutement. Par exemple, pour vérifier si ce que racontait telle ou telle personne correspondait à ses états de service conservés au Centre. Inutile de dire que l'Org préfère éviter de recruter des Allemands retournés par les Russes dans les camps de prisonniers.

– Je sais, dis-je. On me l'a fait clairement comprendre.

– Peut-être même que Linden les orientait vers des candidats possibles, mais ça, nous ne le savons pas encore. Tout comme nous ignorons ce que transportait ton ami Becker.

– Peut-être, suggérai-je, qu'il leur prêtait des dossiers quand ils avaient des soupçons sur un candidat ?

– Non, ç'aurait été impossible. La sécurité au Centre est aussi hermétique que le cul d'une huître. Depuis la guerre, l'armée craint que des gens dans ton genre ne veuillent récupérer les documents du Centre. Ou les détruire. Il est impensable de sortir de cet endroit avec des dossiers sous le bras. Toutes les consultations se font sur place et doivent être justifiées.

– Alors, peut-être que Linden modifiait certains dossiers.

Belinsky secoua la tête.

– Non. Nous y avons pensé et nous avons vérifié tous les dossiers auxquels il avait eu accès. Rien n'a été enlevé ni détruit. Notre seule chance de savoir ce qu'il traficotait dépend de ton adhésion à l'Org, petit Boche. Sans parler de ta seule chance de prouver l'innocence de ton ami Becker.

– Il sera bientôt trop tard. Becker doit être jugé au début de la semaine prochaine.

Belinsky prit l'air songeur.

– Peut-être que je pourrais t'aider à gagner la confiance de tes nouveaux collègues. Si je pouvais te fournir des documents russes de haut niveau, ça te ferait bien voir au sein de l'Org. Bien sûr, ce serait du matériel que nous avons déjà décortiqué, mais ça, les gens de l'Org ne le sauraient pas. Si je t'indiquais une provenance plausible, ça te ferait passer pour un sacré bon espion. Qu'en dis-tu ?

– Parfait. Puisque vous êtes dans d'aussi bonnes dispositions, vous pourriez peut-être m'aider à résoudre un petit problème. Après m'avoir appris les secrets des boîtes aux lettres clandestines, König m'a confié ma première mission.

– Vraiment ? Très bien. De quoi s'agit-il ?

– Ils veulent que j'élimine l'amie de Becker, Traudl.

– La jolie petite infirmière ? fit-il d'un ton outragé. Celle qui travaille à l'hôpital général ? T'ont-ils dit pourquoi ?

– Elle est venue à l'Oriental pour s'assurer que je perdais bien l'argent de son ami. Je l'avais mise en garde, mais elle n'a pas voulu m'écouter. Son apparition a dû les rendre nerveux.

Ce n'était pas la raison que m'avait donnée König.

– Au début, on exige souvent un sale boulot comme preuve de loyauté, expliqua Belinsky. T'ont-ils indiqué comment faire ?

– Je dois maquiller ça en accident, dis-je. Il faut donc lui faire quitter Vienne dès que possible. C'est là où vous pouvez m'être utile. Pouvez-vous lui trouver un billet et un permis de voyage ?

– Bien sûr, fit-il, mais dis-lui bien de laisser des traces derrière elle. Nous lui ferons traverser notre zone pour la mettre dans le train à Salzbourg. Comme ça on croira qu'elle a disparu, ou même qu'elle est morte. C'est ce que tu veux, n'est-ce pas ?

– Je veux surtout qu'elle quitte Vienne, répliquai-je. Si quelqu'un doit prendre des risques, je préfère que ça soit moi plutôt qu'elle.

– Laisse-moi faire, Fritz. Il me faudra quelques heures pour mettre ça au point, mais tu peux déjà considérer que la petite dame est en sécurité. Va à ton hôtel et attends que je t'apporte ses papiers. Ensuite nous passerons la chercher. Il serait préférable que tu ne lui parles pas avant. Elle ne voudra peut-être pas laisser tomber ton ami Becker. Le mieux serait que nous la prenions chez elle et que nous quittions aussitôt la ville en voiture. Ainsi, si elle proteste, elle ne pourra rien faire.

Une fois Belinsky parti mettre au point les préparatifs, je me demandai s'il aurait fait preuve d'un tel empressement à éloigner Traudl de Vienne s'il avait vu la photo que König m'avait donnée. Celui-ci m'avait annoncé que Traudl était un agent du MVD. Pour moi qui la connaissais, c'était absurde. Mais pour toute autre personne – et au premier chef pour un membre du CIC – examinant la photo, prise dans un restaurant viennois, sur laquelle Traudl semblait passer un excellent moment en compagnie d'un colonel russe du MVD, un certain Poroshin, les choses auraient sans doute paru beaucoup moins tranchées.

26

Une lettre de ma femme m'attendait à la pension Caspian. Ayant reconnu l'écriture serrée, presque enfantine sur la méchante enveloppe bulle froissée par deux semaines de transit entre les mains d'un service postal hasardeux, je la plaçai en équilibre sur la cheminée de mon petit salon et la contemplai un moment. Je regrettais à présent la sécheresse de celle que j'avais laissée à l'intention de Kirsten dans notre appartement berlinois.

Depuis, je ne lui avais adressé que deux télégrammes, l'un pour lui annoncer que j'étais arrivé sans encombre à Vienne et lui donner mon adresse, le second pour la prévenir que mon affaire risquait de prendre plus longtemps que prévu.

Je dois dire qu'un graphologue n'aurait sans doute eu aucune difficulté à analyser l'écriture de Kirsten, laquelle trahissait une femme adultère ayant décidé d'annoncer à son mari inattentionné que malgré les 2 000 dollars en or qu'il lui avait laissés, elle avait décidé de divorcer et d'utiliser l'argent pour partir aux États-Unis avec son beau *schätzi* américain.

Je fixai toujours l'enveloppe avec une certaine appréhension lorsque le téléphone sonna. C'était Shields.

— Comment allez-vous aujourd'hui ? s'enquit-il dans son allemand scrupuleux.

— Je vais très bien, je vous remercie, rétorquai-je en imitant son accent. (Il ne remarqua rien.) En quoi puis-je vous être utile, Herr Shields ?

— Eh bien, en toute franchise, en voyant approcher la date du procès de votre ami Becker, je me demande quel genre de détective vous êtes. Avez-vous trouvé quelque chose justifiant les 5 000 dollars que vous a promis votre client ?

Il se tut, attendant ma réaction, mais comme je n'en eus aucune, il poursuivit avec une certaine impatience.

— Alors ? Vous ne dites rien ? Avez-vous découvert la preuve qui évitera la corde à Becker ? Ou bien va-t-il passer à la trappe ?

— J'ai retrouvé le témoin de Becker, si c'est ce que vous voulez dire, Shields. Mais je n'ai pas encore établi un rapport entre lui et Linden. Pas encore, en tout cas.

— Eh bien, vous feriez mieux de vous dépêcher, Herr Gunther. Ici, les procès vont en général très vite. Je n'aimerais pas vous voir échouer. Ça fait très mauvais effet, vous comprenez bien. C'est mauvais pour vous, mauvais pour nous, mais c'est surtout mauvais pour celui qui se balance au bout de la corde.

— Et si nous nous arrangions pour que vous arrêtiez le témoin ?

C'était une suggestion presque sans espoir, mais je pensais que ça valait le coup d'essayer.

— Il n'y a pas d'autre moyen pour le faire venir devant le tribunal ?

— Non. Ça permettrait au moins à Becker d'orienter les soupçons sur quelqu'un d'autre.

— C'est comme si vous me demandiez de faire une vilaine tache sur un parquet ciré, soupira Shields. Mais je déteste refuser de donner une chance à l'adversaire. Alors voilà ce que je vais faire. Je vais en parler à mon supérieur, le commandant Wimberley, et voir ce qu'il en pense. Mais je ne peux rien vous promettre. Il y a des chances pour que le commandant m'envoie bouler, qu'il veuille une condamnation et qu'il se foute complètement de cet éventuel témoin. Tout le monde nous presse de conclure cette affaire, voyez-vous. Le Brig déteste qu'on assassine des officiers américains dans sa ville. Je veux parler du brigadier-général Alexander O. Gorder, commandant le 796e. Un sacré fils de pute. Je vous rappelle.

— Merci, Shields. J'apprécie ce que vous faites.

— Ne me remerciez pas encore, mon vieux.

Je raccrochai et pris la lettre. Après m'être éventé le visage avec, j'utilisai un des coins pour me curer les ongles, puis ouvris l'enveloppe.

Kirsten n'avait jamais été une grande épistolière. Elle préférait les cartes postales mais, à cette époque, il était difficile d'envoyer ses meilleurs souvenirs de Berlin. Quelle carte aurait convenu ? Une vue des ruines de l'église Kaiser-Wilhelm ? Une photo de l'Opéra bombardé ? Le hangar à exécutions de Plotzensee ? Il se passerait sans doute un certain temps avant que quiconque envoie une carte de Berlin. Je dépliai le papier :

Cher Bernie,

J'espère que cette lettre te parviendra, mais les choses sont tellement difficiles ici que j'en doute, auquel cas j'essaierai de t'envoyer aussi un télégramme, ne serait-ce que pour te dire que tout va bien. Sokolovsky a demandé que la police militaire soviétique contrôle tous les véhicules se rendant de Berlin en secteur occidental, ce qui veut dire que ce courrier sera peut-être bloqué.

La grande angoisse ici est que la situation évolue vers un siège en règle de toute la ville afin de contraindre les Américains, les Français et les Anglais à quitter Berlin – même si personne ne regrettera les Français. Personne ne reproche aux Yankees ou aux British de nous diriger – après tout, ils nous ont vaincus. Mais les Franchouilles ? Ce sont de tels hypocrites. Le mythe d'une armée française victorieuse est une idée presque insupportable pour un Allemand.

Les gens disent que les Américains et les Anglais ne laisseront pas Berlin tomber aux mains des Russes. Je ne suis pas très sûre des Anglais. Ils sont trop occupés en Palestine (tous les livres sur le nationalisme sioniste ont été retirés des librairies et des bibliothèques de Berlin, ce qui rappelle une autre époque). Pourtant, alors qu'on croit que les Anglais ont des choses plus importantes à faire, on apprend qu'ils continuent à détruire des bateaux allemands. La mer est pleine de poissons qui pourraient nous nourrir, et eux, ils coulent des bateaux ! Est-ce qu'ils veulent nous sauver des Russes pour mieux nous affamer ?

Il circule toujours des rumeurs de cannibalisme. Tout Berlin raconte que la police a été appelée dans une maison de Kreuzberg où des occupants ont entendu un bruit sourd de chute au-dessus de chez eux, avant de voir du sang goutter à travers le plafond. Ils ont enfoncé la porte de leurs voisins du dessus et ont trouvé un vieux couple qui dévorait la chair crue d'un poney qu'ils avaient fait monter chez eux et tué à coups de pierre. Est-ce vrai, est-ce faux ? Personne ne le sait, mais j'ai l'impression terrible que c'est authentique. Ce qui est certain, c'est que le moral est descendu encore plus bas. Le ciel est sillonné d'avions de transport de troupes et les quatre puissances sont de plus en plus nerveuses.

Tu te souviens du fils de Frau Fersen, Karl ? Il est rentré d'un camp de prisonniers russe la semaine dernière, mais en très mauvaise santé. Le docteur dit que ses poumons sont fichus, le pauvre garçon. Sa mère m'a raconté ce qu'il lui avait dit de sa captivité en Russie. Quelle horreur ! Pourquoi ne m'en as-tu jamais parlé, Bernie ? Peut-être aurais-je été plus compréhensive. Peut-être aurais-je pu t'aider. Je suis consciente d'avoir été une piètre épouse depuis la guerre. Et maintenant que tu n'es plus là, j'ai du mal à le supporter. Alors quand tu reviendras, je me suis dit que nous pourrions utiliser une partie de l'argent que tu as laissé – quelle somme ! Est-ce que tu as dévalisé une banque ? – pour prendre des vacances. Quitter Berlin quelque temps et nous retrouver tous les deux.

En attendant, j'ai consacré une partie de l'argent à la réparation du plafond. Oui, je sais que tu avais prévu de le faire toi-même, mais tu n'arrêtais pas de remettre ça à plus tard. Maintenant c'est fait et c'est bien plus joli qu'avant.

Rentre vite le voir. Tu me manques.

Ta femme qui t'aime,
Kirsten.

Je congédiai avec joie mon graphologue imaginaire et me versai le reste de la vodka de Traudl. L'alcool eut pour effet immédiat de dissiper la nervosité qui me

tenaillait à l'idée de téléphoner à Liebl pour lui faire part
des imperceptibles progrès de mon enquête. Et merde pour
Belinsky! me dis-je en décidant de demander à Liebl
s'il jugeait plus avantageux pour Becker de faire procéder à l'arrestation de König afin de le contraindre à
témoigner.

Lorsque Liebl décrocha, il me fit l'effet d'un homme
qui vient de dégringoler au bas d'une volée de marches.
Son ton tranchant et son irascibilité coutumière s'étaient
singulièrement radoucis, et sa voix semblait sur le point
de se briser.

— Herr Gunther, fit-il en avalant sa salive.

Un court instant de silence s'écoula, puis je l'entendis
prendre une profonde inspiration tandis qu'il se ressai-
sissait.

— Il est arrivé un terrible accident. Fräulein Braunsteiner
est morte.

— Morte? répétai-je d'une voix ahurie. Qu'est-il arrivé?

— Elle s'est fait renverser par une voiture, dit Liebl
d'un ton posé.

— Où ça?

— Devant l'hôpital où elle travaillait. Elle est morte sur
le coup. Ils n'ont rien pu faire pour elle.

— Quand cela s'est-il passé?

— Il y a deux heures environ, au moment où elle quit-
tait son travail. Malheureusement, le chauffard ne s'est
pas arrêté.

Ça, j'aurais pu le deviner.

— Il a dû avoir peur, ajouta-t-il. Il était peut-être ivre.
Qui sait? Les Autrichiens sont de si mauvais conduc-
teurs.

— Quelqu'un a-t-il assisté à… à l'accident? demandai-
je en tentant de maîtriser ma colère.

— Il n'y a eu aucun témoin direct, mais un peu plus loin,
dans Alser Strasse, un passant a remarqué une Mercedes
noire roulant à vive allure.

— Seigneur, lâchai-je à mi-voix. C'est juste à côté d'ici. Quand je pense que j'aurais presque pu entendre le crissement des pneus.

— Oui, c'est vrai, murmura Liebl. Mais elle n'a pas souffert. Cela a été si rapide qu'elle n'a sans doute rien senti. La voiture l'a heurtée à hauteur des reins. Le docteur m'a dit qu'elle avait eu la colonne vertébrale pulvérisée. Elle était sans doute déjà morte avant de s'effondrer.

— Où est-elle à présent ?

— À la morgue de l'hôpital général, soupira Liebl. (Je l'entendis allumer une cigarette et en tirer une longue bouffée.) Herr Gunther, reprit-il, il va naturellement falloir informer Herr Becker. Or vous le connaissez bien mieux que moi…

— Pas question, l'interrompis-je. J'ai déjà assez de boulots pourris qui me tombent dessus pour ne pas me taper celui-là en plus. Emportez sa police d'assurance et son testament avec vous si ça peut vous faciliter la tâche.

— Je vous assure que je suis aussi bouleversé que vous, Herr Gunther. Il est inutile de vous montrer…

— Oui, vous avez raison. Je suis désolé. Écoutez, je ne voudrais pas vous paraître cynique, mais ne pourrions-nous pas nous servir de ce décès pour obtenir un ajournement ?

— Je doute que cela entre dans le cadre des raisons familiales, fit Liebl. S'ils avaient été mariés, je ne dis pas, mais là…

— Pour l'amour du ciel, elle attendait un enfant de lui ! Liebl accusa le coup par un bref silence.

— Je l'ignorais, bafouilla-t-il. Dans ce cas, vous avez peut-être raison. Je vais voir ce que je peux faire.

— Je vous en prie.

— Comment vais-je annoncer la nouvelle à Herr Becker ?

— Dites-lui qu'elle a été assassinée. (Il voulut intervenir, mais je n'étais pas d'humeur à supporter la contradiction.) Il ne s'agit pas d'un accident, croyez-moi. Dites à Becker que ce sont ses vieux camarades qui ont fait le coup. Répétez-lui exactement ça. Il comprendra. Et voyez si ça ne lui rafraîchit pas la mémoire. Peut-être qu'il se souviendra de quelque chose qu'il aurait dû me dire depuis longtemps. Si ce meurtre ne le décide pas à nous dire tout ce qu'il sait, c'est qu'il mérite la corde. (On frappa à la porte : Belinsky m'apportait les papiers nécessaires à la fuite de Traudl.) Dites-le-lui bien ! fis-je avant de raccrocher violemment.

Je traversai la pièce pour aller ouvrir.

Brandissant d'un air désinvolte les papiers désormais inutiles, Belinsky entra dans la pièce, trop content de lui pour remarquer mon humeur.

— Ça n'a pas été facile de trouver une carte rose aussi vite, dit-il, mais le vieux Belinsky y est arrivé. Ne me demande pas comment.

— Elle est morte, dis-je d'une voix morne.

Son visage se décomposa.

— Merde, lâcha-t-il. C'est trop bête. Comment est-ce arrivé ?

— Elle a été renversée par un chauffard, dis-je en allumant une cigarette et me laissant tomber dans le fauteuil. Elle a été tuée sur le coup. L'avocat de Becker vient de m'apprendre la nouvelle. Ça s'est passé pas très loin d'ici, il y a quelques heures à peine.

Belinsky hocha la tête et s'assit sur le sofa en face de moi. J'évitai de croiser son regard qui, je le sentais, tentait de percer mes pensées. Pendant un moment, il se contenta de secouer la tête, puis il sortit sa pipe, la bourra de tabac et l'alluma.

— Excuse-moi… de te demander ça… fit-il entre deux bouffées, mais tu n'avais… pas changé d'avis… n'est-ce pas ?

— À quel propos ? rétorquai-je avec animosité.

Il retira la pipe de sa bouche et jeta un coup d'œil dans le fourneau avant de la replacer entre ses grosses dents irrégulières.

— Eh bien… sur le fait de la tuer toi-même ?

Lisant la réponse sur mon visage écarlate, il s'empressa de secouer la tête.

— Non, bien sûr que non. C'était une question stupide. Je suis désolé. (Il haussa les épaules.) Mais il fallait bien que je m'en assure. Avoue que c'est une sacrée coïncidence, n'est-ce pas ? L'Org te demande de lui mijoter un petit accident, et juste après elle se fait renverser par une voiture.

— C'est peut-être vous qui l'avez éliminée, m'entendis-je dire.

— Peut-être. (Belinsky se redressa et avança les fesses au bord du sofa.) Voyons voir : je perds tout l'après-midi à obtenir une carte rose et un billet de train pour que la malheureuse Fräulein puisse quitter l'Autriche, et ensuite je la tue froidement en venant te voir ? C'est bien ça ?

— Quelle voiture avez-vous ?

— Une Mercedes.

— De quelle couleur ?

— Noire.

— Un témoin a vu une Mercedes noire s'éloigner à toute vitesse du lieu de l'accident.

— Excuse-moi, mais je n'ai pas encore vu une seule voiture rouler lentement dans Vienne. Et j'ajoute, au cas où tu ne l'aurais pas remarqué, que la plupart des véhicules non militaires en circulation sont des Mercedes noires.

— Tout de même, insistai-je. Je veux examiner le pare-chocs.

Il écarta les mains d'un air innocent comme s'il s'apprêtait à me réciter le Sermon sur la montagne.

— Comme tu voudras, mais tu risques de trouver des éraflures sur toute la carrosserie. On dirait qu'il existe une loi contre la prudence au volant dans ce pays. (Il tira quelques bouffées de sa pipe.) Écoute, Bernie, si je peux me permettre, il ne faudrait pas jeter le manche après la cognée. La mort de Traudl est certes regrettable, mais il serait absurde que notre collaboration en souffre. Qui sait? Il s'agit peut-être d'un accident. Tu sais comment conduisent les Viennois. Ils sont pires que les Soviétiques, et ce n'est pas peu dire. Bon Dieu, c'est une vraie course de chars tous les jours. C'est difficile à avaler, c'est vrai, mais il s'agit peut-être d'une simple coïncidence.

Je hochai lentement la tête.

— D'accord. J'admets que ça n'est pas impossible.

— D'un autre côté, il est possible que l'Org ait envoyé plusieurs tueurs à ses trousses, de façon que, si tu la ratais, elle n'échappe pas à un autre. Il n'est pas rare que les assassinats soient arrangés de cette façon. D'après ma propre expérience, en tout cas. (Il s'interrompit et pointa sa pipe vers moi.) Tu sais quoi? La prochaine fois que tu verras König, ne lui dis rien. S'il en parle, c'est qu'il s'agit probablement d'un accident, et tu pourras te targuer d'avoir accompli ta mission. (Il plongea la main dans la poche intérieure de sa veste et en sortit une enveloppe chamois qu'il balança sur mes genoux.) Ça nous coupe un peu l'herbe sous le pied pour ça, mais nous n'y pouvons rien.

— Qu'est-ce que c'est?

— Ces documents proviennent d'une section du MVD de Sopron, près de la frontière hongroise. Ils recensent les agents et les méthodes du MVD en Hongrie et en Basse-Autriche.

— Quelle explication dois-je fournir pour en expliquer l'origine?

— Tu pourrais très bien être en relation avec l'homme qui nous les a remis. C'est le genre d'informations dont ils raffolent. L'homme s'appelle Yuri. C'est tout ce que tu as besoin de savoir sur lui. Tu trouveras un plan indiquant la boîte aux lettres qu'il utilise. Il y a un pont de chemin de fer près d'une petite bourgade du nom de Mattersbourg. Le pont comporte une voie piétonne, bordée par une rambarde qui est brisée aux deux tiers de sa longueur. La rampe est un tube métallique. Tout ce que tu as à faire est de passer y prélever les documents une fois par mois, et de laisser en échange argent et instructions.

— Comment expliquer que je le connais ?

— Jusqu'à une date récente, Yuri était cantonné à Vienne. Tu lui achetais des papiers d'identité. Mais depuis, il est devenu plus ambitieux et tu n'as pas assez d'argent pour payer ce qu'il veut te vendre. Tu proposes donc ses services à l'Org. Le CIC estime qu'il nous a donné tout ce qu'il pouvait pour l'instant. Ça n'a pas d'importance s'il transmet les mêmes documents à l'Org.

Belinsky ralluma sa pipe dont il tira de longues bouffées en attendant ma réaction.

— À vrai dire, reprit-il, c'est une opération mineure. On peut à peine parler de « renseignement ». D'ailleurs, très peu de ces opérations en méritent l'appellation. Mais ce qui compte, c'est qu'une source pareille, ajoutée à un meurtre apparemment réussi, te place sous un jour très intéressant pour eux.

— Pardonnez mon manque d'enthousiasme, dis-je d'un ton aigre, mais j'ai l'impression de ne plus savoir pourquoi je suis là.

Belinsky hocha la tête d'un air vague.

— Je croyais que tu voulais sortir ton copain du pétrin.

— Vous ne m'avez pas bien écouté. Becker n'a jamais été mon ami, mais je le crois innocent du meurtre de Linden. Traudl aussi le croyait innocent. Pour moi, tant qu'elle était encore en vie, ça valait de coup d'essayer de sauver Becker. Maintenant, je n'en suis plus si sûr.

— Allons, Gunther, dit Belinsky. Becker en vie, même sans sa fiancée, vaut mieux que Becker mort. Penses-tu que Traudl aurait voulu que tu laisses tomber ?

— Peut-être, si elle avait connu les combines dans lesquelles il trempait. Et les gens avec qui il traitait.

— Ce n'est pas vrai, tu le sais bien. Becker n'était pas un enfant de chœur, c'est certain. Mais d'après ce que tu m'as dit d'elle, je suis prêt à parier qu'elle était au courant. L'innocence se fait rare ces temps-ci. Surtout à Vienne.

Je soupirai de lassitude en me massant la nuque.

— Vous avez peut-être raison, admis-je. C'est peut-être moi qui me trompe. D'habitude les choses sont un peu plus claires. Un client vient me voir, me règle une avance, et je me mets en chasse. Il m'est même arrivé d'élucider quelques affaires. Ça procure un sentiment agréable, vous savez. Aujourd'hui, trop de gens veulent me dire ce que je dois faire. C'est comme si j'avais perdu mon indépendance. Je n'ai plus l'impression d'être détective privé.

Belinsky secoua la tête comme un commerçant qui vous annonce qu'il est à court d'approvisionnement. Il était surtout à court d'explications. Il en tenta pourtant une dernière.

— Allons, ce n'est sûrement pas la première fois que tu mènes une opération clandestine.

— Bien sûr que non, dis-je, mais au moins je savais où j'allais et dans quel but. On me montrait la photo du criminel. Je savais où était le bien. Mais à présent, tout est flou, et ça commence à me courir.

— Rien ne reste toujours pareil, Fritz. La guerre a changé la vie de tout le monde, pas seulement celle des détectives privés. Maintenant, si tu veux voir des photos de criminels, je peux t'en montrer des tas, sans doute plusieurs milliers. Tous sont des criminels de guerre.

— Des photos de Boches ? Écoutez, Belinsky, vous êtes américain et juif. Ça vous est beaucoup plus facile qu'à moi de voir où est le bien dans cette histoire. Moi, je suis un Allemand. Pendant une brève mais éprouvante période, j'ai même appartenu à la SS. Si je rencontrais un de vos criminels de guerre, il me tendrait sans doute la main en m'appelant son vieux camarade.

Il ne répondit rien à cela.

J'allumai une autre cigarette et fumai en silence. Lorsqu'elle fut terminée, je secouai la tête avec tristesse.

– Peut-être que c'est Vienne qui me fait ça. Ou d'être loin de chez moi depuis si longtemps. Ma femme m'a écrit. Cela n'allait pas très bien entre nous quand j'ai quitté Berlin. J'étais même pressé de partir, c'est pourquoi j'ai accepté cette affaire malgré mes réticences. Aujourd'hui, ma femme espère que les choses s'arrangeront entre nous. Eh bien, vous savez, j'ai hâte de la retrouver pour voir si c'est possible. Bah, peut-être… (je secouai la tête)… peut-être que j'ai tout simplement besoin d'un verre.

La bouche de Belinsky se fendit d'un large sourire.

– Voilà qui est parlé, Fritz, dit-il. C'est une des choses que j'ai apprises dans ce boulot : quand t'as un doute, fais-le macérer dans l'alcool.

27

Il était tard lorsque, de retour du Melodies Bar, un night-club du 1er Bezirk, Belinsky arrêta sa voiture devant ma pension. À peine avais-je posé le pied par terre qu'une femme surgit d'un porche et s'approcha. C'était Veronika Zartl. Ayant trop bu pour avoir envie de compagnie, je lui adressai un sourire poli.

– Grâce à Dieu, te voilà, dit-elle. Voilà des heures que j'attends.

Veronika fit la grimace lorsque de l'intérieur de la voiture nous parvint une obscénité lâchée par Belinsky.

– Que se passe-t-il ? demandai-je à la jeune fille.

– Il faut que tu m'aides. Il y a un homme dans ma chambre.

– C'est sans doute pas la première fois, fit Belinsky.

Veronika se mordit la lèvre.

– Il est mort, Bernie. Il faut que tu m'aides.

– Je ne vois pas très bien ce que je pourrais faire, fis-je d'un ton hésitant.

Regrettant que nous ne soyons pas restés plus long-temps au Melodies, je me dis qu'une fille ne devrait faire confiance à personne en ce moment, avant d'ajouter à haute voix :

– Tu sais, c'est plutôt du ressort de la police.

– Je ne peux pas prévenir la police, grogna-t-elle d'un air impatient. J'aurais tout de suite les Mœurs sur le dos, sans compter la police criminelle autrichienne, l'administration de la santé publique et une enquête judiciaire par-dessus le marché. Je perdrais probablement ma chambre, et tout. Tu comprends ?

– Bon, bon. Que s'est-il passé ?

– Je crois qu'il a eu une crise cardiaque. (Elle baissa la tête.) Je suis désolée de t'importuner, mais je ne connais personne d'autre à qui m'adresser.

Tout en me maudissant, je plongeai la tête par la vitre ouverte de la voiture de Belinsky.

– La dame a besoin d'un coup de main, fis-je sans grand enthousiasme.

– Elle a surtout besoin d'autre chose. (Toutefois il ajouta :) Allez, montez, tous les deux.

Nous roulâmes en direction de Rotenturmstrasse, et Belinsky s'arrêta devant l'immeuble lézardé où Veronika louait une chambre. En sortant de la voiture, je montrai à Belinsky, au-delà des pavés de Stephansplatz, la cathé-drale en cours de restauration.

– Essayez de trouver une bâche sur ce chantier, lui dis-je. Je monte jeter un coup d'œil. Si vous dénichez quelque chose, rejoignez-nous au deuxième étage.

Il était trop ivre pour discuter. Hochant la tête d'un air absent, il se dirigea vers les échafaudages enserrant la cathédrale pendant que je suivais Veronika dans l'escalier montant à sa chambre.

Un gros homme de couleur homard cuit d'une cinquantaine d'années gisait sur le vaste lit en chêne de Veronika.
Comme il est fréquent chez les victimes d'arrêt cardiaque,
du vomi couvrait sa bouche et son nez telle une mauvaise
brûlure. Je tâtai du doigt le cou moite du défunt.

— Depuis combien de temps est-il ici ?

— Trois ou quatre heures, dit Veronika.

— Tu as bien fait de le couvrir, dis-je. Ferme la fenêtre.
(J'ôtai les draps qui recouvraient le corps et soulevai la
partie supérieure du buste.) Viens m'aider, fis-je d'un ton
péremptoire.

— Que fais-tu ?

Elle m'aida à replier le torse sur les jambes. On aurait
dit que nous tentions de fermer une valise trop pleine.

— Je maintiens ce salaud en forme, dis-je. Un peu de
chiropractie retardera la rigidité cadavérique et il sera plus
facile à transporter dans la voiture. (J'exerçai une forte
pression sur sa nuque puis redressai le buste et le reposai
sur l'oreiller souillé.) Ce coco-là, dis-je en haletant à la
suite de ces efforts, devait avoir une combine pour obtenir des tickets d'alimentation. Il pèse au moins cent kilos.
Heureusement que Belinsky est là.

— Est-ce que Belinsky est de la police ?

— Un peu, dis-je, mais ne t'inquiète pas. Il se fiche du
menu fretin. Ce sont les gros poissons qui l'intéressent. Il
pourchasse les criminels de guerre nazis.

Sur quoi je me mis à faire jouer les articulations des
bras et des jambes du cadavre.

— Qu'allez-vous en faire ? demanda Veronika au bord
de la nausée.

— On va le déposer sur la voie ferrée. Comme il est à
poil, on croira que les Russkofs l'ont dépouillé avant de le
balancer du train. Avec un peu de chance, un express lui
passera dessus pour achever le maquillage.

— Non, je t'en prie… dit-elle d'une voix faible. Il a été
si gentil avec moi.

Quand j'en eus terminé avec le cadavre, je me redressai et resserrai mon nœud de cravate.

— Drôle de boulot après un souper à la vodka. Bon Dieu, où est passé Belinsky ?

Apercevant alors les vêtements du mort pliés avec précaution sur le dossier d'une chaise poussée contre les voilages crasseux, j'ajoutai :

— As-tu regardé dans ses poches ?

— Non, bien sûr que non.

— T'as vraiment pas l'habitude de ce boulot, hein ?

— Tu ne comprends pas. C'était un bon ami à moi.

— Ça m'en a tout l'air, fit Belinsky qui venait d'apparaître. (Il exhiba un tissu blanc.) Je n'ai trouvé que ça.

— Qu'est-ce que c'est ?

— Une nappe d'autel, je suppose. Je l'ai trouvée dans un placard de la cathédrale. Ils n'ont pas l'air de s'en servir.

Je dis à Veronika d'aider Belinsky à envelopper son ami dans la nappe pendant que j'inspectais ses poches.

— C'est une chose qu'il fait très bien, dit Belinsky à Veronika. Il m'a fait les poches un jour alors que je respirais encore. Dites-moi, poupée, est-ce que vous et ce gros lard étiez en pleine action quand il a claboté ?

— Fichez-lui la paix, Belinsky.

— Bénis soient ceux qui meurent entre les bras du Seigneur, gloussa-t-il. Quant à moi, je préfère mourir entre les cuisses d'une femme.

J'ouvris le portefeuille du mort et en sortis une liasse de dollars et de schillings que je laissai sur la coiffeuse.

— Que cherches-tu ? s'enquit Veronika.

— Quand je dois faire disparaître le cadavre d'un homme, j'aime bien en savoir un peu plus que la couleur de ses caleçons.

— Il s'appelait Karl Heim, dit-elle d'un ton tranquille.

Je trouvai une carte de visite.

— Dr Karl Heim, lus-je. Un dentiste, hein ? Est-ce lui qui t'avait procuré la pénicilline ?

– Oui.

– En voilà un qui prenait ses précautions, murmura Belinsky. Vu l'état de cette piaule, je comprends pourquoi. (Il hocha la tête en direction de la coiffeuse.) Gardez donc le fric, poupée, ça vous aidera à vous payer un décorateur.

Il y avait une autre carte parmi les papiers de Heim.

– Belinsky, fis-je. Avez-vous entendu parler d'un certain commandant Jesse P. Breen, rattaché au DP Screening Project ?

– Bien sûr que oui, dit-il en me prenant la carte des mains. Le DPSP est une section spéciale du 430e. Breen est l'officier de liaison local du CIC avec l'Org. Si un des hommes de l'Org a des ennuis avec la police militaire US, Breen est censé arranger les choses. À moins qu'il ne s'agisse de quelque chose de vraiment sérieux, comme un meurtre. Et encore, ça ne m'étonnerait pas qu'il parvienne à régler ça en douceur, si la victime n'était ni américaine ni britannique. On dirait que notre ami le gros dentiste est un de tes vieux camarades, Bernie.

Tout en écoutant Belinsky, je fouillai les poches du pantalon de Heim. J'y découvris un trousseau de clés.

– Dans ce cas, ça serait une bonne idée si nous allions toi et moi faire un tour dans le cabinet de notre sympathique docteur, dis-je. J'ai comme l'impression qu'on va y découvrir des choses intéressantes.

Nous abandonnâmes le corps nu de Heim sur une portion de voie déserte aux alentours d'Ostbahnhof, en secteur russe. J'avais hâte de quitter les lieux, mais Belinsky insista pour attendre dans la voiture qu'un train termine le travail. Au bout d'environ un quart d'heure, un convoi de marchandises à destination de Budapest défila en cahotant, et le corps de Heim fut haché par plusieurs centaines de paires de roues.

– Car toute chair est comme l'herbe, récita Belinsky, et toute beauté semblable à la fleur des champs : l'herbe jaunit et la fleur se fane.

– Arrêtez ça, voulez-vous ? fis-je. Cela me rend nerveux.

– Mais les âmes des justes sont entre les mains de Dieu, et aucun tourment ne les atteint. Comme tu veux, mon petit Fritz.

– Allons-y, dis-je. Partons d'ici.

Nous filâmes vers le nord jusqu'à Währing, dans le 18e Bezirk. Heim habitait une élégante maison de trois étages sur Türkenschanzplatz, non loin d'un parc assez vaste traversé par une petite ligne de chemin de fer.

– Nous aurions pu balancer notre passager ici, remarqua Belinsky. Juste devant sa porte. Cela nous aurait évité cette balade en secteur russe.

– Ici, nous sommes en zone américaine, lui rappelai-je. La seule façon de se faire virer d'un train est de voyager sans billet. Et encore, ils attendent que le train s'arrête.

– C'est comme ça que tu vois l'oncle Sam, hein ? Mais t'as raison, Bernie. Il est mieux chez les Russkofs. Ce ne serait pas la première fois qu'ils balancent un type d'un train. En tout cas, j'aimerais pas être cheminot chez eux. Trop dangereux, comme boulot.

Nous laissâmes la voiture et nous dirigeâmes vers la maison.

Il n'y avait aucun indice de présence à l'intérieur. Au-dessus du large sourire d'une barrière en bois semblable à un dentier, les taches sombres des fenêtres sur la façade de stuc blanc rappelaient les orbites vides d'un énorme crâne. La plaque de cuivre terni fixée sur un petit poteau – qui, avec une emphase toute viennoise, présentait le Dr Karl Heim comme un spécialiste en interventions orthodontiques – indiquait deux entrées distinctes : celle de la résidence du dentiste et celle de son cabinet.

– Occupez-vous de la maison, dis-je en ouvrant la porte à l'aide du trousseau de clés. Je fais le tour pour aller voir le cabinet.

– À tes ordres, fit Belinsky en sortant une lampe-torche de son pardessus. (Voyant que je la fixai avec insistance, il ajouta :) Qu'est-ce qu'il y a ? T'as peur du noir ou quoi ? (Il rit.) Tiens, prends-la. Je vois dans l'obscurité. Dans mon boulot, c'est indispensable.

Je haussai les épaules et lui pris la torche. Il glissa la main entre les pans de son manteau et en sortit son arme.

– Et en plus, ajouta-t-il en vissant le silencieux, j'aime bien garder une main libre pour tourner les poignées de porte.

– Ne tirez pas sur n'importe qui, lui dis-je en m'éloignant.

Je contournai la maison et entrai dans le cabinet, dont je refermai la porte derrière moi avant d'allumer ma torche. Je dirigeai le pinceau lumineux sur le linoléum, loin des fenêtres, au cas où un voisin surveillerait les lieux.

Je me trouvai dans une salle d'attente pourvue de nombreuses plantes en pot et d'un aquarium contenant des tortues. Ça change des poissons rouges, me dis-je. Comme elles n'avaient plus de propriétaire, je saupoudrai à la surface de l'eau un peu de leur odorante nourriture. C'était ma seconde bonne action de la journée. La compassion devenait une seconde nature chez moi.

J'ouvris le carnet de rendez-vous sur le bureau de réception et braquai dessus le faisceau de la lampe. La clientèle du Dr Heim, s'il en avait une, n'était pas très nombreuse. Les gens n'avaient pas beaucoup d'argent à consacrer à leurs maux de dents, et Heim gagnait sans doute beaucoup mieux sa vie en vendant des médicaments au marché noir. En feuilletant le carnet, je constatai qu'il n'avait pas plus de deux ou trois rendez-vous par semaine. Aux pages des mois précédents, je tombai sur deux noms qui ne m'étaient pas inconnus : Max Abs et Helmut König. Ils s'étaient fait arracher toutes les dents à quelques jours d'intervalle. De nombreux autres clients s'étaient fait arracher les dents, mais je ne reconnus aucun nom.

J'inspectai les placards à dossiers mais les trouvai presque tous vides, à l'exception d'un seul, qui contenait des fiches concernant des clients d'avant 1940. Le placard semblait ne pas avoir été ouvert depuis, ce qui me parut curieux vu la réputation de méticulosité des dentistes. À vrai dire, le Heim d'avant 1940 faisait preuve d'une grande conscience professionnelle avec ses patients, détaillant les dents restantes et notant pour chacune les soins qu'il leur prodiguait. Avait-il soudain sombré dans la négligence, me demandai-je, ou bien la rareté de sa clientèle avait-elle rendu inutile la tenue de ces dossiers ? Pourquoi tant de patients avaient-ils demandé depuis peu l'extraction de toutes leurs dents ? Il est vrai que de nombreux hommes, dont j'étais, avaient fini la guerre avec une mauvaise dentition. Dans mon cas, c'était le résultat d'une année de disette dans un camp de prisonniers russe. Pourtant, j'avais réussi à conserver toutes mes dents. Et des tas d'autres gens aussi. Alors pourquoi quelqu'un comme König, qui s'était vanté devant moi d'avoir eu de si bonnes dents, se les était-il toutes fait arracher ? À moins qu'il n'ait voulu dire qu'elles étaient bonnes avant de se gâter ? En tout cas, même si Conan Doyle n'aurait pu y trouver matière à une nouvelle, tous ces éléments ne manquaient pas de m'intriguer.

Le cabinet ressemblait à tous ceux qu'il m'avait été donné de visiter. Un peu plus sale, peut-être, mais il faut dire que rien, nulle part, n'était aussi propre qu'avant la guerre. À côté du fauteuil en cuir noir, était installé le gros cylindre contenant l'anesthésique. J'ouvris le robinet en haut de la bonbonne puis, entendant le sifflement du gaz qui s'échappait, le refermai. Tout semblait en état de marche.

Une porte fermée à clé ouvrait sur un petit débarras. C'est là que Belinsky me rejoignit.

– Tu as trouvé quelque chose ? demanda-t-il.

Je lui parlai de l'absence de dossiers.

– Très juste, fit-il avec un petit sourire. Ce n'est pas très germanique.

À l'aide de ma torche j'éclairai les rayons du débarras.

– Tiens, tiens, reprit-il. Qu'est-ce que c'est que ça ?

Il tendit le bras et toucha une boîte métallique ronde portant sur le flanc, tracée à la peinture jaune, la formule $H_2 SO_4$.

– À votre place je ne toucherais pas à ça. Ce truc ne vient pas d'une panoplie de Parfait Petit Chimiste. À moins que ma mémoire ne me trahisse, il s'agit d'acide sulfurique.

Le faisceau de la torche découvrit alors les mots À MANIPULER AVEC EXTRÊME PRUDENCE, également peints en jaune au-dessus de la formule chimique.

– Ce truc pourrait vous transformer en moins de deux en un petit tas de graisse fondue.

– Casher, j'espère, dit Belinsky. Qu'est-ce qu'un dentiste peut bien faire d'une bonbonne d'acide sulfurique ?

– Pour moi, il y faisait tremper son dentier la nuit.

Sur une étagère proche de la bonbonne étaient empilés des plateaux métalliques en forme de haricot. J'en saisis un et l'éclairai. Belinsky et moi découvrîmes un agglomérat blanchâtre ressemblant à une poignée de pastilles à la menthe aux formes bizarres qui auraient été sucées puis mises de côté par un répugnant petit garçon. Mais il y avait du sang séché sur certaines d'entre elles.

Le nez de Belinsky se fronça de dégoût.

– Nom de Dieu, qu'est-ce que ça peut bien être ?

– Des dents, dis-je. (Je lui passai la torche et en saisis une pour l'examiner à la lumière.) Des dents arrachées. Il y a là plusieurs dentures complètes.

– Je déteste les dentistes, siffla Belinsky.

Il fouilla dans son gilet et en sortit un de ses cure-dents qu'il se mit à mâchonner.

– À mon avis, celles-ci ont échappé à la cuve d'acide.

– Et alors ?

Mais ma soudaine fébrilité n'avait pas échappé à Belinsky.

— Quel genre de dentiste ne se livre qu'à des extractions complètes ? fis-je. Son carnet de rendez-vous ne comporte que des extractions complètes. (Je tournai et retournai la dent entre mes doigts.) Diriez-vous que cette molaire était malade ? Elle n'a même pas été plombée.

— Cette dent me paraît tout à fait saine, confirma Belinsky.

Je fourrageai de l'index le conglomérat blanc du plateau.

— Comme toutes les autres, remarquai-je. Je ne suis pas dentiste, mais je ne vois pas l'intérêt d'arracher des dents qui n'ont jamais eu besoin d'être soignées.

— Heim était peut-être payé à la pièce. Peut-être aimait-il arracher des dents.

— En tout cas, il aimait mieux ça que de tenir à jour ses dossiers. Il n'en existe aucun pour ses patients récents.

Belinsky prit un autre plateau en forme de haricot et en examina le contenu.

— Encore une denture complète, dit-il.

Il prit un autre plateau, dans lequel nous entendîmes rouler quelque chose. À l'examen, cela ressemblait à de minuscules billes de roulement.

— Et ça, qu'est-ce que c'est ? demanda-t-il en saisissant une des billes qu'il contempla avec fascination. Je ne crois pas me tromper en disant que chacune de ces billes contient une dose de cyanure de potassium.

— Des pilules mortelles ?

— Exact. Certains de tes vieux camarades les aimaient bien, petit Boche. En particulier les SS et les hauts responsables de l'État et du Parti, qui pensaient avoir le cran de se suicider plutôt que de tomber aux mains des Popovs. Elles ont d'abord été conçues pour les agents secrets allemands, mais Arthur Nebe et les SS ont estimé que l'élite nazie en avait plus besoin. Il suffisait de se faire placer une fausse dent par son dentiste, ou bien d'utiliser une cavité existante pouvant renfermer cette petite merveille. Ni vu ni connu… Quand l'individu en question était capturé, on trouvait parfois dans ses poches un leurre, c'est-à-dire une autre dose de cyanure enfermée dans une capsule de cuivre, pour que nos gens, l'ayant découverte, n'aillent pas se livrer à un examen dentaire. Ensuite, quand le type décidait que le moment était venu, il déboîtait sa fausse dent, en sortait cette capsule et la croquait pour la briser. La mort est presque instantanée. C'est comme ça que Himmler s'est suicidé.

— Goering aussi, à ce qu'on m'a dit.

— Non, fit Belinsky. Il s'est servi d'un leurre qu'un officier américain lui a fait passer clandestinement dans sa cellule. Qu'est-ce que tu dis de ça, hein ? Un de nos gars qui a eu pitié de ce gros salopard.

Il laissa tomber la capsule dans le plateau qu'il me tendit.

Je versai quelques billes dans ma paume. Il paraissait incroyable que de si petites choses puissent être mortelles. Ces quatre minuscules perles pouvaient tuer quatre hommes. Je n'aurais pas été capable d'apprécier mes repas en sachant que j'en avais une dans la bouche.

— Tu sais ce que je pense, Fritz ? Je pense que pas mal de nazis doivent se balader dans Vienne avec de fausses dents. (Nous regagnâmes le cabinet.) Tu connais les techniques d'identification des cadavres à partir de leur denture, n'est-ce pas ?

— Comme n'importe quel flic, dis-je.

— Cela nous a drôlement servis après la guerre, dit-il. C'était la meilleure façon d'identifier un corps. Beaucoup de nazis ont naturellement cherché à nous faire croire qu'ils étaient morts. Et ils se sont parfois donné du mal pour nous convaincre. On trouvait beaucoup de cadavres carbonisés munis de faux papiers, par exemple. Dans ces cas-là, on faisait examiner les dents par un spécialiste.

Même sans dossier dentaire, on peut au moins déterminer l'âge d'un individu d'après ses dents : parodontose, résorption des racines, etc. Cela permettait parfois de prouver que tel cadavre ne correspondait pas aux papiers qu'il portait.

Belinsky s'interrompit et jeta un coup d'œil circulaire au cabinet.

— Tu as tout fouillé ?

J'acquiesçai et lui demandai s'il avait trouvé quelque chose dans la maison. Comme il secouait la tête, je déclarai qu'il valait mieux évacuer les lieux au plus vite.

Il reprit ses explications alors que nous remontions en voiture.

— Prends le cas de Heinrich Müller, le chef de la Gestapo. Il a été vu vivant pour la dernière fois en avril 1945, dans le bunker de Hitler, et on pensait qu'il avait été tué en mai 1945 pendant la bataille de Berlin. Or, lorsque son corps a été exhumé après la guerre, un spécialiste en chirurgie maxillaire travaillant dans un hôpital berlinois situé en secteur britannique a assuré que les dents du cadavre ne pouvaient en aucun cas être celles d'un homme de 44 ans. Il estimait l'âge du cadavre à moins de 25 ans.

Belinsky mit le contact, lança le moteur et enclencha une vitesse.

Penché sur le volant, il conduisait mal pour un Américain, abusant du double débrayage, faisant grincer la boîte de vitesses et ayant une nette tendance à virer trop court. Il me paraissait évident qu'il avait besoin de toute son attention pour conduire, mais il n'en poursuivit pas moins ses explications, même après avoir manqué de peu un motocycliste.

— Quand on met la main sur un de ces salauds, il a en général de faux papiers, une nouvelle coupe de cheveux, une moustache ou une barbe, des lunettes, tout ce que tu voudras. Heureusement, les dents sont aussi fiables qu'un tatouage ou que des empreintes digitales. C'est pourquoi se faire arracher les dents nous prive d'un précieux moyen d'identification. Après tout, un homme qui n'hésite pas à se tirer un coup de pistolet dans le bras pour effacer son numéro de SS ne verrait sans doute pas de gros inconvénients à se faire poser de fausses dents, non ?

Je songeai à ma propre cicatrice à l'aisselle et convins qu'il avait raison. Pour échapper aux Russes, je n'aurais pas hésité une seconde à me faire arracher les dents si, bien sûr, j'avais eu les moyens de le faire faire sans douleur, comme Max Abs et Helmut König.

— Oui, sans doute.

— C'est sûr et certain. Voilà pourquoi j'ai emporté le carnet de rendez-vous de Heim. (Il se tapota la poitrine à hauteur de sa poche.) Ce peut être intéressant de savoir qui sont ces types affligés de si mauvaises dents. Ton ami König, par exemple. Et aussi Max Abs. C'est vrai après tout, pourquoi un modeste chauffeur SS éprouverait-il le besoin de changer de dents ? À moins qu'il n'ait pas été un simple caporal SS. (Belinsky gloussa d'aise à cette idée.) C'est pour ça que je dois être capable de voir dans le noir. Certains de tes vieux camarades s'y entendent pour brouiller les pistes. Je ne serais pas étonné si nous étions encore à la recherche de certaines de ces ordures nazies quand leurs enfants devront sucrer les fraises pour eux.

— Peut-être, fis-je, mais plus le temps passe, plus il sera difficile de les identifier.

— Ne t'inquiète pas, rétorqua-t-il avec vivacité. On ne manquera pas de volontaires pour témoigner contre ces merdes-là. Sauf si tu penses qu'on devrait laisser en paix des gens comme Müller ou Globocnik ?

— Qui est ce Globocnik ? Il nous invite à une fête ?

— Odilo Globocnik. Il a dirigé l'opération Reinhard au cours de laquelle ont été installés les principaux camps d'extermination en Pologne. Lui aussi est censé s'être suicidé en 45. Tu crois ça, toi? À Nuremberg, on est en train de juger Otto Ohlendorf, qui commandait un groupe d'action SS. Oui ou non, penses-tu qu'on devrait le pendre pour ses crimes de guerre?

– Crimes de guerre… répétai-je d'un air las. Écoutez, Belinsky, j'ai travaillé pendant trois ans au Bureau des crimes de guerre de la Wehrmacht. Alors ne me faites pas de sermon sur ces foutus crimes de guerre, voulez-vous?

– Je veux juste savoir quelle est ta position, Fritz. D'ailleurs, sur quel genre de crimes de guerre les Boches ont-ils bien pu enquêter, hein?

– Sur les atrocités commises des deux côtés. Vous avez entendu parler de la forêt de Katyn?

– Bien sûr. Tu as travaillé là-dessus?

– Je faisais partie de la commission d'enquête.

– Ça alors!

Comme la plupart des gens à qui j'en faisais part, il eut l'air sincèrement surpris.

– En toute franchise, je trouve absurde d'accuser des soldats de crimes de guerre, dis-je. On devrait punir les assassins de femmes et d'enfants, ça oui. Mais Müller et Globocnik n'ont pas tué que des Juifs et des Polonais. Ils ont assassiné aussi des Allemands. Peut-être que si vous nous aviez donné une petite chance, nous aurions pu les juger nous-mêmes.

Belinsky quitta Währinger Strasse et prit vers le sud. Nous dépassâmes le long bâtiment de l'hôpital général et arrivâmes dans Alser Strasse où, l'esprit sans doute traversé par la même idée que moi, il ralentit pour adopter une allure convenable. Je sentis qu'il était sur le point de répondre à ma remarque, mais il préféra demeurer silencieux, comme pour éviter de m'offenser. Il stoppa devant ma pension.

– Traudl avait-elle de la famille? demanda-t-il.

– Pas que je sache. Il ne lui restait plus que Becker.

Je n'en étais pourtant pas si sûr. La photo où elle figurait avec le colonel Poroshin me trottait encore dans la tête.

— Bah, ça n'est pas le chagrin de cet individu qui m'empêchera de dormir.

— Au cas où vous l'auriez oublié, je vous rappelle qu'il est mon client. Si je vous aide, c'est avant tout pour prouver son innocence.

— En es-tu convaincu ?

— Oui.

— Tu n'ignores pourtant pas qu'il figure sur les listes du Crowcass.

— C'est drôlement chic de votre part, fis-je abasourdi, de m'avoir fait courir comme ça avant de me le dire. Si la chance me sourit et que je remporte la course, est-ce qu'on m'autorisera à toucher ma récompense ?

— Ton ami est un assassin, Bernie. Il a commandé un peloton d'exécution en Ukraine, où il a massacré hommes, femmes et enfants. Pour moi, il mérite la corde, qu'il ait ou non tué Linden.

— Z'êtes drôlement chic, Belinsky, répétai-je avec amertume avant de descendre de voiture.

— Pour moi, Becker n'est que du menu fretin. Je chasse de plus gros poissons. Tu peux m'aider. Tu peux réparer certains dommages dont l'Allemagne s'est rendue coupable. Un geste symbolique, si tu veux. Qui sait ? Si beaucoup d'Allemands font la même chose, on pourra peut-être effacer les comptes ?

— De quoi parlez-vous ? fis-je debout sur la chaussée. Quels comptes ?

Je me penchai à la vitre et vis Belinsky sortir sa pipe.

— Les comptes de Dieu, dit-il d'un ton posé.

J'éclatai de rire et secouai la tête avec incrédulité.

— Qu'est-ce qu'il y a ? fit-il. Tu ne crois pas en Dieu ?

— Je ne crois pas en la possibilité de conclure un marché avec lui. Vous parlez de Dieu comme d'un vendeur de

voitures d'occasion. Je vous ai mal jugé. Vous êtes beaucoup plus américain que je ne croyais.

– C'est là où tu te trompes. Dieu aime conclure des
marchés. Regarde le contrat qu'il a passé avec Abraham,
ou avec Noé. Dieu est un traficoteur, Bernie. Seul un
Allemand aurait pu prendre un arrangement pour un
ordre.

– Venez-en au cœur du problème, voulez-vous ? Ces-
sez de tourner autour du pot.

Vu son comportement, il avait quelque chose à me
dire.

– Je vais être franc…

– Tiens donc ? Vous m'avez dit ça il n'y a pas si longtemps, il me semble.

– Tout ce que je t'ai dit était vrai.

– Mais vous ne m'avez pas tout dit, exact ?

Belinsky hocha la tête et alluma sa pipe. J'eus envie de
la lui arracher de la bouche. Au lieu de quoi, je remontai
en voiture et fermai la portière.

– Avec votre penchant pour la vérité sélective, vous
devriez vous trouver un boulot dans la publicité. Allons,
je vous écoute.

– Tu te tais jusqu'à ce que j'aie fini, d'accord ?

J'acquiesçai sèchement.

– Bon. Pour commencer, nous – le Crowcass – pensons que Becker n'a pas assassiné Linden. L'arme qui l'a
tué a servi à tuer quelqu'un d'autre à Berlin, il y a près de
trois ans. Les experts en balistique ont conclu de la comparaison des deux balles qu'elles avaient été tirées par le
même pistolet. Becker a un bon alibi pour le premier
meurtre : il était prisonnier en Russie. Bien sûr, il aurait pu
acquérir l'arme par la suite, mais je ne t'ai pas encore
raconté la partie la plus intéressante, la partie qui me fait
souhaiter que Becker soit innocent.

» L'arme était un Walther P38 standard des SS. En suivant sa trace dans les fichiers du US Documents Center,

nous avons découvert que cette arme faisait partie d'un stock distribué aux officiers supérieurs de la Gestapo. Et que ce pistolet-ci avait été attribué à Heinrich Müller. Sans trop y croire, nous avons comparé la balle qui a tué Linden avec celle extraite du cadavre censé être Müller. Et alors? Bingo! L'homme qui a tué Linden pourrait être le même qui a descendu le faux Heinrich Müller. Tu me suis, Bernie? C'est le seul indice susceptible de prouver que le Gestapo Müller est encore en vie. Cela signifie qu'il était peut-être à Vienne il y a encore quelques mois, opérant au sein de l'Org dont tu es à présent membre. Il est même peut-être encore là.

» Est-ce que tu comprends l'importance d'une telle éventualité? Réfléchis-y. Müller a été l'architecte de la terreur nazie. Pendant dix ans, il a dirigé la police secrète la plus brutale que le monde ait jamais connue. Cet homme était presque aussi puissant que Himmler. Peux-tu imaginer combien de gens il a torturés? Combien d'exécutions il a ordonnées? Combien de Juifs, de Polonais – et même combien d'Allemands – il a tués? Bernie, voici l'occasion de venger ces morts allemands. Pour que justice soit faite.

J'eus un rire méprisant.

– C'est comme ça que vous appelez le fait de laisser pendre un homme pour un crime qu'il n'a pas commis? Corrigez-moi si je me trompe, Belinsky, mais laisser pendre Becker ne fait-il pas partie de votre plan?

– J'espère que nous n'en viendrons pas là. Mais, si c'est nécessaire, qu'il en soit ainsi. Tant que la police militaire détient Becker, Müller ne s'inquiétera pas. Si ça doit aller jusqu'à la pendaison de Becker, tant pis. Sachant ce que je sais sur lui, ça ne m'ôtera pas le sommeil. (Belinsky détailla mon visage pour tenter d'y lire un signe d'approbation.) Allons, tu es flic. Tu sais comment marchent ces choses-là. Ne me dis pas que tu n'as jamais collé un crime sur le dos d'un type parce que tu ne pouvais pas prouver qu'il était coupable d'un autre crime. Seul le résultat compte, tu le sais bien.

— Bien sûr que je l'ai fait. Mais pas quand une vie était en jeu. Je n'ai jamais joué avec la vie d'un homme.

— Si tu nous aides à retrouver Müller, nous sommes prêts à oublier Becker. (La pipe envoya un bref signal de fumée, qui semblait traduire l'impatience grandissante de son propriétaire.) En bref, je suggère d'envoyer Müller en cellule à la place de Becker.

— Et si je trouve Müller, qu'est-ce qui se passe ? Il ne me laissera pas lui passer les menottes sans réagir. Comment vous le livrerai-je sans me faire descendre ?

— Je m'occupe de ça. Tout ce que tu as à faire, c'est de le localiser avec précision. Ensuite tu me téléphones, et mon équipe du Crowcass se chargera du reste.

— Comment le reconnaîtrai-je ?

Belinsky se tourna et prit derrière lui une méchante serviette en cuir. Il fit glisser la fermeture Éclair et produisit une enveloppe, d'où il sortit une photo d'identité.

— Voilà Müller, dit-il. Il parle avec un fort accent munichois, alors, même s'il a complètement transformé son apparence, tu le reconnaîtras à sa voix.

Il me regarda orienter le cliché vers la lumière de la rue et l'examiner un instant.

— Il doit avoir 47 ans à l'heure actuelle. Pas très grand, des mains de paysan. Il a peut-être gardé son alliance.

La photo n'en apprenait pas beaucoup sur l'homme. Ce n'était pas un visage très expressif ; et pourtant il était remarquable. Müller avait un crâne carré, le front haut et des lèvres minces et tendues. Mais les yeux, surtout, attiraient l'attention, même sur une photo de cette taille. On aurait dit les yeux d'un bonhomme de neige : deux morceaux de charbon, noirs et glacés.

— En voici une autre, dit Belinsky. Ce sont les seules photos existantes de Müller.

Le second cliché était une photo de groupe. On y voyait cinq hommes assis autour d'une table de chêne ronde, comme au restaurant. Je connaissais trois de ces hommes. Le bout de table était occupé par Heinrich Himmler, tripotant son crayon et souriant à Arthur Nebe assis à sa droite. Arthur Nebe : mon vieux camarade, comme aurait dit Belinsky. À la gauche de Himmler, suspendu aux lèvres du Reichsführer-SS, était assis Reinhard Heydrich, chef du RSHA, assassiné par des terroristes tchèques en 1942.

— Quand cette photo a-t-elle été prise ?

— En novembre 1939. (Belinsky se pencha et du bout de sa pipe, indiqua l'un des deux autres individus.) Voilà Müller, dit-il, assis à côté de Heydrich.

La main de Müller avait bougé pendant la demi-seconde d'exposition, de sorte qu'un voile flou dissimulait l'ordre écrit posé devant lui, cependant on distinguait nettement son alliance. Müller avait la tête baissée, ne prêtant guère attention à Himmler. Par rapport à celle de Heydrich, la tête de Müller était petite. Il avait les cheveux coupés court, et même rasés sur les côtés, jusqu'au sommet du crâne où il les laissait pousser sur une surface très restreinte.

— Qui est l'homme assis face à Müller ?

— Celui qui prend des notes ? C'est Franz Joseph Huber, le chef de la Gestapo de Vienne. Tu peux garder ces photos, si tu veux. J'ai les originaux.

— Je ne vous ai pas encore dit que j'allais vous aider.

— Mais tu le feras. Tu le dois.

— Je devrais vous dire d'aller vous faire foutre, Belinsky. Je suis un peu comme un vieux piano : je n'aime pas qu'on me malmène. Mais je suis fatigué. Et j'en tiens un petit coup. J'aurai les idées plus claires demain matin.

J'ouvris la portière et sortis une nouvelle fois de la voiture.

Belinsky avait dit vrai : la carrosserie de sa grosse Mercedes noire était éraflée de partout.

– Je t'appellerai demain matin, dit-il.

– Entendu, fis-je avant de claquer la portière.

Sur ce, il fila comme le cocher du diable.

28

Je ne dormis pas bien. Troublé par les paroles de Belinsky, je ne cessai de me retourner dans mon lit, et, après quelques heures d'un sommeil agité, je me réveillai avant l'aube, trempé d'une sueur froide, sans parvenir à me rendormir. Si seulement il n'avait pas parlé de Dieu.

J'étais devenu catholique pendant ma captivité en Russie. Le régime du camp était si dur que je ne pensais pas y survivre et, désireux d'être en paix avec mon âme, j'avais consulté le seul homme d'Église présent parmi nous, un prêtre polonais. J'avais été élevé dans la religion luthérienne, mais les nuances doctrinales n'avaient guère d'importance dans cet horrible endroit.

Devenir catholique dans la perspective d'une mort prochaine ne fit que renforcer mon attachement à la vie, et, après mon évasion et mon retour à Berlin, je continuai à aller à la messe et à respecter les obligations de la foi à laquelle j'avais l'impression de devoir ma délivrance.

Ma nouvelle Église, qui avait eu des relations douteuses avec les nazis, rejetait à présent toute accusation de culpabilité. Et si l'Église catholique n'était pas coupable, ses membres ne l'étaient pas non plus. Il existait, semblait-il, une certaine base théologique pour refuser l'idée d'une culpabilité allemande collective. La culpabilité, expliquaient les prêtres, est une affaire personnelle entre un individu et son Dieu, et rendre coupable une nation entière constituerait un blasphème, car c'était empiéter sur une prérogative divine. Ainsi, il ne restait plus qu'à prier pour les morts et pour les pécheurs, et à oublier le plus vite possible cette honteuse et embarrassante époque.

Beaucoup avaient renâclé de voir cette saleté morale poussée sous le tapis d'un simple coup de balai. Mais une nation en tant que telle ne peut ressentir de culpabilité, c'est à chacun de l'éprouver personnellement. Je pris soudain conscience de ma part de culpabilité – sans doute la même que celle de beaucoup de mes compatriotes : je n'avais rien dit, je n'avais pas levé le petit doigt contre les nazis. J'avais un grief particulier envers Heinrich Müller, car lui, en tant que chef de la Gestapo, avait eu un rôle prépondérant dans la corruption de la police à laquelle j'avais autrefois été fier d'appartenir. Cette corruption qui lui avait permis de semer la terreur.

Or voilà que se présentait enfin l'occasion de me racheter. En me mettant en chasse de Müller, symbole de ma propre corruption mais aussi de celle de Becker, et en le livrant à la justice, je pourrais peut-être me laver d'une partie de ma culpabilité.

Comme s'il avait pressenti ma décision, Belinsky m'appela tôt. Je lui annonçai que j'acceptais de l'aider à retrouver le Gestapo Müller, non pour le compte du Crowcass, non pour celui de l'US Army, mais pour celui de l'Allemagne. Et surtout, lui avouai-je, pour mon propre compte.

29

Tôt dans la matinée, après avoir fixé rendez-vous à König pour lui remettre les documents secrets de Belinsky, je me rendis au bureau de Liebl dans Judengasse pour lui demander à rencontrer Becker dans sa prison.

– Je veux lui montrer une photo, expliquai-je.

– Une photo ? fit Liebl d'un ton plein d'espoir. Cette photo pourrait-elle constituer une pièce à conviction ?

Je haussai les épaules.

– Cela dépend de Becker.

Liebl passa aussitôt quelques rapides coups de téléphone en insistant sur la mort de la fiancée de Becker, sur l'existence d'éléments nouveaux et sur la proximité du procès. L'autorisation de visite nous fut très vite accordée. Il faisait beau et nous nous rendîmes à la prison à pied, Liebl maniant son parapluie comme un sergent-chef à la parade.

– Lui avez-vous parlé de Traudl ? lui demandai-je.

– Hier soir.

– Comment a-t-il pris la nouvelle ?

Le vieil avocat haussa ses sourcils grisonnants.

– Étonnamment bien, Herr Gunther. Je m'attendais, comme vous, à ce qu'il soit bouleversé. (Les sourcils s'arquèrent un peu plus, cette fois sous l'effet de la consternation.) Eh bien, pas du tout. Il m'est apparu surtout préoccupé par sa propre situation. Et aussi par les progrès de votre enquête, ou plutôt par leur absence. Herr Becker semble avoir une confiance illimitée en vos talents de détective. Talents que, pour ma part, en toute franchise, je ne perçois pas de manière évidente.

– Vous êtes libre de vos opinions, maître. Vous êtes sans doute comme la plupart des avocats que je connais : si votre propre sœur vous envoyait une invitation à son mariage, vous exigeriez qu'elle ait été signée devant témoins et expédiée scellée. Peut-être que si votre client s'était montré plus coopératif…

– Vous pensez qu'il nous cache quelque chose, n'est-ce pas ? Vous y avez fait allusion hier au téléphone. Mais, ne sachant pas ce que vous vouliez dire, je n'ai pas pu tirer parti du... (il hésita quelques secondes, ne sachant s'il pouvait raisonnablement utiliser le terme, mais décida que oui)... du chagrin de Herr Becker pour y faire allusion.

— Très délicat de votre part. Mais peut-être que cette photo lui rafraîchira la mémoire.

— Je l'espère. Et peut-être qu'il aura réalisé la perte qu'il a subie et ne dissimulera plus son chagrin.

Un sentiment qui me parut typiquement viennois.

Mais, lorsque nous vîmes Becker, il nous sembla peu affecté. Après que le gardien nous eut laissés seuls tous les trois, en échange d'un paquet de cigarettes, j'essayai de comprendre la raison de cette indifférence.

— Je suis désolé pour Traudl, dis-je. C'était une fille adorable.

Il acquiesça d'un air dépourvu d'expression, comme s'il écoutait Liebl développer quelque obscur point de procédure.

— Cela n'a pas l'air de beaucoup vous toucher, remarquai-je.

— Je le prends de la meilleure façon possible, rétorqua-t-il d'une voix posée. Je ne peux rien faire ici. Il n'y a guère de chance qu'on m'autorise à me rendre à son enterrement. Que voulez-vous que je fasse ?

Je me tournai vers Liebl et lui demandai si cela ne le gênait pas de nous laisser seuls un instant, Becker et moi.

— J'aimerais dire deux mots à Herr Becker en privé.

Liebl jeta un coup d'œil à Becker, qui lui adressa un bref signe de tête. Nous attendîmes que la lourde porte se soit refermée derrière l'avocat.

— Accouchez, Bernie, fit Becker en bâillant à moitié. Qu'est-ce que vous avez derrière la tête ?

— Ce sont vos amis de l'Org qui ont tué Traudl, dis-je.

Je scrutai son long visage étroit pour y déceler une trace d'émotion. Je n'étais pas sûr de ce que j'avançais, mais j'étais curieux de voir sa réaction. Il n'en eut aucune.

– Ils m'avaient même demandé de la tuer moi-même.

– Ainsi, fit-il en étrécissant les yeux, vous appartenez à l'Org. (Il parlait avec une sorte de prudence.) Depuis quand ?

– C'est votre ami König qui m'a recruté.

Son visage parut se décontracter.

– Ma foi, ça devait arriver tôt ou tard. Pour être franc, j'ignorais si vous faisiez déjà partie de l'Org quand vous êtes arrivé à Vienne. Ils recherchent les gens ayant votre expérience. Si vous avez adhéré, vous devez avoir beaucoup de travail. Je suis très impressionné. König vous a-t-il dit pourquoi il voulait que vous supprimiez Traudl ?

– D'après lui, c'était un agent du MVD. Il m'a montré une photo où elle est en compagnie du colonel Poroshin.

Becker sourit avec tristesse.

– Ce n'était pas une espionne, dit-il en secouant la tête, et ce n'était pas non plus ma fiancée. C'était l'amie de Poroshin. Elle s'est fait passer pour ma fiancée pour que je puisse rester en contact avec Poroshin depuis la prison. Liebl l'ignorait. Poroshin disait que vous n'étiez pas très enthousiaste à l'idée de venir à Vienne. Que vous n'aviez pas une très bonne opinion de moi. Au cas où vous viendriez, il se demandait si vous resteriez longtemps. Alors, il a eu l'idée du petit numéro de Traudl, pour vous convaincre qu'il y avait au moins une personne qui m'aimait et qui avait besoin de moi. Poroshin est un sacré psychologue, Bernie. Allons, avouez qu'elle est pour une bonne part dans votre décision de m'aider. Pour vous, une mère et son enfant méritaient le bénéfice du doute, même si moi je ne le méritais pas.

Becker m'observait à présent, guettant mes réactions. Chose curieuse, je n'éprouvais aucune colère. J'avais l'habitude de découvrir, toujours trop tard, que je ne connaissais qu'une partie de la vérité.

– Elle n'était pas infirmière non plus, je suppose.

– Vous vous trompez. Elle travaillait à l'hôpital et volait de la pénicilline que je revendais au marché noir. C'est moi qui l'ai présentée à Poroshin. (Il haussa les épaules.) Pendant un moment, je n'ai pas vu ce qui se passait entre eux. Mais ça ne m'a pas surpris. Traudl aimait s'amuser, comme toutes les femmes de cette ville. Nous avons même été amants pendant une brève période, mais ces histoires-là ne durent pas à Vienne.

– Votre femme m'a dit que vous aviez procuré de la pénicilline à Poroshin pour soigner sa syphilis. Est-ce exact ?

– Je lui ai bien procuré de la pénicilline, mais pas pour lui, pour son fils. Il souffrait d'une fièvre cérébro-spinale. D'après ce que je sais, il y a une épidémie en ce moment. Et on manque de médicaments, surtout en Russie. À part la main-d'œuvre, on manque de tout en Russie.

» Après ça, Poroshin m'a arrangé quelques petites affaires. Il m'a procuré des papiers, une concession pour vendre des cigarettes, ce genre de choses. Nous sommes devenus amis. Et quand l'Org a voulu me recruter, je lui en ai parlé. Pourquoi pas ? Je prenais König et ses amis pour une bande de baratineurs. Mais j'étais content de me faire de l'argent avec eux, et, franchement, je ne participais guère à leurs activités, à part ce transport de courrier entre Vienne et Berlin. Cependant Poroshin voulait que je me rapproche d'eux, et comme il m'offrait une grosse somme, j'ai accepté. Mais ils sont suspicieux jusqu'à l'absurde, Bernie, et quand je leur ai fait part de mon désir de m'engager plus à fond, j'ai dû me soumettre à un interrogatoire sur mes activités dans la SS et ma captivité en Russie. Cela les embêtait beaucoup que j'aie été relâché. Ils n'en ont pas parlé à l'époque, mais, vu ce qui s'est passé depuis, ils ont estimé difficile de me faire confiance et ils m'ont écarté.

Becker alluma une cigarette et se redressa sur sa chaise.

– Pourquoi n'en avez-vous pas parlé à la police ?

Il éclata de rire.

— Vous croyez que je ne l'ai pas fait ? Quand j'ai mentionné l'Org, ces connards ont cru que je voulais parler des Loups-Garous. Vous savez, ce pseudo-groupe terroriste nazi.

— Et c'est là que Shields a eu son idée.

— Shields est un imbécile, siffla Becker avec mépris.

— Bon, mais pourquoi ne pas m'avoir parlé de l'Org ?

— Comme je vous ai dit, Bernie, je ne savais pas s'ils vous avaient recruté à Berlin. Ex-Kripo, ex-Abwehr, vous aviez tout pour les intéresser. Mais, si vous n'aviez pas été membre de l'Org et que je vous en avais parlé, vous auriez posé des questions dans tout Vienne et vous auriez fini avec une balle dans la tête, comme mes deux associés. Et si vous étiez dans l'Org, je pensais que peut-être vous n'opériez qu'à Berlin, et que vous ne viendriez à Vienne que comme simple détective, mais un détective que je connais et en qui j'ai toute confiance. Vous comprenez ?

J'émis un grognement affirmatif et cherchai mes cigarettes.

— Vous auriez quand même dû m'en parler.

— Peut-être, fit-il en tirant une longue bouffée. Écoutez, Bernie. Ma proposition tient toujours. Trente mille dollars si vous me tirez de ce trou. Alors, si vous avez le moindre atout dans votre manche...

— J'ai ceci, dis-je en l'interrompant. (Je sortis la photo de Müller, celle au format d'identité.) Reconnaissez-vous cet homme ?

— Je ne pense pas. Mais j'ai déjà vu cette photo. Du moins il me semble. Oui... Traudl me l'a montrée avant votre arrivée à Vienne.

— Vraiment ? Vous a-t-elle dit comment elle était entrée en sa possession ?

— Par Poroshin, je suppose. (Il examina la photo avec plus de soin.) Feuilles de chêne brodées au col, galon d'argent aux épaules. On dirait un Brigadeführer-SS. Qui est-ce ?

— Heinrich Müller.

— Le Gestapo Müller ?

— Officiellement décédé, alors restez discret là-dessus pour l'instant. Je fais équipe avec un agent américain de la Commission des crimes de guerre qui enquête sur l'affaire Linden, lequel travaillait pour ce même organisme. Apparemment, l'arme qui a tué Linden a appartenu à Müller et elle a servi à tuer l'homme qu'on voulait faire passer pour Müller. Donc, Müller est peut-être toujours en vie. Les gens de la Commission aimeraient bien mettre la main sur lui. Autrement dit, vous avez du pain sur la planche.

— Le pain, je veux bien, mais la planche qu'on me réserve est équipée de charnières, avec du vide dessous. Cela ne vous ferait rien de m'expliquer ce que signifie tout ça ?

— Ça signifie que les Américains ne feront rien qui puisse pousser Müller à quitter Vienne.

— En admettant qu'il s'y trouve.

— Exact. Et comme il s'agit d'une opération des services de renseignements, ils ne veulent pas voir la police militaire s'en mêler. Si les charges contre vous devaient être abandonnées, l'Org en déduirait que le dossier va être rouvert.

— Et moi, qu'est-ce que je deviens là-dedans, bon Dieu ?

— L'agent américain dont je vous ai parlé m'a promis votre liberté si vous nous aidez à arrêter Müller. Nous allons tenter de le faire sortir de son trou.

— Et pendant ce temps, le procès suivra son cours, y compris jusqu'à la sentence ?

— C'est à peu près ça.

— Et vous me demandez de me taire pendant tout ce temps ?

– Que pourriez-vous dire ? Que Linden a été tué par un homme mort depuis trois ans ?

– C'est… (Becker balança son mégot dans un coin de la pièce)… c'est dégueulasse.

– Ne jouez pas les enfants de chœur. Ils savent ce que vous avez fait à Minsk. Jouer un peu avec votre vie ne leur fait ni chaud ni froid. Pour être honnête, il leur importe peu que vous soyez pendu ou pas. Ma proposition est votre seule chance, et vous le savez.

Becker opina d'un air morne.

– D'accord, dit-il.

Je me levai pour partir, mais une pensée soudaine m'immobilisa devant la porte.

– Simple curiosité, fis-je, mais pourquoi les Russes vous ont-ils libéré ?

– Vous avez été prisonnier. Vous savez comment ça se passait. On avait tous peur qu'ils découvrent que nous avions été SS.

– C'est pour ça que je vous pose la question.

Il hésita un moment.

– Ils devaient libérer un autre prisonnier, dit-il enfin. Il était malade et serait mort très vite. Quel intérêt à ce qu'il soit rapatrié ? (Il haussa les épaules et me regarda droit dans les yeux.) Alors, je l'ai étranglé. J'ai avalé du camphre pour me rendre malade – j'ai bien failli y passer, d'ailleurs – et j'ai pris sa place. (Je détournai les yeux.) J'étais au désespoir, Bernie. Vous vous souvenez de ce que c'était.

– Oui, je me souviens. (J'essayai de dissimuler mon dégoût mais n'y parvins pas.) Mais si vous m'aviez dit ça avant, je les aurais laissés vous pendre.

Je saisis la poignée de la porte.

– Il est encore temps, pourquoi ne le faites-vous pas ?

Si je lui avais dit la vérité, Becker n'aurait pas compris de quoi je parlais. Il était probablement convaincu que la métaphysique était un produit utilisé dans la fabrica-

tion de mauvaise pénicilline pour le marché noir. Je me
contentai donc de secouer la tête.

– Disons que j'ai conclu un marché avec quelqu'un,
fis-je.

30

Je rencontrai König au café Sperl, dans Gumpendorfer
Strasse, située en secteur français mais proche du Ring.
C'était un vaste établissement, plongé dans une pénombre
que ne parvenaient pas à dissiper les nombreux miroirs
de style art-nouveau accrochés aux murs. Plusieurs tables
de billard étaient disposées dans la salle, chacune éclairée
par une suspension en cuivre qui semblait avoir été récu-
pérée sur un vieux sous-marin.

Tel le petit chien de la célèbre marque de disques,
assis à quelques pas, le terrier de König observait son
maître engagé dans une partie solitaire mais appliquée. Je
commandai un café et m'approchai de la table.

Il apprécia la disposition des boules, puis enduisit de
craie le bout de la queue tout en me saluant d'un hochement de tête.

– Notre compatriote Mozart adorait ce jeu, commenta-
t-il en se penchant sur le tapis de feutre. Il y retrouvait sans
doute la précision de fonctionnement de son intellect.

Il fixa la boule comme un tireur d'élite visant sa cible,
et après un moment de concentration, expédia la blanche
contre une rouge puis contre l'autre. La seconde boule
rouge longea le bord de la table sur toute sa longueur et
vacilla au bord du trou avant d'y disparaître sans bruit,
suscitant chez König un murmure qui traduisait sa satisfaction – car il n'existe pas de plus élégante manifestation
des lois du mouvement et de la gravité.

– Quant à moi, reprit König, j'aime le billard pour des raisons beaucoup plus sensuelles. J'adore le bruit des boules qui s'entrechoquent et leur façon de rouler en silence sur le tapis. (Il récupéra la rouge et la replaça sur la table.) Ce que j'aime plus que tout, c'est la couleur du tapis. Savez-vous que les peuples celtes considèrent que le vert porte malheur ? Non ? Ils pensent que le vert est suivi du noir. Sans doute parce qu'autrefois les Anglais pendaient les Irlandais qui s'habillaient en vert. Ou était-ce les Écossais ?

Pendant un moment, König considéra la surface de la table d'un air gourmand, comme s'il allait se mettre à lécher le tapis.

– Pourtant, regardez, reprit-il dans un souffle. Le vert est la couleur de l'ambition, et aussi de la jeunesse. C'est la couleur de la vie, et aussi de l'éternel repos. *Requiem aeternam dona eis.* (À contrecœur, il posa la queue sur le feutre et, sortant un gros cigare de sa poche, il se détourna de la table. Croyant qu'on s'en allait, le terrier se leva aussitôt.) Vous m'avez dit au téléphone que vous aviez quelque chose pour moi. Quelque chose d'important.

Je lui tendis l'enveloppe de Belinsky.

– Désolé que ça ne soit pas écrit à l'encre verte, dis-je en le regardant extraire les documents. Lisez-vous le cyrillique ?

König secoua la tête.

– Pas plus que le gaélique, croyez-moi. (Il étala pourtant les papiers sur le billard avant d'allumer son cigare. Son chien aboya, il lui intima silence.) Auriez-vous l'amabilité de m'expliquer la signification de ceci ?

– Ces documents détaillent l'organigramme du MVD en Hongrie et en Basse-Autriche.

Je lui souris d'un air détaché et allai m'asseoir à une table proche où le garçon venait de poser mon café.

König hocha lentement la tête, examina les papiers quelques instants, puis les rassembla et les remit dans l'enveloppe qu'il glissa dans sa poche intérieure.

– Très intéressant, fit-il en s'asseyant à ma table. S'ils sont authentiques…

– Oh, mais ils le sont, précisai-je aussitôt.

Il sourit d'un air patient, comme si je n'avais pas la moindre idée du long processus nécessaire à la vérification de ce type d'informations.

– S'ils sont authentiques, répéta-t-il avec fermeté. Comment les avez-vous obtenus ?

Deux hommes s'approchèrent de la table de billard et entamèrent une partie. König se leva, prit sa chaise par le dossier et, d'un signe de tête, m'invita à le suivre.

– Ne vous dérangez pas, dit l'un des joueurs. Nous avons largement la place.

Nous déplaçâmes quand même nos chaises et, une fois à distance convenable, je commençai à débiter à König l'histoire que Belinsky et moi avions mise au point. König secoua la tête avec vigueur et ramassa son chien, qui lui lécha l'oreille.

– Ce n'est ni l'endroit ni le moment d'entrer dans les détails, décréta König. Mais je suis impressionné par vos premiers résultats. (Il haussa les sourcils et observa les joueurs de billard d'un air distrait.) J'ai appris ce matin que vous aviez réussi à procurer des coupons d'essence à mon amie infirmière. Celle qui travaille à l'hôpital général. (Je compris qu'il parlait du meurtre de Traudl.) Vous avez fait ça si vite. Vous avez été très efficace. (Il souffla de la fumée sur le museau du chien assis sur ses genoux, qui renifla et éternua.) Il est si difficile d'obtenir quoi que ce soit à Vienne en ce moment.

Je haussai les épaules.

– Il suffit de connaître les gens qu'il faut, dis-je.

– J'ai l'impression que c'est votre cas, mon ami. (Il tapota la poche de poitrine de son costume de tweed vert

où il avait rangé les documents de Belinsky.) Vu les circonstances, il est temps que je vous présente à quelqu'un
plus habilité à juger de la qualité de votre informateur.
Quelqu'un qui a hâte de vous rencontrer afin de déterminer la façon dont nous pourrions utiliser au mieux vos
talents. Nous avions prévu d'attendre quelques semaines
avant de procéder à cette rencontre, mais ce nouvel élément change tout. Je vais téléphoner. Veuillez m'excuser
quelques minutes. (Il jeta un regard à la salle et désigna
une table de billard libre.) Vous n'avez pas envie de vous
exercer un peu pendant ce temps ?

– Je ne suis pas très doué pour les jeux d'adresse, dis-
je. Je n'ai confiance que dans les jeux de hasard. Ainsi, je
ne peux pas m'en vouloir si je perds. J'ai une extraordinaire capacité à m'accabler de reproches.

L'œil de König pétilla.

– Mon cher ami, fit-il en se levant, voilà un trait de
caractère qui n'est pas du tout allemand.

Je le regardai s'éloigner vers l'arrière-salle, suivi de son
fidèle terrier. Je me demandai à qui il voulait téléphoner :
l'homme capable de juger de la qualité de mes sources
serait-il Müller lui-même ? Cela semblait trop beau pour
être vrai.

Lorsqu'il revint quelques minutes plus tard, König
avait l'air tout excité.

– Comme je le pensais, fit-il en hochant la tête d'un air
enthousiaste, cette personne désire vous rencontrer et examiner tout de suite ces documents. J'ai ma voiture dehors.
Êtes-vous prêt ?

Comme celle de Belinsky, la voiture de König était une
Mercedes noire. Comme Belinsky, il conduisait trop vite
sur la route détrempée par une grosse averse matinale. Je
fis remarquer qu'il valait mieux arriver en retard plutôt
que de ne pas arriver du tout, mais il ne prêta aucune attention à mes conseils. Mon inquiétude était accentuée par le
chien de König, assis entre ses jambes, qui aboya pendant

tout le trajet en fixant la route devant lui, comme si c'était lui qui guidait son maître. Je reconnus la route menant aux studios Sievering, mais la voie se divisa en deux, et nous prîmes à nouveau vers le nord, en direction de Grinzinger Allee.

– Connaissez-vous Grinzing ? hurla König pour couvrir les aboiements incessants du terrier. (Je lui dis que non.) Alors vous ne connaissez pas encore tout à fait Vienne, déclara-t-il. Grinzing est célèbre pour ses vignobles. L'été, toute la ville vient ici déguster le vin nouveau dans les tavernes. On boit énormément, on écoute un quatuor de Schrammel et on chante de vieilles chansons.

– Ce doit être épatant, fis-je sans grand enthousiasme.

– Je possède deux vignes là-bas. Deux petites parcelles, en réalité. Mais il faut un début à tout. Un homme se doit de posséder quelques terres, vous ne pensez pas ? Cet été, nous irons goûter le vin nouveau. C'est le sang de Vienne !

Grinzing ne donnait pas l'impression d'être une banlieue de Vienne, mais un charmant petit village. Pourtant, en raison de sa proximité avec la capitale, ce charme campagnard paraissait aussi artificiel qu'un décor des studios Sievering. Nous gravîmes une colline par une étroite route en lacet serpentant entre auberges et jardinets, tandis que König s'extasiait sur la beauté du printemps. Mais la vision de cette province de carte postale ne fit qu'exciter mon mépris de citadin et je me contentai d'émettre quelques grognements et de marmonner une phrase bien sentie à propos des touristes. Aux yeux de quelqu'un vivant parmi les tas de gravats, Grinzing paraissait très vert avec tous ces arbres et ces vignobles. Je m'abstins toutefois de faire part de cette impression à König, de peur d'entendre encore un de ses étranges monologues sur cette couleur malsaine.

Il arrêta la voiture devant un haut mur de brique entourant une maison à la façade jaune et un jardin qui paraissait sortir de chez l'esthéticienne. Elle était imposante, c'était un bâtiment de trois étages avec un toit aux hautes lucarnes. En dehors de sa couleur vive, la façade avait quelque chose d'austère qui donnait à la demeure un caractère officiel, une sorte d'opulent hôtel de ville.

Je franchis la grille à la suite de König, et nous longeâmes une allée tirée au cordeau jusqu'à une lourde porte en chêne cloutée qui semblait craindre l'arrivée de visiteurs armés de piques et de haches. Une fois le seuil franchi, nous marchâmes sur un parquet dont les craquements auraient donné une crise cardiaque à un bibliothécaire.

König me conduisit jusqu'à un petit salon, me demanda d'attendre et s'éclipsa en refermant la porte. J'examinai la pièce, qui trahissait les goûts rustiques du propriétaire en matière de mobilier. Une table grossièrement équarrie était poussée contre la porte-fenêtre et deux fauteuils de bois brut étaient disposés devant une cheminée vide aussi profonde qu'un puits de mine. Je m'assis sur un divan à l'aspect un peu plus accueillant, relaçai mes chaussures et les fis reluire en les frottant sur le tapis élimé. Je dus attendre près d'une demi-heure avant que König ne revienne me chercher. Il me guida alors dans un dédale de pièces et de couloirs, et me fit gravir une volée de marches à l'arrière de la maison. Il se mouvait comme si sa veste était lambrissée de chêne. Ne craignant plus de l'offenser, à présent que j'allais rencontrer quelqu'un de plus important, je lui dis qu'avec une tenue appropriée, il ferait un parfait maître d'hôtel.

König ne se retourna pas, mais il émit un bref ricanement.

– Enchanté de l'apprendre. Mais voyez-vous, si je peux apprécier ce genre d'humour, je vous déconseillerais d'en faire usage avec le général. C'est un homme plutôt cassant.

Il ouvrit une dernière porte et nous pénétrâmes dans une pièce vaste et lumineuse où brûlait un feu de cheminée parmi des hectares de rayonnages vides. Près de la large fenêtre, derrière une longue table de bibliothèque, se tenait un homme en costume gris et au crâne presque rasé, que je crus reconnaître. L'homme se retourna, sourit, et son nez busqué ressuscita, sans doute possible, un visage de mon passé.

– Hello, Gunther, dit-il.

König m'observait d'un air amusé pendant que je clignai des yeux, muet de surprise, devant l'homme qui souriait.

– Croyez-vous aux fantômes, Herr König ? fis-je.

– Non. Et vous ?

– Maintenant, oui. Parce que, si je ne m'abuse, cet homme debout devant la fenêtre a été pendu en 1945 pour avoir comploté contre Hitler.

– Vous pouvez nous laisser, Helmut, dit l'homme.

König salua, pivota sur ses talons et quitta la pièce.

Arthur Nebe m'indiqua une chaise devant la table où les documents de Belinsky étaient étalés à côté d'une paire de lunettes et d'un stylo à encre.

– Asseyez-vous, dit-il. Vous voulez boire quelque chose ? (Il eut un petit rire.) On dirait que vous avez besoin d'un verre.

– Ce n'est pas tous les jours que je rencontre un revenant, dis-je. Je le prendrai bien tassé, si vous n'y voyez pas d'inconvénient.

Nebe ouvrit un placard en bois sculpté dont l'intérieur garni de marbre faisait office de bar. Il sortit une bouteille de vodka et deux petits verres qu'il emplit à ras bord.

– Aux vieux camarades, dit-il en levant son verre. (Je souris d'un air hésitant.) Allez-y, buvez. Je ne vais pas redisparaître.

Je vidai mon verre cul sec et respirai profondément quand la vodka enflamma mon estomac.

– La mort vous réussit, Arthur. Vous avez l'air en pleine forme.

– Merci. Je ne me suis jamais senti aussi bien.

J'allumai une cigarette et la gardai quelques instants entre mes lèvres.

– C'était à Minsk, n'est-ce pas ? dit-il. En 1941. La dernière fois que nous nous sommes vus.

– Exact. Vous m'aviez transféré au Bureau des crimes de guerre. Sur ma demande.

– J'aurais pu vous faire arrêter pour ça. Et même fusiller.

– D'après ce que je sais, vous avez pas mal fusillé, cet été-là. (Nebe ne réagit pas.) Pourquoi m'avoir épargné ?

– Parce que vous étiez un sacré bon policier. Voilà pourquoi.

– Vous aussi, dis-je en tirant une longue bouffée. Du moins avant la guerre. Qu'est-ce qui vous a fait changer, Arthur ?

Nebe huma son verre un moment, puis le vida d'un coup.

– Cette vodka est excellente, remarqua-t-il d'une voix calme comme s'il se parlait à lui-même. Bernie, ne vous attendez pas à ce que je vous fournisse des explications. J'avais des ordres à exécuter. C'était eux ou moi. Tuer ou être tué. Cela a toujours été comme ça chez les SS. Dix, vingt, trente mille – quand, pour sauver votre peau, il vous faut tuer des gens, le nombre de victimes n'a plus guère d'importance. C'était ma solution finale à moi, Bernie : la solution finale à la question de ma propre survie. Vous avez eu de la chance de ne pas avoir à faire le même calcul.

– Grâce à vous.

Nebe haussa les épaules d'un air modeste avant de désigner les papiers étalés devant lui.

– Maintenant que j'ai pris connaissance de ceci, je suis content de ne pas vous avoir fusillé. Bien sûr, ces documents devront être jugés par un expert mais, à première vue, on dirait que vous avez décroché la timbale. J'aimerais toutefois en savoir un peu plus sur votre informateur.

Je lui répétai mon histoire.

— Vous pensez que ce Russe est fiable ? voulut savoir Nebe.

— Il ne m'a jamais déçu, dis-je. Mais, jusqu'à présent, il me procurait seulement des faux papiers.

Nebe remplit nos verres et fronça les sourcils.

— Un problème ? demandai-je.

— Je vous connais depuis dix ans, Bernie, et je ne vous vois vraiment pas en trafiquant de marché noir.

— J'éprouve autant de difficulté à vous voir en criminel de guerre, Arthur. Et à me convaincre que vous n'êtes pas mort.

Nebe sourit.

— Admettons. Mais avec le nombre de personnes déplacées, je m'étonne que vous n'ayez pas repris votre métier de détective.

— Le métier de détective et celui de trafiquant ne sont pas contradictoires, fis-je. Une bonne information a son prix, comme de la pénicilline ou des cigarettes. Plus rare ou meilleure elle est, plus cher elle vaut. Cela a toujours été comme ça. À ce propos, je précise que mon contact désire être rémunéré.

— Cela ne m'étonne pas. Parfois, je me dis que les Russes ont encore plus confiance dans le dollar que les Américains eux-mêmes.

Nebe croisa les mains et plaça ses index de part et d'autre de son nez aquilin. Puis il les joignit et les braqua sur moi comme un pistolet.

— Vous vous êtes bien débrouillé, Bernie. Très bien débrouillé. Mais je dois avouer que je suis toujours aussi étonné.

— Que je sois devenu trafiquant ?

— Il m'est plus facile de comprendre ça que d'accepter l'idée que vous ayez tué Traudl Braunsteiner. L'assassinat n'a jamais été votre fort.

– Je ne l'ai pas tuée, dis-je. König m'a ordonné de le faire, et j'ai pensé en être capable parce qu'elle était communiste. J'ai appris à les haïr pendant ma captivité en Russie. Je les hais assez pour en tuer un. Mais j'ai réfléchi et j'ai compris que je ne pourrais pas le faire. Pas de sang-froid, en tout cas. Peut-être que j'en aurais été capable si ç'avait été un homme, mais pas une fille. Je voulais le dire à König ce matin, mais quand il m'a félicité de mon efficacité, j'ai décidé de me taire et de lui laisser croire que je l'avais fait. Je pensais qu'il y aurait une prime à la clé.

– Ainsi, elle a été tuée par quelqu'un d'autre. Comme c'est étrange. Vous n'avez aucune idée de l'identité du tueur ?

Je secouai la tête.

– Alors, c'est un mystère ?

– Comme celui de votre résurrection, Arthur. Comment avez-vous fait ?

– Je n'y suis pas pour grand-chose, dit-il. Ce sont les services secrets qui ont eu l'idée. Durant les derniers mois de la guerre, ils ont falsifié les dossiers des chefs SS et des responsables du parti pour faire croire que nous étions morts. Bon nombre d'entre nous ont été « exécutés » pour avoir participé au complot du comte Stauffenberg contre le Führer. Que représentait une centaine d'exécutions de plus sur une liste qui en comptait plusieurs milliers ? D'autres ont été déclarés victimes d'un bombardement durant le siège de Berlin. Ensuite, il ne restait plus qu'à s'assurer que ces dossiers tomberaient bien aux mains des Américains.

» Les SS ont donc transporté ces dossiers dans une papeterie près de Munich, et son propriétaire, un nazi convaincu, a reçu l'ordre d'attendre que les Yankees frappent à sa porte pour commencer à les détruire. (Nebe rit.) Les journaux ont raconté que les Américains étaient enchantés de leur trouvaille. Quelle bonne prise ils pensaient avoir effectuée ! Bien sûr, la plupart des documents étaient authentiques. Mais les dossiers truqués ont fourni une certaine marge de manœuvre à ceux d'entre nous les plus menacés par leurs ridicules enquêtes sur nos prétendus crimes de guerre. Cela nous a permis de nous forger une nouvelle identité. Rien ne vaut une bonne mort pour retrouver ses aises. (Il rit à nouveau.) Dire que leur sacré Documents Center de Berlin travaille pour nous !

— Que voulez-vous dire ?

Je me demandai si j'allais apprendre quelque chose sur les raisons du meurtre de Linden. Avait-il découvert que les dossiers avaient été falsifiés avant de tomber aux mains des Alliés ? N'aurait-ce pas été une raison suffisante pour le supprimer ?

— Rien. J'en ai dit assez pour l'instant. (Nebe but une nouvelle gorgée de vodka et se lécha les lèvres d'un air connaisseur.) Nous vivons une période intéressante, Bernie. Un homme peut changer de nom et de vie à sa guise. Tenez, moi, par exemple, je m'appelle à présent Nolde, Alfred Nolde, et je suis viticulteur ici. Un revenant, avez-vous dit ? Vous n'êtes pas loin de la vérité. Sauf que les morts nazis sont devenus fréquentables. Nous avons changé, mon ami. Aujourd'hui, ce sont les Russes les méchants, et nous, qui travaillons pour les Américains, nous sommes du bon côté. Le Dr Schneider – l'homme qui a créé l'Org avec l'aide du CIC – les rencontre régulièrement à notre quartier général de Pullach. Il s'est même rendu aux États-Unis pour rencontrer le secrétaire d'État. Vous vous rendez compte ? Un officier supérieur allemand reçu par l'un des trois plus hauts responsables américains ? On ne peut obtenir meilleur certificat de bonne conduite par les temps qui courent.

— Si je puis me permettre, je trouve excessif de considérer les Yankees comme des saints. Quand je suis rentré de Russie, j'ai découvert que ma femme se faisait sauter par un capitaine américain. Il m'arrive de penser qu'ils ne valent guère mieux que les Russes.

Nebe haussa les épaules.

— Vous n'êtes pas le seul dans l'Org à le penser, dit-il. Mais je n'ai jamais entendu dire que les Russes demandaient la permission à la dame ou lui offraient des barres de chocolat avant de la violer. Ce sont des bêtes. (Une pensée soudaine le fit sourire.) Encore que certaines de ces femmes devraient leur être reconnaissantes. Sans eux, elles n'auraient peut-être jamais connu ça.

C'était une plaisanterie d'un goût plus que douteux, mais je ris malgré tout avec lui. J'étais déjà suffisamment nerveux pour ne pas risquer de gâcher sa bonne humeur.

— Et qu'avez-vous fait, pour votre femme et son capitaine américain? demanda-t-il quand son rire se fut calmé.

Quelque chose en moi m'incita à une réponse prudente. Arthur Nebe était un homme intelligent. Avant la guerre, lorsqu'il était chef de la police criminelle, c'était le meilleur flic d'Allemagne. Il aurait été trop risqué de lui dire que j'avais songé à tuer un capitaine de l'armée américaine. Nebe opérait des rapprochements dignes d'examen là où d'autres voyaient seulement la main d'un dieu capricieux. Il n'avait sûrement pas oublié qu'autrefois il avait affecté Becker à une enquête pour meurtre que je dirigeais. S'il subodorait un rapprochement, même fortuit, entre la mort d'un officier américain dans laquelle Becker était impliqué et celle d'un autre Américain dans laquelle je serais impliqué, il ordonnerait sur-le-champ ma liquidation. La mort d'un officier américain était déjà une affaire grave. La mort d'un second aurait paru plus qu'une coïncidence. Aussi me contentai-je de hausser les épaules et d'allumer une cigarette.

— Comment faire pour la punir sans le toucher? Les officiers américains n'aiment pas beaucoup être bousculés. Surtout par des Boches. C'est un des privilèges du vainqueur : il n'a à supporter aucune vexation de la part du vaincu. Je suis sûr que vous ne l'avez pas oublié, Herr Gruppenführer. Surtout pas vous.

Je l'observai avec attention. Il avait le sourire rusé d'un vieux renard, mais ses dents avaient l'air d'origine.

— Vous avez raison, dit-il. Il est très risqué de descendre des Américains. (Justifiant ma nervosité, il ajouta après un long moment de silence :) Vous souvenez-vous d'Emil Becker ?

Il aurait été stupide et inutile de faire semblant de me creuser la mémoire. Il me connaissait trop bien pour ça.

— Bien sûr, fis-je.

— C'est sa fiancée que König vous a demandé de tuer. Une de ses fiancées, en tout cas.

— Pourtant, König m'a assuré qu'elle était du MVD, dis-je en fronçant les sourcils.

— C'est vrai. Tout comme Becker. Il a assassiné un officier américain après avoir tenté d'infiltrer l'Org.

Je secouai lentement la tête.

— Un escroc, peut-être, fis-je, mais je ne vois pas Becker en espion russe. (Nebe hochait la tête de manière insistante.) Ici, à Vienne ? (Il acquiesça.) Savait-il que vous étiez en vie ?

— Bien sûr que non. Nous l'utilisions comme courrier de temps à autre. Ce fut une erreur. Becker était un trafiquant, comme vous, Bernie. Un trafiquant prospère, d'ailleurs, mais qui surestimait sa valeur à nos yeux. Il croyait être au centre d'un grand lac alors qu'il en était tellement loin que si une météorite y était tombée, il n'aurait même pas senti les vagues.

— Comment avez-vous découvert son jeu ?

— C'est sa femme qui nous a mis en garde, répondit Nebe. Quand il est rentré de son camp de prisonniers en Russie, nos camarades de l'Org à Berlin ont voulu le sonder pour le recruter. Mais ils ne l'ont pas trouvé chez lui, et, quand ils ont pu parler à sa femme, Becker avait quitté le foyer conjugal pour venir s'installer à Vienne. Sa femme leur a dit que Becker travaillait avec un colonel russe du MVD. Or, pour je ne sais quelle raison – en réalité si, je le sais : pour une foutue question de manque d'organisation – cette information a mis très longtemps à nous parvenir ici à Vienne. Quand nous l'avons reçue, Becker avait déjà été recruté par un de nos agents.

– Où est-il maintenant ?

– Toujours à Vienne. Mais en prison. Les Américains vont le juger pour meurtre et il sera sans doute pendu.

– Cela tombe bien pour vous, fis-je en avançant prudemment mes pions. Un peu trop bien, d'ailleurs.

– C'est l'instinct professionnel qui parle, Bernie ?

– Je dirais plutôt qu'il s'agit d'une intuition. Comme ça, si je me trompe, je n'aurai pas l'air d'un amateur.

– Vous faites toujours confiance à vos tripes, hein ?

– Surtout depuis que je peux à nouveau les nourrir. Vienne est une ville opulente par rapport à Berlin.

– Vous pensez que c'est nous qui avons tué l'Américain ?

– Tout dépend de qui il était, et si vous aviez une raison de le supprimer. Ensuite, il ne vous restait plus qu'à faire porter le chapeau à quelqu'un. Quelqu'un dont vous vouliez vous débarrasser. Ainsi vous faisiez d'une pierre deux coups. C'est ça ?

Nebe pencha la tête de côté.

– Peut-être, dit-il. Mais n'essayez pas de me rappeler quel excellent détective vous êtes en faisant la bêtise d'essayer de le prouver. Cette histoire est restée en travers de la gorge de certains camarades de notre section viennoise, aussi je vous conseille de la boucler.

» En revanche, si vous voulez exercer vos talents de détective, vous pourriez nous conseiller sur la façon de retrouver un de nos amis disparus. Il s'agit d'un dentiste, le Dr Karl Heim. Deux de nos amis devaient l'accompagner à Pullach ce matin, mais ils ne l'ont pas trouvé chez lui. Il se peut bien sûr qu'il soit parti suivre une cure viennoise… (Nebe voulait dire par là qu'il était parti faire la tournée des bars)… mais on ne peut écarter l'hypothèse d'un enlèvement par les Russes. Les Popovs contrôlent deux bandes de voyous à qui ils accordent, en échange de leurs services, des concessions pour la contrebande de cigarettes. D'après ce que nous savons, ces deux bandes en réfèrent au colonel russe, l'ami de Becker. C'est sans doute lui qui ravitaillait Becker.

– Sans doute, fis-je, démonté par la confirmation des relations entre Becker et Poroshin. Mais qu'attendez-vous de moi ?

– Que vous parliez à König, dit Nebe. Conseillez-le sur la façon de retrouver Heim. Si vous avez le temps, vous pourriez même lui donner un coup de main.

– Rien de plus simple, fis-je. C'est tout ?

– J'aimerais que vous reveniez me voir demain matin. Nous avons ici un spécialiste du MVD. Je suis sûr qu'il aura grande envie de vous poser des questions sur votre informateur. Dix heures vous conviendrait-il ?

– Dix heures, répétai-je. Entendu.

Nebe se leva et contourna la table pour me serrer la main.

– Cela fait plaisir de revoir un visage d'autrefois, Bernie, même s'il ressemble à ma conscience.

J'eus un pâle sourire et lui pris la main.

– Ce qui est passé est passé, dis-je.

– Exactement, fit-il en posant une main sur mon épaule. À demain, donc. König va vous raccompagner en ville. (Nebe ouvrit la porte et me précéda dans l'escalier qui nous ramena sur le devant de la maison.) Je suis désolé que vous ayez des problèmes avec votre femme. Je pourrais m'arranger pour lui faire parvenir des colis du PX, si vous voulez.

– C'est inutile, m'empressai-je de répondre. (La dernière chose dont j'avais envie, c'était de voir débarquer chez moi des gens de l'Org. Ils poseraient des tas de questions à Kirsten qui ne saurait quoi leur répondre.) Elle travaille dans un bar américain et elle a tous les colis qu'elle veut.

Nous trouvâmes König dans le vestibule, en train de jouer avec son chien.

– Les femmes ! s'exclama Nebe en riant. C'est une femme qui a offert ce chien à König, n'est-ce pas, Helmut ?

– C'est exact, Herr Général.

Nebe se pencha pour chatouiller le ventre de l'animal. Celui-ci roula sur le dos dans une attitude de soumission.

– Et vous savez pourquoi elle lui a fait ce cadeau ? (Je surpris le sourire embarrassé de König et compris que Nebe allait sortir une de ses plaisanteries.) Pour lui enseigner l'obéissance.

J'éclatai de rire avec les deux hommes. Mais depuis que je connaissais mieux König, je savais que Lotte Hartmann aurait été capable de lui faire apprendre la Torah par cœur.

31

Je regagnai ma pension sous un ciel gris. Une rafale de pluie tambourina contre la porte-fenêtre. Quelques secondes plus tard, il y eut un éclair, et un roulement de tonnerre assourdissant fit s'envoler les pigeons de ma terrasse. Je restai debout devant la fenêtre, à regarder l'orage qui secouait les arbres et faisait déborder les caniveaux jusqu'à ce que l'atmosphère, vidée de son trop-plein d'électricité, retrouve sa clarté et sa douceur.

Dix minutes plus tard, les oiseaux se remettaient à chanter dans les branches, comme pour remercier la bourrasque bienfaisante. Je les enviais pour cette brève cure météorologique. Si seulement mes propres nerfs s'étaient décontractés aussi facilement. À m'efforcer ainsi de conserver quelques pas d'avance sur tous les mensonges – y compris les miens – j'épuisais rapidement mon ingénuité et risquais de perdre le rythme de toute cette affaire. Voire de ma vie.

Il était environ 20 heures lorsque j'appelai Belinsky au Sacher, l'hôtel de Philarmonikerstrasse réquisitionné par les militaires. Je craignais qu'il ne soit sorti, mais il était là, fort calme, comme s'il n'avait jamais douté que l'Org mordrait à l'hameçon.

– J'avais promis de vous appeler, dis-je. Il est un peu tard, mais j'ai été très occupé.

– Cela ne fait rien. Comment ont-ils réagi ? Ils ont avalé l'appât ?

– Si vite qu'ils ont failli m'arracher la main. König m'a emmené à Grinzing, dans une maison qui pourrait être leur quartier général à Vienne. Je n'en suis pas sûr, mais c'est assez grand pour ça.

– Bien. Des nouvelles de Müller ?

– Non. Mais j'ai vu quelqu'un d'autre.

– Oh ? Qui ça ? fit Belinsky d'un ton circonspect.

– Arthur Nebe.

– Nebe ? Tu en es sûr ?

Il paraissait soudain très intéressé.

– Naturellement j'en suis sûr. Je connaissais Nebe avant la guerre. Je pensais qu'il était mort, mais j'ai parlé près d'une heure avec lui cet après-midi. Il veut que j'aide König à retrouver notre ami le dentiste et que je retourne demain à Grinzing pour discuter des lettres d'amour de votre Russe. J'ai l'intuition que Müller sera là.

– Qu'est-ce qui te fait dire ça ?

– Nebe m'a parlé d'un spécialiste du MVD.

– En effet, venant d'Arthur Nebe, cette description pourrait convenir à Müller. À quelle heure est fixée la réunion ?

– À 10 heures.

— Cela ne me laisse donc que la nuit pour tout organiser. Donne-moi une minute pour réfléchir.

Il resta silencieux si longtemps qu'au bout d'un moment je me demandai s'il était toujours au bout du fil. Mais je l'entendis prendre une profonde inspiration.

— À quelle distance de la route est située la maison ?

— La route passe, au nord, à vingt ou trente mètres de la façade. Derrière la maison, au sud, il y a une vigne. Je ne sais pas à quelle distance passe la route de ce côté-là. Une haie d'arbres sépare la maison de la vigne. Il y a aussi quelques dépendances.

Je lui décrivis la disposition des lieux du mieux que je le pus.

— Très bien, fit-il avec entrain. Voilà ce que nous allons faire. À partir de 10 heures, mes hommes encercleront la maison. Si Müller est là, tu nous adresseras un signal et nous procéderons à son arrestation. Ce sera la partie la plus difficile parce qu'ils te surveilleront de près. As-tu utilisé les toilettes, là-bas ?

— Non, mais j'en ai repéré au rez-de-chaussée. Si la réunion se tient, comme je le pense, dans la bibliothèque où j'ai vu Nebe, ce seront celles-ci les plus proches. Elles donnent au nord, sur Josefstadt et la route. Il y a une petite fenêtre, avec un store beige. Peut-être pourrais-je utiliser ce store comme signal.

Il y eut à nouveau un bref silence.

— Vingt minutes après le début de la réunion, dit Belinsky, tu vas faire un tour aux toilettes. Là, tu descends le store, tu comptes cinq secondes et tu le relèves pendant cinq secondes. Fais ça trois fois de suite. J'observerai la maison avec mes jumelles. Quand je verrai le signal, je klaxonnerai trois fois. Mes hommes sauront que c'est le moment d'y aller. Ensuite, tu rejoins les autres et tu restes tranquille en attendant la cavalerie.

— Cela paraît tout simple. Un peu trop, si vous voulez mon avis.

– Écoute, Fritz, je te dirais bien de poser ton cul sur la fenêtre et de siffler l'air de Dixie[1] mais ça risquerait d'attirer l'attention. (Il poussa un soupir irrité.) Une opération comme celle-ci nécessite une tonne de paperasses, Gunther. Je dois trouver des noms de code et obtenir des tas d'autorisations, et si notre gibier n'est pas là, nous aurons droit à une enquête approfondie. J'espère que tu as vu juste pour Müller. Pense à moi : je vais passer ma nuit à arranger tout ça.

– Ça, c'est le bouquet, fis-je. C'est moi qui vais crapahuter sur la plage et c'est vous qui râlez parce qu'il y a du goudron dans le sable. Ouais, je suis vraiment désolé de vous donner tout ce travail.

Belinsky éclata de rire.

– Allons, petit Boche. Ne te monte pas le bourrichon pour si peu. Je voulais juste dire que ça serait parfait si nous étions sûrs de la présence de Müller. Comprends-moi. Nous ne savons toujours pas s'il fait partie de l'Org à Vienne.

– Bien sûr que si, mentis-je. Ce matin j'ai été à la prison de la police et j'ai montré à Becker une photo de Müller. Il l'a aussitôt identifié comme étant l'homme qui accompagnait König quand ils ont demandé à Becker de retrouver le capitaine Linden. À moins que Müller soit le petit ami de König, ça signifie qu'il appartient lui aussi à l'Org de Vienne.

– Merde, lâcha Belinsky. Pourquoi n'y ai-je pas pensé plus tôt ? C'était pourtant simple. Il est sûr que c'était Müller ?

– Sans aucun doute. (Je le menai ainsi en bateau pendant quelques minutes jusqu'à ce que je sois sûr de lui.) Bon, maintenant calmez-vous. En fait, Becker ne l'a pas identifié. Mais il avait déjà vu la photo. Traudl Braunsteiner

---

1. L'hymne des Confédérés.

la lui avait montrée. Je voulais simplement m'assurer que ça n'était pas vous qui l'aviez donnée à Traudl.

— Toujours aussi méfiant, hein, petit Fritz ?

— Si je dois aller me fourrer dans la gueule du loup pour votre compte, je préfère assurer mes arrières.

— Bon, mais ça ne nous dit toujours pas comment Traudl Braunsteiner a obtenu la photo du Gestapo Müller.

— Par un certain colonel du MVD du nom de Poroshin, à mon avis. Il a accordé à Becker une concession à Vienne en échange de renseignements et de quelques enlèvements. Quand l'Org a approché Becker, il en a aussitôt référé à Poroshin qui lui a ordonné d'en apprendre le plus possible. Après l'arrestation de Becker, ils sont restés en contact grâce à Traudl, qui se faisait passer pour la fiancée de Becker.

— Tu sais ce que ça veut dire, Fritz ?

— Que les Russes sont eux aussi à la recherche de Müller, pardi.

— As-tu pensé à ce qui se passerait s'ils lui mettent la main dessus ? Pour moi, il aura peu de chances d'être jugé en Union soviétique. Je te l'ai dit, Müller a étudié de près les méthodes policières soviétiques. Les Russes veulent Müller parce qu'il pourrait leur être très utile. Il pourrait, par exemple, leur indiquer les agents de la Gestapo infiltrés dans le NKVD, lesquels étaient sans doute toujours en activité au sein du MVD.

— Alors, espérons qu'il sera là demain.

— Dis-moi donc où se trouve cette maison.

Je lui fournis des indications précises et lui rappelai de ne pas être en retard.

— Ces salopards me font peur, ajoutai-je.

— Hé, tu veux que je te dise ? Tous les Boches me font peur. Mais pas autant que les Russes. (Il gloussa de cette façon particulière, que je commençai à apprécier.) Au revoir, petit Fritz, dit-il. Et bonne chance.

Puis il raccrocha, me laissant seul devant le combiné bourdonnant, avec la curieuse impression que la voix désincarnée qui venait de me parler n'existait que dans mon imagination.

32

La fumée s'accumulait sous le plafond voûté du night-club, aussi épaisse que les brumes de l'enfer. Elle enveloppait la silhouette de Belinsky qui, tel Bela Lugosi sortant d'un cimetière, avançait vers ma table. Bien que l'orchestre jouât avec la grâce d'un danseur de claquettes unijambiste, Belinsky marchait en rythme. Il m'en voulait d'avoir douté de lui et savait que je m'efforçais de comprendre pourquoi il n'avait pas montré la photo de Müller à Becker. Je ne fus donc pas surpris lorsqu'il m'empoigna par les cheveux et me cogna la tête deux fois sur la table en me traitant de sale petit Boche soupçonneux. Je me levai et m'éloignai en vacillant vers la porte, mais Arthur Nebe me bloqua le chemin. Surpris de sa présence en ce lieu, je ne lui opposai aucune résistance lorsqu'il me saisit par les oreilles et me cogna le crâne contre la porte en me disant que si je n'avais pas tué Traudl Braunsteiner, alors je ferais mieux de découvrir qui l'avait fait. Je me dégageai de son emprise et lui répondis que c'était comme découvrir que Rumpelstiltskin s'appelait bien Rumpelstiltskin.

Je secouai la tête et ouvris l'œil dans l'obscurité. On frappa une nouvelle fois à la porte et j'entendis quelqu'un chuchoter.

— Qui est là ? demandai-je en allumant la lampe de chevet et en consultant ma montre.

Le nom qu'on annonça ne me dit rien. Je me levai et passai au salon.

Je jurais toujours entre mes dents en entrebâillant la porte un peu plus que ne l'aurait voulu la prudence. Lotte Hartmann se tenait dans le couloir, dans la robe de soirée étincelante et la veste d'astrakan qu'elle portait lors de notre dernière rencontre. Son regard exprimait curiosité et impertinence.

– Oui ? fis-je. Qu'y a-t-il ? Que voulez-vous ?

Elle renifla d'un air dédaigneux et poussa la porte de sa main gantée, m'obligeant à battre en retraite. Elle entra, referma derrière elle et resta un instant appuyée contre le panneau pour examiner les lieux tandis que l'odeur de tabac, d'alcool et de parfum que dégageait son corps vénal venait me chatouiller les narines.

– Je suis désolée de vous avoir réveillé, dit-elle.

Elle semblait plus intéressée par mes pénates que par ma personne.

– Vous n'en avez pas l'air, rétorquai-je.

Elle fit le tour du salon, jetant un coup d'œil dans la chambre, puis dans la salle de bains. Elle se mouvait avec la légèreté et l'assurance d'une femme habituée à sentir en permanence le regard d'un homme rivé à ses fesses.

– Vous avez raison, dit-elle en gloussant. Je ne suis pas du tout désolée. Cet endroit n'est pas aussi sordide que je l'imaginais.

– Savez-vous quelle heure il est ?

– Très tard. (Elle rit nerveusement.) Votre logeuse ne voulait rien entendre. J'ai dû lui raconter que j'étais votre sœur et que j'arrivais de Berlin pour vous annoncer une mauvaise nouvelle.

Elle eut un autre petit rire.

– Et c'est vous, la mauvaise nouvelle ?

Elle fit la grimace, mais ce n'était qu'une comédie. Elle était trop contente de son petit stratagème pour prendre ombrage de mon ironie.

– Quand elle m'a demandé si j'avais des bagages, je lui ai dit que les Russes me les avaient volés dans le train. Elle a été très gentille, et a beaucoup compati. J'espère que vous le serez aussi.

– Oh ? C'est pour ça que vous êtes là. Ou bien les Mœurs vous font-ils encore des misères ?

Elle ignora l'insulte, si elle l'avait remarquée.

– Je rentrais chez moi. J'ai passé la soirée au Flottenbar, dans Mariahilferstrasse, vous connaissez ?

Je ne répondis pas. J'allumai une cigarette et me la carrai au coin des lèvres pour éviter de lui lancer une nouvelle méchanceté.

– Ce n'est pas loin d'ici. J'ai eu envie de passer vous voir. Vous comprenez… (sa voix se fit enjôleuse)… je n'ai pas encore eu l'occasion de vous remercier… (elle laissa flotter sa phrase un instant, et je regrettai soudain de ne pas avoir passé ma robe de chambre)… de m'avoir tirée des pattes des Russes. (Elle dénoua le ruban de sa veste et la laissa glisser au sol.) Vous n'allez même pas m'offrir un *drink* ?

– Je pensais que vous aviez votre compte.

J'allai pourtant chercher deux verres.

– Vous ne voulez pas essayer de le découvrir par vous-même ?

Elle rit et s'assit sans le moindre signe de déséquilibre. Elle avait l'air de pouvoir supporter une transfusion à l'alcool sans un hoquet.

– Je vous mets quelque chose dedans ? demandai-je en lui montrant sa vodka.

– Peut-être, fit-elle d'un air songeur. Quand j'aurai fini…

Je lui tendis son verre et vidai le mien d'une gorgée. Je tirai une bouffée de ma cigarette en espérant y trouver le courage de la virer à coups de pied dans le derrière.

– Quelque chose ne va pas ? s'enquit-elle d'un air presque triomphant. Je vous rends nerveux ou quoi ?

Plutôt « quoi ».

– Pas moi, rétorquai-je, seulement mon pyjama. Il n'est pas habitué à la mixité.

– Vu son état, il a l'air plus habitué à mixer le ciment.

Elle prit une de mes cigarettes et souffla un nuage de fumée en direction de mon bas-ventre.

– Je peux l'enlever si ça vous gêne, dis-je stupidement.

Lorsque j'aspirai la bouffée suivante, je m'aperçus que j'avais les lèvres sèches. Voulais-je la voir partir ou non ? Je ne m'étais pas vraiment précipité pour la mettre dehors en la tirant par sa parfaite petite oreille.

– Bavardons d'abord un peu. Pourquoi ne vous asseyez-vous pas ?

Je m'assis, soulagé de pouvoir encore me plier en deux.

– Bon, dis-je. Si vous me disiez où est votre ami ce soir ?

Elle fit la grimace.

– Ce n'est pas un bon sujet de conversation, Persée. Choisissez-en un autre.

– Vous vous êtes engueulés ?

Elle grogna.

– Pourquoi, on devrait ?

Je haussai les épaules.

– Bah, de toute façon, je m'en balance.

– C'est un salaud, dit-elle, mais je ne veux pas parler de lui. Surtout pas ce soir.

– Qu'est-ce qu'il y a de spécial ce soir ?

– J'ai décroché un rôle dans un film.

– Félicitations. Dans quel film ?

– Un film anglais. C'est un petit rôle, mais il y aura de grandes vedettes. Je jouerai une hôtesse de night-club.

– Eh bien, ça me paraît dans vos cordes.

– N'est-ce pas excitant ? pépia-t-elle. Vous vous rendez compte que je vais jouer avec Orson Welles ?

– Le type de *La Guerre des mondes* ?

Elle haussa les épaules d'un air interdit.

— Je l'ai pas vu, celui-là.

— Peu importe.

— À vrai dire, on n'est pas encore sûr qu'il sera là, mais ils comptent bien le persuader de venir.

— Cela me rappelle quelque chose.

— Comment ?

— J'ignorais que vous étiez actrice.

— Je ne vous l'avais pas dit ? Mon boulot à l'Oriental n'est que provisoire, vous savez.

— Vous avez l'air de très bien vous débrouiller.

— Oh, j'ai toujours eu la main heureuse avec les nombres et l'argent. J'ai travaillé au service des impôts. (Elle se pencha en avant et son expression se fit incisive, comme si elle s'apprêtait à m'interroger sur ma déclaration fiscale.) Je voulais vous demander, poursuivit-elle, le soir où vous avez paumé tout ce fric. Qu'est-ce que vous vouliez prouver ?

— Prouver ? Je ne suis pas sûr de bien vous comprendre.

— Non ? (Son sourire se transforma en regard conspirateur.) Je vois des tas de types bizarres, mon bon monsieur. Je les reconnais du premier coup d'œil. Un jour, j'écrirai un livre là-dessus. Comme Franz Joseph Gall. Vous connaissez ?

— Ma foi non.

— C'est le médecin autrichien qui a découvert la phrénologie. Cela vous dit quelque chose ?

— Bien sûr, dis-je. Et que concluez-vous des bosses que j'ai sur le crâne ?

— Je pense que vous n'êtes pas du genre à laisser filer tout cet argent sans une bonne raison, ajouta-t-elle en haussant un sourcil dessiné avec art. Et j'ai ma petite idée là-dessus.

— Je vous écoute, la pressai-je tout en me resservant un verre. Vous arriverez peut-être mieux à lire dans mon esprit que sur mon crâne.

– Ne jouez pas les durs, me lança-t-elle. Nous savons tous les deux que vous êtes le genre d'homme qui aime faire son petit effet.

– Et alors ? Ai-je réussi ?

– Je suis ici, non ? Qu'est-ce que vous voulez de plus ? Tristan et Yseult ?

C'était donc ça. Elle croyait que j'avais perdu pour ses beaux yeux. Pour jouer au gros bonnet.

Elle vida son verre, se leva et me le tendit.

– Versez-moi encore un peu de votre philtre d'amour pendant que je vais me repoudrer.

Tandis qu'elle allait dans la salle de bains, je remplis nos verres d'une main qui était loin d'être ferme. Je n'aimais pas spécialement cette femme, mais je ne trouvais rien à redire à son corps : il était parfait. Je me doutais que mon esprit soulèverait quelques objections à cette petite partie de rigolade une fois que ma libido aurait été soulagée, mais, à cet instant, je ne pouvais rien faire d'autre que rester assis en jouissant du moment présent. Pourtant, je n'étais pas préparé à ce qui se passa ensuite.

Je l'entendis ouvrir la porte de la salle de bains et dire quelque chose d'anodin à propos de son parfum, mais, quand je me retournai avec nos deux verres, je constatai que son parfum était la seule chose qu'elle portait. À vrai dire, elle avait gardé ses chaussures, mais mes yeux mirent un moment à descendre de ses seins jusqu'en dessous de son triangle pubien. À part ses talons hauts, Lotte Hartmann était aussi nue que la lame d'un assassin, et sans doute aussi traîtresse.

Elle se tenait dans l'embrasure de la porte de ma chambre, les mains le long des cuisses, se délectant de me voir me pourlécher les babines sans dissimuler mon intention de me mettre autre chose sous la langue. J'aurais peut-être dû lui faire un petit sermon. J'avais vu pas mal de femmes nues dans ma jeunesse, certaines plutôt bien roulées. J'aurais pu la repousser comme on rejette à l'eau un poisson, mais la sueur qui couvrait mes paumes, le feu qui brûlait mes narines, la boule dans ma gorge et la douleur sourde mais insistante qui battait entre mes jambes me soufflaient que la *machina* avait d'autres idées quant à la suite des événements que le *deus* qui l'habitait.

Ravie de l'effet qu'elle produisait chez moi, Lotte sourit et me prit son verre des mains.

— J'espère que ça ne vous dérange pas que je sois toute nue, dit-elle, mais votre peignoir est trop beau et j'ai eu l'étrange impression que vous me l'arracheriez du dos.

— Pourquoi voulez-vous que ça me dérange ? Ce n'est pas comme si je n'avais pas fini de lire le journal. D'ailleurs, j'aime bien avoir une femme à poil dans les parages.

Ses fesses frémirent paresseusement lorsqu'elle traversa la pièce. Elle but sa vodka et laissa tomber son verre vide sur le divan.

Soudain j'eus envie de voir son cul se secouer comme de la gélatine contre mon ventre. Elle dut lire dans mon esprit car, se penchant en avant, elle agrippa le radiateur comme un boxeur les cordes du ring, écarta légèrement les jambes et me présenta son derrière, comme si elle s'apprêtait à subir une fouille. Elle me jeta un coup d'œil par-dessus son épaule en agitant un peu les fesses, puis fit de nouveau face au mur.

J'avais connu des invitations plus éloquentes mais je ne me souvenais plus quand. Et je m'en fichais comme de ma première chemise. Le sang me bourdonnait dans les oreilles, anesthésiant mes derniers neurones encore intacts malgré l'alcool et l'adrénaline. J'envoyai voler mon pyjama et m'avançai vers elle.

Je suis trop âgé et pas assez mince pour partager mon lit avec autre chose qu'une gueule de bois ou une cigarette. Aussi, ce fut peut-être la surprise qui me tira d'un agréable sommeil aux alentours de 6 heures du matin. Lotte, qui sinon m'aurait sans doute empêché de dormir, n'était plus blottie dans mes bras et, pendant un bref instant de soulagement, je crus qu'elle était partie. Mais j'entendis alors un petit sanglot étouffé provenant du salon. Je me glissai à contrecœur hors du lit, enfilai mon pardessus et allai voir ce qui se passait.

Nue comme un ver, Lotte était recroquevillée au pied du radiateur où le sol était chaud. Je m'accroupis à son côté et lui demandai pourquoi elle pleurait. Une grosse larme dévala sa joue maculée et s'accrocha à sa lèvre comme une verrue translucide. Elle s'en débarrassa d'un coup de langue et renifla. Je lui tendis mon mouchoir.

– Qu'est-ce que ça peut te faire, maintenant que tu t'es bien amusé ? dit-elle avec amertume.

Elle n'avait pas tort mais, par politesse, j'émis les protestations d'usage. Lotte m'écouta et, lorsque sa vanité fut satisfaite, ébaucha un petit sourire pincé comme celui d'un enfant à qui vous venez de donner 50 pfennigs ou une poignée de bonbons.

– Tu es gentil, fit-elle enfin avant d'essuyer ses yeux rougis. Ça va aller à présent. Merci.

– Si tu me racontais ce que tu as sur le cœur ?

Lotte me jeta un regard en coin.

– Dans une ville comme Vienne ? Donnez-moi d'abord vos tarifs, docteur. (Elle se moucha, puis eut un petit rire sans joie.) Tu ferais peut-être un bon psychanalyste.

– Tu m'as l'air d'avoir toute ta tête, fis-je en l'aidant à s'asseoir dans un fauteuil.

– Je ne prendrais pas de pari là-dessus.

– Est-ce un avis professionnel ?

J'allumai deux cigarettes et lui en tendis une. Elle la fuma l'air désespéré et sans aucun plaisir apparent.

– C'est l'avis d'une femme assez folle pour avoir une relation avec un homme qui vient de la gifler comme un clown de cirque.

– König ? Il ne me fait pas l'impression d'un type violent.

— Tu ne t'en es pas aperçu à cause de la morphine qu'il prend.

— Il est toxicomane ?

— Toxicomane, je ne sais pas. Mais il a commencé à en prendre quand il était SS. Peut-être pour supporter ce qu'il voyait, ensuite il lui en a fallu de plus en plus jusqu'à la fin de la guerre.

— Alors pourquoi t'a-t-il frappée ?

Elle se mordit la lèvre.

— Pas pour me donner des couleurs, en tout cas.

Je ris. Je devais lui reconnaître ça, c'était une coriace.

— Surtout avec un bronzage pareil, dis-je.

Je ramassai sa veste d'astrakan qui gisait à l'endroit où elle l'avait laissée tomber et lui en couvris les épaules. Lotte la serra autour de son cou avec un sourire amer.

— Un type qui se permet de me balancer sa main dans la figure, dit-elle, ne me la posera plus jamais ailleurs. Ce soir, c'est la première et la dernière paire de baffes qu'il me donne. (Tel un dragon, elle souffla un nuage de fumée par les narines.) C'est ce qu'on récolte quand on essaie d'aider les gens, je suppose.

— Qui voulais-tu aider ?

— Helmut est arrivé à l'Oriental vers 10 heures hier soir, raconta-t-elle. Il était d'humeur massacrante. Il m'a demandé si je me souvenais d'un dentiste qui venait parfois jouer au club. (Elle haussa les épaules.) Bien sûr que je m'en souvenais. Il jouait mal, mais quand même pas aussi mal que toi tu prétends jouer.

Elle me jeta un regard plein d'incertitude.

D'un signe de tête, je la pressai de poursuivre.

— Continue, dis-je.

— Helmut voulait savoir si ce dentiste, le Dr Heim, était passé au club ces jours-ci. Moi, je ne l'avais pas vu. Il a voulu savoir si d'autres filles l'avaient vu. Je lui ai dit de s'adresser d'abord à l'une d'elles, une fille très mignonne, qui a une vie pas marrante. Les médecins allaient toujours avec elle. Sans doute parce qu'elle paraissait vulnérable. Certains hommes aiment bien ça. Comme cette fille était assise au bar, je la lui ai indiquée.

Je sentis mon estomac virer au sable mouvant.

– Comment s'appelle cette fille ? demandai-je.

– Veronika quelque chose, répondit-elle avant d'ajouter en percevant mon inquiétude : Pourquoi ? Tu la connais ?

– Un peu, dis-je. Que s'est-il passé ensuite ?

– Helmut et un de ses amis ont emmené Veronika à côté.

– Dans la boutique du chapelier ?

– Oui. (Elle parlait d'une voix basse et comme honteuse.) Connaissant le caractère de Helmut… (elle fit la grimace à cette idée)… j'étais inquiète. Veronika est une chic fille. Un peu gourde, mais gentille. Elle a eu une vie difficile, mais elle a du cran. Peut-être trop. Je me suis dit que si elle savait quelque chose, elle ferait mieux de le dire à Helmut, vu son humeur, et même de le lui dire tout de suite. Il n'est pas du genre patient. Cela aurait évité qu'il devienne méchant. (Elle fit une nouvelle fois la grimace.) Helmut, il vaut mieux ne pas l'irriter.

» Je les ai donc rejoints. Quand je suis entrée, Veronika pleurait. Ils l'avaient déjà pas mal bousculée et je leur ai dit d'arrêter. C'est là qu'il m'a giflée. Deux fois. (Elle porta les mains à ses joues, comme si le souvenir ravivait la douleur.) Ensuite, il m'a poussée dans le couloir et il m'a dit de m'occuper de mes oignons et de ne pas me mêler de ça.

– Et après ?

– J'ai été aux toilettes, puis j'ai fait quelques bars, et je suis venue ici. Dans l'ordre chronologique.

– Est-ce que tu sais ce qui est arrivé à Veronika ?

– Elle est partie avec Helmut et l'autre type.

– Tu veux dire qu'ils l'ont enlevée ?

Lotte haussa les épaules d'un air maussade.

– Sans doute, oui.

– Où ont-ils pu l'emmener ? fis-je en me levant pour regagner la chambre.

– Je ne sais pas.

– Essaie de te souvenir d'un endroit possible.

– Tu vas la chercher ?

– Comme tu l'as dit tout à l'heure, elle a déjà eu assez d'ennuis, dis-je en m'habillant. En plus, c'est moi qui l'ai mise dans ce pétrin.

– Toi ? Comment ça ?

Tout en finissant de m'habiller, je lui dis qu'en revenant de Grinzing, j'avais expliqué à König comment retrouver la trace d'une personne disparue – comme par exemple le Dr Heim.

– Je lui ai dit de commencer par vérifier tous les endroits où il avait l'habitude de se rendre.

J'omis toutefois de dire à Lotte que les choses n'auraient jamais dû en arriver là, puisque je croyais avoir convaincu König d'attendre la fin de la réunion prévue à Grinzing pour se lancer à la recherche du dentiste. Alors, l'arrestation de Müller – et peut-être de Nebe et de König lui-même – par Belinsky et les gens du Crowcass aurait rendu caduque la recherche du Dr Heim.

– Pourquoi pensaient-ils que tu pourrais les aider ? demanda Lotte.

– Avant la guerre j'étais détective dans la police de Berlin.

– J'aurais dû m'en douter, fit-elle d'un air dédaigneux.

– Pas forcément, fis-je en redressant mon nœud de cravate et en coinçant une cigarette au coin de ma bouche pâteuse. Mais moi j'aurais dû me douter que ton ami de cœur serait assez arrogant pour tenter de retrouver Heim tout seul. J'ai été stupide de croire qu'il attendrait. (Je mis mon pardessus et attrapai mon chapeau.) Tu crois qu'ils l'ont emmenée à Grinzing ?

– Maintenant que j'y repense, j'ai l'impression qu'ils allaient chez elle. S'ils n'y sont pas, va voir à Grinzing.

– Espérons qu'elle est chez elle.

Mais c'était peu probable.

Lotte se leva. La veste lui couvrait les seins et le buste, mais pas le buisson ardent qui, la veille au soir, s'était ouvert à moi de façon si convaincante, et d'où j'étais ressorti aussi endolori qu'un lapin écorché.

– Et moi? dit-elle d'une voix calme. Qu'est-ce que je vais faire?

– Toi? (Je désignai son corps nu d'un signe de tête.) Cache ta boîte à magie et rentre chez toi.

33

La matinée était claire et glaciale. Alors que je traversais le parc s'étendant devant le nouvel hôtel de ville pour me rendre au centre-ville, deux écureuils accoururent pour me saluer et mendier un morceau à grignoter. Mais, sur le point de me rejoindre, ils perçurent l'inquiétude qui voilait mon visage et l'angoisse qui transpirait de mes chaussettes. Peut-être même remarquèrent-ils la bosse que présentait la poche de mon pardessus. En tout cas, ils se ravisèrent. Prudentes créatures. Après tout, il n'y avait pas si longtemps, on tirait encore les petits mammifères dans Vienne pour les manger. Ils s'enfuirent donc, traçant un éclair de fourrure dans la verdure.

Dans les ruines où vivait Veronika, on était habitué à voir des gens, surtout des hommes, entrer et sortir à toute heure du jour et de la nuit. Même si la propriétaire avait été la plus misanthrope des lesbiennes, je doute qu'elle m'ait prêté grande attention en me croisant dans l'escalier. Mais l'immeuble était désert et je montai jusqu'à la chambre de Veronika sans rencontrer âme qui vive.

Je n'eus pas à enfoncer la porte. Elle était grande ouverte, comme tous les tiroirs et les placards de l'appartement. Je me demandai quel besoin ils avaient eu d'en rajouter alors que la preuve qu'ils cherchaient était pliée sur le dossier de la chaise où l'avait laissée le Dr Heim.

– Quelle conne, marmonnai-je avec colère. Pourquoi avoir pris la peine de se débarrasser du cadavre, si c'était pour laisser son costume dans la chambre ?

D'un geste brutal je refermai un tiroir. Le choc dérangea un des dessins pathétiques de Veronika, qui tomba de la commode en tourbillonnant comme une grosse feuille morte. Sans doute par dépit, König avait mis la chambre sens dessus dessous avant d'emmener Veronika à Grinzing. En effet, vu l'importante réunion qui devait s'y tenir ce matin-là, je ne voyais pas quel autre endroit ils auraient pu choisir. En admettant qu'ils ne l'aient pas encore tuée. Cependant, si Veronika leur avait dit la vérité, à savoir que Heim avait eu une crise cardiaque et que deux de ses amis l'avaient aidée à se débarrasser du corps, sans mentionner mon nom ou celui de Belinsky, ils l'avaient peut-être laissée en paix. Restait toutefois la possibilité qu'ils la torturent un peu afin de s'assurer qu'elle leur avait tout dit. Alors, le temps que j'arrive pour essayer de l'aider, ils m'auraient déjà désigné comme l'homme qui s'était débarrassé du corps de Heim.

Je me souvins de ce que Veronika m'avait raconté de sa vie de juive sudète durant la guerre, comment elle s'était cachée dans des toilettes, des sous-sols crasseux, des placards et des greniers, avant d'être internée dans un camp de personnes déplacées pendant six mois, à la fin de la guerre. « Une vie pas marrante », avait dit Lotte Hartmann. Plus j'y pensais, plus je me disais qu'elle n'avait sans doute jamais connu ce qu'on appelle la vie.

Consultant ma montre, je m'aperçus qu'il était 7 heures. Il restait donc trois heures avant la réunion, et un peu plus avant que Belinsky ne surgisse avec « la cavalerie », comme il disait. Ceux qui avaient enlevé Veronika étant ce qu'ils étaient, il était bien possible qu'elle ne survive pas jusque-là. Il m'apparut que je n'avais d'autre choix que d'aller la tirer moi-même de leurs griffes.

Je pris mon revolver, basculai d'un coup de pouce le barillet à six balles pour m'assurer qu'il était plein, et sortis. Dans la rue, je montai dans un taxi en attente à la tête de station de Kärtnerstrasse et demandai au chauffeur de me conduire à Grinzing.

— Où ça, dans Grinzing ? fit-il en démarrant.

— Je vous l'indiquerai quand nous y serons.

— C'est vous le patron, rétorqua-t-il en fonçant vers le Ring. Si je vous demande ça, c'est que tout sera fermé à cette heure-ci. Et vous n'avez pas l'air d'aller vous promener dans les bois. Pas avec un manteau comme celui-ci. (La voiture cahota dans les nids-de-poule.) Et puis, vous n'êtes pas autrichien. Ça s'entend à votre accent. Vous avez plutôt l'air d'un *pifke*. Est-ce que je me trompe ?

— Épargnez-moi votre baratin sur la grande école de la vie, voulez-vous ? Je ne suis pas d'humeur.

— Entendu, monsieur. Je vous demandais ça au cas où vous voudriez vous amuser un peu. Voyez-vous, à quelques minutes de voiture après Grinzing, sur la route de Cobenzl, il y a un hôtel – le Schloss-Hôtel Cobenzl. (Il donna un brusque coup de volant pour éviter un autre nid-de-poule.) Il a été transformé en camp pour personnes déplacées. Il y a là des filles que vous pouvez avoir pour quelques cigarettes. Même à cette heure matinale, si ça vous dit. Un homme vêtu d'un beau manteau comme le vôtre pourrait s'en payer deux ou trois en même temps. Vous pourriez leur demander de vous faire un petit spectacle entre elles, si vous voyez ce que je veux dire. (Il éclata d'un rire vulgaire.) Certaines de ces filles, monsieur… Elles ont grandi dans les camps de transit. Elles ont pas plus de moralité que des lapins, je vous le dis. Elles font

tout ce que vous leur demandez. Croyez-moi, monsieur,
je sais de quoi je parle. Moi-même j'élève des lapins. (Ses
propos le firent glousser d'aise.) Je pourrais vous arranger
quelque chose, monsieur. Sur la banquette arrière. Pour
une petite commission, ça va sans dire.

Je me penchai vers lui. Je ne sais pourquoi je pris la
peine de lui répondre. Peut-être tout simplement parce
que je déteste les macs. Ou bien parce que sa gueule à la
Trotski ne me revenait pas.

– Cela pourrait être amusant, fis-je d'une voix de dur
à cuire, si j'étais pas tombé sur ce piège en Ukraine. Des
partisans avaient laissé une grenade dégoupillée dans un
tiroir entrouvert, avec une bouteille de vodka qui dépassait. Quand j'ai vu ça, j'ai ouvert le tiroir, et la grenade
a pété. Ça m'a arraché le filet mignon et sa garniture de
légumes. J'ai failli claquer de commotion et d'hémorragie.
Quand je suis sorti du coma, j'ai failli crever de désespoir.
Maintenant, si je vois ne serait-ce qu'un bout de fesse, je
risque de devenir dingue de frustration et de massacrer
par jalousie le premier type qui me tombe sous la main.

Le chauffeur me jeta un coup d'œil par-dessus son
épaule.

– Désolé, dit-il avec nervosité. Je ne voulais pas…

– N'en parlons plus, fis-je en réprimant un sourire.

Lorsque nous arrivâmes à hauteur de la maison jaune,
j'ordonnai au chauffeur de continuer jusqu'au sommet de
la colline. J'avais décidé d'effectuer mon approche par-
derrière, à travers les vignes.

Les compteurs des taxis viennois étant alors largement
dépassés, il était d'usage de multiplier la somme indiquée
par cinq pour obtenir le prix de la course. Pourtant, lorsque
je dis au chauffeur de s'arrêter, il ne me demanda que les
6 schillings inscrits au compteur, et c'est d'une main tremblante qu'il accepta mon argent. La voiture était déjà loin
quand je me rendis compte qu'il avait oublié d'ajuster son
tarif.

Je me retrouvai debout sur le bas-côté boueux, me demandant pourquoi je n'avais pas tenu ma langue, puisque j'avais prévu de demander au taxi de m'attendre. À présent, si je retrouvais Veronika, je ne saurais comment l'emmener. Moi et ma grande gueule, pensai-je. Ce pauvre connard ne faisait que me proposer un service. Il avait pourtant eu tort sur un point : il y avait un café ouvert, le Rudelshof, un peu plus loin dans Cobenzlgasse. Si je devais être descendu, je préférais avoir le ventre plein.

Le café était un endroit charmant pour un amateur de taxidermie. Je m'assis sous les yeux de verre d'une belette mitée et attendis que le patron, dont la bedaine paraissait elle aussi empaillée, se traîne jusqu'à ma table.

— Que Dieu vous garde, fit-il. Nous avons une matinée magnifique.

Je reculai devant son haleine chargée.

— Je vois que vous en avez déjà profité, ne pus-je m'empêcher d'ironiser.

Il haussa les épaules d'un air absent et prit ma commande.

J'eus l'impression que le taxidermiste avait expédié mon petit déjeuner viennois à 5 schillings entre deux empaillages : le café était plein de marc, le petit pain avait la fraîcheur d'une statuette de plâtre et l'œuf était si dur qu'il semblait avoir été taillé dans le roc. Pourtant, je mangeai le tout. J'avais l'esprit si occupé que j'aurais sans doute avalé la belette si on me l'avait présentée sur un toast.

Je sortis du café, descendis la route jusqu'à hauteur de la vigne d'Arthur Nebe et escaladai le mur.

Il n'y avait pas grand-chose à voir. Les ceps, plantés en rangées rectilignes, étaient encore tout jeunes et m'arrivaient à peine aux genoux. Ici et là, des appareils ressemblant à des réacteurs d'avion étaient juchés sur de hauts tréteaux : il s'agissait de chaudières destinées à protéger les jeunes pousses des gelées tardives. Les chau-

dières étaient encore tièdes. La vigne devait couvrir environ un hectare et n'offrait guère d'endroit où se cacher. Je
me demandai comment Belinsky allait s'y prendre pour
déployer ses hommes. À part ramper entre deux rangées
sur toute la longueur, la seule solution consistait à longer
le mur jusqu'à la haie d'arbres située derrière la maison
jaune et ses dépendances.

Parvenu sous le couvert des arbres, j'épiai le moindre
signe de vie et, n'en voyant aucun, m'avançai avec précaution jusqu'au moment où j'entendis des voix. Près de la
plus vaste des dépendances, un long hangar en bois, deux
hommes que je ne connaissais pas se tenaient debout et
parlaient entre eux. Chacun portait sur son dos un bidon
en métal relié par un tuyau de caoutchouc à un long tube
en cuivre qu'il tenait à la main. Sans doute des pulvérisa-
teurs.

Leur conversation terminée, ils se dirigèrent vers l'autre
bout de la vigne afin de déclencher leur attaque contre les
bactéries, champignons et autres insectes qui menaçaient
les ceps. J'attendis qu'ils se soient éloignés pour quitter
ma cachette et me glisser dans le hangar.

Une odeur de fruit moisi m'emplit les narines. De
grands baquets en chêne et des cuves de stockage étaient
alignés comme autant d'énormes fromages. Je marchai
sur le sol dallé jusqu'à l'autre bout de la bâtisse, où une
porte s'ouvrait sur un autre bâtiment, construit à angle
droit de la maison.

Ce second hangar abritait des centaines de tonneaux
en chêne qui, couchés sur le flanc, semblaient attendre
quelque saint-bernard géant. Un escalier s'enfonçait
sous terre. Cela me paraissant un endroit adéquat pour
séquestrer quelqu'un, j'allumai la lumière et descendis
les marches pour jeter un coup d'œil. Je ne vis que des
milliers de bouteilles de vin rangées dans des casiers,
chacun pourvu d'un petit panneau portant quelques
chiffres à la craie dont la signification m'échappait. Je

remontai à la surface, éteignis la lumière et m'approchai d'une fenêtre. Veronika était plus probablement dans la maison.

Par la fenêtre, j'apercevais une petite cour pavée située à l'ouest du corps d'habitation. Devant une porte ouverte, un gros chat noir m'épiait. À côté de la porte, une fenêtre donnait dans la cuisine. Sur le rebord était posé un gros récipient brillant, bassine ou chaudron. Au bout de quelques instants, le chat approcha à pas prudents du bâtiment où je me cachais, puis se mit à miauler bruyamment en direction de quelque chose situé juste à l'extérieur de ma fenêtre. Pendant une seconde ou deux, l'animal me fixa de ses yeux verts puis soudain, sans raison apparente, s'enfuit. Je reportai mon attention sur la fenêtre et la porte de la cuisine. Au bout de quelques minutes, je quittai le hangar aux tonneaux et me risquai dans la petite cour.

Je n'avais pas fait trois pas lorsque je reconnus le claquement d'une culasse que l'on arme, puis sentis le froid d'un canon appuyé contre ma nuque.

— Les mains derrière la tête, grogna une voix.

J'obéis. L'arme qu'on appuyait sous mon oreille avait le poids d'un .45. Suffisant pour m'amputer d'une bonne partie du cerveau. Je grimaçai lorsque l'inconnu enfonça l'arme entre ma mâchoire et ma veine jugulaire.

— Un seul geste et je te transforme en pâtée pour les cochons, dit-il en explorant mes poches où il trouva mon revolver.

— Je vous signale que j'ai rendez-vous avec Herr Nebe, dis-je.

— Je connais pas de Herr Nebe, rétorqua-t-il d'une voix épaisse.

On aurait dit que sa mâchoire ne fonctionnait pas bien, mais je m'abstins de tourner la tête pour m'en assurer.

— C'est vrai, j'oubliais, il a changé de nom.

Je m'efforçai de me souvenir de la nouvelle identité de Nebe pendant que l'inconnu reculait de quelques pas.

— Maintenant avance sur ta droite, intima-t-il. Vers les arbres. Attention de pas te prendre le pied dans tes lacets.

D'après sa voix, c'était un gros type pas très futé. Il parlait allemand avec un drôle d'accent : presque prussien, mais pas tout à fait. Cela ressemblait au vieux prussien que parlait mon grand-père, ou à l'allemand que j'avais entendu en Pologne.

— Vous faites erreur, dis-je. Demandez donc à votre patron. Je m'appelle Bernhard Gunther. Il y a une réunion à 10 heures ce matin. Je dois y assister.

— Il est pas encore 8 heures, grogna-t-il. Comment que ça se fait que tu sois si en avance ? Et comment que ça se fait que tu entres pas par la porte comme tout le monde ? Pourquoi que t'arrives par la vigne et que tu fouines dans les hangars ?

— Je suis en avance parce que j'ai des magasins de vins à Berlin et que je voulais en profiter pour visiter la propriété.

— Pour visiter, t'as bien visité. T'es un sale petit fouineur, voilà tout. (Il eut un ricanement de crétin.) J'ai ordre de descendre les fouineurs comme toi.

— Hé, attendez une minute, je…

J'étais à demi tourné lorsque son arme s'abattit sur moi. En tombant, j'eus le temps de distinguer un gros type chauve à la mâchoire tordue. Il me saisit par la peau du cou pour me remettre sur pied et je me demandai pourquoi je n'avais pas piégé tout le pourtour de mon col avec des lames de rasoir. Il me poussa dans un petit sentier menant à une clairière où se trouvaient plusieurs grandes poubelles. Une petite fumée et une odeur écœurante s'élevaient du toit d'une petite cabane en brique où l'on brûlait les ordures. À côté de quelques sacs de ciment, une plaque de tôle rouillée était posée sur un soubassement de brique. L'homme m'ordonna de la soulever.

Cela me vint tout d'un coup. C'était un Letton. Un gros lard de Letton. S'il travaillait pour Arthur Nebe, il avait dû appartenir à une division SS lettone ayant sévi dans un camp de la mort polonais. Les endroits comme Auschwitz comportaient de nombreux gardiens lettons. Les Lettons étaient déjà des antisémites fervents alors que Moses Mendelssohn était encore l'enfant chéri de l'Allemagne.

Tirant de côté la plaque de tôle, je découvris une sorte de puits de vidange ou de fosse à fumier. En tout cas, ça en avait l'odeur. Le chat de tout à l'heure surgit d'entre deux sacs marqués « oxyde de calcium » posés près de la fosse. Il miaula d'un air méprisant, comme pour me dire : « Je t'ai prévenu qu'il y avait quelqu'un dans la cour, mais tu ne m'as pas écouté. » L'âcre odeur de chaux qui s'élevait de la fosse me donna la chair de poule. « Eh oui, miaula le chat comme dans une nouvelle d'Edgar Poe, l'oxyde de calcium est un alcali bon marché qui sert à traiter les sols acides. Un produit qu'on s'attend à trouver dans un vignoble. Mais on l'appelle aussi chaux vive, et la chaux vive est très efficace pour accélérer la décomposition des cadavres. »

Je compris avec horreur que le Letton avait la ferme intention de me tuer. Et moi, tel un philologue, je m'évertuais à définir son accent et à me remémorer des formules chimiques apprises à l'école.

Je pus alors l'observer à mon aise. À peine avait-on remarqué sa carrure de cheval de cirque que l'attention était attirée par son visage : tout le côté droit était déformé comme sous l'effet d'une énorme chique, avec un œil de verre. Sa difformité lui permettait d'embrasser sa propre oreille. Privé d'affection, comme tout individu affligé d'une telle gueule, c'étaient sans doute les seuls baisers qu'il recevrait jamais.

– Mets-toi à genoux, grogna-t-il avec la voix d'un homme de Néandertal à qui il manquerait deux ou trois chromosomes essentiels.

– Vous n'allez quand même pas tuer un vieux camarade ! fis-je, au désespoir, tout en m'efforçant de me souvenir du nouveau nom de Nebe, ou même de celui d'un des régiments lettons de l'époque.

Je renonçai à appeler à l'aide, car il m'aurait tué aussitôt sans l'ombre d'une hésitation.

— T'es un vieux camarade ? articula-t-il sans trop de difficultés.

— Obersturmführer du Premier letton, fis-je avec une nonchalance forcée.

Le Letton cracha dans les fourrés et me considéra de son œil protubérant. L'arme, un gros Colt automatique en acier bleuté, restait pointée sur ma poitrine.

— Le Premier letton, hein ? T'as pourtant pas l'air d'un Let.

— Je suis prussien, dis-je. Ma famille habitait Riga. Mon père travaillait dans les chantiers navals de Dantzig. Il a épousé une Russe.

Je prononçai quelques mots en russe pour le lui prouver, sans pouvoir me souvenir si on parlait russe ou allemand à Riga.

Ses yeux s'étrécirent, l'un plus que l'autre toutefois.

— En quelle année a été créé le Premier letton ?

J'avalai ma salive et me concentrai. Le chat émit un miaulement encourageant. Je me dis que la création d'un régiment SS letton ne pouvait qu'avoir suivi l'opération Barbarossa de 1941.

— En 1942, dis-je.

Il eut un sourire horrible et secoua la tête avec une lenteur sadique.

— En 1943, rectifia-t-il en avançant de deux pas. C'était en 1943. Maintenant mets-toi à genoux ou je te crève le bide.

Je m'agenouillai avec lenteur au bord de la fosse et sentis l'humidité du sol à travers le tissu de mon pantalon. Je connaissais suffisamment bien la méthode SS pour savoir ce qu'il allait faire : une balle dans la nuque, mon corps qui tombe dans la fosse, quelques pelletées de chaux vive par-dessus. Il passa derrière moi en me contournant à bonne distance. Le chat s'assit pour assister à la scène, la queue passée autour de l'arrière-train. Je fermai les yeux et attendis.

— Rainis, fit une voix.

Quelques secondes s'écoulèrent. Je n'osais même pas ouvrir les yeux pour vérifier si j'étais vraiment tiré d'affaire.

— Ça va, Bernie. Vous pouvez vous relever.

Je lâchai un hoquet de soulagement en vidant d'un coup mes poumons. Les genoux tremblants, je me relevai et, me retournant, aperçus Arthur Nebe, debout à quelques mètres derrière son affreux Letton. Je fus contrarié de voir qu'il souriait.

— Content de voir que ça vous amuse, Dr Frankenstein, dis-je. Votre foutu monstre a failli me tuer.

— Mais bon sang, Bernie, qu'est-ce que vous croyez ? fit Nebe. Cela ne devrait pas vous étonner. Rainis ne faisait que son travail.

Le Letton acquiesça d'un air morne et rengaina son Colt.

— Je l'ai attrapé en train de fouiner, dit-il en guise d'explication.

Je haussai les épaules.

— La matinée est belle, dis-je. J'ai eu envie de visiter un peu Grinzing. J'admirais votre vignoble quand King-Kong m'a enfoncé son arme dans l'oreille.

Le Letton sortit mon revolver de sa poche et le tendit à Nebe.

— Il avait un flingue, Herr Nolde.

— Au cas où vous lèveriez du petit gibier, c'est ça, Bernie ?

— On n'est jamais trop prudent par les temps qui courent.

— Heureux de vous l'entendre dire, fit Nebe. Cela m'évite d'avoir à vous présenter des excuses. (Il soupesa

mon arme avant de l'empocher.) Je garde ça pour l'instant,
si ça ne vous fait rien. Les armes rendent certains de nos
amis nerveux. Rappelez-moi de vous la rendre quand
vous partirez.

Il se tourna alors vers le Letton.

– Bon, Rainis, l'incident est clos. Tu n'as fait que ton
devoir. Va donc te préparer un petit déjeuner.

Le monstre hocha la tête et partit en direction de la maison, le chat sur les talons.

– Je parie qu'il peut manger son propre poids en caca-
huètes.

Nebe eut un mince sourire.

– Certains élèvent des chiens enragés pour se protéger.
Moi, j'ai Rainis.

– Ma foi, j'espère qu'il est bien dressé. (Je soulevai
mon chapeau et m'essuyai le front avec mon mouchoir.)
À votre place, je ne le laisserais pas entrer dans la maison.
Je le garderais attaché à une chaîne dans la cour. Où se
croit-il ? À Treblinka ? Ce salaud mourait d'envie de me
descendre, Arthur.

– Oh, ça ne m'étonne pas. Il aime tuer.

Nebe refusa d'un signe de tête la cigarette que je lui
proposais, mais il dut m'aider à allumer la mienne car ma
main tremblait comme si j'essayais d'expliquer quelque
chose à un Apache sourd comme un pot.

– C'est un Letton, expliqua Nebe. Il était caporal au
camp de concentration de Riga. Quand les Russes l'ont
capturé, ils lui ont cassé la mâchoire à coups de botte.

– Je les comprends, croyez-moi.

– Cela lui a paralysé la moitié du visage, et il en a eu
le cerveau un peu ramolli. Il a toujours été un tueur sans
pitié, mais depuis c'est presque une bête. D'ailleurs, il est
aussi fidèle qu'un chien.

– Je pensais bien qu'il avait ses bons côtés. Riga, hein ?
(D'un signe de tête, j'indiquai la fosse et l'incinérateur.)
Cette petite installation lui rappelle des souvenirs, je sup-

pose. (Je tirai sur ma cigarette avant d'ajouter :) À bien y réfléchir, ça doit vous rappeler le bon vieux temps à tous les deux.

Nebe fronça les sourcils.

— J'ai l'impression que vous avez besoin d'un verre, dit-il d'un ton posé.

— Je n'en serais en effet pas surpris. Veillez seulement à ce qu'il n'y ait pas de chaux dedans. Je pense que j'ai perdu à jamais le goût pour la chaux.

34

Je suivis Nebe dans la maison, puis dans la bibliothèque où nous avions parlé la veille. Il ouvrit le placard à alcools pour me servir un cognac qu'il posa sur la table devant moi.

— Pardonnez-moi de ne pas me joindre à vous, dit-il en me regardant vider mon verre. D'habitude, je prends un cognac avec mon petit déjeuner, mais ce matin, je préfère garder la tête froide. (Il me gratifia d'un sourire indulgent tandis que je reposais mon verre vide sur la table.) Ça va mieux ?

J'acquiesçai.

— Dites-moi, fis-je, avez-vous retrouvé votre dentiste disparu, le Dr Heim ?

À présent que je n'avais plus à m'inquiéter de mes perspectives de survie immédiate, Veronika occupait à nouveau mes pensées.

— Il est mort, je le crains. C'est regrettable, mais au moins nous savons ce qui lui est arrivé et surtout, nous avons la certitude qu'il n'est pas tombé aux mains des Russes.

— Que lui est-il arrivé ?

– Crise cardiaque. (Nebe émit ce petit rire sec que je me souvenais d'avoir entendu si souvent à l'Alex, le quartier général de la police criminelle berlinoise.) Il était avec une fille. Une pute.

– Vous voulez dire qu'il est mort pendant qu'ils…?

– Exactement. Mais il y a pire façon de mourir, vous ne trouvez pas?

– Après ce qui vient de m'arriver, ce n'est pas moi qui vous contredirai, Arthur.

– Je comprends, fit Nebe avec un sourire presque penaud.

Je passai un moment à trouver la formulation adéquate pour m'enquérir du sort de Veronika.

– Et qu'est-ce qu'elle a fait? demandai-je. Cette fille, je veux dire. Elle a appelé la police? (Je fronçai les sourcils.) Non, ce serait étonnant.

– Pourquoi dites-vous ça?

Je haussai les épaules devant l'évidence de l'explication.

– Je suppose qu'elle ne tenait pas à avoir des ennuis avec les Mœurs. Je parie qu'elle s'est débarrassée du cadavre. Elle a dû demander à son mac de le balancer quelque part. (Je haussai un sourcil interrogateur.) Alors? Est-ce que je me trompe?

– Non, vous ne vous trompez pas. (Il parut admirer ma faculté de déduction.) Vous avez vu juste, comme d'habitude. (Petit soupir de nostalgie.) Quel dommage que nous ne soyons plus dans la Kripo. Vous ne pouvez pas savoir à quel point tout ça me manque.

– À moi aussi.

– Oui mais vous, vous pourriez être réintégré. Vous n'êtes pas recherché, n'est-ce pas, Bernie?

– Quoi? Pour travailler avec les communistes? Non merci. (Je fis la moue et adoptai un air contrarié.) Et puis, il vaut mieux que je ne rentre pas à Berlin pour le moment. Un soldat russe a essayé de me dévaliser dans le train. J'étais en état de légitime défense, et je crois que je l'ai tué. On m'a vu quitter le lieu du crime les vêtements couverts de sang.

– « Le lieu du crime », répéta Nebe en savourant la phrase comme un bon vin. Comme c'est agréable de pouvoir à nouveau parler avec un détective.

– Simple curiosité professionnelle, Arthur : comment avez-vous retrouvé la fille ?

– Oh, ça n'est pas moi, c'est König. Grâce à vous, qui lui avez indiqué la façon de retrouver ce pauvre Heim.

– Je lui ai juste rappelé la procédure de routine. Vous auriez pu tout aussi bien le faire, Arthur.

– Peut-être. En tout cas, l'amie de König a reconnu Heim sur une photo. Il fréquentait le night-club où elle travaille. D'après elle, Heim en pinçait particulièrement pour une des filles de la boîte. Il ne restait plus à Helmut qu'à faire cracher le morceau à cette fille. Aussi simple que ça.

– Soutirer un renseignement à une allumeuse n'est jamais « aussi simple que ça », dis-je. C'est aussi difficile que de faire blasphémer une nonne. L'argent est la seule façon de faire parler ce genre de fille sans laisser de traces. (J'attendis que Nebe me contredise, mais il garda le silence.) D'un autre côté, un bon passage à tabac coûte moins cher et diminue les risques d'erreur. (Je souris comme si je n'éprouvais aucun scrupule à talocher une entraîneuse s'il en allait de l'efficacité d'une enquête.) Et à mon avis, König n'est pas du genre à gaspiller son argent, pas vrai ?

À ma déception, Nebe se contenta de hausser les épaules avant de consulter sa montre.

– Vous lui demanderez tout à l'heure, dit-il.

– Il doit venir à la réunion ?

– Il sera là. (Nebe jeta un deuxième coup d'œil à sa montre.) En attendant, je vais devoir vous laisser. J'ai encore une ou deux choses à terminer avant 10 heures.

Peut-être est-il préférable que vous restiez dans la maison. Les mesures de sécurité ont été renforcées aujourd'hui, et il vaut mieux éviter tout nouvel incident, n'est-ce pas ? Je vais vous faire apporter du café. Vous pouvez faire du feu, si vous voulez. La bibliothèque est toujours assez fraîche.

Je tapotai mon verre.

— Cela m'a réchauffé.

— Resservez-vous si vous en avez envie.

— Merci, fis-je en tendant la main vers la carafe. Ce n'est pas de refus.

— Mais n'exagérez pas. Vous aurez à répondre à de nombreuses questions au sujet de votre contact russe, et je ne voudrais pas que vos dires soient mis en doute parce que vous êtes ivre.

Il gagna la porte en faisant craquer le parquet.

— Ne vous faites pas de souci, dis-je en balayant du regard les étagères vides. Je vais me plonger dans la lecture.

Le nez aquilin de Nebe se fronça sous l'effet de la contrariété.

— Oui, quel dommage que tous ces livres aient disparu. L'ancien propriétaire possédait une superbe bibliothèque, mais quand les Russes sont arrivés, ils les ont brûlés pour alimenter la chaudière. (Il secoua tristement la tête.) Que voulez-vous faire avec de tels sous-hommes ?

Après le départ de Nebe, je suivis son conseil et allumai un feu. Cette activité me permit de me concentrer sur la suite des événements. Tandis que s'embrasait l'édifice de petit bois et de bûches que j'avais construit, je me dis que l'amusement de Nebe au sujet des circonstances de la mort de Heim semblait indiquer que l'Org croyait aux explications de Veronika.

Il est vrai que j'ignorais toujours où se trouvait la jeune fille, mais j'avais la quasi-certitude que König n'était pas encore à Grinzing. De plus, sans mon arme, je ne voyais pas comment j'aurais pu quitter la maison et me lancer à la recherche de Veronika. Puisqu'il ne restait que deux heures avant la réunion de l'Org, la meilleure chose à faire était d'attendre l'arrivée de König en espérant qu'il apaiserait mes craintes. Et s'il avait tué ou blessé Veronika, je lui réglerais personnellement son compte lorsque Belinsky et ses hommes surgiraient.

Je saisis le pique-feu et tisonnai les braises. Le serviteur de Nebe m'apporta du café, après quoi je m'allongeai sur le divan et fermai les yeux.

Les flammes dansaient, le bois crépitait en me réchauffant le flanc. Derrière mes paupières closes, le rouge vif tourna au mauve profond, puis à quelque chose de plus reposant encore…

– Herr Gunther?

Je redressai brusquement la tête. M'assoupir dans une position inconfortable avait rendu mon cou aussi rigide que du cuir neuf. Je croyais n'avoir dormi que quelques minutes mais, en consultant ma montre, je m'aperçus que plus d'une heure avait passé. Je fis pivoter ma tête sur mes épaules.

Un homme en costume de flanelle grise était assis près du divan. Il se pencha vers moi en me tendant la main. C'était une main large et musclée, étonnamment ferme pour un homme d'une si petite taille. Bien que je ne l'aie jamais rencontré, je compris vite à qui j'avais affaire.

– Je suis le Dr Moltke, dit-il. J'ai beaucoup entendu parler de vous, Herr Gunther.

Il avait un tel accent bavarois que ses paroles semblaient surmontées d'un faux-col de mousse.

Je hochai vaguement la tête. Son regard me troublait profondément. Il avait les yeux d'un hypnotiseur de music-hall.

– Enchanté de faire votre connaissance, Herr Doktor, dis-je.

Lui aussi avait changé de nom. Lui aussi était censé être mort, comme Arthur Nebe. Et pourtant cet homme n'était pas un nazi ordinaire fuyant la justice, si tant est qu'il existât une justice en Europe en cette année 1948. Je ressentis une étrange impression à l'idée de serrer la main de celui qui, malgré les troubles circonstances de sa « mort », était sans doute l'homme le plus recherché au monde. J'avais devant moi le Gestapo Heinrich Müller en personne.

– Arthur Nebe m'a parlé de vous, dit-il. Savez-vous que nous nous ressemblons, vous et moi ? J'étais détective dans la police, comme vous. J'ai commencé par être sergent de ville et j'ai appris le métier sur le tas, à la dure. Comme vous, je me suis peu à peu spécialisé : alors que vous passiez aux affaires criminelles, j'ai été chargé de la surveillance des fonctionnaires communistes. J'ai été amené à étudier de près les méthodes de la police soviétique, que j'ai fini par admirer. Pour un policier, il est impossible de ne pas apprécier leur professionnalisme. Le MVD, qui a succédé au NKVD, est sans doute la meilleure police secrète au monde. Meilleure même que la Gestapo. Pour la simple raison, à mon sens, qu'à la différence du communisme, le national-socialisme n'a pas su inspirer cette foi nécessaire à une attitude conséquente envers la vie. Et savez-vous pourquoi ?

Je secouai négativement la tête. Son long monologue bavarois semblait traduire une cordialité inexistante chez lui.

– Parce que, Herr Gunther, à la différence du communisme, nous n'avons pas véritablement réussi à attirer les intellectuels et les classes ouvrières. Moi-même, par exemple, je n'ai adhéré au parti qu'en 1939. Staline a su s'y prendre mieux. Je ne le vois plus du tout de la même façon aujourd'hui qu'il y a quelques années.

Je fronçai les sourcils, me demandant si Müller se livrait à un test, ou à une simple plaisanterie. Pourtant, il paraissait sérieux. Sérieux jusqu'à en paraître pompeux.

– Vous admirez Staline ? demandai-je d'un ton incrédule.

– Il dépasse de loin tous les leaders occidentaux. Même Hitler était un nain par rapport à lui. Pensez un peu à quoi Staline et son parti sont parvenus. Vous avez été interné dans un de leurs camps. Vous les connaissez bien. Il paraît même que vous parlez russe. On sait toujours sur quel pied danser avec les Russes. Ils vous collent contre un mur pour vous fusiller ou bien vous décorent de l'Ordre de Lénine. Ce n'est pas comme avec les Américains ou les Anglais. (Une expression de dégoût apparut soudain sur le visage de Müller.) Ils parlent de justice et de moralité, mais ils laissent l'Allemagne mourir de faim. Ils nous abreuvent de sermons sur l'éthique, mais ils condamnent nos vieux camarades à la pendaison un jour, et le lendemain, ils les recrutent dans leurs services de renseignements. On ne peut pas faire confiance à des gens comme ça, Herr Gunther.

– Pardonnez-moi, Herr Doktor, mais je croyais que nous travaillions pour les Américains.

– Vous vous trompez. Nous travaillons avec les Américains. Mais, au bout du compte, nous travaillons pour l'Allemagne. Pour une nouvelle Patrie.

L'air songeur, il se leva et se dirigea vers la fenêtre. Il avait l'air d'un curé de campagne délibérant avec sa conscience. Il croisa les mains, puis les décroisa avant de porter ses poings fermés à ses tempes.

– Il n'y a rien à admirer en Amérique. Au contraire de la Russie. Mais les Américains ont le pouvoir. Ce qui leur donne ce pouvoir, c'est le dollar. Voici pourquoi nous nous battons contre la Russie. Nous avons besoin des dollars américains. Tout ce que l'Union soviétique peut nous donner, c'est un exemple : l'exemple de ce que la loyauté et le dévouement peuvent réaliser, même sans argent. Alors, pensez un peu de quoi les Allemands seraient capables avec un dévouement égal et de l'argent américain.

J'étouffai un bâillement.

– Pourquoi me dites-vous tout ça, Herr… Herr Doktor ?

Pendant une terrible fraction de seconde j'avais failli l'appeler Herr Müller. À part Arthur Nebe, et peut-être le baron von Bolschwing qui m'avait interrogé, il n'existait sans doute personne qui connût la véritable identité de Moltke.

– Nous travaillons pour un nouvel avenir, Herr Gunther. L'Allemagne est certes dépecée pour l'instant, mais viendra un moment où nous serons à nouveau une grande puissance. Une grande puissance économique. Tant que notre organisation coopère avec les Américains dans leur lutte contre le communisme, ils nous laisseront reconstruire l'Allemagne. Et demain, avec notre industrie et notre technologie, nous pourrons réaliser ce que Hitler n'aurait jamais pu réaliser. Ce à quoi Staline – oui, même Staline avec ses formidables plans quinquennaux – n'ose même pas rêver. L'Allemagne n'aura peut-être plus jamais la primauté militaire, mais elle parviendra à la première place grâce à l'économie. C'est le mark, pas la svastika, qui soumettra l'Europe. Doutez-vous de mes prévisions ?

Imaginer l'industrie allemande autrement que sous la forme d'un vaste champ de ruines me paraissait grotesque.

– Je me demandais simplement si tous les membres de l'Org pensaient la même chose que vous.

Il haussa les épaules.

– Pas tout à fait, non. Il existe des opinions divergentes, sur les mérites de nos alliés comme sur les défauts de nos ennemis. Mais tous sont d'accord sur l'idée d'une nouvelle Allemagne. Que cela nous prenne cinq ou cinquante ans.

Pendant quelques secondes, Müller explora ses narines d'un air absent, puis il inspecta ses doigts et les essuya sur les rideaux de Nebe. Piètre illustration, me dis-je, de cette nouvelle Allemagne qu'il appelait de ses vœux.

— En tout cas, je voulais saisir cette occasion pour vous remercier personnellement de votre initiative. J'ai étudié les documents transmis par votre contact, et il est hors de doute qu'il s'agit de matériel exceptionnel. Les Américains vont être excités comme des puces quand nous les leur communiquerons.

— J'en suis heureux.

Müller revint vers moi et reprit place sur sa chaise.

— Pensez-vous qu'il puisse continuer à transmettre des renseignements d'une telle qualité ?

— J'en suis certain, Herr Doktor.

— C'est parfait. Vous savez, ça n'aurait pas pu tomber à un meilleur moment. La Compagnie pour la mise en valeur industrielle du sud de l'Allemagne a demandé au Département d'État américain une augmentation de ses subventions. Les renseignements fournis par votre informateur pèseront lourd dans la balance. Tout à l'heure, pendant la réunion, je demanderai que notre section viennoise accorde une priorité absolue à cette nouvelle source.

Sur ce, il s'empara du tisonnier et l'enfonça avec brutalité dans les braises rougeoyantes. Il n'était pas très difficile de l'imaginer faisant la même chose à quelqu'un.

— Vu l'intérêt que présente cette source à mes yeux, reprit-il le regard perdu dans les flammes, j'ai toutefois une faveur à vous demander, Herr Gunther.

— Je vous écoute, Herr Doktor.

— J'avoue que j'espérais vous convaincre de me laisser traiter moi-même cet informateur.

Je réfléchis quelques instants.

— Il me faudra d'abord lui demander son avis. Il a toute confiance en moi. Cela risque de prendre un certain temps.

— Bien sûr, je comprends.

– Et, comme je l'ai dit à Nebe, il veut de l'argent. Beaucoup d'argent.

– Dites-lui que je me charge de tout. Un compte suisse. Tout ce qu'il veut.

– Pour l'instant, c'est une montre suisse qu'il veut, improvisai-je. Une Doxas.

– Pas de problème, fit Müller en souriant. Vous comprenez ce que j'ai voulu dire sur les Russes ? Ils savent exactement ce qu'ils veulent. Une belle montre. Eh bien, je la lui trouverai, sa montre. (Müller reposa le tisonnier sur son présentoir et se redressa d'un air satisfait.) Donc, si je comprends bien, vous ne rejetez pas ma proposition ? Inutile de dire que vous serez largement récompensé pour nous avoir procuré une telle source.

– Puisque vous parlez d'argent, dis-je, j'avais pensé à un chiffre.

Müller écarta les mains, m'engageant à parler.

– Vous n'ignorez peut-être pas que j'ai perdu récemment une grosse somme aux cartes, dis-je. Tout mon argent, en réalité, c'est-à-dire environ 4 000 schillings. Peut-être accepteriez-vous d'arrondir à 5 000 ?

Il pinça les lèvres en hochant la tête.

– Cela ne me paraît pas déraisonnable. Vu les circonstances.

Je souris. Cela m'amusait de voir Müller jaloux de son domaine réservé au sein de l'Org au point de m'acheter en quelque sorte mon rôle d'intermédiaire auprès du Russe de Belinsky. Il était évident qu'ainsi, la réputation d'expert du MVD dont il jouissait au sein de l'Org serait affermie. L'air décidé, il abattit les deux mains sur ses cuisses.

– Bien. Je suis heureux que nous nous soyons mis d'accord. Notre petite conversation a été très agréable. Nous reparlerons de tout ça après la réunion.

J'y compte bien, me dis-je. Mais la suite de la conversation se déroulerait sans doute à la Stiftskaserne, à moins que les gens du Crowcass n'aient prévu un autre endroit pour interroger Müller.

– Il nous faudra discuter de la procédure à adopter pour contacter votre source. Arthur m'a dit que vous aviez déjà mis au point une boîte aux lettres.

– Tout est arrangé, lui dis-je. Je vous fournirai tous les détails.

Je consultai ma montre. Il était 10 heures passées. Je me levai et rectifiai mon nœud de cravate.

– Oh, ne vous inquiétez pas, fit Müller en me tapant sur l'épaule. (Il était presque jovial depuis qu'il avait obtenu ce qu'il désirait.) Ils nous attendront, je vous le garantis.

Mais à cet instant, la porte de la bibliothèque s'ouvrit et le baron von Bolschwing passa la tête par l'ouverture. Il désigna sa montre.

– Herr Doktor, nous devons absolument commencer.

– Eh bien, allons-y ! fit Müller d'un air triomphal. Nous en avons terminé. Vous pouvez dire aux autres d'entrer.

– Merci beaucoup, fit le baron d'une voix maussade.

– Ces réunions… persifla Müller. On n'en sort plus dans cette organisation. Cela n'en finit pas. C'est pire que de vous torcher le cul avec un pneu. Comme si Himmler était encore en vie.

Je souris.

– Tiens, à propos, fis-je. Il faut que j'aille où le roi va seul.

– Vous trouverez ça dans le couloir, dit-il.

Je sortis, m'excusant auprès d'Arthur Nebe et du baron, qui entraient dans la bibliothèque avec les autres. Tous de vieux camarades. Des hommes au regard dur, au sourire flasque et à l'estomac bien rempli. Arrogants avec ça, comme s'ils n'avaient jamais perdu une guerre ni fait quoi que ce soit dont ils puissent avoir honte. C'était là le visage de la nouvelle Allemagne sur laquelle avait brodé Müller.

Mais toujours aucun signe de König.

Dans l'odeur aigre des toilettes, je commençai par verrouiller avec soin la porte, vérifiai l'heure puis regardai par la fenêtre pour tenter d'apercevoir la route au-delà des arbres qui jouxtaient la maison. Comme le vent agitait les branches, il était difficile de voir clairement la campagne alentour, mais je crus distinguer au loin la calandre d'une grosse voiture noire.

J'attrapai le cordon du store et, tout en espérant qu'il était fixé plus solidement que celui de ma salle de bains berlinoise, je l'abaissai, comptai cinq secondes puis le relevai cinq autres secondes. Après avoir répété trois fois la manœuvre, comme convenu, j'attendis le signal de Belinsky et fus très soulagé d'entendre une voiture corner trois fois dans le lointain. Ensuite, je tirai la chasse et ouvris la porte.

Le chien de König se tenait dans le couloir, à mi-chemin entre les toilettes et la porte de la bibliothèque. Il huma l'air et me considéra comme s'il me reconnaissait. Puis il fit demi-tour et s'engagea dans l'escalier qu'il descendit. Le meilleur moyen de retrouver König était de me laisser guider par son clébard. Je lui emboîtai donc le pas.

Le chien s'arrêta devant une porte du rez-de-chaussée, et émit un petit aboiement plaintif. Dès que j'eus ouvert la porte, il s'engouffra dans un couloir menant à l'arrière de la maison. Il s'arrêta une fois de plus et fit mine de creuser sous une autre porte qui menait à la cave. Pendant quelques secondes, j'hésitai à ouvrir, mais lorsque le chien se mit à japper, je jugeai plus prudent de le faire avant que ses aboiements n'alertent König. Je tournai la poignée, poussai le panneau et, constatant que cela n'avait aucun effet, le tirai. La porte s'ouvrit avec un discret grincement, noyé par ce que je pris d'abord pour le miaulement d'un chat dans les profondeurs de la cave. À l'instant même où l'air frais me caressa le visage, je compris qu'il ne s'agissait pas d'un chat, et un frisson me parcourut.

Le terrier contourna la porte entrouverte et descendit les marches de bois.

Avant même d'avoir atteint, sur la pointe des pieds, le bas de l'escalier, où un casier à bouteilles me dissimulait à la vue, j'avais reconnu dans les gémissements la voix de Veronika. Ce qui se déroulait se passait d'explications. Veronika était assise sur une chaise, nue jusqu'à la taille, le visage livide. Un homme était assis face à elle, les manches relevées, et il triturait le genou de la jeune fille avec un objet métallique sanguinolent. König se tenait derrière Veronika, empêchant la chaise de tomber et étouffant de temps à autre ses hurlements avec un chiffon.

Dépourvu d'arme, je pus heureusement profiter de la distraction momentanée de König qui venait d'apercevoir son chien.

– Lingo, fit-il en examinant l'animal. Comment es-tu arrivé jusqu'ici ? Je croyais t'avoir enfermé.

Au moment où il se pencha pour prendre le chien, je surgis de derrière le casier.

L'autre type était toujours assis sur sa chaise lorsque j'abattis de toutes mes forces mes deux paumes en coquille sur ses deux oreilles. Il cria et s'écroula par terre, serrant son crâne à deux mains en hurlant de douleur, les tympans crevés. Je vis alors ce qu'il faisait à Veronika. Un tire-bouchon saillait à angle droit de son genou.

König avait presque dégainé son arme lorsque je me jetai sur lui en le frappant à l'aisselle avant de lui assener une manchette sur le nez. Ces deux coups suffirent à le neutraliser. Il recula en chancelant, le nez pissant le sang. Un troisième coup était superflu, mais maintenant qu'il n'étouffait plus ses cris, les hurlements de douleur de Veronika me poussèrent à lui expédier un coup vicieux de l'avant-bras dans le sternum. Il perdit connaissance avant même d'avoir touché le sol. Le chien cessa aussitôt d'aboyer et entreprit de le ressusciter à grands coups de langue.

Je ramassai l'arme de König, la glissai dans la poche de mon pantalon et me hâtai de détacher Veronika.

– C'est fini, lui dis-je. Nous allons sortir d'ici. Belinsky sera là d'une minute à l'autre avec la police.

J'essayai de ne pas voir la boucherie qu'était devenu son genou. Elle gémit d'une voix pitoyable lorsque je détachai le dernier lien enserrant ses jambes ensanglantées. Elle avait la peau froide et tremblait de tous ses membres, prélude évident à l'état de choc. J'ôtai ma veste pour la lui mettre autour des épaules, mais elle s'empara de ma main et la serra.

– Retire-le, me dit-elle, les dents serrées. Pour l'amour du ciel, retire-moi ça du genou.

Gardant un œil sur l'escalier au cas où un des hommes de Nebe viendrait fureter – on devait s'inquiéter de mon absence à la réunion – je m'agenouillai devant elle pour examiner la blessure et l'instrument qui l'avait causée. C'était un tire-bouchon ordinaire, avec une poignée de bois toute gluante de sang. La pointe de l'instrument était enfoncée de plusieurs millimètres dans l'articulation, et il était impossible de le retirer sans que Veronika souffre autant que quand on l'avait vissé. Le moindre effleurement de la poignée la faisait hurler.

– Je t'en prie, retire-le, me pressa-t-elle en percevant mon hésitation.

– Très bien, dis-je, mais agrippe-toi à la chaise. Ça va faire mal. (Je coinçai sa jambe avec l'autre chaise pour l'empêcher de me balancer un coup de pied dans l'aine et m'assis.) Prête ?

Elle ferma les yeux et acquiesça.

Je tournai la poignée dans le sens contraire des aiguilles d'une montre. Au premier tour son visage vira au violacé, et elle hurla à s'en faire éclater les poumons. Au deuxième tour, Dieu merci, elle perdit connaissance. Pendant un bref instant, j'examinai l'instrument que je venais de retirer, puis le lançai en direction de l'homme dont j'avais fait éclater les oreilles. Effondré dans un coin, la respiration rauque entre deux gémissements, le tortionnaire de Veronika était mal en point. Le coup que je lui avais porté était cruel, et, bien que je ne l'aie encore jamais utilisé, je savais par mon entraînement militaire qu'il pouvait entraîner une hémorragie cérébrale mortelle.

Le sang coulait à flots du genou de Veronika. Pour lui faire un bandage, je décidai de me servir de la chemise de l'homme que j'avais rendu sourd. Je la lui arrachai du dos.

Après avoir plié le tissu, je l'appliquai contre la blessure et maintins le tout en place en nouant les manches. Mon pansement aurait constitué un bon exemple de premier secours. Pourtant, la respiration de la jeune fille s'était affaiblie, et elle ne pourrait sortir de là que sur un brancard.

Près de quinze minutes s'étaient déjà écoulées depuis que j'avais adressé le signal à Belinsky, mais rien n'indiquait que l'opération avait débuté. Combien de temps faudrait-il à ses hommes pour investir la place ? Je n'avais pas entendu le moindre bruit dénotant un affrontement. Avec des gens comme le Letton dans les parages, il était évident que Müller et Nebe ne se laisseraient pas arrêter sans résister.

König gémit et remua faiblement la jambe comme un insecte agonisant. J'éloignai le chien d'un coup de pied et me penchai pour l'examiner. Sous la moustache, sa peau avait pris une couleur livide, et, à voir la quantité de sang qui lui inondait les joues, j'avais probablement séparé le cartilage de l'os nasal de la partie supérieure de sa mâchoire.

— J'ai peur que vous ne puissiez plus apprécier de cigare avant longtemps, lui dis-je.

Je sortis le Mauser de König de ma poche et en vérifiai la culasse. Par la trappe d'éjection j'aperçus le brillant d'une cartouche à percussion centrale insérée dans la chambre. Je sortis le chargeur et en comptai six autres, alignées comme des cigarettes. D'un coup de paume je renfonçai le chargeur dans la crosse et, du pouce, armai le percuteur. Il était temps d'aller voir ce qui était arrivé à Belinsky.

Je remontai l'escalier de la cave et restai un moment derrière la porte à épier le moindre son. Je m'inquiétai d'un bruit de respiration, puis réalisai qu'il s'agissait de la mienne. Je levai l'arme à hauteur de ma tête, ôtai la sécurité avec l'ongle du pouce et poussai la porte.

Pendant une fraction de seconde, j'aperçus le chat noir du Letton, puis j'eus l'impression que le plafond s'écroulait sur ma tête. J'entendis une petite détonation semblable au bruit d'un bouchon de champagne qui saute, et faillis éclater de rire en comprenant que c'était là tout ce que percevait mon cerveau du coup de feu que, sans le vouloir, je venais de tirer. Je m'écroulai au sol, aussi étourdi qu'un saumon jeté sur la rive. Mon corps entier vibrait comme un câble de téléphone. Je me souvins trop tard que le Letton marchait d'un pas étonnamment léger pour un homme de sa corpulence. Il s'agenouilla auprès de moi et grimaça un sourire avant d'abattre une seconde fois sa matraque.

Alors, l'obscurité m'envahit.

35

Il y avait un message pour moi, tracé en lettres capitales comme pour en souligner l'importance. Je m'efforçai d'accommoder, mais les lettres dansaient devant mes yeux. La vue brouillée, j'entrepris de déchiffrer chaque caractère. C'était laborieux, mais je n'avais d'autre choix. Je finis par mettre les lettres bout à bout. Le message disait : « CARE USA. » Cela paraissait important, mais je ne comprenais pas en quoi. Je me rendis compte que c'était seulement une partie du message, la dernière. J'avalai ma salive en refoulant la nausée qui m'envahissait et déchiffrai la première partie, qui disait : « GR.WT 26lbs. CU.FT. 0'10'' ». Qu'est-ce que ça pouvait bien signifier ? Je tentais en vain de percer le code lorsque j'entendis un bruit de pas, puis une clé qui tournait dans la serrure.

Mon esprit s'éclaircit de manière douloureuse lorsque deux paires de mains robustes me remirent debout sans ménagement. D'un coup de pied, l'un des hommes écarta le carton vide du colis Care et ils me tirèrent hors de la pièce.

Mon cou et mon épaule me faisaient si mal que ma peau se hérissa en chair de poule lorsqu'ils me soulevèrent par les aisselles, mes bras étant menottés devant moi. J'étais submergé par une furieuse envie de vomir et essayai de me recoucher par terre, où j'étais relativement bien. Mais les deux cerbères ne lâchaient pas prise et me débattre ne faisait qu'accentuer la douleur ; je me laissai donc traîner dans un passage humide, encombré de tonneaux brisés, puis en haut d'un escalier, jusqu'à une plate-forme surplombant une grande cuve en chêne. Là, les deux hommes me jetèrent sur une chaise.

Une voix, celle de Müller, leur ordonna de me donner du vin.

– Je veux qu'il soit conscient pendant son interrogatoire.

Je sentis qu'on poussait un verre entre mes lèvres, puis qu'on basculait mon crâne douloureux en arrière. Je bus. Après avoir vidé le verre, je sentis un goût de sang dans ma bouche. Je crachai droit devant moi, sans me préoccuper où ça tombait.

– De la piquette, m'entendis-je coasser. Du vin pour la cuisine.

Müller rit et je tournai la tête dans sa direction. Malgré leur faible puissance, les ampoules nues me brûlaient les yeux. Je fermai les paupières et les rouvris.

– Bien, reprit Müller. Je vois que vous avez encore de l'énergie. Il vous en faudra pour répondre à mes questions, Herr Gunther, je vous assure.

Müller était assis sur une chaise, bras et jambes croisés, semblant attendre le début d'une audition. Nebe était assis à côté de lui, plus tendu que l'ancien chef de la Gestapo. Ensuite venait König, en chemise propre, pressant un mouchoir sur son nez comme s'il était victime d'un virulent rhume des foins. À leurs pieds, sur le sol de pierre, gisait Veronika sans connaissance et, à l'exception du pansement qu'elle portait au genou, entièrement nue. Comme moi, elle portait des menottes, bien que son état rendît cette précaution superflue.

Je tournai la tête vers la droite. À quelques mètres se tenaient le Letton et une autre brute que je ne connaissais pas. Le Letton souriait d'un air ravi, sans aucun doute excité à la perspective de m'humilier à loisir.

Nous nous trouvions dans le plus grand des hangars. Au-delà des fenêtres, la nuit contemplait avec une sombre indifférence le déroulement de la scène. On entendait quelque part le ronronnement sourd d'un générateur. Remuer la tête ou le cou m'était si douloureux que je préférai fixer mon regard sur Müller, droit devant moi.

– Posez-moi les questions que vous voulez, dis-je, vous n'obtiendrez rien de moi.

Tout en prononçant ces mots, je me rendis toutefois compte qu'entre les mains expertes de Müller, j'avais aussi peu de chances de rester muet que d'être choisi pour désigner le prochain pape.

Il trouva ma bravade si absurde qu'il éclata de rire en secouant la tête.

– Il y a des années que je n'ai pas conduit d'interrogatoire, dit-il avec un brin de nostalgie. Mais vous vous apercevrez vite que je n'ai pas perdu la main.

Müller se tourna vers Nebe et König comme pour quêter leur approbation. Les deux hommes hochèrent la tête d'un air sombre.

– Je parie que t'as remporté des prix pour ça, espèce de répugnant nabot.

À ces mots, le Letton se sentit autorisé à me frapper en travers de la joue. La violence du coup projeta ma tête en arrière et une douleur fulgurante me descendit jusqu'aux orteils en m'arrachant un cri de souffrance.

– Non, non, Rainis, dit Müller sur le ton du père calmant un enfant. Laissons Herr Gunther s'exprimer. Il a beau nous insulter, il finira bien par nous dire ce que nous voulons savoir. Ne le frappe plus sans mon ordre.

– Vous taire ne servirait à rien, Bernie, intervint Nebe. Fraülein Zartl nous a raconté comment vous et votre ami américain aviez fait disparaître le corps du pauvre Heim. Je me demandais pourquoi vous étiez si préoccupé du sort de cette fille. Maintenant nous le savons.

– Nous en avons même appris beaucoup plus, dit Müller. Pendant que vous faisiez votre petit somme, Arthur ici présent s'est fait passer pour un policier et a visité votre chambre. (Il sourit avec suffisance.) Cela n'a pas été difficile. Les Autrichiens sont des gens si dociles, si respectueux de la loi. Arthur, dites à Herr Gunther ce que vous avez découvert.

– Des photos de vous, Heinrich. Je suppose que ce sont les Américains qui les lui ont données. Qu'en dites-vous, Bernie ?

– Allez vous faire foutre.

Nebe poursuivit, imperturbable.

– Il y avait aussi le dessin de la pierre tombale de Martin Albers. Vous vous souvenez de ce malheureux incident, Herr Doktor ?

– Oui, fit Müller. Ce fut une grande imprudence de la part de Max.

– Je suppose, Bernie, que vous avez deviné que Max Abs et Martin Albers ne faisaient qu'un. Max était un homme sentimental, aux idées vieillottes. Il ne pouvait se contenter de se faire passer pour mort, comme nous autres. Non, il lui fallait à tout prix une pierre tombale, pour que son décès ait l'air respectable. Une attitude très viennoise, vous ne trouvez pas ? Je vous soupçonne d'avoir informé les MP que Max avait pris le train pour Munich. Mais vous ne pouviez pas savoir que Max possédait des papiers d'identité et des permis de déplacement à différents noms. Les faux papiers étaient une des spécialités de Max, voyez-vous. C'était un faussaire de génie. En tant qu'ancien chef des opérations clandestines du SD à Budapest, il était l'un des meilleurs dans son domaine.

– Lui aussi, je suppose, était un des faux conspirateurs contre Hitler, dis-je. Son nom a été ajouté à la liste des exécutés. Comme le vôtre, Arthur. Je dois reconnaître que vous avez été très prévoyants.

– C'était l'idée de Max, dit Nebe. Ingénieux, mais très facile à organiser avec l'aide de König. König commandait le peloton d'exécution à Plotzensee et il pendait les conspirateurs par centaines. C'est lui qui nous a fourni les détails nécessaires.

– Ainsi que les crocs de boucher et la corde à piano, sans aucun doute.

– Herr Gunther, fit König d'une voix indistincte sous le mouchoir qu'il maintenait pressé contre son visage. J'espère avoir l'occasion de vous faire la même chose.

Müller fronça les sourcils.

– Nous perdons du temps, fit-il avec nervosité. Nebe a dit à votre logeuse que la police autrichienne craignait que vous n'ayez été enlevé par les Russes. Elle s'est montrée très coopérative. Il semble que la location de votre appartement soit réglée par le Dr Ernst Liebl. Nous savons maintenant qu'il s'agit de l'avocat d'Emil Becker. Nebe pense que vous avez été engagé par Becker pour l'innocenter du meurtre du capitaine Linden. Je suis du même avis. Tout coïncide.

Müller adressa un signe de tête à l'un des affreux, qui s'approcha de Veronika et la souleva de ses bras épais comme des pylônes. Elle n'eut aucune réaction et, à part sa respiration rendue plus sonore et plus difficile du fait que sa tête roulait sur ses épaules, on aurait pu croire qu'elle était morte. Elle paraissait droguée.

– Laissez-la en dehors de tout ça, Müller, dis-je. Je vous dirai tout ce que vous voulez savoir.

Müller fit mine d'être étonné.

– Nous verrons bien. (Il se leva, imité par Nebe et König.) Rainis, occupe-toi de Herr Gunther.

Le Letton me remit sur pied. Le simple effort de me retrouver debout me fit presque défaillir. Il me tira sur quelques mètres jusqu'à la grande cuve en chêne de la dimension d'un petit bassin à poissons. La cuve était reliée, par une solide colonne de métal montant jusqu'au plafond, à une plaque métallique pourvue de deux ailes en bois semi-circulaires semblables aux rallonges d'une table. L'affreux qui transportait Veronika descendit dans la cuve et y allongea le corps inanimé de la jeune fille. Ensuite, il ressortit et abaissa les deux demi-cercles de chêne qui formèrent une sorte de couvercle menaçant.

– Ceci est un pressoir à vin, annonça Müller d'un ton anodin.

Je me débattis faiblement entre les gros bras du Letton qui me réduisaient à l'impuissance. J'avais l'impression d'avoir l'épaule ou la clavicule brisée. Je lâchai une bordée d'insultes sous les hochements de tête approbateurs de Müller.

– Votre sollicitude pour cette demoiselle est encourageante, fit-il.

– C'est elle que vous cherchiez ce matin, n'est-ce pas ?
dit Nebe. Quand Rainis vous a surpris.

– Oui, d'accord, c'était elle. Maintenant laissez-la tranquille, pour l'amour du ciel. Arthur, je vous donne ma
parole qu'elle ne sait rien.

– Oui, je suis au courant, admit Müller. En tout cas pas
grand-chose. C'est aussi l'avis de König, qui est quelqu'un
de très convaincant. Mais vous serez flatté d'apprendre
qu'elle a tu pendant longtemps le rôle que vous avez joué
dans la disparition de Heim. N'est-ce pas, Helmut ?

– Oui, général.

– Mais elle a fini par tout nous dire, poursuivit Müller.
Juste avant votre héroïque intervention. Elle nous a dit
que vous aviez eu des relations sexuelles et que vous
aviez été gentil avec elle. C'est pourquoi elle s'était adressée à vous pour se débarrasser du corps de Heim. Et c'est
pour cela que vous êtes venu la chercher ici quand König
l'a emmenée. À ce propos, je dois d'ailleurs vous féliciter.
Vous avez tué de manière très habile un des hommes de
Nebe. Dommage qu'un homme de vos capacités n'ait plus
d'avenir au sein de notre organisation. Mais beaucoup de
points restent encore obscurs, et je compte sur vous, Herr
Gunther, pour nous aider à les éclaircir.

Il jeta un regard circulaire et constata que l'homme qui
avait déposé Veronika dans la cuve se tenait à présent près
d'un petit tableau électrique comportant quelques inter-
rupteurs.

– Savez-vous comment on fabrique le vin ? s'enquit-
il en contournant la cuve. Le pressage, comme son nom
l'indique, est le processus permettant d'écraser le raisin
pour en extraire le jus. Autrefois, comme vous le savez
sans doute, on pressait le raisin en le piétinant dans de
grandes barriques. Mais les pressoirs modernes fonc-
tionnent à l'air comprimé ou à l'électricité. Le pressage
se fait en plusieurs fois, déterminant la qualité du vin
puisque la première pression donne le meilleur vin. Une

fois qu'on a extrait jusqu'à la moindre goutte de jus, le résidu – Nebe appelle ça « la galette » – est expédié à la distillerie. Ou bien, comme c'est le cas ici, il est transformé en engrais. (Müller tourna la tête vers Arthur Nebe.) Arthur, me suis-je bien exprimé ?

Nebe eut un sourire indulgent.

– C'est tout à fait ça, Herr Général.

– Je déteste tromper les gens, fit Müller d'un ton enjoué. Même quelqu'un qui va mourir. (Il se tut et jeta un coup d'œil au fond de la cuve.) Quoique en ce moment précis, ça n'est pas votre vie qui représente le problème le plus pressant, si je puis me permettre cette petite plaisanterie.

Le rire gras du Letton me résonna dans les oreilles, et je fus submergé par son haleine empestant l'ail.

– Je vous enjoins donc de nous répondre de façon claire et rapide, Herr Gunther. La vie de Fräulein Zartl en dépend.

Il adressa un signe de tête à l'homme debout près du tableau de contrôle, lequel enfonça un bouton qui déclencha un bruit mécanique s'amplifiant peu à peu.

– Ne nous jugez pas trop sévèrement, Herr Gunther, reprit Müller. Nous vivons des temps difficiles où tout manque. Si nous avions du sodium de penthotal, nous vous l'aurions injecté. Nous aurions pu en acheter au marché noir. Mais vous admettrez, je pense, que cette méthode est aussi efficace qu'un sérum de vérité.

– Allez-y, posez-moi vos foutues questions.

– Ah, je vois que vous êtes pressé de répondre. C'est parfait. Alors, dites-moi qui est ce policier américain ? Celui qui vous a aidé à faire disparaître le corps de Heim.

– Il s'appelle John Belinsky. Il travaille pour le Crowcass.

– Comment l'avez-vous rencontré ?

– Il savait que j'avais été engagé pour prouver l'innocence de Becker. Il m'a proposé de travailler avec lui.

Au départ, il a prétendu qu'il voulait savoir pourquoi le capitaine Linden avait été assassiné, mais ensuite il m'a avoué que c'était vous qui l'intéressiez. Il voulait savoir si vous étiez pour quelque chose dans la mort de Linden.

– Ainsi, les Américains se doutent qu'ils ne détiennent pas le coupable?

– Non. Enfin, oui. La police militaire pense que Becker est l'assassin de Linden. Mais les gens du Crowcass en doutent. L'arme qui a servi à l'assassinat a été identifiée comme ayant déjà tué quelqu'un à Berlin. Vous, Müller. Les références de cette arme figurent dans les archives SS du Berlin Documents Center. Le Crowcass n'en a pas informé la police militaire de peur qu'ils vous effraient et vous poussent à quitter Vienne.

– Et vous vouliez infiltrer l'Org pour leur compte?

– Oui.

– Sont-ils certains que je me trouve à Vienne?

– Oui.

– Pourtant, jusqu'à ce matin, vous ne m'aviez jamais vu. Expliquez-moi comment ils ont appris ma présence, je vous prie.

– Les documents du MVD que je vous ai remis étaient censés vous faire sortir du bois. Vous aimez être considéré comme un expert en la matière. L'idée était que, face à des renseignements de cette qualité, vous voudriez aussitôt vous charger de leur traitement. Si vous assistiez à la réunion de ce matin, je devais prévenir Belinsky depuis la fenêtre des toilettes. Je devais abaisser et relever trois fois le store. Belinsky surveillait la maison à la jumelle.

– Et ensuite?

– Des agents devaient investir la maison. Ils auraient dû vous arrêter. S'ils réussissaient à vous mettre la main dessus, ils relâchaient Becker, c'était convenu.

Nebe se tourna vers un de ses sbires et désigna la porte d'un geste du menton.

– Prends quelques hommes et allez jeter un coup d'œil. On ne sait jamais.

Müller haussa les épaules.

– D'après vous, la seule preuve qu'ils aient de ma présence à Vienne, c'est ce signal que vous leur avez adressé depuis la fenêtre des toilettes. C'est bien ça ? (J'acquiesçai.) Mais alors, pourquoi Belinsky et ses hommes ne sont-ils pas venus m'arrêter comme prévu ?

– Croyez bien que je me pose la même question.

– Allons, Herr Gunther. Cela ne tient pas debout, vous en conviendrez. Je vous demande de dire la vérité. Comment voulez-vous que je croie ces sornettes ?

– Me serais-je lancé à la recherche de cette fille sans être assuré que les hommes de Belinsky ne tarderaient pas ?

– À quelle heure deviez-vous leur adresser ce signal ? demanda Nebe.

– Je devais quitter momentanément la réunion vingt minutes après son début.

– À 10 h 20, donc. Alors pourquoi cherchiez-vous Fraülein Zartl à 7 heures du matin ?

– Je me suis dit qu'elle ne tiendrait peut-être pas le coup jusqu'à l'arrivée des Américains.

– Vous auriez pris le risque de faire échouer une telle opération pour une… (Müller fronça le nez de dégoût)… pour une vulgaire petite pute ? (Il secoua la tête.) J'ai beaucoup de mal à le croire. (Il adressa un signe au type devant le tableau électrique. L'homme appuya sur un deuxième bouton et le système hydraulique de la machine se mit en marche.) Allons, Herr Gunther. Si ce que vous dites est vrai, pourquoi les Américains n'ont-ils pas accouru à votre signal ?

– Je vous dis que je n'en sais rien ! explosai-je.

– Alors proposez-nous des hypothèses, intervint Nebe.

– Ils n'ont jamais eu l'intention de vous arrêter, dis-je en formulant mes propres soupçons. Tout ce qui les intéressait, c'était d'avoir confirmation que vous étiez toujours en vie et que vous travailliez pour l'organisation. Ils se sont servis de moi et, une fois qu'ils ont su ce qu'ils voulaient, ils m'ont laissé tomber comme une vieille chaussette.

Je tentai de me libérer de l'emprise du Letton tandis que le lourd pressoir amorçait sa descente. Veronika était toujours inconsciente, la poitrine paisiblement soulevée à chaque inspiration, inconsciente de la menace. Je secouai la tête.

– J'ignore pourquoi ils ne sont pas intervenus, je vous le jure, dis-je.

– Bon, essayons d'y voir clair, fit Müller. La seule preuve qu'ils aient que je suis toujours en vie, à part cette douteuse expertise balistique dont vous avez parlé, c'est votre signal par la fenêtre.

– Oui, c'est ça.

– Une dernière question. Savez-vous, et les Américains savent-ils pourquoi le capitaine Linden a été tué ?

– Non, répondis-je. (M'avisant toutefois que les réponses négatives n'étaient pas ce qu'attendaient mes interlocuteurs, j'ajoutai :) Nous pensons qu'il disposait de certaines informations concernant les activités de criminels de guerre au sein de l'Org. Qu'il était venu à Vienne pour enquêter à votre sujet. Nous avons cru tout d'abord que c'était König qui lui fournissait ces informations. (Je secouai la tête en essayant de me souvenir des diverses théories que j'avais échafaudées pour expliquer la mort de Linden.) Ensuite, nous avons supposé qu'il aurait pu fournir des informations à l'Org pour vous aider à recruter de nouveaux membres. Arrêtez cette machine, nom de Dieu !

Veronika fut masquée à ma vue lorsque la plaque du pressoir s'emboîta au sommet de la cuve. Il ne lui restait plus que deux ou trois mètres de survie.

– Je ne sais pas pourquoi il est mort, bon sang !

Müller parla de la voix lente et posée d'un chirurgien.

– Nous devons en être tout à fait sûrs, Herr Gunther. Permettez-moi de répéter ma question…

– Je ne sais pas.

– Pourquoi avons-nous été contraints d'abattre Linden ?

Je secouai la tête avec désespoir.

– Dites-moi la vérité, insista Müller. Que savez-vous encore ? Vous n'êtes pas juste envers cette jeune femme. Dites-nous ce que vous avez découvert.

Le grincement de la machine augmenta encore. Il me rappelait le bruit de l'ascenseur de mes anciens bureaux de Berlin. Que je n'aurais jamais dû quitter.

– Herr Gunther, reprit Müller d'une voix pressante. Dans l'intérêt de cette pauvre fille, je vous en prie.

– Pour l'amour du ciel…

Il se tourna vers le type debout près du panneau de contrôle et secoua sa tête presque rasée.

– Je ne peux rien vous dire de plus ! criai-je.

Le pressoir vibra en entrant en contact avec le corps. Le ronronnement mécanique monta de quelques octaves pour permettre à la force hydraulique de vaincre la résistance qu'elle rencontrait, puis retrouva son régime normal quand le pressoir atteignit le terme de son implacable descente. Le bruit cessa sur un signe de tête de Müller.

– Vous ne pouvez pas ou vous ne *voulez pas*, Herr Gunther ?

– Ordure, lâchai-je envahi de dégoût. Espèce de salopard.

– Je ne pense pas qu'elle ait beaucoup souffert, dit-il avec une indifférence étudiée. Elle était droguée. C'est plus que vous ne pouvez attendre de nous quand nous répéterons ce petit exercice dans, disons… (il consulta sa montre)… dans douze heures. Cela vous laisse le temps de réfléchir. (Il se pencha au bord de la cuve.) Naturellement, je ne peux pas vous promettre de vous tuer tout de suite,

comme cette fille. J'aurai peut-être envie de vous presser
deux ou trois fois avant qu'on répande votre fumier dans
les vignes. Comme avec les raisins. Mais si vous me dites
ce que je veux savoir, je vous promets une mort moins
douloureuse. Je suis sûr que vous préféreriez une pilule,
n'est-ce pas ?

Je fis la grimace et l'abreuvai d'injures. Müller cligna
des yeux d'un air las et secoua la tête.

— Rainis, dit-il, tu peux cogner encore une fois sur Herr
Gunther avant de le raccompagner dans ses quartiers.

36

De retour dans ma cellule, je massai, au-dessus du foie,
la côte flottante, que le Letton de Nebe avait atteinte d'un
coup de poing particulièrement violent. Je m'appliquai
aussi, mais en vain, à occulter le souvenir de la mort de
Veronika.

J'avais rencontré des hommes torturés par les Russes
pendant la guerre. Selon eux, le plus dur était l'incertitude – de savoir si vous alliez mourir, si vous suppor-
teriez la douleur. C'était certainement vrai. L'un d'eux
m'avait enseigné un moyen d'atténuer la douleur. Respirer à fond en avalant de grandes goulées d'air pouvait
provoquer un étourdissement au léger effet anesthésique.
Le seul ennui, c'était que cet ami était resté sujet à des
poussées d'hyperventilation qui avaient fini par entraîner
une crise cardiaque fatale.

Je me reprochais amèrement mon égoïsme. Une jeune
fille innocente, déjà persécutée par les nazis, était morte
d'avoir collaboré avec moi. Quelque part, une voix me
rétorquait que c'était elle qui m'avait demandé de l'aide, et
qu'ils l'auraient peut-être torturée et tuée même sans mon

implication. Mais je n'étais pas d'humeur à m'accorder les circonstances atténuantes. N'aurais-je pas pu avouer à Müller un détail concernant la mort de Linden qui l'aurait satisfait ? Que lui dirais-je quand ils remettraient ça avec moi ? Voilà que je repensais à ma petite personne. Pourtant, il m'était impossible d'échapper au regard de basilic de mon égoïsme. Je ne voulais pas mourir. Et surtout, je ne voulais pas mourir à genoux, en implorant pitié comme un héroïque soldat italien.

L'imminence de la souffrance aide à se concentrer, Müller ne l'ignorait certainement pas. À force de penser à la pilule empoisonnée qu'il m'avait promise si je lui disais ce qu'il attendait de moi, je me remémorai un élément capital. Bataillant avec mes menottes, je parvins à enfoncer une main dans la poche de mon pantalon et, à l'aide de mon petit doigt, à en retourner le tissu, d'où tombèrent dans ma paume les deux pilules récupérées dans le cabinet du Dr Heim.

Je ne savais pas très bien pourquoi je les avais emportées. Par simple curiosité, peut-être. À moins qu'une intuition m'ait soufflé que j'aurais peut-être besoin moi aussi d'un moyen de partir sans douleur. Pendant un long moment, je considérai les deux petites pilules de cyanure avec un mélange de soulagement et de fascination morbide. Puis, je dissimulai l'une d'elles dans l'ourlet de mon pantalon, et gardai l'autre en main – celle que j'avais décidé de cacher dans ma bouche et qui donc, selon toute probabilité, me tuerait. Avec une ironie qu'accentuait ma situation, je me dis que je devais une fière chandelle à Arthur Nebe pour avoir détourné au profit des hauts responsables SS, puis de moi-même, ces pilules destinées à l'origine aux agents secrets du Reich. Peut-être la pilule qui roulait dans ma paume avait-elle appartenu à Nebe ? C'est à de telles spéculations, ô combien hasardeuses, que se résume la philosophie d'un homme promis à une mort prochaine.

Je portai la pilule à ma bouche et la coinçai avec précaution entre deux molaires. Lorsque viendrait le moment,
aurais-je le courage de croquer la petite sphère ? Avec ma
langue, je fis passer la pilule par-dessus les dents et la
coinçai au creux de ma joue. Je pouvais sentir la petite
boule sous la chair en passant les doigts sur ma mâchoire.
Était-elle visible ? Le seul éclairage de la cellule consistait
en une ampoule nue qui semblait ne tenir aux chevrons
que grâce aux toiles d'araignée. J'étais pourtant persuadé
qu'on remarquerait tout de suite le renflement.

Une clé tourna dans la serrure. J'allais être fixé sur la
question.

Le Letton entra, son gros Colt dans une main, un petit
plateau dans l'autre.

— Éloigne-toi de la porte, aboya-t-il.

— Qu'est-ce que tu m'apportes ? fis-je en glissant en
arrière sur les fesses. Un repas ? Peux-tu dire à la direction
que je préférerais une cigarette ?

— Estime-toi heureux comme ça, grogna-t-il. (Il s'ac-
croupit prudemment et posa le plateau sur le sol poussiéreux. Je vis un pot de café et une grosse tranche de
strudel.) Le café est frais. Et le strudel est fait maison.

Pendant une fraction de seconde, j'eus l'idée stupide de
lui sauter dessus, sans penser que, dans mon état, j'étais
aussi leste qu'une cascade gelée. Je n'avais pas plus de
chance de terrasser l'énorme Letton que d'engager avec
lui un dialogue socratique. Il dut cependant déceler une
lueur d'espoir sur mon visage, sans toutefois noter la présence de la pilule dans ma joue.

— Vas-y, dit-il. Tente quelque chose. Ne te gêne pas.
Comme ça, je pourrais te faire sauter la rotule.

Il recula jusqu'à la porte en riant comme un grizzly
débile et la referma avec violence.

À voir sa corpulence, Rainis devait aimer manger. À
part tuer ou tourmenter des gens, c'était peut-être même
son unique plaisir. Il devait être un peu glouton. Si je ne

touchais pas au strudel, Rainis ne résisterait sans doute pas à l'envie de se jeter dessus. Et si j'y enfonçais une de mes pilules, le gros Letton, même après ma mort, mangerait le gâteau et s'empoisonnerait. Ce serait une pensée réconfortante, à l'heure où je quitterais ce monde, de songer qu'il ne tarderait pas à me suivre.

Je résolus de boire mon café tout en réfléchissant à cette possibilité. Ignorant si l'eau chaude pouvait dissoudre la pilule, je la recrachai et, me disant que celle-ci ferait aussi bien l'affaire pour l'exécution de mon plan pathétique, je l'enfonçai dans le gâteau du bout de l'index.

Avec ou sans pilule, je l'aurais dévoré avec joie tant j'étais affamé. Ma montre indiquait qu'il s'était écoulé plus de quinze heures depuis mon petit déjeuner viennois, et le café était excellent. Seul Arthur Nebe pouvait avoir ordonné au Letton de m'apporter cette collation.

Une autre heure s'écoula. Il en restait huit avant qu'ils ne viennent me tirer de là. J'attendrais jusqu'à ce qu'il n'y ait plus aucun espoir, plus aucun sursis possible avant de croquer la pilule. J'essayai, sans grand succès, de dormir. Je commençai à comprendre les sentiments de Becker devant la perspective de la potence. Pourtant, avec la pilule qui me restait, j'étais mieux loti que lui.

Il était presque minuit lorsque j'entendis à nouveau la clé dans la serrure. Craignant qu'on ne me fouille, je transférai en hâte ma seconde pilule de l'ourlet de mon pantalon à ma joue. Mais ce n'était pas Rainis venant chercher mon plateau, c'était Arthur Nebe en personne, armé d'un automatique.

– Ne me forcez pas à m'en servir, Bernie, dit-il. Vous le savez, je n'hésiterais pas à vous descendre. Vous feriez mieux de reculer jusqu'au mur.

– De quoi s'agit-il ? Une petite visite de politesse ?

Je m'éloignai de la porte. Il me lança un paquet de cigarettes et des allumettes.

– En quelque sorte.

– J'espère que vous n'êtes pas venu parler du bon vieux temps, Arthur. Je ne me sens pas d'humeur sentimentale. (Je regardai le paquet de cigarettes. Des Winston.) Müller sait-il que vous fumez des clopes américaines, Arthur ? Prenez garde, ça pourrait vous attirer des ennuis. Müller a des idées bien arrêtées sur les Amerloques. (J'allumai une cigarette et aspirai la fumée avec délectation.) Mais je vous en remercie.

Nebe alla prendre une chaise dans le couloir et s'y installa.

– Müller a ses propres idées sur l'avenir de l'Org, dit-il. Mais on ne peut mettre en doute son patriotisme et sa détermination. C'est un homme impitoyable.

– Tiens, je n'avais pas remarqué.

– Je lui reprocherais toutefois une certaine tendance à juger les gens selon ses propres critères trop rigides. Ce qui signifie qu'il vous croit vraiment capable de vous taire et de laisser mourir cette fille. (Il sourit.) Mais je vous connais bien. Je lui ai dit que vous étiez un sentimental. Jusqu'à la stupidité, parfois. Du genre à risquer votre peau pour quelqu'un que vous connaissez à peine. Même pour une fille de bar. Vous étiez déjà comme ça à Minsk, je le lui ai dit. Vous auriez préféré être envoyé sur le front plutôt que de tuer des innocents. Des gens à qui vous ne deviez rien.

– Cela ne fait pas de moi un héros, Arthur. Juste un être humain.

– Cela fait de vous le genre de type avec qui Müller est habitué à traiter : un homme de principes. Müller sait ce qu'un homme comme vous peut endurer sans avouer. Il a vu des tas de gens se sacrifier et sacrifier leurs amis plutôt que de parler. C'est un fanatique. Le fanatisme est la seule chose qu'il comprenne. Et il pense que vous êtes aussi un fanatique. Il est convaincu que vous lui cachez quelque chose. Moi, je vous connais assez pour savoir qu'il n'en est rien. Si vous saviez pourquoi Linden a été tué, vous nous l'auriez dit.

— Ah! ça fait du bien de savoir qu'il y a au moins une personne pour me croire. Cela me sera d'un grand réconfort quand vous me transformerez en engrais. Mais dites-moi, Arthur, pourquoi me racontez-vous tout ça? Pour me prouver que vous êtes meilleur psychologue que Müller?

— Pour vous faire comprendre que, si vous dites à Müller ce qu'il veut savoir, vous vous épargnerez pas mal de souffrances. Je détesterais voir souffrir un vieil ami. Et, croyez-moi, il vous fera souffrir.

— Je n'en doute pas. Ce n'est pas le café qui m'a empêché de dormir, sachez-le bien. Allons, que signifie ce numéro? C'est le vieux duo du brave flic et du teigneux? Je vous le répète, je ne sais pas pourquoi Linden a été descendu.

— Moi, je pourrais vous le dire.

La fumée de ma cigarette me fit cligner de l'œil.

— Attendez un peu, dis-je. Vous êtes en train de me dire que vous allez m'apprendre ce qui est arrivé à Linden afin que je puisse le répéter à Müller et m'épargner un destin pire que la mort, c'est ça?

— C'est à peu près ça, oui.

Je haussai les épaules et grimaçai de douleur.

— De toute façon, je n'ai rien à perdre, fis-je en souriant. Mais vous pourriez aussi me faire évader, Arthur. En souvenir du bon vieux temps.

— Vous l'avez dit vous-même, nous ne sommes pas là pour évoquer nos souvenirs. D'ailleurs, vous en savez trop. Vous avez vu Müller. Vous m'avez vu, moi. Alors que je suis mort, ne l'oubliez pas.

— Ne le prenez pas mal, Arthur, mais je préférerais que ça soit le cas. (Je pris une autre cigarette, que j'allumai au mégot de la précédente.) Bon, je vous écoute. Pourquoi Linden a-t-il été tué?

– Linden était de culture germano-américaine. Il a même enseigné l'allemand à l'université de Cornell. Pendant la guerre, il a fait un peu de renseignement, puis il est devenu officier dans les services de dénazification. C'était un type astucieux, et bientôt il s'était monté une jolie petite combine. Il vendait des certificats Persil, pour blanchir de vieux camarades, vous comprenez. Ensuite, il a été nommé enquêteur administratif au CIC et officier de liaison du Crowcass au Documents Center de Berlin. Il n'en a pas abandonné pour autant ses contacts dans le milieu du marché noir, et nous avons vite compris qu'il sympathisait avec la cause de l'organisation. Nous l'avons contacté à Berlin et lui avons offert de l'argent pour nous rendre un petit service de temps en temps.

» Je vous ai dit qu'un certain nombre d'entre nous s'étaient fait passer pour morts et avaient adopté de nouvelles identités. Eh bien, l'idée venait d'Albers – c'est-à-dire du Max Abs qui vous intéressait tant. Or le point faible d'une fausse identité, surtout quand on doit en changer aussi vite, c'est l'absence de passé. Réfléchissez-y, Bernie : c'est la guerre mondiale, tous les Allemands en bonne santé entre 12 et 65 ans sont mobilisés, et pourtant, moi, Alfred Nolde, je n'ai aucun état de service à faire valoir ? Où étais-je pendant tout ce temps ? Que faisais-je ? Nous pensions nous être mis à l'abri en adoptant de nouveaux noms et en laissant nos faux dossiers tomber aux mains des Américains, mais, en réalité, cela n'a fait que nous poser de nouveaux problèmes. Nous ne nous attendions pas à ce que le Documents Center soit aussi efficace. Il permettait de vérifier chaque réponse figurant sur les formulaires de dénazification.

» Beaucoup d'entre nous se sont mis très tôt à travailler pour les Américains, et aujourd'hui, tout naturellement, ça arrange les Yankees de fermer les yeux sur le passé des membres de l'Org. Mais demain ? Les politiciens ont pour habitude de changer souvent de stratégie.

Tenez, en ce moment, nous combattons le communisme main dans la main. Mais cela sera-t-il encore le cas dans cinq ou dix ans ?

» Aussi Albers a-t-il eu une idée. Il a créé de toutes pièces des dossiers concernant le passé d'un certain nombre de hauts responsables, dont lui-même. Nous nous sommes attribué au sein de la SS et de l'Abwehr des fonctions plus modestes que celles que nous avions occupées en réalité. Moi-même, en tant qu'Alfred Nolde, j'étais sergent dans la section Personnel de la SS. Mon dossier contient des tas de détails sur moi, y compris mes fiches dentaires. J'ai mené une guerre tranquille, propre. J'ai été nazi, c'est vrai, mais pas criminel de guerre. Vous confondez avec un autre. Que je ressemble à un certain Arthur Nebe n'est qu'une coïncidence.

» Le Documents Center est régi selon une discipline sévère. Mais s'il est impossible d'en sortir des dossiers, il est relativement simple d'en y introduire. On ne vous fouille pas à l'entrée, seulement à la sortie. C'était ça, le boulot de Linden. Une fois par mois, Becker livrait à Berlin les faux dossiers établis par Albers. Et Linden les archivait. En tout cas, ça a fonctionné comme ça jusqu'à ce qu'on découvre les liens de Becker avec les Russes.

— Pourquoi les faux dossiers étaient-ils fabriqués ici et non à Berlin ? demandai-je. Vous auriez pu vous passer d'un courrier.

— Parce qu'Albers ne voulait pas entendre parler de Berlin. Il préférait Vienne, ne serait-ce que parce que c'est le premier échelon de la Ratline[1]. D'ici, il est facile de passer en Italie, puis au Moyen-Orient ou en Amérique latine. Beaucoup d'entre nous sont partis vers le Sud. Comme les oiseaux migrateurs en hiver, vous voyez ?

---

1. Littéralement : Enfléchure (échelle de corde établie dans les haubans des grands voiliers). La Ratline était la principale filière d'évacuation clandestine des nazis recherchés.

– Alors, qu'est-ce qui a cloché ?

– Linden est devenu trop gourmand, voilà ce qui a clo-ché. Il savait qu'on lui transmettait de faux documents, mais il ne comprenait pas à quoi ils servaient. Il a donc photographié les documents qu'on lui remettait et a fait appel aux services d'un couple d'avocats juifs – des chas-seurs de nazis – pour découvrir à quoi correspondaient ces dossiers et qui étaient ces hommes.

– Vous voulez parler des Drexler, n'est-ce pas ?

– Ils travaillaient avec le groupe interarmées sur les crimes de guerre. Les Drexler ne se sont sans doute jamais doutés à quel point les motivations de Linden étaient intéressées. Pourquoi auraient-ils eu des soupçons ? Lin-den avait de solides références. En tout cas, ils ont vite remarqué un détail concernant ces faux dossiers : nous avions pour habitude de conserver les initiales de nos anciens noms. C'est un vieux truc. Cela vous permet de vous sentir mieux dans votre nouvelle peau, d'inscrire avec plus de naturel vos initiales au bas des pages d'un contrat, par exemple. Les Drexler ont fait le rapproche-ment entre ces nouveaux noms et les noms de camarades disparus ou présumés morts. Ils ont demandé à Linden de comparer le dossier d'Alfred Nolde avec celui d'Ar-thur Nebe, celui de Heinrich Müller avec celui de Hein-rich Moltke, celui de Max Abs avec celui de Martin Albers, etc.

– C'est pourquoi vous avez fait assassiner les Drexler.

– Exactement. Cela s'est passé après la venue de Linden à Vienne. Il voulait plus d'argent. Le prix de son silence. Müller lui a donné rendez-vous et l'a tué. Nous savions que Linden avait contacté Becker, pour la simple raison qu'il nous l'avait dit lui-même. Alors, nous avons décidé de faire d'une pierre deux coups. D'abord, nous avons laissé les cartons de cigarettes dans l'entrepôt où Linden a été tué de façon à incriminer Becker. Ensuite, König est allé dire à Becker que Linden avait disparu.

Nous avions prévu que Becker allait se mettre à poser des questions partout à propos de Linden, qu'il passerait à son hôtel, bref, qu'il se ferait remarquer. Pendant ce temps, König remplaçait l'arme de Becker par celle de Müller. Il ne nous restait plus qu'à avertir la police que Becker avait tué Linden. Nous ignorions que Becker connaissait l'endroit où avait été descendu Linden, et le voir retourner sur les lieux pour récupérer les cigarettes a été pour nous une excellente surprise. Les Américains l'ont cueilli la main dans le sac. L'affaire était parfaitement ficelée. Pourtant, si les Américains avaient été plus sérieux, ils auraient découvert les contacts de Linden et Becker à Berlin. Mais ils n'ont même pas pris la peine de pousser leur enquête au-delà de Vienne. Ils sont contents de leur prise. Ou du moins, jusqu'à maintenant, nous pensions qu'ils l'étaient.

– Avec ce qu'il savait, pourquoi Linden n'a-t-il pas pris la précaution de laisser une lettre à quelqu'un au cas où il serait liquidé ? Une lettre destinée à la police expliquant ce qui se passait ?

– Oh, mais il l'a fait, répondit Nebe. Sauf que l'avocat berlinois qu'il a choisi pour ça se trouve être membre de l'Org. Quand il a appris la mort de Linden, il a lu la lettre et l'a transmise au chef de notre section berlinoise. (Nebe planta son regard dans le mien et hocha plusieurs fois la tête d'un air grave.) Voilà, Bernie. C'est de ça que Müller veut s'assurer. Il veut savoir si vous êtes au courant ou pas. Maintenant que vous le savez, vous pourrez le lui dire et vous éviter la torture. Naturellement, je préférerais que cette conversation reste confidentielle.

– Je garderai le secret, Arthur. Toute ma vie. Et je vous remercie. (Je sentis ma voix se briser un peu.) J'apprécie ce que vous faites.

Nebe hocha de nouveau la tête et regarda autour de lui d'un air embarrassé. Son regard s'arrêta sur la tranche intacte de strudel.

– Vous n'aviez pas faim ?

– Je n'ai pas beaucoup d'appétit, dis-je. À cause de mes petits soucis, je suppose. Donnez-le donc à Rainis.

J'allumai une troisième cigarette. Avais-je mal vu, ou une lueur avait-elle traversé son regard ? Je n'en espérais pas tant. Mais ça valait la peine de tenter le coup.

– Ou prenez-le, si vous avez faim.

Pour le coup, Nebe se passa la langue sur les lèvres.

– Vous êtes sûr ? demanda-t-il poliment.

J'acquiesçai avec désinvolture.

– Eh bien, si vous n'en voulez vraiment pas, dit-il en prenant l'assiette sur le plateau. C'est ma bonne qui l'a fait. Elle travaillait chez Demel autrefois. Son strudel est le meilleur que j'aie jamais goûté. Ça serait dommage de le laisser perdre, n'est-ce pas ?

Sur quoi il mordit dedans.

– Je ne suis pas très porté sur les gâteaux, mentis-je.

– Mais mon pauvre Bernie, c'est tragique de se trouver à Vienne quand on n'aime pas ça. Vous êtes dans la capitale mondiale de la pâtisserie. Vous auriez dû venir avant la guerre : Gerstner, Lehmann, Heiner, Aida, Haag, Sluka, Bredendick – ils faisaient des gâteaux comme vous n'en trouverez nulle part ailleurs. (Il prit une autre bouchée.) Venir à Vienne sans aimer la pâtisserie ? C'est comme si un aveugle faisait un tour de grande roue au Prater. Vous ne savez pas ce que vous manquez. Vous ne voulez vraiment pas goûter ?

Je secouai fermement la tête. Mon cœur battait si fort que je craignais qu'il ne l'entende. Et s'il ne mangeait pas tout ?

– Merci, je n'ai pas faim.

Nebe eut un air désolé et mordit une nouvelle fois dans le gâteau. Ses dents ne sont pas d'origine, songeai-je en remarquant leur blancheur uniforme. Je les avais connues en bien moins bon état.

– De toute façon, dis-je avec nonchalance, je dois surveiller mon poids. J'ai pris plusieurs kilos depuis que je
suis à Vienne.

– Moi aussi, fit-il. Mais vous savez, vous devriez vraiment…

Il ne termina pas sa phrase. Il toussa et suffoqua en
redressant violemment la tête. Se raidissant soudain, il
émit un horrible sifflement, comme un mauvais joueur
de tuba, et crachota des fragments de gâteau. L'assiette
tomba par terre, puis il s'effondra. Je me jetai sur lui pour
lui prendre son automatique avant qu'il n'ait le temps de
tirer, alertant ainsi Müller et ses sbires. Je m'aperçus avec
horreur que l'arme était chargée, et que l'index moribond
de Nebe appuyait sur la détente.

Mais le percuteur claqua dans le vide. Il n'avait pas ôté
la sécurité.

Les jambes de Nebe remuaient faiblement. L'une de
ses paupières se ferma mais l'autre, plus perverse, resta
ouverte. Son dernier soupir fut un long gargouillis dégageant une forte odeur d'amande. Puis il resta sans mouvement, le visage virant déjà au bleu. Dégoûté, je recrachai
ma propre pilule. La mort de Nebe ne m'émouvait guère.
Quelques heures plus tard, il m'aurait regardé mourir de
la même façon.

Je récupérai l'arme dans sa main inerte devenue grisâtre
puis, après avoir fouillé en vain ses poches à la recherche
de la clé des menottes, je me levai. J'avais terriblement
mal au crâne, à l'épaule, aux côtes et même au pénis, mais
je me sentais en bien meilleure forme maintenant que je
tenais le Walther P38. Une arme semblable à celle qui
avait tué Linden. J'actionnai le chien pour un tir semi-
automatique, comme l'avait fait Nebe avant de pénétrer
dans ma cellule, mais, contrairement à lui, j'ôtai aussi la
sécurité avant de franchir la porte avec précaution.

Je traversai le passage humide et gravis l'escalier
menant à la salle du pressoir où Veronika avait trouvé la

mort. Une seule ampoule brillait du côté de la porte. Je m'y dirigeai en m'efforçant de détourner mon regard de la cuve. Si j'étais tombé sur Müller à ce moment-là, je l'aurais fait descendre dedans et l'aurais pressé comme un citron bavarois. Un autre que moi aurait peut-être pris le risque d'affronter les gardes et serait monté dans les étages pour tenter de l'arrêter ou, plutôt, de le descendre. Une journée pareille avait de quoi vous faire sortir de vos gonds. Mais je préférais tenter de sauver ma peau.

J'éteignis la lumière et ouvris la porte. N'ayant pas ma veste, je frissonnai. La nuit était glaciale. Je longeai la rangée d'arbres où le Letton avait failli m'exécuter et me dissimulai derrière des buissons.

La vigne était illuminée par les brûleurs. Des hommes déplaçaient les braseros montés sur roues le long des rangées afin de les positionner aux endroits stratégiques. D'où j'étais, les flammes ressemblaient à des lucioles géantes tournoyant dans l'air. Il me fallait trouver un autre itinéraire pour m'échapper de la propriété de Nebe.

Je retournai vers la maison, longeai le mur à pas de loup, dépassai la cuisine et me dirigeai vers le jardin de façade. Aucune lumière ne brillait aux fenêtres du rez-de-chaussée, mais, au premier étage, une lampe projetait sur la pelouse un carré de lumière grand comme une piscine. Je m'immobilisai au coin de la maison et humai l'air. Quelqu'un fumait une cigarette sous le porche.

Après un moment qui me parut une éternité, j'entendis des pas sur le gravier. D'un coup d'œil rapide jeté à l'angle du mur, je distinguai la silhouette de Rainis qui se dirigeait vers la grille ouverte. Une grosse BMW grise était garée face à la route.

Évitant la lumière en provenance de la maison, je traversai la pelouse et le suivis. Arrivé à la voiture, il ouvrit le coffre et fouilla à l'intérieur. Lorsqu'il rabattit le hayon, je m'étais approché à moins de cinq mètres de lui. Il se retourna et se figea en voyant le Walther braqué sur son crâne difforme.

— Mets la clé sur le contact, lui dis-je à voix basse.

La perspective de me voir m'évader enlaidit encore le visage du Letton.

— Comment t'es sorti ? fit-il d'un ton méprisant.

— J'ai trouvé une clé dans le strudel, dis-je. (Du canon de mon arme je désignai celles qu'il tenait.) La clé, répétai-je. Dans le contact. Doucement.

Il recula d'un pas et ouvrit la portière côté conducteur. Il se pencha et j'entendis cliqueter le trousseau tandis qu'il insérait la clé. Se redressant, il posa avec nonchalance sa chaussure sur le marchepied et s'appuya au toit du véhicule en me gratifiant d'un sourire couleur de robinet rouillé.

— Vous voulez que je la lave avant de partir ?

— Une autre fois, Frankenstein. Je préférerais que tu me donnes la clé de ça, dis-je en lui montrant les bracelets.

— La clé de quoi ?

— La clé des menottes.

Il haussa les épaules sans cesser de sourire.

— J'ai aucune clé pour aucunes menottes. Vous me croyez pas, vous me fouillez, vous verrez.

Ce langage me fit faire la grimace. Ce Letton à moitié débile n'avait aucune idée de la grammaire. Pour lui, une conjonction était sans doute un gitan jouant au bonneteau sur un coin de trottoir.

— Je sais que tu as cette clé, Rainis. C'est toi qui m'as passé les menottes, tu te souviens ? Je t'ai vu mettre la clé dans ta poche.

Il resta silencieux. J'avais une furieuse envie de le descendre.

— Écoute-moi bien, espèce de gros trou du cul letton. Quand je te dis de faire quelque chose, t'as intérêt à obéir. Ceci est un flingue, pas une foutue brosse à cheveux. (Je fis un pas en avant et ajoutai entre mes dents :) Alors tu trouves cette clé ou je te creuse une belle serrure dans ta sale gueule.

Rainis fit mine de tâter ses poches, puis sortit une clé argentée de son gilet, qu'il pinça entre le pouce et l'index et laissa pendre comme un gardon.

— Pose-la sur le siège du conducteur et écarte-toi de la voiture.

Comme je m'étais rapproché, Rainis put lire sur mon visage ma haine farouche à son égard. En conséquence, il n'essaya pas de jouer au plus fin et laissa tomber la petite clé sur le siège. Mais je m'étais trompé en le jugeant stupide et soudainement docile. Une erreur sans doute due à la fatigue.

Il hocha la tête en direction d'une des roues.

— Vous feriez mieux de me laisser regonfler ce pneu, dit-il.

Je baissai les yeux, mais les relevai aussitôt. Le Letton bondissait sur moi, les mains tendues vers mon cou comme les griffes d'un tigre. Je tirai. Le Walther cracha une fois. En moins d'un clin d'œil, une nouvelle balle s'inséra dans la chambre. Je tirai encore. Les détonations résonnèrent dans le jardin et montèrent au ciel comme pour emporter l'âme du Letton vers son jugement dernier. À mon avis, elle serait vite renvoyée en bas, et même sous terre. Le grand corps du Letton s'effondra à plat ventre sur le gravier et demeura immobile.

Je me précipitai vers la voiture et bondis sur le siège en m'asseyant sur la clé des menottes. J'eus à peine le temps de démarrer. Je tournai la clé de contact et la voiture, neuve à en juger par l'odeur, rugit. J'entendis des cris derrière moi. Je pris le pistolet, me penchai au-dehors et tirai une ou deux balles en direction de la maison. Puis, je jetai l'arme sur le siège passager, manœuvrai le levier de vitesses, claquai la portière et enfonçai l'accélérateur. Les pneus arrière patinèrent sur le gravier quand la BMW bondit en avant. Pour l'instant, peu importaient les menottes : la route devant moi descendait la colline en ligne droite.

La voiture tangua dangereusement lorsque je dus lâcher le volant pour passer en seconde. Je braquai brutalement pour éviter une voiture en stationnement et faillis envoyer la BMW dans une barrière. Si seulement je pouvais atteindre la Stiftskaserne, je raconterais à Roy Shields les circonstances de la mort de Veronika. Si les Américains étaient assez rapides, ils pourraient au moins coincer ces salauds pour ce crime-là. Les explications concernant Müller et l'Org attendraient. Une fois Müller sous les verrous, je réglerais leur compte à Belinsky, au Crowcass, au CIC et à leur bande de pourris.

J'aperçus des phares dans le rétroviseur. Sans être sûr que la voiture me suivait, j'enfonçai encore l'accélérateur mais dus aussitôt freiner à cause d'un brusque virage vers la droite. La voiture heurta le trottoir et rebondit au milieu de la chaussée. Mon pied enfonça à nouveau l'accélérateur dans les hurlements du moteur en surrégime. Il m'était impossible de passer en troisième car les virages continuaient.

Au croisement de Billrothstrasse et du Gürtel j'évitai de justesse une camionnette d'arrosage. Je ne vis le barrage qu'au dernier moment. Sans le camion placé au travers de la route juste au-delà des fragiles barrières, je n'aurais même pas tenté de m'arrêter. Mais pour éviter la collision, je donnai un violent coup de volant et, la chaussée venant d'être arrosée, mes roues arrière partirent en dérapage.

Pendant quelques secondes, les images défilèrent comme un film en accéléré : les barrières, les policiers militaires américains agitant les bras ou me prenant en chasse, la route que je venais de parcourir, la voiture qui m'avait suivi, une rangée de boutiques, une grande vitrine. La BMW oscilla sur deux roues, puis une avalanche de verre s'abattit sur moi quand elle percuta une des boutiques. Le choc me projeta sur le siège du passager et je m'écrasai contre la portière pendant qu'un objet dur entrait par la vitre côté conducteur. Quelque chose de tranchant me piqua sous le coude, mon crâne heurta la tôle et je perdis conscience.

Cela ne dura probablement pas plus de quelques secondes. À un moment, il y eut beaucoup de bruit, de mouvement, de douleur et de chaos, et l'instant suivant, le silence régnait. Seul le chuintement d'une roue tournant à vide m'apprit que j'étais toujours en vie. J'avais de la chance, le moteur avait calé et ma crainte que la voiture n'explose se révélait non fondée.

Entendant des bruits de pas parmi le verre brisé et des voix américaines annonçant qu'on venait me chercher, je voulus crier pour les encourager, mais, à ma surprise, ma gorge n'émit qu'un murmure inaudible. Quand je voulus lever le bras pour manœuvrer la poignée de la portière, je perdis à nouveau connaissance.

37

– Eh bien, comment allons-nous aujourd'hui ?

Assis sur une chaise à côté de mon lit, Roy Shields se pencha et tapota mon bras plâtré qu'un cordon et une poulie maintenaient en l'air.

– Pratique, ce système, commenta-t-il. Un salut nazi permanent ? Merde, vous autres Allemands arrivez même à rendre patriotique un bras cassé.

Je jetai un regard autour de moi. On aurait pu se croire dans un hôpital normal, s'il n'y avait eu les barreaux aux fenêtres et les tatouages sur les avant-bras des infirmières.

– Où suis-je ?

– À l'hôpital militaire de la Stifstkaserne, m'informat-il. Pour votre propre sécurité.

– Depuis quand suis-je ici?

– Cela fait près de trois semaines. Vous n'y êtes pas allé de main morte. Fracture du crâne. Clavicule cassée, bras cassé, plusieurs côtes cassées. Vous avez déliré depuis votre arrivée.

– Vraiment? Sans doute à cause du föhn.

Shields gloussa, puis son visage s'assombrit.

– Tant mieux si vous n'avez pas perdu votre sens de l'humour, dit-il. J'ai de mauvaises nouvelles pour vous.

Je fouillai dans mon classeur mental. La plupart des fiches étaient éparpillées par terre, mais celles que je ramassai me rappelèrent quelque chose. Quelque chose sur lequel j'avais travaillé. Un nom.

– Emil Becker, fis-je en me remémorant son visage singulier.

– Il a été pendu avant-hier, m'apprit Shields en haussant les épaules en manière d'excuse. Je suis désolé, vraiment désolé.

– Eh bien, on dirait que vous n'avez pas perdu de temps, remarquai-je. C'est ça, la fameuse efficacité américaine? Ou bien un de vos amis a-t-il des intérêts dans le marché du chanvre?

– Inutile de vous apitoyer, Gunther. Qu'il ait ou non tué Linden, Becker méritait la corde.

– Ça ne me paraît pas une bonne publicité pour la justice américaine.

– Allons, vous savez bien que c'est un tribunal autrichien qui a prononcé la sentence.

– Vous leur aviez fourni l'encre et le papier, je suppose?

Shields détourna un instant le regard, puis se passa la main sur le visage d'un geste irrité.

– Merde, vous êtes flic. Vous connaissez la musique. Ce genre de chose arrive dans n'importe quel système.

C'est pas parce que vous marchez dans la merde qu'il vous faut acheter une nouvelle paire de pompes.

– Peut-être, mais ça vous apprend à marcher sur la route et à ne pas essayer de couper à travers champs.

– Gros malin. Je ne sais même pas pourquoi nous avons cette conversation. Vous ne m'avez pas encore présenté le moindre début de preuve innocentant Becker du meurtre de Linden.

– Vous pourriez demander un nouveau procès ?

– Un dossier n'est jamais complet, répondit Shields avec un haussement d'épaules. Une affaire n'est jamais vraiment classée, même quand tous les protagonistes sont morts. Il me manque encore une ou deux pièces du puzzle.

– Vous n'êtes vraiment pas doué pour les puzzles, Shields.

– Peut-être bien, Herr Gunther, rétorqua-t-il d'une voix plus sèche. Mais, je vous le rappelle, vous vous trouvez dans un hôpital américain, soumis à la juridiction américaine. Si vous avez bonne mémoire, vous vous souviendrez que je vous ai conseillé de ne pas vous mêler de cette affaire. Mais maintenant que vous êtes mouillé jusqu'au cou, il va falloir nous fournir quelques explications. Vous ne l'ignorez pas, la possession d'une arme à feu par un citoyen allemand ou autrichien est contraire aux consignes figurant dans le manuel de sécurité publique du Gouvernement militaire autrichien. Ce seul délit peut vous coûter cinq ans de prison. Ensuite il y a la voiture que vous conduisiez. Et enfin, sans même parler de vos menottes et de votre absence de permis de conduire, il reste le détail d'avoir forcé un barrage militaire. (Il se tut le temps d'allumer une cigarette.) Alors vous avez le choix : vous vous mettez à table ou on vous flanque en taule.

– Voilà qui est clair et net.

– Je suis un type clair et net. Comme tous les flics. Bon, je vous écoute.

Je me laissai aller avec résignation contre mon oreiller.

— Je vous préviens, Shields, il vous manquera peut-être autant de pièces qu'avant. Je doute de pouvoir prouver la moitié de ce que je vais vous dire.

L'Américain croisa ses bras musclés et se laissa aller contrer le dossier de sa chaise.

— Les preuves, c'est pour le tribunal, mon vieux. Moi, je suis détective. Ce que vous me direz ira dans mes dossiers personnels.

Je lui racontai à peu près tout. Lorsque j'eus terminé, il hocha la tête d'un air lugubre.

— Eh bien, fit-il, voilà un putain d'os à ronger.

— Pour ça, oui, soupirai-je. Mais je suis vidé. Si vous avez des questions, gardez-les pour la prochaine fois. J'aimerais piquer un petit somme.

Shields se leva.

— Je repasserai demain. Une dernière question, toutefois. Ce type du Crowcass…

— Belinsky ?

— Ouais, Belinsky. Comment se fait-il qu'il ait quitté le terrain au milieu de la partie ?

— J'en sais pas plus que vous.

Il haussa les épaules.

— Bah, je vais demander autour de moi. Nos rapports avec les services de renseignements se sont améliorés depuis l'histoire de Berlin. Le Gouverneur militaire américain leur a expliqué, ainsi qu'à nous, que nous devions présenter un front uni au cas où les Russes tenteraient la même chose ici.

— Que s'est-il passé à Berlin ? demandai-je. Qu'est-ce que les Russes pourraient tenter ici ?

Shields fronça les sourcils.

— Vous n'êtes pas au courant ? Ma foi, c'est vrai, comment auriez-vous pu ?

— Écoutez, ma femme est toujours à Berlin. Ça vous ennuierait de me dire ce qu'il s'y passe ?

Il se rassit, juste au bord de la chaise, ce qui rendit encore plus évident son embarras.

— Les Soviétiques ont imposé un blocus total de Berlin, dit-il. Ils ne laissent rien entrer ni sortir. Nous devons ravitailler la ville par avion. Ça s'est passé le jour où votre ami a fait son baptême de l'air au bout d'une corde. Le 24 juin. (Il eut un mince sourire.) Il paraît que la situation est assez tendue là-bas. Beaucoup de gens pensent qu'il va y avoir un règlement de comptes entre nous et les Russes. Moi, ça m'étonnerait pas. On aurait dû leur foutre une raclée il y a déjà longtemps. Mais rassurez-vous, on n'abandonnera pas Berlin. Si tout le monde garde la tête froide, on devrait vite voir le bout du tunnel.

Shields alluma une cigarette qu'il ficha entre mes lèvres.

— Je suis désolé pour votre femme, dit-il. Vous êtes mariés depuis longtemps ?

— Sept ans, répondis-je. Et vous ? Êtes-vous marié ?

Il secoua la tête.

— Non, je n'ai pas rencontré la fille idéale, je suppose. Est-ce que je peux vous poser une question ? Ça n'a pas créé de problème entre vous ? Je veux dire, que vous soyez détective, tout ça ?

Je réfléchis une minute.

— Non, finis-je par répondre. Tout se passe très bien.

J'étais le seul patient de l'hôpital. Cette nuit-là, la corne d'une péniche descendant le canal me réveilla, et je restai les yeux ouverts dans le noir tandis que le mugissement se fondait dans l'éternité comme le son de la trompette du jugement dernier. Alors que je scrutai la profondeur insondable de la nuit, avec le seul chuintement de ma respiration pour me rappeler ma condition de mortel, il me sembla que mon regard portait au-delà de ce puits noir, vers la plus tangible des réalités : la mort elle-même, mince silhouette mangée aux mites, drapée de lourd velours noir, toujours prête à appliquer un tampon de chloroforme sous le nez de sa victime avant de l'emporter, dans une voiture noire, vers quelque horrible camp pour personnes déplacées où les ténèbres sont permanentes et d'où personne ne peut s'échapper. Avec la lumière du jour venant caresser les barreaux de la fenêtre, je repris courage, même si je savais que les Russkofs de la Mort n'ont guère de considération pour ceux qui les affrontent sans peur. Qu'un homme soit prêt à mourir ou non, son requiem retentit de la même façon.

Plusieurs jours s'écoulèrent avant que Shields ne revienne me voir à l'hôpital. Cette fois, il était accompagné de deux hommes, des Américains, vu leurs coupes de cheveux et leurs visages replets. Ils portaient des costumes aussi voyants que celui de Shields, mais leurs visages étaient plus mûrs, plus réfléchis. Des Bing Crosby portant des serviettes, fumant la pipe et limitant l'expression d'une émotion à l'arc hautain d'un sourcil. Des avocats ou des enquêteurs. Ou des types du CIC. Shields procéda aux présentations.

– Voici le commandant Breen, dit-il en désignant le plus âgé des deux. Et le capitaine Medlinskas.

Des enquêteurs, donc. Mais pour le compte de qui?

– Qui êtes-vous? demandai-je. Des internes en médecine?

Shields eut un sourire mi-figue mi-raisin.

– Ces messieurs aimeraient vous poser quelques questions. Je ferai l'interprète.

– Dites-leur que je me sens beaucoup mieux et que je les remercie pour les fruits. Peut-être que le plus grand pourrait me passer le bassin?

Shields m'ignora. Ils approchèrent trois chaises et, tels les juges d'un concours canin, s'assirent autour du lit, Shields le plus près de moi. On ouvrit les serviettes, on sortit des calepins.

– Je ne parlerai qu'en présence de mon avocat, dis-je.

– Est-ce vraiment nécessaire ? fit Shields.

– C'est à vous de me le dire. Mais j'ai comme l'impression que ces deux-là ne sont pas des touristes et qu'ils ne vont pas me demander de leur indiquer les meilleures boîtes de Vienne pour lever une jolie fille.

Shields fit part de mes inquiétudes aux deux hommes. Le plus âgé grommela quelque chose au sujet des criminels.

– Le commandant dit qu'il ne s'agit pas d'une affaire criminelle, traduisit Shields. Mais si vous désirez un avocat, nous en ferons venir un.

– Si ça n'est pas une affaire criminelle, comment se fait-il que je me trouve dans un hôpital militaire ?

– Vous portiez des menottes quand on vous a extirpé de cette voiture, soupira Shields. Il y avait un pistolet sous le siège et une mitraillette dans le coffre. On allait tout de même pas vous emmener à la maternité.

– Ça ne fait rien, ça ne me plaît pas. Je ne pense pas que le bandage que j'ai autour de la tête vous donne le droit de me traiter en idiot. Qui sont ces gens ? On dirait des espions. Je les reconnais du premier coup d'œil. Je peux sentir l'odeur de l'encre invisible sur leurs doigts. Dites-le-leur. Dites-leur que les types du Crowcass et du CIC me donnent des ulcères à l'estomac. J'ai fait confiance à un des leurs et je m'en suis mordu les doigts. Dites-leur que si je me retrouve dans ce lit, c'est à cause d'un agent américain du nom de Belinsky.

– C'est justement à son propos qu'ils veulent vous interroger.

– Ouais ? Dites-leur que je me sentirais plus à l'aise s'ils pouvaient se passer de leurs calepins.

Les deux hommes parurent comprendre. Ils haussèrent les épaules d'un même mouvement et rangèrent les calepins dans leur serviette.

– Encore une chose, dis-je. J'ai une grande expérience des interrogatoires. Ne l'oubliez pas. Si j'ai la moindre impression de me faire cuisiner en vue d'établir des inculpations contre moi, je coupe court à l'entrevue.

Le plus âgé des deux hommes, Breen, remua sur sa chaise et croisa les mains sur ses genoux. Ça ne le rendait pas plus séduisant. Lorsqu'il prit la parole, son allemand ne se révéla pas aussi mauvais que je m'y attendais.

– Je n'y vois aucune objection, dit-il d'une voix posée.

Puis ils commencèrent. Le commandant posait les questions, tandis que le capitaine hochait la tête et intervenait de temps à autre dans son mauvais allemand pour me demander de préciser tel ou tel point. Pendant près de deux heures je répondis à leurs questions – ou les détournai. Je ne refusai qu'une ou deux fois de répondre, lorsqu'il me sembla qu'ils voulaient franchir les limites de notre accord. Peu à peu, cependant, je m'aperçus que leur intérêt pour moi était avant tout motivé par le fait que ni le 970ᵉ CIC en Allemagne, ni le 430ᵉ CIC en Autriche n'avait entendu parler d'un homme nommé John Belinsky. De même, aucun John Belinsky n'était rattaché de près ou de loin au Crowcass de l'armée américaine. La police militaire, pas plus que l'armée, ne comptait d'individu de ce nom-là. Il y avait bien un John Belinsky dans l'Air Force, mais il avait près de 50 ans. La Navy avait trois John Belinsky, mais ils étaient tous en mer. Moi, j'avais l'impression de flotter à la dérive.

Les deux Américains insistèrent sur la nécessité de garder le silence sur ce que j'avais découvert concernant les liens entre l'Org et le CIC. Rien n'aurait pu mieux me convenir, car cela impliquait qu'on me laisserait partir dès que je serais rétabli. Mais mon soulagement fut tempéré par la curiosité insistante de mes interlocuteurs quant à l'identité réelle et aux objectifs de John Belinsky. Aucun de mes interrogateurs ne me fit part de son opinion. Mais j'avais ma petite idée.

Au cours des semaines suivantes, Shields et les deux Américains repassèrent m'interroger plusieurs fois. Ils se montrèrent à chaque fois d'une correction si scrupuleuse qu'elle en était presque comique. Leurs questions concernaient exclusivement Belinsky. À quoi ressemblait-il? De quel quartier de New York avait-il prétendu être originaire? Avais-je gardé le souvenir du numéro de sa voiture?

Je leur dis tout ce dont je me souvenais. Ils visitèrent sa chambre du Sacher mais n'y trouvèrent rien : il avait quitté l'hôtel le jour même où il m'avait promis d'intervenir à Grinzing « avec la cavalerie ». Ils planquèrent dans les bars qu'il m'avait dit fréquenter. Ils se renseignèrent auprès des Russes. Lorsqu'ils voulurent voir le capitaine Rustaveli, l'officier géorgien de l'International Patrol qui avait procédé, sur initiative de Belinsky, à l'arrestation de Lotte Hartmann et de moi-même, il avait été rappelé d'urgence à Moscou.

Il était trop tard. Beaucoup d'eau avait coulé sous les ponts, et il était clair à présent que Belinsky travaillait pour les Russes. Pas étonnant, confiai-je à mes nouveaux amis américains, qu'il ait joué de la rivalité entre le CIC et la police militaire. J'étais très fier de l'avoir senti aussi vite. À l'heure qu'il était, il avait sans doute informé son patron du MVD du recrutement de Heinrich Müller et d'Arthur Nebe par les Américains.

Je gardai toutefois le silence sur plusieurs points. D'abord sur le colonel Poroshin. Je ne tenais pas à leur apprendre qu'un officier supérieur du MVD avait arrangé ma venue à Vienne. J'étais déjà suffisamment embarrassé pour leur expliquer d'où je tenais mon permis de déplacement et mon autorisation de vente de cigarettes. Je leur racontai que j'avais déboursé une grosse somme pour graisser la patte à un officier russe, et ils furent satisfaits de cette explication.

À la réflexion, je me demandais si ma rencontre avec Belinsky faisait partie du plan de Poroshin. Qu'en était-il des circonstances qui m'avaient décidé à travailler avec lui? Belinsky avait-il descendu les deux déserteurs dans le seul but de me démontrer à quel point il détestait les Russes?

Je gardai également le silence sur l'explication d'Arthur Nebe quant à la falsification par l'Org, avec l'aide du capitaine Linden, des dossiers du US Documents Center de Berlin. Ceci, décidai-je, était leur problème. Je n'avais aucune envie d'aider un gouvernement qui pendait des nazis les lundis, mardis et mercredis, et qui en recrutait dans ses services de renseignements les jeudis, vendredis et samedis. Sur ce plan-là au moins, Heinrich Müller n'avait pas tort.

Quant à Müller lui-même, le commandant Breen et le capitaine Medlinskas étaient convaincus que je m'étais trompé d'individu. Ils m'assurèrent que l'ancien chef de la Gestapo était mort depuis longtemps. Selon eux et ils insistèrent, Belinsky, pour des raisons qui lui étaient propres, m'avait montré les photos d'un autre. La police militaire avait procédé à une fouille approfondie de la propriété de Nebe à Grinzing. On n'y avait rien découvert de particulier, hormis que le propriétaire, un certain Alfred Nolde, était en voyage d'affaires à l'étranger. Aucun cadavre n'avait été retrouvé, ni aucune trace permettant de conclure que des assassinats avaient eu lieu dans ou aux abords de la maison. Si les deux Américains admettaient qu'une organisation regroupant d'anciens soldats allemands aidait les États-Unis dans leur combat contre le communisme international, il était tout à fait inconcevable à leurs yeux qu'une telle organisation regroupât des criminels de guerre nazis en fuite.

J'écoutai sans réagir ce tissu d'absurdités, trop las de toute cette affaire pour me préoccuper de ce qu'ils croyaient, ni surtout de ce qu'ils voulaient me faire croire. Réprimant ma réaction spontanée devant leur aveuglement, les envoyer se faire foutre, je me contentai de hocher poliment la tête comme un parfait Viennois. Me déclarer d'accord avec eux me paraissait le meilleur moyen de hâter ma remise en liberté.

Shields se montra toutefois de moins en moins obligeant. À mesure que les jours s'écoulaient il s'acquittait de sa tâche d'interprète avec une réticence et une hargne grandissantes. À l'évidence, il me croyait, et était fort mécontent de voir les deux officiers plus soucieux de dissimuler que de mettre au jour les implications de mes révélations. À la grande contrariété de Shields, Breen nous fit part de sa satisfaction à voir l'affaire Linden enfin résolue. La seule consolation de Shields résidait en ce que le 796e régiment de police militaire, à peine remis du scandale cuisant de l'affaire des soldats russes déguisés en MP américains, avait à son tour une pierre à jeter dans le jardin du CIC : un espion russe, se faisant passer pour un agent du 430e CIC, pourvu d'une carte d'identité authentique de cet organisme, avait logé dans un hôtel réquisitionné par l'armée, conduit un véhicule attribué à un officier américain et, d'une manière générale, s'était promené à sa guise dans les secteurs réservés aux seuls soldats américains. Mais ce n'était là qu'une piètre consolation pour un policier animé d'un respect presque fétichiste pour l'ordre comme l'était Roy Shields. Il m'était facile de sympathiser, j'avais moi-même plus d'une fois éprouvé ce sentiment.

Pour les deux derniers interrogatoires, Shields fut remplacé par un autre homme, un Autrichien, et je ne le revis plus jamais.

Jamais Breen et Medlinskas ne me dirent s'ils étaient parvenus au terme de leur enquête, ni si mes réponses les avaient satisfaits. Ils se contentèrent de laisser les choses en suspens. C'est ainsi qu'agissent les gens des services de sécurité.

Mon état s'améliora grandement au cours des deux ou trois semaines suivantes. Je fus à la fois amusé et choqué d'apprendre de la bouche du médecin de la prison qu'à mon arrivée à l'hôpital, on m'avait découvert une blennorragie.

– Vous avez eu doublement de la chance, dit-il. D'abord qu'on vous amène ici, où nous avons de la pénicilline. N'importe où ailleurs que dans un hôpital militaire américain, on vous aurait donné du Salvarsan, et ce truc-là vous brûle la queue comme les postillons de Lucifer. Et ensuite, de n'avoir qu'une simple chaudepisse, et non la syphilis russe. Les putes de Vienne en sont infectées. Vous autres Boches n'avez jamais entendu parler des capotes anglaises ?

– Les Parisians ? Bien sûr que si. Mais on ne les utilise pas. On les donne aux nazis de la Cinquième colonne qui percent des trous dedans et les refilent aux GI's pour qu'ils chopent la vérole en baisant nos femmes.

Le docteur éclata de rire. Mais, au fond de lui, il croyait à mon histoire. Ce fut l'une des nombreuses réactions qui me décontenancèrent au cours de ma convalescence, tandis que, mon anglais s'améliorant, je fus bientôt en mesure de converser avec les deux infirmières américaines de l'hôpital. En effet, même quand nous bavardions et plaisantions, il y avait toujours quelque chose de bizarre dans leur regard, et que, sur le coup, je n'arrivais pas à identifier.

Je compris quelques jours après ma sortie de l'hôpital. Et j'en fus presque malade. Ces Américaines avaient peur de moi, tout simplement, parce que j'étais allemand. Comme si, lorsqu'elles me regardaient, elles voyaient défiler les bandes d'actualités sur Bergen-Belsen ou Buchenwald. En réalité, une question papillotait dans leurs yeux : comment avez-vous pu laisser faire ça ? Comment avez-vous pu tolérer de telles horreurs ?

Sans doute, pendant plusieurs générations, quand ils croiseront notre regard, les citoyens des autres nations nous poseront-ils la même question muette.

38

Par une belle matinée de septembre, vêtu d'un costume mal coupé prêté par les infirmières de l'hôpital, je regagnai ma pension de Skodagasse. La gérante, Frau Blum-Weiss, m'accueillit avec chaleur, m'informa qu'elle avait rangé mes bagages au sous-sol, me remit un message qui m'était parvenu à peine une demi-heure auparavant et me demanda si je désirais prendre un petit déjeuner. J'acceptai avec plaisir et, après l'avoir remerciée d'avoir pris soin de mes affaires, lui demandai si je lui devais de l'argent.

– Le Dr Liebl a réglé la note, Herr Gunther, rétorquat-elle. Mais si vous voulez reprendre votre ancienne chambre, il n'y a pas de problème. Elle est libre.

Comme j'ignorais quand je pourrais rentrer à Berlin, je lui donnais mon accord.

– Le Dr Liebl m'a-t-il laissé un message ? demandai-je alors que je connaissais déjà la réponse puisqu'il n'avait pas tenté de me contacter durant mon long séjour à l'hôpital.

– Non, dit-elle. Aucun message.

Ensuite, elle me conduisit à mon ancienne chambre pendant que son fils montait mes bagages. Je la remerciai encore une fois et lui dis que je prendrais mon petit déjeuner dès que je me serais changé.

– Tout est là, dit-elle tandis que son fils déposait mes sacs dans l'entrée. J'ai demandé un reçu pour les papiers que les policiers ont emportés.

Sur ce elle me gratifia d'un charmant sourire, me souhaita à nouveau un agréable séjour et sortit en refermant la porte derrière elle. En bonne Viennoise, elle ne me posa aucune question sur la cause de mon absence.

Dès qu'elle eut quitté la chambre, j'ouvris mes sacs et découvris, avec autant de surprise que de soulagement, que j'étais toujours en possession de 2 500 dollars en liquide et de quelques cartouches de cigarettes. Je m'étendis sur le lit et fumai une Memphis avec un sentiment proche de l'extase.

Je pris connaissance du message pendant mon petit déjeuner. Il consistait en une seule phrase, rédigée en cyrillique : « Rendez-vous au Kaisergruft, à 11 heures ce matin. » Le mot n'était pas signé, mais je savais qui en était l'auteur. Lorsque Frau Blum-Weiss vint débarrasser ma table, je lui demandai qui avait apporté le message.

– Un écolier, Herr Gunther, dit-elle en rassemblant mon couvert sur un plateau. Un gamin.

– J'ai un rendez-vous au Kaisergruft, dis-je. Pouvez-vous me dire où ça se trouve ?

– La Crypte impériale ?

Elle s'essuya avec soin la main sur son tablier amidonné, comme si elle allait rencontrer le Kaiser en personne, puis se signa. L'évocation de la monarchie avait le don d'imposer un grand respect aux Viennois.

– Eh bien, ça se trouve dans l'église des Capucins, sur le côté ouest du Neuer Markt. Mais allez-y tôt, Herr Gunther. Ce n'est ouvert que le matin, de 10 heures à midi. Je suis sûre que ça vous intéressera.

Je souris et la remerciai d'un hochement de tête. Elle avait raison, j'allais sûrement trouver cela fort intéressant.

Le Neuer Markt n'avait rien d'une place de marché. Quelques tables y avaient été disposées comme une terrasse de café, mais l'on y voyait des clients qui ne consommaient pas, des garçons qui ne montraient aucun empressement à servir, et aucune trace de bar, ni de machine à café. Le tout avait un air de provisoire, même au vu des critères très élastiques de la Vienne convalescente. Il y avait également quelques badauds, comme si un crime venait d'être commis et que tout le monde attendait l'arrivée de la police. Mais je ne prêtai guère attention à la scène et, comme onze coups sonnaient au clocher voisin, je me hâtai en direction de l'église.

Heureusement pour le zoologiste qui avait baptisé un singe de leur nom, l'habit des moines capucins était plus remarquable que la banale église que je découvris. Contrairement à la plupart des autres lieux de culte de la ville, la Kapuzinerkirche donnait l'impression d'avoir flirté avec le calvinisme à l'époque de sa construction, à moins que le trésorier de l'Ordre ne se soit enfui avec la caisse des tailleurs de pierres, car aucune décoration n'ornait le bâtiment. L'église était si banale que, depuis le début de mon séjour, j'étais passé devant plusieurs fois sans la voir. Je l'aurais d'ailleurs manquée une fois de plus si je n'avais entendu un groupe de soldats américains arrêtés sous un porche parler de « macchabées ». Ma familiarité avec l'anglais tel que le parlaient les infirmières de l'hôpital militaire m'apprit que ces soldats avaient l'intention de visiter le même endroit que moi.

Je m'acquittai du droit d'entrée d'un schilling auprès d'un vieux moine renfrogné et pénétrai dans un long couloir qui devait faire partie du monastère. Un étroit escalier s'enfonçait dans la crypte.

En réalité, il ne s'agissait pas d'une crypte, mais de huit caveaux reliés entre eux, bien moins sombres que je ne l'avais imaginé. La simplicité des murs blancs en partie recouverts de marbre contrastait avec l'opulence des reliques exposées.

On avait rassemblé là les restes de plus d'une centaine de Habsbourg à la célèbre mâchoire, mais le guide précisait que leurs cœurs étaient conservés dans des urnes de formol enfouies sous la cathédrale Saint-Étienne. C'était autant de témoignages du caractère mortel des rois tels que ceux que vous auriez pu trouver quelque part au nord du Caire. Il ne manquait personne, à l'exception toutefois de l'archiduc Ferdinand, enterré à Graz, qui n'avait sans doute pas encore digéré l'insistance des autres à lui conseiller la visite de Sarajevo.

Les membres de la branche la moins reluisante de la famille, originaire de Toscane, étaient enfermés dans de simples cercueils de plomb, empilés comme des bouteilles dans un casier au fond de la plus longue crypte. Je m'attendais presque à voir quelque vieillard forcer un ou deux couvercles histoire d'essayer son marteau et ses nouveaux burins. Bien entendu, les Habsbourg dotés du plus gros ego avaient bénéficié des sarcophages les plus imposants. Équipés d'une paire de chenilles et de tourelles, il n'aurait rien manqué à ces énormes cercueils de cuivre aux ornements morbides pour prendre Stalingrad. Seul l'empereur Joseph II avait fait preuve d'une certaine retenue dans le choix de sa boîte. Mais seul un guide autrichien pouvait décrire son cercueil de cuivre comme « dépouillé à l'extrême ».

Je trouvai le colonel Poroshin dans le caveau de François-Joseph. Il m'adressa un sourire chaleureux et me tapa sur l'épaule.

– J'avais raison, je le savais : vous lisez le cyrillique.

– Et vous, vous ne lisez pas mes pensées ?

– Bien sûr que si, dit-il. Vous vous demandez ce que nous allons bien pouvoir nous dire, après tout ce qui s'est passé. Surtout dans un lieu pareil. Vous pensez que, dans un autre endroit, vous auriez pu tenter de me tuer.

– Vous devriez monter un numéro, Palkovnik Poroshin. Vous pourriez égaler le Professeur Schaffer.

– Vous vous trompez. Le Professeur Schaffer est un hypnotiseur, pas un voyant. (Il fouetta sa paume de ses deux gants comme s'il venait de marquer un point.) Moi, je ne suis pas un hypnotiseur, Herr Gunther.

— Ne vous sous-estimez pas. Vous êtes arrivé à me faire croire que j'étais détective privé et que je devais venir à Vienne pour tenter d'innocenter Emil Becker. C'est la plus profonde hypnose à laquelle j'aie jamais été soumis.

— J'ai peut-être utilisé mon pouvoir de suggestion, dit Poroshin, mais vous avez agi de votre propre volonté. (Il soupira.) Dommage pour ce pauvre Emil. J'espérais vraiment que vous prouveriez son innocence, vous auriez tort de penser le contraire. Mais, pour utiliser un terme des échecs, c'était un peu mon gambit viennois : sous des apparences inoffensives, il recelait de nombreuses et subtiles possibilités d'attaque. Dans ce cas, il faut pouvoir compter sur un cavalier fort et vaillant.

— Moi ?

— *Tochno* (Exactement). Et nous avons gagné la partie.

— Ça vous ennuierait de m'expliquer en quoi ?

Poroshin désigna un cercueil proche de celui de l'empereur François-Joseph.

— Le prince Rudolf, dit-il. Il s'est suicidé dans le fameux pavillon de chasse de Mayerling. Les grandes lignes de l'épisode sont connues, mais les circonstances et le mobile restent obscurs. La seule chose à peu près certaine, c'est qu'il repose dans ce cercueil. Cette certitude me suffit. Mais tous les gens dont nous pensons qu'ils se sont suicidés ne sont pas aussi morts que le pauvre Rudolf. Heinrich Müller, par exemple. Prouver qu'il était toujours en vie, voilà qui valait la peine qu'on y travaille. Nous avons gagné la partie quand nous l'avons prouvé.

— Sauf que j'ai menti, dis-je d'un ton insouciant. Je n'ai jamais vu Müller. J'ai dit ça à Belinsky uniquement parce que je voulais qu'il vienne à Grinzing m'aider à sauver Veronika Zartl, la fille de l'Oriental.

— Oui, je l'admets, les arrangements que Belinsky a conclus avec vous étaient loin d'être parfaits. Mais je sais que vous mentez car Belinsky est bien allé à Grinzing avec une équipe. Ces agents n'étaient pas des Américains, c'était mes propres hommes. Chaque voiture quittant la maison jaune de Grinzing a été prise en filature, y compris la vôtre. Lorsque Müller et ses amis ont découvert que vous vous étiez évadé, ils ont été pris d'une telle panique qu'ils se sont aussitôt enfuis. Nous les avons suivis discrètement jusqu'à ce qu'ils se croient en sécurité. Depuis, nous avons formellement identifié Herr Müller. Alors, vous voyez : vous n'aviez pas menti.

— Mais pourquoi ne l'avez-vous pas arrêté ? À quoi cela peut-il vous servir de le laisser en liberté ?

Poroshin adopta une expression malicieuse.

— Dans mon métier, il n'est pas toujours de bonne politique d'arrêter un ennemi. Parfois, il est plus utile en liberté. Depuis le début de la guerre, Müller était un agent double. Vers la fin 1944, il a cherché, c'est bien compréhensible, à quitter Berlin pour se réfugier à Moscou. Vous imaginez ça, Herr Gunther ? Le chef de la Gestapo fasciste coulant des jours paisibles dans la capitale du socialisme démocratique ? Dès que les services de renseignements américains ou britanniques en auraient eu vent, ils auraient alerté la presse internationale. Notre embarras les aurait réjouis un bon moment. Aussi avons-nous décidé de ne pas autoriser Müller à venir à Moscou.

» Le seul problème, c'est qu'il en savait long sur nous et qu'il connaissait l'identité de dizaines d'agents de la Gestapo et de l'Abwehr disséminés en Union soviétique et en Europe de l'Est. Il importait donc de le neutraliser avant de lui refuser l'entrée dans notre pays. Nous l'avons alors persuadé de nous dévoiler les noms de tous ces agents, en échange de quoi nous lui fournissions des informations qui, sans contribuer à l'effort de guerre allemand, pouvaient se révéler d'un intérêt considérable pour les Américains. Évidemment, toutes ces informations étaient fausses.

» Bref, nous avons tout fait pour retarder la défection de Müller. Nous lui répétions qu'il fallait attendre encore un peu et qu'il n'avait rien à craindre. Mais quand nous avons été prêts, nous lui avons dévoilé que, pour diverses raisons d'ordre politique, sa défection pourrait ne pas être sanctionnée. Nous espérions que cela le pousserait alors à offrir ses services aux Américains, comme nombre de ses collègues. Le général Gehlen, par exemple. Le baron von Bolschwing. Ou même Himmler, que les Anglais ont refusé parce qu'il était trop connu – et peut-être un peu trop fou, pas vrai ?

» Peut-être avons-nous fait un mauvais calcul. Müller a-t-il trop attendu pour quitter le Führerbunker ? Martin Bormann et les SS qui le gardaient l'ont-ils intercepté ? Qui sait ? En tout cas, Müller a fait mine de se suicider. Il nous a fallu longtemps pour prouver qu'il était toujours en vie. Müller est un homme très intelligent.

» Lorsque nous avons appris l'existence de l'Org, nous avons attendu que Müller se manifeste à nouveau au grand jour. Or il s'est obstiné à rester dans l'ombre. De temps en temps, un rapport signalait sa présence ici ou là, mais sans jamais de preuve. C'est seulement lorsque le capitaine Linden a été tué que nous avons identifié le numéro de série de l'arme du crime comme celui de l'arme ayant appartenu à Müller. Mais vous connaissez déjà cette partie de l'histoire, je crois.

J'acquiesçai.

– Belinsky m'a raconté, dis-je.

– Un homme remarquable. Sa famille vient de Sibérie. Ils sont rentrés en Russie après la Révolution, quand Belinsky n'était encore qu'un petit garçon. Mais il avait déjà acquis un vernis américain. Bientôt, toute la famille a travaillé pour le NKVD. Belinsky a eu l'idée de se faire passer pour un agent du Crowcass. Le Crowcass et le CIC travaillent souvent sur les mêmes affaires, et d'ailleurs le Crowcass comprend de nombreux agents du

CIC. En outre, il est fréquent que la police militaire américaine ignore les opérations conjointes CIC/Crowcass. Les Américains sont encore plus byzantins que nous dans la structure de leurs organisations. Si Belinsky était plausible à vos yeux, il l'était tout autant à ceux de Müller : assez pour le faire sortir de son trou lorsque vous lui diriez qu'un agent du Crowcass était sur sa piste, et pas assez pour qu'il s'enfuie en Amérique latine où il ne nous serait plus d'aucune utilité. Après tout, Müller pouvait rechercher la protection de certains agents du CIC, moins réticents que ceux du Crowcass à accorder leur aide à des criminels de guerre.

» C'est exactement ce qui s'est passé. En ce moment même, Müller se trouve là où nous voulions qu'il soit : chez ses amis américains à Pullach. Il les aide. Il les fait profiter de sa grande connaissance du renseignement soviétique et des méthodes de notre police secrète. Il se vante du réseau d'agents loyaux qu'il croit toujours en place. C'est la première phase de notre plan de désinformation des Américains.

– Très astucieux, dis-je avec une admiration sincère. Quelle sera la seconde ?

Le visage de Poroshin se fit plus philosophe.

– Lorsque nous jugerons le moment opportun, nous ferons savoir à la presse internationale que l'ex-chef de la Gestapo Heinrich Müller travaille pour les services de renseignements américains. Alors, c'est nous qui jouirons de leur embarras. Nous pouvons attendre dix ans, vingt ans, peu importe. Mais, à condition que Müller soit toujours en vie, cela finira par arriver.

– Et si la presse internationale ne vous croyait pas ?

– La preuve ne sera pas difficile à fournir. Les Américains sont d'excellents archivistes. Regardez ce Documents Center qu'ils ont créé. D'ailleurs, nous avons d'autres agents. Si nous leur indiquons où et quoi chercher, il ne sera pas difficile de trouver une preuve.

– Vous semblez avoir pensé à tout.

– Plus que vous n'imaginez. Maintenant que j'ai répondu à vos questions, j'en ai une à vous poser, Herr Gunther. Aurez-vous l'amabilité d'y répondre ?

– Je ne vois pas ce que je pourrais vous apprendre, Palkovnik. C'est vous qui jouez, pas moi. Comme vous dites, je ne suis qu'un cavalier dans votre gambit viennois.

– Il y a pourtant un détail qui m'intrigue.

Je haussai les épaules.

– Posez votre question.

– Revenons un instant au jeu d'échecs. Vous savez qu'on doit parfois faire des sacrifices. Becker, par exemple. Et vous, bien sûr. Mais il arrive parfois qu'on perde une pièce sans l'avoir prévu.

– Votre reine ?

Il fronça les sourcils pendant quelques secondes.

– Si vous voulez. Belinsky m'a dit que c'est vous qui aviez tué Traudl Braunsteiner. Il a mené cette affaire avec une grande détermination. L'intérêt particulier que j'éprouvais pour Traudl n'avait guère d'importance pour lui. Je sais qu'il l'aurait tuée sans hésitation. Mais vous…

» J'ai demandé à un de nos agents de consulter votre dossier au Documents Center. Vous m'aviez bien dit la vérité. Vous n'avez jamais été membre du Parti. Tout le reste y figure aussi, comme votre demande de transfert hors de la SS et le fait qu'en agissant ainsi vous risquiez l'exécution. Alors, un sentimental ? Peut-être. Mais un tueur ? Je vous le dis sans ambages, Herr Gunther : ma tête me dit que vous ne l'avez pas tuée. Mais je dois le ressentir ici aussi. (Il se frappa l'estomac.) Ici surtout.

Il me fixa de ses pâles yeux bleus, mais je ne cillai pas ni ne détournai le regard.

– L'avez-vous tuée ?

– Non.

– Est-ce vous qui l'avez renversée ?

— Belinsky avait une voiture. Pas moi.

— Dites-moi que vous n'avez pris aucune part à son assassinat.

— J'allais la mettre en garde.

Poroshin hocha la tête.

— *Da*, dit-il, *dagavareelees* (D'accord). Vous dites la vérité.

— *Slava bogu* (Dieu merci).

— Vous avez raison de le remercier. (Il se frappa une nouvelle fois l'estomac.) Si je ne l'avais pas ressenti ici, je vous aurais tué vous aussi.

— « Vous aussi » ? fis-je en fronçant les sourcils. (Qui d'autre était mort ?) Belinsky ?

— Oui, malheureusement. À force de fumer cette pipe infernale. Fumer est une habitude dangereuse. Vous devriez arrêter.

— Comment est-il mort ?

— Un vieux truc de la Tchéka. Une petite quantité de tétryl placée dans l'embout, et reliée par une mèche au fond du fourneau. Quand on allume la pipe, on allume aussi la mèche. Très simple, et très mortel. Ça lui a arraché la tête. (Poroshin prononça ces mots d'une voix presque indifférente.) Vous voyez ? Je pensais que vous ne l'aviez pas tuée. Je voulais seulement être sûr de ne pas avoir à vous tuer aussi.

— En êtes-vous sûr à présent ?

— Tout à fait sûr, dit-il. Ça vous permettra, non seulement de sortir d'ici vivant…

— Vous m'auriez descendu là ?

— L'endroit convient plutôt bien, vous ne trouvez pas ?

— Oh oui, très poétique. Comment auriez-vous procédé ? Une morsure au cou ? Ou avez-vous piégé un des cercueils ?

— Il existe des poisons de toutes sortes, Herr Gunther. (Il me montra un petit canif dans sa paume ouverte.) On enduit la lame de tétrodotoxine. La moindre éraflure, et bye-bye ! (Il remit le couteau dans la poche de sa tunique et haussa les épaules avec gaucherie.) Je disais donc, non seulement vous pourrez sortir d'ici vivant, mais si vous vous rendez au café Mozart, vous y trouverez quelqu'un qui vous attend.

Ma surprise parut l'amuser.

— Vous ne devinez pas ? fit-il, ravi.

— Ma femme ? Vous l'avez fait sortir de Berlin ?

— *Kanyeshna* (Bien sûr). Sinon, je ne vois pas comment elle aurait pu faire. Berlin est encerclée par nos tanks.

— Kirsten m'attend au café Mozart ?

Il acquiesça et consulta sa montre.

— Depuis un quart d'heure, dit-il. Ne la faites pas attendre plus longtemps. Une jolie femme comme elle, seule dans une ville comme Vienne… Mieux vaut être prudent aujourd'hui. Nous vivons une époque difficile.

— Vous êtes très inattendu, colonel, lui dis-je. Il y a à peine cinq minutes vous étiez prêt à me tuer sur la foi d'une simple crampe d'estomac. Maintenant vous me dites que vous avez fait venir ma femme de Berlin. Pourquoi m'aidez-vous ? *Ya nye paneemayoo* (Je ne comprends pas).

— Disons simplement que tout ceci relève du côté chevaleresque et futile du communisme, *vot i vsyo* – c'est tout. (Sur ce, il claqua des talons comme un authentique Prussien.) Au revoir, Herr Gunther. Qui sait ? Nous nous reverrons peut-être.

— J'espère que non.

— C'est dommage. Un homme de vos capacités…

Il fit demi-tour et s'éloigna à grands pas.

Je sortis de la Crypte impériale d'un pas aussi léger que Lazare. Dehors, sur Neuer Markt, la foule devant l'étrange terrasse où l'on ne servait pas de café avait encore grossi. J'aperçus alors la caméra et les projecteurs, puis les cheveux roux de Willy Reichmann, le chargé de production des studios Sievering. Il parlait en anglais avec un homme tenant un mégaphone. C'était sans doute le tournage du film anglais dont m'avait parlé Willy : celui qui devait avoir pour décor les rares ruines encore visibles à Vienne. Le film dans lequel Lotte Hartmann, celle qui m'avait refilé une blenno bien méritée, avait obtenu un rôle.

Je m'arrêtai quelques instants, essayant d'apercevoir la maîtresse de König, mais je ne la vis nulle part. Pourtant, elle n'avait sûrement pas quitté Vienne avec lui en renonçant à son premier rôle.

— Mais enfin, qu'est-ce qu'ils font ? fit l'un des badauds.

Un autre répondit :

— C'est censé être la terrasse du café Mozart.

Des ricanements parcoururent la foule.

— Quoi, de ce côté-ci ? fit une autre voix.

— Ils doivent préférer la place vue d'ici, répliqua une quatrième voix. C'est la licence poétique.

L'homme au mégaphone cria « Silence », puis « Moteur », et « Action ! ». Deux comédiens, dont l'un tenait un livre comme une sainte icône, se serrèrent la main avant de s'asseoir à l'une des tables.

Je laissai la foule à son spectacle et marchai à pas vifs vers le sud de la place, en direction du véritable café Mozart et de la femme qui m'y attendait.

NOTE DE L'AUTEUR

En 1988, une agence d'investigation du gouvernement américain demanda à Ian Sayer et à Douglas Botting, qui travaillaient à leur histoire du Counter-Intelligence Corps américain intitulée *America's Secret Army : The Untold Story of the Counter-Intelligence Corps*, d'examiner un dossier contenant des documents signés par des agents du CIC à Berlin à la fin de l'année 1948 concernant le recrutement de Heinrich Müller comme conseiller du CIC. Le dossier indiquait que les Soviétiques étaient parvenus à la conclusion que Heinrich Müller n'était pas mort en 1945 et qu'il était peut-être utilisé par les services de renseignements occidentaux. Sayer et Botting rejetèrent ces documents en les taxant de « faux mis au point par une personne habile mais quelque peu perturbée ». Ce point de vue fut corroboré par le colonel E. Browning, chef des opérations du CIC à Francfort à l'époque où ces documents sont censés avoir été rédigés. Browning déclara que la seule évocation d'une hypothèse aussi délicate que le recrutement de Müller comme conseiller du CIC était absurde. « À regret, écrivaient les deux auteurs, nous devons conclure que le sort du chef de la Gestapo du Troisième Reich demeure, sans doute pour toujours, enveloppé de mystère et de spéculations. »

Les enquêtes effectuées par un journal britannique et un magazine américain n'ont jusqu'ici apporté aucun élément nouveau.

Table